C
FOL

# George Sand

# Lettres d'une vie

*Choix et présentation*
*de Thierry Bodin*

*Ouvrage publié avec le concours*
*de la Fondation La Poste*
*et du Centre national du livre*
*dans le cadre de l'année George Sand*

## Gallimard

# PRÉFACE

> « *vous*, grand George Sand »
> (Flaubert)

*Le 12 septembre 1866, Gustave Flaubert reçoit de George Sand un paquet de livres : « Ils sont maintenant rangés devant moi. [...] On vous admirait et on vous aimait, vous voulez donc qu'on vous adore ! » En lisant les vingt-six volumes de la* Correspondance *de George Sand, patiemment édités par Georges Lubin, on ne peut qu'éprouver la même admiration, et c'est pour faire partager à un large public cet amour pour George Sand que j'ai composé cette anthologie. Folle entreprise que de réduire un vaste champ de plus de dix-huit mille lettres à une gerbe de 434 épis ! Mais que de trésors dans ces lettres que Dumas fils jugeait « bien autrement charmantes que les lettres proverbiales de Mme de Sévigné ! », dans cette* Correspondance *que son ampleur, son intérêt et sa qualité classent parmi les grands chefs-d'œuvre de la littérature épistolaire.*

## Une vie en lettres

*La vie de George Sand est indissolublement liée à la correspondance. Les premières lignes conservées de la petite Aurore Dupin sont un billet à sa mère, qui date de 1812 :*

Que j'ai de regret de ne pouvoir te dire adieu ! Tu vois combien [j'ai] de chagrin de te quitter. Adieu, pense à moi et sois sûre que je ne t'oublirai [*sic*] point.

ta fille

Tu mettras la réponse derrière [*sic*] le portrait du vieux Dupin.

*Les dernières lignes tracées par la romancière sont une lettre à son neveu Oscar. Entre ces deux bornes, soit plus de soixante ans, elle n'a cessé de se confier à de nombreux destinataires, et l'on peut lire sa correspondance, selon l'expression d'Anne McCall Saint-Saëns, comme « une autobiographie en pièces détachées », une autre* Histoire de ma vie, *qui irait plus loin dans le temps, jusqu'à la mort, et écrite, non pour le grand public, mais pour Sand elle-même et ses intimes ; une vie en train de se faire et de se raconter tout en se faisant, une vie en lettres.*

*On peut d'ailleurs se demander si la lettre n'est pas une forme matricielle de l'œuvre sandienne. Les premiers écrits d'Aurore Dudevant sont sortis de la correspondance ; l'œuvre romanesque compte plusieurs romans par lettres, de* Jacques *à* Albine Fiori, *et beaucoup de lettres sont ailleurs insérées dans le tissu narratif ; plusieurs œuvres prennent la forme de la lettre :* Lettres d'un voyageur, Lettres à Marcie *notamment ; enfin, les lettres paternelles occupent une place non négligeable d'*Histoire de ma vie, *et c'est de leur lecture qu'est né le projet de cette autobiographie.*

*Nous avons divisé cette anthologie en six périodes de durée et d'importance inégales. Au fil du temps, le statut et les enjeux de la correspondance évoluent. Au début (1821-1833), c'est l'histoire d'une jeune femme retracée à travers ses lettres intimes, jusqu'à ce qu'elle conquière son indépendance et se fasse un nom dans la littérature. Lors des amours avec Musset puis Michel de Bourges (1834-1837), la correspondance privée est certes importante, mais Sand est devenue un personnage public et un auteur à la mode, et les amitiés artistiques et intellectuelles prennent plus de place. Dans la période Chopin (1838-1847), Sand fait des séjours plus longs à Nohant, et la correspondance connaît dès lors un grand développement pour entretenir les échanges avec ses amis parisiens, et pour gérer ses affaires de librairie ; le 15 novembre 1847, l'inauguration du chemin de fer Vierzon-Châteauroux accélère l'acheminement du courrier. En 1848-1852, l'*Histoire *impose à la correspondance un tournant politique ; après une brève période d'activisme révolutionnaire, Sand s'enracine à Nohant, et de là correspond avec ses compagnons de lutte, prisonniers ou exilés, ou intervient en leur faveur auprès du pouvoir. Les biographes de Sand, une fois passées les amours tumultueuses, vont généralement assez vite après le coup d'État du 2 décembre 1851 ; or les quinze ans de compagnonnage avec Manceau sont pour Sand un temps de bonheur calme, de créa-*

tion romanesque et théâtrale, et d'épanouissement de l'activité épistolaire, représentant le tiers de toute la Correspondance (huit volumes, dans lesquels nous avons retenu 140 lettres) ; pour mieux maîtriser cette production, Sand, qui, avec l'aide de Manceau, tient dès 1852 « un journal quotidien des faits et gestes de Madame » (les Agendas), va, à partir de 1863, dresser dans des carnets la liste des lettres qu'elle écrit. Après la mort de Manceau (1865-1876), la vieillesse ne réduit nullement l'intensité de la correspondance, notamment dans l'admirable dialogue avec Flaubert.

## Des lettres

Lorsque Sand présente les lettres (insérées dans Histoire de ma vie) que son père Maurice Dupin adressait à sa mère, comme « des chefs-d'œuvre, sans art prémédité, jetés au courant de la plume », on est tenté de reprendre les mêmes termes pour ses propres lettres, dont la qualité première est une spontanéité naturelle et sincère : « On écrit toujours assez bien quand on écrit naturellement et qu'on exprime ce qu'on pense. » Mais ce naturel ne va pas sans une phase préalable nécessaire de concentration : « on dit qu'il faut retourner sept fois sa langue avant de parler, c'est beaucoup, ce serait gênant dans la conversation, mais il faut au moins retourner sa plume dans son encrier une bonne fois quand on écrit, fût-ce à son cordonnier. » À plus forte raison quand il s'agit de lettres intimes : « on se recueille pour ouvrir à un ami le fond de son cœur. » Curieusement, l'écriture romanesque ne semble pas requérir ce recueillement : « Il y a des siècles que je veux vous écrire, et je ne viens pas à bout depuis deux mois de m'asseoir devant mon encrier : car je n'appelle pas s'asseoir écrire des romans. C'est ce qui fait le plus partie du mouvement. Mais écrire à ses amis demande un certain calme et un résumé de la vie intérieure ou extérieure que je suis rarement capable de me faire à moi-même. » Rien d'étonnant. Sand se met à écrire un roman après une période de concentration, de maturation, de contemplation et de rêverie, au cours de laquelle les personnages, les décors, les idées s'ébauchent et se précisent, avant de prendre corps sur la page blanche. L'écriture est vécue comme un accouchement sans douleur, une expulsion : « Un roman fini est une épine sortie du pied que l'on n'a nulle envie d'y faire rentrer. »

Le travail de création serait récréation à la corvée de correspondance : « J'écris facilement et avec plaisir, c'est ma récréation, car la correspondance est énorme, et c'est là le travail. » La correspon-

dance est parfois vécue comme un esclavage, avec « des lettres
d'affaires impérieuses, ennuyeuses, stupides ». On retrouve souvent
ces manifestations de cartophobie, selon le mot de Latouche :
« Nous travaillons avec l'encre et le papier. Aussi nous avons l'encre
et le papier en horreur, comme des forçats leur boulet. »

Une dizaine de lettres environ, aux temps forts de la correspondance, quittent Nohant chaque jour, sans compter les paquets de
manuscrits. Jusque vers le milieu des années 1840, la lettre est
pliée, cachetée avec un peu de cire, et l'on inscrit l'adresse sur le dernier feuillet ; par la suite, l'usage de l'enveloppe se généralise. Sand
fait volontiers son courrier la nuit, avant de se mettre au travail ou
de se coucher, mais répond aussi souvent le jour même aux lettres
reçues dans la matinée. Les lettres sont portées à La Châtre, d'où
elles partent à 7 heures du soir pour prendre à Châteauroux le
train venant de Périgueux ; elles sont distribuées le lendemain même
à Paris (ou repartent aussitôt vers d'autres destinations). Le courrier qu'elle reçoit, venant de Paris, quitte Châteauroux à une heure
du matin, arrive à La Châtre à 5 heures, d'où le facteur le porte
à Nohant. L'ouverture d'un bureau à Saint-Chartier en 1860
provoque des perturbations et des retards, sans compter le danger
couru par le courrier et les valeurs promenés la nuit sur des routes
désertes ; et Sand de mettre à la disposition de l'administration des
Postes une maison pour établir le bureau de poste à Nohant. Les
choses s'arrangeront, et le courrier sera par la suite porté soit à La
Châtre, soit à Saint-Chartier, soit à Ardentes (ville natale de
Georges Lubin, à mi-chemin entre Nohant et Châteauroux).

Pour Sand, la correspondance est une « conversation par écrit »
qui permet de « causer avec les absents », la lettre de l'ami fécondant
souvent la réponse. « Tes lettres tombent sur moi comme une pluie
qui mouille, et fait pousser tout de suite ce qui est en germe dans
le terrain », dit-elle à Flaubert. Et on regrette (surtout pour Flaubert) de ne pouvoir donner que le versant sandien de l'échange, de
l'interaction.

George Sand a une relation exclusive avec son correspondant ;
elle insiste souvent sur ce point. Ainsi, lorsqu'elle apprend que
Solange montre ses lettres à Marie de Rozières, Sand la prie de
cesser : « Il me semblerait que je n'écris plus à toi seule et pour toi
seule. » Par deux fois (dont une sous forme d'un Avis solennel),
elle conjure Hetzel de brûler après lecture les lettres où elle se confie,
reprenant la même image de l'espionnage : « L'idée qu'une lettre
intime subsiste, c'est comme celle d'une oreille qui écoute à la porte
pendant que vous ouvrez votre cœur à votre ami. » Et à Charles
Poncy, elle fait cette recommandation : « J'ai encore un mot à vous

*dire. Ne montrez jamais mes lettres qu'à votre mère, à votre
femme, ou à votre meilleur ami. C'est une sauvagerie et une manie
que j'ai au plus haut degré. L'idée que je n'écris pas pour la personne seule à qui j'écris, ou pour ceux qui l'aiment complètement
me glacerait sur le champ le cœur et la main. »*

　　La désignation du correspondant, dès qu'il a acquis une certaine
régularité, marque volontiers l'affection, avec l'adjectif *cher ou*let
l'adjectif possessif, et parfois un substantif ou un adjectif qui
marque une intimité plus grande ou plus forte : Mon ami, Mon
excellent ami, Mon cher camarade, Mon fils, mon cher
ange, mon enfant chéri, Cher vieux, Cher bon vieux ami,
Ma chère fille, Mon cher enfant, Chère mignonne, Ma
mignonne, Cher grand ami, Mon grand ami, Cher ami de
mon cœur, *etc.; parfois plus familier :* Ma chère grosse
*(Solange),* Mon gros *(Charles Marchal) ou* Cher cousin *(Heine),
parfois encore un diminutif ou un surnom (*Boutarin *pour Duteil,*
Pylade *pour François Rollinat,* Lambrouche *pour Eugène Lambert,* Crisni *pour Dessauer), etc. Souvent même, quand elle s'adresse
aux proches et aux amis, Sand néglige la formule de politesse initiale, et attaque la lettre en entrant spontanément dans le vif du
sujet, de façon primesautière, comme dans une conversation, avec une
grande variété de tournures. Les formules d'adieu sont elles aussi
très variées, tantôt familières, tantôt chaleureuses, tantôt éloquentes.
Pour Flaubert, la cérémonie des adieux prend des tournures plus
originales, tendant parfois la perche pour la réponse. Mais la formule
que cette femme de cœur affectionne pour conclure ses lettres, c'est le
chaleureux :* À vous de cœur *ou* Tout à vous de cœur. *On
songe à Flaubert : «Malgré vos grands yeux de sphinx, vous avez
vu le monde à travers une couleur d'or. Elle venait du soleil de
votre cœur. » Les signatures elles-mêmes sont sujettes à variations,
depuis* Aurore *et* Aurore Dudevant *dans sa jeunesse, puis le
pseudonyme* George Sand *ou* G. Sand, *parfois réduit aux initiales* G. S., *et plus familièrement* George, *jusqu'à des formes
plus personnalisées comme* Ta mère, Votre maman, Ta vieille,
Ta tante, Ta marraine, *ou* Ton vieux troubadour *pour Flaubert, voire parfois des surnoms ou noms d'emprunt, notamment
pour les lettres de fantaisie, ou pour la lettre à Desplanches sur la
religion où elle signe du nom du héros de son roman* Monsieur
Sylvestre. *Beaucoup de lettres à ses enfants ou aux intimes ne sont
pas signées, et s'achèvent directement sur la formule d'adieu, comme
pour écarter tout intermédiaire entre celui qui donne le baiser et
celui qui le reçoit : «Je vous embrasse mille fois, aimez-moi bien »,
« Je vous aime et j'irai revivre en vous embrassant » ; ou bien pour*

*donner plus de force à l'exclamation finale, quand elle interpelle Solange : « Ah ! si tu m'aimais, tu t'aimerais toi-même, tandis que tu nous assassines tranquillement toutes les deux ! »*

*Les lettres de Sand sont d'une grande variété : lettres maternelles, lettres d'amour, lettres d'amitié, d'affaires, d'admiration, d'intendance, de conseils, de consolation, d'encouragement, de colère ; nouvelles, jugements littéraires, dissertations philosophiques, discussions politiques, confessions, plaisanteries, recommandations, etc. Le ton diffère selon les correspondants. Il suffit de lire deux lettres datées du même jour, sur le même sujet, pour s'en rendre compte. Ainsi le 10 juin 1848, Sand écrit à Pauline Viardot et à Armand Barbès : d'un côté, un langage familier ; de l'autre, on s'adresse au compagnon de lutte. Qu'on prenne encore les deux lettres sur la mort lamentable de Nini, sa petite-fille. D'abord, le bref billet, vengeur et aiguisé comme un poignard destiné à l'avocat Bethmont qui s'était opposé à la remise de la fillette à sa grand-mère (17 janvier 1855). Après la rage, la longue lettre du 14 février, où elle raconte douloureusement à Édouard Charton la maladie et la mort de la petite, mais où elle dit aussi sa foi de retrouver Jeanne un jour, dans « la vie future et éternelle ».*

*Rien de « littéraire », de posé dans ces lettres écrites au fil de la plume, mais un bonheur permanent d'écriture, de style et d'expression. Peut-on être plus éloquent dans l'amitié naissante que dans cette phrase où Sand passe pour Flaubert du voussoiement au tutoiement : « Et vous, mon ami ? que fais-tu à cette heure ? » ? Prenons cette lettre justement ; ce 22 novembre 1866, Sand, seule dans sa maison de Palaiseau (Manceau est mort l'année précédente), note dans son Agenda : « Très beau temps, assez doux avec le soleil de la journée, très froid le soir. Journée tranquille. Mal d'estomac la nuit, n'importe, je travaille assez bien. [...] Je dîne seule, je suis seule, pas trop triste : beaucoup de bien-être dans cette maisonnette, beaucoup de silence et de recueillement ; un clair de lune splendide. » C'est là en quelque sorte le degré zéro de l'enregistrement. La lettre à Flaubert reprend tous ces éléments, mais en fait une page admirable dans sa simplicité, avec la description de la maison et du jardin sous la lune, le ballet des mouches autour de la lampe, la solitude partagée avec le souvenir toujours présent du compagnon disparu, le travail en sympathie avec le « troubadour » qui pioche au loin... On partage l'admiration de Flaubert à la lecture de ces lignes, quand il répond le 27 novembre : « Vous ne savez pas, vous, ce que c'est que de rester toute une journée la tête dans ses deux mains à pressurer sa malheureuse tête pour trouver un mot. L'idée coule chez vous largement, incessamment, comme un fleuve. »*

En quelques touches, elle esquisse pour son ami le peintre Marchal un petit paysage : « c'est pas vilain, l'hiver ; cette clarté blanche qui tombe de partout, ces terrains qui ont l'air d'être tout frais retournés, des mousses d'un vert cru sur les troncs d'arbre, des flaques d'eau glacée qui brillent comme des diamants, c'est un peu brutal, mais ça n'est pas triste, et, vers le soir quand tout ça s'estompe dans la brume, ça devient très joli » ; on pourrait encore citer les beaux paysages autour de Gargilesse, ou le paysage « gris de perle » de Saint-Valery-en-Caux. Elle peut aussi bien tartiner de longues dissertations philosophiques sous l'influence de Pierre Leroux, comme celles qu'elle adresse à Duvernet ou à Charles Poncy, et qu'elle raille un peu en les appelant « mes prédications ». Elle sait manier la rhétorique pour ses éloquents plaidoyers au Prince-Président en faveur de l'amnistie. Mais parfois, le cri de colère sort brutalement du cœur, comme dans le billet à Bethmont, ou la lettre à Richepance, qui s'achève comme un soufflet : « Moi, Monsieur, je suis communiste, et je m'appelle George Sand. » Elle se fait aussi roublarde, quand elle tente de vendre à prix fort son tableau de Delacroix à Édouard Rodrigues. Mais elle se montre souvent pleine de fantaisie et de drôlerie. Elle s'amuse ainsi à parodier les excès de la littérature à la mode en brochant une désopilante « Épître romantique à mes trois amis », suivie de la remontrance du chien Brave, où elle parle chien. Une autre fois, elle parle poule en se moquant de ses instincts maternels, criant « cot cot cot, c'est-à-dire, venez, revenez, marmaille ». Elle ne déteste pas les grosses plaisanteries, comme la lettre farcesque de Goulard à « Monsieur Flobaire ». Mais elle sait aussi trousser un billet spirituel pour envoyer d'odorants fromages à Delphine de Girardin. Le récit de l'expédition pour récupérer Solange enlevée par son père est une aventure picaresque, contée avec verve. La lettre à un Chatauvillard trop entreprenant est un modèle de fine raillerie. L'accouchement de la chienne Jessy est relaté comme un pastiche de la marquise de Sévigné. Fantaisie encore dans certains débuts de lettres, ainsi à Hetzel : « Eh bien, oiseau voyageur, où en êtes-vous ? Êtes-vous transformé, sur votre Rhin, en martin-pêcheur, en hirondelle ou en canard ? » ; ou à Flaubert : « Bah ! zut, troulala, aïe donc, aïe donc, je ne suis plus malade »... La lettre peut être encore expansion de l'âme, élan du cœur dans les longues lettres amoureuses à Aurélien de Sèze, ou dans les confessions à Casimir ou Sainte-Beuve : « Aujourd'hui je t'ouvre mon âme avec délices, je t'y fais lire. » Elle peut être aussi brûlante, dévorée de passion romantique dans les lettres à Pagello ou à Michel de Bourges, tendre avec Musset, familière avec Maurice. George Sand, on le voit, utilise *tous les registres, toutes les couleurs, toutes les voix, tous les tons dans ses lettres.*

## Lettres intimes

*La correspondance abonde en détails de la vie quotidienne, et ce n'est pas son moindre charme. Nous saisissons George Sand dans son intimité de femme, de mère de famille, d'amante, de maîtresse de maison, de campagnarde et d'artiste.*

*Elle s'occupe de ses enfants, les soignant, les emmenant au cirque, s'inquiétant de leur santé et de leur éducation, cherchant un appartement à Paris. Elle indique à Hippolyte Chatiron le coût de la vie à Venise, alors très bon marché; elle y est atteinte de douleurs d'entrailles, elle s'occupe à coudre des rideaux, planter des clous, couvrir des chaises; elle charge Musset de faire des courses pour elle à Paris (souliers en satin et en cuir, patchouli, etc.). En 1850, elle découvre les bienfaits du calorifère, qui chauffe bien la maison et est «joliment commode et économique»; plus tard encore, elle fait ses courses aux magasins du Louvre, où aménage sa chambre. On la suit dans ses voyages, depuis le séjour de 1825 aux Pyrénées, avec les courses dans les montagnes et les explorations dans les grottes, jusqu'au voyage en Auvergne en 1873. Les lettres nous content ainsi le long séjour de près de sept mois à Venise, l'expédition à Majorque et le pittoresque récit de la traversée, le voyage en Italie de 1855, le séjour à Tamaris près de Toulon, les voyages de documentation en Bretagne ou dans les Ardennes. On retiendra surtout les merveilleuses lettres racontant les promenades à Gargilesse, avec de beaux paysages d'hiver et des scènes pittoresques, l'installation dans la maison achetée par Manceau, la vie du petit village.*

*Quand elle est en Berry, elle aime se promener «seule à cheval, à la brune», errer dans la campagne, prendre des bains dans la rivière, parfois en fumant le cigare. Elle s'occupe de faire semer du foin et de la luzerne pour réduire son potager, fait planter des noyers. Elle-même jardine volontiers, en sabots, ou fait des confitures de prunes: «on ne peut pas confier cette besogne. Il faut la faire soi-même et ne pas la quitter d'un instant. C'est aussi sérieux que de faire un livre.» Lors de ses promenades en Berry, Sand retrouve «la vie primitive», et peut se figurer «l'Arcadie en Berry». Si, quand elle est à Paris, elle songe avec tant de nostalgie «aux terres labourées, aux noyers autour des guérets, aux bœufs briolés par la voix des laboureurs», c'est que, loin du monde littéraire parisien, elle se sent «paysan au physique et au moral», et elle éprouve le* besoin de se « *retrouver seule ou avec des êtres primitifs* ». C'est ce même génie primitif qu'elle ressent dans les chants des « *laboureurs et des porchers de chez nous* », dans les mélodies des sonneurs de cornemuse, ou dans le langage berrichon.

Elle aime les bêtes, comme le chien Brave, à qui elle fait écrire une éloquente proclamation. Elle guette les chardonnerets faisant leur nid dans la clématite, et surveille jusqu'à la basse-cour, pour laquelle le peintre Charles Jacque envoie de jolies poules. Elle aime monter à cheval, mais finira par y renoncer, perdant trop de temps dans « *l'habillement et le déshabillement du costume pour les femmes* » ; pour se promener en voiture aux alentours de Nohant, elle sait choisir de bons chevaux, aussi bien que les maquignons et les vétérinaires. Si elle partage l'intérêt de son fils pour l'entomologie, elle se passionne surtout pour la botanique (« *ô sainte botanique !* »), mais aussi pour la géologie et la minéralogie : « *Il y a un monde à découvrir dans les études de la nature.* »

Avant de fumer, Sand a prisé le tabac. À Venise, elle fume une pipe à long tuyau, mais aussi des cigarettes de Maryland ou le cigare. Lorsqu'elle travaille la nuit, elle fume « *presque continuellement* » des cigarettes « *pour combattre le sommeil* ». Pour se distraire, elle se met à apprendre le latin ou joue Mozart au piano. Elle se délasse de son « *état de romancier* » en se livrant à la tapisserie. Elle se charge de l'éducation du « *champi* » Joseph Corret, le modèle du Joset des *Maîtres sonneurs*, puis de la petite Marie Caillaud. Nous la voyons aussi se livrer au dessin, faisant le portrait de Maurice en *1830*, peignant des fleurs et des papillons pour la chambre de Solange ; puis, à la fin de sa vie, elle s'adonne aux dendrites ou « *aquarelles à l'écrasage* », à partir de couleurs écrasées sur le papier.

Après l'échec et la mauvaise expérience de *Cosima* à la Comédie-Française, Sand avait renoncé au théâtre. Elle y revient comme par hasard, lorsque dans l'hiver *1846* à Nohant, on décide d'improviser des spectacles : « *Je suis forcée de leur faire tous les jours une pièce nouvelle, d'être auteur et acteur, directeur, aide-costumier, aide-décorateur, aide-machiniste, de faire faire les répétitions, de diriger la mise en scène, d'être souffleur, et orchestre au piano, quand je ne suis pas en scène.* » Elle s'amuse à écrire des scénarios pour ces spectacles familiaux, puis se décide à écrire pour les scènes parisiennes. Alors que la librairie subit le contrecoup des événements politiques de *1848*, un succès théâtral peut rapporter beaucoup d'argent. Mais surtout le théâtre permet d'atteindre, mieux que les livres, un public populaire. Elle commence donc par adapter à la scène *François le Champi*, dont le succès va l'encoura-

*ger dans la voie dramatique. À Nohant, Maurice Sand monte un théâtre de marionnettes et sa mère se réjouit aux spectacles inventifs de ces « acteurs en bois ». L'arrivée d'Alexandre Manceau à la Noël 1849 révolutionne le théâtre de Nohant ; il entreprend l'aménagement de la salle et prend la direction de la petite troupe qui alterne pièces écrites et pantomimes où l'on improvise sur un canevas en s'amusant à « ressusciter un vieux art perdu en France, la commedia dell'arte ». Sand va désormais pouvoir roder sur la scène de Nohant les pièces qu'elle destine aux théâtres parisiens. Son œuvre théâtrale compte une vingtaine de pièces, sans compter celles pour Nohant (son « théâtre en liberté »), dont certaines remporteront un vif succès, comme* Le Marquis de Villemer : *tout le monde pleure dans la salle, y compris Napoléon III et Flaubert, et les étudiants raccompagnent Sand chez elle aux cris de « Vive George Sand, Vive Mlle La Quintinie, à bas les cléricaux ».*

*Sand cultivera avec bonheur l'art d'être grand-mère, d'abord avec la fille de Solange, Jeanne (Nini), « une merveille de grâce, de joliveté, de câlinerie, de babillage » ; en plein hiver, dans le froid, la pluie ou la neige, toutes deux travaillent à construire le jardin de Trianon, « un jardin de pierres, de mousse, de lierre, de tombeaux, de coquillages, de grottes ». Après la mort de Nini, elle salue joyeusement la naissance de Marc (Cocoton), qui ne vivra pas longtemps non plus. Mais ses petites-filles Aurore puis Gabrielle illumineront sa vieillesse, Aurore surtout : « C'est ma vie et mon idéal que cette enfant. Je ne jouis plus que de son progrès. Tout mon passé, tout ce que j'ai pu acquérir ou produire, n'a plus de valeur à mes yeux que celle qui peut lui profiter. »*

*Les lettres nous font entrer très avant dans l'intimité de la femme. En l'absence de Michel de Bourges, elle souffre violemment de sa chasteté forcée. Sa constipation lui cause bien des problèmes, des stations dans les lieux longues, « fréquentes et sans succès ». Les troubles de la ménopause (« la crise de mon âge ») lui causent de pénibles bouffées de chaleur, mais elle travaille malgré les migraines et les névralgies. Elle aborde la vieillesse avec calme et sérénité, d'abord portée par l'amour de Manceau : « J'ai 46 ans, j'ai des cheveux blancs, cela n'y fait rien. On aime les vieilles femmes plus que les jeunes, je le sais bien maintenant. Ce n'est pas la personne qui a à durer, c'est l'amour ; que Dieu fasse durer celui-ci, car il est bon ! » Puis, malgré les morts et les chagrins autour d'elle, elle continue à « vivre en avant ». En 1860, elle conte à Delacroix son retour à la vie après une fièvre typhoïde qui l'a laissée entre la vie et la mort ; en 1873, c'est une anémie qui lui enlève ses forces. Et, quelques jours avant de mourir, elle dresse très* sereinement pour le docteur Favre, entre deux crises, un bilan de son état de santé.

Dès ses premiers travaux littéraires, elle doit gagner de l'argent et fait « le dernier des métiers », celui de journaliste ; mais son pseudonyme George Sand *devient vite* « *une marchandise, une denrée, un fonds de commerce* ». Lors du procès avec Casimir, elle va lutter pour récupérer la jouissance de ses biens, dont une partie a été écornée par la mauvaise gestion de son mari ; la moindre dette est scrupuleusement remboursée, et ses dépenses toujours « réparées par un travail excessif ». Régulièrement aux prises avec des soucis d'argent, elle doit emprunter pour réparer l'immeuble qu'elle possède à Paris, l'hôtel de Narbonne (ce sera la dot de Solange, vite dévorée par les dettes de Clésinger), vendre des propriétés et du bois, se battre avec ses fermiers et métayers. Et si elle discute souvent âprement la vente de ses romans, c'est qu'elle a « besoin d'argent » pour faire vivre sa famille, mais aussi qu'elle est « écrasée de gens qui meurent de faim » autour d'elle. Elle sait, quand il le faut, vivre à l'économie, et plus d'une fois, elle « tire le diable par la queue » ; *ses disputes avec sa fille s'expliquent ainsi en partie par l'amour du luxe de Solange, qu'elle condamne vigoureusement.* Par le travail, elle met sa vie en conformité avec ses idées : « Je vis de ma journée comme le prolétaire. »

## Lettres de femme

« *Les femmes, dites-vous, ne sont pas des philosophes et ne peuvent pas l'être. Si vous ramenez le mot de philosophie à son sens primitif, amour de la sagesse, je crois que vous pouvez, que vous devez cultiver la philosophie.* » Ainsi commence la sixième des Lettres à Marcie. Il est en effet souvent question de philosophie dans la correspondance, tant l'esprit de Sand s'est toujours intéressé à la philosophie et à la métaphysique. Y a-t-il beaucoup de femmes (beaucoup d'hommes ?) qui cherchent dans la lecture de Leibniz une consolation après la mort de leur petite-fille ? On retrouve le même mouvement d'humilité dans une lettre à Geoffroy Saint-Hilaire : « Je suis un pauvre artiste, et une femme qui pis est. » Sand avait cependant prévenu Charles Poncy que « l'âme de la plus simple femme, vaut celle du plus grand poète » ; et si elle ne doute pas « que le cœur et l'esprit aient un sexe », elle ajoute : « *la femme sera toujours plus artiste et plus poète dans sa vie, l'homme le sera toujours plus dans son œuvre.* »

Le cœur, toujours le cœur... « *Voilà je crois la femme en géné-*

*ral, un incroyable mélange de faiblesse et d'énergie, de grandeur et de petitesse, un être toujours composé de deux natures opposées, tantôt sublime, tantôt misérable, habile à tromper, facile à l'être. »* Dans Histoire de ma vie, *Sand explique sa singularité par l'éducation particulière qu'elle a reçue, si différente de celle distribuée aux jeunes filles de son temps :* « Je n'étais donc pas tout à fait une femme comme celles que censurent et raillent les moralistes ; j'avais dans l'âme l'enthousiasme du beau, la soif du vrai, et pourtant j'étais bien une femme comme toutes les autres, *souffreteuse*, nerveuse, dominée par l'imagination, puérilement accessible aux attendrissements et aux inquiétudes de la maternité. » *Et quand elle s'oppose à Lamennais, c'est l'éducation qu'elle rend responsable de l'infériorité supposée des femmes.*

   *George Sand réclame l'égalité des sexes, et le droit au divorce,* « la liberté de rompre et de reformer l'union conjugale » *pour mettre fin à des injustices ou des misères. Mais elle ne cessera de proclamer que l'amour vrai, la fidélité, le mariage et la maternité sont sacrés. C'est pourquoi elle s'oppose à la liberté sexuelle prônée par Enfantin et les saint-simoniens, car* « l'amour d'un homme et d'une femme est le plus saint élément de la grandeur humaine » ; *il faut certes changer les lois sociales qui rendent parfois cette union si douloureuse, mais sans attenter à la chasteté ni à la fidélité,* « en attendant que le mariage sans cesser d'être un lien sacré cesse au moins d'être une tyrannie avilissante » ; *les femmes ne gagneront rien à se révolter :* « quand le monde mâle sera converti, la femme le sera sans qu'on ait eu besoin de s'en occuper ».

   *On ne s'étonnera pas non plus de voir une Sand à la fibre maternelle exacerbée (au moins en ce qui regarde son fils) s'opposer également aux féministes sur le problème de la maternité :* « Celles qui prétendent qu'elles auraient le temps d'être députés et d'élever leurs enfants ne les ont pas élevés elles-mêmes […] La femme peut bien, à un moment donné, remplir d'inspiration un rôle social et politique, mais non une fonction qui la prive de sa mission naturelle : l'amour de la famille. » *Quitte à passer pour arriérée dans son* « idéal de progrès », *elle voit* « la femme à jamais esclave de son propre cœur et de ses entrailles ».

   *La correspondance, c'est encore l'histoire d'un cœur.* « J'ai eu un trésor aussi. C'était mon propre cœur, et j'en ai mal profité. » *On ne refera pas ici l'histoire trop connue (mais souvent si mal !) des amours de George Sand, mais on soutiendra qu'en tous elle fut sincère et vraie. Avant de céder à son amour pour Chopin, elle fait à Grzymala le bilan lucide de ses passions passées :* « J'ai connu plusieurs sortes d'amour. Amour d'artiste, amour de femme, amour de sœur, amour de mère, amour de religieuse, amour de poète, que sais-je ? » Elle reconnaît s'être souvent trompée dans tous ces « romans plus ou moins malheureux », et met sur le compte de la jeunesse et de la passion, de la « sauvagerie de l'ignorance » ce qu'elle désigne à Sainte-Beuve comme « mes frasques, mes erreurs, mes sottises ». Pour Sainte-Beuve encore, elle évoque sa liaison avec Chopin comme « une affection sûre et sans mélange de mal [...] ; mais ce n'est plus la passion, et je ne regrette pas cette ennemie qui m'a brisée ». À ce « vieux cœur usé et rongé par tant de douleurs », Manceau apportera enfin le calme et le bonheur : « je l'aime, je l'aime de toute mon âme, avec ses défauts, avec les ridicules que les autres lui trouvent, avec les torts qu'il a eus et les bêtises qu'il a faites [...], je l'aime avec tout ce qu'il est, et il y a un calme étonnant dans mon amour, malgré mon âge et le sien [...]. Je suis comme transformée, je me porte bien, je suis tranquille, je suis heureuse. » Répondant aux accusations qu'on a pu lui faire, Sand donne la clé de son cœur : « j'ai vécu de tendresse. »

## Lettres d'un écrivain

George Sand livre dans ses lettres peu de secrets sur sa création, pratiquant tout au long de sa vie une sorte de détachement désinvolte à l'égard de ses propres œuvres, et « l'honneur d'être imprimée » ne lui tourne pas du tout la tête : « Je bois et je mange comme une simple particulière, je torche mes enfants, je lave mes mains comme une personne naturelle. »

Sand est une femme de plume et de papier, clouée à son encrier, pouvant travailler huit heures par jour, et même davantage : « Je travaille à mon état de romancier de 1 h. à 5 — dans le jour, et de minuit à 4. » Elle a toujours eu le travail facile : « je barbouille toujours des romans avec une déplorable facilité. » Pour pouvoir écrire plus encore et plus vite, elle change radicalement d'écriture en mai 1856, et, au lieu d'une écriture anglaise, inclinée à droite et anguleuse, elle adopte une écriture « droite, verticale et arrondie », qui « marche aussi vite que [s]a pensée », affirmant à l'égard des graphologues : « On a l'écriture qu'on veut, et on en change sans changer d'idées et de tempérament. »

Elle écrit beaucoup, par nécessité, certes, pour gagner de l'argent, mais aussi par un besoin profond, qui est un devoir à remplir, « travailler pour le pain quotidien devenu si cher que c'est une question de vie et de mort, c'est-à-dire une question d'honneur et de dignité ». Mais la « question du pot au feu » ne saurait la faire transiger sur *ses principes ou ses convictions : « on me tuerait bien plutôt que de me faire abandonner la cause des pauvres qui ne me lisent guère pour plaire aux riches qui me lisent un peu. »*

*Ce travail forcené est aussi une nécessité intérieure pour échapper à la mélancolie, au spleen qui l'a longtemps rongée. Au fond d'elle-même, Sand est « un être mélancolique, chagrin », hantée des années entières par la tentation du suicide « comme un vertige », qui avoue à Delacroix : « je fais des romans, parce que c'est une manière de vivre hors de moi ». Une des toutes premières fictions composées par Aurore Dudevant avait pour titre* Histoire du rêveur. *Celle qui proclamait « Je rêve, donc je vois », rêvait ses romans avant de les écrire, dans la méditation et la contemplation silencieuses nées d'une émotion, parfois banale, mais qui ébranle malgré soi l'imagination. Émotion est d'ailleurs bien le maître-mot de l'écriture sandienne, qui cherche à transmettre au lecteur cette émotion primordiale : « Née romancier je fais des romans, c'est-à-dire que je cherche par les voies d'un certain art à provoquer l'émotion, à remuer, à agiter, à ébranler même les cœurs de ceux de mes contemporains qui sont susceptibles d'émotion et qui ont besoin d'être agités ». Il ne faut donc chercher dans ses romans ni « une prétention de doctrine quelconque », ni « une profession de foi personnelle », ni un « code moral », mais un choc émotif : « Lélia n'est point un livre, c'est un cri de douleur, ou un mauvais rêve, ou une discussion de mauvaise humeur, pleine de vérités et de paradoxes, de justice et de préventions. »*

*Le maître du roman, son modèle idéal, c'est « Walter Scott, notre maître à tous ». Elle le redit longuement dans la lettre à Anténor Joly sur* Le Péché de Monsieur Antoine, *une des rares lettres où Sand s'étend sur un roman en cours d'écriture : elle s'interroge sur le choix du titre, esquisse la fin du roman, et livre quelques bribes d'un art poétique. Elle s'attache à « peindre des caractères » inspirés de personnages réels (son frère, le menuisier Pierre Bonnin) mais transformés en types ; elle peint des paysages du Berry qui lui sont familiers, mais en inventant une nouvelle topographie et des lieux imaginaires. Rejetant « le prétendu art pour l'art », elle revendique « le droit et même le devoir du conteur » de « mêler quelques idées aux faits du roman » ; tout roman s'inscrivant dans une réalité sociale, les faits et les mœurs découlant de « l'idée sociale » qui les produit, il faut donc « que chaque personnage d'un livre soit le représentant d'une des idées qui circulent dans l'air qu'il respire ». George Sand se proclame « artiste avant tout », sans se soucier du mépris des politiques pour ceux qu'ils considèrent comme des saltimbanques (c'est le thème de la sixième* Lettre d'un voyageur) :

« *un véritable artiste est aussi utile que le* prêtre *et le guerrier* », *et la mission de l'art est* « *une mission de sentiment et
d'amour.* »

La discussion avec Flaubert sur la place de l'artiste dans son
œuvre est passionnante. « *Ne rien mettre de son cœur dans ce qu'on
écrit ? je ne comprends pas du tout, oh mais, du tout. Moi il me
semble qu'on ne peut pas y mettre autre chose.* » Elle se met « *dans
la peau de [s]es bonshommes* », mais l'artiste est comme une harpe
éolienne, un sismographe qui retranscrit les phénomènes que l'inspiration, née de la contemplation, fait naître dans son âme. L'artiste
doit écouter en lui la voix de la nature qui parle la langue « *du
vrai éternel, du beau absolu* », et par l'enthousiasme et « *la sagesse* »,
atteindre la vérité dans l'art, « *voir hors de nous quelque chose de
plus élevé que ce qui est en nous, et nous l'assimiler peu à peu par
la contemplation et l'admiration* ».

Le débat sur le réalisme, commencé avec Champfleury et Ernest
Feydeau, se poursuit avec Flaubert : « *tu vas faire de la* désolation *et moi de la* consolation ». Après sa propre victoire sur le
désespoir, elle ne peut désespérer de l'homme, et veut associer le sentiment artistique avec le sentiment humain et moral. « *L'art n'est
pas seulement de la peinture. La vraie peinture est, d'ailleurs, pleine
de l'âme qui pousse la brosse.* » Ce n'est donc pas tant la forme
qui compte que l'homme : « *On veut trouver l'homme au fond de
toute histoire et de tout fait.* » Sand ne peut renoncer à donner à
son œuvre un « *sens moral et profitable* » ; elle aimerait voir Flaubert abandonner le réalisme et revenir à « *la vraie réalité, qui est
mêlée de beau et de laid, de terne et de brillant, mais où la volonté
du bien trouve quand même sa place et son emploi* ». Et, tout en
admirant Zola, elle ne saurait souscrire à la vision du romancier
naturaliste : « *l'art doit être la recherche de la vérité, [...] la vérité
n'est pas la peinture du mal. Elle doit être la peinture du mal et
du bien.* » Sans souci de la postérité, et au risque d'être oubliée
« *dans cinquante ans* », elle veut agir sur ses contemporains et
« *leur faire partager [s]on idéal de douceur et de poésie* ».


## Lettres politiques

En *1843*, Sand écrit à Mazzini : « *je ne suis pas une intelligence politique, quoique j'aie des sentiments politiques et un certain
sens des idées sociales et philosophiques.* » Mais dans cette correspondance s'étendant sur plus d'un demi-siècle qui connut des révolutions
et de grands bouleversements, de la Restauration à la Troisième

*République, on verra, au fil des lettres, la conscience politique et sociale de George Sand s'éveiller, se forger, évoluer.*

Elle attendait de la révolution de juillet 1830 « une grande réforme dans la société », mais elle est vite déçue par ce simple « changement de dynastie ». Elle pleure à l'écrasement de la Pologne, et son cœur saigne et se révolte lorsqu'elle assiste impuissante à la terrible répression des émeutes de juin 1832. Elle inculque à son fils l'amour de l'égalité et de la justice. Elle se met au service du peuple « pour hâter l'enfantement de la vérité et de la justice », et se passionne pour le compagnonnage et l'action d'Agricol Perdiguier : « C'est dans le peuple, et dans la classe ouvrière surtout qu'est l'avenir du monde. » Combattant « l'inégalité et le privilège (et l'argent est le premier de tous les privilèges) », ses romans peuvent se résumer à cette maxime : « changer la société de fond en comble ». C'est pourquoi, en même temps qu'elle s'implique dans la création du journal L'Éclaireur en Berry, elle salue l'intérêt de Louis-Napoléon Bonaparte (le futur Napoléon III, alors en prison) pour « le sort des prolétaires ».

1848

Surprise par les événements de février 1848, Sand quitte aussitôt Nohant pour Paris et se lance « dans l'inconnu avec la foi et l'espérance ». Elle embrasse avec ferveur la cause de la République, rédige des brochures, des circulaires gouvernementales et assure une partie de la rédaction du Bulletin de la République. Mais après les journées du 16 avril puis du 15 mai, elle comprend que le peuple n'est pas mûr pour une « révolution sociale ». L'affrontement armé qu'elle redoutait a hélas lieu lors des fatales journées de juin ; cet « égorgement mutuel » va retarder pour longtemps l'avènement de ce « communisme social » que la raison et la justice appellent. Elle se résigne devant la volonté du peuple qui porte à la Présidence de la République Louis-Napoléon Bonaparte, car le suffrage universel est pour elle souverain : « Malheur à nous si nous ne savons pas nous en servir, car lui seul nous affranchira pour toujours. »

Le terme de communisme vient souvent sous la plume de Sand ; ce n'est certes pas la dictature du prolétariat, car Sand rejette toutes les formes « dictatoriales » du communisme qui croit pouvoir s'établir par la force. Dans un article de La Vraie République du 7 mai 1848, elle avait défini son communisme comme l'application de l'Évangile dans la vie réelle pour que « l'inégalité révoltante de l'extrême richesse et de l'extrême pauvreté disparaisse dès aujourd'hui pour faire place à un commencement d'égalité véritable, [...] à l'association vaste et toujours progressive des travailleurs », comme « la forme la plus applicable, la plus étendue, la plus préservatrice de toutes les libertés individuelles et de tous les intérêts légitimes ».

*Après le coup d'État du 2 décembre 1851 et le plébiscite, Sand, fidèle à ses principes, ne peut qu'accepter encore le verdict populaire, et se résigner. Même si la Démocratie, « le gouvernement de tous », reste son but et son idéal, elle refuse toute manifestation de violence : « nous serons victimes, mais nous ne serons pas bourreaux. » Cependant, devant la répression qui s'étend et atteint ses amis les plus proches, elle ne saurait rester inactive, et elle va plaider la cause de l'amnistie générale auprès du Prince-Président : « Amnistie, amnistie, bientôt mon prince ! » Inlassablement, elle tente d'obtenir des grâces pour de nombreux condamnés, proscrits ou exilés, se dépensant sans compter. Ses amis républicains lui reprochent-ils ce qu'ils considèrent comme des compromissions, elle réplique : « Il m'est absolument indifférent d'être compromise, calomniée, insultée [...]. D'autres vont en prison ou en exil pour la politique, moi je peux bien risquer mon honneur pour l'amitié. » Puis, refusant de transiger avec ses convictions, elle s'interdit d'écrire sous l'Empire des articles politiques, vivant politiquement « à l'état de lanterne sourde ».*

*La « boucherie humaine » de la guerre de 1870 la révolte. Elle rejette avec horreur « l'ignoble expérience » de la Commune, irrémédiablement souillée par le sang. Elle n'est guère exaltée par la « République bourgeoise » et « le règne inévitable des épiciers ». Déçue par la politique, elle se retrouve dans sa propre liberté, sa passion du bien et dans la solidarité avec l'humanité : « Je plains l'humanité, je la voudrais bonne, parce que je ne peux pas m'abstraire d'elle, parce qu'elle est moi, parce que le mal qu'elle se fait me frappe au cœur, parce que sa honte me fait rougir, parce que ses crimes me tordent le ventre, parce que je ne peux comprendre le paradis au ciel ni sur la terre pour moi toute seule. »*

## Lettres de foi

*Si Sand a utilisé un temps comme cachet la devise de Jean-Jacques Rousseau Vitam impendere vero, ce n'est là qu'une partie de son idéal : « l'amour du vrai et du bien me consume comme ferait une passion » ; et c'est le second terme qui est peut-être pour elle le plus important. Elle l'affirmera encore à la fin de sa vie : « J'ai la passion du bien et point du tout de sentimentalisme de parti pris. » L'incipit de sa notice sur Honoré de Balzac peut sembler surprenant : « Dire d'un homme de génie qu'il était essentiellement bon, c'est le plus grand éloge que je sache faire. » Mais c'est aussi une incarnation du bien qu'elle trouve dans Montaigne : « Montaigne est pur, il est le grand homme dans toute l'acception*

*du mot. [...] l'image du bien était trop forte en lui pour qu'il
entrevît clairement l'image contraire. Il pensait que l'homme porte
en lui tous ses éléments de sagesse et de bonheur. Il ne se trompait
pas.»* Quant à l'amour du vrai, Sand l'a vécu comme un long
combat gagné contre ses doutes et ses faiblesses. Alors qu'elle publie
Mademoiselle La Quintinie, *elle éprouve le besoin d'en expliquer l'enjeu :* «le courage a été de rompre avec de chers souvenirs
et des tendances au mysticisme qui ont eu un grand ascendant sur
les trois quarts de ma vie. Je les ai reconnus énervants et la passion
de la vérité a tué en moi tout un monde de morts.»

Sous l'influence de Pierre Leroux, Sand énonce en 1842 son
credo : «Je crois à la vie éternelle, à l'humanité éternelle, au progrès éternel»; *au même moment, tout en exprimant de fortes réti-
cences à l'égard de l'Église, elle affirme :* «Dieu, c'est la vérité
éternelle au-dessus de nous.» *Elle n'a cessé de croire en Dieu, en
un Dieu bon, et d'affirmer cette foi dans ses écrits comme dans ses
lettres. Elle console Marie Dorval qui vient de perdre son petit
Georges, et l'engage à se tourner vers Dieu, à faire confiance en* «la
vérité divine, la bonté divine, l'amour divin». *Cette foi se vit
comme une révélation, comme une fusion dans l'amour divin :* «j'ai
encore des battements de cœur quand je crois voir la face de Dieu
dans les secrets replis de la nature, et que je me sens emportée dans
le rêve de l'infini comme un heureux atome qui a conscience de soi,
qui sent une loi magnifique et un ordre ineffable le conduire à un
inconnu plein de promesses par un chemin délicieux qui s'appelle
confiance.»

*Du catholicisme, Sand rejette les manifestations extérieures, où
elle ne voit* «qu'une comédie mal jouée» *(comme la bénédiction du
Pape à Rome qui la révolte), mais surtout les* «abominables hérésies» *que sont l'enfer et le diable. Pour elle, Dieu est bonté et miséricorde, et le dogme de l'enfer apparaît comme* «une monstruosité,
une imposture et une barbarie». *Elle écrit le roman Mademoiselle La Quintinie en réaction contre le catholicisme, ce* «mensonge
du siècle», *et contre la confession qu'elle veut démolir* «et avec elle
la dangereuse ambition d'influence du clergé, l'hypocrisie du siècle
etc. etc.». *L'anticléricalisme de Sand ne fera que s'accentuer, en
dénonçant le prêtre* «comme l'agent du mal en ce monde»; *on le
verra notamment dans la lettre d'une rare violence (*«un monument
d'intolérance», *dixit G. Lubin) qu'elle adresse à l'actrice Sylvanie
Arnould-Plessy qui vient de se convertir.*

*George Sand a résumé ainsi son évolution religieuse :* «Elle
dépouilla la forme arrêtée du catholicisme, elle se fit protestante sans
le savoir; et puis, elle alla plus loin et improvisa son mode d'en-*

*tretien avec la divinité. » Les lettres aux pasteurs Louis Leblois et
Adolphe Schaeffer marquent l'intérêt qu'elle a porté au protestantisme, alors que son fils Maurice voulait consacrer son union avec
Lina (ils s'étaient mariés civilement) puis faire baptiser leurs
enfants. Si elle conçoit ces cérémonies comme « une protestation
contre le catholicisme, un divorce de famille avec l'Église, une rupture déterminée et déclarée contre le prêtre romain », elle reste quant
à elle réticente à un culte officiel, revendiquant « la liberté de
conscience absolue ». Elle serait cependant prête à reconnaître (elle
ne dit pas embrasser) une religion qui évolue et progresse « dans la
vérité et la justice » si ce mouvement « peut nous sauver du matérialisme ». Face à l'athée Desplanches, Sand affirme sa foi comme
un acte d'amour : « Croyons au progrès ; croyons en Dieu dès à
présent. [...] Dites à vos petits-enfants : Je crois, parce que
j'aime. » Pour sa propre petite-fille Aurore, Sand souhaite encourager « la croyance au Dieu bon » qui est « la poésie de l'enfance »
et le meilleur rempart à l'athéisme et au fanatisme.*

    *Au fil des morts cruelles qui la frappent ou qui frappent autour
d'elle, Sand ne cesse de clamer sa croyance en la vie éternelle, « une
vie meilleure, où vont ceux qui nous quittent et où nous les retrouverons. [...] ceux que j'ai perdus et aimés me semblent toujours
vivants, toujours en rapport avec moi. [...] Si la mort était
quelque chose d'absolu, la vie n'existerait pas. » La mort n'est pas
« une fin » mais « un commencement », un passage dans un monde
meilleur « où l'on voit plus clair et plus loin », où l'on gravite vers
Dieu, « où l'on monte plus parfait, plus lucide, plus aimant, à
mesure qu'on a perfectionné son être dans les milieux précédents »,
et où l'on se rejoint un jour : « C'est l'amour qui tient cet invisible
escalier où l'on se tend la main les uns aux autres. » C'est peut-
être lors de la mort de la petite Jeanne Clésinger que Sand proclame avec le plus de force sereine cette foi profonde : « Je vois la vie
future et éternelle devant moi comme une certitude, comme une
lumière [...]. Je sais bien que ma Jeanne n'est pas morte, je sais
bien qu'elle est mieux que dans ce triste monde où elle a été la
victime des méchants et des insensés. Je sais bien que je la retrouverai et qu'elle me reconnaîtra, quand même elle ne se souviendrait
pas, ni moi non plus. »*

    *Cette correspondance est un acte de foi dans la vie quand
même, et une magnifique leçon de vie. Dans les* Lettres d'un
voyageur, *Sand écrivait déjà : « Je supporte donc la vie, parce que
je l'aime » ; mais elle était alors souvent en proie au chagrin. Avec
le temps, et de nouvelles épreuves, elle apprendra douloureusement*

que « *le bonheur est une conquête* », et elle remportera, par la seule force de sa volonté, la victoire sur son désespoir. En *1863*, elle affirme telle une devise à Eugène Fromentin : « *Il faut vivre, vivre toujours, vivre toujours plus, afin de vivre encore au delà de ce que nous appelons la mort.* » À la veille de mourir, torturée par d'atroces douleurs d'estomac, elle écrit à son neveu : « *Ne t'inquiète pas. J'en ai vu bien d'autres et puis j'ai fait mon temps, et ne m'attriste d'aucune éventualité. Je crois que tout est bien, vivre et mourir, c'est mourir et vivre de mieux en mieux.* » Comme un viatique pour ses amis, pour ses lecteurs, ce sont les dernières lignes qu'elle ait tracées.

Thierry Bodin

# CHRONOLOGIE
## 1804-1876

1804. 1er juillet (12 messidor an XII) : naissance à Paris, 15 rue Mes-
lay (actuel 46), d'Amantine-*Aurore*-Lucile Dupin (baptisée le
lendemain à Saint-Nicolas-des-Champs avec les prénoms
Amandine-Aurore-Lucie) ; probablement à cause d'une mauvaise traduction du calendrier révolutionnaire, elle a longtemps
cru qu'elle était née le 5 juillet, et c'est ce jour-là qu'on fêtait
son anniversaire. Son père, Maurice Dupin (1778-1808), est
lieutenant de chasseurs à cheval et officier d'état-major ; il descend des rois de Pologne par sa mère, Marie-Aurore de Saxe
(1748-1821), fille naturelle du maréchal de Saxe, qui a épousé
en 1777 le financier Louis-Claude Dupin de Francueil (1715-
1786). Maurice Dupin a épousé *in extremis* le 5 juin Sophie
Delaborde (1773-1837), d'origine modeste (son père est oiselier
à Paris) et de mœurs assez légères : elle a une fille naturelle,
Caroline Delaborde (1799-1878, plus tard Mme Cazamajou) ;
de son côté, Maurice Dupin a un fils naturel, Pierre Laverdure
dit Hippolyte Chatiron (1799-1848) ; G. S. gardera des liens
affectueux avec son demi-frère et sa demi-sœur.

1808. Maurice Dupin ayant été nommé chef d'escadron et aide de
camp de Murat, Sophie, enceinte, part le rejoindre en Espagne
avec la petite Aurore ; elle accouche à Madrid d'un fils, Auguste-
Louis, le 12 juin (il mourra le 8 septembre) ; le mois suivant, la
famille rentre en France et s'installe à Nohant chez Mme Dupin
de Francueil. Le 16 septembre, Maurice Dupin meurt à La
Châtre d'une chute de cheval.

1809. Sophie se désiste de la tutelle de sa fille en faveur de
Mme Dupin de Francueil, qui va assurer, jusqu'à sa mort, la
garde et l'éducation d'Aurore. Celle-ci vivra ses années d'enfance à Nohant, sauf quelques séjours à Paris avec sa grand-
mère. Son éducation est confiée à Jean-François Deschartres,
l'ancien précepteur de son père, qui l'élève avec Hippolyte

Chatiron. Les relations sont très tendues entre la grand-mère et la mère, qui vient cependant chaque été voir sa fille. Aurore, qui a appris tardivement le catéchisme, fait sa première communion à La Châtre en 1817.

1818. Aurore est mise en pension à Paris pour deux ans, au couvent des Dames augustines anglaises, rue des Fossés Saint-Victor (disparu lors du percement de la rue Monge) ; elle va y parfaire son éducation, apprenant l'anglais et l'italien ; elle traverse une période d'intense ferveur religieuse et mystique.

1820. 12 avril : Aurore quitte le couvent, et sa grand-mère, qui voudrait la marier avant de mourir, la ramène à Nohant. Immenses lectures (notamment Rousseau et le *Génie du christianisme*), pratique de la musique, chevauchées dans la campagne avec Hippolyte Chatiron, correspondance suivie avec les amies de pension.

1821. Aurore se fait l'infirmière dévouée de sa grand-mère, frappée d'apoplexie et qui va décliner ; plusieurs projets de mariage s'échafaudent. Le jeune Stéphane Ajasson de Grandsagne vient lui donner des leçons d'histoire naturelle. 26 décembre : mort de Mme Dupin de Francueil.

1822. Ayant refusé la tutelle de son cousin René Vallet de Villeneuve qui veut la forcer à rompre avec sa famille maternelle, Aurore quitte Nohant avec sa mère le 18 janvier. Lors de séjours au château du Plessis-Picard près de Melun chez les Roëttiers du Plessis, elle fait la connaissance de Casimir Dudevant (1795-1871), qu'elle épouse le 17 septembre à Paris ; les jeunes époux prennent possession de Nohant à la fin d'octobre.

1823. 30 juin : naissance de leur fils Maurice à Paris.

1824. Les Dudevant partagent leur temps entre Nohant, le Plessis-Picard et Ormesson ; il s'installent à Paris pour l'hiver. Le ménage n'est pas heureux, les divergences de goûts deviennent patentes entre les époux.

1825. Aurore traverse une crise mystique et fait une retraite de quelques jours chez les Dames augustines anglaises. Juillet-août : voyage des Dudevant aux Pyrénées ; Aurore y retrouve ses amies Aimée et Jane Bazouin ; à Cauterets, début d'une liaison amoureuse, romantique mais platonique, avec Aurélien de Sèze. De septembre à avril 1826, séjours à Bordeaux et à Guillery (près de Nérac) chez M. Dudevant père. En octobre, explications orageuses avec Casimir, qui prend ombrage des assiduités d'Aurélien ; longue lettre-confession d'Aurore à Casimir (15 novembre).

1826. Avril : retour à Nohant, où les Dudevant s'installent de façon durable ; Casimir gère mal le domaine, s'adonne à la boisson, à la chasse et aux amours ancillaires.

1827. Aurore se crée un cercle d'amis fidèles : Duteil, Duvernet, Fleury, Néraud, Papet… Août : voyage des Dudevant au Mont-Dore. En décembre, Aurore part seule pour Paris où elle

retrouve Stéphane Ajasson de Grandsagne dont elle est devenue la maîtresse.

1828. Aurore passe toute l'année à Nohant, où elle donne le jour le
13 septembre (neuf mois après Paris !) à une fille, Solange ;
Aurélien de Sèze, qui séjourne à Nohant, est témoin pour la
déclaration d'état-civil…

1829. Premiers essais littéraires : des souvenirs comme *Voyage chez
M. Blaise*, *Voyage en Auvergne*, *Voyage en Espagne*, mais aussi un
roman, *La Marraine*, écrit pour son amie Jane Bazouin, et
un autre roman inachevé, *Histoire du rêveur*. Mai-juillet : séjours
des Dudevant à Guillery et Bordeaux, où Aurore retrouve
Aurélien de Sèze ; elle le revoit en décembre, lors d'un voyage
à Périgueux.

1830. 26 avril-16 juin : séjour à Paris d'Aurore et Maurice, au cours
duquel elle va seule passer trois jours à Bordeaux avec Aurélien
(leur dernière rencontre). 30 juillet : au château du Coudray, chez
Charles Duvernet, elle rencontre le jeune Jules Sandeau dont elle
devient vite la maîtresse. Novembre : grande dispute entre les
époux après la découverte d'une sorte de «testament» injurieux
de Casimir ; on parvient à un accord amiable, Casimir versant
une pension à Aurore qui passera la moitié de l'année à Paris.

1831. Maurice est confié à un précepteur, Jules Boucoiran. 4 janvier :
Aurore part rejoindre Sandeau à Paris ; après avoir logé chez
son frère Chatiron et dans un hôtel meublé, elle s'installe en
juillet dans un petit appartement 25 quai Saint-Michel. Elle
dessine des portraits et décore des objets en bois pour gagner
un peu d'argent. H. de Latouche, cousin de Duvernet, la
prend sous sa protection et lui fait écrire des articles pour son
journal *Figaro*. Elle compose, seule ou avec Sandeau, des nouvelles : *La Prima Donna* (signée J. Sand, publiée dans la *Revue
de Paris* d'avril) et *La Fille d'Albano* (signée J. S., dans *La Mode*
du 15 mai). Elle ébauche en juin un drame, *Une conspiration en
1537* (dont Musset s'inspirera pour *Lorenzaccio*). Besogne alimentaire : elle travaille à un roman, *Le Commissionnaire*, œuvre
posthume d'Alphonse Signol (publié en septembre). Avec Sandeau, elle écrit un roman publié fin décembre : J. Sand, *Rose et
Blanche ou la Comédienne et la Religieuse*.

1832. Elle passe le début de l'année à Nohant où elle écrit seule
le roman *Indiana*, publié en mai sous le pseudonyme G. Sand,
et qui recueille un vif succès ; elle se fait appeler «Georges
Sand». 1er avril : retour à Paris avec Solange ; elle assiste aux
ravages du choléra, et à la cruelle répression des émeutes de
juin. Elle publie deux nouvelles dans la *Revue de Paris* : *Melchior*
(juillet) et *La Marquise* (décembre). Octobre : disputes avec Sandeau ; elle déménage au 19 quai Malaquais. Novembre : publication du roman *Valentine*, signé G. Sand. 11 décembre : traité
avec Buloz pour une collaboration régulière avec la *Revue des
Deux Mondes* (désormais *RDM*).

1833. Janvier : elle fait la connaissance de Marie Dorval, à qui la liera
      une amitié passionnée. 17 février : article dans *L'Artiste* sur
      « Mlle Mars et Mme Dorval ». Publication de deux nouvelles
      signées « Georges Sand » : *Cora* (dans *Le Salmigondis*, février) et
      *Une vieille histoire* [*Lavinia*] (*Heures du soir*, mars) ; désormais, elle
      signera « George Sand ». Mars : rupture avec Sandeau ; puis
      (fin mars-début avril) brève liaison ratée avec Mérimée. Vives
      amitiés avec Charles Didier, Gustave Planche et Sainte-Beuve,
      qui fait office de confesseur et de conseiller littéraire. Maurice
      est mis en pension au collège Henri IV en avril. Juin : article
      sur *Obermann* de Senancour dans la *RDM*. Juillet : publication
      de *Lélia*, et début de la liaison avec Alfred de Musset, dont elle
      devient la maîtresse le 29 juillet. 5-13 août : séjour des deux
      amants à Fontainebleau. Nouvelles dans la *RDM* : *Aldo le
      Rimeur* (1er septembre) et *Métella* (15 octobre). Grâce à la vente
      à Buloz du manuscrit du nouveau roman *Le Secrétaire intime* et
      à une avance sur le prochain, Sand et Musset partent pour
      l'Italie le 12 décembre, *via* Lyon, Marseille, Gênes ; ils arrivent
      à Venise le 31 décembre.

1834. À Venise jusqu'au 24 juillet. Installation à l'Albergo reale
      Danieli, où Sand tombe malade et doit s'aliter une quinzaine
      de jours, en proie à la fièvre et à la dysenterie, laissée souvent
      seule : Musset se promène et s'amuse. 30 janvier : elle fait une
      rechute, et Musset tombe gravement malade à son tour d'une
      fièvre typhoïde, avec d'affreuses crises de délire ; Sand appelle
      à l'aide le docteur Pietro Pagello, qui commence à lui faire une
      cour pressante ; elle soigne Musset, travaille (elle écrit *Leone
      Leoni* et la première moitié d'*André*) ; elle devient la maîtresse de
      Pagello fin février. Nombreuses scènes entre Sand et Musset,
      qui quittent le Danieli pour un appartement calle delle Rasse.
      29 mars : Musset rentre en France ; Sand l'accompagne jusqu'à
      Mestre, puis fait, jusqu'au 5 avril, une excursion avec Pagello en
      Vénétie : Trévise, Castelfranco, Vicence, Bassano, Oliero, Pos-
      sagno, Asolo… Au retour, elle s'installe chez Pagello, Ca'Mez-
      zani, corte Minelli à San Fantin ; en trois mois, elle y termine
      *André*, rédige *Jacques* et les trois premières *Lettres d'un voyageur*.
      24 juillet : elle quitte Venise avec Pagello ; par Vérone, les lacs,
      Milan, Chamonix, Genève, ils arrivent le 14 août à Paris. Sand
      revoit Musset puis part seule pour Nohant. À son retour
      début octobre à Paris, une liaison orageuse reprend avec Mus-
      set ; Pagello repart pour Venise ; en novembre, Musset rompt
      avec Sand, et, comme il refuse de recevoir ses lettres, elle
      rédige dans la douleur le *Journal intime*.
      Publication de trois romans : *Le Secrétaire intime*, *Jacques*, et
      *Leone Leoni* [*RDM*[1]] ; du conte *Garnier* dans *Le Livre rose*, et de
      quatre *Lettres d'un voyageur* dans la *RDM*.

      _____

      1. Ce roman sera édité l'année suivante en volume ; comme pour

1835. Début janvier : reprise des amours avec Musset, mais aussi des scènes et des querelles ; le 6 mars, elle rompt définitivement en s'enfuyant à Nohant. Mai : elle suit à Paris le procès monstre des accusés des insurrections d'avril 1834, et devient la maîtresse de l'avocat républicain Michel de Bourges. Elle fait la connaissance de Lamennais et de Pierre Leroux, qui l'initieront aux idées de progrès et au socialisme. 19 octobre : violente scène à Nohant entre Casimir et sa femme, à la suite de laquelle G. S. entame une procédure de séparation judiciaire. Ne pouvant être à Nohant en même temps que Casimir, elle loge à La Châtre chez ses amis Duteil et Bourgoing. Publication du roman *André* [*RDM*] ; du *Poème de Myrza*, de la nouvelle *Mattéa* et de trois nouvelles *Lettres d'un voyageur* dans la *RDM*.

1836. 1er février : publication de *La Confession d'un enfant du siècle* de Musset. 16 février : le tribunal de La Châtre prononce la séparation des époux Dudevant, jugement confirmé le 11 mai après opposition de Casimir, qui fait alors appel. En avril, séjour à Paris et début de la liaison avec Charles Didier, chez qui G. S. va habiter (6 rue du Regard). 25-26 juillet : procès en appel devant la cour royale de Bourges, auquel met fin la signature d'un traité entre les époux Dudevant le 29 juillet qui consacre leur séparation judiciaire ; G. S. obtient la garde de ses enfants, et la pleine et entière propriété de ses biens. 28 août : les *Piffoëls* (G. S. et ses enfants) partent rejoindre en Suisse les *Fellows* Liszt et Marie d'Agoult ; excursion à Chamonix en septembre. G. S. passe les deux derniers mois de l'année à Paris, où elle loge à l'hôtel de France, 23 rue Laffitte ; elle assiste à deux soirées-concerts chez Chopin, et se lie d'amitié avec Charlotte Marliani, femme du consul d'Espagne. Publication du roman *Simon* ; dans la *RDM* de quatre *Lettres d'un voyageur* et de fragments inédits de *Lélia* ; du récit *Le Dieu inconnu* dans *Dodécaton ou le Livre des douze* ; d'un article sur les *Souvenirs de Madame Merlin* (*Revue de Paris*). Premiers volumes (elle en comptera 24 jusqu'en 1840) d'une édition des *Œuvres complètes* chez Bonnaire. Le roman *Engelwald*, terminé en avril-mai, ne sera pas publié (détruit en 1864).

1837. 7 janvier : G. S. revient à Nohant avec Maurice, qu'elle retire du collège et qui sera élevé désormais par un précepteur,

---

*Leone Leoni*, les œuvres publiées d'abord en revue ou en feuilleton sont mentionnées à la date de cette première publication avec le nom du périodique entre crochets, les éditions en librairie suivant de peu la fin de la parution dans les périodiques. Nous ne mentionnerons pas dans les publications les pièces de théâtre, généralement éditées au moment de leur création parisienne. Nous avons négligé de recenser quelques petits articles ou préfaces, ainsi que divers textes inédits.

Eugène Pelletan. Séjours à Nohant de Marie d'Agoult et Liszt en février-mars et de mai à juillet. Alors que la liaison avec Michel de Bourges touche à sa fin, G. S. prend un nouvel amant, l'acteur Bocage. Juillet : arrivée du nouveau précepteur de Maurice, Félicien Mallefille, qui deviendra un peu plus tard l'amant de G. S. Août-mi septembre : séjour avec Bocage puis avec Maurice à Fontainebleau, d'où elle se rend à Paris au chevet de sa mère malade, qui meurt le 19 août. Casimir ayant enlevé Solange à Nohant, G. S. part pour Nérac le 21 septembre avec Mallefille, se fait rendre sa fille puis, après une brève excursion dans les Pyrénées, rentre à Nohant. Début octobre : séjour à Nohant de Mme Marliani et de Pierre Leroux, qui va devenir son maître à penser et fortement influencer ses idées religieuses, politiques et sociales.

Publication des *Lettres d'un voyageur* en librairie, des romans *Mauprat* [RDM] et *Les Maîtres mosaïstes* [RDM] ; de six *Lettres à Marcie* (février-mars) dans *Le Monde*, journal de Lamennais, qui l'empêche d'aborder la question du divorce ; de divers articles (*Le Contrebandier*, sur Marie Dorval, Ingres et Calamatta, Shakespeare). Un livre est consacré à *George Sand* par le vicomte Théobald Walsh.

1838.  G. S. passe l'hiver à Nohant, où elle reçoit la visite de Balzac (24 février-2 mars) puis en avril celle du peintre Auguste Charpentier qui fait son portrait. Procès à Paris contre Casimir Dudevant pour la liquidation financière de leur communauté (avril-juin, liquidée par acte du 2 juillet). Juin : début de la liaison avec Frédéric Chopin ; Delacroix peint le double portrait de G. S. écoutant Chopin au piano. 18 octobre : G. S. quitte Paris avec ses enfants pour l'Espagne par le Plessis-Picard, Chalon, Lyon, Avignon, Nîmes, Perpignan, où Chopin les rejoint pour embarquer à Port-Vendres le 1er novembre vers Barcelone où, après un bref séjour, ils prennent le bateau pour Majorque. Ils s'installent successivement à Palma (8-14 novembre), à la villa *So'n Vent* à Establiments (15 novembre-9 décembre), puis le 15 décembre dans la chartreuse de Valldemosa.

Publication dans la *RDM* des romans *La Dernière Aldini*, *L'Uscoque* et *Spiridion*, de la nouvelle *L'Orco*, et de deux « Lettres à M. Lerminier » de polémique politique.

1839.  11 février : Chopin étant de plus en plus malade, la tribu quitte Valldemosa pour Barcelone puis Marseille, où les voyageurs restent (à l'exception d'un séjour à Gênes début mai) jusqu'au 22 mai ; ils sont de retour à Nohant le 1er juin. 10 octobre : Sand et Chopin partent pour Paris, où ils s'installent dans deux pavillons au 16 rue Pigalle (actuel 20). En novembre, retrouvailles et explications orageuses avec Marie d'Agoult.

Publication en librairie d'une nouvelle version très remaniée de *Lélia* ; et dans la *RDM* des romans *Gabriel* (roman dialogué) et *Pauline*, du drame philosophique *Les Sept Cordes de la Lyre*, et d'un *Essai sur le drame fantastique* (Goethe, Byron, Mickiewicz).

1840. G. S. et Chopin passent l'année à Paris ; Maurice entre à l'atelier de Delacroix. 29 avril : création au Théâtre Français de *Cosima* ; échec, la pièce est retirée après sept représentations. Amitié avec la cantatrice Pauline Viardot. Mai : début des relations avec Agricol Perdiguier, réformateur du compagnonnage. Solange est mise en pension.

Publication dans la *RDM* du proverbe *Les Mississipiens* et d'un article sur Pauline Viardot ; parution en librairie du roman *Le Compagnon du tour de France*, refusé par la *RDM*.

1841. G. S. et Chopin passent l'année à Paris, sauf un long séjour à Nohant de la mi-juin à la fin d'octobre. Juillet : procès et rupture avec Buloz, qui refuse de publier *Horace* dans la *RDM*. Début octobre : excursion dans la Creuse avec Duvernet. 5 novembre : premier numéro de *La Revue indépendante*, créée par G. S. avec Pierre Leroux et Louis Viardot. Décembre : Balzac dédie à G. S. *Mémoires de deux jeunes mariées*.

Publication dans la *RDM* d'*Un hiver au midi de l'Europe* (qui deviendra *Un hiver à Majorque*), d'un article sur J.-J. Rousseau et de la nouvelle *Mouny-Robin* ; dans *La Revue indépendante* du roman *Horace*, et de deux articles sur « les poètes populaires » et sur Lamartine.

1842. Séjour à Nohant de mai à septembre ; Delacroix vient y passer le mois de juin. 1ᵉʳ octobre : installation au square d'Orléans (Sand au 5, Chopin au 9, Mme Marliani au 7). 10 décembre : *La Revue indépendante*, en mauvaise passe financière, est cédée à une société.

Publication dans *La Revue indépendante* du roman *Consuelo*, et de deux « dialogues familiers sur la poésie des prolétaires ». Début de la parution de l'édition en format in-18 de ses *Œuvres* chez Perrotin (16 volumes jusqu'en 1844), avec une importante « Préface prospectus ».

1843. Long séjour à Nohant du 22 mai au 29 novembre : visites de Delacroix (juillet) et des Viardot (septembre) ; noces des domestiques Françoise Caillaud et Jean Aucante (10 septembre, décrites dans *La Mare au diable*) ; excursion dans la Creuse (fin septembre). Juillet-août : enquête sur la disparition de l'idiote Fanchette, abandonnée par les religieuses de l'hospice de La Châtre. Octobre : projet de journal républicain en Berry. En mars, apparition du mot « Sandisme » dans *La Muse du département* de Balzac.

Publications dans *La Revue indépendante* : *La Comtesse de Rudolstadt*, suite de *Consuelo* ; *Kourroglou*, épopée adaptée du persan d'après Alexandre Chodzko ; *Jean Ziska*, récit historique ; histoire de *Fanchette* ; articles sur Lamennais et sur la littérature slave ; lettre à Lamartine. La nouvelle *Carl* paraît dans la *Revue et Gazette musicale de Paris* (janvier).

1844. G. S. réside à Nohant du 30 mai au 11 décembre avec Chopin (qui fait quelques brefs voyages à Paris) ; en août, séjour de la sœur de Chopin (leur père est mort le 3 mai) avec son mari ; fin septembre, excursion dans la Marche avec Hippolyte Chatiron, Solange et Pierre Leroux qui s'est installé à Boussac pour mettre au point une machine à imprimer, largement financée par G. S.

14 septembre : premier numéro de *L'Éclaireur, journal des départements de l'Indre, du Cher et de la Creuse*, à l'instigation de G. S. (qui publie en tête une lettre-manifeste) et de ses amis républicains, dont le rédacteur est Victor Borie ; elle y donne plusieurs articles, notamment sur l'organisation du travail, la langue d'oc et la langue d'oïl, une série sur *La Politique et le Socialisme*, et la « Lettre d'un paysan de la Vallée Noire ».

*NB*  Publication de *Jeanne* (premier des romans dits champêtres) dans *Le Constitutionnel* ; dans *La Revue indépendante* d'un article sur les *Adieux* de Latouche et du récit historique *Procope le Grand* ; dans *L'Almanach du mois* de deux poèmes en prose, *Les Fleurs de mai* et *La Fauvette du docteur* ; du « Coup d'œil général sur Paris » dans *Le Diable à Paris* ; préface au *Chantier* du poète-maçon Charles Poncy.

1845. Après un bref séjour à Courtavenel chez les Viardot, G. S. s'installe à Nohant avec Chopin du 12 juin au 1er décembre : séjours de Pauline Viardot (juin), de Pierre Leroux et Charles Poncy (novembre) ; G. S. y accueille aussi sa petite cousine Augustine Brault. Septembre : excursions à Boussac (où Pierre Leroux imprime désormais *L'Éclaireur* et vient de lancer sa *Revue sociale*) et aux Pierres Jomâtres, puis à Crozant, Châteaubrun, Gargilesse (décors du *Péché de Monsieur Antoine*). Début décembre, en rentrant à Paris avec Maurice et Solange, séjour au château de Chenonceaux chez ses cousins Vallet de Villeneuve avec qui elle a renoué.

Publication de quatre romans *Le Meunier d'Angibault* [*La Réforme*], *Isidora* [*Revue indépendante*], *Teverino* [*La Presse*] et *Le Péché de Monsieur Antoine* [*L'Époque*] ; de deux articles dans *Le Diable à Paris* : « Les Mères de famille dans le beau monde » et « Relation d'un voyage chez les sauvages de Paris » (sur les Indiens Ioways qu'elle a vus fin mai) ; dans divers journaux et revues, articles sur Louis Blanc, *Hamlet*, *La Botanique de l'enfance* de Jules Néraud, la réception de Sainte-Beuve à l'Académie française, une école d'équitation ; préfaces au *Werther* de Goethe, aux *Poésies* de Magu.

1846. Fin janvier : G. S. prend avec elle Augustine Brault, qu'elle considère désormais comme sa fille adoptive. 5 mai : départ pour Nohant où G. S. demeurera jusqu'au 6 février 1847 ; Chopin la rejoint à la fin du mois. 6-9 juin : excursion en Brenne avec Augustine et Solange, dont Fernand de Preaulx, un jeune hobereau, tombe amoureux ; projets de mariage. 16-30 août :

séjour de Delacroix, à qui succède Emmanuel Arago (jusqu'au 31 octobre). Septembre : excursions dans la région d'Éguzon et dans la Creuse. 11 novembre : Chopin rentre à Paris (il ne reviendra plus à Nohant). 8 décembre : début des représentations théâtrales à Nohant avec *Le Druide peu délicat* (jusqu'au 30 janvier), pour lesquelles G. S. rédige 21 pièces ou scénarios sur lesquels les acteurs improvisent.

Publication dans *Le Courrier français* des romans *La Mare au Diable* et *Lucrezia Floriani* ; articles sur Deburau (dans *Le Constitutionnel*), sur « Le Cercle hippique de Mézières-en-Brenne » et « La Vallée Noire » (dans *L'Éclaireur*).

1847. 6 février : G. S. est déboutée du procès qu'elle a intenté contre les journaux qui ont reproduit *La Mare au diable* sans son autorisation ; retour à Paris avec sa famille et Fernand de Preaulx. 18-26 février : séances de pose dans l'atelier du sculpteur Clésinger, qui fait les bustes de G. S. et Solange ; séduite, Solange rompt ses fiançailles. 15 avril : G. S., de retour à Nohant, commence à écrire *Histoire de ma vie*. 7 mai : pages sur le suicide (*Journal intime*). 19 mai : mariage à Nohant de Solange avec Clésinger. 23 mai : arrivée à Nohant du peintre Théodore Rousseau ; projets de mariage avec Augustine Brault. Début juin : de retour à Paris, scènes puis rupture avec Théodore Rousseau, probablement manipulé par les Clésinger. 17 juin : retour à Nohant avec Augustine ; G. S. y reste jusqu'au début de 1848. 6 juillet : pantomime *Cassandre assassin* sur le théâtre de Nohant. 11 juillet : violente scène des Clésinger contre Maurice et G. S., qui chasse le ménage de Nohant. 17 juillet : G. S. fait son testament. 27 juillet : rupture (par lettres) avec Chopin qui a pris fait et cause pour Solange. Rédaction de *Célio* (*Le Château des Désertes*, publié en 1851). Octobre-novembre : visites d'Emmanuel Arago, de Mazzini, d'Hetzel (qui est devenu l'agent littéraire de G. S. et négocie le traité pour *Histoire de ma vie*, signé le 21 décembre) ; premiers spectacles de marionnettes montés par Maurice et son ami le peintre Eugène Lambert. 25 et 31 décembre : représentations sur le théâtre de Nohant.

Publication du roman *Le Piccinino* [*La Presse*] ; articles sur « Les Tapisseries du château de Boussac » (dans *L'Illustration*) et l'*Histoire de la Révolution française* de Louis Blanc (dans *Le Siècle*).

1848. 21 février : démission de la Société des gens de lettres à la suite de l'affaire de *La Mare au diable*. 23-24 février : révolution à Paris ; G. S. accourt se mettre au service du Gouvernement provisoire, et notamment de Ledru-Rollin, ministre de l'Intérieur ; elle loge avec son amant Victor Borie dans un petit appartement sous les toits, 8 rue de Condé. 4 mars : dernière rencontre avec Chopin qui, la croisant dans un escalier, lui apprend que Solange a une fille (Jeanne-Gabrielle, née le 28 février, morte le 6 mars). Elle publie diverses brochures : deux *Lettres au peuple*, *Histoire de la France écrite sous la dictée de*

*Blaise Bonnin*, cinq *Paroles de Blaise Bonnin aux bons citoyens*; des
articles: «Un mot à la classe moyenne» et «Aux Riches».
Après un bref séjour à Nohant où l'on proclame la République et où Maurice devient maire de la commune, elle
revient à Paris pour rédiger en grande partie le *Bulletin de la
République* (mars-avril). 6 avril: le théâtre de la République (ex-
Comédie-Française) joue son prologue *Le Roi attend*. 8 avril:
ayant refusé d'être portée candidate aux élections, elle fonde
un journal hebdomadaire, *La Cause du peuple* (3 numéros).
18 mai: fuyant la répression et les arrestations qui ont suivi les
manifestations et la tentative de coup d'État du 15, G. S. se
réfugie à Nohant, entourée de Maurice, son camarade Eugène
Lambert et Victor Borie; on vient la menacer ou l'inju-
rier sous ses fenêtres. Mai-juin: elle donne treize articles politiques au journal de Théophile Thoré, *La Vraie République*.
5 décembre: elle proteste contre l'utilisation pour propagande
d'une lettre qu'elle avait adressée en 1844 à Louis-Napoléon Bonaparte, qui est élu Président de la République le
10 décembre; article dans *La Réforme* du 22 sur cette élection.
23 décembre: mort de son demi-frère Hippolyte Chatiron.
Publication des romans *François le Champi* [*Journal des Débats*] et
*La Petite Fadette* [*Le Crédit*]; préface à *Travailleurs et propriétaires*
de Victor Borie.

1849. G. S. passe l'année à Nohant, sauf trois jours à Paris en mai
et trois semaines en décembre. Elle est très affectée par la
mort de Marie Dorval (20 mai) et de Chopin (17 octobre).
10 mai: naissance de Jeanne Clésinger (Nini). 23 septembre:
reprise des soirées théâtrales à Nohant. 29 octobre: lancement
du journal *Le Travailleur, journal démocratique de l'Indre*, aussitôt
saisi (Borie, qui en est le directeur, sera condamné à un an
de prison). 12 novembre: inauguration de la nouvelle salle de
théâtre de Nohant avec la féerie de G. S., *Cendrillon*. Découverte des fresques de l'église de Vicq. 23 novembre: création
à l'Odéon de *François le Champi*, avec grand succès. 1er-
24 décembre: séjour à Paris, d'où elle revient avec une nouvelle passade, le robuste Allemand Hermann Müller-Strübbing,
et le graveur Alexandre Manceau, qui s'impose vite dans la
troupe du théâtre de Nohant.
Article «Aux Modérés» (*L'Événement*, 2 novembre); préface
aux *Conteurs ouvriers* de Jérôme-Pierre Gilland.

1850. G. S. passe l'année à Nohant, sauf un bref séjour à Paris en
septembre. 15 janvier: elle est admise dans la Société des
Auteurs et Compositeurs dramatiques. Mi-mars: Manceau
devient son amant; il sera son dernier et fidèle compagnon.
8 août: on joue sur le théâtre de Nohant la nouvelle pièce de
G. S., *Claudie* (elle aimera désormais roder sur la scène
de Nohant les pièces destinées à Paris). Septembre-octobre:
séjour d'Augustine de Bertholdi.

Publication du conte *Histoire du véritable Gribouille*; article contre la loi de déportation (dans *L'Événement*); préfaces à *République et Royauté* de Giuseppe Mazzini, et à *La Chanson de chaque métier* de Charles Poncy.

1851. G. S. passe l'année à Nohant, sauf trois brefs séjours à Paris pour la création de ses pièces de théâtre: *Claudie* le 11 janvier à la Porte Saint-Martin (grand succès), *Molière* le 10 mai à la Gaîté (12 représentations) et *Le Mariage de Victorine* le 26 novembre au Gymnase, dont le succès est interrompu par le coup d'État. Début février: Solange vient passer quelques jours à Nohant avec sa fille Jeanne. 9 février: réouverture du théâtre de Nohant rénové avec *La Malédiction* de G. S. Octobre: elle récupère, grâce à Alexandre Dumas fils, ses lettres à Chopin; elle les brûlera. 4 décembre: après le coup d'État du 2, G. S. quitte Paris avec Manceau, Solange et Jeanne.

Publication du roman *Le Château des Désertes* [*RDM*, écrit en 1847]; de la nouvelle (ou plutôt fragment de roman abandonné) *Monsieur Rousset* (dans *La Politique nouvelle*); de la comédie *Marielle* (*Revue de Paris*, non représentée); d'articles sur Latouche (mort le 27 février, dans *Le Siècle*), sur les *Mœurs et coutumes du Berry* et *Les Visions de la nuit dans les campagnes* (dans *L'Illustration*). Début de la parution de ses *Œuvres illustrées* par Tony Johannot et Maurice Sand (Hetzel, 9 vol., 1851-1856), pour laquelle elle rédige des préfaces et notices nouvelles.

1852. 25 janvier-2 avril: bouleversée par la répression, les arrestations et déportations qui frappent ses proches, elle vient à Paris pour tenter d'agir; Manceau l'accompagne, et commence à tenir les précieux *Agendas*, « journal quotidien des faits et gestes de Madame »; elle a un nouvel appartement parisien dans le même immeuble que Manceau, 3 rue Racine. Elle est reçue en audience par le Prince-Président le 29 janvier et le 6 février; elle plaide pour une amnistie générale. Elle se démène sans compter dans les ministères et les administrations en faveur de nombreux condamnés, exilés ou déportés, obtenant des mesures de grâce ou de remise de peine, notamment avec l'aide du Prince Napoléon (cousin du Président), et assumant ce que certains amis lui reprochent comme des compromissions humiliantes. 3 mars: création au Gymnase de sa comédie *Les Vacances de Pandolphe* (cabale et chute).

17 juin: arrivée à Nohant de Solange avec Nini, qu'elle laisse le 15 août à sa grand-mère, qui l'adore et dont elle a obtenu la garde. 1er septembre: création au Gymnase de la comédie *Le Démon du foyer*.

Publication du roman *Mont-Revêche* [*Le Pays*]; articles sur « La Comédie italienne », les « Mœurs et coutumes du Berry », « La Berthenoux » et « Les Visions de la nuit dans les campagnes » (dans *L'Illustration*), sur le comte d'Orsay, *Le Bouquet de marguerites* de Charles Poncy et *La Case de l'oncle Tom* de Mme Beecher-Stowe (*La Presse*).

1853. 13 septembre : création du *Pressoir* au Gymnase. 28 novembre : création avec succès du drame *Mauprat* à l'Odéon. G. S. vient à Paris pour ces occasions (elle y a fait également un séjour en mars).

Publication des romans *La Filleule* [*Le Siècle*] et *Les Maîtres Sonneurs* [*Le Constitutionnel*] ; notice sur *Honoré de Balzac* pour l'édition Houssiaux des *Œuvres complètes* de Balzac ; préface aux *Contes pour les jours de pluie* d'Édouard Plouvier.

1854. 7 mai : Clésinger vient à Nohant reprendre sa fille, qu'il va mettre en pension ; le ménage, depuis longtemps disloqué, sera officiellement séparé le 15 décembre. 31 octobre : création de la comédie *Flaminio* au Gymnase, pour laquelle G. S. vient à Paris.

Publication du roman *Adriani* [*Le Siècle*] ; début de publication d'*Histoire de ma vie* (Lecou, 20 vol., 1854-1855, qui paraît en même temps en 138 feuilletons dans *La Presse* avec des coupures) ; articles sur son ami Gabriel Planet (mort le 30 décembre 1853), sur *Bêtes et Gens* de P. J. Stahl [Hetzel] (*La Presse*) ; préface à *Andorre et Saint-Marin* d'Alfred de Bougy.

1855. 13 janvier : mort à Paris, des suites d'une scarlatine, de Jeanne Clésinger, enterrée à Nohant le 16. Mars-mai : voyage en Italie avec Maurice et Manceau (Gênes, Pise, Rome et ses environs, Frascati, Florence, La Spezia, Gênes). 14 juin : G. S. termine la rédaction d'*Histoire de ma vie*. 15 septembre : création du drame *Maître Favilla* à l'Odéon.

Publication du roman dialogué *Le Diable aux champs* [*Revue de Paris*, écrit en 1851] ; article sur « Les Majoliques florentines et Giovanni Freppa » (*La Presse*).

1856. 16 février : création de la comédie *Lucie* au Gymnase. 20-23 mars : excursion à Fontainebleau avec Manceau. 3 avril : création de la comédie *Françoise* au Gymnase. 12 avril : création de *Comme il vous plaira* d'après Shakespeare au Théâtre-Français ; puis retour à Nohant. 11 mai : brusque changement d'écriture. Promenades en Berry : Urciers, Lys-Saint-Georges, Briantes, Sarzay, Neuvy-Saint-Sépulchre, Sainte-Sévère... Septembre-novembre : saison théâtrale à Nohant (G. S. écrit 13 pièces ou scénarios).

Publication du roman *Évenor et Leucippe* [*La Presse*] ; *Autour de la table*, série de huit articles critiques dans *La Presse* sur *Les Contemplations* de V. Hugo, Delphine de Girardin, *L'Oiseau* de Michelet, etc. (recueillie en volume en 1862) ; articles sur Fenimore Cooper (*Journal pour tous*), sur un dessin de Maurice Sand pour *La Maison déserte* de Hoffmann et « Les Jardins en Italie » (*Le Magasin pittoresque*).

1857. G. S. reste en Berry toute l'année, sauf un séjour à Paris du 28 avril au 20 mai. Été : bains dans l'Indre ; promenades en

Berry; trois excursions à Gargilesse, où Manceau achète une maison le 15 juillet. 6-8 septembre : visite du Prince Napoléon. Septembre-novembre : saison théâtrale à Nohant (avec huit pièces ou scénarios de G. S.).

Publication des romans *La Daniella* (inspiré par le voyage en Italie) [*La Presse*], *Les Dames Vertes* [*Le Monde illustré*] et *Les Beaux Messieurs de Bois-Doré* [*La Presse*] ; article sur *Un été dans le Sahara* d'Eugène Fromentin (*La Presse*) ; dans le *Courrier de Paris*, série de huit articles du *Courrier de village* (repris en volume en 1866 sous le titre *Promenades autour d'un village*), articles sur le réalisme et *Madame Bovary*, sur Hortense Allart.

1858. G. S. passe l'année à Nohant, entrecoupée de cinq petits séjours à Gargilesse. Réconciliation avec Buloz et la *RDM*. Publication des romans *L'Homme de neige* [*RDM*] et *Narcisse* [*La Presse*] ; en librairie, les *Légendes rustiques*, avec gravures de Maurice Sand ; articles sur « Les bords de la Creuse » (*Magasin pittoresque*) et sur la gravure de *La Joconde* par Calamatta (*La Presse*).

1859. La publication du roman *Elle et Lui* [*RDM*, janvier-mars], inspiré par la liaison avec Musset († 1857), provoque une polémique, marquée notamment par les romans *Lui et Elle* de Paul de Musset, frère d'Alfred, et *Lui* de Louise Colet. Avril : bref séjour à Paris pour la création le 23 avril de la comédie *Marguerite de Sainte-Gemme* au Gymnase. 28 mai-29 juin : voyage en Auvergne et en Velay avec Manceau et l'actrice Bérengère ; G. S. est de plus en plus passionnée par la géologie et la minéralogie. Septembre-novembre : saison théâtrale de Nohant, avec 6 pièces de G. S. dont *Bilora ou L'Amour et la Faim* d'après Ruzzante, *L'Auberge rouge* d'après Balzac, *La Tulipe noire* d'après Dumas, et une adaptation théâtrale du roman *Gabriel: Octave d'Apremont*. Publication des romans *Flavie* [*L'Univers illustré*], *Jean de la Roche* [*RDM*] et *Constance Verrier* [*La Presse*] ; des opuscules *La Guerre* et *Garibaldi* en faveur de l'Italie ; une « Fable » (*La Fée qui court*) dans *Le Figaro* ; articles sur « La Bibliothèque utile » (*Le Siècle*), *Une année dans le Sahel* de Fromentin (*La Presse*) ; préface aux *Quatorze stations du Salon* de Zacharie Astruc, et à *Masques et Bouffons* de Maurice Sand (en partie rédigé par G. S., illustrations de Maurice Sand gravées par Manceau). Parution d'une édition illustrée des *Romans champêtres*, préfacée par Hetzel.

1860. 5-18 mars : séjour à Paris avec Manceau (elle voit Flaubert, Sainte-Beuve, Fromentin, le Prince Napoléon, etc.). Septembre-octobre : saison théâtrale de Nohant, avec notamment *L'Homme de campagne* (qui deviendra *La Famille de Germandre*), *Jean le Rebâteux* (première version des *Don Juan de village*) et *La Légende de Rosily*. 1er octobre : signature d'un traité avec Michel Lévy qui devient son éditeur quasi exclusif. Fin octobre : grave attaque de fièvre typhoïde ; elle en ressort très affaiblie.

Publication des romans *La Ville noire* [RDM] et *Le Marquis de Villemer* [RDM] ; article sur Béranger (*Le Siècle*) ; édition du *Théâtre* (3 vol., avec préface) ; préface à *Grenoblo malhérou* de Blanc la Goutte.

1861. Février-mai : pour se rétablir, visites à Tamaris près de Toulon avec Manceau, Maurice, et Marie Caillaud ; retour début juin par Chambéry avec séjour chez Buloz à Ronjoux et pèlerinage aux Charmettes, maison de J.-J. Rousseau. Mai : elle refuse une subvention de Napoléon III pour compenser l'attribution à Thiers du prix biennal de l'Académie française. Juillet-août : premier séjour à Nohant de Dumas fils, qui revient fin septembre avec le peintre Charles Marchal. Septembre-novembre : saison théâtrale à Nohant avec notamment les pièces *Le Pavé* et *Le Drac* (publiées dans la *RDM*).
Publication des romans *Valvèdre* [RDM] et *La Famille de Germandre* [*Journal des Débats*] ; article sur *L'Expédition des Deux-Siciles* de Maxime Du Camp (*RDM*) ; parution d'un volume de *Nouvelles* avec préface.

1862. 17 mars-12 avril : séjour à Paris avec Manceau ; création du *Pavé* le 18 mars au Gymnase. 17 mai : mariage civil à Nohant de Maurice Dudevant et Lina Calamatta. 28-31 mai : voyage à Paris pour voir l'adaptation (en collaboration avec Paul Meurice) des *Beaux Messieurs de Bois-Doré* à l'Ambigu (créée le 26 avril). 11-17 juin : séjour à Nohant d'Eugène Fromentin, qui travaille avec G. S. sur *Dominique*. 12 juillet-8 août : séjour de Dumas fils à Nohant et Gargilesse. Août-décembre : saison théâtrale de Nohant, notamment avec *La Nuit de Noël* (31 août) et *Le Pied sanglant* (26 octobre, dont elle tirera le roman *Cadio*).
Publication des romans *Tamaris* [RDM] et *Antonia* [RDM] ; article sur *La Sorcière* de Michelet (*La Presse*) ; préface à *Six mille lieues à toute vapeur* de Maurice Sand ; édition de deux recueils critiques, *Autour de la table* et *Souvenirs et impressions littéraires*.

1863. G. S. reste toute l'année à Nohant, sauf un bref séjour en avril à Gargilesse. 27 janvier : son article sur *Salammbô* dans *La Presse* scelle le début d'une amitié indéfectible avec Flaubert. 14 juillet : naissance de *Marc*-Antoine, fils de Maurice. 23 novembre : Maurice signifie à Manceau qu'il ne veut plus le voir à Nohant ; G. S. décide d'abandonner sa maison et de suivre son compagnon.
Publication du roman *Mademoiselle La Quintinie* [RDM] dont l'anticléricalisme fait scandale ; des pièces *Plutus* et *La Nuit de Noël* et du conte *Ce que dit le ruisseau* dans la *RDM* ; de la brochure *Pourquoi les femmes à l'Académie ?* Articles dans la *RDM* sur les *Notes sur l'île de la Réunion* de Louis Maillard, une gravure de Calamatta, la conchyliologie, les Charmettes ; dans *La Presse* sur le comte d'Aure, sur *Les Miettes de l'histoire* d'Auguste Vacquerie, sur *Madelon* d'Edmond About, sur *Victor Hugo*

*raconté par un témoin de sa vie* de Mme Hugo ; préface aux *Révolutions du Mexique* de Gabriel Ferry.

1864. 8 janvier-15 mars : séjour à Paris avec Manceau pour trouver une maison ; création du *Marquis de Villemer* le 29 février à l'Odéon, succès triomphal. 20-23 avril : séjour à Gargilesse. 18 mai : le pasteur Muston vient célébrer à Nohant le mariage religieux protestant de Maurice et Lina et baptiser Marc. 10 juin : Manceau vend Gargilesse à Maurice, sous réserve d'usufruit. 12 juin : G. S. et Manceau quittent Nohant pour s'installer dans leur maison de Palaiseau ; ils ont aussi un nouvel appartement parisien, 97 rue des Feuillantines (actuel 90 rue Claude Bernard). 21 juillet : mort du petit Marc à Guillery ; G. S. arrive trop tard. 13-20 septembre : escapade (et probable passade) avec Charles Marchal à Nohant et Gargilesse. 28 septembre : création du drame fantastique (en collaboration avec Paul Meurice) *Le Drac* au Vaudeville. 3 novembre-15 décembre : séjour de G. S. et Manceau à Nohant.

Publication des romans *Laura* [RDM] et *La Confession d'une jeune fille* [RDM] ; article (*Lecture et impressions de printemps*) sur le *William Shakespeare* de Victor Hugo (RDM) ; édition du *Théâtre de Nohant* (5 pièces).

1865. 21 août : Manceau meurt à Palaiseau de tuberculose après plus de trois mois d'agonie. 27 août-16 septembre : séjour à Nohant, puis retour à Palaiseau et Paris. 9 décembre : départ pour Nohant.

Publication du roman *Monsieur Sylvestre* [RDM] et de la nouvelle *La Coupe* (RDM) ; articles sur *Les Vagabonds* de Mario Proth (*La Presse*), *Histoire de Jules César* de Napoléon III (*L'Univers illustré*), *Histoire de la Révolution française* de Louis Blanc (*L'Avenir national*) ; préface au livre de Nadar, *Le Droit au vol*.

1866. G. S. partage son temps entre Nohant, Paris et Palaiseau. 10 janvier : naissance à Nohant d'Aurore, fille de Maurice. 12 février : premier « dîner Magny » rassemblant des écrivains. 9 août : création de la comédie (en collaboration avec son fils Maurice) *Les Don Juan de village* au Vaudeville, qui crée également (14 août) en lever de rideau *Le Lis du Japon*. 25-30 août : voyage en Normandie chez Dumas fils à Saint-Valery-en-Caux et chez Flaubert à Croisset. 8-19 septembre : voyage en Bretagne (Nantes, Guérande, Savenay, Auray, Carnac, Plouharnel, Angers) pour la préparation du roman *Cadio*. 3-10 novembre : nouveau séjour à Croisset chez Flaubert. 22 décembre : elle tombe malade à Paris, souffrant d'atroces crampes d'estomac. Publication du roman *Le Dernier Amour* [RDM] ; préfaces au *Monde des papillons* de Maurice Sand et à *Rimes neuves et vieilles* d'Armand Silvestre. Édition du *Théâtre complet* (4 vol., 1867-1868) et des *Promenades autour d'un village*.

1867. 10 janvier : elle s'établit à Nohant, faisant trois courts séjours à Paris (elle ne passe que quelques jours à Palaiseau). 17-18 septembre : excursion à Jumièges, Saint-Wandrille et Rouen avec Juliette Lamber. 25-29 septembre : nouveau voyage en Normandie avec les Adam pour un futur roman (Rouen, Fécamp, Étretat, Yport, Dieppe, Saint-Valery-en-Caux, Arques-la-Bataille). Publication du roman *Cadio* [*RDM*] ; articles sur *Le Coq aux cheveux d'or* de son fils (*RDM*), *Les Idées de Mme Aubray* de Dumas fils (*L'Univers illustré*), « La Rêverie à Paris » pour *Paris-Guide*.

1868. G. S. reste maintenant à Nohant, qu'elle ne quitte que pour de courts séjours à Paris ou des voyages. 15 février-12 mars : voyage sur la Côte d'Azur et séjour à Bruyères (Golfe-Juan) chez Juliette Adam. 11 mars : naissance à Nohant de Gabrielle, seconde fille de Maurice. 24-26 mai : séjour chez Flaubert à Croisset. 27 mai : elle emménage dans son nouvel appartement parisien, 5 rue Gay-Lussac. 3 octobre : création du drame *Cadio* (en collaboration avec Paul Meurice) à la Porte Saint-Martin. 15 décembre : baptême protestant d'Aurore et Gabrielle à Nohant en présence du Prince Napoléon.

Publication du roman *Mademoiselle Merquem* [*RDM*] ; de nouvelles *Lettres d'un voyageur* dans la *RDM* : « Le Pays des anémones », « De Marseille à Menton », « À propos de botanique » ; articles sur Patureau-Francœur, Maxime Planet, Mario Proth.

1869. 25 avril-8 juin : séjour à Paris ; Flaubert lui lit *L'Éducation sentimentale*. 11 septembre : *La Petite Fadette*, musique de Théophile Semet, à l'Opéra-Comique. 17-22 septembre : voyage avec les Adam dans les Ardennes (Sainte-Ménehould, Verdun, Charleville, Givet) pour le futur roman. 28 septembre-1er octobre : nouveau voyage dans les Ardennes belges avec Plauchut. 10 octobre : vente de Palaiseau. 16 octobre : aux obsèques de Sainte-Beuve, manifestation silencieuse de sympathie de la foule à l'égard de G. S. 24-27 décembre : Flaubert vient passer les fêtes de Noël à Nohant avec Plauchut.

Publication du roman *Pierre qui roule* [*RDM*] (en librairie, scindé en deux romans, le second intitulé *Le Beau Laurence*) ; du drame *Lupo Liverani* [*RDM*] ; article sur *L'Éducation sentimentale* (*La Liberté*).

1870. 18 janvier-4 mars : séjour à Paris ; création le 25 février de la comédie *L'Autre* à l'Odéon, échec. 19 juillet : déclaration de guerre à la Prusse. 20 septembre-13 novembre : pour fuir une épidémie de variole, G. S. et sa famille se réfugient chez des parents et amis dans la Creuse puis à La Châtre.

Publication des romans *Malgrétout* [*RDM*] et *Césarine Dietrich* [*RDM*] ; article sur la reprise de *Lucrèce Borgia* de Victor Hugo (*Le Rappel*, 4 février), et deux articles politiques en septembre : « Lettre à un ami » (*Le Temps* du 5), « La République » (*L'Avenir national* du 8).

1871. G. S. reste à Nohant toute l'année. Elle réprouve les excès de la Commune.

Publication du roman *Francia* [*RDM*] et du *Journal d'un voyageur pendant la guerre* [*RDM*] ; à partir du 22 août, collaboration régulière au journal *Le Temps* avec une série de *Rêveries et Souvenirs* (*Impressions et Souvenirs* à partir du 1er novembre) ; préface à la brochure anonyme de Dumas fils, *Nouvelle Lettre de Junius*.

1872. 28 mai-16 juin : séjour à Paris ; lecture des pièces *Nanon* et *Mademoiselle La Quintinie* aux directeurs de l'Odéon (elles ne seront pas jouées). 25 juillet-23 août : séjour en famille à Cabourg. Septembre-début octobre : de nombreux invités défilent à Nohant, notamment Pauline Viardot et Tourguéniev. Publication du roman *Nanon* [*Le Temps*] ; du proverbe *Un bienfait n'est jamais perdu* et des contes *La Reine Coax*, *Le Nuage rose* et *Les Ailes du courage* dans la *RDM* ; poursuite des feuilletons dans *Le Temps* ; préfaces à *La Flore de Vichy* de Pascal Jourdan, et à *Mes campagnes* de Pauline Flaugergues.

1873. 12-19 avril : séjour à Nohant de Flaubert (qui lit à G. S. *La Tentation de saint Antoine*), rejoint par Tourguéniev. 24 avril-10 mai : séjour à Paris (théâtre, opéra, dîners chez Magny, soirées chez les Viardot…). 4-25 août : voyage avec la famille et Plauchut en Auvergne (Riom, Clermont, Puy-de-Dôme, Royat, Mont-Dore, ascension du Sancy). 16-29 septembre : séjour de Pauline Viardot et ses enfants, rejoints par Tourguéniev le 23. Octobre-novembre : G. S. souffre de maux divers, et d'un rhumatisme articulaire aux mains qui l'empêche d'écrire.
Publication des contes *Le Château de Pictordu* et *L'Orgue du Titan* (*Le Temps*), *Le Géant Yéous* (*RDM*) ; lettre-préface à *L'Offrande*, recueil de la Société des Gens de Lettres en faveur des Alsaciens-Lorrains. Édition en librairie des *Impressions et Souvenirs* et des *Contes d'une grand-mère*.

1874. G. S. passe toute l'année à Nohant, sauf un séjour à Paris du 30 mai au 10 juin ; à son retour, elle est très fatiguée et malade. Publication du roman *Ma sœur Jeanne* [*RDM*] ; article nécrologique sur Charles Duvernet (*L'Écho de l'Indre*). Préface à *Croyances et Légendes du Centre de la France* d'Alfred Laisnel de La Salle.

1875. Mars : elle souffre d'un grave rhumatisme au bras droit. 30 mai-10 juin : dernier séjour à Paris, avec Lina et Aurore.
Publication des romans *Flamarande* [*RDM*, le 2e vol. en librairie intitulé *Les Deux Frères*], *Marianne Chevreuse* [*RDM*], *La Tour de Percemont* [*RDM*] ; des contes *Ce que disent les fleurs*, *Le Marteau rouge*, *La Fée poussière*, *Le Gnôme des huîtres*, *La Fée aux gros yeux* (*Le Temps*), *Le Chêne parlant* et *Le Chien et la Fleur sacrée* (*RDM*) ; des récits « Voyage chez Monsieur Blaise », « Nuit d'hiver », « La Blonde Phœbé », ainsi que de la saynète *La Laitière et le pot au lait* dans *Le Temps* ; du « Souvenir d'Auvergne » pour l'*Annuaire 1875 du Club Alpin* ; articles nécrologiques sur Michel Lévy (*L'Univers illustré*) et Jules Boucoiran (*Le Midi*) ; préfaces pour *Le Bleuet* de Gustave Haller, et *Au village* de Jérémias Gotthelf.

1876. 2 janvier : « Mon grand-oncle » (*Le Temps*). 19 février : G. S.
commence un roman qui restera inachevé, *Albine Fiori*.
18 mars : édition du recueil *La Coupe* (pièces et textes divers).
22 mars : elle fait son testament. 10 mai : préface au roman
*Jacques Dumont* de Médéric Charot. 11-12 mai : article sur « Le
Théâtre des marionnettes de Nohant » (*Le Temps*). 22 mai : elle
achève un article sur les *Dialogues et fragments philosophiques* de
Renan (il paraîtra après sa mort). 29 mai : dernière notation
dans l'*Agenda*. 30 mai : aggravation des douleurs abdominales
dont elle souffre depuis plusieurs jours, par suite d'une occlu-
sion intestinale ; les médecins se relaient à son chevet, mais
sans succès. 7 juin : elle prononce ses dernières paroles :
« Adieu, adieu, je vais mourir... Laissez verdure. » Elle meurt
le 8 juin au matin. Elle est enterrée le 10 juin dans le petit
cimetière familial.

à monsieur le directeur général
des postes, à Paris.
George Sand

Monsieur,

Je viens vous signaler une grave
inconvénient résultant pour ma
commune et pour les communes voisines
de l'établissement d'un bureau
de distribution à St Chartier.

J'habite à six kilomètres de la châtre
et ma commune avait toujours été
desservie par le bureau de cette ville.
mes journaux et ma très volumineuse
correspondance m'arrivaient une heure
après l'ouverture des paquets. Nohant
se vit en aujourd'hui annexé au bureau
de distribution qui vient d'être créé
à St Chartier, et voici ce qui arrive:
Toutes mes adresses portant ces mots:
Par la châtre, les lettres vont comme
de coutume, à la châtre, où elles restent
depuis 5 h du matin jusqu'à 7 du
soir,

(On trouvera la transcription de cette lettre, p. 1243-1244).

pour être, à cette heure-là, remises au courrier qui les a apportées le matin, lequel, les remet vers huit heures, au piéton qui les transporte au bureau de St Chartier, et là elles passent la nuit et me sont rapportées le lendemain matin. Ainsi les nouvelles que je puis être très pressée de recevoir, passent deux fois *inutilement devant* ma porte, et, placée entre deux bureaux de poste très rapprochés de chez moi, je ne reçois mon courrier que 48 h. après son arrivée. J'ai pensé, monsieur, qu'en vous signalant un fait si anormal et si préjudiciable aux habitants de ma commune et à moi, vous vous donneriez immédiatement satis- faction.

Je crois devoir profiter de la circonstance pour vous signaler d'autres inconvénients très graves qui vont infailliblement résulter de l'établissement du bureau à St Chartier. Le courrier qui dessert ce bureau est le courrier de la Châtre à Châteauroux. Il suit la route postale qui passe à environ cinq kilomètres de St Chartier. Partant de Châteauroux à 1 h. du matin, il se trouve vers trois heures au point de la route, en cet endroit inhabité, où le facteur doit prendre les dépêches pour les porter à St Chartier. Ce même courrier repartant le soir de la Châtre, vers 7 h. rencontre encore, vers 7 h 1/2, le même facteur sur la route pour lui remettre les correspondances venant de la direction de la Châtre. Cette rencontre a donc lieu deux fois en pleine nuit en hiver, et l'échange se fait dans l'obscurité, en plein vent et pas tous les tems. Quelle sécurité pour les envois d'argent et contre les avaries de tout genre! Se connus ne peut séjourner; si le facteur n'est pas exactement à son poste, il passe, nouveau retard de 48 h. pour nous! Tous ces risques et inconvénients disparaîtraient si le bureau était établi à Nohant que traverse le courrier et qui fournirait un abri. Je pourrais mettre une petite maison au bord de la route à la disposition de l'administration. Cette position du bureau à Nohant auroit en outre l'avantage de procurer à l'administration l'économie du traitement du facteur qui vient deux fois par jour de St Chartier sur la route pour prendre les dépêches.

Dans tous les cas, les distances étant presque égales, il serait rassurant pour tous les intérêts d'établir la rencontre du facteur avec le courrier, soit à Vic, soit à Nohant. Il y a un chemin de communication direct entre Vic et St Chartier, et un de St Chartier à Nohant pour le piéton. Mais notre pays est très peu fréquenté la nuit, et le piéton nocturne portant des valeurs sera toujours très exposé. Si j'avais connu d'avance la demande des habitants de St Chartier, j'aurais eu l'honneur de vous éclairer sur les dangers de cette station.

Agréez, Monsieur le directeur général, l'expression de mes sentiments très distingués.

George Sand

Nohant Vic 17 juillet.

# LETTRES D'UNE VIE

# I

## D'AURORE À LÉLIA

### (1821-1833)

*Cela commence comme les* Mémoires de deux jeunes mariées *de Balzac (dédié à George Sand) et aurait pu finir comme* La Muse du département *du même (où apparaît le néologisme* Sandisme*). Mais la jeune Aurore Dudevant échappée de Nohant avait le génie qui manquait au bas-bleu de Sancerre…*

*Comme les héroïnes balzaciennes Louise et Renée, Aurore Dupin entame une correspondance avec ses amies de pension Émilie de Wismes (lettres 1 et 3), Chérie et Jane Bazouin ; c'est avec elles, à travers un aimable babillage de jeunes oiseaux échappés du couvent, qu'elle découvre le plaisir de l'écriture, et c'est d'ailleurs pour Jane qu'elle écrira plus tard son premier roman. Mais bien vite la personnalité exceptionnelle de la jeune fille s'affirme, ainsi lorsqu'elle tient tête à sa mère (lettre 2).*

*Les premiers temps du mariage d'Aurore et Casimir Dudevant semblent avoir été heureux, et c'est une jeune mère amoureuse et tendre qui écrit à son Casimir (lettre 4). Le voyage aux Pyrénées de 1825 (lettre 5) va tout changer : Aurore, qui n'a connu jusqu'alors que les molles ondulations de la campagne berrichonne, et dont la vie conjugale s'enlisait dans l'ennui et l'incompréhension mutuelle, vit alors une passion romantique dans un sublime décor de montagnes et de gouffres. Telle la Nouvelle Héloïse de son cher Rousseau, elle s'adresse à Aurélien de Sèze à travers de longues lettres (6 et 7) qu'elle confie presque quotidiennement à un journal intime destiné à son platonique amant (plus tard, elle inscrira dans le* Journal intime *les lettres qu'elle ne peut envoyer à Musset). C'est pour répondre à la jalousie de Casimir qu'elle rédige une longue lettre-confession (8) qui ne compte pas moins de 22 pages.*

*Juillet 1830 : la révolution est d'abord sentimentale ; Aurore*

*fait la connaissance de Jules Sandeau, et les rumeurs vont bon train
à La Châtre (lettre 10) ; mais le désenchantement qui fait suite
aux Trois Glorieuses montre aussi l'éveil d'une conscience politique
(lettre 11). Bientôt, elle prend la résolution irrévocable de vivre séparée de son mari et de partir pour Paris (lettre 12). Le romantisme
qui y fait rage lui inspire une lettre-canular (13), car elle aime volontiers la plaisanterie (on le verra plus tard encore avec Flaubert).*

*La voici donc à Paris au début de 1831, enfin libre, s'embar-
quant « sur la mer orageuse de la littérature » (à Boucoiran,
12 janvier). Elle raconte à ses amis restés au pays, comme Charles
Duvernet, ses débuts en journalisme sous la houlette de Latouche,
directeur de* Figaro *(lettres 14 et 15). Quand elle revient à Nohant
voir ses enfants, son confident est Émile Regnault, un Sancerrois
qui fait ses études de médecine à Paris : elle lui conte avec verve ses
amours avec le petit Jules (lettres 16 à 18). Aurore écrit à quatre
mains avec Sandeau le roman* Rose et Blanche *(lettre 19), mais
c'est seule qu'elle compose, dans le doute et poussée par la nécessité,*
Indiana *(lettre 20), qu'elle signe en empruntant à son « frère » la
moitié de son nom pour pseudonyme (lettre 22) : George Sand est née.*

*L'instinct maternel reste très fort. Elle parle avec humour de sa
« grosse drôlesse » de fille ; séparée de son fils, elle écrit à Maurice
des lettres tendres et complices (21). C'est avec sa petite Solange à
ses côtés qu'elle vit aux premières loges l'affreuse répression des
émeutes de juin 1832, et son cœur saigne avec la Seine (lettre 23).*

*Son amitié avec la comédienne Marie Dorval est intense et
passionnée (lettres 24, 25 et 27) : « Tout était passion chez elle, la
maternité, l'art, l'amitié, le dévouement, l'indignation, l'aspiration
religieuse » (*Histoire de ma vie*).*

*En juillet 1833, elle publie* Lélia, *cet étonnant roman romantique qui fait scandale ; Musset, séduit par ses beaux yeux noirs
et avec qui elle a commencé un flirt (lettre 26), ne s'y trompe pas :
« j'aurai affaire à mon cher Monsieur George Sand, qui est
désormais pour moi, un homme de génie » (24 ? juillet). Les voilà
bientôt amants. Elle a pris alors pour confesseur, ce confesseur toujours nécessaire à George aux moments décisifs de son existence (elle
qui dira sa haine du sacrement de la confession), Sainte-Beuve qui
a « je ne sais quoi de prêtre » : elle lui avoue tout ce qu'elle a mis
d'elle dans* Lélia, *sa liaison manquée avec Mérimée, ses tristesses et
ses souffrances, et son amour pour Musset (lettres 28 et 29).*

## 1. À ÉMILIE DE WISMES[1]

[Nohant, janvier 1821]

C'est fort bien fait de dire que *les extrêmes se touchent*.
En voyant deux êtres dont les goûts, le caractère, la situation, sont si différents sous tous les rapports, on s'éton-
nerait d'apprendre que nous nous plaisons mutuellement.
(Tu vois que je juge de toi par moi-même, bonne Émilie, et que je ne crains pas assez peut-être de passer dans
ton esprit pour une présomptueuse). Pardonne ce petit
sentiment d'orgueil, il n'y a pas encore assez longtemps
que dure ma vie d'*anachorète* pour être dégagée de toute
*attache humaine*, et j'en suis encore si loin que j'attache
beaucoup de prix à ton amitié et à ton souvenir. Je te fais
compliment de la vie que tu mènes. Te voilà tout à fait
une *mondaine*. Ne te fâche pas de la plaisanterie. Mais nous
sommes bien différentes, je t'assure. Je ne me pervertis
pas comme toi, car je suis d'une sagesse *obligata*, comme
les accompagnements de flûte. Hippolyte [Chatiron] est
parti, de sorte que nous sommes absolument seules.
J'abrège la journée en me levant tard, je déjeune, je cause
avec ma grand-mère quelquefois une heure ou deux, je
remonte chez moi, où je m'occupe, je joue de la harpe,

1. Aurore Dupin a entretenu avec ses amies et condisciples du
couvent des Augustines anglaises, notamment avec Émilie de Wismes
(et sa sœur Anna), Aimée, Chérie et Jane Bazouin (dont il sera
question à la fin de cette lettre), une abondante correspondance.

guitare, je lis, je me chauffe, je crache sur les tisons comme on dit des vieux, je rumine des souvenirs dans ma tête, j'écris sur la cendre avec la pincette, je descends pour dîner et tandis que maman[2] fait sa partie avec M. Deschartres qui a été précepteur de mon père et d'Hippolyte successivement, je remonte chez moi et je griffonne quelques idées dans une espèce de calepin vert, qui est fort rempli maintenant, et tu ne te figures pas quel plaisir je trouve à relire, quelques mois après, mes souvenirs. Je parie que tu en fais autant, car c'est bien dans ton genre, si toutefois ta *dissipation* te permet de parler quelquefois à toi-même. Comme je suis seule, moi-même est ma seule conversation, mon seul conseiller, mon seul confident, etc. Quand je compare cette vie isolée, et monotone, à tous tes plaisirs, j'en suis si *abasourdie*, et si étourdie pour toi qu'il me semble que nous vivons dans un monde différent et que nous résidons chacune dans notre planète; eh bien, s'il faut l'avouer (tu vas me traiter de barbare, de sauvage), eh bien je confesse peut-être à ma grande honte, que je ne voudrais pas changer ma manière de vivre pour la tienne; encore moins te soucierais-tu de l'échange. La ressemblance de M. de La Morandaye avec toi est une chose fort extraordinaire et fort drôle.

Hippolyte de Chatiron ne retourne point à Saumur. Il l'a quitté depuis plus d'un an que ses études sont finies. D'ailleurs il ne va guère au bal, on ne peut pas obtenir de lui d'aimer la danse. Malgré cela, s'il eût dû y retourner, je lui aurais fortement recommandé de te faire danser, cela l'aurait peut-être réconcilié avec cet exercice, car, quoi qu'il ne soit pas toujours tout à fait galant avec moi, chose dont je le dispense, vu notre ancienne intimité, il est, dis-je, fort poli avec les demoiselles. Il n'aura donc point ce bonheur, il est parti pour Nancy, le cœur bien gros de nous quitter; il ne s'amuse guère à son régiment et se trouvait fort heureux ici, où il était si bien choyé; il disait en partant qu'il allait trouver dans la vie militaire une furieuse différence.

Que je suis fâchée de ne point connaître ce M. de Lorme! Au moins j'aurais ri avec toi de sa figure. Mais il est berrichon, c'est m'en dire assez.

2. C'est-à-dire sa grand-mère.

Quant à M. de Colbert[3], celui dont je t'ai parlé est je crois à Paris. Tu es bien prodigue en disant qu'il me plaît. Je t'assure que c'est jusqu'à un certain point et je crois fort que son extérieur produirait sur toi le même effet que celui de l'autre Colbert. Ce que j'aimais de lui, c'était sa bonté pour les enfants, car j'étais fort enfant alors et j'ai gardé toujours le souvenir de sa bonhomie. Il avait aussi un ton brave et décidé qui convient bien à un général, il chantait et jouait du piano fort bien. Je ne l'ai jamais revu, et même j'ai entendu dire depuis qu'il pensait assez mal.

Mais ce qui me donne fort *dans l'œil* c'est ta harpe gris de lin satiné, je crois bien que quand je serai à même d'en avoir une belle, je la choisirai de ce bois. Quant aux sons, voilà ce que j'apprécie. J'ai adouci un peu l'aigreur de mes dessins, mais quel bonheur qu'une bonne harpe! Je vais tout de suite me mettre à copier quelques petits airs. Tu me pardonneras je fais des fautes, vu que je ne suis pas musicienne comme toi. Que j'aurais de plaisir à entendre vos duos! Nous allons à Paris au mois de mars. Comptez-vous en faire autant bientôt? Je serais si contente de t'y rencontrer! Je reçois de Chérie des lettres fort aimables, mais pas un mot sur sa manière de vivre. Ma petite Jane me parle de son écureuil, de ses leçons et de Miss Gabb qu'elle aime beaucoup et qui leur donne des leçons. Je ne sais si la sévérité de leur père empêche d'autres détails; mais d'ailleurs tout le monde ne mène pas la vie que tu mènes, et elle n'a peut-être rien de semblable à te dire. Adieu, pardonne la longueur de mes lettres, cela te prouve encore une fois que les extrêmes se touchent et que j'ai du plaisir à causer avec toi, quoique j'aie des choses bien différentes à te dire. Adieu, gronde Anna de ne pas m'écrire. Je t'embrasse tendrement.

3. Le général Alphonse de Colbert, descendant du grand Colbert, avait établi son quartier général à Nohant lors de la retraite des armées napoléoniennes en 1815 (*Histoire de ma vie*, III, 7).

## 2. À MADAME MAURICE DUPIN

Nohant, 18 novembre 1821

Ma chère Mère,

J'ai lu avec autant d'attention que de respect, la lettre que vous avez eu la bonté de m'écrire et je ne me permettrais pas la moindre objection à vos reproches, si vous-même ne m'eussiez ordonné de le faire promptement ; j'obéis donc puisque vous l'exigez et si je réponds avec franchise à chacune de vos objections, gardez de douter, je vous en supplie, de ma tendresse et de mon respect.

Ma grand-mère étant si malade, dites-vous, *je la quitte pour courir les champs* ; je crois, ma chère mère, que si depuis huit mois que ma grand-mère est dans le même état de langueur, je ne fusse point sortie, je serais moi-même presque aussi malade qu'elle.

Ma grand-mère est mille fois trop bonne, pour l'avoir souffert. Elle me rend la justice de sentir que ma situation est des plus tristes, qu'une jeune fille de dix-sept ans ne peut passer constamment sa vie auprès d'une malade, elle sait aussi qu'à cet âge on a besoin d'exercice, et que ma présence continuelle ne lui serait d'aucune utilité. Vous me reprochez, ma chère mère, de ne pas faire servir les talents que ma grand-mère a eu la bonté de me donner, à la distraire, à l'amuser. Je ne sais quelle est la personne qui vous a dit que je négligeais de remplir le devoir cher et sacré de soigner celle qui m'a élevée avec tant de bonté et de tendresse. Je ne crois pas avoir ce tort monstrueux à me reprocher, et j'ai la consolation au contraire, de recevoir chaque jour de mon excellente grand-mère des témoignages d'amour et d'affection qui me prouvent qu'elle n'est point mécontente de moi. Sans doute vous croyez que je passe ma vie à cheval pour me faire ce reproche, non, ma mère, quoiqu'en effet je prenne assez souvent l'exercice qui m'est nécessaire. Je ne vis point éloignée et je ne néglige point celle à qui je dois tant et à qui je consacrerais ma vie, s'il fallait la passer à la soigner. M. Deschartres, dites-vous, ma mère, est très répréhensible de me laisser livrée à moi-même ; d'abord je prendrai la liberté de vous observer que M. Deschartres

n'a, ni ne peut avoir aucune espèce d'autorité sur moi, et
qu'il n'a d'autre droit auprès de moi que les conseils de
l'amitié. Mais quand M. Deschartres aurait sur moi l'autorité d'un père, il ne l'emploierait certainement pas à
m'enfermer dans ma chambre ou à s'attacher à mes pas
comme une bonne ou une gouvernante, il a assez bonne
opinion de moi pour savoir que je n'ai pas besoin de
cette surveillance, que la meilleure garde d'une jeune fille
sont [*sic*] les sentiments de vertu et d'honneur qui sont
dans son cœur, et comme il sait qu'à cet égard, ma grand-
mère n'a point négligé de me pénétrer de bons principes,
il me voit sortir sans crainte, accompagnée d'une domestique lorsque ses affaires l'empêchent lui-même de me servir d'une compagnie plus agréable. Vous me reprochez
aussi, ma mère, de n'avoir ni timidité, ni modestie, ni
douceur, ou du moins si vous supposez que j'ai intérieurement ces qualités, vous êtes certaine que je ne les ai
point à l'extérieur et que je n'ai ni décence, ni tenue ;
pour me juger ainsi il faudrait me connaître et vous por-
teriez alors un jugement certain sur mes manières, mais
j'ai auprès de moi une grand-mère qui, toute malade
qu'elle est, m'observe avec assez de soins et de tendresse
pour s'en être aperçue et qui n'aurait point négligé de me
corriger si elle m'eût trouvé les manières d'un hussard ou
d'un dragon. M. de Grandsagne[1] vous a dit que j'avais le
*caractère guerrier* ; pour ajouter foi à une pareille assurance,
il vous a fallu croire, ma chère mère, que M. de Grandsagne connaissait à fond mon caractère et je ne crois pas
être assez *intimement liée* avec lui, pour qu'il puisse savoir
quels sont mes qualités ou mes défauts. Il a peut-être
voulu vous dire que je n'étais point poltronne et en cela
il m'a rendu justice, je serais très fâchée de l'être et si je
l'étais je cacherais avec soin une faiblesse aussi ridicule. Il
vous a dit la vérité en vous disant qu'il m'avait donné des
leçons dans ma chambre, où voudriez-vous que je reçusse
les personnes qui me viennent voir ? Il me semble que
ma grand-mère dans ses souffrances ou dans son sommeil serait très importunée par une visite, au reste M. de

---

1. Stéphane Ajasson de Grandsagne, l'aîné d'Aurore de deux ans,
vient de La Châtre lui enseigner l'ostéologie et les sciences naturelles.
Elle le retrouvera plus tard à Paris, alors qu'il est devenu le collaborateur de Cuvier ; on le soupçonne d'être le père de Solange, née en
1828.

Grandsagne n'a pas pu vous dire qu'il eût été seul avec moi, car je sais tout aussi bien qu'une autre qui ferait la timide et la prude, quels sont les usages et les convenances reçus, et à supposer que le hasard m'eût fait rester seule quelques instants avec ce jeune homme, c'est manquer à l'estime qui lui est due, que de supposer qu'il eût pu oublier le respect qu'un homme doit à une femme. Supposons encore qu'il l'eût oublié, c'est me juger d'une manière bien défavorable que de croire que je ne le lui eusse pas rappelé. Vous voudriez que je prisse pour m'aller promener, le bras apparemment de ma femme de chambre ou d'une bonne. Ce serait apparemment pour m'empêcher de tomber et les lisières m'étaient nécessaires dans mon enfance, lorsque près de vous, vous me prodiguiez ces soins doux et tendres d'une mère pour son enfant, mais j'ai dix-sept ans et je sais marcher.

C'est une sottise, dites-vous, ma chère mère, que d'apprendre le latin. Je ne sais qui a pu vous dire que je me livrasse à cette étude, en tout cas on vous a trompée, car je ne le sais, ni ne l'apprends, mais quand je le ferais j'éprouve une extrême surprise que vous, ma mère, puissiez trouver mauvais que je m'instruisisse. Vous trouvez sans doute qu'il est pour une femme des occupations plus utiles et plus en rapport avec les soins intérieurs, qui sont les devoirs de son sexe. Je le crois comme vous, ma mère, et si jamais je suis mère de famille, je crois que mes journées seront plus employées aux soins du ménage qu'à l'étude de l'ostéologie, mais à présent, quoique je règle la maison de ma grand-mère, il me reste tant de moments de loisir, que vous-même, j'en suis bien sûre, me blâmeriez de les perdre. Pourquoi faut-il qu'une femme soit ignorante ? Ne peut-elle être instruite sans s'en prévaloir et sans être pédante ? À supposer que j'eusse un jour des fils, et que j'eusse retiré assez de fruits de mes études pour les instruire, croyez-vous que les leçons d'une mère ne valent pas celles d'un précepteur ? Mais pour en venir là il faut être mariée et je ne trouverai, dites-vous, qu'un géant ou un poltron, en ce cas il se pourrait bien faire que je ne fusse point mariée, car je ne crois plus aux géants et je n'aime pas les poltrons. L'homme qui m'épouserait par peur serait un sot, et moi une sotte de l'épouser. Je ne chercherai point un homme capable de devenir l'esclave de sa femme, parce qu'il serait un imbécile, mais je ne crois pas qu'un homme d'esprit pût trouver bon que sa femme fît la timide et la peureuse lorsqu'elle ne le serait point. Je n'excuse guère une femme qui a vraiment peur, parce qu'elle se livre à une faiblesse, mais je n'excuse nullement celle qui ne craint point mais qui fait semblant par affectation. Je serais dans ce cas en feignant d'être poltronne, et le mari qui trouverait bon que je fusse ridicule à ce point serait très ridicule lui-même.

Je vais peut-être trop loin et vous croirez peut-être, ma bien chère mère, que je veux combattre vos raisons et entrer en discussion avec vous. Je suis loin d'avoir cette pensée et si je vous explique aussi clairement mon opinion, c'est pour qu'en lisant dans mon cœur, vous ne preniez plus le change sur mon caractère et ma manière de vivre. Je crois que les raisons que je vous ai exposées sont saines, et c'est pour cela que j'ai la confiance qu'elles ne vous offenseront point parce que vous ne voulez que ce qui peut me rendre sage et vertueuse. Gardez donc de croire, je le répète, que j'aie voulu disputer avec vous, je suis sûre qu'en vous parlant à cœur ouvert je n'ai pu que vous plaire, du moins si j'en juge par le désir et l'intention sincère que j'en ai.

Vous êtes mille fois trop bonne de vous inquiéter de ma santé, ma chute a été beaucoup moins grave qu'on ne vous l'a dit et je ne m'en sens plus du tout. Vous trouvez mauvais, ma mère, que MM. Deschartres ou Decerfz[2] ne m'aient pas mis des sangsues eux-mêmes. Je crois que M. Decerfz m'eût trouvée folle de le faire venir de La Châtre pour cela et que l'ordonnance de M. Deschartres valait autant que la sienne, en un mot je les ai mises moi-même tout aussi bien que l'aurait fait un médecin.

Adieu, ma chère mère, si dans cette lettre j'ai pris un ton plus respectueux que de coutume, j'espère que vous ne l'attribuerez point à une sotte humeur, mais il y a long-temps que je me fais reproche de vous tutoyer familière-ment comme lorsque j'étais enfant. Croyez, je vous en supplie, que loin d'être irritée par vos réprimandes, je suis et je serai toujours prête à les recevoir avec reconnais-

---

2. Le docteur Emmanuel Decerfz était le médecin de Mme Dupin de Francueil ; sa fille Laure épousera en 1834 Alphonse Fleury, un des meilleurs amis de G. Sand.

sance et soumission toutes les fois que vous aurez la
bonté de me les adresser. Croyez à l'inaltérable tendresse
et au profond respect de votre fille.

Si M. de Grandsagne vous a porté les livres que je l'ai
prié de me procurer, je vous supplierai de me les
envoyer, et de les adresser, non à M. Duboisd[ou]in, mais
à Brazier *à La Châtre* pour *Mlle Dupin.*

Des tendresses sans nombre à Caroline[3].

## 3. À ÉMILIE DE WISMES

Nohant, 30 janvier [1823]

Tes lettres sont si aimables, chère Émilie, qu'il m'est
impossible d'être paresseuse avec toi. Je ne te sermonne-
rai pas pour te donner le goût du mariage, parce que cela
te viendra tout comme à une autre, et que d'ailleurs ta
position est si agréable et si heureuse que je ne vois pas
pourquoi tu te hâterais d'en changer. Je te rassurerai seulement sur l'intérêt que tu prends *aux peines attachées à mon
état.* Je t'assure bien, chère amie, que ces peines-là ne sont
pas grandes et qu'au contraire il n'est pas de souffrance
plus douce que celle qui vous annonce un enfant. J'avoue
qu'ensuite l'inquiétude, les chagrins souvent qu'il vous
cause, sont bien réels, mais je compte pour rien les maux
physiques, et quand même *le médecin, la garde, l'apothicaire,
les maux de toute espèce,* etc. m'épouvanteraient autant que
toi, je pense que les petites caresses du nouveau-né vous
font tout oublier. En attendant, tu ne conçois pas quel
plaisir on éprouve à sentir remuer son enfant dans son
sein. Et quels doux projets on fait pour lui.

Le second point de ton discours est plus juste. Je
conviens que les contrariétés qui naissent de la diversité
des goûts, des caractères, ne sont que trop réelles, dans
la plupart des ménages. Il faut aussi être bien persuadée
qu'il est *absolument impossible* de rencontrer une personne
dont l'humeur et les goûts soient en tout semblables aux
siens propres, puisqu'on peut dire de nous tous, ce que

3. Demi-sœur d'Aurore, née de père inconnu en 1799, Caroline
Delaborde épousera en décembre 1821 Pierre Cazamajou.

*l'abbé Magnani* t'appliquait fort bien : *Natura la fè e ruppe la stampa*[1].

C'était un éloge fort juste, mais soit que la nature ait bien ou mal travaillé, il est certain qu'elle ne s'est pas servie du même moule pour deux personnes. Chaque fois donc que l'un ou l'autre des époux voudra conserver ses idées et ne jamais céder, il se trouvera malheureux. Il faut, je crois, que l'un des deux, en se mariant, renonce entièrement à soi-même, et fasse abnégation de sa volonté non seulement, mais même de son opinion, qu'il prenne le parti de voir par les yeux de l'autre, d'aimer ce qu'il aime, etc. Quel supplice, quelle vie d'amertume, quand on s'unit à quelqu'un qu'on déteste ! Quelle triste incertitude, quel avenir sans charme, quand on épouse un inconnu ! Mais aussi quelle source inépuisable de bonheur, quand on obéit ainsi à ce qu'on aime ! Chaque privation est un nouveau plaisir. On sacrifie en même temps à Dieu et à l'amour conjugal, et on fait à la fois son devoir et son bonheur. — Il n'y a plus qu'à se demander si c'est à l'homme ou à la femme à se *refaire* ainsi sur le modèle de l'autre, et comme *du côté de la barbe est la toute-puissance*[2], et que d'ailleurs les hommes ne sont pas capables d'un tel attachement, c'est nécessairement à nous qu'il appartient de fléchir à l'obéissance. Je te fais là une peinture, qui doit paraître bien sombre aux yeux d'une indifférente et qui sans doute ne te réconciliera pas avec le mariage. Mais je ne sais pas tromper et je serais bien fâchée de te présenter le bonheur des *jeunes dames* sous un aspect sans nuage. Il faut aimer et aimer beaucoup son mari pour en venir là et pour savoir faire durer toujours *la lune de miel*. J'ai eu comme toi, jusqu'au moment où je me suis attachée à Casimir, une triste opinion du mariage et si j'en ai changé, c'est à mon égard seulement et sans oser encore prononcer sur le bonheur qu'y trouvent les autres.

Voilà un trop long chapitre ; mais il y a tant de choses à dire qu'il est difficile de s'expliquer en peu de mots là-dessus.

Tu te moques de moi je pense avec ta « Madame la

1. L'abbé Magnani était le professeur d'italien du couvent des Augustines anglaises ; la citation du *Roland furieux* (*Orlando furioso*) de l'Arioste est inexacte : *Natura il fece, e poi ruppe la stampa* (La Nature l'a fait et a brisé le moule).

2. Molière, *L'École des femmes* (III, 2).

Baronne ». Je t'en prie, pas de ces mauvaises plaisanteries.
Nos Berrichons font mieux : ils m'appellent « Madame
la Comtesse ». Outre que je ne puis être tous les deux à
la fois, je t'avertis que je ne prends ni l'un, ni l'autre. Les
noms de notre pays sont dignes de figurer à côté de ceux
du vôtre. Si vous avez M. Ardent nous avons la ville
d'Ardentes et M. Brasier. En compensation, nous avons
Mme du Bel-air, M. de Beau-regard et M. de Beau-repaire.
Et puis la famille Chicot, ce qui présente une idée fort
propre. En revanche on remarque des noms très drôles
et assez jolis, tels que *Doradoux, Filiosa, Chérami, Doré,
Pâquette*, etc. On a ici la singulière manie de féminiser
tous les noms. Ainsi l'on dit M. Papet et Madame
Papette, Rousseau et Roussette, etc. Mais ce qu'il y a de
charmant, c'est le nom que porte le conducteur d'une
mauvaise voiture nommée *patache*, qui fait le service de
La Châtre à Châteauroux. Imagine-toi que ce pauvre
homme s'appelle très sérieusement le *Patachier*. J'ai honte
d'écrire un pareil mot, et cependant nos gens de bon ton
le prononcent très familièrement. Enfin nous avons
Mme de Culong [Culon], Mme de Vilaine [Villaines],
M. Moisi, le château de Rochefolle, vieille ruine très
romantique sur un rocher, qui s'avance sur un étang *lequel*
forme une cascade, *laquelle* se perd dans des montagnes
couvertes de bois. Non loin de là est la *Côte-Noire* et
tout près de nous le château d'*Arse*, est-ce français ou
anglais[3] ?

À propos, tu sais qu'Eugénie Lefebvre est maintenant
Mme de *Noir-Carme*. Dans les noms que tu me proposes
pour mon poupon, j'aime beaucoup Raymon[4], mais je
crois qu'il s'appellera Maurice, comme mon père.

C'était hier le 29, et j'ai pensé toute la soirée à ta robe
de tulle. Je crois très fort à la beauté d'Anna, mais je sais
aussi que tu ne lui cèdes en rien, et je crois que personne
à Angers n'a décidé entre vous deux. Adieu, chère amie,
amuse-toi bien, aime-moi un peu, et sois persuadée que je

3. Le domaine de Côte-Noire, sur la commune de Montgivray
(Indre), appartenait aux Dupin ; G. Sand le vendra en 1839. Le château d'Ars, près de Nohant, appartenait à la famille Papet ; Gustave
Papet deviendra un des meilleurs amis de la romancière. Le mot
anglais *arse* signifie *cul*.
4. G. Sand donnera ce prénom à l'un des personnages d'*Indiana*,
Raymon de Ramière.

t'aime beaucoup. Après avoir tant discuté sur les noms,
j'ai honte d'en signer un aussi ridicule que celui d'

Aurore

Hippolyte [Chatiron] connaît beaucoup M. de Beauvau. Il a été au régiment avec lui. À propos d'Hippolyte,
il doit être marié d'hier et nous l'attendons incessamment
avec son *épouse*, qui est de la taille de Mme Marie-Agnès.
Lui qui est grand et gros pourrait la mettre dans sa
poche, ou dans sa botte.

Je ne puis te rien raconter du mariage d'Anna Vié,
n'en sachant pas plus que toi à cet égard. Mes réflexions
étaient fondées sur ce qu'étant sans fortune, sans naissance, sans talents, et loin d'être d'une figure agréable, elle
avait épousé un homme d'une aussi bonne maison et
d'une belle fortune. Je ne le connais que parce qu'il est du
pays de mon mari et qu'il a manqué épouser une de ses
cousines, qui l'a trouvé trop vieux. Observons qu'elle a
28 ans et qu'ayant beaucoup de goût apparemment pour
les jeunes gens elle vient d'épouser un homme de 23.
C'est aussi à peu près l'âge d'Hippolyte et de sa femme.
Je te prie d'embrasser Anna pour moi et de me rappeler
au souvenir de Miss Gabb.

## 4. À CASIMIR DUDEVANT

[Paris[1]] *Mardi soir* [29 juillet 1823]

Comme c'est triste, mon bon petit ange, mon cher
amour, de t'écrire au lieu de te parler, de ne plus te
savoir là près de moi, et de penser que ce n'est aujour-
d'hui que le premier jour. Comme il me semble long, et
comme je me trouve seule! J'espère que tu ne me quit-
teras pas souvent, car cela me fait bien du mal et je ne
m'y accoutumerai jamais. Je ne sais pas ce que je fais
ce soir tant je suis fatiguée et étourdie d'avoir pleuré.

1. Les époux Dudevant ont loué un appartement à Paris, hôtel de
Florence, 56 rue Neuve-des-Mathurins (actuel 26 rue des Mathurins),
tenu par Henri Gallyot (*Histoire de ma vie*, IV, 9); c'est là que naît
Maurice le 30 juin 1823. Le 29 juillet, Casimir part pour Nohant;
c'est la première fois que le couple se sépare.

Cependant ne t'inquiète pas trop, mon ange. Je ferai tout mon possible pour n'être pas malade, ni notre cher petit non plus. Mais il ne me faudrait pas souvent des journées comme celle-ci. Je ne peux pas m'empêcher de pleurer encore quand je pense au moment où tu m'as quittée, pauvre cher ami, tu pleurais aussi, tu ne resteras pas longtemps, n'est-ce pas ? Je ne pourrai jamais m'accoutumer à vivre sans toi ; je m'ennuie à périr ; tout le monde m'importune et me déplaît. Il n'y a que notre petit Maurice qui soit gentil parce qu'il pleure avec moi. C'est de faim il est vrai, mais nous pleurons tous deux, et je l'aime encore mieux s'il est possible depuis que je n'ai plus que lui pour me consoler. Mon Dieu que je voudrais être à ce samedi où tu reviendras ! Je crains ce jour autant que je le désire car si tu ne reviens pas, je serai bien malade d'inquiétude et d'impatience. Si tu étais comme moi, cher amour, si tu t'ennuyais, si tu n'avais pas un moment de plaisir en mon absence, tu serais bientôt de retour.

Si j'étais en train de rire, je te raconterais en détail le désespoir de cette pauvre Catherine depuis le départ d'André [Caillaud]. On m'a dit qu'en le quittant elle avait fondu en larmes devant tout le monde dans la cuisine de M. Gallyot ; le fait est qu'elle est bien triste et bien pâle. Mais je suis plus en train de la plaindre que de m'amuser de son chagrin. S'il avait fallu me séparer de toi tout à fait avant notre mariage, j'en serais devenue folle, et maintenant j'en mourrais.

Bonsoir, mon amour, mon cher petit mimi, je vais me coucher et pleurer toute seule dans mon lit. J'achèverai ma lettre demain matin et je la ferai partir avant midi afin que tu la reçoives plus tôt. Écris-moi bien vite, donne-moi bien des détails sur ton voyage, sur ton arrivée à Nohant. Mais surtout parle-moi de toi, dis-moi que tu m'aimes, que tu m'aimeras toujours de même. Pour moi je n'ai vu personne aujourd'hui, je n'ai rien de nouveau à te dire, je te répéterai seulement que je t'adore, que je t'aime autant qu'on peut aimer sur la terre. Adieu… bonsoir… Mon Dieu que c'est triste !

*Mercredi matin*

Voilà une nuit de passée, mon ange, je voudrais bien que ce fût la dernière. Tu l'as passée bien mauvaise,

pauvre petit chat, au milieu des cahots de la diligence. Au
moins tu as pensé à ta petite femme, n'est-ce pas ? Ton
petit Mascarille est déjà venu 2 ou 3 fois voir au pied de
mon lit si tu étais là pour lui donner des mouches.
Mme Aimable dit qu'elle n'a jamais dormi si tranquille.
Mais moi, mon petit amour, j'ai bien pleuré avant de
m'endormir. Tu seras demain au soir à Nohant et tu rece-
vras ma lettre après-demain si elle ne souffre pas de retard.
Réponds-moi tout de suite. Dis-moi que tu reviendras
bientôt, car je ne me consolerai pas jusqu'à ce que tu
reviennes. Je ne suis pas moins triste aujourd'hui qu'hier,
et je sens bien que rien ne pourra me distraire ni m'amuser sans toi. Adieu, bon ami, cher ange, adieu, mon
petit amour. Tu sais comme je t'aime, comme je te chéris, comme je t'attends… reviens, je t'en prie à genoux,
reviens.

Embrasse pour moi le bon grand homme [Deschartres],
et Hippolyte. Ton petit ange de Maurice a bien dormi
cette nuit, bien tété ce matin, bien fait pipi et caca, etc.


## 5. À MADAME MAURICE DUPIN

28 août 1825 Bagnères.[1]

J'ai reçu votre aimable lettre à Cauterets, ma chère
maman, et je n'ai pu y répondre tout de suite pour mille
raisons. La première, c'est que Maurice venait d'être
sérieusement malade ce qui m'avait donné beaucoup d'inquiétude et d'embarras. Il a eu une espèce de fièvre
inflammatoire assez compliquée et frisé de très près la
dysenterie et une fièvre cérébrale. Il est parfaitement
guéri depuis quelques jours surtout que nous sommes ici
et que nous avons retrouvé le soleil et la chaleur. Il a

---

1. Les époux Dudevant passent juillet et août dans les Pyrénées,
à Cauterets et Bagnères, en compagnie d'Aimée et Jane Bazouin.
Aurore y fait la connaissance d'un jeune magistrat bordelais, Aurélien de Sèze ; les deux jeunes gens vont tomber amoureux l'un de
l'autre, mais ce « roman » restera platonique. G. Sand a inséré dans
*Histoire de ma vie* (IV, 10) des fragments de son journal de voyage
dans les Pyrénées, où l'on retrouve la plupart des épisodes contés
dans cette lettre.

repris tout à fait appétit, sommeil, gaieté et embonpoint.
Aussitôt qu'il a été hors de danger, j'ai profité de sa
convalescence pour courir les montagnes de Cauterets et
de Saint-Sauveur, que je n'avais pas eu le temps de voir.
Je n'ai donc pas eu une journée à moi pour écrire à qui
que ce soit, ce dont tout le monde me veut et dont je me
veux à moi-même. Mais après avoir fait, presque tous les
jours, des courses de 8, 10, 12 et 14 lieues à cheval, j'étais
tellement fatiguée que je ne songeais qu'à dormir, encore
quand Maurice me le permettait. Aussi j'ai été fort souffrante de la poitrine et j'ai eu des toux épouvantables.
Mais je ne me suis point arrêtée à ces misères et en
continuant des exercices violents, j'ai retrouvé ma santé
et un appétit qui effraye nos compagnons de voyage les
plus voraces. Je suis dans un tel enthousiasme des Pyrénées, que je ne vais plus rêver et parler, toute ma vie, que
montagnes, torrents, grottes et précipices. Vous connaissez ce beau pays, mais pas si bien que moi, j'en suis sûre ;
car beaucoup de merveilles que j'ai vues, sont enfouies
dans des chaînes de montagnes où les voitures et même
les chevaux n'ont jamais pu pénétrer. Il faut marcher à
pied des heures entières dans des gravats qui s'écroulent
à tout instant et sur des roches aiguës où on laisse ses
souliers et partie de ses pieds.

À Cauterets, on a une manière de gravir les rochers
fort commode. Deux hommes vous portent sur une chaise
attachée à un brancard, et sautent ainsi de roche en roche
au-dessus de précipices sans fond, avec une adresse, un
aplomb et une promptitude qui vous rassurent pleinement et vous font braver tous les dangers. Mais, comme
ils sentent le bouc d'une lieue et que très souvent on
meurt de froid après 1 ou 2 h. de l'après-midi, surtout au
haut des montagnes, j'aimais mieux marcher et je sautais
comme eux d'une pierre à l'autre, tombant souvent et
me meurtrissant les jambes mais riant toujours de mes
désastres et de ma maladresse. Au reste, je ne suis pas la
seule femme qui fasse des actes de courage. Il semble
que le séjour des Pyrénées inspire de l'audace aux plus
timides, car toutes les compagnes de mes expéditions en
faisaient autant. Nous avons été à la fameuse cascade de
Gavarnie, qui est la merveille des Pyrénées. Elle tombe
d'un rocher de douze cents toises de haut et taillé à pic
comme une muraille. Près de la cascade on voit un pont

de neige, qu'à moins de toucher, on ne peut croire l'ouvrage de la nature ; l'arche qui a 10 à 12 pieds de haut est parfaitement faite et on croit voir des coups de truelle sur du plâtre. Plusieurs des personnes qui étaient avec nous (car on est toujours fort nombreux dans ces excursions) s'en sont retournées convaincues qu'elles venaient de voir un ouvrage de maçonnerie. Pour arriver à ce prodige et pour en revenir nous avons fait 12 lieues à cheval sur un sentier de 3 pieds de large au bord d'un précipice qu'en certains endroits on appelle l'échelle et dont on ne voit pas le fond. Ce n'est pourtant pas là ce qu'il y a de plus dangereux car les chevaux y sont accoutumés et passent à une ligne du bord, sans broncher. Ce qui m'étonne bien davantage dans ces chevaux de montagne, c'est leur aplomb sur des escaliers de rochers qui ne présentent à leurs pieds que des pointes tranchantes et polies. J'en avais un fort laid, comme ils le sont tous, mais à qui j'ai fait faire des choses qu'on n'exigerait que d'une chèvre : galopant toujours dans les endroits les plus effrayants, sans glisser, ni faire un seul faux pas, et sautant de roche en roche en descendant. J'avoue que je ne croyais pas que cela fût possible et que je ne me serais jamais cru le courage de me fier ainsi à lui, avant que j'eusse éprouvé ses moyens.

Nous avons été hier à 6 lieues d'ici à cheval, pour visiter les grottes de Lourdes. Nous sommes entrés à plat ventre dans celle du Loup. Quand on s'est bien fatigué pour arriver à un trou d'un pied de haut, qui ressemble à la retraite d'un blaireau, j'avoue que l'on se sent un peu découragé. J'étais avec mon mari et deux autres jeunes gens avec qui nous étions fort liés à Cauterets et que nous avons retrouvés à Bagnères, ainsi qu'une grande partie de notre nombreuse et aimable société bordelaise. Nous avons eu le courage de nous embarquer dans cette tanière et au bout d'une minute nous nous sommes trouvés dans un endroit beaucoup plus spacieux, c'est-à-dire que nous pouvions nous tenir debout sans chapeau et que nos épaules n'étaient qu'un peu froissées à droite et à gauche. Après avoir fait 150 pas dans cette agréable position, tenant chacun une lumière et ôtant bottes et souliers pour ne pas glisser sur le marbre mouillé et raboteux, nous sommes arrivés au puits naturel que nous n'avons pas vu, malgré tous nos flambeaux, parce que le

roc disparaît tout à coup sous les pieds, et l'on ne trouve
plus qu'une grotte si obscure et si élevée, qu'on ne
distingue ni le haut ni le fond ; nos guides arrachèrent
des roches avec beaucoup d'effort et les lancèrent dans
l'obscurité ; c'est alors que nous jugeâmes de la profondeur du gouffre : le bruit de la pierre frappant le roc fut
comme un coup de canon, et retombant dans l'eau
comme un coup de tonnerre, y causa une agitation épouvantable. Nous entendîmes pendant 4 minutes l'énorme
masse d'eau ébranlée, frapper le roc avec une fureur et
un bruit effrayant qu'on aurait pu prendre tantôt pour le
travail de faux-monnayeurs, tantôt pour les voix rauques
et bruyantes des brigands. Ce bruit qui part des entrailles
de la terre, joint à l'obscurité et à tout ce que l'intérieur
d'une caverne a de sinistre, aurait pu glacer des cœurs
moins aguerris que les nôtres. Mais nous avions joué à
Gavarnie avec les crânes des Templiers[2], nous avions
passé sur le Pont de neige quand nos guides nous criaient
qu'il allait s'écrouler. La grotte du Loup n'était qu'un jeu
d'enfant. Nous y passâmes près d'une heure, et nous
revînmes chargés de fragments des pierres que nous avions
lancées dans le gouffre. Ces pierres que je vous montre-
rai sont toutes remplies de parcelles de fer et de plomb
qui brillent comme des paillettes.

En sortant de la grotte du Loup, nous entrâmes dans
*las Espeluches*[3]. Notre savant cousin, M. de Fos [Defos],
vous dira que ce nom patois vient du latin. Nous trou-
vâmes l'entrée de ces grottes admirable ; j'étais seule en
avant, je fus ravie de me trouver dans une salle magnifique, soutenue par d'énormes masses de rochers qu'on
aurait pris pour des piliers d'architecture gothique. Le plus
beau pays du monde, le torrent d'un bleu d'azur, les prairies d'un vert éclatant, un premier cercle de montagnes
couvertes de bois épais, et un second à l'horizon d'un bleu
tendre qui se confondait avec le ciel, toute cette belle
nature éclairée par le soleil couchant vue du haut d'une
montagne au travers de ces noires arcades de rochers, derrière moi la sombre ouverture des grottes, j'étais trans-

2. Dans un coin de l'église de Gavarnie, on peut voir des crânes
de « Templiers », en fait des Hospitaliers de Saint-Jean de Jérusalem.
3. G. Sand raconte dans *Histoire de ma vie* (IV, 10) cette excursion
dans les grottes des Espélugues, en compagnie d'Aurélien de Sèze
et son ami Émile Paris.

portée. Je parcourus ainsi deux ou 3 de ces péristyles, communiquant les uns aux autres par des portiques, cent fois plus imposants et plus majestueux que tout ce que feront les efforts des hommes. Nos compagnons arrivèrent et nous nous enfonçâmes encore dans les détours d'un labyrinthe étroit et humide, nous aperçûmes au-dessus de nos têtes une salle magnifique, où notre guide ne se souciait guère de nous conduire. Nous le forçâmes de nous mener à ce second étage. Ces messieurs se déchaussèrent et grimpèrent assez adroitement ; pour moi, j'entrepris l'escalade. Je passai sans frayeur sur le taillant d'un marbre glissant, au-dessous duquel était une profonde excavation. Mais quand il fallut ajamber, sur un trou que l'obscurité rendait très effrayant, n'ayant aucun appui ni pour mes pieds, ni pour mes mains, glissant de tous côtés, je sentis mon courage chanceler. Je riais, mais j'avoue que j'avais peur. Mon mari m'attacha deux ou trois foulards autour du corps et me soutint ainsi pendant que les autres me tiraient par les mains. Je ne sais ce que devinrent mes jambes pendant ce temps-là. Quand je fus en haut, je m'assurai que mes mains (dont je souffre encore) n'étaient pas restées dans les leurs, et je fus payée de mes efforts par l'admiration que j'éprouvai. La descente ne fut pas moins périlleuse, et le guide nous dit en sortant qu'il avait depuis bien des années conduit des étrangers aux *Espeluches*, mais qu'aucune femme n'avait gravi le second étage. Nous nous amusâmes beaucoup à ses dépens en lui reprochant de ne pas balayer assez souvent les appartements dont il avait l'inspection. Nous rentrâmes à Lourdes dans un état de saleté impossible à décrire ; je remontai à cheval avec mon mari, et nos jeunes gens prenant la route de Bordeaux, nous prîmes tous deux celle de Bagnères. Nous eûmes pendant 6 lieues une pluie à verse et nous sommes rentrés ici à 10 h. du soir, trempés jusqu'aux os et mourant de faim. Nous ne nous en portons que mieux aujourd'hui. Nous sommes dans l'enchantement de deux chevaux arabes que nous avons achetés, et qui seront les plus beaux que l'on ait jamais vus au bois de Boulogne.

Voilà une lettre éternelle ma chère maman, mais vous me demandez des détails et je vous obéis avec d'autant plus de plaisir que je cause avec vous. Clotilde [Maréchal] m'en demande aussi ; mais je n'ai guère le temps de lui écrire aujourd'hui et demain recommencent mes courses.

Veuillez l'embrasser pour moi, lui faire lire cette lettre si elle peut l'amuser, et lui dire que, dans 8 à 10 jours, je serai chez mon beau-père où j'aurai le loisir de lui écrire. Adressez-moi donc de vos nouvelles chez lui, près Nérac, Lot-et-Garonne. J'en attends avec impatience, je suis si loin, si loin de vous et de tous les miens ! Adieu, ma chère maman. Maurice est gentil à croquer, Casimir se repose dans ces courses dont je vous parle, de celles qu'il a faites sans moi à Cauterets ; il a été à la chasse sur les plus hautes montagnes, il a tué des aigles, des perdrix blanches et des *isards* ou chamois, dont il vous fera voir les dépouilles[4] ; pour moi, je vous porte du cristal de roche. Je vous porterais du barège de Barèges[5] même, s'il était un peu moins gros et moins laid. Adieu chère maman, je vous embrasse de tout mon cœur.

Veuillez quand vous lui écrirez embrasser mille fois ma sœur pour moi, lui dire que je suis bien loin de l'oublier, mais que cette lettre que je vous écris et une à mon frère sont les seules que j'aie eu le temps d'écrire aux Pyrénées, mais que quand je serai à Guillery je lui écrirai tout de suite. Nous comptons y rester jusqu'au mois de janvier, de là, aller passer le carnaval à Bordeaux, et enfin retourner avec le printemps à Nohant, où nous vous attendrons avec ma tante [Maréchal].

## 6. À AURÉLIEN DE SÈZE[1]

[Guillery] le 17 [octobre 1825]

Mon mari a été faire une longue course avec son père, et je profite de cette journée de liberté pour m'enfermer avec vous, mon bon ange, et causer sans crainte d'être

---

4. Un fragment du journal est plus explicite : « Monsieur *** chasse avec passion. Il tue des chamois et des aigles. Il se lève à deux heures du matin et rentre à la nuit. Sa femme s'en plaint. Il n'a pas l'air de prévoir qu'un temps peut venir où elle s'en réjouira » (*Histoire de ma vie*, IV, 10).

5. La ville de Barèges était célèbre pour ses étoffes de laine légère.

1. Les lettres à Aurélien de Sèze n'ont pas été envoyées à leur destinataire, mais confiées à un journal intime tenu par Aurore du 11 octobre au 14 novembre 1825.

dérangée. J'avais besoin de relire vos lettres, et cependant
je n'osais le faire. J'ai longtemps hésité. Je craignais l'effet
enivrant de cette lecture. Mais rougissant de ma faiblesse,
je me suis décidée à repasser tant de souvenirs ineffa-
çables… J'avais bien tort de me craindre ainsi, mon ami.
Comment votre écriture, vos douces paroles, pourraient-
elles me faire du mal ? Oh ! je suis bien tranquille maintenant ! Je n'éprouve pas un regret, et quelque enchanteur
qu'ait été pour moi le passé, il n'est pas à beaucoup près
comparable au présent ! Il me semble en reportant mes
regards sur ce temps d'émotions ardentes et orageuses,
être aujourd'hui dans le ciel et contempler la vie que je
viens de quitter avec une impassible sérénité. Je me retrace
sans trouble et sans regrets ces joies qui épuisaient mon
existence, ces battements précipités de mon cœur, qui
semblaient devoir m'étouffer. Était-ce là le bonheur ? Surtout quand je me relevais tout d'un coup, au milieu de
ces réflexions enivrantes, et que je courais avec inquiétude vers le lit de mon fils, frappée de je ne sais quelle
crainte, qui certes était une voix du ciel ? Non je n'étais
pas heureuse. J'avais cru l'être un instant. Quand je sentis mon cœur se réveiller, je crus que la vie allait devenir
pour moi un enchantement. Mais quand mes réflexions
vinrent me chercher malgré moi dans la solitude, je
regrettai presque le triste veuvage de mon cœur. Quand
je vous écrivais je me sentais ranimée. D'ailleurs je n'aurais pas voulu vous faire partager mes sombres présages.
Quand je vous lisais, j'étais entraînée, ravie, aucun sacrifice ne me paraissait trop grand, pour mériter le bonheur
d'être aimée de vous. Mais dans le silence des nuits, je
regardais avec envie dormir mon mari et mon fils. Ils sont
tranquilles, me disais-je, et moi rien ne peut me calmer.
Je sortais, espérant que le vent de la nuit rafraîchirait
ma tête brûlante. Si j'avais pu trouver une larme dans
mes yeux ! Ô mon Dieu, me disais-je, si la mort, si les
souffrances les plus aiguës pouvaient vous apaiser ! Mais
sacrifier Aurélien, le rendre malheureux ! Non il vaut
encore mieux supporter ce que j'endure ! Une crainte plus
amère encore que toutes les autres faisait mon supplice,
maintenant j'oserai vous le dire. Je ne vous connaissais
pas, mon ami, et désormais je vous connais *bien*. Vous
n'aviez pas trahi ma confiance jusqu'alors, mais si une ou
deux fois vous aviez su vous commander à vous-même,

en serait-il toujours ainsi ? Je regardais en arrière. Je
me rappelais des larmes, des prières, des combats, des
reproches… J'étais jeune alors, me disais-je, jeune de
corps et d'esprit. J'avais de la force pour deux. Mais en
aurais-je aujourd'hui que tous les ressorts de ma vie sont
usés par le chagrin ? Il n'est pas un homme sur la terre,
*pas un*, qui se contente à la longue du cœur d'une femme.
Aurélien compte sans doute sur la victoire. S'il a su la
retarder, c'est qu'il est sûr de l'obtenir. S'il faut la lui
accorder j'en mourrai, et, si je la lui refuse, je perdrai son
cœur…

Ah ! mon ami, dans ces réflexions déchirantes, j'ai été
jusqu'à désirer de ne vous revoir jamais, j'aurais voulu
mourir tout de suite ou être enlevée par quelque circonstance impérieuse à l'autre bout de la terre. Vous n'auriez
pas eu de reproches à me faire et j'aurais pu faire pénitence et mourir de chagrin. Plus je voyais approcher le
moment de mon départ, plus j'étais agitée. Ce mélange
d'impatience, de crainte, de remords et de joie me tuait,
m'épuisait. Vingt fois je songeai à vous ouvrir mon cœur,
à me remettre à votre générosité. Pourquoi ne lui confie-
rais-je pas ce que je souffre, disais-je en moi-même ?
N'est-il pas mon ami, mon meilleur ami ? Mais la crainte
de vous désespérer me retenait. Oui Aurélien, je me sentais le courage de vivre sans vous, ou pour mieux dire
de vous quitter et de mourir, mais je n'avais pas celui de
vous affliger, de vous laisser malheureux… Oh cela seul
était au-dessus de toutes mes forces ! ! Dans le moment
où C[asimir] me vit appuyer ma tête sur votre épaule, je
n'étais pas coupable. Non dans ce moment mon cœur ne
palpitait pas d'amour et de plaisir. Si vous vous en rappelez, j'étais retombée dans la tristesse. Vous me pres-
siez de vous en dire la cause, je ne pouvais m'y décider.
Appuyée sur vous, je souffrais moins, parce que je souffrais
près de vous et pour vous. Je cherchais un consolateur,
un soutien. Dès ce moment vous n'étiez plus mon
amant, mais mon Dieu tutélaire. Une circonstance qui
faillit me coûter la vie ce jour même, nous interrompit. Un
instant après que vous vous fûtes retiré, je crus entendre
mon arrêt de mort. La colère, mais surtout le chagrin de
mon mari, l'idée de ne plus vous revoir… Bientôt grâce
au Ciel, je ne pensai plus à rien, je ne sentis plus que des
douleurs physiques. Mes dents étaient serrées. Je ne

voyais plus, je me sentais mourir et je n'avais plus qu'un
besoin, celui de voir encore mon enfant, c'était ma seule
idée distincte. Quand vous rentrâtes dans ma chambre et
que je vis mon mari vous parler, je n'avais pas encore
bien ma tête, car je me figurai un instant que tout ce qui
s'était passé n'était qu'un rêve ou un effet de mon délire…
Peu à peu je me sentis renaître. Vous étiez là et je ne sais
quelle vague espérance me soutenait encore. Tant que je
vous vois, Aurélien, les souffrances les plus amères, les
maux les plus désespérés me paraissent supportables.

Le lendemain matin, je lus les lettres que vous m'aviez
remises et que grâce à Dieu je n'avais pas cachées dans
mon sein comme je le fais ordinairement. Oh que cette
lecture me fit de bien, malgré la position critique où
j'étais ! Dans aucun moment, fût-ce au dernier de ma vie,
je ne pourrai entendre sans une reconnaissance délicieuse
cette promesse que vous me faisiez de me respecter, de
ne m'aimer que mieux au milieu des privations ; c'est
vous, Aurélien, qui m'encouragiez à vous résister, à
ne pas craindre de vous affliger ! Ô mon ange, du
moment que j'ai lu cette page, je vous ai connu, je vous
ai apprécié, je me suis regardée comme la femme la plus
injuste et la plus soupçonneuse, et vous reconnaissant
pour l'homme le plus parfait de la terre je me suis amèrement reproché la lettre insultante que je vous écrivis…
Ah ! déchirez mille fois cette lettre ! Qu'elle soit anéantie
avec les injurieux soupçons qui l'ont dictée. Ah qu'elle a dû
dû vous blesser et vous faire de mal ! Dans ce moment,
j'aurais, si je l'avais pu, embrassé vos genoux, car je sens
que la confiance et la vénération de toute ma vie ne
seront pas trop pour effacer un pareil crime. — Mais
vous m'avez pardonné. Vous avez voulu que je vous ren-
disse justice et vous y avez bien réussi. Vous aviez raison
de m'écrire : « Votre cœur vous parlera un jour plus haut
que moi. » Oui, mon ange, il me reproche amèrement
de vous avoir méconnu. Mais aussi, comme il répare ses
torts ; comme il vous paie avec usure ce qu'il vous refusait ! Sans cette lettre qui a fait passer un baume répara-
teur dans mon sang, je n'aurais pas eu la force d'aller à La
Brède. Mon corps privé d'aliments se soutenait à peine,
mais ma tête était à moi. Je comptais sur mon ami, je
croyais en lui. Alors l'idée de vous proposer le sacrifice
de notre passion me parut admissible. Ne vous étonnez

plus de la force que j'ai eue à vous le présenter. Vous seul me l'aviez inspirée, et mon cœur vous donnait alors la plus forte preuve de son affection et de sa confiance.

Lors même que mon mari ne nous eût pas découverts, avec cette lettre chérie, j'aurais été à vous, je vous aurais dit : « Aurélien, soyez mon frère, mon ami, ma Providence et que jamais nous n'ayons à rougir de nos sentiments ». — Quand je vous vis un instant découragé, me refusant sans pitié la force que je vous demandais pour nous deux, je fus trouver Zoé [Leroy], la mort dans l'âme. Vous quitter pour jamais n'était rien pour moi en comparaison de vous trouver faible et égoïste. C'est donc moi, dis-je à cette excellente amie, qui dois me sacrifier, je le ferai. Dieu me le pardonnera, car j'y suis poussée par un besoin irrésistible. Allez le chercher, Zoé, allez lui dire que je suis décidée… Et quand je vous vis rentrer, je vous regardai comme l'homme le plus aimable, le plus aimé… Voilà tout… Mais quand je vous trouvai courageux avec joie, avec plaisir, je reconnus celui qui avait tracé ces mots *Résiste-moi*, etc. Vous fûtes pour moi, ce que vous serez à jamais et ce que rien dans aucune langue ne saurait exprimer. Dites-moi Aurélien, dites-moi ange tutélaire, regrettez-vous l'amour que vous m'inspiriez ? valait-il mon amitié d'aujourd'hui ? Je vous aimais comme j'ai déjà aimé une fois, et je vous aime comme je n'aimerai jamais rien sur la terre !

## 7. À AURÉLIEN DE SÈZE

[Guillery] le 24 [octobre 1825]

J'ai passé une journée sans vous écrire et une journée bien dissipée, mon ami. Mais vous qui êtes sans cesse à mes côtés, qui me suivez partout, qui lisez de loin comme de près dans mes yeux et dans mon cœur, vous n'êtes pas inquiet. *Vous me connaissez,* Aurélien, vous *savez* qu'entourée de vœux et d'hommages, je ne puis penser *qu'à vous.*

Je veux vous raconter ma journée d'hier.

Dès le matin, la *brillante* jeunesse des environs s'est rassemblée ici pour la chasse. Après un déjeuner matinal des

plus bruyants, un des *Adonis* de la contrée m'a prêté un
assez bon cheval, le mien étant blessé. Bientôt, à travers
les taillis épais, les branches qui nous crevaient les yeux,
le sable où nos chevaux enfonçaient jusqu'aux genoux,
les fossés qui se croisaient sous nos pas, la bruyère qui
nous cachait des trous et des ornières, nous avons galopé
ventre à terre, pêle-mêle, tombant, riant, criant, après
un lièvre que nous avons perdu, un loup qui a disparu,
et un renard que nous avons tué et rapporté. La chasse
est fort agréable ici, sur la lande où on ne perd pas les
chiens de vue. Mais ramené sans cesse dans les taillis,
on s'y pique les jambes et on s'y écorche la figure. Vous
savez comme j'aime l'exercice du cheval, je me suis amusée dans cette partie, celui qu'on m'avait prêté sautait très
bien, et cela m'électrise. Dans mes jours de malheur, j'ai
été ennuyée et dégoûtée de tout. J'ai passé des années
sans toucher un crayon, des mois sans approcher d'un
piano, des jours sans ouvrir un livre, et je me suis toujours sentie disposée à monter à cheval, ou regrettant de
ne pouvoir le faire. Il semble qu'à cheval on renaisse, on
reprenne à la vie. C'est alors que vous contemplez, que
vous voyez la nature, car à pied, occupé sans cesse de ne
pas tomber, en regardant à chaque instant devant soi, on
ne peut fixer ses yeux, les attacher sur l'horizon. N'avez-
vous jamais, dans des jours de mélancolie, trouvé un
charme indéfinissable à égarer votre imagination au-delà
des limites de la vue ? En regardant une perspective lointaine, n'avez-vous jamais rêvé des bois, des eaux, des
pays enchantés, dans ces masses bleuâtres et confuses,
que l'œil aperçoit et ne peut distinguer ? Et si l'absence
vous a privé d'un ami, vous avez cru voir le toit qu'il
habite, à l'horizon, bien que des centaines de lieues, des
mers, des espaces immenses, fussent entre lui et vous ?
Vous avez suivi de l'œil le vol rapide et élevé du milan
ou du vautour. Vous avez désiré être sur ses ailes et franchir en un instant ces distances que la pensée mesure
avec effroi. Oh oui ! vous avez éprouvé tout cela ! Nous
nous entendons trop bien pour que l'histoire de l'âme
n'ait pas été la même pour tous deux. C'est à cheval, c'est
au pas, que l'on domine davantage sur la campagne et
qu'elle vous paraît plus belle. C'est au galop que toutes
les pensées quittent leur cours ordinaire et changent
de place pour ainsi dire. En fendant l'air d'une course

rapide, on ne souffre plus, on ne pense plus. On respire. L'esprit est comme en suspens, et comme ravi du bien-être que le corps éprouve. Et si une difficulté, un danger s'offrent à votre rencontre, tant pis pour celui qui craint de le braver. Il retient son cheval, le contrarie, le gêne, perd l'équilibre et se prive d'une des plus vives sensations que l'on puisse éprouver, celle de voir, de toucher la mort et de s'échapper en riant de ses bras. Mais animez le fier animal du mors et de la voix, livrez-le à son courage et à son orgueil, vous le verrez franchir un ravin, sauter une barrière, traverser un marais, lutter contre le courant d'une rivière, rompre avec ses pieds les joncs et les racines qui veulent l'arrêter, perdre pied, nager et escalader la rive d'un saut. Regardez alors derrière vous, vous venez, comme dit Mme de Staël, de *reconquérir la vie*, et vous l'aimez mieux parce que vous vous la devez. Ceux qui n'ont jamais connu, jamais aimé le danger, ne connaissent pas le prix de l'existence.

J'aime ma jument Colette, je l'aime réellement, je ne la regarde pas comme un animal subordonné à mes plaisirs, mais comme une amie dont toutes les volontés sont d'accord avec les miennes. Je ne sais pas si parmi mes amis, il y en a *beaucoup* qui la vaillent et que je lui préfère. J'aime à voir les animaux à leur place, les oiseaux voler sur les arbres, les chiens chasser et coucher au chenil ; mais je déteste à m'entourer de chiens et de chats. Le babil d'un perroquet ou les importunités d'un roquet me rendent imbécile. Je suppose au cheval une intelligence plus relevée. Je le place au-dessus de tous les animaux, immédiatement après l'homme, et faisant un bien meilleur usage d'une plus petite part de raison. Je passe des heures entières à l'écurie, je fais la conversation de Colette. Je suis sûre qu'elle m'entend. N'avez-vous jamais lu une pensée, dans l'œil expressif d'un bon cheval ?

Mais où me suis-je égarée ? Me voilà bien loin de mon récit. Je reviens à la chasse. Il y avait d'assez jolis chevaux. Un entre autres était ravissant. Assez mal monté par son maître, je l'aurais voulu en d'autres mains. Il serait trop vif pour moi. Mais je vous le désirais. Un homme n'est jamais mieux que sur un beau cheval qu'il monte bien. Parmi ceux qui se cabraient, qui se cassaient le cou, était le comte de Beaumont, jeune homme que j'ai connu dans le monde. C'est un officier des hussards de la garde.

Un agréable du bon ton. Il n'aime pas beaucoup la chasse, et ne s'occupant pas comme les autres à rappeler les chiens, à reconnaître *la double voie*, etc., il est resté toujours auprès de moi. Notre conversation, quoique roulant sur des sujets tout à fait étrangers, m'a fait faire plus d'une réflexion. Je veux vous les dire et pour cela je suis obligée de revenir encore sur le passé et de vous faire comprendre ma position.

Née de parents *nobles* et considérés, élevée par ma grand-mère, une des femmes remarquables de l'époque, j'étais destinée à faire un mariage qui m'élevât aux premiers rangs. On avait oublié que mon père avait fait un mariage de garnison, qu'il s'était jeté dans la *mauvaise compagnie*. Il était mort, on ne se souvenait plus de ses folies ; sa veuve vivait ignorée, d'une pension que lui faisait ma grand-mère, pension qu'elle ne lui devait point, et dont elle était payée par la haine et les malédictions de ceux qu'elle faisait vivre. Elle ne l'ignorait point et se vengeait en redoublant de présents et de générosité. Ma grand-mère était une femme incomparable et je ne le sentis bien que quand elle me fut enlevée. À 12 ans j'étais un enfant incapable de l'apprécier quoiqu'elle eût jusqu'alors soigné mon éducation. Elle tenait à ce que j'eusse des talents et, notre séjour annuel en Berry interrompant mes leçons, elle prit le parti de me mettre au couvent. J'en sortis à seize ans, commençant à sentir et à raisonner, ne connaissant presque plus celle qui m'avait élevée et ne connaissant pas du tout ma mère, que je voyais une fois par mois au parloir, à travers une grille, et accompagnée d'une *sœur écoute*. Je n'aimais au monde que mes camarades et ne reconnaissais de mère qu'Alicia [Spiring], une religieuse qui prenait soin de moi particulièrement. Bientôt je connus et j'aimai ma grand-mère, pendant près d'un an je goûtai près d'elle un bonheur parfait. Accoutumée au tapage et à la gaieté de 50 compagnes, gâtée et caressée à qui plus ferait par vingt religieuses, je ne me sentais pas seule un instant auprès d'une femme de 75 ans. Elle s'occupait sérieusement de me marier. J'avais déjà été demandée plusieurs fois parce qu'on savait que j'étais son unique héritière. Elle se sentait décliner. Depuis longtemps de sombres pressentiments la poursuivaient. — « Dans un mois, me disait-elle, nous irons à Paris. Ma fille, il faut te décider, je veux t'établir. — Pourquoi tant

me presser ? lui répondis-je, je suis si jeune et je suis si
heureuse auprès de vous ! » J'avais encore une raison, je
sentais battre dans mon sein un cœur fait pour aimer.
L'idée d'un mariage de convenance m'effrayait. J'avais
bien changé depuis le couvent. Je n'étais plus cette petite
dévote aveugle et soumise, qui aurait tout béni de la main
de Dieu et de ses parents. Je sentais se développer en
moi une âme ardente, une imagination de feu. J'avais lu
avec ma grand-mère tout ce qu'une jeune personne peut
lire des ouvrages des philosophes et j'avais accueilli leurs
principes avec toute l'ardeur d'une âme neuve. Au récit
d'une belle action, à la lecture d'une belle poésie, le rouge
me montait au visage, mes yeux s'emplissaient de larmes.
Ma grand-mère se plaisait à voir cette sensibilité et s'en
effrayait quelquefois quand je lui disais avec confiance
que je voulais connaître mon mari avant de l'épouser, que
la fortune, ni la naissance ne m'éblouiraient jamais, que la
vanité ne me guiderait point, que je voulais rencontrer un
cœur fait comme le mien… elle m'interrompait alors.
« Mais mon enfant, me disait-elle, je suis sur le bord de
ma tombe. Je vieillis chaque jour d'un an. Je sens que je
n'ai pas de temps à perdre pour assurer ton sort. Je suis
ta tutrice légale, par suite des arrangements que j'ai pris
avec ta mère. Mais elle est ta tutrice naturelle et si je
meurs sans t'établir, rien, rien au monde ne peut t'arracher à sa domination. Ô mon enfant, quel sort que le
tien si tu tombes entre ses mains ! Tu ne la connais pas,
ta mère, je ne veux pas te la faire connaître. Dieu te préserve de la connaître jamais ! » Hélas ! Les pressentiments
de cette excellente femme n'étaient que trop fondés. Au
moment de partir pour Paris, elle eut une attaque d'apoplexie et resta paralytique dans son lit pendant un an. Ce
qu'il y avait de plus affreux encore dans son état, c'était
l'affaiblissement de ses facultés morales. Son excellent
cœur lui suggérait encore des choses tendres et bonnes à
dire à tout le monde. Mais sa tête était dérangée. Elle ne
reconnaissait plus les gens qui l'environnaient. J'étais la
seule qu'elle ne méconnût jamais. Au milieu des nuits,
elle demandait à me voir. Je me relevais navrée, je courais vers son lit. Ses yeux fixes et égarés me regardaient
sans me voir. — « Je ne distingue pas tes traits, me disait-
elle. Mais c'est toi, mon enfant, je reconnais ta voix, je
sens ta main, je sens tes larmes. Tu as raison de pleurer.

Tu perds tout en perdant ta grand-mère. Pauvre petite !
Je suis bien malade, mais je ne sens pas tant mes souffrances que le malheur qui t'attend. »

Aurélien, je pleure en vous racontant ces détails. Je voulais vous expliquer ma position en quatre mots et je me
laisse aller à vous raconter mon histoire. N'importe, je ne
m'en repens pas, vous vous y intéressez, je continue.

Vous ne devez plus vous étonner d'avoir découvert
*sous l'enveloppe de ma gaieté folâtre, une âme ardente, délicate,*
etc. Vous voyez que, dès ma plus tendre jeunesse, tout
concourut à développer en moi les germes d'une profonde sensibilité. Il n'y a qu'une chose qui m'étonne,
moi, c'est qu'après tout ce que j'ai éprouvé, je puisse être
légère et folle comme je le suis souvent !

Un an, un an entier se passa dans ces épreuves cruelles,
privée d'espérance et voyant chaque jour approcher le
moment redouté de perdre mon unique soutien. Quelque
temps avant sa mort, son esprit sembla se réveiller. Jamais
elle ne fut plus spirituelle, plus tendre, plus aimable. Le
ciel m'accorda une consolation que je lui demandais avec
instance depuis longtemps, celle de la voir rentrer dans
le sein de l'Église et de s'entourer des consolations de la
religion. L'archevêque d'Arles (fils de M. Dupin de Francueil (mari de ma grand-mère) et de Mme d'Épinay dont
vous connaissez peut-être les Mémoires) quitta Paris qu'il
habitait alors et vint nous trouver[1]. Il n'eut pas de peine
à l'amener à ce qu'il désirait. Elle satisfit à ses devoirs
religieux avec une fermeté et une ferveur admirables. Je
n'oublierai jamais ce moment, ces approches de sa mort,
cet appartement (que j'occupe à Nohant), rempli de nos
serviteurs tous en larmes, la dignité d'une pareille cérémonie, l'exhortation de notre vieux curé souvent interrompue par ses pleurs, et ces paroles que ma grand-mère
répétait souvent : « *Où est ma fille ? Je veux la voir* ». J'étais
à son chevet, elle ne me voyait pas. Je collai mes lèvres
sur sa main. Je ne pleurais pas, non, non, dans de tels
moments on ne trouve pas de larmes.

Dans quel récit me suis-je engagée ? Ma journée a
commencé si gaiement, les chasseurs vont rentrer et faire

1. G. Sand a raconté dans *Histoire de ma vie* (IV, 5) l'histoire de
Mgr Leblanc de Beaulieu et de sa visite à Nohant au chevet
de Mme Dupin de Francueil, qui se confesse ensuite au vieux
curé de Saint-Chartier, l'abbé Pineau de Montpeyroux.

retentir la maison de chants et de rires, et je vais paraître les yeux rouges parmi ces fous. Oh ! j'aime mieux pleurer avec vous, mon ami, que de rire avec eux.

Elle mourut ou plutôt s'endormit en paix. Malheur aux petits esprits qui n'envisagent la mort qu'avec horreur et dégoût, qui s'éloignent avec frayeur du lit que la vie vient d'abandonner ! Ils dépouillent la mort de tout ce qu'elle a de sublime. Ah, c'est sur ce lit abandonné où je croyais la voir encore, c'est dans cette chambre déserte, où personne n'avait osé entrer depuis l'enterrement, et où tout était dans la même disposition que lorsqu'elle respirait encore que je sentis enfin couler mes pleurs. Dans le silence des nuits, je me plus à entrouvrir les rideaux, à voir sur le matelas l'empreinte de son corps, à voir sur la cheminée des fioles, des potions à demi consommées. Là il me semblait que rien n'était changé ; je me rapprochais de la cheminée, je m'asseyais sur le grand fauteuil où j'avais passé tant de nuits à la veiller, écoutant chaque soupir, chaque gémissement, les attendant encore et me persuadant qu'elle était encore là et qu'elle allait se réveiller. Mais ne la retrouvant pas quand je me rapprochais de son lit, j'avais besoin d'être près d'elle et j'allais la chercher. Dans les froides nuits de décembre, je marquais mes pas sur la neige fraîchement tombée. Je me glissais parmi ces tombes dont les habitants ne se réveillaient pas à mon approche. À genoux près de la sienne, je lui demandais de veiller sur moi, de me soustraire du moins aux dangers dont on allait m'environner, si elle ne pouvait m'arracher au malheur. Je rentrais calme et je m'endormais, parce que tant qu'on pleure, tant qu'on prie, on peut supporter tous les maux. Huit jours se passèrent ainsi jusqu'à l'arrivée de ma mère et de ses parents. Je les regardais encore comme des jours heureux parce que je pouvais pleurer en liberté ! Bientôt, disais-je, on m'arrachera d'ici, on me fera un crime de mes regrets. Je l'éprouvai. Je dis adieu en sanglotant à mes vieux domestiques et je suivis ma mère à Paris.

Vous savez le reste de mes chagrins jusqu'à mon mariage. Je vous ai raconté plus haut comment mes parents paternels[2], qui avaient juré à ma grand-mère de

2. On peut lire dans *Histoire de ma vie* (IV, 7) les rapports difficiles d'Aurore avec sa famille paternelle et ses cousins René et Auguste

ne point m'abandonner, et qui d'abord m'avaient reçue à bras ouverts, m'abandonnèrent ensuite à la tyrannie de mes autres parents du côté de ma mère. Ceux-là voyaient et formaient eux-mêmes la plus mauvaise compagnie possible. Je pressentis que tout était désespéré pour moi et que je ne devais plus occuper dans la société le rang qui m'était destiné d'abord. Il en coûte de descendre de l'échelle du monde. Mais j'eus assez de bon sens pour ne pas trop m'affecter d'un semblable malheur. Si je puis conserver, parmi ces écueils, une réputation sans tache, me disais-je, il faudra que le monde soit bien injuste s'il me rejette quand j'aurai atteint mon indépendance et ma majorité. Qui pourra me faire un crime, en me voyant fuir la mauvaise compagnie, d'avoir été forcée par les lois mêmes, d'y passer 3 ans de contrainte et de malheur ? On peut être entouré de vices, et chérir la vertu. Je reparaîtrai irréprochable et il faudra bien m'accueillir. Que je connaissais mal le monde ! J'entendis bientôt Mme de V[illeneuve] ma cousine, me dire avec hauteur : « N'espérez pas vous relever de l'opprobre dont vous êtes entourée. N'espérez pas faire un bon mariage désormais. Quel est l'homme d'honneur qui ira vous demander à votre mère ? »

Imaginez mon indignation, moi dont la conduite était trop droite à leur gré, car savez-vous pourquoi l'on me traitait ainsi ? Parce que j'avais refusé d'insulter ma mère, de mépriser ma sœur (sa fille d'un premier mariage). On m'avait promis de présenter au roi une demande pour m'arracher non à la tutelle de ma mère, cela était impossible, mais au malheur et au danger de vivre avec elle. La famille de La Roche-Aymon, dont je suis proche alliée, était assez puissante pour m'obtenir la protection du roi. On devait me présenter à lui, l'intéresser à mon sort et m'obtenir un ordre de lui d'être mise dans un couvent à mon choix tant que durerait ma minorité. Ce n'était pas pour m'obliger qu'on préparait toutes ces démarches. C'était pour que le monde n'eût rien à dire sur mon compte et que le comte de V[illeneuve] mon cousin pût m'épouser *sans se déshonorer* à ma majorité, et faire un très bon mariage sans se dégrader. Mais on craignait tant de

Vallet de Villeneuve, qui avaient tous deux songé à lui faire épouser un de leurs fils, Septime et Léonce.

contracter des obligations avec ma mère et sa famille, qu'on exigeait qu'à l'instant même je fisse en sorte de me brouiller avec elle d'une manière irrévocable, que lorsqu'elle me présenterait sa fille (avec qui j'avais été jusqu'à la mort de mon père et que je n'avais pas vue depuis), je la repoussasse avec mépris. Enfin il fallait me déclarer hautement en révolte contre ma mère, ne l'appeler que Madame et lui témoigner en tout de la haine et le dessein de l'insulter. Je déclarai positivement que jamais je n'humilierais ma mère, que je ne souffrirais pas qu'on le fît devant moi, que quelque mal qu'elle me fît, je ne la haïssais, ni ne la méprisais et que j'avais horreur de semblables conseils. On voulut vainement m'humilier en me disant : « Renoncez donc au monde pour toujours. Croupissez dans la mauvaise compagnie. Soyez la fille de votre mère et la sœur de votre sœur ». Ma mère me présenta cette sœur. C'est une femme froide, qui ne m'aime point, qui n'aime personne, mais d'une conduite irréprochable. Pourquoi l'aurais-je insultée ? Elle vint à moi en m'appelant sa sœur. Ce nom que je n'avais jamais entendu fit palpiter mon cœur d'une émotion inconnue. Elle était jolie, sa figure était douce et candide. Elle me tendait les bras. Je m'y jetai. Je sentis une larme dans mes yeux… On annonça le comte de V[illeneuve], le père de celui qu'on me destinait. Il était furieux, il me voyait entourée d'une nouvelle famille, que je ne connaissais pas, que je n'aimais pas, mais que j'avouais. Il insulta ma mère et sortit en jetant sur moi un regard dont je compris tout le sens. « Voilà, voilà vos parents, s'écria ma mère, voilà les gens que vous m'amenez ». J'étais outrée moi-même de la manière dont M. de V. s'était conduit. « Je vous prouverai, lui dis-je, en pressant froidement cette main qu'elle ne m'avait jamais tendue, je vous prouverai combien je désavoue sa conduite en ne le revoyant de ma vie ». Je tins parole, jamais je n'ai revu ma famille. Elle s'est vengée en me fermant par d'indignes propos toutes les maisons où j'aurais pu être reçue, et ma mère m'a payée du sacrifice de mon état dans le monde, de la manière que je vous ai racontée.

Il m'eût été possible après mon mariage qui, s'il n'est pas brillant, n'a rien qui doive m'humilier, de me réhabiliter dans l'esprit des gens que ma grand-mère recevait et qui, j'en suis sûre, se seraient laissé persuader par la rai-

son et la vérité. Mais se justifier quand on n'est pas coupable c'est à quoi l'on peut se résoudre avec ses amis,
mais point avec les indifférents, encore moins quand on
a besoin d'eux et qu'on a l'air intéressé à leur estime. J'ai
renoncé à la place que je devais occuper, j'ai fait de nouvelles connaissances, de nouveaux amis. Chez quelques-
unes de mes compagnes de couvent, j'ai été reçue
froidement et je n'y suis jamais retournée. Chez d'autres,
chez Louise de La Rochejaquelein particulièrement, j'ai
été accueillie plus tendrement que jamais parce qu'on
savait ce que j'ai injustement souffert. L'estime de quelques
personnes de bien doit suffire pour consoler du dédain
d'un grand nombre de sots. Enfin, j'ai quitté le grand
monde, pour un *monde moyen*, et j'y ai été poussée moitié
par les circonstances, moitié par ma volonté.

   11 h. du soir. — C'est donc de mes anciennes connaissances que je m'entretenais avec M. de Beaumont. Il
s'étonnait qu'avec de semblables liaisons et des parents
dont lui-même cherche la protection j'eusse abandonné le
monde. Je n'ai pas jugé nécessaire de l'informer de tous
mes motifs. Je n'ai pas voulu non plus me donner tout le
mérite d'y avoir renoncé de moi-même quand les événements m'y ont poussée ; mais j'ai pu dire avec sincérité
qu'il ne m'inspirait pas un regret : à peine un souvenir. Il
s'est émerveillé que je pusse songer à habiter la province
(Bordeaux). Il possède le petit mérite de cette aisance, de
ce jargon du grand monde qui tient lieu d'esprit et il
passe pour en avoir beaucoup. J'ai retrouvé dans sa petite
personne, le souvenir de tous les hommes que j'ai connus
autrefois. Ce sont des gens tout différents des autres,
Aurélien, et qui ne valent pas grand-chose, quand on leur
ôte le vernis d'emprunt et qu'on regarde leur esprit à nu.
Quand j'ai pu être seule un instant dans un chemin
ombragé, que j'ai choisi adroitement pour me délasser un
peu de ces plaisanteries guindées, qui ont toujours un but
et une victime (car ces gens-là ne disent pas comme nous
des bêtises pour le plaisir d'en dire), je me suis demandé
si la société de gens comme lui valait un regret. Je venais
de passer avec lui tout Paris en revue, parmi tous ces
noms, il n'y en a pas un seul qui me soit cher, pourquoi
donc me croirais-je malheureuse de n'être plus leur égale ?
Et puis ma destinée est remplie, ma carrière de malheur
est fournie. J'ai touché le but. J'ai trouvé un ami selon

mon cœur. Que m'importe l'univers ? Sa patrie sera la
mienne et toute ma vie, tant qu'il dépendra de moi, lui
sera consacrée.

J'ai rejoint la chasse plus calme et plus indulgente que
jamais, car maintenant que je suis heureuse, mon ami, je
trouve tout le monde à mon gré. Il y a quelque temps,
j'eusse trouvé M. de Beaumont fat et caustique, M. de
Gramont gauche et gênant, M. de Lespinasse imbécile,
etc. etc. Aujourd'hui je trouve tous les hommes aimables
ou supportables. J'ai rencontré celui qui s'est chargé de
mon bonheur. Je n'exige rien des autres. Nous avons tué
force lapins qui, au retour, venaient se jeter dans les
jambes de nos chevaux. Le spirituel Lespinasse m'a tiré
un coup de fusil à un pouce du visage. Mais je suis si
bonne maintenant, que j'ai trouvé cela charmant. Le dîner
a été fort gai, la soirée étourdissante, tous les hommes se
sont mis à danser ensemble au son du piano que j'occu-
pais. J'étais si fatiguée de leur bruit et de la chasse, que
je me suis mise au lit sans vous écrire, me réservant le
plaisir de vous en écrire plus long aujourd'hui, pendant
qu'ils chasseraient au chien couchant. C'est ce que j'ai fait
et je vais me coucher. Ils sont tous partis, heureusement
pour mon beau-père à qui la société des jeunes gens fait
tourner la tête de plaisir, et pour ma belle-mère que le
bruit désole. Un dîner de plus comme celui d'hier et
d'aujourd'hui, et l'un devenait fou de joie, l'autre d'ennui.

Bonsoir mon ami. Je suis bien aise d'avoir bien bavardé
avec vous aujourd'hui. Cela me manquait hier soir, je ne
pouvais plus dormir et j'étais au moment de me relever
pour le faire. Bonsoir, *je suis toujours la même*. C'est tout dire.

## 8. À CASIMIR DUDEVANT

[Guillery, 15] 9ᵇʳᵉ 1825

Mardi. J'ai reçu ta lettre de Périgueux hier. Depuis ce
temps je suis d'une inquiétude mortelle. Je ne puis ni
dormir ni manger. Je suis bien faible et bien malade. Je
sais qu'il est trop tard pour t'écrire, aussi ne ferai-je pas
partir cette lettre. Mais tu la liras à ton retour et tu auras
du plaisir à voir que je me suis occupée de toi. D'ailleurs

c'est la seule manière de tromper mon inquiétude. Ce voyage me désespère. Oh qu'il me tarde de recevoir une lettre de toi ! Que dis-tu donc que tu as eu la pluie sur le dos toute la nuit et tout le jour ? tu as donc voyagé sur l'impériale tout le temps ? et tu repars de Périgueux de la même manière après deux nuits d'insomnie ? Comment se fait-il que dans cette ville il n'y ait pas un lit à donner ? Cela m'étonne au dernier point. Je rêve sans cesse que tu es malade, d'affreuses craintes, que je prends pour des pressentiments, me poursuivent en tous lieux. Je ne puis m'en distraire. Je ne puis m'en débarrasser. Ah que l'inquiétude est un horrible tourment ! Le chagrin que tu nourris, joint à cette fatigue, à cette pluie, à ces mauvaises nuits, tout cela doit te faire un mal affreux. Tu me dis en partant de Périgueux que tu te portes bien. Cela est impossible. Tu veux me rassurer. Je le voudrais moi-même ; mais je ne le puis et je souffre horriblement. Mon Dieu, mon Dieu est-ce pour me punir, que vous m'envoyez ces cruelles anxiétés ? Dois-je expier l'égarement de mon cœur, par le point le plus sensible ? hélas tout ce que j'ai souffert ne suffit-il pas pour vous apaiser ? Ah si vous devez frapper quelqu'un, que ce soit le coupable et non l'innocent. Que votre colère tombe plutôt sur moi que sur lui ! Il n'a point excité votre vengeance. Il ne la mérite point. Ôtez-moi la santé, le repos, le bonheur. J'en fais le sacrifice, si je puis à ce prix lui conserver ces biens.

Casimir, j'avais commencé cette lettre avec l'intention de te parler d'autre chose et je ne sais pas si maintenant j'en aurai la force. Chaque instant de la nuit redouble mon malaise. Je ne puis songer à autre chose qu'à l'inquiétude de te voir malade. Je crains de mettre de l'égoïsme à m'occuper d'un autre sujet et en vain je cherche à m'entourer d'autres idées, celle-là revient toujours s'emparer de mon esprit.

Je viens de relire le commencement de ta lettre pour faire diversion au souvenir de tes fatigues et des contrariétés de ton voyage. Il me semble que ce que tu me dis de la situation de ton esprit doit me tranquilliser. Tu es triste, et non malheureux. Tu espères dans l'avenir, et tu comptes faire mon bonheur. Oh il est certain qu'il dépend de toi ! Sois heureux, toi-même, sois tranquille, confiant, oublie les chagrins que je t'ai causés ; que je te voie

reprendre ton caractère, tes goûts, tes habitudes et je
serai heureuse à mon tour. Crois-tu que le repos de ma
vie puisse être à part du tien ? Crois-tu que je puisse goûter des plaisirs qui te coûteraient un regret ? Oh non
jamais !

Mon ami, mon généreux époux, je sens tout ce que je
te dois. Ta lettre m'a vivement attendrie et les marques
de ton affection font couler mes larmes en te répondant.
Je t'ai écrit trois lettres, que je me reproche presque. Elles
étaient froides et raisonnées… Ce n'était pas mon intention en te les écrivant, mais je crains qu'elles ne t'aient
paru ainsi. Ah ! qu'elles étaient loin de la tendre bonté
que tu m'exprimes dans la tienne ! hélas que je suis dans
une affreuse position ! Quand je me sens portée à me
livrer à mon repentir, à mon émotion, je sens je ne sais
quoi qui me retient et me force à mettre des raisonnements plausibles, mais froids à la place des expressions
de mon cœur ! Comment définirai-je ce qui m'en empêche
et me glace ? Ce n'est pas certainement la dure insensibilité d'un mauvais cœur. C'est un mouvement de fierté que
j'adopte tantôt comme un sentiment noble et tantôt que je
rejette comme une suggestion de l'orgueil humain ? Lequel
est-ce des deux ? Je ne puis en décider. J'ai besoin de ton
approbation, de ta confiance, et je crains, en avouant mes
erreurs avec humilité, de paraître les rechercher plus pour
mon utilité particulière que pour ton bien. Toi-même
tu m'as dit à cet égard des choses qui m'ont fait mal. Je
veux les oublier. Elles te furent arrachées dans un moment
de colère, hélas ! bien naturel. Et pour te prouver que je
n'y pense plus, je vais te parler à cœur ouvert, quand
tu devrais me dire encore : « Tu m'as trompé une fois, tu
t'es humiliée devant moi ; comment veux-tu que je te
croie désormais ? »

Oui, tu me croiras, Casimir, je ne sais pas tromper.
Non en vérité je ne le sais pas et pourtant ma folie m'a
forcée à en venir là avec toi. Mais tu ne sais pas combien
cette nécessité me faisait de mal, combien il m'en a
coûté, combien je l'ai expiée par les tourments de ma
conscience ! J'y étais bien peu habile, puisque tu as si peu
tardé à découvrir tous mes secrets par ma propre imprudence. Non tu ne peux me croire fausse et dissimulée.
Cette idée me blesse, m'offense et me tue. Elle empoi-
sonnerait ma vie, si tu pouvais la concevoir, elle me por-

terait au désespoir, au découragement. Ah dans ce moment
où ma reconnaissance et mon attendrissement l'emportent sur toute la fierté de mon caractère, où malgré tout
ce qu'il en peut coûter à mon amour-propre, je veux
t'avouer *tout*, tu ne peux me soupçonner de bassesse et
de lâcheté. Il y a des moments où un profond abaissement est l'effort d'une grande âme, et où une coûteuse
humiliation montre la force et la noblesse des sentiments,
d'ailleurs mes larmes qui coulent sur mon papier, qui
effacent ce que j'écris, t'en diront plus que mes paroles.
Les hypocrites ne pleurent pas sur leurs erreurs, le repentir n'est pas connu des âmes corrompues.

Tu m'as plusieurs fois demandé avec instance, des explications, des aveux. Je n'ai pu m'y résoudre : ce n'était pas
seulement l'embarras d'avouer mes torts, c'était la crainte
de te blesser. Il fallait couper au vif, entrer dans des
détails qui t'auraient affligé, courroucé peut-être. Il fallait
aussi te dire que tu étais un peu coupable à mon égard
— *coupable* n'est pas le mot. Tu n'avais pour moi que de
bonnes intentions, tu as toujours été bon, généreux,
attentif, obligeant, mais tu avais à ton insu des torts involontaires, tu fus, si j'ose le dire, la *cause innocente* de mon
égarement. Je m'expliquerai mieux tout à l'heure ; je me
résous aujourd'hui à te faire une *confession* entière. Tu as
lu mes réflexions écrites à Périgueux, elles t'ont appris
que j'étais malheureuse alors. Hélas, j'ai bien hésité à
te l'avouer. J'aurais préféré te dire que j'étais ingrate,
coquette, désordonnée ; j'aurais excité ton mépris et ton
indifférence en eût peut-être été la suite. Tu l'as voulu. Il
a fallu te blesser au cœur, rejeter sur toi une partie de
mes fautes, t'avouer que si tu te fusses conduit autrement, je n'aurais peut-être pas été coupable, étrange et
douloureuse nécessité, de ne pouvoir me justifier et me
relever un peu à tes yeux, qu'en te causant d'amers
regrets sur toi-même ! Puisque j'ai fait le premier pas, je
dois poursuivre l'explication. En ne te la donnant pas
entière, je pourrais te faire concevoir plus de regrets que
tu ne dois, tu t'accuserais plus que je ne t'accuse moi-même. Je dois te satisfaire entièrement. Une explication
verbale amènerait peut-être encore quelque discussion,
quelque aigreur inséparable d'un sujet si délicat. En écrivant d'ailleurs, on rassemble mieux ses idées, on les
exprime plus clairement. Je vais donc tâcher de te faire

un récit de ma conduite aussi détaillé que véridique. Je n'ai point de preuves à te donner de ma sincérité. Écoute, Casimir, tu es grand, tu es noble, tu es généreux, tu me l'as prouvé et je le sais. Cependant, si tu ne te sens pas porté à la confiance, si ton esprit conserve quelque doute, si tu prévois que cette lecture aigrira ton mal, excitera ta colère, redoublera ton chagrin, arrête-toi, ne va pas plus loin. Rappelle-toi bien que je ne te fais pas cette explication pour me justifier, pour me réhabiliter dans ton esprit, pour abuser de ta confiance et t'engager à me laisser maîtresse de mes actions, non, je suis prête, je suis décidée à ne point accepter les offres généreuses que tu m'as faites. Ma résolution de m'éloigner, d'aller à Paris, à Nohant même s'il le faut, plutôt qu'à Bordeaux, est irrévocable. Je ne veux point que tu m'exhortes à en changer, je veux t'inspirer de la confiance, te persuader de la pureté de mes actions, de l'innocence de mon cœur, non pas pour satisfaire ma fierté humiliée de tes soupçons, mais pour te rendre le calme, le bonheur. Je ne te prie point de m'écouter comme une grâce que j'ai besoin d'obtenir, je te mets à même de t'instruire, si cette connaissance est nécessaire à ton repos. Si tu penses autrement jette cette lettre au feu sans l'achever.

Quand tu me vis au Plessis[1], pour la première fois, j'étais vive, folle, légère, étourdie en apparence, au fond j'étais sérieuse, triste, horriblement malheureuse. Née avec une imagination vive, une âme aimante, élevée dans l'amour de l'étude, mes lectures avaient considérablement exalté mon esprit et perfectionné mon jugement sur les choses morales. Mais quant aux usages du monde, quant à la méchanceté des hommes, je n'en avais pas la moindre idée. Tu sais dans quelle intention ma mère m'amena et me laissa au Plessis ; si elle ne conçut point le détestable plan que d'autres avaient formé, elle eut l'inconséquence de faire tout ce qu'il fallait pour me perdre en m'abandonnant sans défense et sans appui dans une maison où régnait alors beaucoup trop de liberté pour une jeune personne.

Mme Angèle [Roëttiers du Plessis], bonne et généreuse, en me comblant d'amitié, n'était pas assez réfléchie

---

1. C'est au château du Plessis-Picard, près de Melun, chez les Roëttiers du Plessis, qu'Aurore avait rencontré son futur époux.

pour me mettre à l'abri des dangers qui m'environnaient.
J'ai dans mon cœur un garant que mon innocence n'eût
point été corrompue. Mais ma réputation eût cruellement
souffert, si je n'eusse rencontré un guide, un conseil, un
appui. Tu fus ce protecteur, bon, honnête et désintéressé,
qui ne me parla point d'amour, qui ne songea point à ma
fortune, et qui tâcha par de sages avis de m'éclairer sur
les périls dont j'étais menacée. Je te sus gré de cette amitié, je te regardai bientôt comme un frère. Je me prome-
nais, je passais des heures entières seule avec toi, nous
jouions ensemble comme des enfants et jamais nulle pensée d'amour, ni d'union n'avait troublé notre innocente
liaison. C'est à cette époque que j'écrivais à mon frère :
« J'ai ici *un camarade* que j'aime beaucoup, avec qui je
saute et je ris comme avec toi. »

Tu sais comment nos amis communs nous mirent
dans la tête de nous épouser. Parmi ceux qu'on m'offrait,
Prosper [Tessier] m'était insupportable, Garinet odieux,
plusieurs autres étaient plus riches que toi. Tu étais bon,
et c'était le seul mérite réel à mes yeux. En te voyant
tous les jours je te connus de mieux en mieux, j'appréciai
toutes tes bonnes qualités et personne ne t'a chéri plus
tendrement que moi.

Cependant, je ne m'occupai point de savoir si tu aimais
l'étude, la lecture, si tes opinions, tes goûts, ton humeur
étaient d'accord avec les miennes [*sic*]. Trop occupée de
mes affaires pour suivre mes goûts ordinaires, tu n'en
connus aucun. J'avais abandonné tout ce qui me plaisait,
je n'en parlais jamais. Nos conversations roulaient toujours sur nos affaires, nos projets, et tout cela était trop
contrarié, trop menacé, trop d'agitations, de divisions
contrariaient nos plans, trop d'obstacles, de vexations
nous environnaient pour que nous pussions en effet songer à autre chose. Unis et tranquilles après de longs débats,
nous commençâmes à nous mieux connaître. Je vis que
tu n'aimais point la musique et je cessai de m'en occuper
parce que le son du piano te faisait fuir. Tu lisais par complaisance et au bout de quelques lignes le livre te tombait
des mains, d'ennui et de sommeil. Quand nous causions
surtout, littérature, poésie ou morale, ou tu ne connaissais pas les auteurs dont je te parlais, ou tu traitais mes
idées, de folies, de sentiments exaltés et romanesques. Je
cessai d'en parler. Je commençai à concevoir un véritable

chagrin en pensant que jamais il ne pourrait exister le
moindre rapport dans nos goûts. Je cachai soigneusement
ces amères réflexions. Je me dégoûtai de tout, l'idée de
vivre seule m'effraya, je résolus de prendre tes goûts et je
n'y pus réussir ; car en vivant comme toi sans rien faire,
je m'ennuyais, à périr, et tu ne t'en apercevais pas.
Ennuyée de tout et regrettant presque d'avoir passé ma
jeunesse à acquérir des talents et des connaissances dont
mon mari ne me savait aucun gré, et qui ne servaient
point à mon bonheur, le séjour de Nohant me devint
insupportable. Je désirai aller à Paris, j'y cherchai des
distractions et tu me les procuras toutes. Je m'amusai et
je ne fus point heureuse. Je suivis les spectacles avec passion. Tu fis tous les sacrifices plutôt que de me priver
d'un seul. J'étais reconnaissante. Je te chérissais. Mais
encore une fois je n'étais point heureuse. Nous n'avions
pas d'intérieur, point de cette douce causerie au coin du
feu qui fait passer des heures délicieuses. Nous ne nous
entendions pas. Je ne pouvais passer une heure chez moi.
Je ne tenais pas en place, un vide affreux se faisait sentir. Je l'éprouvais, j'en souffrais, et ne m'en rendais pas
compte. Je ne voulais point approfondir mon malaise. Il
ne me venait pas dans l'idée de t'en accuser. Tu étais si
bon, si prévenant ! Il y eût eu de la dureté, de l'injustice
à te savoir mauvais gré de ce que tes parents avaient
négligé d'orner ton esprit et d'étendre tes connaissances.
Mon fils vint au monde. Comblée de joie je le nourris ;
mais malgré cette douce occupation, mes chagrins me
restèrent. Je me soignai pour mon fils, je tâchai de les
oublier ; mais dès que Maurice fut sevré, un ennui inconcevable s'empara de moi. Mon mal avait dormi dans mon
cœur pour ainsi dire. Il se réveilla, je ne savais que devenir. Je désirai un bon piano. Quoique nous fussions
gênés tu le fis venir à l'instant, je m'en dégoûtai bientôt.
À 16 ans, je passais des années entières seule à Nohant
avec un mauvais piano, des livres, et pour toute société
pendant la paralysie de ma grand-mère, mes chiens et
mes chevaux. Eh bien je ne connaissais pas l'ennui, je
passais les jours et les nuits à travailler dans ma chambre
auprès de son lit. À 19 ans, délivrée d'inquiétudes et de
chagrins réels, mariée, avec un homme excellent, mère
d'un bel enfant, entourée de tout ce qui pouvait flatter
mes goûts je m'ennuyais de la vie. Ah cet état de l'âme

est facile à expliquer! Il arrive un âge où l'on a besoin d'aimer exclusivement. Il faut que tout ce qu'on fait se rapporte à l'objet aimé. On veut avoir des grâces et des talents pour lui seul. Tu ne t'apercevais pas des miens. Mes connaissances étaient perdues, tu ne les partageais pas. Je ne me disais pas tout cela. Je le sentais ; je te pressais dans mes bras ; j'étais aimée de toi et quelque chose que je ne pouvais dire manquait à mon bonheur.

Tu te rappelles que tu me surprenais toute en larmes : ces pleurs, ce dégoût, devenant plus vifs de jour en jour, malgré le mauvais état de nos affaires tu me conduisis au Plessis. Ne pense pas, Casimir, que j'aie oublié, ou que je n'aie pas remarqué que pour satisfaire à tous mes caprices, tu mangeas trente mille francs, la moitié de ta dot. Je sais que mille autres maris m'eussent laissé mourir de chagrin plutôt que de dépenser ainsi leur fonds. Je sais aussi que tu n'es pas dissipateur ; au contraire tes goûts sont simples, tu as de l'ordre et jamais tu n'eusses fait de folies pour toi-même. Mais tu me voyais pleurer et tu te serais privé de tout plutôt que de me laisser livrée à *l'ennui* (je me sers de ce mot quoiqu'il soit vide de sens, pour exprimer le chagrin secret qui me rongeait). Je voyais tes soins, ta tendresse, mon ami. Je te chérissais de toute mon âme. Mais comment me défendre de ce que j'éprouvais ? Tu le sens à présent, mon bon Casimir, tu me comprends, tu t'en accuses... ah ne t'en afflige pas : du moment que tu le sais, que tu le reconnais, il est temps encore de tout réparer.

Que te dirai-je du temps qui s'écoula dès lors ? je devins de plus en plus morose intérieurement. Je fus folle, je ris, je courus, je fus au bal, je jouai avec les petites Saint-Aignan [Gondoüin Saint-Agnan]. On me crut le plus heureux caractère, et tandis que je passais pour un enfant incapable de réfléchir sur rien et s'amusant de tout, le sombre chagrin était dans mon cœur et seule dans le parc, j'allais rêver et pleurer. À cette époque tu eus une certaine jalousie dont je ne veux point parler. Elle ne mérite point qu'on y revienne, l'objet en est si ridicule, et fut tellement exposé à mes railleries que je ne conçois pas que tu aies pu y songer un instant sérieusement surtout après que je t'eus fait lire sa lettre. Mais laissons cela et mettons cette jalousie à côté de celle que m'inspira auparavant Mme Lambert. Ma mélancolie augmentait

pourtant de jour en jour, d'heure en heure. À Paris au
mois de janvier, elle devint si insupportable que ma santé
s'altéra visiblement. Tu m'entouras de soins et de préve-
nances, mais mon cœur était bien malade. Je commençais
à me rendre compte de mon mal, à le définir. Tu te rappelles peut-être avec quelle humeur je me levai deux ou
trois fois de mon piano parce que tu faisais du bruit et
que je t'accusais de vouloir me faire taire ou de t'ennuyer
tellement que tu ne pouvais tenir en place. L'amertume
assez ridicule que je montrai eût dû te frapper davantage.

Aux approches du Carême, je me jetai dans la dévotion espérant y puiser des forces et des consolations. En
effet mon excellent ami l'abbé de Prémord à qui j'ouvris
mon cœur sans réserve, me montra la tendresse d'un
père, et m'exhorta à veiller sur moi-même en me disant
que cette mélancolie à laquelle je me livrais était l'état le
plus dangereux de l'âme, qu'elle l'ouvrait aux mauvaises
impressions et la disposait à la faiblesse. Heureuse si
j'eusse pu suivre ses conseils et recouvrer ma gaieté et
mon courage !

Les consolations divines me firent pourtant grand bien,
pendant quelque temps, tu me vis à Nohant plus calme
que je n'avais été auparavant, m'occupant davantage et
m'ennuyant moins. Pourquoi les Bazouin vinrent-elles à
Nohant ? Le ciel le voulut ainsi. J'eus impatience d'être
aux Pyrénées et j'y fus bientôt.

Tu sais dans quelle disposition était mon esprit à cette
époque, mon journal, que tu as lu depuis, et surtout l'article *Périgueux* t'en ont assez informé. La vue de ces montagnes fit naître en moi mille idées nouvelles, ma tête
s'exalta, mon cœur s'ouvrit à de vives impressions. Je sentis le besoin d'aimer beaucoup, d'admirer avec quelqu'un
qui éprouvât autant d'enthousiasme que moi. Les Bazouin
me semblèrent froides et toi glacé car tu t'ennuyais, dans
ce lieu, que je trouvais si beau, si enchanteur. J'en souffris plus que de tout le reste et comme de tout le reste
je ne m'en plaignis pas. Ah j'eus tort sans doute. Il était
temps encore et si je t'eusse ouvert mon âme comme
aujourd'hui peut-être te serais-tu montré comme aujour-
d'hui sensible et capable d'un grand et noble effort. Je ne
le crus pas. Je pensai que tu ne m'avais jamais aimée
beaucoup, que toutes les preuves que tu m'en avais données partaient de la bonté de ton caractère, et non de la

tendresse de ton cœur. Je me dis tout cela, je ne me l'étais
pas encore dit aussi clairement. Enfin, dans mon injuste
chagrin je te méconnus entièrement et sentis en moi
un inconcevable désir d'être aimée comme je me sentais
capable d'aimer moi-même.

Ici je vais toucher une corde bien sensible. Tu es à
temps de t'arrêter mon tendre ami. Rappelle-toi encore
que je ne te prie pas de continuer et que si cette lettre te
fait mal, il dépend de toi de la cesser, sans que je t'engage à poursuivre.

Dès que je vis M. de S[èze] je le remarquai. Ce ne fut
pas sa figure qui me le fit distinguer, non je ne suis pas
assez frivole pour m'arrêter à ces vains dehors. Mais son
esprit, sa conversation me frappèrent. Il ne me parut
d'abord qu'aimable et spirituel, j'aimais à rire avec lui. Je
trouvais dans le tour qu'il donnait à ses plaisanteries, je
ne sais quel rapport avec moi, il me semblait que j'aurais
exprimé mes pensées dans les mêmes termes. Je le crus
léger et caustique. Je me trouvai en tiers dans ses entretiens, tantôt avec Zoé [Leroy], tantôt avec Rayet, tantôt
avec tous les trois. Ils étaient ses amis, il se montrait à
eux tel qu'il était ; je fus tout étonnée de voir en lui un
tout autre homme, sensible, honnête, délicat. Je ne pouvais m'empêcher d'admirer la manière dont il parlait de
sa mère et de sa sœur. C'était toujours d'elle, de la première surtout, qu'il se plaisait à nous raconter, mille riens
qui prouvaient entre le fils et la mère, une union si touchante ; tant de tendresse, de supériorité, d'esprit et de
vertus d'un côté, de l'autre tant de soumission, de respect, de principes et de sensibilité, que je sentis un mouvement du cœur qui me portait vers lui. Pourquoi m'en
serais-je méfiée alors ! Il ne cherchait point à se peindre
meilleur qu'il n'était. Il faisait la cour à Laure [Le Hoult].
Il ne le cachait point, car dès qu'elle paraissait, il nous
quittait pour s'attacher à ses pas. Restée avec ses deux
amis, je continuais avec Zoé une conversation pleine de
charmes, Zoé a tant d'esprit, tant d'âme, tant de pureté
de sentiments ! je me trouvais bien avec elle et mieux
encore quand Aurélien revenait nous trouver. De jour en
jour sa conversation me plaisait davantage. Il avait du
plaisir à être avec moi car quand Laure n'y était pas
c'était toujours moi qu'il cherchait à la promenade. Il ne
songeait guère à me faire la cour, ni moi à le désirer. Car

nous en vînmes à parler de son amour avec Mlle Le
H[oult] avec une sorte de confiance. Il ne m'en parut
point épris, mais il la trouvait belle, elle était riche, on la
lui accordait et il était sur le point de s'engager. Dès
qu'elle paraissait je le forçais à aller la trouver. Je ne puis
me rappeler sans charme, les premiers moments de cette
affection si pure et si désintéressée. Lorsque dans nos
courses à cheval, Laure venait se mettre à ma droite, tandis qu'Aurélien était à ma gauche, j'adressais quelque prétexte banal à celle-ci, et souriant d'un air d'intelligence à
son prétendant, je mettais mon cheval au galop, et j'allais
rejoindre ceux qui étaient devant, afin de le laisser causer
tranquillement avec elle. Y avait-il là de la coquetterie de
ma part ? Des projets de séduction de la sienne ? je t'en
fais juge.

Cependant il commençait à me reprocher cette discrétion en m'assurant qu'il n'avait rien à dire à Laure, et qu'il
n'avait de plaisir qu'avec moi. Je l'en plaisantai. Il insista.
Un jour que tu étais à la chasse, nous fûmes à Saint-
Savin. Il devint tout à fait triste et finit par se plaindre
amèrement que je pusse le soupçonner d'aimer une
femme aussi froide, aussi médiocre que Laure. Sa grande
beauté l'avait ébloui, mais il y avait si peu de rapports
entre eux, que jamais, fût-elle cent fois plus riche encore,
il ne se résoudrait à faire la compagne de sa vie, d'une
belle statue qu'il ne pourrait jamais aimer. Il m'ouvrit son
âme tout entière. Il connaissait la mienne aussi, car
n'ayant point de secrets, je m'étais laissé voir telle que je
suis. Je n'avais point caché ma mélancolie habituelle et
sans en dire la cause, je lui avais avoué dix fois que la vie
m'était insupportable, que tout était sans intérêt et sans
plaisir pour moi, que cette légèreté apparente, cette gaieté
folâtre n'étaient point dans mon cœur et me servaient à
mieux cacher les chagrins qui le rongeaient. Il m'écoutait
avec le plus tendre intérêt. Ce jour-là, il me parla de ce
qu'il éprouvait pour moi. C'était dans des termes si doux,
si purs, que je ne pus m'en offenser. Il me demandait de
la confiance, de l'amitié et rien de plus. Il se serait trouvé
si heureux d'adoucir mes chagrins. Il ne me demandait
point de les lui révéler, mais de les oublier en causant
avec lui. Je sentis au plaisir que j'avais à l'écouter, qu'il
m'était plus cher que je n'avais osé me l'avouer jusqu'alors. Je m'en effrayai pour le repos de ma vie, mais je

voyais dans ses sentiments tant de pureté, j'en sentais
tant moi-même, dans les miens, que je ne les pus croire
criminels. Je me tins en garde contre ma réponse cependant. Elle fut froide et l'affligea. Le lendemain au lac de
Gaube, il fut plus tendre, plus pressant. Seul avec moi
sous un rocher, en attendant ma chaise, il se sentit
entraîné. Aurélien est honnête et délicat, mais il est
homme ; le tête-à-tête l'émut. Il parla d'amour. Je le reçus
sèchement. Je refusai d'y croire, lui reprochai de vouloir
me jouer, me tromper. Je le traitai durement tout le
temps de la promenade. Il s'en affligea, et puis s'en fâcha,
il me reprocha la mauvaise opinion que j'avais de lui, et
me quitta tout à fait offensé.

Jusque-là je n'avais rien à me reprocher. C'est de ce
moment que commence ma faute. Découragé, rebuté,
Aurélien passa 3 jours, sans me dire un mot, sans m'adresser un regard. Il était surtout offensé de mes doutes sur
sa sincérité. Il affectait du calme, de l'oubli de tout ce qui
s'était passé, mais je ne voyais que trop bien qu'il souffrait. Et moi aussi, je souffrais horriblement. Casimir,
mon ami, mon juge indulgent, cesse ici d'être mon époux,
mon maître, sois mon père, laisse-moi t'ouvrir mon cœur,
répandre mes larmes et mon repentir dans ton sein.
Oublions ces vains préjugés, ces faux principes d'honneur qui font souvent d'un mari un tyran détesté. Sois
généreux jusqu'au bout, que ma sincérité te prouve mes
regrets. Ton indulgence, ta magnanime bonté me feront
déplorer mon erreur, plus que les reproches et la vengeance. C'est en te montrant grand et généreux comme
tu l'as été jusqu'à présent que tu reprendras tous tes
droits sur mon cœur.

La conduite d'Aurélien me mit au désespoir ; je n'y pus
tenir, je voulais qu'il me l'expliquât. Mais comment oser
le lui demander sans avoir l'air de désirer les vœux que
j'avais rejetés ? Je ne voulais point les accepter davantage.
Je consentais de grand cœur à ce qu'il épousât Laure, à
ce qu'il lui fît la cour comme auparavant. Mais combien
je regrettais la douce amitié qui régnait entre nous alors !
Sa société, l'abandon de nos entretiens devenaient nécessaires à mon bonheur. Cauterets sans lui me devenait
insipide. Tous ceux qui me témoignaient de l'amitié,
Salles, Paris, Mme Ladoux, etc. m'étaient insupportables.
Je fuyais les Bazouin auxquelles je ne pouvais ouvrir mon

cœur, et toi dont la vue me faisait mal. J'avais tant de
remords : ce que j'éprouvais me troublait, m'effrayait tellement ! Je passai 3 jours dans un état d'agitation impossible à rendre, désirant avec ardeur qu'il me parlât, mais
fière et injuste au point de lui faire un crime de ne point
faire naître des occasions que je lui ôtais. Je fus me
cacher seule dans les montagnes, sans pouvoir pleurer,
sentant sur ma poitrine un poids affreux, me jetant à
genoux pour prier Dieu de me guérir, et un instant après
faisant mille projets d'ouverture et d'explications que je
rejetais sans cesse pour en former de nouveaux. Le lundi,
chez Mme Ladoux, je lui entendis annoncer qu'il irait
sans nous à Gavarnie avec la famille Le H[oult] ; je sortis, me sentant malade. Salles m'offrit le bras pour descendre l'escalier ; je ne disais rien, je ne lui répondais pas
et je tombai sur la première marche. Il me rapporta plutôt qu'il ne me ramena dans ma chambre. Hélas ! étais-
je coupable ou malheureuse ? La force du sentiment que
j'éprouvais dépendait-elle de moi, puisque ma frêle
existence en était ébranlée, et que les forces physiques
même me manquaient pour supporter mon chagrin,
comment en aurais-je trouvé de morales ? Je passai la
nuit à tes côtés sans pouvoir fermer l'œil, le matin tu
m'amenas déjeuner chez Mme Ladoux. Aurélien me
donna la main pour me conduire à la salle à manger et
m'adressa avec une politesse froide quelques questions
obligeantes sur ma santé. Que vous importe, lui répondis-je, et quel intérêt y prenez-vous ? « J'ai bien besoin,
dit-il en soupirant, que vous me rendiez plus de justice. »
    Ce peu de mots suffit pour me faire désirer avec ardeur
d'aller à Gavarnie, où j'aurais les moyens de lui parler,
sans avoir l'air de les rechercher. Je tins bon contre
toutes les remontrances. Insensée, folle que j'étais ! Je
bravai ta défense, tes prières, je t'affligeai, je blessai Jane
[Bazouin] et je courus à ma perte.
    Oh c'est le moment que je me reproche le plus amè-
rement, c'est celui dont je m'accuse à tes pieds, celui
dont je rougis et dont le souvenir me pèse ; jusque-là
j'avais gouverné mes sentiments. Après je fus entraînée
par un mouvement irrésistible. Le premier pas était fait,
mais ce premier pas, je le fis volontairement, toute la
faute en est à moi. Tu voulais me retenir, Aurélien lui-
même semblait m'engager à rester. Si je l'eusse fait, il ne

m'eût jamais parlé. Tout aurait été fini entre nous, il était
encore ému en partant, mais s'il eût passé 3 jours encore
loin de moi, il eût surmonté une passion naissante. Il fût
revenu bien décidé à épouser Laure et ton repos n'eût
jamais reçu ces cruelles atteintes. Je souffrais : c'est l'ennemi le plus difficile à combattre que son propre cœur.
Je cherchais à faire taire ma conscience en m'entourant
de fausses idées. Je ne veux point de son amour, me
disais-je, mais je ne veux pas qu'il me traite comme une
femme ordinaire. Je veux ses égards, son estime ; j'y
tiens ; parce qu'il n'est pas non plus un homme ordinaire,
et qu'un esprit noble a un besoin impérieux de s'attirer
l'affection de ceux qui lui ressemblent. C'est en raison-
nant ainsi que je suivis mon penchant et que je partis
pour Gavarnie.

Ma présence, à laquelle Aurélien ne s'attendait pas,
déconcerta tous ses plans, détruisit toutes ses résolutions.
Il m'aimait plus qu'il ne le croyait lui-même. Il avait
espéré en s'éloignant m'oublier et trouver la force de
renoncer à un lien dangereux pour en prendre un légitime quoiqu'il eût moins d'attraits pour lui. En me voyant
son courage faiblit ; il devina bien que je venais pour lui,
et en effet ma folle conduite le lui prouvait assez ; j'étais
absurde de m'être flattée qu'il me croirait venue là pour
me promener. Oh que je suis blâmable. Tous ces détails
ne te font-ils pas reconnaître que j'ai tous les torts ? Si
Aurélien eût joué auprès de moi le rôle d'un séducteur, je
l'aurais haï, méprisé, je le voyais au contraire, noble et
délicat, m'aimer malgré lui et mon affection en redou-
blait.

À Saint-Sauveur, le soir, on fut se promener à la nuit,
les uns restèrent à regarder le bal par les fenêtres, les
autres descendirent au jardin public, on se divisa. Après
avoir suivi Mme Le Hoult, Aurélien et moi nous trou-
vâmes seuls. Nous nous expliquâmes alors. Il cherchait à
détruire la mauvaise opinion que j'avais prise de lui au lac
de Gaube. Il aimait mieux renoncer à moi que de passer
dans mon esprit pour un lâche suborneur ; d'ailleurs Rayet,
le plus candide des hommes, l'avait ouvertement blâmé
de la cour qu'il me faisait, l'avait averti qu'on ne tarderait
pas à s'en apercevoir, que cela me ferait tort et que fût-il
heureux dans cette liaison il aurait toujours à se la reprocher. Aurélien avait reconnu ses torts et lui avait juré de

faire tous ses efforts pour m'oublier. Était-ce là un menteur, un coureur de femmes ? Je me sentis touchée de
tant d'honnêteté plus que je l'aurais été des plus grands
efforts pour me plaire. Je le remerciai, l'encourageai à
tenir sa résolution ; mais, lui dis-je, ne pouvez-vous cesser de me faire la cour, sans me témoigner de l'éloignement ? Ne pouvez-vous continuer à me traiter avec
estime ?... Que dites-vous ? s'écria-t-il vivement ému, moi
de l'éloignement pour vous ! Ah vous ne savez pas combien il m'en a coûté ! combien vous m'êtes chère ! Le
plus honnête homme n'est point un Dieu. Aurélien était
seul avec moi. Un temps délicieux, une retraite sombre
échauffaient son imagination. J'étais si émue que je pleurais en lui parlant. Il ne fut plus maître de lui, il me prit
dans ses bras et me pressa avec ardeur.

Sans doute si j'eusse cédé à ces premiers élans, nous
fussions devenus coupables. Quel est l'homme qui seul,
la nuit avec une femme dont il s'aperçoit qu'il est aimé,
peut maîtriser ses sens et les faire taire ? Mais m'arrachant aussitôt de ses bras, je le suppliai de me laisser
revenir. Il voulut en vain me rassurer, me jurer de son
honneur, j'insistai pour sortir de ce lieu. Et il obéit sans
murmurer.

Dès ce moment je ne songeai plus à me défendre de
ce que j'éprouvais. Une ivresse de bonheur dont je ne
m'alarmais pas, parce que l'idée du mal ne peut venir aux
âmes pures, remplissait la mienne. Je n'avais plus besoin
d'être seule avec Aurélien, devant tout le monde nous
nous entendions. La conversation la plus indifférente
nous plaisait ; nous avions toujours quelque chose à dire.
Au moment de quitter Saint-Sauveur pour revenir avec
toi à Cauterets, Aurélien me pria de faire un tour de jardin avec lui : il avait besoin de me dire adieu, de me répéter qu'il m'aimait. Le jardin était plein de monde quand
nous le traversâmes. Nous rencontrâmes Minot à qui
je parlai. Aurélien m'engagea à aller voir un granit fort
curieux sur le bord du Gave. J'y fus, appuyée tranquillement sur son bras. Nous admirâmes ensemble cette belle
nature, dont nous étions pour ainsi dire amoureux. Nous
avions tant de plaisir à partager ainsi notre enthousiasme.
En remontant une pente assez roide qui me fatiguait,
Aurélien passa un bras autour de moi pour m'aider. Au
moment de gagner le haut, il m'engagea à m'asseoir sur

le banc, je refusai. Au moins, dit-il, vous m'accorderez un seul baiser avant de me quitter. Je refusai assez faiblement. Il m'embrassa sur la joue ; je lui échappai et courant devant je te rencontrai, tu me parlas durement. Sans doute, je le méritais. Mais j'en souffris. Si je n'eusse senti combien du sang-froid m'était nécessaire, je crois que l'effroi que tu m'inspiras m'eût fait tomber évanouie.

Il me serait difficile de faire un détail des jours qui succédèrent à celui-là. Ils augmentèrent notre attachement. En m'avouant que je l'aimais, je ne pus m'empêcher de sentir un peu de jalousie. Je ne voulais point qu'il fît la cour à Laure en même temps qu'à moi. Je voulais qu'il optât. Il m'écrivit à cet égard plusieurs billets qui m'enivrèrent de plus en plus. Son style était si remarquable ; il savait si bien peindre ce qu'il éprouvait ! Je pensai avec amertume que tu ne soignais pas le tien, que jamais dans nos jours de chagrin avant mon mariage, tu ne m'avais écrit un billet qui m'eût consolée et tenu compagnie dans mes tristes nuits d'inquiétude et d'insomnie.

Pendant que tu allais à la chasse, je me trouvai seule plusieurs fois avec lui durant des heures entières. Sa conduite avec moi calma alors tous mes doutes. Je ne le trouvai point un stoïque froid et glacé qui ne sent rien, ni un lâche trompeur qui commande à ses sens, et retarde sa victoire, pour mieux se l'assurer en inspirant de la confiance. Je vis un homme passionné qui désirait sans rien demander. Souvent prêt à s'oublier, un mot de douceur le ramenait. Il me demandait pardon ; il me pressait de le rappeler à lui-même lorsqu'il en aurait besoin et me remerciait de le faire. Dans son plus grand égarement, dans ses transports les plus vifs voici ce qu'il me disait : « Pardonne-moi, Aurore, pardonne-moi d'avoir encore des moments de faiblesse où tu es forcée de me repousser. Continue à me résister. Ne crains pas que je m'en afflige. J'aurais horreur de moi, si je venais à souiller la pureté d'un ange. Oui, ajoutait-il, je suis si heureux, si fier de ressentir un amour pur ! Jusqu'ici j'ai gaspillé ma vie, j'ai vécu comme un fou, comme un étourdi courant de folie en folie, mais je n'en désirais pas moins rencontrer une amie tendre et vertueuse à la fois. Cet heureux moment est venu. Je ne veux rien de plus pour être heureux que son cœur. Je suis un homme et non pas un ange, et malgré moi encore je me montre quelquefois

indigne de ma félicité. Vous valez mieux que moi, *ma
sœur chérie* (car c'est ainsi qu'il se plaisait à m'appeler), ins-
pirez-moi votre pureté, elle m'enchante, elle redouble ma
tendresse pour vous. Je suis mille fois au-dessous de vos
vertus, mais je ne suis pas indigne de les comprendre,
de les apprécier, de les imiter, et de m'élever au niveau
de votre cœur ».

Je t'ai dit comment il vint nous joindre à Bagnères
pour rompre tout à fait avec les Le Hoult. Nous y eûmes
encore de longs tête-à-tête où il se montra de plus en
plus maître de lui-même. Plus il me voyait, disait-il, plus
je lui inspirais de respect et d'attachement. Il ne voudrait
pas d'un autre bonheur, parce qu'il serait commun avec
celui du reste des hommes. Le sien lui paraissait si relevé,
si précieux que le seul souvenir le rendrait heureux à
jamais.

Ce fut à la grotte de Lourdes, au bord du gouffre qu'il
m'adressa ses adieux. Notre imagination était vivement
frappée de l'horreur de ce lieu. « C'est à la face de cette
nature imposante, me dit-il, que je veux en te disant
adieu te faire le serment solennel, de t'aimer toute ma vie
comme ma mère, comme ma sœur et de te respecter
comme elles ». Il me pressa sur son cœur et c'est la plus
grande liberté qu'il ait jamais prise avec moi.

Après nous être quittés nous continuâmes à nous
écrire. Quand je fus à Guillery la solitude commença à
me faire rentrer en moi-même. Cette effervescence qui
avait si longtemps fait taire mes réflexions, leur fit enfin
place. En me retrouvant plus souvent avec toi je me dis
que ta complaisance, ta bonté étaient toujours les mêmes,
que tu m'aimais tendrement et que moi seule avais changé.
Je me le reprochai avec amertume ; car ne crois pas que
j'aie pu jamais cesser de t'aimer. Tous les jours on
offense Dieu, on lui désobéit, mais au fond de son cœur
quel est l'homme sensible qui ne se le soit pas reproché,
et qui n'ait mis Dieu dans son cœur au-dessus de toutes
les idoles mondaines qu'il a encensées ? Je ne puis comparer ce que tu m'inspirais, qu'à ce sentiment indépendant de la volonté, de l'imagination, du bonheur même,
que l'on ressent pour un objet qui le mérite. Si un autre
vous séduit, vous plaît, vous enivre davantage, on n'en
est pas moins disposé à le sacrifier, plutôt que de porter
atteinte au bonheur de l'autre. On aime l'un *davantage*, on

aime *mieux* l'autre. La nécessité de te cacher soigneusement ce qui se passait dans mon cœur, me rendait horriblement malheureuse.

Tes caresses me faisaient mal. Je craignais d'être fausse en te les rendant et tu me croyais froide. J'avais besoin quelquefois de baiser tes mains, de te demander pardon. Il me semble que de tout t'avouer m'aurait soulagée. Mais je ne pouvais le faire sans égoïsme ; en me réconciliant avec toi, avec moi-même, en retrouvant la paix de ma conscience, je te rendais malheureux. Je t'éclairais sur des maux dont tu n'avais pas l'idée. Ah ! me disais-je souvent en te regardant dormir : « Ton sort n'est-il pas bien préférable au mien ? Tu n'as rien à te reprocher, va, dors en paix, conserve ta sécurité. Moi je souffrirai la dure nécessité de te tromper plutôt que de te faire partager les peines amères que je ressens ».

J'avais besoin cependant d'arracher de mon cœur une affection non criminelle, mais trop vive pour être légitime. C'était m'ôter la vie, je le sentais. Mais la mort et les souffrances me paraissaient préférables aux tourments de la conscience. Je fus longtemps incertaine. Comment écrire à Aurélien pour lui annoncer que je voulais rompre avec lui ? Ses lettres (le peu de lettres qu'il pouvait me faire parvenir) exprimaient tant de bonheur et de sécurité ! Comment me décider à le mettre au désespoir ? Quelque chose que je fasse pour sortir de là, me disais-je, il faut que je désespère ce que j'aime, soit mon mari, soit Aurélien, je ne puis recouvrer la paix qu'en la faisant perdre à quelqu'un. N'y a-t-il pas plus de générosité à souffrir seule ? Casimir ignore tout. Il est heureux et tranquille, j'ai avec lui des torts réels, mais il les ignore, et ils ne font de mal qu'à moi. De quel droit désespérerais-je Aurélien ? Il n'aurait que ce qu'il mérite s'il m'eût séduite, détournée de mes devoirs. Mais après la conduite qu'il a tenue avec moi, quand aucune de nos actions n'a été répréhensible, quand notre amour est chaste, quel prétexte lui donnerai-je ? Que je ne puis tromper, que je suis malheureuse d'y être contrainte ? Il se soumettra. Je le connais bien. Il obéira sans reproches, sans murmure. Mais je l'aurai sacrifié à mon propre bien-être. Ah je n'y puis consentir. Je souffrirai seule, en silence et ceux que j'aime seront heureux.

Cependant, je ne pouvais cacher à Aurélien mon

malaise et ma tristesse. Une teinte sombre était répandue
dans mes lettres. Je lui parlais de remords, de pressentiments. En effet l'idée de mourir était sans cesse présente
à ma pensée, elle me pesait, elle m'effrayait. Jusqu'alors je
l'avais envisagée sans effroi, avec une sorte de plaisir
même. C'était le terme de mes ennuis, le but de mes
espérances. Du moment que j'étais mal avec moi-même
je la redoutais et j'aurais voulu retarder un moment, que
mes souffrances morales et physiques me semblaient
devoir bientôt amener. Je sentis un extrême désir d'aller
à Bordeaux. Il me semblait que j'allais voir Aurélien pour
la dernière fois. Je sentais aussi un désir vague de lui
ouvrir mon cœur. J'eus impatience d'être seule avec lui et
alors, au lieu de répondre aux transports de sa joie, j'ap-
puyai tristement ma tête sur son épaule et je fondis en
larmes. Sa surprise et sa douleur furent inconcevables. Il
me conjura presque à genoux de lui dire le sujet de mes
pleurs et de la sombre mélancolie qui régnait dans mes
dernières lettres. Je ne voulais pas m'expliquer d'abord.
Peu à peu ses instances me gagnèrent. « Je vais parler, lui
dis-je, je vais vous désespérer, voyez si vous avez la force
de m'entendre. — Attendez un instant, me dit-il, laissez-
moi en prendre, en demander à Dieu, à vous. Je pressens
ce que vous avez à me dire. Je m'en suis déjà douté et je
n'osais m'y arrêter. Dans un moment, Aurore je serai
calme, je serai préparé à tout… » J'allais parler quand tu
entras…

Quand dans mon désespoir je me jetai à tes pieds, te
demandant de m'épargner, l'effroi, le repentir, le chagrin
affreux d'avoir détruit ton bonheur ne pouvaient être, tu
l'imagines bien, des sentiments joués. Si tu m'as reproché
depuis de t'avoir promis de sacrifier entièrement mon
amour et de ne pas l'avoir fait, tu ne peux imaginer
qu'une promesse faite dans toute l'exaltation de la douleur et de la crainte ait été feinte et que j'eusse conservé
la résolution de te tromper. Mais crois-tu qu'il soit possible au jour, à l'heure même de tenir un serment si
téméraire ? L'amour est-il donc dépendant de la volonté ?
Ne faut-il pas des années entières pour en effacer un
véritable, et fondé sur tant de délicatesse et de pureté ?
Quand je me trouvai le lendemain en voiture sur la route
de La Brède avec vous deux, cherchant également à me
distraire, à m'égayer par une conversation douce et géné-

rale, j'éprouvai un bien-être inconcevable. Mon esprit
était trop faible, ma tête trop bouleversée, pour concevoir des idées nettes sur ma situation. Sans réflexions,
sans projets, me laissant aller à la douceur d'être soignée,
d'être consolée par deux êtres si chers, je ne me sentais
plus malade, faible seulement, je te voyais avec délices
presser ma main devant Aurélien. Il y avait tant de
noblesse dans tes sentiments, tant de reconnaissance dans
les miens que j'osai former l'idée d'un bonheur tout nouveau que je t'expliquerai dans un instant.

Aurélien me remit un billet, il était daté de toutes les
heures de la nuit précédente. Dans son inquiétude, il
l'avait passée à venir sous ma fenêtre à minuit, à 2 h., à
4, pour voir s'il y avait de la lumière, et tâcher de
conjecturer par là si j'étais retombée dans la crise de la
veille, ou si je dormais. Il me suppliait de rejeter tous les
torts sur lui, de le faire passer à tes yeux pour un scélérat, un infâme suborneur, si à ce prix, je pouvais te calmer en ma faveur. Il consentait à ce que toute ta colère
tombât sur lui. Il la supporterait avec calme, plutôt que
de me causer de nouvelles peines. Il renoncerait à me
voir à jamais, si à ce prix mon mari me rendait sa
confiance et son amitié.

Ce billet que je lus le soir me rendit la clarté de mes
idées et le sentiment de mes douleurs. Je sentis ce que je
devais faire. Il était indigne de moi de me justifier en
noircissant un autre. Je me répétai cent fois, qu'il fallait
tenir la parole que je t'avais donnée sans pouvoir me
faire à cette affreuse idée. Je passai la nuit tout entière
sans fermer l'œil, qu'une heure avant le jour. Tu partis
pour la chasse. Zoé [Leroy] vint m'habiller, je lui avais
tout raconté la veille. Voici, lui dis-je, le moment de frapper le grand coup. « Venez avec moi, que je lui parle
devant vous, aidez-moi à lui donner du courage. — Non,
non, me répondit-elle, jamais je ne pourrai être témoin de
sa douleur sans la partager. Songez que je connais Aurélien depuis longtemps, que je l'aime comme mon frère. Je
suis trop faible pour supporter un si grand effort. Je le
connais. Je sais de quelle affection son cœur était capable
et quelle passion vous lui aviez inspirée. Allez ma chère,
je vais adresser des vœux au ciel pour qu'il vous soutienne. Je vous admire, je vous approuve ; mais vous
aider je ne le puis ». Et cette bonne fille, partagée entre

l'amitié la plus vive et le sentiment du devoir, n'osait ni m'encourager, ni me retenir.

À 7 h., j'étais avec Aurélien dans l'allée de charmille du jardin. Il me pressait de lui raconter ce qui s'était passé entre nous. Voici comment je lui parlai : « Casimir a tout vu, comme vous vous en êtes douté. J'ai été malade à la mort et il m'a soignée. Savez-vous ensuite comment il s'est vengé ? En me rendant son amitié, sa confiance entière, en me disant qu'il me pardonnait, qu'il m'aimait toujours, qu'il oubliait le passé, qu'il n'observerait aucune de mes démarches, qu'il me laisserait libre comme auparavant de le tromper, mais qu'il s'en remettait à moi. Que dois-je faire, maintenant ? Aurélien, répondez-moi. Je vous connais et je vous prends pour juge. Ce que vous me conseillerez, je le ferai ».

Je le vis pâlir et s'appuyer contre un arbre. « Cela suffit, dit-il. Je vous entends, je n'ai rien à répondre, rien à objecter, vous avez raison… Laissez-moi mourir ».

Il était si pâle, si défait que j'en fus effrayée. Je cherchai à le calmer par des raisonnements. « Laissez, laissez, me dit-il, je n'ai pas besoin que vous me démontriez la nécessité du sacrifice ; je le sens comme vous-même et ne suis pas fait pour vous en détourner. Mais il ne dépend ni de moi, ni de vous, de me faire vivre après. Adieu, je m'en vais trouver ma mère, elle me parlera, sa voix me donnera du courage ». Il me laissa pour aller s'habiller, et je me traînai vers ma chambre. Tant d'émotions présentes, jointes aux précédentes, à ma faiblesse, à la crise de l'avant-veille, à une nuit d'insomnie et d'agitation, à plusieurs jours de diète, m'avaient tuée. Je ne sais comment, je ne tombai pas morte en rentrant. Mais je n'ai jamais tant souffert de ma vie. Zoé me vit mourante. Je me jetai dans ses bras. Elle fondait en larmes, et moi je ne pouvais en verser. « Non, non, me dit Zoé, vous ne vous séparerez point ainsi, je vais le chercher, je veux qu'il vous dise adieu, qu'il vous promette du courage, le sien vous en inspirera. L'idée que vous vous êtes séparés bons amis, adoucira l'amertume de vos regrets ». J'étais hors d'état de la comprendre. Elle sortit, je restai muette, imbécile. Elle trouva Aurélien dans le même état. Mais la chaleur de ses raisonnements le fit rentrer en lui-même, l'excellente fille lui rendit de la sensibilité et me l'amena. « Pardonnez-moi, dit-il, un moment de faiblesse, me voilà calme à présent. J'ai recueilli mes idées, j'ai conçu une espérance ; me permettez-vous de vous en faire part et me promettez-vous d'y acquiescer ? — Je crois, lui répondis-je, que je puis vous le promettre, parce que vous ne me proposez jamais rien que je *doive* refuser ». Alors, il me soumit un plan que voici. Nous devions dès l'instant et sans retour renoncer aux expressions et aux démonstrations de l'amour passionné : jamais nous ne rechercherions l'occasion d'être seuls ensemble, nous l'éviterions au contraire et d'ailleurs n'ayant rien de secret à nous dire, nous ne devions plus avoir besoin de nous cacher. Jamais Aurélien ne se permettrait la plus légère caresse, jamais nous ne nous écririons. Nous deviendrions enfin non pas étrangers ni indifférents l'un à l'autre, cela était impossible, mais amis si intimes, si purs, si désintéressés, que tu pourrais voir toute notre conduite, suivre tous nos pas, entendre tous nos entretiens sans que ta présence nous fût importune ou gênante. Nous voulions au contraire la rechercher, te mettre toujours de moitié dans notre gaieté, dans nos conversations. Nous serions en un mot comme un frère et une sœur, à la lettre, et le plus rigidement, le plus scrupuleusement que l'on puisse imaginer.

Ce projet me sourit. Quand on vient d'envisager un mal insupportable, une modification vous paraît une idée inspirée par le ciel, une consolation divine. Assise sur le banc de la charmille entre Zoé et lui, je pleurais enfin et me sentais soulagée. « Oui, mon amie, me disait la bonne Zoé les yeux baignés de larmes de sensibilité, nous pouvons être encore tous heureux. Vous viendrez à Bordeaux, puisque votre mari y consent, et la manière dont vous vous y conduirez le récompensera de sa générosité. — Comment pourrions-nous désormais abuser de sa confiance ? s'écriait Aurélien avec enthousiasme. Oh, j'ai besoin de réparer mes torts envers un homme si généreux, si capable d'aimer, si grand dans sa conduite ! Oh comme je l'estime, comme je désire sa confiance, comme je veux la mériter ! Aurore je ne vous dirai jamais un mot qu'il ne puisse entendre et approuver. Nous nous réunirons pour son bonheur ; nous y mettrons tous nos soins, si jamais une mauvaise pensée entre dans nos esprits nous la repousserons avec horreur ; si nous sentons quelque retour sur le passé, nous nous rappellerons qu'il vous a dit : "Tu peux maintenant me tromper encore je me fie à toi". Et comment abuser de tant de confiance ? Aurore, je veux vous gronder, vous ne l'aimez pas assez, votre mari ; vous [ne] m'en aviez jamais parlé. Je ne le croyais pas capable d'une telle grandeur d'âme. Moi, je l'aime de tout mon cœur ». Je souriais de plaisir. « Vous le connaissez maintenant, lui répondais-je, et moi aussi je le connais, je l'aime, je le chéris et je me repens de mes erreurs. — Nous serons heureux tous ensemble, répétait Zoé. Aurélien, vous, votre mari, Rayet, mes sœurs et moi, nous passerons des soirées délicieuses en petit comité. Nous nous aimerons, l'union, le plaisir, cette satisfaction intérieure qu'éprouvent d'honnêtes gens, contents d'eux-mêmes, contents les uns des autres se répandront sur notre petite société, et rendront notre vie douce, paisible, délicieuse. — J'aurai peut-être encore quelques mauvais retours du passé, disait Aurélien, mais un regard de vous, Aurore, m'en fera rougir, ma figure s'éclaircira ; au lieu de rêver à part, je me remettrai à la gaieté générale, peu à peu ces impressions s'effaceront de mon esprit, je finirai par vous aimer si purement que vous pourrez dire à votre mari : "J'aime Aurélien, et Aurélien m'aime aussi". Et comment ai-je pu vous aimer autrement ? ah c'était une grande erreur. Ce n'est pas votre *amour* dont j'ai besoin : pourvu que vous m'aimiez, c'est ce qu'il me faut ; toutes les réserves, toutes les privations ne me coûteront pas un regret ».

Dis-moi Casimir, crois-tu bien qu'on puisse concevoir l'idée d'un pareil bonheur, le goûter, s'en contenter, s'en réjouir, sans être foncièrement honnête et vertueux ? Crois-tu qu'il y ait bien des hommes capables de s'élever à des sentiments si peu ordinaires ? Si Aurélien m'eût dit : « Je vous fuis parce que je ne puis vous voir sans danger, renoncer à votre amour sans être malheureux », m'eût-il prouvé autant d'attachement, de résolution et d'empire sur lui-même qu'en me disant : « Ne craignez rien, mon amitié sera si réservée, si pure, que vous pourrez la souffrir sans inquiétude et sans remords ». Ce n'était point un pénible sacrifice qu'il faisait dans un moment d'exaltation et qui dût lui coûter des regrets, c'était un plan de bonheur qui lui souriait autant qu'à moi !

Ô mon ami, toi si bon, si noble, si généreux, si capable d'apprécier la vertu, ne me dis donc jamais que de

fausses illusions m'avaient abusée, que voir Aurélien et
ne l'aimer que comme un frère eût été impossible, que
lui-même s'en fût bientôt lassé. Ne me dis jamais cela, je
t'en supplie à genoux. Tu ne sais pas quel mal tu me fais.
Tu m'ôtes la pensée la plus douce, la plus gracieuse de
ma vie. Si tu dépouilles notre conduite des belles couleurs sous lesquelles elle nous apparaissait, si tu nous
rabaisses au niveau des âmes vulgaires, si en un mot tu
parviens jamais à me persuader qu'il est un lâche, et moi
une femme faible et sans foi, je ne m'en consolerai
jamais. Je ne suis pas de ces gens qui se pardonnent une
grande faute, qui peuvent oublier qu'ils se sont souillés et
qui vivent, mangent et dorment après s'être rendus réellement coupables. Laisse-moi penser qu'une tête trop
vive m'a égarée, m'a donné des torts, que j'ai été imprudente dans le principe. Je conviens de tout cela, mais me
dire qu'après la matinée que je t'ai racontée, j'étais abusée, que mon âme n'était pas aussi pure, aussi radieuse
que le soleil qui nous éclairait c'est désenchanter ma vie ;
c'est m'en ôter le souvenir le plus doux et le plus glorieux. Dès ce jour j'étais réconciliée avec la vie, avec l'humanité, avec moi. Après avoir gémi, pleuré sur les
misères humaines, sur l'impossibilité du bonheur, sur la
triste condition des hommes, qui ne leur permet pas de
mettre à exécution les beaux sentiments qui remplissent
leurs livres, et sont loin de leur cœur, je devenais
optimiste. Je chérissais la vie, les hommes. Je t'aimais
plus que je ne t'avais jamais aimé, je regardais dans l'avenir, je me voyais vieillir, moi accoutumée depuis des
années à désirer et à compter sur une mort prématurée.
Je voyais mon existence embellie par toutes tes vertus,
par ta tendresse, par l'éducation de mon fils. Je me jetais
à genoux avec transport et m'écriais avec reconnaissance :
Ô Dieu que je te remercie ! Enfin tu m'as fait jouir des
célestes délices. J'ai connu le ciel sur la terre, puisque
cette vertu, ces actions sublimes que je rêvais, qui tour-
mentaient mon âme d'un désir vague, mais que je croyais
ignorées ici-bas, je les ai connues, je les ai éprouvées.
Tout ce qui m'entoure est divin, est hors des vulgaires et
communes vertus auxquelles le préjugé et l'éducation
nous asservissent. Mon époux au-dessus de ces fausses
obligations qu'un sot et absurde principe d'honneur
impose aux hommes, ne craint pas de fouler aux pieds

d'odieuses lois. Il me croit, il a la plus sublime des vertus, celle qui prouve le plus la beauté de l'âme puisqu'elle la rend incapable de supposer aux autres le
mal qu'elle n'a jamais conçu, *la confiance*. Il pardonne. Il
ne craint point de passer pour *un mari trompé*, ma parole
lui suffit. D'un autre côté mon âme ravie, reconnaissante,
désireuse de reconnaître sa bonté et de justifier sa
confiance, se sent arrêtée encore par des liens qu'elle a
peine à briser. Une passion forte et difficile à surmonter
me retient encore. Mais Dieu m'envoie quelqu'un pour
m'aider et le guide, cet appui de ma vertu, qui doit m'y
encourager et m'y maintenir, c'est l'homme que je redoutais le plus voir mettre obstacle à ma résolution. C'est
celui que j'aimais d'un amour terrestre, qui me dit : « Je
serai plus heureux si vous m'aimez autrement, si vous me
retirez cet attachement trop vif, pour m'en accorder un
plus calme, plus doux que votre mari pourra voir et permettre ». Casimir était un ange de bonté et nous de
faibles mortels, mais sa conduite nous impose le besoin
de l'imiter. Nous devenons dignes de lui. Ah ! comment
des cœurs unis par de tels sentiments, auxquels la vertu
est un besoin commun, pourraient-ils se méconnaître et
se haïr ? Non, Casimir, en connaissant Aurélien, l'aimera
comme un frère.

Voilà, diront les âmes glacées qui dans leur petite
sphère n'ont jamais pu concevoir une grande, une belle
pensée, voilà un projet absurde, faux, romanesque, impossible. Sans doute il l'est pour ceux qui pensent ainsi. Mais
pour nous, mon ami, mon bon Casimir, il ne l'est pas.
Entends-moi, comprends-moi, réfléchis ! Jamais on ne t'a
appris à te rendre compte de tes sentiments, ils étaient
dans ton cœur, le ciel les y avait mis. Ton esprit n'a pas
été cultivé, mais ton âme est restée ce que Dieu l'avait
faite, digne en tout de la mienne. Je t'ai méconnu jusqu'à
ce jour. Je t'ai cru incapable de me comprendre, jamais
je n'aurais osé t'écrire une pareille lettre il y a quelque
temps. J'aurais craint qu'après l'avoir lue, tu ne m'eusses
dit : « Ma pauvre femme a perdu l'esprit ». Aujourd'hui je
t'ouvre mon âme avec délices, je t'y fais lire. Je suis sûre
que tu me comprends, que tu m'approuves. Juge, mon
ami, combien j'ai été malheureuse depuis 3 ans d'être forcée de renfermer en moi toutes mes sensations ! de descendre à des conversations rétrécies, à des idées et des

occupations vulgaires. Que j'eusse été heureuse de pouvoir chaque soir écrire ma journée, de te la faire lire, te rendre compte, et te faire partager toutes mes sensations les plus intimes ! C'est ainsi que je faisais avec Aurélien. Il me fallait un *ami*, tu m'obligeais, mais tu ne m'entendais pas. Aujourd'hui, tu me comprendras comme Aurélien me comprenait. Je serai confiante pour toi comme je l'étais pour lui, je redeviendrai heureuse avec toi comme je l'étais avec lui si après avoir lu cette lettre je te vois revenir à moi heureux, content, satisfait. Si au lieu de cela, tu me dis : « Nous ne pouvons nous entendre. Ton imagination est trop vive pour la mienne, je juge des choses plus sainement et ne peux les voir en beau comme toi », tout sera dit : je me soumettrai, je serai douce, je serai dévote, je remplirai scrupuleusement tous mes devoirs, je ne te ferai jamais un reproche. Je concentrerai toutes mes pensées, je cacherai toutes mes souffrances et je mourrai bientôt, car je ne sais pas être malheureuse et vivre.

Mais non, il n'en sera pas ainsi. Tu es fait pour m'entendre et penser comme moi. L'espérance du bonheur est rentrée dans mon cœur. Tu ne me l'ôteras pas. J'attends ton retour avec impatience. Un peu de solitude ne m'a pas fait de mal. Tu le vois, j'ai rassemblé mes idées, j'ai pu te les exprimer, t'écrire cette lettre qui va décider du reste de ma vie, suivant l'impression qu'elle fera sur toi.

Voilà 18 pages[2] que j'écris, il semblerait que je t'ai tout conté. Eh bien ! je ne t'ai encore rien dit de ce que j'ai à te demander. C'est une grâce que j'implore et ce moment a toujours quelque chose de pénible et d'embarrassant. Mais je veux chasser ces mouvements d'orgueil qui viennent quelquefois se mettre entre nous deux. Je veux t'implorer sans rougir, sans être humiliée, pourquoi donc le serais-je ? Après ton départ, j'ai écrit à Aurélien. Tu vas te fâcher, non, tu ne te fâcheras pas ; il fallait lui annoncer que je n'irais point à Bordeaux cette année, que je m'éloignais pour longtemps et ne lui écrirais même pas pour le consoler de cette longue absence. Il fallait lui dire pourquoi ou le tromper. Penses-tu que dans une telle circonstance j'aurais pu le faire sans briser mon cœur ? Et puis il faut te dire, t'avouer toute ma faiblesse. J'avais l'air

2. Cette longue lettre-confession comptera 22 pages.

résignée quand tu partis. Eh bien je ne l'étais pas du tout.
Je n'affectais pas ce calme pour te tromper, mais pour te
donner du courage et te consoler. J'ai bien vu que tu n'y
croyais guère. J'avais rassemblé toutes mes forces pour
le moment de ton départ et après j'ai fondu en pleurs. Je
me suis mise à écrire à Aurélien, ç'a été pour moi une
grande consolation et si j'eusse pu le faire plus tôt, je
n'aurais pas passé une semaine entière avec toi dans un
affreux désespoir. Nous nous serions expliqués, nous
nous serions entendus, tu serais déjà heureux. C'est à
Aurélien lui-même que j'ai demandé du courage et que
j'ai promis d'en prendre. Il m'a répondu tout de suite. Il
n'était pas encore de sang-froid, car sa lettre n'est pas
telle que nos conventions de La Brède le prescrivaient.
Dans le premier mouvement de chagrin et de vivacité,
il me parle comme autrefois le langage passionné de
l'amour, mais peu à peu il se calme, il me promet de la
résignation. Il lui vient une idée, celle que je te montre
sa lettre. En me le demandant, il oublie apparemment
que le commencement peut te fâcher. Et moi j'espère en
ta douceur, en ta bonté : si certaines expressions de cette
lettre peuvent t'irriter, il faut les passer légèrement et
avec indulgence parce qu'elles furent arrachées dans le
premier moment. Dans un autre temps Aurélien m'eût
parlé d'une manière plus conforme aux résolutions que
nous avions prises en présence de Zoé. C'est au fond de
cette lettre qu'il faut s'attacher. Le désordre dans lequel
elle est écrite prouve qu'il l'a faite d'un premier jet, sans
projet, sans résolution que celle de me satisfaire par sa
soumission. Mais l'idée qui lui est venue de te faire juge
de sa sincérité, de sa bonne foi ne peut partir que d'un
principe de droiture et de candeur.

Je ne sais pas ce qu'il désire, ce qu'il espère pour adoucir son chagrin. Ses idées ne sont pas bien nettes. Il
paraît bouleversé par la surprise et la force du coup. Ce
que je crois distinguer de plus marqué, c'est que l'idée
que tu lui rendes justice, que tu aies confiance en lui, au
fond de ton cœur, sans le lui prouver par des actions, est
celle qui lui ferait le plus de bien. C'est celle qu'il m'a
exprimée le plus à La Brède, qui l'occupait exclusivement
le soir que je revins de la comédie avec lui (car il ne me
parla que de toi). C'est en effet un grand supplice pour
un honnête homme, d'inspirer de la défiance et de l'aver-

sion à celui qu'il estime et qu'il vénère particulièrement, envers qui il se sent un besoin puissant, impérieux de réparer ses torts.

Laisse-moi donc te le demander en grâce, par-dessus tout, dusses-tu me repousser encore. Je sens que c'est la corde la plus sensible, le point sur lequel nous n'avons point encore été d'accord. Il est si important pour la consolation et le repos de ma vie que je me sens le courage d'insister, de supplier… Me rejetteras-tu, toi si bon pour moi, si tendre, toi qui désires mon bonheur, qui étais prêt à me sacrifier le tien, à me mener à Bordeaux, à me laisser libre avec Aurélien, plutôt que de me voir triste et malheureuse ? Je ne te demande pas tant, mon ange de bonté, mon généreux ami, je ne te demande que de me dire : « Je crois qu'Aurélien est sincère et honnête. Je te permets de l'estimer et je l'estime moi-même ». À ce prix, je m'éloigne de lui, autant et si longtemps que tu voudras, je ne te permettrai pas une plainte, que dis-je ? Mon cœur n'en formera pas une. Il sera satisfait, heureux.

Songe mon ami, que si tu me refuses, je me soumets. Mais le bonheur de ma vie entière est détruit. Il ne dépendra jamais de moi de mépriser Aurélien. Je ne sais si l'ordre de Dieu obtiendrait de moi une chose contraire à ma croyance, à ma conviction intime. On ne m'arrachera mon estime pour lui qu'avec ma vie. Si tu le blâmes je me tairai donc mais je souffrirai et n'en guérirai point. Tous ces projets de confiance, d'intimité, de concordance d'idées, de conformité de sentiments, dont je te parlais tout à l'heure, ne pourront plus exister entre toi et moi, puisque le point essentiel, celui sur lequel repose toute la confiance, toute la conformité ne subsistera pas. Je renfermerai mes souvenirs dans mon sein, et ne t'en parlerai jamais puisqu'ils te blesseraient. Il me serait si doux au contraire de me dire : mon mari pense comme moi sur tout et il n'est pas un instant dans ma vie, pas un souvenir, que je ne puisse me retracer avec lui !

Vois, Casimir, réponds, peux-tu me dire de bonne foi : « J'estime Aurélien, je ne te blâme pas d'avoir de *l'amitié* pour lui et je crois qu'elle ne portera aucun préjudice à ta tendresse pour moi » ? Si tu me dis cela je prendrai courage et voici le plan que j'ai arrangé. Je te le soumets. *Juges-en*, modifie-le à ton gré, et je le suivrai tel que tu l'auras tracé, arrangé.

Article 1 — Nous n'irons point à Bordeaux cet hiver. Les blessures sont trop fraîches et je sens que ce serait trop exiger de ta confiance. Quelque certitude que j'aie que tu n'aurais point à t'en repentir, jamais je n'accepterai un effort qui te coûterait. Nous irons donc où tu voudras et tu arrangeras notre hiver soit à Paris, soit à Nohant. Je m'y soumettrai sans regret.

2 — Je te jure, je te promets de ne jamais écrire en secret à Aurélien. Mais tu me permettras de lui écrire une fois par mois ; moins souvent si tu veux. Tu verras toutes mes lettres et toutes ses réponses. Je m'engage devant Dieu à ne pas t'en cacher une ligne.

3 — Si nous allons à Paris, nous prendrons des leçons de langue ensemble. Tu veux t'instruire, partager mes occupations. Cela me fera un plaisir extrême. Pendant que je dessinerai ou que je travaillerai tu me feras la lecture et nos journées s'écouleront ainsi délicieusement. (N. B.) Je n'exige pas que tu aimes la musique. Je t'en ennuierai le moins possible. J'en ferai pendant que tu iras promener.

4 — Tu me laisseras écrire à Zoé souvent mais je m'engage solennellement à te laisser voir toutes mes lettres et toutes ses réponses aussi scrupuleusement que celles d'Aurélien. Je parlerai à ce dernier, de ma santé, de toi, de mon fils, de mes occupations. Il n'y aura pas un mot une idée qui puisse t'affliger ou te blesser.

5 — Si c'est à Nohant que nous passons l'hiver, nous lirons beaucoup d'ouvrages utiles qui sont dans ta bibliothèque et que tu ne connais pas. Tu m'en rendras compte. Nous causerons ensemble après. Tu me feras part de tes réflexions, moi des miennes, toutes nos pensées, nos plaisirs seront en commun.

6 — Jamais de fâcherie, de colère de ta part, de chagrin de la mienne. Si tu t'emportes malgré toi, je ne te cacherai pas que cela me fait de la peine et en te le disant doucement tu reviendras tout de suite. Quand nous parlerons du passé, ce sera sans amertume, sans aigreur, sans défiance. Maintenant que tu sais tout, pourquoi en aurais-tu ? Maintenant que nous sommes heureux, pourquoi regretterions-nous tout ce qui a eu lieu ? Ne sont-ce pas ces événements, qui nous ont rapprochés, réunis ? qui t'ont rendu plus cher à moi que jamais ? Sans eux je ne saurais pas ce que tu vaux. Et tu ne saurais pas comment il faut s'y prendre pour me rendre heureuse.

7 — Enfin nous serons heureux, paisibles, nous bannirons les regrets, les pensées amères. Ce sera à qui s'observera le plus pour être parfait. Plus tard l'éducation de Maurice nous occupera entièrement. Jusque-là le soin de son enfance fera notre plaisir. Tu me permettras de te parler quelquefois d'Aurélien, de Zoé. Tu entendras prononcer ces noms sans trouble, sans colère, sans chagrin. Nous parlerons d'eux avec tout le calme et l'amitié de deux cœurs qui s'entendent. Tu me permettras de lui dire quelque chose d'aimable de ta part dans mes lettres. Il en sera si heureux !

Dernier article. — Une autre année si nos affaires le permettent, nous irons passer l'hiver à Bordeaux. Si tu trouves cependant que cela puisse être. Sinon, nous retarderons ce projet, mais tu me permettras de compter dessus un jour ou l'autre.

Voilà mon plan. Lis-le attentivement, réfléchis-le et réponds-moi. Je ne crois pas qu'il puisse te blesser. J'attendrai ta décision avec anxiété. D'ici là je veux vivre d'espérance. Si tu l'agrées, je puis être parfaitement heureuse. Le bonheur que j'avais rêvé à La Brède ne sera pas détruit. Il sera complet au contraire. Il nous manquait la voix de quelqu'un dans ce conseil. C'était la tienne. Notre grand tort fut de ne pas oser te la demander dès lors. Donne-la aujourd'hui et que tout soit réparé.

## 9. À MADAME MAURICE DUPIN

[Nohant,] 1ᵉʳ février [1830]

Ma chère maman,

Si je n'avais reçu de vos nouvelles par mon mari et par mon frère qui vient d'arriver, je serais inquiète de votre santé, car il y a bien longtemps que vous ne m'avez donné de vos nouvelles. Il y a plusieurs jours que je me disposais à vous en demander, mais j'en ai été empêchée par de vives alarmes sur la santé de Maurice. Il a eu une irritation d'estomac, accompagnée d'une fièvre violente dont un accès a duré 24 h. sans aucune interruption dans le délire et dans l'assoupissement toujours mêlé de rêves, d'agitations presque convulsives. J'ai été bien malheureuse pendant quelques jours. Heureusement les soins assidus, les sangsues, les cataplasmes et les lavements ont adouci cette crise et il a même été plus promptement rétabli que je n'osais l'espérer. Il va bien maintenant et reprend ses leçons qui sont pour moi une grande occupation. Il me reste à peine quelques heures par jour pour faire un peu d'exercice et jouer avec ma petite Solange qui est belle comme un ange, blanche comme un cygne et douce comme un agneau. Elle avait une bonne étrangère, qui lui eût été fort utile pour apprendre les langues, mais qui était un si pitoyable sujet sous tous les rapports, qu'après bien des indulgences mal placées, j'ai fini par la mettre à la porte ce matin[1], pour avoir mené Maurice (à peine sorti de son lit à la suite de cette affreuse indigestion) dans le village, se bourrer de pain chaud et de vin du cru. J'ai confié Solange aux soins de la femme d'André [Caillaud] que j'ai depuis deux ans et qui est un bon sujet.

Je vous envoie le portrait de Maurice[2] que j'ai essayé le soir même où il est tombé malade. Je n'ose pas vous dire qu'il ressemble beaucoup, j'ai eu peu de temps pour le regarder, parce qu'il s'endormait sur sa chaise. Je croyais que c'était seulement un besoin de sommeil après avoir joué, tandis que ce n'étaient rien moins que le mal de tête et la fièvre qui s'emparaient de lui. Depuis, je n'ai pas osé le *faire poser* dans la crainte de le fatiguer. J'ai cherché autant que possible en retouchant mon ébauche, de me pénétrer de sa physionomie espiègle et décidée. Je crois que l'expression y est bien. Seulement le portrait le rend plus âgé d'un an ou deux, la distance des narines à l'œil est un peu exagérée, et la bouche n'est pas assez froncée dans le genre de la mienne. En vous représentant les traits de cette figure un peu plus rapprochés, de très longs cils que le dessin ne peut pas bien rendre et qui donnent au regard beaucoup d'agrément, de très vives couleurs roses avec un teint demi-brun demi-clair, et les prunelles d'un noir orangé, c'est-à-dire d'un moins beau

---

1. Pepita, la bonne espagnole de Solange, était devenue la maîtresse de Casimir.
2. Ce joli dessin, daté « Janvier 1830 », autrefois dans la collection de G. Lubin, est maintenant conservé à la Bibliothèque municipale de La Châtre (reproduit dans l'*Album Sand*, n° 44, et dans Christian Bernadac, *George Sand, dessins et aquarelles*, n° 121).

noir que les vôtres, mais presque aussi grandes, enfin en faisant un effort d'imagination, vous pourrez prendre une idée de sa petite mine qui sera je crois par la suite plutôt belle que jolie. La taille est sans défauts, svelte, droite comme un palmier, souple et gracieuse, les pieds et les mains sont très petits, le caractère… est un peu emporté, un peu volontaire, un peu têtu. Cependant le cœur est excellent, et l'intelligence très susceptible de développement. Il lit très bien, et commence à écrire. Il commence aussi la musique, l'orthographe et la géographie, cette dernière étude est pour lui un plaisir.

Voilà bien des bavardages de mère, mais vous ne m'en ferez pas de reproches car vous savez ce que c'est pour moi. Je n'ai pas autre chose dans l'esprit que mes leçons et j'y sacrifie tous mes anciens plaisirs. Voici le moment où tous mes soins deviennent nécessaires et l'éducation d'un garçon n'est pas une chose à négliger. Je m'applaudis plus que jamais d'être forcée de vivre à la campagne où je puis m'y livrer entièrement. Je n'ai aucun regret aux plaisirs de Paris. J'aime bien le spectacle et les courses quand j'y suis, mais heureusement je sais aussi n'y pas penser quand je n'y suis pas et quand je ne peux pas y aller. Il y a une chose sur laquelle je ne prends pas aussi facilement mon parti : c'est d'être éloignée de vous à qui je serais si heureuse de présenter mes enfants, et que je voudrais pouvoir entourer de soins et de bonheur. Vous m'affligez vivement en me refusant sans cesse le moyen de m'acquitter d'un devoir qui me serait si doux à remplir moi-même. J'ose à peine vous presser dans la crainte de ne pouvoir vous offrir ici les plaisirs que vous trouvez à Paris et que la campagne ne peut fournir. Je suis pourtant bien sûre intérieurement, que si la tendresse et les attentions suffisaient pour vous rendre la vie agréable, vous goûteriez celle que je voudrais vous créer ici.

Adieu, ma chère maman, nous vous embrassons tous, les grands comme les petits. Écrivez-moi donc. Ce n'est pas assez pour moi d'apprendre que vous vous portez bien. Je veux encore que vous me le disiez et que vous me donniez une bénédiction.

J'embrasse l'ami Pierrot [Pierret].

## 10. À JULES BOUCOIRAN

Nohant, 27 [octobre 1830]

Je vous remercie, mon cher enfant, des deux billets que vous m'avez écrits. Je ne vous ai pas répondu plus tôt parce que j'avais trop mal au doigt. Je me doutais bien de l'exagération des rapports sur Issoudun[1] qui nous étaient parvenus. Il en est ainsi de toutes les nouvelles, véritables cancans politiques, qui se grossissent en roulant par le monde. La vérité a toujours quelque chose de trivial qui déplaît aux esprits poétiques, et comme nous sommes dans le pays, dans la terre classique de la poésie, on ne dit jamais les choses comme elles sont. Voit-òn des cochons, ce sont des éléphants, des oies, ce sont des princesses, et ainsi du reste. Je suis lasse et dégoûtée de tout cela ; aussi je ne lis plus les journaux. J'y retrouve l'esprit de commérage des coteries provinciales : c'est une guerre de menteries, un assaut d'absurdité qui fait mal au cœur, pour peu qu'on en ait. Je ne trouve rien au-dehors de ma vie qui mérite un sentiment d'intérêt véritable. De nos jours, l'enthousiasme est la vertu des dupes. Siècle de fer, d'égoïsme, de lâcheté et de fourberie, où il faut railler ou pleurer sous peine d'être imbécile ou misérable. Vous savez quel parti je prends. Je concentre mon existence aux objets de mes affections. Je m'en entoure comme d'un bataillon sacré qui fait peur aux idées noires et décourageantes. Absents comme présents, mes amis remplissent mon âme tout entière, leur souvenir y ramène la joie, en efface la pointe acérée des douleurs souvent cuisantes, souvent répétées, mais le lendemain amène un rayon de soleil et d'espérance et je me moque des larmes de la veille. Vous vous étonnez souvent de mon humeur mobile, de mon caractère flexible. Où en serais-je sans cette faculté à m'étourdir ? Vous connaissez tout dans ma vie, vous devez comprendre que sans l'heureuse disposition qui me fait oublier vite le chagrin, je serais maussade et sans cesse repliée sur moi-même, inutile aux autres, insensible à leur affection. Loin de là, elle m'inspire tant

1. Après la violente émeute des vignerons d'Issoudun (22 août 1830), d'autres troubles étaient survenus en octobre.

de reconnaissance, elle m'apporte tant de consolations,
que je suis fière de pouvoir dire à ceux qui m'aiment :
« Vous me rendez le bonheur et la gaieté, vous me
dédommagez de ce qui me manque, vous suffisez à toutes
mes ambitions ». Prenez votre part de ce compliment,
mon enfant ; car vous savez que je vous aime comme un
fils et comme un frère. Nous différons de caractère, mais
nos cœurs sont honnêtes et aimants, ils doivent s'entendre. Il me sera doux de vous avoir pour longtemps
près de moi et de vous confier mon Maurice. Il me tarde
que ce moment soit arrivé.

Les cancans vont leur train à La Châtre plus que jamais.
Ceux qui ne m'aiment guère disent que j'*aime* « Sandot »
(vous comprenez la portée du mot), ceux qui ne m'aiment
pas du tout disent que j'*aime* Sandot et Fleury à la fois ;
ceux qui me détestent disent que Duvernet et vous pardessus le marché ne me font pas peur. Ainsi j'ai quatre
amants à la fois. Ce n'est pas trop quand on a, comme
moi, les passions vives. Les méchants et les imbéciles !
que je les plains d'être au monde ! Bonsoir, mon fils, écrivez-moi. Et à propos, Sandot m'a chargé de le rappeler
*spécialement* à votre souvenir. Il vous aime, cela ne m'étonne
pas. Aimez-le aussi, il le mérite[2].


## 11. À CHARLES MEURE

[Nohant, 31 octobre 1830]

Eh bien, qu'êtes-vous devenu enfin, mon cher Meure ?
En apprenant le motif de votre voyage à Paris un rayon
d'espoir avait levé pour moi. Je me consolais de ne vous
pas voir ce mois-ci, avec la perspective de vous voir plus
souvent, plus longtemps, plus facilement quand vous
seriez à Bourges. Que de beaux projets je faisais déjà ! Je
vous voyais arriver au moins tous les mois ou bien quand
la besogne vous en empêcherait, je montais sur Lyska et
j'allais passer deux ou trois jours avec vous. On en jasait.

2. Aurore a fait la connaissance de Jules Sandeau (dont elle ne sait
pas encore écrire le nom) le 30 juillet au château du Coudray chez
Duvernet ; les deux jeunes gens ne tardent pas à devenir amants.

Je m'en battais l'œil et nous passions une heureuse vie de promenades et d'amitié. Faudra-t-il renoncer à mes beaux rêves ? avez-vous obtenu ce que vous demandiez ? J'espérais que vous m'en apprendriez le résultat, peut-être ne le savez-vous pas vous-même, car tout ce qu'on obtient de la plupart des demandes, ce sont des promesses et reste à savoir plus tard comment on les tiendra. Du moins avez-vous des motifs d'espoir ? Vous avez fait votre état d'électeur à Cosne et à Nevers, où êtes-vous maintenant ? vous cheminez vers Clamecy[1] et cette lettre va s'y trouver à peu près en même temps que vous. Je n'ai pu vous répondre à Paris à cause d'une sotte indisposition qui m'a ôté l'usage de mon bras pendant plusieurs jours.

Vous me le disiez bien, mon ami, qu'on *nous la gâterait* notre pauvre révolution[2] ! la voilà bien toute gâtée, *pourrie* même. Je n'y vois plus que du feu. Je ne comprends plus où l'on va, ni où l'on veut aller, personne ne le sait plus. Le gouvernement est sans force, la volonté publique sans unité. Avec cela nous n'aurons que des tracasseries politiques d'ici à longtemps. Je ne crois pas aux grands malheurs, aux grands forfaits que les peureux croient voir à l'horizon. Mais je ne crois plus aux grandes améliorations, aux grands bienfaits qu'un instant j'ai espérés. Ce n'était pas le changement d'une dynastie, ni la forme théorique d'une constitution qui pouvaient agiter les gens de bonne foi. C'était une grande réforme dans la société, que moi, j'aurais voulue et un instant je me suis figuré bêtement qu'un grand changement dans notre système légal ramènerait chez nous les vertus étouffées ou corrompues par l'ancien ordre de choses. Je m'imaginais que l'héroïsme des nations libres, allait s'éveiller en France au premier mot de liberté et de république. Belle sottise ! Cependant, convenez qu'il y avait de quoi s'y laisser prendre. Ces premiers jours d'élan, cette bravoure d'indignation qui combattirent en bataille rangée contre l'oppression aveugle, ce calme magnifique après la victoire, tout cela était fait pour fasciner des yeux plus clairvoyants que les miens. Ô ma patrie, disais-je, je te demande pardon, car je t'ai méconnue, et calomniée. J'ai longtemps

---

1. Meure, que Sand avait connu substitut à La Châtre, était depuis 1828 procureur du roi à Clamecy.
2. Après s'être enthousiasmée pour la révolution de juillet 1830, Aurore ne tarde pas à déchanter.

dit que tu ne pourrais t'ébranler sans déchirer tes entrailles, et voilà que tu renverses la tyrannie et que tu te montres grande et sublime dans la victoire etc. Enfin je disais des choses superbes, et je les disais de bonne foi. Aujourd'hui je ris de moi, car j'ai été dupe de mon désir de croire au bien. Je vois qu'il n'y aura presque rien de changé et que nous avons fait vers lui un pas d'enfant, au lieu d'un pas de géant. C'est toujours quelque chose et je suis loin de le regretter. Si quelquefois je m'indigne contre l'inertie, l'égoïsme et les fourberies des hommes, je m'aperçois bientôt que j'ai tort, car de quel droit changerai-je l'ordre immuable de la destinée ! Tant pis pour moi d'être venue au monde deux ou trois siècles trop tôt, si je n'avais eu l'absurdité de me tromper sur les résultats possibles d'une révolution de trois jours, je serais plus en état d'apprécier ceux qui ont été obtenus. Mais que voulez-vous, la folle du logis était déjà partie pour Sparte, pour Athènes, Rome, les États-Unis. Elle voyageait sans s'inquiéter du temps ni des lieux, aussi elle s'est cassé le nez à plat, en se retrouvant d'où elle était partie.

Dieu merci, je ne suis pas un homme, car j'aurais dit ou fait quelque bêtise. Aujourd'hui je suis un peu refroidie (non corrigée, car les mauvaises têtes sont incurables, mais calmée jusqu'à la première occasion). Marche le monde, où il voudra, je m'en lave les mains.

J'aurais dû me rappeler que les mœurs font les lois et que les lois ne font pas les mœurs. Agitez-vous, battez-vous donc, pauvres humains je vous abandonne. Et pourtant ! ces réflexions philosophiques ne me consolent pas de la perte de ma chimère, car de toutes les choses qu'on peut perdre, celles que l'on ne tenait pas encore sont celles qu'on regrette le plus. Vous, mon bon Meure, qui mollement enfoncé dans un fauteuil, laissez courir votre imagination dans des milliers de systèmes crochus comme vos atomes, vous savez ce que c'est que de perdre une illusion, cela vous a pu arriver plus d'une fois. N'est-ce pas un chagrin réel, quoique produit par un mal imaginaire ? Tenez, quand j'ai vu remettre en question cette loi de mort que je hais depuis que je pense, j'ai encore été entraînée par des espérances fantasques. J'ai encore demandé pardon à l'humanité d'avoir douté de ses progrès dans la vertu. Je pleurais comme un veau en lisant les discours de ces bons apôtres de la Chambre. Et parce

qu'ils parlaient d'or, parce que moi, je leur donnais mon
adhésion et votais dans leur sens avant qu'ils eussent
ouvert la bouche, je me fichais dans la cervelle, que la
France entière allait accueillir avec enthousiasme ces idées
généreuses si pompeusement, si noblement exprimées.
Bah ! voilà que tout doucement ils nous font entendre ou
nous laissent voir qu'ils ne se soucient guère d'abolir réellement la peine de mort, pourvu que pour servir leurs
intérêts à double face, ou pour flatter leur ostentation de
magnanimité, les 7 hommes sur qui la France a les yeux[3]
soient préservés d'un supplice infamant. Noble sans doute
est le pardon généreux qu'ils sollicitent pour les ministres
égarés : horrible et sanguinaire est la loi qui les livre au
couteau du boucher. Mais pourquoi donc faire la chose à
demi et laisser maladroitement deviner qu'on ne veut rien
faire pour le peuple ? Aussi ce peuple n'était pas trop bête,
lorsqu'il se portait à Vincennes en hurlant, en demandant
la tête de ceux qu'on lui préfère. Les malheureux défenseurs de Polignac et Consorts, ont gâté leur affaire et perdu
leur cause. Ce n'est pas aux gens de bonne foi, qu'on persuadera que ces masses furieuses étaient soulevées par
des affidés de Lulworth décidés à sauver les captifs dans
le désordre[4]. Joli moyen ! ah que nos extrêmes de la
gauche sont d'une bêtise farouche ! Ils auront beau jeu,
maintenant, leur haine sera assouvie. Il faudra que la tête
des ministres tombe sous la main de *Monsieur* Sanson et
sous la volonté implacable d'un parti mécontent. Ce jour-
là, j'aurai la mort dans l'âme, et *si*[5], je n'aimais guère ces
stupides et enragés conseillers de Charles X, mais quelle

---

3. Le 27 septembre, la Chambre des députés avait voté la mise en
accusation des derniers ministres de Charles X, signataires des ordon-
nances de juillet ; le procès s'ouvrira devant la Cour des pairs le
15 décembre. Les quatre ministres qui avaient pu être arrêtés (Polignac, Peyronnet, Chantelauze et Guernon-Ranville) seront condamnés
à la prison à perpétuité ; trois autres (Capelle, Haussez et Montbel)
avaient réussi à émigrer et furent jugés par contumace. Le 6 octobre,
la Chambre avait débattu d'un projet d'abolition de la peine de mort
et émis le vœu de sa suppression en matière politique.

4. Le 18 octobre, au Palais-Royal, une manifestation populaire
avait réclamé la mort des ministres de Charles X et s'était dirigée sur
le château de Vincennes où ils étaient emprisonnés. Charles X et ses
fidèles avaient trouvé refuge, au début de leur exil en Angleterre, au
château de Lulworth.

5. Expression berrichonne pour « et pourtant ».

gloire perdue pour la France, lorsqu'elle pouvait à si bon marché, retrouver sa splendeur par un grand exemple de générosité ! Voilà de ces choses qui tuent l'enthousiasme.

Adieu, mon bon et cher ami. Écrivez-nous et tâchez d'obtenir ce rapprochement qui nous rendra si heureux. Je vous embrasse de tout mon cœur. Toute ma famille se joint à moi. Mon frère est à Paris. Duteil est au lit, et boit de la tisane. Il a un bonnet de dentelle et reçoit les félicitations des commères, parce que sa femme vient d'accoucher d'une fille dont mon mari doit être le parrain. Il n'y a que cela de neuf dans le pays : vous avez su nos *querelles politiques*. M. Cuinat a donné sa démission. Charles Lavau [Delavau] est maire, Laisné [Laisnel] et M. Descourtais [Decourteix] adjoints *et voilà*.

## 12. À JULES BOUCOIRAN

[Nohant,] mercredi [1ᵉʳ décembre 1830]

J'ai bien tardé à vous remercier de votre lettre et de vos olives[1], mon cher enfant. J'étais au lit quand j'ai reçu tout cela, et depuis près de 15 jours je suis sur le flanc, ayant tous les jours de gros accès de fièvre et souffrant des douleurs atroces dans toutes les entrailles. J'ai d'abord pensé que c'était une fièvre inflammatoire, Charles [Delavau] a décidé que c'était une affection rhumatismale. Depuis trois jours je suis sans fièvre grâce au sulfate de quinine, et mes douleurs commencent aussi à se calmer. J'espère qu'avec du temps, de la patience et de la flanelle, j'en verrai la fin.

Vos olives sont restées plusieurs jours à La Châtre, elles étaient adressées à M. *Daudevert*, que personne ne connaissait. Enfin on s'est douté chez Brazier que ce pouvait bien être nous qui nous appelions de la sorte. Elles sont en très bon état, et chacun les trouve excellentes. J'en mangerais bien si on me laissait faire ; mais j'en suis au bouillon de poulet et au sirop d'orgeat. Je vous remercie de cet envoi, mon cher enfant. Qu'avez-vous fait de votre colique ? Dans votre seconde lettre, vous ne m'en

1. Boucoiran était originaire de Nîmes.

parliez pas, j'en conclus que vous étiez guéri. Dieu le
veuille !

·   Si vous aimiez les compliments, je vous dirai que vous
m'avez écrit une lettre vraiment remarquable de jugement, d'observation, de raisonnement et même de style ;
mais vous m'enverriez promener. Je vous dirai donc tout
bonnement que vos réflexions me paraissent justes et que
j'ai assez de confiance dans le jugement que vous me
donnez en tremblant et sans y avoir confiance vous-
même. Comme vous, je pense que le grand compagnon
de ce petit monsieur² est sans moyens et sans mœurs.
Pour lui, c'est aussi je crois un être fort ordinaire qui n'a
point de vices ni de défauts choquants. Sa physionomie
(vous savez que je tiens à cet indice) promet de la franchise et de la douceur. Cependant les choses sont assez
mal en sa faveur. Il a fait déclarations, protestations et
supplications à la pauvre enfant, qui ne doute pas plus de
leur solidité que de la clarté du soleil. Et pourtant depuis
son départ (au mois d'août je crois), il n'a pas donné
signe de vie à la famille ; quand on questionne *l'autre* qui
est resté à Paris et qui est (je le crois bien entre nous)
l'amant en titre de la mère, il répond par des balivernes.
Je pense que le *monsieur* était sincère aux pieds de la jeune
fille. Comment eût-il pu ne pas l'être ? Elle est charmante
de tous points. Mais à peine éloigné, la froide raison (des
raisons d'intérêts, sans doute, car on m'assure qu'il a de
la fortune, et elle n'a rien), les parents, la légèreté, l'absence, un parti plus avantageux, que sais-je ? la jolie et
douce enfant est oubliée sans doute et dans l'ignorance
de son cœur elle le pleurera comme s'il en valait la peine.
*Si jeunesse savait !* dit le proverbe. Quoi qu'il arrive, je vous
remercie de vos lumières et je vous tiendrai au fait des
événements. J'abrège sur cet article, car j'ai bien des choses
à vous dire.

Sachez une nouvelle étonnante, surprenante… (pour
les adjectifs, voyez la lettre de Mme de Sévigné³, que je
n'aime guère, quoi qu'on en dise). Sachez qu'en dépit de

2. Le grand compagnon désigne un certain Fournier, amant de
Mme Gondoüin Saint-Agnan, dont la fille Félicie est courtisée par
Henri Dessolle (le petit monsieur), fils de l'ancien préfet de l'Indre.
   3. Allusion à la célèbre lettre de Mme de Sévigné à Coulanges du
15 décembre 1670 lui annonçant le mariage de Lauzun et de la
Grande Mademoiselle.

mon inertie, de mon insouciance, de ma légèreté à
m'étourdir, de ma facilité à pardonner, à oublier les chagrins et les injures, sachez que je viens de prendre un
*parti violent.* Ce n'est pas pour rire, malgré le ton de badi-
nage que je prends. C'est tout ce qu'il y a de plus sérieux.
Mais songez que c'est encore là un de ces secrets qu'on
ne dit pas à trois personnes, et qu'après avoir lu ma
lettre, il faut la jeter au feu. Vous connaissez mon intérieur, vous savez s'il est tolérable. Vous avez été étonné
vingt fois de me voir relever la tête le lendemain, quand
la veille on me l'avait brisée. Il y a un terme à tout. Et
puis les raisons qui eussent pu me porter plus tôt à la
résolution que j'ai prise, n'étaient pas assez fortes pour
me décider, avant de nouveaux événements qui viennent
d'avoir lieu. Personne ne s'est aperçu de rien. Il n'y a pas
eu de bruit. J'ai simplement trouvé un paquet à mon
adresse, en cherchant quelque chose dans le secrétaire de
mon mari. Ce paquet avait un air solennel qui m'a frappée. On y lisait : *Ne l'ouvrez qu'après ma mort.* Je n'ai pas eu
la patience d'attendre que je fusse veuve. Ce n'est pas
avec une tournure de santé comme la mienne qu'on doit
compter survivre à quelqu'un. D'ailleurs j'ai supposé que
mon mari était mort et j'ai été bien aise de voir ce qu'il
pensait de moi durant sa vie. Le paquet m'étant adressé,
j'avais le droit de l'ouvrir sans indiscrétion, et mon mari
se portant fort bien, je pouvais lire son testament de
sang-froid. Vive Dieu ! quel testament ! Des malédictions
et c'est tout ! Il avait rassemblé là tous ses mouvements
d'humeur et de colère contre moi, toutes ses réflexions
sur ma *perversité*, tous ses sentiments de mépris pour mon
caractère, et il me laissait cela comme un gage de sa tendresse ! Je croyais rêver, moi qui, jusqu'ici, fermais les yeux
et ne voulais pas voir que j'étais méprisée ; cette lecture
m'a enfin tirée de mon sommeil. Je me suis dit que vivre
avec un homme qui n'avait pour sa femme ni estime ni
confiance, c'était vouloir rendre la vie aux morts.

Mon parti a été promptement pris et, j'ose le dire, *irrévocablement.* Vous savez que je n'abuse pas de ce mot. Je
ne l'emploie pas souvent. Sans attendre un jour de plus,
faible et malade encore, j'ai déclaré ma volonté et décliné
mes motifs avec un aplomb et un sang-froid qui l'ont
pétrifié. Il ne s'attendait guère à voir un être comme
moi se lever de toute sa hauteur pour lui faire tête. Il a

grondé, disputé, prié et je suis restée inébranlable. *Je veux
une pension et j'irai à Paris pour toujours, mes enfants resteront à
Nohant.* Voilà le résultat de notre première explication.
J'ai paru intraitable sur tous les points. C'était une feinte
comme vous pouvez croire. Je n'ai nulle envie d'abandonner mes enfants entièrement, mais je me suis laissé
accuser d'indifférence, j'ai déclaré être préparée à tout.
Je voulais lui bien persuader que rien ne m'entraverait.
Quand il a en été convaincu, il est devenu doux comme
un mouton, et aujourd'hui il pleure. Il est venu me dire
qu'il affermerait Nohant, qu'il ferait maison nette, qu'il
n'y pourrait pas vivre seul, qu'il emmènerait Maurice à
Paris et le mettrait en pension. C'est ce que je ne veux
pas encore. L'enfant est trop jeune et trop délicat. En
outre, je ne veux pas que ma maison soit vidée par mes
domestiques qui m'ont vue naître et que j'aime presque
comme des amis. Je consens à ce que le train en soit
réduit, parce que la pension que je veux avoir pour vivre
indépendante rendra cette économie nécessaire. Je veux
garder Vincent [Moreau] et André [Caillaud] avec leurs
femmes et Pierre [Moreau]. Il y aura assez de deux chevaux, de deux vaches, etc., je vous fais grâce du tripotage.
De cette manière, je serai *censée* vivre de mon côté. Mais
en effet je compte passer une partie de l'année, *six mois
au moins*, à Nohant près de mes enfants, voire près de
mon mari, que cette leçon rendra plus circonspect et
dont ma position d'ailleurs me rendra indépendante. Il
m'a traitée jusqu'ici comme si je lui étais odieuse. Du
moment que je m'en assure, je m'en vais. Aujourd'hui il
me pleure. Tant pis pour lui. Je lui prouve que je ne veux
pas être supportée comme un fardeau, mais recherchée et
appelée comme une compagne libre, qui ne demeurera
près de lui que lorsqu'il en sera digne. Ne me trouvez-
vous pas impertinente ? Rappelez-vous comme j'ai été
humiliée et cela a duré 8 ans ! En vérité, vous me le disiez
souvent, les faibles sont les dupes de la société. Je crois
que ce sont vos réflexions qui à mon insu, m'ont donné
un commencement de courage et de fermeté.

  Je ne me suis radoucie qu'aujourd'hui. J'ai dit que je
consentirais à revenir si ces conditions étaient acceptées,
et elles le seront. Mais elles dépendent encore de quelqu'un, ne le devinez-vous pas ? C'est de vous, mon enfant,
et j'avoue que je n'ose pas vous prier, tant je crains de ne

pas réussir. Cependant voyez quelle est ma position. Si
vous êtes à Nohant, je puis respirer et dormir tranquille.
Mon enfant sera en de bonnes mains, son éducation marchera, sa santé sera surveillée, son caractère ne sera gâté
ni par l'abandon, ni par la rigueur outrée. J'aurai par vous
de ses nouvelles tous les jours, de ces détails qu'une mère
aime tant à lire, de ces entretiens qui m'étaient si doux et
si consolants à Périgueux. Si je laisse mon fils livré à son
père, il sera gâté aujourd'hui, battu demain, négligé toujours, et je ne retrouverai en lui qu'un méchant polisson.
On ne m'écrira que pour me le faire malade, afin de me
contrarier ou me faire revenir. Je crois que si c'était là
son sort, j'aimerais mieux supporter le mien tel qu'il est
et rester près de lui pour adoucir du moins la brutalité de
son père. D'un autre côté, mon mari n'est pas aimable,
Mme Bertrand[4] ne l'est pas non plus, mais on supporte
d'une femme ce qu'on ne supporte pas d'un homme, et
pendant trois mois d'été, trois mois d'hiver (c'est ainsi
que je compte partager mon temps), ferez-vous aux intérêts de mon fils, c'est-à-dire à mon repos, à mon bonheur, le sacrifice de supporter un intérieur triste, froid et
ennuyeux ? Prendrez-vous sur vous-même d'être sourd à
des paroles aigres et indifférent à un visage refrogné ? Il
est vrai de dire que mon mari a entièrement changé d'opinion à votre égard et qu'il ne vous a donné cette année
aucun sujet de plainte ; mais à l'égard des gens qu'il aime
le mieux, il est encore fort maussade parfois. Hélas ! je
n'ose pas vous prier, tandis que d'un autre côté, la famille
Bertrand, riche et aujourd'hui dans une position brillante,
vous offre mille avantages, le séjour de Paris, où peut-être
elle va se fixer par suite de la nomination du général à la
tête de l'École polytechnique, toutes les recherches du
luxe et un intérieur plus animé. Que ferai-je si vous me
refusez ? Et de quel droit insisterai-je pour vous faire pen-
cher en ma faveur ? Qu'ai-je fait pour vous et que suis-je
pour que vous me rendiez un service que personne ne
me rendrait ? Non, je n'ose pas vous prier, et cependant
je vous bénirais à genoux si vous m'exauciez ; toute ma

---

4. Boucoiran était venu comme précepteur à Nohant pendant le
dernier trimestre de 1829 ; il avait été ensuite précepteur des enfants
du général Bertrand (nommé le 26 novembre directeur de l'École
polytechnique), avant de redevenir celui de Maurice Dudevant en
janvier 1831.

vie serait consacrée à vous remercier et à vous chérir comme l'être à qui je devrai le plus ; et si une reconnaissance passionnée, une tendresse de mère peuvent vous payer d'un tel bienfait, vous ne regretterez point de m'avoir sacrifié pour ainsi dire deux ans de votre vie, car mon cœur n'eſt pas froid, vous le savez, et je sens qu'il ne reſtera point au-dessous de ses obligations.

Adieu, répondez-moi courrier par courrier, cela eſt bien important pour la conduite que j'ai à tenir vis-à-vis de mon mari. Si vous m'abandonnez, il faudra que je plie et me soumette encore une fois. Ah comme on en abusera ! Adressez-moi votre lettre *poſte reſtante*. Ma correspondance n'eſt plus en sûreté. Mais, grâce à cette précaution, vous pouvez me parler librement. Adieu, je vous embrasse de tout mon cœur.

## 13. À CHARLES DUVERNET, ALPHONSE FLEURY ET JULES SANDEAU

[Nohant,] jeudi [2 décembre 1830]

*Épître romantique à mes trois amis*

De même que ces enfants naïfs et déguenillés que l'on voit sur les routes, armés de ces ingénieux paniers que leurs petites mains ont tressés après en avoir ravi les matériaux à l'arbuſte flexible qui croît dans ces vignes que l'on voit ceindre les collines verdoyantes de l'Indre, ramassent, pour engraisser le jardin paternel, les immondices nutritives et fécondes — je ne sais pas précisément si le mot eſt masculin ou non… je m'en moque —, que les coursiers, les mulets, les bœufs, les vaches, les pourceaux et les ânes laissent échapper dans leur course vagabonde, comme autant de bienfaits que l'active et ingénieuse civilisation met à profit pour ranimer la santé débile du chou-fleur et la délicate complexion de l'artichaut ; de même que ces hommes patients et laborieux qu'un sot préjugé essaierait vainement de flétrir, et qui munis de ces réceptacles portatifs qu'on voit également servir à recueillir les dons de Bacchus et les infortunés animaux que l'on

trouve parfois égarés et languissants au coin des bornes
jusqu'à ce qu'une main cruelle leur donne la mort et les
engloutisse à jamais dans la hotte parricide, ramassent,
dans ces torrents fangeux qui se brisent en mugissant
dans les égouts de la capitale, divers objets abandonnés à
la parcimonieuse industrie, qui sait tirer parti de tout, et
faire du papier à lettres avec des vieilles bottes et des
chiens morts ;

De même, ô mes sensibles et romantiques amis ! après
une longue, laborieuse et pénible recherche, j'ai à peu
près compris la lettre bienfaisante et sentimentale que
vous m'avez écrite, au milieu des fumées du punch et
dans le désordre de vos imaginations naturellement fantasques et poétiques. Triomphez, mes amis, enorgueillis-
sez-vous des dons que le ciel prodigue vous a départis,
soyez fiers, car vous avez droit à l'être. Vous avez atteint
et dépassé les limites du sublime, vous êtes inintelligibles
pour les autres comme pour vous-mêmes. Nodier pâlit,
Rabelais ne serait que de la Saint-Jean[1], et Sainte-Beuve
baisse pavillon devant vous. Immortels jeunes hommes !
mes mains vous tresseront des couronnes de verdure
quand les arbres auront repris des feuilles, le laurier-sauce
s'arrondira sur vos fronts et le chêne sur vos épaules, si
vous continuez de la sorte.

Heureuse, trois fois heureuse la ville de La Châtre, la
patrie des grands hommes, la terre classique du génie !
Heureuses vos mamans ! heureux vos papas ! Enfants
gâtés des Muses, nourris sur l'Olympe (pas d'allusions je
vous prie[2]), bercés sur les genoux de la renommée ! puissiez-vous faire pendant *toute une éternité* (comme dit le for-
çat *délibéré* Champagnette Delille), la gloire et l'ornement
de la patrie reconnaissante ! Puissiez-vous m'écrire souvent pour m'endormir… au son de votre lyre pindarique,
et pour détendre les muscles buccinateurs infiniment trop
contractés de mes joues amaigries !

Depuis ton départ, ô blond Charles, jeune homme aux
rêveries mélancoliques, au caractère sombre comme un
jour d'orage, infortuné misanthrope qui fuis la frivole
gaieté d'une jeunesse insensée, pour te livrer aux noires

---

1. Locution signifiant : ce n'est rien en comparaison.
2. Allusion à Olympe Audoux de Viljovet, dame de La Châtre.
D'autres plaisanteries de cette lettre (comme Champagnette Delille)
restent non éclaircies.

méditations d'un cerveau ascétique! les arbres ont jauni, ils se sont dépouillés de leur brillante parure. Ils ne voulaient plus charmer les yeux de personne, l'hôte solitaire des forêts désertes, le promeneur mélancolique des sentiers écartés et ombrageux, n'étant plus là pour les chanter. Ils sont devenus secs comme des fagots et tristes comme la nature veuve de toi, ô jeune homme!

Et toi, gigantesque Fleury, homme aux pattes immenses, à la barbe effrayante, au regard terrible, homme des premiers siècles, des siècles de fer! homme au cœur de pierre, homme fossile! homme primitif, homme normal! homme antérieur à la civilisation, antérieur au déluge! depuis que ta masse immense n'occupe plus, comme les dieux d'Homère, l'espace de sept stades dans la contrée, depuis que ta poitrine volcanique n'absorbe plus l'air vital nécessaire aux habitants de la terre, le climat du pays est devenu plus froid, l'air plus subtil. Les *vents* qu'emprisonnaient tes poumons, les tempêtes qui se brisaient contre ton flanc, comme au pied d'une chaîne de montagnes, se sont déchaînés avec furie le jour de ton départ et toutes les maisons de La Châtre ont été ébranlées dans leurs fondements, le moulin à vent a tourné pour la première fois, quoique n'ayant ni ailes, ni voiles, ni pivot. La perruque de M. [Lamoureux] de la Gennetière a été emportée par une bourrasque au haut du clocher, et la jupe de Madame Saint-Oran [Sainthorent] a été relevée à une hauteur si prodigieuse, que le grand Chicot assure avoir vu sa jarretière.

Et toi, petit Sandeau! aimable et léger comme le colibri des savanes parfumées! gracieux et piquant comme l'ortie qui se balance au front battu des vents des tours de Châteaubrun depuis que tu ne traverses plus avec la rapidité d'un chamois, les mains dans les poches, la petite place où tu semas si généreusement cette plante pectorale qu'on appelle le *pas d'âne* et dont Félix Fauchier a fait, grâce à toi, une ample provision pour la confection du sirop de quatre fleurs, les dames de la ville ne se lèvent plus que comme les chauves-souris et les chouettes au coucher du soleil. Elles ne quittent plus leurs bonnets de nuit pour se mettre à la fenêtre, et les papillotes ont pris racine à leurs cheveux, la coiffure languit, le cheveu dépérit, le fer à friser dort inutile sur les tisons refroidis; la main de Laurent, glacée par l'âge et le chagrin, tombe

inactive à son côté, les touffes invisibles et les cache-
peignes moisissent sans éclat dans la boutique de Darnaut, l'usage des peignes commence à se perdre, la brosse
tombe en désuétude, et la garnison menace de s'emparer
de la place. Ton départ nous a apporté une plaie d'Égypte
bien connue.

Quant à votre amie infortunée, ne sachant que faire
pour chasser l'ennui aux lourdes ailes ; fatiguée de la
lumière du soleil qui n'éclaire plus nos promenades
savantes et nos graves entretiens aux Couperies[3], elle a
pris le parti d'avoir la fièvre et un *bon* rhumatisme seulement pour se distraire et passer le temps. Vous ririez,
mes camarades, si vous pouviez me voir sortir de ma
chambre, non pas comme l'Aurore aux ailes empourprées
attelant d'une main légère les chevaux du classique Phébus dont la perruque rousse a fait vivre les poètes pendant plusieurs siècles, mais *comme* la marmotte engourdie
que le Savoyard tire de sa boîte et fait danser à grands
coups de bâton pour la mettre en train et lui donner l'air
enjoué. C'est ainsi que je me traîne, moi qui naguère
aurais défié sur ma bonne Lyska un parti de miquelets[4],
maintenant empaquetée de flanelles et fraîche comme
une momie dans ses bandelettes, je voyage en un jour de
mon cabinet au salon, et une de mes jambes est auprès
de la cheminée dudit appartement que l'autre est encore
dans la salle à manger. Si cet état fâcheux continue, je
vous prie de m'acheter une de ces brouettes dans lesquelles on voiture les culs-de-jatte dans les rues de Paris ;
nous y attellerons Brave, et nous parcourrons ainsi les
villes et les campagnes, pour attirer la pitié des âmes sensibles. Sandeau fera des cabrioles, Fleury des tours de
force, et Charles avalera des épées comme les jongleurs
indiens ou des souris comme Jacques de Falaise ; on lui
laissera le choix.

Et, à propos de Brave, je viens de lui rendre visite
dans sa niche et après les politesses d'usage, je lui ai lu le
paragraphe de votre lettre qui le concerne. Il en a été fort

3. Cette promenade sur la rive gauche de l'Indre à la sortie de La
Châtre vers Briantes a inspiré à Sand une de ses premières pages littéraires (*Les Couperies*, publ. dans *Œuvres autobiographiques*, t. II, p. 575-
581) et un très beau passage dans la neuvième des *Lettres d'un voyageur*
(*id.*, p. 874-879).
4. Bandits des Pyrénées.

mécontent, et me suivant dans mon cabinet où il est présentement étendu devant le feu, il m'a prié d'écrire sous sa dictée une réponse aux accusations dont vous le chargez. Je souscris à sa demande et vous quitte pour servir d'interprète à ce bon animal.

Adieu donc, mes chers camarades, écrivez-moi souvent, quelque bêtes que vous puissiez être, je vous promets de n'être jamais en reste avec vous. Je vous tiens quittes des compliments, à moins qu'ils ne soient tournés comme celui de Jules. Pauvre Fleury ! accouchez donc vite de ce fatal choléra-morbus, prenez du tabac à fortes doses, il partira dans les éternuements. Et vous, jeune Charlot, au milieu des tumultueux plaisirs de cette ville de bruit et de prestiges, n'oubliez pas la plus ancienne de vos amies. Une poignée de main à tous les trois, quoique Rochoux-Daubert *n'aime pas cela dans une femme.*

Aurore D.

*Réclamation adressée par Brave, chien des Pyrénées, originaire d'Espagne, garde de nuit de profession, décoré du collier à pointes, du grand cordon de la chaîne de fer et de plusieurs autres ordres honorables. À Messieurs Fleury dit le Germanique et Jules Sandeau le Marchois, pour offense à la personne dudit Brave et diffamation gratuite auprès de sa protectrice, dame Aurore, châtelaine de Nohant et de beaucoup de châteaux en Espagne dont la description serait trop longue à mentionner.*

Messieurs,

Je ne viens point ici faire une vaine montre de mes forces physiques et de mes vertus domestiques. Ce n'est point un mouvement d'orgueil assez justifié peut-être par la pureté de mon origine, et le témoignage d'une conduite irréprochable, qui m'engage à mettre la patte à la plume pour réfuter les imputations calomnieuses qu'il vous a plu de présenter à mon honorée protectrice et amie, dame Aurore, que j'ai fidèlement accompagnée et gardée jusqu'à ce jour, à cette fin de détruire la bonne intelligence qui a toujours régné entre elle et moi, et de lui inspirer des doutes sur mes principes politiques. Il me serait facile de mettre au jour des faits qui couvriraient de gloire l'espèce des chiens, au grand détriment de celle des hommes. Il me serait facile encore de vous montrer deux

rangées de dents auprès desquelles les vôtres ne brille-
raient guère et de vous prouver que, quand on veut
mordre et déchirer, il n'est pas prudent de s'adresser à
plus fort que soi. Mais je laisse ces moyens aux esprits
rudes et grossiers qui n'en ont point d'autres. Je dédaigne
des adversaires dont la défaite ne me rapporterait point de
gloire et dont je viendrais aussi facilement à bout que des
chats que je surprends à vagabonder la nuit autour du
poulailler, au lieu d'être à leur poste à l'armée d'observation contre les souris et les rats. Je ne veux employer
avec vous que les armes du raisonnement, mon caractère
paisible préfère terminer à l'amiable les discussions où la
rigueur n'est pas absolument nécessaire ; accoutumé dès
l'enfance et pour me servir de l'expression de M. Fleury,
*dès mon bas âge*, à des études graves et utiles, j'ai contracté
le goût des méditations approfondies. J'ai réussi à l'inspirer au Chien Bleu qui ne manque pas d'intelligence, et je
prends plaisir à m'entretenir avec lui sur toutes sortes de
matières lorsque, couchés au clair de la lune sur le fumier
de la basse-cour durant les longues nuits d'hiver, nous
examinons le cours des astres et leurs rapports avec le
changement des saisons et le système entier de la nature,
c'est en vain que j'ai voulu améliorer l'éducation et réfor-
mer le jugement de mon autre camarade, l'oncle Mylord,
que vous appelez épileptique et convulsionnaire, car dans
la frivolité de vos railleries mordantes, vous n'épargnez
pas, messieurs, les personnes les plus dignes d'intérêt et
de compassion par leurs infirmités et leurs disgrâces.
Quoi qu'il en soit, messieurs, je ne m'adjoindrai pas dans
cette défense le susdit oncle Mylord, parce que sa complexion nerveuse ne le rendant propre qu'aux beaux-arts,
il fait société à part et passe la majeure partie de son
temps dans le salon, où on lui permet de se chauffer les
pattes en écoutant la musique, dont il est fort amateur,
pourvu qu'il ne lui *échappe* aucune impertinence, ce qui
malheureusement, vous le savez, messieurs, lui arrive
quelquefois. Je dois en même temps vous déclarer que,
dans le système de défense que j'ai adopté, j'ai été puis-
samment aidé par les lumières et les réflexions du Chien
Bleu ; la franchise m'oblige à reconnaître les talents et le
mérite de cette personne estimable, que vous n'avez pas
craint d'envelopper dans vos soupçons injurieux sur notre
patriotisme et notre moralité.

D'abord, examinons les faits qu'on m'attribue.

M. Fleury, mon principal accusateur, prétend :

1° Que moi, Brave, assis sur mon postérieur, j'ai été surpris par lui, Fleury, réfléchissant aux malheurs que des *factieux* ont attirés sur la tête de l'ex-roi de France Charles X.

M. Fleury insiste sur l'expression de *factieux* dont il assure que je me suis servi.

2° Il prétend m'avoir surpris lisant *la Quotidienne* en cachette et, d'après ces deux chefs d'accusation, il ne craint pas de se répandre en invectives contre ma personne, de me traiter tour à tour de carliste, de jésuite, d'ultramontain, de serpent, de crocodile, de boa, d'hypocrite, de chouan, de Ravaillac.

Quelle âme honnête ne serait révoltée à cette épouvantable liste d'épithètes infamantes, gratuitement déversées sur un chien de bonne vie et mœurs, d'après deux accusations aussi frivoles, aussi peu avérées ! Mais je méprise ces outrages et n'en fais pas plus de cas que d'un os sans viande.

M. Fleury ment à sa conscience lorsqu'il rapporte avoir entendu sortir de ma gueule le mot de factieux appliqué aux glorieux libérateurs de la patrie. Je vous le demande, ô vous qui ne craignez pas de flétrir la réputation d'un chien paisible, ai-je pu me rendre coupable d'une aussi absurde injustice ? Pouvez-vous supposer que j'aie le moindre intérêt à méconnaître les bienfaits de la révolution ? N'est-ce pas sous l'abominable préfecture d'un favori des Villèle et des Peyronnet, que les chiens ont été proscrits comme du temps d'Hérode le furent d'innocents martyrs enveloppés dans la ruine d'un seul !

N'est-ce pas en faveur des prérogatives de la noblesse et de l'aristocratie que l'entrée des Tuileries fut interdite aux chiens libres et accordée seulement comme un privilège à cette classe dégradée des Bichons et des Carlins, que les douairières du noble faubourg [Saint-Germain] traînent en laisse comme des esclaves au collier doré ? Oui, j'en conviens, il est une race de chiens dévouée de tout temps à la cour et avilie dans les antichambres, ce sont les carlins, dont le nom offre assez de similitude avec celui de carlistes pour qu'on ne s'y méprenne point. Mais nous, descendants des libres montagnards des Pyrénées, race pastorale et agreste, nous qui, au milieu des

neiges et des rocs inaccessibles, gardons contre la dent
sanglante des loups et des ours, contre la serre cruelle des
aigles et des vautours, les jeunes agneaux et les blanches
brebis de la romantique vallée d'Andorre !... Ah ! ce souvenir de ma patrie et de mes jeunes ans m'arrache des
larmes involontaires ! Je crois voir encore mon respectable
père, le vaillant et redoutable *Pigon*[5], avec son triple collier de pointes de fer, où la dépouille sanglante des loups
avait laissé de glorieuses empreintes ! Je le vois se promener majestueusement au milieu du troupeau, tandis que
les brebis se rangeaient en haie sur son passage dans une
attitude respectueuse et que moi, faible enfant, je jouais
entre les blanches pattes de ma mère *Tanbella*, vive Espagnole à l'œil rouge et à la dent aiguë ! Je crois entendre
la voix du pasteur chantant la ballade des montagnes aux
échos sauvages étonnés de répondre à une voix humaine
dans cette âpre solitude ; je retrouve dans ma mémoire
son costume étrange, son cothurne de laine rouge appelé
*spardilla*, son béret blanc et bleu, son manteau taillardé et
sa longue espingole, plus fidèle gardienne de son troupeau que la houlette parée de rubans que les bergères de
Cervantès portaient au temps de l'âge d'or. Je revois les
pics menaçants, embellis de toutes les couleurs du prisme
reflétées sur la glace séculaire, les torrents écumeux dont
la voix terrible assourdit les simples mortels, les lacs paisibles bordés de safran sauvage et de rochers blancs
comme le marbre de Paros, les vieilles forteresses maures
abandonnées aux lézards et aux choucas, les forêts de
noirs sapins et les grottes imposantes comme l'entrée
du Tartare. — Pardonnez à ma faiblesse, ce retour sur un
temps pour jamais effacé de ma destinée, a rempli mon
cœur de mélancolie ; mais dites-moi, Fleury et Sandeau, si
vous avez autant d'âme qu'un chien comme moi peut en
avoir, pensez-vous qu'un simple et hardi montagnard soit
un digne courtisan du despotisme, un conspirateur dangereux, un affilié de Lulworth ? Non, vous ne le pensez
pas ! Vous avez pu me voir lire *la Quotidienne*, ma maîtresse la reçoit et je ne la soupçonne pas d'être infectée
de ces gothiques préjugés, de ces haineux ressentiments.
Je la lis comme la liriez, avec dégoût et mépris, pour

5. G. Sand a évoqué l'intrépide Pigon dans *Histoire de ma vie*
(IV, 11).

savoir seulement jusqu'où l'acharnement des partis peut porter des hommes égarés, mais combien de fois, transporté d'une vertueuse indignation, j'ai fait voler d'un coup de patte, ou mis en pièces d'un coup de dent, ces feuilles empreintes de mauvaise foi et d'esprit de vengeance !

Cessez de le dire, et vous, ma chère maîtresse, mon estimable amie, gardez-vous de le croire. Jamais Brave, jamais le chien honoré de votre confiance et enchaîné par vos bienfaits, ne méconnaîtra ses devoirs et n'oubliera le sentiment de sa dignité. Qu'on vienne au nom de Charles X ou de Henri V attaquer votre tranquille demeure, vous verrez si Brave ne vaut pas une armée. Vous reconnaîtrez la pureté de son cœur indignement méconnue par vos frivoles amis, vous jugerez alors entre eux et moi !

Et vous, jeunes gens sans expérience et sans frein ! j'ai pitié de votre jeunesse et de votre ignorance, mon âme généreuse, incapable de ressentiment, veut oublier vos torts et pardonner à votre légèreté ; soyez donc absous et revenez sans crainte égayer les ennuis de ma maîtresse solitaire. Vous n'avez rien à redouter de ma vengeance. Brave vous pardonne ! que tout soit oublié, et si vous êtes d'aussi bonne foi que moi, qu'un embrassement fraternel soit le sceau de notre réconciliation, je vous offre ma patte avec franchise et loyauté, et joins ici, pour votre sûreté personnelle, un sauf-conduit qui vous mettra à couvert des ressentiments que votre lettre aurait pu exciter dans les environs.

Brave, seigneur chien, maître commandant, général en chef et inspecteur de toute la chiennerie du pays, à Mylord, au Chien Bleu, à Marchant, à Labrie, à Charmette, à Capitaine, à Pistolet, à Caniche, à Parpluche, à Mouche, à tous les chiens jeunes et vieux, mâles et femelles, ras et tondus, grands et petits, galeux et enragés, infirmes et podagres, hargneux et arrogants, domiciliés dans le bourg de Nohant, dans celui de Montgivray, dans la maison à Rochette à la Thuilerie, etc., et tous autres lieux situés entre La Châtre et Nohant.

Défense vous est faite, *sous peine de mort*, de mordre, poursuivre, menacer ou insulter les trois individus ci-dessous mentionnés :

Charles Duvernet, Jules Sandeau, Alphonse Fleury ;

lesquels seront porteurs du présent sauf-conduit, que nous leur avons délivré le … décembre 1830, en notre niche, en présence du Chien Bleu et de madame Aurore D.

signé *Brave*

## 14. À CHARLES DUVERNET

[Paris,] rue de Seine, 31[1], 19 janvier [1831]

Il y a huit jours, mon cher camarade, que nous sommes convenus de vous écrire; mais pour cela nous voulions avoir de l'esprit comme quatre, et nous avons résolu de nous réunir Alphonse [Fleury], Jules [Sandeau], Pyat, et moi. Or, comme c'est chose assez difficile que de nous trouver ensemble, je prends le parti de commencer. Ils viendront après moi s'il en reste. D'abord je veux vous dire, mon cher ami, que vous êtes bien *rédicule*, de revenir au moment où je quitte le pays. Vous pouviez bien attendre encore un ou deux mois. Nous aurions été charmants ici tous ensemble.

Nous n'aurions pas eu les bords de l'Indre, c'est vrai; mais la Seine est beaucoup plus saine. Nous n'aurions pas eu les Couperies, mais nous aurions eu les Tuileries. Nous n'aurions pas mangé le lait champêtre dans des écuelles rustiques, mais nous aurions respiré l'odeur balsamique des pommes de terre frites et des beignets du pont Neuf, ce qui a bien son mérite, quand on n'a pas le sou pour dîner. Ne pourriez-vous assassiner tout doucement votre farinier, afin d'en venir chercher un autre à Étampes ou aux environs? Je suis pour le coup de poignard, c'est une manière si généralement goûtée qu'on ne peut plus en vouloir aux gens qui s'en servent.

Sans plaisanterie, mon bon Charles, nous parlons souvent de vous, et nous regrettons votre présence, votre

---

1. Aurore occupe temporairement l'appartement de son demi-frère Hippolyte Chatiron.

bonne humeur, votre bonne amitié et vos mauvais calem-
bours.

Je vous dirai que votre cousin Delatouche[2] a été fort
aimable pour moi. Remerciez bien votre mère du coup
de poing... non, du coup de main qu'elle m'a donné en
cette *occurrence*. Occurrence est bien, n'est-ce pas ? Hélas !
si votre cousin savait à quelle lourde bête il rend service,
vous en auriez des reproches, c'est sûr. Ne lui en disons
rien. Devant lui je suis charmante, je fais la révérence, je
prends du tabac à petites prises, j'en jette le moins possible sur son beau tapis à fond blanc, je ne mets pas mes
coudes sur mes genoux, je ne me couche pas sur les
chaises. Enfin je suis gentille tout à fait, vous ne m'avez
jamais vue comme ça.

Il a écouté patiemment la lecture de mes œuvres légères.
— Le Gaulois [Fleury] n'avait pas eu la force de les porter. Il avait fallu deux mulets pour les traîner jusque-là.
— Il m'a dit que c'était charmant, mais que cela n'avait pas
le sens commun. À quoi j'ai répondu : « C'est juste ». Qu'il
fallait tout refaire. À quoi j'ai répondu : « Ça se peut ». Que
je ferais bien de recommencer. À quoi j'ai ajouté : « Suffit ».

Quant à la *Revue de Paris*, il [Véron] a été tout à fait
charmant. Nous lui avons porté un article *incroyable* ; Jules
l'a signé, et (*entre nous soit dit*) il en a fait les trois quarts[3],
car j'avais la fièvre. D'ailleurs je ne possède pas comme
lui le genre *sublime* de la *Revue de Paris*. Il a promis solennellement de le faire insérer et il l'a trouvé bien.

J'en suis charmée pour Sandeau. Cela prouve qu'il peut
réussir et j'ai décidé que je l'associerai à mes travaux ou
que je m'associerai aux siens (comme vous voudrez). Tant
y a qu'il me prête son nom, car je ne veux pas paraître, et
que je lui prête mon aide quand il en aura besoin. Gardez-
nous le secret sur cette *association littéraire*. (Vraiment ! j'ai
un choix d'expression délicieux !) On m'habille si cruellement à La Châtre (vous n'êtes pas sans le savoir, je
pense), qu'il ne manquerait plus que cela pour m'achever.

Après tout, je m'en moque un peu, l'opinion que je

2. Hyacinthe de Latouche (que Sand écrit souvent Delatouche)
était cousin de Mme Duvernet mère ; après avoir soutenu les débuts
de Balzac, il va encourager ceux de George Sand (voir *Histoire de ma
vie*, IV, 15 et V, 1). Elle lui a lu son roman *Aimée*, détruit ensuite.

3. Il s'agit de la nouvelle *La Prima Donna*, publiée dans la *Revue de
Paris* d'avril 1831 sous la signature « J. Sand ».

respecte, c'est celle de mes amis, et je me passe du reste. Je ne vois pas que cela m'ait empêchée jusqu'à présent de vivre sans trop de soucis, grâce à Dieu et à quelques bipèdes qui m'accordent leur affection et au nombre desquels j'ose vous compter, comme un des anciens et des bons.

Je n'ai pas parlé de Sandeau à M. Delatouche ; sa protection n'est pas très facile à obtenir, m'a-t-on dit, et sans la recommandation de votre maman j'aurais pu la rechercher longtemps sans succès. J'ai donc craint qu'il ne voulût pas l'étendre à deux personnes et je lui ai dit que le nom de Sandeau était celui d'un de mes compatriotes qui avait bien voulu me le prêter.

En cela je suivais son conseil car il est bon que je vous dise que M. Véron, le rédacteur en chef de la *Revue [de Paris]*, déteste les femmes et n'en veut pas entendre parler. Il a les écrouelles.

C'est à vous de savoir s'il est à propos d'expliquer à votre maman pourquoi le nom de Sandeau va se trouver dans la *Revue* et si elle n'en parlera point à M. Delatouche. Je crois qu'il vaudrait mieux lui dire ce que j'ai dit à celui-ci, que Jules me prêtait son nom. Quand nous serons assez avancés pour voler de nos propres ailes, je lui laisserai tout l'honneur de la publication et nous partagerons les profits (s'il y en a). Pour moi, âme épaisse et positive, il n'y a que cela qui me tente. Je mange de l'argent plus que je n'en ai, il faut que j'en gagne, ou que je me mette à avoir de l'ordre. Or ce dernier point est si difficile qu'il ne faudrait pas même y songer.

Je suis donc ici pour un peu de temps, c'est-à-dire pour deux ou trois mois, après quoi je reviendrai au pays pour y piocher toutes les nuits et galoper tous les jours, selon ma douce habitude, au grand scandale et mécontentement de nos honorables compatriotes. S'ils vous disent du mal de moi, mon cher ami, ne vous échauffez pas la bile à me défendre, laissez-les dire et chauffez-vous tranquillement les pieds, ayez de bonnes pantoufles et de la philosophie. J'en possède autant et par-dessus tout une vieille et sincère amitié pour vous, dût-on aussi en médire, je ne suis pas de ceux qui sacrifient leurs amis à leurs ennemis.

Bonsoir, mon camarade, je vous embrasse. Rendez-le de ma part à votre maman.

## 15. À JULES BOUCOIRAN

[Paris, 4 mars 1831]

Je vous remercie, mon cher enfant, de m'avoir écrit. Je
ne vis que de ce qui concerne Maurice, et les nouvelles
qui m'arrivent par vous n'en sont que plus douces et plus
chères. Aimez-le donc, mon pauvre petit, ne le gâtez pas,
et pourtant rendez-le heureux. Vous avez ce qu'il faut pour
l'instruire sans le rendre misérable, de la fermeté et de la
douceur. Dites-moi qu'il prend ses leçons sans chagrin.
Près de lui, je sais montrer de la sévérité, mais de loin
toutes mes faiblesses de mère se réveillent et la pensée de
ses larmes fait couler les miennes. Oh oui, je souffre d'être
séparée de mes enfants. J'en souffre bien ! Mais il ne s'agit
pas de se lamenter ; encore un mois et je les tiendrai dans
mes bras. Jusque-là il faut que je travaille à mon entreprise.

Je suis plus que jamais résolue à suivre la carrière littéraire, malgré les dégoûts que j'y trouve parfois, malgré
les jours de paresse et de fatigue qui viennent interrompre mon travail, malgré la vie plus que modeste que
je mène ici, je sens que mon existence est désormais remplie. J'ai un but, une tâche, disons le mot, *une passion*. Le
métier d'écrire en est une violente et presque indes-
tructible, quand elle s'est emparée d'une pauvre tête, elle
ne peut plus s'arrêter. Je n'ai point eu de succès ; mon
ouvrage [*Aimée*] a été trouvé invraisemblable par les gens
à qui j'ai demandé conseil. En conscience ils m'ont dit
que c'était trop bien de morale et de vertu pour être
trouvé probable par le public. C'est juste, il faut servir ce
pauvre public à son goût, et je vais faire comme le veut
la mode. Ce sera mauvais. Je m'en lave les mains. On
m'agrée dans la *Revue de Paris* mais on me fait languir, il
faut que les noms connus passent avant moi. C'est trop
juste, patience donc. Je travaille à me faire inscrire dans
*la Mode* et dans *l'Artiste*, deux journaux du même genre
que la *Revue*. C'est bien le diable si je ne réussis dans
aucun. En attendant il faut vivre ; et pour cela, je fais le
dernier des métiers, je fais des articles pour le *Figaro*[1].

---

1. *La Mode* a été fondée par Émile de Girardin en 1829 ; elle
publiera le 15 mai *La Fille d'Albano* (nouvelle signée J. S.). *L'Artiste*,

Pouah! Si vous saviez ce que c'est! Mais de Latouche paye 7 fr. la colonne et avec ça on boit, on mange, on va même au spectacle, *en suivant certain conseil que vous m'avez donné*[2]. C'est pour moi l'occasion des observations les plus utiles et les plus amusantes. Il faut quand on veut écrire, tout voir, tout connaître, rire de tout. Ah! ma foi vive la vie d'artiste! Notre devise est *liberté*.

Je me vante un peu pourtant. Nous n'avons pas précisément la *liberté*, au *Figaro*. M. Delatouche, notre *digne* patron (ah! si vous connaissiez cet homme-là!), est sur nos épaules, taillant, rognant à tort et à travers, nous imposant ses lubies, ses aberrations, ses caprices. Et nous d'écrire comme il l'entend; car, après tout, c'est son affaire et nous ne sommes que ses manœuvres; *ouvrier-journaliste, garçon-rédacteur*, je ne suis pas autre chose pour le moment. Et quand à mon réveil, je vais déjeuner au café et que je vois les platitudes que j'ai griffonnées la veille dans vingt paires de mains qui se les arrachent et sous les yeux de ces bénévoles lecteurs dont le métier est d'être mystifié, je me prends à rire d'eux et de moi. Quelquefois je les vois cherchant à deviner des énigmes sans mot, et je les aide à s'embrouiller. J'ai fait hier un article *pour Mme Duvernet*, au café aujourd'hui, on dit que c'est pour *M. de Quélen*[3]. Voyez un peu!

Adieu mon cher enfant. Je vous charge d'embrasser mon frère et *ma sœur* [Émilie Chatiron], *si elle vous le permet*. Dites à Polite de m'écrire un peu plus souvent. Enfermée au bureau d'esprit de mon *digne* maître, depuis 9 h. du matin jusque 5 h., je n'ai guère le temps d'écrire, moi, mais j'aime bien à recevoir des lettres de Nohant. Elles me reposent le cœur et la tête.

Je vous embrasse et vous aime bien. Dites-moi donc ce que vous faites faire à Maurice?

---

que venait de lancer Achille Ricourt, semble n'avoir rien publié des deux jeunes débutants. Latouche était depuis peu le rédacteur de *Figaro*, «journal non politique», créé en 1826; le premier article attesté d'Aurore y est «La Molinara» (3 mars 1831, non signé).

2. C'est-à-dire en s'habillant en homme (*Histoire de ma vie*, IV, 13).

3. Le début de «La Molinara» désignait certes Mme Duvernet, «une femme d'esprit [...] qui a fait semblant de donner sa démission du monde en se faisant meunière», mais la fin de l'article faisait très nettement allusion à Mgr de Quélen, l'archevêque de Paris, dont une émeute venait de saccager l'archevêché.

J'ai revu Kératry[4] et j'en ai assez. Hélas ! il ne faut pas voir les célébrités de trop près. *De loin, c'est quelque chose,* etc.

J'aime toujours M. Duris-Dufresne de passion. Je vous dirai que j'ai vu Mme Bertrand, à la Chambre des députés. Elle était derrière moi dans la tribune des dames. Je lui ai offert ma place. J'ai été honnête, elle a été gracieuse, et l'histoire finit là.

## 16. À ÉMILE REGNAULT

[Nohant,] lundi soir [18 avril 1831]

Merci mille fois de votre aimable lettre, mon bon Émile. J'avais bien besoin d'un peu de gaieté, et vous m'en avez apporté. En vérité je ne me serais jamais doutée du brillant succès que j'ai eu à Bourges ; je vous assure qu'à voir *le nez, la face et le ventre* de votre ami [Le Bas], je croyais ma conscience et son repos à l'abri de tout danger. Vous allez faire bien d'autres cancans, et crier encore après ma *coquetterie* insatiable, quand je vous dirai que j'ai écrit une épître (la plus aimable que j'ai pu la faire) à cet inflammable et romantique jeune homme, sous le prétexte de lui demander la copie exacte de certaine inscription qui m'est nécessaire, mais dans le véritable but comme vous pensez bien, de percer de part en part ce cœur impressionnable. J'ai bien envie aussi de ne pas vous faire mentir et de voler les sales bouquins de votre vermeil cousin ou de votre cousin vermeil [Vermeil], comme vous voudrez, l'idée ne m'en était pas encore venue, vous me la donnez et du moment que vous êtes responsable, je ne vois pas pourquoi j'aurais la simplicité de me gêner. Charles [Duvernet] me le conseille et je n'y [vois] pas d'inconvénient.

Votre lettre m'a fait un plus grand bien que de me faire rire ! Elle m'a donné l'assurance d'une de ces ami-

---

4. Elle a raconté avec humour sa visite à l'écrivain et homme politique Kératry dans *Histoire de ma vie* (IV, 15). La citation qui suit est probablement un refrain à la mode.

tiés qui rendent la vie douce à ceux même qui semblent
malheureux par la force des choses. Ces doux sentiments
consolent de la prévention stupide des uns, et de
l'aveugle haine des autres. Ne me plaignez donc pas et ne
vous inquiétez pas de mon sort. J'ai ici de bien grands
sujets de chagrin il est vrai : mais du moment que je ne
les ressens point, ils n'existent plus. Que n'ai-je pas pour
m'en consoler ? Mes enfants près de moi, mes deux
enfants qui sont beaux comme des amours et caressants
pour moi seule. Ce serait déjà de quoi braver bien des
malheurs domestiques. Mais mon âme avide d'affection,
avait besoin d'en inspirer à un cœur capable de me comprendre tout entière, avec mes qualités et mes défauts.
Il me fallait une âme brûlante pour m'aimer comme je
savais aimer, pour me consoler de toutes les ingratitudes
qui avaient désolé ma jeunesse. Et quoique déjà vieille j'ai
trouvé ce cœur aussi jeune que le mien, cette affection de
toute la vie, que rien ne rebute et que chaque jour fortifie. Jules [Sandeau] m'a rattachée à une existence dont
j'étais lasse et que je ne supportais que par devoir à cause
de mes enfants. Il a embelli un avenir dont j'étais dégoûtée d'avance, et qui maintenant m'apparaît tout plein de
lui, de ses travaux, de ses succès, de sa conduite honnête
et modeste. Ah ! si vous saviez comme je l'aime ! si je
pouvais vous faire savoir combien il mérite cet attachement passionné qu'il inspire à tous ceux qui ont une âme
noble et un cœur aimant ! Ceux qui le trahissent ou
l'abandonnent sont jugés à mes yeux, ils ne l'ont jamais
aimé, et ils ne sont capables d'aimer personne, les misérables ! se rebutant des aspérités de son caractère, ils s'ennuient de le voir triste, ils ne savent pas lui pardonner de
n'être pas maître de ses impressions, comme si tout un
homme était dans le maintien et dans les manières extérieures, comme si l'affection qu'il a pour ses amis subissait les variations de son humeur ! Ce pauvre enfant ! qui
souffre tant de ses accès involontaires de tristesse ! On
lui en fait des crimes, et loin de deviner combien il se
reproche de ne pouvoir les réprimer, on cherche à s'y
soustraire en le laissant seul !

   Ah ! vous, du moins, vous ne l'en faites jamais rougir.
Vous revenez à lui, sans reproche, sans effort, aussi je
vous aime ! Je vous aime à cause de lui et à cause de vous,
car vous, vous êtes bon et généreux, on ne peut pas être

autrement quand on aime Jules, et pour lui rester attaché
malgré son caractère mélancolique, il faut être plus qu'un
compagnon de plaisir, plus qu'un ami ordinaire. Il faut
comprendre ce qu'il y a en lui d'amitié brûlante, et de
dévouement illimité pour compenser la froideur apparente
qui l'absorbe quelquefois. Mon pauvre Jules! aimez-le toujours. Tout ce que vous aurez d'amitié pour lui, je le
regarderai comme m'appartenant, je vous aimerai et pour
ma part et pour la sienne. C'est à lui dites-vous que vous
devez mon attachement si vrai et si fort, c'est à lui j'en
conviens, c'est à lui que je dois le bonheur de ressentir
ces affections si douces. Quand je l'ai connu, j'étais désa-
busée de tout, je ne croyais plus à rien de ce qui rend
heureux. Il a réchauffé mon cœur glacé, il a ranimé ma
vie prête à s'éteindre, avec l'amour qu'il m'a inspiré, il
m'a rendu toutes les facultés de mon âme, ses amis,
Alphonse [Fleury] et vous, vous êtes devenus les miens,
et maintenant croyez-vous que je puisse même loin de
vous tous, me plaindre de mon sort, naguère si sombre,
si désolé, aujourd'hui si plein et si vivant! non, mon bon
Émile, ne faites pas honneur à mon courage de la sérénité d'âme où vous me voyez habituellement, mais bien
au sentiment de bonheur intime qui m'inonde, près de
vous il était plus vif, mais loin de vous il est loin d'être
détruit. N'avons-nous pas un riant avenir?

Dans trois mois ne serons-nous pas réunis! trois mois
de bonheur passé, trois mois de bonheur à venir, à moi
qui n'avais plus un jour d'espoir, et pas même un jour à
regretter dans ma vie!

Suivant votre habitude, vous vous dites des injures. C'est
un parti pris. Vous devriez bien enseigner cette humilité
à bon nombre de gens de ma connaissance. Malgré toute
l'envie que j'ai de vous faire plaisir, je me vois forcée de
vous contrarier en ce point et de déclarer que vous n'êtes
pas un animal aussi indécrottable que vous en avez la prétention. Pourquoi vous aimerions-nous tant, Jules et moi,
si vous étiez si froid et si bête? Bon Émile! Méconnaissez-
vous tant qu'il vous plaira si c'est votre maladie, mais ne
vous inquiétez pas de notre jugement, nous savons vous
apprécier et notre éternelle amitié vous le prouvera bien.

Bonsoir, cher camarade. Je vous embrasse de tout mon
cœur. Rendez-le à mon petit Jules, voyez-le souvent et
parlez-lui de moi.

Je me suis amusée à peindre pour vous un petit brim-
borion que je vous enverrai à la première occasion. Dites
au Gaulois que je veux qu'il m'écrive *tout de suite*, le paresseux m[ême] envers moi ! faites-le rougir.

Savez-vous si Jules a mes cadres ?

*Mardi matin.* Je reçois votre lettre ; comme je ne veux
pas vous tricher et vous écrire une fois pour deux, je ne
répondrai pas aujourd'hui à votre dernière. Je veux vous
dire seulement qu'elle me fait bien plaisir et que je vous
prie de m'adresser vos lettres *poste restante, n'oubliez pas ce
point.*

*Poste restante à La Châtre, n'y manquez pas.*


## 17. À ÉMILE REGNAULT

[Nohant, vers le 25 mai 1831]

Le cinquième étage c'est un peu haut, l'île Saint-Louis
c'est un peu loin, faites pour le mieux et tranchez les
difficultés vous-même, je serai toujours contente de ce que
vous aurez définitivement conclu. Cette vue de Notre-
Dame avec ses rosaces latérales, Saint-Jacques la Boucherie, etc., m'auraient bien tentée, mais une seule pièce, ce
n'est pas assez. Si j'étais là sans visite aucune, comme
chez Mme Warnier, je ne serais pas si *magnifique* dans mes
besoins. Mais j'ai une mère, une tante, une sœur, un frère,
etc. qui viendront certainement *m'embêter*, rarement à la
vérité mais quelquefois, et si je n'ai qu'une chambre, je
courrai risque d'être bloquée sans pouvoir les éviter, ou
d'être prise en flagrant délit, embrassant le petit Jules. Je
voudrais avoir une sortie pour laisser échapper Jules à
quelque heure que ce fût, car enfin mon mari peut tomber je ne dirai pas du ciel, mais de la diligence, un beau
jour à 4 h. du matin et n'ayant pas de gîte, me faire
l'honneur de débarquer chez moi. Jugez ce que je deviendrais si je l'entendais sonner et si je sentais sa douce présence de l'autre côté de la porte ! Il l'enfoncerait bien
avant que je l'ouvrisse, mais la situation serait éminemment dramatique et j'aime mieux aller voir Charles V
caché dans une armoire, que de jouer une scène de Doña

Sol dans ma mansarde[1]. Vous qui appréciez si bien ce
qu'il y a dans mon cœur de sollicitude craintive et d'ineffable tendresse pour mon enfant Jules, veillez à notre
sûreté et si dans le choix de ce logement il négligeait
cette précaution d'issue, sans lui remettre sous les yeux
tous les sots inconvénients attachés à ma position,
insistez, mon bon Émile, pour que mes vues à cet égard
soient fidèlement remplies. J'aime mieux loger un ou
deux étages plus haut, n'avoir pas la vue des quais, payer
plus cher, j'aime mieux tous les inconvénients possibles
que celui d'une surprise où les jours de mon Jules
seraient exposés. Je tuerais celui qui porterait la main sur
lui, fût-ce mon mari, fût-ce mon frère. Voyez un peu à
ne pas m'envoyer en place de Grève pour avoir négligé
la disposition d'une porte. Comme je le disais à Jules, peu
importe au reste que cette porte existe ou n'existe pas,
pourvu que l'emplacement permette d'en établir une et
que le propriétaire ne s'y oppose pas. Si le local convenait d'ailleurs, vous pourriez l'arrêter à cette condition,
avec un peu de politique, vous pourriez même l'engager
à payer la moitié de ce travail, c'est l'usage en général. Je
suis joliment fâchée que vous ayez quitté l'hôtel Fricot, si
c'était à refaire, vous auriez peut-être pu trouver à vous
caser sous le même toit que nous. Je redoute aussi la solitude pour le Gaulois, accoutumé à vivre avec Jules, à le
voir à toutes les heures, et indolent pour marcher comme
il l'est, il retombera dans la tristesse si nous l'abandon-
nons à lui-même un instant. J'espère bien qu'il se rap-
prochera du lieu où nous serons. C'est un garçon qu'il ne
faut pas laisser seul un jour, si par hasard son rasoir ne
coupait pas bien sa barbe, il ferait comme certain Anglais
dont Pyat a fait l'histoire dans le *Figaro*[2], il se couperait la
gorge avec pour l'aiguiser.

Vous êtes bien heureux de contempler ce beau ciel de
Paris, si bizarre, si riche en couleurs, si changeant, plus
beau cent fois quand je le contemplais entre vous deux,
que le ciel large et embaumé des prairies. Ah, loin de ce
qu'on aime il n'y a vraiment rien de beau. Ce pays que
j'aimais tant jadis, où je m'enivrais de si douces rêveries,

1. Allusion piquante au drame de Victor Hugo, *Hernani*, créé le
25 février 1830 ; au premier acte, Don Carlos (Charles Quint) se
cache dans une armoire, tandis que Doña Sol reçoit Hernani.
2. Félix Pyat, « Histoire d'hier » (*Figaro*, 19 mars 1831).

où je promenai mes quinze ans folâtres et mes 17 ans
rêveurs et inquiets, il a perdu maintenant tous ses charmes.
Il n'a plus d'intérêt que dans les lieux que j'ai parcourus
avec Jules, encore souvent, après m'y être enivrée de
doux souvenirs, suis-je forcée de les fuir, parce qu'un
regret amer, une impatience brûlante viennent me saisir
et me torturer. Il y a une place que j'affectionne surtout.
C'est un banc placé dans un joli petit bois qui fait partie
de mon jardin. C'est là que pour la première fois nos
cœurs se révélèrent tout haut l'un à l'autre, c'est là que
nos mains se rencontrèrent pour la première fois. C'est là
aussi que plusieurs fois il vint s'asseoir arrivant de La
Châtre, tout haletant, tout fatigué dans un jour de soleil
et d'orage. Il y trouvait mon livre ou mon foulard, et
quand j'arrivais il se cachait dans une allée voisine et je
voyais son chapeau gris et sa canne sur le banc. Il n'y a
rien de niais dans les petites choses quand on s'aime et
vous ne rirez pas si je vous dis tous ces riens, n'est-ce
pas, mon bon ami ? Il n'y avait pas jusqu'au lacet
rouge qui serrait la coiffe de ce chapeau gris, qui ne me
fît tressaillir de joie. Tous ces jeunes gens, Alphonse
[Fleury], Gustave [Papet], etc. avaient des chapeaux gris
pareils au sien, et quand ils étaient dans le salon et que
je passais dans la pièce voisine, je jetais un regard sur
les chapeaux. Je savais au lacet rouge, que Jules était un
des visiteurs, les autres étaient bleus. Aussi je l'ai gardé
comme une relique, ce petit cordon. Il y a pour moi
dans son aspect toute une vie de souvenirs, d'agitation et
de bonheur. Si vous saviez comme je l'aime, ce pauvre
enfant ! comme dès le premier jour son regard expressif,
ses manières brusques et franches, sa gaucherie timide
avec moi, me donnèrent envie de le voir, de l'examiner.
C'était je ne sais quel intérêt que chaque jour rendait plus
vif et auquel je ne songeais pas seulement à résister. Et
puis le jour où je lui dis que je l'aimais, je ne me l'étais
pas encore dit à moi-même. Je le sentais et je n'en voulais pas convenir avec mon cœur, et Jules l'apprit en
même temps que moi-même. Je ne sais comment cela
se fit, un quart d'heure avant j'étais seule, assise sur les
marches du perron, tenant un livre que je ne lisais que
des yeux. Mon esprit était tout absorbé par une seule
pensée, gracieuse, douce, ravissante, mais vague, incertaine, mystérieuse. Je voyais Jules, j'entendais sa voix, je

repassais tout ce qu'il m'avait dit de lui, tout ce que j'en
avais deviné, et mon cœur brûlait d'amour sans qu'il me
fût venu à l'esprit de m'y livrer ou de m'en préserver.
L'avenir, le lendemain, je ne savais ce que c'était. Il était
venu la veille, et toute ma vie était dans ce jour-là. Tout
d'un coup, une voix frappe mon oreille et me fait fris-
sonner de la tête aux pieds. Je me retourne, c'était lui. Je
l'attendais si peu !… Mais qu'est-ce que je vous conte là ?
Jules vous a conté cent fois peut-être les moindres détails
de cette vie d'amour, toujours si riante et si fraîche pour
nous. Que les amants sont ennuyeux, n'est-ce pas ? qu'il
faut de générosité à l'amitié pour supporter ses puériles
jouissances et les partager ! mais vous êtes si bon ! vous
nous aimez tant ! chaque jour Jules vous bénit davantage
du bien que vous lui faites. Croyez-vous que je vous
aime ?

   À propos, ne soyons pas jaloux, croyez-moi, cela
nous irait mal. Laissez-le faire de la littérature de cheval
avec son allemand[3], cela lui sera fort utile. Pour moi,
je permets à la petite demoiselle du cabinet littéraire
de l'adorer. Les affections sont libres. Et comment
diable trouverais-je mauvais qu'une autre fît comme
moi ? qu'il soit aimable, galant, séduisant, tout ce qu'il
voudra avec elle, je m'en inquiète comme de… Oh ! vous
en avez assez de mes guivres, de mes chiffres et de mes
bonshommes, n'est-ce pas ? Je vous fais grâce de l'objet
de comparaison. Mais je dis que je voudrais que toutes
les femmes eussent pour mon Jules des yeux caress-
sants et des paroles affectueuses. Je voudrais que le bonheur lui vînt de partout et que toute sa vie fût douce
et flatteuse comme un jour de printemps. Je sais si
bien qu'il rapportera tout à moi ! Bonsoir mon bon et cher
Émile. J'écrirai demain au petit. Il est deux h., et je
me lève demain de bonne heure pour aller au Coudray.
Le Gaulois parle tous les jours de son départ, mais
depuis le bal d'avant-hier, il est devenu Lovelace comme
tout, et je ne sais s'il pourra s'arracher à toutes les passions qu'il a dû faire avec sa danse *macabre*. Ah peste !
vous ne savez peut-être pas ce que c'est que la danse
*macabre*, c'est encore du gothique joliment romantique,
mystique et poétique, quand j'aurai le temps je vous

---

3. Peut-être quelque besogne alimentaire adaptée de l'allemand.

ferai une histoire là-dessus. En attendant, voyez dans
Dulaure.

   Bonsoir, je vous embrasse de toute mon âme.

## 18. À ÉMILE REGNAULT

[Nohant, 20 septembre 1831]

   Cher Émile ! je suis bien folle, mais je suis bien heureuse. Je vous avais écrit l'autre nuit je ne sais plus
quand. Depuis trois jours j'ai vécu trois ans. Je ne sais
tout ce qui est venu à la traverse de ma lettre. Jules vous
le dira, moi j'ai tout oublié. Il s'est chargé de vous écrire
aujourd'hui, de vous raconter, de vous expliquer, de vous
envoyer mon bout de lettre. Qu'en direz-vous ? Vous ne
gronderez pas. C'est impossible. Vous m'aimez trop pour
me reprocher tant de bonheur. Gustave [Papet] n'a pas
grondé, lui ! Il s'est dévoué, il s'est mis dans notre folie
jusqu'au cou. Il a bivouaqué dans le fossé de mon jardin
tout le temps que Jules a passé dans ma chambre, car il
y est venu, cette nuit, sous le nez de Brave, de mon mari,
de mon frère, de mes enfants, de la bonne, etc. Je couche
au milieu de tout cet entourage mais dans un bon petit
cabinet bien fermé, bien sourd, avec une armoire admirable. J'avais tout calculé, tout prévu. Jules ne courait
d'autre risque que d'être salé d'un coup de fusil en grimpant à ma fenêtre qui n'est qu'à 6 pieds du sol. C'était
une supposition après tout, un de ces dangers comme de
verser en diligence et de se casser la jambe en dansant.

   Il est venu et nous avons été si heureux ! Et puis
voyez-vous, moi je n'ai rien à me reprocher. Il est venu
me surprendre, je l'ai reçu avec joie. Je lui donne rendez-
vous, il y vient, c'est la nuit que je vous écrivais, mais par
une inconcevable fatalité, ou une grossière erreur de nos
pendules, nous ne nous rencontrons pas. Nous voilà au
désespoir, je le crois malade, je le gronde horriblement
d'être venu pour achever de se tuer. Il se désespère,
Charles [Duvernet] et Alphonse [Fleury] le grondent, le
sermonnent, le découragent et veulent le griser par-
dessus le marché. Enfin il veut partir sans me voir ! parce
que dans un moment d'angoisse inexprimable pour sa

vie, je lui avais dit qu'il le fallait. Mais deux heures après,
je m'étais rétractée et je l'attendais. Lui me garde rancune
et ne vient pas. Je l'accable de reproches, de sottises,
d'insultes, de boue, de coups de pieds et de coups de
bâton. Alors il se fâche, m'envoie à tous les diables et
cette nuit il était là, dans mon cabinet, dans mes bras,
heureux, battu, embrassé, mordu, grognant, pleurant,
riant. C'était une rage de joie comme jamais je crois nous
ne l'avions éprouvée. Voyez donc, si l'on peut gronder
des gens aussi raisonnables et aussi heureux ! Dans
quelques jours vous l'aurez à votre tour et dans quinze,
nous serons tous trois sur le canapé de crin noir, à nous
battre et à nous arracher les yeux. Cette nuit encore je
veux qu'il vienne. Deux fois ce n'est pas trop. Après ce
serait imprudent par excès, mon mari ne peut manquer
d'apprendre qu'il est à 3 portées de fusil de Nohant[1].
Mais jusqu'ici il ne le sait pas. Il fait ses vendanges. Il
dort la nuit comme un cochon.

   Je suis imbécile, je suis abîmée de morsures et de
coups. Je ne peux pas me tenir debout. Je suis dans une
joie frénétique. Si vous étiez là je vous mordrais jusqu'au
sang pour vous faire participer un peu à notre bonheur
enragé.

   Et admirez-moi ! baissez pavillon, au milieu de ce délire,
de ces tourments d'impatience, de ces palpitations brûlantes, le travail marche. J'ai fait d'immenses corrections
au 2ᵈ volume[2] dans ma soirée d'hier.

   Pourquoi ne m'écrivez-vous pas ? Est-ce que vous n'êtes
pas enchanté de nous ? Si vous me grondez, vous me
désespérez, ne le faites pas ! J'ai assez grondé Jules. Vous
ne diriez rien de neuf. J'ai tout dit, mais c'est fait. Rece-
vez-le bien, ne lui faites pas un reproche. Dites-lui qu'il a
bien fait. Il sait bien le contraire, allez ! Il ne recommencera pas, mais ne gâtez pas le bonheur que j'ai voulu lui
faire trouver dans sa folie. Sans moi, elle lui eût laissé des
remords, je ne l'ai pas voulu. Adieu cher Émile, aimez-
moi comme je vous chéris, de toute mon âme.

-----

   1. Sandeau séjournait en cachette chez Gustave Papet au château
d'Ars.
   2. Elle travaille alors au roman *Rose et Blanche*.

## 19. À HYACINTHE DE LATOUCHE

[Nohant, 21 septembre 1831]

Depuis que je ne vous ai vu, je vous ai écrit trois fois. Mais comme c'était pour vous demander des conseils, je m'en accuse et ne m'en vante pas. D'ailleurs, j'ai jeté mes lettres au feu, dans la crainte, non de vous ennuyer, je serais coupable d'ingratitude, si je le pensais, mais dans la crainte d'abuser d'une amitié que je ne voudrais pas perdre au prix du monde entier. De toutes mes misères, ma misère d'esprit est celle dont je vous ai le plus entretenu, et à cet égard, je vous dois une chaude amitié. Vous m'avez donné de bons avis et si je n'ai pas fait mieux, c'est ma faute. Je suis sûre du moins d'avoir fait une excellente chose le jour où j'ai jeté au feu tout le premier volume dont vous avez écouté héroïquement l'exposé. Après ce grand acte, je croisai les bras et comme l'Éternel je me reposai. Depuis, j'ai refait le premier volume en entier, il est chez l'imprimeur, le second y sera dans quelques jours[1]. Vous voyez que je travaille, mais comme dit ma mère en parlant de ses enfants : « Je fais vite et mal ». Si ce premier essai, dont j'accouche au milieu de mille terreurs, est pitoyable, je m'en relèverai, j'espère, parce que vous me direz la vérité et que je l'écouterai. Si, en dépit de votre patience, de vos remontrances, de vos encouragements, je ne viens pas à bout d'écrire, j'ai une ressource, c'est de me faire cuisinière. J'ai dans l'idée que c'était là ma vocation et que je l'ai manquée. Me prendrez-vous à votre service ? J'aurai bien soin de vous, je vous le promets.

Je voudrais savoir si vous vous portez bien et si vos affaires au Théâtre-Français[2] vont comme vous voulez, si, par parenthèse, Mlle Brocard ne fait pas damner votre âme par les charmes de son physique ou la chétivité de

1. Il s'agit du roman *Rose et Blanche*, écrit en collaboration avec Sandeau, et imprimé par André Barbier (Renault, Lecointe et Pougin, Corbet aîné, Pigoreau, Levavasseur, 1831 ; 5 vol. in-12 ; *BF* 24 décembre 1831).
2. L'unique représentation de *La Reine d'Espagne* de Latouche aura lieu à la Comédie-Française le 5 novembre 1831, avec Suzanne Brocard dans le rôle principal.

son jeu, si vous serez joué avant mon retour, et si je dois me munir d'une canne à épée pour appeler en duel les ennemis que messieurs tels et tels vous susciteront au parterre ; attendez-moi donc. Il vous faut le secours de mon bras.

Mme Duvernet est un peu malade. J'ai eu l'infamie de ne pas aller la voir.

Le roman occupe toutes mes nuits, les leçons que je donne à mon enfant remplissent tous mes jours ; Charles [Duvernet] est venu me voir plusieurs fois. On veut le marier, et lui ne sait s'il en a peur ou envie.

Adieu, mon bon Latouche ; du diable si je vous appelle Monsieur. Je vous aime trop pour cela. Deux lignes de vous me feraient bien plaisir. Dites-moi que vous n'êtes pas souffrant et que vous m'aimez… Je crois que l'usage est de dire un peu. Mais je ne suis pas modeste. Je voudrais que vous m'aimassiez beaucoup.

Votre dévouée camarade

Aur. Dud.

Eh bien, à propos ! nous avons laissé tuer la Pologne[3] ? Est-ce infâme ! mais croyez-vous que c'en soit fait ? Une nation peut-elle périr ? Je sais bien que cela ne regarde pas les femmes, mais il n'est pas défendu de pleurer les morts.

20. À ÉMILE REGNAULT

[Nohant,] lundi [27 février 1832]

Jules vous a donc dit le sujet de mon livre[1] ? Tant mieux, cela m'épargnera l'ennui de vous l'expliquer, car je ne connais pas de sujet plus difficile à exposer en peu de mots, et plus ennuyeux à la première vue. Cependant je crois que vous en serez content, je ne dis pas de l'ou-

3. La nouvelle de la prise de Varsovie par les Russes (8 septembre) est parvenue à Paris le 16 ; le général Sebastiani déclare à la Chambre : « L'ordre règne à Varsovie ».
1. Il s'agit du roman *Indiana* (J.-P. Roret et H. Dupuy, 1832 ; *BF* 19 mai 1832), dont l'héroïne ne s'appelle pas encore Indiana, mais Noémi ; sur le prénom Raymon, voir la lettre 3.

vrage mais du sujet. Il est aussi simple, aussi naturel,
aussi positif que vous le désiriez. Il n'est ni romantique,
ni mosaïque[2], ni frénétique. C'est de la vie ordinaire, c'est
de la vraisemblance bourgeoise. Mais malheureusement,
c'est beaucoup plus difficile que la littérature boursouflée.
Il faudrait une profonde connaissance du cœur humain et
une continuelle élévation de pensées. Mon livre est déjà
jugé par moi. Il plaira à peu de gens. Il est d'une exécution trop sévère, pas le plus petit mot pour rire, pas
une description, pas de poésie pour deux liards, pas de
situations imprévues, extraordinaires, transcendantes. Ce
sont quatre volumes sur quatre caractères. Peut-on faire
avec cela seulement, avec des sentiments intimes, des
réflexions de tous les jours, de l'amitié, de l'amour, de
l'égoïsme, du dévouement, de l'amour-propre, de l'obstination, de la mélancolie, des chagrins, des ingratitudes,
des déceptions et des espérances, peut-on bien avec ce
gâchis de l'esprit humain, faire quatre volumes qui n'ennuient jamais ? J'ai peur d'ennuyer souvent, d'ennuyer
comme la vie ennuie. Et pourtant, quoi de plus intéressant que l'histoire du cœur quand elle est vraie ? Il s'agit
de la faire vraie, voilà le difficile, voilà probablement où
se trouvera de temps en temps l'écueil malgré mes méditations, mes objections, mes appréhensions et mes souvenirs. Ensuite bien ou mal exécuté, beaucoup de gens
diront, *ce n'est pas ça*, fût-ce écrit comme Bernardin [de
Saint-Pierre], fût-ce pensé comme Jean-Jacques [Rous-
seau]. L'un dira : « Moi, je n'aurais pas fait comme Raymon », l'autre : « Je ne suis pas comme Ralph ». Une
femme dira : « Je ne suis pas crédule et aveugle comme
Noémi ». Je crois pourtant, moi, que ma Noémi c'est la
femme typique, faible et forte, fatiguée du poids de l'air,
et capable de porter le ciel, timide dans le courant de la
vie, audacieuse les jours de bataille, fine, adroite et pénétrante pour saisir les fils déliés de la vie commune, niaise
et stupide pour distinguer les vrais intérêts de son bonheur, se moquant du monde entier, se laissant duper par
un seul homme, n'ayant pas d'amour-propre pour elle-
même, en étant remplie pour l'objet de son choix, dédai-
gnant les vanités du siècle pour son compte et se laissant

---

2. L'année suivante, Mérimée publiera un recueil de nouvelles
sous le titre *Mosaïque*.

séduire par l'homme qui les réunit toutes. Voilà je crois la femme en général, un incroyable mélange de faiblesse et d'énergie, de grandeur et de petitesse, un être toujours composé de deux natures opposées, tantôt sublime, tantôt misérable, habile à tromper, facile à l'être.

Que deviendra ce beau et profond sujet entre mes mains, je ne sais pas, je suis incapable de me bien juger avant la fin et quand c'est fini, il n'est plus temps. Il vaudrait mieux recommencer que de s'éplucher. Et puis les éditeurs sont là, l'argent est rare, la faim crie, et il faut bien jeter son œuvre aux mains d'un animal rapace qui vous dit : « l'ouvrage me convient, il y a *tant* de feuilles. — Il est bien fait, l'écriture est lisible, etc. » Ce dont je puis répondre, c'est que l'ouvrage sera d'un excellent ton, et que vous ne serez plus scandalisé des polissonneries comme dans *Rose et Blanche*. Je crois aussi qu'il sera mieux conduit, mais il n'y aura pas autant d'intérêt frivole, de peintures amusantes *et badines* ; il y avait quelques pages descriptives, que Latouche a trouvées bien, et il n'y en aura pas une seule dans le nouveau roman. C'est un luxe que je m'interdis sévèrement comme en dehors de mon sujet. Vous voyez que ce sera grave et sérieux, faites provision de courage.

Ne me parlez donc pas de revenir. Est-ce que je n'en ai pas plus envie que vous tous ? Mais vous me faites sentir la corde qui me lie quand vous m'appelez et alors en me débattant, je la sens qui me coupe et me déchire. Soyez tranquille, aussitôt que j'aurai pris ma volée, je ne m'amuserai pas à regarder en chemin le printemps fleurir sur les routes. Je ne m'oublierai pas dans les buissons avec les tourterelles, je ne m'endormirai pas sur les nouvelles fleurs des prés. Solange est folle de plaisir d'aller vous voir, vous verrez ma fille joliment coquette et dévergondée, si vous ne la morigénez pas un peu, vous courrez risque d'être un mari dans toute l'acception du mot. Vous l'aimerez bien n'est-ce pas, ma fille chérie ? Vous la ferez rire, et vous l'empêcherez d'être jamais malade. Adieu, mon bon fils, je me porte bien, je dors énormément. Si je n'engraisse pas, ce n'est pas ma faute. Je vous embrasse mille fois. Dites à Jules que j'ai reçu les raquettes et en même temps une paire de ciseaux longs comme le bras que je soupçonne s'être trouvés là par une distraction de portier, ou une facétie de Gustave [Papet].

Parlez-m'en donc de ce bon Gustave et embrassez-le
pour moi. Est-il toujours aussi amusant ?

### 21. À MAURICE DUDEVANT

[Paris, vers le 9 mai 1832]

Mon cher petit,

Je t'écrivais dernièrement que j'étais inquiète de toi. À
peine ma lettre était partie que j'ai reçu la tienne. Tu es
un farceur avec ta saoulerie, j'espère bien que c'est pour
rire et que tu n'étais pas *saoul* du tout. Ton dessin est
bien gentil ; Solange l'a bien regardé, elle a bien reconnu
la grue tout de suite. Elle apprend à lire et sait déjà très
bien tous les sons. Cela l'amuse et si je l'écoutais nous
ne ferions que lire toute la journée, mais comme elle en
serait bientôt dégoûtée, je lui ménage ce plaisir-là. Si elle
continue elle saura lire bien plus jeune que toi. Tu étais
encore à 7 ans un fameux paresseux, t'en souviens-tu ?
heureusement tu as réparé le temps perdu. Travailles-tu
toujours bien ? dis-moi ce que tu fais à présent, est-
ce toujours l'histoire des Grecs ? Et le latin t'amuse-t-il
toujours ?

Nous avons été à Franconi, Solange et moi. Nous
étions en bas tout à côté des chevaux. Elle a vu les
batailles, les coups de pistolets, les chevaux qui galo-
paient, les deux éléphants qui sont descendus sur des
planches tout à côté d'elle. Elle n'a eu peur de rien. Elle
a touché les bêtes, elle a ri au nez des acteurs. Elle s'est
amusée comme une folle. Seulement quand le gros éléphant est venu avec une tour sur le dos et que la tour qui
était toute pleine de boîtes, de fusées et de pétards a
éclaté avec un bruit du diable, elle a un peu fait la grimace, mais je lui ai dit que si tu étais là tu n'aurais pas
peur, que tu tirerais des coups de pistolet, que l'éléphant
n'avait pas peur, et par émulation elle a renfoncé ses
larmes et s'est enhardie jusqu'à regarder. Elle a trouvé
que c'était très beau. En effet, il est impossible de voir
rien de plus beau que l'éléphant tout couvert de velours,
de soldats, de dorures, de feu, faisant toutes ses évolu-
tions comme un vrai soldat.

Je t'ai bien regretté, mon petit, tu aurais été bien étonné de voir ces deux animaux si intelligents. Il y en a un énorme, gros quatre fois comme celui que tu as vu au Jardin des plantes, et au lieu d'être d'un gris sale comme lui, il est d'un beau noir. Celui-là s'appelle Djeck ; le petit est trois fois moins gros, mais aussi gentil qu'un éléphant peut l'être et aussi savant que le gros. Tout ce qu'ils font est incroyable. Ils sont toujours en scène pendant trois actes et certainement Thomas [Aucante] n'a pas le demi-quart de leur intelligence. Le gros danse la danse du shall avec une trentaine de bayadères. C'est à mourir de rire de voir danser un éléphant. Et puis il mange de la salade devant le public. Chaque fois qu'il a vidé un saladier, il le prend avec sa trompe et le donne au petit éléphant, qui le prend de la même manière et le fait passer à son valet de chambre. Et puis le gros a une clochette d'or pendue à une corde, il prend la corde et sonne jusqu'à ce qu'on lui apporte un autre saladier. Dans la pièce il y a un prince indien que ses ennemis poursuivent pour le tuer. Quand il est en prison, l'éléphant arrache les bar-reaux de la croisée, approche son dos et l'emporte. Une autre fois on a mis le prince dans un coffre pour le jeter à la mer, l'éléphant ouvre le coffre avec sa trompe, et va cueillir des cerises qu'il lui apporte à manger. Il remet des lettres, il bat le tambour, il offre des bouquets aux dames, il se met à genoux, il se couche, il s'assied sur son der-rière. Et tout cela sans qu'on voie jamais le cornac. Il est tout seul en scène, il entre dans des cavernes, il sort par où il doit sortir, il ne se trompe jamais. Il n'y a pas de figurant qui fasse mieux son métier. Après la pièce, le public le redemande et on relève le rideau. Alors les deux éléphants, après s'être fait un peu attendre comme font les actrices pour se faire désirer, arrivent tous les deux, saluent le public avec leur trompe, se mettent à genoux et s'en vont très applaudis et très satisfaits. Solange dit qu'ils sont bien gentils et bien mignons. Elle a été aussi voir les marionnettes chez Séraphin mais elle aime bien mieux les chevaux et les éléphants.

Adieu, mon petit amour, quand tu seras à Paris, je te mènerai voir tout cela. Je te ferai des pantoufles. Je t'en-voie des bonshommes qu'on m'a donnés pour toi. Adieu, mon enfant. Embrasse pour moi ton papa et Boucoiran. Solange vous embrasse tous trois ainsi que sa Titine

[Chatiron]. Elle me disait à Franconi : Maman, tu diras
tout ça à mon petit frère, moi, je saurais pas y dire, c'est
trop beau. — Je t'embrasse mille fois. Aime-moi bien et
écris-moi.

## 22. À CHARLES DUVERNET

[Paris, 21 mai 1832]

Vous avez dû recevoir, mon bon camarade, un exemplaire d'*Indiana*. Je n'ai pu y joindre une lettre pour vous.
J'étais trop occupée avec le brocheur, le satineur, l'imprimeur, l'éditeur, le compositeur, le prote et les journalistes, pour avoir un instant de loisir et de bien-être.
Enfin j'en ai fini avec toutes ces corvées et je touche
mon modeste salaire sans trop m'occuper de ma gloire
ou de ma honte, de mon succès ou de ma chute. Tout
ce que je désire c'est de passer inaperçue dans cette foule
de livres nouveaux mauvais ou médiocres qui paraissent
par bataillons et qui portent la dévastation, l'ennui, le
dégoût et la mort dans l'âme des honnêtes lecteurs. Pour
moi vous le savez, le métier d'écrivain, c'est trois mille
livres de rente pour acheter en sus du nécessaire, des pra-
lines à Solange *et du bon tabac* pour mon f... nez.
Latouche me fait des scènes épouvantables[1]. Il arrive
d'Aulnay à 4 h. du matin pour me dire des injures, pour
me traiter de buse, de cruche, de perruque, d'oie, de
taupe, d'huître etc., pour me reprocher de n'avoir pas *soif
de gloire, amour de l'art, faim de célébrité*, pour me dire que
j'eusse fait un livre admirable avec du temps, et ses
conseils. Et en attendant (*que je lui dis*) de quoi vivrai-je ?
— Mangez de l'herbe (*qui dit*). Ça me va (*que je dis*) mais
c'est un peu sèche et Solange n'a pas d'aussi longues
dents que moi pour brouter — et là-dessus (*qui dit dit y*)
allez-vous en paître. Fin finale, je ne sais pas encore ce
qu'il pense d'*Indiana* vu qu'il ne l'a pas encore lu. Janin
dit que c'est admirable et il ne le lit pas. Balzac prétend

---

1. Sand a raconté dans *Histoire de ma vie* (V, 1) une des scènes de
Latouche à propos d'*Indiana*, qui venait de paraître (*BF* 19 mai 1832)
sous la signature G. Sand.

que c'est sublime et il ne le lira jamais. Faites en autant,
mon ami, et qu'il n'en soit plus question.

Ce bon Latouche m'a dit avoir reçu de vos nouvelles.
Il prétend que quand vous avez faim ou soif votre père
répond : Prends une femme. — Mais j'ai des cors au
pieds ? — Prends une femme. — J'ai des insomnies.
— Prends une femme. — Je suis un grand pécheur, que
Dieu me fasse miséricorde. — Prends une femme et fais
ton purgatoire ici-bas. Amen.

Voilà ce que raconte Latouche d'après la *vie de l'auteur*
écrite par lui-même. Mon cher ami prenez donc une
femme, prenez en deux, prenez en trois, prenez en cent ;
moi je connais beaucoup de filles à marier, mais elles sont
pauvres et ne veulent point de maris pauvres, les garçons
riches ne veulent que des femmes riches. Tout cela me
paraît assez difficile à arranger. Tout bien considéré, je
commence à croire que l'argent ne donne pas la liberté,
que la misère la donne encore moins. Où est-elle ? je ne
sais, peut-être dans la lune. Peut-être dans cette belle
large étoile que nous regardions ensemble du perron du
Coudray, un soir de l'été passé. Si les amis s'y retrouvent,
s'ils y peuvent vivre un peu moins séparés, un peu moins
garrottés à part les uns des autres, que sur cette terre,
tâchons d'y aller un jour s'il plaît à Dieu.

Vous serez étonné peut-être de trouver un G. au lieu
d'un J. accolé au nom de Sand sur la couverture de mon
livre. Si vous tenez à en savoir la cause la voici. *Georges
Sand* c'est moi, *Jules Sand* c'est mon frère. Nous commençons à connaître malgré nous assez de gens dans
le monde artiste. Jules qui trouve mes productions charmantes ne veut pas s'en pavaner. Moi qui trouve mes
productions stupides je ne veux pas l'en déshonorer. Un
combat de délicatesse, de modestie et de générosité, le
plus touchant qu'on ait encore vu depuis celui d'Oreste
et Pylade en face du supplice, a eu entre nous deux cette
issue. Par honte de lui, il ne veut point signer mes
œuvres, par honte de moi je ne veux point les signer de
son nom. *Voilà.* Si l'on vous demande à La Châtre ce que
cela signifie, *à quoi riment ces initiales*, vous répondrez ce
que vous voudrez. Cela ne nous regarde pas, nous
n'avons de compte à rendre qu'aux acheteurs qui nous
éditent, aux journalistes qui nous signalent, aux libraires
qui nous marchandent. Ces gens-là avec leurs *arguments*

*irrésistibles* ont des influences immédiates sur nos destinées, au lieu que tous les caquets de La Châtre ne peuvent faire tomber un cheveu de nos têtes, un sou de nos poches. Nous sommes comme votre père avec son *prends une femme*, nous disons *prenez mon ours*[2], et les commerçants littéraires nous répondent *prenez un nom*. Un nom vous le savez c'est une marchandise, une denrée, un fonds de commerce.

En voilà bien trop sur mon compte et je suis bien lasse d'entendre parler de moi. Parlez-moi donc de vous, mon ami. Que faites-vous ? jouez-vous encore la comédie[3] ? C'est un plaisir qui doit s'épuiser comme tous ceux de ce monde, et s'il dure encore à La Châtre ce doit devenir pour vous une tâche, un métier, une fatigue. Toutefois je puis me tromper. Si votre troupe s'est recrutée de beautés féminines, c'est peut-être différent. Contez-moi vos amusements si vous en avez, vos fredaines si vous en faites, vos ennuis s'il vous en reste. Moi je ne vous conte rien parce que je n'ai qu'une vie douce, heureuse, et calme quand je peux tirer mon nez des infâmes paperasses et me sentir exister. Ma petite fille est plus rose, plus grasse, plus gaie qu'à Nohant. Paris lui plaît fort. Sur le même balcon que nous[4], végète une estimable famille avec cinq ou six beaux enfants qui ont pris la mienne en adoration et qui lui créent une vie de délices, de colin-maillard, de joies pures, de confitures, de poupées, de jouissances ineffables dans tous les genres. C'est une grande source de bonheur pour moi que la société de ma grosse drôlesse. Elle a bien ses lubies et quelquefois si absurdes, si enracinées qu'on la prendrait pour une grande personne. Je la dorlote, je la gâte, je la torche, je la fouette, je la pomponne, je la berce, je la bourre. C'est un ménage superbe, aussi bête, aussi niais, aussi ridicule que si j'étais une *bonne mère* et une *femme honnête*.

Bonsoir mon bon Charles. Je ne vous dis rien de la part de Jules. Je l'ai envoyé malgré lui rire aux Variétés avec des camarades. Comme il veut vous écrire lui-même,

2. « Prenez mon ours ! », fameuse réplique du vaudeville de Scribe, *L'Ours et le pacha* (1820).

3. Duvernet anima longtemps une troupe de comédiens amateurs.

4. Sand habite alors 25 quai Saint-Michel, au cinquième étage, « trois jolies petites chambres sur la rivière avec une vue magnifique et un balcon » (*Histoire de ma vie*, IV, 13).

je ne l'attendrai pas pour fermer ma lettre. Ne nous en veuillez pas si nous sommes si paresseux pour écrire. Nous travaillons avec l'encre et le papier. Aussi nous avons l'encre et le papier en horreur, comme des forçats leur boulet, comme des chevaux leur brancard. Il faut bien vous aimer pour se décider à lever l'interdit que nous avons mis sur notre correspondance. Dépêchez-vous de nous écrire afin de nous réconcilier avec l'encre et le papier, ces instruments de notre supplice, ces remords palpables de nos forfaits littéraires. Dites-nous que vous exigez faire exception à notre système de mutisme épistolaire et nous oserons vous écrire, quelque abrutis que nous soyons. Adieu mon camarade. Je vous embrasse de tout mon cœur. Rendez-le pour moi à votre mère.

## 23. À LAURE DECERFZ

[Paris,] mercredi [13 juin 1832]

Voici la peste chez vous, hier la guerre était ici[1], tout cela est gracieux. Quel temps pour vivre ! qu'avons-nous fait à Dieu pour qu'il nous ait jeté sur terre, dans ce siècle de maux ? As-tu bien peur du choléra ? non pas pour toi n'est-ce pas ? mais pour les tiens. Il nous reste à toutes deux une espèce de bonheur, c'est de croire en Dieu et de le prier. Je ne sais comment font ceux qui n'y croient plus du tout. C'est la seule espérance qu'on puisse accueillir au temps où nous sommes et encore à quoi tient-elle ? Tâchons de la bien garder.

J'espère que tu me donneras souvent de tes nouvelles, que tu me parleras de ta famille, de la mienne. J'ai bien besoin à présent d'être entretenue de vous tous les jours. Je t'aurais écrit le lendemain du dernier combat, si je

1. Une grave épidémie de choléra a ravagé Paris du 26 mars à octobre 1832, faisant plus de 18 000 morts, et s'étendit vers la province. Le 5 juin, les obsèques du général Lamarque se terminent par un soulèvement républicain ; l'émeute est violemment réprimée le lendemain, faisant de nombreux morts et blessés parmi les insurgés et la Garde nationale ; Paris est mis en état de siège. Sand a évoqué le choléra et les journées de juin dans *Histoire de ma vie* (IV, 14) et dans le roman *Horace* (chap. 22-25 et 27).

n'eusse craint de te contrister aussi profondément que je
l'étais. Et puis je ne sais pas s'il est permis d'avoir un avis
sur ce qui se passe quand on est en *état de siège* et que
peut-être l'administration des postes est forcée de confier
son pacifique et discret emploi à un pouvoir qui timbre
avec le sabre... On ne doit pas penser, encore moins
écrire là où règne le soldat qui n'écrit pas et qui pense
encore moins. Il est tout au plus permis de frémir et de
jurer bien bas, en entendant la fusillade, de pleurer en
voyant les cadavres. Mais vois-tu, les gens qui ont une
opinion politique sont les moins à plaindre. Ils s'indignent
contre le parti dont ils ne sont pas. Moi, je m'indigne
contre tous les hommes. Ils ont un espoir, un devoir, un
vœu dans le conflit, moi je n'ai que de la douleur.
Chaque balle qui siffle à leurs oreilles leur enlève peut-
être un ennemi et pour ces gens-là un ennemi n'est pas
un homme. Pour toi et pour moi, un soldat, un étudiant,
un ouvrier, un garde national, un gendarme même représentent quelque chose qui vit, qui doit vivre, qui a des
sympathies ou des besoins en commun avec nous. Pour
les hommes de parti il n'y a que des assassins et des victimes. Ils ne comprennent pas qu'eux tous sont victimes
et assassins tour à tour. Voir couler le sang est pourtant
une horrible chose ! découvrir sur la Seine au-dessous
de la Morgue un sillon rouge, voir écarter le foin qui
recouvre à peine une lourde charrette, et apercevoir sous
ce grossier emballage vingt, trente cadavres, ceux-ci en
habit noir, ceux-là en veste de velours, tous déchirés,
mutilés, noircis par la poudre, souillés de boue et de sang
figé. Entendre les cris des femmes qui reconnaissent là
leurs maris, leurs enfants, tout cela est horrible ; mais ce
l'est moins encore que de voir achever le fuyard qui se
sauve à moitié mort en demandant grâce, que d'entendre
râler sous sa fenêtre le blessé qu'il est défendu de secourir et que condamnent trente baïonnettes. Il y a eu des
épisodes affreux, féroces de part et d'autre. Les vaincus
sont toujours les plus coupables. Mais quand on osera
regarder les vainqueurs !

Ma pauvre Solange était sur le balcon, regardant tout
cela, écoutant la fusillade et ne comprenant pas... Quelquefois une peur instinctive la saisissait. Il me fallait tout
l'horrible sang-froid qu'on a dans de pareils moments
pour lui faire croire que tout cela était un jeu comme les

batailles qu'elle a vues chez Franconi et au mélodrame.
Elle s'est endormie au milieu de cet horrible bruit. Moi
j'ai passé la nuit à ma fenêtre, quelle nuit, et quel lendemain !

À présent il n'y paraît plus. La Morgue est lavée, la
Seine est redevenue jaune comme à l'ordinaire, les pavés
sont renfoncés, les orphelins et les veuves se taisent, les
blessés se cachent, les triomphateurs chantent. Le roi
[Louis-Philippe] s'avilit. J'en suis fâchée. Ce roi est un
mal nécessaire et au milieu de l'abattement que jetait une
telle victoire dans les âmes honnêtes on était forcé de
s'applaudir du dernier soupir de cette république effrayante
dans la crise où nous sommes. Mais les mesures viles et
odieuses qu'on a prises depuis ont rallumé la haine du
pouvoir, et la soif de l'anarchie dans les esprits flottants.
Conçois-tu qu'une ordonnance royale, affichée sur tous
les murs, enjoint aux médecins et aux chirurgiens de
déclarer immédiatement à la police le nom et la demeure
des blessés qu'ils sont appelés à soigner à domicile ! La
police va fouiller le lit des mourants, arracher les cadavres
aux larmes des familles, rouvrir les plaies à peine fermées !
Le pouvoir compte sur la délation. Il l'ordonne. Il menace
si on résiste. Il espère démoraliser la plus estimable classe
de la société, et la transformer en agence de police !
Napoléon n'a rien fait de plus odieux, Charles X rien de
plus bête, et autour de ce nouveau roi, malheureux et
trompé sans doute (car ils le sont tous), il ne s'est pas
trouvé un homme de cœur pour dire : Vous vous déshonorez ! Ils le lui diront quand ils l'auront perdu, quand ils
auront relevé pour lui l'échafaud héréditaire !

Dieu me préserve de voir une réaction. Mais je la crois
inévitable et d'avance j'en ai horreur. J'ai horreur de la
monarchie, horreur de la république, horreur de tous les
hommes. Je voudrais être chien, n'avoir besoin que d'un
fumier pour dormir, d'une charogne à manger. Je m'en
irais au fond des déserts, s'il y a des déserts encore, et j'y
dormirais sans voir des hommes, sans savoir qu'il en
existe. Je suis dégoûtée de la vie, au point qu'il me faut
mes enfants pour la supporter.

Tu penses bien qu'au milieu de ces tragédies réelles, les
arts sont oubliés, perdus, anéantis. Si j'étais égoïste, je
désirerais ardemment le maintien des pouvoirs absolus,
car c'est une triste et grossière vérité que ce paradoxe,

*plus la loi est arbitraire, plus les individualités sont libres.* Je riais
jadis quand on me disait cela. À présent je vois combien
c'est vrai et combien les gouvernements despotiques sont
calmes et prospères. Malheureusement nous sommes
trop mûrs pour ceux-là, trop verts pour la république et
trop corrompus pour trouver la chimère du *juste milieu.* Si
nous avions dix ans de calme politique, la littérature verrait sans doute une ère florissante, car après la réaction
du faux sur le vrai (réaction qui s'est opérée ces dix dernières années et qui achève son cours) arriverait maintenant celle du vrai sur le faux, celle que tout lecteur
demande, que tout écrivain rêve et désire mais qui ne peut
éclore dans un siècle de fureurs et sur une terre d'hôpi-
taux. Si je t'avais écrit avant le 6 juin, je t'aurais parlé
avec joie du *succès d'Indiana* parce que je sais avec quelle
amitié tu l'aurais accueilli, ce succès tout honnête, tout
littéraire, que je n'avais pas sollicité, que je n'espérais pas
et qui m'est venu d'une manière si douce, de Latouche
que j'aime et de plusieurs autres talents que j'admire.
Mais *le 6 juin a tué Indiana* pour un mois et m'a jetée si
brutalement dans la vie réelle, qu'il me semble impossible
*à présent de jamais rêver à des romans.* Je reviendrai j'espère
de ce découragement, j'en ai grand besoin, mais l'inquiétude où je vis, à présent que le choléra est chez vous,
achève de me réduire à l'état de la brute et de la brute
souffrante, bête et triste c'est trop d'un.

Adieu, chère petite fille. Écris-moi donc tant que tu
pourras. Je ne demande pour vivre que des lettres de La
Châtre et de Nohant. Je t'embrasse mille fois ainsi que
ta bonne chère mère.

## 24. À MARIE DORVAL[1]

[Paris, 26 janvier 1833]

En croirai-je mes yeux ? Voici un journal qu'on m'apporte et qui m'annonce *Jeanne Vaubernier*[2] pour ce soir ?

1. Cette lettre est la première conservée entre la romancière et
l'actrice, qui vont bien vite se lier d'une tendre amitié, non sans faire
jaser. Le lendemain de cette soirée, 27 janvier, Gustave Planche met
en garde Sand contre Dorval qui aurait eu pour Juliette Drouet « une

Dites-moi si cela est vrai et si je serai assez heureuse pour vous voir jouer aujourd'hui. Je ne regretterais certainement [pas] *Don Giovanni*. À eux tous ensemble ils ne valent pas un de vos yeux. Mais je vous gênerai peut-être en allant dîner avec vous aujourd'hui. Dites-moi ce que je dois faire pour vous être le moins incommode possible.

Croyez-vous que vous pourrez me supporter ? Vous n'en savez rien encore, moi non plus. Je suis si ours, si bête, si lente à penser tout haut, si gauche et si muette quand précisément j'ai beaucoup de choses dans le cœur ! Ne me jugez pas sur les dehors, attendez un peu pour savoir ce que vous pourrez m'accorder de pitié ou d'affection. Moi je sens que je vous aime d'un cœur tout rajeuni, tout refait à neuf par vous. Si c'est un rêve comme tout ce que j'ai désiré dans ma vie, ne me l'ôtez pas trop vite. Il me fait tant de bien !

Adieu, grande et belle, de toutes façons je vous verrai donc ce soir !

Georges Sand[3]

## 25. À MARIE DORVAL

[Paris,] Samedi [22 juin 1833]

Chère amie, tu t'es confessée à moi, je veux me confesser à toi à mon tour. Hier dans la chaleur de la discussion, contrariée de voir le mot relatif à M[érimée][1] revenir tou-

---

passion de la même nature que celle de Sapho pour les jeunes Lesbiennes ».

2. Dans la pièce *Jeanne Vaubernier ou la Cour de Louis XIV* de Rougemont et Lafitte, créée le 17 janvier 1832 à l'Odéon, Marie Dorval jouait le rôle de Mme du Barry. Ce même 26 janvier, alors que la pièce était reprise à la Porte Saint-Martin, on donnait au Théâtre Italien *Don Giovanni* de Mozart.

3. C'est à la fin de mars, après la rupture définitive avec Jules Sandeau, qu'elle adopte définitivement la graphie *George*.

1. Après la brève liaison avec Mérimée qui avait tourné au fiasco, Sand aurait eu ce mot : « J'ai eu Mérimée cette nuit ; ce n'est pas grand-chose » (autre version : « Mérimée a cinq pieds, cinq pouces »). Ce mot, rapporté par Dorval à Alexandre Dumas, fut colporté complaisamment par ce dernier ; Sand, se sentant insultée, demanda en vain à Dumas de démentir ses propos. L'affaire faillit provoquer un

jours entre Dumas et Buloz, comme un fait avéré, il m'est échappé de dire : *Eh bien, Marie a parlé. Je ne lui en veux pas, mais à l'avenir je saurai me taire.* — Après l'avoir dit j'en ai été fâchée d'abord parce que je ne le pensais pas. Tu sais que la colère fait exagérer, par conséquent mentir. Et puis parce que j'ai pensé que Dumas te le redirait et le dénaturerait sans doute, ce vilain mot que je rétracte. Je n'ai rien à te pardonner. Tu n'as pas voulu me nuire, tu n'as pas de torts envers moi. Et puis ma confiance en toi ne peut pas être altérée par une étourderie de ta part. Avertie par le chagrin que celle-ci m'a causé, tu seras plus prudente à l'avenir. Voilà tout. Mon Dieu, nous sommes tous capables de fautes involontaires. Dans une vie difficile et douloureuse comme la nôtre, il arrive souvent que notre pauvre nature n'a pas la force de supporter tant de fatigues et de préoccupations.

Sois tranquille pourtant, Marie. Jamais un mot de ma bouche, jamais une ligne de ma main ne trahiront tes secrets. Moins agitée que toi, jetée dans une destinée moins brillante et moins orageuse, j'aurai peu de mérite à n'être jamais coupable envers toi, de la légère faute dont tu t'es accusée et que je suis heureuse d'oublier à jamais.

N'écoute pas le mal qu'on voudra te dire de moi. Tu me connais mieux que personne. Tu sais mes défauts, mes égoïsmes, mes humeurs chagrines, mais tu sais aussi que je suis capable d'affections vraies, que je me suis dévouée bien des fois. Je ne crie pas sur les toits l'histoire de ma vie, quelques-uns la savent. Tu es de ceux-là. Laisse dire ceux qui ne me connaissent pas. N'inquiète pas tes oreilles de leurs propos, mais ferme leur ton cœur, souviens-toi de m'avoir vue pleurer sur tes douleurs, moi qui suis si peu expansive et dont les yeux sont si secs, d'ailleurs si tu ne crois pas à mon amitié, essaye-la, mets-moi à l'épreuve et tu verras. Enfin ne te laisse pas ébranler par les condamnations de ceux à qui je déplais. Ils ont raison sans doute de ne pas m'aimer, je ne suis pas aimable et quoique pour échapper au ridicule, pour établir ma liberté dans le monde, je semble me tourmenter de ses arrêts, après tout, vois-tu, en ce qui me concerne personnellement, je ne suis capable d'aucune aigreur

---

duel entre Dumas et Gustave Planche, qui jouait le rôle de sigisbée auprès de Sand et passait pour son amant.

contre ceux-là qui prennent la peine de me diffamer. Que
m'importe si les deux ou trois personnes que j'aime,
demeurent indulgentes envers moi et fidèles au dévouement qu'elles m'ont promis ? Tu es la seule femme que
j'aime, Marie : la seule que je contemple avec admiration,
avec étonnement. Tu as des défauts que j'aime et des vertus que je vénère. Seule parmi toutes celles que j'ai observées attentivement, tu n'as jamais un instant de petitesse
ou de médiocrité.

Ne m'abandonne jamais. Mon cœur ne s'ouvrirait pas
à de nouvelles illusions, si tu détruisais la confiance que
j'ai en toi. Adieu *chère âme*. Je t'embrasse *quand même*.

## 26. À ALFRED DE MUSSET

[Paris, 24 juin 1833]

Je suis fière aujourd'hui d'avoir écrit quelques pages
que vous avez lues[1], Monsieur, et qui vous ont fait songer un instant. J'avais eu parfois la fatuité de croire qu'il
existait entre Hassan et Raymon, entre Frank et Lélia une
secrète et douloureuse fraternité. Mais outre le génie qui
a présidé à vos créations, ces créations sont par elles-
mêmes bien autrement belles que les miennes. Vos types
de souffrance morale ont de la jeunesse, de l'avenir. Ces
désirs que vous personnifiez arriveront à être la volonté.
Le lecteur peut l'espérer et après avoir contemplé d'abord
ces grandes pensées avec effroi, il se prend à les comprendre, à les révérer sous la forme dont vous savez les
vêtir. Mes figures sont d'une réalité plus saisissable et

1. Ce même jour, Musset a envoyé à Sand « quelques vers que je
viens d'écrire en relisant un chapitre d'*Indiana* [I, 7], celui où Noun
reçoit Raymon dans la chambre de sa maîtresse » ; c'est le poème
publié en 1878 sous le titre « Après la lecture d'*Indiana* » (*Poésies complètes*, Pléiade, p. 512) : « Sand, quand tu l'écrivais, où donc l'avais-tu
vue, / Cette scène terrible où Noun, à demi nue, / Sur le lit d'Indiana
s'enivre avec Raymon ? [...] En as-tu dans le cœur la triste expérience ? »... Sand cite, quant à elle, deux héros de Musset, Hassan de
*Namouna*, et le chasseur Frank de *La Coupe et les Lèvres*, tous deux
publiés dans *Un spectacle dans un fauteuil* (1833). C'est la première lettre
conservée de Sand à Musset, qui ont dû se rencontrer une semaine
plus tôt.

plus grossière. Elles ont traversé ces temps de prose et de mesquinerie. Don Juan n'est-il pas misérablement travesti sous l'habit de Raymon ? au lieu qu'on le retrouve dans son éclat, dans sa poésie, dans sa grandeur sous les traits que vous lui donnez. Vos peintures appartiennent à la jeunesse de l'âme. Les années, l'oubli, la moquerie, peut-être, ont effacé la vigueur et abâtardi la physionomie des miennes.

Si je réponds par de la critique littéraire à des vers si beaux de pensée et de sentiment c'est que je suis bien embarrassée de répondre aux questions du poète[2] qui me les adresse. Je n'ai pas le droit de résoudre la dernière surtout, car je ne puis oublier que le poète a vingt ans, qu'il est assez heureux de douter encore, pour interroger, et que j'aurais bien mauvaise grâce à lui révéler les tristes secrets de mon expérience. Je le prierais bien de jeter les yeux dans quelques jours sur les feuilles de *Lélia* : mais *Lélia* est déjà publiée et résumée tout entière dans une strophe de *Namouna*[3] et je tremblerais d'instruire davantage une âme si jeune et déjà si savante.

Lorsque j'ai eu l'honneur de vous voir je n'ai point osé vous engager à venir chez moi. Je crains encore que la gravité de mon intérieur vous effraie et vous ennuie. Cependant, si dans un jour de fatigue et de dégoût de la vie active vous étiez tenté d'entrer dans la cellule d'une recluse, vous y seriez reçu avec reconnaissance et cordialité.

George Sand

24 juin.

2. Le poème est rédigé sous forme d'interrogations, la dernière étant : après le suicide de Noun ayant abandonné « celui qui la méprise ; / Et le cœur orgueilleux qui ne l'a pas comprise / Aimera *l'autre* en vain. N'est-ce pas, Lélia ? »
3. La *Revue des Deux Mondes* avait publié le 15 mai plusieurs chapitres de *Lélia*, qui paraît en librairie à la fin de juillet. Cette strophe LVIII de *Namouna* a été placée en tête de la troisième partie de *Lélia*.

## 27. À MARIE DORVAL ‡

[Paris, 18 et 24 juillet 1833]

Ma chère,

Où es-tu ? Que deviens-tu ? Je ne peux pas mettre la
main sur un journal qui me parle de toi, et pourtant
beaucoup de journaux doivent en parler ; tu dois avoir
des succès énormes, car tu es belle, tu es ange et tout ce
qui te voit doit t'admirer et t'adorer. Mais je ne sais où
tu es ; je viens d'écrire trois lignes à M. de Vigny[1] pour
le savoir, afin de t'adresser cette lettre. Pourquoi es-tu partie, méchante, sans me dire adieu, sans me donner un itinéraire de tes courses, afin que je puisse courir après toi ?
Ton départ sans adieux m'a fait de la peine. J'étais dans
une veine de spleen. Je me suis figuré que tu ne m'aimais
pas. J'ai pleuré comme un âne. Depuis que tu es partie,
je ne sais pas tout ce qu'on m'a dit pour me persuader
de ne pas t'aimer. Conçois-tu qu'on s'amuse à vous faire
souffrir ? Des gens que je connais à peine et qui ne te
connaissent pas du tout m'ont dit et écrit que tu me tra-
hissais ! Trahir quoi ? Ils en ont plein la bouche. Qu'ils
sont butors, n'est-ce pas ? Je n'ai pas écouté et pas retenu
un mot de tout cela[2], et leur bêtise m'a rendu le bon
sens. Je me suis dit que tu ne pouvais pas m'avoir oubliée,
que tu n'avais pas eu le temps de venir me voir, et que
j'aurais dû aller chez toi. Qu'est-ce qu'une amitié qui craint
d'être indiscrète, qui fait des façons, qui compte les visites ?
Je suis une sotte. Il faut me le pardonner, vois-tu. J'ai de
mauvais côtés dans le caractère, mais j'ai le cœur capable
de t'aimer, je le sens bien. J'examine en vain les autres,
je ne vois rien qui te vaille. Je ne trouve pas une seule

---

1. Vigny, amant de Marie Dorval, se montrait très jaloux ; il a
noté en tête de cette lettre que Dorval lui a transmise : « Mme Sand
piquée de ce que je ne lui ai pas répondu » ; puis dans l'espace avant
le post-scriptum : « (Mad. Sand) j'ai défendu à Marie de répondre à
cette Sapho qui l'ennuie ». Dorval était partie du 8 juillet au 8 août
en tournée dans le Nord de la France.

2. Dans son carnet intime, Sand note cependant : « Vous dites
qu'elle m'a trahi. Je le sais bien, mais vous, mes bons amis, quel est
celui d'entre vous qui ne m'a pas trahi ? Elle ne m'a encore trahi
qu'une fois et vous, vous m'avez trahi tous les jours de votre vie »
(*Sketches and hints*, in *Œuvres autobiographiques*, t. II, p. 609).

nature franche, vraie, forte, souple, bonne, généreuse, gentille, grande, bouffonne, excellente, complète comme la tienne. Je veux t'aimer toujours, soit pour pleurer, soit pour rire avec toi. Je veux aller te trouver, passer quelques jours où tu es. Où es-tu? Où faut-il que j'aille? Ne t'ennuierai-je pas? Bah! ça m'est égal, d'ailleurs; je tâcherai d'être moins maussade qu'à l'ordinaire. Si tu es triste, je serai triste; si tu es gaie, vive la joie! As-tu des commissions à me donner? Je t'apporterai tout Paris si j'ai de quoi l'acheter. Allons, écris-moi une ligne et je pars. Si tu as quelque affaire où je sois de trop, tu m'enverras travailler dans une autre chambre. Je sais m'occuper partout. On me dit de me méfier de toi, on t'en a dit autant de moi sans doute; eh bien! envoyons-les tous faire f..... et ne croyons que nous deux. Si tu me réponds vite en me disant pour toute littérature: *Viens!* je partirai, eussé-je le choléra ou un amant.

À toi toujours.

George

18, jeudi soir.

P.S. — Le 24. Mon enfant, ce n'est qu'aujourd'hui que ton M. de Vigny a daigné faire venir Planche chez lui pour *lui dire de me dire* que je pouvais t'écrire *poste restante à Laon*. Il a ajouté que, si je voulais le savoir, j'aurais pu le trouver dans le *Vert-Vert*; mais je ne lis pas souvent le *Vert-Vert*, moi, et puis cela ne me disait pas si tu serais encore là quand ma lettre y arriverait! Pourquoi craint-il de se compromettre en me répondant une ligne? Quand un mot de M. de Vigny, constatant qu'il a su *en juillet 1833 que tu étais à Laon* resterait dans mes papiers, en quoi sa mémoire serait-elle attaquable? Comment un homme de cette taille a-t-il de ces petites manières? J'aurais pu écrire à M. Merle; mais il m'aurait dit peut-être: «Ma femme a dû vous le dire la veille de son départ, car elle a été vous voir». Tu sais quelle énorme bêtise j'ai faite une fois, à propos d'une visite que tu étais censée m'avoir rendue et que j'ai démentie. Je craignais de tomber dans quelque quiproquo semblable. Je ne pouvais pas penser que j'effaroucherais M. de Vigny en lui demandant où tu *résidais*, Princesse! Moi qui lui ai souvent parlé de toi avec abandon et à qui il a laissé voir tant d'attachement et d'enthousiasme pour toi!

Je ne suis pas piquée contre lui ; j'ai bien autre chose
à faire que de *m'étonner*. Tu lui diras de ma part seulement
qu'il a tort de craindre de m'écrire ce qu'il oserait bien
me dire. Vois ! Quelle affaire à propos de rien ! Tout cela,
c'est pour te dire que je suis toujours prête à t'aller voir
si tu réponds : « *Oui, sois la bienvenue* ». Adieu, chérie.

### 28. À CHARLES SAINTE-BEUVE

[Paris, 24 (?) juillet 1833]

Mon ami, merci mille fois de votre lettre. Moi j'ai
énormément de choses à y répondre. Ne soyez pas épouvanté et écoutez bien.

Nous ne nous connaissons pas assez, ou du moins vous
vous ne me connaissez pas assez, car moi je comprends
tout dans les autres et par conséquent ne m'étonne de
rien. Vous êtes plus rigide, et vous n'avez pas tort. Mais
si vous cherchez votre égal, vous serez toujours seul.
Je dirai de même avec plus d'humilité pour moi, si je
cherche mon pareil, c'est à dire mon égal en sottise,
je ferai le tour du monde en vain.

Si je vous comprends bien, vous êtes intolérant, vous
souffrez des choses que vous n'approuvez pas. Bien, c'est
beaucoup que d'être ainsi, et quoique je me sois quelquefois moquée avec vous de ce je ne sais quoi de *prêtre*
que vous avez dans l'esprit, j'admire cela. C'est en quoi
vous me paraissez meilleur que les amis frivoles qui ne
tiennent pas à estimer pourvu qu'on les amuse. J'ai de
cette rigidité quand il s'agit de choisir un ami, mais quand
je l'ai pris et adopté, je le subis tel qu'il est, car les anges
peuvent tomber, et je ne reconnais pas d'autre perfection absolue que celle de Dieu. Je n'ai pas d'idée
enthousiaste sur l'amitié, je n'en ai pas même sur l'amour,
seulement je me crois incapable d'amour désormais et
capable d'amitié. Voilà pourquoi je cherchais encore des
amis. Faudra-t-il que je renonce à cela aussi et que je vive
de... de quoi vivrai-je ? Je voudrais bien qu'on pût me
le dire.

En peu de mots voici ma vie depuis quelques mois
que je vous connais. Voyons si j'ai été tellement extra-

ordinaire, incohérente, et mystérieuse que vous ayez eu sujet de vous enfuir épouvanté et consterné.

Déjà très vieille, et encore un peu jeune, je voulais en finir avec cette lutte entre la veille et le lendemain, je voulais arranger tout de suite ma vie comme elle devait l'être toujours. J'avais comme tout le monde des jours de volonté grave et de saine résignation, mais comme tout le monde j'avais des jours d'inquiétude, de souffrance, d'ennui mortel. Ces jours-là, j'étais si déplorablement sombre et chagrine, que je désespérais de tout et que prête à m'aller noyer, je demandais au ciel avec angoisse s'il n'était pas sur la terre, un bonheur, un soulagement, même un plaisir.

Vous ne m'avez pas demandé de confidence, je ne vous en fais pas en vous disant ce que je vais vous dire, car je ne vous demande pas de discrétion. Je serais prête à raconter et à imprimer tous les faits de ma vie si je croyais que cela pût être utile à quelqu'un. Comme votre estime m'est utile et nécessaire j'ai le droit de me montrer à vous telle que je suis, même quand vous repousseriez ma confession.

Un de ces jours d'ennui et de désespoir, je rencontrai un homme qui ne doutait de rien [Mérimée], un homme calme et fort, qui ne comprenait rien à ma nature et qui riait de mes chagrins. La puissance de son esprit me fascina entièrement, pendant huit jours je crus qu'il avait le secret du bonheur, qu'il me l'apprendrait, que sa dédaigneuse insouciance me guérirait de mes puériles susceptibilités. Je croyais qu'il avait souffert comme moi et qu'il avait triomphé de sa sensibilité extérieure. Je ne sais pas encore si je me suis trompée, si cet homme est fort par sa grandeur ou par sa pauvreté. Je suis toujours portée à croire le premier cas. Mais à présent peu m'importe, je continue le récit.

Je ne me convainquis pas assez d'une chose, c'est que j'étais absolument et complètement *Lélia.* Je voulus me persuader que non, j'espérai pouvoir abjurer ce rôle froid et odieux. Je voyais à mes côtés une femme sans frein, et elle était sublime [Dorval]; moi austère et presque vierge j'étais hideuse dans mon égoïsme et dans mon isolement. J'essayai de vaincre ma nature, d'oublier les mécomptes du passé. Cet homme qui ne voulait m'aimer qu'à une condition, et qui savait me faire désirer son amour, me

persuadait qu'il pouvait exister pour moi une sorte
d'amour supportable aux sens, enivrant à l'âme. Je l'avais
compris comme cela jadis, et je me disais que peut-être
n'avais-je pas assez connu l'amour moral pour tolérer
l'autre : j'étais atteinte de cette inquiétude romanesque, de
cette fatigue qui donne des vertiges et qui fait qu'après
avoir tout nié, on remet tout en question et l'on se met
à adopter des erreurs beaucoup plus grandes que celles
qu'on a abjurées. Ainsi après avoir cru que des années
d'intimité ne pouvaient pas me lier à une autre existence,
je m'imaginai que la fascination de quelques jours déciderait de mon existence. Enfin je me conduisis à trente
ans comme une fille de 15 ans ne l'eût pas fait, et je
commis la plus incroyable sottise de ma vie, je fus la maîtresse de P. M[érimée].

Prenez courage, le reste de l'histoire est odieux à
raconter. Mais pourquoi aurais-je honte d'être ridicule si
je n'ai pas été coupable ?

L'expérience manqua complètement. Je pleurai de souffrance, de dégoût et de découragement. Au lieu de trouver une affection capable de me plaindre et de me
dédommager, je ne trouvai qu'une raillerie amère et frivole. Ce fut tout, et l'on a résumé toute cette histoire en
deux mots que je n'ai pas dits, que Mme Dorval n'a ni
trahis ni inventés, et qui font peu d'honneur à l'imagination de M. Dumas[1].

Si P. M[érimée] m'avait comprise, il m'eût peut-être
aimée, et s'il m'eût aimée, il m'eût soumise, et si j'avais
pu me soumettre à un homme, je serais sauvée, car ma
liberté me ronge et me tue. Mais il ne me connut pas assez,
et au lieu de lui en donner le temps, ce qui eût peut-être
été le meilleur parti à tirer d'une sottise, je me découra-
geai tout de suite et je rejetai la seule condition qui pût
l'attacher à moi.

Après cette ânerie, je fus plus consternée que jamais et
vous m'avez vue en humeur de suicide très réelle. Mais
s'il y a des jours de froid et de fièvre, il y a aussi des
jours de soleil et d'espérance.

Peu à peu je me suis remise, et même cette malheureuse et ridicule campagne m'a fait faire un grand pas
vers l'avenir de sérénité et de détachement que je me

---

1. Voir lettre 25 et note.

promets en mes bons jours. J'ai senti que l'amour ne me
convenait pas plus désormais que des roses sur un front
de soixante ans, et depuis trois mois (les trois premiers
mois de ma vie assurément!) je n'en ai pas senti la plus
légère tentation.

J'en suis donc là. — J'espère, je me repose, j'écris,
j'aime mes enfants et je souffre peu. Je marche vers *l'idée
Trenmor*[2] sans trop divaguer. Je sais qu'on me raille et me
calomnie, ce ne sont pas là pour moi des causes de chagrin, car ma nature dédaigneuse a bien aussi son bon
côté, sa part de bénéfices. Eh bien, mon ami, pourquoi
m'abandonnez-vous quand je commence mon œuvre et
quand je comptais sur vous pour m'aider? Qu'est-ce qui
n'a pas fini de vivre, de vous ou de moi? Si c'est vous,
tout ce que je vous ai dit est inutile, et je vous prie de le
considérer comme non avenu, car je ne voudrais pour
rien au monde d'une amitié qui me serait accordée à
regret, et dont l'intimité troublerait le repos et le bonheur
de quelqu'un.

Mais si c'est vous qui êtes encore jeune, si c'est vous
que l'on peut souvent rencontrer en chemin d'une récente
espérance, pourquoi ne pas me dire franchement et en
trois mots : «l'empêchement vient de moi, j'ai assez de
confiance en vous pour vous prier de garder pour vous
vos commentaires». Vous ne me croyez donc pas sûre?
Peut-être avez-vous raison, je ne me vanterai jamais d'aucune qualité. J'ai horreur de tout ce qui s'étale et se promet. Seulement je dis haut et franchement ce que je sens,
ce que je pense. Je vous aime et vous estime, je suis heureuse si vous avez un secret qui vous fasse heureux. Je
ne veux pas le savoir parce que je ne suis pas curieuse,
mais si je le savais j'aimerais mieux me faire couper la
langue que de le trahir.

S'il en est ainsi, c'est-à-dire si vous ne pouvez pas
venir chez moi, que l'empêchement vienne de l'abbé de
Lamennais ou de la reine de Constantinople, du *Dieu
Apollo*, ou du *Dieu Cupido*, ou du *Dieu Jéhovah*, je ne vous
ferai jamais une demande, une question ou un reproche,
nous nous écrirons. Mais pour Dieu, faites seulement une

---

2. Trenmor est un personnage de *Lélia* (le roman avait un temps
porté son nom) : «Trenmor, c'est ce beau rêve de sérénité philosophique, d'impassible résignation dont je me suis souvent bercée»
(*Sketches and hints*, in *Œuvres autobiographiques*, t. II, p. 615).

croix X au haut de votre réponse pour que je sache à
quoi m'obligent la délicatesse et la discrétion. Autrement
je n'aurai jamais fini de me justifier, car je puis prendre
votre lettre pour une défaite très ingénieuse ou pour une
accusation très franche. J'y vois tantôt la timidité ingénieuse et polie d'un homme qui s'esquive, et tantôt la
sincérité affectueuse et sévère d'un ami qui se retire.
Dans l'un et l'autre cas, vous êtes trop peu clair, et me
jetez dans de grandes perplexités, je dirai plus, dans une
grande tristesse, car j'avais bien besoin de vous. Vous
aviez en vous cette force que je cherche et vous ne l'eussiez employée qu'à me guérir et à me calmer. Je ne sentais pour vous rien de cet engouement frivole qui peut se
donner le change à lui-même et convertir le remède en
poison. Je vous comprenais mieux et je vous aimais d'une
amitié douce, ferme et loyale, à peu près comme j'aime
Planche, mais avec une plus haute estime et, à ce propos,
voici une note.

   La différence de vos réputations n'est pas ce qui établit maintenant pour moi la différence de mon opinion
sur vous deux. Ces choses n'ont d'influence sur moi que
lorsque je ne connais pas encore les gens qui s'approchent.
Ainsi l'avis du public m'a fait désirer de vous connaître, et
l'avis du public m'a fait hésiter à connaître Planche. Je sais
que le public, c'est moi, c'est-à-dire une raison qui souvent s'égare, une voix qui chante tantôt juste tantôt faux,
une opinion souvent équitable, souvent injuste. Ainsi tout
en me confirmant chaque jour dans l'estime qu'on m'avait
suggérée pour vous je ne me suis pas défendue de revenir chaque jour des préventions qu'on m'avait inspirées
contre lui. Je sais qu'il vaut moins que vous qui l'excusez,
et mieux que la plupart de ceux qui le condamnent. On
le regarde comme mon amant, on se trompe. Il ne l'est
pas, ne l'a pas été et ne le sera pas. Revenons à vous.

   Vous m'apportiez donc de bonnes espérances, vous
sembliez comprendre ma maladie, je croyais vous l'avoir
dite, et il me semble qu'il n'y a pas de secret gardé dans
*Lélia*. Une heure ou deux de votre conversation me faisait réfléchir une semaine car malgré mon indocilité devant
les consolations et les avis, ils ne tombent pas sur du
marbre. Après m'être débattue, après avoir soulagé ma
bile à repousser, à nier et même à railler les efforts de
l'affection et de la raison, je me mets à songer quand je

suis seule et souvent je ramasse une ou deux de ces perles
que j'avais laissées par terre. Je m'entoure de ces idées,
d'abord écartées avec colère. Je les reprends, je les
retourne, comme ces choses qu'on déprécie tout haut
pour les avoir à meilleur marché, mais qu'on meurt d'envie de s'approprier. Je n'attends plus qu'une chose, c'est
qu'on revienne à la charge, c'est qu'un homme me dise :
« Vous pouvez être heureuse par la raison, parce que j'ai
de la raison et que je suis heureux ».

Mais d'ailleurs pourquoi désirerais-je tant votre amitié
et votre société si elles ne m'étaient pas utiles et précieuses ? Si j'étais vaine, je pourrais les rechercher comme
des joyaux pour m'en parer et me faire paraître plus riche,
mais je ne suis pas vaine, c'est un bonheur de plus qui
me manque. Je n'ai pas non plus la prétention de vous
être utile et salutaire, je crois au contraire que je puis être
nuisible dans mes jours d'angoisse et de désespoir. Mais
êtes-vous si peu ferme que le vent qui se fait au loin vous
ébranle ? Êtes-vous si peu revenu de la vie que l'ennui
d'un autre vous donne envie de recommencer le voyage ?

S'il en est ainsi, encore une fois dites-moi que vous
vous récusez, que vous trouvez trop grave le rôle que je
vous destinais ; je vous destituerai, mon cher confesseur,
et ne vous demanderai qu'une lointaine bénédiction. Mais
si vous vous sentez libre, et croyant, et charitable, aidez-
moi à retrouver ma route, car je flotte incertaine encore
souvent, et je me demande si je ne me suis pas mise dans
une fausse voie. Tenez, votre boutade m'a fait un mal
sérieux. Je m'étais arrangé tout bas une petite existence
bien belle et bien modeste, trois amis au plus, la retraite,
l'étude dans le jour, et le soir quelque sage et douce
conversation. Cela n'a l'air de rien, mais c'est une énorme
ambition, je le vois bien, car au beau milieu du projet,
voilà que le meilleur appui me manque. Encore un hasard
ou un caprice, je serai tout à fait abandonnée. Que Planche
devienne amoureux, ou ambitieux, ou dévot, ou politique, il s'éloignera. Qu'un autre me comprenne mal ou
se laisse influencer à l'extérieur il me fuira. Et alors que
voulez-vous que je devienne ? Vivrai-je seule ? C'est une
grande épreuve à tenter et je le désire parfois singulièrement, mais je le crains aussi. J'aime trop la solitude pour
qu'elle me soit bonne, je la cherche trop comme un plaisir pour qu'elle me soit un remède. Jadis elle m'a bien

mal réussi. Ô mes amis, un peu d'aide, un peu de pitié.
Je suis dans un passage dangereux et quoique j'avance, je
me heurte encore souvent.

Mon Dieu, me laisserez-vous aussi ? Faut-il que je nie
l'amitié, la seule espérance qui me soit un peu restée ?
Faut-il que je renonce à l'estime des personnes graves, en
me disant qu'il n'est point de sagesse, point de justice,
point de tolérance sur la terre, qu'une liaison en vaut une
autre pourvu qu'elle amuse ou distraie ? Faut-il que je
croie, ce qui m'est souvent venu à l'esprit, à savoir que
les vertueux sont orgueilleux et durs, et que les dissolus
sont compatissants et doux ?

Vous voyez quels efforts je fais pour me rattacher à
vous, Sainte-Beuve, c'est que je personnifie en vous une
idée. Vous comprenez laquelle. Si je me trompe, tant pis
pour moi, je ne m'en prendrai qu'à moi. Si vous n'êtes
pas plus sage que moi, quel reproche aurai-je à vous
faire ? Aucun. Mais si je ne me trompe pas, si vous êtes
arrivé au port et que vous refusiez de m'y amener, maudit soit votre égoïsme ou votre cruauté. Moi, qui vaux
peu de chose, je ne laisserais pas périr un homme qui
m'appellerait obstinément, qui pour m'intéresser à lui me
ferait effrontément le loyal aveu de ses misères et qui
me demanderait secours au nom de Dieu.

Brûlez cette lettre n'est-ce pas ? Elle est commencée depuis trois jours, mais j'ai été écrasée de travail. J'ai
fini *Lélia*.

## 29. À CHARLES SAINTE-BEUVE

[Paris,] 25 août [1833]

Mon ami, je suis très insultée comme vous savez, et j'y
suis fort indifférente. Mais je ne suis pas indifférente à
l'empressement et au zèle avec lequel mes amis prennent
ma défense. On m'a dit de votre part que vous répon-
driez à *l'Europe littéraire* dans la *Revue [des Deux Mondes]* et
dans *le National*[1]. Faites-le donc puisque votre cœur vous

---

1. *Lélia* a été violemment attaqué dans *Le National* du 22 août par
Capo de Feuillide, que Gustave Planche provoqua en duel. Sainte-

le conseille, je ne vous en remercie pas, mais vous savez qu'en pareille occasion mes paroles et ma vie seraient à votre service.

Je veux vous parler d'une autre chose qu'il m'importe beaucoup que vous sachiez. Puisque le doute, l'étonnement, l'incertitude ont effrayé souvent votre amitié et ébranlé votre estime, je veux que vous voyiez très clair dans ma conduite et que vous connaissiez mes actions et mes intentions. Si vous les blâmez ce ne sera pas une raison pour m'ôter votre confiance.

Je me suis enamourée et cette fois très sérieusement d'Alfred de Musset. Ceci n'est plus un caprice, c'est un attachement senti, et dont je vous parlerai avec détail dans une autre lettre. Il ne m'appartient pas de promettre à cette affection une durée qui vous la fasse paraître aussi sacrée que les affections dont vous êtes susceptible. J'ai aimé une fois pendant six ans, une autre fois pendant trois[2], et maintenant, je ne sais pas de quoi je suis capable. Beaucoup de fantaisies ont traversé mon cerveau, mais mon cœur n'a pas été aussi usé que je m'en effrayais, je le dis maintenant parce que je le sens. Je l'ai senti quand j'ai aimé P. M[érimée]. Il m'a repoussée, j'ai dû me guérir vite, mais ici, bien loin d'être affligée et méconnue, je trouve une candeur, une loyauté, une tendresse qui m'enivrent. C'est un amour de jeune homme et une amitié de camarade. C'est quelque chose dont je n'avais pas l'idée, que je ne croyais rencontrer nulle part et surtout là. Je l'ai niée, cette affection, je l'ai repoussée, je l'ai refusée d'abord, et puis je me suis rendue et je suis heureuse de l'avoir fait. Je m'y suis rendue par amitié plus que par amour, et l'amour que je ne connaissais pas s'est révélé à moi sans aucune des douleurs que je croyais accepter.

Je suis heureuse, remerciez Dieu pour moi. Il y a bien encore en moi des heures de tristesse et de vague souffrance : cela est en moi et vient de moi. Si j'abjurais les

Beuve consacrera un article à *Lélia* dans *Le National* du 29 septembre (recueilli dans *Portraits contemporains*).

2. Si les trois ans désignent sans conteste Jules Sandeau, on peut s'interroger sur l'amour de six ans : Sand veut-elle dire qu'elle aurait aimé son mari si longtemps ? songe-t-elle à Aurélien de Sèze ? Il s'agirait plutôt de Stéphane Ajasson de Grandsagne, dont les leçons d'ostéologie en 1821 ont pu tourner à l'idylle, liaison poursuivie jusqu'à la paternité probable de Solange en 1828.

infirmités de ma nature, je ne serais plus moi et je pourrais craindre de le redevenir tout à coup. Je suis dans des
conditions plus vraies, de régénération et de consolation,
ne m'en dissuadez pas.

Si vous êtes étonné et effrayé peut-être de ce choix ; si
cette réunion de deux êtres qui chacun de leur côté,
niaient et raillaient ce qu'ils ont cherché et trouvé l'un
dans l'autre, attendez pour en augurer les suites que je
vous aie mieux raconté ce nouveau *roman*. Ne pourrai-je
vous voir une heure avant mon départ pour le Berry ?
Tâchez d'en obtenir la liberté. Peut-être sommes-nous
dans un de ces *cas réservés*, où ayant un secret important à
vous confier, il me serait utile de vous voir.

Maintenant que je vous ai dit ce qu'il y a dans mon
cœur, je vais vous dire quelle sera ma conduite. Planche
a passé pour être mon amant, peu m'importe, je ne l'ai
pas nié. Je n'ai dit qu'à mes amis la vérité : *il ne l'est pas*.
Il m'importe beaucoup maintenant qu'on sache qu'il ne
l'est pas, de même qu'il m'est parfaitement indifférent
qu'on croie qu'il l'a été. Vous comprenez que je ne puis
vivre dans l'intimité avec deux hommes qui passeraient
pour avoir avec moi des rapports de même nature, cela
ne convient à aucun de nous trois.

J'ai donc pris le parti, très pénible pour moi, mais
inévitable, d'éloigner Planche. Nous nous sommes expliqués franchement et affectueusement à cet égard, et nous
nous sommes quittés en nous donnant la main, en nous
aimant du fond de l'âme, en nous promettant une éternelle estime. Je me plais à vous le dire pour que Planche
soit lavé à vos yeux, ou au moins justifié des reproches
qu'on lui adresse, reproches dont je n'ai jamais voulu
faire l'examen et dont je ne me soucie aucunement, n'en
ayant jamais eu aucun à lui faire. Je serais fort affligée que
notre séparation eût l'air d'une brouillerie et accréditât la
mauvaise opinion que plusieurs ont de lui. Je fais donc
tout ce qui est en moi pour l'éviter en disant hautement
quelle est ma position à l'égard de M. de M[usse]t et à
l'égard de G. P[lanche]. Je tiens peu à l'opinion de ceux
qui n'ajouteront pas de confiance à mes paroles et qui
aimeront mieux croire à chances égales le mal que le bien.
Ceux-là sont des gens méchants ou malades. Je crains les
uns, et n'ai pas besoin des autres étant moi-même malade
très souvent.

Je ne sais pas si ma conduite hardie vous plaira, peut-être trouverez-vous qu'une femme doit cacher ses affections. Mais je vous prie de voir que je suis dans une situation tout à fait exceptionnelle et que je suis forcée de mettre désormais ma vie privée au grand jour. Je ne fais pas un grand cas de la voix publique, cependant s'il m'est facile de l'éclairer sur les points principaux je dois le faire. Elle dira que je suis inconstante et fantasque ; que je passe de Planche à Musset en attendant que je passe de Musset à un autre, peu importe pourvu qu'on ne dise pas que mon lit reçoit deux hommes dans le même jour. Je me trouverai méconnue, c'est peu de chose, mais je ne me trouverai pas calomniée et outragée comme je le serais si je ne prenais le parti de dire la vérité.

Quant à la sincérité de mon âme, au plus ou moins de force et de vertu qu'elle a conservé à travers ma triste vie, ce sont choses délicates, appréciables seulement pour deux ou trois amis. Vous savez que vous êtes celui que j'estime le plus. Je vous verrai ou je vous écrirai pour que vous lisiez bien en moi, pour que vous m'éclairiez sur les taches, pour que vous me rendiez justice sur les bons endroits. J'ai besoin de savoir que de près ou de loin deux ou trois nobles âmes marchent dans la vie en me soutenant de leurs vœux et de leur sympathie. Ce sont des frères et des sœurs que je retrouverai dans le sein de Dieu au bout du pèlerinage.

Adieu mon ami, tout à vous.

                                             George

# II

## DE L'ENFANT DU SIÈCLE
## AU VIEUX LION

### (1834-1837)

*Amants de Venise ! Que d'encre ont-ils fait couler !... On revit, au fil des lettres, cette triste histoire d'un amour qui se voulait sublime, et qui échoue lamentablement dans les miasmes de la dysenterie et de la fièvre typhoïde : « Ils ont été en Italie pour s'amuser, et ils ont la foire ! » (à Boucoiran, 4 février 1834). Musset est en proie au délire et à la démence ; George, à son chevet et tout en le soignant, doit assurer l'intendance en noircissant du papier et appeler à l'aide éditeurs et amis. Elle cède bientôt au docteur Pagello, beau ténébreux aux regards ardents, et retrouve avec lui ce qu'elle croit être le véritable amour (lettres 32 et 34), sans arriver à se détacher totalement d'Alfred. Si elle sait donner le change à certains correspondants en évoquant les beautés magiques de Venise (lettre 33), elle n'a pu cacher à d'autres ses souffrances et ses larmes (lettre 35). Elle écrira plus tard dans son roman* Elle et Lui : *« Qui ne les plaindrait tous trois ? Tous trois avaient rêvé d'escalader le ciel et d'atteindre ces régions sereines où les passions n'ont plus rien de terrestre ; mais cela n'est pas donné à l'homme : c'est déjà beaucoup pour lui de se croire un instant capable d'aimer sans trouble et sans méfiance » (chap.* XI).*

*Quand Musset quitte Venise à la fin de mars 1834, George ne sait encore ce que deviendra leur amour (lettre 36). Elle commence bien vite avec lui un dialogue fraternel et affectueux par lettres, dialogue intime où elle revient, mère ou sœur plus que maîtresse, sur leur amour et leur échec (lettres 37 et 38), dialogue public avec les trois premières* Lettres d'un voyageur *qui comptent assurément parmi les plus belles pages de Sand. La reprise de leur liaison n'ira pas sans orages et douleurs (lettres 41 et 42). Mais la lecture de* La Confession d'un enfant du siècle *en 1836 la fera pleu-*

rer, et elle avouera conserver pour Musset une « profonde tendresse
de mère » (lettre 52).

Si le roman de Sainte-Beuve Volupté *lui inspire une lecture
critique admirable de finesse (lettre 39), Sand prend quelque
distance à l'égard de sa propre* Lélia *(lettre 40), qu'elle éprouvera
bientôt le désir de remanier (lettre 53).*

Une nouvelle amitié naît, sous le signe de la musique, avec
Franz Liszt (lettres 43 et 50), et bientôt aussi avec sa maîtresse,
la « belle comtesse aux beaux cheveux blonds » Marie d'Agoult,
qui semble échappée d'un roman sandien : elle a quitté sa famille
pour suivre son amant (lettres 44, 48, 52, 53) ; amitié intense et
tendre, d'une grande franchise, entre deux femmes qui s'apercevront
plus tard qu'elles ne sont pas faites pour s'entendre.

La séparation avec Casimir devient inéluctable, et Sand entame
une longue suite de procès pour obtenir son indépendance (lettre 46).
Elle écrit en secret à son fils pour l'éveiller aux sentiments républicains ou pour le mettre en garde contre les vices des collèges (lettres 45
et 51). Elle exprime ses sympathies mais aussi ses réserves à
l'égard des saint-simoniens (lettre 49). Ses aspirations mystiques
s'exaltent à la lecture des Paroles *d'un croyant de Lamennais*
(lettre 47), mais elle est déçue par un certain dogmatisme de celui
en qui elle pressentait un nouveau prophète (lettre 52) ; lui ayant
confié la publication des Lettres à Marcie *où elle voulait traiter
les questions relatives aux femmes, elle se heurte à son intransi-
geance sur le problème du divorce (lettre 56).*

Son avocat, Michel de Bourges (l'Éverard des Lettres *d'un
voyageur), dont elle épouse les convictions républicaines, est aussi
son amant. Étonnante passion amoureuse vécue comme celle d'un
vrai « jeune homme » pour un « vieillard » (il n'a que six ans de
plus qu'elle !, lettre 52), pour un « vieux lion » qu'elle fustige quand
il se montre jaloux, mais qui la montre à son tour dévorée d'une
jalousie féroce ; lettres brutales, brûlantes, sensuelles jusqu'à l'impudeur, témoignages ardents d'un amour fou (lettres 54, 55, 57, 58).*

La mort de sa mère est évoquée avec tendresse (lettre 59), tandis
que l'épisode de l'enlèvement de Solange par Casimir et de sa poursuite donne lieu à un récit picaresque, qui s'achève par un jugement
sans appel sur Michel, « cœur ingrat, égoïste et faible » (lettre 60).
On la sent cependant meurtrie.

## 30. À JULES BOUCOIRAN

[Venise,] le 8 [février 1834]

Mon enfant, je suis toujours bien à plaindre. Il est réellement en danger et les médecins me disent : *poco a sperare, poco a disperare*[1], c'est-à-dire que la maladie suit son cours sans de trop mauvais symptômes mais non pas sans symptômes alarmants. Les nerfs du cerveau sont tellement entrepris que le délire est affreux et continuel. Aujourd'hui cependant il y a un mieux extraordinaire. La raison est pleinement revenue et le calme est parfait. Mais la nuit dernière a été horrible. Six heures d'une frénésie, telle que malgré deux hommes robustes, il courait nu dans la chambre. Des cris, des chants, des hurlements, des convulsions, ô mon Dieu, mon Dieu, quel spectacle ! Il a failli m'étrangler en m'embrassant. Les deux hommes ne pouvaient lui faire lâcher le collet de ma robe. Les médecins annoncent un accès du même genre pour la nuit prochaine, et d'autres encore peut-être, car il n'y aura pas à se flatter avant six jours encore. Aura-t-il la force de supporter de si horribles crises ? Suis-je assez malheureuse et vous qui connaissez ma vie, en connaissez-vous beaucoup de pires ? Faites passer cette lettre à Buloz, car

---

1. « Peu à espérer, peu à désespérer ». Sand avait appelé au chevet de Musset le docteur Pagello, âgé de 27 ans, accompagné du docteur Zuanon.

il s'intéresse probablement beaucoup à la santé d'Alfred et je n'ai pas la force de lui écrire aujourd'hui. Priez-le de ne pas me laisser dans une si affreuse position sans argent.

Heureusement j'ai trouvé enfin un jeune médecin excellent, qui ne le quitte ni jour ni nuit et qui lui administre des remèdes d'un très bon effet.

George

Gardez toujours un silence absolu sur la maladie d'Alfred, et recommandez le même silence à Buloz. Embrassez mon fils pour moi. Pauvre enfant! Le reverrai-je?

Mon enfant, gardez toujours la lettre à Dupuy, et le traité[2]. Nous verrons plus tard ce que nous ferons. Comme je n'aurais pas assez des 1 000 f de Buloz, au cas où il me les enverra, j'ai pris le parti d'emprunter 1 000 f à Sosthènes [de La Rochefoucauld]. Portez-lui ma lettre dans la matinée, afin de le trouver et demandez-lui sa réponse verbale, quant à l'argent... il vous les remettra, ou vous dira le jour où il faudra les aller prendre. Vous les porterez immédiatement chez M. Cottier.

Adieu, adieu.

Ne dites pas à Sosthènes que cet argent doit m'être envoyé en Italie, mais que c'est pour payer une dette à Paris et surtout n'envoyez pas ce chiffon à Buloz, par distraction.

## 31. À FRANÇOIS BULOZ

[Venise,] 13 février [1834]

Mon ami, Alfred est sauvé, il n'a pas eu de nouvelle crise et nous touchons au quatorzième jour sans que le mieux se soit interrompu. À la suite de l'affection cérébrale il s'est déclaré une inflammation de poitrine qui nous a un peu effrayés pendant deux jours. Il y avait déjà un crachement de sang. Mais les vésicatoires ont fait un

---

2. Craignant que Buloz refuse d'avancer de l'argent, Sand avait envoyé à Boucoiran un projet de traité vendant à l'éditeur Dupuy le roman *Éverard* (projet abandonné). Ces instructions figurent sur un feuillet séparé qu'elle recommandera de ne pas montrer à Buloz.

très bon effet et les médecins n'ont plus aucune inquiétude. Je ne serai tranquille, pourtant, que quand cet affreux
quatorzième jour sera passé. Alors j'écrirai à sa mère.
Jusque-là une rechute est encore possible. Cependant il y
a tout à espérer que cela n'arrivera pas. Il est en ce
moment, d'une faiblesse extrême et il extravague encore
de temps en temps. Il demande des soins continuels le
jour et la nuit. Ainsi, croyez bien que je ne cherche pas
de prétexte pour retarder mon travail. Il y a huit nuits
que je ne me suis déshabillée, je dors sur un sofa, et à
toutes les heures il faut que je sois sur pied. Malgré cela,
je trouve encore moyen, depuis que je suis rassurée sur
sa vie, d'écrire quelques pages dans la matinée aux heures
où il repose. Et cependant j'aimerais bien à en profiter
pour reposer moi-même. Soyez sûr, mon ami, que ce
n'est ni le courage, ni la volonté qui me manque. Vous
ne désirez pas plus que moi que je remplisse mes engagements. Vous savez qu'une dette me cuit comme une
plaie. Mais vous êtes assez notre ami pour avoir égard à
ma situation et pour ne pas me laisser dans l'embarras. Je
passe ici de bien tristes jours, seule auprès de ce lit où le
moindre mouvement, le moindre bruit est pour moi un
sujet d'effroi perpétuel. Dans cette disposition je n'écrirai
pas des choses bien gaies, et je ne vous brocherai pas des
œuvres légères. Elles seront lourdes, au contraire, comme
ma fatigue et ma tristesse.
  Ne me laissez pas sans argent, je vous en prie, je ne
sais pas ce que je deviendrais. Je dépense vingt francs par
jour en drogues de toute espèce. Nous ne savons comment le faire vivre. Il est tellement dégoûté de tout, qu'il
faut changer sa boisson à chaque instant. Les médecins
sont au bout de leurs inventions, on lui compose à chaque
instant des sirops qu'il demande avec impatience et dont
il est dégoûté après y avoir trempé les lèvres. J'ai à payer
deux médecins qui font trois visites par jour et qui souvent passent la nuit auprès de lui. Pour surcroît de
dépense, et de malheur, cette maladie nous cloue dans
une auberge ruineuse que nous étions à la veille de quitter[1]. À peine sera-t-il guéri qu'il voudra partir, car il a pris
Venise en horreur et s'imagine qu'il y mourra s'il y reste.
Pour subvenir à tout cela, je compte sur vos mille francs

---

1. Ils ne quitteront l'hôtel Danieli que le 13 mars.

et sur mille autres que j'emprunte à M. de La Rochefou-
cauld. Je reconduirai Alfred à Paris, et comme je n'aurai
pour toute fortune que des dettes, j'irai sur le champ
m'enfermer trois ou quatre mois en Berry où je travaillerai comme un diable. De cette manière vous aurez *Jacques*
dans le temps convenu et je vous enverrai avant de quitter Venise une nouvelle que vous pourrez mettre dans la
revue et qui complétera nos deux volumes avec *Métella*.
Vous avez 5 feuilles de reste, du *Secrétaire intime*. J'imagine
que *Métella* en fera au moins 6. Je vous en ferai 11 ou 12
et tout s'arrangera dans le courant du mois, j'espère[2].
Fiez-vous à mes bonnes intentions et prenez patience, j'ai
besoin d'amitié maintenant plus que de reproches. Je
vous prie en grâce de payer la dette d'Alfred et de lui
écrire que c'est une affaire terminée. Vous ne pouvez pas
imaginer l'impatience et l'inquiétude que cette petite affaire
lui causent [*sic*]. Il m'en parle à tout instant et me recommande tous les jours de vous écrire à cet égard. Il doit
ces 360 f. à un jeune homme qu'il connaît peu et qui
peut s'en plaindre dans le monde. Alfred est très cha-
touilleux pour ces sortes de choses et ne rêve déjà que
soufflets à donner et coups d'épée à échanger. Vous lui
avez déjà fait des avances bien plus considérables, il s'est
acquitté et vous ne craignez pas qu'il vous fasse banque-
route. Si par suite de sa maladie, il restait longtemps sans
pouvoir travailler, soyez tranquille, mon travail subvien-
drait à cela. Faites-le donc, je vous prie et écrivez-lui vite,
une petite lettre bien courte et bien rassurante que je lui
lirai et qui tranquillisera un des tourments de sa pauvre
tête. Ah si vous saviez, mon ami, ce que c'était que ce
délire ! Quelles choses sublimes et épouvantables il disait,
et quelles convulsions, quels cris ! Je ne sais pas comment
il a eu la force d'y résister et comment je ne suis pas
devenue folle moi-même. Adieu, adieu mon ami.

    T[out] à v[ous]

                          George

(Ne parlez pas encore de sa maladie à cause de sa
mère.)

---

    2. La nouvelle ne sera pas écrite, et *Le Secrétaire intime* paraîtra le
12 avril (*Revue des Deux Mondes* et Victor Magen, 1834), complété par
*Métella* et deux nouvelles plus anciennes, *La Marquise* et *Lavinia*.

## 32. À PIETRO PAGELLO

[Venise, fin février ou début mars 1834]

Nous souffrons, mon ami, nous souffrons ! As-tu du
courage ? J'ai besoin du tien, pour aider le mien : car je
suis triste à mourir. Ma vie est affreuse auprès d'Alfred.
Nous avons tant souffert l'un et l'autre, que nous ne pouvons plus être calmes. Tous nos entretiens sont pleins
d'amertume et nous ne pouvons parler ni du passé, ni du
présent, ni de l'avenir, sans nous reprocher, indirecte-
ment ou directement, le mal que nous [nous] sommes
fait. J'espère que dans quelques jours, il aura la force de
s'occuper, ou de se distraire, et que notre intimité deviendra plus supportable. En attendant, l'ennui et la tristesse
me rongent ; aide-moi à être patiente ; et ne me montre
pas ton chagrin : il me fait encore plus de mal que tout
le reste. Ce matin, tu étais triste ; tu as dit des mots de
découragement que j'ai compris : mon ami, mon ami, je
t'en prie, cache-moi tes souffrances. Il me faut bien du
stoïcisme pour ne pas céder aux miennes et pour ne pas
réclamer et reprendre la liberté qui m'appartient. Ce soir,
quand j'ai été obligée de refuser de sortir avec toi, mon
cœur s'est déchiré, et quand tu as été parti, j'ai eu une
envie de pleurer, qui a été pour moi un supplice. Mais
j'avais vu tant de froideur et de tristesse sur la figure
d'Alfred que j'avais cru devoir lui faire ce sacrifice. Eh
bien, nos relations sont tellement gâtées et empoison-
nées, que tout s'aigrit et tourne mal entre nous. Quand il
a vu que je restais, il m'a reproché d'être triste et de ne
pas savoir cacher mon déplaisir. Que faire ? Je ne puis
feindre pour lui l'amour que je n'ai plus. Celui qu'il me
témoigne à présent, et qui m'aurait donné tant de joie il
y a deux mois, ne me touche plus, et me persuade encore
moins. Qu'est-ce qu'un amour semblable ? Quand j'étais
son esclave, il m'aimait faiblement ; à présent que je rentre
dans les droits de ma raison, son orgueil blessé s'attache
à moi et me poursuit comme une conquête difficile… Tu
as raison, quand tu dis qu'il ne m'aurait pas plus tôt soumise de nouveau, qu'il en abuserait : il ne connaît pas le
véritable amour. Celui-là n'a pas besoin de querelles pour
se tenir éveillé : il n'est ni languissant, ni malade ; il n'a

pas besoin d'excitants ; il est sain et fort. Le bonheur ne l'endort pas, le repos et la confiance ne le tuent pas ; il ne connaît ni la jalousie ni la colère ; il ne demande jamais pardon parce qu'il n'offense jamais ; il est égal et pur comme un beau ciel : il n'a pas besoin de nuages pour faire ressortir sa splendeur.

J'ai été aveugle et folle, quand j'ai espéré que cet enfant le comprendrait. Il est aussi incapable de constance que de ressentiment. Il n'a ni haine, ni amour, il n'est ni bon, ni méchant. Il est beau, aimable, intelligent ; il sera heureux avec d'autres caractères que le mien. Il me tarde de lui avoir rendu sa liberté et de reprendre la mienne. Oh, ma liberté, ma sainte liberté ! que j'avais eu tant de peine à conquérir, et que j'avais tant juré de conserver !

Eh bien, je ne la désire que pour la sacrifier de nouveau ; mon cœur ne rompt cette chaîne que pour en chercher une plus forte. C'est fou, je le sais, mais il m'est impossible de n'avoir pas en toi une confiance aveugle, et de ne pas croire que le bonheur est enfin pour moi dans ton amour. Si tu connaissais ma vie, et si tu comprenais bien mon triste cœur, tu me dirais peut-être toi-même que je suis imprudente.

Il n'est pas un de mes amis, qui ne me conseillât, si je le consultais, de fermer désormais mon âme à toute passion forte ; mais cela ne m'empêcherait pas de me livrer à toi et de m'endormir tranquille dans tes bras. Si le malheur nous éprouve, si notre affection nous fait souffrir un jour, ou que la maladie, la misère ou la méchanceté humaine nous assiègent, n'importe. Nous aurons aimé, nous aurons été heureux. Je me sens encore le courage de souffrir. J'ai tant souffert pour des êtres, qui ne te valaient pas, soit en amour, soit en amitié : que je souffre encore, si Dieu le veut, mais que tu m'aimes et que j'aie encore sur la terre quelques jours comme ceux que tu m'as donnés ! Qu'il soit ce qu'il voudra, le bonheur vaut bien la peine d'être acheté. Il y a huit mois que je vis avec la pensée de la mort. Dès le jour où j'ai aimé Alfred, j'ai joué à tout instant avec le suicide. Je me suis habituée à dire, encore un mois, encore une semaine, et puis deux balles dans la tête, ou une dose d'opium dans l'estomac. Quand je t'ai connu, j'aurais donné ma vie pour deux sous, comme dit Francesco. Je me serais jetée dans la mer, non pas seulement pour sauver mon semblable, mais pour en retirer un chien ou pour ramasser mon mouchoir. À présent, je ne suis plus capable de peur.

J'ai été aussi loin dans le désespoir qu'une âme humaine peut aller. J'y ai contracté une force d'inertie, qui est au-dessus de l'héroïsme, bien qu'elle n'y ressemble guère, rien ne peut m'effrayer. Il ne peut pas se trouver sur ma route de passages plus rudes que ceux que j'ai traversés : j'irai, tant qu'il y aura encore quelques fleurs au bord du chemin, et je les cueillerai sans m'inquiéter des abîmes, qui sont auprès. On m'a dit cent fois que l'amour était une chimère et le bonheur un rêve. Je me le suis dit cent fois à moi-même. Mais tant que je me sentirai la force de désirer le bonheur et l'amour, j'aurai la force de les espérer.

Tu ne doutes pas, toi ? tu es jeune et fort, ton âme est toute neuve, toute belle, toute vigoureuse. Eh bien, quand même tu ne serais qu'un brave et noble fou, tu vaudrais mieux que tous ceux qui nient. Conduis-moi où tu voudras. Je me fie à ta vertu ; aimons, souffrons, mourons ensemble.

Adieu, mon Pierre ! Adieu, mon bon garçon, mon noble cœur ! Je t'aime, et je t'estime. Tu ne sais pas quelle valeur ce dernier mot a dans ma bouche ; il en a bien moins dans la tienne, mon enfant. Tu es si loyal et si bon, que tu crois à beaucoup de gens vertueux. Moi, je doute de l'univers entier, et je n'en excepte que toi.

Nous nous verrons demain soir : nous irons au spectacle ensemble, qu'Alf[red] se fâche, ou non. Je lui ai fait assez de sacrifices depuis deux jours pour avoir droit à un jour de liberté. Aie du courage ; aime-moi ; souviens-toi que je t'aime, comme si je n'avais jamais souffert. Sois sûr que la mort seule pourrait m'empêcher de revenir à toi dans peu. Aie confiance en moi, comme j'ai confiance en toi. Adieu, mon âme, adieu mon espoir et mon bonheur : je t'aime…

                                                            G…

## 33. À HIPPOLYTE CHATIRON

Venise, 6 mars [1834]

Mon ami, je te remercie de ta lettre. Ton souvenir malgré tout, me fait toujours du plaisir et du bien. J'ai tardé
à te répondre parce que je viens de faire une maladie
assez grave. Je suis bien à présent et au moment de quitter l'Italie, je commence à m'y acclimater. Mais j'y reviendrai, car après avoir goûté de ce pays-là, on se croit chassé
du paradis quand on retourne en France. Du moins, voilà
l'effet que cela me fera. Je n'ai pas été charmée de la Toscane, mais Venise est la plus belle chose qu'il y ait au
monde. Toute cette architecture mauresque en marbre
blanc au milieu de l'eau limpide et sous un ciel magnifique, ce peuple si gai, si insouciant, si chantant, si spirituel, ces gondoles, ces églises, ces galeries de tableaux,
toutes les femmes jolies ou élégantes, la mer qui se brise
à vos oreilles, des clairs de lune comme il n'y en a nulle
part ; des chœurs de gondoliers qui sont quelquefois très
justes ; des sérénades sous toutes les fenêtres ; des cafés
pleins de Turcs et d'Arméniens, de beaux et vastes
théâtres, où chantent Mme Pasta et Donzelli ; des palais
magnifiques ; un théâtre de Polichinelle qui enfonce à dix
pieds sous terre celui de Nohant et les farces de Gustave
Malus[1] ; des huîtres délicieuses, qu'on pêche sur les
marches de toutes les maisons ; du vin de Chypre à
vingt-cinq sous la bouteille ; des poulets excellents à dix
sous ; des fleurs en plein hiver, et, au mois de février, la
chaleur de notre mois de mai : que veux-tu de mieux ?

Je ne me suis pas doutée des autres plaisirs de l'hiver.
Je n'aime pas le monde, comme tu sais. Je me suis bornée à deux ou trois personnes excellentes, et j'ai vu le
carnaval par la fenêtre.

Il m'a semblé fort au-dessous de sa réputation. Il
aurait fallu le voir aux bals masqués des théâtres ; mais je
me suis trouvée malade à cette époque-là et je n'ai pu y
aller. Je le regrette peu ; ce que je cherchais ici, je l'ai
trouvé : un beau climat, des objets d'art à profusion, une

---

1. Gustave de Malus, jeune officier, était venu à Nohant en septembre 1829 et y avait monté un spectacle de marionnettes.

vie libre et calme, du temps pour travailler et des amis. Pourquoi faut-il que je ne puisse bâtir mon nid sur cette branche ? Mais mes poussins ne sont pas ici et je ne puis m'y plaire qu'en passant. J'attends le mois d'avril pour passer les Alpes, et je m'en irai par Genève. Je compte donc être à Paris dans le courant du mois prochain.

Quand j'aurai embrassé Maurice, j'irai passer l'été à Nohant. Engage Casimir à garder Solange et à ne pas la mettre en pension avant mon retour ; cela m'empêcherait d'aller à Nohant, et contrarierait beaucoup mes projets de repos et d'économie.

Tu ne me parais pas si charmé de La Châtre que moi de Venise : tu me fais une peinture bouffonne de ses habitants. Vraiment la société est une sotte chose et la vie une espèce de lavement qu'il faut promener sous peine d'avoir la colique. L'amour du travail sauve de tout. Je bénis ma grand'mère, qui m'a forcée d'en prendre l'habitude. Cette habitude est devenue une faculté, et cette faculté un besoin. J'en suis venue à travailler sans être malade treize heures de suite, et terme moyen sans me fatiguer, sept ou huit heures par jour, bonne ou mauvaise soit la besogne. Elle me rapporte beaucoup d'argent et me consomme beaucoup de temps, que j'emploierais à avoir le spleen, auquel me porte mon tempérament bilieux. Si comme toi, je n'avais pas envie d'écrire, je voudrais du moins lire beaucoup. Je regrette même que mes affaires d'argent me forcent de faire toujours sortir quelque chose de mon cerveau sans me donner le temps d'y faire rien entrer. J'aspire à avoir une année toute entière de solitude et de liberté complète, afin de m'entasser dans la tête tous les chefs-d'œuvre étrangers que je connais peu ou point. Je m'en promets un grand plaisir et j'envie ceux qui peuvent s'en donner à discrétion. Mais moi quand j'ai barbouillé du papier à la tâche, je n'ai plus de facultés que pour aller boire du café et fumer des cigarettes sur la place Saint-Marc, en écorchant l'italien avec mes amis de Venise. C'est encore très agréable, non pas mon italien, mais le tabac, les amis et la place Saint-Marc. Je voudrais t'y transporter d'un coup de baguette et jouir de ton étonnement.

Nous savons si peu ce qu'est l'architecture, et notre pauvre Paris est si laid, si sale, si raté, si mesquin, sous ce rapport ! Il n'y a pourtant que lui au monde, pour le luxe et le bien-être matériel. L'industrie y triomphe de tout et supplée à tout ; mais, quand on n'est pas riche, on y subit toute sorte de privations. Ici, avec cent écus par mois, je vis mieux qu'à Paris avec trois cents. Pourquoi diable, toi et ta femme, qui êtes indépendants, qui n'avez ni place, ni famille, ni amour du monde, ni relations obligatoires en France, ne venez-vous pas vous établir ici ? Vous y feriez des économies en y vivant très bien ; vous y élèveriez votre fille aussi bien que partout ailleurs. Vous y auriez mille commodités que vous ne pouvez avoir à Paris : un logement cent fois plus joli et plus vaste, une gondole avec un gondolier qui serait en même temps votre domestique ; le tout pour soixante francs par mois ; ce qui représente à Paris une voiture, une paire de chevaux, un cocher et un valet de chambre, c'est-à-dire douze à quinze mille francs par an. Le bois et le vin à très bas prix ; les habits, les marchandises de toute sorte, les denrées de tout pays à moitié prix de Paris. Je paye ici une paire de souliers en maroquin quatre francs. Hier, nous avons été au café, nous étions trois ; nous y avons pris chacun trois glaces, une tasse de café et un verre de punch, plus des gâteaux à discrétion pour compléter les jouissances de deux grandes heures de bavardage. Cela nous a coûté, en tout, quatre livres autrichiennes ; la livre autrichienne vaut un peu moins de dix-huit sous de France.

Si vous voulez y venir, comme j'y retournerai passer l'hiver prochain, je vous y piloterai. Le voyage vous coûtera mille francs, pour vous deux ; mais vous y vivrez pour mille écus par an et quand vous n'y resteriez que 2 ans, vous dépenseriez en tout avec le voyage pour revenir 5 000 f. C'est probablement moins que vous ne dépensez à Paris dans une année, et, par-dessus le marché, vous connaîtriez Venise, la plus belle ville de l'univers. Si je n'avais pas mon fils cloué au Collège Henri IV, certainement je prendrais ma fille avec moi et je viendrais me planter ici pour plusieurs années. J'y travaillerais comme j'ai coutume de faire et je retournerais en France, quand j'en aurais assez, avec un certain magot d'argent.

Mais je ne veux pas renoncer à voir mon fils chaque année, et tout ce que je gagne sera toujours mangé en voyages ou à Paris.

Adieu, mon vieux, parle-moi de Maurice et de ta fille. Font-ils de bonnes parties ensemble, les jours de congé ?

J'embrasse Émilie, Léontine et toi, de tout mon cœur.
Il y a longtemps que je n'ai eu de nouvelles de ma mère ;
donne-lui des miennes et prie-la de m'écrire.

Est-on content de Maurice au Collège ? Écris-moi
encore poste restante, j'y suis pour un mois et d'aujourd'hui en 15, je puis avoir ta réponse. Adieu, je t'embrasse.

A.

## 34. À PIETRO PAGELLO

[Venise, 2ᵉ quinzaine de mars 1834]

Mon Pierre, mon Pierre ! Tu es un homme, toi. On
peut t'aimer et t'estimer : que tu es bon, mon ami, que tu
es sensible et généreux ! Comme tu sais te sacrifier sans
hésiter un instant !

Oui, je t'estime ; oui, je t'aime. Oui je payerai ta vertu
d'un amour digne de toi. Quelles comparaisons tu me
fais faire à chaque instant entre toi et ceux que j'ai aimés,
et tous ceux que j'ai connus ! Je connais pourtant quelques
hommes dignes de vénération, mais je crois que tu es le
meilleur de tous. Tu as leurs qualités, et tu n'as pas leurs
défauts. Ce pauvre enfant malade que tu m'as ramené ce
soir, a bien de la peine à te comprendre ; mais il t'admire
et te bénit. Je ne crois guère à sa conversion. Je sais bien
que cette folie ne sera pas la dernière et que j'aurai encore
beaucoup à souffrir avec lui. Cependant, je ne peux pas
m'empêcher d'être au désespoir quand je le vois abandonné et manquant de soins, d'amitié et de secours, avec
une santé si faible, une tête si malade et si peu de courage. Malgré le mal, que je m'attends à souffrir encore par
lui, je suis heureuse quand je le vois revenir se placer
sous mon appui. Pauvre jeune poète, qui a le sentiment
des grandes choses, mais qui n'a pas la force de les exécuter ! Il est bien digne d'inspirer la compassion, car il est
bien coupable, et quand il se trouve seul et délaissé, il n'a
pas de refuge dans sa conscience. Il ne peut pas comme
toi, ami, se consoler des maux par la pensée d'avoir rempli un devoir ou d'avoir fait une bonne action : il obéit à
tous ses mauvais mouvements, et il en souffre : il faut le

plaindre. Souvent, il m'offense si grièvement que ma pitié
est étouffée par une espèce de mépris pour sa faiblesse et
son injustice. Mais nous sommes deux, pour veiller sur
lui et la miséricorde de l'un se ranime quand celle [de]
l'autre se fatigue. Aide-moi à accomplir cette tâche jusqu'au bout. Nous serons si heureux, quand nous nous
retrouverons, et qu'enivrés d'amour, dans les bras l'un de
l'autre, nous pourrons nous dire que nous n'avons rien à
nous reprocher ! Nous nous rappellerons que nous avons
sacrifié des jours, que nous eussions pu consacrer au
bonheur et que nous avons consacrés à la pitié ; et nous
jouirons doublement des jours de liberté et de délices,
qui nous seront rendus. Nous les recevrons du ciel
comme une récompense, si mon amour et mes caresses
peuvent te sembler un prix digne de ta grandeur et de ta
bonté, sois sûr que tu seras bien payé, ô mon Pierre ! S'il
suffit pour te mériter, de te bien apprécier et de te bien
comprendre, sois sûr que je te mérite.

Alfred disait ce soir : « quel homme que ce Pagello ! quel
cœur ! quelle force ! Il m'a presque avoué qu'il t'aime, et
cependant il vient me chercher, quand il pourrait profiter
de nos querelles et il me ramène auprès de toi : il obtient
mon pardon. Il me semble qu'auprès de vous deux, je
suis un nain. Je me fais honte à moi-même. Je sens que
je devrais mettre ta main dans la sienne, et m'en aller
pleurer tout seul le bonheur que je n'ai pas su mériter.
Pagello est l'homme qu'il te fallait, ma pauvre George :
celui-là aurait su te respecter ».

C'est ainsi que ton rival parle de toi, mon Pierre. C'est
le plus bel éloge qu'un homme puisse recevoir d'un autre
homme. J'aime à l'entendre, et je pardonne tout à Alfred
quand je vois qu'il te rend justice : il me semble qu'il se
purifie et qu'il s'ennoblit en te comprenant.

Que ferait-il à ta place, le pauvre enfant ?

Jamais il ne me laisserait partir avec un homme qui
aurait été mon amant deux mois auparavant. Il me croirait incapable de résister à ses prières et à ses caresses, il
me forcerait de choisir entre cet homme et lui, et si je
persistais à accomplir mon devoir auprès du triste et du
malade, il m'abandonnerait et se croirait encore en droit de
me mépriser. Et toi, mon Pierre, tu me connais à peine ;
tu ne sais pas quelle a été ma vie passée ; tu n'as aucune
garantie de ma loyauté ; je suis peut-être une aventurière

et la dernière des femmes, cependant, tu te fies à ma parole ; tu ramènes auprès de moi l'homme qui s'arroge des droits sur moi, tu crois à ma fermeté, à ma chasteté ; tu t'endors tranquille sur tout cela. Dieu m'est témoin que tu as bien raison, Pierre ; tu as pris le vrai et le seul moyen de m'enchaîner à toi. Mais enfin tu t'es risqué ; tu t'es livré à moi, comme un enfant aux bras de sa mère ; tu n'as pas craint de devenir ridicule, toi. Mon ami, mon ami, tu as bien fait. Je sais ce que vaut un grand cœur, et aucun beau sentiment n'est perdu avec moi. Tu verras, Pierre, si je sais aimer celui qui est digne d'être aimé.

Adieu, mon âme ! Adieu ! J'espère que nous ne serons pas longtemps sans nous revoir. Alfred ira te trouver si tu ne viens pas. Je t'approuve de lui avoir dit que tu ne voulais plus venir chez nous, mais s'il t'en prie bien, tu lui céderas.

Tu dois bien souffrir entre nous deux ; mais cela vaut mieux que de ne pas nous voir du tout. Il me sera bien difficile de te donner des rendez-vous ; tu vois quelles scènes cela amène ; pour quelques heures d'absence, il me querelle pendant trois jours et trois nuits. Car il ne dort pas, il se réveille et vient à chaque instant voir ce que je fais. Cette surveillance m'est odieuse. Il me semble que je vis dans une cage qui m'étouffe, et la nuit je me réveille avec une montagne sur la poitrine. Il me semble toujours entendre ce pas furtif autour de mon lit et je ne dors plus que d'un œil. Il me faut une force de cheval pour ne pas lui dire à chaque instant qu'il m'est insupportable. Ses protestations me font encore plus de mal. Il m'est impossible de ne pas être attendrie de ses larmes, mais il m'est impossible aussi de lui dire ce que je ne pense pas. Mon cœur se gonfle et se déchire. J'ai besoin de toi, je voudrais te presser contre mon sein oppressé de douleur et d'ennui. Mes nerfs sont agacés, comme si j'avais bu de l'eau de vie. Au milieu de mes rêves, je te vois passer : il me semble que je cours après toi, mais qu'une main jalouse me retient toujours : alors j'ai comme une soif ardente, j'étends les bras pour te saisir et je m'éveille au moment de t'appeler. Ah ! Si je pouvais crier ton nom vingt fois pendant la nuit, il me semble que cela me soulagerait, mais il faut que je me taise et que je souffre ! Ah donne-moi du courage !

Adieu, adieu ! Je t'aime, je t'aime, je t'aime !

## 35. À ALFRED TATTET

[Venise, 22 mars 1834]

Votre lettre me fait beaucoup de plaisir, mon cher
monsieur Alfred, et je suis charmée que vous me four-
nissiez l'occasion de deux choses. D'abord de vous dire
qu'Alfred, sauf un peu moins de force dans les jambes et
de gaieté dans l'esprit, est presque aussi bien portant que
dans l'état naturel. Ensuite de vous remercier de l'amitié
que vous m'avez témoignée, et des moments agréables que
vous m'avez fait passer en dépit de toutes mes peines. Je
vous dois les seules heures de gaieté et d'expansion que
j'aie goûtées dans le cours de ce mois si malheureux et si
accablant. Vous en retrouverez de meilleures dans votre
vie ; quant à moi, Dieu sait si j'en rencontrerai jamais de
supportables. Je suis toujours dans l'incertitude où vous
m'avez vue, et j'ignore absolument si ma vieille barque
ira échouer en Chine, ou à toute autre morgue, *questo non
importa*[1], comme dirait notre ami Pagello, et je vous engage
à vous en soucier fort peu. Gardez-moi seulement un
bon souvenir du peu de temps que nous avons passé à
bavarder au coin de mon feu, dans les loges de la Fenice,
et sur les ponts de *Venezia la Bella*, comme vous dites si
élégamment. Si quelqu'un vous demande ce que vous
pensez de la féroce Lélia, répondez seulement qu'elle ne
vit pas de l'eau des mers et du sang des hommes, en quoi
elle est très inférieure à Han d'Islande[2] ; dites qu'elle vit
de poulet bouilli, qu'elle porte des pantoufles le matin et
qu'elle fume des cigarettes de Maryland. Souvenez-vous
tout seul de l'avoir vue souffrir et de l'avoir entendue se
plaindre, comme une personne naturelle. — Vous m'avez
dit que cet instant de confiance et de sincérité était l'effet
du hasard et du désœuvrement. Je n'en sais rien, mais je
sais que je n'ai pas eu l'idée de m'en repentir, et qu'après
avoir parlé avec franchise pour répondre à vos questions,

---

1. La lettre est truffée d'expressions italiennes : *questo non importa*
(peu importe) ; *Venezia la Bella*, c'est le titre d'un roman d'Alphonse
Royer paru en janvier 1834 ; *allegri* (joyeux) ; *Forse !* (Peut-être !) ;
*immensamente* (énormément).

2. Le héros du roman *Han d'Islande* (1823) de Victor Hugo est un
monstre de cruauté, assoiffé de sang.

j'ai été touchée de l'intérêt avec lequel vous m'avez écoutée. Il y a certainement un point par lequel nous nous comprenons : c'est l'affection et le dévouement que nous avons pour la même personne. Qu'elle soit heureuse, c'est tout ce que je désire désormais. Vous êtes sûr de pouvoir contribuer à son bonheur, et moi, j'en doute pour ma part. C'est en quoi nous différons ; et c'est en quoi je vous envie. Mais je sais que les hommes de cette trempe ont un avenir et une providence. Il retrouvera en lui-même plus qu'il ne perdra en moi. Il trouvera la fortune et la gloire, moi je chercherai Dieu et la solitude.

En attendant, nous partons pour Paris dans huit ou dix jours, et nous n'aurons pas, par conséquent, le plaisir de vous avoir pour compagnon de voyage. Alfred s'en afflige beaucoup, et moi, je le regrette réellement. Nous aurions été tranquilles et *allegri* avec vous, au lieu que nous allons être inquiets et tristes. Nous ne savons pas encore à quoi nous forcera l'état de sa santé physique et morale. Il croit désirer beaucoup que nous ne nous séparions pas et il me témoigne beaucoup d'affection. Mais il y a bien des jours où il a aussi peu de foi en son désir que moi en ma puissance, et alors je suis près de lui entre deux écueils : celui d'être trop aimée et de lui être dangereuse sous un rapport, et celui de ne l'être pas assez, sous un autre rapport, pour suffire à son bonheur. La raison et le courage me disent donc qu'il faut que je m'en aille à Constantinople, à Calcutta ou à tous les diables. Si quelque jour il vous parle de moi et qu'il m'accuse d'avoir eu trop de force ou d'orgueil, dites-lui que le hasard vous a amené auprès de son lit dans un temps où il avait la tête encore faible, et qu'alors, n'étant séparé des secrets de notre cœur que par un paravent, vous avez entendu et compris bien des souffrances auxquelles vous avez compati, dites-lui que vous avez vu la vieille femme répandre sur ses tisons deux ou trois larmes silencieuses, que son orgueil n'a pas pu cacher. Dites-lui qu'au milieu des rires que votre compassion ou votre bienveillance cherchait à exciter en elle, un cri de douleur s'est échappé une ou deux fois du fond de son âme pour appeler la mort.

Mais je vous ennuie avec mes bavardages, et peut-être vous aussi, vous penserez que, par habitude, j'écris des phrases sur mon chagrin. Cette crainte-là est ce qui me donne ordinairement de la force et une apparence de dédain. Je sais que je suis entachée de la désignation de *femme de lettres*, et, plutôt que d'avoir l'air de consommer ma marchandise littéraire par économie, dans la vie réelle, je tâche de dépenser et de soulager mon cœur dans les fictions de mes romans ; mais il m'en reste encore trop, et je n'ai pas le droit de le montrer sans qu'on en rie. C'est pourquoi je le cache ; c'est pourquoi je me consume et mourrai seule comme j'ai vécu. C'est pourquoi j'espère qu'il y a un Dieu qui me voit et qui me sait, car nul homme ne m'a comprise, et Dieu ne peut pas avoir mis en moi un feu si intense pour ne produire qu'un peu de cendres.

Ensuite, il y a des gens qui prennent tout au sérieux, même la mort, et qui vous disent : « Cela ne peut pas être vrai, on ne peut pas plaisanter et souffrir, on ne peut pas mourir sans frayeur, on ne peut pas déjeuner la veille de son enterrement ». Heureux ceux qui parlent ainsi. Ils ne meurent qu'une fois et ne perdent pas le temps de vivre à faire sur eux-mêmes l'éternel travail de renoncement, ce qui est, après tout, la plus stupide et la plus douloureuse des opérations.

À propos d'opérations, *l'illustrissimo professore Pagello* vous adresse mille compliments et amitiés ; je lui ai traduit servilement le passage sombre et mystérieux de votre lettre où il est question de lui et de Mademoiselle Antonietta [Fusinato], sans y ajouter le moindre point d'interrogation, sans chercher à soulever le voile qui recouvre peut-être un abîme d'iniquités. Le docteur Pagello a souri, rougi, pâli ; les veines colossales de son front se sont gonflées, il a fumé trois pipes ; ensuite il a été voir jouer un opéra nouveau de Mercadante à la Fenice, puis il est revenu, et, après avoir pris quinze tasses de thé, il a poussé un grand soupir et il a prononcé ce mot mémorable que je vous transmets aveuglément pour que vous l'appliquiez à telle question qu'il vous plaira : *Forse !*

Ensuite, je lui ai dit que vous pensiez beaucoup de bien de lui, et il m'a répondu qu'il en pensait au moins autant de vous, que vous lui plaisiez *immensamente* et qu'il était bien fâché que vous ne vous fussiez pas cassé une jambe à Venise, parce qu'il aurait eu le plaisir de vous la remettre et de vous voir plus longtemps. J'ai trouvé que son amitié allait trop loin, mais j'ai partagé son regret de vous avoir si tôt perdu.

Je n'écris pas à Sainte-Beuve parce que je ne me sens pas le courage de parler davantage de mes chagrins, et qu'il m'est impossible de feindre avec lui une autre disposition que celle où je suis. Mais si vous lui écrivez, remerciez-le pour moi de l'intérêt qu'il nous porte. Sainte-Beuve est l'homme que j'estime le plus ; son âme a quelque chose d'angélique et son caractère est naïf et obstiné comme celui d'un enfant. Dites-lui que je l'aime bien ; je ne sais pas si je le verrai à Paris ; je ne sais pas si je le reverrai jamais.

Ni vous non plus, mon cher ; mais pensez à moi quelquefois, et tâchez d'en penser un peu de bien avec ceux qui n'en penseront pas trop de mal. Je ne vous dis rien de la part d'Alfred ; je crois qu'il vous écrira de son côté. Amusez-vous bien, courez, admirez et surtout ne tombez pas malade.

T[out] à v[ous]

George Sand

22 mars

Écrivez-moi à Paris, quai Malaquais, 19, si vous avez quelque chose à me dire.

## 36. À JULES BOUCOIRAN

6 avril [1834], Venise

Mon cher enfant, J'ai reçu vos deux effets sur M. Papadopoli, et je vous remercie. Maintenant je suis sûre de ne pas mourir de faim et de ne pas demander l'aumône en pays étranger, ce qui pour moi serait pire. Je m'arrangerai avec Buloz, et je pense qu'à présent il pourra suffire à mes besoins sans se faire trop brailler et je ferai peu de dépense et travaillerai beaucoup. Alfred est parti pour Paris sans moi et je vais passer ici quelques mois encore. Vous savez les motifs de cette séparation. De jour en jour elle devenait plus nécessaire et il lui eût été impossible de faire le voyage avec moi sans s'exposer à une rechute. La poitrine encore délicate lui prescrivait une abstinence complète, mais ses nerfs toujours irrités lui rendaient les privations insupportables. Il a fallu mettre ordre à ces dangers et à ces souffrances et nous diviser aussitôt que possible. Il était encore bien délicat pour entreprendre ce long voyage et je ne suis pas sans inquiétude sur la manière dont il le supportera. Mais il lui était plus nuisible de rester que de partir, et chaque jour consacré à attendre le retour de sa santé, le retardait au lieu de l'accélérer. Il est parti enfin, sous la garde d'un domestique très soigneux et très dévoué[1]. Le médecin m'a répondu de sa poitrine en tant qu'il la ménagerait. Je ne suis pas bien tranquille, j'ai le cœur bien déchiré, mais j'ai fait ce que je devais.

Nous nous sommes quittés, peut-être pour quelques mois, peut-être pour toujours. Dieu sait maintenant ce que deviendront ma tête et mon cœur. Je me sens de la force pour vivre, pour travailler, pour souffrir. La manière dont je me suis séparée d'Alfred m'en a donné beaucoup. Il m'a été doux de voir cet homme si frivole, si athée en amour, si incapable (à ce qu'il me semblait d'abord) de s'attacher à moi sérieusement, devenir bon, affectueux et loyal de jour en jour. Si j'ai quelquefois souffert de la différence de nos caractères et surtout de nos âges, j'ai eu encore plus souvent lieu de m'applaudir des autres rapports qui nous attachaient l'un à l'autre, il y a en lui un fonds de tendresse, de bonté et de sincérité qui doivent le rendre adorable à tous ceux qui le connaîtront bien et qui ne le jugeront pas sur des actions légères. S'il conservera de l'amour pour moi, j'en doute et je n'en doute pas. C'est-à-dire que ses sens et son caractère le porteront à se distraire avec d'autres femmes, mais son cœur me sera fidèle, je le sais, car personne ne le comprendra mieux que moi et ne saura mieux s'en faire entendre. Je doute que nous redevenions amants. Nous ne nous sommes rien promis l'un à l'autre sous ce rapport, mais nous nous aimerons toujours et les plus doux moments de notre vie seront ceux que nous pourrons passer ensemble. Il m'a promis de m'écrire durant son voyage et aussitôt après son arrivée. Mais cela ne suffit pas à calmer mes craintes. Je vous prie de le voir ; il arrivera à Paris probablement en même temps que cette lettre-ci. Dites-moi sincère-

---

1. Musset a quitté Venise le 29 mars, sous la garde d'Antonio, un coiffeur qui lui sert de domestique. G. Sand l'a accompagné jusqu'à Mestre, puis a voyagé dans le Veneto avec Pagello.

ment dans quel état de santé vous l'aurez trouvé. S'il vous demande la clef de mon appartement et mes papiers, remettez-lui tout ce qu'il désirera sans exception. Je crois qu'il a des lettres et des effets parmi les miens, plusieurs tableaux et petits meubles qui sont chez moi lui appartiennent. S'il a envie de les faire transporter chez lui dites à mon portier de les laisser passer.

Le manuscrit de *Lélia* est dans une des petites armoires de Boulle. Je l'ai en effet donné à Planche ; pour peu qu'il tienne à ce griffonnage, donnez-le lui, il est bien à son service. Je suis profondément affligée d'apprendre qu'il a encore mal aux yeux. Je voudrais pouvoir encore le soigner et le soulager. Remplacez-moi, ayez soin de lui. Dites-lui que mon amitié pour lui n'a pas changé, s'il vous questionne sur mes sentiments à son égard. Dites-lui sincèrement, que plusieurs propos m'étaient revenus après l'affaire de son duel avec M. [Capo] de Feuillide, lesquels propos m'avaient fait penser qu'il ne parlait pas de moi avec toute la prudence possible. Ensuite, il avait imprimé dans la revue[2] des pages qui m'avaient donné de l'humeur. Lui et moi sommes des esprits trop graves et des amis trop vrais, pour nous livrer aux interprétations ridicules du public. Pour rien au monde je n'aurais voulu qu'un homme que j'aime et que j'estime infiniment devînt la risée d'une populace d'artistes haineux qu'il a souvent tancée durement, et qui, pour ce fait, cherche toutes les occasions de le faire souffrir et de le rabaisser. Il me semblait que le rôle d'amant disgracié que ces messieurs voulaient lui donner, ne convenait pas à son caractère et à la loyauté de nos relations. J'avais cherché de tout mon pouvoir à le préserver de ce rôle mortifiant et ridicule, en déclarant hautement qu'il ne s'était jamais donné la peine de me faire la cour, et que notre affection était toute paisible et fraternelle, que les méchants commentaires me forçaient à ne plus le voir pendant quelques mois, mais que rien ne pouvait ébranler notre mutuel dévouement. Au lieu de me seconder en ceci, Planche s'est compromis et m'a compromise moi-même d'abord par un duel qu'il n'avait pas des raisons personnelles suffisantes pour pro-

2. L'article de Planche sur *La Double Méprise* de Mérimée, dans la *Revue des Deux Mondes* du 15 septembre 1833, dissertation sur l'amour de cœur, l'amour de tête et l'amour sensuel, avait fait jaser. Sur le duel, voir lettre 29, note 1.

voquer, secondement par des plaintes et des reproches,
très doux, il est vrai, mais très hors de place et qui pis
est, tirés à 1 000 exemplaires. J'ai cru voir dans ces
reproches indirects l'intention éloignée mais habile, d'inquiéter Alfred sur le passé et sur l'avenir et j'en ai été très
blessée, tant qu'Alfred a vécu près de moi, je n'ai pu risquer d'explications à cet égard mais à présent je donnerai à Planche de tout mon cœur celle de ma froideur et
de mon silence quand ses yeux lui permettront de lire
une lettre de moi, et d'y répondre. Je la lui donnerai d'autant plus volontiers que mon ressentiment contre lui s'est
entièrement effacé. De si loin et après tant de choses, les
petits accidents de la vie disparaissent, comme les détails
du paysage se confondent et s'effacent à l'œil de celui qui
les contemple du haut de la montagne. Les grandes masses
restent seules distinctes au milieu du vague de l'éloignement. Ainsi les susceptibilités, les petits reproches, les
mille légers griefs de la vie habituelle, s'évanouissent
maintenant de ma mémoire, il ne me reste que le souvenir des choses sérieuses et vraies. L'amitié de Planche, le
souvenir de ses soins, de son dévouement, de sa bonté
inépuisables pour moi, resteront dans ma vie et dans
mon cœur comme des sentiments inaltérables.

En quittant Alfred, que j'ai suivi jusqu'à Vicence, j'ai
fait une petite excursion dans les Alpes en suivant la
Brenta. J'ai fait à pied jusqu'à 8 lieues par jour et j'ai
reconnu que ce genre de fatigue m'était fort bon, physiquement et moralement. Dites à Buloz que je lui écrirai
des lettres pour la revue sur mes voyages pédestres[3].

Je suis revenue à Venise avec 7 centimes dans ma
poche. Sans cela, j'aurais été jusque dans le Tyrol, mais le
besoin de hardes et d'argent m'a forcée de revenir. Dans
quelques jours, je repartirai et je reprendrai la traversée
des Alpes par les gorges de la Piave. Je puis aller loin
ainsi en dépensant 5 f. par jour et en faisant huit ou dix
lieues soit à pied, soit à âne. J'ai le projet d'établir mon
quartier général à Venise, mais de courir le pays, seule et
en liberté. Je commence à me familiariser avec le dialecte.
Quand j'aurai vu cette province, j'irai à Constantinople,
j'y passerai un mois, et je serai à Nohant pour les

3. Ce seront les *Lettres d'un voyageur*, dont la première paraîtra dans
la *Revue des Deux Mondes* du 15 mai.

vacances. De là, j'irai faire un tour à Paris et je reviendrai à Venise.

Je suis fort affligée du silence de Maurice et fort contente d'apprendre au moins qu'il se porte bien. Son père me dit qu'il travaille bien et qu'on eſt content de lui. Pour vous, je vous ai prié au moins dix fois de voir ses notes et de m'en rendre compte. Il faut que j'y renonce ; car vous ne m'en avez jamais dit un mot, gredin d'enfant ! Je suis enchantée aussi que mon mari garde Solange à Nohant. De cette manière, il me plaît fort de garder Julie [Dorville], puisque je n'ai pas à la nourrir. Sans cet arrangement, j'aurais fait mon possible pour retourner à Paris, malgré le peu d'argent que j'aurais eu pour un si long voyage, mais je puis sans aucun préjudice pour l'un ou l'autre de mes enfants reſter dehors jusqu'aux vacances.

Payez-vous de toutes les dépenses et de l'argent que je vous devais déjà je crois pour Solange, de celles que vous avez faites pour moi et gardez le reſte de mon mois que vous m'enverrez avec les 300 f. du mois d'avril, j'ai une si pauvre cervelle que je ne sais plus l'état de mes dettes à Paris. Je vous prie de vous entendre à cet égard avec Alfred à qui j'ai expliqué autant que possible l'emploi de mon argent et qui vous expliquera de son côté du mieux qu'il pourra. Il fera mes comptes avec Buloz.

Ne me parlez jamais, je vous prie, des articles qui se publient pour ou contre moi dans les journaux. J'ai au moins ici, le bonheur d'être tout à fait étrangère à la littérature et de la traiter absolument comme un gagne-pain.

Adieu, mon ami ; je vous embrasse de tout mon cœur. Écrivez-moi, parlez-moi de mon fils, envoyez-moi une lettre de lui, à tout prix je la veux. Avez-vous de bonnes nouvelles de votre mère ? Vous ne me parlez jamais de vous. Avez-vous des élèves ? Faites-vous bien vos affaires ? N'êtes-vous pas amoureux de quelque femme ou de quelque science, ou de quelque grue[4] ? Pensez-vous un peu à votre vieille amie, qui vous aime toujours *paternellement* ?

G. S.

Je vous fais passer une lettre que vous remettrez à mon mari s'il eſt à Paris, ou que vous ferez passer à Nohant.

---

4. Il y avait à Nohant une grue apprivoisée.

## 37. À ALFRED DE MUSSET

[Venise,] 15 [et 17] avril [1834]

J'étais dans une affreuse inquiétude, mon cher ange. Je
n'ai reçu aucune lettre d'Antonio. J'avais été à Vicence
exprès pour savoir comment tu aurais passé cette première nuit. J'avais appris seulement que tu avais traversé
la ville dans la matinée. J'avais donc pour toutes nouvelles
de toi, les deux lignes que tu m'as écrites de Padoue, et
je ne savais que penser. Pagello me disait que certainement au cas où tu serais malade, Antonio nous écrirait,
mais je sais que les lettres se perdent ou restent six
semaines en route dans ce pays-ci. J'étais au désespoir.
Enfin j'ai reçu ta lettre de Genève. Oh que je t'en remercie mon enfant ! Qu'elle est bonne et qu'elle m'a fait de
bien ! Est-ce bien vrai, que tu n'es pas malade, que tu es
fort, que tu ne souffres pas ? Je crains toujours que par
affection, tu ne m'exagères cette bonne santé. Oh que
Dieu te la donne et te la conserve, mon cher petit ! Cela
est aussi nécessaire à ma vie, désormais, que ton amitié.
Sans l'une ou sans l'autre, je ne puis pas espérer un seul
beau jour pour moi. Ne crois pas, ne crois pas, Alfred,
que je puisse être heureuse avec la pensée d'avoir perdu
ton cœur. Que j'aie été ta maîtresse ou ta mère, peu
importe. Que je t'aie inspiré de l'amour ou de l'amitié,
que j'aie été heureuse ou malheureuse avec toi, tout cela
ne change rien à l'état de mon âme à présent. Je sais que
je t'aime, et c'est tout. Mais pas avec cette soif douloureuse de t'embrasser à toute seconde que je ne pourrais
satisfaire sans te donner la mort. Mais avec une force
toute virile et aussi avec toutes les tendresses de l'amour
féminin. Veiller sur toi, te préserver de tout mal, de toute
contrariété, t'entourer de distractions et de plaisirs, voilà
le besoin et le regret que je sens depuis que je t'ai perdu…
pourquoi cette tâche si douce et que j'aurais remplie avec
tant de joie, est-elle devenue peu à peu si amère et puis
tout à coup impossible ? Quelle fatalité a changé en poison, les remèdes que je t'offrais ? Pourquoi, moi qui
aurais donné tout mon sang pour te donner une nuit de
repos et de calme, suis-je devenue pour toi, un tourment,
un fléau, un spectre ? Quand ces affreux souvenirs m'as-

siègent (et à quelle heure me laissent-ils en paix ?) je
deviens presque folle. Je couvre mon oreiller de larmes.
J'entends ta voix m'appeler dans le silence de la nuit.
Qu'est-ce qui m'appellera à présent ! Qui est-ce qui aura
besoin de mes veilles ? à quoi emploierai-je la force que
j'ai amassée pour toi, et qui maintenant se tourne contre
moi-même ? Oh ! mon enfant, mon enfant ! que j'ai
besoin de ta tendresse et de ton pardon ! Ne parle pas du
mien, ne me dis jamais que tu as eu des torts envers moi.
Qu'en sais-je ? Je ne me souviens plus de rien, sinon que
nous aurons été bien malheureux et que nous nous
sommes quittés. Mais je sais, je sens que nous nous aimerons toute la vie avec le cœur, avec l'intelligence, que
nous tâcherons par une affection sainte de nous guérir
mutuellement du mal que nous avons souffert l'un pour
l'autre, hélas non ! ce n'était pas notre faute, nous sui-
vions notre destinée, et nos caractères plus âpres, plus
violents que ceux des autres, nous empêchaient d'accepter la vie des amants ordinaires. Mais nous sommes nés
pour nous connaître et pour nous aimer, sois-en sûr.
Sans ta jeunesse et la faiblesse que tes larmes m'ont causée, un matin, nous serions restés frère et sœur. Nous
savions que cela nous convenait. Nous nous étions prédit les maux qui nous sont arrivés. Eh bien qu'importe,
après tout ? Nous avons passé par un rude sentier, mais
nous sommes arrivés à la hauteur où nous devions nous
reposer ensemble. Nous avons été amants, nous nous
connaissons jusqu'au fond de l'âme, tant mieux. Quelle
découverte avons-nous faite mutuellement qui puisse
nous dégoûter l'un de l'autre ? Oh malheur à nous,
si nous nous étions séparés dans un jour de colère, sans
nous comprendre, sans nous expliquer ! C'est alors
qu'une pensée odieuse eût empoisonné notre vie entière,
c'est alors que nous n'aurions jamais cru à rien. Mais
aurions-nous pu nous séparer ainsi ? Ne l'avons-nous pas
tenté en vain plusieurs fois, nos cœurs enflammés d'orgueil et de ressentiment ne se brisaient-ils pas de douleur
et de regret chaque fois que nous nous trouvions seuls ?
Non, cela ne pouvait pas être. Nous devions, en renon-
çant à des relations devenues impossibles, rester liés pour
l'éternité. Tu as raison, notre embrassement était un
inceste, mais nous ne le savions pas. Nous nous jetions
innocemment et sincèrement dans le sein l'un de l'autre.

Eh bien! avons-nous un seul souvenir de ces étreintes,
qui ne soit chaste et saint? Tu m'as reproché dans un
jour de fièvre et de délire de n'avoir jamais su te donner
les plaisirs de l'amour. J'en ai pleuré alors et maintenant
je suis bien aise qu'il y ait quelque chose de vrai dans ce
reproche. Je suis bien aise que ces plaisirs aient été plus
austères, plus voilés que ceux que tu retrouveras ailleurs.
Au moins tu ne te souviendras pas de moi dans les bras
des autres femmes. Mais quand tu seras seul, quand tu
auras besoin de prier et de pleurer, tu penseras à ton
George, à ton vrai camarade, à ton infirmière, à ton ami,
à quelque chose de mieux que tout cela; car le sentiment
qui nous unit s'est formé de tant de choses, qu'il ne se
peut comparer à aucun autre. Le monde n'y comprendra
jamais rien, tant mieux, nous nous aimerons, et nous
nous moquerons de lui.

À propos de cela, je t'ai écrit une longue lettre sur
mon voyage dans les Alpes, que j'ai l'intention de publier
dans la revue[1], si cela ne te contrarie pas. Je te l'enverrai
et si tu n'y trouves rien à redire, tu la donneras à Buloz.
Si tu veux y faire des corrections et des suppressions,
je n'ai pas besoin de te dire que tu as droit de vie et de
mort sur tous mes manuscrits passés, présents et futurs.
Enfin, si tu la trouves entièrement impubliable, jette-la au
feu, ou mets-la dans ton portefeuille, *ad libitum*. Je te fais
passer une lettre de ta mère, que j'ai reçue ces jours-ci,
plus les vers que tu as oubliés dans mon buvard[2] et que
je recopie pour qu'ils tiennent moins de place.

Qu'est-ce que je te dirai de ma position? Je suis encore
sur un pied et ne sais précisément ce qui adviendra de moi.
Je suis à Venise en attendant que j'aie l'argent et la liberté
nécessaires pour aller à Constantinople. Mais je voudrais
auparavant remplir mes engagements avec Buloz. C'est
pourquoi je travaille du matin au soir. Mais je n'ai pas
encore touché à *André*, car il y a bien peu de jours que
j'ai la force de travailler et ces jours-là, je les ai employés
à t'écrire cette lettre sur les Alpes. J'ai bien envie d'y
retourner. Mais alors quand finirai-je *André*? Ce Tyrol me
met des idées si différentes dans la tête! J'irai certaine-

---

1. C'est la première des *Lettres d'un voyageur*, datée 1er mai 1834, et
publiée dans la *Revue des Deux Mondes* du 15.

2. Fragments d'une première version en vers d'*On ne badine pas
avec l'amour*, comédie publiée en 1834.

ment y composer le plan de *Jacques* (dis à Buloz que *Jacques* est commencé). En attendant, je tâche de reprendre goût au travail. Je fume des pipes de quarante toises de longueur. Je prends pour vingt-cinq mille francs de café par jour. Je vis à peu près seule. Rebizzo vient me voir une demi-heure le matin. Pagello vient dîner avec moi et me quitte à huit heures. Il est très occupé de ses malades dans ce moment-ci et son ancienne maîtresse qui s'est repris pour lui d'une passion féroce depuis qu'elle le croit infidèle, le rend véritablement malheureux. Il est si bon et si doux qu'il n'a pas le courage de lui dire qu'il ne l'aime plus et véritablement il devrait le faire, car c'est une furie et de plus, elle lui fait *des traits*. Mais qui lui conseillera d'être rigoureux ? Ce n'est pas moi. Cette femme vient me demander de les réconcilier, je ne peux pas faire autrement, quoique je sente bien que je leur rends à l'un et à l'autre un assez mauvais service. Pagello est un ange de vertu et mériterait d'être heureux. C'est pourquoi je ne devrais pas le réconcilier avec *l'Arpalice* [Fanna]. Mais c'est pourquoi aussi, je partirai.

En attendant, je passe avec lui les plus doux moments de ma journée à parler de toi. Il est si sensible et si bon, cet homme ! Il comprend si bien ma tristesse, il la respecte si religieusement ! C'est un muet qui se ferait couper la tête pour moi. Il m'entoure de soins et d'attentions dont je ne me suis jamais fait l'idée. Je n'ai pas le temps de former un souhait, il devine toutes les choses matérielles qui peuvent servir à me rendre la vie meilleure, pour les autres, il se tait quand il ne comprend pas, il n'est jamais importun. J'ai une espèce de siège à soutenir contre tous les curieux qui s'attroupent déjà autour de ma cellule. Je ne sais pourquoi il en est toujours ainsi quand on veut vivre seule. Mais les importuns sont déjà à ma porte. Je ne sais quelles chipies ont lu mes romans et ont découvert que je suis à Venise. Elles veulent me voir et m'inviter à leurs *conversazioni*. Je ne veux pas en entendre parler. Je m'enferme dans ma chambre et comme une divinité dans son nuage, je m'enveloppe dans la fumée de ma pipe. J'ai un ami intime qui fait mes délices et que tu aimerais à la folie. C'est un sansonnet familier que Pagello a tiré un matin de sa poche et qu'il a mis sur mon épaule. Figure-toi, l'être le plus insolent, le plus pol-tron, le plus espiègle, le plus gourmand, le plus extravagant. Je crois que l'âme de Jean Kreisler[3] est passée dans le corps de cet animal, il boit de l'encre, il mange le tabac de ma pipe tout allumée, la fumée le réjouit beaucoup et tout le temps que je fume il est perché sur le bâton et se penche amoureusement vers la capsule fumante. Il est sur mon genou ou sur mon pied quand je travaille, il m'arrache des mains tout ce que je mange, il foire sur le *bel vestito*[4] de Pagello. Enfin c'est un animal charmant. Bientôt il parlera, il commence à essayer le nom de George.

Adieu, adieu, mon cher petit enfant. Écris-moi bien souvent je t'en supplie. Oh que je voudrais te savoir arrivé à Paris et bien portant ! Souviens-toi que tu m'as promis de te soigner. Adieu, mon Alfred, aime ton

George

Je te prie de prendre chez moi un exemplaire d'*Indiana*, un de *Valentine* et un de *Lélia*. Je crois qu'il en reste deux de *Lélia* dont un en vélin que je te prie de ne pas m'envoyer parce que cet envoi peut se perdre. Joins à ce paquet les *Contes d'Espagne*, le *Spectacle*, *Rolla* et les autres n⁰ˢ de la revue où sont *Marianne*, *Andréa*, *Fantasio*[5], enfin tout ce que tu as écrit. Mais procure-moi des exemplaires non reliés et n'expose pas ceux que j'ai dans ma petite collection aux chances du voyage. Tiens ce paquet tout prêt chez toi à mon adresse : *San Fantin, casa Mezzani, corte Minelli*. On ira le prendre chez toi avec une lettre de Pagello ou de moi. Il est déjà question ici de traduire nos œuvres et on les demande à grands cris. Envoie-moi dans ta prochaine lettre tous les vers que tu as faits pour moi depuis les premiers jusqu'aux derniers. Tu trouveras les premiers dans mon livre de cuir de Russie. Si tu ne veux pas aller chez moi fais-toi remettre tout cela par Boucoiran. Plus tard tu m'enverras par la diligence plusieurs petits objets que je te demanderai mais qu'il ne faut pas

---

3. Johannes Kreisler (Sand écrit Kreyssler), personnage fantastique de maître de chapelle fou créé par E. T. A. Hoffmann dans son recueil de contes *Fantaisies dans la manière de Callot* (1813-1815).

4. Le *bel vestito* : le bel habit.

5. *Contes d'Espagne et d'Italie* (1830), *Un spectacle dans un fauteuil* (1833) ; les autres ouvrages de Musset ont paru dans la *Revue des Deux Mondes* : *Rolla* (15 août 1833), *Les Caprices de Marianne* (15 mai 1833), *Andrea del Sarto* (1ᵉʳ avril 1833) et *Fantasio* (1ᵉʳ janvier 1834).

mettre avec les livres. Pagello veut t'écrire, mais il est
trop occupé aujourd'hui. Il me charge de t'embrasser pour
lui et de te recommander d'avoir soin de son malade.

17 avril.

### 38. À ALFRED DE MUSSET

[Venise,] 12 mai [1834]

Non, mon enfant chéri, ces trois lettres ne sont pas le
dernier serrement de main de l'amante qui te quitte, c'est
l'embrassement du frère qui te reste[1]. Ce sentiment-là
est trop beau, trop pur, et trop doux, pour que j'éprouve
jamais le besoin d'en finir avec lui. Es-tu sûr, toi mon
petit, de n'être jamais forcé de le rompre ? Un nouvel
amour ne te l'imposera-t-il pas comme une condition ?
Que mon souvenir n'empoisonne aucune des jouissances
de ta vie, mais ne laisse pas ces jouissances détruire et
mépriser mon souvenir. Sois heureux, sois aimé. Comment ne le serais-tu pas ? Mais garde-moi dans un petit
coin secret de ton cœur, et descends-y dans tes jours de
tristesse pour y trouver une consolation, ou un encouragement. — Tu ne parles pas de ta santé. Cependant tu
me dis que l'air du printemps et l'odeur des lilas entre
dans ta chambre par bouffées et fait bondir ton cœur
d'amour et de jeunesse. Cela est un signe de santé et de
force, le plus doux certainement que la nature nous
donne. Aime donc, mon Alfred, aime pour tout de bon.
Aime une femme jeune, belle et qui n'ait pas encore
aimé, pas encore souffert. Ménage-la, et ne la fais pas
souffrir. Le cœur d'une femme est une chose si délicate
quand ce n'est pas un glaçon ou une pierre ! Je crois qu'il
n'y a guère de milieu et il n'y en a pas non plus dans ta
manière d'aimer et d'estimer. C'est en vain que tu cherches
à te retrancher derrière la méfiance, ou que tu crois te
mettre à l'abri par la légèreté de l'enfance. Ton âme est
faite pour aimer ardemment, ou pour se dessécher tout à

1. Réponse à la lettre de Musset du 30 avril : « ces trois lettres que
j'ai reçues, est-ce le dernier serrement de main de la maîtresse qui me
quitte, ou le premier de l'amie qui me reste ? »

fait. Je ne peux pas croire qu'avec tant de sève et de jeunesse, tu puisses tomber dans l'auguste permanence[2], tu
en sortirais à chaque instant, et tu reporterais malgré toi
sur des objets indignes de toi, la riche effusion de ton
amour. Tu l'as dit cent fois, et tu as eu beau t'en dédire,
rien n'a effacé cette sentence-là, il n'y a au monde que
l'amour qui soit quelque chose. Peut-être est-ce une
faculté divine qui se perd et qui se retrouve, qu'il faut
cultiver ou qu'il faut acheter par des souffrances cruelles,
par des expériences douloureuses. Peut-être m'as-tu aimée
avec peine, pour aimer une autre avec abandon. Peut-être
celle qui viendra t'aimera-t-elle moins que moi, et peut-
être sera-t-elle plus heureuse et plus aimée. Il y a de tels
mystères dans ces choses, et Dieu nous pousse dans des
voies si neuves et si imprévues ! Laisse-toi faire, ne lui
résiste pas, il n'abandonne pas ses privilégiés. Il les prend
par la main, et il les place au milieu des écueils où ils doivent apprendre à vivre, pour les faire asseoir ensuite au
banquet où ils doivent se reposer. Moi mon enfant, voilà
que mon âme se calme, et que l'espérance me vient. Mon
imagination se meurt et ne s'attache plus qu'à des fictions
littéraires. Elle abandonne son rôle dans la vie réelle, et
ne m'entraîne plus au delà de la prudence et du raisonnement. Mon cœur reste encore, et restera toujours sensible et irritable, prêt à saigner abondamment au moindre
coup d'épingle. Cette sensibilité a bien encore quelque
chose d'exagéré et de maladif qui ne guérira pas en un
jour. Mais je vois aussi la main de Dieu qui s'incline vers
moi et qui m'appelle vers une existence durable et calme.
Tous les vrais biens, je les ai à ma disposition, je m'étais
habituée à l'enthousiasme et il me manque quelquefois.
Mais quand l'accès de spleen est passé, je m'applaudis
d'avoir appris à aimer les yeux ouverts. Un grand point
pour hâter ma guérison, c'est que je puis cacher mes
vieux restes de souffrances. Je n'ai pas affaire à des yeux
aussi pénétrants que les tiens et je puis faire ma figure
d'oiseau malade sans qu'on s'en aperçoive. Si on me soupçonne un peu de tristesse, je me justifie avec une douleur
de tête ou un cor au pied. On ne m'a pas vue insouciante

2. Une note de G. Sand, reproduite dans la première édition de la
correspondance Musset-Sand (Félix Decori, 1904), explique : « C'est
un mot que Gustave Planche employait souvent et avec lequel *elle* le
taquinait parfois ».

et folle, on ne connaît pas tous les recoins de mon caractère. On n'en voit que les lignes principales, cela est bien, n'est-ce pas ? — Et puis ici, je ne suis pas Madame Sand. Ce brave Pierre [Pagello] n'a pas lu *Lélia*, et je crois bien qu'il n'y comprendrait goutte. Il n'est pas en méfiance contre ces aberrations de nos têtes de poètes. Il me traite comme une femme de vingt ans et il me couronne d'étoiles comme une âme vierge. Je ne dis rien pour détruire ou pour entretenir son erreur. Je me laisse régénérer par cette affection douce et honnête. Pour la première fois de ma vie, j'aime sans passion.

Tu n'es pas encore arrivé là, toi. Peut-être marcheras-tu en sens contraire, peut-être ton dernier amour sera-t-il le plus romanesque et le plus jeune. Mais ton cœur, mais ton bon cœur, ne le tue pas, je t'en prie. Qu'il se mette tout entier ou en partie dans toutes les amours de ta vie, mais qu'il y joue toujours son rôle noble, afin qu'un jour tu puisses regarder en arrière et dire comme moi, j'ai souffert souvent, je me suis trompé quelquefois mais j'ai aimé. C'est moi qui ai vécu et non pas un être factice créé par mon orgueil et mon ennui[3]. J'ai essayé ce rôle dans les instants de solitude et de dégoût, mais c'était pour me consoler d'être seule, et quand j'étais deux, je m'abandonnais comme un enfant, je redevenais bête et bon comme l'amour veut qu'on soit.

Que tes lettres sont bonnes et tendres, mon cher Alfred ! la dernière est encore meilleure que les autres. Ne t'accuse de rien, n'aie pas de remords, si tu ne peux surmonter certaines répugnances, certaines tristesses. Ne hasarde rien qui te fasse souffrir ? Tu as bien assez souffert pour moi. Ne vois pas mon fils si cela te fait mal. Si tu le vois, dis-lui qu'il ne m'a pas écrit depuis plus de deux mois et que cela me fait beaucoup de peine. — Je suis triste de n'avoir pas ma fille, et à présent que j'ai fixé que je ne devais pas la voir avant le mois d'août, je pense à elle nuit et jour avec une impatience et une soif incroyable. Qu'est-ce que c'est que cet amour des mères ? C'est encore une chose mystérieuse pour moi. Sollicitudes, inquiétudes cent fois plus vives que dans l'amour d'une amante et pourtant moins de joie et de transports

---

3. Musset a repris littéralement cette phrase dans *On ne badine pas avec l'amour* (II, 5).

dans la possession. Absence qui ne s'aperçoit guère dans les premiers jours et qui devient cruelle et ardente comme la fièvre à mesure qu'elle se prolonge.

Je t'envoie une lettre pour Boucoiran, que je te prie de lui faire passer tout de suite. Je lui dis d'aller te voir. Charge-le de celles de mes affaires et de mes commissions qui t'ennuieront ou que tu n'auras pas le temps de faire. Je t'envoie la liste de ces commissions. Paye-toi avec l'argent que Buloz ou Salmon te remettront pour moi, et dis-moi au juste où en sont mes affaires, si je puis faire payer mon loyer, et surtout Sosthènes [de La Rochefoucauld]. Je crois que Buloz me doit encore 1 500 f. sans compter la lettre sur les Alpes que je t'ai envoyée, et que je te supplie de ne pas lui donner, si elle ne te plaît pas. — Je lui ai envoyé la fin d'*André*. Aie la bonté d'en corriger les épreuves, veux-tu, mon enfant ? Il y a deux choses à observer. D'abord que j'ai fait en plusieurs endroits de grosses bourdes, à propos de l'âge de majorité. Il faut que tu t'assures de l'âge où un homme peut se marier sans le consentement des parents, et que tu fasses accorder les trois ou quatre passages où j'en parle. Il me semble que dans certains endroits je lui donne vingt ans, et que six mois après, il s'en trouve avoir 25. — Ensuite il y a une grande portion de manuscrit, celle que tu as emportée, je crois, où j'ai oublié de faire la division des chapitres. Arrange cela, et fais concorder les chiffres que j'ai laissés en blanc avec les précédents. Enfin corrige les mots bêtes, les redites, les fautes de français. Tu sais que c'est un grand service à rendre à un auteur absent, que de le sauver de la bêtise des protes et de sa propre inadvertance. *Jacques* est en train et va au galop. Ce n'est l'histoire d'aucun de nous. Il m'est impossible de parler de moi dans un livre, dans la disposition d'esprit où je suis. — Pour toi, cher ange, fais ce que tu voudras, romans, sonnets, poèmes, parle de moi comme tu l'entendras, je me livre à toi les yeux bandés. Je te remercierai à genoux des vers que tu m'enverras, et de ceux que tu m'as envoyés. Tu sais que je les aime de passion, tes vers, et qu'ils m'ont appelée vers toi, malgré moi, d'un monde bien éloigné du tien. — Mon oiseau est mort, et j'ai pleuré, et Pagello s'est mis à rire, et je me suis mise en colère, et il s'est mis à pleurer, et je me suis mise à rire. Voilà-t-il pas une belle histoire ? J'attends qu'il m'arrive quelques sous pour acheter une certaine tourterelle dont je suis éprise. Je ne me porte pas très bien. L'air de Venise est éminemment coliqueux, et je vis dans des douleurs d'entrailles continuelles. J'ai été très occupée d'arranger notre petite maison, de coudre des rideaux, de planter des clous, de couvrir des chaises. C'est Pagello qui a fait à peu près tous les frais du mobilier, moi j'ai donné la main-d'œuvre gratis, et son frère prétend, pour sa part, s'être acquitté en esprit et en bons mots. C'est un drôle de corps que ce Robert, et il a des façons de dire très comiques. L'autre jour il me priait de lui faire un rideau parce que le *popolo* s'attroupait sur le pont quand il passait sa chemise. — Au reste, je vis toujours sous la menace d'être assassinée par Mme Arpalice [Fanna]. Pagello s'est brouillé tout à fait avec elle. Giulia [Puppati] prend la chose au sérieux et vit pour moi dans des inquiétudes comiques. Elle me supplie de quitter le pays pour quelque temps parce qu'elle croit de bonne foi à une *coltellata*[4].

Voici les petits objets que je te prie de m'envoyer. Douze paires de gants glacés. — deux paires de souliers de satin noir et deux paires de maroquin noir, chez Michiels au coin de la rue du Helder et du boulevard. Tu lui diras de les faire un peu plus larges que ma mesure. J'ai les pieds enflés et le maroquin de Venise est dur comme du buffle. — un quart de patchouli chez Leblanc rue Sainte-Anne, en face le n° 50 ; ne te fais pas attraper, cela vaut 2 francs le quart, Marquis le vend 6 f. — le cahier de mes romances espagnoles que Boucoiran prendra chez Paultre et te portera. — quelques cahiers de beau papier à lettres, il est impossible d'en trouver ici. — un paquet de journaux liés avec un cordon qui se trouve dans une de mes armoires de Boulle, et que tu diras à Boucoiran de chercher. Ce sont les journaux qui ont parlé avantageusement d'*Indiana* et de *Valentine*. Pagello est en marché pour en vendre une traduction qu'il veut faire, et il espère en tirer le double, s'il peut présenter à l'éditeur des journaux favorables. — N'oublie pas de joindre aux livres que je t'ai demandés *la Marquise*, *Aldo le rimeur* et *Métella*, parce qu'on demande une *operette*[5] pour

4. Coup de couteau.
5. Un petit ouvrage.

commencer la publication. Le romantique est fort à la mode ici. *Aldo* aurait je crois du succès. *La Marquise* aussi parce qu'on est curieux à Venise des histoires singulières, stupides et folles. Je serais bien aise de faire gagner quelque million (de centimes) à Pagello avec mes œuvres légères. Je crois qu'il pourrait traduire aussi [*Les Caprices de*] *Marianne*, *Fantasio* ou *Andrea*. Je sais assez d'italien à présent pour l'aider à comprendre ta prose quoiqu'elle soit moins abordable que la mienne à un étranger. Il comprend très bien d'ailleurs le français imprimé et il écrit l'italien très remarquablement à ce qu'on dit. Je crois que tes petites comédies en prose feraient rage et cela m'amuserait de nous voir devenir célèbres à Venise. — Tu mettras toutes ces choses dans une caisse avec les livres (tout cela peut voyager ensemble sans inconvénient) et je te prie de mettre la caisse à la diligence à l'adresse de Pagello, Farmacia Ancillo, à Venise — cela suffit et Pagello se charge de tout. — Adieu, mon joli petit ange, écris-moi, écris-moi toujours de ces bonnes lettres qui ferment toutes les plaies que nous nous sommes faites et qui changent en joies présentes nos douleurs passées. Je t'embrasse [...] pour moi et pour le docteur.

Écris-moi à la farmacia Ancillo, c'est le plus prompt moyen d'avoir tes lettres dès le matin.

Tu as [*ligne coupée*] sent-il aussi mauvais que par le passé ? As-tu entrevu le gigantesque col de chemise ? Quelquefois je me mets à rire toute seule au souvenir de nos bêtises, et puis il se trouve que cela me fait pleurer. Oh nous nous reverrons, n'est-ce pas ?

## 39. À CHARLES SAINTE-BEUVE

Nohant, 24 7bre [1834]

Je veux vous dire, mon ami, que j'ai lu votre livre[1], bien tard sans doute ; mais j'arrive d'un pays perdu, où

---

1. Le roman *Volupté* (BF 19 juillet 1834) ; Sainte-Beuve en avait déjà lu des passages à Sand en mars et mai 1833. Sainte-Beuve a publié cette lettre dans l'édition de 1869 de son roman, avec ce commentaire : « de tous les jugements qui me vinrent de la part d'illustres amis, aucun ne vaut pour l'étendue de l'examen, le poids de l'éloge

j'étais tombée dans l'abrutissement le plus complet. C'est ici enfin, que j'ai trouvé un peu de repos, sur la lisière de la Vallée noire, dans mon pays, au milieu de mes camarades et de mes amis, auprès de mes enfants. Là seulement j'ai pu lire, et le premier livre que j'ai ouvert a été le vôtre. Ce que vous m'en aviez confié ne m'était pas sorti de la mémoire, et j'en savais les moindres détails, néanmoins j'ai voulu tout recommencer, et je veux vous dire comment je l'ai fait. Un de mes amis [François Rollinat], un des meilleurs, homme grave, triste, vertueux, admirable, tenait le livre et lisait à haute voix. Les autres écoutaient religieusement, étendus sur l'herbe. Les enfants jouaient, mais en se parlant bien bas, pour ne pas nous déranger, et je fumais pour avoir les idées plus nettes et mieux entendre. Je ne crois pas qu'aucune lecture m'ait émue autant que celle-là. Je ne vous connaîtrais pas du tout que c'eût été la même chose quant à l'admiration que j'ai ressentie. Mais cette longue histoire si belle, si vraie, si triste, racontée par vous m'a touchée profondément. Le lecteur a une voix lente, uniforme et profonde qui semblait faite exprès pour le style d'un pareil récit ; sa figure, son caractère, tout ce que sa vie offre de grandeur et de souffrance, l'extérieur et l'intérieur, tout le rendait digne d'être votre interprète, et je me flatte que nulle part vous n'avez été mieux lu et mieux entendu.

Si je me laissais aller à mes émotions et à mes sympathies, je vous dirais que *Volupté* est une œuvre parfaite. À en juger sévèrement et froidement, je crois pouvoir encore vous dire que c'est le plus beau roman qui existe dans notre littérature nouvelle. L'ordre, la marche, l'enchaînement, le développement, le dénouement sont dans leur cours paisible et simple, d'une évidence, d'une clarté, d'une nécessité admirables. Les caractères sont d'une pureté et d'une beauté sublimes. Il n'est pas un rôle négligé : ceux même qui apparaissent le moins, Mlle de Liniers, Mme de Cursy, sont encore des figures frappantes et qu'on n'oublie jamais. Ce que j'admire et chéris dans ce livre, c'est que toutes les figures sont belles, même les moins belles, car Mme de R. pourrait encore être aimée de nous après qu'Amaury s'est plaint d'elle et

---

et le sérieux des objections, celui de Madame Sand ». Voir la belle édition de *Volupté* par André Guyaux (Folio).

nous a raconté ses travers. Il semble qu'Amaury ne puisse peindre qu'à la manière de la vieille Italie chrétienne, qui ne cherchait le vrai que dans le beau, et qui n'étudiait la nature que dans sa perfection. C'est un cadre où des vierges, des saints et des anges se présentent avec diverses expressions, mais dont chaque tête est un type de grâce ou de beauté.

Le caractère qui me plaît le mieux parce qu'il est peut-être absolument neuf en littérature, et qu'il est profondément vrai dans la vie, c'est celui de M. de Couaën. Le fait de l'art était de le revêtir, comme vous l'avez fait, d'une beauté si austère et d'une tristesse si imposante. Pour ma part, je vous remercie de cette création, et tous mes amis de la Vallée noire, qui sont peu littéraires, mais qui sont de bon cœur et de bon sens, se sont prosternés devant elle.

Je n'ai rien lu de plus adorable que le portrait des deux enfants, la chanson d'Arthur, le Jasmin, etc. Vous auriez souri en nous voyant tous pleurer sa mort, et ensuite celle de sa mère. Comme vous savez faire aimer vos personnages ! Voilà ce que personne ne sait bien, et ce que je veux étudier de vous.

Je veux vous dire maintenant l'impression qui m'est restée de cette lecture et dans quel état d'esprit elle m'a laissée pendant plusieurs jours. Faites attention qu'il n'est plus question de juger le roman, qui me paraît sans reproche en tant que roman, c'est-à-dire histoire vraie. Je m'en prends maintenant aux idées premières, au choix du sujet, et en cela il ne m'a laissé que tristesse et découragement. J'ai cherché longtemps pourquoi et peut-être l'ai-je enfin trouvé. C'est un livre trop spécial. Il intéressera et charmera tout le monde, mais il ne sera vraiment utile et profitable qu'aux dévots. C'est une bien petite fraction du monde intelligent, que la fraction catholique, et je voudrais qu'une si belle œuvre pût donner secours à toutes les intelligences. C'est vous dire combien j'estime le livre et combien je le croirais propre à remuer la société, s'il ne se restreignait dans le cercle particulier de ce qu'on pourrait appeler maintenant en France une coterie. Il est vrai qu'Amaury démontre par des raisonnements excellents et admirables que la grossière volupté des sens est funeste aux hommes intelligents, de toutes les religions, que c'est l'homme moral et non pas seulement l'homme pieux qu'elle tue ou flétrit. Mais Amaury élevé dans la croyance romaine, et rentrant dans son sein par un pacte aussi formel que l'ordination, a bien moins de pouvoir sur la foule que vous, Sainte-Beuve, qui n'êtes ni dévot ni prêtre, en auriez, si vous parliez du fond de votre grenier de poète. Je n'aime point ce séminaire où l'âme agitée va se retremper et se raffermir. Cela est beau dans le poème, et produit une tristesse solennelle et profonde. Mais vous vous souvenez bien que quand j'écrivais *Lélia*, je me reprochais amèrement de faire un livre inutile, je craignais même qu'il ne fût dangereux ce qui était une fatuité bien gratuite. Vous n'avez ni l'un ni l'autre de ces reproches à vous faire pour *Volupté*, mais c'est moi, qui vous fais le reproche d'avoir écrit un livre sublime sur un sujet qui en paralyse les effets. Que les autres fassent ce qu'ils veulent, mais vous, mon ami, il faut que vous fassiez un livre qui change, et qui améliore les hommes. Entendez-vous? Vous le pouvez, donc vous le devez.

Ah! si je le pouvais, moi, je relèverais la tête et je n'aurais plus le cœur brisé, mais en vain je cherche une religion, sera-ce Dieu, sera-ce l'amour, l'amitié, le bien public? hélas! il me semble que mon âme est organisée pour recevoir toutes ces empreintes, sans que l'une efface l'autre. Mais trouverai-je jamais un an, ou seulement un mois dans ma triste vie pour sentir tout cela sans amertume, sans doute, sans effroi? Voyez *Lélia*. Il y a de tout, et il n'y a rien, dans *Jacques*, l'amour est placé sur un autel et l'abnégation se prosterne devant lui, mais le sentiment religieux pâlit et s'efface. Qui peindra le *juste* tel qu'il doit, tel qu'il peut être dans l'état de notre société? Voilà ma grande préoccupation[2], voilà ce que je demande aux hommes de génie et aux hommes de bien. N'êtes-vous pas l'un et l'autre? N'avez-vous pas senti ce qu'est la justice selon le Dieu de tous les hommes, en écrivant ces grandes pages d'Amaury? Si je le sentais comme vous, si j'avais dans l'esprit cette fermeté qui manquera peut-être toujours à une femme, et cette sainteté consciencieuse du cœur qui manque à presque tous les hommes, je voudrais le dire et l'enseigner.

Je m'embarrasse peu pour mon compte, des combats de la chair avec l'esprit, et, si j'étais lecteur seulement,

---

2. Dans la quatrième des *Lettres d'un voyageur*, Sand a inséré un « portrait du *juste* » qu'elle avait écrit à l'âge de seize ans.

je m'étonnerais autant d'Amaury se plaignant du trop de
plaisirs humains que de Lélia déplorant leur absence.
J'admets la poésie de l'une et l'autre invention, parce que
toute situation excessive est poétique. Mais je ne la crois
vraie que passagèrement. Le temps, le hasard, mille circonstances nécessaires ou imprévues altèrent la singularité rigoureuse d'un caractère ou d'une organisation. Le
vice d'Amaury me semble bien guérissable sans l'aide du
cloître et du serment. Lui-même sait le remède lorsqu'il
cherche le ciel et la terre dans l'amour d'une seule
femme. Si le hasard la lui eût présentée, il ne fût point
entré au séminaire. Ce n'est pas sa faute, c'est celle des
choses qui a fait avorter ses tentatives vers l'amour pur.
Ces combinaisons malheureuses, les devoirs de l'amitié
envers Mme de Couaën, le caractère antipathique avec
Mme de R. répandent sur sa destinée un grand intérêt.
Mais je suis fâchée que cet homme désolé n'ait d'autres
consolations que celles de l'Église romaine. Et ne
sommes-nous pas tous désolés ? Ici d'un excès d'attachement, ici d'un excès de détachement ? Ceux-ci par le
ravage d'une vie trop émouvante, ceux-là par l'ennui et
le vide d'une vie trop comprimée ? M. de Couaën se
consolant de la perte de son fils, de sa femme et de toutes
ses espérances, par la croyance catholique ! Tout ce que
lui dit Amaury est bien beau, mais sommes-nous encore
au temps des miracles ? Je vous déclare qu'à la place de
M. de Couaën je me brûlerais la cervelle.

Pour en revenir à votre livre (car vous voyez que je ne
vous parle pas de celui-là, mais d'un autre qu'il faut
faire), je vous ferai le reproche contraire à celui que vous
m'avez fait pour *Lélia*. Vous trouviez le style trop sévèrement châtié. Suis-je entrée dans un mauvais système ?
Je trouve le vôtre trop peu sévère. Ce n'est pas qu'il soit
négligé ni lâche, tant s'en faut. Il est toujours chaud et
vigoureux. Mais selon mes idées actuelles il donne accès
à trop de mots impropres, à trop d'images qui toutes ne
sont pas justes, à des tournures de phrases trop obstinément explicatives. L'un de ces défauts me semble la
conséquence inévitable de l'autre. Si vous sentiez que votre
image est bien saisissante, vous n'y reviendriez pas pour
l'expliquer. Ce reproche ne s'adresse qu'à certaines parties. La plupart du temps vous amenez le mot juste,
l'image frappante, quelquefois c'est tout à côté. Je ne

peux pas souffrir que le mot propre à l'idée seulement
s'applique à l'objet de comparaison : un *phoque obscur*, un
*rocher absurde*[3] ne me semblent présenter qu'un sens grotesque. Et tout auprès de cela, il est des images sublimes :
celle du pèlerin frappant aux portes des tours d'ivoire est
tracée et rendue comme Dante, lorsque Dante tombe
juste. D'autres fois trois mots présentent une image
éblouissante de force et de vérité. *Je me roulais dans les*
*épines comme le sanglier qui s'excite à la colère.* Cent autres de
ce genre sont tellement belles que personne ne les trouverait. Cent autres sont si excessives et si obscures qu'on
les croirait ajoutées par une autre main. Moquez-vous de
moi si vous me trouvez pédante, et si vous trouvez que
mon style est devenu trop sec, dites-le moi aussi en vous
expliquant comme j'essaye de m'expliquer avec vous.
Nous gagnerons l'un et l'autre à commenter nos avis
divers, et nous en profiterons au moins quelque peu.

C'est dans la partie *lyrique* de *Volupté*, dans les beaux
chapitres à la manière de saint Augustin, que je trouve le
plus des défauts que je vous reproche. Je trouve aussi
ces chapitres trop longs et trop souvent ramenés. Je sais
qu'ils font le poème clair et le caractère principal complet ;
je sais qu'ils sont beaux par eux-mêmes, je sais encore que
cette différente manière de dire qu'on y remarque et qui
fait contraste avec la clarté coulante du récit (la pureté et
la force des passages politiques établissent une troisième
manière, très remarquable aussi), je sais, dis-je, que ce
style abondant, onctueux et souvent incorrect et singulier,
des réflexions, jette sur le reste un grand effet de réalité.
Mais c'est un cadre un peu rembruni et qui devient morne
à force de persévérance dans les idées. C'est une para-
phrase où les images sont trop forcées d'abonder pour
couvrir la fixité de la pensée. Ce défaut est bien plus prononcé dans *Lélia*, et j'ai remarqué que l'image de la mer,
de la barque et des rochers, y était habillée de trente-cinq
ou 40 manières différentes. Calme, tempête, écueils, phares,
écume des flots, cela devient fort insipide, et cette peinture de marine doit sortir par les yeux.

Je vous répète peut-être ce que les journaux vous ont

3. Sur ces métaphores, voir l'article d'André Guyaux, « Sainte-
Beuve et George Sand à l'ombre du "rocher absurde" », in *Mélanges*
*offerts à Georges Lubin. Autour de George Sand*, 1992, p. 75-86.

déjà dit beaucoup mieux que moi. Je vous en demande pardon. Je suis devenue aussi peu littéraire qu'une *ouaille* (on dit ainsi dans notre patois pour dire un mouton). Je vous dis ce que je pense, et vous supplie de jeter ma lettre au feu, et de me garder le secret sur l'impertinence que j'ai de vous l'écrire. Je crois que vous êtes la première et la seule personne à qui j'aie dit ou veuille dire tout ce que je pense de son œuvre. J'aime bien mieux louer sans réserve ce que je trouve mauvais, ou condamner sans examen ce qui me déplaît, c'est bien plus commode. Mais comme mes observations critiques consistent en cinq ou six mots confiés à cinq ou six personnes, mes perfidies ou mes injustices ont peu de conséquence. Sachez-moi quelque gré d'avoir osé vous parler de vous sans craindre d'être ridicule, vous blâmer sans craindre de vous offenser, et vous louer sans craindre de vous faire révoquer ma sincérité en doute.

Je vais à Paris dans quelques jours, j'y veux arranger mes affaires et me mettre en mesure de quitter ce monde sans faire de dérangement autour de moi. Je suis assez sérieusement malade pour penser que j'ai peu de temps à vivre. Cette idée m'a rendu beaucoup de calme. Je viendrai finir dans mon pays, au milieu de mes compagnons d'enfance, qui, s'ils ne m'aiment pas tous extrêmement, sont du moins habitués à me supporter comme je suis. J'espère que je vous verrai, ne fût-ce qu'une heure, pour vous faire mes adieux. Personne n'en souffrira n'est-ce pas ? Personne n'aurait l'injustice d'interdire à deux amis qui ne se reverront plus, une dernière poignée de main ? Ce ne serait pas bien.

Adieu, mon ami. Puissiez-vous trouver après tous les tourments de la jeunesse cette sérénité qui règne dans les dernières pages de *Volupté* ! Dites-nous votre secret, car enfin vous n'êtes pas prêtre ? Moi je suis tranquille aussi, mais le calme des morts ne profite pas aux vivants. Je vous ai écrit deux ou trois fois de Venise, et une fois entre autres une énorme lettre. J'ai tout jeté au feu. Je n'ai jamais eu la force de parler de mes chagrins, même à vous, mon excellent ami.

T[out] à v[ous],

George

Si vous m'écrivez écrivez-moi quai Malaquais.

## 40. À MARIE TALON

Paris, 10 [novembre 1834]

Mademoiselle,

Recevez tous mes remerciements pour le recueil intéressant[1] que vous m'avez envoyé, et pour l'article bienveillant et flatteur qui me concerne. Veuillez en exprimer ma reconnaissance à la femme qui l'a écrit et pensé. De vives sympathies me lient de cœur et d'intention aux saintsimoniens ; mais je n'ai pas encore trouvé une solution aux doutes de tout genre qui remplissent mon esprit, et je ne saurais en accepter aucune que je n'eusse bien examinée. Le saint-simonisme des femmes est loin de m'offrir cette solution, puisqu'il est encore à faire, et que, parmi le peu de femmes qui l'ont embrassé, le point principal est encore en litige.

Ce serait bien mal interpréter mes livres, que d'y trouver une prétention de doctrine quelconque. Il n'y a pas même une profession de foi personnelle. Jusqu'ici je ne me suis pas attribué assez d'importance pour songer à faire autre chose que des romans pris dans l'acception pure et simple du mot. Si plus tard, j'acquérais une réputation plus réelle et mieux fondée comme écrivain, je chercherais à préciser mes principes et à les exposer assez clairement pour que le blâme ou l'approbation d'autrui ne fussent point hasardés.

En attendant, comme je ne puis me défendre de l'intérêt et de la sympathie je ne crains pas de déclarer que j'aime le saint-simonisme parce que l'avenir qu'il offre aux *hommes*, est admirable de vigueur et de charité. Mais les femmes n'ont encore rien à dire, ce me semble. Que la belle et poétique pensée que vous désignez, je crois, par ce mot *la mère*, soit énoncée clairement et je saurai si mon cœur peut l'accepter.

*Lélia* n'est point un livre, c'est un cri de douleur, ou un mauvais rêve, ou une discussion de mauvaise humeur, pleine de vérités et de paradoxes, de justice et de pré

1. Il s'agit du journal des femmes saint-simoniennes, *Le Livre des actes*, dans lequel un article « Considérations sur l'état actuel des femmes » fait l'éloge de *Lélia*.

ventions. Il y a de tout, excepté du calme, et sans le calme il n'y a pas de conclusion acceptable. Il ne faudrait pas plus demander un code moral à *Lélia*, qu'un travail d'esprit à un malade. Si quelques femmes ont cru devoir se détacher d'elle, ou s'unir à elle, elles se sont également trompées. Vous l'avez mieux compris, Mademoiselle, puisque vous n'y avez vu qu'une femme à plaindre, et que vous avez fermé le volume en le regardant comme non avenu. Je prie les femmes qui l'ont lu, d'en tirer la même conséquence, et si elles ont pu pratiquer jusqu'ici la morale ancienne, je leur conseille de la pratiquer encore. Cette morale étant la plus difficile est certainement la plus belle, et les femmes qui savent l'observer ne peuvent que perdre en l'abjurant.

J'espère et je crois que les pères du saint-simonisme ne saperont point cette grande croyance que l'amour *d'un* homme et *d'une* femme est le plus saint élément de la grandeur humaine. Ils s'occuperont sans doute, de rendre cette union moins douloureuse qu'elle ne l'est par le fait de la société, mais ils ne nous ôteront ni la chasteté, ni la fidélité, des vertus aussi belles que pénibles à beaucoup d'entre nous. Que celles-là se corrigent et se retrempent à l'exemple des plus pures, qu'elles souffrent et prient, en attendant que le mariage sans cesser d'être un lien sacré cesse au moins d'être une tyrannie avilissante. Que feront-elles par la révolte ? quand le monde mâle sera converti, la femme le sera sans qu'on ait eu besoin de s'en occuper.

Il me semble, Mademoiselle, que mon opinion se rapproche beaucoup de la vôtre, et je me plais à croire que les docteurs de votre foi nouvelle, n'accueilleraient pas une doctrine de femme qui serait représentée je suppose par la courtisane Pulchérie. Je me sers de cet exemple puisque vous avez lu *Lélia*. Cet ordre d'idées peut être soumis au fond du cabinet, à l'analyse froide et triste d'un philosophe chagrin. Mais les apôtres d'une foi régénératrice, doivent se lever pour combattre tout principe de corruption, c'est-à-dire de destruction. Ils savent bien que l'esprit humain ne peut se retremper qu'en s'épurant.

Puisque vous êtes en correspondance avec eux et qu'ils lisent mes écrits, faites-leur agréer mon admiration et mes vœux, et recevez en particulier, Mademoiselle, l'assurance de mon dévouement bien sincère.

George Sand

## 41. À CHARLES SAINTE-BEUVE

[Nohant, 15 décembre 1834]

Mon excellent ami, j'aurais dû vous écrire plus tôt, mais vous comprenez bien qu'il m'a fallu quelques jours pour reprendre ma pauvre tête et pour comprendre où m'avait conduit cet affreux cauchemar[1]. Mon réveil ici a été assez doux. J'ai retrouvé mes chers camarades aussi bons pour moi qu'à l'ordinaire, mais mon vieux cœur hélas, est bien las et bien flétri. Je ne crois pas qu'il se relève de sitôt. Alfred [de Musset] m'a écrit une petite lettre assez affectueuse, se repentant beaucoup de ses violences. Son cœur est si bon dans tout cela! Je lui ai envoyé pour toute réponse une petite feuille de mon jardin, et lui, m'a envoyé une mèche de ses cheveux que je lui avais beaucoup demandée autrefois, c'est-à-dire il y a quinze jours! et voilà, c'est fini. Je ne désire plus le revoir, cela me fait trop de mal. Mais il me faudra de la force pour lui refuser des entrevues, car il m'en demandera. Il ne m'aime plus, mais il est toujours tendre et repentant après la colère, il voudra effacer le triste souvenir qu'il m'a laissé de nos adieux, il croira me faire du bien, et il se trompera, car je me retrouverai tout à coup l'aimant et ayant travaillé en vain à me détacher. J'aurai cette force, de le fuir, je vous le promets, je sens bien qu'il me la faut.

Je voudrais rester ici longtemps, mais je ne le peux pas. M. Dud[evant] tout en se montrant fort *affable* trouve un peu mauvais le surcroît de dépense que j'apporte ici, et je ne peux attendre qu'il me dise de m'en aller, d'autant plus qu'il se ruine en effet et qu'il va être obligé de fermer la porte de sa maison. Il a une pauvre tête, il fait de mauvaises spéculations et il s'en affecte beaucoup. J'essaie de lui donner de la philosophie. Voilà à quoi je passe mon temps. Ma fille Laure [Fleury] est accouchée d'une fille [Nancy] dont je suis marraine. Duteil chante et boit, vous l'avez fasciné. Il parlera de vous toute sa vie, et dans 40 ans il racontera à ses petits-enfants qu'il a vu M. de Sainte-Beuve à son voyage de Paris en l'an de grâce 1834.

---

1. La rupture avec Musset en novembre.

Je suis dans une disposition d'esprit souffrante et pourtant douce. Je rêvasse beaucoup, je vais accoucher de
quelque livre sentimental. Je pleure et je ris en même
temps.

Mon ami, comme vous avez été bon pour moi, et
comme il m'est cher de me sentir assistée et consolée par
vous et par tous ces bons cœurs qui m'aiment malgré
tout ! Soyez sûr que dans aucun temps de ma vie je n'oublierai cette affection si indulgente et si active que vous
avez eue pour moi. Si vous avez jamais besoin de moi,
combien je serai heureuse ! Adieu mon cher directeur,
écrivez-moi un petit mot pour me dire tout ce que vous
voudrez, mais si vous savez quelque chose de triste de la
part d'Alfred, quelque mouvement d'humeur pendant
lequel il aurait mal parlé de moi, ne me le dites pas. J'ai
bien assez souffert et je suis bien assez résignée à l'avoir
perdu. Adieu, je suis à peu près idiote, mais j'en reviendrai, je vous embrasse de tout mon cœur. Vous portez-
vous bien ? êtes-vous heureux ? Oui, vous êtes aimé !
Pensez quelquefois à moi et priez le bon Dieu pour votre
pauvre vieux ami

George

La Châtre, poste restante, Indre.

## 42. À ALFRED DE MUSSET

[Paris, début janvier 1835] 6 heures.

Pourquoi nous sommes-nous quittés si tristes ? nous
verrons-nous ce soir ? pouvons-nous être heureux ? pouvons-nous nous aimer ? tu as dit que oui, et j'essaye de le
croire. Mais il me semble qu'il n'y a pas de suite dans tes
idées, et qu'à la moindre souffrance, tu t'indignes contre
moi, comme contre un joug. Hélas ! mon enfant ! Nous
nous aimons, voilà la seule chose sûre qu'il y ait entre
nous. Le temps et l'absence ne nous ont pas empêchés et
ne nous empêcheront pas de nous aimer. Mais notre vie
est-elle possible ensemble ? la mienne est-elle possible
avec quelqu'un ? Cela m'effraye. Je suis triste et consternée
par instants, tu me fais espérer et désespérer à chaque
instant. Que ferai-je ? Veux-tu que je parte ? Veux-tu

essayer encore de m'oublier ? Moi je ne chercherai pas,
mais je puis me taire et m'en aller. Je sens que je vais t'aimer encore comme autrefois, si je ne fuis pas. Je te tuerai peut-être et moi avec toi, penses-y bien. Je voulais te
dire d'avance tout ce qu'il y avait à craindre entre nous.
J'aurais dû te l'écrire et ne pas revenir. La fatalité m'a
ramenée ici. Faut-il l'accuser ou la bénir ? Je t'ai vu et je
t'ai cédé. Il y a des heures je te l'avoue où l'effroi est plus
fort que l'amour et où je me sens paralysée comme un
homme sur le sentier de montagne qui n'ose ni avancer
ni reculer entre deux abîmes. L'amour avec toi et une vie
de fièvre pour tous deux peut-être : ou bien la solitude et
le désespoir pour moi seule. Dis-moi, crois-tu pouvoir
être heureux ailleurs ? Oui sans doute, tu as 23 ans et les
plus belles femmes du monde, les meilleures peut-être,
peuvent t'appartenir. Moi, je n'ai pour t'attacher que le
peu de bien, et le beaucoup de mal que je t'ai fait. C'est
une triste dot que je t'apporte. Chasse-moi, mon enfant,
dis un mot. Cette fois, tu n'auras rien à craindre de violent de ma part, et je ne te demanderai pas compte d'un
bonheur auquel j'avais renoncé. Dis-moi ce que tu veux,
fais ce que tu veux, ne t'occupe pas de moi, je vivrai
pour toi aussi longtemps que tu voudras, et le jour où tu
ne voudras plus, je m'éloignerai sans cesser de te chérir
et de prier pour toi. Consulte ton cœur, ta raison aussi,
ton avenir, ta mère, pense à ce que tu as hors de moi et
ne me sacrifie rien. Si tu reviens à moi, je ne peux te promettre qu'une chose, c'est d'essayer de te rendre heureux.
Mais il te faudrait de la patience et de l'indulgence pour
quelques moments de peur et de tristesse que j'aurai
encore sans doute. Cette patience-là n'est guère de ton
âge. Consulte-toi, mon ange. Ma vie t'appartient et quoi
qu'il arrive, sache que je t'aime et t'aimerai…

Veux-tu que j'aille là-bas à 10 heures ?

## 43. À FRANZ LISZT

[Nohant,] 21 avril [1835]

Il est bien heureux pour moi, mon cher Liszt, que j'aie
retardé mon départ, car je n'aurais pas reçu votre lettre et

j'aurais été privée d'une véritable joie. Je vous remercie
de ce bon souvenir et de l'amitié que vous ne m'avez pas
retirée. Et vite, je veux vous dire que je ne veux pas de
votre justification, à propos d'une prétendue épigramme
de moi. Me prenez-vous pour une *fat*? Je n'ai jamais pensé
que vous fussiez à mon égard entre l'amour et l'amitié.
J'ai dit que vous n'étiez à ce qu'il me semblait, lors de
cette lettre qui nous a fâchés, ni dans l'un ni dans l'autre.
C'est-à-dire que je vous supposais disposé à la raillerie ;
et je ne sais plus qui m'avait fait entendre que vous ne
regardiez pas mon chagrin comme très grave. Cela me
semblait bien opposé à votre caractère. Et c'est en partie
pour savoir à quoi m'en tenir, que je me suis montrée si
méfiante. Vous voyez que mon accusation était plus
sérieuse qu'une accusation d'irrésolution. Je n'ai jamais
songé que vous pussiez avoir pour moi dans de telles circonstances, autre chose que de l'amitié, ou une parfaite
indifférence qui vous permettrait d'essayer un passe-temps
sentimental. — Vous n'avez plus à vous laver de ce soupçon. Si je ne l'avais perdu entièrement à la lecture du billet
que je reçus de vous alors, je ne vous aurais jamais écrit
depuis. Laissons cela pour n'y plus revenir. L'amour et la
politique sont des choses dont on ne peut parler que sous
la condition de n'en venir jamais à des personnalités,
autrement on se fâche, et je suis trop content d'être
réconcilié avec vous[1], pour avoir envie de recommencer.

D'ailleurs ma vie et mon esprit prennent une marche
tellement franche et délibérée que je ne crains plus guère
de voir mes amis se méprendre sur mon compte. Réjouissez-vous, si vous avez de l'affection pour moi ; je me sens
renaître et je vois une nouvelle destinée s'ouvrir devant
moi. Je ne saurais pas trop bien encore vous dire laquelle,
mais ce n'est plus l'esclavage de l'amour. C'est quelque
chose comme une foi quelconque à laquelle je consacrerai tout ce qui est moi, le Dieu n'est pas encore descendu
sur moi, mais je suis en train de bâtir le temple, c'est-à-
dire de purifier mon cœur et ma vie. Je trouve à ce travail préparatoire, un bonheur que je n'ai trouvé dans la
pensée d'aucune affection humaine — cependant, mes
amis, mes frères, sachez bien qu'avant tout, mon pain et
mon sang vous appartiennent, et que s'il vous faut rester

---

1. Sand écrit souvent alternativement au féminin et au masculin.

sur terre au lieu de moi, je suis prêt à partir et à laisser
l'ouvrage de ma destinée à moitié. Je commence à me
faire un bonheur que personne ne peut plus me prendre,
mais auquel vous pouvez ajouter. Oh l'amitié ! Savez-
vous bien ce que c'est ! Il n'en faudrait prononcer le nom
qu'à genoux. C'est elle qui m'a sauvée dans tous les
temps, c'est elle qui m'a arraché au désespoir. Vous aimez
les *Lettres d'un oncle* [2] ? Je vous en remercie. C'est une chose
bête comme ce qui part du cœur. Vous l'avez compris.
Tant mieux. Soyez moi frère aussi. Votre génie remplira
toute la lacune du passé que mes *anciens* ont remplie de
tant de preuves. Une âme comme la vôtre doit vivre en
un jour ce que les autres ont vécu en vingt ans. Et puis
d'ailleurs, nous sommes nés *cousins*, comme dit Heine.
Voilà qui est *fat* de ma part. Mais ma foi, je sens trop
vivement votre musique, pour n'en avoir pas déjà entendu
de pareille avec vous quelque part, avant notre naissance.
Il paraît que vous vous en souvenez bien, vous, puisque
vous avez conservé les mélodies des anges, moi je n'en ai
qu'un vague souvenir qui me saisit et me frappe au cœur
quand je vous entends. Cela me fait espérer de retourner
un jour au pays d'où vient la musique. Ce doit être le
paradis des hommes.

À propos, mon Dieu ! l'abbé de Lamennais va venir à
Paris pour le procès [3]. J'y vais, certes et je compte sur vous
pour le préparer à me voir, car je veux me prosterner
devant lui. À présent je me sens capable de retirer un
avantage immense de cette rencontre, car le feu de l'enthousiasme si longtemps éteint en moi pour les grandes
choses, se rallume. J'espère. Je voudrais mourir ainsi, avant
d'avoir *redésespéré* ! Adieu mon ami, soignez donc votre
santé. Quelle raison avez-vous de mourir, vous ? — Je
serai à Paris dans les cinq ou six premiers jours de mai.
— Vous viendrez frapper à ma porte, si cela vous fait
plaisir et sinon, je ne vous en voudrai pas, mais *si oui*, je
vous en aimerai d'autant mieux.

T[out] à v[ous]

George

2. C'est en fait la cinquième des *Lettres d'un voyageur*, publiée sous
le titre « Lettres d'un oncle » dans la *Revue des Deux Mondes* du 15 janvier 1835.

3. Le procès devant la Chambre des pairs des 164 républicains à
la suite des insurrections d'avril 1834 à Paris et à Lyon.

## 44. À MARIE D'AGOULT

[Paris, fin septembre 1835]

Ma belle comtesse aux beaux cheveux blonds,

Je ne vous connais pas personnellement, mais j'ai entendu Frantz [Liszt] parler de vous et je vous ai vue. Je crois que d'après cela je puis sans folie, et sans familiarité déplacée, vous dire que je vous aime, que vous me semblez la seule chose belle, estimable et vraiment noble que j'aie vue briller dans la sphère patricienne. Il faut que vous soyez en effet bien puissante pour que j'aie oublié que vous étiez comtesse. Mais à présent vous êtes pour moi, le véritable type de la princesse fantastique, artiste, aimante, et noble de manières, de langage et d'ajustements, comme les filles de rois aux temps poétiques. Je vous vois comme cela, et je veux vous aimer comme vous êtes, et pour ce que vous êtes. Noble, soit, puisqu'en étant noble selon les mots, vous avez réussi à l'être suivant les idées, et puisque comtesse, vous m'êtes apparue aimable et belle, douce comme la Valentine que j'ai rêvée autrefois[1], et plus intelligente, car vous l'êtes diablement trop et c'est le seul reproche que je trouve à vous faire. C'est celui que j'adresse à Frantz, à tous ceux que j'aime. C'est un grand mal que le nombre et l'activité des idées. Il n'en faudrait qu'une dans toute une vie, on aurait trouvé le secret du bonheur.

Je me nourris de l'espérance d'aller vous voir, comme d'un des plus riants projets que j'aie caressés dans ma vie. Je me figure que nous nous aimerons réellement vous et moi, quand nous nous serons vues davantage. Vous valez mille fois mieux que moi, mais vous verrez que j'ai le sentiment de tout ce qui est beau, de tout ce que vous possédez. Ce n'est pas ma faute, j'en atteste le ciel et j'ai manqué ma vie, j'étais un bon blé, la terre m'a manqué, les cailloux m'ont reçu et les vents m'ont dispersé. Peu importe, le bonheur des autres ne me donne nulle aigreur. Tant s'en faut. Il remplace le mien, il me réconcilie avec la providence et me prouve qu'elle ne maltraite ses enfants

---

1. Valentine de Raimbault, l'héroïne de son second roman, *Valentine* (1832).

que par distraction. Je comprends encore les langues que
je ne parle plus, et si je gardais souvent le silence près de
vous, aucune de vos paroles ne tomberait cependant dans
une oreille indifférente ou dans un cœur stérile.

Vous avez envie d'écrire, pardieu, écrivez. Quand vous
voudrez enterrer la gloire de Miltiade[2], ce ne sera pas
difficile. Vous êtes jeune, vous êtes dans toute la force de
votre intelligence, dans toute la pureté de votre jugement,
écrivez vite, avant d'avoir pensé beaucoup, car quand
vous aurez réfléchi à tout, vous n'aurez plus de goût
à rien en particulier et vous écrirez par habitude. Écrivez
pendant que vous avez du génie, pendant que c'est Dieu
qui vous dicte, et non la mémoire. Je vous prédis un
grand succès. Dieu vous épargne les ronces qui gardent
les fleurs sacrées du couronnement; et pourquoi les
ronces s'attacheraient-elles à vous? Vous êtes de diamant, vous à qui les passions haineuses et vindicatives ne
sont pas plus entrées dans le cœur qu'à moi, et qui en
outre, n'avez pas marché dans le désert. Vous êtes toute
fraîche et toute brillante, montrez-vous. S'il faut des
articles de journaux pour faire lire votre premier livre,
j'en remplirai les journaux, mais quand on l'aura lu, vous
n'aurez plus besoin de personne.

Adieu, parlez de moi au coin du feu. Je pense à vous
tous les jours et je me réjouis de vous savoir aimée
et comprise comme vous méritez de l'être. Écrivez-moi
quand vous en aurez le temps. Ce sera un rayon de votre
bonheur dans ma solitude, si je suis triste, il me ranimera,
si je suis heureuse il me rendra plus heureuse encore, si
je suis calme, comme c'est l'état où l'on me trouve le
plus habituellement désormais, il me rendra plus religieux l'aspect de la vie. Oui, tout ce que Dieu a donné à
l'homme lui est bon suivant le temps, quand il sait l'accepter. Son âme se transforme sous la main d'un grand
artiste qui sait en tirer tout le parti possible, quand l'argile ne résiste pas à la main du potier. Adieu chère Marie.
*Ave Maria gratia plena.*

                                                George

2. Dans sa lettre du 24 septembre, Marie d'Agoult dit en plaisan-
tant qu'elle rêve de « disputer la palme littéraire » à G. Sand, et que
Liszt lui déclare : « Les lauriers de Miltiade empêchaient Thémistocle
de dormir ».

## 45. À MAURICE DUDEVANT

[La Châtre, 6 novembre 1835]

J'ai reçu ta lettre, mon enfant chéri, et je vois que tu as très bien compris la mienne. Ta comparaison est très juste, et puisque tu te sers de si belles métaphores, nous tâcherons de monter ensemble sur la montagne où réside la vertu. Il est en effet très difficile d'y parvenir, car à chaque pas on rencontre des choses qui vous séduisent et qui essayent de vous en détourner. C'est de cela que je veux te parler, et le défaut que tu dois craindre, c'est le trop grand amour de toi-même. C'est celui de tous les hommes et de toutes les femmes. Chez les uns, il produit la vanité des rangs, chez d'autres l'ambition de l'argent, chez presque tous l'égoïsme. Jamais aucun siècle n'a professé l'égoïsme d'une manière aussi révoltante que le nôtre. Il s'est établi il y a 50 ans une guerre acharnée entre les sentiments de justice et ceux de cupidité. Cette guerre est loin d'être finie, quoique les cupides aient le dessus pour le moment. Quand tu seras plus grand tu liras l'histoire de cette révolution dont tu as tant entendu parler et qui a fait faire un grand pas à la raison et à la justice. Cependant ceux qui l'avaient entreprise n'ont pas été les plus forts et ceux qui y ont travaillé avec le plus de générosité ont été vaincus par ceux qui, aimant les richesses et les plaisirs, ne se servaient du grand mot de République que pour être des espèces de princes pleins de vices et de fantaisies. Ceux-là furent donc les maîtres, car le peuple est faible à cause de son ignorance, et parmi ceux qui pourraient prendre son parti et le secourir par leurs lumières, il en est un sur mille qui préfère le plaisir de faire du bien à celui d'être riche et comblé d'amusements et de vanité. Ainsi la classe la moins nombreuse, celle qui reçoit de l'éducation l'emportera toujours sur la classe ignorante, quoique cette classe soit la masse des nations.

Tu vois quel est l'avantage et la nécessité de l'éducation, puisque sans elle, on vit dans une espèce d'esclavage, puisque tous les jours un paysan sage, vertueux, sobre, digne de respect, est dans la dépendance d'un homme méchant, ivrogne, brutal, injuste, mais qui a sur lui l'avantage de savoir lire et écrire. Maintenant vois ce que c'est qu'un homme qui a reçu de l'éducation et qui n'en est pas meilleur pour cela. Vois, combien est coupable devant Dieu celui qui sait les malheurs et les besoins de ses semblables, et qui pouvant consacrer son cœur et sa vie à les secourir, s'endort tranquillement tous les soirs dans un bon lit, ou se remplit le ventre à une bonne table en se disant : « Tout est bien, la société est très bien organisée, il est juste que je sois riche et qu'il y ait des pauvres ? Ce qui est à moi, est à moi, donc je dois tuer tous ceux qui ne me demanderont pas à manger chapeau bas, et quand même ils seraient bien polis, je dois les mettre brutalement à la porte s'ils m'importunent. Je le fais parce que j'en ai le droit ».

Voilà le raisonnement de l'égoïste, voilà les sentiments de cette immense armée de cœurs impitoyables et d'âmes viles qui s'appelle la Garde nationale. Parmi tous ces hommes qui défendent la propriété avec des fusils et des baïonnettes, il est plus de bêtes que de méchants, c'est chez la plupart le résultat d'une éducation antilibérale, leurs parents et leurs maîtres d'école leur ont dit en leur apprenant à lire, que le meilleur état des choses était celui qui conservait à chacun sa propriété et ils appellent révolutionnaires, brigands et assassins ceux qui donnent leur vie pour la cause du peuple.

C'est parce que je ne veux pas que tu sois un de ces hommes sans âme ou sans raison, que je t'écris en particulier et *en secret*, ce que je pense de tout cela. Réfléchis et dis-moi si cela se présente de même à ton esprit et à ton cœur. Dis-moi si cette manière de partager inégalement les produits de la terre, les fruits, les grains, les troupeaux, les matériaux de toute espèce, et l'or, ce métal qui représente toutes les jouissances, parce qu'un petit fragment se prend en échange de tous les autres biens, dis-moi en un mot si la répartition des dons de la création est bien faite, lorsque celui-ci a une part énorme, cet autre une moindre, un troisième presque rien, un quatrième rien du tout ? Il me semble que la terre appartient à Dieu qui l'a faite et qu'il l'a confiée aux hommes pour qu'elle leur servît d'éternel asile. Mais il ne peut pas être dans ses desseins que les uns y crèvent d'indigestion et que les autres y meurent de faim. Tout ce qu'on pourra dire là-dessus ne m'empêchera pas d'être triste et en

colère, quand je vois un mendiant pleurant à la porte
d'un riche.

Quant aux moyens de changer tout cela, il faudra que
je t'écrive encore bien des lettres, et que nous ayons
ensemble bien des conversations avant que je t'en parle.
Je ne veux pas t'en dire trop à la fois : il faut que tu aies
le temps de réfléchir à chaque chose, et de me répondre
à mesure si tu penses comme moi et si tu comprends
bien. Nous en restons là, *l'amour de soi-même est ce qu'il faut
modérer, limiter, et diriger*. C'est-à-dire qu'il faut s'habituer à
trouver le bonheur qui coûte le moins d'argent et qui
permet d'en donner davantage à ceux qui en manquent.
Nous chercherons ensemble cette vertu, et, si nous n'y
atteignons pas tout à fait, du moins nous aurons des
principes justes et de bonnes intentions.

Je ne te cache pas, et tu peux déjà t'en apercevoir, que
les principes dont je te parle sont tout à fait en opposition avec ceux de vos lycées. Ces lycées dirigés par l'esprit du gouvernement, professeront toujours le principe
régnant. Ils vous prêcheraient l'empire et la guerre, si
Napoléon était encore sur le trône. Ils vous diraient d'être
républicains, si la république était établie. Il ne faut pas
t'occuper des réflexions que vos professeurs ou même les
livres que l'on vous donne, font sur l'histoire. Ces livres
sont dictés à des pédants, esclaves du pouvoir et souvent,
en lisant l'histoire des grandes actions des temps antiques,
écrites par les hommes d'aujourd'hui, tu verras que les
héros sont traités de scélérats. Ton bon sens et la justice
de ton cœur redresseront ces jugements hypocrites. Tu
liras les faits et tu seras le juge des hommes qui les
auront accomplis. Souviens-toi que depuis le commencement du monde ceux qui ont travaillé pour la liberté et
l'honneur de leurs frères sont des grands hommes. Ceux
qui ont travaillé pour leur propre renommée et pour leur
ambition personnelle sont des hommes qui ont fait un
emploi coupable de leurs grandes qualités. Ceux qui n'ont
songé qu'à leurs plaisirs sont des brutes.

Mais tu comprends que notre correspondance doit
rester secrète et que tu ne dois ni la montrer ni seulement en parler. Je désire aussi que tu n'en dises pas un
mot à ton père. Tu sais que ses opinions diffèrent des
miennes. Tu dois écouter avec respect tout ce qu'il te
dira, mais ta conscience est libre et tu choisiras entre ses

idées et les miennes celles qui te paraîtront meilleures. Je
ne te demanderai jamais ce qu'il te dit ; tu ne dois pas
non plus lui faire part de ce que je t'écris. Aie donc soin
de laisser mes lettres dans ta baraque au collège. Je te les
ferai remettre par Emmanuel [Arago], et tu lui remettras
ta réponse à l'ancienne lettre, chaque fois qu'il t'en remettra une nouvelle, prends donc l'habitude de me répondre
deux, trois ou quatre jours après en avoir reçu une et de
garder cette réponse dans ta poche jusqu'à ce que notre
ami se présente pour t'en donner une de moi.

Comprends-tu bien ? De cette manière personne ne
verra ce que nous nous écrivons, et nous n'aurons pas
de contradiction. Tu auras le temps de lire mes lettres et
d'y répondre sans te presser, et nous nous arrangerons
pour avoir chacun une lettre par semaine.

Adieu, mon ange chéri. Tu es ce que j'aime le mieux
au monde. Je suis venue passer quelque temps à La
Châtre, je demeure chez Duteil. J'ai mis les chenilles dans
la chambre de Pierre [Moreau] en lui disant de les nourrir et d'en mettre de nouvelles quand il en trouverait. Tes
affaires sont toujours bien renfermées et bien en ordre.

Adieu, je t'embrasse mille fois. Apprends bien l'histoire,
c'est un grand point.

Surtout lorsque tu sortiras avec quelqu'un ou avec ton
père n'aie pas de lettre de moi dans tes poches, si tu ne
les crois pas en sûreté au collège, remets-les à Emmanuel
pour te les garder.

## 46. À HIPPOLYTE CHATIRON

[La Châtre, 12 novembre 1835]

Mon ami, tu ne te fais pas une idée juste de l'affaire
dont je t'ai parlé ; je vais te le faire mieux comprendre et
répondre à tes objections. Le procès ne sera ni long, ni
dispendieux. Casimir, moyennant un traité dont je t'ai dit
les bases et qui sera signé de part et d'autre dans quelques
jours, ne plaidera pas. Il retournera sur le champ à Paris
et se laissera juger par défaut. Dans ce cas-là, la partie
absente ne se fait pas représenter, et quand cela serait, il
n'est pas d'avocat qui dans l'intérêt du mari puisse atta-

quer la femme. Ce serait, comme dit Montaigne, faire
dans le panier et se le mettre sur la tête[1]. Si j'ai eu ce que
le monde appelle des torts, si ma réputation a été attaquée, tout cela est la faute de mon mari. Il avait le droit
de s'opposer à ce que j'ai fait, il pouvait chercher querelle
à ceux qu'il supposait être mes galants. Il m'a laissée
libre, parce qu'il y trouvait son compte ; pendant ce
temps, il m'écrivait de bonne amitié, satisfait de se trouver maître absolu d'un château et d'une terre, et me trouvait fort bien là où j'étais. Les mauvais traitements
recommençaient dès que je mettais les pieds dans le
domicile conjugal. Voilà les seuls faits que j'aie à alléguer
et à prouver pour le faire taire, et ils sont concluants ;
*déshonorants* pour lui. Les juges qu'il invoquerait lui répon-
draient : Vous ne voyez donc dans votre mariage qu'une
question d'intérêt. Vous avez d'autres devoirs, vous ne
les avez pas compris. Cessez de jouir des bénéfices du
mariage, puisque vous en avez abjuré la dignité. Devant
les tribunaux comme devant l'opinion publique, il perdrait et salirait sa cause, et en m'irritant, il courrait le
risque d'être réduit à la pension que lui allouerait le tribunal et qui ne serait pas considérable.

Il ne peut donc, ni ne doit, ni ne veut agir autrement
qu'il ne fait. Le traité que nous faisons en dessous main
aujourd'hui lui assure 5 000 fr de rente, nets de toute
charge, de tout impôt, de tout travail, de toute vexation,
de toute discussion, et la dépense de mes enfants payée
ainsi que toutes les charges attachées à une fortune quelconque, je ne crois pas que je sois plus riche que lui en
revenu. Ce n'est donc pas une question d'argent qui me
fait plaider, mais un motif de dignité personnelle, dans
lequel, si tu as vraiment pour moi les sentiments d'un
frère, tu ne peux que m'appuyer et m'approuver. Si tu
avais été près de moi, m'aurais-tu laissé frapper ? Et si
tu pensais que le caprice d'un homme aigri et plein de
haine contre moi m'expose tous les jours de ma vie à
être traitée de la sorte, ou chassée de ma maison, dormi-
rais-tu tranquille sur mon compte ? Je ne le pense pas.

La position de Casimir n'est donc pas aussi fâcheuse
que tu le crois. Il ne perd ni ses droits civils et politiques,

---

1. « C'est ce qu'on dit, chier dans le panier, pour après le mettre
sur sa tête » (*Essais*, III, 5).

ni son autorité de père. Nulle loi humaine ne peut les lui faire perdre, et s'il en existait une, je ne l'invoquerais pas, je n'ai aucun sentiment de vengeance contre lui. Il reste donc électeur et père de famille. Je paye l'éducation de mes enfants ; c'est lui qui le désire, ce qui prouve qu'il n'est pas très jaloux de remplir les devoirs de la paternité (soit dit entre nous, je t'en fais juge), et que son affection pour Maurice ne va pas jusqu'à la bourse ; j'aime mieux qu'il en soit ainsi. Cela satisfait mon orgueil maternel, et à ma place, tu sentirais profondément ce que je sens. Quant à la direction morale, il sera bien libre de l'exercer. Il sera réglé par le traité amiable comme par le tribunal, que Maurice restera au collège, et que son père l'aura la moitié de tout le temps qu'il passera dehors, soit dans le courant de l'année, soit dans les vacances. Tu me connais assez pour croire que je ne chercherai jamais à déconsidérer Casimir dans l'esprit de son fils ; ce serait rendre un mauvais service à l'enfant plus qu'au père. Le procès, tel qu'il marche, durera trois mois au plus. Si le tribunal de La Châtre ne juge pas mes motifs de séparation suffisants (ce qui pourra bien arriver, ce tribunal étant généralement très difficile sur l'article des séparations), j'en appellerai à Bourges, où le tribunal agit pour ces sortes de choses dans un esprit tout opposé. Après cette décision, Casimir n'a plus de recours en cassation ; consulte la loi, si tu en doutes.

Quant au paiement de la pension, je donnerai à Casimir les garanties qu'il demandera. Je trouve qu'à cet égard tu aurais pu t'épargner un doute injurieux sur ma solvabilité. Il me semble que l'honneur d'une femme est aussi grave que celui d'un homme, et je ne me permettrais jamais de te dire que tu n'es pas capable de remplir un engagement.

Personne n'a le droit d'élever sur mon compte un soupçon de ce genre. Je n'ai jamais fait de dettes que je n'aie payées plus qu'exactement, et quand j'ai fait des dépenses folles, je les ai réparées par un travail excessif. J'ai mangé beaucoup d'argent, mais j'en ai gagné davantage. Je ne dois pas un centime, j'ai un mobilier très joli à Paris et une cinquantaine de mille francs au moins en propriété littéraire existante, et que chaque année augmente d'un travail nouveau.

Voilà, avec mes voyages, mes plaisirs et les immenses

services que j'ai rendus à mes amis, le résultat de ma vie depuis 5 ans. Veux-tu savoir le résultat de celle de Casimir ? Il a reçu 60 000 f. en mariage, 40 000 à la mort de son père. Il n'a pas augmenté d'un sou ma propriété générale et il a diminué mon revenu par de mauvais placements de fonds. Il a mangé tout son avoir à l'exception de 2 400 f. et après une conduite à la fois lâche et brutale à mon égard, il se retire emportant de ma générosité le revenu à 5 pour 100 de la fortune qu'il a mangée. En outre il a eu des enfants et il ne les nourrit seulement pas. Quel est celui des deux qui offre à l'autre des garanties d'ordre, de bonne conduite dans les affaires et de délicatesse ? Réponds, je te prie.

Tu penses que tout cela devrait se conclure sans scandale. Il y en aura le moins possible ; mais scandaleuse a été la conduite de Dudevant à mon égard, ce n'est pas ma faute si pour avoir justice et protection, je suis obligée de le dire. Je ne puis me fier, moi, à la loyauté d'un homme qui m'a fait plusieurs fois de fausses promesses, et qui, à la veille de ratifier les dernières, abuse de son autorité jusqu'à la folie. Quand même tu lui attacherais une corde au pied pour le retenir aux environs de Paris, n'ai-je pas à Paris un domicile qu'il a le droit de violer, un mobilier, fruit de mon travail, qu'il a le droit de vendre, une propriété littéraire dont il a le droit de toucher la rente chez mon éditeur ? Comment veux-tu que je reste à la disposition d'un homme qui est fou et furieux, au point de prendre un fusil quand il est de mauvaise humeur ? Réfléchis à ma position, et surtout consulte ton cœur, notre lien fraternel, notre vieille amitié, et tu penseras que je dois demander aux lois la sanction des engagements que M. Dudevant est forcé aujourd'hui de prendre.

Adieu, mon ami, je n'ai pas besoin de te prier de brûler cette lettre. Quand tu verras Casimir, tu comprends dans quelle disposition tu dois le maintenir dans son propre intérêt.

Duteil m'a *priée* et non *conseillée* de ne pas me jeter dans cette affaire. Il remplissait son devoir d'ami de Casimir en agissant ainsi. Si je l'avais consulté comme homme d'affaires, il m'eût conseillé ce que je fais. Son avis est que maintenant, il n'y aurait plus de réconciliation possible.

Écris-moi chez lui ; j'y suis à merveille, entourée de

soins et d'amitié. Gilbert [Tixier] va un peu mieux après
avoir été très mal.

Je t'embrasse ainsi que ta femme et ta fille.

## 47. À FÉLICITÉ DE LAMENNAIS

[Nohant, 27 décembre 1835]

Monsieur,

Lorsque j'ai eu l'honneur et la joie de vous voir au
mois de mai dernier, je n'ai point osé vous demander la
permission de vous écrire quelquefois. Franz Liszt m'en-
couragea plusieurs fois depuis, à le faire, en me disant
que l'oreille de la sagesse et de la charité était ouverte à
toutes les plaintes de la terre. Mais, jusqu'ici, je n'ai pas
osé davantage. Je me trouvais trop indigne d'appeler votre
attention un seul instant sur moi. Il est vrai que si j'attendais que j'en fusse digne, je resterais à jamais privée
de cette faveur.

Mais relativement à ce que je puis, et à ce que je vaux,
je crois que ce champ altéré et abandonné, est un peu
moins aride aujourd'hui qu'il ne l'avait été depuis plusieurs années. Quelques mois de retraite et de rêverie, ont
enfin affaibli la voix du scepticisme et de la désolation
dont les clameurs retentissent sur cette génération malheureuse et aux terreurs de laquelle les âmes qui ne sont
pas fortes, ne résistent pas. Après avoir payé un rude tribut aux folies et aux douleurs de ces temps déplorables,
j'ai retrouvé un peu d'espoir, dans le calme de la solitude.
Là, où je venais mourir, j'ai senti non seulement la Vie,
mais la jeunesse de l'âme revenir un peu, et alors, j'ai
résolu de vous demander un mot d'encouragement, une
prière, une bénédiction.

Lorsque vous eûtes la charité de me parler quelques
instants à Paris, je sortais d'une des plus violentes crises
de ma vie[1]. Je vous écoutai en sentant que vous étiez la
vérité, et je fus étonnée d'avoir pu tant douter de ce qui
dans votre bouche me semblait au-dessus de tous les
doutes. Mais je n'osais pas encore alors, me promettre de

1. La rupture définitive avec Musset, le 6 mars.

ne pas retomber dans le trouble, quand le son de votre voix serait évanoui, quand le destin me reprendrait dans son tourbillon. Je suis venue alors aux champs, essayer la seule vie, qui dans le temps où nous vivons, laisse aux âmes faibles la faculté de sentir la présence de la Divinité dans l'univers. Cette vie, à laquelle je craignais après tant d'orages de n'être plus propre, m'est devenue douce et bienfaisante, et je n'aspire plus en ce monde, qu'à m'y retrancher de plus en plus contre les tourments du siècle. Mais il m'y faut un peu d'appui, et à présent que les oiseaux de tempête ne viendront plus enlever le bon grain, à présent que les mauvaises herbes ont un peu moins de racine, j'implore la main protectrice et bénissante, de celui-là seul qui vivant au milieu de nous, a le don de rebaptiser au nom du Christ, et de rendre la foi à ceux qui l'ont perdue.

Votre livre sublime[2] et le souvenir des consolantes paroles que vous m'avez dites en particulier, sont pour toute ma vie, avec moi, mais le pèlerinage est long, le sol est aride et désormais je serai attentive à recueillir les moindres gouttes d'eau de la fontaine sacrée.

Cet automne, j'étais errante et seule sur les chemins de la Touraine. Je n'avais pas de gîte possible, et les hostilités de la vie sociale, me chassaient de mon ermitage au moment où je désirais le plus m'y asseoir et m'y recueillir. J'étais sur la route du vôtre. Je fus vivement tentée, d'aller m'agenouiller sur le seuil afin de vous écouter parler du Ciel quelques moments, et de reprendre ensuite ma tâche sur la terre. Beaucoup de personnes crurent même que j'y étais allée, mais je n'osai pas plus vous demander l'aumône d'une parole que celle d'une lettre. Je ne me sentais pas assez préparée à une visite, qui pour moi avait la solennité d'un sacrement. Si mon âme se soutient un peu dans la sérénité, me permettez-vous au retour des jours tièdes, d'aller m'installer pendant une semaine ou deux, dans ce village voisin de votre presbytère[3] d'où l'on peut tous les matins aller écrire son nom sur votre porte, afin d'être mentionné dans votre prière ?

Il ne m'est pas démontré que tous les hommes soient dignes de cette communication avec le Ciel. J'ai bien rare-

2. *Paroles d'un croyant* (1834).
3. La Chênaie, en Bretagne, près de Dinan.

ment osé prier. Nier et blasphémer eſt peut-être moins coupable à mes yeux que de prier mal. Priez donc pour nous, vous qui pouvez être toujours prêt à présenter votre âme à la Divinité, comme un miroir sans tache et sans ombre. Aux jours de mon plus amer scepticisme, vous fûtes toujours la seule émanation divine, revêtue de chair, que mes doutes respeſtèrent, l'esprit de négation qui s'était logé en moi, ne voulut pas s'attaquer à vous. Il y a bien des années que je vous regarde comme le seul enfant des hommes qui puisse quelque chose pour moi, et dont la vertu me semble plus forte que ma douleur. À présent que je reprends un peu à la vie, vous me devez d'être le flambeau qui me guidera au sortir des ténèbres, dans cette route inconnue où se lève le crépuscule. Dirigez-moi, ne souffrez plus que j'écrive pour le désespoir impie, et laissez-moi soumettre à votre autorité tout écrit un peu sérieux qui sortira de ma solitude. Si vous y consentez, cette solitude me charmera et m'attachera davantage, et je me réjouirai sans doute un jour, d'avoir espéré une dernière fois.

Agréez l'expression du respeſt et de la vénération profonde avec lesquels je suis votre plus fervent admirateur, et le moins digne de vos disciples.

George Sand

27 Xᵇʳᵉ 1835.
Mme Sand poſte reſtante, La Châtre, Indre.

## 48. À MARIE D'AGOULT

[Nohant, début de janvier 1836]

M. Franz [Liszt] et M. Puzzi sont des jeunes gens affreux : ils ne m'ont pas répondu, et je les livre à votre colère. Vous, vous êtes bonne comme un ange et je vous remercie ; mais ne soyez pas bonne pour eux et vengezmoi de leur oubli, en ne donnant pas un sourire à l'un, pas un bonbon à l'autre pendant tout un jour.

Genève eſt donc habitable en hiver, que vous y reſtez ? Comme votre vie eſt belle et enviable ! Aussi pourquoi le ciel ne m'a-t-il pas fait naître avec de beaux cheveux blonds, de grands yeux bleus bien calmes, une expression toute céleste et l'âme à l'avenant. Au lieu de cela, la bile me ronge et me confine dans une cellule où je n'ai d'autre société qu'une tête de mort et une pipe turque. Je tiens là comme un Lapon à la croûte de glace qu'il appelle sa patrie, et je ne saurais me figurer pour le moment un autre Éden. Vous êtes sous les myrtes et sous les orangers, vous, belle et bonne Marie. Eh bien, priez-y pour moi, afin que je ne quitte pas mes glaces ; car c'est là mon élément et le soleil ne luit pas sur moi. Je ne vous jalouse donc pas, mais je vous admire et vous estime ; car je sais que l'amour durable est un diamant auquel il faut une boîte d'or pur, et votre âme est ce tabernacle précieux.

Tout ce que vous dites sur la non-supériorité des diverses classes sociales les unes sur les autres est bien dit, bien pensé. C'est vrai et j'y crois, parce que c'est vous qui le dites. Mais je ne permettrai à nul autre de me dire que les derniers ne sont pas les premiers, et que l'opprimé ne vaut pas mieux que l'oppresseur, le dépouillé mieux que le spoliateur, l'esclave que le tyran. C'est une vieille haine que j'ai contre tout ce qui va s'élevant sur des degrés d'argile. Mais ce n'est pas avec vous que je puis disputer là-dessus. Votre rang est élevé et je le salue et je le reconnais. Il consiste à être bonne, intelligente et belle. Abandonnez-moi votre couronne de comtesse et laissez-moi la briser, je vous en donne une d'étoiles qui vous va mieux.

Pardonnez-moi si je suis métaphorique aujourd'hui et ne vous moquez pas de moi, je vous en prie, pour l'amour de Dieu. Vous savez que je n'ai pas d'emphase ordinairement, et, si je me mets à prendre le ton pédant, c'est que j'ai ma pauvre tête malade de ce brouillard qu'on appelle poésie. D'ailleurs les manières raisonnables sont bonnes avec cette fourmilière ennemie qu'on appelle les indifférents. Avec ceux qu'on aime, on peut être ridicule à son aise. Et je veux ne pas plus me gêner pour vous dire des choses de mauvais goût que pour vous envoyer une lettre toute barbouillée. Imaginez-vous, ma pauvre amie, que mon plus grand supplice, c'est la timidité. Vous ne vous en douteriez guère, n'est-ce pas ? Tout le monde me croit l'esprit et le caractère fort audacieux. Mais on se trompe. J'ai l'esprit indifférent et le caractère *quinteux*. Je ne crains pas, je me méfie, et ma vie est un malaise affreux quand je ne suis pas seule, ou avec des gens avec

lesquels je me gêne aussi peu qu'avec mes chiens. Il ne
faut pas espérer que vous me guérirez de sitôt de certains
moments de raideur qui ne s'expriment que par des réti-
cences. Si nous nous lions davantage, comme j'y compte,
comme je le veux, il faudra que vous preniez de l'empire
sur moi, autrement je serai toujours désagréable. Mais si
vous me traitez comme un enfant, je deviendrai bonne,
parce que je serai à l'aise, parce que je ne craindrai pas
de tirer à conséquence, parce que je pourrai dire tout ce
qu'il y a de plus bête, de plus fou, de plus faux, de plus
déplacé, sans avoir honte. Je saurai que vous m'avez *acceptée* et si j'ai de mauvais moments, j'en aurai aussi de bons.
Autrement, je ne serai ni bien ni mal. Je vous ennuierai
et je m'ennuierai avec vous, quelque parfaite que vous
soyez. Voyez-vous, l'espèce humaine est mon ennemie,
laissez-moi vous le dire. J'aime mes amis avec tendresse,
avec engouement, avec aveuglement. J'ai détesté profondément tout le reste. Je n'ai plus de furie pour la haine
aujourd'hui, mais il y a un froid de mort pour tout ce que
je ne connais pas. J'ai bien peur que ce ne soit là ce
qu'on appelle l'égoïsme de la vieillesse. Je me ferais maintenant hacher pour des idées qui ne se réaliseront sans
doute pas de mon vivant. Je rendrais service au dernier
des goujats, par obstination pour les espérances de toute
ma vie, qui n'est peut-être plus qu'un long rêve. Mais
pour mon plaisir, je ne retirerais pas de l'eau l'enfant de
mon voisin. J'ai donc quelque chose en moi qui serait
odieux, si ce n'était pure infirmité, reste d'une maladie
aiguë. Il faut vous arranger bien vite pour que je vous
aime comme je m'aime moi-même. Ce sera bien facile.
D'abord, j'aime Franz, c'est une portion de mon propre
sang. Il m'a dit de vous aimer. Il m'a répondu de vous
comme de lui. Je vous ai vue, la 1re fois, je vous ai trouvée jolie ; mais vous étiez froide et moi aussi. La seconde
fois, je vous ai dit que je détestais la noblesse, je ne
savais pas que vous en étiez. Au lieu de me donner un
soufflet, comme je le méritais, vous m'avez parlé de votre
âme, comme si vous me connaissiez depuis 10 ans. C'est
bien, et j'ai eu tout de suite envie de vous aimer ; mais
je ne vous aime pas encore. Ce n'est pas parce que je
ne vous connais pas assez. Je vous connais autant que
je vous connaîtrai dans 20 ans mais c'est vous qui ne me
connaissez pas assez, et ne sachant si vous pourrez m'ai-

mer, telle que je suis en réalité, je ne veux pas vous aimer
encore. C'est une chose trop sérieuse et trop absolue
pour moi qu'une amitié. Si vous voulez que je vous aime,
il faut donc que vous commenciez par m'aimer ; cela est
tout simple, je vais vous le prouver. Une main douce et
blanche rencontre le dos agréable d'un porc-épic, le charmant animal sait bien que la main blanche ne lui fera
aucun mal, mais il sait qu'il est peu mignon à caresser, lui
le pauvre malheureux et il attend, pour répondre aux
caresses, qu'on se soit habitué à ses piquants. Car si la
main qu'il aime le quitte, il n'y a pas de raison pour
qu'elle y revienne, le porc-épic aura beau se dire que ce
n'est pas sa faute, cela ne le consolera pas du tout.

Ainsi voyez si vous pouvez accorder votre cœur à un
porc-épic. Je suis capable de tout. Je vous ferai mille sottises, je vous marcherai sur les pieds. Je vous répondrai
une grossièreté à propos de rien, je vous reprocherai
un défaut que vous n'avez pas. Je vous supposerai une
intention que vous n'aurez jamais eue. Je vous tournerai
le dos, en un mot, je serai insupportable jusqu'à ce que
je sois bien sûre que je ne peux pas vous fâcher et vous
dégoûter de moi. Oh ! alors, je vous porterai sur mon
dos, je vous ferai la cuisine, je laverai vos assiettes, tout
ce que vous me direz me semblera divin. Si vous marchez dans quelque chose de sale, je trouverai que cela
sent bon, je vous verrai avec les mêmes yeux que j'ai
pour moi-même quand je me porte bien et que je suis de
bonne humeur ; c'est-à-dire que je me considère comme
une perfection et que tout ce qui n'est pas de mon avis
est l'objet de mon profond mépris. Arrangez-vous donc
pour que je vous fasse entrer dans mes yeux, dans mes
oreilles, dans mes veines, dans tout mon être et vous saurez alors que personne sur la terre n'aime plus que moi,
parce que j'aime avec cynisme, c'est-à-dire sans rougir de
la raison qui me fait aimer et cette raison, c'est la reconnaissance que j'ai pour ceux qui m'adoptent. Voilà mon
résumé, il n'est pas modeste, mais il est très sincère et je
considère comme un amphigouri de paroles toute amitié
qui ne convient pas de sa partialité, de son impudence,
de sa camaraderie, de tout ce qui fait que le monde se
moque et dit : Ils s'adorent entre eux, *asinus asinum*[1]. S'il

---

1. Proverbe latin : *Asinus asinum fricat* (l'âne frotte l'âne).

en est autrement, dites-moi qui m'aimera sur la terre ? qui
est semblable à un autre ? qui n'est pas choqué et blessé
cent fois par jour par son meilleur ami, s'il veut l'examiner des sommets *planchiques*[2] de l'analyse, de la philosophie, de la critique, de l'esthétique et tout ce qui rime en
*ique* ? Il faut toujours trouver que notre ami a raison,
même dans les choses où nous aurions tort de l'imiter, et
pour cela, il faut être sûr que l'être à qui on confère ce
grand droit et ce grand titre d'ami ne fera jamais que des
choses bonnes ou excusables, ou dignes de miséricorde,
à cause de qualités faisant contrepoids.

Songez-y donc bien, et voyez si vous pouvez être ainsi
pour moi. J'aimerais mieux terminer tout de suite nos
relations et m'en tenir avec vous à des froideurs gauches,
seule chose dont je sois capable quand je n'aime pas, que
de vous tromper sur les aspérités de mon charmant
caractère. Mais je serais bien malheureuse pourtant de
rencontrer une femme comme vous et de ne pas engrai-
ner[3] le rouage de ma vie au sien. Bonsoir mon amie,
répondez-moi tout de suite, et longuement. Si vous ne
sentez rien pour moi, dites-le-moi. Je ne vous en voudrai
pas. Je vous estimerai pour votre franchise. Si vous vous
méfiez, dites-le-moi encore, cela me laissera l'espérance,
car les défauts que j'ai, sont de nature à être tolérés et
peut-être adoucis par vous. Bonsoir. Embrassez ces deux
enfants pour moi. Je me suis permis de vous dédier
*Simon*, conte assez gros qui va paraître dans la Revue[4].
Comme je ne sais pas quelle est la position extérieure que
vous avez adoptée à Genève, j'ai fait cette dédicace
excessivement mystérieuse, et telle qu'on ne vous devi-
nera pas, à moins que vous ne m'autorisiez à m'expliquer
davantage.

Je ne vous disais rien de ma vie. Il faut que vous
sachiez que je suis toujours à la campagne, chez moi,

2. Allusion malicieuse à Gustave Planche.
3. Forme ancienne d'engrener.
4. *Simon* paraît dans la *Revue des Deux Mondes* des 15 janvier, 1er et
25 février. La dédicace est ainsi conçue : « À Madame la comtesse
de ***. / Mystérieuse amie, soyez la patronne de ce pauvre petit
conte. / Patricienne, excusez les antipathies du conteur rustique. /
Madame, ne dites à personne que vous êtes sa sœur. / Cœur trois
fois noble, descendez jusqu'à lui et rendez-le fier. / Comtesse, soyez
pardonnée. / Étoile cachée, reconnaissez-vous à ces litanies ».

plaidant en séparation contre mon époux, qui ne plaide
pas, et qui a déguerpi, me laissant maîtresse du champ de
bataille. J'attends la décision du tribunal, elle est non
douteuse en ma faveur. Je suis donc toute seule dans
cette grande maison isolée ; il n'y a pas un domestique
qui couche sous mon toit, pas même un chien. Le silence
est si profond la nuit (vous ne voudrez pas me croire, et
pourtant c'est très certain), que quand j'ouvre ma fenêtre
et que le vent n'est pas contraire, j'entends distinctement
sonner l'horloge de la ville, qui est à une grande lieue de
chez moi à vol d'oiseau. Je ne reçois personne, à cause
des *convenances*. Oh ! oh ! oui, parole d'honneur, je fais de
l'hypocrisie, je mène une vie monacale, outrée de sagesse,
afin de conquérir l'admiration de trois imbéciles de qui
dépend le pain de mes vieux jours, car vous pensez bien
que je n'amasserai jamais un denier pour payer l'hôpital
où la tendresse d'un mari me laisserait mourir. Mais
voyez ! Il a eu l'heureuse idée de vouloir me tuer un soir
qu'il était ivre, vous savez la scène de l'huissier recevant
un soufflet dans *les Plaideurs*[5] ? En attendant que cette
benoîte fantaisie de meurtre conjugal me rende mon pays,
ma vieille maison et cinq ou six champs de blé qui me
nourriront quand mes longues veilles m'auront jetée dans
l'idiotisme, je fais le *Sixte-Quint*[6]. Mon cheval est rentré
sous le hangar et on n'entend pas voler une mouche
autour de mon cloître désert. Le jardinier [Pierre Moreau]
et sa femme qui sont mes factotums m'ont suppliée de
ne pas les faire demeurer dans la maison. J'ai voulu en
savoir la raison. Enfin le mari baissant les yeux d'un air
modeste, m'a dit : C'est que madame à une tête si laide
que ma femme étant enceinte, pourrait être malade de
peur. Or c'est de la tête de mort qui est sur ma table, dont
il voulait parler, du moins à ce qu'il m'a juré ensuite, car
je trouvais la plaisanterie de très mauvais goût et je me
fâchai. Ensuite j'ai songé que cette tête si laide ferait grand
effet sur mes juges, et j'ai permis à mon jardinier de
s'éloigner et de garder la pensée que cette tête était un
signe de pénitence et de dévotion. Ainsi, à l'heure qu'il est,
à une lieue d'ici, quatre mille bêtes me croient à genoux

5. Acte II, scène 4.
6. Sixte Quint avait feint la maladie et la caducité pendant treize
ans afin de se faire élire pape ; une fois élu, il releva sa haute taille
et jeta sa béquille.

dans le sac et dans la cendre, pleurant mes péchés comme Magdeleine. Le réveil sera terrible. Le lendemain de ma victoire, je jette ma béquille, je mets le feu aux 4 coins de la ville, je passe au galop de mon cheval, sur le ventre du président et des juges. Si vous entendez dire que je suis convertie, à la raison, à la morale publique, à l'amour des lois d'exception, à Louis-Philippe le père tout puissant — et à son fils Poulot-Rosolin[7], et à la sainte chambre catholique, ne vous étonnez de rien. Je suis capable de faire une ode au roi, ou un sonnet à M. Jacqueminot[8] pour gagner mon procès.

Je vous écris tout ce qu'il y a de plus bête. Tâchez d'en faire autant pour vous mettre à mon niveau. Il n'y a pas à dire, vous y êtes forcée.

Bonsoir. À vous.

George

## 49. À LOUIS-EDME VINÇARD AÎNÉ

[Paris, 2 avril 1836]

Ne pouvant vous remercier chacun séparément aujourd'hui, permettez, frères, que je vous remercie collectivement en m'adressant à Vinçard[1]. Vous avez eu pour moi de la sympathie et des bienveillances pleines de charme et de bonté. Je ne méritais pas votre attention, et je n'avais rien fait pour être honorée à ce point. Je ne suis pas une de ces âmes fortes et retrempées qui peuvent s'engager par un serment dans une voie nouvelle. D'ailleurs fidèle à de vieilles affections d'enfance, à de vieilles haines sociales, je ne puis séparer l'idée de *république* de celle de *régénération*, le salut du monde me semble reposer sur *nous* pour détruire, sur *vous* pour rebâtir. Tandis que les bras énergiques du républicain feront la *ville*, les prédications

7. Surnom donné au duc d'Orléans, fils aîné de Louis-Philippe (un de ses prénoms était Rosolino).

8. Le général Jacqueminot avait succédé à Lafayette à la tête de la Garde nationale.

1. G. Sand a reçu pour les étrennes une soixantaine de cadeaux offerts par la « Famille de Paris » de la « Foi nouvelle » saint-simonienne (vêtements, bijoux, fleurs artificielles, bibelots, poèmes, etc.).

sacrées du saint-simonien feront la *cité*. Je l'espère ainsi.
Je crois que mes vieux frères doivent frapper de grands
coups ; et que vous, revêtus d'un sacerdoce d'innocence
et de paix, vous ne pouvez tremper dans le sang des
combats vos robes lévitiques. Vous êtes les prêtres, nous
sommes les soldats. À chacun son rôle, à chacun sa grandeur et ses faiblesses, le prêtre s'épouvante parfois de
l'impatience belliqueuse du soldat, et le soldat à son tour
raille la longanimité sublime du prêtre. Soyons tranquilles
pour l'avenir. Nous tomberons tous à genoux devant le
même Dieu et nous unirons nos mains dans un saint
transport d'enthousiasme, le jour où la vérité luira pour
tous. La vérité est une.

Ces temps sont loin. Nous avons, je le pense, des
siècles de corruption à traverser, et tandis qu'il arrivera
souvent encore à votre phalange sacrée de chanter dans
des solitudes sans écho, il nous arrivera peut-être bien, à
nous autres, de traverser en vain la *mer rouge* et de lutter
contre les éléments, le lendemain du jour où nous croi-
rons les avoir soumis. C'est le destin de l'humanité d'expier son ignorance et sa faiblesse, par des revers et par
des épreuves. Votre mission est de la rassurer par des
conseils et de lui verser le baume de l'union et de l'espérance. Accomplissez donc cette tâche sacrée, et sachez
que vos frères, ce ne sont pas les hommes du passé mais
ceux de l'avenir.

Vous avez eu un seul tort, en ces jours-ci, un tort
grave à mes yeux, et je vous le dirai dans la sincérité de
mon cœur, parce que je vous aime trop pour vous cacher
une seule des pensées que vous m'inspirez. Vous avez
cherché à vous éloigner de nous[2]. Ce tort nous l'avons
eu à votre exemple et les deux familles, les enfants de la
même mère, de la même idée, veux-je dire, se sont divisés sur le champ de bataille. Cette faute retardera la
venue des temps annoncés. Elle est plus grave chez vous
qui êtes des envoyés de paix et d'amour, que chez nous
qui sommes des ministres de guerre, des glaives d'exter-
mination. Quant à moi, solitaire jeté dans la foule, sorte
de rapsode, conservateur dévot des enthousiasmes du
vieux Platon, adorateur silencieux des larmes du vieux

---

2. Sand semble reprocher aux saint-simoniens de s'éloigner des
républicains.

Christ, admirateur indécis et stupéfait du grand Spinoza, sorte d'être souffrant et sans importance qu'on appelle un poète, incapable de formuler mes convictions et de prouver, autrement que par des récits et des plaintes, le mal et le bien des choses humaines, je sens que je ne puis être ni soldat, ni prêtre, ni maître, ni disciple, ni prophète, ni apôtre. Je serai pour tous, un frère débile, mais dévoué ; je ne sais rien, je ne puis rien enseigner, je n'ai pas de force, je ne puis rien accomplir. Je puis chanter la guerre sainte, et la sainte paix, car je crois à la nécessité de l'une et de l'autre. Je rêve, dans ma tête de poète de combats homériques, que je contemple le cœur palpitant, du haut d'une montagne, ou bien au milieu desquels je me précipite sous les pieds des chevaux, ivre d'enthousiasme et de sainte vengeance. Je rêve aussi après la tempête, un jour nouveau, un lever de soleil magnifique, des autels parés de fleurs, des législateurs couronnés d'olivier, la dignité de l'homme réhabilitée, l'homme affranchi de la tyrannie de l'homme, la femme de celle de la femme, une tutelle d'amour exercée par le prêtre sur l'homme, une tutelle d'amour exercée par l'homme sur la femme, un gouvernement qui s'appellerait *conseil* et non pas *domination* ; *persuasion* et non pas *puissance*. En attendant, je chanterai au diapason de ma voix et mes enseignements seront humbles, car je suis l'enfant de mon siècle[3] ; j'ai subi ses maux, j'ai partagé ses erreurs, j'ai bu à toutes ses sources de vie et de mort, et si je suis plus fervent que la masse, pour désirer son salut, je ne suis pas plus savant qu'elle pour lui enseigner le chemin. Laissez-moi gémir et prier sur cette Jérusalem qui a perdu ses dieux, et n'a pas encore salué son messie. Ma vocation est de haïr le mal, d'aimer le bien, de m'agenouiller devant le beau.

Traitez-moi donc comme un ami véritable. Ouvrez-moi vos cœurs et ne faites point d'appel à mon cerveau. Minerve n'y est point, et n'en saurait sortir[4]. Mon âme est pleine de contemplations et de vœux que le monde raille, les croyant irréalisables et funestes. Si je suis porté vers vous d'affection, et de confiance, c'est que vous avez en vous le trésor de l'espérance et que vous m'en com-

---

3. Sur *La Confession d'un enfant du siècle* de Musset, parue en février, voir la lettre 52.
4. Minerve est sortie du cerveau de son père Jupiter.

muniquez les feux, au lieu d'éteindre l'étincelle trem-
blante au fond de mon cœur.

Adieu. Je conserverai vos dons comme des reliques, je
parerai la table où j'écris, des fleurs que les mains indus-
trieuses de vos sœurs ont tissues pour moi. Je relirai souvent le beau cantique que Vinçard m'a adressé, et les
douces prières de vos poètes se mêleront dans ma
mémoire, à celles que j'adresse à Dieu chaque nuit. Mes
enfants seront parés de vos ouvrages charmants et les
bijoux que vous avez destinés à mon usage, leur passeront comme un héritage honorable et cher. Tout mon
désir est de vous voir bientôt et de vous remercier par
l'affectueuse étreinte des mains.

Tout à vous de cœur.

George

## 50. À FRANZ LISZT

[La Châtre, 15 mai 1836]

Mon bon enfant et frère, je vous prie de me pardonner mon énorme silence. J'ai été bien agitée et terriblement occupée depuis le temps que je ne vous ai écrit.
Mon procès a été gagné, puis l'ennemi après avoir engagé
son honneur à ne pas plaider, s'est mis à manquer de
parole et à oublier sa signature et son serment comme
des bagatelles qui ne sont plus de mode. J'étais donc à
peine tranquille qu'il s'est de nouveau emparé de ma maison et pour empêcher la séparation, il a signifié une
requête atrocement calomniatrice, diffamatoire et outra-
geuse contre moi, le tout sous prétexte de m'aimer tendrement et de ne pouvoir se séparer de ma chère
personne, c'est-à-dire de quelques mille fr. de rente qui y
sont attachés. Il m'a fallu descendre dans la fange de
cette lutte sociale et demander réparation à des juges
stupides, à un public ignare. Malgré le mauvais esprit des
uns, et la mauvaise grâce des autres, j'ai regagné mon
procès, ma fortune et mes enfants. Je vous renvoie au
journal du *Droit* qui dans deux ou trois jours vous donnera un compte rendu de mon procès et une petite biographie de ma vie conjugale racontée par mon avocat, le

bon vieux paysan Éverard[1] que vous connaissez bien et qui est le meilleur ami et le seul appui véritable que j'aie en ce monde. N'ayant pu empêcher la publicité donnée à cette affaire, j'ai du moins pris connaissance de ce compte rendu et je l'ai trouvé assez fidèle pour le laisser servir de texte.

Maintenant j'attends que mon cher époux fasse appel à Bourges comme il paraît décidé à le faire. Je suis donc encore en campagne, attendant de pied ferme la guerre acharnée que l'on fait à mes écus. Si la possession de mes enfants et la sécurité de ma vie n'y étaient attachées, vraiment ce ne serait pas la peine de les défendre au prix de tant d'ennuis. Mais j'en suis à combattre par devoir bien plus que par nécessité.

Voilà les raisons de mon long silence. J'attendais toujours que mon sort fût décidé et que je puisse dire le présent et l'avenir. De lenteur en lenteur, la chère Thémis m'a conduit jusqu'à ce jour, sans que je puisse rien fixer pour le lendemain. Je serais depuis longtemps près de vous sans tous ces déboires. C'est mon rêve, c'est l'Eldorado que je me fais quand je puis avoir, entre le procès et le travail, un quart d'heure de rêvasserie. Pourrai-je entrer dans ce beau château en Espagne ? Serai-je quelque jour, assise par terre aux pieds de la belle et bonne Marie [d'Agoult], ou couchée sous le piano de votre excellence, ou perchée sur quelque roche suisse, avec l'illustre docteur Ratissimo ?

Hélas ; je suis un pauvre diable bien misérable, j'ai toujours vécu le nez en l'air, l'esprit dans les étoiles, tandis que le puits était à mes pieds, et qu'un tas de myrmidons crottés, criards, haineux, je ne sais de qui, en fureur je ne sais pourquoi, tâchaient de m'y faire rouler. Espérons. Si vous ne partez qu'à la fin de juin, peut-être pourrai-je encore vous aller trouver et passer quelques jours avec vous. Après quoi, vous vous envolerez pour l'Italie, heureux oiseaux à qui l'on n'arrache pas méchamment et cruellement les ailes, et moi, plus éclopée et plus modeste, j'irai m'asseoir à la rive de quelque petit lac de poche, pour y dormir et y fumer le reste de la saison.

---

1. Sand a ainsi surnommé Michel de Bourges dans les *Lettres d'un voyageur*, dont la sixième (parue dans la *Revue des Deux Mondes* du 15 juin 1835) est adressée « À Éverard » (voir aussi *Histoire de ma vie*, V, 8).

J'ai été à Paris passer un mois, j'y ai vu tous nos amis : Meyerbeer, sur qui j'écris assez longuement à l'heure qu'il est (j'adore *les Huguenots*) ; Mme Jal, pour qui j'ai eu le bonheur de faire quelque chose[2], votre mère qui a eu la bonté de venir m'embrasser ; Heine qui tombe dans la monomanie du calembour etc., etc. Je n'ai pas vu Janin et je ne sais pas s'il a écrit contre moi. C'est vous qui me l'apprenez ; je n'irai pas aux informations. J'ai le bonheur de ne pas lire de journaux et de ne pas en entendre parler.

Je n'ai pas vu Musset, je ne crois pas qu'il pense à moi, si ce n'est quand il a envie de faire des vers et de gagner 100 écus à la *Revue des Deux Mondes*. Moi, je ne pense plus à lui depuis longtemps, et même je vous dirai que je ne pense à personne dans ce sens-là. Je suis plus heureuse comme je suis, que je ne l'ai été de ma vie. La vieillesse vient. Le besoin des grandes émotions est satisfait outre mesure. J'ai par nature le sommeil paisible, et le caractère enjoué. Les affections saintes et durables sont ce qu'il faut, après trente ans d'une vie ravagée par tous les hasards. J'ai d'excellents enfants, d'excellents amis qui me font oublier le passé et ses orages. J'ai de charmants ennemis, dont je m'occupe le moins possible. J'ai le goût des voyages, je pourrai le satisfaire au plus tard l'année prochaine. J'ai le goût de l'étude, mais malheureusement je comprends très peu de choses, et je lis si lentement et si péniblement que je n'apprends rien. Je n'ai pas le goût du travail. Dès que toutes mes affaires seront en ordre, je me croiserai les bras, je dormirai 12 heures sur 24 et je fumerai 50 cigarettes par jour. Voilà bien des projets et des éléments de bonheur. Convenez-en. Couronnez tout cela par la passion de la musique, à laquelle je n'entends rien, mais qui me jette dans des extases et dans des ravissements qui ne sont pas de ce monde, et qui me fait accoucher de temps en temps de quelque déclamation bien ampoulée et bien bête, après quoi je m'imagine avoir fait merveille et j'ai l'estomac tout à fait soulagé.

2. La onzième des *Lettres d'un voyageur* (*Revue des Deux Mondes* du 15 novembre 1836), adressée à Meyerbeer, sera en grande partie consacrée à son opéra *Les Huguenots* (créé le 29 février 1836), que Sand a entendu au moins deux fois. Sand a facilité la publication d'*Inez*, « fragment de roman », de Mme Jal (sous le pseudonyme de M. Calixte) dans la *Revue de Paris* du 29 mai.

Voilà où j'en suis, moi ! — Et vous ? — Vous êtes heureux, vous êtes jeune ; belle chose que l'amour à vingt ans ! Si j'avais vingt ans, je ne m'amuserais pas à vous écrire mille sornettes sur tout ce qui n'est pas l'amour. Je vous raconterais une belle vie bien pleine, à mettre en regard de la vôtre. Tout cela est loin derrière moi. Il faut bien que le temps marche, et il y a des grâces d'état qui font qu'on s'arrange de tout, de même qu'on se lasse de tout. Ce dont on ne se lasse pas, c'est de la bonté jointe à l'intelligence. Je crois que vous avez trouvé un trésor dans M[arie]. Gardez-le toujours. Dieu vous en demandera compte au ciel, et si vous n'en avez pas bien usé, vous serez privé pour l'éternité du son des harpes célestes. Moi, je suis bien certaine de n'entendre en l'autre vie que les guimbardes du diable et la grosse caisse de l'enfer. J'ai eu un trésor aussi. C'était mon propre cœur, et j'en ai mal profité. Ce qui nous tue, voyez-vous, c'est d'apprendre à lire et à écrire. Quand Dieu a fait une belle nature, tout ce que les hommes prétendent y ajouter la corrompt et la déforme. Si on m'avait laissé garder mes chèvres, je serais encore jeune.

Je ne comprends rien à M. de Sainte-Beuve. Je l'ai beaucoup aimé *fraternellement*. Il a passé sa vie à me vexer, à me grogner, à m'épiloguer et à me soupçonner. Si bien que j'ai fini par l'envoyer au diable. Il s'est fâché, et nous sommes brouillés à ce qu'il paraît. Je crois qu'il ne se doute pas de ce que c'est que l'amitié, et qu'il a en revanche une profonde connaissance de l'amour de soi-même, pour ne pas dire de *soi seul*.

*Jocelyn* est, en somme, un mauvais ouvrage, pensées communes, sentiment faux, style lâché, vers plats et diffus, sujet rebattu, personnages traînant partout, affectation jointe à la négligence. Mais au milieu de tout cela, il y a des pages et des chapitres qui n'existent dans aucune langue et que j'ai relus jusqu'à 7 fois de suite en pleurant comme un âne. Ces endroits sont faciles à noter ; ce sont tous ceux qui ont rapport au sentiment théosophique, comme disent les phrénologues. Là, le poète est sublime. La description souvent diffuse, vague et trop chatoyante, est en certains endroits délicieuse. En somme, il est fâcheux que Lamartine ait fait *Jocelyn*, et il est heureux pour l'éditeur que *Jocelyn* ait été fait par Lamartine.

J'ai fait connaissance avec lui. Il a été très bon pour

moi. Nous avons fumé ensemble dans un salon qui est
extrêmement bonne compagnie, mais où on me passe
tous mes caprices[3]. Il m'a donné de bon tabac et de
mauvais vers. Je l'ai trouvé excellent homme, un peu
maniéré, et très vaniteux. J'ai fait aussi connaissance avec
Berryer, qui m'a semblé beaucoup meilleur garçon, plus
simple et plus franc, mais pas assez sérieux pour moi.
Car je suis très sérieux, malgré moi et sans qu'il y
paraisse.

Je me suis brouillée avec Hortense Allart qui est une
bavarde assez méchante et à moitié folle. J'ai fait connaissance et amitié avec David Richard. Il y a entre nous
deux liens : l'abbé de Lamennais (que j'adore, comme
vous savez et chez qui je vais enfin entre deux requêtes
aller passer une semaine) et Ch[arles] Didier, qui est un
vieux et fidèle ami à moi. Vous me demandez à propos
ce qui en est d'une nouvelle histoire sur mon compte, où
il jouerait un rôle. — Je ne sais ce que c'est. Que dit-on ?
Ce qu'on dit de vous et de moi. Vous savez comme c'est
vrai. Jugez du reste. Beaucoup de gens disent à Paris et
en province que ce n'est pas Mme D. [d'Agoult] qui est
à Genève avec vous, mais moi. Didier est dans le même
cas que vous à l'égard d'une dame qui n'est pas du tout
moi. Cela ne m'a pas empêchée de passer huit jours chez
lui à Paris avec Richard qui demeure sous le même toit.
Ils ont un appartement tout à fait rustique, rue du
Regard. Craignant que la tendresse de mon mari pour
moi ne s'étendît à mon petit mobilier de la mansarde, j'ai
quitté la mansarde et mis mes meubles dans un coin chez
Buloz. Alors, ayant encore une semaine à passer là pour
mes affaires, j'ai relégué Didier dans une mansarde et j'ai
pris son appartement pendant quelques jours qui vraiment ont été très doux, très patriarchals (ou patriarchaux
si vous voulez). J'ai appris la phrénologie et j'y ai donné
avec passion comme bien vous pouvez croire. De là, je
suis venue plaider ici, j'ai gagné, j'attends l'avenir.

Je n'ai pas vu Mme Montgolfier. Elle m'a écrit et m'a
envoyé votre lettre. Je lui répondrai à Lyon, je n'en ai pas
encore eu le temps.

3. Chez la comtesse de Rochemur, qui habitait le rez-de-chaussée
du 19 quai Malaquais ; Sand vient d'y quitter sa « mansarde bleue »,
pour s'installer chez Charles Didier, ce qui a fait beaucoup jaser.

Cette lettre de vous est la troisième à laquelle je n'avais pas encore répondu. Je vous en donne aujourd'hui pour votre argent. — Bonjour, il est 6 h. du matin. Le rossignol chante, et l'odeur du lilas arrive jusqu'à moi par une mauvaise petite rue tortueuse, noire et sale, que j'habite au sein de la jolie ville de La Châtre, sous-préfecture recommandable, où ma pauvre poésie se bat les flancs contre l'atmosphère mortelle. Si vous voyiez ce séjour, vous ne comprendriez pas que je m'en accommode ; mais j'y ai de bons amis, des hôtes excellents et à deux pas de la ville, des promenades charmantes, une Suisse en miniature.

Adieu, cher Frantz. Dites à Marie que je l'aime, que c'est à son tour de m'écrire, au docteur Ratto qu'il est un pédant parce qu'il ne m'écrit pas. Vous, je vous embrasse de cœur.

George

J'oubliais de vous dire que j'ai fait un roman en 3 volumes in-8°, rien que ça ! Je ne peux pas le faire paraître avant la fin de mon procès, parce qu'il est trop républicain[4]. Buloz qui l'a payé enrage. — Vous, qu'est-ce que c'est que toute cette musique que vous faites ? Quand, où et comment, l'entendrai-je ? Que vous êtes heureux d'être musicien !

## 51. À MAURICE DUDEVANT

[La Châtre, 17 mai 1836]

Mon cher enfant, le collège est une prison et les pions sont des tyrans. Mais je vois que l'humanité est si corrompue, si grossière, qu'il faut la mener avec le fouet et les chaînes. Tu vois que tes camarades ont déjà perdu l'innocence de leur âge, et que sans un joug sévère, ils se livreraient à des vices honteux. Tous les collèges, toutes les pensions, toutes les écoles, toutes les réunions d'enfants et de jeunes gens sont infectées de ce vice affreux,

---

4. Ce roman *Engelwald* ne sera jamais publié ; le manuscrit en sera brûlé par Sand le 28 juin 1864.

de ces saletés dont tes oreilles sont révoltées. Il ne faut pas t'en étonner, mais t'en affliger. Cela te montre combien l'éducation première de ces enfants chez leurs parents a été mauvaise, ou combien leur propre nature est brutale et incorrigible. Ceux qui comme toi, n'ont pas perdu leur pureté, sont des exceptions, et très souvent cette vertu qui les distingue, les expose à une sorte de persécution de la part des autres. Il faut t'attendre à cela, et t'armer de force et de courage. La vie est une guerre mon pauvre enfant, et tu entres en campagne. Les bons y sont en lutte éternelle contre les méchants, et les méchants sont en nombre, mais ils n'ont pas la force morale, et c'est celle-là qui triomphe. Qu'un profond mépris pour les amusements ignobles, pour les paroles sales, soit donc ta défense. Souviens-toi que je t'ai élevé dans des idées de chasteté, et que tout mon bonheur est de te cultiver comme une belle fleur à l'abri des chenilles et des cantharides. Souviens-toi de la confiance sans bornes que j'ai toujours eue en toi. Dès le moment où tu sus marcher et parler, je t'ai traité comme un ami. Je t'ai dit les dangers auxquels ton enfance serait exposée, et tu m'as promis de n'y pas succomber. Je t'ai confié ta sœur dès le jour de sa naissance. Je te l'ai donnée pour filleule, afin de te faire comprendre que tu dois exercer sur elle une espèce de paternité, tu dois être son soutien, son conseil, son défenseur. Ta sœur est un ange d'innocence, son âme est aussi pure que sa figure est belle et fraîche. Si je ne savais pas que tu es aussi pur qu'elle, si je n'étais pas sûre que tu es *incorruptible*, je serais inquiète quand vous êtes ensemble, je craindrais que tu ne lui apprennes les vilains mots que tu aurais entendus. Mais tu sais que je te [l'ai] toujours confiée comme à une personne raisonnable [parce] que je suis sûre de toi. Tout ce que tu peux voir et entendre ne peut t'engager à imiter le mal. Tu en auras toujours horreur, j'y compte. Tu compareras ces amusements à ceux de notre chambre, à nos vacances, à nos promenades dans les bois, à nos bonnes causeries, à nos griffonnages du soir, à ton paisible sommeil lorsque ta sœur ronfle ou rit à côté de toi. Là, tu ne vois rien qui t'étonne ou te dégoûte. Tout est calme, pur, et heureux, Mon plus grand bonheur serait de vous avoir toujours. Mais je ne le puis. Ton père veut que tu sois élevé au collège, et sous plusieurs rapports il a raison. Tout ce que tu souffres est nécessaire pour que tu sois un homme, pour que tu apprennes à discerner le bien d'avec le mal, la vraie joie d'avec la peine. Il faut que tu t'habitues à voir combien les hommes sont égarés, et que tu comprennes les véritables devoirs.

Quant à présent, tu en as déjà de sérieux, tu le vois. Il faut que tu saches résister aux taquineries, aux mauvaises plaisanteries, et même aux coups. C'est bien rude, mon pauvre ange, et mon cœur se serre quand j'y pense. Il me faut plus de force pour te laisser souffrir tout cela, qu'il ne t'en faut pour le souffrir toi-même. Mais sans la force d'esprit, il n'y a pas moyen de vivre honnête et calme, figure-toi donc que tu es un brave soldat, qu'on t'a confié ton drapeau, l'honneur de ton régiment, et qu'il faut pour le défendre, combattre l'ennemi, coucher au bivouac, recevoir des blessures, supporter des fatigues sans fin. Un jour tu te reposeras au foyer paternel et tu seras fier avec raison d'avoir supporté de telles épreuves sans plier. — Mets-toi tout de suite au-dessus des méchants propos et des sottes histoires, éloigne-toi complètement de la société de ceux qui sont tout à fait mauvais sujets, fuis-les comme la peste, et si tu as un ami qui ait de bonnes qualités, et qui pourtant hésite entre le bien et le mal, ramène-le au bien, cause avec lui du bonheur qui est dans l'honnêteté et dans les bons sentiments, inspire-lui le goût de la vertu, engage-le à tâcher comme toi d'y atteindre, et dis-lui que le plus grand plaisir réside dans ce doux travail, et dans cette sainte espérance. Dis-lui que ton amitié est à ce prix, et conduis-toi de manière à ce que ton amitié soit une chose précieuse.

— Quant à ce qu'on peut te dire de moi, ne t'en occupe pas[1]. Tu sais que mes écrits font beaucoup parler, et qu'on parle de même par curiosité et par oisiveté, de tous les gens qui écrivent beaucoup. On en dit toutes sortes de choses folles et absurdes, qui doivent faire rire et rien de plus. Quand on dit ces choses en ta présence, tu as une réponse bien simple à faire. — C'est ma mère, avez-vous envie d'en dire du mal devant moi, et croyez-vous que je puisse l'entendre ? — Alors tourne le dos et

---

1. Dans sa lettre du 15 mai (*Corr.* III, p. 358-361), Maurice rapportait à sa mère que les élèves du collège disaient « toutes sortes de choses » sur elle : « ils te nomment, je ne pourrai pas te dire le mot parce qu'il est trop vilain, P… je te le dis malgré moi ».

va t'en. — J'ai une recommandation particulière à te
faire, à propos de l'histoire que tu me racontes, c'est de
ne jamais avoir aucun rapport, aucune conversation,
aucune entrevue avec les grands, soit qu'ils te menacent,
soit qu'ils te caressent, soit qu'il te fassent des présents
ou des promesses, ne te trouve jamais avec eux. Ils sont
souvent beaucoup plus corrompus que les petits, et tu ne
sais pas combien ils les outragent quelquefois. Ainsi, soit
qu'ils t'appellent, soit qu'ils te fassent appeler, refuse
obstinément de t'y rendre. Je t'en dirai davantage quand
je te verrai. En attendant garde ta fierté comme un trésor, il n'est pas donné à tout le monde d'avoir le droit
d'être fier, car on ne doit l'être que de son honneur,
l'honneur existe déjà pour ton âge. Déjà on peut se salir
et se déshonorer en secret par des actions, par des
paroles, et même par des pensées indignes de la dignité
humaine. Si ces pensées te venaient jamais, malgré toi (ce
que je ne crois même pas), élève ton âme vers le ciel,
songe aux anges gardiens, à ta sœur, aux belles fleurs de
Nohant, à la mousse de nos bois, à tout ce qui est pur et
riant, tu trouveras alors le vice si laid que tu cracheras
dessus.

Adieu, mon petit ange, ta lettre est bien gentille et bien
bonne, écris-moi toujours beaucoup et souvent. Je te
presse dans mes bras avec amour.

## 52. À MARIE D'AGOULT

[La Châtre, 25 mai 1836]

Vous avez bien fait de décacheter ma lettre[1], c'est une
bonne action dont je vous remercie, puisqu'elle me vaut
une si bonne et si affectueuse réponse. La seule chose qui
me peine véritablement, c'est votre départ si prochain
pour l'Italie. J'aurai beau faire, je ne serai pas libre avant
les vacances ; alors je le serai certainement, mais il ne me
sera plus aussi facile d'aller vous joindre, car où vous
trouverai-je ? Quoi que vous fassiez, ne quittez aucune
ville sans m'écrire, ne fût-ce que deux lignes pour me

1. La lettre à Liszt du 15 mai (lettre 50).

dire où vous allez et combien de temps vous y resterez.
Rien ne me fera renoncer à l'espérance d'aller vivre
quelques semaines près de vous, c'est un des plus doux
rêves de ma vie, et comme sans en avoir l'air, je suis très
persévérante dans mes projets soyez sûre que malgré *les
destins et les flots*, je les réaliserai. Pour le moment, je crois
que je ferais mal de m'absenter du pays. Mes ennemis
battus au grand jour, cherchent à me nuire dans les
ténèbres. Ils entassent calomnies sur absurdités pour
m'aliéner d'avance l'opinion de mes juges. Je m'en soucie
assez peu ; mais je veux pouvoir rendre compte jour par
jour de toutes mes démarches et si j'allais à Genève
maintenant, on ne manquerait pas de dire que j'y vais
voir Franz seulement et de trouver la chose très criminelle. Ne pouvant dire qu'entre Franz et moi il y a un
bon ange dont la présence sanctifie notre amitié, je
resterais sous le poids d'un soupçon qui servirait de prétexte entre mille pour me refuser la direction de mes
enfants pour peu qu'on fût mal disposé. Tout cela peut
être chimérique. S'il ne s'agissait que de ma fortune, je ne
voudrais pas y sacrifier un jour de la vie du cœur ; mais il
s'agit de ma progéniture, mes seules amours, et à laquelle
je sacrifierais les sept plus belles étoiles du firmament si
je les avais. — Ne quittez toujours pas Genève sans me
dire où vous allez. Cet hiver je serai libre, j'aurai quelque
argent (bien que je n'aie pas hérité de 25 sous, c'est un
ragot de journalistes en disette de nouvelles oiseuses), et
j'irai certainement courir après vous, loin des huissiers,
des avoués et des rhumatismes.

Je n'ai pas besoin de vous charger de dire à Franz tout
le regret que j'ai de ne pas l'avoir vu et il s'en est fallu de
si peu ! Il sait bien au reste que c'est un vrai chagrin
de cœur pour moi. Il n'y a qu'une chose au monde qui
me console un peu de toutes mes mauvaises fortunes,
c'est que vous me semblez heureux tous deux, et que le
bonheur de ceux que j'aime m'est plus précieux que celui
que je pourrais avoir en propre ; moi j'ai pris si bien l'habitude de m'en passer, que je ne songe jamais à me
plaindre, même seule, la nuit, sous l'œil de Dieu. Et
pourtant je passe de longues heures tête-à-tête avec dame
*Fancy*[2]. Je ne me couche jamais avant 7 h. du matin ; je

2. Mot anglais : fantaisie, imagination.

vois coucher et lever le soleil, sans que ma solitude soit troublée par un seul être de mon espèce. Eh bien je vous jure que je n'ai jamais moins souffert. Quand je me sens disposée à la tristesse, ce qui est fort rare, je me commande le travail et je m'y oublie. Quand je suis dans mon assiette je travaille et je rêve alternativement. Une heure est donnée à la corvée d'écrire, l'autre au plaisir de vivre. Ce plaisir est si pur dans ce temps-ci, avec tous ces chants d'oiseaux et toutes ces fleurs ! Vous êtes trop jeunes, vous autres, pour savoir combien il est doux de ne pas penser et de ne pas sentir. Vous n'avez jamais envié le sort de ces belles pierres blanches qu'on voit au clair de lune et qui sont si froides, si calmes, si mortes ? Moi, je les salue toujours quand je passe auprès d'elles la nuit dans les chemins. Elles sont l'image de la force et de la pureté. Rien ne prouve qu'elles soient insensibles au plaisir de ne rien faire. Elles contemplent, elles vivent d'une vie qui leur est propre. Les paysans sont convaincus que la lune a une action sur elles, *que le clair de lune casse les pierres et dégrade les murs*. Moi je le crois. La lune est une planète toute de glaces et de marbres blancs. Elle est pleine de sympathie pour ce qui lui ressemble, et quand les âmes solitaires se placent sous son regard, elle les favorise d'une influence toute particulière. Voilà pourquoi on appelle les poètes, lunatiques. Si vous n'êtes pas contente de cette dissertation, vous êtes bien difficile.

Si vous voulez que je vous parle *histoire ancienne*, je vous dirai que cette *Confession d'un enfant du siècle*[3] m'a beaucoup émue en effet. Les moindres détails d'une intimité malheureuse y sont si fidèlement, si minutieusement rapportés depuis la première heure jusqu'à la dernière, depuis la *sœur de charité* jusqu'à *l'orgueilleuse insensée* que je me suis mise à pleurer comme une bête en fermant le livre. Puis j'ai écrit quelques lignes à l'auteur pour lui dire je ne sais quoi : que je l'avais beaucoup aimé, que je lui avais tout pardonné, et que je ne voulais jamais le revoir. Ces trois choses sont vraies et immuables. Le pardon va chez moi jusqu'à ne jamais concevoir une pensée d'amertume contre le meurtrier de mon amour, mais il n'ira jamais jusqu'à regretter la torture. Je sens toujours pour lui, je

---

3. *La Confession d'un enfant du siècle* de Musset avait été publiée en février.

vous l'avouerai bien, une profonde tendresse de mère au fond du cœur. Il m'est impossible d'entendre dire du mal de lui sans colère, et c'est pourquoi quelques-uns de mes amis s'imaginent que je ne suis pas bien guérie. Je suis aussi bien guérie cependant de lui que l'empereur Charlemagne du mal de dents. Le souvenir de ses douleurs me remue profondément quand je me retrace ces scènes orageuses. Si je les voyais se renouveler, elles ne me feraient plus le moindre effet. Je n'ai plus la foi.

Ne me plaignez donc pas, belle et bonne fille de Dieu. Chacun goûte un bonheur fait selon son âme. J'ai long-temps cru que la passion était mon idéal. Je me trompais, ou bien j'ai mal choisi. Je crois à la vôtre et suis convain-cue que l'ayant connue si complète et si belle vous ne pourriez survivre à sa perte. Si vous aviez mon passé à la place de votre présent, je crois que vous mettriez comme moi le calme au-dessus de tout. Ce calme n'est pas le *non-aimer*. Mon cœur est encore jeune pour les affections désintéressées. Il sait même trouver sa joie dans des dévouements assez singuliers, assez enthousiastes et dont je vous dirai le mystère quelque jour en causant avec vous à Naples ou à Constantinople. Je vous expliquerai quelque chose que vous ne connaissez pas, un sentiment qui n'a pas de nom dans les langues actuelles et qui n'existe peut-être encore que chez moi sous la forme que je lui ai donnée : sentiment chaste, durable, paisible, dont un vieillard est l'objet[4] et qui a fait de moi un jeune homme dans toute l'acception du mot (fort incapable par conséquent de se prendre d'amour pour aucun des jeunes gens qui sont ses frères et ses amis). (Vous voyez que j'emploie la parenthèse sans scrupule, vous êtes bonne à imiter en tout). Ainsi *Madame !* gare à vous, ou plutôt M. Franz soyez parfait, car c'est un jeune homme qui est en ce moment aux genoux de Marie. Cependant qu'on se rassure. Le jeune homme est tout à fait tranquille auprès du beau sexe[5]. Un *baiser de femme* comme on dit en style moderne, l'émeut aussi peu que Puzzi ou Maurice (mon cher fils). Qu'on me laisse donc traverser le monde sans prendre ombrage de moi. Mon bonheur consiste à ne

4. Michel de Bourges n'avait pourtant que trente-huit ans, soit six de plus que Sand !
5. Sand s'amuse ici des ragots qu'avait suscités son amitié avec Marie Dorval.

troubler celui de personne. Décidément, disait un jour *Buloz* en parlant de moi, elle est très orgueilleuse en amour et très bonne en amitié. Demandez à Franz la description de Buloz, qu'il vous joue sur le piano un morceau intitulé *Buloz*.

Je vous dirai de Mme Allart, que je n'ai jamais eu de sympathie pour elle. J'ai eu beaucoup d'estime pour son caractère ; mais un beau jour, elle m'a fait une méchanceté, la chose du monde que je comprends le moins et que je puis le moins excuser. Depuis que je vous ai écrit, elle m'a fait amende honorable. Est-ce bonté ? Est-ce légèreté de tête et de cœur ? Je n'y ai plus guère confiance, et sans la maltraiter (car à vrai dire d'après cette conduite fantasque, je m'aperçois que je ne la connais pas du tout), je m'éloignerai d'elle avec soin. Je ne veux pas la juger, mais il y a sur la figure de quelqu'un à qui l'on a surpris un mauvais sentiment, quelque chose qui ne s'efface plus et qui vous glace à jamais. Je suis toute d'instinct et de premier mouvement. N'êtes-vous pas de même ? Il m'a semblé que si.

Je ne dis pas que je n'aime pas Sainte-Beuve. J'ai eu beaucoup trop d'affection pour lui pour qu'il me soit possible de passer à l'indifférence ou à l'antipathie, à moins d'un tort grave. Je ne lui ai point vu de méchanceté, à lui, mais de la sécheresse, de la perfidie non raisonnée, non volontaire, non intéressée, mais partant d'un grand *crescendo* d'égoïsme. Je crois que je le juge mieux que vous. Demandez à Franz qui le connaît davantage.

L'abbé de Lamennais se fixe dit-on à Paris. Pour moi ce n'est pas certain. Il y va je crois avec l'intention de fonder un journal. Le pourra-t-il ? Voilà la question ? Il lui faut une école, des Disciples. En morale et en politique il en aura, et de dignes de lui. En religion il n'en aura pas s'il ne fait d'énormes concessions à notre époque et à nos lumières. Il y a encore en lui, d'après ce qui m'est rapporté par ses intimes amis, beaucoup plus du *prêtre* que je ne croyais. On espérait l'amener plus avant dans le cercle qu'on n'a pu encore le faire. Il résiste. On se dispute et on s'embrasse. On ne conclut rien encore. Je voudrais bien que l'on s'entendît. Tout l'espoir de *l'intelligence vertueuse* est là. Lamennais ne peut marcher seul. Si abdiquant le rôle de prophète et de poète apocalyptique, il se jette dans l'action progressive, il faut qu'il ait une armée.

Le plus grand général du monde ne fait rien sans soldats. Mais il faut des soldats éprouvés, et croyants. Il
trouvera facilement à diriger une populace d'écrivassiers
sans conviction qui se serviront de lui comme d'un drapeau et qui le renieront ou le trahiront à la première
occasion. S'il veut être secondé véritablement, qu'il se
méfie des gens qui ne disputeront pas avec lui avant d'accepter sa direction. En réfléchissant aux conséquences
d'un tel engagement, je vous avoue que je suis moi-
même très indécise. Je m'entendrais aisément avec lui sur
tout ce qui n'est pas le dogme. Mais là, je réclamerais une
certaine liberté de conscience, et il ne me l'accorderait
pas. S'il quitte Paris sans s'être entendu avec deux ou
trois personnes qui sont dans les mêmes proportions de
dévouement et de résistance que moi, j'éprouverai une
grande consternation de cœur et d'esprit. Les éléments
de lumière et d'éducation des peuples s'en iront encore
épars, flottant sur une mer capricieuse, échouant sur tous
les rivages, s'y brisant avec douleur, sans avoir pu rien
produire. Le seul pilote qui eût pu les rassembler leur
aura retiré son appui et les laissera plus tristes, plus désu-
nis et plus découragés que jamais. Si Fränz a sur lui de
l'influence, qu'il le conjure de bien connaître et de bien
apprécier l'étendue du mandat que Dieu lui a confié. Les
hommes comme lui font les religions et ne les acceptent
pas. C'est là leur devoir. Ils n'appartiennent point au
passé. Ils ont un pas à faire faire à l'humanité. L'humilité
d'esprit, le scrupule, l'orthodoxie sont des vertus de
moine que Dieu défend aux réformateurs. Si l'œuvre que
je rêve pour lui peut s'accomplir, c'est *vous* qui serez obligée de vous joindre à son bataillon sacré. Vous avez l'intelligence plus mâle que bien des hommes, vous pouvez
être un flambeau pur et brillant.

J'ai écrit à Paris qu'on vous envoyât le n° du *Droit*. Je
suis toujours dans le *statu quo* pour mon procès. L'acte
d'appel est fait. L'ennemi s'y montre assez poltron. J'attends que la cause soit fixée. Ce sera je pense dans le
courant de juillet. Je suis toujours à La Châtre chez mes
amis[6], qui me gâtent comme une enfant de 5 ans. J'habite
un faubourg en terrasse sur des rochers. À mes pieds, j'ai

6. G. Sand a quitté la maison des Duteil pour celle des Bourgoing ; elle évoque ce séjour dans *Histoire de ma vie* (V, 10).

une vallée admirablement jolie. Un jardin de 4 toises carrées, plein de roses, et une terrasse assez spacieuse pour
y faire dix pas en long, me servent de salon, de cabinet
de travail et de galerie. Ma chambre à coucher est assez
vaste ; elle est décorée d'un lit à rideaux de cotonnade
rouge, vrai lit de paysan, dur et plat, de deux chaises de
paille et d'une table de bois blanc. Ma fenêtre est située
à dix pieds au-dessus de la terrasse. Par le treillage de
l'espalier, je sors et je rentre la nuit pour me promener
dans mes quatre toises de fleurs sans ouvrir de portes et
sans éveiller personne. Quelquefois je vais me promener
seule à cheval, à la brune. Je rentre sur le minuit. Mon
manteau, mon chapeau d'écorce et le trot mélancolique
de ma monture me font prendre dans l'obscurité pour un
marchand forain ou pour un garçon de ferme. Un de
mes grands amusements, c'est de voir le passage de la
nuit au jour ; cela s'opère de mille manières différentes et
cette révolution si uniforme en apparence a tous les jours
un caractère particulier. Avez-vous eu le loisir d'observer
cela. Non ! vous travaillez, vous ! Vous éclairez votre
âme. Vous n'en êtes pas à végéter comme une plante.
Allons, vivez et aimez-moi. Puzzi vous suit-il en Italie ?
Ne partez pas sans m'écrire. Que les vents vous soient
favorables et les cieux sereins ! Tout prospère aux
amants. Ce sont les enfants gâtés de la providence. Ils
jouissent de tout, tandis que leurs amis vont toujours
s'inquiétant. Je vous avertis que je serai souvent en peine
de vous si vous m'oubliez. Je vous ferai arranger une
belle chambre *chez moi.*

Je fais un nouveau volume à *Lélia*[7]. Cela m'occupe
plus que tout autre roman n'a encore fait. Lélia n'est pas
moi. Je suis meilleure enfant que cela ; mais c'est mon
idéal. C'est ainsi que je conçois ma muse, si toutefois je
puis me permettre d'avoir une muse...

Adieu, adieu ! le jour se lève sans moi. — *Per la scala
del balcone, presto andiamo via di qua...*[8]

---

7. La nouvelle version de *Lélia*, qui paraîtra en septembre 1839,
comptera en effet trois volumes, soit un de plus que l'édition de
1833.
8. Citation du *Barbier de Séville* de Rossini (II, 9) : « par l'échelle du
balcon, vite, partons d'ici ».

## 53. À MARIE D'AGOULT

[La Châtre, 10 juillet 1836]

Hélas, mon amie, je n'ai point encore plaidé en cour
royale, par conséquent, je n'ai ni gagné ni perdu. Il était
question de mon dernier jugement sans doute quand on
vous a annoncé ma victoire. C'est le 25 juillet seulement
que je plaide. Si vous êtes à Genève le 1er août, vous saurez mon sort, et peut-être le saurez-vous par moi-même
si j'ai la certitude de vous y trouver. Mais je n'ose l'espérer. Cependant, je rêve mon oasis près de vous et de
Frantz. Après tant de sables traversés, après avoir affronté
tant d'orages, j'ai besoin de la source pure et de l'ombrage des deux beaux palmiers du désert. Les trouverai-
je ? Si vous ne devez pas y être, je n'irai pas. J'irai à Paris
voir l'abbé de Lamennais et deux ou trois amis véritables
que je compte, entre mille *superficies* d'amitié, dans la Babylone moderne.

Avez-vous vu pour parler comme Obermann, la lune
monter sur le Vélan[1] ? Que vous êtes heureux, chers
enfants, d'avoir la Suisse à vos pieds pour observer toutes
les merveilles de la nature ! Il me faudrait cela pour écrire
deux ou trois chapitres de *Lélia*, car je refais *Lélia*, vous
l'ai-je dit ? Le poison qui m'a rendue malade est maintenant un remède qui me guérit... Ce livre m'avait précipitée dans le scepticisme ; maintenant, il m'en retire ; car
vous savez que la maladie fait le livre, que le livre empire
la maladie, et de même pour la guérison. Faire accorder
cet œuvre de colère avec un œuvre de mansuétude et
maintenir la plastique ne semble guère facile au premier
abord. Cependant les caractères donnés, si vous en avez
gardé souvenance, vous comprendrez que la sagesse ressort de celui de Trenmor, et l'amour divin de celui de
Lélia. Le prêtre borné et fanatique, la courtisane et le
jeune homme faible et orgueilleux seront sacrifiés. Le
tout à l'honneur de *la morale* ; non pas de la morale des
épiciers, ni de celle de nos salons, ma belle amie (je suis
sûre que vous n'en êtes pas dupe), mais d'une morale que
je voudrais faire à la taille des êtres qui vous ressemblent,

---

1. Sénancour, *Obermann*, lettre VII.

et vous savez que j'ai l'ambition d'une certaine parenté avec vous à cet égard.

Se jeter dans le sein de la mère Nature ; la prendre réellement pour *mère* et pour *sœur* ; retrancher stoïquement et religieusement de sa vie tout ce qui est vanité satisfaite ; résister opiniâtrement aux orgueilleux et aux méchants ; se faire humble et petit avec les infortunés ; pleurer avec la misère du pauvre et ne pas vouloir d'autre consolation que la chute du riche ; ne pas croire à d'autre Dieu que celui qui ordonne aux hommes la justice, l'égalité ; vénérer ce qui est *bon* ; juger sévèrement ce qui n'est que *fort* ; vivre de presque rien, donner presque tout, afin de rétablir l'égalité primitive et de faire revivre l'institution divine : voilà la religion que je proclamerai dans mon petit coin et que j'aspire à prêcher à mes douze apôtres sous le tilleul de mon jardin. Quant à l'amour, on en fera un livre et un cours à part. Lélia s'expliquera sous ce rapport d'une manière générale assez concise et se rangera dans les exceptions. Elle est de la famille des Esséniens, compagne des *palmiers, gens solitaria,* dont parle Pline. Ce beau passage sera l'épigraphe de mon troisième volume, c'est celle de l'automne de ma vie. — Approuvez-vous mon plan de livre ? Quant au plan de vie, vous n'êtes pas compétente, vous êtes trop heureuse et trop jeune pour aller aux rives salubres de la Mer Morte (toujours Pline le Jeune), et pour entrer dans cette famille, *où personne ne naît, où personne ne meurt,* etc.[2]

Si je vous trouve à Genève, je vous lirai ce que j'ai fait, et vous m'aiderez à refaire mes levers de soleil ; car vous les avez vus sur vos montagnes cent fois plus beaux que moi dans mon petit vallon. Ce que vous me dites de Frantz me donne une envie vraiment maladive et furieuse de l'entendre. Vous savez que je me mets sous le piano quand il en joue. J'ai la fibre très forte et je ne trouve jamais les instruments assez puissants. Il est au reste, le seul artiste du monde qui sache donner l'âme et la vie à

---

2. G. Sand a recopié, dans un carnet rédigé en 1836 (G. Sand, *Pensées littéraires,* publ. par Pierre Reboul, *Revue des Sciences humaines,* oct.-déc. 1954), cet extrait de l'*Histoire naturelle* de Pline l'Ancien (et non le Jeune) sur les Esséniens qu'elle réutilisera dans la *Lélia* de 1839, non comme épigraphe, mais dans le chapitre LVI : « *nation féconde où personne ne naît et où personne ne meurt, race solitaire, compagne des palmiers* ».

un piano. J'ai entendu Thalberg à Paris. Il m'a fait l'effet
d'un bon petit enfant bien gentil et bien sage. Il y a des
instants où Frantz, pour s'amuser, badine comme lui sur
quelques notes pour déchaîner ensuite les éléments
furieux sur cette petite brise.

Attendez-moi, pour l'amour de Dieu… et pourtant je
n'ose pas vous en prier, car l'Italie vaut mieux que moi.
Et je suis un triste personnage à mettre dans la balance
pour faire contrepoids à Rome et au soleil. J'espère un
peu que l'excessive chaleur vous effrayera cependant et
que vous attendrez l'automne. Êtes-vous bien accablée de
cette canicule ? Peut-être ne menez-vous pas une vie qui
vous y expose souvent. Moi, je n'ai pas l'esprit de m'en
préserver. Je pars à pied à trois heures du matin, avec le
ferme propos de rentrer à 8. Mais je me perds dans les
traînes, je m'oublie au bord des ruisseaux, je cours après
les insectes et je rentre à midi dans un état de torré-
faction impossible à décrire. L'autre jour, j'étais si accablée, que j'entrai dans la rivière tout habillée. Je n'avais
pas prévu ce bain, de sorte que je n'avais pas de vêtements *ad hoc*. J'en sortis mouillée de pied en cap. Un peu
plus loin, comme mes vêtements étaient déjà secs et que
j'étais encore baignée de sueur, je me replongeai de nouveau dans l'Indre. Toute ma précaution fut d'accrocher
ma robe à un buisson et de me baigner en peignoir. Je
remis ma robe par-dessus, et les *rares* passants ne s'aper-
çurent pas de la singularité de mes *draperies*. Moyennant
trois ou quatre bains par promenade, je fais encore trois
ou quatre lieues à pied, par trente degrés de chaleur, et
quelles lieues ! Il ne passe pas un hanneton que je ne
coure après. Quelquefois, toute mouillée et vêtue, je me
jette sur l'herbe d'un pré au sortir de la rivière et je fais
la sieste. Admirable saison qui permet tout le bien-être
de la vie primitive. Vous n'avez pas d'idée de tous les
rêves que je fais dans mes courses au soleil. Je me figure
être aux beaux jours de la Grèce. Dans cet heureux pays
que j'habite, on fait souvent 2 lieues sans rencontrer une
face humaine. Les troupeaux restent seuls dans les pâtu-
rages bien clos de haies magnifiques. L'illusion peut donc
durer longtemps. C'est un de mes grands amusements,
quand je me promène un peu au loin dans des sentiers
que je ne connais presque pas, de m'imaginer que je par-
cours un autre pays avec lequel je trouve de l'analogie. Je

me souviens d'avoir erré dans les Alpes et de m'être crue en Amérique durant des heures entières. Maintenant, je me figure l'Arcadie en Berry. Il n'est pas une prairie, pas un bouquet d'arbres qui, sous un si beau soleil, ne me semble arcadien tout à fait.

Je vous enseigne tous mes secrets de bonheur. Si quelque jour, ce que je ne vous souhaite pas (et ce à quoi je ne crois pas pour vous), vous êtes *seule*, vous vous souviendrez de mes promenades *esséniennes* et peut-être trouverez-vous qu'il vaut mieux s'amuser à cela qu'à se brûler la cervelle, comme j'ai été souvent tentée de le faire en entrant au *désert*. Avez-vous de la force physique ? C'est un grand point.

Malgré cela, j'ai de grands accès de spleen, n'en doutez pas ; mais je résiste et je prie. Il y a manière de prier. Prier est une chose difficile, importante. C'est la fin de l'homme moral. Vous ne pouvez pas prier, vous. Je vous en défie, et, si vous prétendiez que vous le pouvez, je ne vous croirais pas. Mais j'en suis au premier degré, au plus faible, au plus imparfait, au plus misérable échelon de l'escalier de Jacob. Aussi je prie rarement et fort mal. Mais, si peu et si mal que ce soit, je sens un avant-goût d'extases infinies et de ravissements semblables à ceux de mon enfance quand je croyais voir la Vierge comme une tache blanche dans un soleil qui passait au-dessus de moi. Maintenant, je n'ai que des visions d'étoiles, mais je commence à faire des rêves singuliers.

À propos, savez-vous le nom de toutes les étoiles de notre hémisphère ? Vous devriez bien apprendre l'astronomie pour me faire comprendre une foule de choses que je ne peux pas transporter de notre sphère à la voûte de l'immensité. Je parie que vous le savez à merveille, ou que, si vous voulez, vous le saurez dans huit jours.

Je suis désespérée du manque total d'intelligence que je découvre en moi pour une foule de choses, et précisément pour des choses que je meurs d'envie d'apprendre. Je suis venue à bout de bien connaître la carte céleste sans avoir recours à la sphère. Mais, quand je porte les yeux sur cette malheureuse boule peinte, et que je veux bien m'expliquer le grand mécanisme universel, je n'y comprends plus goutte. Je ne sais que des noms d'étoiles et de constellations. C'est toujours une très bonne chose que cela pour le sens poétique. On apprend à comprendre la beauté des astres par la comparaison. Aucune étoile ne ressemble à une autre quand on y fait bien attention. Je ne m'étais jamais doutée de cela avant cet été. Regardez, pour vous en convaincre, Antarès au sud, de 9 à 10 h. du soir, et comparez-le avec Arcturus, que vous connaissez. Comparez Wega [Véga] si blanche, si tranquille toute la nuit, avec la Chèvre, qui s'élance dans le ciel vers minuit et qui est rouge, étincelante, *brûlante* en quelque sorte. À propos d'Antarès, qui est le cœur du Scorpion, regardez la courbe gracieuse de cette constellation ; il y a de quoi se prosterner. Regardez aussi, si vous avez de bons yeux, la blancheur des Pléiades et la délicatesse de leur petit groupe au point du jour, et précisément au beau milieu de l'aube naissante. Vous connaissez tout cela, mais peut-être n'y avez-vous pas fait depuis longtemps une attention particulière. Je voudrais mettre un plaisir de plus dans votre heureuse vie. Vous voyez que je ne suis point avare de mes découvertes. C'est que Dieu est le maître de mes trésors.

Adieu. Écrivez-moi toujours à La Châtre, poste restante. On me fera passer vos lettres à Bourges. Hélas ! je quitte les nuits étoilées, et les prés de l'Arcadie pour la puanteur et l'ordure d'un procès scandaleux. Plaignez-moi, et aimez-moi. Je vous embrasse de cœur tous deux et je salue respectueusement l'illustre docteur *Ratissimo.*

— Vous m'avez fait de vous un portrait dont je n'avais pas besoin. En ce qu'il a de trop modeste, je sais mieux que vous à quoi m'en tenir. En ce qu'il a de vrai, ne sais-je pas votre vie, sans que personne me l'ait racontée ? La fin n'explique-t-elle pas les antécédents ? Oui, vous êtes une grande âme, un noble caractère et un *bon cœur*, c'est plus que tout le reste, c'est rare au dernier point, bien que tout le monde y prétende. Plus j'avance en âge, plus je me prosterne devant la bonté, parce que je vois que c'est le bienfait dont Dieu nous est le plus avare. Là où il n'y a pas d'intelligence, ce qu'on appelle bonté est tout bonnement ineptie. Là où il n'y a pas de force, cette prétendue bonté est apathie. Là où il y a force et lumière, la bonté est presque introuvable ; parce que l'expérience et l'observation ont fait naître la méfiance et la haine. Les âmes vouées aux plus nobles principes sont souvent les plus rudes et les plus âcres, parce qu'elles sont devenues malades à force de déceptions. On les estime, on les

admire encore, mais on ne peut plus les aimer. Pour
avoir été malheureux sans cesser d'être intelligent et bon,
il faut supposer une organisation bien puissante, et ce
sont celles-là que je cherche et que j'embrasse. J'ai des
*grands hommes* plein le dos (passez-moi l'expression). Je
voudrais les voir tous dans Plutarque. Là, ils ne me font
pas souffrir du côté humain. Qu'on les taille en marbre,
qu'on les coule en bronze, et qu'on n'en parle plus. Tant
qu'ils vivent, ils sont méchants, persécutants, fantasques,
despotiques, amers, soupçonneux. Ils confondent dans le
même mépris orgueilleux les boucs et les brebis. Ils sont
pires à leurs amis qu'à leurs ennemis. Dieu nous en
garde ! Restez bonne, *bête* même si vous voulez. Franz
pourra vous dire que je ne trouve jamais les gens que
j'aime assez niais à mon gré. Que de fois je lui ai reproché d'avoir trop d'esprit ! Heureusement que ce trop
n'est pas grand-chose, et que je puis l'aimer beaucoup.

Adieu, chère, écrivez-moi. Puissiez-vous ne pas partir !
Il fait trop chaud. Soyez sûre que vous souffrirez. On ne
peut pas voyager la nuit en Italie. Si vous passez le Simplon (qui est bien la plus belle chose de l'univers), il faudra aller à pied pour bien voir, pour grimper. Vous
mourrez à la peine !

Je voudrais trouver je ne sais quel épouvantail pour
vous retarder.

(Oh mais) écoutez. Ce serait à condition que je ne rencontre pas à Genève M. de Musset. Je n'en ai nulle envie.
J'espère que vous m'avertiriez s'il y était ou s'il y devait
venir à cette époque afin de ne pas me procurer le plaisir d'une rencontre.


## 54. À MICHEL DE BOURGES ‡

[Nohant, vers le 15 octobre 1836]

Michel, vous êtes insensé ! Je vois que vous souffrez
horriblement et l'humeur que j'avais contre vous cède à
la douleur que j'éprouve. Je ne sais ce qui vous est
arrivé ; vous savez, vous, que j'ai été exacte au rendez-
vous donné et que je vous y ai attendu en outre, jusqu'à
l'époque fixée. Le délai expiré, je suis partie, chagrine et

colère. Je suis partie avec un homme qui s'est fait mon serviteur et mon aide durant un mois et qui ne m'a jamais dit une parole d'amour. C'est un enfant de 20 ans[1], timide, bon, insouciant, aimant la chasse, dormant partout, pas amoureux de moi ou je ne m'y connais guère. Voilà ce que je sais de lui, ce que je sais de moi, c'est que je n'aime que vous et que je n'ai pas coutume de me livrer à d'autres hommes qu'à celui que j'aime. Si vous en êtes encore à me prendre pour une femme galante, allez joindre vos sentiments pour moi à une vingtaine de journalistes qui m'envient, ou à une meute d'aboyeurs stupides qui ne croient ni à la fierté ni à la force.

Je ne sais si vous me croyez coquette. Je sais que je ne le suis point et que je me sentirais outragée par une accusation de ce genre ; je sais que je n'ai jamais rien fait pour que vous m'accusiez et que je me demande si vous êtes fou. Je ne sais pas ce que prouvent les actions et les démarches des autres femmes. Je ne sais pas ce que vous imaginez, ni ce que vous croyez pouvoir supposer. Je sais que je suis pure comme le cristal que je vous avais destiné[2], et que [de] tous les hommes que j'ai vus depuis mon départ de Bourges, il n'en est pas un qui ne m'estime et ne me respecte. J'ai la conscience tranquille et le cœur brisé. Tous, excepté vous, savent que je vous aime. Tous savent que je suis orgueilleuse et chaste, à cet égard la vénération de tout ce qui m'approche ne me laisse rien à désirer. Vous seul croyez avoir le droit de m'insulter, parce qu'avec vous seul j'ai été faible et dévouée, parce que pour vous j'ai étouffé toute autre faiblesse, et me suis fait au milieu des hommes et du bruit une vie d'anachorète, vous n'y croyez pas ? Que voulez-vous que j'y fasse ? Tant pis pour vous. Que Dieu vous pardonne l'étroitesse de vos idées, et la faiblesse de votre âme, qui ne comprend ni la foi ni la vérité.

1. Au retour de son voyage de septembre en Suisse en compagnie de Liszt et Marie d'Agoult (les *Fellows*), Sand a attendu en vain Michel de Bourges à Lyon jusqu'au 6 octobre ; le « vieux grognon » est arrivé après son départ, dévoré de jalousie contre le jeune compagnon de voyage de sa maîtresse. En route pour la Suisse, elle avait fait connaissance à Autun de Gustave de Gévaudan, âgé de 22 ans ; le jeune aristocrate avait accompagné Sand et ses enfants (les *Piffoëls*) à Genève et à Chamonix.
2. Morceau de cristal de roche trouvé au Montenvers.

L'amour chez vous est une maladie, chez moi c'est un sentiment, vous croyez pouvoir me cracher à la figure quand la bile vous vient à la bouche. C'est selon vous, un droit, un attribut, une conséquence inévitable de l'amour du fort pour le faible. Vous savez que je n'ai jamais accepté de pareilles conditions. Votre mépris ne m'atteint pas, parce que je sens que je ne le mérite pas, parce que Dieu sait qu'à cette heure vous devriez être à mes pieds.

Vous avez dû voir Girerd. Il vous a aussi dit que j'ai parlé de vous avec lui et que j'en ai parlé dans les termes les plus clairs devant le jeune homme que vous m'attribuez sans doute pour amant. Je [ne] veux pas chercher d'autre preuve de la folie de vos soupçons.

Je vous ai dit une fois pour toutes, que si j'avais eu le malheur de vous devenir infidèle, dans un jour de fatigue, de faiblesse physique, de besoin maladif, je vous avouerais ma faute et que je vous laisserais le maître de m'en punir par un oubli éternel, si vous ne vous sentiez pas la force de me conserver du moins votre amitié. Une telle rancune serait un châtiment bien peu proportionné à une faute assez grossière, mais assez pardonnable, et que vous avez commise d'ailleurs avec votre femme depuis que nous sommes l'un à l'autre. Quoi qu'il en soit, comme je ne veux jamais implorer personne, pas même vous, je supporterais avec douleur, mais sans platitude et sans faiblesse, les conséquences de mon inconduite. Je n'en aurais que des remords très proportionnés à l'importance du crime, et n'irais point au désert faire pénitence d'un péché que vous et beaucoup d'hommes respectables ont commis, je ne sais combien de milliers de fois. Seulement je pleurerais amèrement la perte d'un cœur où je cherchais mon refuge et ma joie. Et je ne pense pas qu'il fût au pouvoir d'aucun autre amour physique ou moral de m'en consoler ou seulement de m'en distraire avec quelque suite.

Ce fait posé, voici ce qui est. Je n'ai point commis cette faute, ni celle-là, ni aucune autre de ce genre, qui pût mettre sur la voie d'une plus grave. Excepté Liszt qui est comme mon frère, et que j'embrasse le soir et le matin, en présence de sa maîtresse et *coram populo*[3], je n'ai pas donné ou reçu un seul baiser masculin, depuis Bourges

3. En présence du peuple.

jusqu'à Genève, et depuis Genève jusqu'à Bourges. — Si fait pourtant j'ai embrassé Girerd et Meure en arrivant et en partant. J'ai beaucoup souffert de ma chasteté, je ne vous le cache pas. J'ai eu des rêves très énervants. Le sang m'a monté à la tête cent fois, et au grand soleil, au sein des belles montagnes, en entendant les oiseaux chanter, et en respirant les plus suaves parfums des forêts et des vallées, je me suis souvent assise seule à l'écart avec une âme pleine d'amour et des genoux tremblants de volupté. Je suis encore jeune quoique je dise aux autres hommes que j'ai le calme des vieillards, mon sang est brûlant, et en présence d'une nature enivrante de beauté, l'amour bouillonne dans moi, comme la sève de vie dans l'univers. Je fais encore dix lieues à pied, et en me jetant le soir dans un lit d'auberge, je songe encore que le sein d'un homme adoré est le seul oreiller qui reposerait à la fois l'âme et le corps. Cependant j'ai gardé une sérénité, dont mes chers amis Frantz et Marie eux-mêmes ont été dupes. Eux-mêmes à qui je dis à peu près tout, ne savent pas que je souffre quelquefois jusqu'à crier et à m'évanouir. Les autres croient que je suis *Lélia* dans toute l'acception du mot et que quand je pâlis, c'est que j'ai trop marché. L'occasion ne m'eût pas manqué pour me soulager, vous pouvez le croire. Il y avait autour de moi beaucoup d'hommes plus jeunes que vous à qui un seul regard eût suffi pour donner toute une autre série d'idées, tout un autre ordre de sentiments à mon égard. De plus j'avais l'impunité, mille moyens de vous tromper et d'ensevelir dans l'ombre un instant de brutalité que Catherine II ne se fût guère refusé. Ce qui m'a préservée de cette tache légère par elle-même, mais ineffaçable pour ceux qui aiment, ce n'est pas ce que les femmes appellent leur vertu, moi je ne sais pas le sens de ce mot-là ; c'est l'amour que j'ai dans le cœur et qui me fait envisager avec un insurmontable dégoût l'idée seule d'être serrée amoureusement dans les bras d'un autre homme que vous. C'est de vous que je rêve quand je m'éveille trempée de sueur, vous que j'appelle quand la nature sublime chante des hymnes passionnées, et que l'air des montagnes entre dans mes pores, par mille aiguillons de désir et d'enthousiasme.

Après six semaines d'attente, d'aspiration, d'espoir et d'étouffement, vous, persistant à ne point venir me trou-

ver, parce que dans vos idées de Pacha je dois aller vers
vous avec la soumission d'une odalisque, j'espère vous
trouver à Lyon, et je fais encore voyager mes enfants
jusque là. Je passe cinq mortels jours dans une auberge,
avec mes petits que l'ennui dévore et mon compagnon de
voyage qui est un bon garçon, obligeant au dernier point,
mais pas amusant le moins du monde en tête-à-tête. Vous
ne venez pas, je pars faute de temps et d'argent, et quand
j'arrive ici exténuée et mécontente, étouffant de vertu, je
vous l'avoue, et ne sachant où dépenser cette poésie et
cette ardeur que la Suisse a mises dans mes poumons et
dans mon sang, je trouve de vous une lettre qu'un vieux
banquier écrirait tout au plus à une fille entretenue par
lui. Qu'un homme comme vous juge et traite de la sorte
une femme comme moi, c'est à faire pitié. De quoi vous
sert d'être si grand en la plupart des choses pour être si
petit, si puéril et si absurde en amour? Vous faites une
chose bien commune, bien grossière, et bien rebattue
d'une affaire qui devrait être sublime chez un homme de
votre taille. Quant à moi j'ai la conscience d'avoir porté
noblement le fardeau amer et précieux de ma passion.
Elle m'a fait souffrir plus qu'elle ne m'a donné de joies et
cependant je ne suis pas encore tentée de chercher dans
un amour moins noble et moins rude une vie plus douce
et plus égale. J'ai encore de la force et la sainte poésie me
donnera encore le courage de lutter contre mes sens,
contre l'ennui, et (souvent on peut dire) *l'horreur* de la solitude. Oui il est des moments affreux pour celui qui n'a
que des amis. Une nuit à Genève, j'avais été empoisonnée
ainsi que Marie par un plat d'auberge, nous avions failli
mourir l'une et l'autre. Elle était du moins dans les bras
de son amant qui la soignait avec passion et qui eût reçu
son dernier souffle sur ses lèvres. Moi je me traînais de
temps en temps à leur chambre pour voir s'ils n'avaient
pas besoin de moi et je revenais me jeter en frissonnant
sur mon lit solitaire et glacé, n'ayant pas même un chien
pour me voir souffrir et sentant bien qu'il n'était au
monde qu'un seul être dont la présence ne m'eût pas été
odieuse en cet instant de détresse, de terreur et d'agonie.

Il est vrai que le lendemain, si on est pâle et brisé, du
moins on se sent fort et patient, et on se dit la belle
parole de Ballanche : « Qu'importe que l'homme soit malheureux pourvu qu'il soit grand ».

Tâchez de vous calmer, de vous guérir, de voir clair, d'abdiquer un peu vos idées de despotisme et de comprendre que j'ai tout aussi bien que vous, devant Dieu, le droit de marcher, de respirer, de m'asseoir à côté des êtres de l'autre sexe et d'échanger la parole humaine avec des créatures de mon espèce. Tâchez de me comprendre moi-même assez sainement pour voir que je puis vivre ainsi sans faire céder l'empire sublime de la volonté à des besoins physiques plus ou moins impérieux. Tâchez enfin de comprendre que si cette défaite m'arrivait, quelque humiliante qu'elle fût à confesser, et quelque odieux que me fût votre oubli, je me regarderais comme plus humiliée encore de descendre à vous [tromper]. Vous êtes un très grand homme Michel, et pourtant, je suis autant que vous, puisque je ne sens pour vous aucune crainte et ne trouve pas que votre amour vaille la peine d'être acheté par un mensonge. S'il y avait un jugement dernier dans la vallée de Josaphat et que l'on pût mentir à Dieu, je concevrais qu'on l'essayât, car il y a là quelque chose de plus à craindre que l'oubli ou la vengeance d'un homme. Mais en vérité, vous avez bien de l'orgueil et de la présomption, si vous croyez que je craindrais de vous dire : J'ai fait ceci, ou cela.

Je suis à Nohant pour quelques jours, du 20 au 30 je serai à Paris. Si vous voulez y venir vous me trouverez chez mon ami Didier, rue du Regard, 6. Ayez une chambre louée quelque part et venez me prendre, nous resterons quelques jours enfermés ensemble et nous serons heureux ensemble tous deux. Si vous aimez mieux bouder ou rompre avec moi, faites comme vous voudrez. Vous serez votre malheur en même temps que le mien et ce malheur réciproque ne consolera ni l'un ni l'autre. Je vous laisse le temps d'y songer, si dans quelques mois vous n'avez pas réparé vos folies, je songerai à ce que l'avenir peut devenir pour moi, et j'aviserai à m'arranger pour l'éternelle solitude, ou pour un amour moins malheureux et moins précieux. Je ne sais pas en quoi le temps peut me transformer ni s'il peut me consoler. J'ai la volonté de vivre pour mes enfants et je chercherai à vivre le moins mal possible. Pour le présent je ne comprends pas que je puisse vous oublier. Je suis accablée du dégoût de la vie. Tout ce que je puis faire, c'est de m'étourdir par le travail et de me dompter par la fatigue. — Adieu.

## 55. À MICHEL DE BOURGES ‡

[Nohant, 23 janvier 1837]

Si je *couvais* d'autres amours, je n'aurais pas fait violence à ma fierté pour aller m'humilier dans les larmes
devant toi. Si je ne t'aimais plus, je n'aurais pas subi
l'affront de reproches que je ne mérite pas. Si j'aimais
ailleurs, je ne me serais jamais inquiétée de savoir si tu
étais brouillé avec moi. Si je n'avais pas eu le cœur brisé,
j'aurais su renfermer des pleurs qui n'avaient peut-être
guère d'écho dans le tien et qui m'ont semblé ne te causer que de l'ennui. Si j'avais pu t'oublier, je l'aurais fait,
car l'amour que j'ai pour toi est un martyre et ne me causera jamais que trouble et douleur. S'il suffisait de se savoir
aimée pour rendre la pareille et si avec la conviction
d'être aimée fort peu, on acquérait tout d'un coup la
force de se vaincre et d'oublier, il est certain que j'aimerais d'autres que toi, il est certain que je ne t'aimerais
plus. Ce n'est pas à cause de l'amour que tu as eu pour
moi que je t'ai aimé. Combien d'autres en ont eu davantage qui ne m'ont pas fait seulement lever les yeux de
dessus mes livres ! Ce n'est pas à cause des belles paroles
que tu sais dire aux femmes, j'ai bien rencontré d'autres
beaux parleurs qui n'ont pas seulement distrait mon
oreille. Ce n'est pas parce que j'ai compté sur du bonheur
ou sur de la gloire ou seulement sur de l'affection. Je
méprise les faux biens, et je savais en me donnant à toi
que le torrent du monde nous séparerait toujours. Je
savais que les ambitieux n'aiment qu'une heure par jour
et que l'amour est un jour dans leur vie. Je t'ai aimé parce
que *tu me plais*, parce que nul autre ne peut me plaire. Je
t'aime parce que quand je me représente la grandeur, la
sagesse, la force et la beauté, c'est ton image qui se présente devant moi, parce que ton nom est le seul qui me
fasse tressaillir et ton souvenir le seul qui ne s'efface pas
comme une ombre de ma mémoire. Et ce n'est pas que
tu mérites cette adoration, tu ne vaux pas mieux que moi,
si tu as des talents et des forces en plus, tu as en moins
la sagesse et la philosophie. Si tu as plus de sympathie
avec les hommes, tu as moins de commerce avec Dieu,
si tu as plus de miséricorde et de retour, tu as moins de

constance et de dévouement, non, tu n'es pas si grand
que tu parais, nous sommes frères, et je t'ai mesuré de la
tête aux pieds. Tu as plus de justice que moi parce que
tu as plus de lumière, mais tu as des vices que je n'ai pas,
car tu n'as jamais gouverné tes passions. Je te sais tout
entier, car nous sommes *un* et tu es la moitié de mon
être. Je vois en toi la face de ma vie qui ne s'est pas réalisée, mais ce qu'elle a d'affreux, je l'aime encore parce
que c'est moi dans toi, de même que tu dois aimer mes
ignorances et mes ténèbres parce que c'est toi dans moi.
Je suis aujourd'hui ce que tu as été dans ta cabane[1] avant
d'avoir été flétri par le souffle du monde ; tu es ce que
j'aurais été si mon mauvais génie m'avait poussée dans la
même vie. Dès le premier jour nous nous sommes appar-
tenus par la pensée. Je t'ai ouvert mon âme, je t'ai raconté
ma vie comme si tu avais le droit de la savoir, comme si
tu avais le pouvoir de la changer. Et tu l'as changée, en
effet ; d'où t'est venue cette puissance ? nul autre homme
n'avait exercé sur moi une influence morale, et malgré de
nombreuses amours, mon esprit toujours libre et sauvage
n'avait accepté aucune direction. Liée par la fibre à des
êtres dévoués à des principes tout opposés, j'étais restée
moi, doutant de tout, n'admettant que ce qui ne venait
que de moi-même, haïssant toutes les erreurs. J'étais vierge
par l'intelligence, j'attendais qu'un homme de bien parût
et m'enseignât. Tu es venu et tu m'as enseignée, et
cependant tu n'es pas l'homme de bien que j'avais rêvé.
Il me semble même parfois que tu es l'esprit du mal, tant
je te vois un fond de cruauté froide et d'insigne tyrannie
envers moi, mais puisque tel que tu es, tu m'as persuadé
ce que tu as voulu, puisque tu as entamé le rocher,
puisque tu m'as attachée à tes convictions et liée à tes
actes par une chaîne invincible, il faut que tu sois mon
lot et mon bien depuis l'éternité et pour l'éternité. Tu
n'es pas capable de comprendre pourquoi, comment et
combien je t'aime. Je ne sais vraiment pourquoi je fatigue
ma plume à te l'expliquer. Ton amour est tout différent
du mien et je crois que, plus violent peut-être dans l'occasion, il est d'un ordre inférieur comme l'être inférieur
en intelligence qui te l'inspire. Tu n'as pas besoin de moi,

---

1. Orphelin, Michel avait été élevé par son grand-père, un pauvre
paysan.

toute âme a peu de tendresse pour ce qui ne lui sert à
rien. Toute âme tend à l'infini et je suis un être plus fini
que toi. Il est simple que tu ne te retournes pas souvent
en arrière pour me tirer avec toi. Moi j'aspire à te suivre
comme le Dante suivait à travers les enfers et les cieux
son guide fantastique. Je vois bien souvent que tu n'es pas
dans la route, mais je sais que tu la connais et que tu la
retrouveras. Je sais encore mieux que si tu ne la retrouves
[pas], nous périrons ensemble, car je sens que je ne puis
plus reprendre mon âme. Tu peux la briser, l'anéantir. Tu
**ne** peux me la rendre, tu ne peux t'en débarrasser au
**profit d'un autre**... Je crois que souvent tu le désires... Je
ne sais **quelle** lueur fatale m'est venue à la *casa Speranza*[2].
J'ai cru voir, j'ai cru comprendre. — Que la volonté de
Dieu s'accomplisse ! Que sommes-nous pour lui demander son amour ? L'arbre ne se plaint pas du vent qui le
brise, ni la terre des montagnes qui la pressent.

## 56. À FÉLICITÉ DE LAMENNAIS

Poste restante, La Châtre
[28 février 1837]

Monsieur et excellent ami,

Vous m'avez entraînée sans le savoir sur un terrain
difficile à tenir. En commençant ces *Lettres à Marcie*[1], je
me promettais de me renfermer dans un cadre moins
sérieux que celui où je me trouve aujourd'hui, malgré moi,
poussée par l'invincible *vouloir* de mes pauvres réflexions.
J'en suis effrayée, car dans le peu d'heures que j'ai eu
le bonheur de passer à vous écouter avec le respect et la

2. La « maison déserte » (*Lettres d'un voyageur*, VII) où Sand retrouvait Michel. Elle appartenait à Jean Espérance Deséglise.
1. G. Sand a publié du 12 février au 27 mars 1837, dans le journal de Lamennais *Le Monde*, le début d'un « roman intime » sous
forme de *Lettres à Marcie*, où elle abordait les problèmes de la femme
et du mariage. Elle écrit ici à la suite de la parution de la troisième
lettre le 25 février, dans laquelle Lamennais avait pratiqué des coupures. La publication fut suspendue après la sixième lettre, Lamennais ayant refusé à Sand d'aborder la question du divorce, et l'œuvre
resta inachevée.

vénération dont mon cœur est rempli pour vous, je n'ai jamais songé à vous demander le résultat de votre examen sur les questions avec lesquelles je me trouve aux prises aujourd'hui. Je ne sais même pas si le sort actuel des femmes vous a occupé, au milieu de tant de préoccupations religieuses et politiques dont votre vie intellectuelle a été remplie. Ce qu'il y a de plus curieux en ceci, c'est que moi-même qui ai écrit durant toute ma vie littéraire sur ce sujet, je sais à peine à quoi m'en tenir et ne m'étant jamais résumée, n'ayant jamais rien conclu que de très vague, il m'arrive aujourd'hui de conclure d'inspiration sans trop savoir d'où cela me vient, sans savoir le moins du monde si je me trompe ou non, sans pouvoir m'empêcher de conclure comme je fais et trouvant en moi je ne sais quelle certitude, qui est peut-être une voix de la vérité, et peut-être une voix impertinente de l'orgueil.

Pourtant, me voilà lancée, et j'éprouve le désir d'étendre ce cadre des *Lettres à Marcie* tant que je pourrai y faire entrer des questions relatives aux femmes. J'y voudrais parler de tous les devoirs, du mariage, de la maternité, etc. mais en plusieurs endroits je crains d'être emportée par ma pétulance naturelle, plus loin que vous ne me permettriez d'aller, si je pouvais vous consulter d'avance. Mais ai-je le temps de vous demander à chaque page de me tracer le chemin ? Et avez-vous le temps de suffire à mon ignorance ? Non. Le journal s'imprime, je suis accablée de mille autres soins, et quand j'ai une heure le soir pour penser à Marcie, il faut produire et non chercher.

Après tout, je ne suis peut-être pas capable de réfléchir davantage à quoi que ce soit, et toutes les fois (je devrais plutôt dire, le peu de fois) qu'une bonne idée m'est venue, elle m'est tombée des nues au moment où je m'y attendais le moins. Que faire donc ? Me livrerai-je à mon impulsion ? ou bien vous prierai-je de jeter les yeux sur les mauvaises pages que j'envoie au journal ? Ce dernier moyen a bien des inconvénients, jamais une œuvre corrigée n'a d'unité. Elle perd son ensemble, sa logique générale. Souvent en réparant un coin de mur, on fait tomber toute une maison qui serait sur pied si l'on n'y eût pas touché.

Je crois qu'il faudrait pour obvier à tous ces inconvénients, convenir de deux choses, — c'est que je vous confesserai ici les principales hardiesses qui me passent par l'esprit, et puis, que vous m'autoriserez à écrire dans ma liberté, sans trop vous soucier que je fasse quelque sottise de détail. Je ne sais pas bien jusqu'à quel point les gens du monde vous en rendraient responsable, et je crois d'ailleurs que vous vous souciez fort peu des gens du monde. Mais j'ai pour vous tant d'affection profonde, je me sens commandée par une telle confiance, que, lors même que je serais certaine de n'avoir pas tort, je me soumettrais encore pour mériter de vous une poignée de main.

Pour vous dire en un mot toutes mes *hardiesses*, elles tiendraient à réclamer le Divorce dans le mariage. J'ai beau chercher le remède aux injustices sanglantes, aux misères sans fin, aux passions souvent sans remède qui troublent l'union des sexes, je n'y vois d'autre issue que la liberté de rompre et de reformer l'union conjugale. Je ne serais pas d'avis qu'on pût le faire à la légère, et sans des raisons moindres que celles dont on appuie la séparation légale aujourd'hui en vigueur, mais (bien que pour ma part, j'aimerais mieux passer le reste de ma vie dans un cachot que de me remarier) je sais ailleurs des affections si durables, si impérieuses, que je ne vois rien dans l'ancienne loi civile et religieuse qui puisse y mettre un frein solide. Sans compter que ces affections deviennent plus fortes et plus dignes d'intérêt à mesure que l'intelligence humaine s'élève et s'épure, il est certain que, dans le passé, elles n'ont pu être enchaînées et l'ordre social en a été troublé. Ce désordre n'a rien prouvé contre la loi, tant qu'il a été provoqué par le vice et la corruption. Mais des âmes fortes, de grands caractères, des cœurs pleins de foi et de bonté ont été dominés par des passions qui semblaient descendre du ciel même. Que répondre à cela ? Et comment écrire sur les femmes sans débattre une question qu'elles posent en première ligne, et qui occupe dans leur vie la première place ? Croyez-moi, je le sais mieux que vous, et qu'une seule fois le disciple ose dire : Maître, il y a par là des sentiers où vous n'avez point passé, des abîmes où mon œil a plongé, tandis que le vôtre était fixé sur les cieux. Vous avez vécu avec les anges ; moi avec les hommes et les femmes, je sais combien on souffre, combien on pèche, combien on a besoin d'une règle qui rende la vertu possible.

Et fiez-vous à moi, personne ne la chercherait avec plus de désir de la trouver, avec plus de respect pour la vertu, avec moins de personnalité, car je ne chercherai jamais à pallier mes fautes passées et mon âge me permet d'envisager avec calme les orages qui pâlissent et meurent à mon horizon.

Répondez-moi un mot. Si vous me défendez d'aller plus avant, je terminerai les *lettres à Marcie* où elles en sont, et je ferai toute autre chose que vous me commanderez, car je puis me taire sur bien des points et ne me crois pas appelée à *rénover* le monde.

Adieu, père et ami ; personne ne vous aime et ne vous respecte plus que moi.

George

## 57. À MICHEL DE BOURGES ‡

[Nohant, vers le 20 mars 1837]

S'il est vrai que tu m'aimes, je suis heureuse, je ne désire plus rien. Mais rien au monde ne peut m'empêcher de souffrir si tu ne m'aimes plus. Et toute la question est là. Ma vie tient à un *peut-être*. Mille raisons terribles, irrécusables, me prouvent que ton cœur a changé, une seule les combat : c'est que tu dis m'aimer toujours. Mais n'est[-ce] pas la pitié qui te fait parler ainsi ? Avec les êtres faibles, cette pitié est un devoir. Avec un être juste et résigné comme j'ai la volonté et l'expérience de l'être, c'est une cruauté. Sois donc sincère, au nom du Ciel, et ne crains pas mes importunités. Ne crains ni mes reproches, ni mes malédictions, ni ma vengeance. Tu sais bien que je suis capable des bonnes résolutions et que la pensée du mal m'est odieuse.

Laisse-moi te dire mes souffrances et ne t'irrite pas. Ce ne sont ni des accusations, ni des murmures que je t'adresse. Ce sont des questions que je te fais ; réponds-y librement, courageusement, consciencieusement.

Lorsque je t'attendais à Genève, à Lyon, à Nevers, à Bourges, tu m'accusais d'un crime impossible[1]. Tu me

---

1. Sur la crise de jalousie de Michel, voir la lettre 54.

supposais des goûts indignes de moi, des faiblesses
qu'une femme comme moi, sortant de tes bras, ayant
connu ton amour, ne peut plus avoir. Tu me l'as écrit
dans un moment de fureur et dans des termes outra-
geants. Tu sais si j'ai de l'orgueil, tu sais si j'ai été blessée. Tu sais pourtant que je n'ai ni tardé, ni hésité à te
répondre, à me justifier, à me défendre d'une infidélité
que je n'avais pas commise et dont la seule pensée eût
soulevé mon cœur de dégoût. Aujourd'hui, je t'accuse à
mon tour. Je suis aigrie, souffrante, désespérée. Les apparences sont contre toi, autant qu'elles purent l'être cet été
contre moi. On m'a fait de plus sales récits sur ton
compte que tous les commentaires dont j'ai pu être l'objet. Il y a quelques semaines, on t'accusait d'une passion
criminelle, je t'ai osé interroger. Je l'ai fait avec emportement, avec folie. Devais-je trouver un blâme inexorable
pour cette fureur jalouse, en toi qui l'avais ressuscitée si
cruellement et qui ne l'avais pas exprimée avec plus de
retenue ? D'ailleurs rends-moi justice. Ai-je été méchante,
ai-je été lâche dans ma rage ? Non, je n'ai été que folle.
Ai-je insulté, ai-je seulement haï la personne qui allumait
en moi cette jalousie ? Non, je la défendais contre moi-
même plus chaudement, plus religieusement que tu
n'eusses pu le faire. Innocente, je lui demandais intérieurement pardon de mes craintes ; entraînée, je la plaignais,
je l'excusais, je l'aimais presque. Te dirai-je un rêve affreux,
mais étrange que je fis à Paris ? J'étais morte et je venais
d'être enterrée dans une église. Je me levais au milieu de
la nuit, et je marchais dans mon suaire et deux mortes se
levaient aussi et venaient s'asseoir sur les marches d'un
autel, deux ombres que je reconnaissais quoique je ne les
aie [jamais] vues dans la réalité : Herminie et *l'autre*[2], et
nous nous embrassions en pleurant toutes les trois……
Non, je ne suis ni haineuse, ni lâche, ni méchante, mais
j'ai horriblement souffert. J'étais innocente, j'avais tous
les droits possibles à un amour immense, à une confiance
aveugle, j'étais méconnue, repoussée, délaissée, et je ne
pouvais croire que ta grande âme fût capable de méconnaître la vérité, d'entretenir un soupçon flétrissant, de
conserver la méfiance et le mépris, parce que je [me] sen-

2. Herminie est peut-être une ancienne maîtresse de Michel ;
*l'autre* désigne sa femme.

tais digne de confiance et d'estime : je ne pouvais croire que ce long silence, ce hautain abandon fussent la suite d'un jour de colère et d'injustice. Non, Michel, je ne puis croire que ta haute intelligence ait de si longs aveuglements, que ton cœur semblable au mien garde des amertumes obstinées. Il fallait que tu aimasses ailleurs, que lassé de souffrir, tu te fusses rejeté dans quelque amour plus facile, placé à ta portée et docile à ta domination absolue. As-tu daigné m'imiter, t'es-tu justifié ? Non. Je t'ai vu et tu m'as dit seulement que tu m'aimais, tu m'as pressée dans tes bras et j'ai cru tout ce que tu as voulu, et je n'ai pas même osé faire une question. Eh bien, sois bon pour moi aujourd'hui, délivre-moi d'une anxiété qui me ronge et que je ne puis pas vaincre, malgré mon silence, malgré mes efforts, malgré ma vie à la fois stoïque et chrétienne — j'ose le dire, malgré des larmes cachées dont le Christ aurait compassion s'il pouvait revivre, malgré des colères dévorées et comprimées que le divin Épictète lui-même n'eût pas mieux vaincues s'il eût eu un cœur brûlant d'amour comme le mien ! Délivre-moi, rends l'inspiration à mes travaux, rends le calme à mes nuits, descends jusqu'à te justifier. J'ai été humble à ce point, moi si peu humble par nature. Pour t'empêcher de souffrir, je t'ai envoyé mes lettres. Je t'enverrai toutes celles que tu me demanderas. Je te fournirai toutes les preuves matérielles et humaines, quoique je frémisse de l'idée que toi seul, toi seul au monde, le seul être dont l'estime m'est chère, puisse me soupçonner de vices que je n'ai pas et de mensonges dont j'ai horreur. Eh bien ! si ma souffrance ne fait pas ton orgueil et ta joie (ce qui est impossible pour une âme noble), abaisse-toi jusqu'à te justifier. Ce ne sera ni long, ni difficile, un mot suffira. Dis que tu n'as pas aimé, que tu n'aimes pas cette jeune femme d'un autre amour que l'amour paternel. Dis-le, je le croirai. Le jour où je te croirai capable d'un faux serment, je ne t'aimerai plus, je serai guérie à jamais.

Maintenant, il faut que je te dise un autre tourment que j'endure et que, depuis mon passage à Bourges, je renferme et surmonte. On t'accuse presque de crime, de bestialité, on te suppose épris d'une grosse femme que j'ai vue et qui est d'une obésité repoussante et d'une vanité pleine d'impudence. La pauvre Marie [Fourneux], avec son désir de nous réconcilier et sa maladresse étourdie, m'a jeté cela au visage. Je ne t'en ai rien dit et je lui ai répondu que cela était impossible. Mais depuis j'ai su d'une manière *certaine*, et par la bouche sans fiel d'un enfant, que tu passais ta vie chez cette femme. Puis-je ne pas souffrir et ne pas douter? Tu n'as pas d'amitié pour cette femme, car tu m'en aurais parlé, et tu ne m'en as jamais rien dit. Je sais de toi-même que tu fais fort peu de cas de son mari, que fais-tu donc chez elle? Elle est musicienne, mais elle chante faux et avec une affectation insupportable, je le sais, je l'ai *entendue*, tu as le sens exquis du beau et du vrai. Ce faux talent ne peut ni te charmer, ni te distraire; elle est méchante et me hait cordialement. Elle ne perd pas une occasion de me dénigrer et de me calomnier, je le sais, *je l'ai presque entendue*. Comment peux-tu supporter l'intimité d'un être qui m'accuse et me hait? Dieu! quelqu'injure que tu m'eusses fait subir, je ne pourrais entendre mon meilleur ami, mon propre fils, dire du mal de toi, sans le prendre en haine et sans l'éloigner de moi à jamais. Dis-moi donc, Michel, ce que tu fais chez elle et pourquoi donc tu y passes toutes les heures que tu arraches à tes travaux? Cette femme sert-elle à te soulager les reins comme ferait une fille publique? Hélas! je suis plus jeune que toi, [j'ai] plus de sang, plus de muscles, plus de nerfs, une santé de fer, un surcroît d'énergie dont je ne sais que faire, et le plus jeune, le plus beau des hommes ne pourrait me rendre infidèle à toi, malgré ton oubli, ton dédain, ton infidélité même. Quand une fièvre m'inquiète, je me fais ôter par le médecin [Papet] une livre de sang. Le médecin me dit que c'est un *crime*, un *suicide*, que d'ailleurs cela ne me soulage pas beaucoup, qu'il faut que j'aie un amant ou que ma vie est menacée par son excès même. Eh bien, je le voudrais en vain, je ne le puis pas, je n'en peux même supporter la pensée. Et toi...... qui sait! N'importe, je n'ai pas le droit de te blâmer. Dieu seul peut savoir jusqu'où va, contre les sens, la force de l'esprit. Je m'imagine que la mienne a été plus loin qu'il n'est donné à aucune créature, ayant eu jusqu'à la force de l'âge une vie toute livrée jusqu'à la passion et faisant brusquement succéder une chasteté d'anachorète à des émotions brûlantes. Mais tout cela est de l'orgueil peut-être, peut-être tes besoins sont-ils plus impérieux que les miens; peut-être avant d'y céder as-tu plus combattu que je n'ai eu à

combattre pour triompher moi-même... Eh bien, si tu as
fait cette chose, je puis te la pardonner, si tu es sincère,
si tu me la confesses, sans faux orgueil, sans hypocrisie,
ou si du moins...... Oh ! jusqu'où va mon amour et mon
humiliation ! Si tu me jures que tu me préfères à tout,
que nulle autre ne peut te donner les voluptés que tu dis
avoir trouvées si douces dans mes bras — dis-moi ce que
tu voudras si la chose est vraie, car dans ce cas il faut
que tu souffres, il m'est odieux de penser que ce corps si
beau, si adoré, si imprégné de mes caresses, tant de fois
brisé sous mes étreintes et ranimé par mes baisers, plusieurs fois endolori et accablé de nos délires, plusieurs
fois guéri et ranimé par mes lèvres, par mes cheveux, par
mon haleine brûlante. Hélas ! où s'égarent mes souvenirs ? Une fois, je t'avais réchauffé les sens de mon
souffle, j'ai cru que j'allais mourir, tant j'avais déliré et
essayé avec ardeur de faire passer dans tes entrailles douloureuses la vie et l'amour qui remplissaient ma poitrine.
Oh ! qu'il m'eût été doux de mourir ainsi en te donnant
ma vie, en t'infusant la sève des robustes années dont je
sentais le poids léger sur mes épaules...... Ô mon Dieu,
ce corps idolâtré se serait-il souillé au contact d'un ventre
infâme, d'une limace vendue à toutes les vanités ; ta
bouche aurait aspiré l'haleine d'une bouche qu'on dit
prostituée à l'adoration de soi-même et au culte de toutes
ces puérilités sociales ! Non, cela est impossible. L'autre
supposition m'effrayait davantage et me surprenait moins :
c'était une femme plus jeune, plus belle et sans doute
plus pure que moi, si la pureté est l'absence de déceptions et de dévouements infortunés. Du moins celle-là
était une rivale que je ne pouvais ni ne voulais mépriser.
Mais l'autre serait indigne de toi et de moi, surtout de toi,
que la reine du monde, s'il y avait une reine du monde
pour l'intelligence, l'intelligence et la beauté, revendique-
rait pour époux si elle te connaissait. Insensé, prends au
moins une jeune et belle concubine, qui ne te parle pas
de moi, qui ne blasphème pas nos saintes amours, qui ne
sache pas le vil bruit du monde et qui ne s'élève pas à toi
par les platitudes de la flatterie, mais par la jeunesse du
cœur ou la puissance des sens. Hélas, mon Dieu !......
Mais non, tout cela est un rêve, c'est impossible, cela n'a
jamais été. Si je me trompe, si on m'a trompé, n'hésite
pas à me le dire. Trace seulement ces trois lettres : *Non*.

Je ne demande pas autre chose. Je m'en remettrai aveuglément à ta parole, Dieu me préserve d'en douter. — Ô
Dieu, à ta beauté souveraine, justice infinie, perfection
absolue ! Ô toi que j'ai cherché dans la solitude et qui
m'as ouvert quelquefois les bras avec amour, préserve-
moi de douter de ce que j'aime, car c'est le plus grand
des crimes qu'une âme qui te comprend puisse commettre. Celui qui doute mérite de n'être plus aimé, il
mérite pis encore, car il mérite de ne plus pouvoir aimer.
Oui, Michel, voilà ce que j'ai découvert dans la solitude
de ces longues nuits d'hiver. J'ai passé bien des heures
prosternée, invoquant cette puissance muette et terrible
que nous connaissons si peu et qui se révèle à travers
tant de voiles et de leçons mystérieuses. Je crois en elle
comme je crois dans ma propre existence, et je crois à sa
bonté comme je crois au sentiment de justice qui repose
dans le fond de mes entrailles. Je lui ai demandé dans
l'amertume de mon cœur, de me guérir de mon amour,
car il me rend infortunée et même détourne à chaque
instant de la contemplation de l'Idéal, à laquelle j'eusse
voulu consacrer ce qui me reste de jeunesse et d'intelligence. Eh bien, je n'ai trouvé dans le silence de la création, comme dans toutes ses voix que cette réponse
implacable : *Aime, c'est ta destinée.* Faites donc, ô mon
Dieu, m'écriais-je, que j'aime un cœur qui me comprenne
et qui soit rempli d'un même amour. Je me dévouerai à
lui avec abnégation, je fondrai mon existence dans la
sienne, mais l'affreux silence et les voix impitoyables
m'ont répondu ou m'ont laissé entendre ce cri de mon
cœur embrasé : *Aime, n'importe comment tu seras aimée. Aime,
quoi que tu souffres, aime malgré que tu doives en mourir.*

Alors, j'ai compris que c'était la volonté de Dieu, ou le
vœu de la nature, ce qui est une seule et même nécessité,
et je ne résiste plus. Il y avait trop d'orgueil à espérer que
Dieu m'accepterait pour son ami, son compagnon et son
égal, qu'il m'accorderait l'accès de son intimité et qu'il
remplirait mon âme de joies solitaires et ineffables. Il me
repousse de la solitude, il m'ôte l'élan poétique, le calme,
le repos, l'espérance dès que je commence à m'isoler, à
me séparer de toi par la pensée. Dieu est sévère, il est
cruel ! car je vais reporter sur toi cet amour immense que
je ne t'ai jamais entièrement donné peut-être, et [que] je
m'efforçais depuis que j'existe de conserver à lui seul dans

le secret de mes pensées. C'était là ma philosophie, c'était
là ma force, nul n'en savait le secret, nul n'en comprenait la puissance...... Et toi, tu vas m'abuser, car tu es
un homme, et quelque juste et bon que tu sois, tu me
sacrifieras aux passions terrestres, à la voix du monde,
aux faux biens de la vie. Moi, infortunée, je ne puis y
chercher les distractions et les amusements qui semblent
m'y convier. Je n'ai pas le bonheur de connaître les joies
de la vanité et l'encens des hommes ne me cause que
dégoût et mépris. Hors de toi, je désire une seule chose
sur la terre, saluer le règne de la justice et de la vérité. J'y
travaillerai dans la donnée humble et petite de mes facultés, sans pouvoir m'enivrer ni m'affliger du *peu* ou du
*beaucoup* qui arrivera *par moi*. Mes émotions ne sont pas là,
je n'ai ni joies ni souffrances pour la foule. C'est un malheur de mon organisation, il faut le subir. Je suis née
pour aimer, je mourrai sans avoir été aimée, car pour te
dispenser de répondre à cet immense amour, on le nie et
on le salit par des imputations avilissantes. Que faire ? Je
n'ai pas le droit de mourir : la vie de mon fils et l'avenir
de ma fille sont suspendus à moi, comme le lierre l'est au
rocher. Supporter ma destinée, pleurer et prier en silence,
et surtout accepter le peu de bonheur que Dieu m'accor-
dera en compensation de maux si profonds, si cachés, si
incompris. — Surtout *croire*, surtout élever mon cœur
vers ce Dieu de vérité qui me crie : Ne doute pas, misérable créature, ne doute pas de ce dont tu [ne] peux te
passer, que serais-tu, si je doutais de toi ? Si pendant l'espace d'une minute, je cessais de croire à toi, tu tomberais
en poussière. — Ne doute pas de ce que tu aimes.
Demande la vérité et ouvre lui ton cœur. *Crois* ou *meurs* !
Voilà ce que Dieu m'ordonne. Michel réponds-moi. Je ne
te demande que ces deux mots semblables. Sur la première question *Non* — sur la seconde *Non*, et je ne parlerai plus jamais de l'une ni de l'autre de ces femmes.
J'oublierai que leurs noms ont soulevé des tempêtes dans
mon âme, et quand l'univers croirait que je suis dupe,
je ne m'en émouvrais pas, car je méprise ce monde. Je
ne vis [pas] pour lui, je ne lui ai jamais rien sacrifié, je ne
lui ai jamais rien demandé, et toutes ses railleries, tout
son mépris ne m'empêcheront pas d'être heureuse si tu
m'aimes.

Si tu ne peux tracer ces deux mots sans te déshonorer

à tes propres yeux, ne me réponds pas, je comprendrai
ton silence. J'aurais peut-être dû déjà les interpréter, ces
longs silences, ces abandons impitoyables, cette répugnance à me voir, ces mots de glace qui t'ont échappé chez
Espérance, le voyage que tu viens de faire à Orléans, et
où tu ne m'as pas appelée, toutes ces preuves terribles,
désespérantes, d'un cœur refroidi ou changé. Mais je ne
puis me décider à croire que l'âme des hommes puissants
vieillisse comme celle du vulgaire. Je ne peux croire
qu'un amour ignoble ait étouffé une passion si vraie, si
vaste, si sacrée. Je ne peux croire surtout que tu me
méprises assez pour me ménager et pour vouloir endormir ma douleur par des paroles vaines.

Je n'irai pas à Bourges, avant que je ne me sois senti
la force d'y aller sans te faire souffrir, et dans ce moment
cela serait au-dessus de mes forces. Cette maison d'Espérance où tu fus si passionné il y aura bientôt deux ans !
et où tu m'as dit des paroles si froides et si dures
naguère ! Comme tu t'en es arraché avec impatience, avec
ennui !… Comme la nuit était sombre, et la pluie froide,
et ton adieu forcé et mon cœur glacé d'épouvante et de
découragement ! ! Ô berceau de vigne qui as entendu des
serments si saints, il n'est pas resté une seule de tes
feuilles pour attester que je t'ai aimé !

N'importe, réponds, sois vrai, aie du courage, j'en ai
aussi, j'en ai plus que toi. Si tu ne m'aimes plus, ne me
fais pas languir, ne me tiens pas dans l'abjection, ne
souffre pas que je sois SUPPLIANTE, si tu m'aimes…………
Vivons, j'accepterai tout.

## 58. À MICHEL DE BOURGES ‡

[Nohant, 8 mai 1837]

Quel lever de soleil ! Quelle admirable matinée ! Que
de fleurs ! Quels progrès inconcevables dans la végétation
d'une seule nuit ! Quels chants de rossignols et de fauvettes amoureuses ! admirable jeunesse éternelle de la
nature ! et nous passerons dis-tu ? non nous ne passerons
pas si nous suivons la loi d'amour qui renouvelle sans
cesse la création. Aimons-nous et nous rajeunirons

comme la terre au printemps. Ma tête est brisée par le travail d'une nuit aride ; le cigare et le café ont pu seuls soutenir ma pauvre verve à 200 f. la feuille. Mon corps est encore tout disloqué d'une autre fatigue terrible mais délicieuse dont je porte les stigmates en mille endroits. J'ai mal au foie toute la journée. J'ai deux heures à dormir, il faut que je fasse tantôt six lieues à cheval pour renouer une affaire avec des bûcherons, dans des chemins perdus où j'ai failli rester avec mon cheval en revenant de Linières. Les rudes travaux de la vie vieillissent et amassent des rides au front. La nuit prochaine il me faudra encore travailler quatorze heures comme celle-ci, la nuit suivante *idem* pendant six nuits de suite ; ma parole y est engagée. En mourrai-je ? Déjà je succombe et je ne fais que commencer. Ma paupière appesantie peut à peine supporter l'éclat du soleil levant. J'ai froid à l'heure où tout s'embrase ; j'ai faim et je ne puis manger, car l'appétit est le résultat de la santé et la faim celui de l'épuisement. Eh bien ! Parais mon amant ! et ranimée comme la terre au retour du soleil de mai, je jetterai mon suaire de glace et je tressaillerai d'amour et les plis de la souffrance s'effaceront de mon front et je te semblerai belle et jeune parce que je bondirai de joie dans tes bras de fer. Viens. Viens et j'aurai de la force, de la santé, de la jeunesse, de la gaieté, de l'espérance, de la sécurité même. Le beau temps devrait emporter les obstacles sur la route de Nevers, qu'il te lance sur la route de Nohant et j'irai à ta rencontre comme l'épouse du Cantique[1] au-devant du bien-aimé. Aimer ou mourir, il n'y a pas de milieu pour moi, ma vie est trop surchargée ; j'aime l'indolence et je n'ai pas une heure dont je puisse disposer à mon gré. Je hais mon métier et lui seul me tire des embarras où m'a jetée la lutte judiciaire. Mes enfants me donnent des soucis bien aimés, mais dont la complication écrase mon penchant à l'incurie. Il n'y a que toi mon vieux lion dont le souffle embrasé et dont les ongles féroces réveillent mon énergie. Ton rugissement est plus doux à mon oreille que le chant du rossignol et la sueur dont tu m'inondes est la rosée qui me désaltère. Viens, viens, ce n'est qu'auprès de moi que tu peux vivre et rajeunir toi aussi. Viens mon seul bien, oublions l'univers et soyons heureux.

---

1. Le *Cantique des Cantiques*.

Gév[audan] veut aller te voir en retournant chez lui. Je lui ai dit que tu le recevrais peut-être comme un chien dans un jeu de quilles. Il dit qu'il ne reviendra jamais s'il est une cause de chagrin pour moi et veut te dire qu'il est innocent du crime d'amour pour moi. Ma foi qu'il fasse à sa tête. Il est si loyal et si bon que tu seras un grand fou si tu le bourres. Ne sois pas injuste, vois clair, crois en moi. — Viens surtout, c'est à mon tour de t'écrire viens, viens, viens viens. — Comme dans ta dernière lettre. — 10 fois dans une page.

## 59. À GUSTAVE PAPET

[Fontainebleau, 24 août 1837]

Cher bon vieux ami, j'ai perdu ma pauvre vieille mère ! Elle a eu la mort la plus douce et la plus calme, sans aucune agonie, sans aucun sentiment de sa fin, et croyant s'endormir pour s'éveiller un instant après. Tu sais qu'elle était proprette et requinquée. Sa dernière parole a été *Arrangez-moi mes cheveux.* Pauvre petite femme : fine, intelligente, artiste, colère, généreuse, un peu folle, méchante dans les petites choses et redevenant bonne dans les grandes. Elle m'avait fait bien souffrir et mes plus grands maux me sont venus d'elle. Mais elle les avait bien réparés dans ces derniers temps, et j'ai eu la satisfaction de voir qu'elle comprenait enfin mon caractère et qu'elle me rendait une complète justice. J'ai la conscience d'avoir fait pour elle, tout ce que je devais. Je viens d'assurer à ma sœur naturelle, une bonne amélioration d'existence, et les moyens d'élever son fils. Elle m'a montré beaucoup d'affection cette fois, et elle a soigné notre mère avec un dévouement sans exemple. Mais du reste, nous n'éprouvons pas beaucoup de sympathie l'une pour l'autre et je puis bien dire que je n'ai plus de famille. Je n'ai point été heureuse sous ce rapport et le ciel m'en a dédommagée en me donnant des amis tels que personne peut-être n'a eu le bonheur d'en avoir. C'est le seul bonheur réel et complet de ma vie. On prétend que j'en ai eu de faux et d'ingrats. Je prétends que non, car j'ai oublié ceux-là, tant j'ai trouvé de consolations et de dédommagements chez les autres.

Tempête m'envoie fidèlement mes lettres — ne t'en inquiète pas.

M. D[udevant] n'a pas quitté Paris, ou du moins il n'a pas été loin, car il était à l'enterrement de ma mère. Ce départ simulé est peut-être une rouerie. Elle est si savante que je n'y comprends rien. Le fait est que je suis enchantée d'avoir Maurice. Je suis revenue le trouver à Fontainebleau, où nous sommes *cachés* tête-à-tête, dans une charmante petite auberge ayant vue sur la forêt. Nous montons à cheval ou à âne, tous les jours, nous prenons des bains et nous attrapons des papillons, je ne suis pas fâchée qu'il ait un peu de vacances. Quand les fonds seront épuisés (ce qui ne sera pas bien long), et que j'aurai terminé mes affaires à Paris, où je retournerai passer deux ou trois jours, nous reprendrons la route du pays. Écris-moi ici, toujours même adresse. Embrasse ton père pour moi. Et aime-moi toujours, moi, ta vieille mère, ta vieille sœur et ton vieux camarade. Maurice t'embrasse mille fois ainsi que ton père. Réponds-moi *courrier par courrier* où se *trouve situé* pour le moment notre ami Boutarin. J'ai des conseils à lui demander promptement sur mon procès. M. Dudevant me fait des offres avantageuses. Il me demande 30 000 f. à condition qu'il jouira de tous mes revenus. On n'est pas plus modeste.

## 60. À ALEXIS POURADIER-DUTEIL

[Nohant, vers le 8 octobre 1837]

Mon Boutarin, où es-tu, que deviens-tu ? quand reviens-tu ? Crois-tu que je puisse vivre encore longtemps sans toi ? Illusion ! mon aimable ami. Je crie comme un aigle, pour ne pas dire comme un veau, depuis que je suis privée de toi. Que veux-tu que je devienne, quand j'ai le spleen (et Dieu sait si je l'ai souvent !) et quand j'ai envie de rire, à qui veux-tu que je dise des bêtises qui soient appréciées ?

La race humaine peut-elle jurer comme moi dans la colère, peut-elle abdiquer comme moi jusqu'à la dernière parcelle d'intelligence, dans la belle humeur ? Toi seul, toi et Rollinat qui ne faites qu'un pour moi, pouvez m'aider à porter ce fardeau de moi-même, insupportable à moi-même et à tous les autres. Et Rollinat qui n'est pas là non plus! Il arrive du Havre et part pour Vienne (conduire sa sœur Juliette qui va être gouvernante dans je ne sais quel pays sarmate[1] autant qu'inconnu). Moi je n'ai pas pu seulement le voir. J'arrive devine d'où? De la frontière d'Espagne! Ah! il s'est passé de jolies choses, va, depuis que nous nous sommes quittés. D'abord je m'en allais voir ma mère qui était très malade comme tu sais. Je la trouve dans un état déplorable, et comme elle était un peu économe, livrée à une misère volontaire, à côté d'une *tirelire* pleine d'or, je la tire de là malgré elle, je la soigne, je l'entoure de tout le bien-être possible, mais il était trop tard, elle avait une maladie de foie incurable. La pauvre chère femme s'est avisée d'être si bonne et si tendre pour moi au moment de mourir que sa perte a eu pour moi une somme de douleur tout à fait excédant mes prévisions. Pendant qu'elle agonisait j'apprends que M. Dudevant part pour Nohant afin d'emmener Maurice. J'envoie Mallefille qui se trouve sous ma main avec mon cabriolet que j'avais amené en poste et par la poste Mallefille s'en va chercher Maurice et me l'amène. M. Dudevant ne paraît pas en Berry. C'était une fausse alerte, une menace en l'air. Je me rassure et pour reposer Maurice autant que pour surveiller mes affaires à Paris, je reste quelque temps moitié à Fontainebleau où nous étions enfermés tête-à-tête, Maurice et moi, dans une chambre d'auberge, travaillant, et sortant pour monter à cheval dans la forêt, et moitié à Paris, où je ne m'amusais guère. Enfin le 16 du mois dernier, je montais en voiture à Fontainebleau avec Bocage et Maurice pour revenir à Nohant, lorsque je reçois une lettre de Tempête qui m'annonce que M. Dudevant est venu enlever ma fille de force malgré les cris déchirants de la petite, malgré la résistance de Tempête qui s'est presque battue à coups de poing avec lui. Il l'a emmenée on ne sait où. Juge de la colère et de l'inquiétude Piffoélique[2].

Je cours à Paris. Je braque le télégraphe. J'invoque la police. Je fais rendre une ordonnance. Je cours chez les

---

1. Juliette Rollinat passera plusieurs années en Pologne comme institutrice.
2. Piffoëls: sobriquet qu'avaient pris Sand et ses enfants lors du voyage en Suisse, en raison de la taille de leur nez.

ministres, je fais le diable, je me mets bien en règle, et je pars pour Nérac où j'arrive un beau matin, fraîche comme un hareng-saur après trois jours et trois nuits de chaise de poste, accompagnée de Mallefille, l'homme aux aventures, du domestique à Bocage, l'homme aux coups de poing, et du maître clerc [Vincent] de M. Genestal, l'homme aux précautions. Je tombe chez le sous-préfet [Haussmann], qui est le beau-frère d'Artaud et de plus un charmant garçon. Le procureur du roi me donne en faisant un peu la grimace un réquisitoire. L'officier de gendarmerie, plus humain, consent à m'accompagner avec son maréchal de logis et deux adorables gendarmes *simples*. Je demande un huissier pour faire sommation d'ouvrir les portes en cas de résistance. Au moment de partir une difficulté se présente. Il faudra le maire de Pompiey pour cette ouverture des portes, et le dit maire ne se rendra pas à nos réclamations, vu qu'il est ami de M. Dudevant. Je cajole le sous-préfet et le sous-préfet *attendri* monte dans ma voiture avec moi, le lieutenant de gendarmerie, l'huissier, etc., le reste à cheval. Juge quelle escorte! quelle sortie de Nérac! quel étonnement! La ville et les faubourgs sont sur pied. Deux malheureuses calèches de poste qui se trouvaient par là et qui s'en allaient tranquillement aux eaux des Pyrénées, sont prises pour mes voitures de suite. Quant à moi je suis une princesse espagnole, et j'accomplis je ne sais quelle révolution.

De longtemps Nérac ne verra ses habitants aussi bouleversés, aussi abîmés dans leurs commentaires, aussi dévorés d'inquiétude et de curiosité. Enfin nous arrivons à Guillery. Dudevant était déjà prévenu, déjà les apprêts de sa fuite étaient faits. Mais on cerne la maison, les recors procèdent et M. Dudevant devient doux et poli, amène Solange par la main jusqu'au seuil de sa royale demeure, après m'avoir offert d'y entrer ce que je refuse *gracieusement*. Solange a été mise dans mes mains comme une princesse à la limite des deux états. Nous avons échangé quelques mots agréables le baron et moi. Il m'a menacée de reprendre son fils par autorité de justice, et nous nous sommes quittés charmés l'un de l'autre. Procès-verbal a été dressé sur le lieu et j'espère bien lui faire payer les frais de mon voyage. Revenus à Nérac nous avons passé la journée à la sous-préfecture, où l'on a été charmant pour nous. Le lendemain, la fureur m'a prise

d'aller revoir les Pyrénées. J'ai renvoyé mon *escorte* et j'ai
été avec Solange jusqu'au *Marboré* l'extrême frontière de
France. La neige et le brouillard, et la pluie et les torrents, ne nous ont laissé voir qu'à demi ce but de notre
voyage, un des sites les plus sauvages qu'il y ait dans le
monde. Nous avons fait ce jour-là 15 lieues à cheval,
Solange trottant comme un démon, narguant la pluie et
riant de tout son cœur, au bord des précipices épouvantables qui bordent la route. Nature d'aigle et de lion.
— Le 4ᵉ jour, nous étions de retour à Nérac, où nous
avons encore passé un jour, puis aussitôt nous sommes
revenus tout d'un trait à Nohant, où je ne te trouve pas
sacrebleu ! Est-ce que tu ne reviens pas bientôt ? Et mon
cher Gaston³ où est-il ? Guérit-il ? Se plaît-il à La
Rochelle ? En ce cas, qu'il y reste encore et que son plaisir, son bien-être, sa santé passent avant tout. Mais si elle
a envie de revenir, j'en ai parbleu bien plus envie qu'elle.
Je ne comprends pas Nohant sans Duteil et sans Gaston.
C'est la Thébaïde, c'est la Tartarie, c'est la mort. Je
n'entends ni à *hue* ni à *dia*. Toutes mes affaires sont en
désarroi et mon cerveau en débâcle. Si tu avais été ici,
Boutarin, on ne m'aurait pas emporté ma fille.

Entre nous soit dit, *nostri amici hanno coglionato tutti*⁴.
Tempête et Papet ont seuls montré de l'énergie, et on les
a paralysés en les traitant de fous. — Cela m'a porté un
grand coup de couteau en travers du cœur. Fleury s'est
ému certainement, il s'est démené, il a souffert, il m'aime,
mais il a craint de déplaire à sa famille, de donner des
vapeurs à sa femme, et de *mettre la ville contre lui*. La
société ! toujours et partout la société ! Mon vieux, c'est
comme ça. Il n'y a que les vagabonds comme nous qui
échappent à la gelée.

Maintenant j'attends Maurice, que j'ai laissé à Paris
chez des amis sûrs et qui arrive ici demain avec Pierre
Leroux, un homme de 1ʳᵉ qualité à tous égards et que tu
adoreras. Je vais faire travailler à Paris pour qu'on m'assure *provisoirement* et pour raison de santé la garde de
Maurice quelqu'invocation que fasse M. D[udevan]t du
sous-seing privé. Maurice est exaspéré contre son père et

---

3. Gaston est le surnom d'Agasta Pouradier-Duteil, qui séjournait
chez son père Joseph Molliet, contrôleur des contributions à La
Rochelle.

4. En italien : nos amis ont tous agi comme des couillons.

ne veut pas me quitter. Sa santé est toujours chancelante.
Toutes ces agitations que cet homme dénaturé nous suscite font beaucoup de mal à mon pauvre enfant. Je me
ferai couper par morceaux plutôt que de le lâcher. Mais
tout cela m'a laissé un malaise et une inquiétude vraiment
maladive. Je ne dors pas, à tout instant je me réveille en
sursaut, croyant entendre mes enfants crier après moi. Ce
n'est pas vivre. Je donnerais je ne sais quoi pour que tu
fusses là. Il me semble que je serais rassurée. Mais ne
cède pas à cette faiblesse. Ne reviens qu'autant que cela
était dans tes vues jusqu'à présent.

Adieu vieux Boutarin. Dis-moi si c'est toi qui as le
dossier de mon procès de La Châtre et de Bourges, mon
contrat de mariage, les lettres de Maurice, l'espèce de
résumé que j'avais fait précédemment à l'enquête, etc.
Acollas dit ne rien avoir. Moi je n'ai rien. Réponds tout
de suite. Ces papiers seront nécessaires si M. D[udevan]t
met quelque vigueur à poursuivre ses droits sur Maurice.

Adieu, *vieux, vieux, vieux* Boutarin. Adieu, chère et trois
fois chère Gaston. Je vous aime tous deux plus que je ne
peux vous le dire. Rappelez-moi au souvenir de Mme Molliet et bonne poignée de main à M. Molliet.

Que de fois j'ai crié dans le vide :


                    Boutarin !... Boutarin !...
                    *Oh ! Boutarin, oh !...*


Mais bah ! personne n'est venu. Dans tous mes embarras, dans toutes mes détresses, je n'ai pas voulu t'écrire,
parce que tu aurais été assez bête pour venir tout de
suite, et je n'ai pas voulu être égoïste.

Michel est venu en mon absence. Il a passé une heure
à Nohant et la journée à Ars, à s'entrebiger avec les
Papets. Est-il venu pour moi, ou pour tâter la députation
à La Châtre ? — Il ne faut pas flairer les choses de trop
près. De ce côté-là du moins mon esprit est bien portant
— tu m'entends. M[ichel] n'a pas de chances à La
Châtre, on dit qu'on le porte à Niort. Est-ce vrai ? Je
crains que cela ne lui passe devant le nez encore une fois.
Le vent ne souffle pas *du coûté*[5].

5. Expression berrichonne : du bon côté. Michel de Bourges sera
élu député des Deux-Sèvres à Niort le 4 novembre.

Polite est ici avec femme et enfant. Il est venu me voir
à Paris, disant qu'il venait m'offrir un arrangement superbe,
lequel arrangement consistait à m'en tenir au traité sans
plaider et sans autre dédommagement que l'estime et
l'amitié de Dudevant et Cie. J'ai trouvé cela très plaisant
et j'ai saoulé Hippolyte en me moquant de lui. Je lui ai
demandé pourquoi s'intéressant si fort à M. Dudevant, et
se disant si certain de ses droits et de son succès, il se
donnait la peine de venir me supplier de renoncer aux
miens. Que si c'était par compassion pour moi, j'avais
lieu de m'étonner d'un intérêt si tardif. — Alors tout en
buvant, il m'a dit que Dudevant était un f... cochon, un
ladre et un âne. — Noble et touchante amitié ! Il m'a dit
qu'il viendrait me voir ici. On prétend qu'il est disposé à
y passer l'hiver. Peut-être compte-t-il qu'avec ma faiblesse ordinaire je l'engagerai à faire des économies chez
moi. *Il s'abuse légèrement !* C'est assez de duperie comme ça.
J'ai été froide et railleuse avec lui. S'il vient me voir ici,
je serai très polie, mais nullement engageante. Je te fais
d'avance une prière, c'est de ne pas essayer de me rapprocher de lui. J'y céderais, et je m'en repentirais bientôt,
c'est un cœur ingrat, égoïste et faible. Le reprendre, c'est
s'apprêter à le reperdre. C'est faire injure aux vrais amis,
que de tolérer les mauvais. — Adieu, adieu.

J'ai tout dit.

III

# CONSUELO ET SON MUSICIEN

## (1838-1847)

    *Ces simples mots :* « On vous adore », *signés* « George » *(auxquels Marie Dorval ajoute :* « Et moi aussi ! et moi aussi ! et moi aussi !!! »), à la fin d'avril 1838, marquent le début d'une liaison de neuf ans, « neuf ans d'amitié exclusive » (lettre 127), commencée telle une romance lors de soirées musicales. Rien a priori n'aurait dû rapprocher deux personnalités si dissemblables : un pianiste à la mode, aux idées réactionnaires, délicat et farouche, et déjà atteint par la maladie, et une romancière dont les livres et la vie font scandale, et qui repousse en plaisantant de galants séducteurs (lettre 61) ; rien sinon la nature éminemment poétique de leur mutuel génie :* « Le génie de Chopin est le plus profond et le plus plein de sentiments et d'émotions qui ait existé. Il a fait parler à un seul instrument la langue de l'infini »,* écrira-t-elle dans* Histoire de ma vie. *Elle choisit l'ami intime de Chopin, Albert Grzymala, pour rédiger une « effrayante » confession (lettre 62) de ses anciennes amours et de sa vie quasi maritale avec Félicien Mallefille, qu'elle est prête à abandonner pour se lancer dans une liaison durable avec Chopin, une liaison totale où chair et esprit fusionnent (elle le dit crûment). Du bonheur de cet amour naissant, Delacroix est le témoin (lettre 64), et son pinceau en a laissé l'image (aujourd'hui hélas ! démembrée).*

    *Le voyage à Majorque (lettres 65 à 67) se révèle une triste expérience : au lieu du chaud soleil des Baléares, les voyageurs subissent, outre l'hostilité de la population locale, le vent et les pluies qui altèrent considérablement la santé de Chopin. On en lira la chronique dans* Un hiver à Majorque.

    *À défaut des lettres à Chopin, on peut suivre dans la correspondance de Sand l'existence quasi quotidienne de leur « longue association »* (Histoire de ma vie). *Installés à Paris dans deux logements voisins, rue Pigalle puis dans le « phalanstère » de la cour d'Orléans (lettre 85), ils font presque chaque été de longs séjours à Nohant, où Sand reste seule quand Chopin doit revenir à Paris pour gagner sa vie avec des leçons de piano. L'état de santé de Frédéric est une inquiétude permanente (lettres 95 et 100) ; Sand veille sur lui avec une affectueuse attention (lettre 101), telle une garde-malade (lettre 120), mais elle doit aussi subir les manifestations d'une jalousie maladive (lettre 94) de cette âme pourtant « délicate et exquise » (lettre 112).*

*Quand elle réside à Paris, Sand éprouve une grande nostalgie du Berry (lettre 86), de ce Berry dont elle collecte avec intérêt le langage (lettre 81) ; elle se soucie aussi de ses terres et de ses fermiers (lettre 72). Lorsqu'elle séjourne à Nohant, au milieu des siens, de ses chevaux et de ses chiens (lettres 74, 75) et de ses jardins pleins de fleurs (lettre 97), elle alterne travail et détente, se rafraîchissant volontiers par des bains dans la rivière (lettre 113), ou partant pour de pittoresques excursions (lettre 109). Elle y accueille les noces rustiques de sa domestique Solange (lettre 110).*

*Elle se brouille avec Marie d'Agoult (lettre 69), mais elle noue de nouvelles amitiés, ainsi avec le « cousin » Henri Heine (lettre 63) ou avec Charlotte Marliani (lettres 65 et 96). À Honoré de Balzac, qui vient la visiter à Nohant, elle donne le sujet du roman* Béatrix *inspiré de la liaison forcée de Liszt et Marie d'Agoult (lettre 68), et, après la lecture des* Mémoires de deux jeunes mariées *qui est dédié à George Sand, elle veut consacrer au romancier une étude (lettre 80). Elle considère la jeune cantatrice Pauline Viardot comme une « fille chérie et bien aimée », dont elle admire le talent et dont elle s'inspirera pour créer le personnage de Consuelo (lettres 75, 113, 129). Peu à peu, l'éditeur Pierre-Jules Hetzel devient l'homme de confiance qui peut placer des œuvres et négocier des contrats, mais aussi bientôt un ami sûr (lettres 110, 116, 118).*

*Une vraie fraternité en art et en poésie la lie à Eugène Delacroix, qui fait plusieurs séjours à Nohant ; elle sait secouer sa mélancolie et lui redonner confiance, et elle lui confie à son tour ses peines et ses soucis (lettres 64, 83, 95, 97, 109, 115, 119). Cette amitié durera jusqu'à la mort du peintre.*

*Si elle garde une vénération pour Lamennais, elle lui reproche vertement son mépris des femmes (lettre 73) ; le sort de la femme doit évoluer, comme la société doit changer de fond en comble (lettre 84). Son véritable maître à penser, c'est maintenant Pierre Leroux, dont les idées inspirent à Sand de longs développements philosophiques ou métaphysiques sur le progrès et l'évolution de l'humanité, ou sur Dieu (lettres 78 et 86); elle ne craint pas de faire du prosélytisme pour la religion nouvelle annoncée par son maître (lettre 89). Elle le soutiendra aussi financièrement (lettre 93), jusqu'à ce qu'elle se lasse de ses demandes incessantes (lettre 105).*

Elle s'enthousiasme pour le compagnonnage et son rénovateur, Agricol Perdiguier, qui lui inspire son roman Le Compagnon du Tour de France *(lettre 71). Elle se passionne pour les poètes ouvriers, comme le cordonnier Savinien Lapointe ou le tisserand Charles Magu, mais c'est avec le maçon toulonnais Charles Poncy que la relation s'avère la plus féconde, et elle ne s'achèvera qu'à la mort de Sand. Elle le conseille et l'encourage sans cesse, dans son labeur de création d'une poésie pour le peuple et l'humanité souffrante, à évangéliser ses frères travailleurs; lorsqu'elle le rencontre enfin, elle croit retrouver en lui son héros Pierre Huguenin, prolétaire intelligent, fort et vertueux (lettres 82, 89, 99, 112).*

En politique, elle affirme, face à un Lamartine frileux, sa foi ardente en l'avenir de la Démocratie; un peu plus tard, elle se rallie à lui comme au chef de l'opposition démocrate (lettres 77 et 87). Elle fonde aussi de grands espoirs dans la jeune Italie et dans l'action de Giuseppe Mazzini (lettre 88).

Mettant ses idées en pratique, Sand participe activement à la création d'un journal démocrate en Berry, L'Éclaireur *(lettres 98 et 103). Elle mobilise ses amis pour sauver la pauvre Fanchette, une simple d'esprit victime de mauvais traitements (lettre 96). Elle vient en aide aux miséreux de son village, et alerte le préfet de l'Indre sur la situation précaire des pauvres gens qu'il faut secourir (lettre 117). Elle encourage le prince prisonnier Louis-Napoléon Bonaparte (le futur Napoléon III) dans ses vues sur l'extinction du paupérisme, l'intéresse au sort des prolétaires, et lui prêche la doctrine de l'égalité (lettre 104).*

Dans ses romans aussi, elle affirme ses préoccupations politiques et sociales, et prend de plus en plus ouvertement «la cause des pauvres»; face aux pusillanimités des directeurs de revues et journaux, elle revendique avec fermeté la liberté suprême de l'écrivain : à cause d'Horace, elle rompt avec Buloz et la Revue des Deux Mondes *et fonde avec ses amis Pierre Leroux et Louis Viardot* La Revue indépendante *(lettres 76, 78, 79, 85); elle quitte Véron et* Le Constitutionnel *qui lui demandent des modifications dans* Le Meunier d'Angibault *(lettre 102).*

Sand a besoin de publier pour vivre, pour entretenir sa tribu et les malheureux qu'elle secourt; aussi les contrats sont-ils âprement discutés (lettres 116, 118). Ces «années Chopin» sont heureuse-

*ment une période de création intense, entretenue la nuit à coups de cigarettes pour combattre le sommeil (lettre 107), et dominée par l'admirable* Consuelo, *incarnation de l'artiste libre et figure de l'errance. Quelques lettres nous permettent d'entrer dans le laboratoire romanesque de Sand ; on la voit ainsi peiner sur les épisodes maçonniques de* La Comtesse de Rudolstadt *(lettre 93), hésiter sur le choix du titre du* Péché de Monsieur Antoine, *dont elle esquisse le dénouement (lettre 108). C'est aussi un art poétique qu'elle livre au détour des lettres : elle refuse de faire de ses romans des traités politiques ou philosophiques, et l'émotion est toujours au cœur de « ces sortes d'histoires poétiques qu'on appelle romans » (lettres 86, 88) ; le romancier, « pauvre composé de poète et de peintre », s'attache à peindre des caractères, dans des décors qu'il connaît et qui l'inspirent ; c'est tout naturellement qu'il mêle aux faits du roman l'Histoire et ses idées, suivant en cela l'exemple de son maître Walter Scott (lettre 108), mais parfois le plaidoyer l'emporte sur le roman (lettre 90) ; à propos de* Lucrezia Floriani, *elle rejette l'idée d'un modèle unique pour la composition d'un personnage (lettre 123).*

*L'échec de son premier essai dramatique,* Cosima, *en 1840, l'éloignera longtemps de la scène, mais elle évoque cette expérience à la Comédie-Française avec amusement (lettre 70). Elle revient au théâtre comme par hasard, dans l'hiver 1846, où l'on improvise une troupe pour jouer la comédie à Nohant (lettre 118).*

*Elle renoue en 1845 avec son cousin René Vallet de Villeneuve, en même temps qu'elle se plonge dans les lettres de ses parents et fait retour sur son enfance ; la lente maturation du projet autobiographique est à l'œuvre, et on peut en lire dans les lettres comme une esquisse (lettres 99, 107 et 111).*

*Les enfants ont grandi. Alors que Maurice, le préféré, arrive à l'âge adulte et se consacre à la peinture, sa « chère grosse » Solange cause des soucis à sa mère (lettre 74), qui s'inquiète de sa coquetterie et de son égoïsme (lettres 91, 92). Un troisième enfant arrive dans la famille : c'est Augustine Brault, une petite-cousine que Sand adopte comme une seconde fille (lettre 111). Aux courses de Mézières-en-Brenne (belle page pittoresque), Solange fait la conquête d'un jeune hobereau qui devient bientôt son fiancé en titre, Fernand de Preaulx (lettres 114, 118) ; puis elle s'entiche du sculpteur Clésinger, qu'elle épouse quelques mois plus tard, contre l'avis de Chopin (lettre 119). Dès lors, les catastrophes se précipitent : Solange et son mari font échouer le projet de mariage d'Augustine avec le peintre Théodore Rousseau (lettres 121, 122) ; Clésinger se révèle couvert de dettes, et le couple mène une existence* ruineuse ; des scènes violentes éclatent à Nohant, et Chopin prend le parti de Solange contre sa mère ; la rupture est inévitable (lettres *124* à *128*). Deux mois plus tôt, Sand avait confié à Grzymala ses peines et ses inquiétudes (lettre *120*) ; à Pauline Viardot, elle confesse sa tristesse et son amertume (lettre *129*).

[Nohant, janvier 1838]

Monsieur le Comte,

En vérité, je crois que votre dernière lettre est une déclaration formelle. J'hésite à y répondre parce que je crains d'avoir sans m'en douter provoqué cette déclaration par mon billet. Je vous aurai donc adressé quelque coquetterie de village sans le savoir ? Et pour m'en punir vous vous moquez de moi. Je croyais que votre précédente lettre était une *politesse* ; celle-ci m'a bien l'air d'être une raillerie. J'ai cru être polie seulement en vous répondant. Il paraît que j'ai été agaçante. Diable ! cela ne doit pas m'aller et il me semble que je ne suis pas taillée pour cela. Je ne veux donc pas être polie cette fois, car je pourrais dire encore quelque sottise. Je vous dirai tout simplement votre fait.

Vous voulez me faire la cour, non par désir de ma personne : ma personne n'est pas belle ; non par désir de mon âme : vous ne savez pas ce qu'elle vaut ; non par désir de mon amitié : vous savez que ce n'est pas le moyen de l'obtenir. Voulez-vous que je vous dise alors pourquoi vous me faites la cour ? C'est par curiosité. On dit tant de choses à propos de moi ! Je juge par ce qui m'en est revenu quelquefois (quand j'avais le temps d'écouter et de rire) ce que doit être le reste. Cependant comme vous êtes de nature noble par le cœur autant que par le sang, vous n'avez pas cru aux abominations qu'on me prête. Votre âme qui est belle n'a accepté que le beau côté. Votre manière d'agir avec moi le prouve et votre curiosité est une curiosité bienveillante. J'en suis donc flattée plutôt que blessée : mais j'en suis intimidée. Cela me gêne, accoutumée que je suis à des amitiés qui ne m'interrogent plus et qui m'acceptent par générosité et par habitude. Que puis-je répondre à vos questions ? Vous savez bien que j'ai pu aimer, et que par conséquent il n'y a rien d'exceptionnel, rien de curieux, rien de byronien dans mon existence. Lélia n'est pas moi et Pulchérie encore moins. L'une et l'autre sont des passions à l'état abstrait que j'ai essayé de revêtir de formes humaines, pour les peindre et les mettre aux prises l'une contre l'autre. Il m'a semblé que l'une représentait le spiritualisme pur, l'abstinence catholique (moins le dogme), l'autre représentait pour moi le Saint-Simonisme, Pulchérie la nouvelle et Lélia l'ancienne théorie (ou plutôt ce qu'elle est devenue transformée par la chute du dogme) et comme je ne suis pas plus avancée que mon siècle, comme je ne suis ni catholique ni Saint-Simonienne, je ne me suis pas chargée de résoudre la question. C'est bien assez de la soulever. Vous savez quelle fureur cette simple thèse proposée au public a allumée contre l'auteur. Peu m'importe : j'ai bien d'autres questions à faire à mon siècle. Je ne m'en gênerai pas. Sa colère même est un fait que j'examine, dont je cherche les effets et les causes et dont je m'éclaire avec la passion du vrai qui est la plus grande passion de ma vie. Ainsi voilà tout. Le jeune Sténio interroge le spiritualisme, mais le spiritualisme est si malade de la perte de son Dieu et de ses églises qu'il ne sait plus ce qu'il dit. Ne sachant à quelle foi se rattacher, il languit et souffre sans pouvoir se réconcilier avec la matière qu'on lui a enseigné depuis dix-huit siècles à mépriser. Le matérialisme qui représente lui-même l'incertitude et la faiblesse de la jeune génération présente, le matérialisme le tue parce que lui aussi a fait son temps. Il est descendu des salons de Louis XV dans la rue. Il s'est fait *fille*.

Nous sentons tous qu'il est temps de mettre dans nos institutions la dose de Lélia et la dose de Pulchérie nécessaires pour constituer un meilleur état matrimonial, car l'une et l'autre intrinsèquement ne peuvent rien faire de bon. Eh ! parbleu, résolvez donc la question, vous autres

gens pratiques! moi je ne puis pas analyser le principe et
expérimenter le fait. Ma vie n'y suffirait pas. Les expériences que j'ai faites pour mon propre compte ne regardent que moi. Elles n'éclaireraient personne si je les
racontais, car hélas! dans ce temps-là j'oubliais bien profondément ce bon public et cette respectable philosophie! Mes souvenirs ne me fourniraient rien d'utile. J'ai
fait les mêmes écoles que les autres, j'ai connu les mêmes
joies fugitives et les mêmes chagrins profonds. Aussi je
compte que quand nous nous reverrons, vous me ferez
la théorie de l'amour et du mariage dans les siècles futurs,
comme vous m'avez fait celle du duel et du point d'honneur dans celui-ci. En fait d'amour, ni vous ni moi
n'avons rien de bon à nous dire. Nous n'avons rien
trouvé encore. L'éternelle fidélité? Tout, dans ce siècle, la
rend impossible, sinon à l'un, du moins à l'autre. La
galanterie? Elle est impossible à quiconque a aimé sérieusement une seule fois dans sa vie, car elle est un stimulant continuel à l'amour et elle n'est pas l'amour. Elle ne
peut apporter que des désirs ou des regrets. Les âmes
nobles ne pourront jamais y trouver leur joie; c'est un
portique qui s'ouvre sur un désert.

Voilà ma façon de penser. Êtes-vous content? Votre
curiosité est-elle satisfaite? J'ai commencé ma lettre avec
l'intention de vous faire des reproches, sous ce méchant
prétexte que vous avez pris pour m'interroger. Mais les
choses humaines sont si sérieuses, qu'au bout de deux
lignes je suis devenue très pédante. Vous ne m'en voudrez
pas. Vous y verrez une preuve de haute estime. Vous êtes
le seul homme à qui j'ai répondu ainsi. Les fleurettes
ne me causent plus ni orgueil, ni amusement. Je me fais
vieille et ne pense plus sans tristesse à l'amour, ce grand,
cet unique bienfait du ciel, que les hommes n'ont pas
encore pu comprendre et qu'il leur faudra encore bien
des siècles pour posséder.

Je suis physionomiste. J'ai beaucoup entendu parler de
votre vie et j'ai lu votre livre non pour connaître le duel
mais pour vous connaître[1]. D'après ces trois choses,
Monsieur le Comte, je vous ai jugé très noble, très bon
et très brave. Ce sont de grandes qualités et votre amitié
m'honorerait. Voyez si vous pouvez avoir assez d'estime

---

1. *Essai sur le duel* (1836).

pour moi, pour me l'accorder sans autre espèce d'expéri-
mentation.

Tout à vous.

George

P.S. — Ne me parlez pas non plus du monde et des
satisfactions que j'y trouverais. Nous nous déplairions
beaucoup lui et moi. Il ne me ferait le sacrifice d'aucun
de ses préjugés, et moi, je ne lui ferais certainement pas
celui de mon cigare. Je suis bien où je suis, mes amis
sont sans défauts et ma position sociale est excellente
puisqu'elle n'empêche pas des gens comme vous de venir
me voir.

Je ne sais par quelle distraction j'ai écrit cette lettre sur
trois feuillets différents. N'y faites pas attention. C'est le
bout de l'oreille de Philaminte[2].


## 62. À ALBERT GRZYMALA

[Nohant, fin mai 1838]

Jamais il ne peut m'arriver de douter de la loyauté de
vos conseils, cher ami ; qu'une pareille crainte ne vous
vienne jamais. Je crois à votre évangile sans le bien
connaître et sans l'examiner, parce que du moment qu'il
a un adepte comme vous, il doit être le plus sublime de
tous les évangiles. Soyez béni pour vos avis et soyez en
paix sur mes pensées. Posons nettement la question une
dernière fois, parce que de votre dernière réponse sur ce
sujet[1] dépendra toute ma conduite à venir, et puisqu'il
fallait en arriver là, je suis fâchée de ne pas avoir surmonté la répugnance que j'éprouvais à vous interroger à
Paris. Il me semblait que ce que j'allais apprendre gâterait
*mon poème*. Et, en effet, le voilà qui a rembruni, ou plutôt
qui pâlit beaucoup. Mais qu'importe ! Votre évangile est
le mien quand il prescrit de songer à soi en dernier lieu,

---

2. Personnage des *Femmes savantes* de Molière.

1. Avant d'envisager une liaison durable avec Chopin, Sand interroge son meilleur ami au sujet de Marie Wodzinska que Chopin
espérait épouser ; elle lui expose aussi en toute sincérité sa propre
situation affective, alors que Mallefille est encore son amant en titre.

et de n'y pas songer du tout quand le bonheur de ceux que nous aimons réclame toutes nos puissances. Écoutez-moi bien et répondez clairement, catégoriquement, nettement. Cette personne qu'il veut, ou doit ou croit devoir aimer, est-elle propre à faire son bonheur, ou bien doit-elle augmenter ses souffrances et ses tristesses ? Je ne demande pas s'il l'aime, s'il en est aimé, si c'est plus ou moins que moi, etc. Je sais à peu près, par ce qui se passe en moi, ce qui doit se passer en lui. Je demande à savoir laquelle de *nous deux* il faut qu'il oublie ou abandonne pour son repos, pour son bonheur, pour sa vie enfin, qui me paraît trop chancelante et trop frêle pour résister à de grandes douleurs. Je ne veux point faire le rôle de mauvais ange. Je ne suis pas le *Bertram* de Meyerbeer et je ne lutterai point contre l'amie d'enfance, si c'est une belle et pure Alice[2] ; si j'avais su qu'il y eût un lien dans la vie de notre enfant, un sentiment dans son âme, je ne me serais jamais penchée pour respirer un parfum réservé à un autre autel. De même, lui sans doute se fût éloigné de mon premier baiser s'il eût su que j'étais comme *mariée*. Nous ne nous sommes point trompés l'un l'autre, nous nous sommes livrés au vent qui passait et qui nous a emportés tous deux dans une autre région pour quelques instants. Mais il n'en faut pas moins que nous redescendions ici-bas, après cet embrasement céleste et ce voyage à travers l'empyrée. Pauvres oiseaux, nous avons des ailes, mais notre nid est sur la terre et quand le chant des anges nous appelle en haut, le cri de notre famille nous ramène en bas. Moi, je ne veux point m'abandonner à la passion, bien qu'il y ait au fond de mon cœur un foyer encore bien menaçant parfois. Mes enfants me donneront la force de briser tout ce qui m'éloignerait d'eux ou de la manière d'être qui est la meilleure pour leur éducation, leur santé, leur bien-être, etc. Ainsi je ne puis pas me fixer à Paris à cause de la maladie de Maurice, etc., etc. Puis il y a un être excellent [Mallefille], *parfait*, sous le rapport du cœur et de l'honneur, que je ne quitterai jamais, parce que c'est le seul homme qui, étant avec moi depuis près d'un an, ne m'ait pas une seule fois, *une seule minute*, fait souffrir

---

2. Dans l'opéra de Meyerbeer *Robert le Diable* (1831), Bertram est un personnage diabolique, dont l'influence maléfique sur Robert est contrecarrée par la pure Alice.

par sa faute. C'est aussi le seul homme qui se soit donné entièrement et absolument à moi, sans regret pour le passé, sans réserve pour l'avenir. Puis, c'est une si bonne et si sage nature, que je ne puisse avec le temps l'amener à tout comprendre, à tout savoir ; c'est une cire malléable sur laquelle j'ai posé mon sceau et quand je voudrai en changer l'empreinte, avec quelque précaution et quelque patience j'y réussirai. Mais aujourd'hui cela ne se pourrait pas, et son bonheur m'est sacré.

Voilà donc pour moi ; engagée comme je le suis, enchaînée d'assez près pour des années, je ne puis désirer que notre *petit* rompe de son côté les chaînes qui le lient. S'il venait mettre son existence entre mes mains, je serais bien effrayée, car en ayant accepté une autre, je ne pourrais lui tenir lieu de ce qu'il aurait quitté pour moi. Je crois que notre amour ne peut durer que dans les conditions où il est né, c'est-à-dire que de temps en temps, quand un bon vent nous ramènera l'un vers l'autre, nous irons encore faire une course dans les étoiles, et puis nous nous quitterons pour marcher à terre, car nous sommes les enfants de la terre, et Dieu n'a pas permis que nous y accomplissions notre pèlerinage côte à côte. C'est dans le ciel que nous devons nous rencontrer, et les instants rapides que nous y passerons seront si beaux, qu'ils vaudront toute une vie passée ici-bas.

Mon devoir est donc tout tracé. Mais je puis, sans jamais l'abjurer, l'accomplir de deux manières différentes ; l'une serait de me tenir le plus éloignée que possible de C[hopin], de ne point chercher à occuper sa pensée, de ne jamais me retrouver seule avec lui ; l'autre serait au contraire de m'en rapprocher autant que possible, sans compromettre la sécurité de M[allefille], de me rappeler doucement à lui dans ses heures de repos et de béatitude, de le serrer chastement dans mes bras quelquefois, quand le vent céleste voudra bien nous enlever et nous promener dans les airs. La première manière sera celle que j'adopterai si vous me dites que : la *personne* est faite pour lui donner un bonheur pur et vrai, pour l'entourer de soins, pour arranger, régulariser et calmer sa vie, si enfin, il s'agit pour lui d'être heureux par elle et que j'y sois un empêchement, si son âme *excessivement*, peut-être *follement*, peut-être *sagement scrupuleuse*, se refuse à aimer deux êtres différents, de deux manières différentes, si les huit jours

que je passerais avec lui dans une saison doivent l'empêcher d'être heureux dans son intérieur, le reste de l'année ;
alors, oui, alors, je vous jure que je travaillerai à me faire
oublier de lui. La seconde manière, je la prendrai si vous
me dites de deux choses l'une : ou que son bonheur
domestique peut et doit s'arranger avec quelques heures
de passion chaste et de douce poésie, ou que le bonheur
domestique lui est impossible, et que le mariage ou
quelque union qui lui ressemblât serait le tombeau de
cette âme d'artiste : qu'il faut donc l'en éloigner à tout
prix et l'aider même à vaincre ses scrupules religieux.
C'est un peu là — je vous dirai où — que mes conjec-
tures aboutissent. Vous me direz si je me trompe ; je
crois la personne charmante, digne de tout amour, et de
tout respect, parce qu'un être comme lui ne peut aimer
que le pur et le beau. Mais je crois que vous redoutez
pour lui le mariage, le lien de tous les jours, la vie réelle,
les affaires, les soins domestiques, tout ce qui, en un mot,
semble éloigné de sa nature et contraire aux inspirations
de sa muse. Je le craindrais aussi pour lui ; mais à cet
égard, je ne puis rien affirmer et rien prononcer, parce
qu'il y a bien des rapports sous lesquels il m'est absolument inconnu. Je n'ai vu que la face de son être qui est
éclairée par le soleil. Vous fixerez donc mes idées sur ce
point. Il est de la plus haute importance que je sache
bien sa position, afin d'établir la mienne. Pour mon goût,
j'avais arrangé notre poème dans ce sens, que je ne saurais rien, absolument rien de sa vie *positive*, ni lui de la
mienne, qu'il suivrait toutes ses idées religieuses, mondaines, poétiques, artistiques, sans que j'eusse jamais à lui
en demander compte, et réciproquement, mais que partout, en quelque lieu et à quelque moment de notre vie
que nous vinssions à nous rencontrer, notre âme serait à
son apogée de bonheur et d'excellence. Car, je n'en doute
pas, on est meilleur quand on aime d'un amour sublime,
et loin de commettre un crime, on s'approche de Dieu,
source et foyer de cet amour. C'est peut-être là, en dernier ressort, ce que vous devriez tâcher de lui faire bien
comprendre, mon ami, et en ne contrariant pas ses idées
de devoir, de dévouement et de sacrifice religieux vous
mettriez peut-être son cœur plus à l'aise. Ce que je craindrais le plus au monde, ce qui me ferait le plus de peine,
ce qui me déciderait même à me faire *morte pour lui*, ce

serait de me voir devenir une épouvante et un remords
dans son *âme*; non, je ne puis (à moins qu'elle ne soit
funeste pour lui en dehors de moi) me mettre à combattre l'image et le souvenir d'une autre. Je respecte trop
la propriété pour cela, ou plutôt, c'est la seule propriété
que je respecte. Je ne veux voler personne à personne,
excepté les captifs aux geôliers et les victimes aux bourreaux, et la Pologne à la Russie[3], par conséquent. Dites-
moi si c'est une *Russie* dont l'image poursuit notre
enfant; alors, je demanderai au ciel de me prêter toutes
les séductions d'Armide pour l'empêcher de s'y jeter;
mais si c'est une *Pologne*, laissez-le faire. Il n'y a rien de
tel qu'une patrie, et quand on en a une, il ne faut pas s'en
faire une autre. Dans ce cas, je serai pour lui comme une
*Italie*, qu'on va voir, où l'on se plaît aux jours du printemps, mais où l'on ne reste pas, parce qu'il y a plus de
soleil que de lits et de tables, et que le *confortable de la vie*
est ailleurs. Pauvre Italie! Tout le monde y songe, la
désire ou la regrette; personne n'y peut demeurer, parce
qu'elle est malheureuse et ne saurait donner le bonheur
qu'elle n'a pas. Il y a une dernière supposition qu'il est
bon que je vous dise. Il serait possible qu'il n'aimât plus
du tout *l'amie d'enfance* et qu'il eût une répugnance réelle
pour un lien à contracter, mais que le sentiment du
devoir, l'honneur d'une famille, que sais-je? lui comman-
dassent un rigoureux sacrifice de lui-même. Dans ce cas-
là, mon ami, soyez son bon ange; moi, je ne puis guère
m'en mêler, mais vous le devez; sauvez-le des arrêts trop
sévères de sa conscience, sauvez-le de sa propre vertu,
empêchez-le à tout prix de s'immoler, car dans ces sortes
de choses (s'il s'agit d'un mariage ou de ces unions qui,
sans avoir la même publicité, ont la même force d'engagement et la même durée), dans ces sortes de choses, dis-
je, le sacrifice de celui qui donne son avenir n'est pas en
raison de ce qu'il a reçu dans le passé. Le passé est une
chose appréciable et limitée; l'avenir, c'est l'infini, parce
que c'est l'inconnu. L'être qui, en retour d'une certaine
somme connue de dévouement, exige le dévouement de
toute une vie future, demande une chose inique, et si celui
à qui on le demande est bien embarrassé pour défendre
ses droits en satisfaisant à la générosité et à l'équité, c'est

3. La Pologne subissait alors le joug tyrannique de la Russie.

à l'amitié qu'il appartient de le sauver et d'être juge absolu
de ses droits et de ses devoirs. Soyez ferme à cet égard,
et soyez sûr que moi qui déteste les séducteurs, moi qui
prends toujours parti pour les femmes outragées ou trompées, moi qu'on croit l'avocat de mon sexe et qui me
pique de l'être, quand il faut, j'ai cependant rompu de
mon autorité de sœur et de mère et d'amie plus d'un engagement de ce genre. J'ai toujours condamné la femme
quand elle voulait être heureuse au prix du bonheur de
l'homme; j'ai toujours absous l'homme quand on lui
demandait plus qu'il n'est donné à la liberté et à la dignité
humaine d'engager. Un serment d'amour et de fidélité est
un crime ou une lâcheté, quand la bouche prononce ce
que le cœur désavoue, et on peut tout exiger d'un homme,
excepté une lâcheté et un crime. Hors ce cas-là, mon
ami, c'est-à-dire hors le cas où il voudrait accomplir un
sacrifice trop rude, je pense qu'il faut ne pas combattre
ses idées, et ne pas violenter ses instincts. Si son cœur
peut, comme le mien, contenir deux amours bien différents, l'un qui est pour ainsi dire *le corps* de la vie, l'autre
qui en sera *l'âme*, ce sera le mieux, parce que notre situation sera à l'avenant de nos sentiments et de nos pensées.
De même qu'on n'est pas tous les jours sublime, on n'est
pas tous les jours heureux. Nous ne nous verrons pas
tous les jours, nous ne posséderons pas tous les jours le
feu sacré, mais il y aura de beaux jours et de saintes
flammes.

Il faudrait peut-être aussi songer à lui dire ma position
à l'égard de M[allefille]. Il est à craindre que, ne la connaissant pas, il ne se crée à mon égard une sorte de devoir qui
le gêne et vienne à combattre *l'autre* douloureusement. Je
vous laisse absolument le maître et l'arbitre de cette confidence; vous la ferez si vous jugez le moment opportun,
vous la retarderez si vous croyez qu'elle ajouterait à des
souffrances trop fraîches. Peut-être l'avez-vous déjà faite.
Tout ce que vous avez fait ou ferez, je l'approuve et le
confirme.

Quant à la question de possession ou de non-posses-
sion, cela me paraît une question secondaire à celle qui
nous occupe maintenant. C'est pourtant une question
importante pour elle-même, c'est toute la vie d'une femme,
c'est son secret le plus cher, sa théorie la plus étudiée, sa
coquetterie la plus mystérieuse. Moi, je vous dirai tout

simplement, à vous mon frère et mon ami, ce grand
mystère, sur lequel tous ceux qui prononcent mon nom
font de si étranges commentaires. C'est que je n'ai là-dessus ni secret, ni théorie, ni doctrines, ni opinion arrêtée,
ni parti pris, ni prétention de puissance, ni singerie de
spiritualisme, rien enfin d'arrangé d'avance et pas d'habitude prise, et je crois, pas de faux principes, soit de
licence, soit de retenue. Je me suis beaucoup fiée à mes
instincts qui ont toujours été nobles ; je me suis quelquefois trompée sur les personnes, mais jamais sur moi-
même. J'ai beaucoup de bêtises à me reprocher, pas de
platitudes ni de méchancetés. J'entends dire beaucoup
de choses sur les questions de morale humaine, de pudeur
et de vertu sociale. Tout cela n'est pas encore clair pour
moi. Aussi n'ai-je jamais conclu à rien. Je ne suis pourtant pas insouciante là-dessus, je vous confesse que le
désir d'accorder une théorie quelconque avec mes sentiments a été la grande affaire et la grande douleur de ma
vie. Les sentiments ont toujours été plus forts que les raisonnements, et les bornes que j'ai voulu me poser ne
m'ont jamais servi à rien. J'ai changé vingt fois d'idée. J'ai
cru par-dessus tout à la fidélité. Je l'ai prêchée, je l'ai pratiquée, je l'ai exigée. On y a manqué et moi aussi. Et
pourtant je n'ai pas senti le remords, parce que j'avais
toujours subi dans mes infidélités une sorte de fatalité, un
instinct de l'idéal, qui me poussait à quitter l'imparfait
pour ce qui me semblait se rapprocher du parfait. J'ai
connu plusieurs sortes d'amour. Amour d'artiste, amour
de femme, amour de sœur, amour de mère, amour de
religieuse, amour de poète, que sais-je ? Il y en a qui sont
nés et morts en moi le même jour, sans s'être révélés à
l'objet qui les inspirait. Il y en a qui ont martyrisé ma vie
et qui m'ont poussée au désespoir, presque à la folie. Il y
en a qui m'ont tenue cloîtrée durant des années dans un
spiritualisme excessif. Tout cela a été parfaitement sincère.
Mon être entrait dans ces phases diverses, comme le soleil,
disait Sainte-Beuve, entre dans les signes du Zodiaque. À
qui m'aurait suivie en voyant la superficie, j'aurais semblé
folle ou hypocrite ; à qui m'a suivie, en lisant au fond
de moi, j'ai semblé ce que je suis en effet, enthousiaste du
beau, affamée du vrai, très sensible de cœur, très faible de
jugement, souvent absurde, toujours de bonne foi, jamais
petite ni vindicative, assez colère, et, grâce à Dieu, par-

faitement oublieuse des mauvaises choses et des mauvaises gens.

Voilà ma vie, cher ami, vous voyez qu'elle n'est pas fameuse. Il n'y a rien à admirer, beaucoup à plaindre, rien à condamner par les bons cœurs. J'en suis sûre, ceux qui m'accusent d'avoir été mauvaise en ont menti, et il me serait bien facile de le prouver, si je voulais me donner la peine de me souvenir et de raconter ; mais cela m'ennuie et je n'ai [pas] plus de mémoire que de rancune.

Jusqu'ici, j'ai été fidèle à ce que j'ai aimé, parfaitement fidèle, en ce sens que je n'ai jamais trompé personne, et que je n'ai jamais cessé d'être fidèle sans de très fortes raisons, qui avaient tué l'amour en moi par la faute d'autrui. Je ne suis pas d'une nature inconstante. Je suis au contraire si habituée à aimer exclusivement qui m'aime bien, si peu facile à m'enflammer, si habituée à vivre avec des hommes sans songer que je suis femme, que vraiment j'ai été un peu confuse et un peu consternée de l'effet que m'a produit ce petit être. Je ne suis pas encore revenue de mon étonnement et si j'avais beaucoup d'orgueil, je serais très humiliée d'être tombée en plein dans l'infidélité de cœur, au moment de ma vie où je me croyais à tout jamais calme et fixée. Je crois que ce serait mal, si j'avais pu prévoir, raisonner et combattre cette irruption ; mais j'ai été envahie tout à coup, et il n'est pas dans ma nature de gouverner mon être par la raison quand l'amour s'en empare. Je ne me fais donc pas de reproche, mais je constate que je suis encore très impressionnable et plus faible que je ne croyais. Peu m'importe, je n'ai guère de vanité ; ceci me prouve que je dois n'en avoir pas du tout et ne jamais me vanter de rien, en fait de vaillance et de force. Cela ne m'attriste que parce que voilà ma belle sincérité, que j'avais pratiquée si longtemps et dont j'étais un peu fière, entamée et compromise. Je vais être forcée de mentir comme les autres. Je vous assure que ceci est plus mortifiant pour mon amour-propre qu'un mauvais roman ou une pièce sifflée ; j'en souffre un peu ; cette souffrance est un reste d'orgueil peut-être ; peut-être est-ce une voix d'en haut qui me crie qu'il fallait veiller davantage à la garde de mes yeux et de mes oreilles, et de mon cœur surtout. Mais si le ciel nous veut fidèles aux affections terrestres, pourquoi laisse-t-il quelquefois les anges s'égarer parmi nous et se présenter sur notre chemin ?

La grande question sur l'amour est donc encore soulevée en moi ! Pas d'amour sans fidélité, disais-je, il y a
deux mois, et il est bien certain, hélas ! que je n'ai plus
senti la même tendresse pour ce pauvre M[allefille] en le
retrouvant. Il est certain que depuis qu'il est retourné à
Paris (vous devez l'avoir vu), au lieu d'attendre son retour
avec impatience et d'être triste loin de lui, je souffre moins
et respire plus à l'aise. Si je croyais que la vue fréquente
de C[hopin] dût augmenter ce refroidissement, je sens
qu'il y aurait pour moi *devoir* à m'en abstenir.

Voilà où je voulais venir, c'est à vous parler de cette
question de possession, qui constitue dans certains esprits
toute la question de fidélité. Ceci est, je crois, une idée
fausse ; on peut être plus ou moins infidèle, mais quand
on a laissé envahir son âme et accordé la plus simple
caresse, avec le sentiment de l'amour, l'infidélité est déjà
consommée, et le reste est moins grave ; car qui a perdu
le cœur a tout perdu. Il vaudrait mieux perdre le corps et
garder l'âme tout entière. Ainsi, *en principe*, je crois qu'une
consécration complète du nouveau lien n'aggrave pas
beaucoup la faute ; mais, en fait, il est possible que l'attachement devienne plus humain, plus violent, plus
dominant, après la possession. C'est même probable,
c'est même certain. Voilà pourquoi, quand on veut vivre
ensemble, il ne faut pas faire outrage à la nature et à la
vérité, en reculant devant une union complète ; mais
quand on est forcé de vivre séparés, sans doute il est de
la prudence, par conséquent, il est du devoir et de la
vraie vertu (qui est le sacrifice) de s'abstenir. Je n'avais pas
encore réfléchi à cela sérieusement et, s'il l'eût demandé
à Paris, j'aurais cédé, par suite de cette droiture naturelle
qui me fait haïr les précautions, les restrictions, les distinctions fausses et les subtilités, de quelque genre qu'elles
soient. Mais votre lettre me fait penser à couler à fond
cette résolution-là. Puis, ce que j'ai éprouvé de trouble et
de tristesse en retrouvant les caresses de M[allefille], ce
qu'il m'a fallu de courage pour le cacher, m'est aussi
un avertissement. Je suivrai donc votre conseil, cher ami.
Puisse ce sacrifice être une sorte d'expiation de l'espèce
de parjure que j'ai commis.

Je dis sacrifice, parce qu'il me sera peut-être pénible de
voir souffrir cet ange. Il a eu jusqu'ici beaucoup de force ;
mais je ne suis pas un enfant. Je voyais bien que la pas-

sion humaine faisait en lui des progrès rapides et qu'il était temps de nous séparer. Voilà pourquoi, la nuit qui a précédé mon départ, je n'ai pas voulu rester avec lui et je vous ai presque renvoyés.

Et, puisque je vous dis tout, je veux vous dire qu'une seule chose en lui m'a déplu; c'est qu'il avait eu lui-même de mauvaises raisons pour s'abstenir. Jusque-là, je trouvais beau qu'il s'abstînt par respect pour moi, par timidité, même par fidélité pour une autre. Tout cela était du sacrifice, et par conséquent, de la force et de la chasteté bien entendues. C'était là ce qui me charmait et me séduisait le plus en lui. Mais chez vous, au moment de nous quitter, et comme il voulait surmonter une dernière tentation, il m'a dit deux ou trois paroles qui n'ont pas répondu à mes idées. Il semblait faire *fi*, à la manière des dévots, des grossièretés *humaines*, et rougir des tentations qu'il avait eues et craindre de souiller notre amour par un transport de plus. Cette manière d'envisager le dernier embrassement de l'amour m'a toujours répugné. Si ce dernier embrassement n'est pas une chose aussi sainte, aussi pure, aussi dévouée que le reste, il n'y a pas de vertu à s'en abstenir. Ce mot d'amour physique dont on se sert pour exprimer ce qui n'a de nom que dans le ciel, me *déplaît* et me *choque*, comme une impiété et comme une idée fausse en même temps. Est-ce qu'il peut y avoir, pour les natures élevées, un amour purement physique et pour les natures sincères un amour purement intellectuel? Est-ce qu'il y a jamais d'amour sans un seul baiser et un baiser d'amour sans volupté? *Mépriser la chair* ne peut être sage et utile qu'avec les êtres qui ne sont que *chair*; mais avec ce qu'on aime, ce n'est pas du mot *mépriser*, mais du mot *respecter*, qu'il faut se servir quand on s'abstient. Au reste, ce ne sont pas là les mots dont il s'est servi. Je ne me les rappelle pas bien. Il a dit, je crois, que *certains faits* pouvaient gâter le souvenir. N'est-ce pas, c'est une bêtise qu'il a dite, et il ne le pense pas? Quelle est donc la malheureuse femme qui lui a laissé de l'amour physique de pareilles impressions? Il a donc eu une maî-tresse indigne de lui? Pauvre ange! Il faudrait pendre toutes les femmes qui avilissent aux yeux des hommes la chose la plus respectable et la plus sainte de la création, le mystère divin, l'acte de la vie le plus sérieux et le plus sublime dans la vie universelle. L'aimant embrasse le fer,

les animaux s'attachent les uns aux autres par la différence
des sexes. Les végétaux obéissent à l'amour, et l'homme
qui seul sur ce monde terrestre a reçu de Dieu le don de
sentir divinement ce que les animaux, les plantes et les
métaux sentent matériellement, l'homme, chez qui l'attraction électrique se transforme en une attraction sentie,
comprise, intelligente, l'homme seul regarde ce miracle
qui s'accomplit simultanément dans son âme et dans son
corps, comme une misérable nécessité, et il en parle avec
mépris, avec ironie ou avec honte ! Cela est bien étrange.
Il est résulté de cette manière de séparer l'esprit de la
chair qu'il a fallu des couvents et des mauvais lieux.

Voici une lettre effrayante. Il vous faudra six semaines
pour la déchiffrer. C'est mon *ultimatum*. S'il est heureux
ou doit être heureux par *elle, laissez-le faire*. S'il doit être
malheureux, *empêchez-le*. S'il peut être heureux par moi,
sans cesser de l'être par *elle, moi, je puis faire de même de mon
côté*. S'il ne peut être heureux par moi sans être malheureux avec elle, *il faut que nous nous évitions et qu'il m'oublie*.
Il n'y a pas à sortir de ces quatre points. Je serai forte
pour cela, je vous le promets, car il s'agit de *lui*, et si je
n'ai pas grande vertu pour moi-même, j'ai grand dévouement pour ce que j'aime. Vous me direz nettement la
vérité, j'y compte et je l'attends.

Il est absolument inutile que vous m'écriviez une lettre
ostensible. Nous n'en sommes pas là, M[allefille] et moi.
Nous nous respectons trop pour nous demander compte,
même par la pensée, des détails de notre vie.

Il est impossible que Mme Dorval ait les raisons que
vous lui supposez. Elle est plutôt *légitimiste* (si elle a une
opinion) que républicaine. Son mari est carliste. Vous aurez
été chez elle aux heures de ses répétitions ou de son travail. Une actrice est difficile à joindre. Laissez faire ; je lui
écrirai et elle vous écrira. Il a été question pour moi d'aller
à Paris, et il n'est pas encore impossible que mes affaires,
dont Mallefille s'occupe maintenant, venant à se prolonger, j'aille le rejoindre. N'en dites rien au *petit*. Si j'y vais,
je vous avertirai et nous lui ferons une surprise. Dans
tous les cas, comme il vous faut du temps pour obtenir
la liberté de vous déplacer, commencez vos démarches[4],

4. Les Polonais exilés en France avaient besoin d'obtenir un passeport pour se déplacer dans le royaume.

car je vous veux à Nohant cet été, le plus tôt et le plus longtemps possible. Vous verrez que vous vous y plairez ; il n'y a pas un mot de ce que vous craignez. Il n'y a pas d'espionnage, pas de propos, il n'y a pas de province ; c'est une oasis dans le désert. Il n'y a pas une âme dans le département qui sache ce que c'est qu'un Chopin ou un Grzymala. Nul ne sait ce qui se passe chez moi. Je ne vois que des amis *intimes*, des anges comme vous, qui n'ont jamais eu une mauvaise pensée sur ce qu'ils aiment. Vous viendrez, mon cher bon, nous causerons à l'aise et votre âme abattue se régénérera à la campagne. Quant au *petit*, il viendra s'il veut ; mais dans ce cas-là je voudrais être avertie d'avance, parce que j'enverrais M[allefille] soit à Paris, soit à Genève. Les prétextes ne manqueront pas et les soupçons ne lui viendront jamais. Si le *petit* ne veut pas venir, laissez-le à ses idées ; il craint le monde, il craint je ne sais quoi. Je respecte chez les êtres que je chéris tout ce que je ne comprends pas. Moi, j'irai à Paris en septembre avant le grand départ. Je me conduirai avec lui suivant ce que vous allez me répondre. Si vous n'avez pas la solution des problèmes que je vous pose, tâchez de la tirer de lui, fouillez dans son âme, il faut que je sache ce qui s'y passe.

Moi, maintenant vous me connaissez à fond. Voici une lettre comme je n'en écris pas deux en dix ans. Je suis si paresseuse et je déteste tant à parler de moi. Mais ceci m'évitera d'en parler davantage. Vous me savez par cœur maintenant et vous pouvez *tirer à vue sur moi* quand vous réglerez les comptes de la Trinité.

À vous, cher bon, à vous de toute mon âme, je ne vous ai pas parlé de vous en apparence dans toute cette longue causerie, c'est qu'il m'a semblé que je parlais de moi à un autre *moi*, le meilleur et le plus cher des deux, à coup sûr.

George Sand

## 63. À HENRI HEINE

[Paris, vers le 22 août 1838]

Cher cousin[1], je regrette de ne vous avoir pas vu, mais je ne vous en veux pas. De tous les empêchements, l'amour est le seul que j'admette, parce qu'après tout, c'est la seule affaire de la vie pour ceux qui ne sont ni ambitieux, ni vaniteux, ni cupides. Aimez donc ; c'est à mes yeux la plus grande preuve de la plus haute valeur morale possible.

Ce que vous me dites de vos yeux m'afflige bien. Je pense que vous êtes soigné le mieux possible. C'est dans la souffrance physique, dans les moments où nous sommes insupportables à nous-mêmes que le dévouement d'un être qui nous aime, nous apparaît dans toute sa douceur.

Adieu, cher ami, je crois que je partirai bientôt. Si je ne vous revois pas auparavant, recevez tous mes vœux pour votre guérison et pour la continuation de votre bonheur.

À vous de cœur.

George

## 64. À EUGÈNE DELACROIX ‡

[Paris, 7 septembre 1838]

Cher vieux, comme c'est aimable à vous d'écrire à votre vieille sœur ! Je n'espérais pas que vous auriez le courage de lutter contre l'encre et les plumes (instruments de supplice, que je connais si bien et auxquels je ne voudrais pas condamner mon plus grand ennemi). Je n'aurais pas eu de rancune contre vous, soyez-en bien sûr, si vous n'aviez pas vaincu ce que Latouche appelait la *cartophobie*[1]. J'aurais cru que vous pensiez à moi, malgré votre silence,

---

1. Voir lettre 43 : «nous sommes nés *cousins*, comme dit Heine».
1. Latouche avait écrit à Sand le 3 septembre 1832, en disant son horreur du papier à lettres : «J'ai découvert une nouvelle maladie, et je l'ai : c'est la *cartophobie*» (*Corr.* II, p. 160 n. 3).

et que de temps en temps votre bon cœur m'envoyait, du
fond des *bosquets ariostiques*[2], une bonne et chaude aspiration. Cependant vous avez fait plus que je m'en flattais,
vous m'avez griffonné de belles petites pages où, tout en
courant, vous avez mis votre cœur et votre esprit. Croyez
que je connais bien le prix d'une lettre, malgré les
douzaines d'épîtres plus ou moins littéraires que je mets
chaque semaine *au cabinet* sans les lire. Je suis heureuse
de savoir où vous êtes, et malgré ce que vous m'aviez
raconté de l'Abbaye et des jardins, je vous vois mieux
encore depuis que vous m'avez envoyé une bouffée de
vos plates-bandes pliée dans un morceau de papier. Vous
êtes mélancolique, là comme partout. Pauvre cher ! il me
semble que je serais si heureux à votre place, loin des
amours qui font souffrir, et à la campagne, au beau
milieu de la poésie ! Vous voudriez tout avoir à la fois,
cher. Songez-vous que je vis dans la rue Laffitte, avec
douze étoiles dans un coin de ciel grand comme un mouchoir de poche, avec des parfums de l'entreprise *Bignat et
Cie*[3], avec des chiffonniers et des chiens errants dans les
rues pour accidents de tableau et des tuyaux de fonte
pour horizon ? Mon Dieu, que c'est laid ! et j'entends
passer de beaux orages sur ma tête, je me crois à Nohant,
je me lève pour aller voir le plus grand spectacle qu'offre
la création. Votre serviteur ! Quatre pans de muraille
enferment ma vue et le roulement des omnibus étouffe
celui de la foudre. Que faire ? je ferme les yeux et je me
transporte sur le lac Majeur, où j'ai vu le plus bel orage
que j'aie vu, ou sur la mer, ou sur le haut des Alpes, ou
je vais vous rendre visite à Valmont. Nous nous promenons ensemble sous les voûtes de l'Abbaye et nous voyons
passer le sabbat. Mais si j'étais là, en effet, nous ne verrions rien passer du tout. Il faut être seul pour avoir
ces belles visions. Quand on est deux, on cherche et on
trouve la poésie dans le cœur et dans les yeux l'un de
l'autre. Votre cœur est bien bon, bien grand, cher ami et

    2. Sand répond ici à une lettre de Delacroix du 5 septembre, où
le peintre évoque son séjour à l'abbaye de Valmont (Seine-Maritime)
et ses jardins « dignes des bosquets de l'Arioste » (voir le catalogue
de l'exposition *Delacroix et la Normandie*, Musée Delacroix, 1993-
1994).
    3. Sand logeait alors à l'Hôtel Parmentier, 38 rue Laffitte. Bignat
était le surnom d'Emmanuel Arago.

vos yeux sont bien noirs, bien vifs, bien pénétrants. Vous
le savez bien, je serais folle de vous, si je ne l'étais d'un
autre et peut-être que vous m'aimeriez plus que tout, si
d'autres fantômes *en jupons* ne dansaient plus gracieusement et plus coquettement, la nuit, sous le berceau de
vos allées.

Mais moi, je ne sais pas danser. Et puis, d'ailleurs, rien
n'engourdit les chevilles comme la fatigue délicieuse d'un
amour heureux. Je suis toujours dans l'ivresse où vous
m'avez laissée[4]. Il n'y a pas eu un seul petit nuage dans
ce ciel pur, pas un grain de sable dans notre lac. Je commence à croire qu'il y a des anges déguisés en hommes,
qui se font passer pour tels, et qui habitent la terre
quelque temps pour consoler et pour attirer avec eux
vers le ciel de pauvres âmes fatiguées et désolées prêtes
à périr ici-bas. — Ce sont là des folies que je ne voudrais
pas dire pour tout au monde devant tout autre que vous
et Grzym[ala]. Vous ne vous moquerez pas de moi, je le
sais, vous qui me connaissez tout à fait et qui savez si je
me suis battu les flancs pour me persuader que j'avais
une grande passion. Vous savez que ce n'est ni un parti
pris, ni un pis-aller, ni une illusion de l'ennui et de la solitude, ni un caprice, ni rien de ce qui fait qu'on se trompe
en trompant les autres. Je suis là comme dans un pays où
le hasard de la promenade m'a conduite et qui se trouve
si beau, si enchanté, si délicieux que je ne peux plus songer à en sortir et que j'y couche à la belle étoile, sous les
arbres en fleurs, sans prévoir le temps des pluies et sans
me bâtir une demeure comme feu Robinson Crusoé. Ma
foi, la société nous force bien assez à faire ce travail de
Robinson toute notre vie. Ne pouvons-nous pas, c'est-
à-dire ne devons-nous pas tant que nous pouvons, faire
des nids sous les branches quand le vent d'été et l'amour
soufflent sur nous ? Vous croyez que cela ne peut pas
durer plus qu'un nid de printemps ? Si je consulte ma
mémoire et ma *logique*, certainement cela ne peut pas durer.
Si je consulte l'état présent de mon cœur et ma poésie, il
me semble que cela ne peut pas finir. Mais qu'est-ce que
cela fait ? Si Dieu m'envoyait la mort dans une heure, je

4. Delacroix avait entrepris vers la fin de juin ou le début de
juillet le double portrait de Sand et Chopin (depuis divisé), et était
parfaitement au courant de leur liaison.

ne me plaindrais pas du tout, car voilà trois mois
d'ivresse sans mélange, tandis que dans le passé je ne
vois pas trois jours de chagrin sans un peu de joie ou
d'espoir. Le bien l'emporte donc sur le mal, sinon dans
la quantité du moins dans la qualité. Nous sommes faits
comme cela, nous autres artistes bohémiens, bilieux et
nerveux. Nous bondissons comme vous dites à la manière
des volants et des balles élastiques. C'est à dire que nous
touchons la Terre un instant pour remonter plus haut
dans le ciel, et parce que nous avons des plumes pour
nos volants, nous nous imaginons que nous avons des
ailes et que nous volons comme des oiseaux, et nous
sommes plus heureux que les oiseaux, bien qu'ils volent
tout de bon. Ne soyez donc pas triste, cher mélancolique,
et n'oubliez pas qu'au premier jour, tout au beau milieu
de votre ennui, la reine je ne sais plus qui viendra vous
trouver comme Aldo le rimeur, et vous emmènera sur sa
barque[5]. Et comme vous êtes poète, vous mettrez tout
de suite toutes vos voiles au vent et vous trouverez
dans le bonheur tout ce que le bonheur peut donner à
l'homme. C'est la supériorité que nous avons sur les épiciers, et comme nous avons en nous-mêmes des facultés
immenses pour jouir de l'idéal, nous pouvons nous
moquer de leur *réel*, de leurs équipages, de leurs salons,
de leurs titres et de leur PO PU LA RI TÉ ! Vous dites à cela
que la poésie serait plus commode en carrosse que dans
la crotte, et plus aimable dans un palais que dans une
mansarde. Je n'en crois rien, à moins de supposer la
société toute changée et dirigée par les lois de l'âge d'or,
nous voyons qu'il nous faut opter entre l'argent qui nous
rend esclaves de la prose, ou la poésie qui nous rend
libres de mourir de faim. Ils voient notre choix étrange,
et nous rient au nez. Mais nous mourons en chantant ou
en pleurant, et ils vivent en bâillant pour crever d'indigestion ou de jalousie. Restons bohémiens, cher œil noir,
afin de rester artistes ou amoureux, les deux seules choses
qu'il y ait au monde. L'amour avant tout, n'est-ce pas ?
L'amour avant tout quand l'astre est en pleine lumière,
l'art avant tout, quand l'astre décline. Tout cela n'est-il
pas bien arrangé ?

5. Sand avait publié son conte *Aldo le rimeur* en 1833 ; la reine se
nommait Agandecca.

Tout le monde autour de moi vous *chérit*. C'est à la lettre. Aujourd'hui quand j'ai fait agréer vos souvenirs à la compagnie, il y a eu une exclamation générale, unanime pour vanter *le plus charmant garçon qu'il y ait au monde*. Voilà l'expression. Il y a eu quelqu'un de bien pâle en voyant votre lettre dans mes mains. Je devais la montrer, c'était une charmante délicatesse de votre part dont j'ai bien senti toute l'exquise bonté. Cette lecture a été comme de l'ambroisie pour ce *quelqu'un*, et il vous adore et répète qu'il tiendrait la chandelle si... va-t-en voir...!

Maurice vous embrasse comme il vous aime, ce n'est pas peu dire, et moi, *cher*, de tout mon cœur, de toute mon âme. Grzym[ala] est au premier rang parmi ceux qui vous adorent. Il me charge de vous le dire. Adieu. Écrivez-moi si la *fantasia* vous le dit. Mais ne vous faites jamais un devoir de rien, avec moi. Je suis de ceux qui pensent que le devoir et l'affection n'ont rien à démêler ensemble, et que les lois du sentiment sont aussi bêtes que celles de la justice civile. Liberté avant tout. Je souhaite que vous pensiez à moi tous les jours, mais si vous ne me donnez de marque de souvenir que dans dix ans, soyez sûr que vous n'aurez pas besoin de préambule pour vous annoncer et que je tuerai tous les veaux gras que je serais susceptible de posséder alors, si je ne suis pas à l'hôpital.

À vous.

George

Je ne sais rien de mon départ. Je crois que je serai partie avant votre retour car le froid vient, et il me semble que Maurice s'en ressent déjà. Écrivez-moi toujours chez les Marliani.

## 65. À CHARLOTTE MARLIANI

Palma de Mallorca, 14 X^{bre} 1838

Chère amie, vous devez me trouver bien paresseuse. Moi, je me plaindrais aussi de la rareté de vos lettres, si je ne savais comment vont les choses ici. Vous ne vous en doutez guère, vous autres! Ce bon Manuel, qui se figurait qu'en 7 jours on pouvait correspondre avec Paris ! D'abord, sachez que le bateau de Palma à Barcelone [*El Mallorquin*] a pour principal objet le commerce des cochons. Les passagers sont en seconde ligne, le courrier ne compte pas. Qu'importe aux Mayorquins les nouvelles de la politique ou des beaux-arts ? le cochon est la grande, la seule affaire de leur vie. Le paquebot est censé partir toutes les semaines. Mais il ne part que quand le temps est parfaitement serein et la mer unie comme une glace. Le plus léger coup de vent fait rentrer au port même lorsqu'on est à moitié route. Pourquoi ? Ce n'est pas que le bateau ne soit bon et la navigation sûre. C'est que le cochon a l'estomac délicat et craint le mal de mer. Or si un cochon meurt en route, l'équipage est en deuil, et donne au diable, journaux, passagers, lettres, paquets et le reste. Voilà donc plus de 15 jours que le bateau est dans le port ; peut-être partira-t-il demain ! voilà 25 jours et plus que *Spiridion* voyage. Mais j'ignore si Buloz l'a reçu. J'ignore s'il le recevra. Il y a encore d'autres raisons de retard que je ne vous dis pas, parce que toutes réflexions sur la poste et les affaires du pays sont au moins inutiles. Vous pouvez les pressentir et les dire à Buloz. Je vous prie même de lui faire parler à ce sujet, car il doit être dans les transes, dans la fureur, dans le désespoir. *Spiridion* doit être interrompu depuis un siècle[1], à cela je ne puis rien. J'ai pesté contre le pays, contre le temps, contre la coutume, contre les cochons et le reste. J'ai un peu pesté contre ce cher Manoël qui m'a dépeint ce pays comme si libre, si abordable, si hospitalier... Mais à quoi bon les plaintes et les murmures contre les ennuis naturels et inévitables de la vie ? Ici, c'est une chose ; là, une autre ; partout il y a à souffrir.

Ce qu'il y a de vraiment beau ici, c'est le pays, le ciel, les montagnes et la bonne santé de Maurice, et le *radoucissement* de Solange. Le bon Chopin n'est pas aussi brillant de santé. Après avoir très bien, *trop bien* peut-être supporté les grandes fatigues du voyage, au bout de quelques jours la force nerveuse qui le soutenait est tombée, il a

---

1. *Spiridion* avait commencé à paraître dans la *Revue des Deux Mondes* dès le 15 octobre 1838 ; le manuscrit n'étant pas parvenu à temps, la publication, suspendue en décembre, s'acheva les 1ᵉʳ et 15 janvier 1839. Sur ce roman, voir la belle étude de Jean Pommier, *George Sand et le rêve monastique, Spiridion* (Nizet, 1966).

été extrêmement abattu et souffreteux. Mais il revient sur
l'eau de jour en jour et bientôt, j'espère, il sera mieux
qu'auparavant. Je le soigne comme mon enfant. C'est un
ange de douceur et de bonté ! Son piano lui manque
beaucoup. Nous en avons enfin reçu des nouvelles
aujourd'hui. Il est parti de Marseille, et nous l'aurons
peut-être dans une quinzaine. Mais mon Dieu, que la vie
physique est rude, difficile et misérable ici ! c'est au-delà
de ce qu'on peut imaginer. On manque de tout, on ne
trouve rien à louer, rien à acheter. Il faut commander des
matelas, acheter des draps, serviettes, casseroles, etc., tout
absolument. J'ai par un coup du sort trouvé à acheter
un mobilier propre charmant pour le pays, mais dont un
paysan de chez nous voudrait à peine. Mais il a fallu se
donner des peines inouïes pour avoir un poêle, du bois,
du linge, que sais-je ? depuis un mois que je me crois
installée, je suis toujours à la veille de l'être. Ici une charrette met cinq heures pour faire trois lieues, jugez du
reste ! Il faut deux mois pour confectionner une paire de
pincettes. Il n'y a pas d'exagération dans ce que je vous
dis. Devinez sur ce pays tout ce que je ne vous dis pas !
Moi, je m'en moque ; mais j'en ai un peu souffert dans la
crainte de voir mes enfants et Chopin en souffrir beaucoup. Heureusement mon ambulance va bien, demain
nous partons pour la chartreuse de Valldemosa, la plus
poétique résidence de la terre. Nous y passerons l'hiver
qui commence à peine et qui va bientôt finir. Voilà le
seul bonheur de cette contrée auquel je voudrais vous
associer, chère amie, je n'ai de ma vie rencontré une
nature aussi délicieuse que celle de Mayorque. Dites à
Valldemosa que je n'ai pas pu voir beaucoup sa famille,
car j'ai passé tout le temps à la campagne. Mais depuis 5
ou 6 jours, je suis revenue à Palma, où j'ai vu sa mère, et
revu sa sœur et son beau-frère. Ils sont charmants pour
nous. Son beau-frère est très bien et plus distingué que le
pays ne le comporte. Sa sœur est très gentille et chante à
ravir. Dites à M. Remisa que je le remercie beaucoup de
m'avoir recommandée à M. Nunez, l'intendant. C'est un
homme excellent, tout à fait *simpatico*, et sa femme une
brave femme. À propos de M. Remisa, veuillez le prévenir, que selon sa permission j'ai pris chez *Canut y Mugnerot* 3 000 f. payables à vue dans 30 jours sur lui Remisa à
Paris. — Les gens du pays sont en général très gracieux,

très obligeants ; mais tout cela est en paroles quand il s'agit d'argent. On m'a fait signer cette traite dans des termes un peu serrés comme vous voyez tout en me disant de prendre 10 ans si je voulais, pour payer. Le fait est que je ne comptais pas être obligée de monter un ménage à Mallorca et de dépenser tout d'un coup mille écus (ménage qu'on aurait en France pour mille francs). Je comptais pouvoir envoyer à Buloz promptement beaucoup de manuscrit, mais, d'une part, je n'ai pu, accablée de tant d'ennuis matériels, faire grand'chose, et de l'autre, la lenteur et le peu de sûreté des communications fait que Buloz n'est peut-être pas encore nanti. Vous connaissez le Buloz ; pas de manuscrit, pas de Suisse[2]. Je vois donc M. Remisa m'avançant trois mille francs pour deux ou trois mois, et quoique ce soit pour lui une misère, pour moi c'est une petite souffrance. Mon hôtel de Narbonne[3] ne rapporte rien encore probablement, je ne sais où en sont mes fermages de Nohant. Dites-moi, si je puis sans indiscrétion accepter le crédit de M. Remisa dans ces termes, et sinon veuillez mettre mon avoué [Genestal] en campagne pour qu'il me trouve de quoi rembourser au plus tôt.

Adieu, chère, bien chère amie ; embrassez pour moi notre bon Manoël, et dites à tous nos braves amis tout ce qu'il y a de plus tendre.

J'écrirai à Leroux de ma chartreuse à tête reposée. Si vous saviez ce que j'ai à faire ! Je fais presque la cuisine. Ici, autre agrément, on ne peut se faire servir. Le domestique est une brute, dévote, paresseuse et gourmande, un véritable fils de moine (je crois qu'ils le sont tous !). Il en faudrait avoir dix, pour faire l'ouvrage que vous fait votre brave Marie… quand je dis 10, c'est 20 qu'il faudrait dire. Heureusement, la femme de chambre [Amélie] que j'ai amenée de Paris est très dévouée et se résigne à faire de

---

2. Racine, *Les Plaideurs* : « Point d'argent, point de Suisse » (I, 1).

3. Cet immeuble du 89 rue de la Harpe, dit hôtel de Narbonne, appartenait à Sand, mais lui coûtait souvent plus en réparations qu'il ne rapportait en loyers ; il fut affecté en 1839 à la garantie d'un emprunt hypothécaire, puis donné en dot en 1847 à Solange lors de son mariage ; vendu par les créanciers des Clésinget en 1848, il a disparu lors du percement du boulevard Saint-Michel. Dans le roman *Horace* (1842), c'est là que Sand fait demeurer le héros Horace (chap. 15).

gros ouvrages, mais elle n'eſt pas forte, et il faut que je l'aide. En outre, tout eſt fort cher, et la nourriture difficile quand l'eſtomac ne supporte ni l'huile rance, ni la graisse de porc. Je commence à m'y faire, mais Chopin eſt malade toutes les fois que nous ne lui préparons pas nous-mêmes ses aliments. Enfin, notre voyage ici eſt, sous beaucoup de rapports, un fiasco épouvantable. Mais nous y sommes. Nous ne pourrions en sortir sans nous exposer à la mauvaise saison et sans faire coup sur coup de nouvelles dépenses. Et puis j'ai mis beaucoup de courage et de persévérance à me caser ici. Si la providence ne me maltraite pas trop il eſt à croire que le plus difficile eſt fait et que nous allons recueillir le fruit de nos peines, le printemps sera délicieux, Maurice recouvrera une belle santé, Chopin se flatte d'avoir un jour des mollets, moi je travaillerai et j'inſtruirai mes enfants, dont heureusement les leçons jusqu'ici n'ont pas trop souffert. Ils sont très ſtudieux avec moi. Solange eſt presque toujours charmante depuis qu'elle a eu le mal de mer ; Maurice prétend qu'elle a rendu tout son venin. Nous sommes si différents de la plupart des gens et des choses qui nous entourent, que nous nous faisons l'effet d'une pauvre colonie émigrée qui dispute son existence à une race malveillante ou ſtupide. Nos liens de famille en sont plus étroitement serrés et nous nous pressons les uns contre les autres avec plus d'affeċtion et de bonheur intime. De quoi peut-on se plaindre quand le cœur vit ? Nous en sentons plus vivement aussi les bonnes et chères amitiés absentes. Combien votre douce intimité et votre coin de feu fraternel nous semblent précieux de loin ! autant que de près, chère et c'eſt tout dire.

## 66. À ALEXIS POURADIER-DUTEIL

De la chartreuse de Valldemosa,
3 lieues de Palma, île Majorque
[20 janvier 1839]

Cher Boutarin, tu ne m'écris donc pas ?
Peut-être m'écris-tu, et je ne reçois rien, et peut-être aussi ne reçois-tu pas mes lettres, c'est-à-dire ma lettre,

car je ne t'ai écrit qu'une fois. J'ai du reste l'agrément ici,
de voir la moitié pour ne pas dire les trois-quarts de ma
correspondance aller je ne sais où. Cependant j'ai à présent une voie plus sûre que j'ai indiquée à Mme Marliani.
Adresse-lui tes lettres pour moi. Il me paraît qu'Hippolyte [Chatiron] a reçu de mes nouvelles puisqu'il me
récrit, cependant il ne me dit pas qu'il ait reçu ma lettre.
Je suis véritablement au bout du monde, quoiqu'à deux
jours de mer de la France. Les temps sont si variables
autour de notre île, et la civilisation, qui fait les prompts
rapports, est si arriérée ici et dans toute l'Espagne, qu'il
me faut deux mois pour avoir des réponses à mes lettres.
Ce n'est pas le seul inconvénient du pays. Il en a d'innombrables, et pourtant c'est le plus beau pays du monde,
le climat est délicieux. À l'heure où je t'écris, Maurice
joue en chemise dans le jardin, et Solange assise par terre
sous un oranger couvert de fruits étudie sa leçon d'un air
grave. Nous avons des roses en buissons et nous entrons
dans le printemps. Notre hiver a duré six semaines, non
froid, mais pluvieux à nous épouvanter. C'est un déluge !
La pluie déracine les montagnes ; toutes les eaux de la
montagne se lancent dans la plaine, les chemins deviennent des torrents. Nous nous y sommes trouvés pris
Maurice et moi. Nous avions été à Palma par un temps
superbe. Quand nous sommes revenus le soir, plus de
champs, plus de chemins, plus que des arbres pour indiquer à peu près où il fallait aller. J'ai été véritablement
fort effrayée d'autant plus que le cheval nous a refusé service, et qu'il nous a fallu passer la montagne à pied, la
nuit, avec des torrents à travers les jambes qui nous
lavaient ce que Mme Sallé ne s'est jamais lavé. Maurice
est brave comme un César, au milieu du chemin, faisant
contre fortune bon cœur, nous nous sommes mis à
dire des bêtises. Nous faisions semblant de pleurer, et
nous disions « D'am' ! j'veux m'en aller cheux nous, moé,
dans nout pays d'la Châtre, l'où qu'y a pas de tout ça,
quoé ! »

Nous sommes installés depuis un mois seulement
et nous avons eu toutes les peines du monde. Le naturel du pays est le type de la méfiance, de l'inhospita-
lité, de la mauvaise grâce et de l'égoïsme. De plus, ils
sont menteurs, voleurs, dévots comme au moyen âge. « Y
fason b'ni yeur baites tout coume si c'étiont des cré-

quiens[1]. » Ils ont la fête des mulets (*en parlant pour respé*), des chevaux, des ânes, des *chiebes* et des cochons. Ce sont de vrais animaux eux-mêmes, puants, grossiers et poltrons, tous fils de moines et avec cela, *superbes*, très bien costumés, jouant de la guitare et dansant le fandango. La classe *monsieur* est charmante. C'est le genre Adolphe Duplomb (que j'embrasse tendrement par parenthèse) mêlé au genre Ducarteron. L'industriel tient le milieu entre Pigne-de-bouis et Robin-Magnifique. Le propriétaire est un composé de Bonjean et du père Janvier. Si Perrot-Chabin venait ici, il ferait un ravage de cœurs et Madame Rochoux (d'Aubert) serait capable de passer pour un aigle[2].

Moi, je passe pour vouée au diable, parce que je ne vais ni [à] la messe, ni au bal, et que je vis seule au fond de ma montagne, enseignant à mes enfants *la clef des participes* et autres gracieusetés. Au reste, nous sommes bien admirablement logés. Nous avons pris une cellule dans une grande chartreuse, ruinée à moitié mais très commode et bien distribuée dans la partie que nous habitons. Nous sommes plantés entre ciel et terre. Les nuages traversent notre jardin sans se gêner, et les aigles nous braillent sur la tête. De chaque côté de l'horizon, nous voyons la mer ; derrière une plaine de 15 ou 20 lieues, laquelle plaine nous apercevons au bout d'un défilé de montagnes d'une lieue de profondeur. C'est un site peut-être unique en Europe. Je suis si occupée que j'ai à peine le temps d'en jouir. Tous les jours, je fais travailler mes enfants pendant 6 ou 7 heures, et comme de coutume je passe la moitié de la nuit à travailler pour mon compte. Maurice se porte comme le pont Neuf. Il est fort, gras, rose, ingambe. Il pioche l'histoire et le jardin avec autant d'aisance l'un que l'autre. Mais, mon Dieu, pendant que je me réjouis à te parler de nous et à te dire des bêtises, n'es-tu pas dans le chagrin ? Vous êtes dans l'hiver jusqu'au cou, vous autres. Ma pauvre Gaston n'est-elle pas malade ? Dieu veuille que ma lettre vous trouve tous bien portants et disposés à rire !

---

1. Sand imite, comme plus haut, le parler berrichon : « Ils font bénir leurs bêtes tout comme si c'étaient des chrétiens » ; plus loin, *en parlant pour respé* : « sauf votre respect » ; et *chiebes* : chèvres.

2. Sand cite ici diverses personnes de La Châtre, la plupart identifiées dans l'index.

Dis-moi, mon cher Boutarin, si tu t'occupes de la vente de Côte-Noire ? J'ai reçu ces jours-ci une procuration à signer de Geneſtal pour son emprunt de 20 000 f. pour les réparations de l'hôtel [de Narbonne]. Il faut songer à payer cet emprunt. Je ne me soucie pas d'avoir d'un côté 500 f. d'intérêts à servir à Jouslin, de l'autre 1 000 à Geneſtal, et par-dessus le marché, les 500 f. de remboursement annuel à M. Dudevant. J'ai assez de charges, et surtout d'argent jeté par la fenêtre en frais qui ne me font rien rentrer. Débarrasse-moi au plus vite de ce domaine de Côte-Noire. Je déteſte la propriété territoriale, c'eſt la plus bête et la moins bonne de toutes par le temps qui court. Je ne puis penser à payer Geneſtal sur les revenus de l'hôtel. Je suis échinée de travail, et si cela continuait encore deux ans, je crois que je mourrais à la peine. Jusqu'ici je n'ai rien touché de mes revenus. Il faut pourtant que j'en vive. Ainsi ne me dis pas de garder le domaine. J'ai dit à Hippolyte de faire vendre des arbres, le plus d'arbres possible, vois s'il l'a fait. Il m'a promis aussi de s'occuper de la vente de Côte-Noire, de la résiliation du bail. Donne-lui de l'aĉtivité et que nous en finissions avec le chef-d'œuvre d'*acquêt* de M. Dudevant et les merveilles d'architeĉture qu'il m'a fait si bien payer. Geneſtal m'envoie aussi une copie du jugement qui m'autorise à vendre[3]. Il me dit qu'il s'eſt entendu avec toi. Mais il eſt si négligent que peut-être ne sais-tu pas seulement que ce jugement eſt obtenu, et peut-être n'as-tu pas la pièce. Si elle t'eſt nécessaire pour vendre, demande-la-lui. Je crains que l'envoi de celle que j'ai ne coûte de port plus qu'elle ne vaut.

Quand je songe combien j'aurais voulu décider Gaſton à venir avec moi, ici, je vois que d'une part j'aurais bien fait de réussir à cause du climat, mais de l'autre, il y aurait eu des inconvénients. La vie eſt dure et difficile. On ne se figure pas ce que l'absence d'induſtrie met d'embarras et de privations dans les choses les plus simples. Nous avons été au moment de coucher dans la rue. Ensuite,

3. Sand doit supporter les réparations de l'hôtel de Narbonne, et les mauvaises acquisitions de terres faites par Casimir Dudevant (une somme eſt encore due à Jouslin, sur laquelle courent des intérêts) ; elle attend l'autorisation judiciaire pour vendre le domaine de Côte-Noire, et vient d'obtenir un jugement (28 novembre 1838) l'autorisant à faire un emprunt hypothécaire de 20 000 f.

l'article médecin est soigné! Ceux de Molière sont des Hippocrates en comparaison de ceux-ci. La pharmacie est à l'avenant. Ô Perrot-Chabin où es-tu avec tes sublimes clystères et tes délectables cataplasmes? Heureusement nous n'en avons pas besoin, car ici on nous donnerait de l'essence de piment pour tout potage. Le piment est le fond de l'existence mayorquine. On en mange, on en boit, on en plante, on en respire, on en parle, on en rêve. Et ils n'en sont pas plus gaillards pour cela! Du moins, ils n'en ont pas l'air!

Adieu, mon Boutarin; je t'embrasse toi et Gaston et les chers enfants et la famille d'en bas, en masse, et chacun en particulier de tout mon cœur. Donne je t'en prie de mes nouvelles et mille tendresses à nos amis Fleury, Charles [Duvernet], Malgache, Papet, et prie les maris de bien dire à leurs femmes que je les aime et que je pense à elles à Palma aussi bien qu'à Nohant. Mais comment leur écrire, quand je n'ai le temps ni de dormir, ni de manger, ni de prendre l'air avec un peu de *laisser-aller*. J'ai pris une grande tâche, d'élever mes enfants moi-même, mais plus je vais, plus je vois que c'est la meilleure manière et qu'avec moi, ils en font plus dans un jour qu'ils n'en faisaient en un mois avec les autres. Solange est toujours éblouissante de santé. Hier soir nous avons parlé toute la soirée de *Chacrot*, de *Jouya*, de *Nana*, de *Lord Byron*, de *Victor Hugo*, *Lamartine* à la *grand gueule* etc., etc., même d'Aimée la fleur des champs, et des variations du baromètre de Louise, et des beaux yeux d'Agathe[4] etc.

## 67. À FRANÇOIS ROLLINAT

[Marseille, 8 mars 1839]

Cher Pylade, me voici de retour en France après le plus malheureux essai de voyage qui se puisse imaginer. Après mille peines et de grandes dépenses, nous étions parvenus à nous établir à Mayorque, pays magnifique, mais inhospitalier par excellence. Au bout d'un mois,

4. Ces prénoms et surnoms désignent diverses personnes de La Châtre, non identifiées.

mon pauvre Chopin, qui, depuis Paris, allait toujours
toussant, tomba plus malade et nous fîmes appeler un
médecin, deux médecins, trois médecins, tous plus ânes
l'un que l'autre et qui allèrent répandre, dans toute l'île,
la nouvelle que le malade était poitrinaire au dernier degré.
Sur ce, grande épouvante, la phtisie est rare dans ces climats et passe pour contagieuse. Joignez à cela l'égoïsme,
la lâcheté, l'insensibilité et la mauvaise foi des habitants.
Nous fûmes regardés comme des pestiférés, de plus,
comme païens car nous n'allions pas à la messe. Le propriétaire de la petite maison que nous avions louée[1] nous
mit brutalement à la porte et voulut nous intenter un
procès, pour nous forcer à recrépir sa maison infectée
par la contagion. La jurisprudence indigène nous eût plu-
més comme des poulets.

Il fallut être chassés, injuriés, et payer. Ne sachant que
devenir, car Chopin n'était pas transportable en France,
nous fûmes heureux de trouver, au fond d'une vieille
chartreuse, un ménage espagnol [Duran] que la politique
forçait à se cacher là, et qui avait un petit mobilier de
paysan assez complet. Ces réfugiés voulaient se retirer en
France : nous achetâmes le mobilier le triple de sa valeur
et nous nous installâmes dans la chartreuse de Valldé-
mosa : nom poétique, demeure poétique, nature admirable,
grandiose et sauvage, avec la mer aux deux bouts de l'horizon, des pics formidables autour de nous, des aigles faisant la chasse jusque sur les orangers de notre jardin, un
chemin de cyprès serpentant du haut de notre montagne
jusqu'au fond de la gorge, des torrents couverts de myrtes,
des palmiers sous nos pieds, rien de plus magnifique que
ce séjour. Mais on a eu raison de poser en principe que là
où la nature est belle et généreuse, les hommes sont mauvais et avares. Nous avions là toutes les peines du monde
à nous procurer les aliments les plus vulgaires et que l'île
produit en abondance, grâce à la mauvaise foi insigne et
à l'esprit de rapine des paysans, qui nous faisaient payer
les choses à peu près dix fois plus que leur valeur, et
nous tenaient à leur discrétion, sous peine de mourir de
faim. Nous ne pûmes nous procurer de domestiques,

---

1. La villa *So'n Vent*, à Establiments, louée à Gomez, où Sand et
Chopin séjournèrent du 15 novembre au 10 décembre avant de
s'installer à Valldemosa.

parce que nous n'étions pas *chrétiens* et que personne ne
voulait servir d'ailleurs un *poitrinaire*. Cependant nous
étions installés tant bien que mal. Cette demeure était
d'une poésie incomparable ; nous ne voyions âme qui
vive, rien ne troublait notre travail ; après deux mois d'attente et 300 f. de contributions, Chopin avait enfin reçu
son piano, et les voûtes de la cellule s'enchantaient de ses
mélodies. La santé et la force poussaient à vue d'œil chez
Maurice ; moi, je faisais le précepteur 7 heures par jour,
un peu plus consciencieusement que Tempête (la bonne
fille que j'embrasse *tout de même* de bien grand cœur) ; je
travaillais pour mon compte, la moitié de la nuit. Chopin
composait des chefs-d'œuvre, et nous espérions avaler le
reste de nos contrariétés à l'aide de ces compensations.
Mais le climat devenait horrible à cause de l'élévation de
la Chartreuse dans la montagne. Nous vivions au milieu
des nuages, et nous passâmes cinquante jours sans pouvoir descendre dans la plaine, les chemins s'étaient changés en torrents, et nous n'apercevions plus le soleil.

Tout cela m'eût semblé beau, si mon pauvre Chopin
eût pu s'en arranger. Maurice n'en souffrait pas. Le vent
et la mer chantaient sur un ton sublime en battant nos
rochers. Les cloîtres immenses et déserts craquaient sur
nos têtes. Si j'eusse écrit là la partie de *Lélia* qui se passe
au monastère, je l'eusse faite plus belle et plus vraie. Mais
la poitrine de mon pauvre ami allait de mal en pis. Le
beau temps ne revenait pas. Une femme de chambre que
j'avais amenée de France [Amélie] et qui jusqu'alors s'était
résignée, moyennant un gros salaire, à faire la cuisine et
le ménage, commençait à refuser le service comme trop
pénible. Le moment arrivait où, après avoir fait le coup
de balai et le pot-au-feu, j'allais aussi tomber de fatigue ;
car, outre mon travail de précepteur, outre mon travail
littéraire, outre les soins continuels qu'exigeait l'état de
mon malade, et l'inquiétude mortelle qu'il me causait,
j'étais couverte de rhumatismes. Dans ce pays-là, on ne
connaît pas l'usage des cheminées ; nous avions réussi,
moyennant un prix exorbitant, à nous faire faire un poêle
grotesque, espèce de chaudron en fer, qui nous portait à
la tête, et nous desséchait la poitrine. Malgré cela, l'hu-
midité de la Chartreuse était telle, que nos habits moisis-
saient sur nous. Chopin empirait toujours, et, malgré
toutes les offres de services que l'on nous faisait à la

manière espagnole, nous n'eussions pas trouvé une maison hospitalière dans toute l'île. Enfin nous résolûmes
de partir à tout prix, quoique Chopin n'eût pas la force de
se traîner. Nous demandâmes un seul, un premier, un
dernier service! une voiture pour le transporter à Palma,
où nous voulions nous embarquer. Ce service nous fut
refusé, quoique nos *amis* eussent tous équipages et fortune à l'avenant. Il nous fallut faire trois lieues dans des
chemins perdus en *birlocho*, c'est-à-dire en brouette[2]!

En arrivant à Palma, Chopin eut un crachement de
sang épouvantable; nous nous embarquâmes le lendemain par l'unique bateau à vapeur de l'île [*El Mallorquin*],
qui sert à faire le transport des cochons à Barcelone.
Aucune autre manière de quitter ce pays maudit. Nous
étions en compagnie de *cent pourceaux* dont les cris continuels et l'odeur infecte ne laissèrent aucun repos et
aucun air respirable au malade. Il arriva à Barcelone cra-
chant toujours le sang à pleine cuvette, et se traînant
comme un spectre. Là, heureusement, nos infortunes
s'adoucirent! Le consul français [Gauttier d'Arc] et le
commandant de la station française maritime nous reçu-
rent avec l'hospitalité et la grâce qu'on ne connaît pas en
Espagne. Nous fûmes transportés à bord d'un beau brick
de guerre, dont le médecin, brave et digne homme, vint
tout de suite au secours du malade et arrêta l'hémorragie
du poumon au bout de 24 heures[3].

De ce moment, il a été de mieux en mieux. Le consul
nous fit transporter à l'auberge [*Las Cuatro Naciones*] dans
sa voiture. Chopin s'y reposa 8 jours, au bout desquels le
même bâtiment à vapeur qui nous avait amenés en
Espagne [*Le Phénicien*] et qui est le plus beau et le meilleur
de la Méditerranée vint nous prendre et nous ramena en
France. Au moment où nous quittions l'auberge, l'hôte
voulait nous faire payer le lit où Chopin avait couché,
sous prétexte qu'il était infecté et que la police lui ordon-
nait de le brûler!

L'Espagne est une odieuse nation! Barcelone est le
refuge de tout ce que l'Espagne a de beaux jeunes gens,
riches et pimpants. Ils viennent se cacher là derrière les

2. On trouvera une description du *birlocho*, « sorte de cabriolet à
quatre places », dans *Un hiver à Majorque* (III, 1).
3. Le capitaine Belvèze fit transporter Chopin à bord du *Méléagre*,
où il fut soigné par le docteur Coste.

fortifications de la ville, qui sont très fortes en effet, et, au lieu de servir leur pays, ils passent le jour à se pavaner sur les promenades sans songer à repousser les carlistes qui sont autour de la ville à la portée du canon, et qui rançonnent leurs maisons de campagne. Le commerce paye des contributions à Don Carlos aussi bien qu'à la reine[4], personne n'a d'opinion, on ne se doute pas de ce que peut être une conviction politique. On est dévot, c'est-à-dire fanatique et bigot, comme au temps de l'inquisition. Il n'y a ni amitié, ni foi, ni honneur, ni dévouement, ni sociabilité. Oh! les misérables! que je les hais et que je les méprise!

Enfin nous sommes à Marseille. Chopin a très bien supporté la traversée. Il est ici bien faible, mais allant infiniment mieux sous tous les rapports, et dans les mains du Dr Cauvière, un excellent homme et un excellent médecin qui le soigne paternellement et qui répond de sa guérison. Nous respirons enfin, mais après combien de peines et d'angoisses!

Je ne t'ai pas écrit tout cela avant la fin. Je ne voulais pas t'attrister, j'attendais des jours meilleurs. Les voici enfin arrivés. Dieu te donne une vie toute de calme et d'espoir! Cher ami, je ne voudrais pas apprendre que tu as souffert autant que moi durant cette absence.

Adieu je te presse sur mon cœur. Mes amitiés à ceux des tiens qui m'aiment, à ton brave homme de père.

Écris-moi ici à l'adresse du docteur Cauvière, rue de Rome, 71.

Chopin me charge de te bien serrer la main de sa part. Maurice et Solange t'embrassent. Ils vont à merveille. Maurice est tout à fait guéri.

---

4. L'Espagne était ravagée par la guerre civile; à la mort du roi Ferdinand VII (1833), sa fille Isabelle II (née en 1830) devint reine grâce à l'abolition de la loi salique, sous la régence de sa mère, écartant ainsi son oncle Don Carlos, prétendant lui aussi au trône; pendant de longues années, l'Espagne fut déchirée entre carlistes et christinos.

## 68. À HONORÉ DE BALZAC

[Nohant, vers le 2 juillet 1839]

Cher confrère, j'attendrai votre envoi, car je n'ai pu me procurer que quelques numéros de journal où je vois bien des détails charmants mais auxquels je ne comprends goutte[1]. Je craindrais de gâter d'avance mon plaisir, en cédant à cette curiosité de lire à bâtons rompus. Ainsi, je m'impose la patience et je compte que vous n'oublierez pas votre promesse.

Je ferai tout ce que vous voudrez, je ne comprends pas encore, à quoi notre fameuse association nous sert[2]. Le mot *association* m'a séduit, car en principe il est bon que nous soyons unis pour nous défendre contre les éditeurs, contrefacteurs et autres *Dévorants*. Mais jusqu'ici qu'avons-nous fait et que pouvons-nous faire ? Leurs tricheries sont insaisissables à ce qu'il me semble. Au reste, vous savez mieux que moi ce que nous pouvons espérer de notre coalisation [*sic*]. Vous donnerez sans doute de bonnes idées aux législateurs particuliers que nous nous sommes choisis, et dans l'occasion, s'il y a lieu, vous serez mon représentant à ces assemblées et vous y joindrez mon vote au vôtre. Quant à moi, je sais *ce* qu'il faudrait mais non *comment*. Je n'entends rien à quoi que ce soit.

Je vous dirai que j'ai fait le plus maussade de tous les voyages et que jamais voyage projeté n'avait mieux mérité le nom de château en Espagne. Je reviens de ce pays-là avec une aversion maladive pour le sol, le climat et la race. Mayorque est pourtant le plus beau pays du monde. Ah ! si on voulait nous en donner à chacun la moitié, quel joli *Tusculum* nous en ferions ! Palmiers, myrtes, aloès, citronniers, orangers, amaryllis, cactus, quelle flore magnifique !

1. La lettre répond à une lettre de Balzac du 29 ou 30 juin, annonçant l'envoi prochain de son roman *Béatrix ou les Amours forcés* (Souverain, 1839, mis en vente en janvier 1840), qui avait paru en feuilletons dans *Le Siècle* du 13 au 26 avril et du 10 au 19 mai ; c'est en fait la première partie du roman *Béatrix*.
2. Balzac plaidait la cause de la Société des gens de lettres pour faire face aux difficultés de la librairie. Il sollicitait Sand et Lamennais pour participer à un ouvrage collectif ; mais Sand ne pourra collaborer à *Babel*, à cause de son contrat avec Buloz.

Et quelle Méditerranée, quels rivages, quels cratères, quels monuments arabes, quels cloîtres en ruines, quel silence, quelle solitude ! Mais j'ai eu l'enfer au milieu de tout cela. Figurez-vous une population sauvage, carthaginoise pour la loyauté, espagnole pour le fanatisme. Nous avons subi la persécution, non pas à coups de langue comme dans nos provinces de France, mais à beaux et bons coups de pierres, pour le crime de ne point aller à la messe et de faire gras le vendredi. Nous en sommes revenus, malades, déguenillés, volés, pressurés, spleenétiques, et nous disant les uns aux autres : — *Mais que diable alliez-vous faire,* etc.[3]

Aussi Nohant, tout prosaïque qu'est le pauvre ermitage berrichon, me semble la terre promise, et Robert Macaire me semble profond à commenter quand il dit : *Ô France, ma belle France, je te reste !* Je ne suis pourtant ici que sur un pied, craignant d'être forcée d'aller à Paris m'occuper de régler des mémoires d'architecte, des comptes d'avoué et autres délassements poétiques. J'aimerais bien mieux passer mon été ici, et vous engager à venir m'y voir. Dites-moi que vous avez gardé un bon souvenir des longs soirs d'hiver que vous avez passés à lire au coin de mon feu. Pour moi, c'est au nombre de ces bonnes annales de l'amitié qui donnent du prix à une demeure.

Bonsoir, cher Dom Mar, ne vous inquiétez pas de ma *susceptibilité.* Flattée ou non flattée dans la *cousine germaine* dont vous me parlez[4], je suis trop habituée à faire des romans pour ne pas savoir qu'on ne fait jamais un *portrait* ; qu'on ne peut, ni ne veut copier un modèle vivant. Où serait l'art, grand Dieu ! si l'on n'inventait pas, soit en beau, soit en laid, les 3/4 des personnages, où le public bête et curieux veut reconnaître des originaux à lui connus ? On me dit que vous avez noirci terriblement dans ce livre

---

3. Molière, *Les Fourberies de Scapin* : « Que diable allait-il faire dans cette galère ? » (II, 7).

4. Dom Mar est un surnom de Balzac, qui évoquait dans sa lettre « *la Cousine germaine* » qu'il a donnée à George Sand dans *Béatrix*, avec le personnage de Félicité des Touches, femme de lettres sous le pseudonyme de Camille Maupin. Plus loin, la « blanche personne [...] et son co-associé » sont Marie d'Agoult et Liszt, à propos desquels, lors du séjour de Balzac à Nohant en février 1838, George Sand lui avait « donné le sujet des *Galériens* ou des *Amours forcés* ». Les deux amies ne vont pas tarder à se brouiller (voir lettre 69).

une blanche personne de ma connaissance et son coas-
socié à ce qu'il vous plaît d'appeler *les Galères*. Elle aura
trop d'esprit pour s'y reconnaître, et je compte sur vous
pour me disculper, si jamais il lui vient à la pensée de
m'accuser de délation malveillante.

L'abbé de Lamennais est à Paris, mais je ne sais pas
son adresse actuelle. Vous êtes plus en position que moi
de le trouver. Nul doute qu'il vous donnera, ainsi que
moi, les pages que vous demandez. C'est un grand partisan du principe d'association, et son dévouement à toutes
les causes qu'il embrasse est sans bornes.

À vous de cœur.

George

J'oubliais de vous dire que j'ai été à Gênes⁵, que j'ai
parlé de vous avec le marquis di Negro et que j'ai vu sur
sa cheminée votre statuette qui est là en grand honneur,
entre la canne de Napoléon et la harpe de Stradivarius.

## 69. À MARIE D'AGOULT

[Paris, 26 novembre 1839]

Je ne sais pas au juste ce que Madame Marliani vous a
dit dernièrement, Marie¹. Je ne me suis plaint de vous
*qu'à elle* qui vous aime et vous excuse. Vous vous plaignez de moi à beaucoup d'autres qui me haïssent et me
calomnient. Si je vis dans un monde de cancans, ce n'est
pas moi qui en suis le créateur et je tâcherai de vous y
suivre le moins possible.

Je ne sais quel appel vous faites à notre passé. Je ne

5. Lors de leur séjour à Marseille, Sand et Chopin ont fait un
voyage à Gênes (3-18 mai 1839) ; la statuette vue chez le marquis Di
Negro est probablement une réplique de la statue par Puttinati (Maison de Balzac).

1. Cette lettre est vraisemblablement restée à l'état de brouillon, et
fut remplacée par un bref billet de même date, proposant une explication verbale, mais où Sand disait nettement qu'elle avait de « graves
reproches » à faire à Marie, qui n'avait guère été tendre à son égard
dans des lettres adressées à Mme Marliani. Sur cette querelle de
dames, on se reportera à l'édition de Charles F. Dupêchez, Marie
d'Agoult-George Sand, *Correspondance* (Bartillat, 1995).

comprends pas bien. Vous savez que je me jetai dans votre amitié prévenante, avec abandon, avec enthousiasme même. L'engouement est un ridicule que vous raillez en moi et c'est peu charitable, au moment où vous détruisez celui que j'avais pour vous. Vous entendez l'amitié autrement que moi, et vous vous en vantez assez pour qu'on puisse vous le dire. Vous n'y portez pas la moindre illusion, pas la moindre indulgence. Il faudrait alors y porter une irréprochable loyauté, et avoir en face des gens que vous *jugez* la même sévérité que vous avez en parlant d'eux. On s'habituerait à cette manière d'être si peu aimable qu'elle fût, on pourrait du moins en profiter. Le pédantisme est toujours bon à quelque chose, la méchanceté n'est bonne à rien. Mais vous n'avez que de douces paroles, de tendres caresses, même des larmes d'effusion et de sympathie, avec les êtres qui vous aiment, puis, quand vous parlez d'eux, et surtout quand vous en écrivez, vous les traitez avec une sécheresse, un dédain, vous les raillez, vous les dénigrez, vous les rabaissez, vous les *calomniez* même, avec une grâce, et une légèreté charmantes. C'est un réveil un peu brusque et une surprise assez désagréable pour les gens que vous traitez ainsi, et il doit leur être permis d'en rester au moins pensifs, muets, et consternés pendant quelque temps. Ce que vous faites alors est inouï, inexplicable. Vous leur adressez des reproches : de ces reproches qui font orgueil et plaisir de la part des gens dont on se croit aimé, mais qui font chagrin et pitié de la part de ceux dont on se sait haï. Vous leur dites de ces injures qui dans l'amitié blessée, trahissent la douleur et le regret, mais qui dans d'autres cas ne trahissent que le dépit et la haine. Oui, la haine, ma pauvre Marie. N'essayez plus de vous faire illusion à vous-même. Vous me haïssez mortellement. Et comme il est impossible que cela vous soit venu sans motif depuis un an, je ne puis vous expliquer qu'en reconnaissant que vous m'avez toujours haïe. Pourquoi ? Je ne le sais pas. Je ne le soupçonne même pas. Mais il est des antipathies instinctives contre lesquelles on se débat en vain. Vous m'avez avoué souvent que vous aviez ressenti cette antipathie pour moi avant de me connaître. Or, voici comment j'explique votre conduite depuis lors ; car en tout, j'aime à voir le beau côté des choses, et c'est un travers dont je m'enorgueillis.

Dévouée à Liszt comme vous l'êtes avec raison, et voyant que son amitié pour moi était affligée par vos sarcasmes, vous avez voulu lui donner une noble preuve d'affection, vous avez tenté sur vous-même un immense effort. Vous lui avez persuadé que vous m'aimiez et vous vous l'êtes peut-être persuadé à vous-même. Peut-être aussi avez-vous été quelquefois vaincue par mon amitié que vous saviez bien que je vous portais (et que vous saviez bien être vraie!) mais retombant dans votre aversion lorsque je n'étais plus là, et que vous trouviez l'occasion de vous soulager d'un peu d'aigreur longtemps comprimée. Je crois que si vous descendez au fond de votre cœur vous y trouverez tout cela, et moi, c'est ainsi que je vous excuse et vous plains. Je vous admirerais peut-être, si je n'étais la victime de cette malheureuse tentative que vous avez faite. Mais il doit m'être permis de regretter l'erreur où j'avais eu l'imprudence et la précipitation de tomber. Il doit m'être permis surtout de regretter que vous n'ayez pas pu faire de deux choses l'une, ou me haïr franchement (comme je ne vous connaissais pas, cela ne m'eût fait aucun mal) ou m'aimer franchement, cela eût prouvé que vous n'aviez pas seulement des rêves et des intentions magnanimes, mais des facultés pour de tels sentiments.

C'est donc un rêve que j'ai fait! J'en ai fait bien d'autres à ce que vous dites. Il est un peu cruel de me persifler tout en m'arrachant un de ceux qui m'étaient le plus chers.

Maintenant vous êtes en colère contre moi. C'est dans l'ordre. Il y a un vieux mot de La Bruyère là-dessus[2]. Mais calmez-vous, Marie, je ne vous en veux pas et je ne vous reproche rien. Vous avez fait ce que vous avez pu pour mettre avec moi votre cœur à la place de votre esprit. L'esprit a repris le dessus. Craignez d'en avoir trop, ma pauvre amie. Si l'excès de bienveillance mène comme je l'ai souvent éprouvé à se trouver un beau jour fort mal entouré, l'excès de clairvoyance mène à l'isolement et à la solitude. Et puisque nous sommes forcés d'être sur cette terre avec l'humanité, autant vaut peut-être vivre en

---

2. Probablement cette maxime des *Caractères* : « Comme nous nous affectionnons de plus en plus aux personnes à qui nous faisons du bien, de même nous haïssons violemment ceux que nous avons beaucoup offensés » (*Du cœur*, 68).

guerre et en raccommodement perpétuel, que de se
brouiller sans retour avec elle.

Je vous dis là des choses fort dures et qui me font mal
à écrire. Je puis être violente et brutale avec ceux dont
j'espère retrouver l'affection mais ordinairement je me
tais avec ceux dont je n'espère plus rien. J'avais donc
résolu d'éviter avec soin toute explication avec vous.
Mme Marliani s'était sacrifiée généreusement pour vous
épargner des reproches de ma part. Dans aucun cas je ne
vous en aurais fait. Mais vous me forcez à vous répondre
et je ne veux pas que vous preniez mon silence pour du
mépris. Voilà donc ce que j'ai sur le cœur, personne ne
m'a indisposée contre vous, *personne au monde*, et tant que
je n'ai pas eu votre écriture sous les yeux, je me suis
abstenue de juger vos lettres, je comptais vous demander
pour toute explication en vous voyant, de me les lire
vous-même. Vous avez *prié* Mme Marliani de me les
montrer. Elle l'a fait, et je ne comprends plus que vous
ayez voulu à toute force savoir ce que j'en pense.

Reposez-vous de tout ceci, ma pauvre Marie, oubliez-
moi comme un cauchemar que vous avez eu, et dont
vous vous êtes enfin débarrassée.

Tâchez, non de m'aimer, vous ne le pourrez jamais,
mais de vous guérir de cette haine qui vous fera du mal.
Ce doit être une grande souffrance si j'en juge par
la compassion qu'elle m'inspire. Ne vous donnez plus la
peine d'imaginer d'étranges romans pour expliquer à ceux
qui vous entourent notre froideur mutuelle. Je ne recevrai
point Liszt lorsqu'il sera ici, afin de ne point donner prise
à la singulière version que l'on a trouvée de le placer
entre nous comme un objet *disputé*. Vous savez mieux
que personne que je n'ai jamais eu *seulement une pensée* de
ce genre, et je vous assure que, y eût-il moyen de la réaliser (ce que je ne crois pas), aucun ressentiment ne pourrait me la suggérer. Il serait donc indigne de vous de le
craindre, ou de le dire, et encore plus peut-être de le laisser dire. J'accepte avec un certain orgueil je l'avoue toutes
vos moqueries, mais il est des insinuations que je repous-
serais fortement.

Revenez à vous-même, Marie, ces tristes choses sont
indignes de vous, je vous connais bien, moi. Je sais qu'il
y a dans votre intelligence un sentiment et un besoin de
grandeur contre lesquels une petite inquiétude féminine

se révolte perpétuellement. Vous voudriez avoir une
conduite mâle et chevaleresque, mais vous ne pouvez pas
renoncer à être une belle et spirituelle femme immolant
et écrasant toutes les autres. C'est pour cela que vous ne
faites pas difficulté de me louer comme *bon garçon*, tandis
que sous l'aspect femme, vous n'avez pas assez de fiel
pour me barbouiller. Enfin vous avez deux orgueils. Un
petit et un grand. Tâchez que le dernier l'emporte. Vous
le pouvez, car Dieu vous a douée richement et vous
aurez à lui rendre compte de la beauté, de l'intelligence et
des séductions qu'il vous a départies.

Ceci est le premier et le dernier sermon que vous recevrez de moi. Veuillez me le pardonner comme je vous
pardonne d'avoir fait des homélies sur moi sans m'en
faire part.

## 70. À JULES JANIN

[Paris, vers le 26 avril 1840]

Je vous remercie de ne pas venir à la répétition[1]. Ce
sera une séance de votre ennui que je n'aurai pas à me
reprocher, au lieu de deux que je vous offrais. Mais je veux
me défendre un peu d'avance, de ce que vous allez penser de ma présomption en voyant une si mauvaise pièce.
Le premier venu vous dira que les comédiens l'ayant
trouvée détestable, m'avaient engagée à la retirer, comme
on dit, et que je l'avais retirée en effet. C'est Buloz qui
par des raisons d'autorité (de ces arguments sans réplique
qu'on a contre un pauvre auteur à qui l'on a avancé de
l'argent) a persisté à la faire jouer. On vous dira que je
suis là, comme un chien qu'on fouette, ennuyée, enrhu-
mée, dégoûtée, forcée à tout instant de couper et de
recouper ma robe pour en faire une blouse, une casaque,
un sac, un haillon. Si bien que vous n'avez pas besoin, je
vous jure, de me conseiller d'en rester là pour l'avenir.

1. Il s'agit de la première pièce de théâtre de Sand, *Cosima ou la
haine dans l'amour*, créée au Théâtre-Français (dirigé par Buloz depuis
1838) le 29 avril; elle n'eut que sept représentations. Malgré cette
lettre, Sand ne sera guère épargnée par Janin dans son article du *Journal des Débats* du 1er mai; la critique se montra généralement hostile.

Dieu me préserve d'y retourner, eussé-je un succès sur
lequel je ne compte, certes, pas. Soyez donc aussi sévère
qu'il faudra sur la chose littéraire en elle-même. Mais ne
me peignez pas comme une tête ambitieuse de *popularité*.
Qui sait mieux que vous que je n'ai aucun genre de présomption et que je ne suis pas vaine ? Mais je suis pauvre,
je suis malade, on m'avait dit que je guérirais en travaillant moins et que je gagnerais quelque chose en ne
me donnant aucune peine, on m'avait trompée. Il m'a
fallu plus de peine, de temps et de santé pour monter cette
platitude, qu'il ne m'en eût fallu pour écrire 4 volumes,
et je n'y gagnerai peut-être que des pommes cuites. Ainsi
épargnez-moi un chagrin, car j'en ai assez. C'en serait un
pour moi que de me voir condamnée et méconnue *par
vous*, non dans mon talent (vous m'en accordez toujours
plus que je n'en ai) mais dans mon caractère qui est
simple et droit, aussi peu charlatan que possible. Vous
savez que vous m'aviez amicalement offert une position
plus brillante et plus avantageuse[2]. Je l'ai refusée et je la
refuserais encore, ne voulant pas me mettre trop en vue
et m'engager à faire preuve d'une fécondité et d'une puissance que je n'ai pas. J'avais fait une pièce, sans songer à
la faire jouer, comme j'avais fait déjà quelques romans
dans la forme dialoguée, simplement pour me reposer de
l'autre. On m'a fait aller où je ne voulais pas. En fait
d'affaires, je n'ai ni esprit, ni prévoyance. Mais les sottises
que je fais ne m'enivrent pas. Je garde ce grand caractère
que vous m'attribuez quelquefois, pour recevoir sans
humeur les sifflets et les critiques. Tout ce que je vous
demande, c'est de ne pas oublier que je suis *bon enfant*,
avant tout, et que je n'aurai jamais les prétentions et les
vices de l'enfant gâté.

Pardonnez-moi de vous tant parler de moi depuis
quelques jours, et de vous importuner comme ferait un
solliciteur. J'ai conservé une âme si calme, au sein de la
vie littéraire, que je défends mon calme, comme les autres
défendent leur gloire. Vous avez fait sur moi un beau
vers latin[3] ; mais j'espère qu'après ma mort, vous ferez
sur moi une plus belle épitaphe encore. Vous direz

---

2. Jules Janin avait tenté en février 1837 de faire venir Sand au
*Journal des Débats*.

3. *Fœmina fronte patet, vir pectore, carmine Musa* (Visage de femme,
cœur d'homme, chant de Muse).

en bon français : «Elle n'avait rien d'un homme de lettres ».

Adieu et à vous.

George

## 71. À AGRICOL PERDIGUIER

[Paris, 20 août 1840]

J'ai reçu votre lettre, Monsieur, avec bien de la joie. Je suis vivement touchée de tout ce que vous me racontez de votre heureux voyage et je ne doute pas qu'il ne porte ses fruits. C'est dans le peuple, et dans la classe ouvrière surtout qu'est l'avenir du monde. Vous en avez la foi et moi aussi ; nous serons donc bien toujours d'accord sur tout ce que vous tenterez pour hâter l'enfantement de la vérité et de la justice, ces deux divinités jumelles que la sainte plèbe porte dans son sein. Je ne me fais pas illusion sur les obstacles, les peines et les dangers de l'entreprise, mais enfin il est né des libérateurs, ils ne manquent déjà point de disciples généreux et intelligents. Avec le temps, la masse sortira de l'aveuglement et de l'ignorance grossière où les classes, dites *éclairées*, l'ont tenue enchaînée depuis le commencement des siècles. Déjà les puissances qui la dominent sont forcées pour ne pas se couvrir d'odieux et de ridicule, de donner raison et force au principe de civilisation et de progrès. Ce n'est pas de la meilleure grâce du monde qu'elles cèdent, mais enfin la théorie s'impose à l'esprit du siècle. Et c'est au peuple de mériter par sa sagesse et sa supériorité morale, qu'elle passe dans la pratique. Faites bien sentir à ceux qui vous écoutent, que si un grand crime (le crime d'avoir tenu le peuple dans la servitude et l'abaissement) pèse sur les classes riches, le peuple a aussi à se reprocher de n'avoir pas toujours marché dans la bonne voie pour en sortir. Le moment est venu de tout voir, de tout comprendre et de tout sentir. Quand le peuple donnera l'exemple de la fusion de ses intérêts individuels en un seul intérêt, exemple admirable qu'il a déjà donné sur plusieurs points de la France, croyez-moi, le peuple sera bien fort et bien grand. C'est lui qui sera le maître du monde, l'initiateur à

la civilisation, le nouveau messie. Il donnera un victo-
rieux démenti aux déclamations antisociales qui nous
inondent et un terrible soufflet à la fausse science, et à la
vaine sagesse de nos économistes et de nos législateurs,
les scribes et les pharisiens du temps présent. Allez, per-
sévérez, ayez bon courage. Vous trouverez peut-être des
populations, au milieu desquelles vous prophétiserez dans
le désert, mais partout, je vous en réponds, vous trouverez de nobles cœurs et d'ardentes sympathies qui donneront la force à votre âme, et qui ne laisseront pas
tomber vos idées et vos paroles dans l'oubli.

J'ai déjà vu votre femme ; elle m'a apporté la première lettre qu'elle avait reçue de vous. Je lui ai écrit hier
en lui envoyant celle que vous m'avez adressée et en la
priant de venir me voir. Je l'attends demain. Je compte
lui donner tout l'ouvrage d'aiguille qu'il y aura dans ma
petite maison. Ce sera de quoi l'occuper pendant la
morte saison, et cela me procurera le plaisir de la voir
plus souvent. Elle est fort aimable et fort intéressante,
et je crois que vous aurez toujours du bonheur de ce
côté-là.

J'ai reçu aussi les melons que vous avez eu l'obligeance
de m'envoyer. Ils sont arrivés en bon état et ils étaient
excellents. Nous vous remercions de cette aimable attention, et nous conservons la graine précieusement, pour
acclimater cette belle espèce dans notre Berry. J'ai fait ces
jours-ci un petit voyage, et n'ai pas vu mes amis depuis
ce temps. Ils seront bien sensibles à votre souvenir et
M. Chopin à qui j'en ai fait part, vous en remercie cordialement.

Je suis très occupée d'un roman qui est plus d'à moitié fait, et qui sera lu, j'espère, un peu sur le Tour de
France. C'est votre livre qui me l'a inspiré[1], et s'il y a
quelque poésie et quelque bon principe, l'honneur vous
en revient. Je compte sur vous pour m'aider dans les
corrections car j'aurai pu faire quelque inexactitude sur
les usages du Compagnonnage. Je compte aussi, si vous
le permettez, publier une notice sur vous et sur votre
livre. Il faut que ce qu'on appelle les gens du monde,

---

1. *Le Compagnon du Tour de France* paraîtra en décembre chez
Perrotin. Il doit en effet beaucoup au *Livre du Compagnonnage* de Per-
diguier (1839), qui a lui-même inspiré la figure du héros, Pierre
Huguenin.

sachent qu'il y a de plus grandes idées et de plus grands
sentiments dans les ateliers que dans les salons.

Quant à ce que j'ai fait pour faciliter votre voyage[2],
c'est si peu de chose que ce n'est pas la peine d'en parler. J'y ai été aidée d'ailleurs par deux personnes d'un
cœur généreux et d'un esprit vraiment porté à la justice,
qui, sans vous connaître et avant d'avoir lu votre livre, se
sont empressées de seconder vos efforts, rien qu'en apprenant ce que vous aviez entrepris. Achevez donc avec persévérance votre pèlerinage et comptez sur moi en toute
occasion. Agréez l'assurance de mon estime et de mes
sentiments dévoués.

George Sand

Paris 20 7bre [*sic*]

[*Adresse :*] Pour remettre à Monsieur Agricol Perdiguier
(Avignonnais la Vertu) lorsqu'il passera à Bordeaux.


## 72. À HIPPOLYTE CHATIRON

[Paris, 24 décembre 1840]

Mon ami, je m'occupe de la ferme de Bigeot, donne-
moi un peu plus de temps pour m'informer ici. Je songe
sérieusement à changer ce mode d'exploitation ruineux
pour le propriétaire et le fermier, et je compte m'adresser à des gens compétents en économie agricole. Nous
verrons quand nous les aurons consultés, s'il faut laisser
aller les choses et renoncer à tout revenu ; dans ce cas-là,
nous serons toujours à même de trouver des fermiers au
rabais. Il n'en manquera pas. Mais s'il y a un moyen de
remonter un peu le rapport des terres, en associant
davantage d'hommes à ce profit, je le tenterai sur une de
mes fermes, dussé-je y perdre plusieurs années de revenu.
Au train dont vont les choses, je ne m'en apercevrai
guère, car si je n'avais que Nohant pour vivre, je ne saurais à quel clou me pendre. J'attends le retour de Leroux

2. Il s'agit du Tour de France, au cours duquel Perdiguier put
répandre ses idées de réforme et de pacification du compagnonnage,
jusqu'alors très divisé en factions rivales. Parmi les deux personnes
généreuses, Perdiguier lui-même a désigné Mme Marliani.

qui est allé passer quelques jours à une ferme modèle où est son fils, près de Nancy. Lui, Leroux, déclare qu'il n'est pas compétent dans ces sortes de choses, mais il se fait fort de trouver de bons avis et de nous dire, s'il faut tenter quelque chose ou rester dans l'agonie jusqu'à ce que quelque grande révolution nous tue ou nous ressuscite. Quand j'aurai fait quelque tentative à mes risques et périls, tu en profiteras s'il y a lieu, et si tu n'as pas réussi à vendre avant ce temps-là.

Dis toujours à Bigeot que je ne veux pas lui donner plus de diminution qu'à Meillant et qu'il s'en aille s'il veut. Je suis dégoûtée de ces fermiers de mauvaise foi, plus juifs que tous les juifs du monde, plus riches que tous les autres paysans, plus riches que nous-mêmes, car depuis leur longue jouissance ils ont amassé du bien, et si rapaces, si maquignons, qu'au premier revers ils s'en targuent pour nous demander des concessions exorbitantes. S'ils me quittent je m'en moque. Si d'autres me volent, j'aime mieux être dépouillée par des pauvres que par des riches.

Quant à la question philosophique de la propriété qui nous a tant fait batailler contre Chopin, c'est un principe à conserver dans le cœur et à éclairer et débrouiller autant que possible par la raison et la réflexion de chacun de nous. Mais avant que ce principe passe dans l'application générale et devienne un *fait* possible, il faudra bien du temps, et peut-être ne le verrons-nous pas. En effet l'amour sauvage de la propriété domine les hommes petits et grands. Mais ce que nous sommes peut-être destinés à voir, si le peuple s'éclaire, c'est une gestion nouvelle de la propriété, et une succession de formes par lesquelles nous la ferons passer avant le siècle plus éclairé, où les lois régleront l'héritage, et restreindront le droit de l'individu, tout en le lui conservant dans de justes limites. Ceci est un idéal. Il faut l'avoir devant les yeux, et s'y laisser porter tout doucement par l'intérêt et le bon sens des masses. Ce sera bien long sans doute, et je répète que nous n'en verrons peut-être que les préludes. Mais en se faisant une juste idée de la destinée humaine, de sa marche et de son but, on devient plus calme et plus juste que tous ces aveugles qui vivent au jour le jour, qui s'étonnent, s'effrayent, perdent la tête, et ne savent ni le mot du passé, ni celui de l'avenir, par conséquent ne peuvent s'accommoder du présent. Croyons au bien *idéal*, et faisons le plus possible pour le réaliser, car si nous [nous] y opposons, cela ne servira de rien du tout. Il se fera sans nous, malgré nous, et nous serons emportés par la justice de Dieu qui n'est autre en ce monde que la colère et la souffrance du peuple, comme des oies qui voudraient lutter contre un torrent.

Tu as bien fait d'accorder une petite diminution à Meillant. Si je tente quelque chose, il est bon de ne faire cette épreuve que sur une partie de la propriété. Je te remercie d'avoir réussi à faire rentrer l'argent de Martinet. Paye avec cela, ce qu'il y a de plus pressé à payer. J'irai au printemps à Nohant. Fais toujours diminuer le potager, en semant foin et luzerne dans les carrés que tu sais. Il serait bon aussi, d'y planter des noyers en quinconce. Quand j'habiterai Nohant, j'en diminuerai extrêmement le train. Le potager réduit à ses anciennes dimensions sera suffisant, et Pierre [Moreau] le fera à lui tout seul. Songe à faire exécuter cela comme nous en sommes convenus, quand la saison l'indiquera.

Bonsoir mon vieux. Je t'embrasse ainsi que ta femme et ta fille. J'ai mille tendresses à te dire de la part de tout le monde. D'abord de Chopino, et puis de l'excellente et admirable Pauline [Viardot], qui t'aime beaucoup et m'a chargée de te le dire. Crisni aussi. Lacroix [Delacroix] aussi. Il y a une conquête que tu as faite, et dont tu ne te doutes peut-être pas, c'est celle du Docteur Gaubert, qui est bien le meilleur et le plus digne homme du monde. Je ne te parle pas de Leroux qui t'a pris aussi en grande affection. Enfin il y a encore une conquête dont tu te doutes encore moins que de toutes les autres c'est celle de M. Wodsinski, le grand jeune homme qui vient avec Mlle de Rozières, et qui déclare que tu lui plais infiniment. Tu vois que tu es plus aimable que tu ne le croyais, puisque tout mon monde raffole de toi.

Maurice est plus sage. Il dessine du matin au soir et il suit le cours de Michelet. Je le surveille et le fais surveiller par Jules [Ajasson de Grandsagne]. J'espère que cela ira mieux. La grosse [Solange] est toujours tantôt charmante, tantôt furibonde.

Bonsoir encore, tâche de revenir nous voir au Carnaval.

## 73. À FÉLICITÉ DE LAMENNAIS

[Paris, 7 juin[1] 1841]

Je suis bien touchée et bien pénétrée, Monsieur, du soin que vous daignez prendre de me rassurer : mais je tiens, à mon tour, à vous dire qu'un sot amour-propre blessé ne me ferait jamais abjurer les sentiments que je vous ai voués. Quand même j'aurais eu la certitude que vous m'adressiez du fond de votre prison[2] une leçon incisive, comme on voulait me le faire penser, j'aurais accepté cette leçon, je ne dis pas sans douleur, mais du moins sans amertume. Le bon et cher docteur [Gaubert] a dû vous le dire, parce qu'il le sait bien, et je suis sûre qu'au fond de votre cœur, vous n'en avez guère douté. Je crois, je persiste à croire que je suis fort desservie auprès de vous, et on aurait pu m'attribuer de telles pensées et de telles paroles qu'elles eussent fermé votre âme à toute estime et à toute confiance envers tout ce qui ne porte pas de barbe au menton. Je sais des gens qui ne se font pas faute de me calomnier avec un acharnement qui m'afflige sans m'offenser[3], parce que cette fureur gratuite me paraît tenir de l'hypocondrie et un peu de la démence. Quelquefois dans les plus folles manifestations de cette maladie, il y a une sorte d'habileté qui en impose aux cœurs les plus nobles et aux esprits les plus fermes. Je n'ai jamais pu penser que cette sorte d'anathème, lancé par vous sur notre sexe *sans exception*, fût une *lâcheté* et une indignité.

J'ose à peine répéter les mots dont vous vous servez pour qualifier ce fait dans votre généreuse indignation, quand je songe que c'est vous qui êtes en cause ; vous, Monsieur, qui êtes l'objet d'une vénération religieuse

1. Cette lettre, publiée par G. Lubin à la date du 10 mai (*Corr.* V, p. 301), est en fait du 7 juin. Sand y répond à une lettre de Lamennais du 5 juin, datée par erreur « 5 mai », d'où la confusion (Lamennais, *Correspondance générale*, éd. Louis Le Guillou, p. 77). Lamennais venait de publier le 15 mai ses *Discussions critiques et pensées diverses sur la religion et la philosophie*, où il se montre très méprisant à l'égard des femmes, leur reprochant bêtise et vanité, notamment chez celles qui se mettent à « vouloir être hommes absolument ».

2. Lamennais est incarcéré à Sainte-Pélagie, purgeant une peine d'un an de prison pour sa brochure *Le Pays et le Gouvernement*.

3. Sand songe surtout à Marie d'Agoult.

pour moi, et pour tout ce qui m'entoure. Si j'avais jugé ainsi cet acte de sévérité, je n'aurais jamais eu besoin de l'explication que vous voulez bien me donner, car je ne vous en aurais pas cru capable. J'ai craint seulement un de ces mouvements de colère paternelle que vous éprouvez quand vous parlez au nom de la justice et de la vérité, et que grâce à Dieu, et heureusement pour l'humanité, vous ne savez pas réprimer. Soyez certain que si telle eût été votre inspiration, quoique je ne me sentisse pas frappée juste à certains égards, j'aurais respecté votre intention et votre pensée, comme je respecte tout ce qui vient de vous. Ce n'eût été de votre part qu'une erreur de fait et je ne suis pas habituée à suspecter en vous la droiture du sentiment.

J'ai dit que je ne me sentais pas frappée juste *à certains égards* : quant au manque de logique et de raisonnement que vous nous reprochez, je puis vous jurer par l'affection que je vous porte, qu'en ce qui me concerne personnellement, je reconnais de bon cœur et très gaiement que vous avez grandement raison. Ceci ne m'eût blessée que dans le cas où j'aurais eu la prétention d'être ce que je ne suis pas, et j'avoue n'avoir jamais compris qu'on pût mettre son bonheur et sa dignité à sortir de son naturel. Cela posé, j'oserai vous dire que je ne suis pas convaincue encore de l'infériorité des femmes à cet égard-là. Dirai-je que j'en ai rencontré qui eussent été capables de vous écouter, de vous suivre, et de vous comprendre des heures entières ? Je n'ai pas le droit de l'affirmer ; ce serait m'attribuer la compétence d'un pareil jugement. Pourtant, dans mon instinct, et dans ma conscience, je ne crois pas me tromper. Il est vrai que ces femmes ont vécu à l'ombre et n'ont point présenté de pétitions à la Chambre.

Ne trouvez-vous pas, Monsieur, que je suis bien imbue aujourd'hui de l'esprit de corps ? C'est bien désintéressé de ma part, je vous assure, car je n'ai jamais été payée pour cela que par des injures, de l'intolérance ou des perfidies. Mais j'attribue cette infériorité de fait qui est réelle en général, à l'infériorité qu'on veut consacrer perpétuellement en principe pour abuser de la faiblesse, de l'ignorance, de la vanité, en un mot de tous les travers que l'éducation nous donne. Réhabilitées à demi par la philosophie chrétienne, nous avons besoin de l'être encore plus, et comme nous vous comptons parmi nos saints,

comme vous êtes pour nous le père d'une Église nouvelle, nous voilà toutes désolées et découragées quand au
lieu de nous bénir et d'attirer en haut notre intelligence
incomplète, vous nous dites un peu franchement, dans
un moment d'ennui : Arrière, mes bonnes filles, vous êtes
toutes de vraies sottes.

— C'est la vérité, maître : mais enseignez-nous à ne
plus l'être et le moyen, ce n'est peut-être pas de nous dire
que le mal tient à notre nature, mais de nous démontrer
que c'est à la manière dont votre sexe nous a gouvernées
jusqu'ici. Et si nous arrivions à nous faire aimer de Dieu,
autant que vous, il nous donnerait peut-être en dépit de
vous l'intelligence sans la barbe ; et alors vous seriez bien
attrapés à votre tour !

Il me faut bien du courage pour plaisanter avec vous,
Monsieur, quand mon cœur est navré des souffrances que
vous endurez dans la prison ; et si je l'ose, c'est parce
que je connais votre inaltérable sérénité, et ce fond de
gaieté que vous avez, et qui est, à mes yeux, la plus admirable preuve de votre candeur et de votre bonté. Vous
avez voulu subir ce martyre : c'est bien du dévouement
que vous avez pour une génération si légère et si ingrate.
Si je vous admire, je ne puis pas me résoudre à vous
approuver d'exposer votre santé et votre vie pour toute
cette race qui ne vous vaut pas.

Enfin, Dieu ne se fera pas le complice de vos bourreaux et malgré vous, il vous rendra à nos vœux, à notre
dévouement, à notre respectueuse amitié.

George Sand

Lundi

## 74. À SOLANGE DUDEVANT

[Nohant, 18 juillet 1841]

Ma chère grosse, je te félicite des bonnes résolutions
que tu as prises[1] et je t'en remercie, car le bien que tu te

---

1. Solange est pensionnaire à Chaillot dans l'institution de
Mme Sophie Bascans.

fais à toi-même me fait du bien aussi, par l'amour que je te porte, et le besoin que j'ai de ton bonheur. Tu comprends toi-même que tu agis contre tes intérêts en te révoltant. Quand ton cœur et ta raison seront plus développés, tu comprendras que tu as des devoirs envers les autres aussi bien qu'envers toi-même et enfin quand tu seras tout à fait sage et tout à fait bonne, tu comprendras ce que tu dois à Dieu.

Certainement si tu continues à être sage, tu viendras à Nohant le plus tôt possible, et le travail que tu y feras ne sera qu'un délassement. Voici comment nous passons nos journées, ton frère et moi depuis quinze jours qu'il pleut à ne pas mettre le nez dehors. Nous déjeunons à dix heures, et du déjeuner jusqu'au dîner nous dessinons dans mon cabinet. Ton frère fait de très jolies aquarelles avec une suite et une constance que je voudrais bien te voir mettre à quelque chose, fût-ce à faire du filet. Pendant qu'il dessine je peins des fleurs et des papillons. Je t'ai fait un panier de fleurs que tu trouveras encadré dans ta chambre. Le soir nous nous remettons à l'ouvrage à 8 ou 9 heures, lui à copier des gravures, et moi je lui fais la lecture. Nous avons lu ces jours derniers Louis XIV et Louis XV dans Lavallée[2] et nous allons commencer la révolution. Nous verrons si quand nous serons *trois*, il n'y aura pas quelqu'un qui dira : *Maurice, voyons, finis, donne-moi la table. Je veux la chaise. Il me faut la lampe tout cela c'est pour moi, toute seule etc.* Tu pourrais faire des fleurs aussi bien et mieux que moi. J'espère d'ailleurs qu'il fera un peu plus beau temps et que nous pourrons nous promener. Je ne monte pas Préface pour le moment. Elle est un peu traître malgré sa douceur apparente ; elle met la tête entre ses jambes et elle rue. Elle m'a déjà jetée deux fois par terre dans le jardin. Je ne me suis pas fait grand mal, la seconde fois surtout. Je suis tombée debout sur mes pieds. Mais comme cela pourrait finir plus sérieusement, je veux attendre pour la remonter qu'elle soit habituée à la selle et qu'on l'ait fait un peu travailler. Elle ne rue que quand on la monte en femme. Elle se conduit très sagement avec Maurice.

Ta Luce [Caillaud] a été malade, mais elle est guérie.

---

2. Théophile Lavallée, *Histoire des Français depuis le temps des Gaulois jusqu'en 1830* (1838-1840).

Chip Chip [Chopin] a été malade aujourd'hui. Il a eu mal à la tête et des vomissements de bile. Il va mieux ce soir. Léontine [Chatiron] s'est mis en tête d'apprendre le piano. Je lui ai prêté ton grand vieux piano, elle l'a fait accorder et elle prend des leçons d'un Polonais qui est à La Châtre. Elle y met beaucoup de zèle et s'en fait un grand plaisir. Elle dit qu'elle est bien fâchée de n'avoir pas commencé plus tôt, et qu'elle voudrait en être au même point que toi. Tu pourras l'aider à étudier.

Ton petit Pisto[let] a été malade aussi. Il s'était fait mal à la mâchoire en rapportant de grosses pierres. Il va bien et il est toujours bien gentil. On a fait croire à Chéramy qu'il savait lire et écrire et qu'il faisait les commissions. Il le croit et il le salue quand il le rencontre, parce qu'on lui a dit aussi qu'il boudait quand on ne le saluait pas. Il y a un joli petit nid de chardonnerets dans la guirlande de clématite qui est au coin de la maison. Il est suspendu comme dans un hamac, et je ne conçois pas qu'il ne soit pas emporté par les coups de vent qui ont lieu presque toutes les nuits.

Bonsoir ma grosse mine. Ton frère t'embrasse mille fois, et moi dix mille. Écris-nous toujours et aime-nous bien, c'est-à-dire travaille et conduis-toi de manière à venir nous rejoindre bientôt. Ton Chip Chip te bige aussi bien tendrement. Papet, ton oncle, Léontine, Françoise [Caillaud], Luce, tout le monde te fait des amitiés.
18 juillet

## 75. À PAULINE VIARDOT

[Nohant, début septembre 1841]

Vous courez le monde, fifille chérie et bien aimée, sans que je sache rien de vous. Ce n'est pas un reproche que je vous fais, vous devez être trop occupée, trop agitée et trop fatiguée pour m'écrire, et j'attends pour recevoir de vos nouvelles que vous soyez revenue à Paris. Moi, je veux que ma lettre vous y attende et que vous prenant au collet, elle vous dise : *Mademoiselle*, ne défaites pas tant de paquets, ne vous installez pas si bien chez vous, car il fait le plus beau temps du monde. Le vent d'est, c'est-à-dire

le bon air chaud (et frais en même temps) de l'automne
souffle enfin sur nous, et c'est du beau temps assuré pour
un ou deux mois. Dans votre rue Favart vous ne vous en
apercevrez guère et vous n'en jouirez pas. Vous aurez
bien de la campagne aux environs de Paris, et peut-être
le gibier y foisonnera-t-il plus pour le Nemrod Viardot
qu'ici où il n'est cependant pas rare depuis que les
champs sont à découvert. Mais n'y a-t-il dans le monde
que des perdrix et des lapins ? Tous nos amis honteux et
mécontents de la manière dont le pays s'est conduit à cet
égard pendant le séjour de Louis[1], disent : Il ne reviendra
pas. Il trouvera là-bas des parcs foisonnants et du car-
nage à discrétion, tandis que nous, enfants moins gâtés
de la nature, nous appelons avoir *beaucoup* de gibier, ce
qu'il appelle *peu*. Voilà leur raisonnement dont je suis un
mauvais juge en ce qui concerne le gibier, mais que je
réfute en leur disant que Louis nous sacrifiera bien
quelques bécasses, que je vaux bien une caille, que Chopin vaut bien un lièvre, et que nulle part il ne trouvera
des amis plus heureux de l'accaparer. Reste la question
des affaires. Mais je suis de l'avis de Solange ! « tout se
*peux* quand on le *veux* ». Cette pauvre Solange ! Si vous
saviez comme elle se lamente à l'idée d'être arrivée après
votre départ et de repartir avant votre retour ! Et mon
frère qui se donne des coups de poing dans la tête. Et
Chopin le sceptique spleenétique qui me dit toujours :
n'espérez pas, ne vous flattez pas. Enfin si vous ne venez
pas voilà toute une famille au désespoir sans compter les
amis qui ne parlent de vous qu'avec des cris et des pros-
ternations et qui sont restés comme fous depuis qu'ils
vous ont vue et entendue.

  C'est donc pour vous dire qu'il faut nous revenir et que
nous ne sommes pas du tout satisfaits de ces pauvres
petits deux ou trois jours que vous nous avez donnés à
la volée. Ils ont été bien bons, bien doux, bien pleins, bien
mémorables ; mais si courts, si courts que nous sommes
comme des gens altérés dont on augmente la soif en leur
donnant deux gouttes d'eau. Si belle et si claire qu'elle
soit ce n'est pas assez.

1. Les Viardot ont séjourné à Nohant du 2 au 16 août, et y ont
laissé leurs chiens en pension, lorsque Pauline est partie chanter en
Angleterre.

Je vous annoncerai une grande nouvelle. Ce soir, pendant que nous jouions au billard Jessy est tombée en pâmoison dans les bras de Pistolet qui ne comprenant rien à la chose s'est mis à pleurer. J'ai pris Jessie dans mes bras et je l'ai portée dans une petite boîte où elle a mis au monde sous nos yeux et dans l'espace d'une heure, d'abord un petit monsieur blanc et jaune gros comme le petit doigt de Chopin et que Duteil a salué comme *l'aîné* du titre de Monsieur le Duc. Ensuite est arrivé M. le Marquis, noir et blanc, avec un V sur la tête comme Pistolet, et puis Monsieur le Comte encore plus jaune et plus blanc que le Duc. Et puis est venu le Vicomte très noir et assez blanc, le fidèle portrait de M. Dash. Enfin, M. le Baron presque tout blanc et gros comme une noisette. Nous attendions l'arrivée du chevalier, mais la maman a jugé à propos de s'en tenir là, et elle est, ce soir, très bien portante, très gaie, avec une soupe au lait qu'elle mange de grand cœur, et ses cinq enfants pendus à ses mamelles. Elle a paru fort sensible aux tendres soins que nous lui avons donnés, et à l'honneur que nous lui avons fait d'assister à ses couches. Comme nous ne voulons rien perdre de cette illustre race, deux nourrices sont prêtes à recevoir deux de ses enfants, elle nourrira bien les trois autres pendant quelque temps car elle a du lait à ne pouvoir se traîner. Les enfants de Léda sont superbes et jouent déjà très agréablement du piano. Le plus gros a une voix de basse-taille et sa petite sœur une voix persianique[2]. Leur mère est toujours charmante, et va à la promenade avec nous dans les champs sans paraître se soucier le moins du monde du gibier qui lui part sous le nez. Quant à moi, je ne lui en fais pas un crime, je l'aime pour sa beauté et ses manières aimables. Vous retrouverez tout cela en bon état. Vous prendrez et reprendrez ce que vous voudrez. Nous nous contenterons bien de vos restes et nous aurons encore de quoi peupler le pays. Chopin vous fera encore *des traits* et Solange vous jouera des bourrées qu'elle apprend pour vous. Le billard vous tend les bras. Chopin y a fait d'immenses progrès dans les manque de touche et les fausses queues. Rollinat a reparu sur l'horizon, guéri de son bras et désolé si vous ne revenez pas.

2. La soprano Fanny Persiani avait une voix au registre très aigu.

Mais je ne peux pas me décider à supposer une pareille
horreur de votre part, et je vous attends toujours. Bonsoir fifille bien chère, fifille par-dessus tout. Venez venez
qu'on vous *bige*. Solange fait sa bouche en cœur d'avance.

Vous devriez bien nous amener Leroux mort ou vif. À
votre place je mettrais cela dans ma tête et cela serait
comme quand vous faites jouer du piano à Chopin malgré vent et marée.

## 76. À FRANÇOIS BULOZ

[Nohant, 15 septembre 1841]

Mon cher Buloz, distinguons, et tâchons de nous
entendre. La revue est-elle libre, ou ne l'est-elle pas ? à
qui ai-je affaire ? à vous, à vos abonnés, ou au gouvernement ? Si c'est à vous, vous me permettrez de vous dire
que je ne vous ai jamais autorisé à modifier mes opinions, mes idées et mon goût[1] ; que vous ne pouvez pas
être arbitre dans ma cause et que je n'entamerai jamais
avec vous une discussion de principes, puisque vous et
votre parti faites profession de n'en avoir aucun. Je ne
pourrais vous dire qu'une chose en réponse au dénigrement superbe que vous vous permettez sur le compte de
mes amis les *refondeurs*. C'est que vos amis les *replâtreurs*
m'inspirent un si profond mépris, et un si affreux dégoût
qu'il me serait impossible de m'égayer sur leur compte.
Ne revenez donc pas sur ce chapitre si vous voulez que
je vous montre quelque bonne volonté, à vous personnellement. Vos idées et vos instincts n'ont que faire dans
ma prose. Je ne me mêle pas de votre chronique, pas
plus que de votre ménage. J'aime votre femme, je n'aime
pas votre chronique[2], mais je ne prétends diriger ni l'une

---

1. Buloz tarde à publier *Horace* dans la *Revue des Deux Mondes*,
effrayé par le contexte politique et social du roman, et il demande à
G. Sand de profondes modifications, notamment en atténuant les
idées républicaines de ses personnages. Dans une lettre du 3 octobre,
il lui reprochera de « célébrer les idées d'insurrection et de communisme ». Par traité du 9 juin 1841, Sand avait reçu 5 000 F d'à-valoir.
2. Chaque livraison de la *Revue des Deux Mondes* se terminait par
une « Chronique » anonyme, très souvent rédigée par Buloz lui-même.

ni l'autre, et je vous prie de laisser mon cerveau et mon
encrier tranquilles ; si c'est à *vous* que j'ai affaire, voilà
toute ma réponse. Vous êtes effrayé — dites-vous — est-
ce pour vous ? alors ne prenez pas mon roman. Est-ce
pour moi ? cela ne vous regarde pas.

Maintenant est-ce à vos abonnés que j'ai affaire ? Je ne
les connais pas. Je ne sais ni leur position, ni leur goût,
ni leur croyance. Je n'ai jamais travaillé pour leur plaire.
J'ai travaillé pour gagner ma vie en n'écrivant jamais une
ligne contre ma conviction. Si j'ai plu à vos abonnés, peu
m'importe. J'aurais pu tout aussi bien plaire à un autre
public que je n'aurais ni ménagé, ni connu davantage. Si
je leur déplais, donnez-moi mon congé. Je suis prête à le
recevoir et je vous ferai observer que depuis bien longtemps, c'est une question de délicatesse envers vous qui
m'engage à m'acquitter en manuscrit comme vous avez
paru le désirer, au lieu de m'acquitter en argent, ce qui
eût été pour moi plus court et plus agréable. Depuis qu'il
vous a plu de me sermonner comme si vous étiez un
cuistre et moi un marmot, la revue m'ennuie considérablement. Donc si vos abonnés doivent être indignés de
mon roman, laissons-les tranquilles et laissez-moi tranquillement faire mes utopies puisqu'utopie il y a.

Enfin est-ce au gouvernement que j'ai affaire ? Vous
m'avez toujours dit, juré, répété que la revue était et
serait toujours indépendante. Si vous m'eussiez dit le
contraire une seule fois, vous savez bien que je n'y serais
pas restée pour une panse d'*a*. Vous me dites bien dans
votre seconde lettre que vous faites de l'opposition, c'est-
à-dire que vous êtes mécontent du ministère ; mais cela
ne constitue pas l'indépendance ; car vous n'avez inséré
l'article Duvergier [de Hauranne] qu'avec une note déné-
gative de son opinion, et vous m'avez dit dans votre
1re lettre que M. Guizot vous avait menacé dans votre
existence *au théâtre* (ceci, je le comprends) et *aux revues*[3],
ceci je ne le comprends pas. Quelle est donc votre position *aux revues* ? Il serait bien temps de me le dire : car j'ai
besoin de connaître la mienne qui en est une conséquence. Si donc je suis obligée de m'observer pour ne

---

3. Guizot, ministre des Affaires étrangères, dirigeait en fait le
ministère, dont Soult n'était président qu'en titre. Buloz se sent
menacé dans sa place de commissaire au Théâtre-Français, et aussi à
la tête de la *Revue des Deux Mondes* et de la *Revue de Paris*.

pas déplaire au gouvernement, je vous déclare que je ne l'ai pas entendu ainsi en traitant avec vous, et que de deux choses l'une : ou notre contrat est rompu, ou j'en exige l'exécution rigoureuse. On ne m'a pas fait de conditions de principes en s'engageant à m'imprimer, je veux qu'on m'imprime sans me changer une virgule, autrement ce serait un guet-apens. Et si je ne pouvais pas me défaire de mon livre avec les mêmes avantages ne serait-ce pas mon droit ? Il ferait beau voir un pareil procès ! Nous ferons un peu rire les juges ; mais ce ne serait pas à mes dépens.

Mais j'en reviens à ma première hypothèse, je la préfère, et je dois m'y tenir, puisque vous m'avez toujours dit que je n'avais affaire qu'à vous. Vous me parlez au nom de la revue. Est-ce que je connais la revue ? je n'y connais que Sainte-Beuve et Musset, ceux qui y travaillent le moins. Est-ce que je connais M. de Carné ? est-ce que je prends conseil de M. Lerminier ? J'y connais encore Marmier, et je ne sache pas qu'il se scandalise de mes théories ni qu'il m'ait jamais prié d'y changer quelque chose pour lui faire plaisir. Enfin la revue est quelque chose où je ne me suis jamais immiscée depuis le temps où elle soutenait Carrel, et où son existence, en tant qu'œuvre littéraire ayant une couleur politique, m'inspirait de l'intérêt. Croyez-vous qu'aujourd'hui je puisse m'amuser de votre guerre de ministères ? Je n'y comprends goutte, Dieu merci. Je n'ai de haine ni d'affection pour aucun individu de ce monde-là.

> *Si j'en connais pas un, je veux être étranglé*[4].

Laissez-moi donc tranquille encore une fois avec votre revue, et dites-moi, *vous, Buloz,* sans vous intéresser à mon sort le moins du monde, et sans gémir sur ma décadence, si vous risquez *d'avaler un bouillon* comme on dit, ou de compromettre *votre existence* en m'imprimant. S'il en est ainsi, bien qu'il ne soit ni dans l'usage, ni dans le droit, qu'après un traité l'éditeur, mécontent du livre, refuse de le publier, comme de mon côté, je ne demande pas mieux que de renoncer à mes droits et de m'en aller, nous serons bien vite d'accord.

---

4. Racine, *Les Plaideurs* (II, 5).

Car pour les corrections que, par obligeance et bon vouloir, je consentirais à vous faire, elles ne peuvent pas vous suffire. D'après votre seconde lettre, et après avoir examiné mon manuscrit, je vois clairement que vous me demandez l'impossible. Vous voulez tout bonnement que je parle d'une époque sans y faire participer mes personnages, que je vous montre des étudiants de 1831 dévoués au gouvernement de Louis-Philippe, un démocrate prolétaire qui ne s'afflige pas, après les journées de juillet, du rétablissement de la monarchie ; vous voulez des grisettes qui ne soient pas des grisettes et dans la vie desquelles il ne faut pas entrer. Vous voulez que je parle de la bourgeoisie, et que je ne dise pas qu'elle est bête et injuste ; de la société, et que je ne la trouve pas absurde et impitoyable ; enfin que je ne me permette pas d'avoir un sentiment et une manière de voir sur les faits que je retrace et le milieu où j'établis ma scène. Vous trouvez que je baisse : mais ma foi, mon pauvre Buloz, je suis tentée d'avoir de vous la même opinion. Relisez donc deux ou trois pages de *Jacques* et de *Mauprat*, dans tous mes livres jusque dans les plus *innocents*, jusque dans *les* [*Maîtres*] *Mosaïstes*, jusque dans *la Dernière Aldini*, vous y verrez une opposition continuelle contre vos bourgeois, vos *hommes réfléchis*, vos gouvernements, votre inégalité sociale, et une sympathie constante pour les hommes du peuple. Bénédict est un paysan, Nello (de *la Dernière Aldini*) est un gondolier, *Simon* un autre paysan, Geneviève une grisette[5]. Si je me rappelais tout ce que j'ai écrit là-dessus vous ne trouveriez pas un de mes volumes où l'inégalité et le privilège (et l'argent est le premier de tous les privilèges) ne soient attaqués. D'où vient que cela ne vous a jamais scandalisé, et qu'aujourd'hui cela vous révolte ?

Je ne me permettrai pas de le chercher ni de vous faire là-dessus une morale. Je ne veux pas douter de vos bonnes raisons. Respectez les miennes que je trouve bonnes aussi. Nous ne pouvons plus marcher ensemble. Eh bien, marchons séparément. Qu'importe ?

Tout cela c'est pour vous dire que je ne veux aucune coupure et aucun retranchement. Je puis changer un ou deux mots dans la 1$^{re}$ partie, pas davantage. Je puis ne

5. Personnages des romans *Valentine* (Bénédict), *Simon* et *André* (Geneviève).

pas nommer M. de La Bédollière si vous le détestez. Moi,
j'ai cru devoir après l'avoir rétorqué, lui dire un mot de
politesse : mais je n'y tiens guère, non plus qu'à ma note
sur *les Français*[6] bien que je persiste à dire que j'ai lu dans
ce livre deux ou trois articles véritablement *beaux*. Inutile
de discuter là-dessus. Ma conscience n'y est pas intéressée. Mais pour tout ce qui tient à la *tendance*, bonsoir.
Vous me prouveriez que cela me discrédite, me perd et
me ruine, je suis têtue à cet endroit-là, et me ruinerai de
bon cœur pourvu que je dise ma pensée. J'ai pu la dire
jusqu'ici en faisant mes affaires. Si la chance tourne, je ne
tournerai pas avec elle, vous le savez bien, et vous ne me
prendrez ni par l'intérêt ni par l'amour-propre.

La 2$^{de}$ partie n'est mêlée à aucune action politique, et
nous n'aurions rien à y changer. Mais la 3$^{me}$ vous mettrait
au désespoir. Mes héros s'en vont se battre au cloître
Saint-Merry[7] : et, chose étrange et merveilleuse ! l'un prolétaire, l'autre étudiant républicain, ne s'y battent pas pour
la royauté ! Voyez-vous cela ? Il eût été plus moral de les
mettre dans les rangs de la gendarmerie. Mais la vraisemblance s'y opposait, et ma foi, ils se battent comme
des diables et bien que ce soient de profonds scélérats, je
ne peux pas m'empêcher de dire qu'ils sont braves et que
c'est grand dommage de les tuer. Vous m'écorcheriez
vive que je n'en démordrais pas. Et puis comme je suis
forcée de dire pourquoi ils étaient là, je suis forcée de
dire pourquoi ils étaient républicains, et je ne peux pas
me décider à dire que tous les républicains de ce temps-
là étaient des gredins, parce que nous en avons estimé
plusieurs, vous et moi, et que je ne puis pas effacer le fait
de ma mémoire. Je ne leur fais pas du tout la cour. *Le
National* me maltraite assez pour qu'on s'en aperçoive ;
mais je raconte ce que j'ai vu, entendu, et senti, certaine
de ne plaire ni à blanc, ni à noir.

Donc, ne m'éditez pas, je vous le conseille. Dans la
situation d'esprit où vous êtes, vous me demanderiez des
concessions impossibles. Je veux écrire la vie d'un étu-

6. Dans le chap. 6 d'*Horace* (dont le premier titre avait été *L'Étudiant*), Sand fait allusion à l'article sur *L'Étudiant* publié par La Bédollière dans le recueil collectif *Les Français peints par eux-mêmes* (Curmer,
1839-1842, 8 vol.).

7. C'est là qu'avaient eu lieu les sanglants combats des journées de
juin 1832 (voir lettre 23).

diant de 1832 et 33 et je la veux écrire aussi complète que je pourrai. En retrancher l'action et le sentiment politique c'est ôter la moëlle de l'os, et je ne suis pas assez riche de talent pour me passer d'une certaine vérité.

Je suis fâchée que vous ayez fait composer la suite, lorsque je vous disais n'être pas sûre de pouvoir vous satisfaire. C'est augmenter la dépense ; je vous disais : envoyez-moi le manuscrit ou l'épreuve si elle est composée déjà. Maintenant je ne peux pas soumettre la suite de mon roman à votre examen, si vous ne le prenez pas tel qu'il est. Car enfin je ne peux pas laisser marchander ma liberté, et je la veux entière, ou mon congé. Bien entendu toujours qu'en vendant ce manuscrit, je ferai verser entre vos mains l'argent que vous m'avez avancé[8].

Bonsoir, amitiés à votre femme et tout à vous.

George

En voilà bien long. C'est pour en finir tout de suite avec les discussions inutiles. Répondez-moi ou par oui ou par non, et ne perdons pas le temps en correspondance oiseuse. Je ne veux pas vous convertir à mes systèmes. Laissez-moi me damner sans les vôtres.

## 77. À ALPHONSE DE LAMARTINE

[Paris, mi-décembre 1841]

Monsieur, Je vous comprends bien[1]. Vous ne songez qu'à éviter une révolution, l'effusion du sang, les violences, un avènement trop prompt de la démocratie aveugle et

---

8. Une transaction interviendra le 8 octobre par laquelle Sand récupérera son manuscrit en remboursant à Buloz les 5 000 F avancés plus les frais de composition de la première partie du roman. Mais cette affaire, suivie d'un procès, marque la rupture de Sand avec la *Revue des Deux Mondes* à laquelle elle va cesser de collaborer pendant dix-sept ans.

1. Sand répond à une lettre de Lamartine du 9 décembre (Lamartine, *Correspondance*, éd. C. Croisille et M.-R. Morin, Champion, 2001, III, p. 700-701), où le poète réagit à l'article de Sand « M. de Lamartine utopiste », paru dans *La Revue indépendante* de décembre.

encore barbare à bien des égards. Je crois que vous vous exagérez, d'une part, l'état d'enfance de cette démocratie, et que, de l'autre, vous doutez des rapides et divins progrès que ses convulsions lui feraient faire. Pourquoi en doutez-vous, vous qui lisez dans le sein de Dieu et qui voyez combien cette humanité en travail lui est chère! vous qui pouvez juger des miracles que la Toute-Puissance tient en réserve pour l'intelligence des faibles et des comprimés, d'après les révélations sublimes qui sont tombées dans votre âme de poëte et d'artiste? Eh quoi! en peu d'années, vous vous êtes élevé dans les plus hautes régions de la pensée humaine, et, vous faisant jour au sein des ténèbres du catholicisme, vous avez été emporté par l'esprit de Dieu assez haut pour crier cet oracle que je répète du matin au soir:

« Plus il fait clair, mieux on voit Dieu! »[2]

Vous avez emporté, avec les flammes qui jaillissaient de vous, ce milieu de vaine fumée et de pâles brouillards où la vanité du monde voulait vous retenir; et, maintenant, vous ne croiriez pas que la volonté divine, qui a accompli ce miracle dans un individu, puisse faire briller les mêmes éclairs de vérité sur tout un peuple? vous croyez qu'il attendra des siècles pour réaliser le tableau magique qu'il vous a permis d'entrevoir? Oh non! oh non! Son règne est plus proche que vous ne pensez, et, s'il est proche, c'est qu'il est légitime, c'est qu'il est saint, c'est qu'il est marqué au cadran des siècles. Vous vous trompez d'heure, grand poëte, et grand homme! Vous croyez vivre dans ces temps où le devoir de l'homme de bien et de l'homme de génie sont identiques, et tendent également à retarder la ruine de sociétés encore bonnes et durables! Vous croyez que la ruine commence, tandis qu'elle est consommée, et qu'une dernière pierre la retient encore! Voulez-vous donc être cette dernière pierre, la clef de cette voûte impure? vous qui haïssez les impuretés dans le fond de votre cœur et qui reniez le culte de Mammon à la face de la terre, dans vos élans lyriques?

2. *Recueillements poétiques*, IV, « À M. de Genoude sur son ordination » (Sand a donné le poème en entier dans son article).

Si cette société d'hommes d'affaires[3] à laquelle vous vous abaissez s'occupait franchement de l'émancipation de la famille humaine, je vous admirerais comme un saint, et je dirais que c'est joindre la douceur de Jésus à son génie, que de manger à la table des centeniers[4] pour les amener à la vérité. Mais vous savez bien que vous n'amènerez pas de pareils résultats. Ce miracle de convertir et de toucher les âmes corrompues ou abruties n'est que dans la main de l'Éternel, et il paraît que ce n'est point par là qu'il veut entamer la régénération, puisqu'il n'éclaire et n'attendrit aucune de ces âmes ; c'est par-dessous qu'il travaille, et tout le dessus semble devoir être écarté comme une vaine écume. Pourquoi êtes-vous avec ceux que Dieu ne veut pas éclairer et non avec ceux qu'il éclaire ? Pourquoi vous placez-vous entre la bourgeoisie et le prolétariat pour prêcher à l'un la résignation, c'est-à-dire la continuation de ses maux jusqu'à un nouvel ordre que vos hommes d'affaires retarderont le plus qu'ils pourront, à l'autre des sacrifices qui n'aboutiront qu'à de petites concessions, encore seront-elles amenées par la peur plus que par la persuasion ?

Eh ! mon Dieu, si la peur seule peut les ébranler et les vaincre, mettez-vous donc avec ces prolétaires pour menacer, sauf à vous placer en travers le lendemain pour les empêcher d'exécuter leurs menaces. Puisqu'il vous faut de l'action, puisque vous êtes une nature laborieuse, aimant à mettre la main à l'œuvre, voilà la seule action digne de vous ; car les temps sont mûrs pour cette action, et elle vous surprendra au milieu du calme impartial où vous vous retranchez, fermant les yeux et les oreilles, devant le flot qui monte et qui gronde. Mon Dieu, mon Dieu, il en est temps encore, et, puisque votre cœur est plein de la vérité et de son amour, il n'y a entre ce peuple et vous qu'une erreur de calcul dans le calendrier que vous consultez chacun d'un point de vue différent. Ne faites pas dire à la postérité : « Ce grand homme mourut les yeux ouverts sur l'avenir et fermés sur le présent. Il prédit le règne de la justice, et, par une étrange contra-

3. L'expression « assemblée d'hommes d'affaires » se trouvait dans la lettre de Lamartine ; elle désigne la Chambre des députés, à la présidence de laquelle Lamartine s'est présenté en décembre, en vain.

4. Centurions.

diction trop fréquente chez les hommes célèbres, il se
cramponna au passé et ne travailla qu'à le prolonger. Il
est vrai qu'un vers de lui eut plus de valeur et plus d'effet
que tous les travaux politiques de sa vie ; car, ce vers,
c'était la voix de Dieu qui parlait en lui, et ces travaux
politiques, c'était l'erreur humaine qui l'y condamnait ;
mais il est cruel de ne pouvoir l'enregistrer que parmi les
lumières et non parmi les dévouements de cette époque
de lutte dont il méconnut trop la marche rapide et l'issue
immédiate. »

Si vous arrivez à la présidence de la Chambre, et
que vous ne soyez pas sur le fauteuil un autre homme que
celui de la chambre voûtée de Saint-Point, tant mieux. Je
crois que là vous pouvez faire beaucoup de bien, car
vous avez de la conscience, vous êtes pur, incorruptible,
sincère, honnête dans toute l'acception du mot en politique, je le sais maintenant ; mais qu'il vous faudrait de
force, d'enthousiasme, d'abnégation et de pieux fanatisme
pour être en prose le même homme que vous êtes en
vers ! Non, vous ne le serez pas ; vous craindrez trop
l'étrangeté, le ridicule ; vous serez trop soumis aux convenances ; vous penserez qu'il faut parler à des hommes
d'affaires comme avec des hommes d'affaires. Vous oublierez que, hors de cette enceinte étroite et sourde, la voix
d'un homme de cœur et de génie retentit dans l'espace et
remue le monde.

Non, vous ne l'oserez pas, après avoir dit les choses
magnifiques dont vos discours sont remplis, vous viendrez, avec votre second mouvement — ce second mouvement qui justifie si bien l'odieux proverbe de M. de
Talleyrand[5] —, calmer l'irritation qu'excitent vos hardiesses et passer l'éponge sur vos caractères de feu. Vous
viendrez encore dire comme dans vos vers : « N'ayez pas
peur de moi, Messieurs, je ne suis point un démocrate, je
craindrais trop de vous paraître démagogue. » Non, vous
n'oserez pas !

Et ce n'est pas la peur des âmes basses qui vous en
empêchera ; je sais bien que vous affronteriez la misère et

---

5. « Ne suivez jamais votre premier mouvement car il est bon. »
Sand a consacré à Talleyrand la huitième des *Lettres d'un voyageur*, « Le
Prince », violente et terrible diatribe contre l'ancien ministre, « un
portrait affreux, d'un parfait idéal de laideur » selon Sainte-Beuve
(*Nouveaux Lundis*, M. Lévy, 1870, XII, p. 123).

les supplices ; mais ce sera la peur du scandale, et vous craindrez ces petits hommes capables qui se posent en hommes d'État et qui diraient d'un air dépité : « Il est fou, il est ignorant, il est grossier, il flatte le peuple ; il n'est qu'un poète, il n'est pas homme d'État, profond politique comme nous. » Comme eux ! comme eux qui se rengorgent et se gonflent, un pied dans l'abîme qui s'entr'ouvre sans qu'ils s'en doutent et qui déjà les entraîne !

Mais, quand même l'univers entier méconnaîtrait un grand homme courageux, quand le peuple même, ingrat et aveuglé, viendrait vous traiter de fou, de rêveur et de niais… Mais non, vous n'êtes pas fanatique, et cependant vous devriez l'être, vous à qui Dieu parle sur le Sinaï. Vous avez le droit ensuite de rentrer dans la vie ordinaire, mais vous ne devez pas y être un homme ordinaire. Vous devez porter les feux dont vous êtes embrasé dans votre rencontre avec le Seigneur, au milieu des glaces où les mauvais cœurs languissent et se paralysent.

Vous êtes un homme d'intelligence et un homme de bien. Il vous reste à être un homme vertueux.

Faites, ô source de lumière et d'amour, que le zèle de votre maison dévore le cœur de cette créature d'élite !

## 78. À CHARLES DUVERNET

[Paris, 27 décembre 1841]

Je t'envoie, cher ami, la reconnaissance des dix mille francs que toi et tes deux autres braves amis, m'avez trouvé à emprunter en me servant de caution[1]. Maurice ne reniera jamais cette dette si je viens à mourir d'ici à deux ans, et j'espère bien que je vous la rembourserai de mes propres mains.

Il y a plusieurs jours que je veux t'écrire, mais la fatigue a été trop forte depuis une quinzaine. Tu verras par notre prochain n° que j'ai barbouillé bien du papier[2].

---

1. Pour rembourser Buloz en échange du manuscrit d'*Horace*.
2. Dans *La Revue indépendante*, que Sand a fondée avec Leroux et Viardot et dont le premier numéro a paru le 5 novembre, elle donne le début du roman d'*Horace* (qui paraîtra jusqu'en mars), et un article « Sur les poètes populaires » (signé Gustave Bonnin) ; dans le n° 2 (décembre),

À peine ai-je fini une dizaine de jours de barbouillages, qu'il en faut 4 ou 5 pour la correction des épreuves. Et puis la correspondance pour ladite revue et mes affaires personnelles, qui est toujours arriérée et qui prend encore une huitaine. Tu vois ce qu'il me reste de jours dans le mois, pour songer à ce que je vais dire dans le n° suivant. Heureusement que je n'ai plus à chercher mes idées, elles sont éclaircies dans mon cerveau, je n'ai plus à combattre mes doutes, ils se sont dissipés comme de vains nuages devant la lumière de la conviction. Je n'ai plus à interroger mes sentiments, ils parlent chaudement au fond de mes entrailles et imposent silence à toute hésitation, à tout amour-propre littéraire, à toute crainte du ridicule.

Voilà à quoi m'a servi à moi, l'étude de la philosophie ; et d'une certaine philosophie, la seule claire pour moi, parce qu'elle est la seule qui soit aussi complète que l'est l'âme humaine aux temps où nous sommes arrivés. Je ne dis pas que ce soit le dernier mot de l'humanité ; mais quant à présent, c'en est l'expression la plus avancée.

Tu demandes pourtant à quoi sert la philosophie et tu traites de subtilités inutiles et dangereuses la connaissance de la vérité cherchée depuis que l'humanité existe, par tous les hommes, et arrachée brin à brin, filon par filon du fond de la mine obscure par les hommes les plus intelligents et les meilleurs dans tous les siècles. Tu traites un peu cavalièrement l'œuvre de Moïse, de J[ésus]-C[hrist], de Platon, d'Aristote, de Zoroastre, de Pythagore, de Bossuet, de Montesquieu, de Luther, de Voltaire, de Pascal, de Jean-Jacques Rousseau, etc. etc. etc. ! Tu sabres à travers tout cela, peu habitué que tu es aux formules philosophiques, tu trouves dans ton bon cœur et dans ton âme généreuse des fibres qui répondent à toutes ces formules et tu t'étonnes beaucoup qu'il faille prendre la peine de lire dans un langage assez profond la doctrine qui légitime, explique, consacre, sanctifie et résume tout ce que tu as en toi de bonté et de vérité acquise et naturelle. L'œuvre de la philosophie n'a pourtant jamais été et ne sera jamais autre chose que le résumé le plus pur et le plus élevé de ce qu'il y a de bonté, de vérité et de force

---

« M. de Lamartine utopiste » ; dans le n° 3 (janvier), « Dialogue familier sur la poésie des prolétaires » ; dans le n° 4 (février), le début de *Consuelo*, etc.

répandu dans les hommes à l'époque où chaque philosophe l'examine. Qu'une idée de progrès, qu'une supériorité d'aperçus et une puissance d'amour et de foi dominent cette œuvre d'examen (et, comme qui dirait, de statistique morale et intellectuelle) des richesses acquises précédemment et contemporainement par les hommes, et voilà une philosophie. Les brouillons du journalisme qui attendent apparemment qu'on les amuse avec des prophéties d'almanach, s'écrient : *Vous ne nous dites rien de neuf*. Les braves gens comme toi disent : *Nous sommes aussi vertueux et aussi instruits que vous*. Tant mieux, alors donnez-nous un millier ou seulement une centaine de gens comme vous, et nous régénérons le monde. Mais comme jusqu'ici, on ne nous a guère fait le plaisir de nous dire que nous insistions trop sur des vérités reconnues ; comme nous entendons au contraire ces paroles partir de tous côtés : *Nous savons bien que Jésus, Rousseau et compagnie ont prêché la charité et la fraternité, nous avons entendu parler de cela, et ne savons pourquoi vous revenez sur ces choses dont personne ne veut et dont nous ne voulons pas*, comme ce ne sont pas seulement les nobles, et les prêtres, et les bourgeois qui nous tiennent ce langage, mais encore certains républicains, et *le National* en tête, nous avons lieu de penser jusqu'ici que nous ne faisons pas une œuvre si étroite qu'elle en a l'air, ni si facile qu'elle te semble, ni si inutile que *le National* fait semblant de le croire. Certaines autres classes n'en jugent pas ainsi et ne s'aperçoivent pas trop que cette vieille fraternité que nous prêchons et cette jeune égalité que nous cherchons à rendre possible *le plus prochainement possible*, soient des vérités banales, acceptées, triomphantes, et dont il soit inutile de se préoccuper. Ces classes, mécontentes et inquiètes, croient au contraire que nos vérités rebattues n'ont jamais préoccupé les gens qui n'y trouvaient pas leur profit, et les institutions faites pour la bourgeoisie le prouvent, je crois, un peu.

Si donc, convaincu comme tu l'es, que les masses sont toutes initiées au *pourquoi*, au *parce que* et au *par conséquent* de l'avenir et du passé, viens un peu te mettre à l'œuvre avec nous, tu verras que tu n'as guère connu les masses jusqu'ici. Tu les verras pleines d'ardeur ou de trouble, les unes (c'est le grand nombre) animées de ces bons et grands sentiments sans lesquels, ni Leroux, ni toi ni moi ne les aurions (puisque rien n'est isolé dans l'ordre moral ou physique de l'humanité). Mais aussi tu verras d'énormes obstacles, de coupables résistances, des intérêts obstinés et égoïstes, et ce qui, dans ces masses, domine les unes et les autres, un vague inconcevable dans la pensée et dans les croyances, une incertitude effrayante, mille fantaisies, mille rêves contradictoires, tous les bons voulant le bien, et à peine trois dans chaque million d'hommes étant d'accord sur un même point, parce que s'il y a partout comme tu le remarques fort bien, *l'instinct* du vrai et du juste, nulle part cet instinct n'est arrivé à l'état de *connaissance* et de certitude. Et comment cela serait-il possible quand l'histoire offre un chaos où tous les hommes jusqu'ici se sont perdus, avant d'y trouver la notion profondément politique, philosophique et religieuse du progrès indéfini ? notion que tous les esprits un peu conséquents de ce siècle ont enfin adoptée sans restriction, même ceux qu'elle contrarie dans leurs intérêts présents.

De nombreux et admirables travaux, des conclusions émanées de plusieurs points de vue opposés en apparence, mais se rencontrant sur le principal, ont fait passer cette notion dans l'âme humaine, et tu l'as reçue presque en naissant, sans te demander, enfant ingrat, quelle mère céleste t'avait inoculé cette vie nouvelle que tes pères n'ont pas eue, et que tu légueras plus large et plus complète à tes enfants lorsque tu l'auras portée en toi et fécondée de ta propre essence. Cette mère de l'humanité que les *bons* devraient chérir et vénérer, c'est la philosophie religieuse. Et vous appelez cela le pont-aux-ânes, sans vous avouer que sans elle, sans cette clarté versée peu à peu, jour par jour en vous, vous seriez des sauvages.

Je vais te poser une question sans réplique. Pourquoi n'es-tu pas un avide et grossier possesseur de terres, dur au pauvre, sourd à l'idée de progrès, furieux contre le mouvement d'égalité qui se fait parmi les hommes ? cependant tu es le contraire de cet homme-là. Qui t'a rendu ainsi ? qui t'a enseigné dès ton enfance, que l'égoïsme est odieux, et qu'une grande pensée, un beau mouvement du cœur font plus de bien à toi et aux autres que l'argent et la prospérité matérielle ? Est-ce l'idée révolutionnaire répandue en France depuis 93 ? Non, à moins que ce ne fût d'une façon indirecte, car nous ne la comprenions guère quand nous étions enfants, cette révolution qui inspirait autour de nous tant d'horreur aux uns, tant de

regret aux autres. Qui donc détachait mystérieusement nos
jeunes âmes de l'égoïsme un peu prêché et un peu déifié,
il faut en convenir, dans toutes nos familles ? N'était-ce
pas tout bonnement l'idée chrétienne, c'est-à-dire le reflet
lointain d'une philosophie antique passée à l'état de religion, comme toutes les philosophies un peu profondes ?
Et, après, quand nous avons été *émeutiers et bousingots*[3] (de
cœur, si nous ne l'avons été de fait), qui nous poussait au
désir de ces luttes et au besoin de ces émotions ? Était-ce,
comme on l'a dit des républicains d'alors, *l'ambition* ? Nous
ne savions pas seulement ce que c'était que l'ambition,
c'était l'idée révolutionnaire de 93 qui se réveillait en nous,
à l'âge où on lit la philosophie du 18me siècle, et où l'on
commence à se passionner pour cette ère d'application
incomplète et funeste à beaucoup d'égards, mais grande et
saine en résultat qui mène de Jean-Jacques à Robespierre.

Et aujourd'hui pourquoi sommes-nous encore agités
d'un besoin d'action et d'un zèle fanatique, sans savoir où
nous prendre et par quel bout commencer, et à qui nous
joindre, et sur quoi nous appuyer ? car voyons, savez-vous,
avons-nous su depuis dix ans, tout cela ? Si nous l'avions
su, nous n'en serions pas où nous en sommes. Eh bien,
ce qui nous rend toujours si ardents à une révolution
morale dans l'humanité, c'est le sentiment religieux et philosophique de l'égalité, d'une loi divine, méconnue depuis
que les hommes existent, reconnue enfin et conquise en
principe, mais regardée encore comme impossible en fait,
mais obscure, mais plongée à demi dans le Styx, mais
niée et repoussée par les nobles, les prêtres, le souverain,
la bourgeoisie et la bourgeoisie démocratique *elle-même*! *Le
National*! (Nous savons bien sa pensée mieux que vous, et
j'ai un peu ri, je te l'avoue, du jésuitisme que le bon gros
Thomas a dû employer dans sa lettre, pour vous faire
rentrer dans son filet ; lui bonne grosse bête, *sans nez,
demi-farceur, demi-jobard*, flouant un peu les autres (en politique s'entend, et non en fait d'argent), afin de se consoler d'être floué en plein lui-même !)

D'où je conclus à te demander, mon enfant, toi dont
je connais le cœur à fond, toi que je sais aussi roma-

3. Le nom *bousingot* (à l'origine, petit chapeau de marin en cuir
bouilli et verni) a été donné après la révolution de juillet 1830 aux
jeunes républicains artistes qui s'en coiffaient.

nesque que moi devant ces idées d'égalité que l'on a cru trop longtemps bonnes pour Don Quichotte, et qui commencent à le devenir pour tous, je te demande, dis-je, qui t'a fait partisan de l'égalité sincèrement et profondément ?

Sont-ce les doctrines du *National* ? Il n'en a pas, il n'en a jamais eu, même du temps de Carrel, qui était leur maître à tous. Il ne laisse aller sa pensée en temps et temps que pour dire que l'égalité comme toi et moi l'entendons est impossible, sinon abominable. Dupoty, cette malheureuse victime d'un odieux coup d'État de la pairie, était aristocrate et rougissait des partisans qu'on lui a supposés. Il n'avait même pas le mérite d'être coupable de sympathie pour ces pauvres fous du communisme[4] que l'on peut blâmer tout bas, et que *le National* a insultés et flétris jusque sous le couteau de la pairie ! lâche en ceci ! car si le communisme avait fait une révolution, c'est-à-dire lorsqu'il en fera une, et ce sera malheureusement trop vite, *le National* sera à ses pieds. Comme Carrel son maître qui, le 26 juillet traitait la révolution de sale émeute, et qui en parlait très différemment le 1er août[5]. Doutez-vous de cela ? Vous le verrez ! souvenez-vous de ceci seulement : que nous marchons vite, bien vite, et qu'il n'y a pas de temps à perdre, pas un jour, pas une heure, pour dire au peuple ce qu'il faut lui dire.

Là gît le lièvre. Michel, qui est l'homme certainement le plus intelligent de ce parti, *le National*, le Malgache et toi (qui Dieu merci ! n'es du parti que faute d'en avoir trouvé un qui soit l'expression de ton cœur), vous voilà disant : Faisons une révolution, nous verrons après.

4. Sur ce mot de *communisme* que Sand commence à employer sous l'influence de Pierre Leroux, voir la Préface, p. 22 et les lettres 143 et 184. Le 16 septembre 1841, Pierre Leroux écrit à Sand : « C'est le peuple, ou quelques écrivains du peuple, qui ont trouvé ce nom de *communisme*. [...] J'aimerais mieux *communionisme*, qui exprime une doctrine sociale fondée sur la fraternité ; mais le peuple qui va toujours au but pratique, a préféré *communisme* pour exprimer une république où l'égalité régnerait » (P. Leroux et G. Sand, *Histoire d'une amitié*, éd. J.-P. Lacassagne, p. 127).

5. G. Sand s'attaque au journal républicain *Le National*, critiquant de façon très partiale son rédacteur Clément Thomas et la belle figure d'Armand Carrel, auquel elle prête une attitude qui ne fut pas la sienne lors des journées de juillet 1830. Quant à Dupoty, il venait d'être condamné à cinq ans de prison par la Chambre des Pairs pour complicité morale dans l'attentat de Quenisset (13 septembre) contre le duc d'Aumale.

Nous, nous disons : Faisons une révolution ; mais voyons tout de suite ce que nous aurons à voir après.

*Le National* dit : Ces gens sont fous, ils veulent des institutions. Eux ! des sectaires, des philosophes, des rêveurs ! leurs institutions n'auront pas le sens commun.

Nous disons : Ces gens sont aveugles, ils veulent agiter le peuple avec des institutions déjà vieillies, à peine modifiées, et nullement appropriées aux besoins et aux idées de ce peuple qu'ils ne connaissent pas et qui les connaît aussi peu.

*Le National* dit : Voyons-les donc, leurs belles institutions ! Ah ! ils nous parlent philosophie ? que veulent-ils faire avec leur philosophie ? Jean-Jacques a tout dit, Robespierre tout essayé. Nous continuerons l'œuvre de Rousseau et Robespierre.

Nous disons : Vous n'avez ni lu Rousseau, ni compris Robespierre, et cela parce que vous n'êtes pas philosophes, et que Robespierre et Rousseau étaient deux philosophes. Vous ne pourrez pas appliquer leur doctrine parce que vous ne savez ni ce que l'un a voulu dire, ni ce que l'autre a voulu faire. Vous croyez, par la guerre au-dehors et la force au-dedans, donner de la gloire à la France et à votre parti. Le peuple n'a pas besoin de gloire, il a besoin de bonheur et de vertu. Si cela ne peut s'acheter que par la guerre, il fera la guerre et vous prendra peut-être pour généraux, si vous faites vos preuves d'autre chose que de combat et de très petit combat à la plume ; mais tout en faisant la guerre, la France voudra des institutions et ce n'est pas vous qui les ferez, vous en êtes incapables. Votre ignorance, votre inconséquence, votre violence et votre vanité nous sont hautement manifestées par chaque ligne que vous écrivez, même sur les moindres matières. Qui fera donc ces lois ? un Messie ? nous n'y croyons pas. Des révélateurs ? nous ne les avons pas vus apparaître. Nous ? nous ne lisons pas dans l'avenir et ne savons pas quelle forme matérielle devra prendre la pensée humaine à un moment donné. Qui donc fera ces lois ? Nous tous, le peuple d'abord, vous et nous, par-dessus le marché. Le moment inspirera les masses. — Oui, disons-nous encore, les masses seront inspirées ! Mais à quelles conditions ? à la condition d'être éclairées. Éclairées sur quoi ? sur tout, sur la vérité, sur la justice, sur l'idée religieuse, sur l'égalité, la liberté et la fraternité, *sur les droits et sur les devoirs* en un mot.

Ici, entamez la discussion, si vous voulez, nous vous écouterons. Dites-nous où le droit finit, où le devoir commence, dites-nous quelle liberté aura l'individu et quelle autorité la société ? quelle sera la politique, quelle sera la famille, quelles seront les répartitions de travail et de salaire, quelle sera la forme de la propriété ? Discutez examinez, posez, éclaircissez, émettez tous les principes, proclamez votre doctrine et votre science et votre foi sur tous ces points. Si vous possédez la vérité nous serons à genoux devant vous. Si vous ne l'avez pas, mais que vous la cherchez de bonne foi, nous vous estimerons et ne vous contredirons qu'avec le respect qu'on doit à ses frères.

Mais, quoi, au lieu de chercher ces discussions dont les masses tiennent peut-être quelques solutions vagues (qui n'attendent pour s'éclaircir qu'un problème bien posé), au lieu de dire chaque jour au peuple les choses profondes qui doivent le faire méditer sur lui-même et de lui indiquer les principes d'où il *tirera* ses institutions, vous vous bornez à de vagues formules qui se contredisent les unes les autres et sur lesquelles vous ne voulez pas plus vous expliquer que des mages ou des oracles antiques ? vous vous bornez à une guerre âcre et sans goût, sans esprit, sans discussion approfondie avec certains hommes et certaines choses ? Il est possible qu'un journal de votre espèce soit nécessaire pour réveiller un peu la colère chez les mécontents et pour jeter quelque terreur dans l'âme des gouvernants, mais ce n'est qu'un instrument grossier. Qu'il fonctionne donc ! Nous l'apprécions à sa juste valeur et nous tenons sur la réserve pour ne pas ébranler une des forces de l'opposition qui n'en a pas *de reste*. Mais ce n'est à nos yeux comme aux yeux du peuple qu'une force aveugle, et, quand ceux qui font jouer cette machine, cette catapulte informe, s'imaginent être à la fois et le peuple et l'armée, nous les renvoyons à leurs éléphants et à leurs pièces de bois comme de vrais machinistes qu'ils sont.

Vous dites à cela : « Un journal qui paraît tous les jours, et qui est exposé à toute la rigueur des lois de 7^{bre} [6]

---

6. Les lois de septembre 1835 facilitaient les poursuites devant les tribunaux pour les délits politiques et la presse, qui se retrouvait ainsi muselée.

ne peut pas comme un ouvrage philosophique de longue haleine, soulever des discussions sur le fond des choses, l'opposition de tous les instants, ne peut être qu'une guerre de *fait à fait* ». À la bonne heure ; mais si vous êtes des hommes capables, les futurs représentants de la France, comme vous le prétendez, pourquoi ne faites-vous pas faire cette opposition nécessaire, mais grossière, par vos domestiques ? Si vous ne vous fiez qu'à votre activité, à votre courage et à votre désintéressement (on vous accorde ces trois choses et c'est beaucoup !) eh bien, faites, mais ne niez pas qu'on puisse faire une critique plus sérieuse, plus pénétrante, portant au cœur des choses que vous ne faites qu'effleurer. Ne niez pas qu'on doive discuter la doctrine politique, et l'appuyer sur les bases qui sont indispensables à toute société, l'unité de croyance. Au lieu de railler et de rejeter les idées fondamentales, encouragez-les, apportez les vôtres si vous en avez comme vous le dites, unissez-vous du moins par le cœur à ceux qui veulent travailler au temple, dont vous ne faites que le chemin de fer.

Eh quoi ! au lieu de cela, au lieu de les regarder comme vos frères, vous les raillez, vous les outragez, vous feignez de les dédaigner et de savoir mieux qu'eux ce que vous ne comprenez seulement pas ! Eh bien ! peu nous importe, et ce silence glacé de part et d'autre ne sera pas rompu par nous les premiers. Mais le jour où vous manquerez de cette prudence, vous trouverez peut-être à qui parler. En attendant, vous êtes bien pleutres, car nous attaquons vos doctrines, nous nous en prenons à votre maître Carrel, nous interrogeons votre pensée d'il y a dix ans, et il n'y en a pas un de vous qui ait un mot à répondre. Ce prétendu dédain de la part de gens de votre force est bien comique en vérité, et ne peut pas nous offenser, mais il donne à croire que vous êtes de grands hypocrites et des ambitieux bien personnels, vous qui prenez tant d'ombrage de ce que vous appelez notre *concurrence* ; vous qui dénoncez les autres journaux d'opposition dont vous craignez aussi la *concurrence*, comme n'ayant pas satisfait aux lois sur le timbre[7], vous qui ne

7. La loi du 14 décembre 1830 soumettait les journaux à l'impôt du timbre, mais prévoyait quelques exemptions, dont certains tentaient indûment de profiter.

vivez que de haine, de petitesse, d'envie et de morgue. Nous vous savons par cœur et si nous ne vous dénonçons pas à l'opinion publique, c'est parce que vous n'êtes pas assez forts pour faire beaucoup de mal, et parce qu'il y a bien autre chose à faire à cette heure que de s'occuper de vous.

Cette boutade va te faire croire qu'il y a une guerre acharnée couvant dans nos cœurs contre *le National* et sa *docte cabale*. Je puis te donner ma parole d'honneur que depuis que je t'ai quitté voici la première fois que j'en parle. Vivant au fond de mon cabinet et ne voyant Leroux qui travaille de même dans son coin, que quelques instants au bureau, pour nous entendre sur notre rédaction avec Viardot, et écrire quelques lettres d'administration intérieure, nous n'apprenons le mauvais vouloir et les petites menées du *National* que pour rire un peu du *toupet* avec lequel, partant de 3 abonnés, et assurés seulement de 3 rédacteurs (qui sont nous trois), exposés aux injures et à la fureur de tous les journaux, nous nous mettons en pleine mer sans nous soucier du lendemain. Nous nous sentons si forts de conviction que quand même personne ne nous écouterait, comme il ne s'agit ici ni d'argent ni de gloire, nous serions sûrs d'avoir fait notre devoir, obéi à une volonté intérieure qui nous enflamme, et laissé quelques vérités écrites qui mettront un jour quelques hommes sur la voie d'autres vérités.

En arrangeant tout au plus mal voilà ce qui peut nous arriver de pis, et c'est encore assez beau pour nous donner du courage. Aussi j'en ai plus que je ne m'en suis senti à aucune époque de ma vie, et j'éprouve un calme que n'altéreront pas, je te le promets, les *déclamations fougueuses* que je viens de t'écrire contre TON *National*. Pourquoi me contiendrais-je avec toi quand il me prend fantaisie de jurer un peu ? Cela soulage et ne prouve que l'ardeur avec laquelle je voudrais mettre la main sur ton cœur pour le disputer au diable. Quand par hasard dans la rue, ou dans le salon de Mme Marliani, où je mets le nez une fois par semaine, j'entends quelque hérésie contre ma foi, ou quelque cancan contre nos personnes, je n'en perds pas un point de mon ourlet, car j'ourle des mouchoirs à ces moments-là, et on ne me prendra pas par mes paroles avec les indifférents : à ceux-là on parle par la voie de la presse. S'ils n'écoutent pas, qu'importe ?

Mais, puisque j'ai une nuit de disponible et que je ne la
retrouverai peut-être pas d'ici à 2 ou trois mois, j'en ai
profité pour babiller avec toi, pour te dire que tu n'as
pas le sens commun, quand tu dis : « Je suis un homme
d'action, à quoi bon perdre le temps en réflexions ? »
C'est une grosse erreur que de croire qu'il y a des hommes
purement d'action, et des hommes purement de réflexion.
Quel homme eut plus d'action que Napoléon ? s'il n'eût
pas fait de bonnes et profondes réflexions à la veille de
chaque bataille, il n'en eût pas tant gagné. Il est vrai qu'il
réfléchissait plus vite que nous, mais il n'en réfléchissait
que davantage. Qu'est-ce qu'une action sans réflexion,
sans méditation antérieure ? Il y a un proverbe qui dit :
*Où vont les chiens ?* Et tu sais qu'on a écrit et discuté avec
une plaisante gravité, pour savoir si les chiens en marchant devant eux, à droite, à gauche, avec cet air sérieux
et affairé qui leur est propre, avaient un but, une idée, ou
s'ils étaient mus par le hasard.

Il est certain que pas même les animaux les plus
stupides, pas même les polypes n'ont d'action sans but.
Comment l'homme aurait-il une action quelconque sans
une volonté, et une volonté sans une pensée, et une pensée sans un sentiment, et un sentiment sans une réflexion,
et par conséquent une action sans le jeu de toutes ses
facultés ? Plus tu te poseras en homme d'action plus tu
affirmeras que la réflexion occupe en toi une grande part
d'existence, à moins que tu ne fusses fou, ou le séide
aveugle d'un parti qui dicte sans expliquer et qui commande sans convaincre. Non, cela n'est pas : aucun parti,
à l'heure où nous vivons, n'a de tels séides, et tu es
l'homme le moins séide que je connaisse.

Agis donc comme tu l'entendras dans la sphère d'activité présente où t'entraîne ce qu'on appelle l'opinion
républicaine. Tu n'y feras pas un pas qui ne soit accompagné chez toi de doute et d'examen. Ainsi ne crains pas
de lire de la philosophie. Tu verras qu'elle abrège singulièrement les irrésolutions. Quand elle est bonne et qu'elle
pénètre, elle devient comme la table de Pythagore apprise
par cœur. On n'a plus à supputer sur ses doigts ; les lents
calculs de l'expérience deviennent inutiles à répéter. Ils
sont acquis à la mémoire, à l'ordre du cerveau, à la faculté
de conclure. Il n'y a pas un seul homme tant soit peu
complet et fort, et capable de prendre vite et bien un

parti, de dominer un instant par son individualité, là où il n'y a pas, comme dit le grand Diderot, *cette Minerve tout armée* à l'entrée du cerveau[8].

Tout ceci est pour te dire que tu me fais écrire là une lettre bien inutile pour ton instruction, puisqu'en lisant plus attentivement… et plutôt deux fois qu'une, les excellents et admirables articles de Leroux dans notre revue, tu aurais trouvé la réponse même aux *pourquoi* que tu m'adresses. Ensuite si tu étais descendu dans ta propre réflexion avec une complète naïveté, tu te serais trouvé beaucoup plus grand (capable que tu es de pénétrer dans les profondeurs de la vérité) que tu ne crois l'être en disant : Je ne suis qu'un homme d'action. Un homme d'action, c'est Jacques Chérami, qui porte une lettre et ne sait pas pour quoi ni pour qui, ne te rapetisse pas. Tu as beaucoup rêvé, beaucoup senti, tu m'as dit durant ces derniers temps que j'ai passés là-bas [Nohant], des choses trop remarquables comme grand sentiment de cœur et grande droiture d'esprit en politique, pour que je te croie un ouvrier de la vigne du seigneur Thomas, ce bon vigneron qui saurait si bien dire : *Adieu paniers, vendanges sont faites !*[9]

Bonsoir, cher ami ; lis ma lettre à Fleury et à ta femme, si cela peut l'intéresser. Mais à personne autre je t'en prie. Je serais désolée qu'on me crût occupée à cabaler contre *le National* parce que je fais une revue qu'il ne veut pas annoncer. Dieu me garde de faire cette sale petite guerre du journalisme ! je n'ai pas un mot à répondre à tous ceux qui me demandent : « Pourquoi *le National* se sépare-t-il de vous ? » Je leur dis que je n'en sais rien. — Silence donc là-dessus. Embrasse ta femme et tes enfants pour moi.

Hélas ! je crois que je t'écris pour tout l'hiver ! Je n'ai pas le temps de causer et de me laisser aller. Écris-moi toujours, mais ne discutons plus, cela n'avance à rien. Si la revue t'embête en fin de compte, ne va pas croire que

---

8. Le 17 octobre 1841, Sand écrit à Louis Viardot qu'elle lit Diderot : « Quelle couleur, quelle force de poitrine, quelles entrailles sonores ! » Dans le *Salon de 1767*, il raconte la naissance de Minerve : Jupiter souffrait d'un grand mal de tête, « lorsque tout à coup il se releva, poussa un grand cri, et l'on vit sortir de sa tête entrouverte une déesse tout armée, toute vêtue : c'était Minerve ».

9. Rabelais, *Gargantua* (chap. 27).

je trouve mauvais que tu la *lâches*. Nous avons des abonnés et nous n'imposons rien même à nos meilleurs amis. J'ai la certitude qu'un jour, on lira Leroux comme on lit *le Contrat social*. C'est le mot de M. Lamartine. Ainsi, si cela t'ennuie aujourd'hui, sois sûr que les plus grandes œuvres de l'esprit humain en ont ennuyé bien d'autres qui n'étaient pas disposés à recevoir ces vérités dans le moment où elles ont retenti. Quelques années plus tard, les uns rougissaient de n'avoir pas compris et goûté la chose des premiers. D'autres plus sincères disaient : Ma foi je n'y comprenais goutte d'abord et puis j'ai été saisi, entraîné et pénétré. Moi je pourrais dire cela de Leroux précisément. Au temps de mon scepticisme, quand j'écrivais *Lélia*, la tête perdue de douleurs et de doutes sur toute chose, j'adorais la bonté, la simplicité, la science, la profondeur de Leroux mais je n'étais pas convaincue. Je le regardais comme un homme dupe de sa vertu. J'en ai bien rappelé, car si j'ai une goutte de vertu dans les veines, c'est à lui que je la dois, depuis cinq ans que je l'étudie, lui et ses œuvres. Je te supplie de rire au nez des paltoquets qui viendront te faire des hélas ! sur son compte, et de ne jamais le défendre. Tu vois que je ne te traite pas en *paltoquet*, et je le défends chaudement près de toi. Adieu encore. Aime-moi toujours un peu.

Je suis contente du *moral* de Jean [Alaphilippe], mais non de son physique : ses mains ont horreur de l'eau.

Tu ne m'as pas dit un mot d'*Horace*. Pour cela, je te permets de n'en penser de bien, ni aujourd'hui, ni jamais. Tu sais que je ne tiens pas à mon *génie littéraire*. Si tu n'aimes pas ce roman, il faut ne pas te gêner de me le dire. Je voudrais te dédier quelque chose qui te plût, et je reporterais la dédicace au produit d'une meilleure inspiration[10].

G.

---

10. *Horace* est en effet dédié à Charles Duvernet.

## 79. À CHARLES SAINTE-BEUVE

[Paris, 20 (?) janvier 1842]

Mon ami, je vous trouve un peu amer avec moi et fort
injuste avec les miens. Je veux vous le dire, non pas pour
*discuter* (bien mal me prendrait d'aimer la discussion, car
je n'y brillai jamais !) mais pour vous gronder. Je n'admets pas qu'il y ait ici aucune chose à faire que de vous
renvoyer vos reproches[1]. Quant à ceux qui portent sur
mon absence, sur mon silence, sur mon retour, que sais-
je ? Ce sont *querelles d'Allemand* auxquelles je ne réponds
point. Ce qui vous fâche le plus (vous faites semblant
du moins, et c'est une coquetterie pure de votre part),
c'est le titre de notre revue. Je n'en défendrai pas le sens.
C'est moi qui suis coupable de ce titre, et j'avais mes raisons pour savoir que je quittais une revue *non indépendante*.
L'antithèse m'était fort permise, et si j'aimais le scandale
*radical*, j'aurais pu faire un gros jabot et gagner la faveur
des *Guizot* de l'opposition, en criant sur les toits l'aventure d'*Horace*, roman refusé par Buloz, sous prétexte qu'il
compromettrait sa position, etc. Je n'ai pourtant pas fait
de bruit de cette aventure, et ce n'est pas une chose de
bien mauvais goût que de savoir borner toute la vengeance à un adjectif sur la couverture d'une revue nouvelle.

S'ensuit-il que cet adjectif soit un outrage pour toutes
les personnes qui écrivent dans la revue de Buloz ? Pour
celles qui y font de la politique, c'est peut-être tout au
plus un reproche. Pour celles qui y font de la *littérature
indépendante*, comme il n'y a que la vérité qui blesse elles
ne peuvent s'en faire l'application.

Je n'ai pas lu encore vos derniers travaux dans cette
revue. Mais jusqu'au dernier que j'ai lu, vous me sembliez
éviter de vous prononcer sur les questions sociales. J'ai
gravé dans ma mémoire qu'à une de nos dernières entrevues, vous avez dit devant moi à plusieurs reprises que
vous vouliez rester étranger *quant à présent* à la politique

---

1. Sainte-Beuve, collaborateur régulier de la *Revue des Deux Mondes*,
a dû reprocher à Sand son départ de la revue de Buloz, et le choix
du titre *La Revue indépendante*.

dans vos écrits. L'état de doute, voire de négation où vous étiez alors relativement *au pour* et *au contre* expliquait de reste cette neutralité consciencieuse et digne. Pourquoi me dites-vous aujourd'hui que je vous accuse indirecte-ment de *pactiser avec les philistins*? Mon ami, je ne sais point si vous pactisez avec eux. Si vous le faites, vous avez pour cela des raisons qui ne vous ôtent point votre indépendance. Il y a mieux; je crois qu'aimant la critique, et y excellant comme vous faites, vous devez souvent donner sur les doigts des gens avec lesquels vous *pactisez*, si pactiser il y a. À vrai dire, j'ignore la valeur de ce mot, et peut-être que moi aussi, je pactise souvent avec des personnes qui ne partagent pas mes opinions sur beau-coup de points, et que j'aime cependant de tout mon cœur.

Quelle barrière imaginaire voulez-vous donc mettre entre nous, mon ami? Demandez à votre cœur ce qu'il en pense, il donnera grand tort à votre esprit. Croyez-vous donc que j'aie avec le fanatisme de certaines croyances que j'avoue, l'intolérance des catholiques et l'orgueil des dévots? Je crois que ma nature ne comporte pas ces excès de force. Je suis moins grande et meilleure que les saintes que j'adore dans le passé. Mais je ne hais personne, je méprise fort peu de gens et encore mon mépris est-il assez rieur et bon enfant. Quant aux gens que j'estime, je ne leur fais point la guerre s'ils ne s'entendent pas entre eux sur les moyens de bien faire. Ne sont-ce point au fond les mêmes sentiments qui animent les uns et les autres? Croyez-vous que je m'estime valoir plus que vous, parce que dans mon espoir, dans ma joie je crois voir ouverte une porte que vous croyez voir fermée?

Sans doute je voudrais que vous eussiez la même espé-rance, la même vision, au lieu de cette désespérance et de cette vision qui vous attristaient si profondément l'an dernier. Je crois voir clair : si je ne le croyais pas fer-mement, pourrais-je faire semblant? Oh! rappelez-vous comme vous m'avez consolée et fortifiée autrefois lorsque j'étais sceptique jusqu'à la démence, et malheureuse à perdre l'esprit. Je sais que j'avais les mêmes instincts, les mêmes besoins, les mêmes désirs qu'aujourd'hui, seule-ment je croyais tout cela brisé par l'impossible; il y avait bien des choses que je ne comprenais pas lorsque vous me les disiez, et que je comprends aujourd'hui. Je me rappelle tout ce que vous me disiez, comme si c'était hier, et, si vous aviez encore mes lettres, ce qu'à Dieu ne plaise car elles étaient absurdes comme je l'étais alors, vous en trouveriez une où je vous disais que je ne voulais voir ni Jouffroy, ni Leroux, ni aucun homme vertueux, parce que dans ce temps-là je ne croyais point aux hommes sages et vertueux dont vous vouliez m'entourer, mais je vous demandais de me faire faire connaissance avec Dumas, ou avec Musset ; je m'imaginais que ces hommes souffraient des mêmes angoisses que moi, que le *sombre* de leur talent venait des mêmes causes. Vous qui saviez le contraire, vous me trouvâtes absurde et même coupable. Vous eûtes raison.

Que s'est-il donc passé depuis pour que vous disiez de Leroux : *Il me le paiera*. N'est-ce pas toujours le même homme, et vous, n'êtes-vous pas toujours le même homme ? Vous trouvez sans doute qu'il regarde trop loin ; lui, sans doute, trouve que vous regardez trop près. Est-ce un sujet d'amertume et de guerre quand on est comme vous deux sans mauvaise passion, comme sans mauvaise pensée ?

Mais ne le mêlons point à notre querelle. Je vous aime trop tous deux pour vouloir souffrir que vous vous plaigniez à moi l'un de l'autre. Je dois croire qu'il m'aime mieux que vous ne m'aimez ; je le vois à la façon dont il me parle de vous, et ceci est *si religieusement vrai*, que je ne sais ni ne devine le motif de votre aigreur contre lui.

Revenons à nous. Allez-vous me dire que vous êtes toujours le même homme, mais que je ne suis pas la même femme ? À beaucoup d'égards, je vous donnerais gain de cause. Il y avait entre moi d'alors, et moi d'aujourd'hui la différence d'une femme de trente ans, extrêmement enfant, à une femme de quarante extrêmement vieillie. J'avais la sauvagerie de l'ignorance ; ceci excusait un peu mes frasques, mes erreurs, mes sottises. Je vaux mieux aujourd'hui, et vous en conviendriez si aujourd'hui, comme dans ce temps-là, vous regardiez au fond de mon âme. Il n'y a pas de vanité de ma part à le dire. Ce qu'une femme gagne à quarante ans, n'est pas réputé fort précieux, en comparaison de ce qu'elle perd.

Mais enfin je suis la même à certains égards. Je suis sincère, je n'ai jamais d'arrière-pensée. J'ai encore cela de jeune que je ne devine pas celles des autres. Vous en avez une contre moi, je le vois bien ; je ne la pénètre point. J'ai encore cela de bête.

Vous ne voulez pas me voir. Je n'insiste pas. Vous devez avoir quelque meilleure raison que celles que vous me donnez. J'ai beau chercher quelles sont les personnes que vous ne voulez pas rencontrer chez moi, je n'en vois pas *une seule* que je n'aie vue l'an passé lorsque vous êtes venu chez moi. Quant aux *principales* je ne crois pas que votre exclusion puisse porter sur elles. Quant aux autres que je vois rarement, il se peut que quelqu'une d'entre elles ait péché contre vous à mon insu. Je ne veux pas m'en informer ; votre dignité me le défend. Mais votre excuse n'en vaut pas mieux. Vous savez bien qu'à Paris, on s'enferme aisément quand on se prévient.

Quoi qu'il en soit j'aime mieux m'affliger de votre absence que de vous voir sacrifier à ma satisfaction quelque répugnance fondée. Je me consolerais mieux si j'y croyais. Mais je crains que vous n'ayez contre moi quelque autre chose que vous feriez mieux de me dire pendant que vous êtes en train de me quereller. Est-ce que vous craignez mes *prédications* ? J'ai jadis écouté les vôtres d'un cœur trop reconnaissant pour oublier que vous avez été mon maître, que le premier et le seul alors vous m'avez parlé un langage sérieux. J'ai pu ne pas m'en souvenir assez depuis ; mais à présent que je reprends parfois mon passé pour me le raconter dans le repos d'une conscience, sinon réconciliée, du moins apaisée, je ne me sens pas l'orgueil de vouloir changer de rôle avec vous. C'est vous qui, le premier, m'avez prononcé le nom de Leroux, et qui m'avez enthousiasmée pour M. Lamennais, c'est à vous que je dois, après les orages d'où vous m'avez aidée à sortir, d'avoir cherché ma vie dans des sentiments moins individuels et dans des hommes qui pour moi devenaient des idées. Je m'étais toujours souvenue du *sauveur* qu'une fois vous aviez imaginé de me proposer. Ce sauveur c'était Leroux, et cette idée qui vous vint (je n'exagère pas, mon ami) m'a semblé depuis un éclair du génie de l'amitié : car Leroux, vous l'aviez pressenti et deviné, était l'intelligence qui pouvait suppléer aux défaillances de la mienne, en même temps que son sentiment humain répondait à tous les élans de mes sentiments humains. Il y a cinq ans que je le lis et que je l'écoute ; chaque progrès de son être a retenti dans le mien quoique à un degré bien moins élevé et en touchant des cordes qui rendent des sons d'une nature différente.

Voilà le bien qu'il m'a fait et que vous m'avez fait. Ma vie intellectuelle s'est composée de vous, de M. Lamennais et de Leroux. Tous les autres hommes supérieurs que j'ai rencontrés n'ont laissé en moi aucune impression de respect ou de gratitude. Ce n'est point à dire que je vous aie toujours trouvés parfaits, ni que j'aie secoué mon mors avec colère, avec précipitation parfois. Mais vous m'avez mis dans un certain chemin où je n'ai pas reculé, bien que sautant à droite et à gauche assez bêtement.

Je sais bien que vous, vous avez perdu la foi que vous avez commencé à me donner. Je ne puis vous en faire un crime. Dans ce temps maudit, pouvons-nous gouverner notre esprit battu par tous les vents ? Mais soyez tranquille, je respecte votre souffrance, je me rappelle la mienne, et je pleurerais plus volontiers avec vous que je ne saurais vous consoler et surtout vous prêcher.

Adieu donc, ami, jusqu'à votre guérison et à votre réveil.

## 80. À HONORÉ DE BALZAC

[Paris, février 1842]

Mon ami, je suis bien touchée de votre dédicace et bien enchantée de votre livre[1]. M. Souverain me l'a fait attendre plusieurs jours, et j'ai passé ces deux dernières nuits à le lire. Je suis fière aussi de cette dédicace, car le livre est une des plus belles choses que vous ayez écrites. Je n'arrive pas à vos conclusions, et il me semble au contraire que vous prouvez tout l'opposé de ce que vous voulez prouver. C'est le propre de toutes les grandes intelligences de sentir si vivement et si naïvement le *pour* et le *contre* (ces deux faces de la vérité, que la science sociale et philosophique saura concilier un jour) qu'elles laissent après elles deux sillons lumineux par lesquels les

---

1. Le roman *Mémoires de deux jeunes mariées* (Souverain, 1842), qui s'ouvre sur une longue dédicace à G. Sand.

hommes marchent à leur gré, aimant le poète pour des raisons fort diverses et fort bien fondées de part et d'autre.

Il y a longtemps que je rêve de faire sur vous un long article de discussion sérieuse[2] où vous seriez peut-être plus contredit en mille choses que vous ne l'avez jamais été, et où vous seriez cependant placé à une hauteur où personne n'a su vous mettre. Je trouve qu'on ne vous a jamais compris, et il me semble que moi je vous comprends bien. Je ne ferai pourtant jamais ce travail sans votre assentiment, et ne le publierai pas non plus sans vous le soumettre. Juger ses amis malgré eux, ne m'a jamais semblé de bonne foi, ni de bonne amitié.

À laisser à part toute discussion de *fond*, et à ne voir que le talent vous en avez eu dans ce livre sous une face nouvelle, outre mille choses exquises de noblesse, et de chasteté voluptueuse, il y a une peinture du sentiment maternel, puéril quelquefois (je vous admire trop pour vous cacher rien de mon impression) mais sublime presque toujours. Ainsi je trouve que vous lavez trop ces enfants devant nous, et cependant avec quel art prodigieux et quelle charmante poésie, vous nous faites malgré tout, accepter toutes ces éponges et tous ces savons! Mais la lettre sur l'enfant malade est si vraie, si énergique, si sublime[3] qu'il faut, mon cher, que vous ayez, suivant nos idées de Leroux, un souvenir d'existence antérieure, où vous auriez été femme et mère. Après tout, vous savez tant de choses que personne ne sait, vous vous assimilez tant de mystères du *non moi* (n'allez pas rire!) que je trouve en vous la plus victorieuse confirmation du système Pythagoricien de notre philosophe. Vous êtes un *moi* exceptionnel, infiniment puissant, et doué de la mémoire que les autres pauvres diables de *moi* ont perdue. Grâce à votre intensité de persistance dans la vie, vous êtes dans un continuel rapport de souvenirs et de sensations avec les séries infinies de *non moi* que votre *moi* a parcourues. Faites-nous un poème là-dessus. Je suis sûre qu'en fixant votre attention sur votre passé *éternel*, vous verrez ce monde des ombres s'animer devant vous, et

2. Ce n'est qu'après la mort de Balzac que Sand écrira en 1853 une notice, *Honoré de Balzac*, pour l'édition de ses *Œuvres complètes*.
3. Lettre xlv sur la toilette, lettre xl sur l'enfant malade.

vous saisirez la vie, là où nous ne voyons que morts et ténèbres.

Bonsoir, cher Dom Mar, et merci encore. J'admire celle qui procrée, mais j'*adore* celle qui meurt d'amour[4]. Voilà tout ce que vous avez prouvé et c'est *plus* que vous n'avez voulu.

À vous,

George

## 81. AU COMTE HIPPOLYTE-FRANÇOIS JAUBERT

[Nohant, vers le 25 mai 1842]

Je vous remercie beaucoup, Monsieur, de l'aimable envoi du Vocabulaire berrichon[1], et je vous sais gré surtout d'avoir fait ce travail intéressant et sympathique. Il y avait bien longtemps que je projetais une grammaire, une syntaxe, et un dictionnaire de notre idiome, que je me pique de connaître à fond. Je me serais bornée à la localité que j'habite, croyant, comme je le crois encore (pardonnez-moi cette prétention), que nous parlons ici le berrichon pur et le français le plus primitif. C'est la lecture attentive du *Pantagruel*, dont l'orthographe d'ailleurs est identiquement semblable à notre prononciation, qui m'a donné cette conviction, peut-être un peu téméraire. Le travail que vous avez fait est plus étendu, par conséquent meilleur, plus important et plus utile. Mais, étendant votre récolte, vous avez perdu quelques richesses de détail. Ainsi vos verbes ne sont pas complets comme les nôtres, ou peut-être vous n'avez pas voulu compléter votre conjugaison du verbe *manger*. Nous avons le subjonctif *que je mangisse*, 1re personne pluriel [sic] *que je mangissiinge*. Vous voyez que nous avons tous les temps, et que nous avons sujet d'être un peu pédants et de faire les puristes.

Cependant, nous ne ferons pas comme fait l'Acadé-

4. La mère de famille Renée de L'Estorade, et Louise de Chaulieu, devenue Mme Gaston, qui meurt à la fin du roman.

1. Le comte Jaubert a publié anonymement («par un amateur de vieux langage») un *Vocabulaire du Berry et de quelques cantons voisins* (Roret, 1842).

mie. Nous ne vous volerons rien, et nous ne vous contesterons rien, que l'orthographe et le sens exact de quelques mots. De plus je me propose de vous envoyer une centaine de mots que vous examinerez, et dont quelques-uns certainement vous plairont, soit que vous fassiez plus tard un appendice à votre vocabulaire, soit que comme amateur éclairé, il vous paraisse amusant de les connaître. Je suis en train de les bien examiner de mon côté, pour en établir l'orthographe ; car nos paysans ont une prononciation très accentuée. Ils prononcent qui *tchi*. Ainsi dans leurs pronoms démonstratifs qui sont très riches, ils disent : *quaqui-là*, celui-ci ; *quaqui-là là*, celui-là ; et *quaqui-là là là*, celui-là plus loin ou là-bas ; et ils prononcent *quatchi-là*, *quatchi-là là*, et *quatchi-là là là*, ce qui ne manque pas de caractère comme vous voyez : au féminin, *qualtchi-là*, *qualtchi-là là*, etc. Nous avons bien quelques *chiens-frais*[2] qui se permettent de dire : *c'te lui-là*, *c'tella-là*. *Mais ce sont*, comme dit Montaigne, *façons de parler champisses et mauvaises*[3], et nos puristes les traitent avec mépris.

Je me permettrai une seule critique sur votre manière d'orthographier *bouffoi*, *bouffouet*[4] et tous les mots de pareille composition. Nous prononçons *bouffoué* (nous disons plus souvent et plus élégamment *bouffret*), et je crois qu'il est conforme à cette prononciation ainsi qu'à la bonne orthographe, d'écrire *bouffouer*, comme les vieux auteurs, qui écrivaient *dressouer*, *draggouer*, etc. Notre prononciation est si bonne, que sans elle, nous aurions perdu le sens de plusieurs mots propres, exemple : nous avons une commune qui s'appelle, en *chien-frais* et dans tous les actes et registres civils, *Lalœuf*, nos paysans s'obstinent à lui donner son véritable nom : *L'alleu*[5].

Mais voici bien assez de critiques. Je vous dois les plus sincères éloges pour la réhabilitation et le nouveau lustre que vous donnez à notre idiome, à nos figures, et à

2. « Ceux qui s'attachent à parler plus correctement et paraissent affectés aux oreilles du paysan » (G. Lubin).

3. L'expression ne se retrouve pas chez Montaigne, qui emploie cependant l'adjectif *champi* (« ces champisses contenances de nos laquais », *Essais*, I, 49) que Sand utilisera comme substantif, au sens d'enfant trouvé dans les champs, dans *François le Champi*.

4. Soufflet.

5. Domaine héréditaire dont la propriété était franche de redevance, en droit féodal.

quelques mots qui sont de création indigène et dont rien
ne peut traduire la finesse. Fafiot, fafioter, berdin[6] (qu'il
faut écrire, je crois, *bredin*, parce que nous disons beurdin,
comme *peurnez*, prenez, *beurdouiller*, bredouiller, *deurser*,
dresser), sont des nuances d'ironie très fines, et je défie
l'Académie tout entière de nous en donner l'équivalent. Il
me faudra bien des phrases pour me faire connaître un
caractère, que le simple adjectif de *fafiot* me fera voir à
l'instant. Mais, Monsieur, vous ne connaissez pas le
*vasivasat*, en bonne orthographe vas-y vas-à, l'homme
incertain, timide, un peu fafiot, mais plus indécis encore
et dont la peinture est complète dans un mot. Je vous
supplie de ne pas dédaigner ce mot-là, et de lui rendre un
jour son *droit de cité*, comme disent nos prétentieux critiques modernes, à tout propos. Il est vrai que vous
m'avez appris *galope-science*[7] que j'ignorais et que je trouve
admirable par le temps qui court. Mais comment avez-
vous été induit en erreur au point de traduire *diversieux*
par divertissant? *Diversieux* signifie capricieux, mobile,
changeant. C'est l'homme de Montaigne, *ondoyant et
divers*[8]. Les Berrichons qui prennent ce mot dans une
autre acception font une faute énorme, et c'est à vous de
les redresser.

Maintenant, Monsieur, je compte écrire plus sérieusement, et sans aucune des critiques que je me permets ici,
quelques lignes dans ma *Revue indépendante*, sur votre intéressant Vocabulaire et la spirituelle notice qui le précède.
Comme vous avez modestement gardé l'anonyme en le
publiant, je craindrais de commettre une indiscrétion en
vous nommant, je vous prie donc de me faire savoir vos
intentions à cet égard et de me permettre d'annoncer du
moins le livre et de remercier l'auteur.

Agréez, Monsieur, l'expression de ma gratitude pour

6. G. Sand a dressé un lexique berrichon manuscrit (B.H.V.P.,
fonds Sand, Ms o2, publié par Monique Parent, « George Sand et le
patois berrichon », *Bulletin de la Faculté des Lettres de Strasbourg*, mai-
juin 1954, p. 57-102). Elle y a noté et rayé « *fafiot, te* (intraduisible
pour son extrême délicatesse) : musard, vétilleux, homme qui s'amuse
à de petites choses, par niaiserie » ; elle a aussi noté « *Beurdin,
bredasson* : musard ».

7. Ignorant, qui court après la science sans l'attraper.

8. « Certes, c'est un sujet merveilleusement vain, divers et ondoyant,
que l'homme » (*Essais*, I, 1).

votre envoi et pour les choses gracieuses que vous voulez bien y joindre, ainsi que l'assurance de mes sentiments distingués.

George Sand

Nohant, La Châtre.


## 82. À CHARLES PONCY

[Nohant, 23 juin 1842]

Mon cher Poncy, je ne vous écris qu'un mot, en attendant que je puisse vous écrire davantage. J'ai depuis six
semaines d'affreuses douleurs dans la tête, produites par
l'effet de la lumière sur les yeux. J'ai une peine bien
grande à fournir mon travail à *la Revue indépendante* et 4 ou
cinq jours par semaine, je suis forcée de m'enfermer dans
l'obscurité comme une chauve-souris ; je vois alors le
soleil et la nature par les yeux de l'esprit et par la
mémoire ; car pour les yeux du corps, ils sont condamnés à l'inaction ce qui m'attriste et m'ennuie prodigieusement.

Je recevrai avec grand plaisir M. Paul Gaimard, voilà
ce que je voulais vous répondre sans tarder. Et puis
maintenant je vous dis bien vite que j'ai reçu vos deux
lettres, que vos poésies[1] sont toujours belles et grandes,
que votre *Fête de l'Ascension* est une promesse bien sainte
et bien solennelle de ne jamais briser la coupe fraternelle
où vous buvez avec *les hommes de la forte race*, le courage
et la douleur.

Faites beaucoup de poésies de ce genre afin qu'elles
aillent au cœur du peuple et que la grande voix que le ciel
vous a donnée pour chanter au bord de la mer ne meure
pas sur les rochers comme celle de *la Harpe des tempêtes*.
Prenez dans vos robustes mains la harpe de l'humanité et
qu'elle vibre comme on n'a pas encore su la faire vibrer.
Vous avez un grand pas à faire (littérairement parlant)

1. Après la lecture en avril de *Marines*, poésies de Charles Poncy,
ouvrier maçon, de Toulon (Lavigne, 1842), Sand lui a écrit son
enthousiasme et l'a encouragé. Poncy lui a envoyé de nouveaux
poèmes (cités dans cette lettre) qui seront rassemblés dans *Le Chantier, poésies nouvelles* (Perrotin, 1844) dont G. Sand écrira la préface.

*pour associer vos grandes peintures de la nature sauvage avec la pensée et le sentiment humain.* Réfléchissez à ce que je souligne ici. Tout l'avenir, toute la mission de votre génie sont dans ces deux lignes. C'est peut-être une mauvaise formule de ce que je veux exprimer, mais c'est celle qui me vient dans ce moment, et telle qu'elle est, c'est le résumé de mes impressions et de mes réflexions sur vous. Méditez-la, et si elle vous suffit pour comprendre ce que j'attends de vos efforts, donnez-m'en vous-même l'explication et le développement dans votre réponse. C'est peut-être une énigme que je vous propose. Eh bien c'est un travail pour votre intelligence. Si vous n'entendez pas la solution comme je l'entends, rappelez-moi ma formule, et je vous la développerai de mon côté dans ma prochaine lettre. Au reste la difficulté que je vous propose d'*associer* (en d'autres termes) *le sentiment artistique et pittoresque avec le sentiment humain et moral*, vous l'avez instinctivement résolue d'une manière admirable en plusieurs endroits de vos poésies ; dans toutes celles où vous parlez de vous et de votre métier, vous sentez profondément que si l'on a du plaisir à voir en vous *l'individu* parce qu'il est particulièrement doué, on en a encore plus à le voir maçon, prolétaire, travailleur. Et pourquoi ? c'est parce qu'un individu qui se pose en poète, en artiste *pur*, en *Olympio*[2] comme la plupart de nos *grands hommes* bourgeois et aristocrates, nous fatigue bien vite de sa personnalité. Les délires, les joies, et les souffrances de son orgueil, la jalousie de ses rivaux, les calomnies de ses ennemis, les insultes de la critique, que nous importent toutes ces choses dont ils nous entretiennent, avec leur comparaison des chênes et des champignons vénéneux poussés sur leur racine ? comparaison ingénieuse, mais qui nous fait sourire parce que nous y voyons percer la vanité de l'homme isolé, et que *les hommes* ne s'intéressent réellement à *un homme* qu'autant que cet homme s'intéresse à l'humanité. Ses souffrances ne trouvent d'intérêt et de sympathie qu'autant qu'elles sont subies pour l'humanité. Son martyre n'a de grandeur que lorsqu'il ressemble à celui du Christ, vous le savez, vous le sentez, vous l'avez dit. Voilà pourquoi votre couronne d'épines vous a été posée sur le

2. Sand vise ici Hugo qui s'est ainsi désigné dans trois poèmes des *Voix intérieures* et des *Rayons et les Ombres*.

front. C'est afin que chacune de ces pointes brûlantes fît entrer dans votre front puissant une des souffrances, et le sentiment d'une des injustices que subit l'humanité. Et l'humanité qui souffre, ce n'est pas nous, les hommes de lettres ; ce n'est pas moi, qui ne connais (malheureusement pour moi, peut-être) ni la faim ni la misère ; ce n'est pas même vous, mon cher poète, qui trouverez dans votre gloire et dans la reconnaissance de vos frères, une haute récompense de vos maux personnels ; c'est le peuple : le peuple ignorant, abandonné, plein de fougueuses passions qu'on excite dans un mauvais sens, ou qu'on refoule sans respect de cette force que Dieu ne lui a pourtant pas donnée pour rien ; c'est le peuple livré à tous les maux du corps et de l'âme, sans prêtre d'une vraie religion, sans compassion et sans respect de la part de ces classes éclairées (jusqu'à ce jour), qui mériteraient de retomber dans l'abrutissement, si Dieu n'était pas toute pitié, toute patience et tout pardon.

Me voilà un peu loin de la concision que je me promettais en commençant ma lettre, et je crains que vous n'ayez autant de peine à déchiffrer mon écriture que moi à la voir. N'importe, je ne veux pas laisser mon idée trop incomplète. Je vous disais donc que vous aviez résolu la difficulté toutes les fois que vous avez parlé du travail ; maintenant il faut marier partout la grande peinture extérieure à l'idée-mère de votre poésie. Il faut faire des *marines* ; elles sont trop belles pour que je veuille vous en empêcher ; mais il faut sans sacrifier la peinture, féconder par la comparaison ces belles pièces de poésies si fortes et si colorées. Vous avez rencontré parfois l'idée mais je ne trouve pas que vous en ayez tiré tout le parti suffisant. Ainsi la plupart de vos *marines* sont trop de *l'art pour l'art*, comme disent nos artistes sans cœur. Je voudrais que cette impitoyable mer que vous connaissez et que vous montrez si bien, fût plus personnifiée, plus significative, et que, par un de ces miracles de la poésie que je ne puis vous indiquer, mais qu'il vous est donné de trouver, les émotions qu'elle vous inspire, la terreur et l'admiration, fussent liées à des sentiments toujours humains et profonds. Enfin il faut ne parler aux yeux de l'imagination que pour pénétrer dans l'âme plus avant que par le raisonnement. Pourquoi cette éternelle colère des éléments ? cette lutte entre le ciel et l'abîme, le règne du soleil qui pacifie tout ; pourquoi la rage, la force, la beauté, le calme ? Ne sont-ce pas là des symboles, des images en rapport avec nos orages intérieurs, et le calme n'est-il pas une des figures de la Divinité ? Voyez Homère ! comme il touche à la nature ! Il est plus romantique que tous nos modernes, et pourtant cette nature si bien sentie et si bien dépeinte n'est qu'un inépuisable arsenal où il puise des comparaisons pour animer et colorer les actes de la vie divine et humaine. Tout le secret de la poésie, tous ses prodiges sont là. Vous l'avez senti dans *la Barque échouée*, dans *la Fumée qui monte des toits*, etc. Je voudrais que vous le sentissiez dans toutes les pièces que vous faites ; c'est par là qu'elles seraient toutes complètes, profondes, et que l'impression en serait ineffaçable. Hugo a senti cela quelquefois ; mais son âme n'est pas assez morale pour l'avoir senti tout à fait et à propos. C'est parce que son cœur manque de flamme que sa muse manque de goût. L'oiseau chante pour chanter, dit-on. J'en doute. Il chante ses amours et son bonheur et c'est par là qu'il est en rapport avec la nature. Mais l'homme a plus à faire, et le poète ne chante que pour émouvoir et faire penser.

J'espère qu'en voilà assez pour une aveugle. Je crains que mon écriture ne vous communique ma cécité. Adieu cher Poncy. Suppléez par votre intelligence à tout ce que je vous dis si mal et si obscurément. Solange et Maurice vous lisent et vous aiment. Maurice a presque votre âge, je crois. Il a 19 ans, c'est un peintre. Il est doux, laborieux, calme comme la mer la plus calme. Solange a 14 ans, elle est grande, belle et fière. C'est un caractère indomptable et une intelligence supérieure avec une paresse dont on n'a pas d'idée. Elle peut tout et ne veut rien. Son avenir est un mystère, un soleil sous les nuages. Le sentiment de l'indépendance et de l'égalité des droits, malgré ses instincts de domination, n'est que trop développé en elle. Il faudra voir comment elle l'entendra, et ce qu'elle fera de sa puissance. Elle est très flattée de votre envoi et l'a collé dans son album avec les autographes les plus illustres. Avez-vous vu un n° de *la Ruche populaire* où mon ami Vinçard rend compte de vos *Marines* ? *Le Progrès du Pas-de-Calais* rédigé par mon ami Degeorge doit avoir fait aussi un article. Enfin *la Phalange* m'en a promis un. Si vous n'êtes pas à même de vous procurer ces journaux,

dites-le-moi, je vous les ferai envoyer. J'ai écrit à mon
éditeur Perrotin de vous faire passer un exemplaire d'*Indiana* et un de tous ceux de la nouvelle édition, à mesure
qu'ils paraîtront[3].

Quant aux vers que vous m'adressez, je les garde pour
moi jusqu'à nouvel ordre. J'y suis sensible et j'en suis
fière, mais il ne faut pas les publier dans le prochain
recueil, cela me gênerait pour le pousser comme je veux
le faire. J'aurais l'air de vous goûter parce que vous me
louez. Les sots n'y verraient pas autre chose, et diraient
que je travaille à m'élever des autels. Cela ferait tort à
votre succès, si on peut appeler succès la voix des journaux. Mais toute mauvaise qu'elle est, il la faut jusqu'à un
certain point.

*Adieu* encore, et à vous de cœur.

G. Sand

Ne vous donnez pas la peine de recopier les vers que
vous m'avez envoyés. Je ne les égare pas, et, si je vous
demande des changements et des corrections à ceux-là et
aux autres, vous aurez bien assez d'ouvrage. Ne vous
fatiguez donc pas à écrire plus qu'il ne faut. Je lis parfaitement bien votre écriture. Si je suis sévère pour le fond,
il faudra que vous soyez courageux et patient. Il ne s'agit
pas de faire un second volume aussi bon que le premier.
En poésie qui n'avance pas recule. Il faut faire beaucoup
mieux. Je ne vous ai pas parlé des taches et des négli-
gences de votre premier volume. Il y avait tant à admirer
et tant à s'étonner que je n'ai pas trouvé de place dans
mon esprit pour la critique. Mais il faut que le second
volume n'ait pas ces incorrections. Il faut passer maître
avant peu. Ménagez votre santé pourtant, mon pauvre
enfant, et ne vous pressez pas. Quand vous n'êtes pas en
train, reposez-vous et ne faites pas fonctionner le corps
et l'esprit à la fois, au-delà de vos forces. Vous avez bien
le temps, vous êtes tout jeune, et nous nous usons tous
trop vite. N'écrivez que quand l'inspiration vous possède
et vous presse.

---

3. Seize volumes des *Œuvres de George Sand, nouvelle édition revue par
l'auteur et accompagnée de morceaux inédits* seront publiés en format in-18
par Perrotin de 1842 à 1844.

## 83. À EUGÈNE DELACROIX

[Nohant, 14 (?) juillet 1842]

Cher ami, je me suis jetée, plongée dans le travail tous ces jours-ci pour ne pas trop sentir le chagrin de votre départ[1] et pour ne pas trop vous l'écrire. Vous étiez si triste de votre côté, si ennuyé de votre Paris, de vos fatigues, de tous vos liens de métier, qu'il ne fallait pas faire chorus avec votre découragement. Il eût fallu vous gronder au contraire, vous rappeler ce que vous êtes, ce que vous avez à faire, bien que vous soyez sceptique ou que vous prétendiez l'être à tous ces égards-là. Mais je ne me sentais pas assez philosophe pour vous prêcher cette noble indifférence dont je me vante aussi, un peu plus que de raison parfois; et mon sermon se serait probablement changé en plaintes et en regrets. Me voici enfin plus courageuse pour vous écrire, ce qui ne veut pas dire que je sois plus forte : mais que l'amitié l'emporte sur l'égoïsme et qu'au lieu de vous enfermer à Nohant dans ma pensée et dans mes vœux, je sens, je comprends qu'il faut que vous soyez à Paris travaillant, piochant, enrageant, et cependant terminant votre tâche et obéissant à votre vocation. À l'heure qu'il est, je suis sûre que, surmontant toutes ces nécessités, et tous ces déboires qui sont le tourment et l'élément nécessaire de la vie des artistes, vous vous êtes *repassionné* pour votre œuvre. Dieu est juste, s'il ne nous avait pas donné une compensation infinie dans l'amour du travail même, s'il n'avait pas mis dans le triomphe de certaines difficultés et dans l'accouchement de *certaines* idées, une joie secrète, nous serions trop misérables au milieu de la lutte, et quand toutes les choses humaines sont contre nous à toute heure. Moi, j'attends que je me repassionne pour mon griffonnage. Cela n'est pas encore venu, mais je m'opiniâtre sachant

1. Delacroix a séjourné à Nohant du 4 juin au 2 juillet; il y a peint le tableau *L'Éducation de la Vierge*, qu'il a donné à Sand, et dont Maurice a exécuté une copie pour l'église de Nohant. Sur ce tableau, vendu par Sand à Édouard Rodrigues en 1866 et entré en 2003 au Musée national Eugène Delacroix, voir les lettres 115, 205 et 345, et l'article d'Arlette Sérullaz dans *La Revue des musées de France. Revue du Louvre* (2004, n° 1, p. 18-19).

que ce moment *viendra*, et que je me mettrai un de ces
jours à trouver superbe et enchanteur ce qui me paraît
plat et lourd aujourd'hui.

Je me retrempe un peu avec ma sainte Anne et ma
petite Vierge. Je les regarde en cachette quand je me sens
défaillir, et je les trouve si vraies, si naïves, si pures que
je me remets au travail avec de beaux types et des idées
fraîches dans le... quoi ? Cela se passe-t-il dans la tête ou
dans le cœur, dans les nerfs ou dans le sang, dans le dia-
phragme ou dans le foie ? Qu'y a-t-il en nous de si
mystérieusement caché, et pourtant de si délicatement
impressionnable que tout y réponde, et qu'un instant
nous transforme, nous abat, ou nous ressuscite ?

Avez-vous retrouvé votre maîtresse [Forget] belle et
fidèle ? Moi, j'ai retrouvé mes œillets, et le Datura
fastuosa a fleuri. Chopin a daigné trouver sa blancheur et
son parfum irréprochables. Il a déclaré que vous en
seriez content. Si Michel eût été là, il vous eût demandé
de *le coucher sur le papier*.

Maurice a été tout imbécile jusqu'à présent. Il n'a rien
fait que préparer sa toile pour copier Ste Anne. Il tourne
autour et la regarde d'un air penaud, en disant : « Sapristi !
Sapristi ! » Je sais bien ce que cela veut dire. Il voudrait
faire et n'ose pas. Il est comme un corps sans âme et ne
parle que de retourner à Paris. — Chop a été bien souffrant après votre départ. Le voilà un peu mieux. Solange
a cherché votre bourse partout. Nous n'avons rien
retrouvé. Elle vous en fera une autre, et je terminerai le
bonnet, quand mes yeux qui vont mieux seront tout à
fait solides. En fait de nouvelles, Bocage a joué hier à La
Châtre dans une écurie qui s'appelle le Théâtre. Il a fait
bonne recette, et la salle était devenue un *étang, tant* il a
fait couler de larmes. Mlle Duteil en est plus mince de
moitié, et les grisettes de la ville en ont les yeux gros
comme le poing. Je n'ai rien vu de tout cela, mais Maurice et mon pataud de frère m'en font des récits admirables. Rollinat est venu nous voir, il n'avait pas donné
d'arrhes pour vous, vous ne lui devez rien. *Polyte* fait plus
de raccrocs que jamais[2]. — Ce bon Delacroix est-il
simple, dit-il, de s'imaginer qu'il y a des calculs à ce jeu-
là ! Quelle peine il se donne pour faire ce que je fais mal-

2. Au billard.

gré moi ! Viser est une erreur, toucher une bille plutôt
que l'autre, une illusion. — Je crois qu'il boit le vin et
caresse les filles avec le même sentiment et la même
théorie. Il l'a emporté dans les élections, grâce à ses
blagues et à ses rasades, il a fait conjointement avec nos
autres *agitateurs*, nommer notre candidat indigène [Dela-
vau]. Mais ce Muret de Bord a pris sa revanche à Châteauroux et Girardin chez nos voisins de Bourganeuf.

Voilà, cher vieux, toutes les nouvelles du pays où vous
vous êtes plu et reposé un peu, et où vous reviendrez
vous refaire encore l'année prochaine, n'est-ce pas ?
Papet nous a demandé beaucoup comment vous étiez en
partant, et nous a répété qu'il vous fallait de l'air et du
soleil tous les ans, sans quoi vous seriez souffreteux et
nerveux pendant ces quelques années de crise et de transformation dont il vous a parlé. Du reste il dit et redit que
vous n'avez rien, absolument rien de détraqué dans tout
votre être. Il dit la même chose de Chopin quoique ses
nerfs soient bien autrement malades que les vôtres. Nous
n'avons pas revu Duteil. *Il agite* à Niort pour Michel,
nous ne savons pas encore le résultat.

Bonsoir donc, mon bon petit. Tout le monde dort, mais
tout le monde me demandera demain matin si je vous ai
embrassé pour chacun, et si je vous ai bien dit que tous
vous aimaient tendrement. Moi, dans le tête-à-tête, je vous
embrasse pour tous et pour moi encore plus fort.

Donnez quelquefois de vos nouvelles et promettez de
revenir.

G. S.

## 84. À MARIE-SOPHIE LEROYER
## DE CHANTEPIE

Nohant, 28 août 1842

Mademoiselle,

J'ai reçu à Paris, où je viens de passer quelques jours,
la lettre que vous m'avez fait l'honneur de m'écrire il y a
deux mois. Je répondrais mal à la confiance dont vous
m'honorez si je n'essayais pas de vous dire mon opinion
sur votre situation présente. Cependant, je suis un bien

mauvais juge en pareille matière, et je n'ai point du tout le sens de la vie pratique. Je vous prie donc de regarder le jugement très bref que je vais vous soumettre comme une synthèse d'où je ne puis redescendre à l'analyse, parce que les détails de l'existence ne se présentent à moi que comme des romans plus ou moins malheureux et dont la conclusion ne se rapporte qu'à une maxime générale : changer la société de fond en comble.

Je trouve la société livrée au plus affreux désordre, et, entre toutes les iniquités que je lui vois consacrer, je regarde, en première ligne, les rapports de l'homme avec la femme établis d'une manière injuste et absurde. Je ne puis donc conseiller à personne un mariage sanctionné par une loi civile qui consacre la dépendance, l'infériorité et la nullité sociale de la femme. J'ai passé dix ans à réfléchir là-dessus, et, après m'être demandé pourquoi tous les amours de ce monde, légitimés ou non légitimés par la société, étaient tous plus ou moins malheureux, quelles que fussent les qualités et les vertus des âmes ainsi associées, je me suis convaincue de l'impossibilité radicale de ce parfait bonheur, idéal de l'amour, dans des conditions d'inégalité, d'infériorité et de dépendance d'un sexe vis-à-vis de l'autre. Que ce soit la loi, que ce soit la morale reconnue généralement, que ce soient l'opinion ou le préjugé, la femme, en se donnant à l'homme, est nécessairement ou enchaînée ou coupable.

Maintenant, vous me demandez si vous serez heureuse par l'amour et le mariage. Vous ne le serez ni par l'un ni par l'autre, j'en suis bien convaincue. Mais, si vous me demandez dans quelles conditions autres je place le bonheur de la femme, je vous répondrai que, ne pouvant refaire la société, et sachant bien qu'elle durera plus que notre courte apparition actuelle en ce monde, je la place dans un avenir auquel je crois fermement et où nous reviendrons à la vie humaine dans des conditions meilleures, au sein d'une société plus avancée, où nos intentions seront mieux comprises et notre dignité mieux établie.

Je crois à la vie éternelle, à l'humanité éternelle, au progrès éternel ; et, comme j'ai embrassé à cet égard les croyances de M. Pierre Leroux, je vous renvoie à ses démonstrations philosophiques. J'ignore si elles vous satisferont, mais je ne puis vous en donner de meilleures :

quant à moi, elles ont entièrement résolu mes doutes et fondé ma foi religieuse.

Mais, me direz-vous encore, faut-il renoncer, comme les moines du catholicisme, à toute jouissance, à toute action, à toute manifestation de la vie présente, dans l'espoir d'une vie future ? Je ne crois point que ce soit là un devoir, sinon pour les lâches et les impuissants. Que la femme, pour échapper à la souffrance et à l'humiliation, se préserve de l'amour et de la maternité, c'est une conclusion romanesque que j'ai essayée dans le roman de *Lélia*, non pas comme un exemple à suivre, mais comme la peinture d'un martyre qui peut donner à penser aux juges et aux bourreaux, aux hommes qui font la loi et à ceux qui l'appliquent. Cela n'était qu'un poème, et, puisque vous avez pris la peine de le lire (en 3 volumes), vous n'y aurez pas vu, je l'espère, une doctrine. Je n'ai jamais fait de doctrine, je ne me sens pas une intelligence assez haute pour cela, j'en ai cherché une, je l'ai embrassée. Voilà pour ma synthèse à moi ; mais je n'ai pas le génie de l'application, et je ne saurais vraiment pas vous dire dans quelles conditions vous devez accepter l'amour, subir le mariage et vous sanctifier par la maternité.

L'amour, la fidélité, la maternité, tels sont pourtant les actes les plus nécessaires, les plus importants et les plus sacrés de la vie de la femme. Mais, dans l'absence d'une morale publique et d'une loi civile qui rendent ces devoirs possibles et fructueux, puis-je vous indiquer les cas particuliers où, pour les remplir, vous devez céder ou résister à la coutume générale, à la nécessité civile et à l'opinion publique ? En y réfléchissant, Mademoiselle, vous reconnaîtrez que je ne le puis pas, et que vous seule êtes assez éclairée sur votre propre force et sur votre propre conscience, pour trouver un sentier à travers ces abîmes, et une route vers l'idéal que vous concevez.

À votre place, je n'aurais, quant à moi, qu'une manière de trancher ces difficultés. Je ne songerais point à mon propre bonheur. Convaincue que, dans le temps où nous vivons (avec les idées philosophiques que notre intelligence nous suggère et la résistance que la législation et l'opinion opposent à des progrès dont nous sentons le besoin), il n'y a pas de bonheur possible au point de vue de l'égoïsme, j'accepterais cette vie avec un certain enthousiasme et une résolution analogue en quelque sorte à celle

des premiers martyrs. Cette abjuration du bonheur personnel une fois faite sans retour, la question serait fort
éclaircie. Il ne s'agirait plus que de chercher à faire mon
devoir comme je l'entendrais. Et quel serait ce devoir ?
Ce serait de me placer, au risque de beaucoup de déceptions, de persécutions et de souffrances, dans les conditions où ma vie serait le plus utile au plus grand nombre
possible de mes semblables. Si l'amour parle en vous, quel
sera, avec une telle abnégation, le but de votre amour ?
Faire le plus de bien possible à l'objet de votre amour. Je
n'entends pas par là lui donner les richesses et les joies
qu'elles procurent : c'est plutôt le moyen de corrompre
que celui d'édifier. J'entends lui fournir les moyens d'ennoblir son âme, et de pratiquer la justice, la charité, la
loyauté. Si vous n'espérez pas produire ces effets nobles
et avoir cette action puissante sur l'être que vous aimez,
votre amour et votre fortune ne lui feront aucun bien. Il
sera ingrat, et vous serez humiliée.

Si l'espoir de la maternité parle en vous, quel sera (toujours avec l'abnégation) le but de votre espoir ? Ce sera
de vous placer dans les conditions les plus favorables à
l'éducation de vos enfants, aux bons exemples et aux
bons préceptes que vous devez leur fournir.

Enfin, si le désir de donner le bon exemple à votre
entourage parle en vous, examinez d'abord si votre entourage est susceptible d'être impressionné et modifié par un
bon exemple, et s'il en est ainsi, cherchez les conditions
dans lesquelles vous lui donnerez ce bon exemple.

Ici s'arrête nécessairement mon instruction. Si vous me
disiez d'appliquer à votre place ces trois préceptes, je
ferais peut-être tout de travers. Je crois avoir une bonne
conscience et de bonnes intentions. Mais je n'ai aucune
habileté de conduite, et je me suis mille fois trompée
dans l'action. Je crois que vous avez un meilleur jugement, et que, si vous vous servez de ma théorie, vous
sortirez des incertitudes où vous êtes plongée. La préoccupation où vous êtes d'une satisfaction personnelle que
je crois impossible d'assurer est l'obstacle qui vous arrête,
et, si vous vous sentez la foi et le courage de l'écarter, la
lumière se fera dans votre intelligence.

Je n'ai pas lu les ouvrages que vous m'avez fait l'honneur de m'envoyer. Ils ont été égarés dans un déménagement avec d'autres livres, et je n'ai jamais pu les

retrouver. Si vous aviez la bonté de renouveler votre envoi, j'y consacrerais les premières heures de liberté que j'aurai. Je vous demande pardon de mon griffonnage, j'ai la vue fort altérée. J'écris bien rarement des lettres et avec beaucoup de peine.

Agréez, Mademoiselle, l'expression de mon estime bien particulière et de mes sentiments distingués.

George Sand

Je serai à Paris vers le 25 7ᵇʳᵉ. Veuillez adresser à *La Revue indépendante*.

## 85. À CHARLES DUVERNET

[Paris, 12 novembre 1842]
Cour d'Orléans, 5 — rue St-Lazare

Mon bon Charles, tu es excellent, et tes marrons aussi. Nous les croquons à toutes les sauces, et cet échantillon du Berry, en même temps qu'il nous couvre de gloire aux yeux de nos convives, nous satisfait l'estomac en nous réjouissant le cœur. Solange surtout en fait son profit à belles dents, et Madame *Pauline* [Viardot] les a trouvés si bons, que je lui en ai promis de ta part un joli sac que certainement tu ne lui refuseras pas.

Je te dirai que nous sommes occupés de cette grande et bonne Pauline, avec redoublement depuis son *redébut* aux Italiens[1]. Je ne te dis rien de sa voix et de son génie, tu en sais aussi long que nous là-dessus ; mais tu apprendras avec plaisir que son succès, un peu contesté dans les premiers jours, non par le public, mais par quelques coteries et boutiques de journalisme, a été dans *la Cenerentola*, aussi brillant et aussi complet que possible. Elle y est admirable, et durant trois représentations de suite, on lui a fait répéter le final. On remonte maintenant le *Tancrède* pour elle, et les jours où elle ne chante pas, nous montons à cheval ensemble. Nous cultivons aussi le billard ; j'en ai un joli petit, que je loue 20 f. par mois, dans mon

1. Pauline Viardot a chanté au théâtre des Italiens (où elle avait fait ses débuts en 1839) *La Cenerentola* (1ᵉʳ, 3 et 5 novembre) et *Tancrède* (6 et 31 décembre) de Rossini.

salon, et, grâce au cigare, au sans-gêne, et à la bonne amitié, nous nous rapprochons autant que faire se peut dans ce triste Paris, de la vie de Nohant. Ce qui nous donne un air campagne, aussi, c'est que je demeure dans le même corps de logis que la famille Marliani, Chopin dans le pavillon suivant, de sorte que, sans sortir de cette grande cour d'Orléans[2], bien éclairée et bien sablée, nous courons le soir des uns chez les autres, comme de bons voisins de province. Nous avons même inventé de ne faire qu'une marmite, et de manger tous ensemble, chez Mme Marliani, ce qui est plus économique, et plus enjoué de beaucoup que le chacun chez soi. C'est une espèce de Phalanstère qui nous divertit et où la liberté mutuelle est beaucoup plus garantie que dans celui des Fouriéristes.

Voilà comme nous vivons cette année, et si tu viens nous voir, tu nous trouveras *j'espère, très gentils*. Chopin a été bien souffrant aux premières atteintes du froid ; mais le voilà réacclimaté et assez bien portant.

Solange est en pension et sort tous les samedis jusqu'au lundi matin. Elle est beaucoup plus sage, et assez mignonne. Maurice a repris l'atelier *con furia*, et moi *Consuelo*, comme un chien qu'on fouette, car j'avais tant flâné pour mon déménagement et les détails de l'installation, que je m'étais habituée délicieusement à ne rien faire, aussi mes yeux sont presque guéris et mes migraines sont rares. J'espère que je te donne sur nous, tous les détails que tu peux désirer. Quant à notre *Revue*, nous sommes en train de la reconstituer, et j'espère qu'après le n° qui paraîtra ce mois-ci, nous nous mettrons à flot. Tu me dis de lui mettre l'éperon au ventre, cela ne dépend pas de moi. Dans ce bas monde le zèle et le courage ne sont rien sans l'argent. Je n'en ai point, je n'en ai pas mis dans l'affaire, et Leroux et moi n'y sommes que pour notre travail. La mise de fonds s'épuisait avant que les bénéfices eussent pu être sensibles. Nous devions chercher à doubler notre capital pour continuer, nous avons fait mieux, nous l'avons triplé, et peut-être allons-nous le quadrupler. En même temps nous laissons les droits de

2. G. Sand vient de s'installer square (ou cour) d'Orléans, cité qui s'ouvrait sur la rue Saint-Lazare (elle s'ouvre aujourd'hui 80, rue Taitbout) : elle est au 5 (au 1ᵉʳ étage, Maurice a son atelier au 4ᵉ), Chopin au 9, les Marliani au 7.

propriété, et les peines de la direction à nos bailleurs de fonds. Cette direction jointe au travail de la rédaction et à la direction matérielle de l'imprimerie était une charge effroyable, pesant tout entière sur la tête et les bras de Leroux. Viardot, occupé des voyages, des engagements, et des représentations de sa femme, n'y pouvait apporter une coopération active, ni suivie.

Le peu que nous avons fait jusqu'ici est donc un tour de force, et moi qui vois les choses de près, loin d'éperonner avec impatience mon pauvre philosophe, j'admire qu'il ait pu s'en tirer, sans manquer à paraître tous les mois, et en y poursuivant de difficiles et magnifiques travaux de politique sociale. Enfin le n° de janvier sera fait sous la conduite de nos deux nouveaux associés (peut-être de nos trois associés[3]), et nos noms disparaîtront de la couverture, parce que nous aurons un gérant signataire, qui, moyennant le cautionnement (autre affaire grave que nous éludions faute d'argent, en ne paraissant qu'une fois par mois), fera marcher notre *revue* par quinzaines régulières. Viardot s'arrange et se concerte avec eux pour sa part de propriété, et nous restons comme rédacteurs principaux. Prenez donc patience avec nos dernières lenteurs. Si vous comptez vos n[os] et la matière énorme qu'ils renferment vous verrez que nous vous en avons donné plus que nous ne vous en promettions. Renouvelez vos abonnements, et si vous êtes contents de notre *honnêteté* de principes, comptez que la *revue* ne changera pas de ligne ; vu que nos associés sont des condisciples zélés et incorruptibles des mêmes doctrines.

Maintenant parle-moi de toi comme je te parle de moi, tu me dois cela en retour de mon bavardage. Je vois que tu as toujours une prédilection pour le beau pays romantique de Vijon. Heureux homme qui peux vivre où tu veux et comme tu veux ! Malgré tout ce que j'invente ici pour chasser le spleen que cette *belle* capitale me donne toujours, j'ai toujours le cœur enflé d'un gros soupir quand je pense aux terres labourées, aux noyers autour des guérets, aux bœufs *briolés* par la voix des laboureurs, et à nos bonnes réunions, rares il est vrai, mais toujours

3. En décembre, Louis Pernet et Ferdinand François prennent la direction de *La Revue indépendante*, qui devient bimensuelle ; Anselme Pététin y tiendra quelque temps la « Chronique politique », mais sans y être associé.

si douces et si complètes. Il n'y a pas à dire, quand on
est né campagnard, on ne se fait jamais au bruit des
villes. Il me semble que la crotte de chez nous est de la
belle crotte, tandis que celle d'ici me fait mal au cœur.
J'aime beaucoup mieux le bel esprit de mon garde-cham-
pêtre que celui de certains visiteurs d'ici. Il me semble
que j'ai l'esprit moins lourd quand j'ai mangé la fromen-
tée[4] de la mère Nannette que lorsque j'ai pris du café à
Paris. Enfin il me semble que nous sommes tous parfaits
et charmants là-bas, que personne n'est plus aimable que
nous, et que les Parisiens sont tous des paltoquets. Viens
nous voir cependant ici, comme tu en avais le dessein.
Cela me fera du bien pour ma part, et en embrassant les
joues fleuries de ma grosse Eugénie, il me semble que
j'embrasserai sainte Solange, notre patronne en personne[5]. Dis à cet infâme Gaulois de m'écrire un peu, et
dis-moi si ma pauvre petite Laure est mieux portante.
Parle-moi aussi de Duteil et d'Agasta, dont je ne sais rien
et qui, de près ni de loin, ne me donnent guère signe de
vie. Vous êtes bien gentils d'avoir fait quelque chose
pour nos pauvres incendiés[6]. De notre côté nous médi-
tons une petite soirée chantante, où Mme Pauline fera la
quête pour les pauvres avec des notes irrésistibles. En
réunissant chez nous une vingtaine de personnes à nous
connues, nous ferons une petite somme, et je remplirai le
déficit s'il y a lieu. Enfin j'espère que nos désolés n'auront rien perdu. Bonsoir, cher vieux ami, mille baisers à
ta femme et à tes chers enfants pour moi. Dis à Eugénie
de m'aimer, et vous deux n'en perdez pas l'habitude, je
ne saurais pas m'en passer.

À toi.

George

Amitiés et poignées de main de la part de Mme Viardot, de son mari, de Chopin et de mes enfants. Pauline
adore le Berry et les Berrichons. Elle y reviendra certainement l'automne prochain.

4. Bouillie de farine de froment.
5. La sainte patronne du Berry.
6. Un incendie avait détruit plusieurs maisons à Nohant.

## 86. À HENRIETTE
## DE LA BIGOTTIÈRE

[Paris, fin décembre 1842]

Brave Henriette, ce n'est pas de faire son propre bonheur, c'est de faire son devoir qu'il s'agit en ce monde. Vous-même, vous n'êtes pas entrée dans l'Église du Christ avec l'égoïste pensée de vous y reposer. Le Christ vous commande le travail et la prière selon vos forces et selon vos moyens, vos facultés. Vos facultés sont d'un paladin et non d'un rhéteur, dites-vous. Je le sais bien. Mais vous n'avez pas de rôle en ce monde, et ce temps-ci n'offre pas de but à votre ardeur, pas de cause à vos exploits.

Que ferez-vous donc pour servir le Christ ? L'aumône ? Oui, sans doute. Mais c'est bientôt fait, c'est bien facile quand on est riche, et c'est si naturel, si doux aux âmes droites comme la vôtre que cela ne peut être aux yeux de Dieu un mérite suffisant. Employez aussi vos bras et vos jambes au service des malheureux, cela va sans dire. Mais votre cœur satisfait à cet égard, reste votre intelligence que vous ne pouvez laisser dormir dans l'inaction et que Dieu ne vous a pas donnée pour rien. Nous n'avons pas reçu de lui un bienfait qui ne nous impose un devoir, et vous aurez à rendre compte de toutes les puissances qui sont en vous...

Il faut donc que vous lisiez, que vous réfléchissiez, que vous sachiez ce qui a manqué à Jésus pour être un Dieu, à l'Évangile pour être la parole éternelle. Vous le verrez facilement, et, probablement, vous n'en aimerez que davantage cet homme divin qui a eu vraiment Dieu en lui, et à qui Dieu a parlé.

Mais Dieu ne révèle pas l'absolue vérité aux hommes à un jour donné pour se taire ensuite et les abandonner aux incertitudes et aux querelles de l'interprétation. Il continue à parler à chacun de nous, plus ou moins selon que nous en sommes dignes, et l'Évangile, cette plus parfaite des vérités que l'homme ait reçue, il y a 1800 ans, n'est qu'une lettre morte si nous ne la développons de toute la vie qui est en nous. Depuis 1800 ans, l'Église s'occupe à tuer l'Évangile parce qu'elle veut l'interpréter

sèchement et sans comprendre qu'elle doit le continuer ;
et, à force d'adorer Dieu le fils, elle méconnaît la lumière
que Dieu le père a donnée à Jésus, à ses apôtres, aux
hommes qui ont vécu depuis, à nous qui vivons, à tous
ceux qui vivront à jamais.

Dieu, c'est la vérité éternelle au-dessus de nous.

L'homme vénérable et adorable dont nous avons fait
par idolâtrie un membre de la Trinité divine n'a pas pu,
dans un jour sublime qu'il a passé sur la terre, posséder
la vérité absolue, la vérité éternelle de Dieu. C'est un
blasphème que de le dire, c'est une idolâtrie que de le
croire.

Il a eu la révélation d'une part de vérité, immense,
magnifique, si on le considère comme on doit le considérer, comme un homme inspiré. Mais si on le prend
pour un Dieu, quel Dieu étrange que celui qui n'a pas
tout su ou qui, venant matériellement parmi nous pour
nous instruire et nous sauver, n'a pas voulu nous dire
tout ce qu'il nous était nécessaire de savoir !

Réfléchissez donc, descendez en vous-même, tâtez
bien votre foi, non pour la perdre comme ces esprits
grossiers qui ont besoin du mystère pour croire, et du
symbole pour obéir, mais pour la purifier, pour l'agrandir
de toute la puissance de votre intelligence et la rendre
digne du Dieu qu'adorait Jésus, ce martyr illustre qui fut
crucifié pour avoir vu plus loin que Moïse et les prophètes.

Si après un mûr examen, de longues études et de profondes réflexions, vous me dites, *dans dix ans*, que Jésus
est Dieu et que l'Évangile est le dernier mot de la divinité pour vous, j'aurai à apprendre de vous et de vos
recherches, non pas la vérité peut-être, mais de bonnes et
utiles choses, car, lorsqu'une grande âme cherche la
vérité, si elle ne la trouve pas, elle en recueille du moins
des parcelles lumineuses qui sont profitables aux autres,
et précieuses devant Dieu.

Jusque là, ne me dites pas que j'irai où vous allez, car
vous n'allez nulle part, vous vous reposez ; et moi, je ne
veux pas de repos. J'entends une voix dans mon cœur
qui me le défend et qui combat ma fatigue et ma paresse.
Sans doute je serais beaucoup plus heureuse de m'endormir paisiblement dans une religion toute faite, toute
arrangée, qui a réponse à tout, bonne ou mauvaise, et qui

a passé enfin par l'étamine de dix-huit siècles pour me faire un oreiller. Mais je me soucie bien d'être heureuse, en vérité ! Est-ce que je l'ai mérité ? Est-ce que j'en ai le droit ? Eh ! ce n'est point là ce qui m'occupe, je cherche mon devoir. Or je ne suis point satisfaite de celui que Jésus m'a tracé. Il a laissé pour moi trop de choses obscures dans l'avenir. Il n'a pas réglé le sort de l'humanité sur la terre. Il ne le pouvait pas, il n'était pas Dieu ! Mais il m'en a assez dit, pourtant, pour que je l'adore autant qu'il est permis d'adorer un homme, pour que je comprenne la voie où il faut marcher, la direction qu'il faut prendre, le but qu'il faut chercher. Il me mène, il me pousse, il me pénètre, il m'exalte, cet homme divin ! Mais, lui-même, dans son propre Évangile, m'a défendu de le prendre pour un Dieu et de m'arrêter à lui. Lui-même m'a défendu de chercher le bonheur pour mon propre compte, mais il m'a bien dit de le chercher pour les autres. Et ce problème qu'on appelle aujourd'hui *social* (Jésus l'appelait *le règne de Dieu sur la terre*), il ne l'a pas trouvé, et quiconque ne le cherche pas n'est pas croyant, n'est pas pieux, n'est pas même chrétien. [...]

Vous me parlez de *Spiridion*. Qu'est-ce que fait *Spiridion* dans tout ceci ? Ce n'est qu'un roman, qu'un cauchemar si vous voulez. Moi je n'ai jamais eu la prétention d'écrire une solution de quoi que ce soit. Ce rôle ne m'appartient pas. Ma vie entière se consumera peut-être à chercher la vérité, sans que je sache en formuler une seule face. À chacun sa tâche. Je fais ce que je puis faire. Née *romancier* je fais des romans, c'est-à-dire que je cherche par les voies d'un certain art à provoquer l'émotion, à remuer, à agiter, à ébranler même les cœurs de ceux de mes contemporains qui sont susceptibles d'émotion et qui ont besoin d'être agités. Ceux qui n'en sont pas susceptibles disent que je remue du poison parce que je mets un peu de lie dans le vin de leur ivresse insolente. Ceux qui ont la foi, le calme et la force, n'ont pas besoin de mes romans. Ils ne les lisent pas, ils les ignorent, ce sont les gens que j'admire et que j'estime le plus. Aussi n'est-ce pas pour eux que je travaille, mais pour de moindres intelligences.

Ceux qui trouvent de la perversité dans mes écrits sont des pervers eux-mêmes. Ceux qui y voient de la souffrance, de la faiblesse, des doutes, des efforts et surtout de l'impuissance, n'y voient que ce que j'y vois moi-même. Est-ce que j'ai jamais combattu ces critiques et ces jugements-là ? Nullement. Mais j'ai ému, et l'émotion porte à la réflexion, à la recherche. C'est tout ce que je voulais. Faire douter du mensonge auquel on croit, crier après la vérité qu'on oublie, c'est assez pour ma part, et ma mission n'est pas plus haute que cela.

Si je fais sur moi-même un travail plus sérieux, ce n'est point avec le projet d'en proclamer hardiment la solution. D'autres plus éclairés et plus puissants que moi le feront, et moi j'éclairerai mes très humbles productions d'artiste de la part de lumière philosophique et religieuse que j'aurai peu à peu obtenue. Quelque chose de moi que vous lisiez, n'y attachez donc pas plus d'importance qu'il ne faut. Fermez le livre en disant : « Voilà ce qu'elle cherchait en écrivant cela, je vais essayer, moi, de le trouver ». Et votre conclusion vaudra certainement mieux que celle que je vous aurais donnée.

Cependant, puisque nous en sommes sur *Spiridion*, je vous demanderai la permission de vous envoyer la dernière édition[1], parce que j'en ai changé le plus intéressant passage, savoir : le manuscrit trouvé dans le sépulcre. N'allez point croire que je vous recommande là un traité de philosophie, un résumé de science théologique, quoi que ce soit enfin de dogmatique et de *fort*. Ce sont trois ou quatre pages où j'ai exprimé la dernière pensée de Spiridion plus clairement et avec des textes tirés de l'Évangile. Il en sera de ces quelques pages comme de tout ce que j'ai écrit. Elles ne vous enseigneront rien, mais elles vous feront réfléchir, et, si vous trouvez la solution que je provoque, que je demande et que je cherche, vous m'en ferez part. [...]

Vous êtes bien bonne de défendre [*Leone*] Leoni contre les incriminations de la femme érotique qui n'y a vu qu'une manifestation érotique. C'est un critérium pour moi que chacun donne à ce qu'il lit. Nous nous voyons dans les livres comme dans un miroir. Vous avez compris *Leoni* comme je l'ai compris moi-même, comme on le comprend quand on ne peut aimer que purement. Mais aimer purement un être impur, est-ce donc une merveille

---

1. Au tome VII de l'édition Perrotin des *Œuvres*, à la suite du second volume de *Lélia* (BF 17 décembre 1842).

si rare, et le sujet de *Leoni* n'est-il pas commun, usé, vulgaire, à force d'être vrai ? J'ai eu soin de faire de Juliette un petit être candide, sans éducation, sans lumière, un véritable enfant, car, sans cette candeur et cette innocence, pourrait-elle être dupe et de la vertu et du repentir d'un scélérat ?

Laissons là mes livres — c'est leur faire trop d'honneur que d'en parler si longtemps. Je vaudrais bien peu si je ne valais pas un peu mieux qu'eux, et vous vaudriez bien peu, Henriette, si vous ne valiez cent fois mieux que moi. C'est parce que je le sais que je me dis : à vous de cœur,

George

## 87. À ALPHONSE DE LAMARTINE ‡

[Paris, 29 janvier 1843]

Monsieur,

Votre destin s'accomplit[1], votre chemin s'élargit de toutes parts, et comme vous êtes de la grande race des hommes de bien, vous devenez plus fort, plus sage et plus généreux à mesure que vous avancez dans la vie, au contraire de presque tous nos grands hommes du siècle qui s'éteignent dans les misères de l'amour-propre. Je n'ai jamais recherché l'honneur de votre amitié, et je n'ai même pas su profiter des occasions qui pouvaient m'obtenir votre bienveillance, mais j'étais sûre comme je le suis encore, que vous comprenez certaines réserves aussi bien que les plus vives expansions. Vous devez sentir, chaque fois que vous manifestez votre grandeur intérieure, que les cœurs sincères vous répondent et vous remercient du fond de leur silence. Enfin vous ne pouvez pas douter que ma pensée vous ait toujours suivi pas à pas, et je crois que malgré mon aversion pour les paroles inutiles, je fais encore chose assez inutile en vous écrivant tout cela.

1. En prononçant son « Discours sur l'adresse » le 27 janvier, Lamartine venait d'apparaître comme le chef de l'opposition en s'affirmant comme le champion « de la démocratie moderne, et des progrès de la liberté et de l'esprit humain dans tout l'univers ».

Vous voilà le chef de l'opposition, et vous connaissez maintenant assez les hommes et les choses de notre temps pour savoir que vous ne trouverez pas encore là ce que l'idéal de votre âme vous fait chercher parmi nous. Vous savez même bien que vous ne le trouverez dans aucun parti, chez aucun homme peut-être. Mais ce que vous avez dit est pour moi une certitude que vous irez toujours en avant dans la vraie route du *vrai*. Vous avez senti l'idée et la pensée de notre siècle parler en vous, et vous la confessez avec enthousiasme — avec elle, quoi que vous fassiez, quelque déception qui vous attende, ou quelque erreur où vous tombiez, vous sortirez toujours pur et grand de l'épreuve de la vie, et fissiez-vous quelque mal il est sûr que vous ferez beaucoup de bien. J'ignore si vous pourrez devenir le chef véritable, l'âme, le guide, l'inspirateur de cette opposition, où beaucoup de vanités et d'ignorances vous préparent plus d'une lutte et plus d'un chagrin, je l'espère un peu et le désire beaucoup. Si elle n'apprend pas quelque chose de vous, si vous ne lui communiquez pas le feu sacré et la passion vraie qui sont en vous elle est finie, et ne mérite pas un regret de vous, pas une plainte de votre part. Mais dans ce cas qu'importe ? au-delà de ce parti il y a le peuple, il y a l'humanité, et vous irez droit à l'humanité, n'importe par quelle route, vous parlerez au peuple, n'importe de quelle tribune. Marchez, allez, voilà tout ce que peuvent vous dire, avec joie, confiance, et respect, ceux qui sentent résonner dans leur propre sein, la sincérité admirable de votre voix.

Avancez donc et que Dieu ouvre les yeux de ceux qui vont vous suivre !

Tout à vous Monsieur.

George Sand

29 janvier 1843.

## 88. À GIUSEPPE MAZZINI

[Paris, 10 février 1843]

Monsieur,

Je suis bien certaine que je ne saurais trouver un plus beau sujet que celui que vous m'indiquez[1] : mais vous ne songez pas à ce que je suis. Je ne suis qu'un romancier, c'est-à-dire un pauvre composé de poète et de peintre. Je m'inspire de ce qui m'émeut moralement, mais je ne puis peindre que ce qui m'a frappé physiquement. Je ne pourrais pas faire un roman sur des hommes que je n'ai pas connus, sur des scènes que je n'ai pas vues, sur des événements que je n'ai pas traversés. Enfin ces sortes d'histoires poétiques qu'on appelle romans nous viennent malgré nous, et quelquefois de pâles figures, de médiocres sujets nous les inspirent, s'ils se trouvent sur notre chemin ; tandis que nous sentons notre impuissance pour peindre de grandes épopées qui se sont passées dans un milieu inconnu pour nous. Pardonnez-moi cette définition un peu pédante et frivole en même temps ; mais elle est vraie, et il faut bien que je me justifie auprès de vous ; car je suis très honorée de votre choix, et je tiens beaucoup à ne pas démériter de votre estime. Le cadre donné, ce que nous avons de foi, et d'enthousiasme vient s'y placer naturellement, et s'il n'en était pas ainsi, nos contes ne mériteraient pas de trouver deux lecteurs. Mais ce cadre, cette couleur qui les remplit, cette lumière qui les anime, cette vie qui y circule (bien ou mal, il faut que l'intention et l'espoir de toutes ces choses s'y trouvent), ce cadre enfin vous ne pourriez me le donner par des documents. Si j'étais en Italie, aux lieux où ces événements dont vous me parlez se sont accomplis, et qu'un

---

1. Sand répond à une lettre de Mazzini, alors exilé à Londres, du 10 décembre 1842, lui suggérant d'écrire un livre sur la *Jeune Italie* et le soulèvement de 1833, tout en critiquant le roman de Charles Didier, *Rome souterraine* (1833) : « une Italie souterraine, qui serait non l'épitaphe de la vieille et réactionnaire Italie telle que Didier nous l'a faite, mais l'hymne de la nouvelle, l'hymne du rajeunissement ». Sur le roman de Didier, voir l'article de Th. Bodin, « La *Rome souterraine* de Charles Didier annotée par George Sand », *Présence de George Sand*, nº 18, novembre 1983, p. 19-28.

des acteurs principaux fût à mes côtés, pour me dire : « Ici nous avons médité, là nous nous sommes rassemblés et inspirés les uns les autres. Plus loin nous avons combattu », sans doute alors le tableau se dessinerait dans mon imagination. Mais encore faudrait-il que ce *cicerone* de ma vision fût inspiré pour me donner l'inspiration. Il faudrait que ce fût vous-même, et sans doute le feu sacré passerait de vous en moi. De loin, et quand même vous me procureriez par écrit les notions les plus complètes, les plus colorées, je n'aurais qu'un aspect vague des choses, et, au lieu d'un roman, je ferais une histoire ou une prédication. Je me tirerais fort mal de l'une ou de l'autre. Mes facultés ne m'y portent pas : je ne suis pas une intelligence politique, quoique j'aie des sentiments politiques et un certain sens des idées sociales et philosophiques. Mais si jamais vous avez eu le temps de parcourir un roman de moi, vous avez dû voir que j'étais toujours forcée de manifester ces sentiments et ces idées sous une forme convenue dont je ne sortirais pas avec succès. Je ferais donc un mauvais roman sur un beau sujet, en essayant de revêtir d'une forme indécise et incomplète le poème de la jeune Italie ; je la desservirais en voulant la servir, et je serais coupable de l'avoir tenté. Le roman de Ch. Didier sur le carbonarisme n'est pas bon, quoiqu'il y ait des pages superbes. On les a remarquées, mais elles ne tiennent pas au sujet. Et le sujet mal esquissé, parce que sans doute il l'avait mal vu, n'a pas fait d'impression ici sur les lecteurs.

Depuis le 10 janvier, sans cesser de faire partie de la *Revue indépendante*, et de nous y intéresser, M. Leroux, M. Viardot et moi avons cessé d'en avoir la responsabilité et la direction, mais les nouveaux directeurs dont l'un, M. François, a je crois l'honneur de vous connaître particulièrement, m'ont dit qu'ils comptaient mentionner dans leur publication les utiles travaux et les nobles dévouements de votre vie. Ils ont pour vous l'admiration que vous méritez ; mais vous dites bien vrai quand vous déplorez nos étroitesses de nationalité. La petite politique de tous les matins, ce que le public appelle *l'actualité* absorbe tout, et si la *Revue indépendante* a donné trop peu d'attention jusqu'ici à la politique de l'humanité, c'est qu'au milieu des exigences tumultueuses de ce que l'on nomme les *questions du jour*, je crois qu'elle a eu bien de la peine à se retourner. Ce sont pourtant de pauvres questions que celles dont on veut bien s'occuper dans la politique officielle et peut-être vaudrait-il mieux laisser le peuple en chercher tout seul la réponse, que de les résoudre comme l'on fait.

J'ai été bien touchée de vos articles dans *l'Apostolat populaire*. Vous avez dit à *vos enfants* des paroles bien belles, bien pures, et bien profondes. Au milieu de cette lutte de toute votre vie contre *l'ennemi du genre humain*, vous devez être heureux malgré tout ; car vous devez être content de vous-même : et la foi, l'espérance doivent récompenser en vous le martyre de la charité.

Croyez moi bien tout à vous de cœur.

George Sand

J'ai bien recommandé à ces Messieurs de vous envoyer la *Revue indépendante*. Ils m'ont promis de n'y pas manquer.

Pardonnez-moi cette lettre déchirée, je vous écris dans la nuit, et je me trouve à court de papier.

## 89. À CHARLES PONCY

[Paris, 26 février 1843]

Mon cher enfant, J'ai reçu votre lettre ce matin, et non vos corrections de *la Belle-Poule*, ni l'autre pièce dont vous me parlez. Vos vers sont dans les mains de Béranger qui a fait un peu de difficulté pour se charger de l'examen et du conseil. Il trouvait la chose délicate, et craignait de vous affliger en étant tout à fait franc et sévère. Je lui ai dit que c'était au contraire le plus grand service qu'il pût vous rendre, et que vous en seriez reconnaissant, que vous n'aviez ni l'entêtement, ni l'orgueil chagrin des autres poètes, et que vous saviez préférer un ami à un flatteur. Je vous donnerai sa réponse quand je l'aurai. Tout en parlant avec lui de la publication de votre second volume[1], voici quel a été son avis : « Je n'entends pas plus les

---

1. La lettre est relative à la préparation du second recueil de vers de Poncy, *Le Chantier* (voir lettre 82).

affaires de librairie que vous ; et lui, les entend très bien, ainsi que les chances de succès. »

Il pense que les vers quelque beaux et nouveaux qu'ils soient, ont peu de retentissement à Paris, où tout le monde en publie et où le public inondé de ce déluge ne se donne pas la peine de les regarder. De beaux vers ne sont accueillis que par un certain nombre d'amateurs assez reſtreint. Il faut que ce soient des gens de goût, à exiſtence douce et tranquille. Il y a peu de ces gens-là ici. Il y en a moins tous les jours. Si vous voyiez cette vie affairée, matérielle, avide d'argent ou de grossiers plaisirs, vous en seriez conſterné. Mais revenons à l'avis de Béranger. Il dit que si vous vous faisiez imprimer en province, les frais seraient moindres de moitié, et les placements plus faciles, l'ouvrage étant sous la main, et vos souscripteurs sur place. Vous pourriez, si l'impression était exécutée proprement (car ici c'eſt une considération pour les libraires), nous en envoyer ici un certain nombre qu'on ferait prendre à un éditeur, en tâchant qu'il vous volât le moins possible. Perrotin ne vous volerait pas du tout, mais il fera difficulté de se charger d'une affaire de détail, lui qui, ayant fait assez bien les siennes, n'aime plus que les grandes entreprises à nombreuses livraisons suivies. Nous verrions bien pour cela. En attendant dites-moi si cette publication chez vous, vous offre les meilleures chances que Béranger croit y voir. Les dépenses qu'on vous a fait faire pour votre 1er volume me paraissent exorbitantes et si on les réduisait de moitié, vos profits seraient doubles. Je pense que vous trouveriez facilement un éditeur qui ferait les frais à charge de se rembourser avec des bénéfices modeſtes sur la vente, ou plutôt un imprimeur libraire, car je ne sais s'il y a des éditeurs proprement dits en province. S'il craignait d'en être pour ses frais, et qu'il vous demandât des garanties, je lui donnerais la mienne. De plus j'enverrais ma préface à lui tout comme à un éditeur de Paris. Je ne sais pas pourquoi vous ne retireriez pas de cette produꞔion tout le bénéfice possible. Vous allez être père, et un peu d'argent ne sera pas de trop. Je pourrai écrire dans deux ou trois villes du Nord et du Centre où je ferais prendre quelques douzaines d'exemplaires à des amis qui pourraient les répandre, ou les placer chez des libraires. De votre côté vous devez pouvoir le faire aussi.

Répondez donc à tout cela. Enfin, en dernier cas, si nous
attendions un ou deux mois, je suis presque sûre d'un
nouveau procédé d'imprimerie que M. Pierre Leroux a
découvert[2] et qu'il va mettre en pratique, au moyen
duquel nous aurions des livres imprimés avec une économie merveilleuse de frais. Si nous en étions là, tout
irait de soi-même sans que vous eussiez à vous occuper.
Nous vous imprimerions de nos propres mains ; car nous
ne pensons à rien moins qu'à simplifier l'imprimerie à ce
point. La machine est faite, notre grand inventeur prend
ses brevets, et nous la verrons fonctionner je crois
la semaine prochaine. Si vous pouvez vous procurer la
*Revue indépendante*, vous y verrez, au n° du 25 janvier dernier, un bel article de Leroux sur cette invention.

Dites-moi, mon cher enfant, si vous connaissez tous
les écrits philosophiques de mon maître Pierre Leroux, et
sinon, dites-moi si vous vous sentez la force d'attention
pour les lire. Vous êtes jeune et poète, cependant je les
ai lus et compris sans fatigue, moi qui suis femme et
romancier. C'est dire que je n'ai pas une bien forte tête
sur ces matières. Pourtant comme c'est la seule philosophie qui soit claire comme le jour et qui parle au cœur
comme l'évangile, je m'y suis plongée et je m'y suis transformée. J'y ai trouvé le calme, la force, la foi, l'espérance
et l'amour patient et persévérant de l'humanité, trésors de
mon enfance que j'avais rêvés dans le catholicisme, mais
qui avaient été détruits par l'examen du catholicisme, par
l'insuffisance d'un culte vieilli, par le doute et le chagrin
qui dévorent, dans notre temps, ceux que l'égoïsme et le
bien-être n'ont pas abrutis ou faussés. Il vous faudrait
peut-être un an peut-être deux, pour vous pénétrer de
cette philosophie qui n'est pas bizarre et algébrique
comme les travaux de Fourier, et qui adopte et reconnaît
tout ce qui est vrai, bon, et beau dans toutes les morales
et sciences du passé et du présent. Ces travaux de Leroux
ne sont pas volumineux, mais quand on les a lus, on a
besoin de les porter en soi, d'interroger son propre cœur

---

2. Leroux a déposé en 1843 un brevet pour un système de composition typographique, et exposé son invention dans un article
« D'une nouvelle typographie » (*La Revue indépendante*, 25 janvier
1843). Mais sa machine à composer, malgré des mises de fonds
importantes (notamment de Sand), ne fonctionna jamais correctement.

sur l'adhésion qu'il y donne ; enfin c'est toute une religion à la fois ancienne et nouvelle dont on a besoin de se
pénétrer et de couver avec tendresse. Bien peu de cœurs
s'y sont rendus complètement, il faut être foncièrement
bon et sincère pour que la vérité ne vous offense pas.

Enfin si vous vous sentez cette volonté de comprendre l'humanité et vous-même, vous aurez une tête
raffermie, de la certitude, et le feu de votre poésie s'y
retrempera tout entier. Vous en ferez verbalement l'explication et l'abrégé à Désirée, et vous verrez que son
cœur de femme s'y plongera. Je dois vous dire cependant
que ce sont des travaux incomplets, interrompus, frag-
mentés.

La vie de Leroux a été trop agitée, trop malheureuse,
pour qu'il pût encore se compléter. C'est là ce que ses
adversaires lui reprochent. Mais une philosophie c'est une
religion, et une religion peut-elle éclore comme un roman
ou comme un sonnet dans la tête d'un homme ? Les
grands poèmes épiques de nos pères ont été l'ouvrage de
dix et de vingt années. Une religion n'est-elle pas toute la
vie d'un homme ? Leroux n'est qu'à la moitié de sa carrière. Il porte en lui des solutions dont le cœur lui donne
la certitude, mais dont la définition et la preuve pour les
autres hommes demandent encore d'immenses travaux
d'érudition, et des années de méditation. Quoi qu'il en
soit, ces admirables fragments suffisent pour mettre un
esprit droit et une bonne conscience dans la voie de la
vérité. De plus, c'est la religion de la poésie. Si vous y
mordez, vous ferez un jour la poésie de la religion.

Dites, et je vous enverrai tout ce qu'il a écrit. Vous
vivrez là-dessus comme un bon estomac sur du bon pain
de pur froment. La poésie ira son train, et vous mettrez
dans chaque semaine une ou deux heures solennelles où
vous entrerez dans ce temple élevé à la vraie Divinité.
Vous y associerez Désirée, doucement, sans la déranger
de son culte si elle est attachée au catholicisme. Son esprit
fera une synthèse sans qu'elle sache ce que c'est qu'une
synthèse, et un jour viendra où vous prierez ensemble sur
le bord de cette mer où vous ne faites encore qu'aimer
et chanter. Quand vous aurez une foi solide et éclairée à
vous deux, vous verrez que l'âme de la plus simple
femme vaut celle du plus grand poète, et qu'il n'est point
de profondeurs ni de mystères dans la science divine,

pour les cœurs purs, pour les consciences paisibles. C'est alors vraiment que vous évangéliserez vos frères les travailleurs, et que vous ferez d'eux d'autres hommes. Aspirez à ce rôle que vous avez commencé par votre intelligence et que vous ne finirez que par une haute vertu. Point de vertu sans *certitude*. Point de certitude sans examen et sans méditation. Calmez votre jeune sang, et, sans refroidir votre imagination, portez-la vers le ciel, sa patrie. Les merveilles de la terre qui agitent votre curiosité, les voyages lointains qui tentent votre inquiétude ne vous apprendront rien de ce qui peut vous grandir. Croyez-moi, qui ai voyagé comme cet homme dont le poète a dit :

Le chagrin monte en croupe et galope avec lui[3].

Bonsoir, mon enfant, le matin arrive. Je vais me reposer. Embrassez pour moi Désirée et dites-lui qu'elle me rendra heureuse de donner à son enfant le nom de l'un des miens[4].

Répondez-moi et surtout n'affranchissez pas vos lettres, vous me feriez de la peine. Laissez-moi affranchir les miennes quand j'y pense[5], et ne les montrez pas, si ce n'est à Désirée.

## 90. À EUGÈNE SUE

[Paris, vers le 20 avril 1843]

Certainement, Monsieur, je lirai avec beaucoup d'intérêt les volumes que vous voulez bien m'envoyer[1] et dont

---

3. Boileau, *Épîtres*, V.
4. La petite Solange, née le 8 juillet, mourra quelques jours plus tard.
5. C'était généralement le destinataire qui payait les lettres qu'il recevait, sauf si l'expéditeur avait la délicatesse d'affranchir ses lettres (port payé).
1. *Les Mystères de Paris*, publiés en feuilletons dans le *Journal des Débats* du 19 juin 1842 au 15 octobre 1843, parurent en dix volumes chez Gosselin de septembre 1842 à octobre 1843. Voir Jean-Pierre Galvan, *Les Mystères de Paris. Eugène Sue et ses lecteurs* (L'Harmattan, 1998), qui donne l'intéressant échange de lettres entre les deux romanciers.

je vous remercie mille fois. Je ne sais pas si la forme vous
manque comme vous le prétendez, je ne m'en suis pas
aperçue. J'ai trouvé votre style clair, naturel, et coloré là
où il le fallait. Je ne sais de quel autre style un roman a
besoin, et pour ma part, je ne fais pas un énorme cas de
ces agréments-là quand le fond manque. Il m'a paru que
vous aviez une bonne et belle idée en commençant *les
Mystères de Paris.* Je désire que vous l'ayez soutenue dans
les volumes que je ne connais pas encore. Je crois qu'un
roman estimable doit être un plaidoyer en faveur d'un
généreux sentiment, mais que pour faire un bon roman,
il faut que le plaidoyer y soit tout au long sans que personne s'en aperçoive. Voilà tout le secret du roman. Je
ne l'ai pas encore trouvé dans la pratique. Toujours,
quand je suis à l'œuvre le plaidoyer emporte le roman, ou
le roman le plaidoyer. Tout l'art (car il y a de l'art dans
des moindres choses encore que le roman) consisterait, je
le sens, à incarner un monde idéal dans un monde réel.
C'est une grande difficulté. Il faut là plus que de l'observation, plus que de la mémoire, plus que du style, plus
que de l'invention. C'est un certain don aussi peu com-
municable et définissable, que celui de la peinture, et il
faut bien des facultés et des qualités réunies pour que ce
don-là apparaisse. Il m'a semblé que vous aviez touché le
but dans ces chapitres que j'ai lus, où *Fleur de Marie*
pleure son rosier symbole de pureté et de poésie. Les
amateurs de *mythes* pourraient dire dans leur style *fleuri*
que c'en est un, que *Fleur de Marie* est un type, un être
idéal, la figure de ceci ou de cela. Les amateurs de réalité,
les lecteurs de Paul de Kock pourront aussi se passionner pour tout le cadre réel qui fait de *la Goualeuse* un
être vivant. Et moi j'ai tout bonnement pleuré en lisant
cette histoire à la fois triviale et sublime parce que vous
y avez fait entrer le mystère du cœur, dans le mystère de
la rue.

Je *vous supplie,* Monsieur, *d'avoir continué* ainsi. Je vais
m'en assurer et je vous dirai toute mon impression si
vous le désirez. Mais comme je n'ai pas le droit de vous
la jeter à la tête, vu qu'il peut s'y trouver quelque critique,
il faudra que vous m'autorisiez à le faire. Encore n'en
profiterais-je qu'avec la promesse de votre part qui est à
charge de revanche et que vous me diriez aussi mes vérités. J'ai aussi dans *Consuelo* une espèce de *Goualeuse* qui est

en route depuis plusieurs volumes². Faisons mutuellement des vœux pour que nos héroïnes arrivent à bon port. Tout ce que je puis vous dire, c'eſt qu'aucune héroïne moderne ne m'a paru aussi originale, aussi hardie, aussi touchante et aussi poétique que la création de Fleur de Marie.

Pardon de mon griffonnage, je suis malade.

Agréez, Monsieur, mes compliments et mes remerciements empressés.

George Sand

## 91. À MARIE DE ROZIÈRES

[Paris, vers le 15 mai 1843¹]

Ma chère enfant, ne venez pas demain soir ni les autres soirs, du moins *tous les soirs* jusqu'à mon départ. Outre que je vais fermer ma porte pour ne pas avoir de visites et me coucher de bonne heure, je vais m'occuper d'affaires qui ne se peuvent traiter que par conversation et discussions, dans lesquelles votre présence gênerait, non pas moi, mais les personnes en cause, tout cela vous ennuierait infiniment par-dessus le marché.

Vous avez eu tort de vous chagriner de ce que je vous ai dit l'autre jour, ce n'était pas un reproche, mais un avertissement. Un moment vient où les petites filles ne le sont plus, et où il faut veiller à la tournure que peut [*sic*] prendre dans leur esprit toutes les paroles qu'elles entendent. Pas un mot *même indifférent* sur le *sexe masculin*, voilà toute la prudence que je vous recommande, il n'y avait pas de quoi pleurer, et dès que vous me promettez une

---

2. La parution des 8 volumes de *Consuelo* chez L. de Potter, après publication dans *La Revue indépendante* de février 1842 à mars 1843, s'étala de décembre 1842 à novembre 1843 ; à la date de cette lettre, seuls les deux premiers ont vu le jour.

1. Cette lettre avait été publiée sous le n° 3161 et datée [début juin 1845] par G. Lubin, qui a noté dans son exemplaire qu'il convenait de la redater peu avant le départ de G. Sand pour Nohant le 21 mai 1843 (elle ne reviendra à Paris que le 30 novembre). On notera aussi que dans la lettre du 13 juin, Sand interdit à Solange de montrer ses lettres à Mlle de Rozières.

grande attention je suis tranquille. Que je vous dise
encore une chose dont vous ne devez pas vous fâcher. Je
ne veux pas que Solange sorte avec vous cette année.
Elle est trop grande, trop formée, trop jeune fille et vous,
avec vos beaux yeux et vos petits pieds, vous n'avez l'air
ni d'une maman, ni d'une duègne, mais d'une petite
sœur. Et puis vous aviez un *porte-respect* et quoi que *quelqu'un* en ait dit, j'aimais mieux cela[2], l'amour vrai et le
mariage sont pour moi aussi sacrés l'un que l'autre. Faut-
il tout vous dire ? Vous n'étiez pas coquette dans ce
temps-là, et maintenant, mon petit chat, vos yeux ont
pris une expression terriblement voluptueuse. Enfin, je
crois bien que votre imagination trotte un peu, car vous
n'êtes plus précisément la même dans votre manière
d'être, et les hommes le remarquent. Si cela vous est égal,
à moi aussi, je n'ai pas le droit de vous faire la morale.
Mais il faut bien que je vous explique pourquoi je vous
sépare un peu de Solange jusqu'à ce que la petite crise
nerveuse soit passée, et que vous ayez pris un amant ou
un mari, *ad libitum*.

Quant à elle, fourrez-lui dans la tête beaucoup de travail, beaucoup de musique, et ne la laissez pas causer,
même de la taille de *Mr un tel*, ni de la moustache de *Mr
un autre*. Cela ne la regarde point et elle n'a pas besoin de
se connaître en beauté virile d'ici à longtemps. Vous avez
dit un de ces soirs devant des témoins trop nombreux,
quelque chose qui m'a beaucoup déplu, à propos des
moustaches de Mr... je ne sais plus comment il s'appelle ;
que Sol *les avait critiquées, et qu'elle n'avait pas besoin de vous
pour faire ses remarques et ses réflexions sur les hommes*. J'espère
que vous vous trompez et qu'elle ne les remarque pas
encore autant que vous, mais si vous apercevez en elle
cette disposition très fâcheuse pour son âge, ne l'encouragez pas en babillant sur ces riens-là avec elle, et priez-
la de regarder ses notes sur son cahier. Il paraît que le
Monsieur en question avait été l'objet d'une conversation
entre vous deux, puisque vous nous avez informés de
son jugement. Je ne vous reparlerais pas de ces petites
choses si vous n'aviez fait avant et depuis, deux ou trois

2. Le *porte-respect* était Anton Wodzinski, l'amant de Marie ; leur
rupture a eu lieu en 1842 (le « chagrin de l'année dernière », comme
il est dit plus loin, ce qui confirme la nouvelle datation). Le *quelqu'un*
est Chopin, qui n'appréciait guère cette liaison.

étourderies du même genre, si Grzym[ala] ne vous avait
pas demandé ce qu'on ne demande qu'à des yeux un peu
provocants, si vous n'aviez pas écrit à Pététin un billet
singulier et auquel il ne comprenait rien ⸱lui-même, si
vous n'aviez pas fait encore des yeux bien brillants et
bien charmants à un autre qui en a parlé tout haut devant
*Sol, malheureusement*, je vois donc que vous êtes plus enfant
et moins femme sérieuse que je ne vous ai vue depuis
trois ans que je vous admirais et vous estimais pour votre
tact et votre bonne tenue. J'estime toujours votre cœur
que je sais généreux, sincère, dévoué et noble. Mais votre
extérieur, faut-il vous avouer que j'en souffre maintenant
beaucoup, et que quand on me demande d'une certaine
façon qui vous êtes, et s'il *y a moyen*, cela me fait une peine
mortelle ? Moi, je vous aime. Mille calomnies contre vous,
s'il y en avait, ne me feraient rien du tout. Une femme
porte sa chasteté dans son regard et je ne la juge que sur
elle-même. Chère Marie, vous n'êtes pas une femme
galante, vous êtes née pour aimer, et votre cœur seul a fait
ce qu'on appelle des sottises, ce que j'appelle des actes de
foi et de vérité. Pourquoi depuis quelque temps avez-vous
l'aspect d'une femme de plaisir ? pourquoi Grzym[ala] s'y
est-il trompé au point de vous faire la plus mortelle
injure ? Et pourquoi me l'avez-vous dit en riant ? Je
crains que la solitude ne vous mette dans un état maladif, je vous ai avertie dix fois en riant aussi, afin que les
autres ne crussent pas que je parlais sérieusement, et en
exagérant la plaisanterie jusqu'au cynisme, afin que vous
seule comprissiez qu'il y avait au fond de cela entre vous
et moi, un *millième* de vérité qui vous était applicable.
Vous n'avez pas voulu le comprendre, je vous le dis
donc sérieusement et franchement. Vous aimerais-je si je
ne vous le disais pas ? Prenez garde aux déclarations
qu'un vif regard et une fausse apparence de coquetterie
arrachent aux hommes par surprise. Ils s'en vantent, et
puis ils s'en moquent. Maurice a souvent avec vous un
ton que je trouve bien déplacé, et même offensant pour
vous, je lui en ai fait souvent de sévères reproches. Il me
répond : — En effet, j'ai tort, mais que veux-tu ? Elle fait
semblant de se fâcher, et elle en est enchantée au fond.
Je l'aime beaucoup, mais je ne peux pas la respecter.
— Mon enfant, vous ne serez aimée d'amour que quand
vous serez infiniment respectée.

— Si tout ce que je vous dis là vous fâche, révoltez-
vous et grondez-moi, surtout ne pleurez pas, car rien ne
me fait plus de peine, mais pensez-y, et vous verrez que
je suis votre meilleure amie, puisque j'ai le courage de
vous faire pleurer. Je ne pensais pas que vous vous
consoleriez si vite du chagrin de l'année dernière. Je vous
conseillais bien de vous consoler, mais je m'imaginais
qu'il y en aurait pour des années et j'en étais effrayée
pour votre santé, pour votre vie. J'aime mieux vous voir
consolée que morte ou malade, mais si vous êtes déjà si
décidée à chercher le contrepoison dans un meilleur
amour, pourquoi faut-il que les autres s'en aperçoivent ?
Mauvais moyen ! Les hommes fuient quand on les
appelle, et comme au fond vous êtes sage, et ne voulez
pas vous donner aussi vite que vous vous offrez (du
regard), vous trouverez des ennemis ou des railleurs.
Tous ne seront pas comme cet uſtuberlu[3] de Grzym, qui
dit : Voulez-vous ? et qui ne se souvient pas du refus le
lendemain, plus que de la proposition. Gare, gare ! vous
ne savez pas où cela mène. Une femme porte son sexe
et son tempérament dans son regard et dans son sourire.
On eſt toujours coupable quand on eſt insultée. Vous
racontez souvent qu'on vous a suivie, que dans les omnibus on vous a mis la main sous le derrière : tout cela
m'étonne au dernier point. J'ai couru Paris seule, à toutes
les heures, et sans coudre mes caleçons, comme vous les
cousez, m'avez-vous dit, quand vous montez en diligence
(car tout cela m'eſt revenu à la mémoire), et jamais je n'ai
trouvé un insolent. Vous me direz que je n'avais pas
votre tournure. C'eſt vrai. Je marchais comme une oie et
j'ai toujours eu l'air vieillot mais enfin eſt-il impossible
d'être gentille et bien faite, et de n'être pas attaquée à
tous les coins de rue et dans toutes les voitures ? J'espère
que non.

Jetez tout cela au feu. Si vous trouvez que je déraisonne, ne vous en faites pas de chagrin et moquez-vous-
en. Si vous trouvez que je n'exagère pas, profitez-en.
Enfin si vous n'en profitez pas et que vous me trouviez un peu soucieuse et railleuse avec vous, pardonnez-moi, et dites-vous que nous ne pensons pas de
même sur certains points. Voilà tout. Je ne vous en aime-

3. Forme populaire d'hurluberlu.

rai pas moins mais je ne peux pas vous promettre de dissimuler.

Brûlez, que personne ne voie et ne sache et ne soupçonne ce que je vous dis là.[4]

## 92. À SOLANGE DUDEVANT-SAND

[Nohant, 13 juin 1843]

J'ai reçu ta lettre hier[1], ma chère grosse, et je te félicite
de la fin de ton accès de paresse. Puisse l'accès de courage durer plus longtemps. Je ne sais ce que tu veux dire
en prétendant que je te gronde. Ce mot-là ne devrait pas
être employé entre nous et n'avoir pas de sens pour toi.
Je te fais souvent des reproches, ce qui est bien différent,
et ce qui est plus grave. Mais je gronde Pistolet. Quant à
toi, tu fais semblant de prendre les reproches pour des
accès de mauvaise humeur, et te sentant des torts, tu
cherches à les attribuer aux autres. Si M. Bascans n'est
pas content de ta paresse c'est qu'il a mal aux nerfs. Si
Mme Bascans te prive de sortie c'est qu'elle a mal aux
dents. Si je trouve tes réponses peu respectueuses et peu
affectueuses pour moi c'est que je n'ai pas assez dormi.

Voilà ton système, nous le connaissons. Et il n'est pas
neuf. C'est au premier coupable qu'on en doit l'invention
sur la terre. Ce premier coupable était un égoïste, et ne
comprenant pas l'affection, il n'a pas compris que ses
juges pussent le punir, dans son propre intérêt, et souffrir
en le condamnant d'un autre mal que la colère ou la
colique. Cependant moi je crois que le premier juge qui
a condamné son semblable à une réparation, et le premier parent qui a fait des reproches à son enfant pour

4. Après une telle lettre, G. Sand ne devra pas s'étonner de trouver dans Marie de Rozières sa pire ennemie, lors de la rupture avec
Chopin.

1. Sand répond ici en fait à deux lettres de Solange du 25 mai et
du début juin, publiées par Bernadette Chovelon, *George Sand et
Solange mère et fille* (Christian Pirot, 1994, p. 297 et 302). Dans la première, elle dit son enthousiasme après la lecture de *Mauprat*; dans la
seconde, elle raconte qu'on l'a menée voir le « Salut de la Vierge à
Notre-Dame de Lorette ».

une mauvaise parole ou une mauvaise pensée, ont dû
souffrir de toute autre chose, et qu'il n'y a pas besoin
d'avoir mal aux nerfs ou mal au ventre pour être irrité et
profondément affligé des torts de ce qu'on aime. Puisque
tu as fait tes réflexions sur le *sang-froid* avec lequel j'écrivais une lettre à quelqu'un pour le faire pleurer, tu aurais
dû te dire que si je n'étais pas en colère en écrivant, je
souffrais intérieurement du chagrin que cause une preuve
d'ingratitude, et que je n'étais pas sous l'impression du
dépit que donne la contrariété. Tu es très portée à accuser et à condamner toi-même, et tes jugements ne
respectent personne pas même moi. Je ne prétends pas
me poser en idole devant toi, et tu devrais te souvenir
qu'en général je ne me pose ainsi devant personne. Mais
si tu me trouves des torts et des travers (ce qu'à ton âge
je n'avais, je l'avoue, jamais songé à faire envers ma
mère), tu devrais au moins faire servir ton intelligence à
comprendre ces torts et ces travers-là ; et tu verrais alors
que l'amour est toujours au fond, en ce qui te concerne.
Un jour, tu les comprendras, et tu verras que le plus
grand de tous envers toi est de n'avoir pas été assez
sévère et assez froide. Louis XIV se plaignait de n'avoir
pas reçu le fouet dans son enfance et d'être resté ignorant. Quelque jour tu t'apercevras peut-être que tu as en
toi un grand fond de personnalité et ce ne seront pas
des gens bienveillants qui te le feront sentir. Ce seront
des indifférents, peut-être des ennemis, et qui t'en puni-
ront cruellement. Tu te souviendras alors de l'indulgence
et de la faiblesse avec lesquelles je t'ai passé tant de torts,
tu trouveras que j'ai été beaucoup trop *mignoune* et que si
je l'avais été moins, tu le serais devenue davantage. Pense
à tout ce que je te dis là, et sois bien sûre que je te l'écris
FORT TRANQUILLEMENT comme tu dis. La tranquillité
va aussi bien avec le chagrin que l'emportement et l'indignation. Il y a beaucoup de nuances, et ce qui afflige ne
peut nous laisser ni toujours calme, ni toujours énergique,
et d'un autre côté, il n'est pas beau de jouer avec les
émotions pénibles, qu'on suscite aux êtres occupés de
nous.

Françoise [Caillaud] a pleuré toute la matinée parce
qu'elle avait cassé l'anse de ma petite cruche de grès.
Cependant je ne lui avais pas dit un mot de reproche et
j'ai été obligée de la consoler. Ce n'était pas la crainte

d'être grondée qui lui faisait tant de peine, c'était le regret
d'avoir brisé une bagatelle qu'elle savait m'être commode.
Réfléchis un peu à cela. Et qu'ai-je fait dans ma vie pour
Françoise en comparaison de ce que j'ai été pour toi ?
Mais Françoise aime ; voilà tout le secret, et je ne l'ai
jamais *grondée* qu'à une époque où j'ai cru qu'elle ne m'aimait pas.

Ainsi quand je te gronde, dis-toi qu'apparemment tu
m'as donné de fortes raisons pour douter de ton affection.

Entendons-nous, cependant, avec toi il faut mettre les
points sur les *i*. Je ne crois pas que tu ne m'aimes pas. Je
ne peux pas le croire, surtout à l'âge que tu as maintenant, où à moins d'être une bûche, il est impossible que
ton cœur reste endormi. Mais je crois que tu es encore si
empêtrée dans les liens de l'enfance (car tu es paresseuse
en tout et ton développement est plus lent que ton âge
ne le comporte) que tu te préfères encore à tout le reste
de l'univers. Un être intelligent et bien organisé arrive
cependant à comprendre à ton âge que la vraie affection
est d'aimer quelque chose, ce quelque chose, ce ne sont
pas les rubans et les dentelles, c'est *le bien, le beau, le bon,
le vrai*, et quelqu'un plus que soi-même. Ce n'est pas seulement un devoir, c'est un besoin des âmes généreuses, et
je frappe sans cesse à la porte de ton cœur pour voir si
ce besoin me répondra enfin : *on y est*. Pourquoi la fiction
du caractère d'*Edmée* [de Mauprat] t'a-t-elle plu ? Pourquoi dis-tu que c'est *la plus belle des filles* ? ce n'est pas
parce qu'elle monte à cheval, et qu'elle a des plumes sur
son chapeau. C'est parce qu'elle a un dévouement enthousiaste, parce qu'elle préfère son père, son fiancé et ses
amis à elle-même. Pourquoi l'aimes-tu dans le procès ?
c'est parce qu'elle s'expose à tout pour proclamer son
affection et la vérité. Donc tu comprends et tu sens qu'il
y a quelque chose de mieux que de s'attifer du matin au
soir, de faire la belle et l'esprit fort, et de vivre pour soi.
Tu aimes moins Consuelo qu'Edmée, parce que jusqu'à
présent, en ayant des accès de dévouement pour les autres,
elle n'a pu surmonter tout à fait le désir de vivre pour elle-
même, et de se débarrasser des liens de l'affection. Ces
liens sont un peu rudes, sa vie est un combat. Tu m'as
demandé souvent quel serait le dénouement de toutes ces
folles aventures que j'invente. Je t'ai demandé à toi-même
de le trouver et de me le dire. Ne devines-tu pas que ce

dénouement sera le triomphe du dévouement de Consuelo, et le sacrifice de toutes ces émotions, de toutes ces fièvres d'artiste dont elle est encore un peu trop enivrée ?

Tu as donc été voir les *spectacles catholiques*. Tout cela serait bien beau si on y croyait, et si les curés *poudrés* n'en faisaient une spéculation et une comédie. Mais ils ont perdu le sens et l'intelligence des mystères et des mythes de leur culte. Ces mystères sont superbes, mais *la lettre a tué l'esprit*. Dis-moi si tu comprends ce mot-là, et si tu ne le comprends pas fais-toi-le expliquer par M. Bascans.

Les raisons que tu me donnes sur le prétentieux de ton style sont bonnes, entre autres celle *que c'est peut-être parce qu'il est trop naturel qu'il paraît ne pas l'être*. C'est une explication sincère et juste, et je suis bien aise que tu me l'aies donnée. En ce cas, laisse-toi aller et si tu tombes dans le mauvais goût, sans t'en apercevoir, je t'en avertirai. Il ne suffit pas de ne pas vouloir être maniéré, il faut prendre l'habitude de ne pas le paraître.

Bonsoir ma grosse chérie. Je ne peux pas dire que je m'amuse sans Maurice et sans toi. Il n'y a pas de gaîté dans la maison, et je me trouve bien seule, quoique le bon Chopin me parle de vous continuellement et se mette en quatre pour me distraire. Mais il faut faire son devoir avant tout. Tu dois travailler, Maurice doit voir son père, je travaille en vous attendant. Pourquoi ressens-tu un mouvement de chagrin en apprenant que je donne des leçons à Lucette [Caillaud] ? Je n'avais pas même prévu que cela t'en ferait. Est-ce de la jalousie ? D'abord je ne crois pas que tu sois fort curieuse de mes leçons, car tu les as toujours prises à ton corps défendant, et je dois dire que Luce au contraire en est fort *curieuse* comme on dit ici. Ensuite il me semble que si tu aimes cette petite tu dois te réjouir de ce que je lui rends le service de l'instruire un peu. Elle travaille très bien à l'aiguille maintenant et se rend utile dans la maison. Elle a été à l'assemblée de Vic avec la Solange [Meillant] et toutes les autres. Il y faisait un temps de chien, et tout le monde a été saucé. Il pleut toujours ici et je n'ai pas encore passé un jour sans feu. Pistolet est déjà maigri, effilé et rajeuni. Il va à l'eau mieux que jamais, et quand on lui demande *où est Solange ?* il se lève et va flairer à la porte, en retroussant ses oreilles par dessus sa tête.

Rien de nouveau ici. Ni Polite, ni Maurice. Duteil est

toujours très malade, on ne sait s'il sauvera son œil. Les
fleurs languissent dans l'attente du soleil, les hirondelles
font leur nid aux fenêtres de la salle à manger, ce qui te
prouve que la maison eſt assez morne et qu'on ne les
dérange guère. Nous avons une petite ânesse fort douce
sur laquelle Chopin se promène quand il fait beau, ce qui
n'arrive pas souvent jusqu'ici. Adieu encore. Mlle de
Rozières me mande que tu lui fais lire mes lettres. Je te
prie de ne plus le faire. Je n'ai pas de méfiance d'elle, au
contraire, je l'aime beaucoup quoiqu'elle m'impatiente
quelques fois sans le savoir et sans le vouloir. Si elle ne
m'avait pas dit qu'elle avait lu ces lettres cela ne me ferait
rien du tout. Mais à présent que je le sais, cela me gêne.
Il me semblerait que je n'écris plus à toi seule et pour toi
seule. Tu dois comprendre cela. Embrasse-la pour moi et
remercie-la de m'avoir écrit, je lui répondrai bientôt. Travaille bien avec elle, c'eſt une personne à qui on doit passer quelques travers, qui n'en a pas ? au fond elle eſt
bonne, aimante, sincère, et dévouée. Tout cela n'eſt pas
peu de chose.

Chopin te dit mille tendresses, il se porte passablement.
Luce t'écrira la semaine prochaine. Piſtolet te remue sa
queue. Françoise t'attend, et moi je te bige un millier de
fois.

Embrasse pour moi Mme Bascans et Mme Doribeau
[d'Auribeau]. Ne m'oublie pas non plus auprès de M. Bascans, et donne-lui de ma part une bonne poignée de
main, si tu oses te le permettre.

Je voudrais bien ne plus voir de fautes d'orthographe
dans tes lettres. Je crois que tu n'en fais plus que par
diſtraction. Tâche de prendre l'habitude d'écrire vite et
bien. Il n'en coûte pas plus de mettre les mots comme ils
doivent être quand on sait la règle que de les eſtropier.
Tu écris Mme Bascans *m'as mené* promener — six cierges
*éclairait* le *cœur*, une lueur *doré*, les *desseins* que j'ai envoyés
à mon père etc. Tout cela, tu sais que ce sont de grosses
fautes. Pourquoi les fais-tu ? Moi qui comptais sur toi
pour me corriger !

## 93. À PIERRE LEROUX

[Nohant, après le 15 juin 1843]

Mon ami, la lettre de Mazzini pour moi était donc accompagnée d'une lettre pour vous, que vous m'envoyez la mienne sans l'ouvrir et sans la lire ? cela était convenu entre nous, et dans le premier moment, j'ai pensé qu'il vous donnait directement les mêmes détails qu'à moi. Mais voilà qu'au bout de deux jours, il me prend un remords de conscience ; c'est-à-dire une crainte que vous ne soyez pas au courant de ce dont il m'informe pour vous. Je vous retourne donc cette lettre quoiqu'elle vous soit peut-être inutile. Je vois que l'affaire est faite en Angleterre. Viardot me mande qu'il comptait la faire pour vous en Allemagne, et il est étonné que vous ne lui en ayez rien écrit. Voyez si cela est utile et si c'est lui que vous voulez employer à cela. Vous voilà averti.

Vous voyez que *la machine*[1] m'occupe avant tout, et on dirait, avant vous-même ; car je commence par vous en parler avant de vous remercier de votre lettre qui est bonne comme vous, et qui me fait trop de plaisir pour que vous ayez le droit de la traiter de *bête*. Soyez encore plus bête et donnez-moi quelquefois signe de vie. Cela me fait tant de bien, et j'ai tant besoin d'un mot d'encouragement de vous pour supporter je ne dis pas la vie, mais le courage de bien vivre ! Ce que j'entends par bien vivre ce n'est pas de rester pur de toute fraude et de toute vanité. Il me semble que ce n'est pas malaisé, quand on est né comme cela : mais c'est de ne pas devenir injuste, misanthrope, découragé de la bonté, ennemi des hommes à la façon de notre pauvre Jean-Jacques. On voit tant de choses laides, sales, étroites, tristes, *piètres* comme on dit en Gascogne, que l'on se sent parfois tout effrayé, tout consterné, enfin tout prêt à renier la fraternité humaine, au moins celle d'une partie de l'humanité. Vous ne me dites rien pour me donner courage, mais il me suffit de voir votre écriture pour me sentir raffermie, de même qu'il me suffit souvent de vous voir pour oublier toutes les plaintes que je m'étais promis de vous

1. La machine typographique (voir lettre 89).

faire contre *la sorte amara*[2], et pour retrouver en moi la force de n'y plus penser.

J'ai reçu deux ouvrages que vous avez indiqués pour moi au bon et cher François, et qu'il m'a envoyés avec son *Dictionnaire des dérivés*[3], magnifiquement relié. Comme je viens de lui écrire et ne veux pas l'accabler de lettres, je me réserve de l'en remercier quand je lui enverrai mon contingent de revue pour le 10 juillet, ce qui, du reste, ne tardera pas. Si vous le voyez avant, remerciez-le pour moi. Je me sens bien de l'estime et de l'amitié pour lui, en dépit des doléances de Pététin qui prétend que je *m'enflamme* pour tout ce qui croit en vous. Soit !

Vous ne savez pas dans quel labyrinthe vous m'avez fourrée avec vos francs-maçons et vos sociétés secrètes[4]. C'est une mer d'incertitudes, un abîme de ténèbres. Il y a tant d'*inconnu* dans tout cela, que c'est une belle matière pour broder et inventer et au fait, l'histoire de ces mystères ne pourra, je crois, jamais être faite que sous la forme d'un roman. Mais je suis sûre de la faire mal, peut-être parce que je voudrais trop bien faire, et que je n'ose pas trop me livrer à la *fantaisie*.

Avec Weishaupt et l'illuminisme, qui sont en effet un point lumineux et magnifique dans cette histoire, j'aurais eu mes coudées franches. Mais leur avènement est en 1776 et je suis forcée de leur inventer des origines qui doivent exister, mais dont je ne trouve nulle part les traces bien marquées. Enfin je travaille en me disant *fiat lux !* Mme Marliani n'aime pas les mystères, il lui faudrait trop réfléchir là-dessus : et comme je lui ai écrit que cela me tourmentait beaucoup elle prétend qu'elle va vous gronder de m'avoir fourrée là-dedans. Mais ne l'écoutez pas. Si je fais un mauvais roman, le mal sera petit, et je ne me repentirai pas d'avoir rêvé à une face de l'histoire qui m'était tout à fait inconnue.

C'est la suite et le complément de nos *hérésies* qui

2. En italien : « le destin amer ».

3. Frédéric Charrassin et Ferdinand François, *Dictionnaire des racines et dérivés de la langue française pour la facilité de l'étude et de l'enseignement* (A. Héois, 1842).

4. Sand est plongée dans la rédaction de son roman, *La Comtesse de Rudolstadt*, suite de *Consuelo*, très marqué par l'occultisme et les sociétés secrètes (publication dans *La Revue indépendante* du 25 juin 1843 au 10 février 1844).

m'ont tant occupé cet hiver, et je vois bien qu'il y aurait à faire un grand travail sur l'histoire *occulte* de l'humanité. Ce travail n'est qu'indiqué dans l'histoire officielle du monde. Il mériterait d'occuper des têtes plus fortes et mieux meublées que la mienne. Mais l'ignorance où j'ai passé les 40 ans de ma vie me sera toujours un obstacle insurmontable. Il faudrait 40 autres années pour combler ce vide, et à 80 ans je ne sais pas si je ne serai pas en enfance. Si je vous avais eu pour précepteur au lieu d'un vieux pédant [Deschartres] qui n'a pas pu m'apprendre le latin, quand j'avais de la mémoire, de la volonté, et de la santé, j'aurais certainement fait quelque chose de bon.

Bonsoir, *mon vieux*. Ayez courage, vous, et poursuivez la machine, de difficultés en difficultés, sans vous rebuter de rien. Vous réussirez et vous aurez trouvé ce levier ou plutôt ce point d'appui que je ne sais plus qui [Archimède] demandait pour soulever le monde. Ma famille vous dit mille tendresses. Je vous remercie d'avoir la patience de corriger mes épreuves. Je vous en supplie, corrigez mon français et la justesse de mes expressions dont je me préoccupe toujours après coup.

Bonsoir, bonsoir, Dieu soit avec vous !

G. S.

## 94. À PIERRE BOCAGE

[Nohant, vers le 20 juillet 1843]

Mon ami, vous êtes bien aimable de penser à moi en dormant. Moi j'y pense toute éveillée, et me rappelle toujours avec bonheur votre fidèle amitié sur laquelle je compte aujourd'hui comme autrefois. Dieu merci, rien ne justifie les pressentiments que vos rêves vous ont donnés. Tout le monde va bien ici et nous y menons toujours une vie de plus en plus tranquille. Si j'étais égoïste je me sentirais fort heureuse, mais comme je n'ai pas encore le cœur desséché par la vieillesse, j'ai souvent le spleen en songeant que le calme et le bien-être de ma maison et de ma famille ne donnent ni la paix, ni l'aisance, ni la liberté à des millions d'êtres humains qui n'ont pas le nécessaire. C'est une grande question de savoir si nous avons le droit d'être heureux au détriment des misérables, et si je n'étais pas retenue par les affections domestiques, je sais bien ce que je ferais de *mon château* et de *mes terres*.

Pourtant je me soumets à la loi commune, j'engraisse lâchement et je fais semblant de me croire justifiée parce que je travaille pour donner les joies de la vie à mes enfants et à mes domestiques. Et pourtant il y a des gens qui me traitent de *fanatique*, de *communiste* et de romanesque, parce que je laisse quelquefois percer un remords ou un regret de mon peu de vertu. J'ai ici dans ce moment mon ami Delacroix qui est un charmant et excellent homme, mais qui me croit folle au 40ème degré, quand par hasard je dis que nous sommes tous des scélérats.

Me voilà loin de mon sujet. J'avais à vous parler de ma bonne santé et de mon agréable intérieur pour rassurer votre amitié. Certainement tout cela va à merveille. Maurice est un bon garçon. Solange va venir en vacances. Chopin ne se porte pas mal. Delacroix couvre des toiles avec de la superbe couleur. Ma petite fille (l'enfant de Pauline Viardot[1] que l'on m'a confiée) me rajeunit le cœur par son ineffable gentillesse. J'ai de belles fleurs dans mon jardin, et je barbouille toujours des romans avec une déplorable facilité. J'ai bien trouvé dans le cœur de mes amis mieux que je n'avais rêvé — mieux que je ne méritais. Mais mon ami, en perdant ma jeunesse, j'ai perdu cette soif de bonheur personnel qui fait la force, les tourments et les enivrements de cet âge égoïste. Je pense aux autres et il ne me suffit plus de pouvoir rendre quelques âmes heureuses ou paisibles autour de moi : ce serait de l'égoïsme à plusieurs. Je vois le genre humain misérable et impuissant. Je suis donc triste au fond comme vous devez l'être quand vous réfléchissez, comme le sont tous les gens sincères et honnêtes au temps où nous vivons.

Sur ce, bonsoir, cher vieux ami. Je vous écris à 4 h. du matin, et dans la disposition d'esprit où je me trouve, n'en concluez pas que je sois toujours ainsi en *état de grâce*. Quant à la jalousie d'un certain jeune homme pour une certaine vieille femme, elle se calme. Il le faut bien, faute d'aliments. Mais je ne puis pas dire que cette maladie soit complètement guérie et qu'il ne faille pas encore

1. Louise, née le 14 décembre 1841.

la ménager, en cachant les choses les plus innocentes. La vieille femme s'était trompée en croyant que la sincérité et la bonne foi étaient les meilleurs remèdes. Je lui ai donné le conseil de se taire sur la lettre d'un certain *vieux* à qui elle peut bien conserver en silence une éternelle et loyale amitié[2].

Nous n'avons pas de nouvelles de Paul[3]. Je n'insiste plus pour qu'il vienne ici, quoique Maurice continue à le demander. Après tout ce que vous m'avez dit, je craindrais d'être responsable de la direction que prendraient malgré moi ses idées sur son avenir et sur la littérature. À Dieu ne plaise que je voulusse l'encourager à en faire *état*! Pardon de mon griffonnage. Ma lampe s'éteint. L'*aurore* naissante est grise comme le chef de celle qui vous écrit commence à le devenir. Je ne vois plus. — J'espère que vous ne pensez plus à aller en Espagne. Il s'y joue des drames[4] qui ne laisseront guère de place à ceux du théâtre. Vous ne me dites pas ce que vous faites dans le Midi. J'espère qu'à l'endroit des satisfactions personnelles tout va bien aussi pour vous. Joignez-y celle de mon affection constante et n'en doutez pas *quand même…*

## 95. À EUGÈNE DELACROIX

[Nohant, 13 août 1843]

Cher bon vieux, Je vois que vous avez fait un assez ennuyeux voyage et une arrivée plus ennuyeuse encore. Mais vous allez vous plonger dans le travail, faire des choses superbes, avoir un coup de feu magnifique ; un instant de satisfaction légitime en regardant le *réussi* vous fera oublier les semaines et les mois de fatigue et de contrariété. C'est nous qui devrions nous plaindre, nous qui menons une petite vie si monotone, si bourgeoise, et qui nous regardons tout ébahis de notre bêtise quand

2. Le jeune homme, c'est Chopin, d'une jalousie maladive, à qui la vieille George a avoué que Bocage avait été son amant.
3. Paul Bocage, le neveu de Pierre, qui deviendra en effet littérateur.
4. La guerre civile faisait rage, entre les troupes du général carliste Espartero et celles de Narváez, qui va le chasser d'Espagne.

vous nous quittez. Et puis nous attendons un an pour recommencer avec vous quelques jours d'entrain et de joie. Cependant nous portons notre joug avec la patience de nos bœufs, Chopin avec sa santé souffreteuse et résignée, Maurice avec son caractère d'enfant au maillot, moi avec ma montagne de pierre qui à force de peser sur moi est devenue adhérente à mon individu. Ce n'est pas une *grande force d'esprit* qui me soutient comme vous le croyez. C'est une grande lassitude de toutes les satisfactions personnelles qui paraissent si grandes tant qu'on est jeune et qu'on les poursuit, et puis qui semblent si peu de chose quand on ne les espère plus et qu'on n'a plus la force de courir après. Bref, je n'existe plus, je vous l'ai dit. Il y a trois ans bien comptés que je suis morte, m'étant suicidée volontairement pour m'empêcher de mourir et ne pas traîner une ridicule agonie. Mon idéal n'est plus dans ma vie réelle. Il est dans un autre monde, dans un autre siècle, dans une autre humanité, où je suis certaine de me réveiller un jour après le salutaire repos de la mort. En attendant, je fais des romans, parce que c'est une manière de vivre hors de moi. Ce parti pris de ne rien vouloir et de ne rien chercher pour moi, je suis devenue indulgente pour beaucoup de choses et la vie ne me paraît plus ni enivrante, ni amère. Vous conseillerai-je de vous annihiler comme moi ? Non, je m'en garderai bien. Puisque tant de choses vous paraissent encore émouvantes, pénibles, insupportables, c'est que d'autres choses vous apparaissent encore désirables et délicieuses. Il n'y a pas à dire, on ne sent vivement la douleur que parce qu'on sent vivement la joie. Vous êtes donc plus jeune que moi de dix ans, et je ne vous en plains pas trop. Vous avez encore les bénéfices de votre labeur, les consommations de vos souffrances. Vous travaillez dans l'amertume et dans l'ivresse. Excusez du peu.

Allons, travaillez ferme, voilà du beau temps. Je vois dans les journaux que les travaux de la Chambre[1] doivent être finis pour la prochaine session. Vous allez *en abattre* et du bon. J'espère que cet hiver, vous me permettrez d'y mettre le nez. J'ai reçu vos cigares qui sont délicieux et

---

1. Sur les peintures murales de Delacroix pour la bibliothèque du Palais-Bourbon, achevées en 1847, voir le catalogue de l'exposition *Eugène Delacroix à l'Assemblée nationale* (1995).

votre briquet qui enfonce tous les miens. Je vous remercie de votre bon souvenir, et de la peine que vous avez
prise d'aller vous casser le nez chez Miss Solange [à
Chaillot], qui a eu beaucoup de regret de ne pas vous
voir. Adieu, cher bon ami, soignez-vous selon la méthode
Papet le plus possible, que nous vous retrouvions comme
nous vous avons laissé. Nous vous embrassons tendrement tous les trois, et Polite vous dit mille bêtises et amitiés de cœur.

                                                    G. S.

## 96. À CHARLOTTE MARLIANI

[Nohant, 3 novembre 1843]

Chère amie, vous êtes bonne comme un ange pour
Chopin[1] à ce que je vois et à ce qu'il m'écrit. Manuel
voulait lui donner son lit, vous le faites déjeuner, vous
pensez à lui, tous les jours. Je vous en remercie tendrement pour mon compte, quoique vous le fassiez bien
aussi, j'espère, un peu pour lui personnellement. Il est si
bon et si excellent, notre pauvre cher enfant, qu'il mérite
bien qu'on le dorlote un peu. Et il a besoin surtout de
l'amitié dont les soins sont le témoignage extérieur. Souvent il s'impatiente contre les soins, mais l'amitié le
touche toujours malgré cela. Avec vous il sera sage, j'espère, et consentira à ne pas s'oublier trop, d'ailleurs vous
le gronderez, et vous le menacerez du sbire Enrico,
lequel j'embrasse par parenthèse, parce qu'il est bien gentil aussi pour Chopin. Je vous assure que mes deux
enfants mâles me manquent beaucoup. Maurice était ma
société de tous les instants et les soirées me sont sinon
bien longues car je sais m'occuper, du moins bien
lugubres. Si je ne me disais pas que c'est pour peu de
temps, je n'y pourrais pas tenir. Mais je me figure que je
suis en voyage, et que chaque chose que je fais et que
je termine, est comme un tour de roue qui me rapproche
de vous tous.

Manoël m'écrit un mot bien tendre et bien affectueux

---

1. Chopin et Maurice étaient repartis pour Paris le 28 octobre.

à propos de *Fanchette*[2]. Moi je suis heureuse de lui avoir donné un instant de bonne émotion ; car malgré la souffrance que renferme cette aventure, c'est toujours quelque chose qui ranime que de se sentir en contact par le cœur, par l'indignation et la pitié avec ceux qui la déplorent. La pauvre Fanchette a été ramenée *de brigade en brigade* à l'hospice, souillée, comme je le prévoyais, enceinte dit-on. Et elle n'a pas quinze ans ! Nous allons nous remuer, mes amis et moi, pour la retirer des mains de ces religieuses qui lui feraient expier la honte de leur conduite, et pour adoucir sa misère. Toute notre population est émue jusqu'au fond de l'âme de cette affreuse histoire, qu'elle savait bien et qu'elle commençait à oublier. À chaque ligne de mon article, tout le monde s'écrie : « C'est vrai, mais c'est arrivé pourtant ! c'est à ne pas le croire ; mais nous en avons été témoins ! » L'esprit est ainsi fait. On voit sans voir, et il faut être poussé pour comprendre ce qu'on voit.

Bonsoir ma chère bonne. Je suis bien lasse ce soir. Mais je vous aime et vous embrasse de toutes mes forces. Rendez-le à mes enfants et à Manoël.

George

## 97. À EUGÈNE DELACROIX ‡

[Nohant, 4 novembre 1843]

Cher ami,

Vous êtes donc souffrant ? Vous avez trop travaillé, vous avez trop négligé mes prescriptions hygiéniques, l'exercice, l'air. Si vous étiez ici avec moi, bravant le froid

---

2. G. Sand a pris fait et cause pour la petite Fanchette, simple d'esprit, trouvée errant près de La Châtre en mars et confiée à l'hospice ; les religieuses, l'ayant plusieurs fois renvoyée (en vain, car elle revenait toujours), la firent abandonner en pleine campagne vers Aubusson. Sand et ses amis, avertis de la disparition de la fillette, la firent rechercher, et une enquête fut ouverte ; on ne la retrouva que six semaines plus tard, en août, à Riom. Sand raconta son histoire dans deux articles de *La Revue indépendante* des 25 octobre et 25 novembre, et *Fanchette* fut publiée en plaquette vendue au profit de la fillette.

du soir, la pluie de la journée, la boue, le diable et la tempête, vous vous fortifieriez. Si cela se pouvait, je vous dirais : Venez passer avec moi ces derniers jours d'automne. Mais vous avez des *câbles* autour de votre existence, et moi aussi. Si vous étiez entre mes mains, je vous soignerais si bien que je vous rendrais fort comme un Turc. Vous m'écouteriez peut-être un peu mieux que Chopin à qui tous mes soins n'ont pu faire pousser l'ombre d'un mollet. Pauvre cher ami, guérissez donc vite, afin de venir m'embrasser bientôt rue St-Lazare. En attendant je sème, je plante, je *fume* mes plates-bandes, je fais des massifs, j'enfonce des pieux, je relève des murs, je fais venir de la terre légère d'une demi-lieue. Je suis en sabots toute la journée et ne rentre que pour dîner. Je ne plante pas un brin d'herbe sans penser à vous, sans me rappeler comme vous aimez et comme vous *appréciez* les fleurs, et comme vous les *sentez*, et comme vous les comprenez, et comme vous les peignez. Mon beau vase peint par vous[1] est encadré. Je ne l'ai pas déplacé malgré votre avis, parce que si je le mets au-dessus de moi, à l'endroit où je travaille, je suis forcée de me donner un torticolis pour le voir. Au lieu que là où il est, je le vois de mon lit en m'éveillant et de ma table en écrivant, et de partout. C'est mon point de mire. Il n'y a pas une fleurette, un détail qui ne me rappelle tout ce que nous disions pendant que vous étiez à votre chevalet. J'ai fait multiplier dans mon jardin le *mérite modeste*, la mauve jaune pâle à cœur violet et à étamines d'or. Elle a conservé le nom que vous lui avez donné. J'ai enrichi, non pas mon cerveau, mais mon parterre de pensées qui auront votre approbation. Je vous en envoie un échantillon. Mettons que c'est une pensée de mon cœur pour vous, pour ne pas déroger à la métaphore obligée, et sans métaphore, vous verrez que c'est la plus grande et la plus belle pensée possible.

Enfin, tout ce que je prépare est à votre intention. Mon Dieu, que j'ai pensé à vous, et comme nous en avons parlé avec Maurice dans les courses de montagnes que nous avons faites le mois dernier[2]! Que nous vous

1. Ce tableau de *Fleurs* (Robaut n° 557), vendu par G. Sand au profit de Maurice le 23 avril 1864 (n° 8), est aujourd'hui conservé au Kunsthistorisches Museum de Vienne.

2. Le 1er octobre, Sand raconte l'excursion à Pauline Viardot : « nous venons de faire un petit voyage dans la Creuse pour revoir les

regrettions, que nous vous appelions à chaque pas, à chaque rocher, à chaque pan de ruine ! Il vous en montrera quelques croquis. Mais que n'eussiez-vous pas *saisi* dans toutes ces belles choses ! Je viens d'acheter un gros cheval encore à votre intention, afin de vous mener voir les bords de la Creuse et ses vieux châteaux. Tout cela n'est ni si difficile ni si fatigant que je le croyais. C'est une promenade, et vous m'en ferez compliment, d'autant plus que je serai votre automédon en cabriolet le long des précipices avec le talent qui me distingue dans cette partie, sauf à vous écraser de l'énormité de ma personne dans les ornières. Bonsoir, cher bon ami, guérissez, faites travailler Maurice, aimez-moi, attendez-moi, et rappelez-vous toujours que vous m'avez promis pour l'année prochaine une longue station à Nohant. Je vous le ferai ordonner par votre médecin Papet, lequel vous embrasse tendrement ainsi que moi, c'est-à-dire moi-vous. Un petit mot et pardonnez-moi de ne pas vous avoir écrit par Maurice.

J'avais *dix-sept* lettres plus ou moins ennuyeuses à écrire ce jour-là, et je n'ai pas voulu vous mettre sur une pareille liste.

George

Solange vous embrasse aussi malgré *ses 15 ans.*


## 98. À CHARLES DUVERNET

[Nohant, 29 novembre 1843]

Certainement, mes amis, vous devez créer un journal[1]. J'approuve grandement votre idée, et vous pouvez compter sur mon concours, 1° pour ma collaboration suivie, 2° pour ma part dans le cautionnement, 3° pour ma part

---

ruines de Crozant, un site sauvage et horrible »... Les dessins de Maurice sont conservés au Musée de la Vie romantique à Paris.
1. G. Sand et ses amis républicains veulent fonder un journal indépendant en Berry ; cette lettre est destinée à être montrée à des sympathisants et éventuels bailleurs de fonds. Le premier numéro de *L'Éclaireur, journal des départements de l'Indre, du Cher et de la Creuse* paraîtra le 14 septembre 1844 ; Sand y collaborera activement.

de subvention annuelle, 4° pour le placement d'une cinquantaine d'exemplaires à Paris. Le chiffre de ces abonnements augmentera, j'espère, lorsque le journal aura
paru.

Je regarde cet engagement comme un devoir, et j'espère
que tous vos amis, tous les amis du pays s'emploieront
ardemment à vous seconder. Outre toutes les bonnes raisons que vous faites valoir dans votre programme, il y
a nécessité urgente à décentraliser Paris, moralement,
intellectuellement et politiquement. La presse parisienne
absorbée par ses propres agitations, ou fatiguée de combattre sur une trop vaste arène, abandonne en quelque
sorte la province à ses luttes intérieures. Et quand la province s'abandonne elle-même, quand elle n'est pas représentée par un journal indépendant, elle est livrée pieds et
poings liés, à tous les abus de pouvoir de l'administration
salariée. Vous avez raison de le dire, c'est une honte.
C'est renoncer lâchement à un des droits qui constituent
la dignité humaine, c'est reculer devant un devoir social.
Les conséquences pourraient en être graves pour le pouvoir aussi bien que pour les classes dont le sentiment
public n'a pas d'organe public. Soyez donc cet organe,
n'hésitez pas. M. de Lamartine donne un noble exemple
en contribuant de sa plume, et de sa bourse au brillant
succès du *Bien public*, de Mâcon. Ce journal de localité a
déjà, dans l'opinion de la France, une plus grande valeur
que la plupart des journaux de la capitale. Je ne doute pas
que nous ne puissions obtenir de ce noble publiciste
quelques articles pour notre *Éclaireur*, et j'ose compter sur
le concours de quelques autres noms illustres et chers au
pays. Les hommes de grand cœur et de grande intelligence sentiront tous, que la vie politique et morale doit
être réveillée et entretenue sur tous les points de la
France. Nous avons dans notre province des éléments
admirables pour seconder ce généreux projet. Il ne s'agit
que de les réunir.

Littérairement, ce serait encore une œuvre intéressante
à tenter. Paris a passé son niveau un peu froid, un peu
maniéré sur toutes les âmes, sur tous les styles. Chaque
province a pourtant son tour d'esprit, son caractère particulier ; cet effacement est regrettable. Ne serait-ce pas
une sorte de rénovation littéraire que de voir tous ces
éléments variés de l'intelligence française concourir, sous

l'inspiration de l'idée commune, de la pensée nationale, à
élever un monument où chaque partie aurait sa valeur
originale et distincte ? L'héroïque Breton, le Normand
généreux, le Provençal enthousiaste, et le Lyonnais éminemment synthétique, n'ont-ils pas chacun leur manière
de sentir, leur forme d'expression, leur lumière individuelle pour ainsi dire ?

On croit peut-être que nous n'avons pas notre couleur,
nous autres ? On se tromperait fort. Le Berrichon simple
dans ses manières, calme dans son langage, mais d'humeur indépendante et narquoise apporterait, dans la circulation des idées, cet admirable bon sens qui caractérise
le cœur de la France. Remarquez qu'un journal de localité
en serait infailliblement l'expression vive et franche, quels
qu'en fussent les rédacteurs, il y a dans le contact des
habitants quelque chose qui se reflète dans le plus simple
exposé des faits, des besoins et des vœux d'une province.
L'existence d'un journal donne du mouvement à l'esprit,
on se rapproche, on parle, on pense tout haut ; et naturellement chaque numéro résume les impressions générales. C'est ainsi que tout le monde produit le journal, oui,
le véritable rédacteur, c'est tout le monde. Il doit donc y
avoir une sorte d'amour-propre public, bon à encourager,
dans la création d'un journal de localité, manifestation
intéressante et significative de l'esprit du pays.

Comptez sur mon zèle à vous seconder et ne craignez
pas de mettre mon nom en avant, si vous croyez qu'il
vous soit une garantie auprès de quelques personnes
sympathiques. Je ne vous ferai pas défaut, de même que
je m'effacerais entièrement de la rédaction, si vous jugiez
mon concours inopportun.

Tout à vous de cœur.

George Sand

Nohant, 29 9bre 1843.

## 99. À CHARLES PONCY

[Paris,] 23 Xbre 1843

Enfin, mon cher enfant, je trouve un quart d'heure
entre le travail et la maladie, pour vous écrire et vous dire

moi-même ce que j'ai chargé M. Jourdan de vous dire déjà, que je suis bien, bien contente de vous. Vous corrigez de main de maître, et c'est le signe le plus évident pour moi de votre *maestria* incontestable.

Je ne m'étais donc pas trompée, vous serez et vous êtes déjà un grand poète. Bien des gens, malgré une approbation prononcée pour votre premier volume, me raillaient de *mon engouement pour mon maçon*. Eh bien, *mon maçon* a très bien justifié mon engouement. Tous ceux à qui je lis vos nouveaux vers, Victor Laprade, François, Pernet lui-même, l'intraitable et *incontentable* Pernet, Bocage, et d'autres encore sont dans l'enthousiasme. (François et Pernet sont les deux possesseurs et directeurs de la *Revue indépendante*. À propos vous l'envoie-t-on régulièrement ? on me l'avait promis.) Il y en a d'autres qui disent : « Bah ! vous ne nous ferez pas accroire que ce soit un maçon ! C'est un *monsieur* qui a fait d'excellentes études dans un collège *royal* ». Il faudra que vous veniez crépir un mur sous leurs yeux pour qu'ils le croient. Mais ils ajouteront : Ce *Monsieur* fait de la maçonnerie pour son plaisir ! Enfin vous donnez après deux cents ans le plus éclatant démenti au bon Despréaux :

> Soyez plutôt maçon si c'est votre talent ![1]

Et c'est le peuple qui éclate par votre voix, vous êtes sa gloire. Oh ! représentez donc toujours son âme et son esprit, non tel qu'il est encore en grande partie, mais tel qu'il doit être, tel qu'il sera, grâce à ses beaux types, à ses poètes, à ses révélateurs du feu sacré qui couve en lui depuis six mille ans, grâce à vous qui êtes le premier de ceux-là aujourd'hui.

Je vous ai bien tourmenté, bien taquiné, bien torturé depuis bientôt deux ans ! Je n'ai épargné ni votre amour-propre ni votre patience. Je ne m'en repens pas, car vous avez profité de ma sévérité et vos progrès ont été immenses. Vous aviez eu une phase détestable : celle où enivré de vos premiers succès, et trop indulgent envers vous-même, peut-être aussi un peu trop lancé dans la société des jeunes oisifs, vous ne me faisiez point part de votre mariage, et vous écriviez *Juana, pipe fraternelle*, que

1. Boileau, *Art poétique*, IV, vers 26.

j'ai retranchée sans façon du volume, et autres pièces
indignes de votre génie. Mais je vois bien que tout en
écoutant votre mère grondeuse, vous êtes rentré de vous-
même, par instinct de votre grandeur et par sentiment de
votre mission, dans une vie plus complète et dans un
examen plus sérieux de votre travail. Vous avez terrassé,
je l'espère, ce sot démon de la vanité qui ne vous a
d'ailleurs jamais empêché d'être bon et docile, et qui fait
de tous nos poètes d'ici depuis le grand Hugo jusqu'au
pauvre Savinien Lapointe, des êtres si absurdes et marchant à reculons d'une façon si déplorable. Vous avez
repris en sous-œuvre votre intelligence et votre cœur à la
fois, et vous êtes rentré dans la voie que Dieu vous avait
tracée. Les pièces que vous avez composées et celles que
vous avez refaites courageusement depuis six mois sont
magnifiques. Les deux pièces *Aux Maçons*, *l'Ange et le
poète*, *l'Aspiration*, *Un soir de fête*, *l'Aurore boréale* (quoiqu'il y
ait un peu trop de tout), *Le jour je suis maçon*, *les Rossignols*,
*la Romance*, *l'Océan* etc. etc. sont admirables, et vous verrez que Béranger vous le dira aussi.

— Vous êtes sous presse de deux côtés à la fois. *La
Revue indépendante* publie après-demain *l'Aspiration*, *Effilons
nos marteaux*, et *le Soir de fête*, avec un fragment de ma préface[2]. Perrotin imprime ma préface entière qui est longue
et votre volume, dont nous allons corriger les épreuves
M. Jourdan et moi. Et à propos de M. Jourdan, je vous
remercie de m'avoir fait faire sa connaissance ; quoique je
sois sauvage, murée dans mon intérieur, et craignant les
nouveaux amis, il est si bon que je le traite un peu comme
un *ancien*. Vous avez en lui un ami précieux et que je
vous conseille de bien écouter, sage, éclairé, sévère, plein
de goût et d'instruction et du reste passionné pour votre
gloire et pour votre *vraie* gloire. Car il en est de deux
sortes : une toute littéraire, frivole et qui passe en
deux matins comme la mode. C'est celle que vous auriez
seulement si vous n'étiez qu'un poète de forme, mais il
en est une autre qui vous est assurée si vous la soignez
bien et si vous la respectez religieusement. C'est celle qui
est acquise aux poètes dont la forme riche, puissante et
pure, sert d'expression à des sentiments vrais, profonds,

2. *Le Chantier* de Poncy, avec la préface de George Sand, va
paraître chez Perrotin le 2 mars 1844.

généreux et nobles. Vous devez donc être un poète de
fonds autant que de forme. Vous devez toujours travailler
à agrandir le sentiment et l'idée. Plus la muse austère
vous inspirera, plus la muse brillante viendra se mettre au
service de la première. Ce que vous avez composé depuis
que la douleur, hélas ! triste maître ! est venue vous frapper au cœur[3], est de dix coudées plus grand que tout ce
qui a précédé. Mon pauvre enfant, Dieu vous préserve de
boire toujours à cette source amère ! Mais il est une religieuse tristesse mêlée d'éclairs d'enthousiasme, d'espoir et
de foi, que longtemps encore, ni vous, ni moi, ni aucun
de ceux qui ne sont pas d'infâmes égoïstes porteront
pour conseil et pour stimulant au fond de leurs âmes
navrées : c'est la tristesse de voir tant de malheurs dans
le monde, tant de misères écraser, corrompre et avilir nos
frères.

Je dis nos frères, car moi qui suis née en apparence
dans les rangs de l'aristocratie, je tiens au peuple par le
sang autant que par le cœur. Ma mère était plus bas placée que la vôtre, dans cette société si bizarre et si heur-
tée. Elle n'appartenait pas à cette classe laborieuse et
persévérante qui vous donne un titre de noblesse
dans le peuple. Elle était de la race vagabonde et avilie
des Bohémiens de ce monde. Elle était danseuse, moins
que danseuse, comparse sur le dernier des théâtres du
boulevard de Paris, lorsque l'amour du riche vint la tirer
de cette abjection pour lui en faire subir de plus grandes
encore. Mon père la connut lorsqu'elle avait déjà 30 ans,
et au milieu de quels égarements ! Il avait un grand cœur,
lui ; il comprit que cette belle créature pouvait encore
aimer, et il l'épousa contre le gré et presque sous le coup
des malédictions de sa famille. Longtemps pauvre avec
elle, il aima jusqu'aux enfants qu'elle avait eus avant lui.
Née dans leur mansarde, j'ai commencé par la misère,
la vie errante et pénible des camps, le désordre d'une
existence folle, aventureuse, pleine d'enthousiasme et
de souffrances. Je me souviens d'avoir fait la campagne
de 1808 en Espagne sur une charrette, ayant la gale jusqu'aux dents. Après cela ma grand'mère qui était bonne
comme un ange au fond, pardonna, oublia et reçut dans
ses bras son fils, sa femme et les enfants. Je fus faite

3. Poncy a perdu sa mère en mai et sa fille en juillet.

*demoiselle* et héritière. Mais je n'oubliai jamais que le sang plébéien coulait dans mes veines, et ceux qui m'ont inventé de charmantes biographies, me faisant gratuitement comtesse et marquise, parlant de mon bisaïeul le maréchal de Saxe et de mon trisaïeul le roi de Pologne, ont toujours oublié de faire mention de ma mère la comparse, et de mon grand-père [Delaborde] le marchand d'oiseaux. Je le leur apprendrai si j'écris jamais des mémoires, ce dont je doute, parce que je n'aime pas à parler de moi, c'est si inutile[4] ! Mais je devais vous dire tout cela, mon cher enfant, pour que vous ne me croyiez pas si *intruse* dans le peuple, ni si *méritante*, moi *grande dame*, comme certains bourgeois m'appellent, de vous regarder comme mon égal. Vous voyez que quand même j'aurais les préjugés de *l'inégalité*, j'aurais mauvaise grâce à m'en targuer. Et je rends grâce à Dieu d'avoir de ce sang plus chaud que le leur, dans les artères. Je sens que je ne suis pas obligée de faire des efforts de raison et de philosophie pour me détacher de cette caste à laquelle mes entrailles tiennent beaucoup moins directement qu'au ventre de ma mère. C'était bien la vraie mère de Consuelo, battant d'une main et caressant de l'autre, portant ses enfants sur son dos, tendre et violente, terrible dans sa colère et généreuse dans son amour. Depuis le jour où elle a aimé mon père, elle a été exemplaire dans sa conduite et ma grand'mère avait fini par l'aimer.

Mais c'est assez vous parler de moi. Pardonnez-moi ce mouvement d'orgueil, et croyez que je comprends bien les tentations de l'homme du peuple devant les enivrements que le riche et l'oisif présentent à sa soif d'émotions et de bonheur. Mais je les connais bien aussi ces classes perverses et dangereuses qui ne caressent que pour étrangler. Les exceptions y sont si rares que nous devons y avoir peu d'amis, et quelque avilis, quelque corrompus et abjects que nous voyions nos frères, nous devons nous dire que c'est *nous*, nous-mêmes, la moelle de nos os, la chair de notre chair et le sang de notre sang, qui gémit là dans la fange. Vous écriviez à Jourdan que vous ne pouviez voir cela sans rougir et sans désespérer de la bonté de Dieu. Eh bien, est-ce que vous ne

---

4. Ce n'est qu'en 1847 que Sand songera à écrire *Histoire de ma vie*, où elle évoquera cette branche de sa famille.

portez pas un reflet de la bonté de Dieu dans votre âme,
vous ? et aussi un rayon de sa force et de sa puissance ?
S'il vous a donné cette force et cette pitié, ces moyens
souverains d'agir pour la réhabilitation des autres, apparemment que Dieu n'abandonne pas la race humaine à
ses propres désastres. Il l'appelle par votre voix, il la
stimule par votre exemple, et bientôt elle se relèvera ; car
Dieu se révèle chaque jour davantage à des poètes et à
des philosophes plébéiens. Proudhon, simple ouvrier, est
un penseur bien remarquable ; et je ne sais trop ce que
nos philosophes patentés, nos hommes d'État doctri-
naires et autres, trouveront à lui répondre. Ayez donc
courage ! Le genre humain est soumis à une longue et
pénible éducation. Le temps ne paraît long qu'à nous.
Aux yeux de Dieu il n'existe pas. Nos siècles ne comptent pas dans l'éternité, et nous sommes vivants et agis-
sants avec Dieu dans l'éternité, car nous mourons pour
renaître et progresser. Chaque existence est la récompense ou le châtiment de celle qui l'a précédée. Chaque
vertu amasse pour notre prochaine réapparition sur la
terre, un trésor de dédommagements et de force nouvelle. Soyez sûr que vous avez déjà vécu de tout temps
sur la terre, et que votre génie poétique est la récompense de quelque belle action, de quelque noble dévouement dont vous ne vous souvenez pas. Faites-en donc un
noble usage, afin de vous réveiller *apôtre* ou *héros* après le
sommeil de la mort. Et maintenant ne doutez pas et ne
désespérez pas, vous qui êtes un des sanctuaires de
l'action divine, vous n'avez pas le droit de douter de cette
action sur le monde. Priez toujours, dites toujours : *Seigneur, Seigneur, la vérité !* La foi vous viendra. C'est alors
seulement que vous serez un poète complet, un grand
poète.

Et maintenant que je vous couronne avec tant de joie
et de tendresse, ne soyez pas enivré. Restez *modeste*. La
modestie n'est pas comme on le prétend une hypocrite
vertu. Telle que je l'entends, c'est un sentiment profond
de notre devoir. Du moment que nous sommes plus
contents de nous-mêmes qu'il ne faut, nous perdons nos
forces, la conscience s'en va, nous travaillons mal, follement et inutilement. Quand les hommes (faciles à l'enthousiasme autant qu'au dénigrement) nous portent bien
haut, interrogeons Dieu, et demandons-lui si nous avons

fait autant qu'il attendait de nous. Voyons le but de nos
efforts : il est immense ! Voyons la sainteté de notre cause :
elle est sublime ! Voyons l'aspiration que Dieu nous a
donnée pour l'idéal : elle est infinie ! or, rien de ce que
nous faisons jour par jour n'est à la hauteur de notre but
et de notre désir. Si nous croyons avoir atteint ce but,
apparemment qu'il cesse de nous paraître infini et divin.
Ce sentiment, cette foi perdus, par quoi serons-nous inspirés ? Par l'amour de nous-mêmes ? Mais nous sommes
des êtres finis, bornés, impuissants, mobiles, soumis à la
défaillance, au caprice, à l'ennui, à la fatigue, à la maladie.
Quand nous créons quelque chose de grand et de beau,
savez-vous que c'est un miracle ? oui c'est un miracle
d'en haut. C'est Dieu qui vibre, qui parle, qui agit en nous.
N'est-ce pas le moment d'être humbles et reconnais-
sants ? Que deviendrions-nous s'il nous retirait le feu
sacré ? Et il nous le retire, à coup sûr, aussitôt que nous
le cherchons en nous seuls.

Il se fait tard. Bonsoir mon enfant. Embrassez pour
moi ma chère Désirée et tenez-vous en repos pour votre
livre. J'y mets beaucoup plus de soin que s'il était de moi.
M. Jourdan vous aura écrit que nous nous étions permis
quelques légères corrections, et quelques suppressions.
Encore ne sont-elles pas absolues, car nous y reviendrons
en corrigeant les épreuves. Ne vous fâchez pas contre
nous. C'étaient des fautes de français, ou des conso-
nances tellement impossibles qu'après un quart d'heure
d'hésitation pour chaque, nous avons dû remplacer un
mot, une syllabe, quelquefois un hémistiche, bien rarement un vers entier. Laprade (qui ne vous vaut pas
comme poète, mais qui a beaucoup de talent et de goût)
y a mis un respect et une conscience dont vous ne pourriez pas vous plaindre. Il vous admire avec une générosité noble comme son cœur. Il doit vous écrire en vous
envoyant son volume[5], et c'est lui qui rendra compte
du vôtre, quand il aura paru, dans *la Revue indépendante*.
M. Jourdan a dû vous demander quelques autres corrections que nous n'avons pas osé prendre sur nous. Il y
en a même d'assez importantes à faire dans *la Chartreuse*,
morceau qui sera des plus beaux quand vous y aurez mis
la dernière main. Dites-nous au juste combien d'exem-

5. Victor de Laprade, *Odes et poèmes* (Labitte, 1843).

plaires nous devons vous envoyer, je crois que vous pouvez en demander un peu plus que vous n'avez de souscripteurs, car vous aurez toujours occasion d'en vendre
quelques-uns plus tard. J'en prendrai une cinquantaine
pour les diſtribuer gratis et je les payerai à Perrotin pour
l'indemniser de son temps et de sa peine. Après cela, il
vendra tout le reſte à votre profit probablement. Il y
mettra de la délicatesse, soyez-en sûr, aussi ne lui ai-je
encore rien imposé de définitif, le connaissant bien. Lui
avez-vous écrit ? faites-le. Malgré tous les soins que nous
allons nous donner, malgré la supériorité de vos vers sur
presque tout ce qui s'imprime en ce moment, en vers et
en prose, nous n'espérons pas en vendre beaucoup ici.
Les vers ne se vendent pas. Le Parisien eſt poète comme
la boue de ses pavés, à l'heure qu'il eſt, il eſt blasé et
quasi desséché. Vous aurez un succès d'amateur, encore
tous les poèteraux jaloux, tous les pédants juſte-milieu
feront-ils leurs efforts pour l'empêcher.

Bonsoir encore, dépêchez-vous de corriger. — Mes
enfants vous serrent la main fraternellement.

## 100. À FERDINAND FRANÇOIS

[Paris, 23 (?) janvier 1844]

Mon bon François, je m'y prends bien tard pour vous
écrire, et je voudrais que pour *cause de départ*, c'eſt-à-dire
de retour vers nous, vous ne reçussiez pas cette lettre.
J'ai toujours été dans mon lit, ou à peu près depuis que
je ne vous ai vu. Une grippe furieuse avec des sueurs,
une grande faiblesse, des migraines, l'esprit bon à rien, et
la patience souvent découragée. Maintenant je me traîne
jusque chez les Marliani pour dîner, pour rire un peu
avec Enrico, et pour subir le lorgnon fascinateur de Pététin. Tout cela n'eſt pas bien amusant, mais vaut mieux
que de *tressuer* la fièvre et la maladie comme dit Rabelais.
Chopin a été bien sérieusement malade pendant deux
jours. Il guérit aussi vite qu'il tombe, le voilà dans son
train ordinaire de *souffrotteries*, ayant oublié, je pense,
son petit accès de jalousie contre vous. C'était une mala-

die du moment, en attendant une autre. Si cela ne le faisait pas souffrir cela me ferait rire, à présent que je me
sens si loin de tous les orages de la passion personnelle.
Ô folle jeunesse qui est derrière moi ! Que de temps
perdu à ces vaines agitations et à ces vaines recherches
d'une ivresse ou d'un repos qui toujours nous fuient en
se moquant de nous ! Le travail, le détachement de soi-
même, la passion de l'humanité, voilà nos bâtons de
vieillesse. Faisons-les donc aussi solides que des barres
de fer, ces appuis sans lesquels nous n'existerions plus
que comme des spectres s'agitant sans but et sans fruit
dans les chemins déjà inutilement parcourus. Et si nous
faisons encore quelques fois un rêve de bonheur, pla-
çons-le dans l'autre vie, dans le monde paradisiaque que
nous avons bâti sans nous gêner au coin du feu de
Nohant ! Pour vous cependant, vous n'en prenez peut-
être pas votre parti aussi bien que moi. Vous avez
quelques années de moins et vous n'avez peut-être pas
encore assez souffert pour être complètement désabusé
de votre propre destinée au point de vue du bonheur. Si
Dieu vous permet de chercher encore, obéissez. Toutes
nos aspirations sont fatales, toutes nos déceptions providentielles. Dans le calme comme dans l'orage, vous serez
toujours, vous, une âme d'élite que j'admire, que j'estime
et que j'aime d'un amour fraternel.

Leroux a voyagé et il est de retour. La machine
s'achève à ce qu'il jure[1]. Mais j'ai comme une révélation
intérieure qu'il en est dégoûté, et qu'il va au moment de
la terminer, partir pour un autre rêve. Je lui cherche et je
lui trouve un peu d'argent qu'il assure être le dernier
dont il aura besoin, mais qu'il faudra renouveler bientôt,
je gage, pour quelque nouvelle entreprise gigantesque. Je
ne dis cela qu'à vous, qui savez comme j'accepte tous les
bondissements de notre Bohémien sublime. Dans quelque
sphère qu'il s'élance je le suivrai. La vie est en lui, et sa
vie est sympathique à la mienne. Voilà tout le secret de
ma fidélité aveugle. Je sais bien que cette vie ardente et
immense le déborde lui-même ; qu'elle est désordonnée,
qu'elle procède par sauts et non par enjambées, qu'elle
secoue toutes choses, et qu'elle les abandonne après en

---

1. Sur la machine typographique de Pierre Leroux, voir lettres 89
et 93.

avoir entrevu le fond sans se l'approprier. Que voulez-
vous, il n'est pas né pour la propriété! Mais c'est de la
vie enfin, de la vie dévorante, idéale, et céleste. Le feu
sacré y est, non la sagesse divine. Tant pis pour la
sagesse! Je ferai mon petit œuvre, à côté de son grand
œuvre, et j'arracherai à son trépied quelques éclairs qui
m'empêcheront de mourir avec la société de mon temps.
Mes enfants, assurés de leur héritage par la loi qui m'interdit de toucher au fond, trouveront au lieu de sacs
d'écus sous mon chevet d'agonie, quelques formules
vagues, quelque mystérieux grimoire bon à rien. Mais où
est le mal? cent mille francs d'économies que j'aurais pu
faire, les auraient-ils rendus meilleurs? Je n'en crois rien,
ni vous non plus. Et quant à mon âme, je ne l'aurai pas
dépensée en soupers, en bals et en concerts, comme
toutes ces vieilles éventées mes contemporaines, que je
vois courir à la plus folle de toutes les vies, en souriant
du haut de leur *raison* à mes utopies et à ma *déraison*.

Vous me cherchez un secrétaire. Merci de penser à
moi. Je vous redemanderai peut-être celui que vous
m'avez presque trouvé, mais j'en vais essayer un[2], un
pauvre enfant du peuple, laid et frêle comme un voyou
de Paris, mais bon comme un ange et intelligent à ce
qu'on m'assure. Ce qui me décide, c'est que, sans lui porter préjudice pour l'avenir, je puis le mettre à l'essai pendant les deux mois que j'ai encore à passer ici. Nous
sommes bien plus embarrassés de trouver un rédacteur[3]!
C'est cela que vous devriez nous découvrir dans vos
voyages! Nous sommes toujours en pourparlers avec
M. Lahautière qui était prêt à consentir, et qui recule
maintenant parce que notre conseil de rédaction ne se
croit pas autorisé par les autres souscripteurs à lui donner les pouvoirs un peu absolus qu'il exige. Le Gaulois et
Duvernet sont ici. Lahautière va venir. Leroux tâchera de
nous accommoder; mais je doute qu'il y parvienne.

Je ne vous dis rien de la Revue, Pernet doit vous tenir
au courant, elle paraît florissante à ceux qui la lisent.
J'ignore si vous devez la continuer néanmoins. Vous allez
avoir du Sue. Moi je demande du repos à grands cris.

2. Sur la recommandation de Lise Perdiguier, Sand a employé
quelque temps comme secrétaire et coursier un jeune typographe
nommé Piton.

3. Pour *L'Éclaireur*; les pourparlers avec Lahautière n'aboutirent pas.

Bonsoir noble et digne créature du bon Dieu. Je vous souhaite courage et force, ne pouvant vous souhaiter les autres biens auxquels je ne crois plus pour ce temps-ci. Pernet n'a guère de vos nouvelles. Si vous ne revenez pas de suite, écrivez-moi, et donnez-moi des nouvelles de votre mère qu'on me dit toujours malade.

## 101. À JUSTINE CHOPIN

[Paris, 29 mai 1844]

Madame,

Je ne crois pas pouvoir offrir d'autre consolation à l'excellente mère de mon cher Frédéric, que l'assurance du courage et de la résignation de cet admirable enfant. Vous savez si sa douleur est profonde[1] et si son âme est accablée ; mais grâce à Dieu, il n'est pas malade, et nous partons dans quelques heures pour la campagne, où il se reposera enfin d'une si terrible crise.

Il ne pense qu'à vous, à ses sœurs, à tous les siens, qu'il chérit si ardemment et dont l'affliction l'inquiète et le préoccupe autant que la sienne propre.

Du moins ne soyez pas de votre côté inquiète de sa situation extérieure. Je ne peux pas lui ôter cette peine si profonde, si légitime et si durable, mais je puis du moins soigner sa santé et l'entourer d'autant d'affection et de précaution que vous le feriez vous-même.

C'est un devoir bien doux que je me suis imposé avec bonheur et auquel je ne manquerai jamais.

Je vous le promets, Madame, et j'espère que vous avez confiance en mon dévouement pour lui. Je ne vous dis pas que votre malheur m'a frappée autant que si j'avais connu l'homme admirable que vous pleurez. Ma sympathie, quelque vraie qu'elle soit, ne peut adoucir ce coup terrible, mais en vous disant que je consacrerai mes jours à son fils, et que je le regarde comme le mien propre, je sais que je puis vous donner de ce côté-là quelque tranquillité d'esprit. C'est pourquoi j'ai pris la liberté de vous

---

1. Nicolas Chopin est mort le 3 mai 1844 à Varsovie ; son fils n'a appris la nouvelle que dans la nuit du 25.

écrire, pour vous dire que je vous suis profondément dévouée, comme à la mère adorée de mon plus cher ami.

George Sand

## 102. AU DOCTEUR LOUIS VÉRON

[Nohant, 6 septembre 1844]

Monsieur, je pense que Monsieur Falampin ne vous a pas parfaitement compris, et j'attends de votre franchise comme de votre extrême politesse une explication directe. Je ne pourrai accepter en aucune façon les arrangements que vous semblez avoir proposés pour moi à M. Falampin car ce serait la violation ouverte et absolue de nos traités et conventions[1] et je crois trop à votre loyauté pour admettre cette violation dans votre pensée. Je ne défends pas le mérite littéraire de mon roman, mais je ne le crois ni plus ni moins mauvais que les précédents et vous connaissiez mon peu de valeur littéraire en traitant avec moi. Vous me considérez encore avec beaucoup d'indulgence à cet égard puisque vous voulez bien admettre que les personnages sont neufs et les scènes intéressantes. Qu'ils le soient ou non, la question pour vous est de savoir si le public les jugera tels et vous pensez connaître assez le public pour craindre qu'il ne leur

---

1. Le 25 mars 1844, par l'entremise de Latouche, Sand a signé un contrat avec Véron, qui vient d'acheter *Le Constitutionnel*, pour la publication de *Jeanne* dans ce journal (elle y paraît du 25 avril au 2 juin) ; elle cède également « un roman de mœurs, dont elle s'engage à remettre le manuscrit à M. Véron dans un an » ; un nouveau contrat signé le 30 avril précise que le roman, en un volume, sera remis avant le 15 septembre ; mais à la fin de juin, à la suite du retard d'Eugène Sue dans la livraison des feuilletons du *Juif errant*, Véron réclame le roman pour le mois d'août. Le 28 août, Chopin quitte Nohant avec le manuscrit d'*Au jour d'aujourd'hui*, qui deviendra *Le Meunier d'Angibault*. Mais l'autocrate Véron ne goûte guère le roman, et exige des changements que Sand refuse avec la même énergie qu'elle avait déployée face aux réclamations de Buloz (lettre 76). Elle obtiendra en novembre une indemnité de 5 000 F pour le préjudice subi, et publiera *Le Meunier d'Angibault* dans *La Réforme* (21 janvier-19 mars 1845).

soit pas favorable. Je ne sais pas ce que le public pense
de moi, mais vous le saviez en traitant avec moi, et bien
que j'eusse écrit des romans sur des sujets *mystiques* et *philosophiques* (c'est vous qui me faites l'honneur de vous
exprimer ainsi), vous n'avez pas hésité à entrer en arrangement avec moi. Je me souviens fort bien des explications verbales qui ont eu lieu et qui ont été soulevées
par moi-même avant la signature du traité de *Jeanne*. Ces
explications ont eu Monsieur Delatouche [Latouche]
pour témoin et pour interlocuteur principal ; vous y prîtes
peu de part. M. Delatouche me conseillait de ne pas traiter longuement et sous forme dogmatique les questions
de philosophie et de religion ainsi que je l'avais fait dans
les derniers chapitres de *Consuelo* et dans un autre roman
intitulé *Spiridion* publié longtemps auparavant. J'étais parfaitement de son avis, comme principe d'art d'abord,
ensuite parce que la forme du roman en feuilletons n'ad-
met point de longues dissertations. Il ne fut nullement
question, j'en appelle à votre honneur, et j'en appellerais
au besoin à la mémoire de M. Delatouche qui fut notre
intermédiaire pour traiter, de me demander de renoncer
à tel ou tel sujet, à telle ou telle tendance d'opinion, et,
pour parler plus clair et plus vrai, à tel ou tel sentiment
de mon cœur. Je n'aurais jamais consenti à prendre un si
lâche engagement, vous n'auriez pas voulu me le proposer, vous n'y pensâtes même pas, et M. Delatouche n'eût
jamais voulu se prêter à me faire commettre une aposta-
sie et une lâcheté. Maintenant, ai-je manqué à suivre, je
ne dis pas les engagements que j'ai pris avec vous (je n'en
ai pas pris d'autre que de promettre de faire les choses
les moins ennuyeuses possible), mais les avis éclairés et
bienveillants de M. Delatouche ? Vous avez été content
de *Jeanne*, du moins vous me l'avez dit avec beaucoup de
grâce, et vous n'avez pas songé à blâmer des tendances
dont je suis seule responsable et que personne ne peut
prétendre de modifier. Dans le nouveau roman *Au jour
d'aujourd'hui*, je n'ai pas été plus *dogmatique* que dans
*Jeanne*. Je n'y ai pas posé de théorie. Mes sentiments et
mes vœux, quant à l'avenir de la société, n'y sont exprimés que sous la forme de questions que mes personnages, forcés et entraînés par leur situation personnelle,
s'adressent les uns aux autres, disant le *pour* et le *contre*
avec beaucoup de naïveté. Si vous trouvez quelques lon-

gueurs dans leurs entretiens au point de vue de l'art, et
que M. Delatouche et M. Leroux soient du même avis, je
suis toute prête à abréger, ainsi que je m'y suis prêtée sur
votre simple observation dans plusieurs passages de *Jeanne*.
Mais quant à changer la donnée, le fond, la pensée et le
sentiment de mon livre, quant à le refondre et le boule-
verser sous votre direction, cela est impossible et vous ne
pouvez pas songer à me le proposer. Ce n'est pas que
vous ne soyez bon juge et de bon conseil ; mais nos *opinions* ne sont peut-être pas les mêmes, et d'ailleurs je ne
suis plus d'âge à travailler entièrement sous l'inspiration
d'autrui. On n'apprend plus à 40 ans. Enfin je ne me suis
engagée ni verbalement ni par écrit à rien de semblable.
Ma déférence aux bons avis ne vous constitue pas un
droit de vie et de mort sur ma pensée, et ne saurait vous
autoriser à manquer à vos engagements. Le roman devait
être livré au 15 7ᵇʳᵉ. Il l'a été avant le 1ᵉʳ. Il doit être payé
comptant, sans aucune condition de modification. Il doit
être publié de manière à me mettre à même de traiter
avec un éditeur pour la réimpression en volumes 4 mois
après la publication en feuilletons, c'est-à-dire qu'il doit
être publié dans *le Constitutionnel à dater de l'époque de la remise
du manuscrit* ainsi qu'il a été stipulé pour *Jeanne* puisque
*toutes les conditions* du second traité sont les mêmes que
celles du premier… Mais toutes ces explications sont
inutiles, et je vous prie de me les pardonner, et de croire
que je vous regarde comme incapable de les éluder en
aucune façon. Seulement, si M. Falampin s'en est bien
expliqué, vous faites à mon bon vouloir, un appel qui
dépasse toute possibilité de ma part, et M. Falampin ne
vous a pas bien compris en me disant que vous offriez
de payer *moyennant promesse* de refondre et de changer
l'ouvrage. C'est un travail qui m'est impossible d'abord.
En outre la donnée et le sujet sont tellement dans ma
chair et dans mon sang qu'on me tuerait bien plutôt que
de me faire abandonner la cause des pauvres qui ne me
lisent guère pour plaire aux riches qui me lisent un peu.
Voilà bientôt quinze ans que j'écris dans ce sens, que
mes lecteurs me *condamnent* et me *lisent*, que mes éditeurs
me payent bien, preuve qu'ils vendent leurs exemplaires,
et que tous les journaux de toutes les opinions me font
l'honneur de me demander des romans, sans que j'aie
voulu jusqu'ici sortir de mes habitudes. Enfin, pour ne

plus revenir à nos prétendues conditions orales, vous m'avez demandé, je m'en souviens bien, des romans dans le genre d'*André* et de *Valentine*, et si vous avez perdu votre temps à lire autrefois ces mauvais contes, vous devez retrouver dans *Jeanne* et *Au jour d'aujourd'hui*, beaucoup de rapport dans la forme. Quant au reproche d'avoir mis dans ces deux derniers des paysans en scène, il n'est pas plus fondé que celui que vous adresseriez à M. Eugène Sue pour avoir fait agir dans *les Mystères de Paris* et dans *le Juif errant* des gens du peuple de Paris. Le cadre est à peu près le même, et pourtant ses personnages sont très différents. J'ai fait de même dans ma manière. Jeanne ne ressemble pas plus au meunier d'Angibault que Fleur-de-Marie à la Mayeux, la Rigolette à la Reine Bacchanal. Les déserts de la Marche sont beaucoup plus loin de la fertile vallée du Berry, que le *Tapis franc* de la rue *Brise Miche*. Il serait étrange qu'on interdît à M. Sue d'établir le lieu de sa scène à Paris, parce qu'il a déjà dépeint Paris ! Et moi qui vis à la campagne et qui peins la campagne, je me répéterais du moment que je peindrais des scènes pastorales ? Walter Scott, notre maître à tous, a fait plus de vingt romans dont la scène tiendrait dans 40 lieues carrées. Ce sont donc là, permettez-moi de vous le dire, de mauvaises raisons et que vous ne pourriez pas faire valoir légalement plus que littérairement. J'avais, je vous l'ai écrit, un sujet plus tranché encore, et qui me plaisait davantage. Vous m'avez forcée d'y renoncer en me demandant avec beaucoup d'insistance ce nouveau roman un mois plus tôt que ne le portait la lettre de nos traités. J'ai réussi à me tenir prête pour l'époque où vous l'avez désiré, et ce n'est pas sans fatigue et sans contrariété. Vous auriez donc bien mauvaise grâce à me reprocher de n'avoir pas fait un chef-d'œuvre. D'ailleurs vous savez bien qu'on ne fait plus de chefs-d'œuvre par le temps qui court, moi moins que personne, et il n'y a pas de clause dans les traités qui oblige les gens à avoir plus d'esprit et de talent que Dieu ne leur en a donné.

D'après tout cela, Monsieur, je vous dirai franchement que vos propositions ne me semblent pas justes et qu'il m'est impossible de les accepter, quelque bonne envie que j'aie toujours de vous être agréable.

Agréez, Monsieur, l'expression de mes sentiments distingués.

George Sand

6 septembre 1844. Nohant.


103. À FERDINAND LEROY,
PRÉFET DE L'INDRE

Nohant le 24 8^bre [18]44

Monsieur le Préfet,
Je vous dois des remerciements pour l'obligeance que
vous m'avez témoignée tout en vous occupant charita-
blement de *Fanchette*. La bonne volonté que vous voulez
bien m'exprimer à cette occasion me trouve reconnaissante, et je ne craindrai pas de m'adresser à vous lorsque
j'aurai à solliciter votre appui pour quelque malheureux.

Mais vos généreuses offres à cet égard sont accompa-
gnées de quelques réflexions auxquelles il m'est impossible de ne pas répondre ; et, bien que la lettre dont mon
ami M. Rollinat m'a donné communication ne me soit
pas adressée, je crois plus sincère et plus poli d'y répondre
directement que d'en charger un tiers, quelque intimité
qui me lie à M. Rollinat.

— Vous accusez *l'Éclaireur* que je ne dirige pas, que je
n'influence pas davantage, mais auquel je prête mon
concours[1], de mensonge et de grossièreté envers vous. Je
ne suis pas chargée de défendre mes amis auprès de
vous, je ne veux les désavouer en rien ; mais je ne suis
pas solidaire de leurs actes et de leurs écrits. J'ai fait mes
réserves à cet égard, et j'ai dû ce respect à leur indépendance, mais si vous désirez savoir mon opinion personnelle sur la polémique *personnelle* en politique, je suis prête
à vous la dire, et vous crois digne qu'on vous parle franchement.

— Je ne m'occupe point de cette polémique. Mes goûts
m'en détournent, mon sexe encore plus. Une femme qui

---

1. Le premier numéro de *L'Éclaireur* a paru le 14 septembre, avec
une lettre-manifeste de G. Sand en première page ; elle y a donné
des articles les 28 septembre, 5 et 12 octobre.

s'attaquerait à des hommes dans des vues de ressentiment et d'antipathie serait peu brave. Les hommes ont
pour dernière ressource quand ils se croient outragés
d'autres armes que la plume, et comme je ne puis me
battre en duel, je ne me servirai jamais de la faculté d'exprimer mes sentiments, que pour des causes générales ou
pour la défense de quelque malheur. Mes griefs particuliers ne m'ont jamais fait publier une ligne contre qui
que ce soit, et je ne suis pas d'humeur à changer de
système. Quelques autres considérations qui tiennent à
mon expérience m'éloignent encore de la polémique de
parti. Je trouve que l'esprit du gouvernement est odieux
et lâche à l'égard de la presse indépendante, mais avant
de condamner les mandataires du pouvoir je voudrais
être mieux renseignée sur la manière dont ils ont obéi à
leur consigne, que je ne l'ai été dans l'affaire de *l'Éclaireur*.
Dans ma manière de voir, un fonctionnaire dans votre
position ne devrait pas être personnellement mis en cause,
à moins qu'il n'eût outrepassé son mandat, comme l'a
fait, à ce qu'il me semble, mon neveu [Vallet de Ville-
neuve] à Orléans. Je plains les administrateurs en général
plus que je ne les condamne, et voici pourquoi :

Je suis certaine qu'ils n'obéissent qu'avec regret et répugnance à plusieurs de leurs attributions secrètes, et qu'ils
rougiraient de se faire hommes de parti de leur propre
impulsion. Mais les gouvernements s'efforcent sans cesse
d'avilir la dignité et l'intégrité de leur magistrature, en les
faisant complices de leurs passions. C'est par là qu'ils leur
ôtent la confiance et les sympathies de leurs administrés.
C'est un grand crime et une lourde faute dans laquelle
tombent tous les gouvernements absolus de fait ou d'intention. Le gouvernement est donc le coupable lâchement caché derrière vous. Le devoir de votre position est
de nier ses torts et d'en assumer la responsabilité. Triste
nécessité que vous ne pouvez pas m'avouer, Monsieur,
mais moi, je sais ce dont je parle et c'est le secret de ma
tolérance envers les hommes publics.

Si mes amis de *l'Éclaireur* ont été moins calmes ou
moins justes, vous ne devez pas vous en étonner beaucoup, et vous n'avez guère le droit de vous en fâcher. En
acceptant les fonctions que vous occupez, vous avez dû
prévoir qu'une guerre systématique et inévitable provoquée par vous à la première occasion, allumerait une

guerre moins froide, une guerre ostensible. J'ai prévu dès le commencement que mes amis seraient entraînés à cette guerre, et j'ai regretté que vous, qu'on dit homme de bien, fussiez obligé d'en jeter le premier tison. Vous aimez à faire le bien, vous devez souffrir quand on vous condamne à faire le mal.

Quant à moi, par les raisons que je vous ai exposées, je ne me serais pas chargée de vous accuser. Mais vous dites, Monsieur le préfet, que lorsque *Messieurs de l'Éclaireur* vous feront de mauvais compliments, vous serez certain que je n'y suis pour rien. Vous n'aurez pas de peine à le savoir, je ne dicte rien, j'aime mieux écrire moi-même, c'est plus tôt fait, et je signe tout ce que j'écris. Il est fort possible que j'aie à m'occuper des actes administratifs de ma localité, et de quelque malheur particulier à propos des malheurs publics. Je regarderai toujours comme un devoir de prendre le parti du faible, de l'ignorant et du misérable, contre le puissant, l'habile et le riche, par conséquent contre les intérêts de la bourgeoisie, contre les miens propres s'il le faut, contre vous-même, Monsieur le préfet, si les actes de votre administration ne sont pas toujours paternels. Vous ne pouvez ni me craindre, ni m'attribuer la sottise de vous faire une menace ; mais je manquerais à toute loyauté si je ne répondais par ma bonne foi à la bonne foi de vos expressions. Dans vos attributions involontaires d'homme politique, moi qui déplore l'alliance monstrueuse de l'homme de parti et du magistrat, je ne me sens pas le courage de vous blâmer, puisque vous n'êtes pas libre de me répondre comme homme de parti, forcé que vous êtes d'agir comme tel en secret. Comme magistrat vous serez toujours libre de vous disculper si l'on se trompe parce que là tous vos actes sont publics. Je fais ces réserves pour l'acquit de ma conscience, car je crois fermement, d'après votre conduite dans l'affaire des enfants trouvés, que nous n'aurons qu'à louer votre justice et votre humanité.

Maintenant, Monsieur le préfet, vous dirai-je à mon tour, que je ne vous rends pas solidaire des injures et des grossièretés qui me sont adressées par le *Journal de l'Indre* ? si cela ne rentrait pas dans le secret de vos obligations et de vos moyens, je pourrais vous accuser sévèrement, et vous dire que je n'influence pas même *l'Éclaireur*, tandis que vous *gouvernez* le journal de la préfecture, de par vos fonctions gouvernementales. Or, il m'est revenu qu'on m'y sommait un peu brutalement de répondre à de fort beaux raisonnements que je n'ai pas lus, et qu'irrité de mon silence on m'y traitait vaillamment de philanthrope à tant la phrase, ou quelque chose de semblable. J'ai beaucoup ri de voir le scribe gagé de la préfecture accuser de spéculation le collaborateur gratuit de *l'Éclaireur*, vous pouvez faire savoir à votre champion officieux, Monsieur le préfet, qu'il se donne un mal inutile et que je ne lui répondrai jamais. J'ai été provoquée par de plus gros messieurs, et depuis douze ans que cela dure je n'ai pas encore trouvé l'occasion de me fâcher. Seulement je pense que ce que je disais tout à l'heure des femmes qui ne doivent pas attaquer à cause de leur impunité dans certains cas, serait applicable relativement à certains hommes. Je suis bien persuadée que vous ne lisez pas le journal de la préfecture, vous êtes de trop bonne compagnie pour cela. Pourtant cela rentre dans les nécessités désagréables de votre administration, et si vous ne lavez pas de temps en temps la tête à vos gens ils feront mille maladresses.

Agréez mes explications, Monsieur le préfet, avec le bon goût d'un homme d'esprit, car lorsque je me permets de vous écrire ainsi, c'est à Monsieur Leroy que je m'adresse, et le collaborateur de *l'Éclaireur* n'y est pour rien, vous le voyez, non plus que Monsieur le préfet de l'Indre. Nous parlons de ces personnes-là, mais celle qui a l'honneur de vous présenter ses sentiments les plus distingués c'est

George Sand


104. AU PRINCE LOUIS-NAPOLÉON
BONAPARTE ‡

[Nohant, 26 novembre 1844]

Prince,

Je dois vous remercier du souvenir flatteur dont vous m'avez honorée en m'adressant, avec un mot de votre main qui m'est précieux, le noble et remarquable travail sur l'*Extinction du paupérisme*[1]. C'est de grand cœur que je vous exprime l'intérêt sérieux avec lequel j'ai étudié votre projet. J'ai été surtout frappée de la juste appréciation de nos malheurs et du généreux désir d'en chercher le remède. Quant à bien apprécier les moyens de réalisation, je ne suis pas de force à le faire, et, d'ailleurs, ce sont là des controverses dont je suis sûre que vous feriez, au besoin, bon marché. En fait d'application, il faut peut-être avoir la main à l'œuvre pour s'assurer qu'on ne s'est pas trompé, et le rôle d'une vaste intelligence est de perfectionner ses plans en les exécutant.

Mais l'exécution, Prince, en quelles mains l'avenir la confiera-t-il ? Il y a peut-être inconvenance et manque de respect à soulever cette question en vous parlant. Peut-être aussi de vives sympathies en donnent-elles le droit. Je ne sais pas si votre infortune a des flatteurs, je sais qu'elle mérite d'avoir des amis. Croyez qu'il faut plus d'audace aux esprits courageux pour vous dire la vérité aujourd'hui qu'il n'en eût fallu si vous eussiez triomphé. C'est notre habitude, à nous, démocrates, de braver les puissants, et cela ne nous coûte guère, quel qu'en soit le danger.

Mais devant un héros captif et un guerrier enchaîné, nous ne sommes pas braves. Sachez-nous donc quelque gré, vous qui comprenez ces choses, de ce que nous sachions nous défendre des séductions que votre caractère, votre intelligence et votre situation exercent sur nous, et de ce que nous osons vous dire la vérité de nos consciences. Cette vérité, c'est que jamais nous n'eussions reconnu d'autre souverain que le peuple, et que la souveraineté de tous nous paraîtra toujours incompatible avec celle d'un homme. Aucun miracle, aucune personnification du génie populaire dans un seul, ne nous prouveront le droit d'un seul. — Mais vous savez cela, vous le saviez peut-être quand vous marchiez vers nous. Et nous, s'il eût fallu que nous fussions conquis, nous eussions préféré à toute autre une conquête qui eût ressemblé à une délivrance. Mais il nous eût fallu vous voir à l'épreuve, et ce que vous ne saviez pas, c'est que les

---

1. Le futur Napoléon III, incarcéré au fort de Ham après sa tentative de soulèvement de l'armée à Boulogne, publie en 1844 sa brochure *Extinction du paupérisme*. Il insérera cette lettre de Sand dans diverses brochures et affiches de propagande en 1849.

hommes longtemps trompés et opprimés ne s'éveillent
pas dans un jour à la confiance. La pureté de vos intentions eût été fatalement méconnue et vous ne vous seriez
pas assis au milieu de nous sans avoir à nous combattre
et à nous réduire. Telle est l'inflexibilité des lois qui
entraînent la France vers son but, que vous n'aviez pas
mission, vous, homme d'élite, de nous arracher à la
tyrannie.

Hélas ! vous devez souffrir de cette pensée, autant
qu'on souffre de l'envisager et de le dire ; car vous méri-
tiez de naître en des jours où vos rares qualités eussent
pu faire votre gloire et notre bonheur.

Mais il est une autre gloire que celle de l'épée, un autre
ascendant que celui des faits ; vous le savez maintenant
que le calme du malheur vous a rendu toute votre sagesse,
toute votre grandeur naturelle, et vous aspirez, dit-on, à
n'être qu'un citoyen français ; c'est un assez beau rôle
pour qui sait le comprendre. Vos préoccupations et vos
écrits prouvent que nous aurions en vous un grand citoyen,
si les ressentiments de la lutte pouvaient s'éteindre et si
le règne de la liberté venait un jour guérir les ombra-
geuses méfiances des hommes. Vous voyez comme les
lois de la guerre sont farouches et implacables, vous qui
les avez courageusement affrontées et qui les subissez
plus courageusement encore. Elles paraissent odieuses
quand on voit un homme tel que vous en être la victime.

Eh bien ! là est votre gloire nouvelle, là sera votre
grandeur véritable. Le nom terrible et magnifique que vous
portez n'eût pas suffi pour nous vaincre. Nous avons à la
fois diminué et grandi depuis les jours d'ivresse sublime
qu'*Il* nous a donnés. Son règne illustre n'est plus de ce
monde, et l'héritier de son nom, penché sur des livres,
médite, attendri, sur le sort des prolétaires !

Oui, c'est là votre gloire ! C'est un aliment sain qui ne
corrompra point la sainte jeunesse et la haute droiture de
votre âme, comme l'eût fait peut-être l'exercice du pouvoir malgré vous. Là serait le lien du cœur entre vous et
les âmes républicaines que la France compte par millions
aujourd'hui.

Quant à moi, je ne connais pas le soupçon, et, s'il
dépendait de moi, après vous avoir lu, j'aurais foi en vos
promesses et j'ouvrirais la prison pour vous faire sortir,
la main pour vous recevoir.

Mais, hélas ! ne vous faites pas d'illusions ! ils sont tous inquiets et sombres autour de moi, ceux qui aspirent à des jours meilleurs. Vous ne les vaincrez que par les idées, par la vertu, par le sentiment démocratique, par la doctrine de l'égalité. Vous avez de tristes loisirs, mais vous savez en tirer parti. Parlez-nous donc souvent de délivrance et d'affranchissement, noble captif ! Le peuple est comme vous dans les fers. Le Napoléon d'aujourd'hui est celui qui personnifie les douleurs du peuple comme l'autre personnifiait hier ses gloires.

Acceptez, Prince, l'expression de mes sentiments respectueux.

George Sand

26 novembre 1844.

## 105. À FERDINAND FRANÇOIS

[Nohant, fin juin 1845]

Mon cher François, je vous remercie de votre bonne lettre et du porte-cigares qui est un chef-d'œuvre. En attendant que je vous écrive une vraie lettre, je vous envoie ces deux mots par ma servante qui se rend à Paris et qui me revient dans quelques jours. Je la charge de recevoir de vous les 500 f. de *Procope*[1], dont elle disposera comme je le lui prescris, ou seulement 300 si vous avez remis à M. Brault les 200 f. que je l'avais autorisé à vous demander par une lettre qu'il devait vous remettre. Mais il paraît qu'il ne l'a pas fait encore, puisque vous ne m'en parlez pas. Ce sont des pauvres honteux qu'il faut forcer de prendre. Cher ami, si vous pouviez trouver des leçons de chant ou de piano pour leur fille, vous leur rendriez un véritable service. Elle est belle, bonne, sage et laborieuse, et donne des leçons de musique très proprement

---

1. *Procope le Grand* a été publié dans *La Revue indépendante* du 25 mars 1844 ; c'est le récit de la vie de ce chef de hussites, qui succéda à Jan Ziska. G. Sand veut affecter une partie du paiement de cet article à ses parents pauvres, les Brault, qui se montreront bien ingrats et méchants à son égard ; elle recueillera leur fille Augustine pour la soustraire à leur mauvaise influence et la considérera comme sa fille adoptive.

à de jeunes enfants, pour 3 à 5 f. Si, parmi vos connaissances, vous lui trouviez de l'occupation, je vous en saurais bon gré, et vous auriez du plaisir, j'en suis sûre,
à aider une si charmante jeune fille, qui s'est consacrée à
ses parents avec un courage et une austérité bien méritoires par le temps qui court pour la *beauté* jointe à la
*misère*.

J'ai vu Leroux[2]. Je ne suis pas sévère pour lui, je vous
assure, mais puis-je et dois-je abandonner mes frères
pour les siens, et leurs enfants pour ceux de sa famille ?
Et moi aussi, j'ai trente personnes à nourrir, voire beaucoup plus. L'entreprise est lourde, je le sais, mais elle
n'est pas impossible quand on s'y consacre avec persévérance. Mais puis-je porter son fardeau et le mien ? Je n'ai
pas deux vies, sans cela je lui en aurais donné une, vous le
savez bien. Longtemps il a voulu me prouver qu'il ne
fallait songer qu'à lui, parce que, lui, portait l'avenir du
monde dans son sein, tandis que les autres étaient des
pauvres sans valeur et sans utilité. C'est là une question
de pratique applicable à la vie d'aujourd'hui, mais on ne
peut pas la trancher si lestement. Qui me prouvera que
je doive laisser les miens exposés à se faire bandits ou
prostituées, pour servir la famille de Leroux et lui, véritable sybarite intellectuel, qui ne veut faire que ce qui
l'enthousiasme, et travailler qu'à ce qui contente pleinement son esprit ? Et moi, je fais depuis douze ans des
romans qui m'ennuient et que je donnerais pour une
année à consacrer à des études sérieuses dont mon âme
perd la faculté par vieillesse et fatigue, sans en avoir
perdu la soif et le besoin. Leroux ne veut pas s'immoler
lui-même, lui qui prêche tant aux autres l'abnégation et le
renoncement. Son génie superbe veut que les amis soient
des instruments aveugles, qu'ils quittent père, mère et
enfants pour le suivre, pour le suivre hélas ! où il ne sait
pas aller !

Oui, je souffre de lui, parce que je l'aime, mais si mon
amitié était de l'engouement, je deviendrais coupable, sans
qu'il en eût regret. Égoïsme de la puissance acceptée ou
méconnue, il y a toujours là un grand égoïsme.

Je vous ai écrit 4 pages croyant que je n'avais pas le

2. On mesurera la désillusion de G. Sand en relisant les lettres 89
et 100.

temps de vous écrire 4 mots. Faites de même, et tout en courant, écrivez-moi souvent.

Mes enfants vous disent leurs amitiés. Rappelez-nous au souvenir des Veyret.

À vous de cœur, mon brave ami.

G. Sand

Je rouvre ma lettre pour vous dire que j'en reçois une de Mme Brault. Puisqu'elle a touché 200 f. ce n'est plus que 300 que vous aurez à remettre à ma servante Suzanne, car je pense que c'est le complément de *Procope*.

Je suis heureuse que vous ayez de bonnes nouvelles de votre mère. Allons, pensez à nous quelquefois et prenez la vie en patience.

## 106. À CHARLES SAINTE-BEUVE

Nohant, 5 juillet [18]45
(41 ans aujourd'hui)[1]

Mon ami, je vous remercie de votre bonne lettre, et je me console un peu de vous avoir fait courir inutilement, puisque vous me donnez l'occasion de vous récrire. Éliza [Tourangin] n'est pas encore à Paris, je la croyais en route, je vois qu'elle n'a pas quitté Bourges, puisqu'elle n'a pas été chez vous, car c'est la première course qu'elle devait faire. Attendez-la et soyez bon pour elle comme vous l'avez été. J'y compte, et mon cœur vous en tiendra compte aussi.

Je vous trouve plus poëte et plus *jeune homme* que je ne le suis, car vous savez encore vous plaindre, et moi je ne le pourrais plus. D'où me vient ce détachement et cet oubli consacré de moi-même ? Vous l'attribuez à la foi, mais je ne saurais dire si c'est vraiment là la cause. Est-ce, comme je vous le disais, il y a peu d'années, parce que je vis au milieu de la famille et des affections douces et

1. G. Sand est née le 1er juillet 1804 (12 messidor an XII), mais, probablement par suite d'une mauvaise conversion du calendrier révolutionnaire, elle crut longtemps qu'elle était née le 5 juillet (c'est d'ailleurs la date qu'elle donne dans *Histoire de ma vie*, II, 7) ; on conserva par la suite l'habitude de fêter son anniversaire le 5 juillet.

durables ? Cela ne me suffisait pas autrefois et me suffit
aujourd'hui. Pourtant je n'ai pris goût ni à l'argent ni à la
réputation, jouets ordinaires de l'âge mûr. C'est donc autre
chose, c'est tout bonnement, je crois, la vieillesse qui s'est
faite et assise avec mes quarante ans, et même avant, car
il y a déjà quelques années que j'éprouve ce calme.

Apparemment que je suis morte de ma belle mort
comme les vieillards épuisés qui s'endorment et je ne
m'en suis pas aperçue. Je vous disais, il y a bien longtemps, que je m'en allais, et alors vous ne vouliez pas me
croire : vous me prédisiez une éternelle jeunesse, et c'était
l'heure où ma jeunesse finissait au milieu des convulsions
et des gémissements. Une affection sûre [Chopin] et sans
mélange de mal est venue doucement clore ma vie ; mais
ce n'est plus la passion, et je ne regrette pas cette ennemie
qui m'a brisée, je me console en me disant que si c'est là
la mort, c'est le ciel, en comparaison de ce qui était la vie.

Donc, *frère, il faut mourir.* Puisque c'est inévitable, cherchons une manière simple et noble de trépasser. Moi, je
souffre encore quand je vois souffrir, et je voudrais vous
tendre la main pour vous faire venir où je suis. Mais vous
ne le voudriez pas encore. Vous ne voulez ni du mariage,
du mariage comme je l'entends ! ni de la famille, donc
vous vivez encore et voulez vivre plusieurs années de plus
que moi. Eh bien, vous vous plaignez, ingrat ? regretter
c'est aimer encore, et l'on dit que c'est tout. Mais non,
j'aurai le courage de le dire à présent, ces amours qui font
souffrir ne sont pas les amours que Dieu nous destinait,
et nous nous sommes trompés en croyant qu'ils nous
venaient de lui. Il a fait la passion calme, quoique cela
paraisse un paradoxe, et ce sont nos mauvaises idées et
nos fausses croyances qui en ont fait un martyre. Vienne
le règne de la vérité (et j'y crois quoique je sache bien
que ce ne sera pas pour la génération où je vis), et ce que
nous avons souffert n'aura plus de nom dans les langues
humaines. Il n'y aura plus de poètes de la douleur et la
joie en fera de plus éloquents encore, quoique nous ne le
comprenions pas aujourd'hui.

Je m'arrête, pour que vous ne me trouviez pas folle, et
digne d'aller en *Icarie* avec M. *Cabet*[2]. Ne vous moquez

2. Cabet avait publié en 1842 son utopie communiste, *Voyage en
Icarie.*

pas de ma confiance. Je ne me moque pas, moi, de votre découragement. Il n'y a pas si longtemps que je souffrais comme vous, pour ne pas savoir que c'est sérieux et respectable.

Adieu, et gardez-moi du passé que nous avons traversé ensemble l'amitié qui nous faisait parfois du bien.

George

## 107. À RENÉ VALLET
## DE VILLENEUVE

Nohant, 17 juillet [1845]

Je suis depuis deux mois comme l'oiseau sur la branche, prête à prendre ma volée, et toujours retenue malgré moi. Je suis restée à Paris plus que je ne comptais, clouée par une grippe obstinée. Mes enfants l'ont eue aussi, mais ils ont été peu malades et moi beaucoup. Et puis il m'est venu à la campagne en même temps que moi, une amie intime [Pauline Viardot] qui a failli se noyer en partant, la rivière passant alors par-dessus les ponts. Elle est revenue sur ses pas et nous l'avons gardée encore une semaine. Et maintenant, depuis quinze jours, j'attends quelqu'un qui retarde sans cesse en me disant de l'attendre et qui me tient le bec dans l'eau. Voilà, mon cher cousin, pourquoi je suis encore à Nohant et non auprès de vous, pourquoi aussi je n'ai pas répondu à une excellente lettre d'Emma [de La Roche-Aymon], voulant toujours répondre « je suis libre et j'accours ». Et ce moment de liberté n'est pas encore venu, mais il ne tardera pas. Dites-moi si vous avez une route de poste de Loches à Bléré ; quelque route qu'il y ait peu m'importe, pourvu que j'arrive. Seulement j'arrangerai en conséquence mes moyens de transport. Dois-je aller à Bléré pour aller à Chenonceaux ? Je présume que votre beau pays est couvert de routes magnifiques dans toutes les directions.

Tout en s'élançant vers vous à toute heure, le cœur me bat bien fort à l'idée de vous revoir après tant d'années, de changements qui se sont faits autour de nous, et en

nous-mêmes aussi probablement[1]. Je suis sûre de retrouver toujours votre cœur et je sens que le mien a gardé
pour vous la tendresse, la confiance et la sympathie des
jeunes années. Mais toutes mes hérésies socialistes n'au-
ront-elles scandalisé personne autour de vous ? Je les
mettrai tout au fond de mon portefeuille si elles déplai-
sent et d'ailleurs je n'ai pas l'humeur déclamatoire. J'ai eu
le bonheur de conserver l'affection de personnes qui ne
veulent pas de mes croyances. Mais si je rencontrais
quelque froideur là où je vais les bras ouverts, je souffrirais amèrement.

Je suis sûre que Madame de Villeneuve sera bonne et
généreuse. Mais Septime, s'il est auprès de vous, voudra-
t-il me reconnaître ? Il y a bien des années, je l'ai rencontré plusieurs fois, et il ne me connaissait point. De lui
à moi, il n'y avait pas de raison à cette bizarrerie. Léonce
vivant tout près de moi en Berry et m'écrivant parfois de
jolies lettres, n'est jamais venu me voir, ni ne m'en a
témoigné le désir ou le regret, quoique son père n'eût
jamais cessé d'être paternel pour moi. Je me suis souvent
demandé ce que signifiaient ces réserves de la part de
jeunes gens qui n'avaient pas le droit de reproche et
de réprimande[2], et votre longue sévérité que je trouvais
non pas bien fondée, mais légitime, et que je supportais
sans révolte avec l'espoir de la voir cesser un jour, me
semblait un peu déplacée de leur part. Était-ce une diver-
gence d'opinions ? Je ne suis pas si intolérante, je par-
donnais à Léonce d'être fonctionnaire juste-milieu, et je
trouvais beaucoup plus pardonnable pour mon compte
d'avoir embrassé les utopies sublimes de J.-J. Rousseau
que la livrée de Louis-Philippe. Je vous ouvre mon cœur,
ô mon cher *René* d'autrefois, et vous le connaissez assez
pour savoir qu'il est incapable de ressentiment ou d'aigreur. L'hostilité est incompatible avec ma gaîté et ma
bienveillance naturelles. J'ai pardonné à mes plus cruels

1. G. Sand vient juste de renouer avec sa famille paternelle, qui
avait rompu avec elle depuis 1822 (voir lettre 7), et qui possède le
château de Chenonceaux. C'est Emma de La Roche-Aymon (fille de
René de Villeneuve) qui, rencontrant en avril sa cousine G. Sand
chez un dentiste, a été l'artisan de ce rapprochement.
2. Septime et Léonce de Villeneuve avaient été destinés par leurs
pères à épouser Aurore, ce qui explique peut-être leur froideur à son
égard (voir lettre 7 n. 2).

ennemis, comment n'oublierais-je pas les torts passagers
des parents et des amis d'enfance? Mais si je trouvais
l'hostilité chez eux, je ne saurais qu'en souffrir. Je n'ai
point d'esprit pour des combats personnels, et je n'ai qu'un
seul trait de ressemblance avec notre immortel Rousseau:
c'est de m'aviser d'une repartie piquante le surlendemain.

Dites-moi donc, ou que je vous trouverai seul avec ma
cousine et la famille d'Emma, ou qu'on ne me regardera
pas comme l'enfant prodigue revenant au bercail. Vous!
oh c'est bien différent! quand je sens qu'on m'aime j'accepte tout, et je retrouve ma langue pour me justifier parce
que je tiens à reconquérir la tendresse que je demande.

— Et puis encore, j'ai un abominable défaut. Je fume
des cigarettes! bien petites, bien fades, bien misérables
auprès de celles que consomment certaines *lionnes* d'aujourd'hui. Mais je fume presque continuellement, en
cachette tant qu'on veut. Mais encore, je sens le cigare
quelque soin que j'y apporte. Et si j'allais faire tousser ma
cousine! Et si je répandais cette odeur *soldatesque* dans
quelque coin du beau Chenonceaux! Et pourtant si je
reste trois heures sans fumer je tombe dans un état de
torpeur, je bâille, je ronge mes ongles, je suis comme une
âme en peine, et cette souffrance est telle que c'est là une
des principales raisons qui m'empêchent d'aller dans le
monde, où d'ailleurs j'avoue que mon goût ne me porte
pas. Voilà mon plus grand vice, est-ce que vous le pourrez tolérer? Je l'ai contracté en travaillant la nuit pour
combattre le sommeil, et je tremble que ma lettre ne
vous en apporte quelque indice révélateur!

Il y a encore quelque chose qui me *choque*! C'est qu'autrefois on ne me disait pas *vous*. Vous me tutoyiez fort
bien, ne vous en déplaise, et ce *vous* qui me rappelle mes
quarante ans, n'est pas galant, je vous assure.

Est-ce que par hasard, nous aurions vieilli? allons
donc! Emma me dit que vous n'avez pas pris un jour, et
quant à moi, quoique j'aie des cheveux blancs et tout
ce qui s'ensuit, je prétends n'être pas pour vous autre
chose qu'*Aurore*, un vieux enfant, il est vrai, mais toujours enfant pour les bonnes choses.

Oui je souffre des tristesses de cette chère Emma, mais
que de sujets de consolation ou du moins de courage ne
trouvera-t-elle pas dans l'idée que sa fille [Louise] est heureuse, qu'elle aime son jeune mari [Galitzin] qui est char-

mant, et qu'elle lui reviendra avec une nouvelle famille à
gâter et à chérir ! Moi je n'ai pas envie de me séparer de
ma fille, et pourtant je me tourmente plus du désir de lui
trouver un jour un mari qui l'aime et qu'elle puisse aimer,
que de la crainte de la voir s'éloigner de moi. J'ai éprouvé
le plus grand des malheurs, celui d'être liée à un être qui
ne me convenait en aucune façon. Aussi quand je vois de
jeunes ménages heureux je ne puis que féliciter les mères
qui leur ont donné la vie.

Mais à remplir toutes ces petites feuilles de papier, je
m'oublierais toute la nuit, et je vous fatiguerais les yeux.
Dans une quinzaine, j'espère que je serai libre et que je
vous demanderai de me tracer bien vite mon itinéraire.

À vous toujours, et bien certainement pour toujours.

G. Sand

## 108. À ANTÉNOR JOLY

[Nohant, 13 (?) août 1845]

Mon fils qui est aussi un éplucheur de titres, m'objecte
que la scène[1] se passe à Gargilesse moins qu'à Boisguilbault et à Châteaubrun, et c'est vrai, surtout pour la suite
du roman que vous n'avez pas lue. Il dit avec raison que
ni Châteaubrun ni Boisguilbault ne sont dans la vallée de
Gargilesse, car les vallées de la Creuse sont fort serrées,
mais fort distinctes. Et puis moi, en y pensant, je trouve
que ce titre du *Val de Gargilesse* n'indique pas assez le
roman. Voici plusieurs titres que nous avons cherchés,
choisissez-en un. D'abord : *Monsieur Antoine*, ce serait le
plus simple et celui qui résumerait le mieux, car c'est
Antoine qui est mon meilleur personnage, vous verrez !

*Le Val de Gargilesse* est long et dur à dire, facile à
estropier, *Monsieur Antoine* me paraît bon enfant et fait
attendre un personnage à la fois *Monsieur* et *bon homme*,

1. Il s'agit du nouveau roman de Sand, qui sera finalement intitulé
*Le Péché de Monsieur Antoine* et paraîtra en feuilletons dans *L'Époque*
du 1er octobre au 13 novembre 1845. Anténor Joly est venu à Nohant
du 10 au 13 août, et a lu le début du roman. Contrairement à Gargilesse et Châteaubrun, Boisguilbault est un lieu fictif.

qui doit jouer un rôle original. J'aimerais beaucoup que
*Monsieur Antoine* vous plût. Ensuite j'ai une raison de sentiment. L'original de ce brave homme, c'est mon frère,
trait pour trait (que vous avez vu un instant ce soir), avec
plus de finesse pourtant que le seigneur de Châteaubrun.
C'est à mon frère que je veux dédier ce roman qu'il ne
connaît pas encore. Pourtant si ce titre vous semble trop
simple (et vous auriez tort, le simple est si excellent!)
nous pourrions choisir:

> *Les bonnes gens de Châteaubrun*
> *La belle fille de Châteaubrun*
> *Les ruines de Châteaubrun*
> *Le château de M. Antoine.*

C'est à Châteaubrun que la scène se passe le plus souvent, et c'est là qu'est l'intérêt de cœur.

Si nous voulons un titre qui résume plus *l'idée* que le
*fait* du roman, nous aurions:

> *Le vieux et le neuf*
> *Hier et demain*
> *Déchus et parvenus*
> *Les vieux et les jeunes.*

Si vous tenez au nom de Gargilesse, disons tout bonnement *La Gargilesse*, car le torrent joue plus de rôle que
la vallée, et cette Gargilesse *étonnera* comme titre, mais
je trouve que cela affecte un peu le bizarre, comme *la
Quiquengrogne*[2].

*La fille naturelle* est encore un titre, quoique déjà pris
souvent, mais qu'importe? *Le premier amour?* c'est encore
simple et j'avoue mon faible pour le simple.

Voyez si vous trouvez encore mieux que tout cela. Et
pourquoi pas aussi *l'amour et l'argent* qui ne vous déplaisait
pas d'abord? Pensez-y, cela vous viendra en diligence.

Merci mille fois de l'obligeance extrême et des bons
procédés que vous avez apportés dans tout ceci. Je songe
avec remords à toute la fatigue que vous avez prise à voyager, à lire obstinément ce griffonnage et à rester à l'au-

---

2. Titre d'un roman projeté par Victor Hugo en 1831 et longtemps annoncé.

berge, quand vous pouviez être bien soigné et plus tranquille chez nous. Je n'ai pas osé insister, mais une autre
fois, il ne faudra pas être si sauvage.

Adieu et bon voyage. Écrivez-moi de Paris que cette
course en diligence et en roman ne vous a pas rendu
malade, et que tous mes châteaux en Espagne socialistes
ne feront pas *difficulté* à *l'Époque*. Préparez-les à quelque
chose d'*épouvantable*, afin qu'ils trouvent le breuvage très
anodin. Je raccourcirai ce qui fait longueur, soyez tranquille. Voici la fin du roman, afin que vous soyez préparé
vous-même à mes hérésies. M. Cardonnet voyant son fils
très épris, se décide tout à coup à lui laisser épouser Gilberte à condition que le jeune cerveau brûlé renoncera à
ses utopies et se prendra corps à corps avec l'ambition
positive. Il le fait savoir à Gilberte en de certains termes
et avec beaucoup de grâce, afin que de deux choses
l'une : que les amants soient brouillés si la *vertu* d'Émile
l'emporte sur l'amour, ou qu'Émile soit à jamais maté et
ramené à la vie *positive*, s'il est plus amoureux que *croyant*.
Émile hésite fort, car il est à la fois très *vertueux* et très
amoureux. M. de Boisguilbault qui a, sans que le lecteur
le sache tout à fait, le projet de léguer sa fortune à la
première *association fraternelle* qui se formera (il n'y compte
pas de son vivant et à peine du vivant d'Émile), a aussi,
depuis qu'il connaît et estime ce jeune homme, le projet
de lui léguer cette fortune, à la charge d'en disposer
comme ils l'entendent tous deux, *dans l'avenir*. Car le vieillard ne croit point à la prochaine réalisation de sa logique,
et l'auteur ne se prononcera point là-dessus. Dans la lutte
qu'Émile soutient, entre ses principes et son amour,
le vieux socialiste ne lui veut rien conseiller. Il le plaint,
l'observe et *attend*, pour savoir jusqu'à quel point il pourra
se fier à la vertu de son futur légataire. Gilberte aide la
vertu d'Émile, lui promet de l'aimer quand même et d'attendre indéfiniment. Enfin *la vertu triomphe*, et alors, vous
devinez le reste, M. de Boisguilbault arrange toutes choses
pour la satisfaction du lecteur sensible. Il peut y avoir de
jolies scènes entre Gilberte et lui, lorsqu'il surmonte l'horreur que lui inspire ce fruit du péché de sa défunte, et la
sympathie subite que cette enfant lui fait éprouver. Laissez-moi soigner cette fin-là, la réconciliation avec Antoine
etc. Vous verrez à la lettre que vous n'avez je crois pas
reçue, et que vous trouverez à Paris, que j'aurais voulu

vous voir quelques jours plus tard. Je mettais de la coquetterie à vous faire lire mon livre peigné et parfumé ; au lieu que vous l'avez surpris en pantoufles et encore en bonnet de nuit. Mais vous avez été si indulgent et si encourageant que je ne le regrette plus, et que je vais me remettre au travail avec une nouvelle ardeur.

Cependant je ne toucherai point à la somme que vous m'avez remise tant que vous n'aurez pas les trois volumes entre les mains. Car si ce que vous ne prévoyez pas arrivait, si la direction politique voulait restreindre vos droits de direction littéraire, vous m'avertiriez à temps pour que je pusse m'entendre avec d'autres, et même je suis sûre que vous m'y aideriez. Quand un roman est fini, et qu'il faut s'occuper encore de le *vendre*, au lieu d'aller se promener et de l'oublier pour un autre, c'est un grand crève-cœur pour moi, et vous comprenez cela.

Adieu encore, Monsieur, et mille souhaits de guérison et de prospérité.

G. Sand

Parlons maintenant de cet *exposé* que vous voulez que je résume en quelques lignes. Impossible ! Il y a à cela un art spécial, un *faire ad hoc* que je ne sais pas du tout. Je peux vous dire ma pensée, mais je ne sais la dire au public qu'en paraboles, c'est-à-dire sous forme de roman. Voici donc ce que je vous dis *à vous*, et vous en tirerez ce que vous pourrez.

Je m'attache toujours, dans les romans du genre de celui-ci, à peindre des caractères. Je les arrange et les complète un peu comme *l'art* le commande, car l'homme est un sujet *si ondoyant* et *si divers*[3] que si on le montrait juste tel qu'il est, avec ses contradictions et ses divergences, il paraîtrait invraisemblable. Pourtant en dépit des *détails* qui se contredisent en nous-mêmes, chacun de nous a sa synthèse qui fait de lui un type quand on regarde l'ensemble. Ainsi je n'ai point inventé le débonnaire Antoine, ni le mélancolique et bizarre M. de Boisguilbault, ni l'impérieux et ardent *Cardonnet père*. Jean Jappeloup travaille toute l'année dans ma cour[4], je suis fâchée que vous ne l'ayez pas vu. Il nous tutoye et nous bruta-

3. « Certes, c'est un sujet merveilleusement vain, divers et ondoyant, que l'homme » (Montaigne, *Essais*, I, 1).
4. Il s'agit du menuisier Pierre Bonnin, à qui Sand a consacré un beau chapitre (XIX) d'*Impressions et Souvenirs*.

lise du matin au soir. Il est pétillant de verve, de volonté,
d'humeur et de moquerie. Mais j'oublie ma réclame. J'ai
peint encore une fois des paysages que je connais depuis
mon enfance et dont chaque détail m'est familier. Mais je
me suis permis plus d'une faute de topographie et le parc
de Boisguilbault est imaginaire. Si je me permets de mêler
quelques *idées* aux *faits* du roman, c'est qu'il m'a toujours
semblé que c'était le droit et même le devoir du conteur.
Je ne connais qu'un romancier, c'est Walter Scott. Il ne
faut pas dire cela dans votre *réclame*, trop de gens *réclame-
raient*. Mais vous pouvez m'excuser du tort qu'on me
reproche, en montrant que ce grand artiste, ce maître au-
dessus de nous tous, n'eût point mis la vie dans ses
tableaux, s'il ne les eût déroulés autour d'un fait social
qu'il a vivement senti lui-même, et qui, pour son temps
et son pays, n'était pas un fait *mort* et *enterré* lorsqu'il l'a
touché. La mode, le prétendu *art pour l'art* (qui n'a jamais
existé et qui eût fait rire les grands maîtres du passé,
Goethe tout le premier, s'ils eussent vu comme nous
l'entendons ici), enfin la susceptibilité des lecteurs, et la
*terreur* que *l'abonné bête* inspire aux entrepreneurs de journaux, ont voulu proscrire toute tendance à un intérêt
*social* dans les romans *d'actualité*, n'est-ce pas absurde et
*impossible* ? Je vous demande ce que seraient les scènes de
la vie intime au 19ème siècle si elles n'étaient le reflet de la
scène générale et ce qui resterait de tout notre papier
noirci dans vingt ans, si les lecteurs futurs n'y trouvaient
que des costumes et des décors ? Le théâtre lui-même
que vous connaissez si bien, n'a pu vivre de cette littérature et il n'en vit point. On cherchera toujours l'histoire
dans le drame et dans le roman, la *vraie* histoire, celle qui
est du ressort de la littérature poétique, ce n'est pas tant
l'événement que ses causes. Le roman même dit *historique*
ne s'attache pas tant au fait qu'à l'idée sociale qui l'a produit ; et comment peindre les mœurs sans dire l'idée qui
les corrompt ou les purifie ? Voyez encore Walter Scott !
Quand il fait prêcher un presbytérien, il sait fort bien ce
qu'il faut lui faire dire et penser, et ce n'est pas indiffé-
remment qu'il attache certain caractère à la jeune royauté
anglaise, ou à l'antique nationalité de l'Écosse. Enfin il
faut, suivant moi, et vous le savez aussi bien que moi, que
chaque personnage d'un livre soit le représentant d'une
des idées qui circulent dans l'air qu'il respire, qui domi-

nent ou s'insinuent, qui montent ou tombent, qui naissent, qui règnent ou qui finissent. Un homme qui n'aurait aucun sentiment et aucune opinion par rapport aux choses de son temps, serait un idiot dans la vie réelle. Dans un livre, il n'existerait pas. Personne ne pourrait se le représenter. Toute la société du 18<sup>ème</sup> siècle est dans *Manon Lescaut*. Si l'abbé Prévost eût vécu aujourd'hui, au lieu de faire *Tiburce*[5] pieux et rangé, il l'eût fait conservateur et quelque peu cupide. Quand M. Véron me reprochait de lui avoir promis un *roman de mœurs* et de lui avoir donné un roman d'*idées*[6], je ne pouvais pas comprendre la distinction, et je ne la comprendrai jamais ; ni vous non plus je pense ?

Voilà tout ce qu'il ne faut pas dire dans une réclame. Dites donc ce que vous voudrez pour m'excuser de savoir que nous sommes en 1845, qu'il y a des pauvres qui grondent et des riches qui tremblent, ou des riches qui menacent et des pauvres qui gémissent ; que la vieillesse du riche est orgueilleuse et entêtée ; la jeunesse de tous, inquiète et incertaine, que l'amour, *elle est de toutes les saisons*, comme dit la chanson, mais que l'amour ne peut marcher sans s'accrocher, soit avant, soit pendant ou après le mariage, aux épines de la vie, l'intérêt, le préjugé, etc. etc.

Voilà une épître qui achèvera, après le roman, de vous endormir en voyage.

Je voudrais surtout que cette réclame fût bien douce, bien modeste et de bien bon goût. Le public n'est plus dupe de la réclame et juge fort bien les motifs de ceux qui la font ou la laissent faire. Traitez-moi, je vous en prie, selon mon caractère, qui est ennemi de toutes ces choses-là.

## 109. À EUGÈNE DELACROIX

[Nohant] 28 7<sup>bre</sup> [18]45

Cher ami, j'avais bien envie de vous en vouloir, mais quelque chose au fond du cœur me disait que vous seriez

---

5. *Sic* pour Tiburce, l'ami vertueux de Des Grieux.
6. Voir la lettre 102 au sujet du *Meunier d'Angibault*.

venu si vous aviez pu venir. Et puis enfin, quand même vous seriez très coupable et très *criminel* envers moi, je ne pourrais pas m'empêcher de vous pardonner et de vous aimer comme si de rien n'était. Ainsi laissez-moi espérer que ce sera pour une autre année que nous vous verrons. Je vous ai bien envié le bonheur de revoir les Pyrénées, ce pays que j'adore et que je préfère encore à la Suisse. Avez-vous vu Gavarnie ? (non le peintre [Gavarni] mais le cirque Marboré), Cauterets, la vallée d'Argelès, les gorges de Pierrefitte à Saint-Sauveur ? C'est là le plus beau, et tout cela est dans ma mémoire comme d'hier[1]. Mon Dieu, que c'était grand et frais, et sauvage, et terrible ! J'ai la passion des pays de montagnes et de profondeurs. Nous n'avons par chez nous que des miniatures de ces choses sublimes, mais elles ont un cachet *sui generis* qui ne les rend point désagréables. Crozant dont je vous ai parlé est une belle chose, quoique petite, après la Suisse et les Pyrénées. Nous y allons, tous les ans, et nous en arrivons maintenant. Toutes les fois que nous y sommes, nous crions du haut des tours ruinées votre nom sept fois. Est-ce que vous ne l'avez pas entendu ? Les grandes montagnes et les torrents effroyables doivent faire le désespoir des peintres, à moins d'être aussi *godiche* que M[essieu]rs Diday & Co. On ne peut pas s'amuser à faire des portraits de cascades de cinq cents pieds de haut, mais dans nos petites *horreurs* de poche, il n'y a rien que le vrai paysagiste ne puisse reproduire et que le grand maître comme vous ne puisse retenir pour en faire le cadre possible d'une grande scène. Et puis, ce qui nous charme dans ces expéditions, c'est qu'il y a fatigue et danger, vu qu'il n'y a ni chemins, ni ponts, ce qui ne nous empêche pas de franchir en voiture précipices et torrents, et tandis que, dans les Pyrénées, vous parcourez le chaos sur une belle route de poste, nous faisons de plus grandes prouesses en traversant nos landes et nos ravins, à petites journées, portant avec nous nos provisions, faisant chauffer notre café au fond d'un désert avec le bois mort et les feuilles sèches, bravant la pluie et l'orage sous de bonnes peaux de chèvres, et passant ainsi quelques jours comme de vrais bohémiens. Nous revenons de là, cuivrés, mais renforcés de santé et d'activité, et je vous

1. Sur le voyage aux Pyrénées de 1825, voir les lettres 5 et 8.

assure que pour des travailleurs un peu vieillots et usés
comme vous et moi, il n'y a pas d'autre médecine physique et morale à chercher. Des pataches bien dures et
parfaitement découvertes, des ondées terribles sur le dos,
des coups de soleil sur des roches arides, de mauvais lits
fort secs, une nourriture telle quelle, les pieds dans l'eau
ou dans le sable brûlant, et vive Papet ! car il dit avec raison, ce docteur incomparable, qu'il faut se retremper
dans l'air quel qu'il soit, avec toutes ses intempéries qui
ne font de mal qu'aux plantes molles comme nous pour
les premières heures. Enfin Chopin lui-même supporte
tout cela, et en revient plus fort, et jamais mes enfants et
moi n'en avons éprouvé que du bien. Ainsi laissez-moi
vous tenir ici un automne tout entier, et je vous réponds
de faire de vous un Turc. Nous nous enrhumons à Paris
pour traverser le ruisseau. Nous prenons des esquinan-
cies dans un salon et des rhumatismes entre deux portes.
L'air du bon Dieu en pleins champs est rempli de bienfaits.

J'ai fait un roman[2] cet été, et à présent je prends mes
vacances. Cependant comme il faut s'occuper un peu le
soir, devinez ce que j'ai fait ? Il y avait au moins dix ans
que je n'avais lu un seul roman contemporain. J'avais
cessé brusquement et résolument cette lecture, parce que
je m'apercevais que c'était une mauvaise nourriture pour
moi. Mais enfin je me suis dit, ces jours derniers, qu'il
fallait se remettre au courant, qu'il était impossible que mes
confrères n'eussent pas fait de grands progrès, que puisqu'on les payait si cher et qu'on les lisait tant, certes,
j'avais à faire aussi mon profit de cette somme d'esprit et
de talents. Je vous jure que de très bonne foi, très naïvement, très humblement, aimant et cherchant l'art comme
un docile écolier, je me suis mise à l'œuvre. J'ai lu du
Gautier, du Dumas, du Méry, du Sue, du Soulié, etc. Ah !
mon ami, quelles savates ! J'en suis consternée, et plus
que cela affligée, peinée, attristée à un point que je ne
pouvais prévoir et que je ne saurais dire. Quel style, quelle
grossièreté, quelle emphase ridicule, quelle langue, quels
caractères faux, quelle boursouflure de froide passion,
de sensiblerie guindée, quelle littérature de fanfarons et de
casseurs d'assiettes ! Quels héros ! Tranche-Montagne et

2. *Le Péché de Monsieur Antoine.*

Matamore ne sont que des gringalets auprès de ces types
modestes. *O sancta simplicitas*, où t'es-tu réfugiée ! Je comprends très bien maintenant pourquoi le succès est pour
ces belles choses-là. Quand il en a goûté une seule fois
avec plaisir, un public est empoisonné à tout jamais, et
que Bernardin de Saint-Pierre, Gil Blas, Walter Scott
et l'abbé Prévost reparaissent, tout journal leur fermera
ses colonnes, tout abonné bâillera en les lisant. Qu'est-ce
que Saint-Preux pourrait nous dire après des gens *qui
cherchent leur front à deux mains et qui se sentent guillotinés* ?
Qui pourrait ne pas trouver fade et étriqué le style de
Voltaire, lorsqu'on fait des phrases de quarante lignes
dans lesquelles les *qui*, les *que*, et les *dont* résonnent et
s'entrelacent à perte de vue et de sens ? C'est à se brûler
la cervelle de vivre moralement de l'amour d'un art ainsi
traité et compris. Pour moi je fais le serment qu'on ne
m'y prendra plus, et que dix ans vont se passer encore
sans que je lise une ligne de ce fatras. Je voudrais me
passer cent seaux d'eau par la mémoire pour en faire sortir et rincer à fond tout ce qui vient d'y entrer. Et pourtant soyons juste. Il y a énormément de talent et de
savoir-faire mal employé dans tout cela. Mais l'école est
détestable. Les cœurs sont secs, l'esprit est faux, le mauvais goût étouffe tous les bons mouvements, l'insolence
de la vanité et la misère de l'esprit percent à chaque
mot, on est mauvais écrivain parce qu'on est mauvais
homme. Cela se voit. Je ne les connais pas, mais je suis
sûre en les lisant qu'ils ne valent pas le diable personnellement.

Est-ce que c'est de même dans la peinture, est-ce que
c'est le règne et le triomphe de l'absurde et de l'impertinent ? Je ne crois pas. L'école ingriste me paraît tout
bonnement bête et médiocre. Mais en littérature, c'est pis
que bête et froid. C'est enragé, écumant, dévorant, flam-
boyant ; comment diable une génération si avilie au-dehors,
si peu guerrière, si peu enthousiaste, si peu philosophe,
si peu artiste, si peu gaie, si peu aimable, si peu toutes
choses, cherche-t-elle son expression et sa manifestation
dans une furie de phrases délirantes et de poses furi-
bondes ? C'est bien étrange, et les bonnes gens qui cherchent l'histoire morale et intellectuelle d'un siècle dans
ses productions d'art, auront quelque peine dans cent
ans à se figurer que tous ces écrivains pourfendeurs et

mangeurs d'enfants ont reçu les étrivières de l'univers
entier sur le dos de leur nation, sans faire la grimace.

Mais c'est assez maudire et gronder, cela ne sert à rien.
Il vaut mieux s'obstiner à chercher le vrai, et à ne point
se soucier de la critique.

Que vous avez donc bien fait, mon ami, de suivre
votre chemin sans dévier et de vous *ficher* parfaitement de
l'opinion des jugeurs ! Vous n'y avez pas gagné cent mille
livres de rente comme certains confrères, mais quand on
devrait mourir à l'hôpital, il y a dans la satisfaction de la
conscience d'artiste, une douceur que je crois préférable
à de mauvais triomphes. Là-dessus je reste attachée à ces
grosses vérités, à ces bons lieux communs de nos pères
qui n'ont pas cessé d'être excellents pour être bafoués
aujourd'hui. Bonsoir cher ami, je me suis un peu soulagé
le cœur en vous écrivant, car vous me comprenez et vous
m'aimez. À bientôt malgré le bienfait de la campagne, il
faudra s'en arracher et à Paris, je vous ai pour me consoler de Paris. Je vous chéris et vous embrasse.

Mes enfants, Chopin qui vient d'arriver bien portant,
Polite qui est toujours un bœuf, vous disent mille tendresses *vraies*.

G. Sand

## 110. À PIERRE-JULES HETZEL

[Nohant] 15 9^(bre) [1845]

Il y a des siècles que je veux vous écrire, et je ne viens
pas à bout depuis deux mois de m'asseoir devant mon
encrier : car je n'appelle pas *s'asseoir* écrire des romans.
C'est ce qui fait le plus partie du *mouvement*. Mais écrire à
ses amis demande un certain calme et un résumé de la
vie intérieure ou extérieure que je suis rarement capable
de me faire à moi-même. Il y a tant d'années que je me
suis oubliée, trouvant le moindre personnage de roman
(voire de mes propres romans) plus intéressant et plus
amusant que moi ! Tout ce que je peux vous dire de moi,
c'est qu'il fait beau temps, c'est que la campagne d'automne est admirable, que le soleil se couche admirable,
que la lune se lève encore plus admirable, que par consé-

quent je vis dehors, à l'air, tant que la faim ou le froid de
la nuit ne me forcent pas à rentrer. Je fais faire beaucoup
de travaux d'intérieur et de jardinage et je vis avec les
ouvriers, autant pour les étudier et deviner leur *monde inté-*
*rieur*, que pour avoir un prétexte de rester en sabots au
milieu des pierres et de la terre fraîche, béatitude stupide
où je me plonge avec délices sans savoir pourquoi. Car
qui peut dire le secret de ses propres jouissances ? Les
meilleures sont souvent les plus puériles et celles dont
nous nous rendons le moins compte.

Ma fille monte à cheval comme Mlle Caroline dans un
joli manège en plein air que je viens de lui faire faire. Moi
j'y monte aussi quelquefois pour *l'amour de l'art*, mais au
bout de trois tours, quand le cheval a rappris tout ce que
je lui avais laissé oublier et que je suis contente de lui,
j'éprouve le besoin de le récompenser de sa docilité en le
lui laissant oublier de nouveau, et en l'envoyant gamba-
der en liberté dans le pré. Puis, nous avons eu ces jours-
ci une noce[1] dont j'ai fait les frais ainsi que ceux de
la dot, et qui ne m'a pas ruinée ; quoique ma filleule la
mariée se croie enrichie. Soixante paysans riant, dansant
au son de leurs *pibrochs* comme des Écossais, chantant
à tue-tête, et tirant des coups de pistolet dans toutes les
portes, ce n'est pas un petit vacarme ; mais il faudrait
pourtant que vous vissiez cela, pour vous faire une idée
de l'âge d'or. Ce sans-façons de gens qui entrent et sortent dans une maison ouverte jour et nuit à tous et de
tous côtés, et dont pas un seul (pas même les gamins
dans l'âge des espiègleries) n'a l'idée de dérober ou seulement de déranger une épingle, cette politesse innée
qui part d'un fonds de bienveillance inépuisable, et qui
contraste avec une rudesse de sauvages, cette douceur de
mœurs triomphant de la gaîté folle, et même de l'ivresse,
à ce point que trente garçons buvant à discrétion et se
culbutant pour jouer et folâtrer, ne se font jamais une
égratignure, tout cela me paraît de meilleure compagnie
que notre monde où l'on se dirait de rudes et amères
vérités, suivies de duels, ou de diffamations, si pendant
48 heures on se trouvait face à face, sans retenue à l'en-

1. Le mariage de Solange Biaud, domestique à Nohant, qui
épouse le 9 novembre le sabotier François Joyeux, va inspirer le récit
des noces de campagne qui sert d'appendice à *La Mare au Diable*. Le
*pibrock* est une cornemuse écossaise.

droit du vin, sans sommeil et sans repos, à une excitation délirante. Si par hasard un *bourgeois* vient s'amuser et faire le *populaire* dans nos fêtes de paysans, immanquablement c'est lui qui s'enivre salement, qui cherche querelle et qui dit des obscénités ; triste résultat d'une espèce d'éducation ; outre que quand le paysan a de l'esprit naturel, il en a cent fois plus que nous tous, précisément parce que c'est naturel, et alors l'imprévu, l'originalité, la métaphore, le trait satirique et pittoresque, rien n'y manque de ce qu'on enseigne en pure perte dans les écoles et les académies.

Mais je vous ennuie, ou plutôt je vous attriste avec mes pastorales, vous qui souffrez de la vie de Paris sans pouvoir vous en arracher. Il faut donc que je cesse de vous parler de moi, car je suis tellement dans mon sujet de fait et d'esprit que je ne pourrais en sortir.

J'ai lu vos pages sur l'aumône[2]. Elles sont bonnes et tout l'aperçu critique de la manière dont les riches l'entendent est excellent et dit d'une manière neuve. Les conclusions d'un tel sujet sont toujours moins parfaites que l'exposition, et ce n'est pas votre faute, c'est la force des choses. Tout est à refaire, rien à conserver, pour arriver au vrai absolu. Les *moyens* ne valent donc jamais *absolument*. Ce ne sont que des bonnes intentions plus ou moins heureuses, plus ou moins perdues. Mais c'est égal, il faut que chacun dise sa bonne intention. Cela en fait naître d'autres, et l'avenir général sort de toutes ces gestations particulières. On a surtout ce droit de dire, quand on sait dire, et on sait toujours bien dire, non pas ce que *l'on conçoit bien*, mais ce que l'on *sent* bien. Boileau n'avait point d'idéal dans la cervelle quand il a fait ce vers[3], et sans doute il eût envoyé tous les bons cœurs de notre époque de rêves et d'aspirations aux petites maisons.

Je retourne à Paris, hélas ! dans quelques semaines, en passant par la Touraine. Pardonnez-moi cet *hélas* ! ce n'est point en pensant à vous qu'il me vient, mais au froid, au

---

2. Hetzel venait de publier, dans son ouvrage collectif *Le Diable à Paris* (Hetzel, 1845-1846), « Ce que c'est que l'aumône et comment on entend l'aumône à Paris ».

3. « Ce que l'on conçoit bien s'énonce clairement » (Boileau, *Art poétique*, I, v. 153).

sombre, au vide de l'hiver et de la grand'ville. Vous viendrez de temps en temps me les faire oublier.

T[out] à v[ous]

George Sand

Vous me demandez si je suis découragée quelquefois ? *Jamais !* mais désolée, désespérée même, oh ! fort souvent. Mais grâce à Dieu, je ne suis qu'un roseau, et le vent qui brise le chêne me courbe et me relève[4].

## 111. À RENÉ VALLET
## DE VILLENEUVE

[Nohant, 18 ou 19 novembre 1845]

Cher cousin, je fais mes apprêts de voyage, et ne songe plus qu'à voler vers vous. Mon fils que je croyais partant, parti même, s'est décidé, en lisant votre bonne lettre, votre tendre insistance, à retarder son voyage dans le Midi, et à m'accompagner à Chenonceaux. Mais hélas ! ne me percez pas le cœur en cherchant à me retenir plus de huit jours ! car j'aurai bien assez de peine à vous quitter, bien assez envie de rester et d'envoyer mon esclavage d'affaires au diable ! si vous joignez vos instances à mon regret, il sera encore plus vif, et mon courage plus pénible. Mais je vous dirai tout ce qui me force à être à Paris de bonne heure et vous me pousserez par les épaules, car si vous ne m'aidez, je ne saurai pas trouver la force de vous quitter. Et quand je resterais six mois, l'aurais-je davantage ? Non, je crois bien que je l'aurais de moins en moins. Quand je me rappelle vos séjours à Nohant, les derniers surtout[1], lorsque j'étais arrivée à l'âge où je pouvais vous comprendre et vous apprécier, je suis certaine que le bonheur d'être près de vous est de ceux dont on ne se lasse pas et qui vous attachent de plus en plus. Mon existence était triste et solitaire alors, ma

4. Allusion à la fable de La Fontaine *Le Chêne et le roseau* (*Fables*, I, 22).

1. En mai 1821, puis en décembre 1821 à la mort de Mme Dupin de Francueil.

pauvre chère grand'mère malade, à demi éteinte et ne
donnant qu'un espoir de guérison éphémère. Je n'échappais à un mortel ennui, et à l'effroi de l'isolement qu'en
me plongeant dans les livres, et par de rares mais *solides*
extravagances, dont vous me grondiez quand je vous les
racontais, comme de tirer des coups de pistolet aux chiens
du pays au grand déplaisir de ma jument [Colette], ou
bien de me mettre à la fenêtre avec la robe de chambre
et le bonnet à fontange de Deschartres pour faire ébahir
les passants. Vous souvenez-vous de tout cela ? Je parie
que non. Vous me faisiez alors de bons sermons sur la
*tenue* et vous disiez que j'en avais assez quand je voulais, donc qu'il fallait toujours en avoir. Et puis, vous
veniez tirer à la cible avec moi dans une porte de pressoir qui porte toujours la trace de nos exploits, et que
j'ai fait respecter comme un de mes bons souvenirs.
Car vous n'étiez pas un pédagogue fort rigide, et même
vous finissiez par rire de grand cœur avec moi des *moralités* de Deschartres, entremêlées de grec et de latin. Ce
pauvre Deschartres, il est mort depuis longtemps après
m'avoir ennuyée solennellement *de père en fille*, car il
n'avait pas moins ennuyé mon père que moi ; mais c'était
un brave homme, bien dévoué à ma grand'mère qu'il
assommait aussi, et qui l'aimait quand même, et avec
raison.

Mais en dehors de tout cela, quels jours rapides et
charmants je vous dus alors ! Vous vous intéressiez à
toutes mes petites études, à mon premier développement
d'idées, vous me contiez des histoires qui m'ouvraient
des portes inconnues dans la cervelle ; puis quand vous
revîntes à Nohant la seconde fois, ma pauvre grand'mère
n'était plus, et mon destin s'agitait dans des luttes douloureuses. L'autorité des lois l'emporta et il me fallut
suivre ma mère qui, au bout de peu de temps, trouva le
moyen de vous faire perdre patience et de vous éloigner
de moi. Maintenant je ne me plains de rien puisque je
vous retrouve, et je crois fermement que la volonté de
Dieu s'est accomplie en me faisant traverser une existence
que nous n'avions pas prévue. Les choses passées se jugent
à distance, et ma vie m'apparaît maintenant comme un
rêve pénible, sévère, mais plein d'enseignements utiles.
Ce qui me la fait envisager surtout ainsi, cher René, c'est
la lecture fréquente des lettres de mon père à ma mère et

à ma grand'mère[2]; je les sais maintenant par cœur et je suis arrivée ainsi à faire une étroite connaissance avec le caractère de cet homme que j'ai à peine vu. C'est un caractère rempli d'écarts et de faiblesses : mais que de courage dans ces faiblesses-là, et quelle philosophique raison dans ces folies ! Il y a de la grandeur et de l'héroïsme dans ce qu'on a le plus condamné en lui, et après tout, comme je suis née peu de jours après son mariage, comme, dans toutes ses lettres, il y a, pour moi, un amour paternel passionné, qui me touche jusqu'aux larmes quand je les lis, fussé-je imbue de préjugés aristocratiques et nobiliaires (que je n'ai pas le droit d'avoir), ce serait moi, moins que personne, qui devrais blâmer ce pauvre père d'avoir voulu légitimer ma naissance ; et quelle volonté il lui a fallu pour se résoudre à briser le cœur de sa mère car il l'adorait ! Son cœur était partagé entre ces trois affections, sa mère, sa maîtresse et sa fille, et pour son malheur elles ne pouvaient se concilier qu'au prix des plus terribles souffrances. Aussi, il a bien souffert et plus d'une fois, il a cherché la mort dans les combats avec un froid désespoir. La mort ne voulait pas encore de lui, son cheval était tué sous lui, une voiture lui passait sur le corps, il se trouvait surpris par la mer au pied des falaises ; il sortait de là sain et sauf, destiné irrévocablement à souffrir encore, à accomplir les plus rudes sacrifices, à tenir des promesses sacrées faites sur mon berceau, et à périr foudroyé par une fatalité inouïe, le jour où tous les problèmes et les combats de sa vie seraient terminés !

Ce vieux, cet ancien procès d'opinion, est derrière moi, qui n'y ai pas assisté (n'étant pas d'âge à le comprendre), et loin déjà de vous, qui avez bien vécu depuis pour votre propre compte. Vous avez toujours été pour mon père un bon et indulgent ami, il n'est pas une de ses lettres de Paris où il ne parle de vous avec tendresse et enjouement, car vous étiez gais ensemble, et *enfants*, vous amusant à l'infini d'un mot, d'une chanson et de la couleur d'un habit. Vous rappelez-vous votre habit de *velours lavande* à boutons d'acier ? Je parie que non, mais moi je vous en raconterai toute l'histoire. C'était pour aller à Saint-Cloud, et il y a eu trois lettres de mon père à ma

---

2. Cette correspondance occupera les deux premières parties d'*Histoire de ma vie*.

grand'mère pour faire arriver à temps cette garniture de
boutons qui avait appartenu à M. Dupin de Francueil[3].
*Apolline* (que ma cousine me pardonne de lui donner, *dans
la chaleur du récit*, familièrement le nom que lui donna toujours mon père) avait une queue de trois aulnes à sa
robe, et elle n'avait pas besoin de tant d'atours pour être
belle comme un ange. — Mais ceci est une digression et
je me réserve de vous faire d'autres surprises, en vous
rappelant mille petites choses de ce genre qui vous trans-
porteront dans le passé comme dans un rêve. Je reviens
à ce que je vous disais, que la vie si brillante et si fraîche
de mon pauvre père avait été obscurcie par un long
orage, et par une sorte de rupture violente avec l'opinion,
qui l'avait condamné en dépit du pardon de sa mère, et
de l'affection constante d'*Auguste* et de *René*. Eh bien, ce
même fait a disposé de ma vie dès que je l'ai connu et
approfondi, et cela m'est venu, le jour où j'ai lu les lettres
de mon père. Dès ce moment-là, palpitant sous l'émotion
que cet étrange roman me causait, ouvrant les yeux à une
évidence nouvelle, pénétrant dans tout le drame de la vie
de mes parents, j'ai vu le monde autrement qu'on ne me
l'avait enseigné ; la raison, la justice, la vérité, la religion
du cœur et de l'esprit me sont apparus dans une sphère
que je crois plus vaste et plus élevée. J'ai absous ma mère
de toute mon âme, parce que, *les preuves en main*, j'ai vu
qu'elle avait aimé mon père, et qu'un amour vrai et grand
transforme, ennoblit et purifie. J'ai adoré mon père pour
son héroïque folie, et j'ai adoré aussi ma grand'mère,
chez qui l'amour maternel fut assez immense et assez
généreux pour triompher des croyances et des opinions.

Je vous assure que c'est un bel épisode de l'époque, et
qui peint bien la lutte des idées de la royauté, de la révolution et de l'empire, que l'histoire intime de ces trois
personnes. Je ne ferai jamais un aussi beau roman
quelque chose que j'invente. C'est pourquoi j'aime ces
trois éléments, les nobles, comme ma grand'mère, le
*peuple* dont ma mère est sortie, et les guerriers comme
mon père, qui disait à 20 ans naïvement et sincèrement
« *Ô ma mère ! j'aime ma patrie comme Tancrède !* »[4] Ce que je

3. Voir la lettre du 18 nivôse (8 janvier 1803, *Histoire de ma vie*,
II, 6).
4. Lettre du 23 frimaire an VII (13 décembre 1798) : « Tu auras
beau dire, ma bonne mère, [...] je sens que j'aime ma patrie comme

n'aime pas et n'aimerai jamais dans l'histoire de notre temps, c'est la bourgeoisie d'aujourd'hui. Ce n'est pas que je lui envie le pouvoir et la richesse dont elle s'est emparée. Peu m'importe quant à moi, qui n'appartiens réellement à aucune caste. Mais je la hais d'opprimer les malheureux, d'être cupide, cynique et athée. Elle est sans grandeur, sans entrailles, sans poésie ; elle n'a que de l'esprit, du savoir et de l'habileté, et tout cela lui sert à accomplir le mal. Je vous jure que j'aime bien mieux que mon grand'père maternel ait été *maître oiseleur sur le quai de la Mégisserie*, qu'avocat, notaire, avoué ou procureur. Le peuple est un enfant terrible mais bon et grand. Le bourgeois est un homme sournois, rusé et insensible.

Ce n'est pas à dire que je ne fasse quelques exceptions et que je n'aie quelques amis *bourgeois*, mais la règle n'en est que plus confirmée.

Voilà, j'espère, un long bavardage, et il faut que vous me le pardonniez, en faveur du sujet qui m'a entraînée. Dans tout cela je ne vous ai rien dit de mon départ ; mais il est certain, et toujours fixé aux *tout premiers* jours de décembre. Je ne puis encore arrêter le jour, parce que j'ai ici, depuis trois mois, une jeune et aimable fille [Augustine Brault], une pauvre parente de ma mère, jolie, sage, intelligente, enfin un enfant d'adoption, dont le père, ouvrier tailleur, avait bien de la peine à subsister. Cette enfant étudie la musique pour en faire une profession, donner des concerts et des leçons. Elle a une belle voix et un grand courage, elle est toute dévouée à sa mère qui est une excellente femme, et à moi qui les ai soutenus et assistés de toutes les manières, comme c'était mon devoir. C'est une sorte d'adoption dans laquelle mon cœur se complaît. Il faut donc que je la renvoie à Paris avant moi et que je trouve une personne plus convenable que mes domestiques pour l'accompagner, car je ne suis pas de l'avis des Romains qui attribuaient à la pudeur plébéienne un autre temple et une autre divinité qu'aux femmes de sénateurs. Cela se trouvera dans mon entourage, mais pourrait déranger de deux ou trois jours mes combinaisons. C'est pourquoi je ne vous écrirai le jour de mon départ que deux ou 3 jours d'avance

---

Tancrède », et Maurice Dupin cite un vers de la tragédie de Voltaire *Tancrède* (*Histoire de ma vie*, I, 8, lettre XVIII).

pour ne pas me faire attendre *impoliment*. Mais dans tous
les cas, je ne veux point que vous m'attendiez à des
heures indues et la journée de Nohant à Chenonceaux
serait trop longue si je ne la coupais. Je vous arriverais
peut-être à minuit si quelque accident *imprévu* qu'il faut
toujours *prévoir* m'arrêtait en chemin pendant quelques
heures. Nous irons donc coucher à Loches, nous verrons
le lendemain matin le château dont mes enfants sont
curieux à cause des souvenirs historiques, et nous vous
arriverons à Chenonceaux entre le déjeuner et le dîner. Si
vous avez quelque visite à faire ou à recevoir, ne déran-
gez absolument rien à vos occupations. Nous vous attendrons dans la galerie, impatients, à coup sûr, de vous
embrasser, mais heureux de ne pas vous avoir fait perdre
de temps. Par nature je suis exacte, mais j'ai une fille
toute souffreteuse, qui ne s'habille pas vite pour partir,
qui est fort *musarde* comme dit Monsieur son frère, et
dont nous sommes un peu esclaves, comme on l'est des
enfants gâtés.

Quel bonheur de vous revoir ! C'est si vrai que je
quitte cette fois Nohant sans mes désespoirs accoutumés,
ne songeant point que je vais à Paris, et ne voyant devant
moi que Chenonceaux. Mille tendresses ferventes à ma
bonne cousine et à vous de toute mon âme.

                                        Aurore

Et ma bonne Emma [de La Roche-Aymon] ! Elle fait
bien partie intégrante de ce paradis qui m'attend ! Mes
enfants vous remercient de les vouloir absolument tous
les deux et sont à vos pieds.

18 ou 19 9^{bre}


## 112. À CHARLES PONCY

[Nohant] Lundi 24 9^{bre} [18]45

Je voudrais, mon enfant, que ma lettre vous arrivât un
peu après que vous aurez serré dans vos bras Désirée et
Solange, afin de vous compléter une joie de famille. Je
suis pressée de vous dire ce que je ne vous disais pas ici,

le dernier jour, partagée entre le chagrin de vous voir
partir, et l'idée que vous retourniez à votre beau ciel, à
vos chères affections, à votre élément : c'est que mon
amitié s'est accrue du double depuis que je vous ai vu[1].
Je vous connaissais bien par vos lettres, mais ce n'est
connaître qu'à demi, car on n'est pas tout entier dans un
monologue, et ce n'est que dans le dialogue avec ceux
qu'on aime, qu'on se complète. Je craignais un peu, une
*queue* de vos anciennes exubérances, et que vous ne vous
fussiez flatté en m'annonçant que vous étiez calmé à l'endroit de la fièvre de connaître et d'être connu, de l'enivrement littéraire, du vain bruit des hommes et des
choses ; enfin que je n'eusse encore beaucoup à reprendre
dans les vastes appétits d'une intelligence en travail
de développement fougueux et aveugle. Je suis maintenant délivrée d'un reste de crainte et de tristesse. Je vous
ai trouvé en tous points selon mon cœur, et j'en suis si
heureuse qu'il me semble que ma vie est augmentée et
renouvelée. Vous savez ? on cherche le vrai dans les
idées, dans les abstractions, dans l'absolu, et c'est la vie
de l'intelligence. Mais le cœur a besoin de chercher sa vie
dans le cœur de ses semblables, et quand on est arrivé
comme moi à la vieillesse avec de si tristes expériences,
quand, sur un si grand nombre d'êtres que l'on a rencontrés et observés, la liste de ceux qu'on peut vraiment
estimer et chérir est si courte, c'est une immense satisfaction que de pouvoir encore joindre une affection sans
ombre et sans mélange d'alliage aux rares trésors qu'on a
découverts et conservés. Vous voilà arrivé, mon enfant,
à cet âge de maturité où l'on est encore dans toute la
fraîcheur de ses impressions, mais où le jugement et ce
que Leroux appelle la *connaissance* éclairent les sentiments
et les instincts. Eh bien, vous avez vraiment votre âge, et
c'est le meilleur éloge que je puisse faire de vous : car les
hommes élevés dans le *monde*, au sein des lumières et des
jouissances, sont toujours ou en avant ou en arrière de la
phase qu'ils traversent. Vous me faites l'effet, auprès
d'eux, d'une note juste au milieu d'un charivari.

Je savais bien que cette note vraie devait se trouver

---

1. Poncy, revenant de Paris, a passé quelques jours à Nohant ;
G. Sand fait alors sa connaissance, elle correspondait avec lui depuis
avril 1842.

dans l'âme d'un homme du peuple le jour où l'intelligence viendrait se mettre en rapport avec le cœur dans un tel homme. Quand j'ai tracé le caractère de Pierre Huguenin[2], je savais bien que la bourgeoisie et la noblesse l'accueilleraient avec un immense éclat de rire, parce que je savais bien aussi que Pierre Huguenin ne s'était pas manifesté encore. Mais j'étais sûre qu'il était né, qu'il existait quelque part, et quand on me disait qu'il fallait l'attendre encore deux ou trois cents ans, je ne m'inquiétais nullement. Je savais que ce serait l'affaire de quelques années seulement, et qu'un prolétaire ne tarderait pas à être un homme complet, en dépit de tout ce que les lois, les préjugés et les coutumes apporteraient d'obstacles à son développement. Maintenant je ne dis pas que vous soyez un personnage de roman nommé Pierre Huguenin. Vous êtes beaucoup plus que cela, et je ne cherche pas à vous embellir en vous appliquant la forme d'une de mes fictions. Je n'y songe pas. Vous savez que je me souviens peu de la forme et du détail de mes compositions. Mais ce que je me rappelle c'est la conviction qui les a fait naître ; c'est que j'ai regardé comme certain la possibilité d'un prolétaire égal par l'intelligence aux hommes des classes privilégiées, apportant au milieu d'eux, les antiques vertus, et la force virtuelle de sa race. Jusqu'ici j'avais vu des éclairs traverser l'horizon et s'obscurcir sous de gros nuages, parfois fort vilains, comme notre ami Savinien [Lapointe] par exemple. Mais ce qui consternait l'âme délicate et exquise de C[hopin] ne m'ébranlait nullement. Depuis longtemps j'ai appris à attendre, et je n'ai pas attendu en vain. Pierre Huguenin est resté parmi les fictions, mais l'idée qui m'a fait rencontrer le type de Pierre Huguenin n'en était pas moins une conception de la vérité. Vous êtes autre et vous êtes mieux. Vous êtes poète, donc vous êtes plus richement doué, et vous êtes bien plus homme que lui. Vous n'avez pas cherché l'idéal de l'amour dans une caste ennemie. Tout jeune, vous avez aimé votre égale, *votre sœur*, et vous n'avez pas eu besoin du prestige des faux biens et de la fausse supériorité pour vous éprendre de la simplicité, de la candeur, de la beauté vraie. Vous voyez aussi loin que lui, et vous puisez vos joies, vos émotions, votre force dans un milieu plus réel et plus sain.

---

2. En 1840, dans *Le Compagnon du Tour de France.*

Voilà comment les utopies se réalisent. C'est toujours autrement et mieux. C'est là une magnifique preuve de Dieu, que nous pouvons constater à chaque phase de la vie de l'humanité, quoique le vulgaire n'y prenne pas garde. Quelqu'un conçoit un idéal; on en rit, et on lui pardonne, en disant : c'est beau, mais trop beau. Puis le temps marchent, les faits s'accomplissent, et il arrive que l'idéal est dépassé. Les hommes alors comparent, et se retournent en souriant vers la prédiction. Ils s'étonnent de la trouver si timide, et pardonnent alors à son peu d'ampleur, à cause de la bonne intention : ce qui ne les empêche pas, les enfants qu'ils sont, de recommencer à railler toute prédiction nouvelle. Cela est vrai pour les plus grandes choses comme pour les plus petites. Mais quiconque regarde l'histoire intellectuelle et morale du genre humain avec attention, arrive à un grand calme et à une foi inébranlable. Alors vient le courage de rêver tout haut, et c'est un courage qui demande plus d'humilité qu'on ne pense, car le croyant sait bien que son rêve sera pauvre et borné au prix de *l'invention* infinie du *grand artiste* qui réalise : *Dieu* !

J'en ai bien davantage à vous dire, sur vous et sur le temps où nous vivons ; mais je veux que vous receviez ma bénédiction maternelle en recevant les caresses de votre femme et de votre enfant. L'heure passe, je ferme ma lettre pour la reprendre bientôt. Donnez-leur un tendre baiser pour moi, et pour tous les miens.

Je vous aime, mes enfants, je ne puis vous rien dire de mieux et de plus vrai.

## 113. À PAULINE VIARDOT

[Nohant, vers le 3 juin 1846]

Ma fille chérie, vous êtes si habituée à ce que je vous tourmente que vous êtes tout étonnée d'avoir à m'écrire la première, et, en effet, il faut que j'aie été écrasée de travail et de fatigue pour n'avoir pas trouvé un instant. Tous les jours de 7 h. du matin à 5 du soir, sauf le temps de déjeuner et de prendre l'air une demi-heure dans le jardin j'ai été clouée à mon encrier. Le soir, impossible de

prendre une plume tant j'ai les yeux fatigués, et tant j'ai
besoin d'exercice, de cheval ou de bain dans la rivière. Et
quand on a un inſtant par hasard, ce sont des lettres
d'affaires impérieuses, ennuyeuses, ſtupides, qu'il faut
dépêcher. Ce n'eſt pas en courant que je voudrais avoir
à vous écrire, à causer avec vous, à vous dire combien
je vous aime ; et pourtant, aujourd'hui encore, il faut que je
le fasse à la volée. Ce n'eſt que le 15 de ce mois que j'aurai livré mon manuscrit[1] et je remettais toujours jusqu'à
ce moment de liberté et de repos d'esprit. Mais puisque
vous êtes inquiète de mon silence, je veux vous dire que
vous êtes une petite folle, *une petite bécasse*, de croire que je
ne vous aime plus ou que je vous aime moins ! Comment
serait-ce possible ? N'êtes-vous pas ce qu'il y a de meilleur et de plus parfait au monde, du moins dans tout ce
que j'ai rencontré dans ce monde ? Pour moi, je ne saurais
eſtimer personne davantage, et aimer personne autant.
Ainsi, n'ayez jamais de ces idées-là. Que je vous écrive
ou non, que je vous voie plus ou moins, dans un
moment donné, n'attribuez cette privation que je m'impose, qu'à la force de circonſtances passagères. Après
mes enfants, et je dirai même *avec* mes enfants, puisque
vous en êtes, je ne puis avoir de plus douce et de plus
durable affeǎion que vous et Chip Chip, qui eſt mon
enfant aussi. Ce n'eſt pas la rage du travail, l'amour du
roman, qui me diſtraient de vous, non. Je vous aime cent
fois mieux que le travail, quoique le travail me soit cher
et salutaire. Mais ce sont des nécessités d'argent, l'impossibilité de *vivre* sans avoir rempli une tâche. J'ai paressé et
*souffroté* tout l'hiver. Je suis partie avec des avances d'éditeur pour une besogne que je croyais à peu près terminée. Mais, en la relisant ici, je n'ai pas été contente de
moi. J'ai recommencé de fond en comble, et en un mois,
j'ai fait presque deux volumes. Il faut arriver à ce terme
du 15 juin, où des paiements à faire m'obligent de toucher exaǎement le reſte de ce qui m'eſt dû. Voilà ! Vous
ne connaissez pas, Dieu merci, ces nécessités-là. Si votre
travail eſt quelquefois long et rude, il n'eſt pas *forcé* dans
le même sens. Et puis, il eſt plus lucratif et vous n'avez
pas trois grands enfants sur les bras. Je ne me plains

1. Elle eſt en train d'écrire *Lucrezia Floriani*, qui sera publié dans
*Le Courrier français* du 25 juin au 14 juillet et du 28 juillet au 17 août.

pourtant pas puisque j'ai du plaisir encore et de la force
pour travailler. J'ai pris mon repos hier soir dans la
rivière, à l'endroit où la Mamita[2], en se baignant avec
nous, nous a montré une rotondité très blanche, grâce à
la perfidie du courant qui avait insensiblement relevé sa
chemise pendant qu'elle causait gravement et sans se
douter de rien. Pour éviter un semblable accident, je me
suis couchée sur le dos, dans le sable avec de l'eau jusqu'au menton, et j'ai fumé mon cigare en regardant
Solange et Augustine [Brault] qui barbotaient comme des
sylphides ou comme des canards, avec Briquet et le
lévrier[3]. Je regardais aussi la lune qui miroitait dans l'eau
sur mes genoux, et je pensais à la lune de Mamita, je
pensais surtout à vous, et à cette couronne de verdure,
que vous aviez mise sur votre tête et qui vous donnait
l'air d'une naïade. Embrassez pour moi toute la famille,
Louis, Mamita, Louisette, d'abord, et les autres ensuite.
Bouli n'est pas encore revenu de Nérac. Mes filles vont
bien et vous disent mille tendresses. Chopin n'est arrivé
que ces jours-ci. Il m'avait envoyé un petit mot de Louis
qui m'a fait grand plaisir et il m'a dit en outre que vous
et la petite ne toussiez plus. Voilà qui est bien !

À bientôt je vous écrirai davantage mais si vous avez
du temps plus que moi, écrivez-moi aussi. Adieu fille
chérie, minoune belle, bonne et adorée.

## 114. À EMMANUEL ARAGO

[Nohant, 19 juin 1846]

Cher ami, j'espère qu'il y a longtemps qu'on te délaisse !
Moi je suis bien pardonnable comme tu vas le voir, mais
ces demoiselles, c'est-à-dire ces misérables petites filles,
ne le sont point. Je vais te raconter, sans plaisanterie,
cette fois, tout ce qui m'a absorbée depuis une quinzaine.
D'abord je finissais ou croyais finir mon roman, j'en perdais le boire et le manger, comme cela m'arrive toujours

2. Les Viardot, accompagnés de Mme Garcia, la mère de Pauline
(Mamita), avaient séjourné à Nohant du 1er au 18 septembre 1843.
3. Briquet est le caniche de G. Sand, le lévrier (Poinçon ou
Pointu) est celui de Solange.

quand j'approche du terme fixé. Voilà qu'on est venu
nous enlever de la part de notre voisin et ami, M. de
Lancosme-Brèves, un grand écuyer amateur de chevaux,
fondateur de courses et de concours à Mézières-en-
Brenne, à 15 lieues de Nohant. Je vais te raconter toute
notre excursion de point en point, sans dire à ces demoiselles que je t'écris. Tu auras l'air d'avoir rencontré des
gens qui les y ont vues, et tu les feras enrager. Le garçon
qui venait nous enlever est l'apprenti, moitié clerc, de
Durmont, *un nommé* Bourdet que tu connais peut-être, qui
te connaît du moins un peu. C'est un très bon enfant,
qui a de l'esprit, une gaieté folle, et qui est très amateur
d'équitation quoiqu'il monte un peu comme ferait une
paire de pincettes sur le dos de Briquet. Comme il est
sans souci, effronté comme un page, et trop bon enfant
pour qu'on se fâche jamais avec lui, M. de Brèves, que
ses occupations de président du cercle hippique (dont je
suis sociétaire) retenaient à son poste, l'avait choisi parmi
tous ses hôtes pour nous tourmenter, nous supplier, et
nous décider à tout prix. J'ai refusé, je n'avais pas le
temps, je craignais la chaleur de 30 degrés. Je craignais de
m'embêter (entre nous soit dit), je craignais *tout* cher
Abner[1]! Cet animal s'est obstiné, n'a jamais voulu s'en
aller, bien que je l'aie mis en riant trois fois à la porte, il
était venu en poste avec une voiture pour nous ramener.
Enfin Solange a voulu absolument, et je suis partie avec
elle, Titine, et le Bourdet, que je n'avais jamais vu de ma
vie, note bien ceci. Nous sommes arrivés à Brèves à moitié cuits, pour dîner. Nous avons trouvé une grande maison pleine d'hommes et de chevaux, chevaux superbes,
étalons arabes, juments brennouses, élèves croisées. *Gens*
plus ou moins croisés mais très bien pour la plupart. Je
vais t'en nommer plusieurs, pour que ta leçon soit bien
faite.

M. de Brèves, notre hôte, excellent, généreux, zélé
pour le bien, libéral, *avancé*, un *parfait gentilhomme*, mais pas
à la Dumas et à la Beauvallon! enfin un garçon plein de
cœur, de courtoisie et de bons sentiments, tout cela sans
avoir inventé la poudre, ce qui complète le gentilhomme,
et prouve bien que le cœur vaut mieux que l'esprit.

1. Parodie du vers d'*Athalie* (I, 1) de Racine : « Je crains Dieu,
cher Abner, et n'ai point d'autre crainte. »

M. de Curnieu, que tu connais, qui a l'air d'un gros faune romain, qui a de l'esprit beaucoup, de l'instruction, mais un esprit biscornu, et un assez mauvais caractère au fond, à ce que je crois. — M. Giraud, peintre, auteur de *la Permission de dix heures*, gravure populaire, homme excellent, fort laid, beaucoup d'*esprit bon enfant*, l'ami de cœur de M. de Brèves. — M. Ledieu peintre de mauvais chevaux, ou plutôt mauvais cheval de peintre, laid, butor, grognon, ne desserrant pas les dents devant les dames parce qu'il ne peut en faire sortir, à ce qu'on dit, que des grossièretés. — M. d'Autichamp, fils du Vendéen, gentilhomme mélancolique et maladif, rageur sous un air froid. — M. de Maurivet riche gentilhomme de campagne, bon vivant, braillard, figure de crapaud. — M. d'Hastaings [Estang], autre gentilhomme mûr, ancien colonel de cavalerie, — le comte de Lancosme, père de notre hôte, quintessence de gentilhomme riche, paternel, poli, gracieux, bienveillant, chastement empressé auprès de Titine, qui lui a tourné la tête — cheveux blancs, figure blanche, main blanche, tournure de marquis de l'ancienne cour, sans affectation, beaux chevaux, beau château à tourelles, la fleur des pois, *jadis*. — J'en passe une demi-douzaine, et j'arrive au *héros*.

Fernand de Prot [Preaulx], garçon de 24 ans, grand, maigre, fort, une tête superbe, grands cheveux, grande barbe, des yeux bleus, des sourcils noirs, le teint frais, la voix rauque, l'air ouvert, franc, naïf et affectueux, un peu mieux mis qu'un paysan, montant à cheval comme un cosaque, obligeant, doux comme un mouton, mais toujours prêt à casser les reins du manant qui regarderait une dame de travers ; du reste, pas riche, pas très instruit, je crois, ni très intelligent, mais tout de même une belle et bonne nature. Je l'aimerais assez pour gendre, mais quoiqu'il ait tapé un peu dans l'œil, on est capricieuse, changeante, on voudrait un peu de fortune, et on s'apercevra vite que les gentilshommes ont plus de sang dans les veines que de cervelle dans le front. N'importe, le Fernand d'abord timide, s'est lancé auprès de Titine. Et puis, voyant probablement que Titine pensait à autre chose, il est devenu très charmant avec les deux. Il s'est fait leur gendarme, leur écuyer, leur page, leur porte-ombrelle, tandis que Bourdet était leur taquin, leur souffre-douleur, disant des malices, et recevant des coups,

pendant quatre jours à Brèves, à Mézières, aux courses et
en promenade dans un immense char à bancs, à 9 personnes, suivi d'une autre voiture, où l'on fourrait ceux
qui ne plaisaient pas. Nos dulcinées ont fait *du pétard dans
Landerneau*. Vêtues fort simplement de coutil, et coiffées
de leurs chapeaux de feutre Louis XIII, elles ont enfoncé,
l'une par sa beauté, l'autre par ses airs de duchesse,
toutes les lionnes du pays. À Mézières qui est une
bicoque on se loge où on peut, nous avons couché dans
le lit du brigadier de gendarmerie appelé M. *Goret*, non
pas avec lui, le brave homme avait été dormir au foin
avec son épouse, laquelle porte un petit bonnet de grisette, et une grande plume verte d'une oreille à l'autre, et
ses deux petites filles charmantes qui nous avaient prises
en passion — mais avec les innombrables et superbes
puces qu'ils avaient nourries de leur sang. C'est féroce la
puce de gendarme ! ça porte un sabre et des buffleteries.
C'est une variété jusqu'ici inobservée, mais sur laquelle je
compte écrire un mémoire que je te dédierai.

— Les courses ont été superbes, de vrais beaux chevaux, de vrais cavaliers, 10 tours d'hippodrome, c'est-
à-dire 5 lieues en 33 minutes. Courses de trot, courses de
tilburys, courses de paysans à pied, et ce qu'il y a de plus
intéressant à mes yeux, la course des *cavarniers*. Les cavarniers sont de jeunes indigènes palefreniers dans les fermes,
chacun monte le poulain sauvage, né dans le pays, qu'il a
élevé. Sur ce cheval nu, ruisselant de sueur et glissant
comme un morceau de glace, ces gamins, jambes nues,
tête nue, en manches de chemise, sont vraiment très gentils. Celui qui a gagné le prix était un petit enfant bien joli
et hardi comme un petit bédouin. Il m'a apporté le bouquet, et alors le docteur Isis Plat (voilà un nom !) nom de
Dieu ! comme tu dis… ce Monsieur approche, monte sur
une banquette, tire un papier de sa poche, la populace se
rassemble sous la tribune, sous mon nez, et me voilà
haranguée ! Juge comme ça m'amusait ! J'étais furieuse
contre de Brèves qui aurait bien pu m'épargner cette
farce-là. Et encore fallait-il paraître enchantée. C'est le
seul ennui de la partie. De Brèves s'est fait pardonner en
crevant ses chevaux déjà éreintés, pour nous mener le
soir même en pleine Brenne, c'est-à-dire en plein désert,
voir un vieux château *désert*, appelé *le Bouchet*, du temps de
Louis XIII, parfaitement conservé dans une situation

admirable. C'est une des plus belles choses de notre Berry que cet endroit-là. J'y retournerai, et j'y placerai un roman. Le ravin, les ronces gigantesques, le préau triste et frais, les tumulus et les étangs, le coucher du soleil, et puis ensuite la lune et une soirée charmante, c'était complet. Ces demoiselles avec leur *chic* de chapeaux, de voiles bleus, et de corsages à basques, faisaient leur effet dans le tableau. M. Giraud en a fait des croquis que l'on s'arrachait[2]. La mère Solange n'était pas fâchée de *son effet*.

Enfin voilà, seconde course le 3ᵉ jour, puis retour, souper, et coucher à Brèves, le 4ᵉ on nous a ramenées à Châteauroux, où l'on s'est dit adieu, de Brèves et ses Parisiens retournant à Paris, le beau Fernand de Prot, qui est son cousin, et qui demeure près de Châteauroux, s'étant engagé avec joie à venir nous voir bientôt.

Depuis qu'on est de retour ici, on *s'embête*, c'est-à-dire Miss Sol, qui s'accoutumerait fort bien à avoir une douzaine de pages plus ou moins titrés. Quant à Castorine, Maurice étant arrivé le lendemain de notre retour, elle n'aurait pas voulu passer une heure de plus en Brenne. Moi, je devais retomber dans l'horreur d'un travail double, triple, par suite du temps perdu, et du *fil* un peu perdu aussi. Je m'y suis remise avec ardeur, il fallait avoir fini le 15. J'ai eu fini, et sans trop manquer ma *sauce*, à ce que j'espère ; mais j'ai eu la fièvre pendant 3 jours, et la fièvre dans ce temps-ci, c'est un peu chaud. Me voilà guérie pourtant, sauf une gale au bec ; mon roman est emballé, parti, oublié depuis hier, et je t'écris aujourd'hui. C'est quand tu seras ici que nous allons nous amuser, courir, rire, nous échiner, nous taper ! Mais, en attendant, fais enrager Solange avec tout ceci, et surtout ne laisse pas soupçonner que je t'ai écrit. Dis que tu tiens tout cela de leur bête noire, M. Ledieu, et qu'il t'a dit pis que pendre de leur tenue et de leur *genre*. Je t'écrirai encore ce soir ou demain avec elles, pour qu'elles ne se doutent pas de la lettre d'aujourd'hui. Je t'embrasse, et t'aime comme tu sais bien, comme un de mes enfants.

À propos, j'avais envie de te dédier ce nouveau roman *Lucrezia Floriani*. Tu verras qu'il n'y a pas plus de rapport avec Mlle P[lessy] qu'il n'y en a entre toi et le héros du

2. Ces dessins, qui ont fait partie de la collection de Georges Lubin, sont maintenant conservés au Musée de La Châtre.

livre[3]. Mais le public est si bête, que quelques personnes se seraient figuré que j'avais pensé à vous deux. C'est pourquoi je t'en dédierai un autre.

Chopin t'embrasse, lui seul sait que je t'écris ce matin.

## 115. À EUGÈNE DELACROIX

[Nohant,] 11 8bre [1846]

Mon bon vieux, il y a des siècles que j'ai votre chère lettre, et j'ai toujours été à travers champs depuis un mois. Vous savez que ma fillette était assez souffrante quand vous êtes parti[1]. Depuis, elle l'a été plus encore et nous avons pris le parti de la secouer si bien que nous étions tous les jours dehors, presque toute la journée, et souvent 14 et 15 heures sans désemparer. Cela, joint à un remède de bonne femme qu'on m'a indiqué, lui a enfin rendu une santé florissante et une fraîcheur idem. Nous allons pourtant nous rasseoir, car il faut que je travaille. Tout le monde va bien. Chopin va bientôt retourner à son professorat, et j'ai le chagrin de ne pouvoir l'accompagner parce que l'argent qui est un *grand maigre*[2], chez moi du moins, ne me permet pas encore de quitter les champs paternels. Maurice travaille aussi. Il m'a fait un assez joli paysage avec des chevaux au pré, et grâce à vous, il y a progrès dans les bêtes. Augustine, toujours charmante, copie et recopie votre bosse, ce qui ne veut pas dire qu'elle vous traite comme un bossu. Bignat a été en Hollande et il est revenu engraisser auprès de nous. Il a été bien beau dans les courses vagabondes où nous l'avons entraîné. Il en est résulté une belle complainte faite par lui-même sur tous les maux qu'il a soufferts. Lambert me fait un tableau de salle à manger qui n'est point mal. Il excelle dans la poule, et il la mange assez bien aussi. Le grand campagnard [Preaulx] que vous avez

---

3. Sylvanie Arnould-Plessy avait été la maîtresse d'Arago, à qui Sand va dédier son prochain roman, *Le Piccinino*.

1. Delacroix a séjourné à Nohant du 16 au 30 août, alors que Solange souffrait d'anémie.

2. Chopin va regagner Paris le 11 novembre. Sand cite une plaisanterie de rapin, sur la formule «Le temps est un grand maître».

vu à Châteauroux est là aussi. La *canif Pointu*, ou *Poinçon* de Solange vous lèche les pieds. Mon chien de La Havane[3] est devenu une merveille d'esprit, dans la société de Briquet. Enfin, bêtes et gens, c'est toujours le même Nohant, avec la différence qu'on commence à allumer du feu le soir et qu'on commence aussi à se repassionner pour le billard. Il nous reste de vous un souvenir de famille qui a bien son prix et que l'on regarde à chaque instant comme un ami. Celui-là ne mourra pas aussitôt que nous, il nous verra passer et parlera de nous à la future canaille que l'on est convenu d'appeler *nos neveux*. Cette belle Sainte-Anne et cette douce petite Vierge[4] me font du bien, et quand quelqu'un vient m'embêter, je les regarde et n'écoute pas. Vous dites que je suis calme *ou* résignée. Il me semble à moi que c'est la même chose, mais j'ai eu besoin dans ma vie d'étendre ma résignation à des choses si sérieuses, que ce qui se borne aujourd'hui à de l'ennui me paraît presque amusant. Voilà tout le secret, je crois, de ma philosophie. C'est d'avoir souffert au-delà de mes forces, ce qui ne veut pas dire que j'aie eu plus de malheurs qu'une autre, je n'ai pas cette prétention, mais j'ai si bêtement ouvert la bouche, qu'au lieu d'en laisser envoler une partie, je me suis donné des indigestions. À l'heure qu'il est, débarrassée de mes tourments et de mes orages intérieurs, je ne m'ennuie pas de grand chose, et je m'amuse de tout ce qui est sous la main. Et vous, aussi, mon cher grand artiste, vous vous amusez d'un chien, d'une mouche, et d'un brin d'herbe. Ne dites donc pas que vous êtes exigeant, car comme toutes les grandes natures, vous avez l'âme simple, et vous n'avez pas eu besoin de vous abrutir, comme moi, dans les larmes du passé, pour connaître la sérénité du présent. Ce qui vous manque, c'est de la liberté, et peut-être de la famille, un entourage forcé, qui donne bien de l'anxiété parfois mais auquel on s'habitue si bien, qu'on ne pense plus à autre chose. Vous avez trop d'imagination et d'émotion à dépenser pour vous tout seul. Vous devriez avoir dix enfants, tout grouillants autour de vous et vivant du trop-plein de votre vie...

3. Après le lévrier de Solange, c'est un nouveau chien de Sand qui apparaît : Marquis.
4. Sur le tableau de Delacroix *L'Éducation de la Vierge*, voir les lettres 83, 205 et 345.

Chopin m'interrompt là-dessus, pour me dire qu'il vous adore, ce que je vous fais passer tout chaud. Ouvrez-lui donc la petite porte de faveur quand il ira vous voir à Paris. Vous savez qu'il n'en abusera pas, mais dans mon inquiétude de le savoir seul à Paris, je me figure que s'il vous voyait souvent, il ne penserait pas à être malade. Bonsoir chéri, et bon ami, toute la couvée vous accable de tendresses, et moi je vous serre dans mes bras.

G. Sand

## 116. À PIERRE-JULES HETZEL

[Nohant, 25 (?) novembre 1846]

Mon cher Hetzel, je ne crois pas que mon roman puisse lui aller, à M. Bertin[1]. Il n'y a pas un souverain de nommé, ni un ministre, ni une seule personne existante ou ayant existé. Ce n'est pas un roman historique puisque aucune époque ne lui est assignée et qu'aucun fait politique ne s'y trouve. Je n'aime pas à faire des romans historiques, cela donnerait trop de travail à ma mémoire des faits et des dates, qui est chez moi une faculté à l'état de crétinisme. Mon roman n'est donc qu'une fantaisie, avec *couleur locale*, comme on dit. Mais cette couleur locale est du temps présent. Je n'aime guère à peindre que le temps où je vis. Autre genre d'impuissance et de paresse. Or quelle est la couleur locale de la Sicile depuis 25 ans ? La misère la plus affreuse pour le peuple, le plus obstiné despotisme de la part du Gouvernement, la ruine et la persécution pour le parti national, beaucoup de bassesse de la part des familles siciliennes ralliées et corrompues, des bandits qui font leurs affaires avec un certain air de patriotisme, c'est-à-dire le capitaine Piccinino, que je crois être un type assez sicilien et assez moderne, vanité nobiliaire, instincts de vengeance, de ruse, de grandeur et de méchanceté. Enfin que vous dirai-je ? C'est une guerre

1. Il s'agit du roman *Le Piccinino*, qu'Hetzel veut essayer de vendre au *Journal des Débats*, mais qui sera publié dans *La Presse* du 5 mai au 17 juillet 1847 ; *La Presse* avait déjà publié *Teverino* en 1845.

entre une nation conquise et opprimée, et un gouvernement étranger, sans entrailles et sans pudeur. Pourtant, il
n'y a point là le langage de la haine contre les personnes,
et le roi Louis-Philippe sait mieux que moi que sa famille
napolitaine allait déjà beaucoup trop loin, à l'époque de
son mariage avec Marie-Amélie, puisque je lis, dans un
ancien article fort modéré de la *Revue des 2 Mondes* sur la
Sicile, que le *duc d'Orléans* fit à cette époque des représentations qui ne furent point écoutées. Mais en somme
*mon roman fait des vœux* pour une guerre nationale et pour
la liberté de ce pays malheureux, voilà tout. Je ne tiens
pas plus à la Sicile qu'à l'Irlande, à la Pologne, à la
Bohême, que j'ai chantée autrefois. Je tiens à toutes ces
résurrections à la fois ; mais il m'est impossible de changer le lieu de ma scène, et de faire de mes personnages
des hommes d'avant la révolution. M. Bertin ne trouverait pas un mot à retrancher ni à adoucir, j'en suis certaine, mais je crois que tout l'esprit du livre (quoique
l'auteur n'y dise pas un mot, n'y porte pas un jugement,
et mette l'esprit sicilien dans la bouche de ses personnages siciliens, sans se mêler de les approuver ni de les
critiquer), je crois vraiment que tout le livre lui paraîtrait
inadmissible dans les *Débats*.

Au reste, je corrige, je vous l'enverrai bientôt, vous en
jugerez et vous l'en ferez juge. Mais avant que ce livre
soit relu par moi, et lu par vous, il se passera encore du
temps, je le crains et je ne voudrais pas qu'au bout de ces
quinze jours-là, vous n'eussiez encore rien fait. C'est ce
qui arrivera si nous comptons sur les *Débats*, et je ne
pense pas qu'il faille y compter. Voyez donc ailleurs cher
ami. *La Presse* m'a payé 4 000 f. des volumes bien courts,
*le Courrier français* des volumes encore plus courts. Mes 3
volumes en feraient 4 comme ceux de *Lucrezia* [*Floriani*]
et de *la Mare au Diable* dans *le Courrier*. Pourquoi faut-il
qu'on me marchande ailleurs des volumes si longs ? Allez
donc voir, je vous en prie, et faites que cela marche un
peu vite. J'ai besoin d'argent, je suis écrasée de gens qui
meurent de faim autour de moi. Je les remets toujours à
la semaine prochaine mais ils mourront tout de bon si le
roman ne se vend pas.

Bonsoir, mon cher Hetzel, et merci toujours. Puisque
vous vous moquez de moi j'affranchirai toutes mes
lettres... si j'y pense.

Vous aurez le roman dans 8 jours.

À vous.

George

## 117. À FERDINAND LEROY,
### PRÉFET DE L'INDRE

Nohant, 8 X<sup>bre</sup> [18]46

Monsieur,

J'ai à vous remercier comme toujours pour le bon accueil que vous avez fait à mon pauvre vieux Polonais [Barwinski]. Gardez-lui votre protection et votre intérêt. Il en a besoin et il vous en est vivement reconnaissant, moi encore plus que lui, s'il est possible.

Je voulais vous parler de l'administration municipale de ma commune, qui est déplorable. Je mets de côté mes griefs personnels contre le maire [Estève]. Il est trop bête pour que je lui en veuille, et d'ailleurs je m'embarrasse peu de moi, en toutes choses. Mais je veux vous demander s'il est possible d'amener soit lui, soit le conseil municipal, soit M. Rahoux, secrétaire de la sous-préfecture de La Châtre, et secrétaire de la mairie de Nohant-Vic (qui n'écrit pourtant aucune délibération et qui conduit à sa guise toutes les affaires de la dite commune), à s'occuper un peu du sort des malheureux de l'endroit. M. le Maire est ivre, depuis le matin jusqu'au soir, et depuis le soir jusqu'au matin. On dit que M. Rahoux est mon *ennemi juré*, je ne sais pas pourquoi, je ne le connais pas. Les membres du conseil municipal étant les plus riches paysans de la commune sont par conséquent les plus égoïstes. D'ailleurs l'apathie berrichonne pèse sur eux de tout son poids, et d'eux-mêmes, ils n'auront jamais une bonne idée ni un bon mouvement. Je ne les persuaderai pas, par la raison que je passe auprès d'eux pour *imberriaque*. Comme il n'existe pas de dictionnaire berrichon, il faut que je vous dise que ce mot-là équivaut à *cerveau dérangé*. On a le cerveau dérangé, aux yeux des paysans riches et avares, quand on veille aux intérêts d'autrui plus qu'aux siens propres. C'est une vieille histoire, et de tous les pays.

Je ne peux donc rien faire auprès de mes autorités, et

je nourris les pauvres de la commune. C'est mon devoir, et je ne demande pas mieux, mais je ne suis pas riche, et la pauvreté est, cette année, dans un progrès effrayant[1]. Toutes les communes bien gouvernées et bien conseillées, de nos alentours, font quelque chose pour leurs indigents. On essaye du moins, on fait travailler. Ici, on ne fait rien, on ne bouge pas. Le maire et l'adjoint [Blanchard] vivent au cabaret, on les ramasse tous les jours. Pourtant la commune doit avoir un budget de 5 à 6 000 f. N'est-ce pas le moment de le dépenser et de l'utiliser ? On a voulu, pendant longtemps, consacrer ce budget à l'établissement d'un presbytère, chose parfaitement inutile. La paroisse de Saint-Chartier est au centre des deux communes réunies. Une paroisse à Nohant fera aller les gens de Vic, plus loin que Saint-Chartier. Une paroisse à Vic rendra le même mauvais service aux gens de Nohant. On n'a point à objecter une antipathie contre le curé de Saint-Chartier [Marty]. C'est l'homme le plus charitable, le plus pur, le plus vertueux qu'il soit possible de trouver. Il est orthodoxe, je suis hérétique. Mon suffrage est donc bien sincère.

Je ne sais par quelles lenteurs le *précipitaire*[2] est resté en projet. Contrairement aux délibérations du Conseil, M. le Maire a détourné une fois une partie des fonds pour les appliquer à un chemin qui passe devant sa porte. De même que, cette année, il a changé la délibération relative à la répartition des travaux de chemins vicinaux, pour envoyer par corvée les contribuables travailler à son chemin de la *Grange à l'âne* (c'est le nom de sa demeure, je ne l'invente pas). Ces faits sont graves, me direz-vous. Ils sont certains, mais n'en recherchez pas la preuve, vous ne la trouveriez pas. Je l'ai essayé en vain. M. Rahoux, n'écrivant aucune délibération, bien qu'il les influence, et qu'il touche les appointements à *ce* destinés, il ne reste aucune trace de la vérité sur les registres de la mairie, qui ne sont jamais à la mairie, et qu'on ne peut consulter sans s'exposer au courroux et aux mauvais tours de ces Messieurs. Une enquête n'amènerait rien non plus. Les conseillers municipaux ont peur du maire et de la sous-préfecture.

---

1. Des émeutes graves, provoquées par la famine, éclateront en janvier dans tout le Berry.
2. Pour *presbytère*.

Quoi qu'il en soit, la commune a des fonds, cela est certain ; elle a beaucoup de pauvres, et d'honnêtes pauvres, dignes du plus grand intérêt. Venez à leur secours. Occupez-vous d'eux, car, excepté moi, personne ne s'en soucie. On n'a pas peur d'eux, parce qu'ils sont doux et patients. Ils seront abandonnés si je tombe malade à force de travailler pour eux, car ma fortune, nette de charges et d'impôts, est de 7 000 f. de rente, et vous voyez que ce n'est point de quoi secourir efficacement une centaine de personnes que je soutiens depuis bien des années et que je tremble toujours de laisser tomber, le jour où je tomberai moi-même.

Vous dire ce qu'il faut faire, je ne le peux pas. Je n'entends rien aux affaires publiques ou privées. Mais vous devez le savoir, vous, et vous le voulez, j'en suis bien certaine. De ma démarche auprès de vous, résultera probablement un redoublement de petites persécutions et d'abominables calomnies de la part de tous ces respectables personnages que je vous dénonce, mais peu m'importe.

J'ai encore une grâce à vous demander. J'ai à ma porte un brave homme père de huit enfants, qui est chef cantonnier ambulant, sur la route n° 6, d'Issoudun à Éguzon. M. *Rouet*, conducteur des travaux ponts et chaussées, a dénoncé ce pauvre diable, pour prétendue révolte et refus de travail. L'homme était malade, je le sais, je l'ai soigné, il ne pouvait plus tenir sur ses jambes et, rentré chez lui, il m'a fait appeler pour avoir des sangsues. Pour ce fait, il est menacé de perdre sa place, elle est promise à un homme aisé, sans famille, et qui n'entend rien au travail. Mon villageois s'appelle *Sylvain Biaud*. De l'aveu de M. Rouet, c'est le plus actif, le plus laborieux et le plus intelligent des cantonniers. Mais il l'a pris en grippe parce qu'il s'est plaint à lui d'être toujours envoyé en déplacement et travail extraordinaire sans être indemnisé. Les autres le sont, lui ne l'est point. La peur de perdre sa place, ou d'être envoyé sur un point éloigné de sa nombreuse famille l'empêche de se plaindre. Mais quand il s'adresse franchement à celui qui lui fait ce tort, il est insulté, menacé, et finalement dénoncé. M. Rouet est, *de notoriété publique*, le dernier des misérables. La paix soit avec lui ! mais dites un mot, je vous en prie, à M. Le Père, pour que le pauvre Biaud fasse sa corvée, et soit victime en silence, puisque la crainte de perdre son emploi domine toutes ses indignations.

Je ne vous demande pas la répression de mille abus scandaleux, vous ne pourriez les atteindre, je crois. Je ne vous demande la destitution de personne, mais un peu de protection pour les petits, car ce sont ceux-là qui travaillent et qui souffrent. Plus tard, si vous pouvez vous occuper de notre *gouvernement* municipal de Nohant-Vic assez directement pour savoir ce qui s'y passe, vous reconnaîtrez que l'exemple d'un maire et d'un adjoint toujours ivres démoralise leurs administrés, et laisse au hasard l'existence de tous les malheureux.

J'aurais bien désiré vous voir, pour vous parler de tout cela, et vous demander quel remède je puis apporter à tant de misère non secourue. Lorsque nous avons reconduit notre ami Delacroix, assez souffrant par parenthèse, j'étais vivement tentée d'aller vous voir avec lui, mais j'ai craint de vous jouer un mauvais tour, sans le vouloir. À Paris, les gens des opinions extrêmes se voient et se donnent la main par-dessus les dissidences. En province, on s'effarouche de tout ce qui ressemble à une *démarche*! Moi je m'en moque, mais je ne sais pas si vous vous en moquez. Pourtant je regrette de n'avoir pas l'occasion de vous rencontrer et de vous parler quelquefois. Je crois que nous nous aiderions mutuellement à *faire du bien*, et je vous assure, que sans me croire ébranlée le moins du monde dans mes croyances, je mets avant tout la possibilité de s'entendre personnellement sur ce point.

Pardonnez-moi cette longue lettre. On m'a si souvent interrompue que je n'ai pu la résumer. Croyez, Monsieur, à mes sentiments de gratitude et de considération distinguée.

G. Sand

J'oublie de me justifier auprès de vous, à propos de notre ami [Delacroix]. Je ne l'ai point retenu, je voulais le conduire jusqu'à votre porte. Il le voulait aussi, mais il était parti souffrant de chez nous le matin, et il s'est trouvé plus souffrant encore. Vous ne pouvez douter de ses regrets ; vous avez en lui un ami sincère, et qui nous a beaucoup parlé de vous. C'est donc un peu sa faute si je suis indiscrète à votre égard.

## 118. À PIERRE-JULES HETZEL

[Nohant, 30 décembre 1846]

Merci mon ami, vous avez été d'un zèle et d'une bonté dans tout cela[1] ! Mes capitaux sont arrivés à bon port, et déjà une bonne partie court les champs, à la lettre. C'était bien urgent, et si mes pauvres savaient ce qu'ils vous doivent ils brûleraient des cierges en votre honneur. Le Bon Dieu vous en récompense un peu, puisque voilà vos affaires arrangées, et cela me fait plus de bien et de plaisir que le succès des miennes. Merci surtout pour cette bonne nouvelle.

Je dois donc à votre activité d'esprit 1 500 f. de plus ? J'avais bien lu ce prix fabuleux de 15 000 dans le feuilleton de *la Presse*, et j'avais pris mon parti sans regret. Non, certes je n'accuse pas M. Delavigne et loin de là, je suis très touchée de son scrupule. Il a raison, au reste, d'agir ainsi avec moi. Il me retrouvera dans l'occasion. J'ai été moi-même dans l'hésitation un instant pour savoir si j'accepterais ce partage des profits de l'éditeur. Aux termes de ma demande, il ne me devait que 18 000 f., et je n'avais point à voir s'il spéculerait avantageusement pour son compte : mais voici en quoi le traité que vous avez fait avec lui ne remplissait pas absolument mes conditions. Je voulais que l'éditeur interdît la prime absolument au journal[2]. Souvenez-vous de cela. *L'Époque* m'avait offert 16 500 de mon livre, à condition que j'autoriserais la prime ; je ne l'ai pas voulu parce que M. Delavigne n'offrait 6 000 f. de l'édition que sous condition d'interdire la prime. Quoi que vous en disiez, mon ami, la prime me lèse, sinon dans le présent du moins dans l'avenir. Elle représente toujours un très grand nombre d'exemplaires vendus, qui m'échappent, et sur lesquels j'ai pourtant droit de paiement en bonne justice. Je ne me souviens pas si j'avais pensé, dans les conditions indiquées pour M. Delavigne, à vous en parler, mais dans celles projetées pour M. Warnod je l'avais fait. Enfin M. Delavigne ne ces-

1. La négociation pour la vente du *Piccinino* à *La Presse*.
2. Pour allécher les abonnés, les journaux leur donnaient un roman en prime ; c'était autant d'exemplaires sur lesquels l'auteur ne touchait aucun droit.

sait de dire qu'il n'autoriserait pas la prime, et s'il l'a auto-
risée moyennant finance, il est juste qu'il m'en fasse part.
Du reste, il y a grande loyauté dans son scrupule, puisqu'il
pouvait persister à nier que la réclame de *la Presse* fût une
vérité. J'aurais pu éclaircir le fait, mais je ne l'aurais point
essayé, je m'en serais rapportée à sa parole et à la vôtre.

Maintenant, j'ai à vous demander encore quelque chose
par rapport à cette affaire, c'est un mot oublié sur le traité
et je vous retourne le dit traité pour que vous l'ajoutiez,
de concert avec M. Delavigne. Je désirais qu'il y eût, après
ces mots : *Le droit d'exploitation est de deux ans,* — ceux-ci :
« *qui courront à partir du jour de la remise du manuscrit — c'est-
à-dire le 21 X^{bre} 1846* ». C'est une parenthèse à mettre en
marge avec un paraphe, et ensuite l'observation : (*tant de
mots ajoutés*) au-dessus de la signature. Autrement cette
limite du droit d'exploitation est fictive. L'éditeur et le
journal prennent pour publier le temps qui leur plaît, et
le privilège commence si tard qu'il finit de même. Voyez,
mon cher Hetzel, c'est un petit oubli, mais facile à réparer. *La Presse* a tout intérêt à publier de suite, puisque le
roman a été lu aux *Débats*.

Voilà mon cher Hetzel, tout ce que j'ai à vous dire sur
cette affaire ; faut-il vous renvoyer de suite les billets de
M. Delavigne ? Vous ne me le dites pas.

Il y a bien des jours déjà que cette lettre est commencée. Je la termine au milieu d'un remue-ménage infernal.
Imaginez-vous que pour remplir les longues soirées d'hiver, mes 5 enfants ont imaginé de jouer la comédie. Je
suis forcée de leur faire tous les jours une pièce nouvelle,
d'être auteur et acteur, directeur, aide-costumier, aide-
décorateur, aide-machiniste, de faire faire les répétitions,
de diriger la mise en scène, d'être souffleur, et orchestre
au piano, quand je ne suis pas en scène. Le plus merveilleux, c'est qu'avec ces 5 enfants dont 4 sont artistes
jusqu'à la moelle des os, avec des paravents, des vieux
rideaux, des feuillages d'arbres verts, des loques repê-
chées dans les greniers, du papier d'or et d'argent, nous
arrivons à faire des décors, des costumes, des coulisses,
et tout cela portatif, installé dans le salon où il fait chaud
et mis en place en 10 minutes. Mes petites filles se font
avec des oripeaux des toilettes charmantes. Maurice, son
ami le rapin et moi, nous faisons des habits d'un *caractère*
admirable. Nous ne transigeons pas, comme les acteurs

coquets, avec les modes bizarres du passé. Nous faisons avec de la filasse des perruques du style le plus échevelé, avec du papier, des fraises extravagantes, ayant tout le chic des anciens portraits. Enfin de rien nous faisons quelque chose grâce à la baguette magique de l'invention et de l'imagination. Vous n'avez pas d'idée comme on s'amuse et comme mes petits acteurs jouent bien, naturellement et finement. Cela serait détestable sur un théâtre, mais là, sans public, sans un seul spectateur (nous faisons tout ce vacarme mystérieusement, et sans admettre un seul ami), c'est mieux parfois que ce que j'ai jamais vu sur aucun théâtre. Mais je ne le leur dis pas, car si l'amour-propre venait à mettre le bout de son vilain nez dans notre plaisir, tout serait gâté. Au reste je n'ai pas à me plaindre de ma troupe. Elle est intelligente et bonne enfant. Chacun prend le rôle qui lui plaît, le premier ou le dernier, selon l'entrain qu'il se sent, et on ne se dispute jamais. Je leur rends le choix facile en faisant mes rôles dans l'esprit et le goût de chacun, et je ne suis pas gênée par les prétentions des premiers sujets, qui, ordinairement, veulent tenir toute la scène, et interdire *l'effet* à tous les autres rôles. Dans mes pièces, il n'y a d'effet pour personne, ou il y en a pour tout le monde. Les frais d'imagination ne sont pas considérables. Nous ressuscitons la comédie italienne, Cassandre, Pierrot, le capitaine Fracasse, le beau Léandre, Colombine, Isabelle, la duègne, etc. Avec ce personnel, en se permettant les anachronismes les plus fantastiques et les plus divertissants, il n'y a pas de pièce qu'on ne puisse faire. Quelquefois nous promenons les principaux héros de cette troupe dans le monde d'Hoffmann. Par exemple Scaramouche précepteur, et Pierrot maître de chapelle à la Cour du duc Irénéus, et aux prises avec la fantasque Hedwige, la conseillère Benson, etc. Quelquefois Fracasse se fourvoie chez les druides, et il est menacé d'être égorgé sur un dolmen, d'autres fois il tombe dans la caverne de Montesinos, et, à l'acte suivant, il se rencontre avec les héros de *la Jérusalem délivrée*, ou des *Contes de Perrault*. Je me borne à inventer l'action et à en écrire le scénario avec un canevas de dialogue très élémentaire[3]. On le lit deux ou trois fois pendant le dîner. Chacun se pénètre du caractère de son rôle. Il est même permis de l'interpréter autrement que l'auteur, quand on a une idée meilleure que la sienne, de prendre au sérieux ce qu'il avait fait comique et comique ce qu'il voulait sérieux. Après le dîner on va se costumer, les garçons dans l'atelier de Maurice, les petites filles dans ma chambre. On s'entr'aide et on va vite. À 8 h. précises, on entre au salon et l'on se surprend et s'admire réciproquement par l'éclat ou l'extravagance des toilettes, on allume le lustre, on arrange le décor. La cheminée représente le public, et offre un grand feu pétillant qui rit toujours et siffle quelquefois sans fâcher personne. Il y aurait un conte fantastique à faire sur cette famille de fous qui se divertit en cachette. Les domestiques même sont consignées à leur veillée. Défense leur est faite de pénétrer dans notre *mystère*. Nous nous servons nous-mêmes. J'ai un petit chien à qui tout cela tourne la tête. Les costumes le transportent de joie ou de terreur, selon qu'ils sont brillants ou terribles. Il rugit aux fantômes, il saute et danse avec Arlequin et Colombine ; car nos enfants, du moins 3 d'entre eux, dansent à ravir la danse de caractère improvisée, et souvent la pièce est une pantomime, dont j'improvise la partition au piano. Marquis est donc le public, et le public se passionne tellement qu'il saute sur la scène et fait mille folies avec les jeunes premières. Demain nous jouons *Don Juan* ni plus ni moins. Nous avons mêlé la pièce de Molière avec le scénario plus dramatique et plus animé des Italiens[4], et si on

fold, avec les dates de représentation (*Présence de George Sand*, n° 19, février 1984, p. 56-58) : *Le Druide peu délicat* (8 décembre), *Pierrot précepteur* et *Cassandre persuadé* (9), *Scaramouche brigand* (10), *Thomiris reine des Amazones* (11), *Les Deux Vivandières* (12), *La Belle au bois dormant* (13), *Scaramouche précepteur* (14), *Pierrot maître de chapelle* (17). Outre les contes fantastiques de Hoffmann et *La Jérusalem délivrée* du Tasse, Sand fait ici allusion à l'épisode de la caverne de Montesinos dans *Don Quichotte* (II, 22-23). Dans son roman *Le Château des Désertes* (écrit au début de 1847, mais publié en 1851), on trouve l'écho de ces soirées dans des termes quasi identiques (chap. XIV). La troupe se composait de Maurice et Solange, Augustine Brault, le rapin Eugène Lambert et Fernand de Preaulx.

4. Le *Don Juan* du théâtre des Italiens n'est autre que le *Don Giovanni* de Mozart ; et Sand s'est également inspirée du conte *Don Juan* de Hoffmann. C'est le 31 décembre 1846 que la petite troupe a joué *Don Juan* (dont le scénario n'a pas été retrouvé) ; G. Sand a transposé cette représentation dans *Le Château des Désertes* (chap. IX-XIII), le

s'en donnait la peine, on ferait de ces deux versions un chef-d'œuvre littéraire complet qui n'existe pas. Mais qu'est-ce que je dis ? Il sera fait demain, et ne sera jamais refait. L'improvisation et l'inspiration de mes acteurs surpasseront tout travail possible d'auteur. Maurice et son ami le rapin pétillent d'esprit et d'originalité dans le dialogue. Ma fille adoptive est une Elvire passionnée, ma fille Solange une Zerline très coquette, mon futur gendre une statue admirable (à la répétition la statue distraite a fait un cuir merveilleux) mais qu'importe lorsqu'on a une armure de carton, peinte en relief de sculpture, et un clair de lune produit avec une mèche dans un bol bleu ? Avec des festons de lierre, des branches de cyprès, et des caisses d'emballage peintes en blanc, nous aurons un cimetière effrayant. Après la pièce, nous souperons devant le feu avec le gibier tué par mon gendre, et nous entrerons à minuit dans l'année 1847, en costume. *L'uom di sasso* mangera pour de bon. Gardez-nous le secret sur nos folies. Nous boirons à votre santé, et le lendemain matin, à travers le brouillard et la gelée, une centaine de pauvres viendront nous souhaiter la bonne année. Oui, à votre santé, mon ami, car nous avons les mains pleines et tous ces pauvres s'en retourneront chez eux bien contents, grâce à vous qui m'aidez à vendre mon travail, et qui m'épargnez le plus rude de la besogne de l'artiste. Mais pendant que je bavarde la troupe s'impatiente, Zerline s'embrouille dans son corsage et la statue coud son casque à l'envers. Bonsoir, ami, puissiez-vous n'être pas triste pendant que nous sommes gais.

Je compte passer presque tout l'hiver à la campagne. Le pays est si malheureux cette année que c'est déserter son poste que de s'en aller à Paris. Nous sommes armés en guerre pour pouvoir résister aux vagabonds qui courent les chemins[5], et ma fille est suivie à la promenade d'un domestique qui a des pistolets dans ses fontes, ni plus, ni moins que si nous étions en Espagne. Mes petites filles ont très bien pris leur parti de rester aux champs, et pour moi c'est un grand plaisir de voir de la neige, de la

chapitre IX étant intitulé *L'uom di sasso* (l'homme de pierre), des paroles mêmes de Leporello désignant la statue du Commandeur à la scène XIV de *Don Giovanni*.

5. La situation devenait menaçante ; lors des émeutes du mois de janvier, des châteaux seront pillés.

vraie neige blanche et de sentir du vrai vent qui vous vient en plein nez de tous les bouts de l'horizon. Il y avait au moins dix ans que je n'avais vu l'hiver, ailleurs qu'à Paris, où il est si laid, si noir, si triste ! Et puis le coin du feu et les longues soirées sont charmantes quand on est sûr de pouvoir en disposer d'un bout à l'autre, sans visiteurs et sans *bavards*.

Les enfants, car j'en ai *cinq* (mon fils et son ami, son *Pylade rapin*, ma nièce, une jolie et admirable fille que vous avez vue, et que j'ai adoptée pour toujours, ma fille, et un beau garçon qui m'a bien l'air de devenir mon gendre), — voilà cinq enfants, qui travaillent, brodent et dessinent autour d'une grande table et je leur fais la lecture jusqu'à minuit. Après cela on est censé se coucher, mais j'ai beau gronder, on rit, on joue avec les chiens, on fait la ronde avec les armes de l'atelier, fusils de munition, hallebardes du moyen âge, briquets d'infanterie, etc. On soupe debout en bavardant et on se couche à 2 h. du matin. Je dis que c'est trop tard pour des enfants ; je sermonne et on m'en fait rire et jouer aussi. Si vous avez quelque voyage à faire vous devriez passer par chez nous, quand même ce ne serait pas votre chemin. Vous oublieriez vos ennuis et vos affaires pendant quelques jours.

Puisque je suis en train de causer, et cette causerie est *pour vous seul* je veux vous dire que ma fille, la plus superbe des EDMÉE *de Mauprat*, s'est laissée attendrir par une espèce de BERNARD *Mauprat*, moins l'éducation féroce et brutale, car il est doux, obligeant et bon comme un ange ; mais c'est un gentilhomme campagnard, un homme des bois, simple comme la nature, habillé comme un garde-chasse, beau comme un antique, chevelu comme un sauvage, brave et généreux comme notre ami le *Petit-Loup*[6]. Il n'a pas le sou quant à présent, et il est légitimiste. Aussi tout le monde bourgeois dit que nous sommes folles, et je suis sûre que *mes amis* républicains vont me jeter la pierre. Je conviens que j'avais *prévu* pour mon gendre, tout autre chose qu'un noble, un royaliste, et un chasseur

6. En mai 1845, G. Sand a rencontré une troupe d'Indiens Ioways venus donner un spectacle en même temps que le peintre George Catlin exposait ses portraits d'Indiens ; elle a rédigé une *Relation d'un voyage chez les sauvages de Paris*, publiée par *L'Éclaireur* (14, 21 et 28 juin 1845) et dans *Le Diable à Paris* de Hetzel (t. II, p. 186-212), dans laquelle elle évoque longuement le « noble guerrier » *Petit-Loup*.

de sangliers. Mais la vie est pleine d'imprévu et il s'est trouvé que cet enfant était plus *égalitaire* que nous et plus doux qu'un mouton sous sa crinière de lion. Voilà, nous l'aimons et il nous aime.

Tout le monde parle de ce mariage, je le sais : mais si l'on vous en parle, dites que vous n'en savez rien, fût-ce à mes meilleurs amis, car je n'en ai encore rien écrit à personne.

J'espère que c'est là bavarder. Il ne faut pas que j'oublie encore ce que Maurice me charge, depuis un mois, de vous demander. C'est si vous avez des illustrations, quelque part, à lui faire faire pour l'amuser. Il dit que, pour l'année prochaine (c'est trop tard pour celle-ci), si vous faites quelque livre d'étrennes, fantastique et enfantin, vous devriez l'en charger. Le fait est qu'il a toutes sortes d'idées folles, gracieuses et originales, et qu'il est, pour les choses plus sérieuses, en grand progrès cette année.

Parlez-moi de vous. Qu'est-ce que c'est donc que ces affaires si embrouillées et si fâcheuses ? Expliquez-moi cela en deux mots. On ne peut donc rien faire pour vous en tirer ? on ne peut donc sauver ses amis qu'avec cet horrible gueux d'argent, si rare et si cher pour les honnêtes gens ? ne pouvez-vous pas liquider, vivre de peu et en artiste ?

Bonsoir, mon bon Hetzel. J'ai fini mon roman et je renais à la vie réelle, pas pour longtemps ! mais vous voyez que j'en profite pour causer avec vous d'abord.

(AVIS). Je bavarde avec vous, mais je vous en prie, ne laissez pas traîner mes lettres. Jetez-les au feu quand vous les avez lues. Je suis malheureuse quand je songe que d'autres que ceux à qui j'écris, peuvent lire cela, fût-ce à propos d'une allumette, ma lettre me fait peur. J'ai peur de tous ceux que je ne connais pas, vous savez ? Une lettre égarée et commentée me fait l'effet d'une conversation recueillie et interprétée par des laquais écoutant aux portes. Ainsi elles sont pour vous seul, n'est-ce pas ? on m'a dit une fois que vous en aviez donné comme *autographe*. Vous voyez que je ne l'ai pas cru. Mais brûlez, car les autographes se *trouvent*.

## 119. À EUGÈNE DELACROIX

[Nohant, 6 mai 1847]

Cher bon ami, je suis fatiguée, je viens de finir un roman[1] pour mon éditeur, en même temps qu'un beaucoup plus sérieux pour ma famille. Celui pour l'éditeur est nécessairement mauvais. Espérons que l'autre vaudra mieux. Vous avez vu chez moi un tailleur de marbre qui a besoin d'être vu davantage pour qu'on découvre l'étincelle de ce caillou assez brut. Vous avez assisté à une diatribe superbe contre lui[2]. Cette diatribe nous a mené diablement plus loin que je n'aurais pu le prévoir. Ne voulant pas être *comblée de dons*, par un gaillard tel qu'on nous l'avait décrit, j'allai le lendemain décommander poliment les bustes. Là-dessus Dupré vient me demander pourquoi, et me mettre au pied du mur, vu que le camarade était dans un désespoir *extraordinaire*. Je racontai tout ce qu'on m'avait dit sans nommer personne. Dupré fut indigné, et voilà qu'on me força d'examiner une enquête minutieuse, des lettres, des preuves, des attestations détaillées, et je me crus un instant procureur général ou juge d'instruction. Mais pourquoi diable faut-il, me disais-je, que je sache tant de choses et que je presse ce bloc de marbre sur mon cœur ? Ah ! voilà, c'est qu'il est amoureux de votre fille, et que votre fille… — Vous croyez ? — Je crois. — Diantre ! — Examinez… etc., etc. De fil en aiguille, après avoir consulté encore Dupré et le sage Rousseau, j'ai quitté Paris en disant : peut-être, mais donnez-moi le temps. On ne m'a pas donné le temps. Mlle Solange a beaucoup pleuré. M. Cl[ésinger] est arrivé. On lui a dit oui à ma barbe, et comme avec mon *accusé*, moi, juge d'instruction, j'avais, du moins, une chance qu'aucun autre hasard ne m'eût donnée avec aucun autre prétendant, celle de savoir pertinemment qu'il était hon-

---

1. *Le Château des Désertes*, achevé le 29 avril.

2. Le sculpteur est Clésinger, qui a commencé en février les bustes de Sand et Solange ; Solange, vite séduite, a renvoyé Fernand de Preaulx en Berry (*rude fiasco*, écrit plus bas Sand). Malgré de très mauvais renseignements sur le statuaire, couvert de dettes, et la diatribe du capitaine d'Arpentigny (surnommé plus bas Enfonceau), les choses iront très vite, et le mariage a lieu à Nohant le 19 mai.

nête homme, *très honnête homme*, je ne pouvais pas dire
non. Donc il résulte du panégyrique du capitaine Enfonceau, que dans quinze jours Solange épouse Clésinger, et
que nous en sommes tous enchantés, car lorsqu'on a
causé trois heures avec lui, il est impossible de ne pas
l'aimer. Maurice, le froid, méfiant et irrésolu Maurice est
fasciné aussi, et il a couru chez son père pour le lui présenter. Le père a dit oui après l'avoir vu deux heures,
et voilà. Nous ne savons pas encore où nous ferons ce
mariage, peut-être à Nérac, ou à Nohant, ou à Paris. Ce
sera pour le 20 mai au plus tard, car les bans sont
affichés déjà. Puisque Solange a la tête vive, il ne s'agit
plus de lanterner. Elle a déjà fait faire un *rude fiasco*, et
verser des larmes. Je ne veux point qu'elle s'y habitue.
Mais ceci entre nous, mon cher bon ami. Le fruit est
mûr, il ne faut plus trop regarder à la main qui le cueille,
et la fatalité nous est encore très maternelle, car il se
trouve que la main est *pure* et très forte. Solange a encore
l'innocence d'un petit enfant. Mais l'âme est si agitée
qu'un instant pourrait faire d'elle une femme sans qu'elle
s'en doutât. Le Clésinger ne se laissera pas trop mener, et
il entend mieux la vie positive qu'il n'en a l'air. Je crois
qu'il la conduira bien, et d'une manière brillante, car il
gagne beaucoup d'argent, il a de la fortune, d'ailleurs, et
de l'ordre, malgré qu'il paraisse jeter tout par les fenêtres.
Elle a besoin de luxe et la médiocrité lui a fait peur. Elle
est donc enivrée, et puisqu'il faut qu'une heure inévitable
s'empare de la vie d'une femme pour en faire une bonne
ou une mauvaise créature, mieux vaut que cette heure lui
sourie, et la porte à la tendresse qu'au dépit. Je ne suis
pas de ces mères qui disent : « J'ai tout fait pour qu'elle
soit heureuse et elle le sera ». J'ai tout fait pour cela, en
effet, mais sans jamais croire qu'elle pût l'être, comme
on l'est dans les romans à la dernière page. D'ailleurs on
ne l'est dans les romans, que parce que le roman finit là.
Je vois sa vie semée de biens et de maux comme celle de
tous les humains. De plus, je vois que c'est une nature un
peu orageuse, et qui a moins de conditions que d'autres
(que d'Augustine [Brault] par exemple) pour s'accommoder *gentiment* de la destinée. En s'abstenant du mariage, on
se gare d'un abîme, mais combien d'autres abîmes sont
ouverts à côté ! Surtout quand on est belle, qu'on a 18 ans,
et que le cœur s'agite ! Il y a l'abîme de la coquetterie,

d'abord, dont je commençais à avoir grand peur pour
elle, le seul abîme où je ne sois pas tombée moi ! mais
j'en ai trouvé d'autres, qui n'étaient pas plus gais, l'abîme
de la confiance mal placée, du dévouement mal compris,
etc., etc. Le mariage ne ferme point à jamais ces abîmes,
mais il en recule les abords, et c'est beaucoup que de
gagner du temps. Voilà pour la thèse générale, et pour le
cas particulier, je crois que Cl[ésinger] mettra une grande
science à n'être point trop cocu. Il a le nez très pointu
et l'oreille très fine. Il est habile à se faire aimer, c'est
quelque chose.

Brûlez cette lettre, mon cher vieux. Tout ce que je
vous dis là, n'est point trop à écrire. Mais il fallait bien
que je cause avec vous et je suis loin ; je vous ai écrit
d'un ton badin, je crois, et cependant j'ai le cœur et la
tête bien gros et bien lourds depuis un mois. Mais entre
vieux que nous sommes, nous nous comprenons, quel
que soit le ton. Chopin, le bon, l'excellent Chopin ne
comprend rien à tout ce qui se passe là. Il a des préventions qui ne cèdent jamais devant la nécessité. Aussi je ne
puis lui écrire comme je vous écris. Je me borne à lui
dire : « C'est Mr un tel que Sol épouse, et cela se fera tel
jour ». Il fait claquer ses doigts, je le vois d'ici.

Peut-être que je vous verrai bientôt. Il m'a écrit que
vous aviez eu la fièvre pendant 15 jours. C'est fort vilain,
cela, mon cher ange. Mais on vit tout de même avec ses
maux, et je vous retrouverai toujours *vous*, grand artiste,
et bon ami. Si je ne vais pas à Paris ce printemps, je
compte toujours que vous viendrez me voir dès que vous
aurez le temps de vous reposer. Bonsoir, je vous aime, et
je vous embrasse, et je vous raime et je vous rembrasse.

George

## 120. À ALBERT GRZYMALA

[Nohant, 12 mai 1847]

Merci, cher ami, pour tes bonnes lettres. Je savais d'une manière incertaine et vague, qu'il était malade[1], 24 heures avant la lettre de la bonne princesse [Czartoryska]. Remercie aussi pour moi cet ange. Ce que j'ai souffert durant ces 24 h. est impossible à te dire ; et, quelque chose qu'il arrivât, j'étais dans des circonstances à ne pouvoir bouger. Enfin pour cette fois encore, il est sauvé, mais que l'avenir est sombre pour moi de ce côté ! Je ne sais pas encore, si ma fille se marie ici dans 8 jours — ou à Paris dans 15. M. Dudevant nous fait attendre non sa décision, qui est prise affirmativement, mais sa présence ou ses papiers. Dans tous les cas je serai à Paris pour quelques jours à la fin du mois, et si Chopin est transportable, je le ramènerai ici. Mon ami, je suis aussi contente que possible du mariage de ma fille, puisqu'elle est transportée d'amour et de joie, et que Clésinger me paraît le mériter, l'aimer passionnément et lui créer l'existence qu'elle désire. Mais c'est égal, on souffre bien en prenant une pareille décision ! Je crois que Chopin a dû souffrir aussi dans son coin, de ne pas savoir, de ne pas connaître et de ne pouvoir rien conseiller. Mais son conseil dans les affaires réelles de la vie est impossible à prendre en considération. Il n'a jamais vu juste les faits, ni compris la nature humaine, sur aucun point. Son âme est toute poésie, et toute musique, et il ne peut souffrir ce qui est autrement que lui.

D'ailleurs son influence dans les choses de ma famille serait pour moi la perte de toute dignité et de tout amour vis-à-vis et de la part de mes enfants. — Cause avec lui, et tâche de lui faire comprendre d'une manière générale, qu'il doit s'abstenir de se préoccuper d'eux. Si je lui dis que Clésinger (qu'il n'aime pas) mérite notre affection, il ne l'en haïra que davantage, et il se fera haïr de Solange. Tout cela est difficile et délicat, et je ne sais aucun moyen

---

1. Chopin, resté à Paris, a subi au début du mois une très grave crise ; le 7 mai, Sand a noté dans son album *Sketches and hints* des pages marquées par le désir de mort et la tentation du suicide (*Œuvres autobiographiques*, t. II, p. 625-627).

de calmer et rassurer une âme malade, qui s'irrite des
efforts qu'on fait pour la guérir. — Le mal qui ronge ce
pauvre être au moral et au physique me tue depuis longtemps, et je le vois s'en aller sans avoir jamais pu lui faire
de bien, puisque c'est l'affection inquiète, jalouse et
ombrageuse qu'il me porte, qui est la cause principale de
sa tristesse. Il y a sept ans que je vis comme une vierge
avec lui et *avec les autres*. Je me suis fait vieille avant l'âge,
et même sans effort et sans sacrifice, tant j'étais lasse des
passions et désillusionnée sans remède. Si une femme sur
la terre devait lui inspirer la confiance la plus absolue,
c'était moi, et il ne l'a jamais compris ; et je sais que bien
des gens m'accusent, les uns de l'avoir épuisé par la violence de mes sens, les autres de l'avoir désespéré par mes
incartades.

Je crois que tu sais ce qui en est ! Lui, il se plaint à moi
de ce que je l'ai tué par la privation, tandis que j'avais la
certitude de le tuer si j'agissais autrement. Vois quelle
situation est la mienne dans cette amitié funeste, où je
me suis faite son esclave dans toutes les circonstances où
je le pouvais, sans lui montrer une préférence impossible
et coupable sur mes enfants, où ce respect que je devais
inspirer à mes enfants et à mes amis a été si délicat et si
sérieux à conserver ! J'ai fait, de ce côté-là, des prodiges
de patience dont je ne me croyais pas capable, moi qui
n'avais pas une nature de sainte comme la princesse ! Je
suis arrivée au martyre, mais le ciel est inexorable envers
moi, comme si j'avais de grands crimes à expier ; car
au milieu de tous ces efforts et de ces sacrifices, celui
que j'aime d'un amour absolument chaste et maternel, se
meurt victime de l'attachement insensé qu'il me conserve !
— Dieu veuille, dans sa bonté, que du moins mes enfants
soient heureux ! c'est-à-dire, bons, généreux, et en paix
avec la conscience ; car pour le bonheur, je n'y crois pas
en ce monde, et la loi d'en haut est si rigide à cet égard
que c'est presque une révolte impie que de songer à ne
pas souffrir de toutes les choses extérieures. La seule
force où nous puissions nous réfugier, c'est dans la
volonté d'accomplir notre devoir. Parle de moi à notre
ange Anna [Czartoryska], et dis-lui le fond de mon cœur,
et puis brûle ma lettre. Je t'en envoie une pour ce brave
Gutmann (dont je ne sais pas l'adresse). Ne la lui remets
pas en présence de Chopin, qui ne sait pas encore qu'on

m'a appris sa maladie, et qui veut que je l'ignore. Ce digne
et généreux cœur a toujours mille délicatesses exquises, à
côté des cruelles aberrations qui le tuent. Ah ! si un jour,
Anna pouvait lui parler, et creuser dans son cœur pour le
guérir ! Mais il se ferme hermétiquement à ses meilleurs
amis ! — Adieu, cher, je t'aime. Compte que j'aurai toujours du courage et de la persévérance, et du dévouement, malgré mes souffrances, et que je ne me plaindrai
pas. Solange t'embrasse de cœur.

George

## 121. À THÉODORE ROUSSEAU ‡

[Paris, nuit du 5 au 6 juin 1847]

Rousseau, Rousseau !... nous ne sommes pas si calmes
que vous croyez, car nous avons bien souffert aujour-
d'hui, elle et moi[1]. Elle est plus forte que moi, elle n'a
pas encore autant souffert dans la vie, et pour elle-même,
elle se sent fière jusqu'à en mourir. Moi c'est pour elle
que je souffre, car ce qui me blesse personnellement dans
tout cela, je l'ai presque oublié ce soir. Quelque chose qui
arrive maintenant, que sa douleur se roidisse contre l'espoir d'un bonheur, que le doute et le découragement
s'emparent de vous deux, ou que vous retrouviez l'idéal
au sortir de cette crise, nous aurons tous passé par un
martyre. Que Dieu me tienne compte du mien, car il est
effroyable, et souffrir dans ses enfants est un supplice que
vous ne connaissez pas, vous autres !

J'ai prié avec ardeur dans mon âme pour vous deux, je
prie encore que Dieu vous donne la lumière, mon ami,
car c'est ce qui vous manque dans ce moment, et vous

1. Le projet de mariage de Théodore Rousseau avec Augustine
Brault s'est renforcé pendant le séjour du peintre à Nohant du 23 au
31 mai. Dès son retour à Paris, le 1ᵉʳ ou 2 juin, Sand écrit pour
demander la publication des bans, avec mariage vers le 15 juin. Mais
le 5 juin, une scène dramatique a lieu avec Rousseau, après la réception d'une lettre anonyme (œuvre des Clésinger, qui craignaient probablement de voir aller à Augustine une part de l'héritage) calomniant
Sand et laissant supposer des relations intimes entre Augustine et
Maurice (Sand avait espéré en effet marier son fils à Augustine).

risquez de perdre la vie, la foi, et la vérité par votre
faute… ou par celle de je ne sais quelle funeste influence
que mon enfant croit deviner et que moi, je ne saisis pas.
D'ailleurs à quoi bon chercher ? Les faits ne sont rien, ils
nous échappent toujours, ce qui veut nuire se glisse et se
voile, ce qui nuit reste caché à jamais, à celui qui marche
au soleil et ne veut pas s'engager dans les ténèbres.

Il n'y a qu'un fait moral à constater, c'est que nous
souffrons sans le mériter. C'est qu'au milieu du rayonne-
ment de notre foi un nuage a passé entre nous, que nous
ne comprenons plus votre figure derrière ce nuage et que
la nôtre vous apparaît effrayante.

Oh oui, nous souffrons sans le mériter, et il y a un
monde d'êtres insensés ou infâmes, qui voit toujours le
mal là où est le bien, et qui souille à plaisir tout ce qu'il
y a de sacré dans l'âme humaine. Me voilà par suite d'une
action *bonne* et de l'accomplissement d'un devoir, sur le
banc des accusés, calomniée par les impies d'ici-bas, et
obligée de me justifier devant mon *semblable*, devant un
des hommes rares qui devraient me croire sans m'interroger, me deviner sans m'étudier, et venir à moi sans
regarder derrière eux. Des esprits monstrueux veulent que
pour avoir recueilli et sauvé une angélique enfant, je sois
*l'indigne Sand*, et que cette noble créature qui a refusé la
main de mon fils parce qu'elle ne se trouvait pas aimée au
gré de son légitime orgueil, soit une intrigante capable de
s'entendre avec moi pour tromper un honnête homme ;
elle qui pourrait devenir demain la femme de Maurice
si elle disait ce qu'elle souffre, et qui ne veut jamais l'être,
parce qu'elle estime mieux sa dignité intime, que le nom
et l'argent qu'elle peut saisir d'un mot !

Voilà comment on comprend dans ce siècle et dans
cette vie les délicatesses courageuses d'un cœur désintéressé, le *calme* profond et invincible d'une femme qui n'a
d'autre besoin, d'autre ambition, d'autre volonté que de
conquérir et de posséder le véritable amour.

Et cette stupidité, cette turpitude, cette boue humaine
où l'on voudrait patiemment et obstinément jeter la
semence du bon, du vrai et du beau, elle s'amoncelle
autour de vous, elle vous hait d'autant plus que vous
vous dévouez à sa haine en vue de son salut. Elle ne vous
pardonne pas de ce que vous lui pardonnez. On consacre
sa vie entière, son cœur, son talent, sa santé, son sang, à

lui dire sous toutes les formes, par l'enseignement, et par l'exemple de son propre sacrifice, que le beau est la vérité, que la bonté est la vie ; elle vous abhorre à cause de cela. Elle vous jette de la fange, elle vous tuerait si elle pouvait ainsi se débarrasser du blâme que vous représentez à ses yeux. Cette persécution est incompréhensible, mais elle existe, on se flatte en vain de la vaincre à force de grandeur et de patience. Elle vous poursuit jusque dans le sein des êtres que vous chérissez, elle s'insinue dans celui des êtres qui devraient vous chérir. Elle trouve des âmes fortes et pures qui ne sont pas en défense et qui se laissent prendre par surprise. Elle vous corromprait vous-même si vous n'étiez pas arrivé par l'excès du dégoût et de la douleur à l'invulnérabilité d'une mort anticipée.

Oh certes oui, je suis morte moi, et depuis longtemps, à toute joie personnelle, à tout espoir, à tout dessein de bonheur égoïste. Que l'on prenne ma vie, mon honneur, mon talent, ma conscience, ma fortune et qu'on les jette sous les pieds d'une foule insensée, je ne m'en apercevrai plus, quant à moi ; mais qu'on veuille y jeter aussi mes enfants, mon fils si naïf, si honnête et si bon, ma fille adoptive si courageuse, si grande et si dévouée, et qu'on joue avec leur chasteté, qu'on plaisante sur leur innocence, qu'on souille leur candeur par d'infâmes suppositions, c'est trop, hélas, mon Dieu, c'est trop, et s'il en est ainsi, je vous demande d'abréger mon agonie afin que je ne voie plus le spectacle de cette vie maudite, où le diable dit à l'homme : *pour avoir aimé ton semblable, tu périras.* Le mot de Goethe dans *Faust*, ce mot épouvantable de concision et de vérité que je n'ai jamais lu sans que mes cheveux ne se dressent sur ma tête[2].

Ô déplorable humanité ! quel cri de douleur s'exhale de ma poitrine à ce moment-ci ! Je voudrais que mon âme pût s'exhaler avec ! Je voudrais me coucher tout à l'heure pour ne plus me réveiller. Toutes les douleurs maternelles me déchirent à la fois. Ma fille ! je n'en puis parler, vous savez ! Mon fils ! Il me voit préoccupée, il devine que je souffre amèrement, cela ne peut se cacher entièrement à l'œil qui nous connaît bien. Il faut que je

2. Dans son article sur «Barbès» dans *La Vraie République* du 9 juin 1848, G. Sand a repris ce mot (voir lettre 140 n. 2), que nous n'avons pu retrouver dans *Faust*.

dissimule pourtant avec lui, et que je sourie quand j'ai
l'âme brisée. Avec lui, je suis sur un volcan mal éteint.
Votre amour pour Augustine l'a guéri, mais que cet amour
cesse de la protéger, il retrouvera le sien, incomplet et
irrésolu, il est vrai, mais par cela même douloureux. Il
reviendra à sa fantaisie incertaine, mobile et parfois
ardente de se faire aimer d'elle, et il n'y réussira point, je
le sais, moi, dont le vœu était de les unir ; je sais que j'ai
dû approuver la fermeté d'Augustine et ne point nourrir
des illusions trop douces pour moi. Mais je sais aussi que
mon fils a souffert, qu'il pourrait souffrir encore, et que
je suis forcée d'être dure à sa souffrance si elle se réveille,
car je ne puis la faire cesser ! Quoi de plus affreux pour
une mère que de voir son enfant recevoir un coup rude,
et de ne pouvoir l'en préserver ? que de l'entendre gémir
de la vie à 24 ans et de n'avoir que le sacrifice à lui enseigner pour tout bonheur ? Vraiment tout cela à la fois, et
cette jeune fille qui était si forte et si sereine hier soir,
et qui ne dort pas cette nuit, et qui prend en silence, je ne
sais quelle résolution dans son cœur… qui sait ? peut-être
celle de fermer son esprit à tout rêve de bonheur et de se
dévouer sans espoir de récompense… C'est bien sombre,
bien poignant. — Je suis faible et abattu, le jour se lève
terne et froid, nous sommes à Paris, le lieu d'exil et de
souffrance, car c'est la patrie des oisifs, des malheureux,
des bourreaux et des victimes. Ma force m'abandonne et
je demande à Dieu, pourquoi à 43 ans, quand j'ai tant travaillé, tant accepté, tant aimé, quand j'ai immolé jusqu'au
dernier instinct de personnalité permise à l'homme, il faut
que je voie défaillir et pleurer les êtres que j'ai nourris du
plus pur de mon sang et de la moelle de mes os !

Je voulais vous écrire autrement, vous parler de choses
positives, utiles, applicables à notre situation respective.
Je ne puis ; je ne sentais que la détresse et je ne sais ce
que je vous dis.

Adieu, mon ami. Ce sera le dernier cri de ma douleur.
Demain je serai calme encore et nous parlerons raison si
vous voulez. Il faudra conclure et s'il y a un sacrifice à
consommer, il faudra le faire pendant qu'*elle* est forte.
L'hésitation n'est point possible dans la situation où elle
est. Ah ! ne me tuez pas la fille de mon cœur ! Soyez plutôt… Mais je ne veux point vous parler de vous en ce

moment. Je souffre trop, je serais peut-être injuste et je
ne veux pas l'être. Adieu.


### 122. À THÉODORE ROUSSEAU ‡

[Paris, vers le 10 juin 1847]

Mon cher Rousseau, votre lettre est un acte de délire[1].
Je vous plains d'avoir perdu, en un jour la raison, la bonté,
la délicatesse et l'affection. Je ne comprends rien à votre
conduite d'*avant* et d'*après*. Il faut que le point de départ ait
été une *illusion* de Clésinger, ou un malentendu de votre
part. Quant à moi je n'ai jamais entendu faire de mes
filles, les maîtresses de mes amis, et si vous avez cru que
j'étais l'ennemie du mariage en principe, vous n'avez
jamais lu un seul de mes livres, ou vous ne l'avez pas
compris. Vous n'avez pas besoin de nous voir, pour vous
concerter avec nous sur le scandale de votre rupture, nous
l'acceptons, sans souffrir pour nous-mêmes, parce que
nous n'avons rien à cacher, rien qui nous porte à rougir.
La calomnie est odieuse, mais après tout, elle n'a pas de
puissance durable, et la vérité triomphe un jour ou l'autre.

Nous sommes *des femmes* et pour cela nous ne sommes
pas faibles, et nous ne répondons pas aux hommes qui se
croient forts, ce que nous pourrions leur répondre. Vous
avez des soupçons et sur la franchise de la mère et sur la
pureté de la fille, qui *veulent* le mariage. Prenez garde, Rousseau, d'être dans le faux et dans le mal en parlant ainsi à
George Sand et à Augustine. Elles ne s'abaisseront pas à
vous prouver davantage, l'une sa pureté, l'autre sa loyauté
en fait d'*argent* et d'*idées*. Il est des soupçons qu'on ne pardonne pas et qui tuent l'amour et l'amitié du même coup.

1. La lettre de Rousseau est en effet assez délirante (*Corr.* VII,
p. 745-746) ; nous n'en citons que le début et de brefs extraits qui
éclairent la lettre de Sand : « Vous êtes des femmes, vous êtes faibles,
vous souffrez et moi, je ne souffre réellement que de votre douleur
et je dois être fort pour vous. [...] Oui, je veux pour la jeune fille
que j'épouse, des preuves de pureté — ou l'aveu sincère et complet
des fautes commises — de vous, qui la voulez marier, j'exige cette
puissance matérielle de l'argent, nécessaire pour accomplir l'engagement que je contracte de m'employer à son bonheur. [...] Comment
s'assurer assez de la fille qui veut être mariée, de la mère qui veut
marier sa fille »...

## 123. À HORTENSE ALLART

[Nohant] 22 juin [18]47

Ma chère Hortense, je suis plus sensible à vos reproches qu'à vos louanges, parce que dans la louange je vois toujours un peu de politesse ou d'engouement de la part de mes amis, tandis que dans le reproche je trouve la tristesse et la franchise d'un intérêt sincère. C'est pourquoi j'ai hâte de vous dire que votre lettre m'afflige beaucoup, qu'il m'a fallu la relire deux fois et m'arrêter au mot de *prince* pour la comprendre[1]. Qui diable vous a mis cette interprétation dans l'esprit? Est-ce Mme d'Agoult, je ne le pense pas. Si elle connaît bien Chopin elle doit bien voir qu'il n'est pas là. Si elle le connaît mal, où est sa certitude? Mais vous, d'où le connaissez-vous, pour le retrouver dans ce personnage de roman? Il faut que quelque méchante langue dirigée par une méchante intention soit venue vous donner ce faux et absurde renseignement. Mais je suis donc la Floriani, moi? J'ai donc eu quatre enfants et toutes ces aventures? Je ne croyais pas être si riche et ma *vitalité* n'a pas cette puissance, il s'en faut de beaucoup. Je ne suis ni si grande, ni si folle, ni si bonne, car si j'étais unie au prince Karol, je vous avoue que je ne me laisserais pas tuer et que je le planterais là poliment. Pourtant moi, je me porte bien et je ne songerai jamais à éloigner de moi un ami, que huit ans de mutuel dévouement m'ont rendu inappréciable. Comment se fait-il que j'aie composé ce roman sous ses yeux, que je le lui aie lu chapitre par chapitre quand je le faisais, écoutant ses observations ou les réfutant, comme cela m'arrive toujours quand nous travaillons sous les yeux l'un de l'autre, et qu'il n'ait point songé à reconnaître ni lui ni moi dans ces amoureux du lac d'Iseo? apparemment nous nous connaissons moins bien l'un l'autre que le public ne nous connaît; mais l'histoire est vraiment curieuse et j'en rirais si elle me venait d'un autre critique que vous, mais vous me faites ce reproche sérieusement et j'y réponds

---

1. Comme beaucoup de contemporains, Hortense Allart et Marie d'Agoult, à la lecture de *Lucrezia Floriani* (Desessart, 1847), ont cru reconnaître Chopin dans le personnage du prince Karol.

sérieusement. Je ne connais point le prince Karol ou je le connais en quinze personnes différentes, comme tous les types de roman complets. Car aucun homme, et aucune femme, et aucune existence n'offrent à un artiste épris de son art, de sujet exécutable dans sa réalité.

Je crois vous avoir dit cela déjà, et je m'étonne que vous qui êtes artiste aussi, vous ayez la naïveté du public vulgaire qui veut toujours voir dans un roman l'histoire véritable et le portrait d'après nature de quelqu'un de sa connaissance. L'interprétation varie souvent, car, à propos d'*Horace* j'ai reçu dix lettres différentes de gens qui se croyaient insultés et qui se reconnaissaient ; moi je ne les connaissais pas !

Mais cette idée n'est pas venue de vous, elle ne vous serait jamais venue sans quelque malice étrangère où vous avez cru trouver une révélation. Donner au prince Karol un grand talent ! mais si je lui avais donné le talent de Chopin, je lui eusse donné son cœur et sa raison et ce n'eût plus été le prince Karol. Dites à ces gens si bien instruits qu'ils ont une merveilleuse pénétration.

J'ai marié ma fille selon son vœu, et elle est enchantée, son mari est bien fait pour lui plaire. Il est d'une vive intelligence et d'un caractère ardent, ce qu'elle aimait, prisait et cherchait. Voilà tout ce qu'on peut dire de mieux d'un mariage, c'est qu'ils s'aimaient. Leurs âmes seront-elles à la hauteur d'un éternel amour ? La question est hardie, à quiconque elle s'adresse. Mais ma réponse, à moi qui crois à l'idéal, c'est que ce n'est pas impossible, et que toutes les belles choses dont nous portons en nous le vœu et la pensée ne sont pas irréalisables. Autrement Dieu serait bien cruel et bien injuste de nous en donner la notion et le désir.

Vous êtes donc fidèle à votre résidence d'Herblay, comme moi à ma retraite de Nohant ? C'est bon signe quand on s'attache à un lieu. J'attends ma fille dans 15 jours avec son mari et le *prince Karol* qui rira bien de l'aventure. Mon fils fait toujours de la peinture avec rage. Et le vôtre, où est-il ? et l'autre, comment va-t-il ? Parlez-moi d'eux, et voyez à mon empressement à vous répondre, moi qui n'ai le temps de rien, que vous n'avez pas *perdu mes faveurs* et que c'est moi qui tiens à conserver les vôtres.

À vous.

G. Sand

## 124. À JEAN-BAPTISTE CLÉSINGER

[Nohant, 25 juin 1847]

*Pour toi seul.*

Mon enfant, je n'ai pas de satisfaction à te donner dans ce que tu me demandes, et j'ai de grands reproches à te faire. Je savais bien que tu étais endetté assez gravement, tout le monde me le disait. L'aplomb avec lequel tu l'as nié lorsque deux ou trois fois à Paris j'ai essayé de t'en parler, me rejetait dans le doute. Je ne comprends pas qu'on mente, et j'ai vu que tu savais mentir en plus d'une occasion. Ce triste voyage de Paris m'a fait bien du mal et a détruit pour moi bien des illusions. J'y ai trouvé Solange redescendue du piédestal où elle était remontée pendant quelque temps et où elle était si belle. Je l'ai trouvée revenue à de méchantes petitesses, à de vilaines et sottes jalousies qui ne sont plus de son âge, et qui ne siéent pas à une jeune femme, à la femme d'un grand artiste qui devrait toujours vivre avec lui dans une sorte d'idéal et dans un monde d'idées grandes et nobles. Au lieu de l'élever à ton niveau tu l'as laissée redevenir petite fille malicieuse, *câline* et pas franche. Voilà l'impression qu'elle m'a faite, me trompé-je? Dieu le veuille, je ne demande qu'à la voir devenir ce qu'elle doit être.

Et puis la voir malade me tourmente et m'affecte aussi, surtout quand je sais que c'est par sa faute, et que rien ne nous garantit contre le retour de pareilles folies, de pareils crimes envers soi-même.

Quant à toi, je t'ai dit mon mécontentement trop franchement pour qu'il soit utile d'y revenir. Je ne garde rien sur le cœur avec les êtres que je crois doués d'assez de raison, pour comprendre, et si je ne m'explique pas avec Solange aussi souvent que je pourrai le faire avec toi, c'est qu'elle le prend sur un ton de révolte et d'aigreur qui rend la remontrance plus nuisible qu'utile. Elle aggrave sur le champ ses torts, en me disant des choses blessantes et sur un ton qui ferait croire qu'elle me hait. Cela me fait mal, je m'en vais pleurer dans mon coin, et elle ne se doute seulement pas que j'en souffre, tant il lui paraît naturel de me blesser. Ainsi donc, une fois pour toutes, j'éviterai de me rendre odieuse et de me mettre au désespoir moi-même en la grondant, quand elle ne me forcera pas, par quelque hostilité trop choquante, à garder ma dignité et la convenance autour de moi. Tu me dis qu'elle m'aime passionnément. Cela se prouve plus que cela ne se dit, et *l'avenir* m'apprendra si je dois y compter.

Tes dettes me paraissent donc une grande faute de ta part, à cause de ton habileté à les nier, jusqu'à me montrer des papiers pour me prouver que tu devais à peine 2 000 f. et cela peu de jours avant que je quitte Paris. Dieu sait si ce que tu m'avoues maintenant est la vérité entière, et si tu n'as pas l'énorme arriéré que l'on te suppose. Comment croirais-je à ta parole maintenant, moi qui y croyais si aveuglément avant ton mariage, et qui, d'après tes paroles, et nos longs entretiens, te croyais l'homme le plus sage et le plus rangé ! Depuis, je t'ai vu faire des folies, acheter des présents beaucoup trop riches, et que je t'avais fait promettre de ne pas faire. Un sentiment de vanité t'a poussé à faire pour la toilette de ta femme des dépenses considérables et inopportunes, car ce n'était pour elle ni le moment ni la saison d'aller dans le monde et de s'affubler de dentelles et de cachemires. Enfin je vous ai vus vivre à Paris, et je sais bien maintenant que vous y menez un train impossible à soutenir pour vous, cette année. J'ai assez vécu à Paris moi-même pour savoir ce qu'on y dépense en économisant sur toutes choses, et je sais bien que tu n'économises sur rien, qu'il y a à votre porte en permanence une remise[1] dont Solange daigne se servir une demi-heure et qui vous coûte 20 f. par jour, que tous vos magnolias et autre luxe de fleurs vous en coûtent autant, *quoi que vous en disiez,* que vous avez deux domestiques dont un au moins vous est parfaitement inutile, puisque vous employez et payez au moins aussi cher la famille du portier. J'ai vu enfin que tu n'étais pas plus au fait de la valeur de l'argent que Solange elle-même, qui a toujours eu de grands airs de mépris pour ma manière de vivre simplement et de m'occuper de ma dépense en personne. À mille détails j'ai vu que tu voulais trancher du grand seigneur avant de l'être. Eh bien, ce n'est pas le moyen de le devenir et si tu manges toujours une année d'avance, ta seigneurie

---

1. Voiture de remise, qui attend au domicile de la personne qui la loue à forfait.

n'aura pas de dignité, parce qu'il y aura toujours à ta
porte un créancier se plaignant de toi, portant plainte à
tout le monde, et faisant dire à tous que tu vis en parvenu, en étudiant qui fait des dettes à papa, et pas du
tout en grand artiste fier et bien posé.

Je te gronde comme un vrai maître d'école. Gronde-
moi à ton tour si tu veux ; avec toi je ne crains pas la
dispute parce que tu as du cœur, de l'intelligence et que
tu sais que je t'aime. Mais il m'est impossible de *politiquer*
avec toi. Tu m'as trop livré ton cœur pour avoir le droit
de me faire des blagues. D'abord c'est mal, et ensuite
elles ne prendront plus. La première suffit toujours pour
empêcher l'effet des autres, quand elle est démasquée. Je
ne te vois pas de travaux, et tu disais en avoir les mains
pleines. Ces commandes du gouvernement si lucratives,
et que tu disais n'avoir pas le temps d'exécuter, tant tu
en avais de meilleures, pourquoi les négliger si elles ne
sont pas fictives comme l'ont été celle de Véron et celle
de Thiers ? Ce sont des paroles en l'air que tu m'as présentées comme des certitudes, et c'est là ce que j'appelle
blaguer son monde. Je n'aime pas qu'on *cherche à m'endormir*, c'est un mot dont tu t'es servi une fois avec moi, et
qu'on me réveille en me demandant de payer les dettes.
J'ai cru te mettre très à l'aise en faisant insérer au contrat
qu'on n'exigeât pour toi que le remploi de 100 000 f. sur
la dot de ta femme. J'ai pensé qu'en vendant ou empruntant vous auriez toujours 40 ou 30 000 f. à dépenser pour
faire un établissement convenable et utile. Je ne sais rien
de ce que tu me dis de la question de majorité. En es-tu
sûr ? Voici la première fois que j'en entends parler. Quoi
qu'il en soit, voici la moitié de ce projet d'établissement
détruite, puisque pour le vain plaisir de donner des chiffons à ta femme et de la promener en carrosse tu as *au
moins* 24 000 f. d'arriéré. Et dans cette situation, avec des
dettes et rien d'assuré pour tes travaux de l'année, tu parlais d'acheter un terrain, de bâtir, etc. Je crains que tu ne
sois fou à l'endroit de la conduite des affaires et je m'en
effraye à présent pour l'avenir de Solange que tu me pei-
gnais si brillant et si assuré.

Tout cela c'est pour te dire que je n'ai plus confiance
et que pour rien au monde, je ne mettrais d'hypothèque
sur Nohant ! On m'en a démontré le danger en deux
mots et je le vois clairement. Avec une hypothèque de

30 000 f. payable à l'improviste, on vous fait vendre une terre à la moitié et même au quart de sa valeur. M. Dudevant n'attend que cela pour s'en rendre maître, et ruiner ses enfants. Il l'a dit, il y compte, mais il compte sans son hôte. Il m'entoure d'intrigues et de surveillance. Je n'aurais pas une dette sans qu'il l'achetât à mes créanciers. Tu devais lui faire donner 50 000 f. ? Encore une de tes blagues, mon enfant ! Cela est *démontré* impossible. Je suis sûre qu'il connaît parfaitement ta situation, car il est informé sur notre compte à tous, jusque dans les moindres détails et il est plus fin que nous tous. Allons, il faut te mettre à l'œuvre car je n'ai pas le sou pour le moment, et j'ai à payer 7 000 f. pour que l'hôtel de Narbonne vous arrive net de toute saignée de détail. Je travaille jour et nuit. Borie s'occupe des moyens de faire la grande édition. Si j'arrive comme c'est probable et presque certain, à gagner là beaucoup d'argent, vous serez indemnisés vite de l'hypothèque qui est sur l'hôtel de Narbonne, et il n'y aura pas d'interdiction légale sur l'emploi d'une somme ainsi réalisée. Mais il faut le temps à tout, et l'embarras où tu te trouves est un coup à parer. Eh bien, mon Méphisto, tu es plus jeune que moi de 11 ans, tu es beaucoup plus fort, plus ingambe, plus actif, tu as plus de connaissances parmi les riches de Paris : moi, je n'en ai aucune, tu as une industrie actuellement beaucoup plus lucrative dans la sculpture que moi dans mes romans. Tu es plus entreprenant et plus audacieux, tu as même la ressource de ta blague, dont je ne saurais pas me servir, et qui est utile quelquefois pour donner confiance et patience aux usuriers. Il faut te servir de tout cela : d'abord trouver de l'argent ou du temps, puisque ce n'est qu'une question de temps. Et puis il ne faut pas manger les produits en herbe de l'année prochaine. Il faut supprimer au moins la moitié de votre dépense et pour cela il ne faut que de l'ordre et résister aux caprices du moment, à l'envie de paraître et à celle d'acheter tout ce qu'on voit. Il faut travailler comme un cheval, et si tu n'as pas de commandes, te remuer pour t'en procurer, puisque le gouvernement t'en offre plus que tu ne prétends vouloir en accepter. Il faut écrire à ton père et lui dire de te prêter ou d'emprunter pour toi. L'hôtel de Narbonne est pour lui une garantie, et s'il n'a pas confiance en toi, sans hypothèque, je ne comprends plus rien à tout ce que tu

m'as dit de lui et de vos relations. Ne m'as-tu pas dit
qu'il t'avait offert de l'argent à l'époque de ton exposition,
et que par fierté, tu l'avais refusé? tu m'avais dit aussi
qu'il te donnerait une bonne somme pour ton mariage. Il
ne l'a donc pas fait, puisque tu as été aux emprunts? 
Tout ce que tu m'as dit depuis que je te connais, se
trouve ébranlé dans ma tête par cet aveu de dettes. Il en
résulterait que tu m'as dit autant de mensonges que de
mots, jusqu'à présent.

J'espère que j'écris à toi seul; il est inutile que Solange
sache que je te gronde, je ne veux pas détruire sa
confiance à elle, et le jour où elle penserait aussi que tu
la blagues, son enthousiasme s'en irait. L'amour maternel
que je te porte peut résister à ces épreuves, mais *l'amour*
peut-être ne le pourrait pas. Corrige-toi je t'en supplie,
je te le demande à genoux, pour toi, pour toi seul, pour
ton avenir, pour ton talent, pour ton indépendance et ta
dignité! Ne vas pas toujours menaçant les absents et parlant de donner des gifles à des gens à qui, au bout du
compte, tu n'en donnes point. Cela se répète et te fait
des ennemis mortels. Tu as besoin, au contraire, de te
faire des amis. Tu n'en as pas autour de toi, ou tu les
blesses et les brises par un moment de brusquerie que le
*rhum* te donne. Le rhum est ton ennemi, et ta gloire *périra
de sa main*, si tu n'y renonces. S'il ne te rend pas malade
et fou, il te rendra inégal, fantasque, bavard mal à propos, devant des indiscrets ou des malveillants. Enfin il te
jouera de mauvais tours. C'est lui qui te pousse à la van-
terie, et à cette habitude de menace qui est un peu gas-
conne, et toujours de mauvais goût. Tu te calmes vite,
parce que ton jugement revient, mais le souvenir de ce
que tu as dit sans réfléchir subsiste et on se demande:
tiens! il n'a donc pas tué Mr un tel? Non! il le salue, il
lui parle? donc il caponne[2]? Moi je sais bien que ce n'est
pas caponnerie, c'est que tu ne te souviens pas d'avoir
fait une menace trop précipitée et dont l'exécution serait
mauvaise. Mais les gens qui ne te connaissent pas, et qui
ne t'aiment pas, sont plus sévères.

Voilà, j'ai fini, aie la patience de lire ce sermon jusqu'au bout; c'est le dernier si tu le veux. Il est plus facile
de se taire et de voir un ami se nuire et se perdre que de

2. Caponner: être lâche.

s'échiner à le remettre dans le chemin de son salut. Cette
lettre qui t'ennuie à lire, m'ennuie et me vexe bien davantage à écrire ! mais je ne t'aimerais pas, si je ne le faisais pas.

N'en dis rien à Solange ! Ce n'est pas à elle de te gronder. J'aime mieux qu'elle prenne ton parti contre moi.

                                                    ta mère

Je lui *écrirai demain*.


### 125. À MARIE DE ROZIÈRES

[Nohant, 16 (?) juillet 1847]

Ma chère et bonne amie, je ne vous ai pas encore écrit
depuis mon départ, et je vais vous dire pourquoi, maintenant que la crise est accomplie. Ce que j'ai souffert de
Solange depuis son mariage est impossible à raconter,
et ce que j'y ai mis de patience, de miséricorde intérieure
et de souffrance cachée, vous seule pouvez l'apprécier,
car vous savez ce que je souffre d'elle, depuis qu'elle existe.
Cette *froide*, ingrate et amère enfant a joué fort bien la
comédie jusqu'au jour de son mariage et son mari avec
elle, encore mieux qu'elle. Mais à peine en possession de
l'indépendance et de l'argent, ils ont levé le masque, et se
sont imaginé qu'ils allaient me dominer, me ruiner, et me
torturer à leur aise. Ma résistance les a exaspérés, et pendant les quinze jours qu'ils ont passé ici, leur conduite est
devenue d'une insolence scandaleuse, inouïe. Les scènes
qui m'ont forcée non pas à *les mettre*, mais à les *jeter* à la
porte ne sont pas croyables, pas racontables[1]. Elles se
résument en peu de mots. C'est qu'on a failli *s'égorger* ici,
que mon gendre a levé un marteau sur Maurice et l'aurait tué peut-être si je ne m'étais mise entre eux, frappant
mon gendre à la figure, et recevant de lui un coup de
poing dans la poitrine. Si le curé qui se trouvait là, des
amis, et un domestique n'étaient intervenus par la force

---

1. C'est le 11 juillet qu'a eu lieu la scène terrible que Sand raconte
ici brièvement, en présence de l'abbé Marty, de Borie et de Lambert.
Elle en fera une relation beaucoup plus détaillée pour Emmanuel
Arago (lettre du 18 au 26 juillet, 71 pages !).

des bras, Maurice armé d'un pistolet le tuait sur la place. Solange attisant le feu avec une froideur féroce, et ayant fait naître ces déplorables fureurs par des ragots, des mensonges, des noirceurs inimaginables, sans qu'il y ait eu ici de la part de Maurice *et de qui que ce soit, l'ombre* d'une taquinerie, l'apparence d'un tort. Ce couple diabolique est parti hier soir, criblé de dettes, triomphant dans l'impudence et laissant dans le pays un scandale dont ils ne pourront jamais se relever. Enfin pendant trois jours, j'ai été dans ma maison sous le coup de quelque *meurtre*. Je ne veux jamais les revoir, jamais ils ne remettront les pieds chez moi. Ils ont comblé la mesure. Mon Dieu je n'avais rien fait pour mériter d'avoir une telle fille !

Il a bien fallu que j'écrive une partie de cela à Chopin. Je craignais qu'il n'arrivât au milieu d'une catastrophe et qu'il n'en mourût de douleur et de saisissement. Ne lui dites pas jusqu'où ont été les choses, on le lui cachera s'il est possible. Ne lui dites pas que je vous écris, et si M. et Mme Clésinger ne se vantent pas de leur conduite, gardez-en le secret. Mais il est probable, d'après leur manière d'agir insensée et impudente, qu'ils me forceront à défendre Maurice, Augustine et moi, des atroces calomnies qu'ils débitent.

J'ai un service à vous demander maintenant, mon enfant. C'est de prendre très positivement les clefs de mon appartement, dès que Chopin en sera sorti (s'il ne l'est déjà) et de ne pas laisser Clésinger ou sa femme, ou qui que ce soit de leur part, y mettre les pieds. Ils sont *dévaliseurs* par excellence, et avec un aplomb mirobolant, ils me laisseraient sans un lit. Ils ont emporté d'ici jusqu'aux courtepointes et aux flambeaux. Je vous donne cette consigne pour l'appartement que je quitte, pour celui que je prends au n° 3 et pour l'atelier de Maurice où sont tous les objets portatifs que j'y ai serrés. Il faudrait donc que vous eussiez aussi les clefs de Maurice. Au besoin il vous faudra voir en secret M. Larac [Delarac] et lui dire que je ne veux pas que ma fille aille *avec* ou *sans* son mari (car je prévois qu'ils seront brouillés à mort dans peu de temps) s'installer dans mon appartement. Ils feraient quelque scandale dans le square et je n'y pourrais jamais retourner. Larac est discret et m'est très attaché, quoi qu'en dise Chopin. Il sera bon de le prévenir, autrement les choses iraient plus vite et plus loin qu'on ne pense.

Voilà, mon amie, ce que je vous recommande à vous très sérieusement, et à vous *exclusivement*.

Aimez-moi plus que jamais car je suis bien à plaindre et si je ne me plains pas c'est parce que j'aime trop mes amis pour les consterner de ma douleur. J'ai d'ailleurs le courage qu'il faut pour tout supporter, et Maurice me console par sa manière d'être, de penser et d'agir. C'est un honnête et solide enfant. Adieu, je vous embrasse tendrement.

Évitez Solange si vous ne voulez être compromise bientôt dans quelque désagréable affaire, appelée comme témoin de quelque scène d'intérieur dans un procès de séparation, et ne prêtez pas d'argent surtout, car ils m'en font tant payer pour eux, que c'est à moi que vous rendriez un mauvais service.

Ce que je vous dis là doit vous bien étonner, mais j'ai mes raisons pour vous le dire, et pour vous recommander d'être sur vos gardes avec de pareils caractères.

Adieu.


## 126. À MARIE DE ROZIÈRES

[Nohant, 26 juillet 1847]

Chère amie, j'allais partir par cet affreux temps, un véritable déluge ici, et pas d'autre moyen de transport jusqu'à Vierzon qu'un cabriolet de poste. Mes chevaux étaient commandés, et malade à mourir, j'allais voir pourquoi l'on ne m'écrivait pas. Enfin je reçois par le courrier de ce matin une lettre de Chopin. Je vois que comme à l'ordinaire j'ai été dupe de mon cœur stupide et que pendant que je passais six nuits blanches à me tourmenter de sa santé, il était occupé à dire et à penser du mal de moi avec les Clésinger. C'est fort bien. Sa lettre est d'une dignité risible et les sermons de ce *bon père de famille* me serviront en effet de leçon. Un bon averti en vaut deux. Je me tiendrai fort tranquille désormais à son égard.

Il y a là-dessous le concours de choses que je devine, et je sais de quoi ma fille est capable en fait de calomnie, je sais de quoi la pauvre cervelle de Chopin est capable en fait de prévention et de crédulité. Que tout ceci soit enterré entre vous et moi, mais j'ai vu clair enfin ! — et je me conduirai en conséquence. Je ne donnerai plus ma chair et mon sang en pâture à l'ingratitude et à la perversité. Me voici désormais paisible et retranchée à Nohant, loin des ennemis acharnés après moi. Je saurai garder la porte de ma forteresse contre les méchants et les fous. Je sais que pendant ce temps ils vont me tailler en pièces. C'eſt bien! quand leur haine sera assouvie de ce côté, ils se dévoreront les uns les autres.

Adieu mon amie. Pardon de vous avoir ennuyée de tout cela. J'avais deux choses à vous demander. D'abord de ne pas me laisser dévaliser. Ensuite de ne pas prêter d'argent, parce que ce serait me rendre un mauvais service. Il sera assez temps que je me ruine quand ils auront mangé leur dot. Jusque-là je ne réponds pas pour eux, et plus tard, il faudra encore que je préserve l'avenir de Maurice. C'eſt à quoi je veillerai sans m'inquiéter du bruit, des *menaces de meurtre*, des *coups*, des calomnies odieuses et des amis lâches et ingrats. Je trouve Chopin *magnifique* de voir, fréquenter et approuver M. Clésinger qui *m'a frappée* parce que je lui arrachais des mains un marteau levé sur Maurice. Chopin que tout le monde me disait mon plus fidèle et plus dévoué ami! C'eſt admirable! Mon enfant, la vie eſt une ironie amère, et ceux qui ont la niaiserie d'aimer et de croire, doivent clore leur carrière par un rire lugubre et un sanglot désespéré, comme j'espère que cela m'arrivera bientôt. Je crois à Dieu et à l'immortalité de mon âme. Plus je souffre en ce monde, plus j'y crois. J'abandonnerai cette vie passagère avec un profond dégoût, pour rentrer dans la vie éternelle avec une grande confiance.

Bonjour mon enfant. Soyez bien et oubliez-moi pour quelque temps. C'eſt le tour de mes ennemis à régner; j'ai trop horreur des amitiés qui se forment dans la haine pour leur disputer leurs nouvelles conquêtes.

## 127. À FRÉDÉRIC CHOPIN

[Nohant] mercredi [28 juillet 1847]

J'avais demandé hier les chevaux de poſte et j'allais partir en cabriolet par cet affreux temps, très malade moi-

même, j'allais passer un jour à Paris pour savoir de vos
nouvelles. Votre silence m'avait rendue inquiète à ce point
sur votre santé. Pendant ce temps-là, vous preniez le
temps de la réflexion, et votre réponse est fort calme.
C'est bien, mon ami, faites ce que votre cœur vous dicte
maintenant et prenez son instinct pour le langage de
votre conscience. Je comprends parfaitement.

Quant à ma fille sa maladie n'est pas plus inquiétante
que celle de l'année dernière, et jamais mon zèle, ni mes
soins, ni mes ordres, ni mes prières n'ont pu la décider à
ne pas supprimer ses règles et à ne pas se gouverner
comme quelqu'un qui aime à se rendre malade. Elle
aurait mauvaise grâce à dire qu'elle a besoin de l'amour
d'une mère qu'elle déteste et calomnie, dont elle souille
les plus saintes actions et la maison, par des propos
atroces. Il vous plaît d'écouter tout cela et peut-être d'y
croire. Je n'engagerai pas un combat de cette nature, il
me fait horreur. J'aime mieux vous voir passer à l'ennemi
que de me défendre d'un ennemi sorti de mon sein et
nourri de mon lait.

Soignez-la, puisque c'est à elle que vous croyez devoir
vous consacrer. Je ne vous en voudrai pas, mais vous
comprendrez que je me retranche dans mon rôle de mère
outragée et que rien ne m'en fera désormais méconnaître
l'autorité et la dignité. C'est assez être dupe et victime. Je
vous pardonne et ne vous adresserai aucun reproche
désormais, puisque votre confession est sincère. Elle
m'étonne un peu, mais, si vous vous sentez plus libre et
plus à l'aise ainsi, je ne souffrirai pas de cette bizarre
volte-face.

Adieu mon ami, que vous guérissiez vite de tous
maux, et je l'espère maintenant (j'ai mes raisons pour
cela) et je remercierai Dieu de ce bizarre dénouement à
neuf années d'amitié exclusive. — Donnez-moi quelquefois de vos nouvelles. Il est inutile de jamais revenir sur
le reste[1].

1. C'est la dernière lettre adressée à Chopin par G. Sand, et la
seule qui subsiste de toute cette correspondance (à l'exception de
quelques rares petits billets) que Sand a brûlée.

## 128. À MARIE DE ROZIÈRES ‡

[Nohant,] le 22 9<sup>bre</sup> [18]47.

Je m'occupe de faire diminuer ma taxe, j'en charge
M. Falampin qui se chargera désormais de l'acquitter. Je
vous remercie, chère, de m'y avoir fait penser. Cela me
fait penser aussi que je vous dois de l'argent. Veuillez
donc m'en dire le chiffre, vous me remettrez mes notes
plus tard, et je vous enverrai de suite de quoi m'acquitter ; car je sais combien l'argent est rare, cette année.

Il me revient des choses assez pénibles. On me dit que
vous me donnez un fort vilain rôle, pour justifier la
conduite injustifiable de Solange, que vous allez disant
partout que j'étais pressée de me débarrasser d'elle, que
je l'ai poussée à un mariage dont elle n'avait nulle envie,
etc. Si vous dites cela, sans doute vous croyez dire la
vérité. Mais vous le croyez à la légère, sans rien savoir de
la vérité, et n'ayant dans l'oreille que le son d'une cloche.
Je croyais que vous m'aviez assez connue pour n'être pas
si empressée d'accueillir des calomnies sur mon compte.
Il ne faudrait jamais croire, et surtout ne jamais répéter
que ce qu'on sait très bien. La vérité se fera jour, et
comme vous avez l'âme droite, vous regretterez d'avoir
été injuste. Vous me dites que vous *ne pensez pas comme
moi* ; je vous déclare que ce que vous pensez sur tout cela
équivaut à rien, puisque vous ne savez rien qui ne soit un
affreux mensonge.

J'ai vu Solange[1] fraîche, belle, bien portante, nullement
repentante, ayant même l'air de se croire très pure de torts
à mon égard, et prête à me dire de lui demander pardon.
J'ai évité toute explication. J'ai vu qu'elle regrettait *la
maison*, et que, quant à moi, il n'y avait point à s'inquiéter du regret qu'elle éprouve de notre situation mutuelle.
Ce regret n'existe que dans la cervelle et dans les lettres
de ses amis. Quant à toutes les infamies que son mari,
elle et Chopin débitent sur moi et sur ma famille, je suis
résolue à ne point m'en occuper et à laisser au temps le
soin de leur en apporter le remords.

1. Le 8 novembre, Solange, amenée par les Duvernet, est venue
rendre visite à sa mère.

Quant aux pianos, j'ai renvoyé le grand, et je garde le
petit, en location. Je vous prie de vouloir bien dire à Chopin qu'il avertisse M. Pleyel que le piano à queue est parti
d'ici, il y a quatre jours. Solange m'a dit de la part de
Chopin que Pleyel ne le louait point, que c'était un
instrument de choix, mais que je pouvais le garder, que
Chopin *s'en chargeait.* Je ne veux point du tout que Chopin me paie un piano. Je n'aime pas à avoir d'obligations
à ceux qui me haïssent, et les confidences que Chopin
fait à ses amis (et qui sont trahies comme toutes les
confidences) me prouvent où il en est avec moi désormais.

Ma chère enfant, je sais très bien pourquoi ce revirement dans ses idées et dans sa conduite. Mes yeux se
sont ouverts un peu tard, mais ils le sont enfin, et je lui
pardonne de tout mon cœur. Je vois qu'il n'est plus
maître de lui-même, et ce qui serait crime chez tout autre
n'est chez lui qu'égarement. J'ai toujours prévu que son
amitié pour moi tournerait à l'aversion, car il ne fait rien
à demi. Je suis très calme là-dessus maintenant et tout
le passé m'est expliqué. Je désire seulement qu'il ne me
*rende pas de services.*

Quant à vous, je ne crois point que malgré votre légèreté en tout ceci, vous ayez subi le même revirement. Il
n'y a point de raisons pour que cela soit, parce que,
d'une part, j'ai toujours été pour vous comme pour lui ce
que je devais être, de l'autre parce que vous avez l'esprit
juste, enfin je m'entends sur le reste ! Les paroles qu'on
vous prête à tort ou à raison contre moi, me prouvent
une amitié dans l'erreur, mais non une infraction volontaire aux lois de l'amitié. Pourtant je suis trop franche
pour ne pas vous dire ceci : Si, influencée peu à peu par
le déchaînement de la haine d'autrui, vous veniez à sentir au fond de votre cœur que vous me haïssez aussi, je
vous saurais un gré infini, je vous estimerais sérieusement
d'avoir la franchise de me le dire sans ménagement. Je ne
suis point une personne *qui se venge,* et je ne punis que
ceux que j'ai le *droit* et le *devoir* de punir. Je vous trouverais parfaitement le droit de vous tromper sur mon
compte et de vous tourner contre moi. Mais vous n'auriez pas celui de me montrer un zèle et une obligeance
dont je pourrais abuser à mon insu. Vous me rendez
continuellement des services, et vous dire que je les refuse

serait vous dire que je ne crois plus à votre amitié. Si je n'en avais plus pour vous, je vous prierais de les cesser absolument. Je compte donc que vous aurez envers moi la même sincérité. Ce que je vous dis là n'est point gracieux dans la forme, mais le fond en est meilleur et plus honorable que tous les compliments du monde. Vous le comprendrez.

Mme Bascans m'a écrit une lettre qui *dans la forme* est fort aimable, mais qui est très déplacée *dans le fond*. Elle me demande de *pardonner* à Solange. Pardonner quoi ? que sait-elle ? Est-ce curiosité pour savoir de quoi j'ai à me plaindre ? Je n'y répondrai pas et elle ne saura rien ; car dans ce que Solange a pu et pourra lui dire, il n'y aura qu'un roman plus ou moins vilain. Solange a tort d'aller prendre un pensionnat pour confident de ses peines, et de recourir à Mme Bascans que je regarderais comme la dernière des voleuses et des intrigantes si je formais mon jugement sur elle d'après les assertions de Solange elle-même. Comment prend-on pour intermédiaire une personne qu'on a diffamée à ce point ? Quant au désespoir, aux larmes, et au repentir de Solange, *attestés* par Mme Bascans, c'est un mensonge officieux dont elle eût pu se dispenser. J'ai vu par mes propres yeux à quoi je devais m'en tenir.

Je ne sais vraiment pas de quoi on se mêle. A-t-on la prétention de m'enseigner mon devoir ? Je le connais fort bien, et je sais ce qu'il me prescrit. Ceux qui en jugent autrement et qui font consister le devoir d'une mère à accepter tout sans examen, sans réprimande et sans répression peuvent dire là-dessus leur opinion contre moi. Mais je n'ai point de conseils à recevoir d'eux.

Voilà ma dernière explication sur cette situation. Si j'y suis revenue c'est pour m'expliquer avec vous, car je ne sais point garder d'arrière-pensée avec mes amis, et je n'estime pas ceux qui le font. Si vous me dites que ce qu'on vous prête contre moi est faux, je vous croirai sur votre parole. Faites donc bien attention à ne me la pas donner sans interroger votre mémoire, car je vous étonnerais bien si je vous disais de qui je le tiens. Je vous le dirais, si je n'étais décidée à m'en rapporter à vous seule, mais comme je suis décidée à cela, je ne vous le dirai pas.

J'ai encore quelque chose à vous dire. Ce sera peut-être long et ennuyeux, je résumerai la situation des affaires de Solange en aussi peu de mots que possible. C'est une synthèse dont je supprimerai les détails. Mais il faut que vous vous fassiez une idée nette de cette situation, et je vous dirai ensuite pourquoi.

Clésinger nous a tous trompés, il trompe encore sa femme, mais je sais, moi, qu'il a pour plus de 50 000 f. de dettes. Forcé de vendre la maison que j'ai donnée en dot à Solange[2], il la vendra mal et perdra 50 000 f. dessus. Cette maison qui vaut 200 000 f. (ils ont beau le nier, le fait est patent) est grevée anciennement d'une hypothèque de 50 000 f. Voilà donc 50 000 f. à payer, 50 000 f. qu'ils perdront en la vendant à la hâte, en temps inopportun et pressés par les créanciers. Il leur restera 100 000 f. Le contrat de mariage (quoi qu'il en dise car il ment à chaque parole) l'oblige *en forme* au remploi de cette somme, mais non en réalité. C'est-à-dire qu'entre les précautions excessives qu'exigeait M. Dudevant pour empêcher le mari de manger la dot, et la somme de liberté que je sentais nécessaire à l'existence d'un artiste, on a pris un terme moyen. On a inséré une clause qui lui *enjoint* de placer cet argent sans le dépenser, mais qui ne l'y *contraint* pas légalement. Il emploiera donc ces 100 000 f. à payer ses dettes, et le reste, vu les goûts et les habitudes des deux époux, sera avalé dans un an. Il n'y a pas de moyen solide et réel de les en empêcher, et si on les en empêchait d'ailleurs, si, pour empêcher des prodigalités, on ôtait à Clésinger le moyen de payer les dettes qui le pressent, on prolongerait indéfiniment un état honteux de gêne et de danger qui existe aujourd'hui et dont il faut sortir à tout prix. Je ne m'oppose donc point à la vente de l'hôtel et ne puis payer les dettes pour les sauver, parce que je suis moi-même forcée, cette année, de contracter des dettes pour vivre. Je serai mieux l'année prochaine, mais je n'aurai certes pas 50 000 f. qu'il faudrait tout de suite, et si je les avais, je déclare que je ne les emploierais pas, maintenant que je connais Clésinger, à réparer les sottises de son passé, mais à améliorer l'avenir de ma fille. — Pour conclure, — dans trois ans, dans deux ans peut-être, Solange sera ruinée ; ou si elle prend de l'ordre et de la volonté, elle sera réduite au quart de sa dot, car en bonne économie, il faudra bien qu'elle paie les dettes

---

2. L'hôtel de Narbonne (voir lettre 65 n. 3).

de son mari. Alors, de deux choses l'une : ou Clésinger
(qui ne peut travailler parce que tout est saisi chez lui,
jusqu'à ses marbres), se voyant libéré, et ayant reçu une
forte leçon de la situation où il se trouve aujourd'hui, se
mettra à réparer le passé et à procurer de l'aisance à sa
femme par un travail *rangé* et assidu — ou bien il recommencera et finira par la prison, où certainement je le laisserai aller plutôt que de manger la part de mon bien qui
est due à l'avenir de Maurice. Dans cette dernière éventualité, toute ma sollicitude et toute mon ambition c'est
de réaliser assez de bénéfices sur mon travail pour faire
une pension à Solange. Cette pension sera proportionnée
au succès ou à la médiocrité de mes affaires. Quelque
chose que je fasse, travaillant jour et nuit et me tuant
pour elle, je compte sur de l'ingratitude, des reproches, et
l'accusation grossière de ne pas me priver assez pour elle.
Cela ne m'empêchera pas de mettre tout mon temps,
toutes mes forces, toute ma vie à ce travail, car je connais
mieux mon devoir de mère que celles qui le font consister en des faiblesses, des niaiseries et des ménagements
hypocrites.

Maintenant, pourquoi je vous dis tout cela, c'est que
vous pourrez dans l'occasion peut-être, ouvrir les yeux à
Chopin non sur ma conduite, je ne me soucie plus de
son opinion, mais sur la seule chose qui l'intéresse, sur la
manière d'obliger Solange. Je sais, *par eux-mêmes*, que Chopin les entretient. Clésinger l'a dit à tout le monde. La
bourse de Chopin est inépuisable pour eux. — Que Chopin leur paie leur dîner, c'est bien, s'il le peut, et je crois
qu'il le peut dans de certaines limites. Mais si Chopin
écoute Clésinger qui n'est rien moins que délicat et discret, il lui servira de caution pour trouver des sommes et
payer des dettes. Eh bien, outre que cela conduira Chopin à des extrémités, qu'il ne prévoit point et qui deviendront funestes, cela ne servira qu'à aggraver la position
en la prolongeant. Il faut que la maison soit vendue, que
les créanciers se paient pour ainsi dire eux-mêmes et
que les dettes soient éteintes en bloc et définitivement.
Pour en venir là, il faut que Clésinger soit réduit au
désespoir par ses créanciers, et que Solange connaisse un
peu la gêne, car ils ne savent se décider à rien. Leur tête
est un kaléidoscope où passent tous les projets, toutes les
illusions, et où règne, au fond de tout, une parfaite igno-

rance des affaires, et un défaut de logique et de prévoyance absolu.

Plus on leur fera allonger la courroie plus la dette
grossira et le moyen de l'éteindre sera insuffisant quand
le capital et les intérêts auront fait la boule de neige. Pour
les sauver, il faut désirer et hâter le jour où ils se croiront
perdus, Solange n'en souffrira pas matériellement, si elle
reste chez son père jusqu'à ce que le tout soit débrouillé
et si Clésinger veut aller droit son chemin, c'est l'affaire
de quelques mois. Malheureusement il perd son temps à
un replâtrage d'affaires impossible, et à des projets fantastiques sur ma faiblesse ou ma crainte du scandale et
sur des tentatives de séductions sur M. Dudevant. Ce
dernier les fera manger bien et beaucoup, mais il ne
déliera pas sa bourse.

Voyons, ma chère enfant, vous n'êtes pas un homme
d'affaires, ni moi non plus : mais ce résumé n'est pas
difficile à comprendre. Dans l'alliance qui s'est faite entre
vous tous, d'une manière assez intime, vous devez avoir
souvent l'occasion de parler avec Chopin de cette détresse
où l'on prétend que j'abandonne inhumainement ma fille,
et que Chopin a dit à Duvernet être le seul à conjurer.
Sachez bien que quand même je n'abandonnerais pas *par
nécessité* Solange à la détresse où elle s'est jetée volontairement en rendant impossible sa cohabitation avec moi,
je l'y abandonnerais (maintenant que je connais ses affaires)
systématiquement et volontairement. Sachez bien que
tout ce que dit Clésinger est faux d'un bout à l'autre, ce
qui m'est indifférent pour moi-même, mais non par rapport à la solution du problème où il s'est engagé et qui
réagit sur Solange. Sachez enfin que les amis de Solange,
et Chopin tout le premier, lui rendent un service funeste
en ne la lui faisant pas comprendre, et en l'entretenant de
frivolités menteuses quand un abîme est sous ses pieds.

Si tout ce que je vous écris là (et Dieu sait si l'esquin-
ancie que j'ai me met en train d'écrire), si tout cela, dis-
je, ne sert à rien, et est pris en mauvaise part, à la garde
de Dieu ! j'aurai dit une fois ce que je dois dire, et n'y
reviendrai plus.

Adieu et tout à vous.

                                        George S.

## 129. À PAULINE VIARDOT

[Nohant,] 1 X<sup>bre</sup> [18]47

Ma Pauline chérie, votre lettre m'a fait grand bien[1] : d'autant plus de bien que depuis le départ de la mienne, un nouveau propos était encore venu m'affliger. Il n'y était point question de vous, cette fois, il est vrai, mais de Louis. On me disait qu'il avait hautement pris le parti de ma *victime* de gendre et qu'il le plaignait d'avoir été *trompé*. Or, *trompé* dans l'opinion et le dire de M. Clésinger, c'est d'avoir reçu en dot sa femme la moitié seulement de ma fortune. Il comptait que je lui donnerais le tout, que je ruinerais Maurice et moi pour payer ses dettes, et me trouvant indocile à cet heureux projet, il imagine les mensonges les plus absurdes sur ma situation, mon entourage, l'emploi de mes deniers ; ce serait trop long et trop révoltant de vous dire tout ce qu'il dit sur mon compte, de concert avec ma pauvre fille. Il se vante d'avoir persuadé et détaché de moi tous mes amis, et il nommait particulièrement Viardot. Ce nouveau cancan joint à la fâcherie que Solange vous attribuait contre moi, ne me persuadait certainement pas, car je sais de quels mensonges ces deux malheureux enfants sont capables, mais je me demandais si leurs mensonges réunis ne vous avaient pas détachés de moi, votre mari et vous, comme ils ont réussi auprès de plusieurs autres. Les combattre, les réduire au silence me serait trop facile : mais il faudrait pour cela les perdre et vous comprenez qu'on ne se *venge* pas de sa fille. D'ailleurs mon âme ne sait que souffrir, et si elle est de force à combattre de mauvaises idées et de mauvais sentiments, elle n'en a point pour faire la guerre à des individus quelconques.

Votre lettre me délivre d'une de mes grosses douleurs, vous m'aimez, vous croyez en moi, cela me suffit. Je m'habituerai à l'idée d'avoir perdu d'autres affections sur lesquelles j'avais bien plus le droit de compter. Celle de

1. Lettre écrite de Dresde les 19 et 22 novembre, disant à Sand toute son affection, avec un post-scriptum mettant à sa disposition de l'argent chez son banquier (*Lettres inédites de George Sand et de Pauline Viardot*, éd. Th. Marix-Spire, Nouvelles Éditions latines, 1959, p. 235-237).

Chopin, dont j'ai été la garde-malade pendant 9 ans, aurait dû être à l'épreuve du boulet. J'aurais commis des fautes, des crimes, Chopin n'aurait pas dû y croire, il n'aurait pas dû *les voir*. Il y a un certain point de respect et de gratitude, où nous n'avons plus le droit d'examiner des êtres qui nous deviennent sacrés. Eh bien Chopin, loin de garder cette religion, l'a perdue et profanée. Il m'a rêvé et inventé des torts dont je n'ai même pas eu la pensée et que je ne pourrais pas avoir (toute conscience mise à part), parce qu'ils ne sont pas dans ma nature. Ne croyez pas que je le juge sur des *on dit*. Ce serait bien léger à mon âge, de juger ainsi, et quand je me sens ébranlée par des propos affligeants, j'ai l'habitude d'aller droit au fait, d'en demander l'explication et de m'en rapporter à la parole des gens que j'estime. C'est directement, c'est dans des rapports officiels de Chopin à moi, que j'ai vu l'influence habile de Solange l'emporter sur ma sincérité. Dieu pardonne tout parce qu'il connaît nos entraînements et la faiblesse de notre esprit. Il y a donc une religion éternellement vraie qui nous commande d'agir avec nos semblables comme Dieu agit avec nous. Je pardonne donc à Chopin du fond de mon cœur, comme je pardonne à Solange, bien plus coupable encore, à mon gendre, fou à lier, à Grzymala faible et frivole, à Mlle de Rozières bête comme une oie. Dans l'occasion, tous me reviendront et me retrouveront. Mais comme, tout croyants que nous pouvons être, nous ne saurions arriver à l'éternelle patience et à l'infinie longanimité de Dieu, nous ne devons pas nous exposer à une vie d'aigreur, de doutes sans cesse renaissants, de désespoirs perpétuels, d'angoisse, de mort lente à coups d'épingle. Nous devons laisser reposer et renouveler, pour ainsi dire, les amitiés qui s'épuisent, les devoirs qui s'égarent. Voilà pourquoi je m'enfermerai, jusqu'à de meilleurs jours, dans le cercle des tendresses que j'ai trouvées fidèles et inébranlables. J'ai cette consolation que mon fils me connaît bien et me confie aveuglément le soin de son bonheur ; et que tous les êtres à qui j'ai dévoué ma vie ne sont pas des ingrats.

Pour vous, ma fille bien-aimée, je n'ai jamais rien fait que vous admirer et vous chérir, ce qui était un mouvement tout naturel de mon âme, un élan irrésistible et que vous êtes faite pour inspirer à quiconque peut comprendre le beau et le bon. Et pourtant je trouve en vous plus de sensibilité à ma peine, plus de tendresse spontanée et délicate que chez ceux qui me doivent leur vie. Je ne l'oublierai pas, mon enfant chéri. Maurice a eu les larmes aux yeux en lisant avec moi ce petit post-scriptum de votre lettre, si tendre, si simple et si noble. Merci, ma Pauline, je le sais. Je sais que si je tombais dans le malheur, et que les bras de Maurice ne pussent pas me nourrir, vous m'ouvririez les vôtres. Je n'ai pas besoin d'argent pour le moment. J'ai eu tant d'ordre et d'honneur, et de travail courageux dans ma vie, que je trouve autour de moi une confiance absolue pour attendre les paiements de mes petites dettes. J'ai entrepris un grand travail qui me fera gagner d'ici à deux ans une assez forte somme. Je pourrai donc bientôt me remettre au niveau de ma situation, et les offres qu'on me fait depuis deux jours pour ce travail font cesser mes anxiétés. Il ne s'agit plus que d'avoir un bon conseil pour la forme des traités, et d'obtenir du bon Dieu de la force et de la santé pour produire ce travail[2]. J'espère que cela me mettra à même de réparer un peu les désordres de mon gendre et de ma fille, et de les mettre à l'abri du besoin vers lequel ils s'acheminent avec rapidité. Je ne m'épargnerai pas comme vous pouvez le croire, mais j'ai foi à la providence qui aide aux bonnes intentions. Je ne ferai donc pas usage de votre petit papier, ma bonne Pauline, car selon toute vraisemblance, je serai à flot dans six mois. Je vous promets cependant que si j'étais retardée d'un ou deux mois par un excès de fatigue et de maladie, j'aurais recours à cette ressource que vous m'offrez avec tant de cœur et de grâce.

Vous reviendrez donc à Paris au mois de mars? Je ferai mon possible pour vous aller voir, pendant que vous ferez un tour à Courtavenel; car je pense que vous irez en avril voir éclore les premiers lilas de votre parc. Je fuis Paris, mais je voudrais vous voir, ne fût-ce que deux jours, et ne pas mourir sans vous avoir entendu chanter encore une fois pour moi

*Lascia ch'io pianga*[3]...

---

2. Il s'agit d'*Histoire de ma vie*, dont Sand négocie alors le contrat.
3. Aria d'Almirena dans *Rinaldo* (acte II, sc. 4) de Haendel: «Laisse-moi pleurer»...

Il me semble que je viendrais à bout de pleurer, ce qui ne m'est pas arrivé depuis bien longtemps ! Je n'ai pas pu verser une larme sur mes malheurs, et j'ai encore comme un bloc de marbre sur la poitrine. Il est bien lourd et il m'étouffe. Votre voix, votre accent divin le feraient fondre, et au lieu d'entrer en fureur comme le sombre Saül aux sons de la harpe du jeune David, je serais guérie comme le roi d'Espagne [Philippe V] par le chant de Farinelli.

Pourquoi n'êtes-vous pas engagée à Paris ? Je n'y comprends rien. La Grisi tombe en ruines cependant, et vous êtes la première cantatrice du monde. Mais le monde va à la diable sous tous les rapports.

Écrivez-moi de Hambourg et de Berlin, ne fût-ce que dix lignes pour me dire que vous êtes bien et contente. Louisette est-elle avec vous ? On m'appelle pour donner ma lettre. Je vous quitte, ma fille chérie, en vous embrassant mille fois et en vous bénissant encore. Maurice est à vos pieds. Augustine vous a toujours révérée et adorée. Mille tendresses à Louis.

# IV

## LA CAUSE DU PEUPLE

### (1848-1852)

*Février 1848 : après deux jours d'émeutes, Louis-Philippe abdique le 24, un gouvernement provisoire est constitué, et la République proclamée le 25. George Sand, qui n'avait rien prévu, se lance aussitôt dans l'aventure avec ardeur ; elle sent qu'une partie de l'opinion, notamment en province, n'est pas mûre pour une telle expérience, et qu'il faut éduquer le peuple, le préparer à cette nouvelle citoyenneté, ce qu'elle fait par ses brochures (lettres 132 à 134). Elle participe de près à l'action gouvernementale par la rédaction des numéros du* Bulletin de la République *(lettre 135) et son éphémère journal* La Cause du peuple. *Les mouvements contradictoires lors des manifestations du 16 avril lui font redouter une guerre civile qui menacerait la république (lettre 136) ; la tentative insurrectionnelle du 15 mai la conforte dans son rejet d'une « guerre sociale » et du fanatisme, et, tout en déplorant les divisions des républicains, elle refuse qu'on impose par la violence au peuple ce qu'il n'est pas encore prêt à accepter (lettres 137, 138). L'inquiétude qu'elle manifeste dans ses deux lettres du 10 juin (139, 140) est hélas justifiée : les « fatales journées » du 22 au 26 juin et leur féroce répression la rendent malade ; elle analyse l'échec du gouvernement de février et explique son « communisme social » (lettres 142, 143). Elle se met dès lors « en prison » dans sa retraite (lettre 148) ; elle accepte avec résignation la « volonté du peuple » et examine avec réalisme le résultat des élections au suffrage universel où le peuple, et notamment le peuple des campagnes qu'elle connaît bien, porte Louis-Napoléon Bonaparte à la Présidence de la République par une forte majorité (lettres 148 à 150), quitte à stigmatiser « l'anarchie morale et intellectuelle », alors qu'on vient la menacer sous ses fenêtres aux cris d'« à bas les communistes » (lettre 151).*

*Son héros est Armand Barbès, arrêté et incarcéré après le
15 mai, qu'elle vénère comme un saint martyr de la liberté et
le symbole de la France républicaine, avec qui elle va désormais
correspondre sans jamais le voir jusqu'à sa mort en 1870, affirmant sans cesse sa foi inextinguible dans le progrès et dans l'avenir; elle lui adresse cependant une longue mise au point sur le
15 mai qu'elle considère comme une faute politique et morale qui a
compromis le sort de la République (lettres 140, 147, 153, 170).*

*Autre héros et martyr de la liberté, dans sa lutte pour l'indé-
pendance de l'Italie, Giuseppe Mazzini; Sand ressent avec douleur
ses tentatives avortées, mais, dans une longue lettre, elle lui reproche
vigoureusement ses attaques contre les socialistes français et appelle
les républicains à l'union (lettres 144, 158, 160, 171, 198). Elle
réconforte aussi des exilés comme Bakounine (lettre 130) ou Louis
Blanc (lettre 154), ou des camarades de lutte comme Marc Dufraisse
(lettre 162). Alors que triomphe la réaction, elle dit son admiration à Michelet (lettres 167, 180), et se proclame « communiste »
face à un général arrogant (lettres 182, 184).*

*D'autres douleurs profondes viennent s'ajouter aux échecs de la
liberté en Europe : la mort de son frère Hippolyte (lettre 151), celle
de Marie Dorval, qui avait perdu son petit-fils un an plus tôt
(lettres 141, 156), et surtout celle de Chopin (lettre 161) pour
lequel elle gardait sa tendresse (lettres 149, 159). Malgré les soucis
que lui cause sa fille Solange, au cœur de pierre et quasi ruinée
(lettres 139, 149), elle trouve des consolations dans son fils, « artiste
calme » (lettre 137), dans le mariage de sa chère Augustine
(lettre 152), dans la musique (lettre 157).*

*Accablée moralement (et même physiquement) par les réalités
politiques et dans une situation financière précaire (lettres 151,
152, 154), elle se réfugie dans le travail et dans l'art (lettre 171).
Elle avance dans la rédaction d'*Histoire de ma vie *qu'elle considère comme son testament (lettres 131, 149, 150); elle adapte*
François le Champi *pour le théâtre (lettre 146); elle rédige* La
Petite Fadette; *elle apprend le latin avec son amant Borie, et elle
s'amuse aux spectacles de marionnettes montés par Maurice et son
camarade Lambert (lettres 150, 152); elle caresse un projet d'édition illustrée de ses œuvres (lettre 179).*

*C'est au théâtre, parallèlement à* Histoire de ma vie, *qu'elle
consacre la plus grande part de son travail d'écrivain. L'arrivée
d'Alexandre Manceau va révolutionner le théâtre de Nohant
(lettre 164), et obliger George Sand à inventer des scénarios, dans
la tradition de la* commedia dell'arte *(lettre 173); de ces scénarios, elle tirera souvent la matière des pièces pour les théâtres*

*parisiens, qu'elle essaie d'abord sur sa petite scène. Elle se passionne pour la comédie italienne et se documente pour sa pièce* Marielle *(lettres 165, 168). Avec le comédien Pierre Bocage, elle discute du choix du théâtre, de la distribution et des problèmes de mise en scène de* Claudie, *des raisons de l'échec de cette pièce trop morale, puis de son travail sur sa nouvelle pièce* Molière *(lettres 172, 174, 179). Elle fait agrandir la salle du théâtre de Nohant (lettre 178).*

*Histoires de lettres ! De nouveaux correspondants apparaissent, qui deviendront des amis fidèles : Edmond Plauchut, sauvé d'un naufrage grâce à des lettres de G. Sand (lettre 181) ; et Alexandre Dumas fils qui lui rapporte de Pologne sa correspondance avec Chopin, « ce livre mystérieux de ma vie intime » (lettre 187).*

*Les lettres à Maurice nous révèlent la mère dans son intimité, même la plus triviale avec sa constipation (lettre 176). Tout en se désolant de ne pas voir Maurice marié, elle refuse qu'il prenne la première actrice venue, et lui rappelle qu'il doit chercher le bonheur dans le mariage et dans l'amour (lettre 175). Elle lui recommande la plus grande réserve quant à ses relations avec sa sœur et Clésinger (lettre 177). Elle se rapproche cependant de Solange et de sa petite-fille Nini ; elle lui donne des conseils littéraires (lettres 183, 186) ; mais elle fustige dans une lettre terrible son amour du luxe et sa conduite irréfléchie (lettre 196).*

*Pour toute cette période, Hetzel est devenu son confident-confesseur privilégié, en même temps que l'agent chargé de placer les romans et de négocier les contrats (lettres 145, 150). Elle lui confie sa peine à la mort de Chopin (lettre 161), sa séparation avec Victor Borie et sa passade avec le robuste Müller-Strübing (lettre 163) ; mais surtout elle lui ouvre son cœur pour lui dire son amour calme, profond et heureux pour Manceau : en effet, l'arrivée à Nohant du graveur Alexandre Manceau, camarade de Maurice, âgé de trente-trois ans, n'a pas seulement révolutionné le petit théâtre, mais aussi le cœur d'une George Sand qui, à quarante-cinq ans, se voit déjà en vieille femme (lettres 166, 169 et 172). Il sera son dernier compagnon, dévoué et fidèle, pendant quinze ans.*

*Le coup d'État du 2 décembre 1851, qui tue dans l'œuf le succès du* Mariage de Victorine *au Gymnase, est accepté avec résignation (lettres 188, 190). Avec Hetzel exilé, elle adopte un langage codé pour expliquer cette acceptation par réalisme politique et engager son ami à rentrer en France (lettre 189). Mais elle ne saurait rester insensible à la répression et aux déportations, et s'adresse avec éloquence à l'ancien prisonnier de Ham : « Amnistie ! amnistie, bientôt mon prince ! » (lettres 192 et 197). Reçue par deux fois en audience par le Prince-Président, elle plaide en faveur d'une amnistie générale ; par de nombreuses démarches, elle obtient des mesures de grâce ; mais elle doit justifier auprès de ses amis républicains en exil, comme Hetzel et Fleury, ce qu'ils considèrent comme des compromissions et un déshonneur ; si elle refuse la dictature, si elle aspire ardemment à la démocratie, elle doit accepter « le principe souverain du suffrage universel » (lettres 193 à 195).*

## 130. À MICHEL BAKOUNINE

[Nohant, 1er janvier 1848]

Je ne sais pas, Monsieur, si la poste a cru devoir me supprimer votre envoi, mais je ne l'ai point reçu : j'avais lu par fragments dans les journaux les belles paroles que vous avez prononcées[1] et pour lesquelles vous savez bien que mon approbation sérieuse et ma vive sympathie vous étaient acquises, puisqu'elles sont l'expression de sentiments que je partage avec vous depuis que j'existe. Ces sentiments sont plus méritoires chez vous que chez moi, car vous leur avez fait de grands sacrifices, et ils attirent sur vous une persécution qui vous atteint, même en France, ce noble pays qui use les derniers anneaux de sa chaîne et qui réparera tous les crimes qu'on commet en son nom. La mesure odieuse prise contre vous indigne toutes les âmes honnêtes, vous n'en pouvez pas douter. Elle contriste la mienne en particulier, croyez-le bien. J'espère pour mon pays (et je crois trop à l'action divine pour croire à un long abaissement de la France) que vous y rentrerez avant longtemps et que je vous serrerai

---

1. Bakounine avait adressé le 14 décembre à Sand sa brochure *17e anniversaire de la Révolution polonaise. Discours prononcé à la réunion tenue à Paris pour célébrer cet anniversaire, le 29 novembre 1847* (Bureau des affaires polonaises, 1847), mais il avait reçu l'ordre de quitter la France «pour avoir troublé l'ordre et la tranquillité publique».

encore la main avec toute l'estime que je vous dois et l'intérêt que je vous porte.

         George Sand

Nohant, 1ᵉʳ janvier 48

### 131. À RENÉ VALLET
### DE VILLENEUVE

       [Nohant, 6 janvier 1848]

 Cher cousin, pardonnez-moi, pardonnez-moi toujours. Si vous saviez comme je suis occupée, accablée, écrivant difficilement hors de mon travail, et forcée de travailler pour réparer la brèche que me fait nécessairement le mariage de ma fille et les commencements de son nouvel état, vous me pardonneriez de soutenir si mal une correspondance qui m'est pourtant bien douce et bien chère. Pour ma justification, je veux vous dire qu'il n'y a personne au monde à l'heure qu'il est, excepté ma fille, avec qui j'en aie une aussi *soutenue* de ma part. Jugez des autres ! Soyez donc indulgent pour moi et croyez que je pense à vous bien plus souvent que je ne le prouve. Si l'on pouvait s'envoler sur quelque nuage et aller échanger avec ceux qu'on aime, une douce causerie d'une heure ! on s'en dirait plus que dans la plus longue lettre, car une lettre n'est jamais qu'une sorte de résumé succinct où les développements ne suffisent jamais. — J'ai lu avec un vif intérêt le récit de vos belles fêtes et je suis heureuse que vous ayez eu du plaisir. Le plaisir en famille c'est le bonheur. Le mien est bien diminué depuis qu'un de mes enfants me manque et Maurice est forcé de m'aimer, et de me consoler pour deux. J'ai vu Solange il y a un mois, parfaitement guérie, fraîche comme une rose et enceinte. Jamais elle n'a été si belle. Elle se dit pourtant souffrante et je crois tout bonnement qu'elle s'habitue difficilement à l'air de Paris qui ne nous a jamais réussi à nous autres *gens de campagne*. Elle est maintenant chez son père dans une température si délicieuse qu'elle vit les fenêtres ouvertes en plein décembre. Dans notre centre nous n'avons pas à nous plaindre. L'hiver est doux, nous avons de nombreux jours de soleil où l'on se croirait au printemps, et j'imagine que votre joli fleuve ne vous apporte pas de brouillards. Je l'ai vu aussi riant et aussi clair que nos plaines du Berry. Pourtant vous y avez pris des rhumatismes et je vous engage à bien vous soigner, car on rechute aisément. Nous y avons tous passé ici et j'en ai même été assez malade. Préservez le cou et les oreilles avec le plus grand soin. Mettez votre bonnet fourré, qui vous donne l'air d'un prince russe, jusqu'aux yeux, et ne voyagez pas tant que vous serez sous cette influence. Et quand vous pourrez courir, quand vous passerez à Nohant jugez de mon bonheur! c'est-à-dire, venez en juger vous-même. C'est un doux espoir, faites qu'il se réalise. Vos joies ont été troublées un instant, mais elles sont revenues à l'heureuse naissance de cet enfant qui a eu pour berceau splendide les murs du beau Chenonceaux. Merci de m'avoir tenue au courant de tout cela et de m'avoir fait partager toutes vos émotions.

Je vous dirai que j'ai entrepris un grand travail[1] qui vous intéressera un peu, j'espère. C'est de raconter ma propre histoire sous de certains rapports, comme on doit la raconter au public, c'est-à-dire en ne lui disant de soi et de ses amis, de ses réflexions et impressions, que ce qui est utile pour lui et convenable pour soi. C'est dire que je ne prendrai point Jean-Jacques pour type de la forme et du fonds d'un pareil récit. Malgré mon admiration pour lui et ses livres, je sens ce qu'il y a de fâcheux et de coupable à se *confesser* en confessant les autres. D'ailleurs je n'ai pas mis d'enfants à l'hôpital, je n'ai rien fait qui m'oblige dans ma conscience à une confession, si toutefois c'est un devoir que de s'ouvrir ainsi à un public qui ne vaut pas mieux que vous et qui est peu disposé à se préserver des fautes qu'il condamne. J'ai à dire beaucoup sur mes impressions personnelles non pour me justifier de quoi que ce soit mais pour soulever dans l'esprit de mes lecteurs des réflexions générales bonnes à faire, et des questions toujours nécessaires à examiner. Je commence cet ouvrage qui sera assez étendu, par deux volumes consacrés à l'histoire de ma chère grand-mère et de mon père. J'ai une grande quantité de lettres de ce

---

1. G. Sand a commencé le 15 avril 1847 la rédaction d'*Histoire de ma vie*, qui ne paraîtra qu'à partir d'octobre 1854. Elle tient à se démarquer des *Confessions* de Jean-Jacques Rousseau.

dernier qui sont des chefs-d'œuvre d'esprit et de cœur. Plusieurs amis sévères à qui j'en ai lu, ont été dans le ravissement et souvent attendris jusqu'aux larmes. Comme pendant plusieurs années, il écrivit à sa mère avec une grande exactitude et une foule de détails, l'histoire de cette époque et des campagnes militaires auxquelles il prit part, y est racontée presque jour par jour avec une *couleur* qui ne se trouve point dans les livres d'histoire proprement dits. Il y avait longtemps que je voulais publier ces lettres, en retranchant les longueurs, les redites, les faits insignifiants, ou les confidences trop intimes. C'est donc un travail d'attention et de choix. Je retire la moelle de l'os pour ainsi dire, avec un soin religieux. Si vous aviez quelques lettres de lui portant sur quelque événement, bataille, fait historique quelconque, vous seriez mille fois bon de me les envoyer en supprimant ou en me désignant les passages que vous voudriez en ôter. Dans celles que j'ai et où il est souvent question de vous, vous me permettrez bien de ne pas retrancher toutes les manifestations de son attachement pour vous et les vôtres. Elles ne peuvent que vous toucher et vous attendrir. Pourtant si vous voulez que je supprime les noms, que je les remplace par des initiales, ou par de simples noms de baptême, ou par des étoiles, ou par des noms fictifs, dites-le-moi tout de suite. Je ne ferai que ce que vous voudrez. Mais dans l'histoire de ma grand-mère, me sera-t-il possible de ne pas parler de ma famille de Chenonceaux, et de vous dans ma propre vie? Je crois que vous devez vous fier à moi, pour en parler comme il convient. Pourtant si vous aviez la moindre inquiétude, je vous soumettrais tous les passages qui vous concerneront avant de les publier. Vous les retrancheriez absolument ou vous les corrigeriez à votre gré.

En outre, il faudra que vous me rendiez un service paternel. Dans plusieurs détails de la vie de ma grand-mère et de mon père, certains passages de lettres, certains faits que ma mémoire n'a pas conservés, ont besoin d'éclaircissement pour que je les omette ou que je les explique. J'aurais donc à vous poser une série de questions dont je ferai le relevé dans une quinzaine de jours, et auxquelles vous auriez la bonté de répondre autant que vous le pourriez. C'est un travail d'une demi-heure que je vous imposerais, cher cousin, et que votre

admirable mémoire vous rendrait facile. Y consentez-
vous ?

Encore quelque chose ! Léonce m'a écrit, lors de la
mort de son cher et excellent père, qu'il avait beaucoup
de lettres de mon père ; ravissantes, disait-il et qu'il voulait me les envoyer. J'ai accepté de grand cœur. Il m'a
bien envoyé un portrait de mon père, mais non les
lettres, et je ne sais quelle pensée l'a porté à se dédire, à
moins que ce ne soit un oubli. S'il y a trouvé quelques
détails d'intimité qu'il veuille garder pour lui seul, il n'est
guère probable qu'il n'y ait pas une partie de ces lettres
que je ne puisse lire et qui m'aiderait à reconstruire une
partie de sa vie où les lettres me manquent absolument.
Ce sont les guerres d'Allemagne et d'Espagne qui devaient
être bien intéressantes, si j'en juge par le récit des campagnes de Suisse et d'Italie qui sont vraiment des chefs-
d'œuvre, sans *art prémédité*, jetés au courant de la plume,
sous l'émotion récente, sur les champs de bataille, et avec
ces épisodes personnels qui donnent la vie à de pareils
tableaux. Faites donc une tentative auprès de Léonce
pour qu'il me donne ce trésor promis, et pour son cher
et regretté père je ferai comme vous l'exigerez pour vous.
Je le nommerai ou ne le nommerai pas, à votre volonté.

Tout cela c'est vous demander de me répondre vite,
car je travaille avec feu et je commencerai à paraître dans
les trois mois au plus tard.

J'ai enfin lu les *Girondins* de M. de Lamartine[2]. Eh bien,
c'est un ouvrage fort intéressant, et où brille un talent
supérieur. Il y a du cœur, de la sensibilité, du génie. Mais
je défie qu'on y trouve une opinion qui vous guide à travers cette foule d'éloges et de blâme distribués contradic-
toirement. C'est un *oui* et un *non* perpétuels, impatientants,
on dirait que l'auteur ne sait ce qu'il croit, ce qu'il pense
et ce qu'il veut. S'il est républicain, il manque de courage
pour le dire. S'il ne l'est pas, il aime trop les républicains.
Il semble qu'il ait voulu ménager tous les partis, et il se
trouve qu'il n'en satisfait aucun. Ce n'est pas là de l'impartialité comme il le prétend, c'est de la partialité pour
tout le monde, et quelle vérité peut sortir de tous ces
contraires ? Je n'y comprends goutte, et pourtant j'ai lu
tout avec grand intérêt, car, sauf quelques phrases pré-

---

2. *Histoire des Girondins* (Furne, Coquebert, 1847, 8 volumes).

tentieuses, c'est admirablement dit. Au reste, c'est tout
M. de Lamartine. De sa vie il n'est arrivé à une conclusion. Il passe comme un météore, jetant un flot de lumière
sur ce qu'il touche en passant et n'éclairant jamais un
ensemble de choses.

Bonsoir, cher et bon René. Mettez mes vœux du nouvel an aux pieds de ma chère cousine, ainsi que les
respects et tendresses de Maurice. Lui aussi fait un grand
travail dont je vous parlerai dans un autre bulletin. C'est
le garçon le plus laborieux de la terre et vertueux comme
une demoiselle. Rappelez-moi toujours à l'amitié de ma
bonne Emma [de La Roche-Aymon]. Elle m'avait promis
de m'écrire son bonheur quand elle aurait sa fille auprès
d'elle. Mais elle est heureuse et je ne lui reproche pas de
mettre tous les instants de sa joie à profit. Je la partage
du fond de mon cœur.

Ne soyez pas rhumatisé, votre *vieillesse* ne m'inquiète
pas. Vous serez toujours jeune. Je vous souhaite aujour-
d'hui et toujours d'être heureux dans votre chère et nombreuse famille et je vous embrasse de toute mon âme.

Aurore

Nohant 6 janvier 48

## 132. À RENÉ VALLET
## DE VILLENEUVE

Paris, samedi soir [4 mars 1848]

J'espère que vous n'avez ni chagrin, ni inquiétude. Ce
que nous avons chassé n'était pas regrettable. Nous nous
lançons dans l'inconnu avec la foi et l'espérance. Je dis l'inconnu car cette république ne répétera pas les fautes et les
égarements de celle que vous avez vue. Aucun parti n'y est
disposé. Le peuple a été sublime de courage et de douceur.
Le pouvoir est *généralement* composé d'hommes purs et
honnêtes. Je suis venue m'assurer de tout cela par mes
yeux[1], car je suis intimement liée avec plusieurs et je m'en

1. Après l'abdication de Louis-Philippe et la proclamation de la
République le 25 février, G. Sand accourt à Paris où elle arrive le 29 ;

retourne demain à Nohant avec la certitude qu'ils feront de leur mieux et que les plus nobles intentions les animent. Au reste nous leur devons de n'avoir pas laissé durer des luttes sanglantes et les classes riches leur doivent d'avoir inspiré de la confiance et du calme aux classes pauvres. Je vous écris en courant pour vous rassurer au cas où vous auriez quelque crainte pour le présent. Je sais *mieux que personne* ce qui se passe et dans le sein du gouvernement et dans le fond des faubourgs. Tout y est bon et sûr, sauf des exceptions, et les exceptions sont facilement tenues en respect par une immense majorité. Que ma cousine ne nous maudisse pas. Nous avons respecté les autels et nous avons porté le Christ avec respect au milieu de la foule triomphante. L'archevêque de Paris a béni ce matin la tombe de nos morts[2]. Nous avons même fait grâce à nos véritables ennemis, que nous avons tenus dans nos mains et dont nous avons protégé la fuite. Brûlez ma lettre car ce dernier fait est grave. Aimez-moi toujours, bien que je sois *républicaine*. Moi je vous chéris plus que jamais.

Aurore

## 133. À FRÉDÉRIC GIRERD

Lundi soir, Paris [6 mars 1848]

*Secrète*

Mon ami, tout va bien. Les chagrins personnels disparaissent quand la vie publique nous appelle et nous absorbe. La république est la meilleure des familles, le peuple est le meilleur des amis. Il ne faut pas songer à autre chose. La république est sauvée à Paris ; il s'agit de la sauver en province où sa cause n'est pas gagnée. Ce n'est pas moi qui ai fait faire ta nomination ; mais c'est

---

elle repart pour Nohant le 7 mars. Ce même 4 mars, elle croise dans l'escalier de Mme Marliani Chopin qui lui apprend la naissance de la fille de Solange.

2. Sand a assisté au défilé des funérailles solennelles des morts de février, bénies par Mgr Affre.

moi qui l'ai confirmée, car le ministre[1] m'a rendue, en quelque sorte, responsable de la conduite de mes amis, et il m'a donné plein pouvoir pour les encourager, les stimuler et les rassurer contre toute intrigue de la part de leurs ennemis, contre toute faiblesse de la part du gouvernement. Agis donc avec vigueur, mon cher frère. Dans une situation comme celle où nous sommes, il ne faut pas seulement du dévouement et de la loyauté, il faut du fanatisme au besoin. Il faut s'élever au-dessus de soi-même, abjurer toute faiblesse, briser ses propres affections si elles contrarient la marche d'un pouvoir élu par le peuple et réellement, *foncièrement* révolutionnaire. Ne t'apitoie pas sur le sort de Michel. Michel est riche, il est ce qu'il a souhaité, ce qu'il a choisi d'être. Il nous a trahis, abandonnés, dans les mauvais jours. À présent son orgueil, son esprit de domination se réveillent. Il faudra qu'il donne à la république des gages certains de son dévouement s'il veut qu'elle lui donne sa confiance. La députation est un honneur qu'il peut briguer et que son talent lui assure peut-être. C'est là qu'il montrera ce qu'il est, ce qu'il pense aujourd'hui. Il le montrera à la nation entière. Les nations sont généreuses et pardonnent à ceux qui reviennent de leurs erreurs. Quant au devoir d'un gouvernement provisoire, il consiste à choisir des hommes *sûrs* pour lancer l'élection dans une voie républicaine et sincère. Que l'amitié fasse donc silence, et n'influence pas imprudemment l'opinion en faveur d'un homme qui est assez fort pour se relever lui-même si son cœur est pur et sa volonté droite.

Je ne saurais trop te recommander de ne pas hésiter à balayer tout ce qui a l'esprit bourgeois. Plus tard la nation maîtresse de sa marche, usera d'indulgence si elle le juge à propos, et elle fera bien si elle prouve sa force par la douceur. Mais aujourd'hui, si elle songe à ses amis plus qu'à ses devoirs, elle est perdue, et les hommes employés par elle à son début auront commis un parricide.

Tu vois, mon ami, que je ne saurais transiger avec la logique. Fais comme moi. Si Michel et bien d'autres

1. Girerd a été nommé commissaire pour le département de la Nièvre. Ledru-Rollin est ministre de l'Intérieur du Gouvernement provisoire; il a délivré le 2 mars à «la citoyenne George Sand» un laissez-passer qui lui donne «accès auprès de tous les membres du Gouvernement provisoire».

déserteurs que je connais, avaient besoin de ma vie, je la
leur donnerais volontiers, mais ma conscience *point*.
Michel a *abandonné la démocratie, en haine de la démagogie*. Or,
il n'y a plus de *démagogie*. Le peuple a prouvé qu'il était
plus beau, plus grand, plus pur que tous les riches et les
savants de ce monde. Le calomnier la veille pour le
flatter le lendemain m'inspire peu de confiance, et
j'estimerais encore mieux Michel s'il protestait aujour-
d'hui contre la république. Je dirais qu'il s'est trompé,
qu'il se trompe, mais qu'il est de bonne foi. Peut-être
croit-il désormais travailler pour une république aristocratique, où le droit des pauvres sera refoulé et méconnu.
S'il agit ainsi, il brisera l'alliance qui s'est cimentée d'une
manière sublime sur les barricades, entre le riche et le
pauvre. Il perdra la république et la livrera aux intrigants ;
et le peuple qui sent sa force, ne les supportera plus. Le
peuple tombera dans des excès condamnables si on le
trahit, la société sera livrée à une épouvantable anarchie,
et ces riches qui auront détruit le pacte sacré deviendront pauvres à leur tour dans des convulsions sociales
où tout succombera. Ils seront punis par où ils auront
péché, mais il sera trop tard pour se repentir. Michel ne
connaît pas et n'a jamais connu le peuple, que ne le voit-
il ici aujourd'hui ! Il jugerait sa force et respecterait sa
vertu.

Courage, volonté, persévérance à toute épreuve, je suis
à toi pour la vie.

George

Je serai demain soir 7 mars à Nohant pour une huitaine de jours, après quoi je reviendrai probablement ici
pour m'y consacrer entièrement aux nouveaux devoirs
que la situation nous crée.

## 134. À HENRI MARTIN

[Nohant, 9 mars 1848]

Mon ami, à peine arrivée, me voilà prise par l'organisation de notre république en province. J'ai tant à cœur
mon cher Berry, que je voudrais n'avoir de devoirs à

remplir que là. Je me hâte de chauffer tous ceux que j'aime. Que ne puis-je être auprès de tous à la fois ! Mais que la province ressemble peu à ce foyer sacré du peuple de Paris ! Notre population rustique, si grave, si patiente, si douce et si probe, ne résistera à aucune bonne influence. Mais elle n'a point d'initiative, elle ne *sait pas*. C'est la motte de terre qui attend un rayon de soleil pour devenir féconde. Ce qui nous manque absolument ce sont des initiateurs. Si toutes les communes étaient comme Nohant, façonnées à une bonne et honnête vie, à une confiance absolue pour un ami éprouvé ! Mais combien de communes manquent d'ami ! c'est désolant. J'ai de nombreux et d'excellents amis par ici. Mais ils ont le désir, la volonté, la notion du devoir, ils n'ont pas la foi. À tout ce qu'on leur propose, ils répondent c'est *impossible*, les plus fervents disent, *c'est difficile*. Et quand on leur observe que c'est une raison de plus pour entreprendre, ils sont tout étonnés. La bourgeoisie est peureuse et méfiante. Le miracle des masses en contact, ce grand mouvement divin qui se fait dans l'âme des hommes réunis par une action en commun, ne se fait pas sentir à distance. Il n'y a que l'enseignement, la prédication de la presse et de la parole qui puissent remédier à cette absence d'émotion, mais il faudrait un peu de temps et nous allons si vite ! Je suis de l'avis de ceux qui voudraient que le gouvernement provisoire gardât un peu plus longtemps l'initiative afin que ses délégués eussent le temps d'agir et de convertir, à l'aide de leurs amis, cet esprit tiède et stupéfait des provinces.

Nous avons essayé de former hier un premier aperçu de la liste des 7 députés de l'Indre. J'ai fini par faire comprendre et adopter la nécessité de porter un candidat ouvrier et un candidat paysan. Cette pilule passe difficilement dans le gosier de la bourgeoisie et pourtant c'est bien peu pour le peuple, deux députés sur sept ! Ce qu'ils craignent le plus c'est que le peuple lui-même ne refuse son adhésion à ces hommes pris dans son sein. Moi je crois qu'ils se trompent, que le peuple n'admire pas tant la bourgeoisie que la bourgeoisie se l'imagine, habituée qu'elle est à commander et à représenter. Je crois que la contagion de Paris se fera bientôt sentir, et que le peuple aimera son droit quand on le lui fera connaître et apprécier. En tête de notre liste j'ai placé

votre nom[1], et tous mes amis en sont fiers. Mais voilà
que le doute s'empare d'eux tout aussitôt, ils craignent de
ne pas réussir. Ils disent qu'il faudrait que vous vinssiez
ici, qu'on vous vît, qu'on vous connût. Ceux qui lisent
l'histoire et qui la comprennent, c'est encore le petit
nombre. Cela, c'est vrai. Ils disent pourtant que si vous
pouviez venir ils pourraient vite établir le lien sympathique entre vous et le grand nombre. Mais vous ne pouvez pas venir! Voyez pourtant! La députation c'est le
rôle le plus important à prendre, et dans ce pays-ci vous
seriez la tête et le cœur de tous. Songez que l'on trouvera
aisément 7, 8 ou 9 hommes honnêtes et courageux
par département, mais qu'un seul sera intelligent, et que
l'action ne sera bonne qu'autant que ces groupes agiront
comme un seul homme sous la direction d'une tête forte
et bien meublée. Dans ce pays-ci vous auriez cette autorité et vous l'auriez sans contestation, vu le personnel à
moi bien connu des candidats. Sans vous, je vois se former un groupe excellent d'intentions, mais insuffisant par
la pensée et la science, à la tâche qu'il doit remplir. Avec
vous je vois une petite phalange manœuvrant dans la
perfection. Répondez-moi si vous pouvez et si vous voulez. Je ne l'espère plus depuis tout ce que vous m'avez dit
de vos occupations. Il faudra pourtant que vous alliez à
Saint-Quentin, mais moins vite et moins longtemps à la
vérité, puisque vous y êtes personnellement connu. Ici,
il faudrait se donner plus de peine, se faire connaître par
un concours répété au journal que nous allons créer,
par une tournée dans les cantons etc. Mais pesez bien
pourtant cette considération : ici vous dominerez tous
vos collègues et ils vous prêteront un appui qui décuplera
la puissance de votre action à l'Assemblée. Avez-vous la
même unité ailleurs ? N'y serez-vous pas associé à quelque
bavard important, qui ne vous suivra que de travers et
rompra le faisceau à chaque instant sans utilité et sans
but ? Il y aura beaucoup de ces avocassiers dans les provinces, coryphées de l'opposition bourgeoise de ces derniers temps, sans croyance raisonnée, sans idées mûries,
véritables ergoteurs que la vanité poussera à se produire
et qui jetteront la confusion dans tous les camps. L'Indre,

1. Si le vigneron Jean Pâtureau-Francœur fut porté sur la liste
(mais non élu), Henri Martin en fut finalement retiré.

Dieu merci, n'a pas de ces bavards sur les bras, et je vous y répondrais d'une influence sans bornes. On y aime la simplicité, la modestie, et je sais que vous y seriez vite adoré. De plus vous pousseriez, vous instruiriez ce paysan et cet ouvrier que nous allons chercher, car nous ne les avons pas sous la main encore. Mais il les faut, fussent-ils des hommes de paille, honnêtes et bien inspirés. Le Berry produit des hommes patients et purs, mais le génie ne marche pas dans nos sillons. Sous le rapport de l'intelligence, c'est le pays de l'égalité. C'est un bon pays, mais je vous le répète, il manque de soleil.

Répondez-moi, dites-moi de quel temps, de quelles semaines ou de quels jours vous pourriez disposer, et d'après votre réponse nous saurions si l'affaire serait douteuse ou certaine, car tout dépend de vous, de votre présence parmi nous.

Je ne sais encore ce que je vais faire. Il y a tant à faire que je ne sais par où m'y prendre. J'attends que mes amis organisent un journal à Paris, mais je ne me croiserai pas les bras jusque-là. Je ferai des brochures pour Paris et pour le Berry, en styles différents[2].

Répondez, mon ami, et vive la république dans tous les cas. C'est ce que nous pouvons nous dire de plus fraternel et de plus vivant.

À vous de cœur.

George Sand

Nohant par la Châtre Indre
Jeudi matin

## 135. À MAURICE DUDEVANT-SAND

[Paris, 23 mars 1848]

Mon Bouli, me voilà déjà occupée comme un homme d'État. J'ai fait déjà deux circulaires gouvernementales aujourd'hui, une pour le ministère de l'Instruction

---

2. Elle écrit en effet ses deux *Lettres au peuple* (7 et 19 mars), *Aux Riches* (daté 12 mars), *Histoire de la France écrite sous la dictée de Blaise Bonnin* (datée 15 mars), puis les quatre *Paroles de Blaise Bonnin aux bons citoyens*.

publique, et une pour le ministère de l'Intérieur[1]. Ce qui m'amuse, c'est que tout cela s'adresse aux maires, et que tu vas recevoir par la voie officielle les instructions de ta *mère*. Ah! ah! Monsieur le *maire*! vous allez marcher droit, et pour commencer, vous allez lire vos *Bulletins de la République* tous les dimanches à votre garde nationale réunie. Quand vous l'aurez lu, vous l'expliquerez, et quand ce sera fait vous afficherez ledit Bulletin à la porte de l'église. Les facteurs ont l'ordre de faire leur rapport contre ceux des maires qui y manqueront. Ne néglige pas tout cela, et, en lisant ces Bulletins avec attention, tes devoirs de maire et de citoyen te seront clairement tracés. Il faudra faire de même pour les circulaires du ministre de l'Instruction publique [Carnot]. Je ne sais auquel entendre, on m'appelle à droite, à gauche. Je ne demande pas mieux. Pendant ce temps, on imprime mes deux lettres au peuple. Je vais faire une revue avec Viardot, une pièce avec Lockroy. J'ai persuadé à Ledru-Rollin de demander une *Marseillaise* à Pauline[2]. Au reste, Rachel chante la vraie *Marseillaise* tous les soirs aux Français d'une manière admirable, à ce qu'on dit. J'irai l'entendre demain. Mon éditeur commence à me payer[3]. Il s'est déjà exécuté de 3 000 f. et promet le reste pour la semaine prochaine, nous nous en tirerons donc, j'espère. Tu entends bien que je n'ai pas dû demander un sou au gouvernement. Seulement, si je me trouvais dans la débine, je demanderais un prêt, et je ne serais pas exposée à une catastrophe. Tu entends bien aussi que ma rédaction dans les actes officiels du gouvernement ne doit pas être criée sur les toits. Je ne signe pas. Tu dois avoir reçu les 6 premiers n^os du *Bulletin de la République*, le 7^e sera de moi. Je te garderai la collection, ainsi *affiche* les tiens, et *fiche*-toi de les voir détruits par la pluie. Tu verras dans *la Réforme* d'aujourd'hui mon compte rendu de la fête de Nohant-Vic[4] et ton nom figurer au milieu. Tout

1. Revenue à Paris le 21 mars, Sand va en effet rédiger de nombreuses circulaires gouvernementales et collaborer à la rédaction du *Bulletin de la République*.
2. Un concours de chants nationaux sera lancé, et Pauline Viardot remportera une médaille pour *La Jeune République*.
3. Delatouche, qui a acheté *Histoire de ma vie* par traité du 21 décembre 1847.
4. Fête de la proclamation de la République à Nohant-Vicq (12 mars), dont Maurice est élu maire.

va aussi bien ici que ça va mal chez nous. J'ai prévenu
Ledru-Rollin de ce qui se passait à La Châtre. Il va y
envoyer un représentant spécial. Garde ça pour toi
encore. J'ai fait connaissance avec Jean Reynaud, avec
Barbès, avec M. Boudin, prétendant à la députation de
l'Indre, il m'a paru un républicain assez crâne et il est en
effet ami intime de Ledru-Rollin. S'il peut démolir Delavau, il nous faudra peut-être l'appuyer. Je crois que les
élections seront retardées. Il ne faut pas le dire, et il faut
ne pas négliger l'instruction de tes administrés. Tu as ton
bout de devoir à remplir, chacun doit s'y mettre, même
Lambert qui doit prêcher la république sur tous les tons
aux habitants de Nohant.

Je suis toujours dans ta cambuse[5], et j'y resterai peut-
être. C'est une économie, et le gouvernement provisoire
vient m'y trouver tout de même. La semaine prochaine
je t'enverrai un peu de quibus. Solange m'écrit qu'elle
va très bien et qu'elle part pour Paris. Elle dit pis que
pendre de son père, de la maison et de la société. Elle est
plus méchante et plus sèche que jamais. Je la tiendrai à
distance. Clésinger fera peu à peu ses affaires. La république lui reconnaît du talent et l'emploiera quand elle
aura de l'argent. Rothschild fait aujourd'hui de beaux sentiments sur la république. Il est gardé à vue par le gouvernement provisoire, qui ne veut pas qu'il se sauve avec
son argent, et qui lui mettrait de la mobile à ses trousses.
Encore *motus* là-dessus. Il se passe les plus drôles de
choses. Le gouvernement et le peuple s'attendent à
de mauvais députés et ils sont d'accord pour les *ficher* par
les fenêtres, tu viendras, nous irons, et nous rirons. On
est aussi crâne ici qu'on est lâche chez nous. On joue le
tout pour le tout, mais la partie est belle. Bonsoir, mon
Bouli, je t'embrasse mille fois. Le *Pôtu* va tous les soirs à
un club de Corréziens[6]. Il n'y a ni hommes ni femmes,
ils sont tous limougis. On n'y parle que le patois. Cha
doit être chuperbe!

Il va partir pour chon beau pays aussitôt que je serai
enrayée. Il ch'embête beaucoup, parce que je le conduis
chez les minichtres, oùche qu'il reste jusqu'à 1 h. du

5. G. Sand habite l'appartement de Maurice, 8 rue de Condé, au
5ᵉ étage sous les toits avec petit balcon.
6. Sand espérait faire élire son amant Borie (le *Pôtu*) député en
Corrèze.

matin à m'attendre dans les antichambres. Il dit que ch'est un fichou métier. Je crois bien qu'il chera député et qu'il parlera chur la châtaigne.

Dis à Titine que je l'embrasse et que je lui écrirai aussitôt que je pourrai. Je n'ai pas le temps de pioncer. Bige Marquis et claque Lambrouche.

Ne manque pas de dire à ta garde nationale qu'il n'est question que d'elle à Paris. Ça la flattera un peu.

Jeudi soir

## 136. À MAURICE DUDEVANT-SAND

[Paris, nuit du 16 au 17 avril 1848]

Mon pauvre Bouli, j'ai bien dans l'idée que la république a été tuée dans son principe et dans son avenir, du moins dans son prochain avenir, aujourd'hui. Elle a été souillée par ses cris de *mort*, la liberté et l'égalité ont été foulées aux pieds, avec la fraternité, pendant toute cette journée. C'est la contrepartie de la manifestation contre les bonnets à poil[1]. Aujourd'hui, ce n'étaient plus seulement les bonnets à poil, c'était toute la bourgeoisie armée et habillée, c'était toute la banlieue, cette même féroce banlieue qui criait en 1832[2] *Mort aux républicains*. Aujourd'hui, elle crie : *Vive la république*, mais *Mort aux communistes, Mort à Cabet*. Et ce cri est sorti de deux cent mille bouches dont les 19 vingtièmes le répétaient sans savoir ce que c'est que le communisme ; aujourd'hui Paris s'est conduit comme La Châtre.

Il faut te dire comment tout cela est arrivé, car tu n'y comprendras rien par les journaux. Garde pour toi le *secret* de la chose.

1. La lettre est écrite au soir d'une manifestation (et probable tentative de soulèvement menée par les clubs) destinée à obtenir l'ajournement des élections à la Constituante (fixées au 23 avril), pour permettre de mener à bien l'éducation politique des masses. Le 16 mars, avait eu lieu une manifestation réactionnaire des gardes nationaux bourgeois (les bonnets à poil), suivie le 17 d'une contre-manifestation qui avait déjà obtenu le report des élections du 9 au 23 avril.

2. Voir la lettre 23.

Il y avait trois conspirations, ou plutôt 4 sur pied depuis 8 jours. 1° Ledru-Rollin, Louis Blanc, Flocon, Caussidière et Albert, voulaient forcer Marrast, Garnier-Pagès, Carnot, Bethmont, enfin tous les juste-milieu de la république à se retirer du gouvernement provisoire. Ils auraient gardé Lamartine et Arago qui sont mixtes et qui, préférant le pouvoir aux opinions (qu'ils n'ont pas), se seraient joints à eux et au peuple. Cette conspiration était bien fondée. Les autres nous ramènent à toutes les institutions de la monarchie, au règne des banquiers, à la misère extrême et à l'abandon du pauvre, au luxe effréné des riches, enfin à ce système qui fait dépendre l'ouvrier, comme un esclave, du travail que le maître lui mesure, lui chicane et lui retire à son gré. Cette conspiration eût donc pu sauver la république, proclamer à l'instant la diminution des impôts du pauvre, prendre des mesures qui, sans ruiner les fortunes honnêtes, eût [*sic*] tiré la France de la crise financière, changé la forme de la loi électorale, qui est mauvaise et donnera des élections de clocher, enfin, faire tout le bien possible dans ce moment, ramener le peuple à la République, dont le bourgeois a réussi déjà à le dégoûter dans toutes les provinces, et nous procurer une Assemblée nationale qu'on n'aurait pas été forcé de violenter.

La 2ᵈᵉ conspiration était celle de Marrast, Garnier-Pagès et Cⁱᵉ qui voulaient armer et [faire] prononcer la bourgeoisie contre le peuple, et conserver le système de Louis-Philippe sous le nom de république.

La 3ᵉᵐᵉ était, dit-on, celle de Blanqui, Cabet et Raspail, qui voulaient, avec leurs disciples et leurs amis des clubs jacobins, tenter un coup de main et se mettre à la place du gouvernement provisoire.

La 4ᵉᵐᵉ était une complication de la 1ᵉʳᵉ. Louis Blanc, avec Vidal, Albert et *l'école ouvrière* du Luxembourg[3], voulant se faire proclamer dictateur et chasser tout, excepté lui. Je n'en ai pas la preuve, mais cela me paraît certain maintenant.

Voici comment ont agi les 4 conspirations.

3. Au palais du Luxembourg, siégeait la Commission du gouvernement pour les travailleurs, fondée par Louis Blanc qui en était président, et l'ouvrier Albert vice-président ; G. Sand lui a consacré un article, « Louis Blanc au Luxembourg » (*La Vraie République*, 2-3 juin 1848, recueilli dans *Souvenirs de 1848*).

Ledru-Rollin, ne pouvant s'entendre avec Louis Blanc, ou se sentant trahi par lui, n'a rien fait à propos et n'a eu qu'un rôle effacé.

Marrast et C^{ie} ont appelé sous main à leur aide toute la banlieue et toute la bourgeoisie armée, sous prétexte que Cabet voulait mettre Paris à feu et à sang, et on l'a si bien persuadé à tout le monde que le parti honnête et brave de Ledru-Rollin, qui était soutenu par Barbès, Caussidière et tous mes amis, est resté *coi*, ne voulant pas donner à son insu, dans la confusion d'un mouvement populaire, aide et protection à Cabet, qui est un imbécile assez mauvais, à Raspail et à Blanqui, qui sont deux misérables, les *Marat* de ce temps-ci.

La conspiration de Blanqui, Raspail et Cabet n'existait peut-être pas, à moins qu'elle ne fût mêlée à celle de Louis Blanc. Par eux-mêmes ces trois hommes ne réunissent pas à Paris 1 000 personnes sûres. Ils sont donc peu dignes du fracas qu'on a fait à leur propos.

La conspiration Louis Blanc, composée de 30 000 ouvriers des corporations ralliés par la formule de l'organisation du travail, était la seule qui pût inquiéter véritablement le parti Marrast, mais elle eût été écrasée par la garde nationale armée, si elle eût bougé.

Toutes ces combinaisons avaient chacune un prétexte différent pour se mettre sur pied aujourd'hui.

Pour les ouvriers de Louis Blanc, c'était de se réunir au Champ de Mars pour élire les officiers de leur état-major.

Pour la banlieue de Marrast, c'était de venir reconnaître ses officiers.

Pour la mobile et la police de Caussidière et Ledru, c'était d'empêcher Blanqui, Raspail et Cabet de faire un coup de main.

Pour ces derniers, c'était de porter des offrandes patriotiques à l'hôtel de ville[4].

Au milieu de tout cela, deux hommes pensaient à eux-mêmes sans agir. Leroux se tenait prêt à *escamoter la papauté* de Cabet sur les communistes. Mais il n'avait pas

---

4. La manifestation du Champ de Mars devait fêter l'élection de quatorze ouvriers à des postes d'officiers d'état-major de la Garde nationale, avec défilé vers l'Hôtel de Ville pour remettre au gouvernement des dons patriotiques et une pétition sur l'organisation du travail.

assez de suite dans les idées ou pas assez d'audace pour en venir à bout. Il est resté sans paraître. L'autre homme c'est Lamartine, jésuite naïf, espèce de Lafayette qui veut être président de la république et qui en viendra à bout, parce qu'il ménage toutes les idées et tous les hommes, sans croire à aucune idée et sans aimer aucun homme. Il a eu les honneurs et le triomphe de la journée sans avoir rien fait.

Voici maintenant comment les choses se sont passées : À 2 h., les 30 000 ouvriers de L. Blanc ont été au Champ de Mars où l'on dit que L. Blanc n'a point paru, ce qui les a mécontentés et refroidis. À la même heure, de tous les coins de Paris, ont apparu la garde nationale bourgeoise et la banlieue, 100 000 hommes au moins, qui ont été aux Invalides et n'ont fait que traverser pour se rendre à l'hôtel de ville en même temps que les ouvriers.

Ce mouvement s'est fait avec beaucoup d'art. Les ouvriers portaient des bannières sur lesquelles étaient écrites leurs formules, *Organisation du travail, Cessation de l'exploitation de l'homme par l'homme.* Ils allaient demander au gouvernement provisoire de leur promettre définitivement la garantie de ce principe et l'on pense que, sur le refus de certains membres du gouvernement, ils auraient exigé leur démission. Ils l'auraient fait pacifiquement, car ils n'avaient point d'armes, quoiqu'ils eussent pu en avoir, étant tous gardes nationaux.

Mais ils n'ont pu que présenter très civilement leurs offrandes et leurs vœux, car à peine avaient-ils enfilé le quai du Louvre, que trois files immenses de gardes nationaux armés jusqu'aux dents, fusils chargés et cartouches en poche, se placèrent sur les deux flancs de la colonne des ouvriers. Arrivés au pont des Arts, on fit encore une meilleure division. On plaça une troisième colonne de gardes nationaux et de mobiles au centre. De sorte que 5 colonnes marchaient de front, trois colonnes bourgeoises armées au centre et sur les côtés, deux colonnes d'ouvriers désarmées, à droite et à gauche de la colonne du centre. Puis, dans les intervalles, promenades de gardes nationaux à cheval, laids et bêtes comme de coutume. C'était un beau et triste spectacle que ce peuple marchant fier et mécontent au milieu de toutes ces baïonnettes. Les baïonnettes criaient et beuglaient, *Vive la République, Vive le gouvernement provisoire, Vive Lamartine.* Les ouvriers répondaient *Vive la bonne République*, *Vive l'égalité*, *Vive la vraie République du Christ*. La foule couvrait les trottoirs et les parapets. J'étais avec Rochery, et il n'y avait pas de moyen de marcher ailleurs qu'avec la colonne des ouvriers, toujours bonne, polie et fraternelle. Toutes les cinq minutes, on faisait faire un temps d'arrêt aux ouvriers, et la garde nationale avançait de plusieurs pelotons, afin de mettre un intervalle sur la place de l'Hôtel-de-Ville entre chaque colonne d'ouvriers et même entre chaque corporation. On les prenait dans un filet maille par maille. Ils le sentaient, et ils renfermaient leur indignation.

Arrivés sur la place de l'Hôtel-de-Ville, on leur fit attendre une heure que toute la mobile et toute la garde bourgeoise fût placée et échelonnée. Le gouvernement provisoire aux fenêtres du 1er de l'hôtel de ville, se posait en Apollon. Louis Blanc avait une belle tenue de Saint-Just. Ledru-Rollin se montrait peu et faisait contre fortune bon cœur. Lamartine triomphait sur toute la ligne. Garnier-Pagès faisait une mine de jésuite, Crémieux et Pagnerre étaient prodigues de leurs hideuses boules et saluaient royalement la populace.

Les pauvres ouvriers étaient refoulés derrière la garde bourgeoise le long des murs au fond de la place. Enfin on leur ouvrit, au milieu des rangs, un petit passage si étroit, que, de quatre par quatre qu'ils étaient, ils furent forcés de se mettre 2 [par] 2, et on leur permit d'arriver le long de la grille, c'est-à-dire devant 100 mille baïonnettes et fusils chargés. Dans l'intérieur de la grille, la mobile armée, fanatisée ou trompée, aurait fait feu sur eux au moindre mot. Le grand Lamartine daigna descendre sur le perron et leur donner de l'eau bénite de cour. Je n'ai pu entendre les discours, mais qu'ils en fussent contents ou non, cela dura 10 minutes et les ouvriers défilèrent par le fond des autres rues, tandis que la garde bourgeoise et la mobile se firent passer pompeusement en revue par Lamartine et les autres triomphateurs.

Comme je m'étais fourrée au milieu des gamins de la mobile, au centre de la place pour mieux voir, je me suis esquivée à ce moment-là, pour n'avoir pas l'honneur insigne d'être passée en revue aussi, et je suis revenue dîner chez Pinson, bien triste et voyant la *république républicaine* à bas pour longtemps peut-être.

Ce soir, je suis sortie à 9 h. avec Borie pour voir ce

qui se passait. Tous les ouvriers étaient partis, la rue était aux bourgeois, étudiants, boutiquiers, flâneurs de toute espèce qui criaient en rotant leur vin, *à bas les communistes, à la lanterne les cabétistes, mort à Cabet!* Et les enfants des rues répétaient machinalement ces cris de mort. Voilà comment la bourgeoisie fait l'éducation du peuple. Le 1er cri de *mort* et le doux nom de *lanterne* ont été jetés aujourd'hui à la révolution par les bourgeois. Nous en verrons de belles si on les laisse faire.

Sur le pont des Arts, nous entendons battre la charge et nous voyons reluire aux torches, sur les quais, une file de baïonnettes immense qui reprend au pas de course le chemin de l'hôtel de ville. Nous y courons, c'était la 2e légion, la plus bourgeoise de Paris et d'autres de même acabit, 20 000 hommes environ qui vociféraient à rendre sourd cet éternel cri de *Mort à Cabet, Mort aux communistes.* À coup sûr, je ne fais pas de Cabet le moindre cas, mais, sur trois hommes dont il est le moins mauvais, pourquoi toujours *Cabet?* à coup sûr Blanqui et Raspail mériteraient plus de haine, leur nom n'a pas été prononcé une seule fois. C'est qu'ils ne représentent pas d'idées, et que la bourgeoisie veut tuer les idées. Demain, on criera *à bas tous les socialistes, à bas Louis Blanc,* et quand on aura bien crié à bas, quand on se sera bien habitué au mot de *lanterne,* quand on aura bien accoutumé les oreilles du peuple au cri de *mort,* on s'étonnera que le peuple se fâche et se venge. C'est infâme. Si cette malheureuse bête de Cabet se fût montrée, on l'eût mise en pièces, car le peuple, en grande partie, croyait voir dans Cabet un ennemi redoutable.

Nous suivîmes cette bande de furieux jusqu'à l'hôtel de ville, et là elle défila devant l'hôtel, où il n'y avait personne du gouvernement provisoire, en beuglant toujours le même refrain et en tirant quelques coups de fusil en l'air. Ces bourgeois qui ne veulent pas que le peuple lance des pétards, ils avaient leurs fusils chargés à balle et pouvaient tuer quelques curieux aux fenêtres. Ça leur était fort égal, c'était une bande de bêtes altérées de sang. Que quelqu'un eût prononcé un mot de blâme, ils l'eussent tué. La pauvre petite mobile fraternisait avec eux sans savoir ce qu'elle faisait. Le général Courtais et son état-major, sur le perron, répondaient *Mort à Cabet.* Voilà une belle journée!

Nous sommes revenus tard. Tout le quai était couvert de groupes. Dans tous, un seul homme du peuple défendait, non pas Cabet, personne ne s'en soucie, mais le principe de la liberté violée par cette brutale démonstration, et tout le groupe maudissait Cabet et interprétait le communisme absolument comme le font les vignerons de Delavau. J'ai entendu ces orateurs isolés que tous contredisaient, dire des choses très bonnes et très sages. Ils disaient aux beaux esprits qui se moquaient du communisme, que, plus cela leur semblait bête, moins ils devaient le persécuter comme une chose dangereuse : que les communistes étaient en petit nombre et très pacifiques ; que, si *l'Icarie* faisait leur bonheur, ils avaient bien le droit de rêver l'Icarie, etc. Puis arrivaient des patrouilles de mobile (il y en avait autant que d'attroupements) qui passaient au milieu, se mêlaient un instant à la discussion, disaient quelques lazzi de gamin, priaient les citoyens de se disperser, et s'en allaient répétant comme un mot d'ordre distribué avec le cigare et le petit verre : *à bas Cabet, mort aux communistes.* Cette mobile si intelligente et si brave est déjà trompée et corrompue. La partie du peuple incorporée dans les belles légions de bourgeois a pris les idées bourgeoises en prenant un bel habit flambant neuf. Souvent on perd son cœur en quittant sa blouse. Tout ce qu'on a fait a été aristocratique, on en recueille le fruit.

Dans tout cela, le mal, le grand mal ne vient pas tant, comme on le dit, de ce que le peuple n'est pas encore capable de comprendre les idées. Cela ne vient pas non plus de ce que les idées ne sont pas assez mûres. Tout ce qu'on a d'idées à répandre et à faire comprendre suffirait à la situation, si les hommes qui représentent ces idées étaient *bons*, ce qui pèche ce sont les *caractères*. La vérité n'a de vie que dans une âme droite et d'influence que dans une bouche pure. Les hommes sont faux, ambitieux, vaniteux, égoïstes, et le meilleur ne vaut pas le diable, c'est bien triste à voir de près ! Les deux plus honnêtes caractères que j'aie encore rencontrés, c'est Barbès et Étienne Arago. C'est qu'ils sont braves comme des lions et dévoués de tout leur cœur. J'ai fait connaissance aussi avec Carteret secrétaire général de la police, c'est une belle âme. Barbès est un héros. Je crois aussi Caussidière très bon mais ce sont des hommes du second rang, tout le 1er rang vit avec cet idéal : *Moi, moi, moi.*

Nous verrons demain ce que le peuple pensera de tout cela à son réveil. Il se pourrait bien qu'il fût peu content, mais j'ai peur qu'il ne soit déjà trop tard pour qu'il secoue le joug. La bourgeoisie a pris sa revanche. Ce *malheureux Cabet*, cet infâme Blanqui, ce méchant Raspail et quelques autres de même farine, un abbé Constant qui est, je crois, un intrigant ou un fou, tout cela perd la vérité, parce qu'ils prêchent une certaine face de la vérité et qu'ils ne sont pas dignes d'en parler. On ne peut faire cause commune avec eux, et cependant la persécution qui s'attachera à eux prépare celle dont nous serons bientôt l'objet. Le principe est violé, et c'est la bourgeoisie qui relèvera l'échafaud.

Je suis bien triste, mon garçon. Si cela continue et qu'il n'y ait plus rien à faire dans un certain sens, je retournerai à Nohant écrire et me consoler près de toi. Je veux voir arriver l'Assemblée nationale; après, je crois bien que je n'aurai plus rien à faire ici.

J'attendais Titine ce soir, elle n'est pas arrivée, je suis inquiète et chagrine que tu m'écrives si peu et si rarement. Envoie-moi les papiers de Jacques Soulat. Je pourrai facilement obtenir quelque chose pour lui. Je n'ai pas réussi pour Dédollins. C'était bien différent, Oscar [Cazamajou] n'a pas d'avancement et je crois que c'est sa faute. Seulement il passe dans le 5ème hussards et va à l'armée des Alpes. Que vas-tu faire de *Cocoton*? Ne le laisse pas mourir, cela me chagrinerait.

### 137. À RENÉ VALLET DE VILLENEUVE

Nohant, 20 mai [18]48

Cher cousin, j'ai reçu toutes vos lettres et le temps, non le souvenir et la volonté, m'a manqué pour y répondre. Et puis, vous me faisiez des questions auxquelles il m'eût été impossible de vous donner une solution satisfaisante, car, sous un autre point de vue que vous, moi aussi je voyais l'horizon assez noir, à l'époque où vous m'écriviez la première des deux lettres auxquelles je réponds aujourd'hui. C'était à la veille du

16 avril, et, dans ce moment, où vous craigniez que la révolution n'allât trop en avant je craignais fort qu'elle ne se tînt trop en arrière. Après tous les événements bizarres et impossibles à prévoir (par ceux mêmes qui les ont provoqués), que nous venons de traverser, je crois que nous avons encore, vous et moi, la même chose à nous dire : Vous, *Pourvu que nous n'allions pas trop vite !* Moi : *Pourvu que tout n'aille pas trop lentement !* (Ah ! pardon ! je m'aperçois que j'ai commencé sur un feuillet coupé, permettez-moi de ne pas recommencer.) Nous voyons donc tout différemment, et j'ai peur d'avoir raison, j'ai peur de mieux connaître la situation que ceux qui croient passer tout doucement à côté du danger. J'ai peur que la majorité de l'assemblée ne soit extrêmement imprudente, à force de prudence. Vous savez que cela arrive quelquefois et qu'en reculant tout doucement devant une maison qui s'écroule, on est écrasé, tandis que ceux qui l'ont traversée au galop sont sauvés. Enfin, nous verrons ! Dieu veuille qu'on puisse faire cesser l'horrible misère et la profonde amertume du peuple des villes industrielles. Celui de nos campagnes est calme, parce que la moisson est *belle sur terre*, comme ils disent : mais ce n'est pas ce peuple-là qui fait les révolutions maintenant. Si l'assemblée bourgeoise que vous nous avez composée dans un esprit de sagesse et de crainte, ne fait pas de miracles d'ici à peu de temps, l'échauffourée du 15 mai[1], qui n'était qu'une bêtise et une folie par elle-même, sera le court et maladroit prologue d'un drame long et sérieux. La France eût pu préserver Paris, qui est son cœur et sa tête, des convulsions sociales qui s'y préparent. Mais la France n'a pas compris le caractère de la révolution que Paris lui a imposée, et là est le mal. On l'a dit, on le dit tous les jours : *ce n'est pas une révolution politique, c'est une révolution sociale* ; malheureusement la plupart de ceux qui le disent ne savent pas comment il faut agir, au milieu d'une révolution sociale, pour empêcher la guerre sociale. Malheureusement encore, les *meneurs* de la véritable idée sociale ne sont guère plus éclairés que ceux qu'ils combattent, et jouent trop la partie à leur profit. Somme

---

1. Une manifestation populaire en faveur des insurgés polonais vers l'Assemblée nationale avait dégénéré en tentative de coup d'État, violemment écrasée ; les principaux meneurs révolutionnaires, dont Barbès, sont arrêtés et emprisonnés.

toute, le peuple sent son mal et n'en connaît pas le remède. Il manque de guides à la hauteur de leur mission. L'assemblée qui va faire une constitution, manque de lumières et de grandeur. Un beau matin, au moment où les apôtres du *statu quo* social croiront pouvoir dormir sur les deux oreilles, une épouvantable secousse les éclairera *trop tard* sur la réalité et la profondeur du mal social.

Puissé-je me tromper! Puissions-nous marcher sans fureur et sans violence à la conquête du progrès! Mais je ne suis pas optimiste au point de croire que cela arrive sans de grands efforts et de grandes concessions de part et d'autre. Le peuple a prouvé, de reste, depuis le 24 février qu'il était patient et magnanime. C'est au tour de la bourgeoisie; elle n'a encore fait autre chose que de massacrer le peuple à Rouen, que de le provoquer à Lyon[2], que de le tromper dans les élections sur tous les points de la France, et que de se disputer à Paris, au sein de l'assemblée, sur des points secondaires. Elle perd du temps, elle n'a point de dignité, elle est méfiante et vindicative. Gare à elle! Elle entre en fureur contre ceux qui l'avertissent. Si on lui rendait la haine qu'elle témoigne, la politique serait de ne pas l'avertir et de la laisser se précipiter dans l'abîme.

Ne vous réjouissez donc pas trop de ce qui ressemble au calme. Le calme de la mer est trompeur et il faudrait désirer plus d'activité et d'animation dans les faits importants. Du fond de nos campagnes, nous ne pouvons pas juger la situation générale. Elle est bien grave, je vous assure. Le peuple industriel meurt de faim et les palliatifs sont déjà usés. On le démoralise de toutes parts, ceux-ci en lui promettant d'ici à demain un bonheur chimérique, ceux-là en lui disant qu'il est condamné à l'éternelle misère. Il finira par envoyer promener les uns et les autres, et par vouloir essayer tout seul ce qu'il peut faire pour se sauver. Si jusque-là on le comprime, il éclatera violemment et personne ne sera assez fort pour le retenir. Dieu sait pourtant qu'on eût pu le maintenir dans le grand sentiment qu'il avait de la révolution dans les premiers jours! On l'a trompé, on veut le tromper encore,

---

2. Le 27 avril, une émeute avait été durement réprimée à Rouen; à Lyon, les municipalités refusaient de donner du travail aux ateliers nationaux.

on le gâte ou on le blesse. C'est tout simple, on ne l'aime pas ! Eh bien, que la volonté de Dieu s'accomplisse dans le calme ou dans l'orage, mes pensées, à moi, ne changeront pas.

Que je vous parle donc de ma famille car la politique nous absorbe trop dans nos lettres, et tout ce que nous disons là ne sert à rien. Ne vous avais-je pas dit que Solange avait perdu sa fille, venue avant terme, peu de jours après l'avoir mise au monde[3] ? Heureusement, sa santé, qui avait souffert de cette couche prématurée et de ce chagrin maternel, est parfaitement rétablie. Je l'ai laissée à Paris fraîche et rose, et s'accommodant mieux que moi de son braque de mari, qui a un talent admirable, et tous les travers d'un artiste fougueux. Maurice est un artiste calme qui se soumet à tous les orages de la vie avec beaucoup de courage et de franchise. Nous sommes revenus tous les deux passer ici quelque temps et mettre un peu d'ordre dans nos affaires qui ont gravement souffert de la révolution. Mais pourvu que nous fassions honneur à tous nos petits engagements, nous ne comptons pour rien les privations personnelles. Que me dites-vous donc qu'il est *placé* ? pourquoi et dans quoi serait-il placé ? Il n'a d'autre aptitude déterminée que la peinture, et un emploi ne serait pour lui que le sacrifice de sa liberté pour de l'argent. Si nous arrivions à la misère il chercherait un modeste emploi, mais nous n'en sommes pas là, et encore je ne voudrais pas qu'il obtînt cet emploi tant que j'aurai quelques amis au pouvoir. Nous ne sommes pas de ceux qui *profitent* des circonstances, nous en rougirions lui et moi. Si nous avons une belle guerre, une guerre sérieuse, où la France ait besoin pour se préserver de l'envahissement de l'étranger, du zèle de tous ses enfants, il prendra un fusil et partira comme soldat volontaire ; comme a fait son grand-père dont le nom et le souvenir lui sont un exemple cher et sacré.

Bonsoir cher cousin, mettez-moi aux pieds de ma bonne cousine et rappelez-moi au doux souvenir de ma chère Emma [de La Roche-Aymon]. Parlez-moi de vous et des vôtres, et ne vous tourmentez pas de tout ce qu'on vous dit de moi. On fait tant de contes sur

3. Jeanne-Gabrielle Clésinger, née à Guillery le 28 février, y mourut le 6 mars.

tout le monde aujourd'hui, que les journaux n'ont plus besoin de feuilletons littéraires. Ils sont *romans* d'un bout à l'autre. Quant à mes *triomphes*, ils ont consisté à Paris, à vivre dans une mansarde de 100 écus par an, à dîner pour 30 sous, à payer mes dettes, et à travailler *gratis* pour la république. Voilà les honneurs, les profits et les grandeurs que j'ai brigués jusqu'à ce jour.

Bonsoir encore, aimez-moi toujours, je le mérite toujours et je vous aime toujours.

Aurore

## 138. À THÉOPHILE THORÉ

[Nohant, 28 mai 1848]

Cher Thoré, je vous enverrai de la copie[1], non pas une éclatante protestation comme vous me disiez, mais la suite (et non la fin) de la protestation de toute ma vie.

Quant à l'affaire du 15, je passerai à côté. Elle est accomplie, je n'ai plus le droit de la blâmer puisqu'elle est vaincue, et je garderai le silence sur les hommes qui l'ont soulevée et que nous n'aimons pas. Seulement je peux vous dire à vous, que lorsque j'appris dans la foule, ce bizarre mélange de noms jetés en défi à l'avenir, je rentrai chez moi décidée à ne pas me faire arracher un cheveu pour des Raspail, Cabet et Blanqui. Tant que ces hommes s'inscriront sur notre bannière, je m'abstiendrai. Ce sont des pédants et des théocrates, je ne veux point subir la loi de l'individu et je m'exilerai le jour où nous ferons la faute de les amener au pouvoir. Ne me dites point de n'avoir pas peur, ce mot-là n'est pas français. Je suis trop lasse de la vie pour éviter une occasion de la perdre, trop ennemie de la propriété pour ne pas désirer

---

1. G. Sand confirme qu'elle continue sa collaboration au journal de Thoré *La Vraie République*, dont le premier numéro avait paru le 26 mars 1848 ; du 2 mai au 11 juin, elle y donna treize articles, recueillis dans *Souvenirs de 1848* (Calmann-Lévy, 1880), et récemment dans *Politique et polémiques* (éd. Michelle Perrot, Imprimerie nationale, 1997, p. 417-525). Thoré, qui avait participé à la journée du 15 mai (à laquelle Sand ne consacra pas d'article), était obligé de se cacher, et réussit à passer à l'étranger.

de m'en voir débarrassée, trop habituée à la fatigue et au travail pour comprendre les avantages du repos.

Mais ma conscience est craintive et je pousse loin le scrupule quand il s'agit de conseiller et d'agiter le peuple dans la rue. Il n'est point de *doctrine* trop neuve et trop hardie, mais il ne faut pas jouer avec *l'action*. Je connais, tout comme un homme, l'émotion du combat et l'attrait du coup de fusil. Dans ma jeunesse j'aurais suivi le diable s'il avait commandé le feu. Mais j'ai appris tant de choses depuis, que je crains beaucoup le lendemain de la victoire. Sommes-nous mûrs pour en rendre un bon compte à Dieu et aux hommes ? Je dis *nous*, parce que je ne puis, dans ma pensée, nous séparer du peuple. Eh bien le peuple n'est pas prêt, et, en le stimulant trop, nous le retardons ; c'est là un fait qui n'est pas très logique, le fait l'est si rarement ! mais il est réel, et cela est encore plus sensible en province qu'à Paris.

Barbès est un héros, il raisonne comme un saint, c'est-à-dire fort mal quant aux choses de ce monde. Je l'aime tendrement et ne saurais par quel bout le défendre, parce que je ne puis admettre qu'il ait eu le *droit* au nom du peuple, dans cette triste journée. Ceux qu'on a appelés des *factieux* étaient, en effet, plus factieux qu'on ne pense. Dans l'ordre politique ils l'étaient moins que l'Assemblée nationale, mais dans l'ordre moral et intellectuel, ils l'étaient, n'en doutez pas. Ils voulaient imposer au peuple par la surprise, par l'audace (par la force, s'ils l'avaient pu), une idée que le peuple n'a pas encore acceptée. Ils auraient établi la loi de fraternité non comme Jésus, mais comme Mahomet. Au lieu d'une religion, nous aurions eu un fanatisme. Ce n'est pas ainsi que les vraies idées font leur chemin. Au bout de trois mois d'une pareille usurpation philosophique, nous n'aurions pas été républicains, mais cosaques. Est-ce que ces chefs de secte, en supposant même qu'ils eussent eu avec eux, seulement chacun 10 000 hommes et que l'exaltation de leurs forces réunies eût suffi à tenir Paris contre la province pendant quelques semaines, est-ce que ces chefs de secte se seraient supportés entre eux ? Est-ce que Blanqui aurait subi Barbès, est-ce que Leroux aurait toléré Cabet, est-ce que Raspail vous aurait accepté ? Quelle bataille au sein de cette association impossible ! Vous eussiez été forcés de faire bien plus de fautes que le gouvernement provisoire, vous n'auriez pu convoquer une assemblée et vous auriez déjà l'Europe sur les bras. La réaction ne partirait pas de la bourgeoisie qu'il est toujours facile d'intimider quand on a le peuple avec soi, mais du peuple même qui est indépendant et fier à l'endroit de ses croyances plus qu'à celles de son existence matérielle, et qui ne veut pas qu'on violente son ignorance quand il n'a que de l'ignorance à opposer au progrès.

Puisque vous êtes seul et caché, mon pauvre enfant, je puis causer avec vous et vous ennuyer quelques instants. C'est toujours une manière de passer le temps. Pardonnez-moi donc de le faire et de vous sermonner un peu. Vous êtes trop vif et trop dur à l'endroit des personnes. Vous vous pressez trop d'accuser, de traduire devant l'opinion publique les hommes qui ont l'air d'abandonner ou de trahir notre cause. Les hommes sont faibles, incertains, personnels, je le sais, et il n'en est pas un depuis le 24 février[2] qui n'ait été au-dessous de sa tâche. Mais nous-mêmes, en les condamnant au jour le jour, nous avons été au-dessous de la nôtre ; nous avons fait trop du journalisme à la manière du passé, et pas assez de la prédication comme il convenait à une doctrine d'avenir. Cela fait, en somme, de la mauvaise politique, inefficace quand elle n'est pas dangereuse. Ce n'est pas l'intelligence qui vous a manqué, à vous, personnellement, car au milieu de votre fougue, vous arrivez toujours à toucher très juste le point sensible de la situation. Mais un peu plus de *formes* (à mes yeux la véritable politesse c'est l'esprit de charité), un peu moins de précipitation à déclarer traîtres les irrésolus et les étourdis, n'eût pas nui à votre propagande. *Nous avons tous fait des sottises* disait Napoléon au retour de l'île d'Elbe. Eh bien, nous pouvons nous dire cela les uns aux autres aujourd'hui, et quand on fait cet aveu de bonne foi, on n'est que plus unis et plus forts. Vous-même, vous dites dans un des nᵒˢ que je reçois aujourd'hui, *Nos amis d'hier, qui le seront encore demain.* C'est donc vrai qu'il ne faut pas se brouiller avec ceux qui ont combattu avec nous hier et qui reviendront combattre avec nous demain, quand la réaction sur laquelle ils croient pouvoir agir les chassera du pouvoir. Voyez-vous, je ne crois pas, moi, qu'on devienne, du jour au lende-

---

2. Début de la révolution de 1848.

main, un misérable et un apostat ; et pourtant notre vie,
surtout dans un temps de crise comme celui-ci, est si
flottante, si difficile, si troublée, qu'en nous jugeant au
jour le jour, on peut aisément trouver en faute. Eh
bien, on n'est jamais juste envers son semblable quand
on le juge ainsi sur une suite variable de faits journaliers.
Il faut voir l'ensemble. Il y a un mois, je me sentais fort
montée contre M. Lamartine, je doutais de sa loyauté, je
le voyais courant à la présidence suprême. Il a pourtant
compromis, perdu peut-être, sa popularité bourgeoise
pour conserver sa popularité démocratique. Vous direz
que c'est une vanité mieux entendue, soit ; il a toujours
eu le goût de faire le bon choix, et le plus courageux
dans ce moment-ci. Aujourd'hui, il me semble bien comme
à vous, que Ledru-Rollin devrait se retirer du pouvoir, et
j'ai de plus fortes raisons que vous encore, pour le penser. Mais j'attends, et je compte que le bon élan lui viendra quand il verra clairement la situation[3]. Je le connais,
il a du cœur, il a des entrailles, et, de ce qu'il ne voit pas
comme nous en ce moment, il ne résulte pas qu'il ne
sente pas comme nous quand la grande fibre populaire
nous montrera clairement à tous le chemin qu'il faut
prendre.

J'en connais d'autres que vous accusez et qui ont
bonne intention pourtant. *N'accusons* donc pas, je vous en
supplie, au nom de l'avenir de notre pauvre république
que nos soupçons et nos divisions déchirent dans sa
fleur ! Ne varions pas pour cela sur les principes. Ne
vous gênez pas pour dire aux hommes, même à ceux
que vous aimez, qu'ils se trompent, et ne perdez rien de
votre vigueur de discussion sur les idées, sur les faits
même. Ce que je vous demande en grâce, c'est de ne pas
condamner les intentions, les motifs, les caractères. Eussiez-vous raison, ce serait, je le répète, de la mauvaise politique, surtout dans la forme, comme en a fait *la Réforme*
contre *le National, du temps de l'autre*.

Voilà le tas de lieux communs que j'aurais voulu vous
dire de vive voix, avant toutes ces catastrophes, et ce que
je disais quelquefois à Barbès. Mais on n'avait pas le

---

3. Ce même jour, elle écrit à Ledru-Rollin : « Je reste persuadée
que vous ne devez pas abandonner le terrain à la réaction sans avoir
essayé de la briser. »

temps de se voir, et c'était un mal. Il faut quelquefois
entendre le lieu commun, il a souvent la vérité pour lui.

C'est cette absence de formes et de procédés, que j'appellerai si vous voulez le *savoir-vivre* intellectuel, qui me
choque particulièrement dans l'affaire du 15. Le peuple a
par-dessus tout ce savoir-vivre d'aspiration qui rend ses
mœurs publiques supérieures aux nôtres dans le moment
où nous vivons. Cela est bien prouvé depuis le 24 février.
Nous l'avons vu, dans toutes les manifestations, commu-
nier en place publique avec ses ennemis et sacrifier toutes
ses haines légitimes, tous ses ressentiments fondés, à
l'idée de fraternité ou de générosité. Certes nous autres,
nous n'en faisons pas volontiers autant dans nos relations
particulières. Eh bien, le peuple porte au plus haut point
le respect des relations publiques. Le 15 mai, il se dirige
sur le palais Bourbon avec des intentions pacifiques (sauf
les meneurs). On le laisse passer. Soit préméditation, soit
inspiration, les baïonnettes disparaissent devant lui. Il
avance, il va jusqu'à la porte en chantant et en riant. La
tête du défilé forçait les grilles, le milieu n'en savait rien
(j'y étais). On se croyait admis, reçu à bras ouverts par
l'Assemblée. Je ne le pensais pas, moi, je jugeais que la
crainte du sang répandu avait engagé la bourgeoisie à faire
contre mauvaise fortune, sinon bon cœur, du moins bonne
mine, et j'entendais dire autour de moi qu'on n'abuserait pas de ce bon accueil, qu'on montrerait la force du
nombre, et qu'on défilerait décemment, respectueusement
en respectant l'Assemblée pour lui apprendre à respecter
le peuple. Vous savez le reste, la masse n'a point pénétré, elle est restée calme dans l'attente d'un résultat qu'elle
ne prévoyait pas, et tout ce qui a eu le malheur d'entrer
dans l'enceinte maudite, s'y est conduit sans dignité, sans
ordre et sans force véritable. Tout a fui, à l'approche des
baïonnettes. Est-ce qu'une révolution doit fuir ? Ceux qui
avaient quelque chose d'arrêté dans l'esprit, si toutefois il
y avait de ceux-là, devaient périr là. C'eût été du moins
une protestation. Je vous jure que si j'y étais entrée, je
n'en serais pas sortie *vivant* (je me suppose homme). Ce
n'est donc ni une protestation ni une révolution, ni
même une émeute. C'est tout bonnement un coup de
tête, et Barbès ne s'y est trompé que parce qu'il a voulu
s'y tromper. Chevalier de la cause, comme vous l'appelez
très bien, il s'est dit qu'il fallait se perdre pour elle et avec

elle. Honneur à lui toujours ! mais malheur à nous. Notre
idée s'est déconsidérée dans la personne de certains autres.
Ce n'est pas le manque de succès qui la condamne tant
s'en faut. Mais c'est le manque de tenue et de consentement général. On avait mené là, par surprise et à l'aide
d'une tromperie, des gens qui n'y comprenaient goutte,
et il y a là-dedans quelque chose de très contraire au
caractère français, quelque chose qui sent la secte, c'est-
à-dire le jésuitisme, quelque chose enfin que je ne puis
souffrir et que je désavouerais hautement, si Barbès,
Louis Blanc et vous n'aviez pas été forcés d'en subir la
conséquence fatale.

Voilà, mon cher ami, tout ce que j'avais besoin de
vous dire, et ne faites pas fi du sentiment d'une femme.
Les femmes et les enfants, toujours désintéressés dans les
questions politiques, sont en rapport plus direct avec l'esprit qui souffle d'en haut sur les agitations de ce monde.
J'écrirai dans *la Vraie République* quand même, et sans y
mettre aucune condition morale. Mais, au nom de la
cause, au nom de la vérité je vous demande d'avoir le feu
non moins vif, mais plus pur, la parole non moins hardie
mais plus calme. Les grandes convictions sont sereines.
Ne vous faites point accuser d'ambition personnelle. On
suppose toujours que la passion politique cache cette
arrière-pensée chez les hommes. Enfin, écoutez-moi, je
vous le demande, sans craindre que vous m'accusiez
de présomption. J'ai pour moi l'enfance de l'âme et la
vieillesse de l'expérience. Mon cœur est tout entier dans
ce que je vous dis, quand vous me connaîtrez tout de
bon, vous saurez que vous pouvez vous confier aveuglément à l'instinct de ce cœur-là.

On m'a beaucoup conseillé de me cacher aussi, mes
amis m'ont écrit de Paris que je serais arrêtée. Je n'en
crois rien et j'attends. Je ne suis pas très en sûreté non
plus ici. Les bourgeois ont fait accroire aux paysans que
j'étais l'ardent disciple du *père Communisme*[4], un gaillard
très méchant qui brouille tout à Paris et qui veut que l'on
mette à mort les enfants au-dessous de 3 ans et les
vieillards au-dessus de 60. Cela ressemble à une plaisanterie, c'est pourtant réel. Hors de ma commune, on le

---

4. C'est le titre de l'article publié sous forme de lettre à Thoré
dans *La Vraie République* du 27 mai.

croit et on promet de m'enterrer dans les fossés. Vous
voyez où nous en sommes. Je vis pourtant tranquille, et je
me promène sans qu'on me dise rien. Jamais les hommes
n'ont été si féroces… en paroles. Mais quelle stupide et
lâche éducation les habiles donnent aux simples !

Bonsoir, cachez-vous encore. Vous n'auriez rien à
craindre d'une instruction, mais on vous ferait perdre du
temps, et cette réaction passera vite quant au fait actuel.
Je crois que quant au fait général, elle pourra durer
quelques mois. Les vrais républicains se sont trop divisés,
le mal est là.

Écrivez-moi, et brûlez ma lettre. Courage et fraternité.

G. Sand

## 139. À PAULINE VIARDOT

10 juin [1848]. Nohant.

Merci, ma fille chérie, je suis aussi tranquille que si
j'étais en sûreté, ce qui revient à peu près au même. Par le
fait on est plus calme à La Châtre qu'on ne l'était avant
les élections[1], et il n'y a plus que moi qu'on persiste à
menacer de temps en temps. Mais, pour mon compte,
cela m'est égal. Je trouverais même assez drôle que, par
haine du communisme, et pour donner tort à cette prétendue doctrine du pillage et de l'incendie, les *conservateurs*
de La Châtre vinssent piller et brûler chez moi. Ce serait
un *exemple* à leur voir donner, et je ne désespère pas que,
soit à mon égard, soit à l'égard de tout autre, ils ne révèlent par quelque fait de ce genre leur probité, leur amour
de l'ordre, leur moralité et *leur respect pour la propriété*. Au
reste, c'est un vent qui gronde à quelque *distance*, ils sont
moins braves que fanfarons, et comme Nohant est toujours bon, calme et bienveillant comme à l'ordinaire ma
tranquillité personnelle n'est troublée que par une petite
attente des événements. On s'habitue très bien à cette
attente quand on la méprise, et je vous assure qu'ils ne

1. Les élections du 23 avril pour élire les représentants du peuple
à l'Assemblée constituante.

nous feront pas fuir. Ils ne sont pas tous méchants d'ailleurs et peu à peu, leur bêtise et leur crédulité se dissiperont.

Paris va bien mal, vous le savez par les journaux. Mon pauvre ami Barbès s'est fatalement compromis dans une échauffourée absurde, dont il n'était pas plus que moi le complice. Des mouchards ont essayé de m'envoyer aussi à Vincennes[2]. Mais comme je n'avais point participé, même d'*intention* à cette triste et folle affaire, les charges élevées contre moi se sont réduites à néant. Des amis qui me croyaient coupable de quelque imprudence voulaient absolument me faire partir pour l'Italie, mais j'aurais mieux aimé une prison en France que la liberté ailleurs. Je les ai rassurés, et on m'a laissée tranquille. Mais je ne puis pas l'être moralement. Je vois la République à la veille de graves événements dont nul ne peut prévoir l'issue. La réaction va trop vite. Chaque parti réactionnaire conspire. Le peuple seul ne conspire pas, mais on le blesse, on l'humilie, on l'injurie. On traiterait volontiers de *forçats libérés* tout ce qui n'est pas enchanté de la conduite de l'Assemblée nationale. Le peuple se fâchera, et ce sera peut-être ce qui pourra lui arriver de pis dans ce moment, quoiqu'il en ait mille fois le droit. Mais il manque d'unité, de discipline et d'organisation et on ne peut prévoir ce qu'il ferait de sa victoire.

Enfin les cartes sont bien brouillées, ma chère Mignonne, mais, quoi qu'il arrive, je crois et espère, malgré les accès de tristesse que le présent amène. Vous êtes bonne et mignonne comme à l'ordinaire, de vouloir que je me réfugie sous vos ombrages mais je ne profiterai pas de cette belle retraite. Je me sens à la hauteur de l'époque qu'il nous faut traverser, et je saurai trouver le calme de l'esprit de quelque côté que souffle l'orage. Je vous aime, ma mignonne, et je ne m'inquiète pas non plus des *conspirations* de coulisses qui vous poursuivent[3]. Je sais qu'il ne vous faut qu'ouvrir la bouche pour tout réduire au silence et des jours viendront où vous régnerez partout sans contestation.

Voyez-vous Chopin? Parlez-moi de sa santé. Je n'ai

2. Après l'émeute du 15 mai, Barbès avait été emprisonné au fort de Vincennes.

3. Des jalousies avaient tenté de saboter les débuts à Londres de Pauline Viardot.

pas pu payer sa fureur et sa haine par de la haine et de la fureur. Je pense à lui souvent comme à un enfant malade, aigri et égaré. J'ai beaucoup revu Solange à Paris, comme vous savez, et je me suis beaucoup occupée d'elle mais je n'ai jamais trouvé qu'une pierre à la place du cœur.

J'ai repris mon travail en attendant que le flot me porte ailleurs. Maurice est toujours bon et sage. Il a eu pourtant une petite velléité de s'engager comme simple soldat au moment où on croyait à la guerre. Je ne l'en aurais pas empêché, si, en effet, il y avait eu guerre et *devoir*. Mais je l'ai retenu de faire cette folie qui n'eût rimé à rien, et, à présent que les idées ont tourné à la paix, il me remercie d'avoir contenu son premier élan.

Adieu, chérie fifille, quand revenez-vous ? Je vous aime et vous bige mille fois. Et *ma petite bonne femme* [Louise] *aussi*. Est-ce qu'elle se souvient de moi ? Maurice vous dit *Salut et fraternité* du fond du *cœur*.

## 140. À ARMAND BARBÈS

Nohant, 10 juin 1848

Je n'ai reçu votre lettre qu'aujourd'hui 10 juin[1], cher et admirable ami. Je vous remercie de cette bonne pensée, j'en avais besoin ; car je n'ai pas passé une heure depuis le 15 mai sans penser à vous et sans me tourmenter de votre situation. Je sais que cela vous occupe moins que nous ; mais enfin il m'est doux d'apprendre qu'elle est devenue matériellement supportable. Ah oui ! je vous assure que je n'ai pas goûté la chaleur d'un rayon de soleil sans me le reprocher, en quelque sorte, en songeant que vous en étiez privé. Et moi qui vous disais : « Trois mois de liberté et de soleil vous guériront ! » On a dit que

---

1. Lettre du 28 mai, écrite du donjon de Vincennes (Sand-Barbès, *Correspondance d'une amitié républicaine*, éd. Michelle Perrot, Le Capucin, Lectoure, 1999, p. 17-18), dont nous citons cet extrait : « je n'ai pu m'empêcher de personnifier en vous l'âme et le cœur de notre jeune République. Tout ce qui lui arrive de mal vous affecte ; tous les coups qu'on lui porte vous atteignent, combien donc devez-vous être malheureuse de notre stupide journée du 15 mai ! »…

j'étais *complice* de quelque chose, je ne sais pas quoi, par
exemple. Je n'ai eu ni l'honneur ni le mérite de faire
quelque chose pour la cause, pas même une folie ou une
*imprudence*, comme on dit ; je ne savais rien, je ne comprenais rien à ce qui se passait : j'étais là comme curieux
étonné et inquiet, et il n'était pas encore *défendu*, de par
les lois de la République, de faire partie d'un groupe de
badauds. Les nouvelles les plus contradictoires traver-
saient la foule. On a été jusqu'à nous dire que vous aviez
été tué. Heureusement, cela était démenti au bout d'un
instant par une autre version. Mais quelle triste et pénible
journée ! Le lendemain était lugubre. Toute cette population armée, furieuse ou consternée, le peuple provoqué,
incertain, et à chaque instant, des légions qui passaient,
criant à la fois : *Vive Barbès !* et *À bas Barbès !* Il y avait
encore de la crainte chez les vainqueurs. Aujourd'hui,
sont-ils plus calmes après tout ce développement de ter-
rorisme ? J'en doute.

Enfin, je ne sais par quel caprice, il paraît qu'on voulait me faire un mauvais parti, et mes amis me conseil-
laient de fuir en Italie. Je n'ai pas entendu de cette oreille-
là. Si j'avais espéré qu'on me mît en prison près de vous,
j'aurais crié : *Vive Barbès !* devant le premier garde national que j'aurais trouvé nez à nez. Il n'en aurait peut-être
pas fallu davantage ; mais, comme femme, je suis toujours forcée de reculer devant la crainte d'insultes pires
que des coups, devant ces sales invectives que les *braves*
de la bourgeoisie ne se font pas faute d'adresser au plus
faible, à la femme, de préférence à l'homme.

J'ai quitté Paris, d'abord parce que je n'avais plus d'argent pour y rester, ensuite pour ne pas exposer Maurice
à se faire *empoigner* ; ce qui lui fût arrivé s'il eût entendu
les torrents d'injures que l'on exhalait contre tous ses
amis et même contre sa mère, dans cet immense corps
de garde qui avait remplacé le Paris du peuple, le Paris
de Février. Voyez quelle différence ! Dans tout le courant
de mars, je pouvais aller et venir seule dans tout Paris, à
toutes les heures, et je n'ai jamais rencontré un ouvrier,
un *voyou* qui, non seulement ne m'ait fait place sur le trot-
toir, mais encore qui ne l'ait fait d'un air affable et bienveillant. Le 17 mai, j'osais à peine sortir en plein jour
avec mes amis. *L'ordre* régnait !

Mais c'est bien assez vous parler de moi. Je n'ose

pourtant pas vous parler de vous : vous comprenez pourquoi. Mais, si vous pouvez lire des journaux, et si *la Vraie République* du 9 juin vous est arrivée, vous aurez vu que je vous écrivais en quelque sorte avant d'avoir reçu votre lettre. Ne faites attention dans cet article qu'au dernier paragraphe[2]. Le reste est pour cet être à toutes facettes qu'on appelle le public, la fin était pour vous.

Ah ! mon ami, que votre foi est belle et grande ! Du fond de votre prison, vous ne pensez qu'à sauver ceux qui paraissent compromis, et à consoler ceux qui s'affligent. Vous essayez de me donner du courage, au rebours de la situation normale qui me commande de vous en donner. Mon Dieu, je sais que vous n'en avez pas besoin, vous n'en avez que trop. Moi, je n'en ai pas pour les autres. Leurs malheurs me brisent, et le vôtre m'a jetée dans un grand abattement ; j'ai peur de l'avenir, j'envie ceux qui n'ont peur que pour eux-mêmes et qui se préoccupent de ce qu'ils deviendront. Il me semble que le fardeau de leur angoisse est bien léger, au prix de celui qui pèse sur mon âme. Je souffre pour tous les êtres qui souffrent, qui font le mal ou le laissent faire sans le comprendre ; pour ce peuple qui est si malheureux et qui tend toujours le dos aux coups et les bras à la chaîne. Depuis ces paysans polonais qui veulent être Russes, jusqu'à ces lazzaroni qui égorgent les républicains[3] ; depuis ce peuple intelligent de Paris, qui se laisse tromper comme un niais, jusqu'à ces paysans des provinces qui tueraient les *communistes* à coups de fourche, je ne vois qu'ignorance et faiblesse morale en majorité sur la face du globe. La lutte est bien engagée, je le sais bien. Nous y périrons, c'est ce qui me console. Après nous, le progrès continuera. Je ne doute ni de Dieu ni des hommes ;

2. L'article est intitulé « Barbès » ; citons le début et la fin de ce dernier paragraphe : « Quant à toi, Barbès, rappelle-toi le mot de l'enfer dans *Faust* : *Pour avoir aimé, tu mourras !* Oui, pour avoir aimé ton semblable, pour t'être dévoué sans réserve, sans arrière-pensée, sans espoir de compensation à l'humanité, tu seras brisé, calomnié, insulté, déchiré par elle. [...] Mais tu crois à la vie éternelle ; et, d'ailleurs, tandis que les ennemis du peuple te jetteront une dernière pierre, le peuple te criera par la bouche de ceux qui t'aiment : *Merci, honnête homme !* » (*Souvenirs de 1848*, p. 175).

3. À Naples, le 15 mai, les troupes royales avaient écrasé une insurrection grâce à l'appui des lazzaroni, gens du peuple, pêcheurs, portefaix, commissionnaires et mendiants.

mais il m'est impossible de ne pas trouver amer ce fleuve de douleurs qui nous entraîne, et où, tout en nageant, nous avalons beaucoup de fiel.

Adieu, cher ami et frère. Borie vous aime, allez ! et Maurice aussi ! Ils sont ici près de moi. Si nous étions à Paris, nous irions vous voir, vous nous auriez déjà vus, vous pouvez bien le croire, et aussitôt que nous irons, vous nous verrez.

Adieu, adieu ; écrivez-moi si vous pouvez, et sachez bien que vous avez en moi une sœur, je ne dis pas aussi bonne, mais aussi dévouée que l'autre [Mme Carles].

G. S.

## 141. À MARIE DORVAL

Nohant, 16 juin [18]48

Je ne voulais pas croire à cette affreuse nouvelle qu'on ne m'avait pas donnée comme certaine, et je n'osais pas t'interroger, ma pauvre chère Marie. Ta lettre me brise le cœur[1]. Oui, oui je comprends ton désespoir et je pleure avec toi cet heureux enfant, béni de Dieu, puisqu'il est retourné vers lui, avant d'avoir connu notre triste et affreuse vie. Il est bien heureux, lui ! Il n'a vécu que de soins, d'amour, de caresses et de gaieté. Il n'est pas dans ce petit tombeau où tu vas pleurer. Il est dans le sein de Dieu. Quel que soit son paradis il est bien, là où il est, puisqu'il y est retourné pur comme il en était venu. C'est Dieu, c'est le foyer du beau et du bon par excellence qui recueille les âmes envolées d'ici-bas. Il les retrempe pour nous les renvoyer en d'autres temps, ou il les garde à jamais avec lui, ou il les consume dans un foyer de vie éternelle et sans nuage. Qu'en fait-il, en un mot ? C'est

---

1. Dans sa lettre du 12 juin, Marie Dorval annonçait la mort de son petit-fils, Georges Luguet, âgé de quatre ans, fils de René et Caroline Luguet (parents aussi d'une petite Marie). G. Sand a publié cette lettre bouleversante dans *Histoire de ma vie* (V, 4), en y apportant de nombreuses corrections ; le texte exact a été publié par Simone André-Maurois (G. Sand-Marie Dorval, *Correspondance inédite*, Gallimard, 1953, p. 247-249).

son secret et nous ne le découvrirons pas. Mais nous ne pouvons pas penser qu'il n'aime pas ce qu'il a créé et qu'il ne bénisse pas ce qu'il a aimé. Nous ne pouvons pas comprendre que les objets de notre amour soient plus mal dans son sein que dans nos bras, puisqu'il les a tirés de son sein pour les mettre dans le nôtre. Sois tranquille pour ton enfant. Il est aimé ailleurs en ce moment, et l'amour que tu lui portes toujours en dépit de la mort, l'accompagne et le protège dans une autre sphère d'existence, où il te voit et te sourit sans cesse. Les prêtres ont raison de nous enseigner ces choses-là en partie. Ils l'expliquent mal, l'homme ne peut rien expliquer des mystères de l'autre vie. Mais ce que tous les hommes ont cru, ce que toutes les religions ont enseigné est une aspiration, fondée, une révélation vague de quelque éternelle vérité qu'on n'apprend bien qu'après la mort. Eh mon Dieu, nous n'en sommes pas si loin, les uns et les autres. Pourquoi nous en tourmenter ? Dieu est juste, il n'est point implacable et vindicatif comme les hommes, il aime puisqu'il nous a faits aimants. Il chérit nos enfants puisqu'il nous a doués pour eux d'une tendresse si passionnée. Nous pouvons bien avoir en lui une confiance aveugle, puisque tant d'esprits plus forts que les nôtres se sont endormis paisiblement dans les bras de la mort. Il n'y a ni folie ni bêtise à croire à une vie meilleure, où vont ceux qui nous quittent et où nous les retrouverons. Il me serait impossible, quant à moi, de ne pas y croire, et ceux que j'ai perdus et aimés me semblent toujours vivants, toujours en rapport avec moi. Ton enfant vit, sois-en sûre, seulement tu ne le vois plus, mais tu le reverras. Si la mort était quelque chose d'absolu, la vie n'existerait pas.

Mais quelle douleur pour toi, pauvre femme, que cette séparation ! Pour cette peine-là, je ne puis te consoler. Il n'y a que cette autre petite fille si jolie qui le pourra avec le temps. Et Caroline, tu ne m'en parles pas ? et Luguet ? Ils doivent être bien malheureux aussi ! Sois forte pour tous, ma bonne Marie, afin qu'ils souffrent moins et que ta douleur ne soit pas le comble de leur infortune. Il n'y a que le sentiment du devoir qui nous puisse faire accepter la vie après de tels déchirements. Si mon amitié pour toi peut compter pour quelque chose dans une vie aussi agitée, aussi désolée que la tienne, souviens-toi qu'elle est déjà ancienne et qu'elle n'a jamais failli ; qu'elle a résisté

à des luttes, à des calomnies, à des méchancetés sans
nombre, et qu'elle est toujours pure et entière. J'ai compris ton cœur, si mal compris par tant d'autres, et t'ai
toujours trouvée meilleure et plus grande que toutes ces
hypocrites vertus dont le monde est plein. Prends courage encore, tu n'as pas vécu sans être aimée et sans être
estimée sérieusement, de ceux qui t'ont connue, et qui
t'ont vue traverser tant de martyres. Ne désespère pas de
l'art, nous traversons une mauvaise phase, mais l'art ne
peut pas plus périr que l'humanité. J'ai bien des peines
aussi pour mon compte, mais je ne t'en parle pas. Je ne
m'en souviens pas quand je songe aux tiennes.

Adieu, ma bonne et chère malheureuse femme. Pense
à Dieu, ils disent que c'est un rêve ; mais va, il n'y a de
vrai que ce que nous pressentons derrière ce rêve-là.
C'est leur bête de vie, c'est leur sot orgueil, ce sont leurs
mauvaises passions qui ne sont que des rêves, à ces âmes
sans foi qui voudraient nous désespérer. Les prêtres ne
peuvent pas nous consoler, ce ne sont pas des hommes,
puisqu'ils ne sont ni pères ni maris, ils ne comprennent
rien à nos liens du sang. Mais il n'y a pas besoin de
prêtre pour comprendre et aimer Dieu. Entre les cagots
et les impies, il y a toujours la vérité divine, la bonté
divine, l'amour divin, et tout cela nous dédommage de ce
que nous endurons en ce monde. Écris-moi et si parler
de ton chagrin te soulage, ne crains jamais de m'ennuyer.
Mon cœur est toujours ouvert à tes plaintes, tu le sais.

George Sand


## 142. À FÉLICITÉ DE LAMENNAIS

[Nohant, 14 juillet 1848]

Mon noble ami, je veux vous serrer et vous baiser la
main pour vous remercier de ces beaux et mémorables
élans de cœur qui ont sanctifié l'existence et la fin
du *Peuple constituant*[1]. L'histoire les conservera dans ses

1. Le dernier numéro du journal *Le Peuple constituant* (qui avait
commencé à paraître le 27 février, et qui ne put acquitter la caution

archives et un jour on frémira d'indignation et de pitié pour notre misérable époque, en voyant cette bande de deuil autour du dernier n° de votre journal, tandis que *le Constitutionnel* et les *Débats*, libres et triomphants, entonnaient l'hymne de victoire sur des cadavres. Ah généreux cœur, que vous avez dû souffrir dans ces fatales journées[2], et comme j'ai pensé à vous ! Vous seul, avez compris le sens et la portée de cette effroyable lutte, vous seul avez eu le courage, au milieu du plus grand péril, de dire la vérité tout entière. Au reste, c'est votre lot en ce monde, que cette généreuse audace et cette douleur immense qui révèle tant de charité et de grandeur. Vous savez que je ne vois pas toujours comme vous dans les faits discutables, et que vous importe ? Vous savez aussi que dans les choses essentielles, dans ce qui frappe le fond des entrailles et de la conscience humaines, j'ai en vous une foi ardente et pour vous un respect profond, religieux et filial. Je me suis bien parfois dépitée contre vous, et vous en auriez ri dans ce temps où l'on riait encore. Mais, dans le temps des larmes, je retrouve toujours votre voix sympathique et vibrante comme celle d'un véritable apôtre et d'un grand chrétien. J'ai besoin de vous le dire, aujourd'hui, quoique vous n'ayez guère le temps de songer à moi, mais une parole qui part du cœur, une poignée de main loyalement fraternelle ne peuvent point faire de mal, et ce n'est pas une minute perdue que celle qui vous apporte la bénédiction et l'hommage d'une âme dévouée et reconnaissante.

           George Sand

Nohant 14 juillet 48.

---

financière imposée aux journaux) donnait un bel éditorial d'adieu de Lamennais, encadré de noir : « *Le Peuple constituant* a commencé avec la République, il finit avec la République [...] Silence aux pauvres ! »

 2. Les journées de juin : la dissolution des ateliers nationaux le 23 juin provoque de graves émeutes ; Paris se couvre de barricades ; la capitale est mise en état de siège, le général Cavaignac reçoit les pleins pouvoirs et écrase la révolte dans le sang, au prix de nombreux morts ; suivent des exécutions, et des milliers de personnes sont arrêtées et déportées.

## 143. À CHARLES PONCY

Nohant, 1er août [18]48

Cher enfant, il est bien vrai que depuis des siècles je ne vous écris pas, et je n'écris presque à personne. J'ai été accablée d'abord d'un tel dégoût en quittant Paris, ensuite d'une telle horreur en apprenant les funestes nouvelles de Juin, que j'ai été malade et comme imbécile pendant bien des jours. Ma santé se rétablit, mais mon âme restera à jamais brisée, car je n'ai plus d'espérance pour le temps qui me reste à vivre. L'humanité s'est engagée dans une nouvelle phase de lutte, et comme elle ne voit pas encore clair et ne sait où elle va, elle en a pour longtemps avant de cesser cette agitation sur place qui est la plus horrible des souffrances.

Mettons-nous pour un instant en dehors de ces douleurs, l'instant sera court car les conclusions philosophiques ne rassurent que l'esprit. Elles ne consolent pas le cœur ; elles sont remises à la volonté de la providence ; on ne sait pas combien de temps la providence prendra pour les résoudre, et, en attendant, nous autres, pauvres humains, qui vivons dans les jours qui s'écoulent, nous ne pouvons nous détacher du présent, et nous en souffrons dans notre âme, dans notre conscience et dans nos entrailles.

Voici ces conclusions. Elles sont simples et faciles à comprendre.

Il y a deux sortes de propriétés comme il y a deux sortes de vies. Il y a la propriété particulière, comme il y a la vie particulière et individuelle. Il y a la propriété *commune* et publique, comme il y a la vie publique et commune, c'est-à-dire la vie sociale, la vie de relations. De tout temps, les sociétés ont reconnu une propriété *commune* et l'ont consacrée dans leurs lois. Il n'y a pas de société possible sans le domaine de l'État.

Le propre de la propriété individuelle, son abus et son excès, devait être d'enfanter l'extrême inégalité des conditions. Quelque bonne et légitime qu'elle fût en elle-même, elle devait trouver son correctif et son remède dans une extension sage et grande de la propriété commune. Cette propriété commune, c'était naturellement les chemins, les lignes de fer, les canaux, les mines, les impôts, tout ce qui ne peut être accaparé par les particuliers sans un empiétement illégitime sur la richesse de tous. Cet empiétement a eu lieu pourtant sous le règne de la spéculation et sous l'école individualiste. La richesse de tous est devenue l'enjeu d'une classe privilégiée, et aujourd'hui, cette classe prétend plus que jamais être *propriétaire* de la propriété de l'État.

Tandis que cette école soutient ce monstrueux axiome, des écoles socialistes sont tombées dans l'excès contraire. Elles ont voulu trouver le remède à l'inégalité des conditions dans la suppression de la propriété individuelle, et là, elles ont fait naufrage, car si la propriété individuelle doit disparaître, ce ne sera jamais d'une manière absolue. L'homme aura toujours droit de posséder individuellement une foule d'objets nécessaires à son usage, depuis la truelle que votre main est habituée à manier, jusqu'au livre que vous avez besoin de posséder en propre pour le consulter à toute heure si tel est le besoin de votre âme. Le paysan qui a l'amour de son petit jardin et même de son pré, de sa vache, de sa maisonnette, de ses poules, sera-t-il heureux et satisfait si on lui retire les éléments de son modeste bonheur ? L'homme des lettres et des arts, le savant, le voyageur, auront toujours des besoins d'esprit qui leur donneront droit à la propriété personnelle d'une foule de choses. Enfin, quelque fantastique que l'on suppose un avenir *très éloigné* de fraternité et d'égalité, la communauté absolue ne me paraît point dans la nature véritable de l'homme, dans ses besoins ni dans ses devoirs. C'est donc chercher mal *l'égalité*, que de la chercher dans la communauté absolue et immédiate. C'est une folie. C'est même une monstruosité de la part de ceux qui voudraient faire entrer la *famille* dans les objets de *propriété* à mettre en commun. Mais ceux-là sont si rares et si absurdes que je ne vois point pourquoi l'on s'en occupe, si ce n'est parce que leur aberration sert de prétexte à la calomnie et d'arme aux enragés défenseurs de *l'individualisme absolu*.

Je crois, moi, qu'il y aura éternellement une propriété divisée et individuelle, et une propriété indivise et commune. Toute la science sociale, qui devient forcément aujourd'hui la question politique, consistera donc à établir cette distinction, à protéger la propriété individuelle jusqu'au point où elle veut empiéter sur le domaine commun, à étendre le domaine commun jusqu'au point où le domaine personnel lui pose sa limite.

Cette limite doit nécessairement changer par la force des choses, car elle a pris un développement déréglé, mais elle en aura toujours, et il est tellement dans l'esprit de l'homme de ne pas la laisser trop restreindre, qu'il est insensé d'avoir peur des *communistes* absolus.

Il doit donc y avoir deux sortes de communisme. Celui dont je vous signale l'erreur et l'excès, et je n'en ai jamais été, je ne saurais en être ; et le communisme social, celui qui ne fait que revendiquer ce qui est essentiellement de droit commun, et l'extension progressive et appropriée aux circonstances, de ce droit. Voilà le communisme dont aucun être doué de raison et de justice ne saurait se départir, bien que le mot, torturé par les sectes aveuglément progressives et par les ennemis aveugles du progrès, soit devenu une cible qu'on peut mettre à son chapeau quand on veut être fusillé par les inintelligents et les roués, les dupeurs et les dupés de toutes les classes.

Pour avoir compris instinctivement ce communisme-là, mais aussi pour l'avoir poussé sans ensemble, sans clarté et sans parti pris, la phase gouvernementale de février jusqu'en mai a perdu la partie. Pour l'avoir repoussé avec prévention, partialité et personnalité, la majorité de l'Assemblée a produit les désastres de Juin. Les insurgés de Juin ne savaient probablement pas pourquoi ils combattaient. La nécessité des choses, le malaise physique et moral, les poussaient fatalement à se laisser exciter par des meneurs qui n'avaient aucune idée sociale que je sache et qu'on soupçonne d'être les agents de l'étranger, des prétendants et de la réaction bourgeoise extrême.

À présent, toutes les ouvertures, cependant bien sages et bien prudentes, de Duclerc (dernière expression officielle de la politique socialiste) sont repoussées. Cavaignac, quel qu'il soit, n'est qu'un nom isolé, que la bourgeoisie démolira et engouffrera bientôt. La majorité de la chambre et des ministres n'est pas portée à faire une distinction juste et calme des deux propriétés. Nous marchons vers de nouveaux combats désastreux, ou vers un anéantissement prolongé de la vitalité populaire.

L'esprit s'y soumet, parce que l'esprit sait que rien

n'enchaîne le progrès, et que la vérité triomphe à son heure. Mais le cœur saigne, et la vie se passe à pleurer.

Bonsoir, mon enfant. Ne vous inquiétez pas de moi. Je n'ai pas quitté Nohant, où j'ai été tranquille matériellement, malgré des criailleries et des cancans de province. Je n'ai pu être *compromise*, puisque, par un hasard qui me donne même à penser, *pas un seul* des amis socialistes ou exaltés que je puis avoir, ne s'est trouvé mêlé, même d'intention, à cette terrible insurrection. Quels sont donc les hommes qui l'ont excitée et dirigée les premiers? C'est encore un mystère pour moi.

Parlez-moi de vous. Je n'ai reçu que les lettres que vous m'avez écrites ici. Celles que vous m'avez adressées à Paris me seront renvoyées dans mon paquet trimestriel. Vous ne me dites presque rien de votre situation. Est-elle tolérable? Du moins la femme et l'enfant se portent bien. Je les embrasse tendrement, et vous bénis tous trois. Maurice et Borie vous embrassent. Ma chère Augustine est enceinte et heureuse. Je l'attends avec son mari aux vacances[1].

Votre mère, George

## 144. À GIUSEPPE MAZZINI

Nohant, 30 septembre 1848

Ami,

Je ne sais si vous avez reçu deux lettres que je vous ai écrites à Milan, l'une pendant nos horribles événements de juin, l'autre quelque temps après. Comme je vous sais plein de courage pour écrire à ceux qui vous aiment, je présume, si vous ne m'avez pas répondu, que vous n'avez rien reçu. Dieu sait quels obstacles peuvent être entre nous! Je n'en verrais le motif de la part d'aucune police européenne; car nous sommes désormais de ceux qui conspirent au grand jour. Mais, enfin, nous vivons dans un temps où toutes choses ne s'expliquent pas. Si vous recevez celle-ci, ayez la bonté de me faire savoir, ne

---

1. Le 12 avril, à Nohant, Augustine Brault avait épousé Charles de Bertholdi.

fût-ce que par un mot, que vous savez que je pense à vous.

Heureusement, j'ai eu de vos nouvelles par Eliza [Ashurst]. Presque toutes les lettres que vous avez écrites à ses parents lui ont été envoyées à Paris, d'où elle me les a envoyées ici, d'où enfin, je les renvoie à Londres. Vous voyez que vos petits bouts de papier circulent beaucoup et intéressent plus d'une famille. J'ai donc su vos malheurs, vos douleurs, vos agitations ; je n'avais pas besoin de les lire pour les apprécier. Je n'avais qu'à interroger mon propre cœur pour y trouver toutes vos souffrances, et je sais que vous avez dû ressentir aussi les miennes. Ce qui s'est passé à Milan est mortel à mon âme[1], comme ce qui s'est passé à Paris doit être déchirant pour la vôtre. Quand les peuples combattent pour la liberté, le monde devient la patrie de ceux qui servent cette cause. Mais votre situation est plus logique et plus claire que la nôtre, quoiqu'il y ait au fond les mêmes éléments. Vous avez l'étranger devant vous et les crimes de l'étranger s'expliquent comme la lutte du faux et du vrai. Mais nous qui avons tout recouvré en février, et qui laissons tout perdre, nous qui nous égorgeons les uns les autres sans aller au secours de personne, nous présentons au monde un spectacle inouï.

La bourgeoisie l'emporte, direz-vous, et il est tout simple que l'égoïsme soit à l'ordre du jour. Mais pourquoi la bourgeoisie l'emporte-t-elle, quand le peuple est souverain, et que le principe de sa souveraineté, le suffrage universel, est encore debout ? Il faut enfin ouvrir les yeux, et cette vision de la réalité est horrible. La majorité du peuple français est aveugle, crédule, ignorante, ingrate, méchante et bête ; elle est bourgeoise enfin ! Il y a une minorité sublime dans les villes industrielles et dans les grands centres, sans aucun lien avec le peuple des campagnes, et destinée pour longtemps à être écrasée par la majorité vendue à la bourgeoisie. Cette minorité porte dans ses flancs le peuple de l'avenir. Elle est le martyr véritable de l'humanité. Mais à côté d'elle et autour d'elle,

1. La guerre déclarée à l'Autriche par Charles-Albert Ier de Savoie et le soulèvement de l'Italie du Nord se terminaient mal : battu à Custozza le 18 juillet, Charles-Albert doit accepter l'armistice de Salasco et évacuer la Lombardie ; Milan a capitulé le 5 août, et Mazzini s'est réfugié en Suisse.

le peuple, même celui qui combat avec elle en de certains jours, est monarchique. Nous qui n'avons pas vu les journées de juin, nous avons cru, jusqu'à ce moment, que les faubourgs de Paris avaient combattu pour le droit au travail. Sans doute, tous l'ont fait instinctivement; mais voici des élections nouvelles qui nous donnent le chiffre des opinions formulées. La majorité est à un prétendant, ensuite à un juif qui paye les votes, et enfin en nombre plus limité, aux socialistes[2]. Et, pourtant, Paris est la tête et le cœur des socialistes. De leur côté, les chefs socialistes ne sont ni des héros ni des saints. Ils sont entachés de l'immense vanité et de l'immense petitesse qui caractérisent les années du règne de Louis-Philippe.

Aucune idée ne trouve la formule de la vie. La majorité de la Chambre vote la mort du peuple, et le peuple en masse ne se lève pas sous le drapeau de la République. Il faut à ceux-ci un empereur, à ceux-là des rois, à d'autres des révélateurs bouffis et des théocrates. Nul ne sent en lui-même ce qu'il est et ce qu'il doit être. C'est une effrayante confusion, une anarchie morale complète et un état maladif où les plus courageux se découragent et souhaitent la mort.

La vie sortira, sans aucun doute, de cette dissolution du passé, et quiconque sait ce que c'est qu'une idée ne peut être ébranlé dans sa foi, en tant que principe. Mais l'homme n'a qu'un jour à passer ici-bas, et les abstractions ne peuvent satisfaire que les âmes froides. En vain nous savons que l'avenir est pour nous; nous continuons à lutter et à travailler pour cet avenir que nous ne verrons pas. Mais quelle vie sans soleil et sans joies! quelle lourde chaîne à porter, quels ennuis profonds, quels dégoûts, quelle tristesse! Voilà le pain trempé de larmes qu'il nous faut manger. Je vous avoue que je ne puis accepter de consolations et que l'espérance m'irrite. Je sais aussi bien que qui que ce soit qu'il faut aller en avant; mais ceux qui me disent que c'est pour traverser *en personne* de plus riantes contrées, sont des enfants qui se croient assurés de vivre un siècle. J'aime mieux qu'on me laisse dans ma douleur. J'ai bien la force de boire le

---

2. Des élections complémentaires ont eu lieu le 17 septembre: à Paris, sont élus Louis-Napoléon Bonaparte (le prétendant), Achille Fould (le juif) et François Raspail (le socialiste).

calice, je ne veux pas qu'on me dise qu'il est de miel quand j'y vois le sang et les larmes de l'humanité.

J'ai vu votre amie Eliza. Elle est venue passer quelques jours ici. Nous avons beaucoup parlé de vous ; mais je vous dirai tout franchement qu'elle m'a fait un effet tout opposé à celui que vous avez produit sur moi. Après vous avoir vu, je vous ai aimé beaucoup plus qu'avant, tandis qu'avec elle c'est le contraire. Elle est très bonne, très intelligente, elle doit avoir de grandes qualités, mais elle est infatuée d'elle-même, elle a le vice du siècle, et ce vice ne me trouve plus tolérante comme autrefois, depuis que je l'ai vu, comme un vilain ver, ronger les plus beaux fruits et porter son poison sur tout ce qui pouvait sauver le monde. Je crains que la lecture de mes romans ne lui ait été mauvaise et n'ait contribué, en partie, à l'exalter dans un sens qui n'est pas du tout le mien. L'*homme* et la *femme* sont tout pour elle, et la question de *sexe*, dans une acception où la pensée de l'homme ni celle de la femme ne devrait s'arrêter exclusivement, efface chez elle la notion de *l'être humain*, qui est toujours le même être et qui ne devrait se perfectionner ni comme homme ni comme femme, mais comme âme et comme enfant de Dieu. Il résulte de cette préoccupation, chez elle, une sorte d'état hystérique dont elle ne se rend pas compte mais qui l'expose à être la dupe du premier drôle venu. Je crois sa conduite chaste, mais son esprit ne l'est pas et c'est peut-être pire. J'aimerais mieux qu'elle eût des amants et n'en parlât jamais que de n'en point avoir et d'en parler sans cesse. Enfin, après avoir causé avec elle, j'étais comme quelqu'un qui a mangé un mauvais aliment et qui souffre de l'estomac. J'ai été sur le point de le lui dire, et c'était peut-être mon devoir. Mais je m'apercevais que cela l'irriterait et je n'étais pas sûre de lui faire utilement de la peine.

Elle a pour vous, du reste, une sorte d'adoration, un culte, dont vous devez lui savoir gré, car il est sincère et profond. Mais encore, en me parlant de vous, elle m'a impatientée sans le savoir. Elle voulait avoir mon opinion sur le sentiment que vous avez *pour les femmes*, et, pour me débarrasser d'une si sotte question, je lui ai dit un peu brusquement que vous ne deviez pas les aimer du tout, que vous n'en aviez pas le temps, et qu'avant les femmes il y avait pour vous les *hommes*, c'est-à-dire l'humanité, qui

comprend les deux sexes à un point de vue plus élevé
que celui des passions individuelles. Là-dessus, elle s'est
animée et m'a parlé de vous comme d'un héros de roman,
ce qui me blessait et m'ennuyait énormément. Enfin, une
véritable Anglaise, prude sans pudeur, et c'est aussi un
véritable Anglais, car l'esprit n'a pas de sexe, et chaque
Anglais se croit le plus bel homme de la plus belle nation
qu'il y ait au monde.

Et pourtant, je sens qu'il faut de l'indulgence avec ces
heureux êtres qui trouvent encore dans les petites
satisfactions ou dans les petites illusions de leur amour-
propre, un refuge contre le malheur des temps. Nous
sommes bien à plaindre, nous autres qui ne pouvons plus
vivre en tant qu'individus et qui sommes dans l'humanité
en travail, comme les vagues dans la mer battues de
l'orage.

Vous avez revu votre sœur et votre mère, c'est toujours cela de pris! Je ne vous parle pas de mes chagrins
domestiques. Ils sont toujours les mêmes et ne changeront pas. Mon intérieur est du moins tranquille et doux,
mon fils toujours bon et calme et les deux autres enfants
que vous connaissez[3], laborieux et affectueux autour de
moi. Je ne demande rien à Dieu pour moi-même, je ne
le prie même pas de me préserver des cuisantes douleurs
qui me viennent d'ailleurs. Je lui demande d'ôter aux
autres les peines dont je souffre. Mais c'est encore lui
demander plus que sa terrible loi n'a voulu accorder à
notre race infortunée.

Adieu, ami, je vous aime.

G. Sand

145. À PIERRE-JULES HETZEL

Nohant 7 8[bre 18]48

Cher ami, je viens d'écrire à Falampin de vous porter
*la Petite Fadette*[1] un de ces jours. Je désirerais qu'il vous

3. Eugène Lambert et Victor Borie.
1. Hetzel (qui était alors chef de cabinet du ministre des Affaires
étrangères Jules Bastide) traitera avec le journal *Le Crédit*, qui publiera
*La Petite Fadette* en feuilleton du 1er décembre 1848 au 31 janvier 1849.

remît ce manuscrit à vous-même, parce que vous devez
être accablé de demandes, d'envois, de *dossiers*, de sollici-
teurs ; et comme vous savez que je n'ai pas de copies je
ne voudrais pas qu'il fût égaré en tombant dans des
mains étrangères. Vous me répondez de ne pas le laisser
traîner dans les papiers du ministère, ou que chez vous,
en votre absence, vos mioches n'en feront pas des
*cocotes* ? Pauvres enfants, c'est peut-être ce qu'ils feraient
de plus sage, mais enfin, la question de vivre est toujours
au bout de nos élucubrations poétiques, et c'est un fichu
stimulant.

Vous cherchez midi à quatorze heures en fait d'amitié.
Je ne vous reproche pas de n'en pas avoir pour moi une
si exclusive qu'elle vous fasse négliger vos affaires et vos
affections, même une heure. Mais quelque affairé et préoccupé qu'on soit, on a toujours, quand on griffonne
aussi mal et aussi vite que vous et moi, le temps de s'envoyer un souvenir et de dire surtout aux ermites absents
du monde, comment va ce monde pour lequel ils prient.
En février vous avez eu un élan de sympathie pour me
griffonner en quatre lignes que nous avions la république.
Vous ne vous en souvenez peut-être pas, mais quoique
Maurice me l'ait écrit aussi en lettres d'affiche, j'étais heureuse de le lire encore écrit de la main d'un être sympathique et heureux comme moi-même en ce moment-là.

Mettons de côté les exigences personnelles de l'amitié
plus ou moins bien acquise ; moi je dis que les affections
et les sympathies n'ont pas besoin de se prouver quand
elles existent, et ne croyez pas que je n'apprécie que les
*rendeurs de service*. Il est si simple de s'obliger et de se servir les uns les autres quand le cœur vous y porte ! Mais
je me plaignais d'une manière générale, de l'effet des préoccupations générales, qui font que les souvenirs particuliers n'existent plus. C'est une tristesse à ajouter à toutes
les autres, parce que c'est la preuve que tout va mal.
Quand le monde est en état de santé on est communica-
tif, expansif ; quand il languit et se meurt on se renferme,
et on se meurt soi-même. Voilà pourquoi je vous disais
qu'il n'y a plus d'amis, dans ce temps-ci, sans pour cela
accuser les amis ni l'amitié.

Vous voyez bien que j'ai raison et que vous n'êtes
paresseux que parce que vous êtes mécontent du train
des choses. Cela me rend mécontente aussi, parce que je

crois que vous devez avoir raison. Je ne crois pas au jugement de tout le monde, et je reçois beaucoup de lettres qui ne m'intéressent pas. Elles ne sont pas à mon point de vue, et il me semble que je vous y ai toujours rencontré quand nous avons causé ensemble du passé, du présent et de l'avenir. Je m'attriste donc aussi des erreurs et de l'ignorance de la Montagne. Et pourtant les principes sont trop sacrifiés au fait, à la raison d'État, dans les autres tendances. Les principes ! ils s'en vont en fumée ! ils seront absents de notre constitution². Et pourtant l'Europe (l'univers) a les yeux sur notre œuvre. Je vous assure, que l'amour du vrai et du bien me consume comme ferait une passion, et que je vous envie ces orages domestiques dont vous me parliez *avant la révolution*. Ils vous brisaient, mais ils vous forçaient à vivre, et moi qui ne suis plus capable de prendre ma vie au tragique ni même de m'en préoccuper comme d'une chose qui en vaille la peine, je souffre amèrement de ne pas voir et sentir le progrès de l'humanité. Il se fait malgré tout, je le sais bien, mais c'est comme un volcan qui gronde si avant dans la terre qu'on ne sait ce qu'il porte dans ses entrailles. Vous dites une chose très vraie, qu'il n'y a plus de grands hommes et que Dieu ne veut plus de *gérants responsables*. Tant mieux. Ils ont trop mal géré. Il y a comme une fatalité sur eux. Voilà Leroux qui bat la campagne, Cavaignac ne sait pas ce que c'est que la France. Le prince Louis n'a pas de cervelle. Proudhon manque de quelque chose qui rend sa grande intelligence inféconde. La droite est perfide, la gauche est bête ou folle. Politiques et socialistes sont impuissants, creux ou farouches. Mais le peuple profite-t-il de toutes ces sottises ? Il va nous donner Louis-Napoléon pour président, ou quelque autre sans savoir pourquoi. Mon pauvre cerveau est amoureux de logique et je n'en vois nulle part.

Bonsoir, il faut bavarder, mais pas trop, car le temps manque à tout, même à cela qui est si nécessaire aux gens de bonne foi. Je vous remercie de m'avoir écrit. Je vous remercie de lire *la petite Fadette*, et de tâcher de me

---

2. Une nouvelle Constitution sera votée le 4 novembre (et promulguée le 12), instituant une présidence de la République et une Assemblée législative, élues au suffrage universel.

tirer des énormes embarras où je me trouve par suite de
ce petit naufrage.

Soyez tranquille pour les mémoires. Ils pourront être
de peu de valeur en tant qu'œuvre d'art. Mais ils seront
bons et généreux, je vous en réponds, quant au fond.
C'est le jugement d'une âme entièrement détachée d'elle-
même et ceux qui se sentiront méchants et irrités après
les avoir lus, seront irrités et méchants *de naissance*.

Bonsoir, mon vieux. Mes enfants vous embrassent.
*Votre fils* [Lambert] fait des progrès surprenants en peinture. Il aura un vrai talent dans son genre.

À vous de cœur.

                                                   G. Sand

## 146. À AUGUSTINE BROHAN

Nohant, près La Châtre Indre
9 octobre 1848

Mon bel oiseau rose, je vous aime et je pense à vous
bien souvent. J'ai écrit à Étienne [Arago] de vous le dire,
et je voulais vous le dire tout de suite aussi, mais j'avais
sur les bras des affaires de famille, autrement dit des soucis d'argent, et je ne voulais pas vous répondre dans une
disposition trop noire. Je vous ai déjà bien assez ennuyée
de mes *spleens*, et c'est une grande ingratitude envers vous
qui semblez n'être venue en ce monde que pour dérider
les fronts et pour épanouir les âmes.

Je suis entièrement à votre disposition, si vous croyez,
en conscience, que je puisse faire quelque chose qui soit
accueilli au Théâtre français, et écouté jusqu'au bout par
un public *non gratis*. Il m'est absolument indifférent, quant
à moi, d'être sifflée. J'ai déjà passé par là[1] et je n'ai pas
trouvé que ce fût la mer à boire. Mais je ne voudrais
pas vous faire travailler, pour arriver à rien. Je ferai donc

---

1. Augustine Brohan avait joué dans le prologue de Sand *Le Roi
attend*, donné gratuitement en avril 1848 à la Comédie-Française, où
Sand avait connu l'échec en 1840 avec *Cosima*. Elle a écrit à Sand
pour lui demander où elle en était de son projet d'adaptation théâtrale de *François le Champi*, qui ne sera pas créé aux Français, mais à
l'Odéon en novembre 1849.

mon possible pour bien faire, et, si j'échoue, il ne faudra pas m'en vouloir. Ce ne sera pas ma faute.

Voilà le premier point. Le second, c'est que si la pièce ne vous plaît pas quand vous l'aurez lue, vous me la renverrez sans rien dire, ou vous me la ferez corriger, si elle n'est manquée qu'en certains endroits.

Troisième point : je ne prendrai conseil que de vous, d'Étienne, de M. Lockroy et de M. Régnier. C'est-à-dire que vous vous entendrez ensemble, *à l'amiable*, comme on dit, pour faire aux répétitions les modifications qui vous paraîtront nécessaires. Il y en aura certainement, car je n'ai pas la connaissance du métier, et je ne pourrai pas aller à Paris d'ici à bien longtemps. Mais je sais qu'au théâtre, il y a beaucoup de donneurs de conseils. Ils peuvent être tous bons, au Théâtre français. Mais je ne les connais pas tous, et ne puis m'en rapporter qu'à ceux qui m'inspirent de la confiance.

Quatrième point : il faut que vous me disiez tout de suite, et avant que je commence, quel rôle vous voulez faire dans cette pièce du *Champi*. Il y en a deux. Une meunière sérieuse et mélancolique, quoique très naïve, et une petite belle-sœur coquette et pimpante. Au premier abord, il semble que celle-là soit mieux dans vos habitudes. Mais moi je me figure qu'on peut donner à la meunière qui est, en définitive, le premier rôle, une petite nuance d'enjouement, après le premier acte, et encore un peu plus au troisième, à mesure qu'on s'éloigne de la circonstance du veuvage. Je ne vous ai pas vue souvent sur la scène, mais je ne crois pas me tromper en pensant que le mordant et le railleur ne sont pas exclusivement dans la nature de votre talent. Je vous ai beaucoup observée dans la nourrice du *Médecin malgré lui*, rôle entouré d'obscénités, et cependant candide par lui-même, et il m'a semblé que vous le rendiez chaste, à force de candeur. Peut-être dans ma meunière auriez-vous l'occasion de développer une nouvelle face de votre talent, qui n'a pas été montrée, ou que, du moins, je n'ai eu l'occasion que d'entrevoir.

Il en sera absolument comme vous le déciderez, mais j'ai besoin de savoir d'avance à quel choix vous vous arrêtez. Dans mon conte, la petite belle-sœur est ingrate et mauvaise, et pourtant elle aime le *Champi*, et s'efforce, par moments, d'être bonne. Il est bien facile, dans la

pièce, de renforcer certaines nuances de caractère et d'en
atténuer certaines autres. On peut donc donner à ce rôle,
si vous le prenez, plus d'importance et d'intérêt qu'il n'en
a dans le livre. N'oubliez pas pourtant qu'il faut pour *la
logique* du sujet, que la meunière ait beaucoup plus de
charme, même dans l'esprit du spectateur, puisqu'elle
l'emporte sur la plus jeune et la plus jolie. Tout le sujet
est là, et je ne voudrais pas faire une pièce où vous seriez
effacée, puisque je ne la fais que pour vous.

J'attends votre réponse à mes quatre points pour me
mettre à l'ouvrage.

Qu'est-ce que vous me dites que vous avez été en
grand danger de mort ? Est-ce que les êtres comme vous
souffrent et meurent ? C'est bon pour les hypocondriaques
et les *jaunes* comme moi. Vous devez vivre dans un ciel
rose comme vous. Si vous aviez huit jours de liberté
vous devriez venir les passer dans ma *Vallée Noire*. Je
vous y promènerais, et cela vous ferait physiquement
grand bien. Moralement, je vous ennuierais peut-être
bien, mais l'ennui repose, et c'est toujours bon à cela.
Nous ferions notre pièce ensemble, en causant. Voyez si
le cœur vous en dit, pendant qu'il fait encore du soleil.
On vient chez moi en douze heures par le chemin de fer,
et je vous donnerais votre itinéraire si vous étiez assez
charmante pour dire : oui.

Que ce soit oui ou non, soyez sûre que votre sympathie, que vous exprimez si gracieusement, n'est pas mal
placée, et qu'il y a en moi pour vous un cœur maternel
tout grand ouvert.

George Sand

Donnez-moi votre adresse.

### 147. À ARMAND BARBÈS

Nohant, 1<sup>er</sup> 9<sup>bre</sup> 1848

Cher ami, je suis toute triste et consternée de n'avoir
pas de vos nouvelles depuis si longtemps. Je sais que
vous vous portez bien (si on ne me trompe pas pour
me rassurer !). Mais je suis inquiète quand même, parce
que j'espérais que vous pourriez m'écrire, et apparem-

ment vous ne l'avez pas pu. N'avez-vous pas reçu une
lettre de moi, une seule ; car on ne m'a pas fourni,
depuis, d'autre occasion et d'autre moyen de vous écrire.
Je n'ose vous rien dire ; d'ailleurs, que vous dirais-je que
vous ne sachiez aussi bien que moi ? Les événements
sont tristes et sombres partout, mais l'avenir est toujours
clair et beau pour ceux qui ont la foi. Depuis mai, je me
suis mise en prison moi-même dans ma retraite, qui n'est
point dure et cruelle comme la vôtre, mais où j'ai peut-
être eu plus de tristesse et d'abattement que vous, âme
généreuse et forte ! J'y ai même été moins en sûreté, car
on m'a fait beaucoup de menaces. Vous savez que la
peur n'est point mon mal, et nous sommes de ceux pour
qui la vie n'est pas un bien, mais un rude devoir à porter jusqu'au bout. Cependant, ces cris, ces menaces me
faisaient mal, parce que c'était l'expression de la haine, et
c'est là notre calice. Être haï et redouté par ce peuple
pour qui nous avons subi physiquement ou moralement
le martyre depuis que nous sommes au monde ! Il est
ainsi fait et il sera ainsi tant que l'ignorance sera son lot.
Pourtant, on me dit que partout il commence à se
réveiller, et en bien des endroits on crie aujourd'hui :
« Vive Barbès ! » là où l'on criait naguère (et c'étaient souvent les mêmes hommes) : « Mort à Barbès ! » — « Eh !
mon Dieu, me disais-je, il est tout prêt, ce pauvre martyr, il l'a déjà subi mille et mille fois et il l'a cherché à
tous les instants de sa vie. C'est sa destinée d'être le plus
haï et le plus persécuté, parce qu'il est le plus grand et le
meilleur. »

Je fais souvent des châteaux en Espagne, c'est la ressource des âmes brisées. Je m'imagine que, quand vous
sortirez d'où vous êtes, vous viendrez passer un an ou
deux chez moi. Il faudra bien que nous nous tenions
tous cois, sous le règne du président, quel qu'il soit ; car
la partie, comme vous l'entendiez, est perdue pour un
peu de temps. Le peuple veut faire un nouvel essai de
monarchie mitigée, il le fera à ses dépens, et cela l'instruira mieux que tous nos efforts. Pendant ce temps-là,
nous reprendrons des forces dans le calme, nous appren-
drons la patience dans les moyens, les partis s'épureront
et l'écume se séparera de la lie. Enfin, la nation mûrira,
car elle est moitié verte et moitié pourrie… et peut-être
que, dans cet intervalle, nous aurons les seuls moments

de bonheur que vous et moi aurons connus dans notre vie. Il nous sera permis de respirer, et l'air de mes champs, l'affection et les soins de ma famille vous feront une nouvelle santé et une nouvelle vie. Laissez-moi faire ce rêve. Il me console et me soutient dans l'épreuve que vous subissez et qui m'est peut-être plus amère qu'à vous-même.

Adieu cher ami, l'ami [Borie] qui vous porte ma lettre, essayera de vous voir. S'il ne le peut, il essayera de vous la faire tenir et de me rapporter un mot de vous. Mon fils vous embrasse tendrement et nous vous aimons.

George

## 148. À ÉMILE AUCANTE

[Nohant, 10 (?) novembre 1848]

Merci, mon cher Aucante, de toute la peine que vous prenez pour moi ; vous savez que j'en ferais autant pour vous, comme je sais que vous ne pensez pas à cela en me rendant service, car je n'ai jamais mis en doute le désintéressement de votre cœur.

Je ne sais que vous dire à propos du candidat[1]. Il y a quelques jours les démocrates et le peuple révolutionnaire (et c'est la seule majorité qui puisse se former contre *Louis*) portaient Ledru-Rollin. Je ne crois pas que le grand nombre de ceux qui s'intitulent partisans de la république démocratique et sociale aient changé d'avis, malgré que Cavaignac vienne d'abandonner les bourgeois en se voyant joué par eux, comme il avait abandonné la veille les républicains. Il a rompu violemment, me dit-on, avec la rue de Poitiers[2], et on s'attend à le voir avec une partie de l'armée opposer une résistance matérielle violente au parti de *Louis-Napoléon*. Peut-être alors les démocrates et le peuple feront-ils la paix avec lui. On voit de si

1. L'élection à la présidence de la République aura lieu le 10 décembre ; sont candidats Louis-Napoléon Bonaparte (qui sera élu à une très forte majorité), Cavaignac, Ledru-Rollin, Raspail et Lamartine.
2. Réunion d'hommes politiques opposés à un gouvernement socialiste.

étranges choses! Cavaignac ou du moins son parti, parlant aujourd'hui de se mettre avec le peuple dans les barricades encore sanglantes de ses boulets d'hier! quelle
époque de confusion! Quant à moi je n'aurai jamais ni
estime, ni confiance pour cet homme-là, et je le crois
dominé par une ambition personnelle dont il ne se rend
peut-être pas compte lui-même, mais qui lui tient lieu de
conscience, et voilà pourquoi cette conscience est si
flottante et si misérable.

Quant aux socialistes proprement dits, les noms qui
ont faveur en ce moment-ci auprès d'eux, sont Proudhon
et Raspail, si toutefois on peut appeler Raspail un socialiste. Je ne serais pas d'avis de nous en rapporter à ceux
des socialistes qui font école avec telle ou telle théorie,
car ce sera une arène de divisions et de petites fractions
impuissantes, chacun ayant son Dieu, comme malheureusement chacun a son système. Aucun de ces systèmes ne
peut prévaloir en France à l'heure qu'il est, et cette diffu-
sion d'idées, utile au progrès intellectuel dans les voies
pacifiques, est très misérable dans les moments de crise
matérielle. Pour qu'un des systèmes socialistes, aujour-
d'hui en discussion, devienne le système général, il faut
bien des années encore, et lorsque les temps seront mûrs,
ce système sera complété ou modifié; car nous ne pouvons pas nous dissimuler que s'ils reposent sur des principes éternellement vrais, ils sont tous, quant à la forme,
encore à l'état de chaos.

Je crois donc que le mieux à faire, c'est de porter un
sentiment politique dans les actes politiques, sauf à garder
le sentiment philosophique dans tout ce qui tient à la propagande des idées. Marchons donc selon le mot d'ordre
qui sera donné, même nous socialistes, par les politiques
qui se rapprochent le plus de notre principe. Borie va
revenir de Paris et nous fixer là-dessus. S'il faut élire
Cavaignac pour échapper à une ignoble restauration impériale, bourgeoise et militaire, dans la personne de Louis-
Napoléon, Girardin, Thiers et consorts, nommons Cavaignac! Celui-là du moins ne se fera pas couronner. Nous
ne savons pas ce que l'autre ne peut pas faire, flanqué de
scélérats qui exploitent une masse imbécile.

Bonsoir et tout à vous.

George Sand

*Vendredi soir*

### 149. À PAULINE VIARDOT ‡

Nohant, 8 X^bre [18]48

Ma fille chérie, j'étais inquiète de vous, je ne savais où vous étiez et où vous écrire. On écrit si peu et si à la hâte dans ce temps-ci, que personne ne répondait à mes questions sur votre compte. De sorte que tout ce que vous me dites est un peu énigmatique pour moi. Vous avez donc acheté et arrangé une maison à Paris? Est-ce rue de Douai[1], à l'adresse que vous me donnez? Où est donc la rue de Douai d'où vous m'écrivez? Vous avez dû faire une bonne affaire, car les propriétés se vendent aujourd'hui la *moitié* de ce qu'elles valaient hier et c'est le moment pour ceux qui ont de l'argent de doubler leur capital. Triste condition pour ceux qui sont forcés de vendre! C'est ce qui arrive à ma fille. Sa maison qui vaut 200 000 f. va être vendue pour 100 000 f.[2] Si vous aviez encore de l'argent à placer, je vous dirais faites cette affaire-là. Mettez une *surenchère* et pour 15 ou 20 000 f. de plus, vous aurez là un capital placé à 9/100. Il faut que cette maison soit vendue, et votre surenchère améliorera un peu la position de Solange, en même temps qu'elle vous fera profiter d'une affaire excellente. Au cas que vous ayez encore des fonds à placer, c'est un beau placement que je vous indique et dont j'aimerais mieux vous voir profiter que tout autre. Parlez-en dans ce cas à Louis, et dites-lui d'aller voir pour les renseignements, *M. Bouzemont, rue de la Victoire 42*. Mais il n'y aurait pas un jour à perdre, il n'y a plus que 3 ou 4 jours pour faire la surenchère. Si je vous avais sue à Paris, je vous en aurais écrit plus tôt. Ce n'est pas une maison d'habitation pour vous, mais c'est une propriété d'excellent rapport et une occasion sûre de doubler votre capital. Si vous n'avez plus de placement à faire, dites toujours à Louis de donner ce renseignement aux personnes de sa connaissance qui seraient à même d'en profiter. Ce sera leur rendre un grand service, et en

1. Les Viardot venaient de faire construire une maison à Paris, 16 rue de Douai (actuel 50).

2. Il s'agit de l'hôtel de Narbonne (voir lettre 65 n. 3, et lettre 128), vendu à la criée le 6 décembre.

même temps ce sera en rendre un petit à ma fille, par conséquent à moi.

Voilà déjà *deux pages d'affaires*, par conséquent ennuyeuses, mais puisque vous me parlez propriété, cela venait naturellement, et pouvait être utile, à vous, ou à quelque ami.

La propriété, ma mignonne! On ne pense plus qu'à cela et il y a une panique insensée, stupide. Personne ne *peut* menacer la propriété. Peu de gens le *veulent* et leur vouloir, au point de vue et dans les conditions où ils se placent pour raisonner là-dessus, est aussi impuissant qu'erroné. Les pauvres amis du pauvre ne souhaitent nullement pour lui une *rafle* de la propriété légitime, qui le rendrait plus pauvre qu'auparavant, et M. Proudhon lui-même, homme de talent dont il y a beaucoup de bien et de mal à dire, n'a pas une seule des idées biscornues qu'on lui prête[3]. Il en a d'autres qui ne sont pas à craindre et qui ne font rien espérer non plus, parce qu'elles sont irréalisables, à ce que je crois.

Jouissez donc de votre propriété sans trouble et sans remords. Sans trouble parce que vous voyez bien, et nous savons bien tous qu'après cette crise mortelle pour le peuple, les riches sortiront de là beaucoup plus riches qu'auparavant; sans remords, parce que la propriété gagnée au prix de votre travail et acquise à votre génie, est parfaitement légitime et ne vous sera jamais contestée par personne. Si nous avons pour président Cavaignac (que je n'aime ni n'estime), il y aura au moins un certain calme pendant lequel le peuple s'instruira de ses devoirs et de ses droits, et c'est tout ce que l'on doit raisonnablement désirer. Si nous avons Napoléon, ce sera encore un an ou deux d'agitations et de révolutions pendant lesquels le peuple peut être égaré et faire de grandes et de détestables choses, parce qu'il a de grands instincts et une ignorance funeste. Mais quoi qu'il arrive la société ne peut périr, les arts ne mourront pas, le peuple de France ne deviendra pas barbare, et tout renaîtra après quelques moments de fièvre et de souffrance, bien faciles à endurer pour les riches, au prix de ce qu'ils coûteront aux pauvres.

3. La célèbre brochure de Proudhon *Qu'est-ce que la propriété?* (1840) et sa réponse: «La propriété c'est le vol» avaient frappé les esprits.

Oui certes, je voudrais vous voir débuter[4]. Je voudrais vous entendre et si j'avais à moi des millions, je les donnerais (aux pauvres) en demandant au bon Dieu pour toute récompense de vous entendre *chanter tout mon saoul* comme on dit en Berry. Il y a si longtemps que je n'ai entendu de la vraie musique que j'en rêve la nuit et que je crois en entendre. Mais c'est vague, c'est interrompu à chaque instant, et c'est comme un cauchemar qui me fatigue en pure perte. Comment ferai-je pour aller vous demander l'aumône d'un peu de ce bonheur ? Je l'ignore. Je ne veux pas en désespérer, mais je dépends d'un éditeur [Delatouche] qui me devra une quarantaine de mille francs, aussitôt que l'état des esprits lui permettra de publier mon *Histoire*. Jusque-là, avec beaucoup de manuscrits dans les mains, avec un marché modeste, mais sûr, par conséquent avec quelque argent *devant* moi, je n'ai pas un sou dans ma poche et je vis au jour le jour avec mon petit revenu de Nohant qui ne permet point de songer à mes plaisirs. Je ne regrette de Paris que vous, l'occasion de vous voir, de vous donner dix mille baisers de nourrice et de vous entendre chanter pour guérir et épanouir ma pauvre âme dolente et fatiguée de travail. Car du reste, je vis ici en paix, et les chagrins que j'ai du dehors, je les porterai partout avec moi. J'ai eu quelques autres chagrins *d'argent*, car l'argent est une source de peines qui atteignent parfois le cœur. J'ai failli ne pas trouver à emprunter ce qui était nécessaire pour sauver des êtres qui me sont chers. J'en suis venue à bout cependant, j'ai trouvé d'excellents, d'admirables amis qui m'ont livré le peu qu'ils possédaient avec une confiance rare et au prix de sacrifices momentanés assez rudes pour leur bien-être. Mon chagrin à présent, c'est de les faire attendre ; malgré le dévouement qu'ils y mettent, j'enrage parfois de ne pouvoir m'acquitter immédiatement de faibles sommes que j'aurais gagnées ou empruntées facilement en d'autres temps. La crise est telle aujourd'hui en province qu'il faut 2 ou 3 mois pour réaliser 2 ou 3 000 francs. Mais cela va passer, j'espère. Quant aux privations personnelles, je ne sais pas s'il en existe pour moi, tant j'y suis peu sensible. Je n'ai jamais souffert que de celles des autres. Heureuse-

---

4. À l'Opéra, où Pauline Viardot fera ses débuts le 16 avril 1849 dans *Le Prophète* de Meyerbeer.

ment le blé est à bon marché et il n'y aura pas de famine
dans les campagnes mais les paysans, sauf qu'ils mangent,
sont très malheureux. Ils n'ont plus d'épargne, ils ne
trouvent plus à emprunter, ils n'ont pas de quoi se vêtir,
pas de quoi réparer leur petite maison. Ils mangeront
leurs récoltes, et ne vendront pas leurs autres produits.
Cela ne leur fait pas aimer *c'te chetite république*[5] à laquelle
ils ne comprennent rien. Ils croient que Napoléon n'est
pas mort et qu'ils votent pour lui en votant pour son
neveu. À Nohant, on n'est pas si bête que cela, mais
dans le fond de la Vallée Noire, on entend dire des billevesées de l'autre monde et on voit une population à l'état
d'enfance. Pourtant les ouvriers des villes s'éclairent et
reviennent de leurs erreurs. Depuis le 25 juin où on voulait me pendre, à La Châtre, les idées ont bien changé, et
avant peu, ainsi que je l'avais prévu, ce sera à nous de
défendre les idoles d'hier, auxquelles on voulait nous
sacrifier. C'est la même chose partout, et je vous cite La
Châtre comme ce qu'il y avait de plus *arriéré*. Nous avons
eu des jours difficiles à traverser personnellement. Mais
j'avais alors tant de chagrin de ce qui se passait à Paris
que je n'ai pas eu le temps non plus que Maurice de penser à ce qui pouvait nous arriver à nous-mêmes.

Ce bon Maurice est toujours le même, raisonnable
comme un vieux, gai à l'habitude comme un enfant. Il
n'a pas beaucoup pu travailler cette année. Il lui a fallu
beaucoup agir pour moi. Il a pourtant fait des progrès.
Solange se conduit de mal en pis avec moi, quoique je
me conduise *beaucoup trop bien avec elle*. Augustine est heureuse et très excellente et raisonnable. Elle a un mari
[Bertholdi] qui n'est point un *jobard* et qui sait à quoi s'en
tenir sur *tous les enfants* que Maurice avait faits à sa
femme[6], aussi adore-t-il sa femme et nous.

Avez-vous vu Chopin en Angleterre, et pouvez-vous
me donner de ses nouvelles ? J'en demande et personne
ne m'en donne. Je l'aime toujours comme mon fils quoi
qu'il ait été bien ingrat envers sa mère, mais il faut que je
m'habitue à n'être point heureuse par tous mes enfants.
Il me reste Maurice, vous et Augustine. Je dois prendre

5. En berrichon, « cette mauvaise république ».
6. Allusion aux calomnies qui avaient fait manquer le mariage
d'Augustine avec Théodore Rousseau.

courage et me consoler. D'ailleurs j'ai fini de vivre, je considère ma tâche comme remplie et tout en écrivant mes mémoires avec une grande sérénité d'esprit et une grande miséricorde dans le cœur, je me sens chaque jour plus détachée de moi-même, plus disposée à accepter le travail ou la mort avec la même tranquillité. Il me semble même que cette histoire de ma vie que j'écris est mon testament et quand je l'aurais finie, je pourrai dire comme je ne sais plus quel poète mourant à qui l'on demandait comment il se trouvait : *toujours plus tranquille*[7].

Et puisque je suis dans ces idées-là, cela me fait penser que j'ai fait un rangement de papiers ces jours-ci où j'ai trouvé un témoignage de votre bonne amitié. Comme il faut de *l'ordre*, je vous le restitue[8] en vous remerciant de toute mon âme. Si vous n'aviez pas eu tant de dépenses à faire, tout dernièrement, je vous aurais peut-être demandé de m'en laisser faire usage. Mais je sais qu'il est des moments où l'on n'a rien de trop, et je ne veux pas, si vous êtes dans un de ces moments-là, gêner des amis pour en *dégêner* d'autres. Et je pense encore à propos *d'ordre* que je dois à Louis une petite somme de 5 à 600 fr. dont je veux lui donner une reconnaissance. Priez-le, de ma part, de me rappeler le chiffre que j'ai oublié, bien qu'il me l'ait écrit il n'y a pas longtemps. J'ai sa lettre, mais il me faudrait la chercher et je ne trouve que quand je ne cherche pas.

Bonsoir, ma mignonne fille chérie. Vous avez raison de faire dans l'intérêt de Louisette, le sacrifice de vous en séparer un peu. Son intelligence sera merveilleuse et personne ne pourra la cultiver comme vous, mais le *caractère* est plus important que tout au monde, c'est la source du malheur ou du bonheur de toute la vie pour nous-même et pour tout ce qui nous entoure. D'ailleurs notre vie de travail et le mouvement de notre entourage, à nous autres artistes, se concilie mal avec le développement d'un enfant. J'ai eu le tort de retirer ma fille trop tôt de pension. — J'ai été faible et il ne faut pas l'être. Je vous embrasse 10 000 fois. Soyez heureuse et parlez-moi quelquefois. Parlez-moi de vous longuement, comme je vous

---

7. Il s'agit de Schiller : « *Immer besser, immer heitrer* ».
8. Il s'agit du mandat que Pauline avait envoyé à George le 19 novembre 1847 (voir lettre 129).

parle de moi. J'embrasse Louis que Maurice remercie de son souvenir pour le récit de ses exploits de Nemrod.

Rappelez-moi au souvenir du grand maestro Meyerbeer et de votre cher Manuel [Garcia] que j'aime de tout mon cœur. Demandez-lui s'il se souvient du lieu et du moment où nous nous sommes rencontrés la dernière fois, c'était *le 15 mai.* Il me demanda si *cela avait le sens commun.* Je lui répondis que non, et nous fûmes séparés par le tourbillon qui brisait les portes. — Maurice vous baise les mains.

## 150. À PIERRE-JULES HETZEL

[Nohant, fin décembre 1848]

Cher ami, je vous félicite d'avoir quitté le poste avec tous les honneurs de la guerre[1]. Qu'allez-vous faire maintenant ? reprendrez-vous votre industrie ? mais toutes nos industries ne sont-elles pas ruinées ? Se relèveront-elles jamais ? Il nous faut vivre au jour le jour, sans savoir ce que nous ferons demain. Je crois qu'on s'y habitue et qu'on devient tristement froid au milieu d'affaires qui vous eussent empêché de dormir l'année passée. Si l'on n'avait pas de dettes on serait toujours assez riche avec le revenu ou le salaire le plus modeste. Il est très facile de restreindre ses habitudes de bien-être à ses ressources, et j'en ai fait l'expérience plusieurs fois sans m'en apercevoir le moins du monde. Vous qui êtes jeune, vous devez compter pour rien aussi, le plus ou moins de viande sur votre table et de bois dans votre cheminée. Mais les dettes ! il faut plus de philosophie pour voir approcher l'échéance, avec la certitude de ne pouvoir payer. Où en êtes-vous avec cette vieille queue d'affaires ? Si vous en êtes débarrassé, vous êtes riche, vous avez fait votre fortune. Moi j'ai été rudement éprouvée, et puisque nous parlons affaire, je réponds tout de suite à votre question sur ma fille. Elle est complètement ruinée, non pas tant cette fois, par sa faute, que par celle des circonstances. Il

---

1. Hetzel avait quitté son poste de chef de cabinet aux Affaires étrangères.

a été impossible à moi comme à elle d'emprunter une certaine somme qui eût sauvé son immeuble. Il a été vendu à moitié prix. C'est 100 000 f. de perdus pour elle, pour Maurice et pour moi. Elle est chez son père, et de moins en moins aimable pour moi, tournant toute son aigreur contre mon manque de ressources et me faisant un grand crime de n'avoir pas amassé d'argent pour la rendre riche.

Augustine est toujours bonne et charmante. Elle est à Ribérac avec son mari qui l'adore et qui est un brave garçon. Vous savez qu'il est percepteur des contributions, ce qui leur donne environ 3 000 f. de rente, et ils se trouvent riches avec cela. Ils le sont en effet plus que nous, puisqu'ils n'ont rien à liquider derrière eux. Mais je ne suis pas sans inquiétude pour leur modeste existence. Les plus minces emplois font des envieux acharnés dans les petites villes, et nous voyons dans nos provinces des révocations continuelles, aveuglément bêtes, inexplicables. Je crains donc que le tour de Bertholdi n'arrive un de ces jours dans la Dordogne, et je vous prie de le recommander fortement à quelqu'un car vous n'êtes pas sans connaître quelqu'un, n'est-ce pas ? Agissez tout de suite, afin qu'on soit sourd aux sottes dénonciations du *cru* qui peuvent arriver d'un jour à l'autre et que parfois on écoute à la légère. Bertholdi n'est pas un homme *politique*. Il ne s'occupe que de sa place, faites vite, mon ami, car ces dénonciations ignobles, menteuses, partent de tous les points, et les révocations pleuvent au moment où l'on s'y attend le moins.

Où avez-vous pris qu'on ne vous aimait plus ici, et que le Pôtu vous était infidèle ? son bon gros cœur ne change pas si aisément. Il me charge de vous dire que s'il ne vous a guère vu pendant que vous étiez en place, c'est qu'il ne voulait pas vous *embêter*. Au fait j'aurais eu grand besoin de votre intervention pour le placement de *la Petite Fadette* à un prix raisonnable, et Jourdan a été aussi *chien* que le temps qui court[2]. Mais j'avais précisément recommandé à Pôtu de ne pas vous ennuyer pour 500 f. de plus ou de moins dans ma poche. Ce n'est pas que je puisse mépriser 500 f. dans ce moment-ci, mais je vous

2. Louis Jourdan, rédacteur du journal *Le Crédit* qui publie *La Petite Fadette*.

présumais obsédé. Votre fréquent et long silence me montrait bien que vous n'aviez pas un moment à vous, et je ne voulais pas vous accabler de moi. *Ensuite* pour justifier le Pôtu, il n'est pas resté *un mois*, mais 15 jours à Paris et il a eu tant à faire, tant à courir pour moi, pour cette triste affaire de ma fille, que le pauvre garçon n'avait pas le temps de déjeuner *avant son dîner*. Ne voulant pourtant pas quitter Paris sans vous avoir vu, il a failli manquer ce jour-là le chemin de fer. Voilà tout. Vous avez rêvé le reste, mon enfant.

Je suis bien aise que cette *Fadette* vous plaise. Ces sortes de *fadaises* me coûtent peu de fatigue morale, mais seulement une certaine fatigue physique quand il faut se presser.

Il n'est donc guère étonnant que j'aie trouvé la force de les imaginer au milieu de nos malheurs. À présent cela aurait moins de mérite encore, car je suis redevenue très calme. Je ne vous dirai pas pourquoi, je n'en sais rien. Cela s'est fait en moi en voyant la grande majorité du peuple voter pour Louis Bonaparte. Je me suis sentie alors comme résignée devant cette volonté du peuple qui semble nous dire : « Je ne veux pas aller plus vite que cela, et je prendrai le chemin qui me plaira ». Aussi ai-je repris mon travail comme un bon ouvrier qui retourne à sa tâche, et j'ai beaucoup avancé mes mémoires. C'est un travail qui me plaît et ne me fatigue pas. J'espère que vous en serez content, et que vous aurez encore quelques bonnes larmes de sympathie au bord des yeux en les lisant. Lisez-vous ceux de Chateaubriand[3] ? Ils me sont bien utiles pour m'enseigner *comment il ne faut pas se poser*. Certes je ne ferai jamais rien d'aussi beau, mais je ne ferai rien d'aussi froid et d'aussi guindé. C'est une grande et belle nature de gentilhomme, mais une nature d'homme qui n'a rien de sympathique, rien d'humain pour ainsi dire.

J'ai une autre passion pour le quart d'heure, c'est d'apprendre le latin et je ne me le fourre dans la tête qu'en apprenant des vers par cœur. Je divertis Maurice en lui cornant aux oreilles, *tu, patulae, recubans*[4] etc. Le Pôtu, qui

---

3. Les *Mémoires d'outre-tombe*, que *La Presse* a commencé de publier le 21 octobre.

4. C'est le premier vers des *Bucoliques* de Virgile : « *Tityre, tu patulae recubans sub tegmine fagi…* » (Tityre, assis à l'ombre du hêtre à l'épais feuillage).

est mon *magister*, est furieux de la rapidité avec laquelle je le pousse. Entre nous soit dit, c'est une langue qui n'a pas le sens commun, une langue illogique, une langue de rhéteurs et qui n'apprend rien aux malheureux enfants condamnés à ne pas même l'apprendre pendant 8 ou 10 ans. Je prétends bien en trois mois, en savoir autant que ceux qui ont fait leurs classes d'une manière ordinaire, vu que c'est une langue que personne ne sait jamais, puisqu'elle embrasse tant de siècles et se modifie pendant toute l'histoire de l'humanité. Le jeu n'en vaudrait pas la chandelle s'il ne s'agissait pour moi que de connaître les coquetteries ou la pompe des poètes. Mais j'ai été gênée toute ma vie pour lire des ouvrages du Moyen Âge et de la Renaissance qui ne sont pas traduits ou qui le sont fort mal, et je veux me débarrasser de cet obstacle. En résumé, c'est toujours très amusant d'apprendre quelque chose. Cela rafraîchit le vieux cerveau.

Si vous ne faites rien maintenant, venez donc nous voir. L'hiver est doux et charmant. Mon jardin est jonché de violettes, et tant qu'on ne recommencera pas à s'égorger nous ne serons pas tristes à Nohant. Maurice et Lambert ont fait un théâtre de marionnettes[5] qui fonctionne les soirs de belle humeur, et qui est quelque chose de ravissant pour les décors, les effets, les clairs de lune, les costumes, et même les scénarios de leur façon, que le Pôtu prend au sérieux, jusqu'à siffler ou applaudir avec transport ou fureur. Cela vous ferait du bien de vous retrouver avec des *humains*, et si vous n'avez pas le sou, vous trouverez du bon pain à la maison, pour tout le temps où les écus ne vous reviendront pas.

Vous demandez si votre fils [Lambert] fait des progrès ? beaucoup, énormément. Il aura du talent pour de vrai. Maurice a laissé là le Rabelais. Quand est-ce que l'on pourra vendre des illustrations ? et le moyen de payer les graveurs ? En revanche, il a fait, cette année, des progrès dans la peinture. Le Pôtu a fait un petit livre qui est bon et il en fait un autre. *Titine* va me faire grand-tante. Bonsoir mon enfant, si j'ai besoin que vous *retrottiez* pour

---

5. Sur les marionnettes, lire le texte publié par G. Sand dans *Le Temps* (11-12 mai 1876), *Le Théâtre des marionnettes de Nohant* (*Œuvres autobiographiques*, t. II, p. 1247-1276), et l'ouvrage capital de Bertrand Tillier, *Maurice Sand marionnettiste ou les « menus plaisirs » d'une mère célèbre* (Du Lérot, Tusson, 1992).

moi, je vous le dirai. Pour le moment, si vous voulez faire une bonne et utile démarche pour *Bertholdi, percepteur à Ribérac, Dordogne* afin qu'on le laisse là, vous me rendrez un *immense* service. À vous de cœur. Tâchez de venir. On vient très vite à présent.

George

À propos ! le manuscrit du *Champi*, je ne sais pas ce qu'il est devenu, je croyais que vous l'aviez. Si vous l'avez, gardez-le. Celui de la *Fadette* est convoité par Jourdan, et Maurice ne veut pas du tout lui en faire le sacrifice ; si bien que je le fais reprendre. Mais avec vous, Maurice sera plus traitable. Venez, et on vous fera choisir dans la masse, celui que vous voudrez.

Amitiés et tendresses des trois garçons de céans. Nohant je ne sais pas la date.

## 151. À CHARLES PONCY

[Nohant, 9 janvier 1849]

Merci de votre bon souvenir du jour de l'an, mon cher enfant. Merci à notre bonne Désirée et un tendre baiser à notre belle petite Solange. Courage, dans les mauvais jours que nous traversons, c'est ce que nous devons nous souhaiter et nous recommander les uns aux autres. J'espère que votre santé est meilleure car, après m'avoir inquiétée à ce sujet dans une première lettre, vous ne m'en dites rien dans la dernière. Ces douleurs de tête vous ont-elles quitté ? C'est la pire chose du monde que d'être pris par le cerveau et je suis trop sujette à ces cruelles névralgies pour ne pas vous plaindre d'en être atteint quelquefois. Je n'y connais pas d'autre remède que quelques heures de repos complet, silence, solitude, obscurité, mais vous me direz que c'est ce qu'il y a parfois de plus difficile à se procurer ! je le sais bien.

Oui, vous jugez parfaitement la situation. Leur belle société d'*ordre*, de *modération*, de confiance et de prospérité bourgeoise ne tient qu'à un cheveu. Ils voudraient bien tous faire la paix sur le cadavre du peuple. Mais Dieu les punit par eux-mêmes. Ils se haïssent, ils se craignent, ils

se trompent, ils se trahissent les uns les autres. Les Bonaparte se donnent des tons de princes. Le Président se
*saoule*, m'écrit-on de Paris, il court les drôlesses, veut faire
de l'autorité, pure singerie qui trahit sa faiblesse. L'immense camarilla qu'il traîne après lui le renversera bientôt
sans que nous nous en mêlions. Dieu veuille que le
bouillant et généreux peuple des faubourgs de Paris ne
bouge pas d'ici à quelque temps, afin de donner à ce fantôme d'usurpateur, le temps de se dépopulariser dans les
provinces. En attendant l'anarchie morale et intellectuelle
est à son comble. Mais vous avez raison, c'est la Providence qui le veut ainsi. Tandis que le grain pourrit, le
germe pousse.

Toujours même tranquillité à Nohant, bien que la province soit assez agitée. Châteauroux et Issoudun ont une
population admirablement démocratique. En revanche La
Châtre vendue aux bourgeois est honteusement réactionnaire. Il se passe peu de jours sans que les ivrognes de
cette jolie ville en passant devant ma maison crient *à bas
les communistes*, refrain déjà passé de mode ailleurs. Je ne
m'en émeus point, d'autant plus que ces mêmes braill-
lards, s'ils m'aperçoivent dans mon jardin, me saluent
jusqu'à terre. Ils nous ont fait beaucoup de menaces
indirectement, mais nous ne les craignons guère.

Vous me parlez de mon frère[1]. Il n'existe plus ! Malade
depuis deux ans, il cherchait une excitation factice dans
le vin. Il ne mangeait plus et buvait chaque jour davantage. Sa robuste organisation, son bon cœur, son esprit
enjoué et original avaient lutté jusque-là contre une malheureuse passion qui avait du moins des intervalles et se
combattait de temps en temps. Mais depuis deux ans il
n'y avait plus ni intervalle ni combat. Le corps, l'esprit, le
cœur même s'éteignaient jour par jour, heure par heure.
On craignait tantôt la folie, tantôt l'idiotisme. La mort est
venue sans qu'il s'en aperçût. C'est un véritable suicide,
lentement et obstinément accompli, triste fin à cinquante
ans et avec une organisation excellente, une existence qui
pouvait être douce, des amis qui avaient en vain prédit et
prévu ! rien n'y a fait. Sa mort est pour sa famille comme
le complément d'une mort précédente, comme la dernière
phase d'une destination volontaire et attendue tristement.

1. Hippolyte Chatiron était mort le 23 décembre 1848.

Combien la vie est triste et pleine d'amers enseignements ! Mais je ne veux pas vous attrister. Je ne veux pas vous parler du fond de mon cœur, je ne veux pas y regarder moi-même, je veux, au contraire, prendre courage et confiance, travailler, espérer, rendre confiant et calme ce qui m'entoure, en un mot conserver la foi à l'avenir, car en perdant cette religion, on perdrait aussi les vertus nécessaires au présent.

Bonsoir, mes bien chers enfants, Maurice et Borie vous embrassent de cœur, et moi je vous bénis de toute mon âme.

G. Sand

Nohant 9 janvier 49

Quand nous verrons-nous ? Je suis pauvre à présent et cela ôte la liberté et les moyens de toutes choses. La révolution et la prodigalité personnelle ont ruiné ma fille *à plat* au bout de 18 mois de mariage, par conséquent moi qui aurai à la faire vivre, je ne sais pas encore avec quoi.

## 152. À AUGUSTINE DE BERTHOLDI

[Nohant, 20 janvier 1849]

Titine.

Ma chère mignonne, je ne sais pourquoi j'étais inquiète de toi depuis quelques jours. Je me figurais avoir un pressentiment fâcheux, mais c'était l'effet de mes préoccupations habituelles augmentées en ce moment par tous les ennuis du dehors et du dedans. Ces derniers n'existent que sous le rapport pécuniaire, car la maison et la famille sont toujours calmes et unies. Je suis plongée dans le travail jusqu'aux oreilles, et dans mes moments de récréation, j'apprends le latin dans lequel je fais des progrès extraordinaires, quoique le Pôtu soit un maître *ignare* et *idiot*. Il reçoit plus de gifles en me donnant mes leçons qu'il n'a de cheveux sur la tête. Le soir, Maurice et Lambert, toujours possédés par la fureur du théâtre, nous donnent des représentations de temps en temps. Voici comment. Ils ont fabriqué un théâtre de marionnettes qui est vraiment quelque chose d'*étonnant*. Décors, change-

ments à vue, perspectives, palais, forêts, clair de lune et
coucher de soleil transparents, c'est réellement très joli
et plein d'effets très heureux. Ils ont une vingtaine de
personnages, et à eux deux ils font parler et gesticuler
tout ce monde de guignols de la façon la plus divertis-
sante. Ils font eux-mêmes leurs scénarios, quelquefois
très bien, et même des mélodrames noirs qui font pleurer et trembler Ursule [Jos]. Il y a des masses de
costumes pour tous les acteurs en bois. C'est vraiment
très gentil et nous voudrions que tu en eusses ta part,
nous ne nous amusons jamais sans penser à notre pauvre
Titine.

  Tu penses à de bien autres poupées, toi! Tu vas en
avoir une qui te passionnera un peu plus. Nous nous
mettons en quatre pour te trouver un joli nom. Borie,
Lambert et Maurice comptent t'envoyer leurs listes. Mais
je t'avertis d'avance que ce seront des parrains stupides.
Pour moi, je crois que le plus simple sera le meilleur, et
je t'avoue qu'un de mes noms de baptême, celui que je
tiens de ma bonne tante Maréchal, me paraît toujours
le plus doux et le plus gentil. C'est *Lucie*[1]. S'il te fait penser à *la Luce* [Caillaud], n'en parlons plus, car il ne faut
pas associer un souvenir désagréable à un nom qui doit
devenir si cher. Mais je crois que la Luce est un de ces personnages qu'on peut facilement oublier et que, d'ailleurs,
ce nom ainsi changé ne sonnait pas du tout comme
Lucie. Ma tante est si bonne que c'est un bon et heureux
patronage pour ta petite, si petite il y a. J'ai bien cinquante noms de roman plus recherchés, mais ces noms-
là ne sont pas jolis dans la vie réelle. Un autre joli nom
et bien français, et qui n'a pas été *usé*, c'est Marguerite.
Mais il te rappellera encore une Marguerite [Caillaud] qui
n'est pas gracieuse, et puis il est long. C'est pourtant un
joli nom, qui est distingué à force d'être simple et qui des
reines est descendu aux servantes, et puis, remonté aux
demoiselles comme celui de Marie, mais celui-là est devenu
embêtant à force d'être répandu. Si je trouve mieux, je
t'en ferai part.

  Mes affaires sont toujours dans le *statu quo*, comme

  1. Si elle a bien été baptisée avec le prénom de *Lucie*, Sand porte
le prénom de *Lucile* à l'état civil. Augustine de Bertholdi accouchera
le 24 février 1849 d'un garçon, Eugène-*Georges*.

celles de tout le monde. J'aspire à me délivrer de mes plus grosses dettes. J'espère que j'en viendrai à bout cette année en vendant la rente qu'avait mon frère et qui me revient. Mais la rente est bien bas et ces 20 000 ne me rapporteront peut-être que 15 000. Ton mari qui est un financier à présent, c'est-à-dire un homme dans la finance, t'expliquera cela. Quoi qu'il arrive je payerai votre cautionnement. Ne vous en tourmentez pas. J'enrage de ne pouvoir t'envoyer un petit cadeau pour la layette de ton nouveau-né, mais j'en suis à ne pouvoir mettre 100 f. de côté pour me donner un petit plaisir, et tu sais que je n'en ai pas d'un autre genre. Je fais toutes sortes d'économies. Je me lève sans feu, je fume du tabac de la régie, et je me suis fait faire de grosses chemises de percale. Je n'use pas de chaussures. Je passe l'hiver en sabots. Je ne sais quoi supprimer dans les habitudes de luxe de ma personne pour arriver à me libérer. Mais mon travail paralysé, j'ai les bras coupés. Espérons que cela tournera mieux, quoique l'horizon soit encore noir. Je ne m'inquiète pas de moi, mais de toi. Je crains que tu ne sois pas à l'aise malgré ton ordre et ton économie. Quant à Solange je ne peux rien faire pour elle non plus quant à présent. Aussi je ne reçois pas un mot d'elle. Ce qu'elle a de mieux à faire, c'est de prolonger son séjour chez son père.

Bonsoir, chère fille, écris-moi et qu'aussitôt ta délivrance, Bertholdi m'écrive un mot, car je ne serai pas sans impatience d'apprendre le bon résultat que j'espère. N'aie pas peur surtout de cette crise-là. Ce n'est pas si terrible qu'on le dit. Quand l'accouchement est laborieux, les douleurs sont moins vives. Quand elles sont très violentes, l'accouchement est très rapide. D'une manière ou de l'autre, on s'en tire et on est si heureux d'avoir auprès de soi ce petit être. D'ailleurs tu es d'une famille où l'on *pond* parfaitement, et je n'ai pas la moindre inquiétude pour toi, mais je n'en serai pas moins impatiente d'avoir une lettre.

Amitiés et tendresses des galopins à toi et à Bertholdi que j'embrasse.

## 153. À ARMAND BARBÈS

Nohant, 14 mars 1849

Cher ami, J'avais reçu votre lettre du mois de X^bre.
N'en soyez point inquiet. Si je ne vous ai pas écrit
depuis, c'est que j'espérais aller à Paris, et j'aurais bien
préféré vous voir; mais je n'ai pu quitter mon île de
Robinson. En outre, malgré cette apparence de sérénité
dont on doit l'exemple ou la consolation à ceux qu'on
aime et qui vous voient de près, j'ai été sous le coup d'un
accablement physique et moral que je n'aurais pu vous
cacher en vous écrivant.

J'ai eu ensuite la volonté d'aller à Bourges[1], et j'ai eu à
subir des luttes domestiques pour ne pas le faire. Je n'ai
cédé que devant cette considération que tous s'accor-
daient à me présenter: « Vous êtes, me disait-on, la bête
noire, le bouc émissaire du socialisme. On veut que vous
conspiriez sans cesse, et plus vous vous tenez *coi*, plus on
vous accuse. Si vous allez à Bourges, on cherchera tous
les moyens de vous vexer » (à quoi je répondais que cela
m'était bien égal); mais on ajoutait aussitôt que « la mal-
veillance de certain parti rejaillirait d'autant sur vous et
augmenterait vos chances de condamnation ».

J'ai peine à le croire. Je ne puis me persuader que l'on
s'occupe de moi à ce point, ni que nos adversaires eux-
mêmes soient assez lâches et assez méchants pour reporter sur vous la haine qu'on leur suppose pour moi.
M'a-t-on trompée pour me soustraire à quelque péril
imaginaire? Mais il a fallu céder, mon fils se mettant de
la partie, et me disant aussi une chose qui m'a paru la
seule vraisemblable. C'est que, sans respect pour mon âge
ni pour le sérieux de notre destinée et des circonstances,
les journaux de la réaction s'empareraient du fait de ma
présence à Bourges pour calomnier et profaner la plus
sainte des amitiés, par d'ignobles insinuations. Cela, c'est
dans l'ordre, et nous savons de quoi ils sont capables. Un
journal rédigé par des dévots et des prêtres ne publiait-il

---

1. Le 7 mars s'est ouvert à Bourges devant la Haute-Cour le procès des inculpés de la journée du 15 mai 1848 : Barbès, Blanqui, Raspail, etc.

pas, il y a quelques années, que j'avais l'habitude de
m'enivrer à la barrière avec Pierre Leroux ?

Je me serais encore moquée, pour ma part, de ces
outrages stupides sur lesquels je suis tout à fait blasée ;
mais on me remontrait que cela, venant jusqu'à vous,
vous affligerait profondément dans votre amitié pour
moi, et qu'au lieu de vous avoir porté quelques consolations, j'aurais été pour vous une nouvelle occasion d'indignation et de douleur.

Je vous devais toute cette explication, car mon premier
mouvement était d'aller vous voir et embrasser votre
digne sœur [Mme Carles], et nos premiers mouvements
sont toujours un cri de la conscience autant que du cœur.
Les réflexions de mes amis et de mes proches m'ont
ébranlée, vous serez juge entre nous.

Je ne vous ai écrit qu'un mot par Dufraisse, et rien par
Aucante. J'ignorais s'ils parviendraient jusqu'à vous et
s'ils pourraient vous remettre une lettre. Dufraisse devait
m'écrire à cet égard en arrivant à Bourges. Il l'a peut-être
fait, mais je n'ai rien reçu ; il y a peut-être un *cabinet noir*
installé pour la circonstance. De sorte que je serais encore
sans nouvelles particulières de vous, si ce bon petit
Aucante n'eût réussi à vous voir. Il m'a dit que vous
aviez bon visage et que vous vous disiez tout à fait bien
portant.

C'est un bonheur pour moi au milieu de ma tristesse
et de mes inquiétudes ; car l'avenir nous appartient et il
faut que vous soyez avec nous pour le voir. Soignez-vous
donc et n'usez pas vos forces. Tenez-vous toujours calme.
Il n'est plus de longues oppressions à craindre désormais.
Il n'est plus besoin de conspirations sous le ciel. Le ciel
conspire, et nous autres humains, nous n'avons plus qu'à
nous laisser porter par le flot du progrès. Il est bien rapide
maintenant et toutes ces persécutions dont nous sommes
l'objet ont enfin une utilité manifeste, immédiate. Ah !
votre sort est beau, ami, et si vous n'en étiez pas plus
digne que nous tous, je vous l'envierais. Vous êtes peut-
être l'homme le plus aimé et le plus estimé des temps
modernes en France, malgré les terreurs des masses igno-
rantes suscitées par la perfidie de ceux que vous savez.

Tout ce qui a un peu de lumière dans l'esprit et de
droiture dans l'âme se tourne vers vous comme vers le
nom entièrement pur, et le symbole de l'esprit chevale-

resque de la France républicaine. Vous ne vous *préservez*
de rien, vous, quand tous les autres se mettent à l'abri.
Aussi vous traitent-ils de fou, ceux qui ne peuvent vous
imiter. Mais, selon moi, vous êtes le seul sage et le seul
logique, comme vous êtes le meilleur et le plus loyal.
Quelqu'un vous comparait hier devant moi à Jeanne
d'Arc, et moi je disais qu'après la pureté de Robespierre
l'incorruptible (mais le terrible!), il fallait dans nos fastes
révolutionnaires quelque chose de plus pur encore, Barbès, tout aussi ferme et aussi incorruptible, mais irréprochable dans ses sentiments de franchise et d'humanité.

Je vous dis tout cela, et pourtant, je n'accepte pas le
15 mai. Ce que j'en ai vu par mes yeux n'était qu'une
sorte d'orgie improvisée, et je savais que vous ne vouliez
point de cela. Le peuple a, en principe, selon moi, le
droit de briser sa propre représentation, mais seulement
quand cette expression perfide de sa volonté brise le
principe par lequel elle est devenue souveraineté nationale. Si cette Assemblée eût repoussé la République au
4 mai[2], même si elle se fût constituée, *en principe*, république aristocratique, si elle eût voulu détruire le suffrage
universel et proclamer la monarchie, croyez-moi, le
15 mai aurait été un grand jour, et nous ne serions pas
où nous en sommes. Mais, quelque mal intentionnée que
fût déjà la majorité de cette Assemblée, le 15 mai dernier,
il n'y avait point encore de motifs suffisants pour que le
peuple recourût à ce moyen extrême.

Aussi le peuple se tint-il tranquille, tandis que les clubs
seuls agissaient, et nous savons bien que, dans ces mouvements de la portion la plus bouillante des partis, il y a
des ambitions d'une part et des agents de provocation de
l'autre. Vous rappelez-vous que, les jours qui précédèrent
ce malheureux jour, je me permettais de vous calmer
autant qu'il était en moi.

J'aurais voulu plus de douceur et de patience dans les
formes de notre opposition en général. Je trouvais nos
amis trop prompts au soupçon, à l'accusation, à l'injure.
Je croyais ces représentants modérés meilleurs qu'ils ne
paraissaient, je me persuadais que c'étaient pour la plupart des hommes faibles et timides, mais honnêtes dans

2. La première réunion de l'Assemblée constituante a eu lieu le
4 mai.

le fond, et qui accepteraient la vérité si on venait à bout de la leur exposer sans passion personnelle, et en ménageant leur amour-propre encore plus peut-être que leurs intérêts. Je me trompais probablement sur leur compte ; car la manière dont ils ont agi depuis prouve qu'avec ou sans le 15 mai, avec ou sans les journées de juin, ils eussent ouvert les bras à la réaction plus volontiers qu'à la démocratie. Mais, n'importe quelle eût été leur conduite, nous n'aurions pas à nous faire le reproche d'avoir compromis pour un temps, par trop de précipitation, le sort de la République.

En somme, je veux vous le dire franchement, et je crois être certaine que c'est aussi votre pensée, le 15 mai est une faute, et plus qu'une faute politique, c'est une faute morale. Entre l'idolâtrie hypocrite des réactionnaires pour les institutions-bornes, et la licence inquiète des turbulents envers les institutions encore mal affermies, il y a un droit chemin à suivre.

C'est le respect pour l'institution qui consacre les germes évidents du progrès, la patience devant les abus de fait, et une grande prudence dans les actes révolutionnaires qui peuvent nous faire, j'en conviens, sauter par-dessus ces obstacles, mais qui peuvent aussi nous rejeter bien loin en arrière et compromettre nos premières conquêtes, comme cela nous est arrivé. Ah ! si nous avions eu des *motifs* suffisants, le peuple eût été avec *nous* ! mais nous n'avions encore que des prétextes, comme ceux qu'on cherche pour se battre avec un homme dont la figure vous déplaît. Il est bien vrai que la figure d'un homme et ses paroles montrent et prouvent ce qu'il est, et qu'un jour ou l'autre, s'il est un coquin, l'honnête homme aura le droit de le châtier. Mais il faut qu'il y ait eu des actions bien graves et bien concluantes, autrement notre précipitation est un procès de tendance, une injustice contre laquelle la conscience humaine se révolte. Voilà pourquoi les clubs ont été seuls au 15 mai.

Au milieu de tout cela, vous, décidé comme moi à attendre tout du temps, et de la *maturité de la question sociale* (vous l'aviez dit devant moi, l'avant-veille, à votre club), vous avez fait ce que j'eusse probablement fait à votre place ; on vous a dit : « C'est une révolution, le peuple le veut, le peuple triomphe, abandonnez-le ou marchez avec lui ». Vous avez accepté l'erreur et la faute du peuple, et vous avez voulu suivre son mouvement pour l'empêcher d'abuser de sa force s'il était vainqueur, ou pour périr avec lui s'il était foudroyé.

J'oserai vous dire que je regrette que vous n'ayez pas voulu accepter les débats : vous ne vous seriez pas *défendu*, il n'y a pas de danger qu'on vous y prenne, pauvre cher martyr ! mais vous auriez eu l'occasion de faire entendre des paroles utiles. Il est vrai qu'il vous eût fallu peut-être séparer votre cause de celle de certains coaccusés, lesquels, plus *coupables* peut-être que vous, se défendent bel et bien aujourd'hui. Je ne puis être juge de vos motifs personnels, et j'ai d'avance la certitude que vous avez pris, comme à l'ordinaire, le plus noble et le plus généreux parti.

Ce que je n'ai jamais bien compris et ce que vous m'expliquerez seulement quand nous nous verrons, — car, jusque-là, soyez tranquille, j'accepterai tout de vous avec la confiance la plus absolue dans vos intentions —, c'est le vote du milliard[3]. Vous pensez bien que je ne m'occupe pas de la chose en elle-même ; mais je ne comprends pas bien l'opportunité *politique* de cet appel rémunératoire en un pareil moment.

Les représentants réactionnaires eussent-ils voté sous le coup de la peur comme en prairial[4], ils devaient certainement agir ensuite comme leurs pères, c'est-à-dire provoquer un contrecoup et se parjurer le plus tôt possible. La dissolution de l'Assemblée par la force me paraîtrait plus logique, si je reconnaissais qu'on en eût eu le droit à ce moment-là. Mais pourquoi cette proposition d'impôt au milieu d'un tumulte encore sans issue et sans couleur arrêtée ? Était-ce pour sauver l'Assemblée en lui offrant ce moyen de transaction avec la masse irritée ? Était-ce pour apaiser cette masse et l'empêcher de demander davantage ?

C'est là, je crois, le grand grief des réactionnaires contre vous, car le fait d'aller à l'Hôtel de Ville pour maîtriser ou diriger un mouvement accompli pour ainsi dire malgré vous, est un acte dont les plus hostiles devraient vous innocenter dans leur propre intérêt. Ils ne vous par-

---

3. Le 15 mai, alors que l'Assemblée était envahie par l'émeute, Barbès avait demandé le vote d'un impôt d'un milliard sur les riches.
4. Allusion à la journée du 1er prairial III (20 mai 1795), où la Convention avait été envahie par les « sans-culottes » parisiens.

donneront pas le milliard, et vous ne voulez point qu'ils vous pardonnent rien, je le conçois. J'ai été bien tourmentée du désir de prendre ouvertement votre défense dans un écrit spécial, auquel j'aurais donné, dans ce moment décisif, le plus de retentissement possible ; mais il aurait fallu que vous y consentissiez d'abord, et j'en doute, d'autre part, il aurait fallu savoir à fond ce que vous vouliez dire de tout cela au public indépendant.

Je me suis trouvée dans un cercle vicieux ; car, selon toute apparence, une défense, au point de vue de mon amitié et de ma sollicitude, vous eût déplu, et une défense, selon toute la portée de votre franchise, vous eût fait condamner d'avance par ceux de qui dépend aujourd'hui votre liberté. Je me suis trouvée bien malheureuse de ne pouvoir rien faire pour vous prouver mon affection et mon admiration, sans risquer de vous nuire ou de vous déplaire. Peut-être ai-je une propension de caractère vers des moyens plus réguliers et plus lents que ceux que vous accepteriez dans la pratique.

Thoré me reprochait, dit-on, ma tolérance et mon optimisme dans les faits. Je ne crois pourtant pas être en désaccord avec vous en théorie, et je reste sur ce souvenir d'un dernier soir d'entretien dans ma mansarde [rue de Condé], où vous rejetiez l'idée d'une dictature pour notre parti, parce que la dictature était impossible sans la terreur, et la terreur impossible par elle-même en France désormais.

Nous avons bien la preuve de cette impossibilité, aujourd'hui que nous voyons la nation se républicaniser et se *socialiser* plus rapidement et plus généralement, sous l'arbitraire de la réaction, que nous n'avons réussi à le faire quand nous avions le haut du pavé. Il nous faut donc reconnaître que les temps sont changés, que la terreur, moyen extrême, qui n'a pas fait triompher nos pères et qui n'a eu, après tout, qu'une courte durée suivie d'une longue et profonde réaction, n'est plus au nombre des moyens sur lesquels les révolutionnaires d'aucun parti puissent compter. Il reçoit en ce moment son coup de grâce entre les mains de nos adversaires ; Dieu soit loué, que ce soit entre les leurs et non entre les nôtres !

Vous disiez dans cette mansarde, je m'en souviens bien : « La terreur ! cela se supporterait maintenant *un mois* tout au plus, et après, nous aurions peut-être 20 ans

de monarchie ». Eh ! bien, nous pouvons aujourd'hui
retourner la question. Cavaignac nous a fait une terreur
militaire au point de vue de la république bourgeoise. Le
socialisme s'est, pour ainsi dire, joint à la réaction royaliste et impérialiste pour le renverser. Cette réaction nous
fait à son tour une petite terreur dans le goût de 1815[5].
Le socialisme, la montagne, l'armée, le peuple, tout gronde
contre elle, même les *modérés*, même une partie de la
bourgeoisie. On n'attend plus que le réveil et le désabu-
sement du paysan pour souffler sur cette force dérisoire.
Et alors, si jusque-là nous avons le bonheur de résister
aux provocations, si nous avons la force et la vertu de
subir pour un temps les persécutions et la misère, nous
n'aurons plus besoin de cette arme impuissante et dangereuse de la terreur.

Les Français jouissent depuis un quart de siècle d'une
sorte de liberté constitutionnelle, qui est une hypocrisie,
j'en conviens, si on songe à l'avenir, mais qui est du moins
une réalité si on la compare au passé. Leurs mœurs se
sont faites à cette liberté : *plus* les effraye, et voilà leur faiblesse ; mais *moins* les révolte, et là est leur force contre
tous les moyens empruntés au passé.

Je ne suis pas d'accord avec tous mes amis sur ce
point. Plusieurs rêvent les moyens du passé pour l'avenir ; vous savez si je respecte et si je défends le passé ;
mais je crois être dans la vérité en constatant que le présent diffère essentiellement, et qu'il ne nous faut rien
recommencer, rien copier, mais tout inventer et tout
créer. Je suis bien d'accord avec eux sur la *souveraineté
du but*, et le proverbe « Qui veut la fin veut les moyens »
est vrai. Seulement, il ne faut pas l'étendre jusqu'à dire
aujourd'hui : « Qui veut une fin d'avenir et de progrès
veut les moyens du passé », parce que le passé est toujours rétrograde, quoi qu'on fasse.

Mais je me suis laissé entraîner à vous parler de ce qui
devrait rester étranger à notre correspondance ; car vous
êtes assez livré à vos pensées, et vous auriez besoin en
prison de témoignages de tendresse beaucoup plus que
de discussions politiques. Je m'étais promis de ne vous
en jamais fatiguer, et vous vous souvenez qu'à Paris

5. Au début de la Restauration, avait eu lieu dans certains départements une répression réactionnaire, la Terreur blanche.

même, j'aurais voulu que ceux qui vous aiment vous par-
lassent au moins deux heures par jour de la pluie et du
beau temps, pour vous forcer à vous reposer l'esprit. Si
j'ai fait la faute que je reprochais aux autres, c'est pour
n'y plus revenir, et c'est par suite d'un besoin que
j'éprouve de me résumer avec vous en ce moment solennel qui va peut-être nous séparer encore pour un temps,
je ne dirai pas plus ou moins long, mais plus ou moins
court.

Faites-moi donner un moyen de pouvoir correspondre
avec vous d'une manière prompte et discrète autant que
possible, n'importe où vous serez.

Le livre que je vous ai envoyé a un autre mérite que
celui de l'édition Elzévir, c'est l'œuvre d'un premier chrétien persécuté par le vieux monde, alors que le christianisme et la papauté elle-même représentaient le progrès
et l'avenir. C'est l'œuvre d'un prisonnier et d'un martyr[6].
Il y a de belles choses et un mélange de christianisme et
de paganisme assez curieux, c'est-à-dire l'idée chrétienne
et la forme païenne, ce qui marque un temps de transition comme le nôtre. Je ne sais pas si vous êtes plus
latiniste que moi ; ce ne serait pas dire beaucoup plus que
zéro. Mais ce latin est facile, et le latin est une langue
qu'on se remet toujours à comprendre en peu de jours.
Ensuite, c'est un de ces livres à consulter plus qu'à lire,
et enfin je vous l'ai envoyé comme je vous aurais envoyé
une bague, n'ayant que cela de portatif sous la main. Si
vous avez besoin de livres pour de bon, faites-le-moi
dire, et je vous enverrai ce que vous désirerez.

Adieu ; ne me répondez que quand vous en avez le loisir et le besoin. C'est un bonheur pour moi qu'une lettre
de vous, mais je ne veux pas que ma joie vous coûte un
effort ou une fatigue.

Aucante, qui a vu votre sœur, ne me fait pas espérer
qu'elle puisse venir me voir. J'en éprouve un vif regret.
Dites-le-lui bien ; mais qu'elle me laisse l'espérance de la
connaître dans des temps meilleurs, et viennent bientôt
ces jours-là ! Je sais que c'est une femme d'un caractère
admirable et qui vous aime comme vous devez l'être. Je

---

6. G. Lubin suggérait qu'il pouvait s'agir d'un ouvrage de Tommaso Campanella ; mais une relecture attentive du texte nous dirige
plutôt vers un des premiers martyrs, que nous n'avons pu identifier
parmi les impressions des Elzévir.

vous charge de l'embrasser pour moi ; elle ne peut point refuser l'intermédiaire. Je vous charge aussi de me rappeler au souvenir du brave citoyen Albert, votre compagnon de malheur et de courage, et de lui serrer pour moi la main d'aussi bon cœur et avec autant de foi et d'espérance que je la lui ai serrée au Luxembourg.

Maurice vous embrasse tendrement, Borie aussi. J'ai reçu de Paris ce matin une longue lettre de Marc Dufraisse, qui m'avait promis de me rendre bon compte de vous et qui m'en donne douze pages. Vous voyez si nous nous occupons de vous. Adieu encore, ami. Faites que je puisse vous écrire quelquefois. Je ne vous recommande pas le courage, vous n'en avez que trop pour ce qui vous concerne. Rappelez-vous seulement que je vous aime du meilleur de mon âme.

George

J'aurais voulu vous écrire lisiblement, impossible ! Il y a deux mois que je n'ai écrit plus de six lignes par jour. Je suis en proie à des migraines journalières et cruelles.

## 154. À LOUIS BLANC

Nohant, 5 avril [18]49

Mon ami, je ne sais pas lequel de nous deux aurait dû écrire le premier depuis longtemps. Je crois que c'est *nous deux* à la fois, et que par conséquent nous avions tort l'un et l'autre de ne pas nous dire que nous pensions l'un à l'autre. Au reste le moment était venu où nous allions rompre ce silence, car je venais d'apprendre votre condamnation[1] et je m'asseyais pour vous écrire, tout à l'heure, au moment où l'on m'apporte votre lettre. Elle me fait un grand bien au milieu de l'amertume de mon cœur, car on a beau être préparé et comme habitué à voir l'iniquité prévaloir, on n'en est pas moins brisé et indigné à chaque nouvelle preuve d'audace et d'impudeur. Si

---

1. La Haute-Cour de Bourges vient de condamner par contumace Louis Blanc à la déportation (3 avril) ; Barbès est lui aussi condamné à la déportation.

quelque chose au monde est certain, évident, prouvé,
c'est que vous êtes resté avant, pendant et après, étranger
à cette malheureuse aventure du 15 mai. Il n'y a pas un
doute là-dessus. D'un bout de la France à l'autre, ce va
être un cri de surprise et de réprobation. Mais que leur
importe à ces misérables ? Ils étaient là vingt-trois dont le
jugement était porté d'avance. Vous les flétrirez un jour
dans des pages immortelles et la postérité rougira comme
au souvenir des fureurs de la réaction thermidorienne et
de la restauration cosaque.

Vous avez vu comme ce noble et tendre cœur de Barbès s'est préoccupé de vous défendre et d'assumer sur lui
les accusations mensongères qu'on voulait faire porter
sur vous. Je l'en aime et l'en admire davantage, s'il est
possible. Le pauvre martyr, ce grand martyr, je devrais
dire, va reprendre sa chaîne avec une résignation sans
exemple. Je suis forcée de me réjouir de votre absence.
Au moins ils ne pourront pas vous tuer, vous faire languir et travailler en bêtes féroces à la destruction de cette
belle intelligence dont nous avons besoin et qui se doit à
un meilleur avenir. Vous souffrez d'être éloigné de vos
amis et de votre patrie, et de cette généreuse et intelligente portion du peuple qui avait su vous comprendre
et vous apprécier. Mais vous souffririez bien aussi en
France, et vous n'échapperiez pas à une persécution qui
se sert de tous les pièges, de tous les prétextes pour se
débarrasser de ceux qu'elle craint. Ils auraient bien trouvé
déjà le moyen de vous priver de votre liberté, et au
moins vous avez celle de travailler pour nous. Avez-vous,
au moins, les livres et documents qu'il vous faut pour
continuer votre histoire[2] ? avez-vous de quoi vivre à
l'étranger ? Ah ! que tout cela m'inquiète ! vous auriez bien
dû me dire un mot de ce qui vous concerne. Vous n'aurez jamais la douleur de vous sentir inutile ; cette admirable plume sera toujours une arme toute-puissante au
service de la vérité.

Oui certes, j'irais vous rejoindre si j'avais un moyen
quelconque de vivre à l'étranger avec ma famille. Mais
je ne puis même pas quitter Nohant où je consomme le

2. L'*Histoire de la Révolution française* de Louis Blanc, dont les deux
premiers volumes ont paru en 1847, ne sera achevée qu'en 1862, en
12 volumes.

modeste produit d'une terre dont le revenu est presque nul en fait d'argent. Vous savez que toutes les affaires sont interrompues. Obligée de m'endetter pour sauver les autres, je me suis trouvée dans la position la plus difficile. C'est bien là le moindre de mes soucis, mais je vous le dis pour vous expliquer la retraite forcée où je vis et que beaucoup de mes amis attribuent au découragement. C'est pour vous dire aussi que si je ne vais pas du moins passer huit jours auprès de vous avec Maurice, c'est que je n'ai pas seulement 100 f. devant moi. Et puis si je les avais, que de gens à qui il faudrait les donner bien vite plutôt que de se donner à soi-même une satisfaction de cœur ! que de misères, que de victimes ! Et l'on danse à l'Élysée-Bourbon[3]. La bourgeoisie s'amuse.

Je n'ai pas douté un seul instant de votre affection, mon ami, comment avez-vous pu douter de la mienne ? J'ai été abattue, froissée, menacée de près. La réaction s'est surtout montrée odieuse dans le coin de province où je suis, le peuple égaré et d'une ignorance sans pareille. J'ai été huée et menacée de la lanterne par de pauvres malheureux que j'ai nourris depuis vingt ans du fruit de mes veilles et de mes privations, et pendant trois mois j'ai entendu du fond de ma cellule jadis si tranquille les cris de *mort aux communistes, mort à George Sand* sortir de la bouche des passants. Le lendemain les mêmes hommes venaient me demander l'aumône et me dire que les bourgeois qui les ameutaient contre les républicains, les laissaient mourir de faim quand ils n'avaient plus besoin d'eux. Je n'ai jamais été ni effrayée, ni irritée, comme vous pouvez bien le croire, mais triste, affectée au dernier point, de voir l'humanité si ingrate, si crédule, si démoralisée : et sous le poids de cette tristesse mortelle, je me suis dit que vous deviez bien être assez malheureux de votre côté sans apprendre ces détails. On nous brûlait en effigie dans les villes voisines, on frappait nos amis en se mettant deux cents contre un, on venait jusqu'à ma porte avec le projet de faire pis que me tuer. Il est vrai que je n'avais qu'à me montrer, on me saluait poliment et on s'en retournait. Seulement, quand on était à cinquante pas, on recommençait à crier et à me menacer, comme font les chiens poltrons qui aboient quand l'ennemi est

3. Le Président donnait des bals au palais de l'Élysée.

loin. Quelle douleur de voir le peuple ainsi mené, ainsi
avili! Quand on l'a vu si grand, si généreux, si beau
quelques mois auparavant! Et ces journées de juin, et ces
misérables bourgeois qui partaient de leurs petites villes
en criant: *Vive la république, mort aux républicains*, et qui
revenaient triomphants après avoir assassiné *un* insurgé
mourant, à eux deux cents qu'ils étaient! Et ce frère de
Godefroy Cavaignac qui décorait des gardes mobiles pour
avoir tué leur père ou leur mère sur les barricades[4]! Ah
mon Dieu, mon Dieu, comment aurais-je pu écrire à mes
amis absents, avec la mort dans l'âme!

Aujourd'hui si tout est pire encore dans l'action du
gouvernement, tout est mieux dans l'esprit du peuple, et
nous n'avons pas à craindre que cela dure longtemps. Il
se fait un travail immense et qui se sent partout. Rien
ne pousse encore, mais la terre s'échauffe et bientôt elle
sera brûlante. Nous avons à recommencer notre œuvre
de propagande, sans ressentiment des erreurs où le
peuple est tombé, et le temps n'est pas éloigné où nous
retrouverons l'autorité des minorités qui ont la vérité en
elles. Patience donc, je n'aurais pas pu vous dire cela, il y
a trois mois: je ne voyais que désastre et ruine devant
nous et autour de nous. J'avais tort de désespérer. L'humanité est une plante fragile par ses branches, mais forte
dans ses racines et elle se renouvelle toujours plus vite
qu'on ne l'espère. Je crois sérieusement que le temps est
venu où l'arbitraire est frappé d'impuissance, où la vieille
société ne peut plus se soutenir et où le peuple va entrer
dans la lice par lui-même. N'est-ce pas quelque chose de
providentiel que ces erreurs du suffrage universel? cela a
fait la force de nos adversaires et ils tiennent à cet instrument de leur puissance qu'ils auraient déjà détruit sans
cela. Quand cette arme se tournera contre eux, ils voudront la briser, mais il sera trop tard, et ils sont donc
enfermés dans un cercle vicieux, et où est leur force
morale, où est leur talent pour s'y maintenir seulement
pendant trois années? L'arrêt de Bourges est une lâche
plaisanterie. Ces messieurs prononcent le mot de *perpétuité*! Et combien de jours ont-ils à vivre?

Je voudrais pouvoir vous parler de votre frère, mais je

---

4. Le général Cavaignac avait fait une grande distribution de déco-
rations après la répression des journées de juin.

n'ai pas de ses nouvelles. Je lui ai écrit il y a quelques mois, pour lui demander de faire une chose juste[5], et pour le prier de me donner de vos nouvelles. Il a préféré faire une chose qui ne l'était pas et ne pas me répondre. Je suis certaine pourtant qu'il a reçu ma lettre.

Je vous écris longuement suivant ma coutume, mais il me semble qu'une lettre de France n'est jamais trop longue pour un exilé. Je serai bien heureuse de vous écrire tant que vous voudrez, mais il faut que je vous aime bien pour vous pardonner d'avoir douté de moi. Dites-moi donc comment il serait possible que vous me fussiez devenu *indifférent*? Quand même je ne vous connaîtrais pas personnellement n'êtes-vous pas à la tête du très petit nombre d'hommes qu'on estime et qu'on chérit encore depuis la révolution? n'êtes-vous pas une de nos meilleures espérances, une de nos gloires encore pures? hélas, il n'y a plus que les victimes qu'on puisse aimer et respecter sans réserve! Tous les hommes qui sont encore sur leurs pieds, s'ils ne sont pas souillés, sont au moins bien ternis. Vous êtes noblement tombé. Le peuple s'en souviendra.

Adieu, mon ami. Non, ne doutez pas de moi pour vous aimer. Je ne crois pas être inconstante dans mes affections, mais si je l'étais, votre conduite que je juge, et votre âme que je connais, ne me permettraient pas de porter ailleurs une affection plus vive, plus tendre et plus dévouée.

George Sand

Maurice vous embrasse de tout son cœur.

Vous venez de faire un livre que je n'ai pas encore lu[6], je l'attends tous les jours et il n'arrive pas. Vous n'avez pas d'idée comme la vie est changée, comme les relations sont interrompues, les amis préoccupés!

---

5. Sand avait demandé le 13 août 1848 à Charles Blanc, directeur des Beaux-Arts, de faire nommer Charles-Valentin Alkan professeur de piano au Conservatoire.
6. Probablement son *Appel aux honnêtes gens* (1849).

## 155. À MAURICE DUDEVANT-SAND

[Nohant, 13 mai 1849]

Mon enfant, je crois que tu devrais revenir, sauf à retourner ensuite, s'il ne se passe rien de ce que tout le monde appréhende. Je ne m'inquiète pas follement, mais je vois bien que la situation est plus tendue qu'elle ne l'a jamais été, et non seulement par les journaux, mais par toutes les lettres que je reçois, je vois que le pouvoir veut absolument en venir aux mains. Il fera de telles choses que le peuple qui est un être collectif et un composé de mille idées et de mille passions diverses, ne pourra probablement continuer ce miracle de rester calme et uni comme un seul homme en présence des provocations insensées d'une faction qui joue son va-tout. La lutte sera terrible, il y a tant de partis ennemis les uns des autres, qu'on ne peut en prévoir l'issue et qu'il y aura peut-être de plus horribles méprises, s'il est possible, de plus sanglants malentendus qu'en Juin. Si la république rouge donne, elle donnera jusqu'à la mort, car c'est la république européenne qui est en jeu avec elle contre l'absolutisme européen. Voilà du moins ce que je crois et cela peut éclater d'un moment à l'autre. Tu ne lis pas les journaux peut-être, mais si tu suivais les discussions orageuses de l'Assemblée, tu verrais que chaque jour, chaque heure fait naître un incident qui est comme un brandon lancé sur une poudrière.

Reviens donc je t'en prie, car je n'ai que toi au monde et ta fin serait la mienne. Je peux encore être d'une petite utilité à la cause de la vérité, mais si je te perdais, bonjour la compagnie. Je n'ai pas le stoïcisme de Barbès et de Mazzini. Il est vrai qu'ils sont hommes et qu'ils n'ont pas d'enfants. D'ailleurs selon moi, ce n'est point par le combat, par la guerre civile que nous gagnerons en France le procès de l'humanité. Nous avons le suffrage universel. Malheur à nous si nous ne savons pas nous en servir, car lui seul nous affranchira pour toujours, et le seul cas où nous aurions le droit de prendre les armes, c'est celui où l'on voudrait nous retirer le droit de voter. Mais ce peuple si écrasé par la misère, si brutalisé par la police, si provoqué par une infâme politique de réaction,

aura-t-il la logique et la patience vraiment surhumaines
d'attendre l'unanimité de ses forces morales ? hélas, je
crains que non. Il aura recours à la force physique. Il peut
gagner la partie. Mais c'est tant risquer pour lui, qu'aucun
de ceux qui l'aiment véritablement ne doit lui en donner
le conseil et l'exemple. Pour n'être ni avec lui ni contre
lui, il faut n'être pas à Paris. Reviens donc, si tu m'en
crois. Je crois qu'il est temps.

Ramène aussi Lambrouche. Je le lui conseille et serai
plus tranquille de vous voir tous ici. Comme Pauline
[Viardot] doit m'envoyer un piano, elle pourra m'envoyer
les fouets et le corset dans la caisse. Il ne faut pas que
ces petits objets te retiennent.

Je t'embrasse, mon enfant et te prie de penser à moi.

## 156. À RENÉ LUGUET

Nohant, dimanche [3 juin 1849]

Mon cher Luguet, J'étais déjà bien malade quand j'ai
reçu votre lettre. Je l'ai lue et relue cette lettre déchirante,
admirable, excellente[1], et j'ai tant pleuré que j'ai cru un
instant que j'allais mourir moi aussi, de chagrin, de fatigue
et de cette lassitude de vivre qu'on éprouve quand l'âge
des illusions est passé et quand on voit partir ceux qu'on
aime. Ah ! les misérables, ils nous l'ont tuée ! Quelle vie
et quelle mort ils lui ont faites ! Vous savez les dernières
années, la fin de cette vie glorieuse et misérable. Moi
j'en connais le milieu. Quelque jour nous en parlerons
ensemble et je vous dirai comme elle a été méconnue,
calomniée, payée de la plus noire ingratitude, elle qui
poussait le dévouement jusqu'à l'abnégation, elle qui était
grande et bonne entre toutes, et que personne n'a jamais
pu m'empêcher d'aimer et d'estimer. Nous la pleurerons
ensemble, et nos larmes monteront vers elle, car moi, je
crois fermement à une autre vie, je ne sais laquelle, mais

1. Marie Dorval est morte le 20 mai. Sand a publié dans *Histoire de
ma vie* (V, 4) les lettres des Luguet lui annonçant le décès, et la longue
lettre dont il est ici question, en y apportant d'importantes coupures ;
le texte exact a été publié par Simone André-Maurois (G. Sand-Marie
Dorval, *Correspondance inédite*, Gallimard, 1953, p. 257-262).

meilleure que celle-ci pour ceux qui ont mérité une réparation suprême. Vous y croyez aussi sans vous en rendre
compte puisque vous aimez cette mère morte ou vivante,
et qu'elle est bien dans votre cœur, non pas seulement
comme un souvenir, mais comme une affection indes-
tructible. Mon cher enfant, vous avez une belle âme et
un noble caractère. Je vous savais bon et honnête, mais
je ne vous connaissais pas. Votre lettre vous révèle à
moi, et c'est dans la douleur que je sens ce que vous
valez. Vous avez été admirable en la soignant, admirable
en me parlant d'elle, et cela sans vous en douter. Votre
lettre est un douloureux trésor que je garde et que je veux
relire pour me fortifier contre mes regrets, car il y a une
consolation réelle à voir apprécier et vénérer la mémoire
des martyrs et des victimes de la méchanceté humaine.
Vous dites qu'elle vous a fait bon et brave, c'est-à-dire
qu'elle a semé dans la bonne terre, et qu'elle a eu au
moins, ce bonheur, cette chère et malheureuse femme, de
trouver au terme de sa carrière, un homme, un fils à ses
côtés. Je vous en garde, pour mon compte, une éternelle
reconnaissance, et il me semble que je n'ai pas entièrement perdu mon amie puisque je retrouve en vous tant
de son cœur, de son feu et de sa vie.

Cher enfant, vous voilà désolé et ce n'est pas la fin. La
vie est un abîme de chagrin où l'honnête homme étouffe
d'indignation. Mais soyez sûr qu'il vaut mieux être ce que
vous êtes, que de se faire le complice des iniquités à la
mode. Votre conscience qui n'est autre que la voix de
Dieu qui nous parle à chacun, vous récompensera à toute
heure et vous aurez des amis qui vous aimeront autrement que les méchants et les égoïstes ne sont aimés.
Mettez-moi du nombre et comptez sur une sérieuse et
maternelle affection. C'est une faible compensation que je
vous apporte auprès de ce que vous avez perdu, mais
enfin c'est quelque chose de vrai.

Oui certes, vous viendrez me voir à Paris. Mais j'y vais
bien peu, à présent que je suis ruinée. Si vous faites
quelque voyage, venez me voir ici. Il me semble que je
suis sur la route de toute la France, puisque je suis au
centre et près d'une ligne de chemin de fer. Vous vous
reposerez chez moi ; dans cette retraite où *elle* devait toujours venir et où du moins, je pourrai parler d'elle avec
son bon fils, son meilleur ami.

J'embrasse tendrement vos enfants et Caroline. Caroline est un ange de douceur que j'ai toujours aimée pour l'amour qu'elle portait à sa mère et pour l'adoration que sa mère avait pour elle. Celle-là ne lui a jamais fait de mal, aussi elle méritait d'avoir un mari comme vous. Je vous bénis de toute mon âme, mes chers enfants.

George Sand

## 157. À PAULINE VIARDOT

[Nohant, 18 juin 1849]

Ma mignonne chérie, Maurice est enfin auprès de moi, bien portant et me parlant de vous. Vous êtes bien gentille de l'avoir emmené à Courtavenel pour le soustraire à cet affreux choléra qui m'a tant tourmentée pour lui, pour vous, pour tout ce que j'aime. J'ai passé ces derniers jours dans des angoisses mortelles. Bien qu'on prétende que je conspire comme un diable, j'en suis si éloignée que je ne comprends pas encore un mot à ce qui s'est passé, et que n'étant informée de rien, ni prévenue par personne, j'ai cru avec tout le monde en province que l'on se battait à Paris. Justement le mercredi les journaux annonçaient *le Prophète*, et voilà que je vous ai vus revenant tous trois de la campagne et tombant au milieu des barricades ou des balles. J'en avais le cauchemar en plein jour. Enfin nous avons passé à côté d'une révolution et nous en sommes quittes pour un coup d'État qui nous en *mitonne* un autre. Le sang n'a pas coulé. C'est bien assez du choléra pour tuer les pauvres gens[1]!
Mais Rome succombera, hélas[2]! et de quelque façon

1. Pauline Viardot avait créé le 16 avril à l'Opéra le rôle de Fidès dans *Le Prophète* de Meyerbeer avec un grand succès. Une épidémie de choléra a frappé Paris de mars à juin. Le 13 juin, une manifestation républicaine contre l'expédition de Rome avait été réprimée comme une émeute.
2. Après la proclamation de la République romaine et la déchéance du Pape comme souverain temporel (9 février 1849), la France a envoyé un corps expéditionnaire sous le commandement du général Oudinot. L'Allemagne est secouée par des soulèvements révolution-

que tourne le vent du seigneur, il faut qu'il brise et dessèche[3]. Que dit notre ami le Docteur M[üller-Strübing] ?
Espère-t-il quelque chose de meilleur pour son pays ? A-
t-il des nouvelles de B[akounine] ?

Et vous, ma fille chérie, vous chantez, vous chantez
comme une harpe du ciel. Que ne puis-je chanter aussi
au lieu de réfléchir ! Je fais, au reste, le plus de musique
que je peux. C'est la seule chose qui m'absorbe entièrement. Mon petit piano est délicieux. Pourquoi n'y avez-
vous pas fourré un petit bout de votre voix pour me
chanter le Mozart que je lis des yeux en rêvant à vous ?
Quand est-ce que je vous entendrai dans *Don Juan* ? Ah
pour le coup, je retournerais à Paris pour vous entendre,
car décidément c'est *Don Juan*, toujours *Don Juan* que je
reprends comme le type de la perfection. Le rôle de
Donna Anna est-il dans votre voix ? Oui, mais toute
votre voix n'y serait pas développée. Ce n'est pour vous
que la moitié d'un rôle, il me semble. Mais qu'il est beau,
ce rôle, et comme vous y seriez belle !

Maurice me dit que vous chantez chaque fois mieux
que la dernière fois, et que le succès est toujours magnifique. Je le crois bien. Il me chante votre rôle par petits
bouts, mais j'avoue que cela ne me fait pas tout à fait le
même plaisir.

Bonsoir, ma fille chérie, ayez soin de vous. Ne quittez
guère votre montagne de Clichy tant que le choléra ne
sera pas parti, ou ne la quittez que pour Courtavenel ou
Nohant. On vient si vite à présent, est-ce que vous n'aurez pas quatre ou cinq jours pour revoir notre vallée ?
et moi qui vous adore toujours comme ce qu'il y a de
meilleur au monde ? Embrassez Louis pour moi. Maurice
me dit qu'il va mieux. Le Bouli est à vos pieds, et moi je
vous bige mille fois.
Nohant 18 juin.

---

naires, comme celui de Dresde le 3 mai, auquel participe Bakounine,
vite écrasé par les troupes prussiennes.

   3. Réminiscence biblique : « L'herbe se dessèche, la fleur tombe,
quand le souffle du Seigneur passe sur elles » (*Isaïe*, 40, 7).

## 158. À GIUSEPPE MAZZINI

[Nohant, 23 juin 1849]

Ah! mon ami, mon frère, quels événements et comment vous peindre la profonde anxiété, la profonde admiration et l'indignation amère qui remplissent nos cœurs? Vous avez sauvé l'honneur de notre cause; mais, hélas! le nôtre est perdu en tant que nation. Nous sommes dans une angoisse continuelle.

Chaque jour, nous nous attendons à quelque nouveau désastre, et nous ne savons la vérité que bien longtemps après que les faits sont accomplis. Aujourd'hui, nous savons que l'attaque est acharnée, que Rome est admirable, et vous aussi[1]. Mais qu'apprendrons-nous demain? Dieu récompensera-t-il tant de courage et de dévouement? livrera-t-il les siens? protègera-t-il la trahison et la folie la plus criminelle que l'humanité ait jamais soufferte? Il semble, hélas, qu'il veuille nous éprouver et nous briser pour nous purifier, ou pour laisser cette génération comme un exemple d'infamie d'une part, d'expiation de l'autre.

Quoi qu'il arrive, mon cœur désolé est avec vous. Si vous triomphez, il ne m'en restera pas moins une mortelle douleur de cette lutte impie de la France contre vous. Si vous succombez, vous n'en serez pas moins grand, et votre infortune vous rendra plus cher, s'il est possible, à votre sœur.

G.

N. 23 juin 49.

---

1. Rome et les troupes de Garibaldi se défendent avec énergie contre le corps expéditionnaire français, qui entrera cependant dans Rome le 30 juin.

159. À AMÉLIE GRILLE
DE BEUZELIN

[Nohant, 19 juillet 1849]

Madame,

J'apprécie le bon sentiment qui a dicté votre démarche. Il ne peut y en avoir d'autre dans un cœur maternel brisé et j'y réponds avec toute confiance. Mais que puis-je faire, Madame, pour le soulagement moral du malheureux ami[1] dont vous me parlez ? Je suis forcée de vivre où je suis et, lors même que nos rapports n'eussent pas été brisés volontairement de part et d'autre, les circonstances nous eussent inévitablement séparés. Une partialité extrême pour un de mes enfants lui avait aliéné l'autre et selon moi ce dernier n'avait aucun tort. Les choses en étaient venues à ce point qu'il me fallait choisir entre mon fils et mon ami. Je crois que vous eussiez fait ce que j'ai fait.

Voilà le fond de l'affaire et ce qui a jeté quelque amertume et beaucoup de douleur dans notre séparation. Mais, un peu plus tôt ou un peu plus tard, mes séjours à Paris devaient cesser avec mes ressources, et ceux de mon ami à la campagne avec ses forces. Ce n'était plus qu'en tremblant que je le gardais aussi loin des secours des grands médecins et dans une résidence qui lui déplaisait par elle-même ; il ne le cachait point puisqu'il nous quittait dès les premiers jours de l'automne pour ne revenir que le plus tard possible au commencement de l'été.

Mes soins lui avaient été longtemps utiles et ils ne lui ont pas manqué. Ils devenaient insuffisants et pire que cela nuisibles, depuis que la paix intérieure était troublée. Le meilleur médecin et, en même temps, le meilleur ami qu'il avait eu dans ce pays-ci [Papet] me conseillait depuis longtemps de détendre les liens de cette amitié jusqu'à ce qu'ils ne fussent plus des liens. J'y travaillais depuis longtemps, et il n'a pas tenu à moi que cela se fît sans secousse ! Mais avec une organisation aussi nerveuse que la sienne, avec un caractère aussi étrange, aussi malheu-

---

1. Il s'agit bien sûr de Chopin. Curieuse démarche que celle de cette dame, qui se pare d'un nom qui ne lui appartient pas, et très probablement dictée par Solange Clésinger dont elle était l'amie.

reux (bien que ce soit un noble caractère), il n'y a pas eu
moyen et moi-même, j'ai souvent perdu patience en présence d'injustices inexplicables.

Ce ne sont là ni des accusations, ni des justifications,
Madame, cela vous intéresserait peu, et d'ailleurs je ne me
sens pas le besoin ni de me justifier de quoi que ce soit,
ni d'accuser inutilement. La plupart des torts de ce
monde sont l'ouvrage d'une fatalité créée par le monde
extérieur. Mais vous me donnez un conseil, et il faut bien
que je vous dise quelle est la situation qui vous préoccupe, afin que vous avisiez à ce que l'on peut faire pour
l'adoucir dans l'intérêt du malade.

Si je vous eusse prise pour juge au moment de la rupture et que vous eussiez vu les choses comme elles
étaient, vous m'eussiez dit : « Il faut se quitter sans amertume et sans rupture dans l'affection. » Je vous l'ai dit, ce
n'a pas dépendu ni de lui, ni de moi, mais des autres...

Car ce sont les autres qui nous ont brouillés, de lui à
moi il n'y avait pas même refroidissement dans l'amitié.

Tout cela accompli, il était toujours temps, me direz-
vous, de s'entendre après coup et de se consoler l'un
l'autre par de douces paroles et d'éternels témoignages
d'estime mutuelle. Je ne demandais pas mieux. Je l'ai rencontré depuis, je lui ai tendu la main... Il s'est comme
enfui, j'ai fait courir après lui, il est revenu à son corps
défendant et ne me parlant ni de lui ni de moi, il m'a
montré dans son attitude et dans ses regards de la colère,
presque de la haine.

Depuis il s'est répandu sur mon compte en confidences
amères, en accusations épouvantables. J'ai pris cela comme
je devais le prendre, pour du délire et je vous jure que je
pardonne tout du fond du cœur. Mais en présence de
cette rancune et de cette aversion, que pouvais-je faire
de mon côté ? Rien.

J'ai gardé sur son compte un silence de mort et sauf
pour demander de ses nouvelles, je ne crois pas avoir
prononcé son nom depuis un an.

Qu'il m'ait appelée auprès de lui dans les courts séjours
que j'ai faits à Paris, j'y serais allée, qu'il m'ait écrit ou fait
écrire un mot affectueux, j'y aurais répondu mais maintenant désire-t-il réellement de moi un mot d'amitié, de
pardon ou d'intérêt quelconque ? Je suis prête. Mais vous
me dites, Madame, que *personne au monde ne connaît* la

démarche que vous voulez bien faire auprès de moi ? Ce n'est donc ni lui ni aucun de ses amis qui l'a provoquée, car je crois que vous ne le connaissez pas personnellement. Ne croyez pas que j'y mette la moindre fierté — la fierté est hors de propos auprès d'un malade si gravement menacé — mais je crains de lui causer en lui écrivant une émotion plus fâcheuse que salutaire. Et puis je ne sais sous quel prétexte lui écrire, car de lui témoigner l'inquiétude que j'éprouve ce serait éveiller la sienne sur sa propre situation. L'aller voir c'est ce qui m'est absolument impossible en ce moment et ce qui augmenterait, je crois, tout le mal. J'ai encore l'espérance qu'il vivra, je l'ai vu tant de fois comme s'il était sur le point d'expirer que je ne désespère jamais de lui. Alors, l'état de siège passé[2], si je pouvais être à Paris quelques jours sans être persécutée ou appréhendée, et s'il désirait me voir, je ne m'y refuserais certainement pas. Mais dans ma conscience intime il ne le désire pas. Son affection est morte depuis longtemps et, s'il se tourmente de mon souvenir, c'est parce qu'il sent quelque reproche au fond de lui-même. S'il est possible qu'il sache que je n'ai aucun ressentiment, donnez-moi les moyens de lui en faire avoir la certitude sans risque de le faire souffrir par une émotion nouvelle.

Pardon de cette longue lettre, Madame, je ne pouvais répondre en peu de mots sur une situation aussi délicate.

Je vous remercie du secret que vous me promettez, mais il n'y a pas là de secret pour moi. C'est toute une histoire de famille bien douloureuse mais dont tous mes amis ont pu apprécier les souffrances et je vous traite comme une amie avec bien peu de discrétion vous le voyez. C'est la faute de votre obligeante sollicitude.

Croyez, Madame, qu'elle m'a inspiré une profonde et sincère reconnaissance.

George Sand

Nohant 19 juillet 49.

---

2. L'Assemblée discute alors une loi permettant au gouvernement d'établir l'état de siège (10 août 1849).

## 160. À GIUSEPPE MAZZINI

Nohant, 10 8ᵇʳᵉ [18]49

Cher et excellent ami, j'ai reçu votre première lettre, puis la seconde, puis votre revue. J'avais lu déjà votre lettre à MM. de T[ocqueville] et de F[alloux] dans nos journaux français[1]. C'est un chef-d'œuvre que cette lettre. C'est une pièce historique qui prendra place dans l'histoire éternelle de Rome et dans celle des républiques. Elle a fait beaucoup d'impression ici, même en ce temps d'épuisement et de folie, même dans ce pays humilié et avili. Elle n'a pas reçu un démenti dans l'opinion publique, c'est le cri de l'honneur, du droit, de la vérité enfin qui devrait tuer de honte et de remords la fourbe jésuitique. Mais je crois que certains fronts ne peuvent plus rougir ; il n'y a point d'espoir qu'ils se convertissent. Le peuple le sait maintenant et ne parle de rien de moins que les tuer. L'irritation est grande en France et de profondes vengeances couvent dans l'attente d'un jour rémunérateur. Mais ce n'est pas l'ensemble de la nation qui sent vivement ces choses. La grande majorité des Français est surtout malade d'ignorance et d'incertitude. Ah, mon ami, je crois que nous tournons vous et moi dans un cercle vicieux, quand nous disons, vous, qu'il faut commencer par agir, pour s'entendre, moi qu'il faudrait s'entendre avant d'agir. Je ne sais comment s'effectue le mouvement des idées en Europe, mais ici, c'est effrayant comme on hésite avant de se réunir sous une bannière. Certes, et partie serait gagnée si tout ce qui est brave, patriotique et indigné voulait marcher d'accord. C'est là malheureusement qu'est la difficulté, et c'est parce que les Français sont travaillés par trop d'idées et de systèmes différents que vous voyez cette république s'arrêter éperdue dans son mouvement, paralysée et comme étouffée par ses palpitations secrètes, et tout à coup si impuissante ou si préoccupée, qu'elle laisse une immonde camarilla prendre le gouvernail et commettre en son nom des ini-

1. Mazzini, réfugié en Suisse après l'écrasement de la République romaine, a fondé sa revue *L'Italia del Popolo*, dans laquelle il publie le 20 septembre une réponse aux discours de Falloux et Tocqueville à la Chambre des députés sur la question romaine.

quités impunies. Je crois que vous ne faites pas assez la
distinction frappante qui existe entre les autres nations et
nous.

L'idée est une en Italie, en Pologne, en Hongrie, en
Allemagne, peut-être. Il s'agit de conquérir la liberté. Ici
nous rêvons davantage, nous rêvons l'égalité, et pendant
que nous la cherchons, la liberté nous est volée par des
larrons qui sont sans idée aucune et qui ne se préoccupent que du fait. Nous, nous négligeons trop le fait de
notre côté, et l'idée nous rend bêtes. Hélas, ne vous y
trompez pas. Comme parti républicain, il n'y a plus rien
en France qui ne soit mort ou prêt à mourir. Dieu ne
veut plus se servir de quelques hommes pour nous initier, apparemment pour nous punir d'avoir trop exalté le
culte de l'individu. Il veut que tout se fasse par tous, et
c'est la nécessité, trop peu prévue peut-être, de l'institution
du suffrage universel. Vous en avez fait un magnifique
essai à Rome, mais je suis certaine qu'il n'a réussi qu'à
cause du danger, à cause de ce fait nécessaire de la liberté
à reconquérir. Si, au lieu de suivre la fade et sotte politique de Lamartine, nous avions jeté le gant aux monarchies absolues, nous aurions la guerre au-dehors, l'union
au dedans et la force, par conséquent, au-dedans et au-
dehors. Les hommes qui ont inauguré cette politique par
impuissance et par bêtise, ont été poussés par la ruse de
Satan sans le savoir. L'esprit du mal nous conduisait où
il voulait, le jour où il nous conseillait la paix à tout prix.

À présent, il nous faut attendre que les masses soient
initiées. Ce n'est point *par goût* que j'ai cette conviction.
Mon goût ne serait pas du tout d'attendre, car ce temps
et ces choses me pèsent tellement que souvent je me
demande si je vivrai jusqu'à ce qu'ils aient pris fin. J'ai dix
fois par jour l'envie très sérieuse de n'en pas voir davantage et de me brûler la cervelle. Mais ceci importe peu.
Que j'aie ou non patience jusqu'au bout, la masse n'en
marchera ni plus ni moins vite. Elle veut savoir, elle veut
connaître par elle-même, elle se méfie de qui en sait plus
qu'elle, elle repousse les initiateurs, elle les trahit ou les
abandonne, elle les calomnie, elle les tuerait au besoin.
Elle abhorre le pouvoir, même celui qui vient au nom de
l'esprit de progrès. La masse n'est point disciplinée et
fort peu disciplinable. Je vous assure que si vous viviez
en France (je ne dis pas à Paris, qui ne représente pas

toujours l'opinion du pays), mais au cœur de la France, vous verriez qu'il n'y a rien à faire, sinon de la propagande, et encore quand on a un nom quelconque, ne faut-il pas la faire directement, car elle ne rencontrerait que méfiance et dédain chez le prolétaire.

Et pourtant le prolétaire fait parfois preuve d'engouement, me direz-vous. Je le sais, mais son engouement tombe vite et se traduit en paroles plus qu'en actions. Il y a en France une inégalité intellectuelle épouvantable. Les uns en savent trop, les autres pas assez. La masse est à l'état d'enfance. Les individualités à l'état de vieillesse pédante et sceptique. Notre révolution a été si facile à faire, elle eût été si facile à conserver, qu'il faut bien que le mal soit profond dans les esprits, et que la cause du mal soit ailleurs que dans les faits.

Tout cela nous conduit à un grand et bel avenir, je n'en doute pas. Le suffrage universel, avec la souffrance du pauvre d'un côté, et la méchanceté du riche de l'autre, nous fera, dans quelques années, un peuple qui votera comme un seul homme. Mais jusque-là, ce peuple n'aura pas la vertu de procéder, comme Rome et la Hongrie[2], par le sacrifice et l'héroïsme. Il patientera avec ses maux, car on vit avec la misère et l'ignorance, malheureusement. Il lui faudrait des invasions et de grands maux extérieurs pour le réveiller. S'il plaît à Dieu de nous secouer ainsi, que sa volonté s'accomplisse ! Nous irions plus douloureusement, mais plus vite au but.

Il faut bien se faire ces raisonnements, mon ami, pour accepter la torpeur politique qui assiste impassible à tant d'infamies. Autrement il faudrait maudire ses semblables, haïr ou abandonner leur cause. Mais je ne vous dis pas tout cela pour vous détourner d'agir dans le sens que vous croyez efficace. Il faut toujours agir quand on a foi dans l'action, et la foi peut faire des miracles. Mais si, dans le parti des idées en France, vous ne trouvez pas un concours digne d'une grande nation, rappelez-vous le jugement que je vous soumets, afin de ne pas trop nous mépriser ce jour-là. Soyez sûr que nous n'avons pas dit notre dernier mot. Nous sommes ce que nous a faits le régime constitutionnel, mais nous en reviendrons. Nous

2. La Hongrie, qui réussissait avec vaillance à se libérer du joug autrichien, a été écrasée par l'intervention russe en août.

ne sommes pas tous corrompus. Voyez ce fait significa-
tif du peuple de Paris sifflant sur le théâtre l'entrée des
Français à Rome[3].

Bonsoir cher frère et ami, ne m'écrivez que quand vous
avez du loisir et point de fatigue. Je ne veux pas d'un
bonheur qui vous coûterait une heure de lassitude et de
souffrance. Que vous m'écriviez ou non, je pense toujours à vous, je sais que vous m'aimez et je vous aime de
même. Maurice et Borie vous embrassent fraternellement.

À vous de toute mon âme.

G. Sand

### 161. À PIERRE-JULES HETZEL

[Nohant,] 5 9^bre [18]49

Mon ami, j'ai reçu une lettre de M. Arsène Houssaye
et je lui ai répondu affirmativement[1].

J'ai perdu ma bonne santé, je suis malade. Cette mort[2]
m'a affectée profondément. Oui, il eût fallu que de bonnes
paroles eussent été dites à son chevet. Là-haut ou là-bas
(je ne sais où nous allons, mais c'est quelque part où l'on
est mieux et où l'on voit plus clair), il se souviendra que
je l'ai soigné 9 ans comme à peine on soigne son propre
fils ; que j'ai sacrifié d'excellentes affections et d'honnêtes
relations à ses jalousies, à son caprice ; que j'ai souffert
moralement enfin pour l'amour de lui, dans ces 9 ans,
plus qu'il n'a souffert physiquement durant toute sa vie et
pourtant ce n'est pas peu dire pour lui, le pauvre enfant !

Mais au lieu de ces bonnes paroles que vous auriez
voulu dire, au lieu de ces bonnes pensées que vous
auriez su inspirer, un être qui serait d'une atroce noirceur
s'il n'était pas plutôt, je l'espère, d'une insigne déraison, a
enfoncé le poignard dans son cœur, j'en suis certaine, et

---

3. Au théâtre de la Porte Saint-Martin, *Rome*, une pièce à grand
spectacle de Labrousse et Laloue, créée le 29 septembre 1849, donna
prétexte à de bruyantes manifestations et fut interdite après la troisième représentation.
1. Ce même jour, Sand écrit à Houssaye au sujet d'un projet d'une
édition de luxe illustrée de *La Mare au Diable*.
2. Frédéric Chopin est mort le 17 octobre.

lui a versé le fiel de sa déplorable imagination. Cet être, c'est ma fille. Jugez si je suis heureuse et bien portante !

Je vis pourtant avec le sourire sur les lèvres auprès d'un autre être qui ne vit que quand j'ai l'air tranquille et gai, et qui perd la tête et ne sait plus ce qu'il fait et ce qu'il veut quand je l'ai triste et souffrant. Celui-là, c'est mon fils et pour lui je ne veux pas tomber malade, pour lui je veux vivre encore et assurer son avenir autant que possible. Mais après cela, je n'en veux plus, de cette vie amère et pleine de faussetés, d'ingratitudes et d'injustices révoltantes. La vie personnelle, la vie collective, tout est empoisonné, tout est dérisoire dans le temps où nous sommes.

Votre version politique me paraît la seule vraisemblable. Mais avec des fous, le vraisemblable est ce qui n'arrive pas toujours. Voici encore tout ce qu'il faut pour qu'une révolution nous bouleverse dans quelques jours d'ici. Qu'en arrivera-t-il ? rien, peut-être. C'est égal, écrivez-moi. Pensez à moi s'il se passe quelque chose. Vous savez que quand on est loin, on ne comprend guère, et une lettre, deux lignes d'une lettre quelquefois en disent plus que tous les journaux.

Bonsoir, mon cher vieux.


162. À MARC DUFRAISSE


[Nohant 15 novembre 1849]

Cher ami, j'étais inquiète de vous. On m'avait dit que vous ne vouliez écrire à personne, et puis que vous aviez été à Ribérac, que vous étiez fort souffrant d'une névralgie cruelle etc. Votre lettre est une heureuse surprise pour moi. Vous ne me dites pas un mot de votre santé. J'espère qu'elle est meilleure. Mais quand vous m'écrirez, n'oubliez pas de me parler de vous. J'en ai été bien tourmentée, je vous assure.

Merci de m'avoir mise au courant autant que possible ; je dis autant que possible, car personne n'y est. Ce président, que quelques dupes ou optimistes s'obstinent à croire bien intentionné au fond, ne l'est pas du tout, je le crains. Il essaye d'avoir une autorité personnelle. Il ne s'en sert pas pour le bien. En attendant, le mal va son

train avec la même audace. On prononce les peines les
plus cruelles ici contre ceux qui ont voulu défendre la
constitution, à Rome nous servons de sbires à des persécutions dignes du moyen-âge. Partout la réaction triomphe,
et partout cependant le peuple s'éclaire et s'indigne. Partout l'orage couve en attendant qu'il gronde. Et cet
imbécile qui pourrait se jeter dans un des plateaux de la
balance pour faire éclater la situation, poursuit je ne sais
quel rêve de succès personnel qui n'a ni but, ni doctrine,
ni couleur. C'est peut-être mieux ainsi, qui sait ? Peut-être
la providence nous retient-elle dans ce réseau d'intrigues
qui se paralysent les unes les autres, pour nous donner
le temps de mûrir. Mais quelle cruelle attente et quelle
expérience amère !

Avez-vous lu un article que j'ai écrit et qu'on a com-
muniqué à *l'Événement*, faute d'un autre journal *modéré* qui
voulût l'accepter[1] ? Je voulais plaider la cause de nos
déportés et la plaider utilement. J'aurais voulu que Girardin fît lire ce court plaidoyer à ses nombreux abonnés,
mais il a eu peur de mon nom. Tout bon sentiment,
toute tentative utile sont étouffés par la peur. Ce temps-
ci est effroyablement lâche. M. Hugo avait promis à la
personne qui a cru devoir donner mon article à *l'Événement*, de faire des interpellations sur ce sujet. Quoi, il n'y
aura pas un homme, parmi ces *médiateurs*, comme ils s'intitulent, qui essaye d'empêcher le pouvoir et la majorité
de l'assemblée, de commettre tous ces crimes contre l'humanité ? Et quand le peuple nous dira qu'il faut en finir
avec eux, que lui répondrons-nous, nous qui aurons vainement tenté de les rappeler à la pudeur ? Malgré nous,
on nous rend implacables, ou tout au moins impuissants
devant la vengeance populaire.

Proudhon a raison de reprocher aux avocats de s'être
retirés[2]. Si j'étais avocat, je voudrais être martyr à la place

1. *Aux Modérés*, paru dans *L'Événement* du 2 novembre (recueilli
dans *Questions politiques et sociales*, p. 297-304 ; voir *Politique et polémiques*, p. 569-576), s'élève avec vigueur contre les déportations politiques, et en appelle au président de la République.
2. Le 10 octobre, avait commencé devant la Haute-Cour de
Versailles le procès des auteurs de l'insurrection du 13 juin (voir
lettre 157) ; le verdict rendu le 13 novembre prononce dix-sept peines
de déportation. Condamné pour délit de presse, Proudhon continuait
de sa prison à publier son journal *La Voix du peuple*.

de mes clients, je sacrifierais ma fierté, je subirais les outrages du parquet. Il y a toujours moyen de faire sentir au public que de tels outrages retombent sur la face de ceux qui les font. Mais Proudhon *a tort d'avoir raison.* On pense cela, on le dit entre soi, on ne le publie pas. Cet homme irrité par la prison, et je crois très personnel et très paradoxal, nous fait en ce moment plus de mal que de bien. Je ne m'étonne pas que le pouvoir qui ne se gênerait pas pour l'empêcher d'écrire puisqu'il le tient sous les verrous, lui laisse la liberté de dire son avis et de jeter la discorde et le trouble dans le grand parti de la résistance.

Vous avez su que nous faisions un journal dans l'Indre, que le spécimen avait été saisi, et que des poursuites pour délit de presse avaient été dirigées contre notre ami Borie[3] ? Nous ne savons quel en sera le résultat quant à lui, mais nous savons que ce journal n'en va que mieux et nous espérons qu'il paraîtra dans de bonnes conditions. Le peuple du département l'accueille avec un grand zèle et commence à comprendre l'importance de la prédication sous cette forme.

Tout Nohant se rappelle à votre bon souvenir. Écrivez-nous donc quelquefois si vous n'y voyez pas d'inconvénients. D'ailleurs ne me dites rien qui pourrait compromettre quelqu'un. Je tiens avant tout à avoir de vos nouvelles et à garder une bonne place dans vos affections.

À vous de cœur.

G. Sand

Nohant 15.9.49

## 163. À PIERRE-JULES HETZEL

[Nohant] *Samedi soir* [29 décembre 1849]

Eh bien, cher ami, pourquoi ne me donnez-vous pas de vos nouvelles ? j'étais inquiète en vous quittant. Je sais

---

3. *Le Travailleur, journal démocratique de l'Indre*, dont le numéro spécimen (29 octobre) a été saisi, et pour lequel le directeur Borie sera condamné le 19 décembre à un an de prison et une amende de 2 000 F.

fort bien que vous n'avez rien de grave, mais je sais ce que c'est qu'un malaise qui égare ou énerve, deux manières de vivre également fatigantes. Écrivez-moi donc et parlez-moi de vous.

Parlez-moi aussi de mon pauvre Pôtu. S'il a des griefs contre moi que ne me les dit-il, pour se justifier de cette apparence d'insensibilité ? mais non, il vaut peut-être mieux que nous nous pardonnions tout et que l'affection reste pure de tout reproche. Ce que je lui ai dit, il fallait bien le lui dire pour faire cesser un état de choses qui n'était plus supportable pour moi[1]. Dans ces situations gâtées la guérison est aussi cruelle que la maladie, mais au moins cela a une fin, et la maladie risque de n'en pas avoir.

Je suis très contente d'avoir eu du courage, très contente de moi et de *l'autre*. Nous nous sommes embarqués bravement et sincèrement. Dieu fera le reste. C'est la première fois que je m'associe à un homme robuste au moral et au physique. Jusqu'ici j'ai comme cherché la faiblesse par un instinct maternel qui n'a fait de moi qu'une gâteuse d'enfants, et une maman dont on connaît trop la faiblesse. On est dominé toujours par les êtres faibles. Peut-être avec un cœur fort aurai-je l'égalité. Je me sens tranquille malgré l'incertitude de l'avenir. Je n'ai pas ces enivrements et ces terreurs qui s'associent à tous les débuts. Et pourtant ce que je fais est une haute imprudence. Je connaissais le *Pôtu* depuis trois ans, et je ne connais pas celui-ci. Je sais que le caractère est sûr et la vie admirable. Mais des charmes ou des rudesses de l'intimité, je ne sais rien. Et que m'importe après tout ? Je ne crois pas au bonheur, je ne le cherche pas. Je ne veux pas, je ne peux pas vivre sans aimer. Voilà tout ce que je sais.

Écrivez-moi donc, il me semble que vous me direz quelque chose qui me fortifiera encore plus. Il ne faut pas que je meure, n'est-ce pas ? Ce démon que je traîne après moi, le dégoût de la vie, il faut que je le tienne encore à distance.

Embrassez pour moi votre douce amie et ces deux

---

1. Borie supporte mal de savoir qu'un *autre* a pris sa place auprès de Sand, Hermann Müller-Strübing, devenu probablement son amant à Paris en décembre et qui est revenu avec elle à Nohant avant Noël.

amours d'enfants que j'aurais voulu voir un jour entier
pour gagner leur amitié...

   À vous, cher, de tout mon pauvre cœur.

                                                    G. S.


## 164. À EMMANUEL ARAGO

[Nohant, 12 janvier 1850]

   Mon cher vieux, on s'amuse en effet à Nohant d'une
manière effrénée. D'abord, et entre nous, je suis toujours
en dedans un être mélancolique, chagrin, voyant désormais tout en noir dans les choses intimes comme dans
les choses générales. Optimiste par nature et misanthrope
par expérience, par conséquent une triste et pauvre organisation : ce qui fait qu'au milieu du bruit et de la gaieté
que je ne fuis pas, et où je donne autant que les autres,
j'ai des accès de spleen intérieur et me demande quel jour
je me brûlerai la cervelle. *Voilà mon caractère*, comme disait
Arnal. Il n'est pas joli, mais il persiste, et bien malgré
moi. Toi qui t'ennuies et qui rages dans la politique, tu
dois très bien te faire une idée de ce que c'est qu'un vieux
cœur usé et rongé par tant de douleurs que tu connais,
qui est à même de se distraire et de se dilater à toute
heure, qui voudrait bien, qui ne peut pas toujours, mais
qu'un visage tranquille et une parole bête préservent d'être
deviné.

   Cela c'est pour toi. À présent tu veux des détails sur
la vie de Nohant. Je vais t'en parler comme si Maurice et
compagnie nous écoutaient.

   On avait dans le billard un théâtre qu'on appelait le
grand théâtre pour le distinguer du théâtre portatif dit
des *petits acteurs*, c'est-à-dire les marionnettes. Manceau
vint, vit et critiqua. En effet, les coulisses étaient trop
étroites, les loques trop baissées, les changements de
décors longs et fatigants. On a tout bouleversé et Lambert recommence courageusement toute la peinture des
toiles, tandis que le père Bonnin refait toute la charpente.
Il s'agit d'ouvrir ce nouveau théâtre par une pièce *sérieuse*.
J'en ai fait une, par parenthèse celle que je veux faire

pour Bocage[1]. Seulement j'en donne à mes acteurs une
carcasse adaptée à leurs moyens, à leur nombre, et à leur
mémoire qui n'est pas exercée aux rôles appris par cœur.
C'est un mélange de scènes écrites, et de ce que nous
appelons des *scènes à volonté* où chacun dit ce qu'il lui plaît,
très bonne étude pour moi sans qu'on s'en doute. J'en ai
plus appris avec les grands et les petits acteurs de
Nohant que dans tout ce que j'ai vu jouer à Paris depuis
vingt ans. Pourquoi et comment, je ne saurais le dire,
mais c'est comme cela.

Nos pièces sérieuses sont quelquefois réussies d'une
manière incroyable et des assistants qui ne seraient pas
prévenus, ne se douteraient pas que nous improvisons et
que nous n'avons pas même répété l'ensemble. D'autres
fois, et c'est même le plus souvent, c'est affreusement
raté. Personne ne sait ce qu'il dit, on s'embrouille, on se
dispute, la pièce devient incompréhensible, alors on la
termine en charge ce qui, grâce aux étonnantes déclamations de Lambert, dédommage toujours notre public.
Notre public, c'est le Gaulois, M. le maire [Aulard],
Ursule [Jos] l'habilleuse, et les acteurs qui ne sont pas en
scène. Nous n'en souffrons pas d'autres. Nous sommes
féroces. Tu serais donc forcé de te faire souffleur ou
machiniste pour avoir tes entrées. Le Gaulois s'amuse
comme un enfant et donne des encouragements, ou émet
des critiques *sérieuses* dans les entractes. Le maire, la
bouche béante, les yeux arrondis, pleure comme un veau,
et ne s'aperçoit pas quand on prend le rôle en charge. Il
trouve alors très mauvais que le bon Gaulois et la fine
Ursule rient.

Quant aux pantomimes, elles ne sont jamais manquées.
Müller me relaie au piano pour les conduire. Les costumes
sont ravissants, exacts comme on ne les voit jamais au
théâtre. Chacun a son type marqué. Maurice-Pierrot, Lam-
bert-Arlequin, Manceau-Léandre ou Fracasse, Duvernet-
Cassandre, tous sont parfaits, *parfaits*. Si tu voyais cela, tu
en serais étonné et tu croirais voir l'ancienne farce clas-

---

1. Alexandre Manceau est arrivé à Nohant le 23 décembre 1849,
et s'impose vite en directeur de la troupe de Nohant. *Lélio*, donné à
Nohant le 10 février, deviendra *Marielle*, comédie en trois actes et un
prologue, qui ne sera pas jouée au théâtre mais publiée dans la *Revue
de Paris* en décembre 1851-janvier 1852, puis dans le *Théâtre de Nohant*
(1864) ; profondément remaniée, elle deviendra *Molière*.

sique italienne que l'on ne connaît plus que par les gravures. Ils composent eux-mêmes leurs pantomimes. Maurice et Manceau sont très habiles dans ces arrangements.
Privés des machines à surprises et des changements à vue
qui ont envahi et gâté la pantomime moderne, forcés
de *jouer*, de faire par geﬆes de la véritable comédie, ils ont
reﬆauré à Nohant un art perdu en France, et tout ce
qu'ils inventent de situations et de quiproquos ridicules,
de bêtises à Cassandre, de folies à Arlequin, d'impertinences au beau Léandre, de gourmandises à Pierrot, eﬆ
ravissant d'imagination[2].

Quant à Falﬆaff, la pièce était *sérieuse*. Il ne s'agissait
pas des *Commères de Windsor*, mais de la première partie
d'*Henri 4*, rien que ça, s'il vous plaît. Nous l'avons réduit
en trois aﬆes, et nous sommes venus à bout d'en faire
un scénario à notre usage. C'eﬆ Maurice qui faisait
Falﬆaff, rembourré de la tête aux pieds, avec une fausse
tête, faux nez parfaitement collé aux joues, fausse barbe,
faux sourcils. Il était gras, rouge, vieux, personne au
monde ne l'eût reconnu, si ce n'eﬆ lorsque par inadvertance, il ôtait son gantelet et montrait cette longue
main sèche sortant d'un bras replet. Lui seul a été excellent, Manceau qui débutait dans le prince de Galles était
*ému*. Il a bien joué cependant, il a beaucoup de dis-
tinﬆion. Lambert a été pâle dans Poins. Villevieille très
bon dans Bardolph. Mme Duvernet très décolletée dans
Mrs Quickly. Moi pas assez *corsé* dans Hotspur, Duvernet
mauvais dans le roi, Müller assez charabia dans l'Écossais
Douglas, et un certain *Gressin* que tu ne connais pas, abominable, immonde dans le rôle de sir Blount. Ce Gressin
eﬆ un ami et parent de Duvernet qui passe une partie
de l'année au Coudray, et qui joue les utilités à la place
de Borie. Il nous donne à lui seul toute la comédie. Il eﬆ
bête, grossier et prétentieux, bon garçon d'ailleurs. Il
dit au roi d'Angleterre : « Sire, ne soyez pas trop sévère
pour le prince Henry. Quand nous étions jeunes, vous et
moi, nous en faisions bien autant. Nous allions au café,

---

2. Le 25 décembre, on a donné *L'Inconnu* et *Pierrot enlevé*, le 26
*Pierrot berger* et *Une nuit à Ferrare* (déjà donnée le 13 novembre). Le
6 janvier, *La Jeunesse d'Henri IV* (drame en trois aﬆes d'après Shakespeare) plus une pantomime de Maurice *Le Mort vivant*, le 7 reprise
du *Podeﬆat de Ferrare* (donné le 17 novembre), le 8 reprise d'*Arlequin
médecin* (donné le 18 oﬆobre).

à l'estaminet et même dans certains lieux » (textuel). Et il dit cela sérieusement et d'un ton déclamatoire, toujours très content de lui et ne se doutant pas que nous crevons de rire dans les coulisses. Avec cela il *blaise* en parlant. Il est gros et court, il oublie de boutonner son costume et il entre en scène avec sa culotte ouverte. Maurice l'appelle *Cul-Gressin*. Nous l'avons relégué dans la pantomime où il ne peut plus dire des ordures devant les demoiselles et où il reçoit des piles atroces sous le costume de Turlupin qui cache son ventre et le force à la pudeur. En somme la pièce de Shakespeare n'a pas eu grand succès à Nohant, et le lendemain *le Podestat de Ferrare* de G. Sand n'a pu être menée sérieusement à fin à cause du dit Gressin qui nous a dit : « C'est ici la Seigneur du demeure Orsini ». — On l'avertit. Il se reprend : « Oui, c'est ici que *le demeure Orsini, Seigneur* ». Impossible d'en sortir.

Voilà mon compte rendu, mon feuilleton de théâtre. La grande pièce en trois actes finit à minuit. La pantomime également en trois actes, à 3 h. du matin. On sort de là, on court au salon qui est bien chaud et où le souper nous attend. On rit des aventures de la représentation jusqu'à 5 ou 6 heures et le lendemain on recommence. Cela dure donc deux fois 24 heures toutes les semaines, ou plutôt tous les 10 jours environ. Quelles tartines, quels ragots pour les feuilletonistes mal intentionnés s'ils pouvaient pénétrer dans notre intérieur ! Et pourtant, sauf le Gressin qui est un accident déjà supprimé, c'est aussi innocent que les enfants de Mme Duvernet et de Mme Fleury qui nous écoutent et nous assistent pour les rôles à leur taille. Nancy [Fleury], l'aînée des filles du Gaulois, n'est pas belle, mais c'est un garçon charmant, naïf, à son aise, ayant des reparties d'un sang-froid charmant. Je lui fais des petits rôles que je soigne avec amour.

J'espère que tu es content et qu'en voilà assez ? Ah ! j'allais oublier de t'envoyer un acrostiche que j'ai composé pour M. Aulard au jour de l'an.

> *À M. le Maire en lui offrant une épingle*
> *qui représente une pomme mordue par un serpent.*

> Eve jadis croqua la pomme
> Tous nos malheurs viennent de là.
> Rébellion nuisit à l'homme

Et Mons Satan le musela.
Ne croyez pas, Monsieur le Maire,
Nos cœurs enclins à cette erreur.
Etre administré par un père
Sera pour nous le vrai bonheur.

Cela a été pris très sérieusement et le bonhomme en a pleuré. C'est digne d'accompagner le tien (d'acrostiche).

Bonsoir, mon gros. J'espère que voilà une lettre gaie pour une personne triste. Je me fais l'effet de ces Turlupins et de ces Gaultier-Garguille qui moururent de mélancolie sous le masque comique. Mais si tu viens nous voir, je serai gaie pour tout de bon.

Je t'embrasse.

Maurice, Lambert, Müller, le maire t'embrassent. Je ne sais plus si tu connais Manceau, mais il t'embrasse tout de même.

Gressin aussi si ça te fait plaisir.

[P.-S.] Voici une lettre assez pressée pour Pététin. Il est à Paris, mais je ne sais s'il n'a pas changé d'adresse. Assure-toi de cela.

## 165. À HENRI MARTIN

Nohant, le 20 février [18]50

Mon ami, je vous remercie mille fois d'avoir pensé à m'envoyer votre dernier volume[1]. J'aurais voulu, avant de vous répondre, l'avoir lu en entier. Mais j'ai été malade toute la semaine dernière et cela m'a retardée. Et je suis pressée de vous écrire, parce que je ne veux pas que vous me croyiez indifférente à votre envoi et à votre souvenir. Vous savez pourtant ce que je pense de votre travail et combien je l'apprécie, mais j'ai du plaisir à vous le dire, parce qu'il y a toujours plaisir à dire ce que l'on pense et ce que l'on sent. Votre talent, votre science et votre œuvre sont comme vous. C'est mieux que beau, c'est mieux que bon, c'est *excellent*. Je ne trouve pas de mot qui rende

1. De son *Histoire de France* (19 volumes).

mieux le sentiment que j'en ai et que j'y puise sans cesse. Je n'ai pas de mémoire pour les faits, je les oublie ou je les embrouille si bien que je ne saurai jamais l'histoire, pas même celle d'une courte période du temps. Mais votre livre est de ceux précisément qu'on aime à lire et à relire, et à consulter religieusement chaque fois qu'on redevient incertain sur l'appréciation des grandes questions du passé. Je ne sais pas si je vous ai dit à Paris, la dernière fois que je vous ai vu, que jamais avant de lire votre 13e volume, je ne m'étais fait une idée nette de Port-Royal et du jansénisme. J'ai trouvé enfin un jugement qui me paraît sûr, impartial et vu de haut, dans le rapide résumé que vous en avez fait.

J'aime beaucoup votre sentiment sur les arts et vous me faites aimer Corneille plus que je ne l'aimais. J'ai un grand faible pour Molière qui m'a toujours paru le plus grand de tous ceux-là. Mais pourquoi affirmez-vous qu'il avait épousé la fille de sa maîtresse [Béjart] ? En êtes-vous sûr ? Dans les notes de la vie de Molière par Grimarest, il y a un procès-verbal qui prouverait qu'il avait épousé *la sœur* et non la fille. Si vous avez le temps de me répondre un mot là-dessus, vous me ferez plaisir.

Rendez-moi un service que vous seul pouvez me rendre comme il faut. J'ai en tête un sujet pour le théâtre[2], un sujet qui me plaît et me passionne jusqu'à ce qu'il soit produit. Et alors, comme toujours, je n'aurai plus ni foi ni amour pour le résultat. Mais ce qui n'est encore qu'en projet est si joli ! Il me faut quelques livres pour m'en bien tirer, je veux m'assimiler, dans cette pièce, le style et la couleur du temps. Cela a plus de rapport qu'on ne pense avec notre berrichon. Mais le tour est autre. C'est du 17e siècle que je veux, entre le commencement et la fin, c'est-à-dire fin Louis XIII et commencement Louis XIV. J'ai ici Pascal, les Mémoires du C[ardin]al de Retz, Maître Adam, Scarron, je voudrais regarder dans quelques autres, dans Régnier, Larivée [Larivey], Alexandre Hardy, Jean de La Taille, Mairet, Voiture, Sarrasin, Chapelain, Desmarets etc. Je n'ai pas besoin de tout cela, mais des plus caractérisés, et vous choisirez pour moi,

---

2. Il s'agit de la comédie *Marielle*. Mais ces recherches inspireront bien des pièces du théâtre de Nohant, et l'ouvrage de Maurice Sand, *Masques et Bouffons* (1862), en grande partie rédigé par sa mère, sur la *commedia dell'arte*.

vous qui savez quels sont les types les plus tranchés. Moi
je ne le sais pas. J'ai besoin, je crois, de Régnier et de
Larivée surtout. J'ai un personnage grossier, presque
cynique qui insulte tout le monde et qui aime pourtant,
et qu'on peut aimer. Il faut que son langage soit hérissé
comme un sanglier et pourtant que pas un mot ne blesse
le goût de notre temps. C'est une affaire de choix. Quand
Corneille fait dire à son matamore *médaille de damné*[3], c'est
un mot bien coloré, et qui ne choque pas. Je veux enfin
fouiller dans les prédécesseurs immédiats de Corneille et
de Molière. Trouvez-moi cela et je me mettrai à l'ouvrage
avec ardeur. Je n'ai pas tant besoin de vers que de prose,
puisque j'écris en prose, mais je trouve la prose dans les
préfaces et les avant-propos des pièces de théâtre, et
d'ailleurs les vers servent aussi. Quand j'aurai feuilleté
huit jours, je tiendrai ma forme et je la modifierai au
point convenable comme un ragoût qui se transforme en
*cuisant*. Choisissez donc ce qu'il me faut, cher ami, soit
dans les bibliothèques, soit chez les bouquinistes.
Empruntez, ou achetez pour moi, et dites-moi le *total* de
vos dépenses. J'aime bien à avoir les livres à garder, mais
je rends fidèlement ceux qu'on me prête et j'en ai grand
soin. Si vous ne trouvez pas certains ouvrages complets,
peu importe, puisque je veux *flairer* plus que lire. Mes
personnages ne sont pas de haute volée, ce sont tous des
comédiens grotesques, et pourtant il s'en trouve parmi
eux qui ont de la lecture et de la grandeur. C'est Scaramouche, Pierrot, Arlequin, Isabelle, Léandre, riant et gri-
maçant sur la scène, et pleurant dans la coulisse. Que
mon sujet ne vous effraye pas, il a des cordes et je les
tiens. Vous voyez qu'il me faudrait quelques détails sur la
comédie italienne. Je suis déjà assez ferrée sur ce point,
puisque, sur le théâtre de Nohant, théâtre sans public, ce
qui n'est pas sa moindre originalité, nous nous amusons
à ressusciter un vieux art perdu en France, la *commedia
dell'arte*. Vous savez ce que c'est, donc je n'ai pas besoin
de vous l'expliquer. Mais les notions exactes sur les
mœurs et la vie de ces mimes et de ces improvisateurs,
sous le règne de Louis XIII et la régence d'Anne, sont
assez difficiles à réunir ; on ne trouve que des notions

---

3. « Vrai suppôt de Satan, médaille de damné » (*L'Illusion comique*,
III, 4).

éparses, incomplètes et vagues. Si vous pouviez me trouver la *Vie de Scaramouche* par Mezzetin, je crois que cela me servirait. Je ne compte pas m'astreindre à la vérité historique mais placer mon sujet dans des conditions possibles et même probables. On me dit que je trouverai quelque chose dans le *Dictionnaire des théâtres de Paris*[4], mais je crains que l'ouvrage ne soit très volumineux et cher, ou bien que les bibliothèques, en raison de son importance, ne veuillent pas me le prêter. En somme pour vous mettre à l'aise, je vous donne latitude pour mes déboursés jusqu'à *100 f.*

Je suis peut-être bien indiscrète de m'adresser à vous qui êtes si occupé et si utilement. Mais je vous sais si bon pour moi que j'ose. Et j'ose aussi vous demander de me faire cet envoi bien vite.

Je suis bien plus triste et plus malade que vous à l'endroit de la politique. J'ai toujours la même foi en Dieu, en l'avenir, en la providence, en la vérité, mais je ne crois plus aux hommes de ce temps-ci. Je les ai trop vus de près. J'ai eu le malheur de regarder dans les coulisses de ce théâtre-là, et j'ai vu que les hommes politiques étaient les pires cabotins du monde. Cependant, c'est une bêtise de vouloir séparer le règne de Dieu du bon vouloir des hommes. Mais que puis-je faire contre cette maladie ? Elle n'est pas dans ma raison, elle est dans mon cœur et le cœur ne raisonne guère. Et puis, je suis physiquement malade aussi depuis mon séjour de 3 semaines à Paris et ce n'est que depuis deux jours que le soleil et mon cheval m'ont rendu un peu de vie.

Bonsoir, mon ami, pardon de ce long bavardage et de mes importunités. Mais en fait d'amitié, de haute estime et de profonde sympathie, je n'ai pas à me reprocher d'en donner trop peu quand il s'agit de vous.

George Sand

Maurice se rappelle à vous. Il vous aime bien aussi. Le Dr Müller veut aussi que je vous parle de lui.

4. Ouvrage des frères Parfaict en 7 volumes (1756-1767). Henri Martin répondra le 7 mars (*Corr.* IX, p. 452-454), en envoyant certains des ouvrages demandés ici ; d'autres seront empruntés à la Bibliothèque nationale.

## 166. À PIERRE-JULES HETZEL

[Nohant, fin avril 1850]

Mon ami, vous êtes le meilleur cœur qu'il y ait, et je ne sache pas que j'aie jamais eu un meilleur ami que vous. Je ne vous remercie donc pas d'être bon et juste envers ceux que j'aime, je trouve tout cela naturel, parce que je me sens comme cela pour vous. Pourquoi me dites-vous donc : « Ne doutez donc jamais de moi » ? Ma foi, non, je n'en doute pas, et il me semble que je vous l'ai bien prouvé en vous ouvrant mon cœur deux fois[1], comme je ne l'ai ouvert à personne *depuis dix ans*. À *personne*, entendez-vous ? Je ne suis pas menteuse ni dissimulée. Quand les choses ne sont pas, je dis : « *Cela n'est pas* ». Mais si cette chose qui n'était pas, *vient à être*, je ne dis plus rien. Je n'aime pas à mentir. Le monde n'en vaut pas la peine et il m'est indifférent qu'on devine *à faux*, ou *à coup sûr*, quelque chose de ma vie intime, mais j'ai retiré de l'expérience cette certitude qu'il ne faut pas se confier, qu'il ne faut pas converser de ses secrets, qu'il faut enfin avoir son secret à soi, et ne pas permettre aux autres de vous en parler. Alors, sans mentir, on arrive aisément à ne pas permettre les questions et à ne donner à personne le droit de vous juger.

Mais quand je dis *personne*, à plus forte raison est-il doux d'avoir un cœur qui n'est *personne*, qui est vous-même, et qui *seul* peut causer avec le vôtre. Ce n'est pas le hasard, ce n'est pas un moment de chagrin extrême qui a fait que vous vous êtes trouvé sous ma main pour lire ce qui se passait en moi. Cela a pu en avoir l'air pour vous. Et, pour moi, c'est pourtant un acte de liberté d'esprit et de choix sympathique que je me rappelle très bien, et dont je me rends toujours parfaitement compte. J'ai trouvé en vous seul des idées tout à fait droites où je n'avais rien à combattre, rien à détruire, pour faire de vous mon confident et mieux que cela, mon conseil dans les choses profondes du cœur, choses où l'on a besoin de

---

1. Voir notamment la lettre 163. Après la passade avec Müller-Strübing, Sand avoue ici son amour pour Alexandre Manceau, qui sera son dernier compagnon, fidèle et dévoué.

la sanction de son *semblable* pour savoir si l'on marche
droit. Ne dites donc pas que je doute de vous. Quand je
vous dis, *brûlez mes lettres,* c'est tout simplement parce que
je sais qu'il n'y a pas de secrets, *écrits,* possibles, en ce
monde. Toute notre vigilance ne peut sauver un papier.
Il n'y a que le feu de discret. Je suis bien plus rassurée, à
présent que je connais la noble et douce compagne de
votre vie, mais nous sommes tous, et toutes, des feuilles
que l'orage emporte sans nous consulter, et le morceau
de papier que nous voulons dérober à des yeux profanes
est quelquefois moins fragile que notre existence. Voilà
pourquoi je rabâche : *brûlez.* L'idée qu'une lettre intime
subsiste, c'est comme celle d'une oreille qui écoute à la
porte pendant que vous ouvrez votre cœur à votre ami.
N'y eût-il pas de secret sérieux, cette oreille vous gêne.
— Et à présent, causons.

Oui, je l'aime, lui ! Je ne lui dis pas que je vous l'ai dit,
parce qu'il ne vous connaît pas encore assez pour que
cela ne l'embarrasse pas. Mais la manière dont je lui ai
toujours parlé de vous fait qu'il vous aime et vous estime,
et qu'il m'a promis de vaincre l'espèce de méfiance qui le
hérisse au premier abord. Ce n'est pas des autres qu'il
se méfie ; au contraire, il se fie trop, il s'est trop fié à de
faux amis pour ce qui le concerne. Mais il a de l'amour-
propre, il prend très au sérieux le secret orgueil d'être
aimé de moi, et il craint toujours de montrer le peu qu'il
croit être. Il se trompe, il s'enveloppe d'une gaminerie
qui couvre son véritable cœur ; mais ce cœur est bien
grand pour qui sait le découvrir. Il est né dans la misère,
il n'a reçu aucune éducation, ni morale, ni autre. Il n'a
fait aucune étude, il a été en apprentissage. C'est un
ouvrier qui fait son métier en ouvrier, parce qu'il veut et
sait gagner sa vie. Il est incroyablement artiste par l'esprit. Son intelligence est extraordinaire, mais ne sert qu'à
lui, à moi par conséquent. Il ne sait rien, mais il devine
tout, et, questionnant toujours, il me prouve à moi combien son esprit travaille intérieurement. Il ne sait pas l'orthographe, et il sait faire des vers. C'est un détail qui le
peint tout entier. Sa pensée arrive à tout, et ce mélange
d'ignorance et de pénétration rend son entretien charmant quand il n'est plus honteux de questionner. Il a de
grands défauts, il est à la fois violent et calculé. Violent,
il blesse affreusement ; calculé, il s'impose et cherche la

domination. Ces deux défauts de son organisation le font
haïr quand ils ne le font pas aimer. Mais il est si intelligent, et le fond de son âme est doué d'un tel sentiment
de justice, que toutes ses violences vont à la réparation,
tous ses calculs au dévouement profond, sincère, fidèle,
*bien que prémédité.* On en conclut bêtement qu'il ne se
dévoue que par égoïsme et pour ses intérêts matériels.
C'est faux, il est généreux en secret jusqu'à la prodigalité
quand on ne le retient pas. Son égoïsme cherche ses
profits dans l'ordre moral. Il veut s'éclairer, il veut se
faire aimer, il veut s'ennoblir lui-même. Il n'a pas d'ambition d'argent et de renommée. Il *s'aime.* Il veut se grandir devant Dieu et devant lui-même et devant le peu
d'êtres qu'il aime, insouciant de braver et de choquer tout
le reste. Il a donc besoin d'être guidé pour marcher sans
trop d'obstacles à son but secret, but bien modeste dans
son orgueil, et bien noble dans sa *rouerie.* C'est un coquet
au moral, mais coquet devant le miroir de sa conscience
et surtout de son amour. Car il aime, il aime, voyez-vous,
comme je n'ai vu aimer personne. Tous les défauts qu'il
a avec les autres, disparaissent dans le tête-à-tête. Là,
c'est à la fois un chat caressant et un chien fidèle, et tout
son calcul, toute son intrigue n'a pour but que d'obtenir
l'approbation de l'être qu'il aime. Très libertin dans le
passé, il est chaste dans l'amour vrai, chaste et ardent
autant que les sens, le cœur et l'esprit peuvent le rêver
dans l'amour. Enfin c'est une nature qui ne ressemble à
rien, qui a des ressources extraordinaires en elle-même,
qui peut se tromper cent fois et jamais tomber, qui n'est
possible à pénétrer et à définir que par une âme très droite
et très simple comme la mienne. Pour moi ses artifices
d'esprit sont cousus de fil blanc, je les aime parce que je
ne me trompe pas sur leur but, et je me laisse *séduire* avec
une bonhomie sans égale. Je l'aide à me plaire et il arrive
à être naïf avec moi comme s'il avait douze ans. Il ne
sera jamais apprécié ni aimé généralement, tout ce que je
pourrai faire pour lui ce sera de le raboter un peu. Mais
ceci ne m'occupe pas énormément je l'avoue. Qu'est-ce
que ça me fait, après tout, qu'il ne plaise pas aux autres,
pourvu qu'il me plaise à moi ? et comme il ne pense qu'à
cela, comme il y travaille avec une contention d'esprit
incroyable, je trouve cela charmant, je l'avoue, et je ne
l'en empêche pas.

Et puis ses façons me vont. Il est adroit de ses pattes
et sûr de ses mouvements. Il ne casse rien, il n'est pas
comme les 69 centièmes des hommes qui prennent leur
nez pour leur pied, et qui par distraction, langueur ou
maladresse naturelle, ne font jamais d'un premier coup
ce qu'ils veulent faire. Ne prenez pas cela pour une plaisanterie. Ces petits agacements nerveux que nous cause la
maladresse ne sont que la révélation extérieure de l'immense incapacité mentale et morale de la majorité des
êtres. Lui, il pense à tout ce qu'il faut, et se met tout
entier dans un verre d'eau qu'il m'apporte ou dans une
cigarette qu'il m'allume. Il ne m'impatiente jamais ! il est
exact, il a une montre et il y regarde. Je ne l'ai jamais
*attendu* une minute, à un rendez-vous quelconque, et
cependant il fait attendre les autres par entêtement.
Quand il a eu tort quelquefois avec moi, je n'ai jamais
*attendu* non plus une minute le regard et le mot qui
devaient tout réparer. Il a les soins d'une femme, et d'une
femme adroite, active et ingénieuse. Quand je suis
malade, je suis guérie, rien que de le voir me préparer
mon oreiller et m'apporter mes pantoufles. Moi qui ne
demande et n'accepte jamais de soins, j'ai besoin des
siens, comme si c'était dans ma nature d'être choyée.
Enfin je l'aime, je l'aime de toute mon âme, avec ses
défauts, avec les ridicules que les autres lui trouvent, avec
les torts qu'il a eus et les bêtises qu'il a faites et que je
sais par lui, je l'aime avec tout ce qu'il est, et il y a un
calme étonnant dans mon amour, malgré mon âge et le
sien, malgré son passé qui ne me promettait certes pas ce
que je l'ai trouvé, malgré de gros orages qu'il m'a fallu
traverser pour le bien connaître, malgré les infamies
stupides qu'on m'a dites de lui et qu'on a dites par sa
faute ; malgré enfin une horrible méfiance qui a toujours
tourmenté le fond de mon cœur dans tous mes amours,
en dépit des efforts surhumains que je faisais pour
l'étouffer. Je suis comme transformée, je me porte bien,
je suis tranquille, je suis *heureuse*, je supporte tout, *même
son absence*, c'est tout dire, moi qui n'ai jamais supporté
cela.

Voilà que vous savez tout ce que je sais. Parlez-m'en,
cela me fera du bien. Parlez-moi de vous aussi. Ça m'en
fera aussi. Embrassez pour moi comme je vous embrasse
la chère femme et le beau Jules.

Je vous parlerais bien affaire et théâtre. J'ai des nouvelles à vous dire. Mais il est tard, je suis fatiguée, et puis je ne puis passer d'un sujet de 1er ordre pour moi, à un sujet secondaire.


## 167. À JULES MICHELET

[Nohant, 3 mai 1850]

J'ai bien tardé à vous remercier, Monsieur, de votre bon souvenir et de votre beau volume[1]. Mais je voulais le lire avant de vous répondre, et je ne sais pas lire vite. En outre j'étais malade et je commence seulement à respirer. J'ai été bien attachée et bien saisie par cette lecture. Vous savez que c'est l'effet que produisent vos ouvrages et que ceux mêmes qui les discutent ne peuvent se soustraire au charme qu'ils exercent. Moi, je ne suis pas de ceux-là, je m'abandonne sans résistance à l'entraînement d'un récit qui a tant de couleur et de vie, et je n'ai pas sur l'histoire de notre révolution un système préparé d'avance pour combattre l'impression du narrateur ému et sincère. J'ai peur d'avoir l'air de vous faire des compliments et je sais que le mérite réel les souffre peu. Suppléez donc à tout ce que je ne vous dis pas; ne me regardez pas surtout comme un juge, car je ne sais rien et j'apprends à mesure qu'on enseigne. Mais si vous sentez quelque sympathie pour mes humbles travaux, comprenez que la mienne ne peut pas vous manquer, et que pour être moins éclairée, elle n'en est pas moins vive.

Ce que je puis vous dire sans blesser votre modestie, c'est que vous faites une œuvre bien utile dans le présent, et que vous élevez un monument bien précieux pour l'avenir. C'est aux hommes d'aujourd'hui que la postérité demandera compte de leurs jugements sur cette époque terrible, affreuse et magnifique. Elle pardonnera l'erreur aux acteurs directs d'un drame si passionné, mais si la mission des historiens d'aujourd'hui est grande et pénible, elle porte avec elle la consolation de trouver

---

1. Un des volumes de l'*Histoire de la Révolution française*.

justice plus tard, et de faire d'avance cette justice elle-même.

M'avez-vous pardonné d'avoir eu une migraine affreuse le jour où, pour la première fois, et pas pour la dernière, j'espère bien, j'ai eu l'honneur de vous voir[2]? J'avais la migraine moralement surtout, j'avais du chagrin. Je vous ai écouté pourtant, et je n'ai rien perdu de ce que vous m'avez dit, mais il me semble que moi je ne vous ai rien dit de la satisfaction et de la gratitude que me causait votre bonne visite.

J'attends avec impatience la suite de ces belles pages, et si par hasard, vous pensez au lecteur en les écrivant, comptez-moi pour un des plus attentifs et des plus fidèles.

Agréez, Monsieur, l'expression de ma sérieuse et profonde sympathie, et tous mes remerciements pour la bienveillance dont vous m'honorez.

George Sand

Nohant 3 mai

## 168. À PIERRE BOCAGE

[Nohant] 11 juin [18]50

Qu'une chose spontanée vaille mieux qu'une chose travaillée je ne le mets pas en doute. Que des paysans naïfs s'emparent mieux d'un public blasé que des comédiens à l'esprit recherché[1], je le crois bien aussi. Mais là n'est point la question, je ne veux pas, je ne dois pas donner du berrichon deux fois de suite. Comme artiste j'aime à chercher toujours devant moi, et à ne pas repasser deux fois de suite par le même chemin. J'ai fait une étude. La question est de savoir si elle est réussie. Voilà ce que je saurai dans quelque temps en relisant cette pièce, mais ce dont il m'est impossible de juger à l'heure qu'il est, parce que je suis comme une brodeuse, qui

2. Michelet est venu rendre visite à G. Sand le 13 décembre 1849 (Michelet, *Journal*, t. II, p. 80).

1. Sand a envoyé le 3 juin sa pièce *Marielle*, inspirée par la comédie italienne (voir lettres 164 et 165), à Bocage, qui aurait préféré la voir exploiter la veine à succès de *François le Champi*.

vient de faire des points à jour très fins, qui a la vue fatiguée, et qui ne distingue plus son ouvrage.

C'est à vous de juger. C'est votre impression spontanée que j'ai voulue. Elle n'est pas favorable, et pourtant
vous parlez de monter la pièce comme s'il fallait passer
outre. Pensez-y bien, mon cher vieux. Pour moi, je vous
déclare qu'une chute ne me mortifiera pas plus qu'un
succès ne m'a enivrée. Si nous tombons devant l'indifférence du public et non pas devant une cabale injuste,
je me dirai ou que ma pièce n'était pas réussie ou qu'elle
ne se trouvait point d'accord avec le sentiment et le goût
du moment. Ce sera à recommencer car il n'y a jamais de
succès à coup sûr. Et tout est incertain en ce monde. Il
faudrait être bien simple pour ne pas être préparé aux
revers quand on s'embarque.

Mais pour vous, mon ami, pour le théâtre, il faut voir
et peser les chances. Si elles vous paraissent en majorité
*contre* le succès, il ne faut pas tenter la fortune. Qu'importe que ma pièce reste en portefeuille ? Vous savez que
je vous dis toujours : un travail n'est jamais perdu, s'il ne
voit pas le jour, il a fait progresser la cervelle de l'auteur
et c'est toujours cela. C'est comme un exercice qui est
sain, et auquel la présence d'un public n'ajoute pas l'essentiel : car l'essentiel pour moi, n'est pas l'argent et la
louange. C'est moi que je tiens à satisfaire, c'est un peu
égoïste, mais c'est comme cela.

Sortons de l'égoïsme pourtant et voyons si la pièce est
*utile*. Oui si elle est réussie, non si elle ne l'est pas. Ainsi
la question reçoit la même solution.

Je n'ai pas pensé plus à Mme Laurent qu'à ma pièce,
quoique j'aie pensé à Mme Laurent dans Sylvia. Nous
pouvons rajeunir le personnage, mais une enfant a-t-elle
l'âme trempée comme cette femme-là, relisez la vie de
Mme de Maintenon qui avait l'étoffe d'une grande femme.
C'est à Mme de Maintenon que j'ai pensé surtout. J'ai
supposé seulement une qualité qui lui manquait, le *cœur*,
et je me suis figuré, ce qu'eût été cette intelligence si elle
eût été capable d'aimer. Elle eût eu pour le pauvre vieux
Scarron l'amour qu'elle réserva pour Louis XIV. Elle
aurait fini dans un cloître au lieu de finir sur le trône. En
somme, je ne suis pas d'avis de la rajeunir, ou il faut
changer son caractère d'un bout à l'autre et la rendre un
peu faible avec *Fabio*, ce ne serait pas du tout ma donnée

et ma pensée. J'ai toujours bien espéré que Clarence ne ferait pas *Fabio*, il n'est pas assez jeune. Quant à Marielle je ne vois que *vous* qui auriez pu le jouer à mon goût, et je ne sais ce que serait Deshayes dans ce personnage-là. Je ne l'ai jamais vu que dans le *Champi*.

En somme je n'ai guère pensé aux acteurs et j'ai résolu de ne m'en point mêler du tout. Mais la question n'est pas là pour moi. Si la pièce est bonne, elle sera bien jouée, vous en viendrez à bout. Si elle n'est pas bonne, quelque dévouement, quelque science que vous y mettiez, ce ne sera pas satisfaisant. Croyez-en donc votre sentiment à *vous seul* et ne consultez personne, moi moins que tout autre.

Si après examen, vous penchez pour *oui*, venez ici et nous arrangerons ensemble ce qui vous paraîtra défectueux. Voulez-vous faire une chose ? Voulez-vous venir monter et jouer la pièce à Nohant, *sur le théâtre de Nohant*, avec les *acteurs de Nohant* ? Cela vous fera rire aux larmes, et au milieu du *gâchis*, vous serez tout étonné et tout réjoui de voir deux ou trois de nos enfants dire, par *moments* mieux qu'au théâtre. Peut-être cela me sera-t-il très utile à moi-même de voir la pièce debout, et d'*entendre* surtout le style, que je n'ai pas dans l'oreille mais dans la vue seulement. Nous n'aurons pas d'autre public que nous-mêmes. Êtes-vous capable de vous amuser comme moi, comme un bon vieux au milieu de ses enfants ? Ce serait charmant de votre part. Maurice en deviendrait fou. Il joue *Florimond* comme un ange. Ce serait l'affaire de quelques jours, ils sauraient leurs rôles avant de répéter, vous liriez le vôtre, si ça vous ennuyait de l'apprendre. Dans tous les cas quand vous viendrez on vous régalera du spectacle. *Scènes à l'impromptu, à la muette, à l'italienne en un mot.* Marielle ou non, il faut venir, mon bon vieux, on s'en fait une joie ici et moi plus que tout le monde. Bonsoir, on vous embrasse en *masse*.


## 169. À PIERRE-JULES HETZEL

[Nohant, vers le 7 juillet 1850]

Mon cher vieux, Vous auriez dû rester plus longtemps, cela vous aurait fait du bien tout de bon, au lieu que

vous avez eu à peine le temps de respirer du bon air
et d'oublier vos affaires. Nous sommes toujours fâchés
contre vous quand vous partez, c'est le seul reproche
qu'on ait à faire à vos visites, elles sont trop courtes et
trop rares. On s'arrangerait si bien de vous à Nohant !
C'est quelque chose que d'avoir dans un petit coin du
monde, un petit tas d'amis bien gentils qui sont toujours
contents quand vous arrivez, toujours chagrins quand
vous partez. N'oubliez pas cela, au moins, et revenez
chaque fois que vous pourrez.

Si vous étiez resté jusqu'au 5 juillet vous auriez vu les
*belles réjouissances* que mes trois enfants[1] m'ont données
pour mon anniversaire de *46 ans*, bouquets, vers comiques,
petits cadeaux, bien gentils, grotte en surtout de table, en
mousse et feuillages, comédie le soir. Tout cela entre
nous, en *surprises* pour moi, et à la grande surprise aussi
de Müller, qui ne se serait jamais imaginé de lui-même de
me donner un bouquet, si on ne le lui eût pas fait et mis
dans la main ; mais le bon Allemand n'en était pas moins
content de lui, de moi et de tout le monde. À présent
que vous le connaissez, vous comprenez parfaitement
tout, n'est-ce pas ?

Oui, je me porte bien, et je suis très heureuse, très
heureuse. Je crois vraiment que c'est la première fois de
ma vie que je peux me rendre compte de cela et que je
peux m'abandonner avec un peu d'égoïsme. Ce n'est pas
dans mon intention d'en avoir, mais jusqu'à présent j'avais
toujours mis tant de dévouement dans mes affections que
je ne songeais même pas à me demander si j'aimais pour
mon agrément particulier, ou bien les moments où je
pouvais me dire cela étaient si fugitifs et tout aussitôt traversés par tant de surprises douloureuses et de chagrins
inattendus, incompréhensibles ! On m'en a tant fait, qu'à
présent je suis tout étonnée que tout le monde ne soit
pas fou, bizarre, mauvais ou *veule*. Je ne me demande pas
si cela peut et doit durer. Je n'y veux pas penser. Je n'ai
pas cherché ce que j'ai trouvé, je l'ai peut-être mérité par
une vie bien malheureuse et bien patiente. Mais on ne
me doit que ce qu'on peut me donner, et quand on peut
beaucoup, cela ne me donne pas le droit d'exiger davantage. Je me résignerai à tout perdre, jamais à ennuyer,

---

1. Maurice, Manceau et Müller-Strübing.

voilà tout ce que je sais. Mais, ma foi, c'est si bon d'être
aimé et de pouvoir aimer tout à fait, qu'on serait bête
d'en prévoir la fin ; rien ne me la fait pressentir, pourquoi
*saurais-je* qu'elle est inévitable ? Nous savons bien tous
qu'il nous faudra mourir et nous n'y pensons jamais avec
terreur, à moins que nous ne soyons des capons et des
imbéciles. J'ai 46 ans, j'ai des cheveux blancs, cela n'y fait
rien. On aime les vieilles femmes plus que les jeunes, je
le sais bien maintenant. Ce n'est pas la personne qui a à
durer, c'est l'amour ; que Dieu fasse durer celui-ci, car il
est bon ! Et puis je crois qu'en me chargeant de faire
exister très doucement cet Allemand qui était malheureux, abandonné, mourant de faim à la lettre, en l'aimant
et en le choyant malgré qu'il m'ennuie, en lui créant une
famille, un intérieur, un asile, j'ai fait une bonne action
qui me portera bonheur, et dont un autre d'ailleurs m'a
déjà récompensée au centuple. Je crois à la chance. On
fait vingt bonnes œuvres par jour qui ne rapportent rien,
et qu'il faut faire tout de même comme on se cave au
jeu. Mais une bonne carte se rencontre qui vous fait regagner ce que le détail vous a fait perdre, et la rencontre de
l'Allemand a été cette carte-là.

Occupez-vous du pauvre Pôtu, absolument, mon vieux.
Ses ressources doivent s'épuiser. L'affaire Duveyrier ne se
faisant pas[2], je ne pourrai pas aider beaucoup les autres
de ma bourse, cette année, à moins que je n'aie un second
succès à l'Odéon, ce qui est toujours fort douteux. Un
*second* ! c'est le mauvais nombre. Je n'ai pas besoin pour
moi de l'argent que vous me devez, mais si vous pouvez,
avec le concours de cet imprimeur qui vous doit, trouver
la petite somme nécessaire à la fabrication du livre, vous
me ferez bien plaisir. Les souscriptions lui assureront de
quoi passer l'hiver. Mon pauvre Pôtu ! il aurait pu être si
heureux, et il s'est fait si malheureux sans savoir pourquoi ! Il a une grande bonté, une grande candeur. Ses
petites ruses sont celles d'un gros enfant maladroit qui
n'a pas le courage d'être grondé. Son âme a tourné à la
lymphe comme son corps. Ce n'est pas sa faute, après
tout, et peut-être qu'il sortira de son épreuve tout renou-
velé et tout ranimé.

---

2. Projet non abouti de publication en feuilletons dans *Le Crédit*
d'extraits d'*Histoire de ma vie*.

Je viens d'écrire à Paloignon pour lui demander de
votre part s'il a reçu l'argent, au Directeur [Beaufils] de La
Châtre pour ravoir votre lettre. J'attends les réponses.
Faites votre *monologue-rachelien*³, et envoyez-le-moi. Si cela
me va, je m'y mettrai tout de suite. Je suis en train de
faire une pièce [*Claudie*] qui sera réussie, j'en suis presque
sûre. — Ah? vous me demandez ce que vous pou-
vez faire pour moi. Il vous faut bien vite obtenir que
M. Thayer prenne un parti à l'égard de mes épreuves. Il
a reçu ma lettre, *il l'a lue* et il n'a rien répondu. C'est
grossier. Je ne puis insister, mais il faut que vous trouviez
un moyen de lui faire savoir et comprendre que mes amis
et moi trouvons cela grossier. Vous pourriez demander
cette autorisation en votre nom. Ne l'oubliez pas et dépêchez-vous.

Je vous ai fait la page de *Gribouille*⁴ que vous demandiez. J'ai corrigé les épreuves et supprimé dans la 1ʳᵉ partie 3 ou 4 pages où la situation se répétait trop. Maurice
a tout collé et fait des merveilles de composition. — Je
n'ai plus de place pour vous embrasser de ma part et de
celle de tout le monde. On vous aime.

## 170. À ARMAND BARBÈS

Nohant, 27 août 1850

Mon ami bien aimé, je n'ai reçu qu'il y a deux jours
votre lettre du 5 courant. J'avais aussitôt résolu d'aller à
Londres, d'y voir nos amis et d'essayer de faire ce que
vous me conseillez. Mais des empêchements majeurs
sont survenus déjà, et je ne saurais m'assurer de quelques
jours de liberté. Et puis il s'est passé déjà trop de jours
depuis votre lettre, et chacun doit avoir pris son parti. J'ai

3. Hetzel avait demandé à Sand de lui écrire un monologue de
femme jalouse, à la manière de l'actrice Rachel, pour son livre
(publié sous son pseudonyme P.-J. Stahl) *Théorie de l'amour et de la
jalousie* (Bruxelles, 1853).
4. Le conte *Histoire du véritable Gribouille*, illustré par Maurice Sand,
paraîtra chez Hetzel en décembre.

pourtant écrit à Louis Blanc[1], le seul sur lequel j'espère
avoir non pas de l'influence morale, mais la persuasion
du cœur et de l'amitié. Je lui ai parlé de vous et j'ai
appuyé votre opinion sur la connaissance que j'ai du fait
principal ; c'est-à-dire qu'à lui seul il ne peut rien quant à
présent. Je l'ai conjuré, pour le cas où il croirait devoir
répondre, et où sa réponse serait peut-être déjà sous
presse, de ménager la forme à l'avenir, de montrer une
patience, un esprit de conciliation et de fraternité supérieur aux discussions de principes. Mais je n'espère rien
de mes prières. Les hommes dans cette situation sont
entraînés sur une pente fatale. Une voix s'élève pour les
rappeler à la charité ; mille autres voix étouffent celle-là
pour souffler la colère et engager le combat. Je pense
que, de votre côté, vous avez écrit. S'ils ne vous écoutent
pas, qui écouteront-ils ? Quant à Ledru-Rollin, je ne suis
pas en relations avec lui ; je suis presque sûre qu'une
lettre de moi ne lui ferait aucun effet. Il *déteste* trop ceux
qu'il *n'aime pas*. Je l'aurais vu, si j'avais pu faire ce voyage.
Mais croyez que tout cela n'eût pas été d'un effet sérieux
sur leurs dispositions intérieures. Vous savez bien comme
moi que, derrière les dissidences de convictions, il y a
trop de passion personnelle, et que l'orgueil de l'homme
est trop puissant pour que la parole d'une femme le guérisse et l'apaise.

Vous êtes un saint, vous, mais, eux, ils sont des
hommes, ils en ont les orages ou les entraînements. Et
puis je suis si découragée du fait présent, que je ne sens
pas en moi la puissance de convaincre. Je vois que nous
marchons à la *constitutionnalité* ; quelle que soit la forme
qu'elle revête, elle fera encore l'engourdissement de la
France pendant quelque temps ; tant mieux, peut-être ;
car le peuple n'est pas mûr, et malgré tout, il mûrit dans
ce repos qui ressemble à la mort. Nous en souffrons,
nous qui nous élançons vers l'avenir avec impatience.
Nous sommes les victimes agitées ou résignées de cette
lenteur des masses. Mais la Providence ne les presse pas ;
elle nous a jetés en éclaireurs pour supporter le premier

---

1. Ce même 27 août, Sand a écrit une longue lettre à Louis Blanc
(*Corr.* XXV, p. 742-748), en citant longuement une lettre de Barbès
du 25 août ; elle y blâme les divisions qui s'installent entre les socialistes en exil et tente de convaincre Louis Blanc de rechercher
l'union.

feu et périr, s'il le faut, aux avant-postes. Acceptons!
L'armée vient derrière nous, lentement et sans ordre;
mais enfin elle marche, et si on peut la retarder, on ne
peut pas l'arrêter.

Si j'avais pu aller en Angleterre, j'aurais été à Doullens[2], au retour. Mais les jours que j'ai à passer à Paris,
sont comptés maintenant, et ce ne sera pas encore pour
cette fois. Dites-moi toujours, en attendant que je puisse
réaliser un des plus chers rêves que je fasse, comment il
faut s'y prendre pour vous voir. À qui demander l'autorisation? Et ne me la refusera-t-on pas? Adressez-moi
toujours vos lettres à Nohant par la même voie que la
dernière. Vous savez que M. Lebarbier de Tinan est dans
une bonne position. Je pense que sa femme doit être
près de lui maintenant à Angoulême. Borie est toujours
en Belgique, bien triste, comme nous tous. Si vous voulez que je vous parle de moi, je vous dirai que j'ai beaucoup travaillé pour le théâtre, cette année, mais que la
révocation de Bocage[3] me retardera indéfiniment. Je ne
veux pas séparer mes projets de ceux d'un artiste démocrate, brave et généreux, qu'on ruine brutalement, parce
qu'il a commis le crime *d'envoyer des billets gratis à des ouvriers,*
*d'avoir des employés et des acteurs républicains, d'être républicain*
*lui-même, d'avoir fait jouer «la Marseillaise», etc.* Tels sont
les considérants de sa révocation. Nous reprendrons
quand même nos projets de moralisation douce et honnête, pour lesquels le théâtre est un grand moyen d'expansion, et nous viendrons à bout de prêcher l'honneur
et la bonté, en dépit de la censure et des commissions.

J'ai toujours vécu à Nohant de la vie de famille, presque
sans relations avec le dehors, depuis que je ne vous ai vu.
Maurice ne me quitte point; c'est un bon fils, il vous
aime et il vous embrasse tendrement.

Et vous, toujours calme, toujours tendre, toujours
patient et sublime, vous pensez à nous quelquefois, n'est-
ce pas, et vous nous aimez? C'est une des consolations
et la plus pure gloire de ma vie, ne l'oubliez pas, que
l'amitié que je vous porte et que vous me rendez.

M. Pichon n'est pas seulement originaire du Berry, il

---

2. Barbès était emprisonné dans la forteresse de Doullens.
3. Bocage a été limogé de ses fonctions de directeur de l'Odéon
le 27 juillet.

est presque natif de mon village. Sa famille, qui est une famille de paysans, demeure porte à porte avec nous. Aucante va bien et vous aime.

## 171. À GIUSEPPE MAZZINI

Nohant, 25 7ᵇʳᵉ 1850

Écrire aujourd'hui[1] ? Non, je ne pourrais pas. Cette situation est nauséabonde et je ne saurais trouver un mot d'encouragement à donner aux hommes de mon temps. Je ne suis plus malade, cependant, ma situation personnelle n'est point douloureuse et j'ai l'esprit calme, le cœur satisfait des affections qui m'entourent. Mais l'espérance ne m'est pas revenue et je ne suis pas de ceux qui peuvent chanter ce qui ne chante pas dans leur âme. L'humanité de mon temps m'apparaît comme une armée en pleine déroute, et j'ai la conviction qu'en conseillant aux fuyards de s'arrêter, de se retourner et de disputer encore un pouce de terrain, on ne fera que grossir de quelques crimes et de quelques meurtres l'horreur du désastre. Les bourreaux eux-mêmes sont ivres, égarés, sourds, idiots. Ils vont à leur perte aussi, mais plus on leur criera d'arrêter plus ils frapperont, et quant aux lâches qui plient, ils laisseront égorger leurs chefs, ils verront tomber les plus nobles victimes sans dire un mot. J'ai beau faire, voilà où j'en suis. Je me croyais malade et je me reprochais mes défaillances, mais je ne peux plus me faire un reproche de souffrir à si bon escient. Je me trompe, peut-être ; Dieu le veuille ! Ce n'est pas à vous, martyr stoïque, que je veux, que je peux ou dois remontrer obstinément que j'ai raison. Mais tout en respectant en vous cette vertu de l'espérance, je ne puis la faire éclore en moi à volonté. Rien ne me ranime, je ne sens en moi que douleur et indignation. Savez-vous la seule chose dont je serais capable ? Ce serait une malédiction ardente sur cette race humaine si égoïste, si lâche et si perverse. Je voudrais

---

1. Réponse à une longue lettre de Mazzini du 4 septembre, où il demandait à Sand d'écrire « quelque page sur l'Europe, sur la France, sur l'Italie »...

pouvoir dire au peuple des nations : « C'est toi qui es le grand criminel. C'est toi imbécile, vantard et poltron qui te laisses avilir et fouler aux pieds, c'est toi qui répondras devant Dieu des crimes de la tyrannie (tu pouvais les empêcher, et tu ne l'as pas voulu, et tu ne le veux pas encore). Je t'ai cru grand, généreux et brave. Tu l'es en effet, sous la pression de certains événements et quand Dieu fait en toi des miracles. Mais quand Dieu te fait sentir sa clémence, quand tu retrouves une heure de calme ou d'espérance, tu vends ta conscience et ta dignité pour un peu de plaisir et de bien-être, pour du repos, du vin et des illusions grossières. Avec des promesses de bien-être, de diminution d'impôts, on te mène où l'on veut. Avec des excitations à la souffrance, à l'héroïsme et au dévouement, qu'obtient-on de toi ? Quelques holocaustes isolés que ta masse contemple froidement. »

Oui, je voudrais réveiller le peuple de sa torpeur et de sa honte, l'indigner sur lui-même, le faire rougir de son abaissement, et je retrouverais peut-être encore des lueurs d'éloquence que l'idée de sa colère inintelligente, la presque certitude d'être massacrée par lui le lendemain, ferait éclore plus ardentes et plus fécondes. Ce qui me retient, c'est un reste de compassion. Je ne sais pas dire à l'enfant qui se noie : « C'est ta faute ». Je pense aux souffrances et aux misères de ce peuple coupable et si cruellement puni. Je n'ai plus la force de lui jeter à la face l'anathème qu'il mérite. Alors je m'arrête, je me retourne vers la fiction et je fais dans l'art, des types populaires tels que je ne les vois plus, mais tels qu'ils devraient et pourraient être. Dans l'art, cette substitution du rêve à la réalité est encore possible. Dans la politique, toute poésie est un mensonge auquel la conscience se refuse. Mais l'art ne se fait pas à volonté non plus, c'est fugitif, et la conscience d'un devoir à remplir ne force pas l'inspiration à descendre. La forme du théâtre étant nouvelle pour moi m'a un peu ranimée dernièrement, et c'est la seule étude à laquelle j'ai pu me livrer depuis un an. Ce sera peut-être inutile. La censure qui laisse un libre cours aux obscénités révoltantes du théâtre, ne permettra peut-être pas qu'on prêche l'honnêteté avec quelque talent, aux hommes, aux femmes et aux enfants du peuple. J'ai refusé d'être jouée au Théâtre-Français, je veux aller au boulevard avec Bocage. On ne nous y laissera pas aller

probablement ; plus on aura la certitude que nous y voulons porter une prédication évangélique sous des formes
douces et chastes, plus on nous en empêchera. Mais, si
nous voulions y porter le scandale de la gaudriole, les
couplets obscènes du vaudeville, les gentillesses diver-
tissantes du bon temps de la Régence, nous aurions le
champ libre comme les autres.

Me retournerai-je vers la contemplation des faits, me
réjouirai-je de l'amélioration des mœurs, me dirai-je qu'il
est indifférent d'y contribuer ou non, pourvu que le bien
se fasse et que le vrai bonheur sourie autour de soi ?
C'est en vain que je chercherais cette consolation dans le
milieu où je vis. Le peuple des provinces est affreusement
égoïste. Le paysan est ignorant, mais l'artisan qui comprend, qui lit et qui parle est dix fois plus corrompu à
l'heure qu'il est. Cette révolution avortée, ces intrigues de
la bourgeoisie, ces exemples d'immoralité donnés par le
pouvoir, cette impunité assurée à toutes les apostasies, à
toutes les trahisons, à toutes les iniquités, c'est là, en fin
de compte, l'ouvrage du peuple qui l'a souffert et qui
le souffre. Une partie de nos ouvriers tremble devant le
manque d'ouvrage et se borne à hurler tout bas des
menaces fanfaronnes. Une autre partie s'hébète dans le
vin. Une autre encore rêve et prépare de farouches représailles, sans aucune idée de reconstruction après avoir fait
table rase. Les systèmes, dites-vous ! Les systèmes n'ont
guère pénétré dans les provinces. Ils n'y ont fait ni bien
ni mal, on ne s'en inquiète point, et il vaudrait mieux
qu'on les discutât et que chacun forgeât son rêve.

Nous ne sommes pas si avancés ! Payera-t-on l'impôt,
ou ne le payera-t-on pas ? Voilà toute la question. On ne
se tourmente même pas des encouragements dont l'agriculture, sous peine de périr, ne peut plus se passer. On
ne sait ce que signifient les promesses de crédit faites par
la démocratie. On n'y croit point. Toute espèce de gouvernement est tombé dans le mépris public, et le prolétaire qui dit sa pensée la résume ainsi : *Un tas de blagueurs,
les uns comme les autres, il faudra tout faucher.*

Sans doute il y a des groupes qui croient et comprren-
nent encore. Mais la vertu n'est point avec eux beaucoup
plus qu'avec les autres. L'esprit d'association est inconnu.
La presse est morte en province, et le peuple n'a pas
compris qu'avec des sous on faisait des millions. L'article

du 2ᵈ nᵒ du *Proscrit* sur l'organisation de la presse démocratique est rigoureusement vrai pour signaler le mal, et
parfaitement inutile pour y porter remède. Il est facile de
démontrer ce qu'on peut faire, il est impossible de faire
éclore du dévouement là où il n'y en a pas ; notre *Travailleur* est ruiné. Notre ami le rédacteur en prison². Sa
femme et ses enfants dans la misère. Nous sommes trois
ou quatre qui nous cotisons pour tout ce désastre. Les
bourgeois du parti sont sourds, le peuple du parti plus
sourd encore. Le banquet donné à Ledru-Rollin il y a
deux ans, et qui paraissait si beau, si spontané, si populaire, qui l'a payé ? Nous. Et c'est toujours ainsi. Il importe
peu quant à l'argent, mais le dévouement, où est-il ? Une
masse va à un banquet comme à une fête qui ne coûte
rien. On s'amuse, on crie, on se passionne, on en parle
huit jours, et puis on retombe, et c'est à qui dira qu'il y
a été entraîné, et qu'il ne savait pas de quoi il s'agissait.

Regarderai-je ailleurs ? Je verrai des provinces un peu
plus braves sans résultat meilleur. Est-ce à la *Montagne*
que nous chercherons le produit de toutes ces opinions
socialistes ? Est-ce à Paris, dans les faubourgs décimés
par la guerre civile, et tremblants devant une armée qu'on
sait bien n'être pas ce qu'on croyait ?

Non, nulle part, j'en suis malheureusement sûre ! Il y a
un temps d'arrêt. Le sentiment divin, l'instinct supérieur ne
peut périr, mais il ne fonctionne plus. Rien n'empêchera
l'invasion de la réaction. Nous ne devons qu'aux divisions
de ces messieurs et à leurs intrigues qui se combattent
d'avoir encore le mot de république et le semblant d'une
constitution. La coalition des rois étrangers, la discipline de
leurs armées, instruments aveugles chez eux comme chez
nous, l'égoïsme et l'abrutissement de leurs peuples qui, là
comme ici, laisseront faire, trancheront la question entre
les trois dynasties qui se disputent le trône de France³.

Voilà, hélas, que je dis ce que je ne voulais pas dire.
Savez-vous que je n'ose plus écrire à mes amis, que je
n'ose plus parler à ceux qui sont près de moi, dans la

2. Alexandre Lambert, rédacteur du *Travailleur*, a été condamné
par les Assises de l'Indre en juin à trois mois de prison et 2 000 F
d'amende, et en août à six mois et 800 F ; c'est la fin du journal.
3. La branche légitime des Bourbons avec le comte de Chambord
(Henri V), les Bonaparte avec Louis-Napoléon (le futur Napoléon III)
et les Orléans avec le comte de Paris, petit-fils de Louis-Philippe.

crainte de détruire les dernières illusions qui les soutien-
nent ? Je devrais ne pas écrire, car j'ai la certitude qu'on
lit toutes mes lettres, du moins, toutes celles que je reçois
ont été décachetées et portent la trace grossière de mains
qui ne cherchent pas même à cacher l'empreinte de leur
violation. On surprend nos espérances pour les déjouer,
on surprend nos découragements pour s'en réjouir. Toutes
les administrations publiques sont remplies de gens qui
ont mérité les galères. On n'ose plus confier 100 f. à la
poste. Rien ne sert de se plaindre, pourvu que les voleurs
*pensent bien*, ils ont l'impunité.

Voilà la France, le peuple le sait, cela lui est indifférent.
Que voulez-vous qu'on dise aux pouvoirs qui puisse les
faire rougir ? que voulez-vous qu'on dise aux opprimés
qui les réveille ?

Il faudrait pouvoir écrire avec le sang de son cœur et
la bile de son foie, le tout pour faire plus de mal encore,
car il est des heures où l'homme est comme un som-
nambule qui court sur les toits. Si on crie pour l'avertir,
on le fait tomber un peu plus vite.

Et cependant vous agissez, vous écrivez. Vous le devez
puisque vous êtes soutenu par la foi. Mais dussiez-vous
me haïr et me rejeter, je sens qu'il m'est impossible d'avoir
*la foi, de bonne foi.*

Merci pour la réponse à Calamatta, je crois que c'est
tout ce qu'il désire.

Adieu, mon ami, je suis navrée, mais je vous aime et
vous admire toujours.


172. À PIERRE BOCAGE

[Nohant] 3 8bre [18]50

Non, mon ami, je n'ai pas de répugnance pour Beaumarchais. Si nous arrivons à avoir de bonnes pièces et de
bons acteurs nous vaudrons là tout autant que si nous
étions à la rue Richelieu[1], et quant au public je le crois
beaucoup plus éducable là où il est plus naïf et plus
expansif. Je vous suivrai partout, je vous l'ai dit, même

---

1. Il s'agit du théâtre Beaumarchais, avec qui Bocage essaie de
traiter ; la rue Richelieu désigne la Comédie-Française.

à l'Ambigu, même avec M. Saint-Ernest que je persiste à trouver mauvais, mais je vous laisserai toujours faire et décider. Où trouverez-vous une meilleure pâte *d'auteur* ? Et à propos, vous avez laissé l'auteur le bec dans l'eau. Et mon 3ᵐᵉ acte de *Claudie*[2] ? Il est résulté de toutes les objections un peu embrouillées et contradictoires de Paul [Bocage] qu'il n'a jamais conclu rien dont je puisse faire mon projet, soit pour dire oui, soit pour dire non. Et puis vous disiez souvent à ses objections : « *C'est égal*, ça se passera de telle chose, ça se sauvera par telle autre ». Mais enfin il faudrait s'arrêter à quelque chose. Je vous ai laissé un gâchis que je ne me rappelle même plus, et dont j'aurais peut-être fait quelque chose si vous me l'aviez rendu. Renvoyez-le-moi donc avec votre jugement et votre idée, qui l'emporteront, je l'avoue, sur Paul et sur moi-même, en dernier ressort.

Non, je n'ai pas cru un instant que vous voulussiez m'affliger et me blesser ; mais vous aimez à taquiner et vous m'avez taquinée par des mots ou des demi-mots. Vous vous en rappelez un seul ; vous êtes plus avancé que moi, je ne me rappelle rien, sinon un ensemble de riens, une impression générale de moquerie à laquelle je ne crois pas que rien donne lieu véritablement dans ma manière d'être et d'agir. Je ne suis pas si habile que mon ancienne amie la comtesse [d'Agoult], je n'ai jamais su *arranger ma vie*, je n'ai jamais songé qu'à arranger celle des autres. Mais c'est mon rangement à moi et j'y ai trouvé le seul bonheur dont je fusse susceptible. Vous dites que je suis de force à briser les plus forts. Vous me vantez ! je n'ai jamais brisé personne, je me suis brisée moi-même souvent plutôt que d'endurer ou d'accepter des affections incomplètes ; mais les *êtres*, dites-moi donc où est celui que j'ai décrié, poursuivi de ma vengeance, laissé sans appui et sans aide quand il en avait besoin, privé de mon amitié constante et dévouée quand il en restait digne ? J'en sais qui par colère, se sont trahis et abîmés eux-mêmes. Mais c'était bien malgré moi et nul n'a su par moi ce que j'avais à leur reprocher. Si on a dit beaucoup de mal de moi, c'est parce qu'on savait bien que je n'use-

2. Sand envisageait de modifier le dernier acte de *Claudie* ; ce drame sera créé à la Porte Saint-Martin le 11 janvier 1851, et dédié à Bocage, qui y jouait le Père Rémy.

rais pas des moyens que j'avais pour imposer silence ;
mais le mal qu'on a voulu me faire ne m'a pas atteint.
J'entre dans la vieillesse avec une sérénité rare et qui
m'étonne moi-même, car c'est l'âge des regrets, et je
m'étonne de n'en éprouver aucun. Quand je cherche en
moi pourquoi je suis si calme, je trouve ceci au fond de
ma conscience, c'est que je n'ai connu ni haine, ni dépit,
ni rancune, ni vengeance contre les individus. C'est que
j'ai rendu le bien pour le mal et que je me sens toute
prête à paraître devant Dieu avec confiance.

Je ne m'enorgueillis pas d'être ainsi. Je le dois à une
organisation que je n'ai guère travaillé à modifier. Mais je
suis toute étonnée quand vous m'écrivez que j'ai brisé et
que je dois briser tout le monde, et vous me dites cela
justement à propos de quelqu'un [Manceau] que vous
avez cherché à me faire briser. Il ne mérite pas de l'être,
et quand il le mériterait, il est sous le coup d'une si grande
dureté de la part de Paul et de la vôtre par contrecoup,
que je m'efforcerais de le sauver et de le relever. N'était-
ce pas votre conclusion après ce long réquisitoire de Paul
sur le boulevard ? Oui, car votre cœur est fait comme le
mien, malgré la différence de nos caractères et vous me
rendez plus de justice que vous ne voulez en avoir l'air.
J'ai conté tout cela à Maurice qui a été de mon avis et
qui désire ne plus à avoir à lutter entre un ami et un ami.
Pour mon compte, je vous demande de demander à Paul,
de remettre tout cela dans sa poche et de n'y plus revenir.
Il a cru accomplir un devoir envers moi, je l'en remercie,
l'intention était bonne et affectueuse. Mais puisque je ne
crois pas, puisque je prends cet oiseau déplumé sous mon
aile, ce serait me désobliger que de lui faire une mauvaise
réputation. Ce serait jeter des ordures dans mon nid, et
je sais qu'il ne le voudrait pas. Dites-lui-en donc un mot,
et qu'il fasse taire ses préventions à cause de moi, qu'il
les fasse taire même auprès de Maurice qui ne fait qu'un
avec moi, dans cette circonstance comme dans toutes.
Paul aimera mieux renforcer une antipathie que de me
causer un chagrin, car les bons cœurs donnent plus à l'attachement qu'à l'aversion, et il en doit être ainsi.

Et encore un dernier mot. À tout ce que je vous dis là
très sérieusement vous répondez toujours par des insinuations très belles et très bonnes à la vérité, sur *l'amour*.
Mais quel amour, et à quel propos ? Si vous supposez

que c'est le secret motif de ma confiance et de ma fermeté, attendez donc que je vous le dise pour m'en parler, car je ne vous y ai autorisé par aucune confidence, par aucun oubli de dignité, que je sache. Et si vous vous trompez, s'il n'y a rien du tout au fond, que ma droiture et ma bonté naturelles, pourquoi vous est-il si malaisé d'y croire ? Vous n'êtes pas amoureux de moi, mon cher vieux, est-ce que vous ne me défendez pas quand on m'accuse ? Et moi, croyez-vous qu'on ne m'en ait pas dit de toutes les couleurs sur votre compte, depuis tantôt 15 ans que je vous connais. Je connais peu de personnes honorables qui n'aient pas été abîmées, même par d'autres personnes honorables mais prévenues et abusées. Où en serais-je, grand Dieu, avec mes meilleurs amis, si j'avais écouté ce qu'ils m'ont souvent dit les uns des autres ! Est-ce que mon pauvre ami Borie si honnête, si naïf, si désintéressé, si bête envers lui-même n'était pas au dire de Fleury, il y a quelques années, *un voleur* et un *faussaire* que je devais chasser ? Je l'ai gardé trois ans à Nohant et Fleury en est venu à reconnaître son erreur et son injustice. Sans moi, il était perdu, car le nom de Fleury était dans ce pays-ci, un poids énorme dans la balance. Qu'a-t-il fallu à l'autre pour se réhabiliter entièrement ? rien que rester chez moi, car on sait bien que je suis honnête et que je ne saurais aimer de malhonnêtes gens.

Ne me prenez donc pas pour un enfant, encore moins pour une vieille bête qui a besoin d'acheter des amoureux. La vanité en attirerait encore plus auprès de moi que la cupidité parce que j'ai un nom qui reluit au soleil de la vanité humaine, et puis parce que je donne tout ce que j'ai à tous ceux qui en ont besoin, et que qui voudrait m'exploiter à son profit personnel trouverait si peu dans ma bourse que ce ne serait certes pas la peine d'entreprendre une si pauvre spéculation.

C'est fini, n'est-ce pas ? N'y revenons plus. Aimez-moi comme un brave garçon que je suis, et ne me traitez pas trop en femmelette. Je vous assure que je ne me sens point dominée par ce genre de tempérament. Je suis bonasse, mais robuste de cœur et pour vous à toute épreuve. Comment va la petite ?

Et à propos, j'ai nommé la *comtesse* dans cette lettre. Vous m'avez dit qu'elle ne parlait pas de moi sans pleurer de *vraies larmes*. Si vous la revoyez, si elle vous reparle de moi, et qu'elle paraisse désirer de me revoir, si, en le faisant, je guéris en elle quelque ancienne blessure (je n'ai jamais su, ni même pressenti pourquoi elle m'a haï tout d'un coup), je ferai ce que vous me conseillerez de faire. Je l'ai quittée, non par rancune, mais pour me préserver d'un contrôle peu charitable. Du reste, je lui rends justice. Hormis avec moi je l'ai toujours trouvée dans le vrai chemin ou en train de s'y mettre. Vous dites qu'on l'abîme. Pourquoi ? sans doute c'est à cause de ses livres. J'avoue que je ne les ai pas lus. Je ne lis plus rien de ce temps-ci. Mais ses livres doivent être quelque chose, car ce n'est pas par le défaut d'intelligence et d'élévation qu'elle péchait. Il m'a semblé que c'était par la bonté et l'amitié, et j'en ai été d'autant plus froissée que je l'avais crue sûre et fidèle. Vous dites qu'elle est redevenue tout de bon ce que j'avais aimé d'abord. S'il en est ainsi, ce n'est pas moi qui dirai que c'est impossible, car je crois aux transformations que Dieu veut accomplir en nous. J'avoue que j'aurais encore malgré moi des méfiances, mais elles ne s'obstineraient pas contre la vérité. Qu'en pensez-vous, vous ?

Amitiés de tous, vous faites votre vieux coquet avec ma Titine. Elle vous aime aussi, mais ce n'est pas pour votre *nez*, c'est parce que vous m'aimez et que je vous aime.

## 173. À RENÉ VALLET
## DE VILLENEUVE

[Nohant] 4 novembre 1850

Cher cousin, je vous envoie le petit mot que vous me demandez, honteuse d'avoir si peu à faire pour vous être agréable. Je voudrais qu'on vous demandât des autographes de moi tous les jours, parce que cela vous ferait m'écrire tous les jours. Malgré ma paresse à moi, malgré ma lassitude maladive de l'encre et du papier, qu'un de mes amis appelait la *cartophobie*[1], j'aime toujours à vous lire et à voir que vous ne m'oubliez pas et que vous m'envoyez de temps en temps vos chères bénédictions. Je suis heureuse aussi de vous sentir toujours jeune, toujours actif, ma cousine toujours belle et alerte, faisant

1. Latouche, voir lettre 64.

mentir la loi des ans, votre brillante et nombreuse famille
s'épanouissant autour de vous et vous, tenant le sceptre
du goût au milieu de cette troupe joyeuse. Nous faisons
comme vous, moins nombreux, et sans théâtre comparable
au ravissant petit temple de Chenonceaux. Nous n'en mettons pas moins de feu à représenter des scènes de la vie
humaine sous toutes sortes de formes, ballet, pantomime,
drame, comédie, on ne recule devant rien. Les moyens
d'exécution sont courts. Mais j'ai des artistes extraordinaires d'invention et de fécondité. Essayez donc de faire
ce qui nous amuse et nous réussit le plus. Ce sont les
pièces improvisées sur un canevas à l'ancienne manière du
temps de Louis XIII, qui fut la première manière d'écrire
et de jouer de Molière, et qu'on appelait manière italienne. Rien de si facile et de si amusant que de composer un scénario. Maurice y est passé maître pour s'y être
exercé avec son théâtre de marionnettes où il joue des
pièces qui nous font tantôt rire, tantôt pleurer. Oui, pleurer, même avec des marionnettes tant le dialogue impro-
visé des personnages est quelquefois naturel et touchant.
Eh bien, avec de grandes marionnettes, avec des acteurs
en chair et en os, l'improvisation pour être plus difficile
à la repartie, n'en est que plus amusante. D'abord nous
n'avons joué que des folies, mais comme il y a quatre ans
que nous nous exerçons, nous sommes devenus *très forts*,
et nous jouons des pièces sérieuses, et nous faisons pleurer M. le Maire [Aulard], et nos vieux amis et nos naïfs
serviteurs berrichons. Nous avons joué longtemps sans
public et pour nous-mêmes, puis nous avons admis une
vingtaine de personnes, et celles qui ne sont pas initiées
d'avance ne veulent pas croire que nous ne leur donnons
pas un drame écrit et appris par cœur. Il faut leur apporter le canevas de trois pages, où chaque scène est indiquée en trois lignes. Nous sommes arrivés à un ensemble
étonnant. Nous ne faisons qu'une ou deux répétitions
pour bien convenir des entrées et des sorties, de la mise
en scène, et du caractère dont chacun doit développer la
nuance à sa guise, mais dans la donnée qui correspond
le mieux avec l'action. C'est, au reste, une excellente
étude littéraire pour mes jeunes gens. Ils apprennent à
s'expliquer avec facilité, avec convenance et, parfois,
quand ils sont *montés*, ils trouvent une éloquence naturelle
et spontanée que la plume ne rencontrerait pas. On n'ap-

prend par cœur que les pièces que je destine au théâtre.
Cela devient une étude, mais je n'en abuse pas.

Essayez donc notre manière, vous avez plus de *moyens*
que nous. Vous avez théâtre, public, acteurs plus nombreux probablement, costumes de fonds, etc. Ce n'est, au
bout du compte, que la manière de jouer les charades et
les proverbes improvisés. Seulement la pièce est plus
longue, plus compliquée, elle prend les proportions et
l'intérêt d'une pièce complète. Il faut que chacun écrive
le canevas de son rôle et l'ait à la main dans la coulisse.
Le canevas général est dans la coulisse aussi. Chacun le
consulte à son tour. Pas de distractions possibles, par
exemple. Il faut toujours être à l'affût de la situation qui
doit vous faire entrer ou sortir à point. Et pour plus
d'exactitude convenir de la réplique qui décidera de la
sortie ou de l'entrée. Tout le travail de la mémoire est
donc réduit à l'ordre d'une douzaine de scènes par acte,
lesquelles scènes sont jalonnées par une douzaine de
phrases courtes, ou d'exclamations, qui sont les points
de repère. Pour ceux qui n'ont que deux ou trois scènes
par acte, le travail est presque nul. Le défaut inévitable
du commencement n'est pas de rester court, c'est au
contraire de trop parler par la crainte de rester court.
C'est aussi le défaut de parler tous ensemble sur la scène
et de ne pas savoir se taire à point quand un personnage
développe la situation la plus importante. C'est l'affaire
de *l'impresario* d'être très sévère pendant les premiers
jours, pour qu'on arrive au calme et à l'ordre. Le génie
individuel est toujours trop abondant. Le génie *collectif* est
l'œuvre d'un certain travail, mais plein d'intérêt et d'originalité. Essayez-en, vous dis-je, et vous ne voudrez plus
jouer autrement. Quand on est embarrassé du scénario,
on prend la première pièce venue et on la dissèque, on la
résume en canevas. Nous avons joué ici des pièces de
Shakespeare arrangées ainsi, et prenant un caractère tout
nouveau. Nous avons joué le canevas du *Don Juan* de
Molière, fondu et modifié par le libretto italien de l'opéra
de Mozart[2]. On peut tout faire, tout essayer, tout rajeunir et tout inventer avec cette méthode.

2. D'après Shakespeare, on a donné à Nohant *Beaucoup de bruit
pour rien* (24 novembre 1849) et *La Jeunesse d'Henri IV* (6 janvier 1850,
voir lettre 164) ; sur *Don Juan*, voir lettre 118.

Pardon de mon griffonnage, je serais consolée de vous abîmer un peu les yeux, si je pouvais vous donner l'idée d'un amusement d'artiste et d'une jouissance de famille, de plus.

Bonsoir, cher cousin, aimez-moi toujours. Je suis contente que ma chère Emma [de La Roche-Aymon] aille vivre près de vous. Ce sera si bon pour vous et pour elle ! Je vous embrasse tendrement. Mettez-moi aux pieds de ma cousine, avec Maurice.

Aurore

## 174. À PIERRE BOCAGE

[Nohant 11 décembre 1850]

Mon ami, vous n'avez pas craint à l'Odéon, d'affronter toutes les animosités qui sont à mes trousses, moi je ne crains pas de porter ma part des rancunes et des jalousies qui peuvent vous poursuivre. Il n'y a pas grand courage à cela, puisqu'en même temps que les dangers attachés à la renommée vous m'apportez les puissances du génie. Ainsi, marchons, si nous nous attirons mutuellement des insultes, des persécutions et des inimitiés, c'est une raison pour nous serrer davantage. Soyons prêts à rire ensemble d'un désastre, et si, au contraire, nous triomphons, l'un par l'autre, chacun en rapportant le mérite à l'autre sentira plus douce, ce qu'ils appellent la *gloire*, et ce que j'appelle la satisfaction de la conscience de l'artiste. Et puis enfin, nous ne sommes pas de ceux qui ne voient au bout du travail que la vanité et l'argent. Nous avons un but plus élevé. Nous voulons donner au peuple des spectacles moralisateurs, consolants, attendrissants, une sorte de contrepoison à cette littérature dramatique que j'aime pourtant moi-même, qui est saisissante, brillante, *passionnante* mais qui parle aux grosses fibres nerveuses et non aux fibres délicates du cœur. J'ai grand besoin de faire un peu d'argent, c'est vrai. Mais je ne ferais pas pour en avoir, la valeur d'un cheveu de sacrifice à ma pensée honnête et sincère. Si je ne fais pas d'argent, je ne me désolerai donc pas et j'entreprendrai vite autre chose et vous m'y aiderez encore. Je suis donc contente et heureuse que vous vous décidiez à jouer et je vous en remercie comme d'un sacrifice que vous me faites.

Vous avez dû recevoir un nouvel envoi[1] (parti hier matin mardi), de dessins et de musique, je vous envoie aussi une lettre avec quelques indications pour M. Vaillard.

Tâchez que le char à bancs passe derrière un petit mur qui cache les jambes *non marchantes*, car c'est toujours là que la bête peinte fait rire. Paloignon et Lambert vous ont dessiné tous les détails du joug et de la charrette. Le chargement des gerbes doit remplir le haut des échelles du char et les dépasser encore de sept à 8 rangées de gerbes. Maurice vous dira tout cela, ainsi que les ornements de la Gerbaude. Il faut pour conduire les bœufs, un homme qui les mène en se plaçant, non pas derrière ni de côté pour les piquer, mais à leur tête pour les attirer sur lui en les piquant aux reins avec une longue gaule. Je ne sais pas pourquoi ce ne serait pas Sylvain lui-même qui amènerait ainsi le charroi. Ce serait dans l'ordre. Pour arrêter les bœufs, le bouvier leur barre le front avec sa gaule posée en travers. Maurice peut donner des indications exactes et les mots et cris consacrés pour parler aux bœufs qui ne feront pas mal au milieu de la musique. Il faut songer que des bœufs vigoureux ne s'arrêtent pas comme des machines, mais en secouant la tête, faisant crier le joug et en ayant toujours un air de résistance dans les mouvements. Je voudrais qu'on ne vît, de votre charrette, que le haut des roues, et des échelles, le chargement et deux belles têtes de bœufs, coiffées de joncs, de courroies et de paille, et attachées de manière à simuler un mouvement de bas en haut, car c'est le seul mouvement du bœuf lié. Il lève le nez en donnant du *cornage* en l'air, comme pour briser le joug. — Je vous *embête* de tous ces détails parce que je crains qu'une mauvaise exécution de ce charroi ne fasse rire, et que je crois pourtant à la possibilité d'en tirer un bon effet avec un peu de conscience et de goût.

---

1. Il s'agit de la mise en scène de *Claudie*, drame en trois actes créé le 11 janvier 1851 à la Porte Saint-Martin (avec Lia Félix dans le rôle-titre et Fechter dans celui de Sylvain), pour la scène de la gerbaude (acte I, scène 11) : « on aperçoit une énorme charrette de blé en gerbes, surmontée d'une autre gerbe ornée de fleurs et de rubans, tenue par deux hommes. La charrette, traînée par deux bœufs, s'arrête devant l'entrée de la ferme »…

Bonsoir, mon vieux, je vous embrasse. Vers quel moment croyez-vous que l'on jouera ? ce ne sera pas avant le 10 ou le 15 — ou le 20 janvier n'est-ce pas ? *Réponse à cela, signor* ? Embrassades de Lambert et de *Paloigne*.

Pensez, quand les répétitions marcheront un peu, à envoyer un mot à mon ami Emmanuel [Arago] pour qu'il se fasse d'avance une idée de la pièce, en allant voir une répétition. Il s'intéresse vivement à ce que je fais, et il serait chagriné de n'être pas, un des premiers, dans la confidence. Il m'écrit qu'il a appris que vous joueriez, il en est enchanté comme moi-même. Je lui ai répondu que vous l'avertiriez certainement quand les répétitions deviendraient intelligibles. Il demeure toujours rue Neuve des Petits Champs 55.

Maurice a-t-il bonne mine ? Se porte-t-il bien ? Il m'écrit que Mlle Lia [Félix] a du talent.


## 175. À MAURICE DUDEVANT-SAND

Nohant, le 17 au soir [décembre 1850]

Mon cher Mignon, Nohant est bien triste avec ce mauvais temps, dehors, ce mortier au-dedans, et toi si loin de moi. Paloignon part demain matin. Je garde le petit Lambert jusqu'à ce que Manceau revienne, si la pièce [*Claudie*] est retardée ou jusqu'à ce que je parte si la pièce arrive le 28 ou le 29. Mais je n'en crois rien, et encore n'ai-je pas grande envie d'être à la 1re, parce que j'ai peur d'être obligée de m'occuper des billets, des exigences, etc. À ce propos, il faut que tu demandes à Bocage ce que nous avons droit à placer d'amis. Ce n'est pas que j'y tienne pour moi, mais autant de personnes exclues, autant d'ennemis ou de fâchés. Je crois aussi qu'il ne faut pas attendre au dernier moment pour lui remettre la liste des personnes que je dois absolument contenter. J'en fais donc deux listes que je t'envoie et que tu lui remettras quand il te dira que le moment est venu. La première sera la plus courte possible, celle des *indispensables*. La seconde sera celle des gens que je le prierai de faire admettre, s'il le peut, le premier jour ou les jours suivants. Je l'ai contrarié pour le *Champi* en lui envoyant cela trop tard.

Mais je crains, en le lui envoyant trop tôt de l'embêter aussi, ou qu'il ne perde cette liste. Veilles-y donc. Je charge Paloignon de chercher et de protéger d'Arpentigny pour qu'il y soit. C'est son affaire, il a une passion pour la *chirognomonie*.

Dis-moi si tu m'as remis toutes les notes de l'épicier Aymond, ou s'il y en a dans tes affaires. Il vient dans quelques jours.

Ne dis à personne que je serai peut-être à la 1<sup>re</sup>. Dis au contraire que je n'y serai pas pour qu'on me laisse tranquille. T'occupes-tu d'un pied-à-terre pour moi, pour toi, ou pour nous deux ? Non, tu n'y penses pas. As-tu vu l'appartement de 500 f. dont on parlait dans ta maison, et qui était vacant pour le 1<sup>er</sup> janvier ?

Rien de nouveau ici. Le calorifère n'est pas fini. C'est plus long qu'on ne pense. Ça a l'air très bien fait et M. Montellier est très obligeant et très entendu pour toutes sortes de choses.

Dis à Bocage que Lambert lui portera son tableau. C'est un petit chef-d'œuvre, seulement j'en trouve le sujet un peu sévère d'aspect. Si ça ne lui plaît pas, Lambert le vendra et lui en fera un autre.

Il travaille bien et n'est plus paresseux. Tu penses à la comédie de Nohant, c'est bien. J'y pense aussi et j'aurai des améliorations à vous *proposer*. Je ne dis rien encore. Mais la *jeune première* il faudra l'attendre de la destinée et de la providence. Ceci, cher enfant, est une autre question que tu ne devrais pas mêler avec celle du théâtre et je te trouve bien moutard de loger dans la même case de ton cerveau deux préoccupations si différentes[1]. Je te supplie de les séparer absolument car cela pourrait nous conduire à des bêtises ou à des malheurs. Une charmante actrice pour Nohant pourrait être une fort mauvaise compagne pour ta vie et je n'approuve pas que tu sois si pressé de te défaire de ta liberté à laquelle tu tenais trop jusqu'ici. Ni l'une, ni l'autre disposition n'est la bonne et la vraie. Quand tu avais l'aversion du mariage, je ne t'ai pas poussé à la vaincre, malgré les bonnes raisons qu'il y avait alors pour la vaincre. À présent que tu en prends l'envie, je ne veux pas caresser cette envie, tant qu'elle ne

---

1. Maurice, qui cherche une actrice pour le théâtre de Nohant, envisage de faire d'une pierre deux coups en proposant le mariage !

sera qu'à l'état d'*envie*. Je te laisserai libre toujours et m'arrangerai de ce qui t'arrangera. J'y joue plus gros jeu que
toi, car tu t'embarques sur l'inconnu avec les forces de la
jeunesse, les chances de l'avenir, les dédommagements
que la passion d'une part, et la paternité de l'autre, peuvent apporter au mariage. Quand même il ne serait pas
l'idéal du bonheur domestique (chance qu'il faut toujours
admettre et accepter d'avance), moi qui n'ai plus qu'un
besoin dans la vie, celui de me reposer de beaucoup de
chagrins et de fatigues, et de passer mes dernières années
dans ce bon nid où je me plais, avec ton affection qui est
mon plus grand bien, et ton bonheur qui est ma seule
préoccupation, je risque, en te voyant lié par le mariage à
un caractère incompatible au mien, d'aller finir je ne sais
où ma triste vie, loin de toi et de ta nouvelle famille. Je
veux que tu aies la vie de Nohant puisque je n'arrange
cette vie et cet asile que pour toi. Mais je n'y pourrais
tenir si je n'y étais pas aimée et s'il fallait y recommencer
avec une belle-fille la vie que ma pauvre Solange m'avait
faite. Dans ce cas-là, je ne voudrais pas te désunir d'avec
ta femme, je ne voudrais même pas me plaindre. Je m'en
irais sans rien dire, et ma consolation serait de te laisser
une compensation à mon absence, dans de nouveaux
objets d'affection, une compagne et des enfants. Tu en
aurais du chagrin, je le sais, mais non un chagrin sans
ressources et sans dédommagements. C'est pourquoi je te
dis que le plus gros mal serait pour moi et que c'est moi
qui risque le plus dans tout cela. — *Mais* — écoute bien.
En ce qui me concerne, toutes ces réflexions-là sont
faites depuis longtemps et depuis longtemps j'ai reconnu
que je devais passer outre, parce qu'il est très naturel de
préférer ce qu'on aime à soi-même et d'accepter le malheur pour soi plutôt que de lui ôter du bonheur. Je ne
consentirai donc jamais à ce que tu sacrifies les joies légitimes de ta jeunesse à la sécurité de mes vieilles années.
C'est parce que je me sens pleine de justice envers toi, et
de désintéressement de moi-même que je désire que tu
te maries dans les *meilleures conditions morales où tu puisses te
trouver.*

Ceci demande explication, suis-moi bien.

— Notre bonheur dans le mariage, dans l'amour, dans
l'amitié, dans toutes les affections et associations quelconques, ne peut pas être l'œuvre, l'affaire, le bienfait, le

miracle d'une seule des parties. Il ne faut pas compter que quelqu'un au monde malgré tout le vouloir possible, ait le pouvoir de nous satisfaire en toutes choses, si nous ne l'y aidons pas de tout notre pouvoir et de tout notre vouloir. Il faut être deux pour créer le bonheur, tout comme il faut être deux pour faire un enfant. Si tu apportes dans le mariage les bonnes dispositions et les bonnes résolutions nécessaires, moitié de l'ouvrage serait fait c'est-à-dire moitié du bonheur réalisé. Le reste sera l'affaire de ta femme. Fût-elle médiocrement bonne, elle en pourra venir à bout, au lieu que, fût-elle parfaite, elle y échouera si tu n'apportes pas ta part de bonté, de patience, de dévouement et de raison, autant que possible égale à la sienne. Enfin, en prenant bien l'idée et la volonté du mariage, tu as déjà cinquante chances pour y trouver le bonheur. Si tu y arrives avec des idées contraires, ou seulement vagues ou flottantes, tu n'en as qu'une contre quatre-vingt-dix-neuf, et cette chance unique ce n'est rien moins qu'un miracle.

Regarde donc en toi-même si tu es mûr pour entrer dans une vie si sérieuse et si nouvelle. Jusqu'à présent je ne t'ai pas trouvé tel. La première fois que tu as aimé tu es resté clairvoyant. Tant mieux pour toi puisque la personne ne pouvait t'appartenir. La seconde fois tu as été capricieux, irrésolu, souvent injuste, et finalement point héroïque et assez cruel[2]. Tant pis pour toi selon moi. Mais ce sont des faits accomplis, et il s'agit de ne plus se replonger dans ces incertitudes, dans ces alternatives d'attrait et de dégoût où l'on fait souffrir atrocement un être qui n'en peut mais, où l'on souffre soi-même, et dont on sort (si on en sort à temps) mécontent de soi-même et amoindri à ses propres yeux. Et si on n'en sort pas ? si on est marié, si on se repent, si on s'embête ? quelle serait ma position à moi de ne pouvoir supporter les dégoûts et l'humeur de ta femme, et d'être forcée de vous quitter, sans te voir heureux pour prix de mon

---

2. La première fois, c'est quand il a été brièvement l'amant de Pauline Viardot en septembre 1844 ; la seconde fois, c'est quand il s'est montré hésitant et irrésolu avec Augustine Brault, que Sand aurait bien voulu le voir épouser ; ce n'est qu'après l'opposition de Casimir Dudevant à cette union, à laquelle Maurice s'est facilement rangé (elle fait allusion à cet épisode à la fin de la lettre), que Sand a encouragé Théodore Rousseau.

sacrifice ? Il faut donc que tu sois heureux. J'y veux bien
sacrifier tout mon être, tout mon avenir. Mais il faut que
tu sois heureux.

Bonheur sans nuages, c'est impossible. Mais bonheur
relatif, bonheur très grand comparé à celui des mauvais,
des sots et des imbéciles, c'est très possible. Tu as tous
les éléments du bonheur domestique sans femme. Une
bonne et douce femme doit les compléter. Ce n'est pas
un être impossible à rencontrer qu'une personne jolie,
raisonnable et aimable. Ce n'est pas tant cela qui m'inquiète que toi-même. C'est *toi* que je crains pour toi-
même. C'est ton indécision, ta critique, tes taquineries,
tes moments de dégoût, ton absence de parti pris sur les
éventualités sérieuses de la vie conjugale. Quoi que tu
fasses, et quelle que soit la femme, tu n'as d'autres garanties de sa fidélité que le soin que tu prendras de lui plaire
toujours. *Ce n'est pas impossible.* C'est même très possible
mais il faut le vouloir. Tu me parais dans ce moment-ci,
chercher femme comme un meuble dont on a besoin, ou
comme un costume que tu voudrais pouvoir trouver
au Temple. Eh bien, je t'assure que tu ne le trouveras pas
comme cela. L'amour nous tombe du ciel au moment où
nous en sommes dignes, mais *en cherchant femme*, comme
on dit, on ne trouve qu'une affaire plus ou moins bonne,
ou une déception plus ou moins cruelle, ou des aventures
plus ou moins sottes.

Calme-toi donc sur cette fantaisie sans objet déterminé
et attends qu'un objet déterminé vienne secouer des fibres
plus sérieuses que celles de la *comédie.* Alors nous serons
à temps d'examiner et d'appeler la raison à notre aide pour
prendre un parti. Mais en commençant par une froide
recherche, et des calculs de probabilité, nous ferons la
plus grande des sottises, celle que font tous les gens *sen-
sés* et *habiles,* qui est de se marier sans amour pour arriver
bientôt à la haine et au désespoir.

Non, je t'assure que tu n'y entends rien.

L'amour est un imprévu. On appelle cela un hasard ; et
il n'y a pas de hasard. C'est un rayon qui vient du ciel
et qui ne nous embrase que quand le moment est venu
pour nous. C'est une espèce de miracle qui subjugue les
plus récalcitrants, mais il faut attendre qu'il se fasse, car
le mariage sans amour, ce sont les galères à perpétuité.

Si tu te crois venu à ce point qu'il peut se faire, eh

bien, sois tranquille, il se fera, sans que tu t'en mêles et
quand tu te sentiras bien épris, il sera temps d'agir. Mais,
tant que tu verras le pour et le contre, tant que tu éplu-
cheras, tant que tu verras les imperfections, les dangers,
n'y songe pas. Tout être humain a des taches et des travers. L'amour seul en fait des agréments et des mérites.
Que tu aies le bandeau sur les yeux, je l'aurais aussi.
J'aimerais qui tu aimeras. Mais il faut que tu l'aimes, sans
cela, je ne te conseillerai jamais de faire ce que Duvernet
définit : *un dé dans un cornet*. Il est joli son cornet à lui !

Il n'y a pas de temps de perdu. Tu n'as pas encore ton
âge. Tu n'es pas encore l'homme dont tu as les années.
Laisse-toi mûrir. Ce sera l'affaire de quelques jours si
l'amour s'empare de toi. Mais tant que tu ne te sentiras
pas capable d'aimer une femme autant et plus que toi-
même, ne te lie pas pour la vie à une femme que tu ne
pourras plus quitter sans déloyauté et sans déshonneur.

Je t'entendais dire, il n'y a pas longtemps, que tu ne te
croyais pas capable d'aimer toujours, et que tu ne répondais pas d'être fidèle dans le mariage. Ne te marie pas
dans ces idées-là, car tu seras cocu et tu auras mérité de
l'être, ou bien tu auras à tes côtés une victime abrutie, ou
une furie jalouse ou une dupe que tu mépriseras. Quand
on aime, on est persuadé qu'on sera fidèle. On peut bien
se tromper. Mais on le croit, on en fait serment de bonne
foi, et on est heureux aussi longtemps qu'on persiste. Si
l'amour exclusif n'est pas possible pour toute la vie (*ce qui
n'est pas prouvé*), qu'au moins il y ait une série de belles
années où on le croie possible. Et en somme la grande,
la suprême, la dernière preuve de cela, c'est que tout ce
que l'homme *croit*, *peut* et *doit* exister pour lui.

Je me résume. L'homme est l'artisan de son propre
bonheur, le créateur de sa propre destinée, l'artiste de sa
propre passion. Le choix de la femme ne m'inquiète pas
beaucoup. — De tout ce qui m'est personnel en ceci, je
fais bon marché. Mais toi, tu ne me rassures pas encore
comme homme, comme mari, comme père. Tu es un
bon fils, il faut être aussi bon mari et aussi bon père. Le
jour où je te verrai sûr de toi, je serai tranquille. Songe
qu'il ne faut pas recommencer une faute grave, un engagement précipité, pour écrire de Guillery : *Mon père ne s'en
soucie pas et il a peut-être raison*. Il ne t'est plus permis de te
conduire comme un enfant. Si tu mêles des idées de

convenance et de fortune à une pareille chose, te voilà
encore bien plus loin du bonheur, car tu sacrifieras à des
considérations étrangères et souvent fatales au bonheur
domestique. Tu multiplieras les chances contre toi. Ton
père résistera. Cependant s'il n'y a pas de fortune, songe
à tout cela ! Si tu veux simplement comme les autres,
faire une *bonne affaire*, tu es libre, mais nous voilà lancés
dans tous les sales et affreux hasards de la vie bourgeoise,
et ma foi, je ne saurai pas t'y aider. Je ne sais pas faire
les marchés. Bonsoir, mon enfant. J'ai oublié en t'écrivant que je suis malade et fatiguée. Mais je ne me sens
pas la force de faire ce soir les listes pour Bocage. Je te
les enverrai demain. Je te bige mille fois et je t'aime de
toute mon âme.

                                        Ta mère

Emmanuel [Arago] a déménagé, il est rue Neuve-des-
Mathurins 47.


## 176. À MAURICE DUDEVANT-SAND

[Nohant,] 24 X[bre] [1850]

Non, mon enfant, je ne veux pas que tu fasses ce
voyage qui te dérangerait et t'enrhumerait. Il est probable
que je serai à Paris le 29 au soir puisque je vois dans les
journaux une annonce officielle et motivée de *Claudie* pour
le 28. Je logerai où tu voudras. Je serais mieux chez Manceau[1] que chez toi, pour des raisons de *cabinet particulier*.
Je connais les êtres. J'y ai passé une journée seule à travailler et j'ai vu qu'on pouvait passer par la cuisine, ne
rencontrer personne, et *en un besoin*, que tu sais durer
longtemps chez les gens *constipés de naissance*, ne pas se
geler, ne pas attendre, ne pas souffrir en un mot. C'est bête
à dire, mais à Paris, c'est là ma plus grande souffrance.
Dans les hôtels garnis, ces endroits n'existent pas ou
empestent. Chez toi, c'est propre, mais il faut monter et
c'est froid. Enfin, fais en sorte que mon infirmité qui me

---

1. Elle descendra en effet chez Manceau, 3 rue Racine ; Maurice
habitait au 5-7 rue Furstemberg.

cause des velléités fréquentes et *sans succès* le plus souvent, et dont je souffre en ce moment plus que de coutume, ne me mette pas au supplice, surtout la nuit. Voilà
pourquoi je guignais la cambuse de Manceau comme
propre et commode. Il me l'avait offerte l'automne dernier quand j'ai été à Paris avec lui. J'avais envie d'accepter, mais j'ai craint, malgré mon *âge mûr*, les cancans dont
tu me parles. Cette fois, il n'y aurait pas de cancans possibles, si tu étais avec moi et si tu pouvais coucher dans
son atelier. Il n'y en aurait même pas quand même tu n'y
coucherais pas, ce dont tu peux te dispenser si je continue à me mieux porter. Songe donc d'abord que personne autre que son portier ne me saura là, et que son
portier saura très bien qu'il n'y couche pas. Tous les
jours un garçon prête son appartement à une dame de
province surtout quand elle a 46 ans. Tu pourrais demain
prêter le tien même à Titine, quand même tu serais à
Paris, il n'y aurait pas un mot à dire, du moment que tu
vas dormir sous un autre toit. S'il vient du monde chez
Manceau, la chambre est séparée de l'atelier. J'y ai passé
un jour. Je ne sais qui est entré et sorti, je ne l'ai pas su.
Je ne me suis pas dérangée de mon travail. Je suis sortie
par un couloir que je ne me rappelle plus bien, mais qui
n'avait aucune communication avec les gens qui eussent
pu me voir. Et puis du moment que tu viens là le matin
me prendre pour déjeuner, que tu y travailles auprès de
moi, ou que nous sortons et rentrons ensemble, que diable
veux-tu qu'on dise ? Pour 8 jours ? Cependant je ne voudrais pas te contrarier, ni contrarier Manceau si ça l'ennuie de se déranger. Pourtant il me devrait bien, je crois,
de trouver bon que j'en use sans façon avec lui comme
j'en userais avec Lambert. Je n'ai besoin de personne
pour me servir *personnellement*. Il suffit qu'il y ait de l'eau
et du bois et des *lieux* sous la clef, pour que je me trouve
très bien. Un lit à faire ce n'est rien. J'aime mieux ça que
de voir les garçons d'hôtel tripoter mes draps avec des
mains immondes et me voler mes foulards par-dessus le
marché. Enfin arrange pour le mieux, si comme vous me
l'écrivez, ça vous est égal, et que vous me donniez à
choisir, je choisirai la chambre de Manceau pour toutes
les raisons d'*état* que je te confie. Ceci n'est pas une lettre
à conserver ni à communiquer. Tu n'as qu'à dire à Manceau que tu crois que j'aurai plus chaud chez lui.

Je suis bien contente que tu travailles et que Delacroix soit gentil. Non, je ne veux pas t'interrompre dans un si bon moment, et je t'embrasserai au jour de l'an, à moins que, contre toute apparence maintenant, *Claudie* n'ait un retard de quinze jours annoncés d'avance. Dans ce cas-là il serait plus raisonnable de rester ici, et tu m'écriras pour me souhaiter la bonne année.

Duvernet me dit qu'on te portera 75 f. de la part de M. Pichon. Reçois-les, c'est une petite somme que je paye ici pour éviter à Duvernet des frais de transport, et dont tu peux disposer pour toi.

Je ne veux pas aller chez Pauline [Viardot]. C'est trop loin. Et quel froid, et quelle absence de tout confortable pour ses hôtes ! Merci !

Nous pourrons prendre le logement qui est chez toi pour plus tard. Mais il faudrait le voir avant tout. Si tu viens coucher chez Manceau, loue un lit de sangle, prends un de tes matelas, une de tes couvertures, il en restera assez pour le coucher lui, s'il va chez toi à ta place. D'ailleurs ce n'est pas cher d'acheter une couverture, ce sera autant de fait. Voyez à envoyer Lambert coucher quelque part en arrivant, indiquez-lui un hôtel où il portera sa malle. Bonsoir, mon cher petit, je t'embrasse, à dimanche soir probablement. Je t'écrirai encore jusque-là. Lambert t'embrasse.

Le calorifère chauffe comme un diable. C'est joliment commode et économique. Et ce qu'on n'avait pas prévu ni espéré, c'est qu'il chauffe toute la maison, le vestibule, le corridor, par la chambre de bains, qui donne avec le bouilleur une chaleur d'étuve.

J'ai retrouvé derrière ma commode la lettre que j'écrivais à Manceau, inutile de l'envoyer.

Tu as encore le temps de m'écrire une fois avant mon départ, si tu me réponds le 27 avant l'heure du départ de la poste, c'est-à-dire avant trois heures, je crois.

### 177. À MAURICE DUDEVANT-SAND

[Nohant, 2 janvier 1851]

Eh bien, mon enfant, tu as eu raison de voir par tes yeux, puisque c'était la seule manière de savoir à quoi nous en tenir. D'abord et avant tout, tu me donnes en résumé une bonne nouvelle, puisque tu me dis que Solange est dans une bonne situation pécuniaire. Il te restera à t'assurer si cette situation est apparente avec un nouvel abîme au-dessous, ou si elle est réelle, assurée du moins pour un certain courant de travaux et d'affaires. Que Clésinger soit capable de faire de belles choses et d'en faire beaucoup, c'est certain. Mais je crains que l'on ne mange d'avance ce qu'on gagne, et qu'on n'ait un luxe absurde au détriment du lendemain. Clésinger a toujours établi son budget ainsi et il ne fera jamais autrement. Solange qui avait commencé par là avec lui, et qui en a senti les inconvénients, a-t-elle profité de l'expérience ? A-t-elle pris de l'ordre et de la prévoyance ? C'est ce que tu verras en examinant. Mais n'y va que modérément et très *prudemment.* Veux-tu que je te dise une chose bien bête, mais en tout cas bien entre nous ? *Je n'aime pas que tu manges chez eux.* N'y mange pas. Clésinger est fou. Solange est sans entrailles. Tous les deux ont une absence de moralité dans les principes qui les rend capables de tout, dans certains moments. Tu l'as vu, il s'en est fallu de peu que Clésinger ne te casse la tête d'un coup de marteau ici. Solange souriait et n'a pas versé une larme, quand cet homme en démence m'a frappée. Ils ont tout intérêt à ce que tu n'existes pas, et pour eux, *l'intérêt* avant tout. Une atroce jalousie a toujours dévoré le cœur de Solange. Ils te recherchent. Clésinger s'attache à tes pas. Un de ces matins qu'il aura bu du rhum et qu'il se verra sans argent, il aura un accès de fureur, il te cherchera querelle. Ou bien il leur passera par la tête je ne sais quelle idée bizarre, monstrueuse, et il ne faut qu'un moment pour la mettre à exécution. Vas-y avec une extrême prudence, et encore une fois *n'y mange pas, n'y bois pas.* Tu ne sais pas tout ce qu'ils ont dit, et quelles menaces Clésinger a laissé follement et sottement entendre à propos de toi. Je les sais, je n'ai jamais voulu te les dire, mais il faut pourtant

faire attention et ne pas tenter le diable. Tu dis que Clésinger a plus de cœur *qu'elle*, malgré tout. Eh bien, c'est
vrai, il a du cœur et il est capable d'affection. Le fond
n'était pas méchant à l'origine, mais il *est fou*, il est *sans
principe aucun*, et à ses heures, il est *capable de tout*, de ce
qu'il y a de pis, comme, en d'autres moments, il est peut-
être capable aussi de très bonnes choses. C'est un être
trop déraisonnable pour qu'on le juge comme un autre.
Il ne mérite pas d'être haï, on ne peut pas l'estimer, mais
il faut s'en garer comme d'un aliéné et n'avoir aucune
relation suivie avec lui.

Quant à ta sœur, maintenant son caractère est fait et
ne changera plus. Mon parti en est pris. Le temps de la
douleur et la consternation est passé. J'ai souffert au-
dedans de moi-même tout ce qu'on peut souffrir, et j'ai
fini par accepter l'arrêt du destin qui, en me donnant
deux enfants, ne m'en a réellement donné qu'un pour
moi. L'autre est né parce qu'il avait à naître. Il a vécu et
il vivra pour lui-même, sans la moindre idée d'un devoir
quelconque envers personne. Mes enseignements, loin de
modifier ce caractère, l'ont roidi et poussé à l'extrême.
Nous avons essayé de tout, rudesse, sérieux, moquerie ;
faiblesse, amour et gâterie le plus souvent. Rien n'y a fait.
Je crois que nous n'avons pas à nous reprocher d'avoir
rien négligé. En définitive, elle n'a jamais fait que ce
qu'elle a voulu, et il en sera toujours ainsi. Je ne l'aime
plus, du moins je le crois, c'est pour moi une barre de fer
froid, un être inconnu, étranger à la sphère d'idées et de
sentiments où j'existe, incompréhensible, comme tu dis,
car il est évident que ceux qui vivent pour aimer ne peuvent se rendre compte du mécanisme intérieur de ceux
qui n'aiment pas ; j'aime le souvenir de la petite fille si
belle et si drôle que nous avons trop gâtée tous les deux,
qui nous battait et nous rendait malheureux déjà, mais
que nous nous imaginions pouvoir changer et qui, dans
nos rêves de tendresse, devait devenir une jeune fille parfaite. La jeune fille a fait notre intérieur cruel, la jeune
femme nous a brisé le cœur, pardonnons-lui, mais n'espérons rien.

Mais vois-tu, la raison se fait, dans les esprits qui la
cherchent, et la vraie raison, ce n'est autre chose que le
sentiment ferme de la justice. La raison et la justice
m'ont amenée à ce point qu'il ne dépend plus de ma fille

de me faire beaucoup de peine, c'est pour toi que je vis
désormais, et je ne laisserai pas détruire ma santé et ma
vie dont tu as besoin. N'espérant plus changer Solange je
ne la gronderai plus, je ne discuterai rien avec elle. Je ne
lui permettrai ni justification, ni récriminations, je n'irai
pas chez elle. Je ne veux pas me trouver en présence de
gens à qui elle a fait de moi un portrait odieux, et qui du
moment qu'ils la voient, sont mes ennemis. Ça m'est égal
d'avoir des ennemis, mais je ne vis qu'avec mes amis. Je
la recevrai chez moi, à Paris, à une seule condition que je
lui ai posée l'année dernière, à pareille époque, et dont
je ne me départirai pas, elle le sait, inutile de le lui rappeler : c'est d'ailleurs moi que ça regarde, et tu n'as pas à
faire le docteur avec elle. Tout ton rôle est de juger, et
de pardonner ce qui te concerne, mais de te tenir sur tes
gardes *sous tous rapports possibles*. Nous en reparlerons, c'est
assez pour aujourd'hui. Brûle cette lettre, mais ne l'oublie
pas. Le crime n'est pas toujours ce qu'on croit. Ce n'est
pas un parti pris, une tendance fatale qui germe lentement chez des monstres. C'est un acte de délire le plus
souvent, un mouvement de rage ; les catholiques attribuaient cela au souffle du diable. C'était une métaphore
fantastique qui caractérisait assez bien les mouvements
terribles et imprévus de l'être humain. Avec des cerveaux
mal organisés, et celui de Solange a un côté absent, tandis que celui de Clésinger est parfois complètement détraqué, on n'est jamais sûr de se trouver dans les conditions
normales de la vie. Tout cela est triste à dire, mais il faut
se l'être dit une fois pour n'y plus penser.

Lambert, parti ce matin, doit être dans tes bras. Il a été
bien gentil, bien dévoué, bien attentif pour moi dans
notre solitude. À présent, c'est le tour de Manceau qui
est très mignon aussi pour te remplacer de son mieux
auprès de ta mère. Il est tout occupé de vos projets[1]. Il
a fait sur le papier les plans de la boîte à résine. Demain
Caillaud se met à l'œuvre. Nous avons simplifié son établissement pour la chambre à la résine qu'il voulait augmenter en enlevant le cabinet noir de sa chambre. Toutes
mesures prises, faire la résine et faire mordre sont deux

1. C'est peut-être déjà le projet de *Masques et Bouffons* (1861), où
les dessins de Maurice Sand sont gravés par Manceau ; d'où l'installation d'ateliers pour vernir et faire mordre les planches.

opérations qui ne tiendraient jamais dans la même chambre, lors même qu'on y ajouterait les 2 pieds de profondeur du cabinet noir. Il a donc transporté son lit dans son atelier où il ne fera absolument que de la gravure. Il conservera pour faire sa toilette le cabinet noir qui est fort commode et qu'il eût été fâcheux de sacrifier. Il fera mordre dans la petite chambre où il couchait, et où il transportera son armoire, et il fera sa résine dans la dernière pièce du fond. Voilà. Il est fâché qu'en parlant de l'admission de vos œuvres au Musée[2], tu aies nommé Lambert, Paloignon, et pas lui. Il dit que *t'es pu un ami*, plaisanterie au courant de laquelle je ne suis pas encore. J'ai reçu une charmante lettre de d'Arpentigny. — Tu as reçu toutes mes paperasses. Tranche la question avec Bocage, vous avez pleins pouvoirs quelque parti que vous preniez. Ma *châtelaine* est une merveille. Je la porte à mon côté.

Embrasse Lambert pour moi. Manceau vous embrasse tous deux, moi je t'embrasse de toute mon âme.

Ta mère

2 janvier 1851. Ah! qu'il fait chaud à présent à Nohant! plus de froid, c'est fini. Toujours en été!

## 178. À AUGUSTINE DE BERTHOLDI

[Nohant, 24 janvier 1851]

Ma chère fille, j'ai reçu à Paris ta lettre de félicitation. *Claudie* a réussi, en effet, au-delà de toute prévision. Succès de larmes, succès d'argent. Tous les jours salle comble, pas un billet donné, pas même une place pour Maurice. La pièce est admirablement jouée. Bocage est magnifique, le public pleure, on se mouche comme au sermon. Enfin on dit que jamais, de mémoire d'homme, on n'a vu une première représentation comme celle qui a eu lieu et à

2. Au Salon de 1850-1851 (ouvert le 30 décembre), Maurice exposait quatre tableaux, Lambert et Villevieille deux chacun; Manceau exposait sa gravure du portrait de G. Sand d'après Thomas Couture.

laquelle je n'ai pas assisté. Tous mes amis sont bien contents et Maurice aussi.

Moi, je ne me suis pas laissé *détemcer*[1] par tous ces compliments. J'ai passé huit jours là-bas et je reviens ici, reprendre un travail qui m'intéresse plus que celui qui est terminé. Le travail *en train* a des attraits que l'on ne sait pas et qui l'emportent sur celui du travail accompli et livré au public. Et puis, cette vie de Paris, tu sais comme je l'aime peu et comme elle me fatigue. Je me trouve ici mieux que partout ailleurs.

J'attends Maurice et Lambert dans quelques jours. Je travaille aussi avec Manceau à la belle surprise que nous voulons faire à Bouli et qui est presque prête. C'est la suppression du mur qui séparait le théâtre du billard, à présent ces deux pièces sont jointes par une belle arcade. Le public n'en dépassera pas la limite et verra à distance. Il y aura de l'effet. Dans la partie de la salle qu'il occupait autrefois, sur les côtés, les coulisses sont artistement prolongées et forment des loges grillées, où les acteurs, sans être vus du public, seront bien assis et assisteront à la pièce, quand ils ne seront pas en scène. Le billard roulera sur des bandes de bois qui permettront qu'on le place le long de la fenêtre, et toute la salle de billard pourra être pleine de public. La toile ne s'ouvre plus en deux, elle monte sur un cylindre. Enfin, c'est un bijou que notre petit théâtre, et on y fera encore les épreuves des pièces destinées aux grandes scènes de Paris, et tu viendras encore y faire les jeunes premières avec des bouches de calorifère qui nous tiendront les pieds et les derrières chauds — et Maurice ne s'attend à rien de tout cela.

J'ai vu à Paris ma tante [Maréchal], toujours forte et gaie ; mon oncle, Clotilde, tous bien portants et me parlant de toi. Solange a fait pour me voir une tentative si froide et si superbe que je n'ai pas cru devoir y répondre. Clésinger en a montré beaucoup plus d'envie, et en somme s'il est le plus fou des deux, il n'est pas le plus mauvais. Il a vu Maurice, et lui a fait toutes les excuses possibles, il a rejeté tout le tort sur sa femme, il s'est plaint d'être rudement mené par elle, et de ne pouvoir

---

1. Dans *Claudie* (I, 5), une note indique : « la véritable orthographe serait *détempser*, faire perdre du temps ».

pas se débarrasser de la Rozières, qui règne et gouverne chez eux. La petite fille[2] est grognon et ne sourit pas, et ne sait dire que non à tout. Du reste, ils mènent grand train et paraissent à l'aise.

Ma chère mignonne, j'ai été tentée à Paris, de t'acheter de belles étrennes, et puis tentée de te faire venir pour quelques jours afin de voir *Claudie*, mais d'une part l'argent m'a manqué, de l'autre, le temps. Et en somme, je me suis dit que ce qu'il y avait de plus raisonnable, c'était de t'envoyer tes étrennes en argent, dont tu feras ce que tu voudras, voyage, toilette ou bien-être de ménage. Puisque Ribérac menace de te voler 300 f. je t'enverrai ces 300 f. le mois prochain, aussitôt que j'aurai touché mon 1er mois de droits d'auteur, car jusqu'ici je n'ai encore rien reçu. J'avais une prime, mais Bocage me l'avait avancée il y a trois mois, et j'ai tenu à ce qu'il se remboursât de suite. Et puis ton cautionnement n'est pas encore fini de payer, et je veux en finir avec ce bon Duvernet.

Ne dis pas non, je ne t'écouterai pas. 300 f. te seront plus utiles à toi, femme raisonnable, que des chiffons qui n'auraient peut-être pas été précisément ceux dont tu aurais eu besoin ou envie.

Bonsoir, ma mignonne; j'embrasse Bertholdi de tout mon cœur pour son contentement à la lecture des journaux qui lui ont appris le succès de *Claudie*; je l'embrasse aussi *pour toi* et *pour lui*, ça fait trois. Toi, je te bige mille fois, ainsi que mon petit amour de George.

Nohant, 24 janvier

J'ai donné ma belle robe brodée à faire à Paris. Je l'ai essayée, elle ira très bien. Maurice doit me l'apporter toute prête pour le printemps.

---

2. Jeanne Clésinger est née à Pompiey le 10 mai 1849; Solange n'avait pas averti sa mère de la naissance; c'est la première fois que Sand voit sa petite-fille.

## 179. À PIERRE BOCAGE

[Nohant, fin février 1851]

Mon ami, ce que vous ne m'écriviez pas, je le voyais venir, et cela ne me cause ni surprise, ni désespoir[1]. Outre l'avarice, ou la pénurie, ou le manque de savoir-faire de l'administration, qui se sont opposés aux mesures et aux sacrifices par lesquels on entretient ou relève l'assiduité du public, il y a dans la pièce des empêchements (très prévus par moi) *à la vogue*. Le fonds de *Claudie* est trop moral et trop vrai (ils appellent cela du socialisme) pour ne pas blesser la *majorité* du public. Dès le premier jour où j'ai vu dans la salle ces figures allongées, attentives, attendries, et mécontentes pourtant de leurs propres larmes, j'ai compris que j'avais un *triomphe* et non pas un *succès* : triomphe de la vérité de ma cause sur le mauvais vouloir des juges, mais non pas satisfaction et bienveillance de leur part. La pièce est d'un bout à l'autre un reproche aux mauvaises consciences, reproche assez adroitement présenté pour empêcher la fureur, et pour tenir les gens attentifs jusqu'à la fin, mais *reproche* après tout, et l'impression qui leur en reste ne les porte pas à y revenir ou à y envoyer leurs amis et connaissances. Il n'y a qu'une chose triste là-dedans, c'est qu'on ne soit pas, c'est qu'on ne puisse pas être soutenu au théâtre par le peuple à qui l'on s'adresse et pour qui l'on travaille. Le peuple sage et moral n'a pas le temps, ou le moyen ou l'envie d'aller au spectacle. Et puis les théâtres sont arrangés de façon à ce que les gros sous des basses places ne les fassent pas vivre. Il leur faut les écus de la bourgeoisie. Et tout est arrangé ainsi dans la société, c'est pourquoi les révolutions où la bourgeoisie se renferme et serre ses écus, paralysent la vie sociale, artistique, commerçante, populaire, et amènent d'inévitables réactions auxquelles le peuple ouvre les bras par dégoût de ses privations et de son inaction.

Cette dégringolade de *Claudie* est donc un symptôme entre mille. L'esprit bourgeois l'emporte dans ce petit fait

1. La 43ᵉ et dernière représentation de *Claudie* sera donnée le 3 mars.

comme dans les grands, et comme c'est un fait qui se passe à Paris (le seul foyer sérieux du socialisme en France), il en faut conclure que l'esprit de la population n'est au socialisme qu'en très petite minorité.

Ajoutez à cela les influences d'en haut qui peuvent avoir travaillé contre nous, mais cela n'est pas certain et il suffit de la réflexion que les boutiquiers font après coup, en sortant de la représentation, pour nuire beaucoup plus au succès que toutes les intrigues de coulisses et autres.

D'où il résulte, mon vieux, que cette fois-ci comme tant d'autres, je ne ferai pas fortune avec mon travail. Vous pensez bien qu'il y a vingt ans que je sais cela. N'ayant jamais cherché la popularité des écus, étant toujours restée trop artiste et trop philosophe pour le commun des lecteurs payants, n'écrivant que pour les artistes et pour les malheureux, tous gens sans sou, ni maille, j'ai vivoté sans mettre un liard de côté, vu que, par-dessus le marché, il fallait donner beaucoup. *Claudie* payera donc mes dettes et rien de plus. C'est toujours cela et j'aurais mauvaise grâce à me plaindre, puisque j'avais mis, au nombre de mes prévisions, une chute complète, un accès de colère du public et qu'au contraire nous avons triomphé *moralement*. *Le Champi* n'était pas aussi *dangereux*, le sujet ne comportait pas les réflexions que *Claudie* fait faire : et puis, vous étiez le maître au théâtre [Odéon], vous faisiez les choses grandement, vous semiez pour récolter, vous saviez faire à propos les dépenses et les efforts qui réveillent le public endormi. Enfin vous y mettiez tout le cœur *pour* que ceux-ci mettent *contre*. Nous n'aurons donc de succès réel que quand vous aurez un théâtre. Cela viendra, en attendant partie il faut *peloter*. Allez donc à la Gaîté. Allons-y. Je vous suis partout. Je me dépêche de vous faire *Molière*. Le prologue va sur des roulettes. J'ai tous mes types, mes situations, je ne suis que trop riche pour le moment et c'est ce qui me fatigue. Mais encore quelques jours et je verrai clair, et je crois que j'irai vite. Mais *Molière* vous ira-t-il à la Gaîté ? Dites vite si vous voulez encore des paysans, j'ai une pièce à moitié faite[2]. C'est Claudie homme. C'est le mauvais sujet de village réhabilité, converti et pardonné par l'amour.

2. Peut-être *Le Pressoir* (1853).

Choisissez, choisissez vite. J'ai lâché cette pièce quand
vous avez voulu *Molière*. *Marielle* n'irait pas là, tout de
suite après *Paillasse*, car il y a des rapports au fond, malgré toutes les différences de la forme[3]. *Molière* conserve
mon idée et nous sort de *Paillasse* absolument. Bref,
depuis deux jours, ce *Molière* me passionne. Il est si beau,
si bon, si honnête ! Tout ce que vous m'écriviez hier,
c'était déjà adopté. Une femme dévouée en regard de la
coquette, — un prologue dans les champs comme celui
de *Marielle*, la vie de Bohême du jeune histrion, ardent,
intelligent, mais pauvre et inconnu — au 1er acte, nous
avons franchi dix ans. Nous sommes à Versailles, dans
toute la force, dans toute la gloire, dans toutes les joies
de l'amour — au 2nd, nous sommes dans la maison d'Auteuil, la maladie, la tristesse, la fatigue, la jalousie, les douleurs de la gloire et de l'amour — au 3me la mort si
poétique et si déchirante de l'artiste qui tombe sur le
champ de bataille. Ça vous va-t-il ? Baron, le jeune et
beau Baron remplace Fabio. Il nous faudrait Fechter
pour cela ! Ergaste, c'est le brave et fidèle Brécourt, Florimond c'est *Gros-René* Duparc, bouffon dont on peut,
dont on *doit* peut-être faire un bourru, spleenétique, Pierrot c'est Pierrette (Laforêt), la servante intelligente et
naïve, fidèle et dévouée, Sylvia, ce sera Madeleine Béjart
avec d'autres nuances, elle sera ardente, jalouse, généreuse et tendre en se voyant trop vengée par sa coquette
de petite sœur qui nous fournira un type nouveau assez
intéressant à étudier et trop facilement vrai. À travers
tout cela j'ai un personnage historique dont je ne vous
parle pas pour vous laisser un peu de surprise et qui met
du romanesque dans l'affaire. Dites s'il faut continuer
cela tout de suite ou le laisser mûrir.

À présent, autre chose. Portez votre méditation sur un
autre sujet.

On m'offre une belle affaire. Faire une édition com-

---

3. La Gaîté a donné, à partir du 9 novembre 1850, *Paillasse*, un
drame de Dennery et Marc-Fournier, dont le sujet est proche de
*Marielle*. Sand explique ensuite comment elle transpose les rôles
de *Marielle* (Fabio, Ergaste, Pierrot, Sylvia) en personnages de l'entourage de Molière ; le personnage historique sur lequel elle garde le
mystère est le Grand Condé, Louis XIV jouant également un rôle
dans *Molière*, drame en 5 actes qui sera créé à la Gaîté le 10 mai 1851,
avec Bocage dans le rôle-titre.

plète de mes œuvres à 4 sous, vous savez, l'édition
illustrée à 4 sous la livraison[4]. De tous les calculs des éditeurs et des miens, il résulte qu'avec dix mille francs au
plus, on peut lancer une publication de ce genre et rentrer dans ses frais en peu de temps, moyennant la vente
de 7 000 exemplaires. Il est *impossible* de ne pas vendre
7 000, et par conséquent de ne pas rentrer dans ses frais
en moins d'un an, plus l'intérêt de son argent.

Je continue. Les ouvrages dans ce format qui se vendent bien, sont à 60, 70 000 exemplaires, et *on ne sait où
ils s'arrêteront*, disent les éditeurs *offrants*. Ils calculent sur
une moyenne quant à moi, et disent que je ne peux pas
aller à moins de 40 000 exemplaires, d'ici à 15 ou 18 mois.
— Tous calculs faits en chiffres posés, cela représente un
produit net de 207 000 f. — Là-dessus ces messieurs
m'offrent de partager *par moitié*, le bénéfice avec moi. Et
je trouve que pour le déboursé de 10 000 f. de leur part,
100 000 francs de profit sont un joli intérêt. — En outre
je peux, je dois, être volée par eux sur le nombre d'exemplaires vendus, sur le tirage etc., c'est inévitable.

Je trouve donc plus logique de confier mes intérêts à
un ami sûr, actif, loyal et entendu, et je peux le trouver
dans la personne d'Hetzel, qui accepterait pour son
temps et ses peines un tiers des bénéfices. Mais il n'a pas
d'argent, et il faut que je fasse les premiers frais. Si je
verse donc dix mille f. qui ne risquent rien, j'ai des
chances sérieuses de gagner les deux tiers de 207 000 f.
Combien ça fait-il ? je n'en sais rien. J'ai des chances probables d'en gagner davantage, puisque le devis des frais
et des recettes a été fait, non encore par Hetzel, mais par
l'éditeur offrant qui a tout intérêt à augmenter le chiffre
des dépenses et à diminuer celui des recettes. Enfin j'ai
la chance certaine de gagner beaucoup moins, mais encore
assez pour retirer un gros intérêt de mon placement
modeste de 10 000 f.

J'espère que je parle bien *affaires*, reste à savoir si c'est
clair et si vous me comprenez, car je veux votre avis, et
le *secret*. Si vous m'approuvez, il faut que vous me trouviez 10 000 f. à emprunter à 5 ou 6 % — pour un
an. Est-ce possible ? vous m'avez dit souvent que quand

---

4. Le contrat pour cette édition illustrée sera signé le 5 mars entre
Hetzel et les éditeurs Marescq et Cie.

j'aurais besoin d'argent, vous aviez dans votre manche des hommes d'argent qui m'en fourniraient. Vous savez que je suis très solvable, assez honnête, et que je pourrais toujours fournir, comme hypothèque, les 1 000 f. par mois que je touche sur mes *mémoires*. On me doit encore là plus de 50 000 f. J'en fournirai la preuve et les garanties désirables. — Je ne pourrais pas trouver cet argent sur les profits de *Claudie* car ils sont à peu près nuls, en ce sens qu'ils couvrent mes dettes. J'ai reçu pour l'édition 2 500, — du théâtre jusqu'au 31 janvier 4 200. — La prime couvrira ce que je vous dois, si nous allons à 50. Mais nous n'irons pas. Je vous paierai donc le reste de ce que je vous dois avec ce que je toucherai du 31 janvier à la fin de février, ou avec les billets vendus. Et à propos, c'est vous, n'est-ce pas, qui les touchez ? Il y en a chaque soir pour 30 f. à ce que m'écrit M. Guyot. Vous me disiez 20. Faites attention, car ce qu'il m'écrit résulte du traité de la société des auteurs avec le théâtre Saint-Martin. Ne nous laissez pas flouer cela. Je n'ai rien reçu pour les billets. Voyez à vous faire rendre compte si vous ne l'avez fait pour les trente premières représentations ce serait 900 f. Et répondez-moi là-dessus, vu que Falampin n'est pas homme à s'en aviser, si c'est lui que ça regarde.

Avisez, mon vieux, et répondez à toutes mes questions. Il me faudrait l'argent dans un mois ou six semaines. Maurice illustrerait une partie de la collection, et je verrais peut-être enfin un résultat certain à mes vingt ans de travail, devant lesquels je suis encore comme au 1er jour, c'est-à-dire vivant au jour le jour, et étant souvent fort heureuse d'avoir Nohant pour parer aux lacunes. Je placerais enfin quelques écus pour les mauvais jours, et surtout pour les vieux jours, car la verve s'épuisera, et il faudrait quand on commence à radoter, pouvoir se taire et ruminer en silence.

Bonsoir, je vous embrasse. Ce qui me console c'est que vous allez pouvoir vous reposer du père Rémy. Est-ce que nous ne pourrions pas porter *Claudie* ailleurs ? Si cela se pouvait, ne vaudrait-il pas mieux la retirer tout de suite, [que] de la voir s'éteindre à petit feu ? Décidez.

Vous n'y joueriez pas si vous en êtes *saoul*, mais sauf vous et Fechter, tous les autres acteurs pourraient s'en tirer aussi bien qu'à la porte Saint-Martin. Une bonne

Claudie ferait tourner le succès sur elle, et la pièce prendrait un autre aspect.

Mauricot vous embrasse. Embrassez Madame pour moi et les enfants aussi.

### 180. À JULES MICHELET

[Nohant, 23 mars 1851]

Monsieur,

Vous emportez, comme professeur, l'admiration, la reconnaissance et les regrets de tout le monde. Je veux joindre mon faible hommage à celui de tous, car votre grande parole a retenti jusque dans ma solitude, et, personnellement, j'ai à vous remercier pour quelques mots qui m'enorgueillissent et me touchent profondément.

L'acte insensé qui vous frappe[1] doit, au reste, être pris en bonne part par ceux qui comprennent le mouvement des choses et la loi de l'histoire, qui est, ici comme partout, loi divine et providentielle. De pareilles impiétés contre la liberté et la vérité, sont l'éclatant symptôme de l'agonie des pouvoirs officiels en lutte contre la volonté même de Dieu. Nous l'entendrons, nous la recueillerons, nous la bénirons encore, votre noble parole, et le verbe vivifiant qui était avant toutes choses, qui a créé le monde, qui s'est incarné depuis le commencement dans les hommes d'élite, est certainement à la veille d'être entendu et compris de toute la terre.

George Sand

Nohant, 23 mars 1851

1. Le cours de Michelet au Collège de France vient d'être suspendu.

## 181. À EDMOND PLAUCHUT

[Nohant, 11 avril 1851]

Votre lettre m'a beaucoup touchée, Monsieur, et, dans le service que vous ont rendu les miennes[1], je vois quelque chose de providentiel entre Dieu, vous et moi. Je n'ai pas l'habitude de répondre à cette foule de lettres oiseuses et inutiles qu'on écrit à toutes les personnes un peu connues dans les arts, et auxquelles le temps et la raison ne permettent pas de donner une attention sérieuse. Mais la première que je reçus de vous me prouva par sa modestie et sa sagesse que je devais faire une de ces rares exceptions qu'on est heureux de signaler, et autant qu'il m'a été possible j'ai répondu aux discrets et généreux appels de votre esprit délicat et sensé. Je m'en applaudis doublement aujourd'hui en apprenant que mon estime et ma sympathie vous ont assuré celles d'un homme généreux dans des circonstances funestes. Faites savoir, je vous prie, à M. Oliveira [*sic pour* Cardozzo de Mello] que je suis de moitié dans la reconnaissance que vous lui portez. Elle lui est due de ma part, puisque c'est un peu à cause de moi qu'il vous a si bien traité. Mais son bon cœur a été le premier mobile de sa bonne action, et votre mérite en sera la récompense. Si mes sentiments peuvent y ajouter quelque chose, soyez-en l'interprète auprès de lui.

Vous ne me dites pas ce que vous allez faire à Manille. Croyez que je m'intéresserais cependant à tout ce qui vous concerne et que j'aurais beaucoup de satisfaction à recevoir de vos nouvelles. Je vous envie beaucoup d'avoir la jeunesse et la liberté qui permettent ces beaux voyages, traversés sans doute de périls, de souffrances et de désastres, mais où la vue des grands spectacles de la nature et des richesses de la création apportent de si nobles dédommagements. Je pense que vous prendrez beaucoup de notes et que vous tiendrez un journal qui

1. Plauchut, qui avait correspondu en 1848-1849 avec Sand, a fait naufrage aux îles du Cap-Vert, et, grâce à une cassette qui contenait les lettres de la romancière, a été recueilli par un généreux Portugais, Francisco Cardozzo de Mello (et non Oliveira, qui se montra fort grossier). Voir lettre 366.

vous permettra de donner une bonne relation de vos
voyages.

Ces vaſtes excursions, de quelque côté qu'on les envisage (et le mieux eſt de les envisager sous tous les côtés
à la fois), ont toujours un puissant intérêt, et vous y trouverez des ressources pour l'avenir. Occupez-vous d'hiſtoire
naturelle, n'y fussiez-vous pas très versé, vos collections
et vos observations auront leur utilité. Pour ma part, je
vous demande des insectes et des papillons[2], les plus
humbles, les plus chétifs me seront encore une richesse,
et comme je connais quelques amateurs, je pourrais avoir,
à votre retour, l'occasion de vous en faire placer plusieurs
boîtes. La meilleure manière de les apporter, c'eſt de ne
pas chercher à les préparer. Quand le papillon eſt tué et
piqué dans une bonne épingle, ses ailes se ferment et il
se dessèche ainsi. On peut donc en apporter une quantité côte à côte, *debout* dans une boîte assez petite, et
pourvu qu'ils soient bien plantés et ne se touchent pas,
ils ne courent aucun risque. À leur arrivée, on les ramol-
lit, on les ouvre et on les étale par des procédés très
simples dont je me chargerais. Il faut coller un petit morceau de camphre à chaque coin de la boîte. Vous pourriez
apporter aussi des chrysalides de papillons et d'insectes
dans du son. Il en meurt ou il en éclôt mal à propos
bon nombre dans la traversée, mais il en arrive toujours
quelques-unes qu'on fait éclore ici par une chaleur arti-
ficielle et qui donnent des individus superbes.

Mais ce à quoi je tiens beaucoup plus qu'à mes
papillons, c'eſt à recevoir de vos nouvelles, et, si je puis
vous être utile en quoi que ce soit, veuillez vous souvenir de moi.

Adieu, Monsieur, mes meilleurs vœux vous accompa-
gnent, et je demande à Dieu qu'ils vous portent encore
bonheur.

Tout à vous,

George Sand

Nohant, 11 avril 1851.

2. La famille Sand était passionnée d'entomologie, en particulier
Maurice, qui publia en 1867 *Le Monde des papillons*, avec une lettre-
préface de sa mère (*Corr.* XX, p. 151).

## 182. AU GÉNÉRAL RICHEPANCE[1]

[Nohant, 27 mai 1851]

Monsieur le Général,

Puisque vous avez gardé le souvenir d'un fait qui m'a procuré l'honneur de vous connaître, je vous dois compte des dispositions où ce fait m'a laissée.

Il m'importe peu de savoir qui vous avez en vue des *rouges*, ou des archi-rouges quand vous dites « Nous ne ferons plus de prisonniers, nous ne nous amuserons plus à les envoyer en cour d'assises ; aussitôt pris, aussitôt expédiés » (ce sont là vos paroles textuelles). Il me suffit de savoir qu'à votre point de vue, il est des gens déclarés, d'avance, hors la loi, des gens qui, sur un champ de bataille, n'ont droit au bénéfice, ni des lois civiles, ni des lois humaines, ni des lois de la guerre. C'est ainsi que raisonnaient les assassins du général Bréa[2]. Si quelque chose pouvait faire excuser leur crime, ce serait leur ignorance, leur manque absolu d'éducation morale. Les soldats de la France et les généraux de la France doivent-ils désormais être assimilés à ces gens-là ?

Les gens violents sont toujours des esprits faibles, et comme il y a beaucoup d'esprits faibles, en ce monde, il serait fort à craindre que votre doctrine ne fît des adeptes dans tous les partis, même dans ceux dont les guides prêchent l'honneur et l'humanité. Ce serait donc vous désigner d'avance à de terribles représailles, ce serait envenimer les discordes et donner un fâcheux exemple que de livrer votre nom et vos paroles à la publicité. Je ne l'ai pas fait, je ne le ferai pas, parce que j'ai l'orgueil de croire ma religion politique meilleure que la vôtre. Et puis je me dis qu'entre la menace et l'accomplissement de la menace, on a le temps de réfléchir et de changer d'avis.

Cependant, Monsieur le Général, je vous en fais une ici que la mort seule m'empêcherait d'accomplir. C'est que le jour où vous réaliserez vos projets, le jour où vous ne ferez pas de prisonniers, je me souviendrai que ces

---

1. Sand avait chargé Bocage de faire parvenir cette lettre à son destinataire, mais le pria ensuite de la lui renvoyer (voir lettre 184).

2. Le général Bréa avait été assassiné le 24 juin 1848 par des insurgés avec qui il parlementait.

sortes d'exécution ne peuvent pas être excusées par l'enivrement du combat mais que ce sont des attentats bien prémédités contre l'humanité, contre la société légale et contre le droit des gens. Vous avez pris la peine de dire à un mien ami [Arpentigny] que ce n'était pas à la république, mais à certains démocrates que s'appliquaient vos menaces. Dans ce cas encore, votre pensée, vos paroles que j'ai recueillies et écrites avec soin le soir même s'adressaient à tous les républicains, à la république qui, selon vous, est *un leurre* et dont ni vous, ni vos soldats, (vous le croyez !) ne *veulent plus*. Et cependant : vous êtes général du fait de la république et vous vous appelez Richepanse ! — Moi, Monsieur, je suis communiste, et je m'appelle

George Sand

Nohant 27 mai 1851

## 183. À SOLANGE CLÉSINGER

[Nohant, 12 juin 1851]

Je vais m'armer de patience, ma mignonne, puisque tu me promets que je n'y perdrai rien. Mais je m'afflige de te savoir enfermée à Paris quand il fait si bon sous les arbres. Nous avons été hier à la forêt de Saint-Chartier. Je pensais à toi qui aimes tant les mauvais chemins. Celui-là ne laissait rien à désirer. Nous avons rencontré pas mal de serpents. Manceau n'en a plus peur depuis qu'il porte toujours une pierre infernale et de l'alcali dans sa poche. Nous en avons tué un, qui certainement n'avait pas de mauvaises intentions, mais on a un préjugé contre ces pauvres bêtes. Nous avons aussi rencontré deux crapauds les plus beaux de la création, de ces crapauds respectables qui ont peut-être deux cents ans et que leur ventre empêche de marcher. Lambert les a caressés à grands coups de bâton sur le dos. Cela paraissait les chatouiller agréablement et ils faisaient des yeux en coulisse. À propos de crapauds, nous avons trouvé une jeune première[1] qui ressemble à une petite grenouille, ce qui ne

---

1. C'est Ernestine Souchois qui jouera à Nohant le 17 juillet le

l'empêche pas d'être très jolie. Je crois qu'elle sera intelligente, elle n'est pas timide du tout et ne recule devant
rien. Mme Duvernet prend l'autre rôle de jeune femme.
Il reste une mère qui n'a que peu de chose à dire et que
je ferai, à moins que ça ne t'amuse de mettre une perruque poudrée et des paniers. Dans ce cas-là, tu seras
assez à temps dans 15 jours, car tu apprendras ce rôle en
une heure. Mais ne viens pas trop tard. Notre ingénue ne
peut pas jouer plus tard que le 15 juillet, elle ne demeure
pas tout près, et sa mère n'a pas toujours le temps de
s'absenter. Maurice est effrayé de faire un amoureux. Il
est comme toi et comme moi aussi, la tendresse et les
larmes de convention sur les planches, ne lui viennent
pas du tout. Mais il est le seul dont la tournure aille au
rôle, tant pis pour lui. N'étant bons ni les uns ni les
autres, nous tâchons d'avoir un physique approprié à nos
personnages, et on s'occupe du costume plus que du
débit. On a *rejoué* avant-hier, pour faire débuter la jeune
première, une de nos anciennes improvisations, revue et
corrigée, *Pierrot comédien*[2]. Te souviens-tu que tu faisais le
rôle de *Valère*, le jeune fils de la baronne dévote chez qui
débarquent les comédiens ? Tu étais un bien joli amoureux, pas amoureux du tout. *Palognon* a pris ce rôle en
grand imbécile et il a été très drôle. Duvernet faisait la
baronne. Il est très amusant dans les rôles de vieille
femme.

Voilà toutes les nouvelles de Nohant. Marquis est
tondu, Palognon dessine, Lambert peint, Manceau grave,
et Maurice fait un peu de tout. Moi, je fais des chapeaux
de paille, à la veillée. Je t'en ferai un quand tu seras ici,
et que je pourrai te l'essayer à mesure.

Bonsoir ma grosse. Je voudrais bien que Nini pût nous
expliquer pourquoi on a gratté la dite porte[3]. En attendant je l'embrasse et toi aussi mille fois.

12 juin

---

rôle-titre de *Victorine*, comédie en trois actes, qui deviendra *Le
Mariage de Victorine*, créé au Gymnase le 26 novembre.
  2. *Pierrot comédien* avait été joué les 1er et 23 janvier 1847.
  3. Solange, dans sa lettre du 9 juin, rapportait un mot de Nini
demandant à Maurice pourquoi on avait gratté la Porte Saint-Martin
(il avait dû dire qu'il y avait eu de la *gratte* — des petits profits — au
théâtre).

## 184. À PIERRE BOCAGE

[Nohant, 30 (?) juin 1851]

Hetzel s'était fait illusion sur le grand désir que le Théâtre Français avait de posséder ma prose. Quand il a été question de les prendre au mot, bien que j'eusse renoncé à la prime pour la pièce nouvelle [*Le Mariage de Victorine*] afin d'assurer celle de *Claudie*, il s'est trouvé que pour avoir une prime quelconque, il fallait désormais la demander au Ministre [Faucher], lui écrire, le solliciter !... bonsoir. Le Théâtre Français aura pour auteurs les protégés de M. le Ministre. Vous pensez bien que je n'en grossirai pas le nombre.

Ensuite, le théâtre vient de subir, ou est en train de subir, une autre révolution. Le comité ne sera plus composé d'acteurs, mais en partie de littérateurs et de gens du monde. Enfin on n'arrivera plus là que par la protection de Mrs tels et tels, outre celle du Ministre. Bonsoir encore !

Je vais essayer autre chose. En ne demandant pas de prime pour ma pièce nouvelle, j'en aurai toujours une pour la reprise de *Claudie*, je l'espère.

Je ne vois guère de moyen que cela s'arrange autrement. Hetzel après avoir examiné les choses ne pense pas que *Claudie* soit reprise nulle part avec une prime, si je n'aide pas par une pièce nouvelle sans prime. C'est bien ainsi que l'entendait Altaroche. Or j'aime mieux, à chances égales, avoir un autre public que celui de l'Odéon actuel.

Je ferai tout au monde pour que, d'une manière ou de l'autre, *Claudie* paye la dette. Vous m'y autorisez, n'est-ce pas ?

N'envoyez pas cette lettre au général [Richepance][1], c'est trop tard maintenant. Elle arriverait comme mars en calèche. Renvoyez-la-moi. Elle pourra servir *un jour*.

Quant à mon communisme, il est facile à vous expliquer, mais je ne voulais pas faire cet honneur au dit général. Il s'était proclamé un royaliste, et puis il l'avait nié après coup, par poltronnerie. Je me proclamais, en lui écrivant, communiste et je signais pour lui donner une

---

1. Voir lettre 182.

petite leçon de courage et de franchise. Mais il ne l'eût peut-être pas sentie.

Je suis communiste comme on était chrétien en l'an 50 de notre ère. C'est pour moi l'idéal des sociétés en progrès, la religion qui vivra dans quelques siècles. Je ne peux donc me rattacher à aucune des formes du communisme actuel puisqu'elles sont toutes assez dictatoriales et croient pouvoir s'établir sans le concours des mœurs, des habitudes et des convictions. Aucune religion ne s'établira par la force. Nous marchons doucement et naturellement à celle-là, par le principe de l'association. Le vrai législateur sera celui qui aura le communisme en vue dans l'avenir comme la vraie lumière vers laquelle il doit marcher, mais qui n'agira dans le présent qu'en raison du concours libre et progressif des volontés. Voilà comme je suis communiste, pas autrement. Mais on est si lâche qu'il faut dire sa religion tout haut, quand on n'est pas lâche, sauf à se faire lapider, qu'importe ?

Voilà. Si votre grand journal quotidien est aussi avancé que je le souhaite et que vous le voudriez sans doute, je lui donnerai ce que je pourrai de ma prose pour l'aider. Mais en attendant, il faut gagner sa vie, et je ne la gagne pas depuis un an. Je ne peux songer au théâtre qu'à la fin de l'été. Il faudra donc que je gagne quelque argent, là ou là. Je n'ai encore pris d'engagements avec personne. Ceux qui vous le diraient pour le moment, auraient pris cela sous leur bonnet.

Bonsoir, cher vieux. Amitiés de chez nous. On vous embrasse de cœur.

Vous dites que dans mes petites infortunes il y a de *votre faute*. Je ne dis pas cela, je ne crois pas cela. Il y a de la faute de notre situation. Quant à vous, vous avez fait plus que le possible pour en conjurer les inconvénients et les traverses — inévitables.

185. À PIERRE-JULES HETZEL

[Nohant, 11 août 1851]

Eh bien, oiseau voyageur, où en êtes-vous ? Êtes-vous transformé, sur votre Rhin, en martin-pêcheur, en hiron-

delle ou en canard ? En cygne, vous en avez le ramage,
en merle vous en avez le jugement (c'est Lambert qui
parle). Il a tant d'esprit, ce petit ! Il a été piqué au derrière par un cousin et depuis trois jours il ne nous parle
pas d'autre chose que de son derrière. Palognon est toujours sentencieux et judicieux. Le père Pâtureau mois-
sonne de 4 h. du matin à 7 heures du soir sans débrider.
Il rentre, il lit les journaux, il soupe à la cuisine et y
chante des chansons de sa façon, puis il revient causer
avec nous jusqu'à près de minuit. Voilà des organisations
puissantes ! et ce diable d'homme a tant de finesse, d'esprit et de bonhomie, qu'il plaît à la cuisine, au champ,
faisant de la politique sur sa gerbe, au salon de Nohant
où l'on n'est pas plus bête qu'ailleurs, malgré qu'on y dise
beaucoup de bêtises. Il a un bon sens et un esprit étour-
dissants. S'il n'est pas nommé député, le Berry est imbécile. Mais les uns le trouvent trop avancé les autres pas
assez, et voilà où l'on en est maintenant. On épluche les
meilleurs et on épluche si bien qu'on s'arrêtera peut-être
au plus mauvais. J'étais croyante sous la monarchie, je
deviens sceptique sous la république. Est-ce mon cerveau
qui se détraque ou l'humanité qui s'hébète ? Je trouve que
tout le monde raisonne à contresens, blancs et rouges,
aucun ne sait conduire sa barque vers son but, et je crois
qu'après tout c'est encore Lambert qui est le plus raisonnable de s'occuper de son derrière.

Maurice *bourine* toujours, et Manceau *fafiote* toujours.
Moi j'ai fini mon *Gabriel* en 12 tableaux[1]. Mais je ne veux
pas vous ennuyer de moi, de mes travaux et de mes
affaires. Vous êtes en récréation et je ne veux pas vous
rappeler que je suis votre boulet. Avez-vous vu votre fille,
êtes-vous resté quelques jours auprès d'elle à *L'Arbret* ?
Pensez-vous quelques fois à nous, en voyageant ? Vous
amusez-vous ? vous portez-vous bien ? Reviendrez-vous
par Nohant ? Pensez-vous à nos marionnettes ? Répondez à toutes ces questions et amusez-vous surtout. Toute
la maison vous embrasse et vous aime.

Nohant 11 août 51.

---

1. Sand a fait une adaptation théâtrale de son roman dialogué
*Gabriel* (1839), sous le titre *Julia* ; refusée par la Porte Saint-Martin et
l'Odéon, elle ne sera pas représentée.

## 186. À SOLANGE CLÉSINGER

[Nohant, 15 septembre 1851]

Je suis toute malade depuis trois ou quatre jours, ma mignonne, et sans force pour écrire. Mais ce n'est rien, et ma tête est assez *dépommecuitée* aujourd'hui comme dit Lambert, pour que je puisse au moins t'embrasser et te dire deux mots. J'aurais voulu t'envoyer une pensée du jardin pour ton anniversaire. Mais j'ai passé la journée dans mon lit dans un état de crétinisme complet, et je n'aurais pas voulu t'envoyer pareille influence. Je te l'envoie donc (*la pensée*) aujourd'hui que je suis un peu plus vivante, et j'y mets un gros baiser pour toi et pour Nini, avec un autre gros baiser de Maurice pour vous deux. Je voudrais avoir à t'envoyer quelque chose de plus durable qu'une fleur, mais ici, c'est tout au plus s'il y a des fleurs, cette année surtout.

Tu me disais dernièrement que tu essayerais de travailler si tu avais un Delatouche [Latouche]. Tu trouveras conseil et amitié partout et, pour mon compte, je te serai un Delatouche plus bénin, je t'en réponds. Tu devrais, de temps en temps, t'exercer pour toi-même à résumer tes réflexions, tes impressions, fût-ce un simple journal, fût-ce, de temps en temps, un compte rendu à toi-même d'un fait, d'un ouvrage, d'une conversation qui t'aurait frappée. C'est par des petits essais de ce genre qu'on s'habitue, presque sans travail, et tout en s'amusant à rédiger sa pensée, à la compléter, à la retourner sous plusieurs faces. C'est comme de dessiner des masques d'après la bosse en attendant que l'on sache composer une figure entière, et c'est beaucoup plus amusant que de copier un plâtre, puisqu'on tire tout de soi-même. Ensuite on s'essaie à composer n'importe quoi, roman, critique, histoire, selon l'appétit qu'on se sent pour tel ou tel aspect de la pensée humaine, car tout cela se tient plus qu'on ne pense. La forme de lettres est une des plus commodes pour commencer. On n'est pas obligée de penser au public tant qu'on en est à s'essayer ainsi, et c'est une grande fatigue de moins. Tous les sujets, tous les aspects sont bons s'ils vous plaisent. Après un an ou deux de cet amusement, il est certain que quand on est toi, on peut se réveiller avec une forme et une manière qui s'adaptent à toutes les idées qu'on a. Beaucoup lire (et même faire beaucoup de pastiches quoi qu'en ait dit Latouche à moi dans le temps) est excellent. Grâce aux pastiches on s'assimile des formes, et la meilleure est celle qui se compose de beaucoup d'autres. As-tu mis quelquefois le nez dans Bossuet ? ce n'est pas amusant comme sujet. Mais la forme est si belle que j'en suis *épatée*, car figure-toi que j'étais arrivée jusqu'à l'âge que j'ai sans en avoir lu une ligne. C'est plus beau que tous les écrivains de ce grand siècle qui en a produit de si grands.

En résumé, à ton âge, on a déjà un fonds dans l'esprit, mais il est vague et flottant, parce qu'on n'a pas la forme, c'est le chaos, où tous les éléments de la création existaient bien, mais qui n'était comme dit Ovide que *rudis indigestaque moles*[1] (nous avions donné ces épithètes pour surnom à Borie, *pour son physique*). Quand la forme est venue, on est tout surpris de voir ce que le fonds produit, et on se découvre soi-même après s'être ignoré longtemps. On s'en veut alors pour le temps perdu, et on ne trouve plus la vie assez longue pour tout ce qu'on voudrait tirer de soi. Avec ou sans grand talent, avec ou sans profit d'argent, avec ou sans réputation, n'est-ce pas un immense résultat obtenu, une victoire sur les ennuis, les déceptions, les langueurs et les chagrins de la vie ? La vie ne peut pas changer pour nous et autour de nous. Tous, nous sommes condamnés à en souffrir plus ou moins, mais nous pouvons agir sur nous-mêmes ; nous nous appartenons, nous pouvons nous transformer, nous fortifier et nous faire du travail et de la réflexion, une arme ou une cuirasse. Moi, je crois que tu aurais facilement du talent et que le goût du talent te créerait l'habitude de la réflexion. Eh bien, la réflexion nous suit et nous occupe partout à cheval comme à pied, dans le monde comme dans la solitude. Tu ne t'ennuies que parce que beaucoup de réflexions t'oppressent sans se coordonner, et cela te donne quelques fois des apparences d'irréflexion qui trompent sur ta véritable nature. Je t'ai vue enfant parfois si grave et si avancée que jamais je ne croirai que cela doive aboutir à faire de toi une *lionne*. Cela peut t'amuser huit jours, et arriver vite à te lasser singulièrement.

---

1. *Métamorphoses* (I, 7) : « masse brute et informe ».

Ne prends pas tout cela pour un sermon et n'en garde que ce qui t'ira, et te paraîtra juste. Si tu essaies de ranger quelques réflexions, ou un récit ou n'importe quoi sur un bout de papier envoie-le-moi, et je ne te dirai pas *c'est mal ou c'est bien*, mais *voilà ce que tu voulais dire et tu ne l'as pas dit*, ou bien *tu as dit là-dessus plus que tu n'en penses*, car cela arrive souvent quand on tâtonne. Ton affaire, si tu t'y mets, c'est je te le répète de chercher la forme pour commencer. Si je te montrais mes premiers essais, cela te ferait bien rire, et te donnerait grand courage.

Je ne t'ai pas dit de ne pas rire en paroles ou en écrits avec Lambert tant qu'il te plaira. C'est un garçon d'esprit. Palognon aussi, mais moins sensé au fond, prompt à s'enflammer et disposé à se vexer si on ne veut pas éteindre ses feux. Alors il dit qu'on les a allumés exprès, il s'en plaint, et tout cela devient bête et fâcheux, excellent du reste, mais enfin *pas sûr*, sous un certain rapport de jeunesse. Je ne le connaissais pas sous cette face, sans cela, je t'aurais dit, dès le premier jour, de ne pas jouer avec lui comme avec l'autre, voilà tout. Au reste, il est parti, le pauvre garçon a perdu son père et a été pour régler le sort de sa mère ; une pension fort courte qui ne suffira peut-être pas. Il est donc probable qu'il restera près d'elle pour la faire vivre, il a assez de talent pour gagner quelque chose.

Si on revient à la charge pour le journal dont on t'a parlé [*La Révolution*], dis que je ne peux pas donner une adhésion préalable sans avoir vu les premiers numéros, que d'ailleurs je ne veux être solidaire d'aucune déclaration politique dans le moment où nous sommes, et tu comprends bien pourquoi. Je ne sais pas transiger avec mes convictions, et avec le régime d'étouffement que subit la pensée aujourd'hui, toute publication politique serait forcément pour moi une transaction. Je vais *trop loin* pour tout le monde et ne voulant pas aller *moins loin* d'une ligne, j'aime mieux me taire. Tu peux dire cela, car je pense que tu ferais comme moi à ma place.

Quant à donner une nouvelle je n'en ai pas et ne peux pas en faire sur commande. Quand j'en aurai une, dis-leur que je me rappellerai leurs offres, et remercie-les pour moi.

À présent, fais-moi le plaisir de m'abonner pour 6 mois à un journal dont je ne sais pas le nom, mais que j'ai vu dans les mains de Bocage autrefois et qui doit subsister encore. Je crois que c'est quelque chose comme le *Courrier des théâtres* [*Revue et Gazette des théâtres*]. C'est un journal qui ne paraît pas tous les jours et qui a plusieurs feuilles. Il est exclusivement consacré à rendre compte des pièces qui paraissent ou qui vont paraître, des mutations d'acteurs aux divers théâtres, des représentations de province, etc. C'est comme le bulletin des affaires des acteurs et des directeurs, et je crois que tous les acteurs le reçoivent. Il me serait très utile ici pour me tenir au courant des spécialités qui m'intéressent, pour savoir où et quand on trouve un théâtre composé à souhait pour une pièce qu'on veut envoyer à Paris, etc. Je ferai porter de suite chez toi la petite somme que tu auras déboursée à cet effet, et tu m'auras rendu grand service, car je suis ici comme au Congo pour ces petites choses-là.

J'aime beaucoup Luguet. C'est un homme excellent, estimable, et le frère de cette admirable Mme Laurent qui jouait Madeleine dans le *Champi* et qui est une personne très distinguée. Si tu le revois dis-lui que je ne dis pas non pour une pièce. Si je savais la composition de la troupe, je dirais peut-être oui tout de suite. Quels sont à présent les emplois de Luguet ? Quels sont les acteurs de la Gaîté qui ont passé au Vaudeville ? Bouffé y est-il ? Ménier y est-il ? Est-il vrai que Mme Laurent soit engagée à la Porte-Saint-Martin ? Réponds à ces questions si tu as l'occasion de voir quelqu'un qui y réponde.

Bonsoir, ma chérie, guéris bien vite ma Nini de son rhume et ne lui laisse pas oublier qu'elle est la belle mignoune à grand-maman. Je t'embrasse mille fois, porte-toi bien surtout. Je ne sais pas si je suis lisible. Je me suis laissée aller à causer avec toi et j'ai la tête *repommecuitée*.

15 7^{bre} 51.

## 187. À ALEXANDRE DUMAS FILS

[Nohant, 7 octobre 1851]

J'ai reçu, enfin, ce que vous aviez remis pour moi[1] à mon homme d'affaires [Falampin]. Le retard ne provenait que de mon fait, je croyais tous les jours aller à Paris, et je n'y allais pas, et je suis encore ici pour un mois. Merci, Monsieur, merci mille fois pour la délicatesse, et j'oserai dire, le *dévouement* que vous avez mis dans tout cela. Le mot n'est pas orgueilleux entre artistes. Ils se le devraient les uns aux autres, mais bien peu sont capables de le prouver ou de l'accepter.

Puisque vous avez eu la patience de lire ce recueil assez insignifiant par les redites, que je viens de relire moi-même, et qui me semble n'avoir d'intérêt que pour mon propre cœur, vous savez maintenant quelle maternelle tendresse a rempli neuf ans de ma vie. Certes, il n'y a pas là de secret, et j'aurais plutôt à me glorifier qu'à rougir d'avoir soigné et consolé, comme mon enfant, ce noble et inguérissable cœur. Mais le côté secret de cette correspondance, vous le savez maintenant. Il n'est pas bien grave mais il m'eût été douloureux de le voir commenter et exagérer. On dit tout à ses enfants quand ils ont âge d'homme. Je disais donc alors à mon pauvre ami ce que je dis maintenant à mon fils. Quand ma fille me faisait souffrir par les hauteurs et les aspérités de son caractère d'enfant gâté, je m'en plaignais à celui qui était mon autre moi-même. Ce caractère, qui m'a bien souvent navrée et effrayée, s'est modifié grâce à Dieu et à un peu d'expérience. D'ailleurs l'esprit inquiet d'une mère s'exagère ces premières manifestations de la force, ces défauts qui sont souvent son propre ouvrage, quand elle a trop aimé ou trop gâté. De tout cela au bout de quelques années il n'est plus sérieusement question. Mais ces révélations familières peuvent prendre de l'importance à de certains yeux malveillants, et j'aurais bien souffert d'ou-

1. Il s'agit des lettres de Sand à Chopin, retrouvées par Dumas fils en Pologne, et qu'elle brûlera. Sur l'amitié affectueuse qui va lier les deux écrivains, voir l'étude de Claude Tricotel, « L'Ami des femmes. George Sand et Dumas fils », *Présence de George Sand*, n^os 24 (novembre 1985) et 25 (mars 1986).

vrir à tout le monde ce livre mystérieux de ma vie intime, à la page où est écrit tant de fois, avec des sourires mêlés de larmes, le nom de ma fille.

Pour rien au monde cependant, je ne vous aurais demandé de me renvoyer la copie que vous aviez commencé à faire. Je savais que vous me la renverriez ou que vous la brûleriez aussitôt que vous auriez compris le motif de mes inquiétudes. Je ne veux pas non plus vous demander de ne rien conserver dans votre esprit de ce qui a rapport à *elle*. Elle ne le mérite plus, et, si vous vous en souveniez d'ailleurs, vous vous diriez : « C'est le secret d'une mère que j'ai surpris par hasard, c'est bien autrement sacré qu'un secret de femme. Je l'ensevelirai dans mon cœur comme dans un sanctuaire ». Je vous remercie de ce sentiment qui est en vous et dont vous me donnez une si touchante preuve. Il vous portera bonheur et Dieu vous en récompensera un jour dans vos affections domestiques.

Adieu, Monsieur, je vous serre bien affectueusement les deux mains, et vous envoie une bénédiction que mon âge permet de donner à votre jeune talent et à votre heureux avenir. J'ai fini avec bien de l'émotion ce beau roman [*Le Régent Mustel*] qui n'a qu'un défaut, c'est d'être trop court. J'ai donné l'ordre qu'on vous envoyât mon édition illustrée par Johannot. Ce n'est pas pour vous engager à lire tout ce fatras, mais en voyant traîner quelquefois ces incommodes feuillets autour de la table où vous travaillez, vous vous direz que ma pensée est autour de vous pour applaudir d'avance à votre succès.

George Sand

Embrassez pour moi votre bon et illustre père.
Nohant, 7 8bre 1851.

## 188. À CHARLES PONCY

[Nohant, 6 décembre 1851]

Chers enfants, ne soyez pas inquiets de moi[1]. Je suis de retour à Nohant depuis hier matin avec Manceau, ma

1. La première du *Mariage de Victorine* au Gymnase a eu lieu le

fille et ma petite-fille. J'ai trouvé le pays aussi tranquille qu'on peut l'être au milieu d'événements si soudains et si étranges. J'ai laissé à Paris tous nos amis bien portants. Je ne vous dis pas ce qui se passe. Ici, on est déjà si loin de Paris qu'on ne sait aucun détail, et, quant à ce que j'ai vu, vous le saurez plus tôt que je ne vous le dirais. Nous parlerons de tout cela dans un moment plus calme. Mon succès de *Victorine* allait bien, mais vous pouvez penser que les théâtres sont tués pour longtemps, ainsi que toutes les affaires particulières, par l'ébranlement et l'émotion des esprits. Soyez calme et sage. Autant que je peux juger la situation jusqu'à ce jour, le vrai peuple de Paris a refusé le combat, et selon moi, il a fait son devoir sagement. Vous comprendrez aisément pourquoi en y réfléchissant vous-même. Bonsoir chers enfants, je vous embrasse de cœur. Ne soyez pas tourmentés à propos de moi. Je suis réunie à toute ma famille.

6 décembre 51

## 189. À PIERRE-JULES HETZEL

[Nohant, 21 décembre 1851]

Cher ami, je ne sais si vous avez reçu la lettre que je vous ai écrite à Strasbourg. Sophie me dit d'attendre pour vous écrire que nous sachions si vous vous établissez pour quelque temps à Bruxelles. J'ai reçu un mot de vous de Strasbourg, et Sophie m'a dit aussi que vous demandiez que je vous écrive à Bruxelles. Somme toute, je vous écris au hasard. Quand mes lettres se perdraient, il n'y a pas grand mal, et j'aime mieux cela que de risquer de vous laisser dans l'inquiétude par ma faute.

Nous nous portons tous bien ici, fort tristes des mouvements de la province, qui ont amené tant de malheurs et fait naître tant de terreurs et de méfiances. Chez nous les paysans ont été en apparence (car vous savez qu'on

---

26 novembre ; survient le coup d'État du 2 décembre ; le 4 au soir, Sand quitte Paris avec Manceau, Solange et Nini ; ce 6 décembre, les arrestations de républicains commencent dans l'Indre.

ne connaît jamais le fond de la pensée du paysan) absolument indifférents à la crise extérieure. On vote aujourd'hui dans ma commune avec le plus grand calme[1], sans se rien dire les uns aux autres, sans s'interroger mutuellement, et sans paraître comprendre ce qu'on fait. La vérité est que là où le paysan est paisible et sans haine, il est d'une ignorance et d'une apathie profondes, tandis que là où il est actif et intelligent, il est si haineux et si passionné que, tout en chérissant le peuple sincèrement et fidèlement, on ne saurait désirer d'être gouverné, à l'heure qu'il est, par cette portion de la société. Vous savez qu'à cet égard, je ne me suis pas fait d'illusions sur les dangers de la crise prévue pour 1852, et que la veille encore du 2 décembre, je vous disais, moi démocrate, que la démocratie devait succomber sous elle-même si elle ne succombait pas sous ses adversaires. C'est cette triste conviction amenée par l'expérience et l'observation depuis 3 ans, qui m'a empêchée de m'intéresser à l'action politique et de faire des vœux pour une lutte quelconque. En voici une que nous pouvions prévoir, mais que nous ne pouvions empêcher, et qui produit des résultats inattendus. Pour ma part le calme des ouvriers des grandes villes et l'agitation des campagnes trompe mes prévisions, et je conclus forcément que si la portion la plus éclairée, la plus courageuse et la plus souffrante du peuple, a cru devoir accepter ce qui arrive, c'est qu'en effet c'était le meilleur parti à prendre.

Nous voici en présence de l'inconnu, et cependant je ne me sens pas abattue et découragée comme on l'est ordinairement le lendemain d'un combat, que ce soit défaite ou victoire. L'espérance que j'ai de l'avenir de la France ne s'appuie sur aucun fait, car les faits ne me prouvent rien depuis longtemps : mais nous étions dans le plus mauvais chemin possible et nous voici dans un autre chemin. Le monde était plein de hâbleurs et de fanfarons qui maintenant justifient bien ce que je pensais d'eux par leur attitude morne et craintive. Il n'y a pas grand mal à ce qu'ils soient éloignés. Ce ne sont pas ces

---

1. Les 20 et 21 décembre on vote au suffrage universel pour le plébiscite. Louis-Napoléon Bonaparte avait été élu en novembre 1848 pour quatre ans et n'était pas immédiatement rééligible ; d'où la phrase qui suit sur la crise prévue pour 1852.

gens-là qui eussent sauvé le peuple. Le pauvre peuple qui s'est laissé entraîner par eux paye, comme de coutume, les pots cassés. Ah! soyez sûr que parmi ces agitateurs il y avait de grands coupables, et dont je n'étais pas dupe. Vraiment j'aime mieux que le peuple réfléchisse tout seul et s'instruise lui-même, que d'être chauffé et abusé par ces gens-là. Enfin, souvenez-vous comme j'étais triste, dégoûtée, et moralement terrifiée, aux approches de la crise de 1852. Je le suis moins aujourd'hui, et pourtant je ne suis pas optimiste, et je ne suis pas née poltronne non plus. Et je n'ai pas changé; mon cœur, mon âme et ma conviction ne sont pas ébranlés par un orage qui passe, mais je veux le peuple grand par la vertu, et non pas fort par la colère et la vengeance. Je l'aime comme mon fils, et j'aimerais mieux voir mon fils mort ou captif que déshonoré ou criminel.

Maintenant que vous avez le bulletin de ma santé physique et morale, parlons de votre cousine Julie[2]. Puisque la tante Eugénie revient de la campagne, est-ce qu'elle n'en reviendra pas aussi bientôt? Je sais qu'elle est retenue là-bas par un procès, mais il faut que ce procès finisse à l'amiable. Je compte aller bientôt à Paris, et j'y verrai sans aucun doute ses conseils, ses amis, et aussi peut-être ses adversaires. Je verrais ses juges au besoin: dites-lui de m'autoriser à faire des démarches pour faire cesser d'inutiles méfiances et de puériles persécutions. Il faut qu'elle s'arrange de manière à revenir à Paris où sa famille ne peut se passer d'elle, de sa présence et de sa direction dans les affaires de son commerce. Vous savez qu'elle a envers moi des engagements personnels, et qu'au besoin je les invoquerais vis-à-vis d'elle-même pour la décider à ne pas s'obstiner dans son absence. Vous la conseillerez dans ce sens, j'en suis certaine, et vous me direz, ou ferez dire par Sophie, à quelles personnes je dois m'adresser de préférence pour hâter son retour.

J'ai envoyé à Sophie la petite préface[3] en question, et j'ai dit qu'on supprimât celle de 1848. Vous ne m'avez pas dit avec qui je devais correspondre pour les rallonges

2. La lettre est codée: la cousine Julie, c'est Hetzel lui-même; la tante Eugénie n'est autre que le général Eugène Cavaignac, qui avait été arrêté, emprisonné au fort de Ham, puis remis en liberté.

3. Notice pour *La Petite Fadette*, et recommandations pour le premier volume des *Œuvres illustrées*.

ou coupures. Je pense que vous devriez peut-être changer l'ordre des ouvrages dans la publication, pour ne pas faire paraître en temps inopportun certains ouvrages philosophiques qui ennuieraient dans ce moment-ci, tels que *le Compagnon* ou *le Péché*. Dites-moi dans quel ordre vous avez établi cela, afin que j'avise s'il n'y aurait pas une modification à faire dans cet ordre, en raison des préoccupations actuelles.

J'ai écrit à Frédérick Lemaître pour lui demander son avis sur le rôle. Il est absent. Je ne sais plus que faire relativement à *Gabriel* et à Mlle Fernand. Je ne sais même rien du Gymnase, ni si on a repris la pièce, ni si le public y va. Rose m'a écrit que son mari m'écrirait mais je n'ai rien reçu[4].

Vous savez que le G[al] Cavaignac a été remis en liberté et va se marier. Du moins les journaux l'annoncent. On avait dit que plusieurs personnes de votre connaissance et de la mienne, arrêtées préventivement, avaient été remises en liberté, aujourd'hui on publie qu'elles ont été transférées à Sainte-Pélagie, mais je suis bien sûre qu'après les élections, on les relâchera.

L'histoire du pauvre Bocage est effrayante. Sa fille est retrouvée[5] mais il paraît qu'elle ne peut ou ne veut rien dire et que ceci reste un mystère comme on n'en voit que dans les romans de Dumas. Je sais cela par Mme Buloz qui m'écrit l'avoir vu hier. Je n'ose lui écrire à lui, dans la crainte d'interroger une blessure trop vive, et puis, si la pauvre enfant a été victime de quelque infâme libertinage il doit vouloir le cacher. J'en suis navrée. Il était déjà si accablé par sa maladie, il y a de quoi le rendre fou !

Adieu cher ami, si vous recevez cette lettre, accusez-m'en réception. Ne soyez pas malade, je vous embrasse de cœur, toute la maison vous aime et compte vous revoir bientôt. Faites de votre côté des démarches actives pour Julie.

Je n'entends pas parler de la publication de *Victorine*.

4. Frédérick Lemaître a été sollicité pour *Nello* (qui deviendra *Maître Favilla*), Amalia Fernand pour *Julia* (adaptation de *Gabriel*) ; le Gymnase (dirigé par Lemoine-Montigny, mari de Rose Chéri) doit reprendre *Le Mariage de Victorine*.

5. La petite Marie Bocage avait disparu pendant six jours pour être baptisée à l'insu de son père.

On ne m'a pas envoyé d'épreuves. Je pense qu'on n'a pas
encore pu s'en occuper.

À vous de cœur.

G. Sand

Nohant 21 X^bre 51

*Je voudrais bien ne pas vous ruiner* en ports de lettres, mais
les lettres affranchies ont une chance de moins pour
*suivre.*

190. À EUGÈNE DELACROIX

Nohant, 25 X^bre [18]51

Cher ami, je comptais bien que j'irais vous souhaiter la
bonne année à Paris avec Maurice. Mais au milieu de ces
événements, j'ai pensé qu'il valait mieux aller rejoindre
Maurice à Nohant, que de l'appeler à Paris. Ce n'est pas
que je *craignisse pour ma personne* à Paris. Je ne suis pas très
peureuse, vous le savez, mais, au milieu des éventualités
d'une guerre civile, il vaut mieux être chez soi, pour préserver sa responsabilité au milieu des conflits possibles.
Je savais bien que les habitants de la Vallée noire, loin de
se révolter, trouveraient bon ce qui s'est fait. Mais l'orage
pouvait venir de plus loin, et quoi qu'on en dise, les partis ne raisonnent guère.

Je suis donc revenue ici le *4 décembre*, et nous y avons
été fort tranquilles, sauf le chagrin d'apprendre les malheurs où se sont jetés les pauvres paysans du Midi[1], prétendus *socialistes*. Le mot est bien ronflant pour eux, et je
veux être pendue s'ils savent ce que cela veut dire. Je
crois bien plutôt que loin d'être poussés par des idées, ils
ne le sont que par des intérêts mal entendus. S'il y a,
comme les journaux le disent, des gens assez lâches pour
les exciter et pour les abandonner ensuite, ceux-là ne
méritent pas de pitié. Mais nous ne voyons pas encore
clair dans ces récits, qui n'entend qu'une cloche n'entend

1. Des émeutes, notamment dans les départements du Midi,
avaient eu lieu à la nouvelle du coup d'État ; elle furent vivement
réprimées.

qu'un son. On pourra juger quand on saura. Nous voici donc dans une phase nouvelle, renouvelée du passé comme tout ce que nous faisons depuis longtemps. Espérons qu'on donnera du travail et de l'instruction à ceux qui en manquent. Si l'on agit ainsi, les questions de l'avenir ne seront plus nécessairement résolues par des coups de fusil et de canon, triste et inévitable solution du passé et du présent… Quel temps d'amertume et de mélancolie pour les pauvres artistes chercheurs d'idéal sur la terre ! Où sont les nymphes et les faunes de la peinture, les bergeries de la littérature par ce temps d'émeutes et d'élections ? Où retrouverons-nous nos paisibles divinités ? Aussi faites-vous des monstres terribles foudroyés par l'Apollon vainqueur[2].

À propos de peinture, n'oubliez pas, cher ami, que je vous ai demandé les étrennes de Maurice. Envoyez-moi une de vos moindres bribes qui sont des trésors pour nous, et soyez gentil au point de m'envoyer cela par les Messageries nationales, tout emballé, pour le 1er janvier ; afin qu'il ait sa *surprise*. Donnons-nous ces petites joies de famille pour nous consoler des agitations du dehors. Si la belle *Lélia* que vous aviez commencée n'est pas finie, gardez-la-moi pour plus tard, et envoyez-moi un Turc, un lion, un cheval, une odalisque, ce que vous voudrez, ce que vous aurez de sec dans un coin de vos bahuts[3]. Mes pauvres humbles 200 f. vous seront portés aussitôt après le 1er janvier, parce que je touche quelques sous à Paris à cette époque-là. Ne me dites pas que vous n'en voulez pas. Qu'est-ce que ça vous fait de vendre à moi ou à un autre, puisque j'irais le chercher chez votre marchand de tableaux, si vous ne vouliez pas me le vendre directement ?

Comment va votre *coffre*, mon pauvre vieux ? Le mien est fort endommagé, mon foie me fait cruellement souffrir et m'ôte le sommeil. Enfin c'est comme Dieu voudra.

2. Delacroix terminait son plafond de la galerie d'Apollon au Louvre, représentant *Apollon vainqueur du Serpent Python*.
3. Si l'on ne sait exactement quel tableau Delacroix envoya alors, la toile de *Lélia dans la caverne* (dernière scène de *Lélia*) fut envoyée pour les étrennes de Maurice en décembre 1852 : Delacroix y reprenait le sujet déjà traité dans un pastel offert à G. Sand (Musée de la vie romantique) ; la toile vient d'être acquise par le château de Nohant (vente Sotheby's Paris, 25 juin 2003, n° 84).

Écrivez-moi et pensez à mon petit envoi. Je vous enverrais bien M. Leblanc pour vous épargner l'ennui de l'emballage et de l'adresse, mais c'est lui qui a fait une scène
tragique ou plutôt comique, à votre cordon de sonnette.
C'est un brave et digne homme, mais un peu fou, je crois,
et j'aime autant, s'il est dans ses frasques, vous en épargner la rencontre. Faites donc faire une petite caisse sous
l'œil de Jenny [Le Guillou] et adresser à *M. Édouard Davenat conducteur à Châteauroux (Indre) pour Mme Sand.* Vous
enverriez cela aux Messageries par votre portier qui reti-
rerait *le n° d'enregistrement,* que vous garderiez, en cas de
réclamation à faire, si le paquet ne m'arrivait pas. Songez
que ce n'est pas un envoi d'allumettes, et qu'une chose
de vous mérite ces précautions.

Bonsoir, cher ami, Maurice et Solange, et Lambert, et
Manceau vous disent des choses tendres ou respectueuses chacun selon son mérite, et je vous embrasse de
cœur.

### 191. À RENÉ VALLET
### DE VILLENEUVE

[Nohant, 13 janvier 1852.]

Quand l'heure de la république a sonné on ne savait ce
qui pouvait advenir. Ma première pensée en arrivant à
Paris et en trouvant mes amis au pouvoir a été de vous
écrire pour vous rassurer[1], et j'eusse donné ma vie pour
qu'on ne touchât pas à un cheveu de votre tête.

Dieu merci, chers parents, vous ne couriez aucun danger, vous n'aviez subi aucune vexation, et si vous ne
nous aimez pas, nous qui rêvions autre chose que ce qui
s'est produit, vous n'avez pas à vous plaindre de nous ;
du moins de ceux dont je pouvais répondre. Un des
commissaires envoyés dans votre département, était mon
ami, il avait juré de veiller spécialement sur vous. Aujour-
d'hui il est déporté à Cayenne avec les voleurs et les
prostituées. Avons-nous fait de ces choses-là ? Et il est

1. Voir la lettre 132 du 4 mars 1848.

mourant. Et c'était un grand cœur. Il a été arrêté *préventivement* le 2 décembre[2].

Mon tour va venir bientôt, demain peut-être. Peut-être quand vous recevrez ma lettre, serai-je arrêtée et en route pour être transportée. Autour de moi mes amis d'enfance, les gens les plus modérés, les plus étrangers aux sociétés secrètes, les plus ennemis des prises d'armes, sont en prison ou en fuite. C'est une nouvelle terreur organisée. Cependant je crois encore au prince Louis. Malgré que j'aie le cœur navré, la foi à l'humanité ébranlée, je ne puis croire que l'homme avec qui j'ai eu, lorsqu'il était à Ham, un commerce de lettres si affectueux et si intime[3], ordonne ces rigueurs ou sache combien d'innocentes victimes elles frappent. J'ai encore espoir en lui pour une amnistie lorsqu'il n'aura plus besoin de se faire craindre.

Mais jusque-là je puis être emmenée et transportée. Je ne veux pas fuir pour ne pas éveiller de soupçons injustes. Depuis trois ans je puis jurer devant Dieu que, sans perdre mon utopie qui, vous le savez, est chrétienne et douce comme mes instincts, je n'ai pas remué un doigt contre la société officielle. J'ai passé tout mon temps à faire de l'art, et à ramener à la raison, à la patience, à la douceur les esprits exaltés que je venais à rencontrer. Ceux que j'ai convertis on les frappe, on les tue, et moimême que bien des gens traitaient de modérée et d'aristocrate, on me menace aussi et on me serre de près. Je ne me plains de rien, je suis triste, mais non en colère, tout cela est pour moi la volonté de Dieu, et j'accepte toutes les conséquences du courage que j'ai montré. Cependant, je dois à mes enfants qui ont encore besoin de moi, ma chère fille surtout, de me préserver s'il est possible, et je crois que plus que personne, chers parents, vous pouvez me servir. Ma cousine a porté le prince dans ses bras au baptême[4]. Une lettre d'elle à lui passant par les mains de personnes sûres, serait mon salut, je le crois. Je n'ai pas eu de relations avec le prince depuis qu'il s'est échappé

2. Marc Dufraisse était commissaire général pour l'Indre et l'Indre-et-Loire ; il est condamné à la déportation à Cayenne (la peine sera commuée en bannissement, grâce à Sand).
3. Voir lettre 104.
4. Apolline de Villeneuve, dame d'honneur de la Reine Hortense, portait en effet le futur Napoléon III à son baptême.

de Ham. Il n'avait plus besoin de mes lettres pour le distraire et le consoler. Plus il a été riche et puissant personnage, plus je me suis éloignée. Mais je ne l'ai ni attaqué, ni diffamé. Sollicitée de publier ses lettres qui auraient prouvé un certain changement de conduite envers les personnes, je les ai brûlées. Je ne veux ni protections, ni places pour les miens, et mon fils qui n'a rien voulu de la république ne désire qu'une chose aujourd'hui, c'est qu'on lui laisse sa mère. J'ai donc écrit au prince pour lui demander une audience, dans laquelle je lui exposerai ma conduite et lui demanderai franchement s'il veut m'exiler. Si c'est la transportation c'est la mort. Je suis dangereusement malade du foie et je ne passerai pas la mer. Depuis deux mois je ne lutte que par un traitement qui me soutient sans me guérir. Si je suis condamnée à mort, moi, l'être le plus inoffensif de la terre, en pensées, paroles et actions, moi qui n'ai jamais fait la guerre qu'à des idées, à des personnes jamais ; moi qui ai rendu tous les services possibles à mes adversaires politiques ; je me résignerai et j'enseignerai à mes enfants le courage.

Mais j'ignore si, entouré comme il l'est, et craignant des tentatives criminelles contre sa personne, le prince recevra ma lettre. J'en charge quelques amis, mais je serais plus sûre d'une lettre que ma cousine lui écrirait. Il me semble qu'il n'aurait rien à lui refuser. Je ne demande qu'une audience.

Adieu, peut-être pour toujours, chers parents aimés. Quoi qu'il m'arrive j'aurai eu la consolation d'être bénie par vous en dépit de tout.

Aurore

Nohant 13 janvier 1852.

Adressez-moi votre réponse sous le couvert de M. Aulard, Maire de Nohant-Vic.

## 192. AU PRINCE LOUIS-NAPOLÉON
## BONAPARTE

[Nohant, 20 janvier 1852]

Prince,

Je vous ai demandé une audience, mais absorbé comme vous l'êtes par de grands travaux et d'immenses intérêts, j'ai peu d'espoir d'être exaucée[1]. Le fussé-je d'ailleurs, ma timidité naturelle, ma souffrance physique et la crainte de vous importuner ne me permettront probablement pas de vous exprimer librement ce qui m'a fait quitter ma retraite et mon lit de douleur. Je me précautionne donc d'une lettre, afin que, si la voix et le cœur me manquent, je puisse au moins, vous supplier de lire mes adieux et mes prières.

Je ne suis pas Mme de Staël[2]. Je n'ai ni son génie ni l'orgueil qu'elle mit à lutter contre la double force du génie et de la puissance. Mon âme plus brisée ou plus craintive vient à vous sans ostentation et sans raideur, sans hostilité secrète, car s'il en était ainsi je m'exilerais moi-même de votre présence et n'irais pas vous conjurer de m'entendre. Je viens pourtant faire auprès de vous une démarche bien hardie de ma part, mais je la fais avec un sentiment d'annihilation si complète en ce qui me concerne, que, si vous n'en êtes pas touché, vous ne pourrez pas en être offensé. Vous m'avez connue fière de ma propre conscience, je n'ai jamais cru pouvoir l'être d'autre chose, mais ici ma conscience m'ordonne de fléchir, et s'il fallait assumer sur moi toutes les humiliations, toutes les agonies, je le ferais avec plaisir, certaine de ne point perdre votre estime pour ce dévouement de femme qu'un homme comprend toujours et ne méprise jamais.

Prince, ma famille est dispersée et jetée à tous les vents du ciel. Les amis de mon enfance et de ma vieillesse, ceux qui furent mes frères et mes enfants d'adoption sont dans les cachots ou dans l'exil, votre rigueur s'est appesantie sur tous ceux qui prennent, qui acceptent ou

---

1. Le Prince-Président répond le 22 en accordant une audience, qui aura lieu à l'Élysée le 29 janvier; on en lira le récit dans la lettre suivante.

2. On sait que Mme de Staël s'est opposée à Napoléon Ier.

qui subissent le titre de républicains socialistes. Prince,
vous connaissez trop mon respect des convenances
humaines pour craindre que je me fasse ici, auprès de
vous l'avocat du socialisme tel qu'on l'interprète à de certains points de vue. Je n'ai pas mission pour le défendre,
et je méconnaîtrais la bienveillance que vous m'accordez
en m'écoutant, si je traitais à fond un sujet si étendu,
où vous voyez certainement aussi clair que moi. Je vous
ai toujours regardé comme un génie socialiste et le
2 décembre, après la stupeur d'un instant en présence de
ce dernier lambeau de société républicaine foulé aux
pieds de la conquête, mon premier cri a été : Oh ! Barbès, voilà la souveraineté du but ! Je ne l'acceptais pas,
même dans ta bouche austère, mais voilà que Dieu te
donne raison et qu'il l'impose à la France comme sa dernière chance de salut, au milieu de la corruption des
esprits et de la confusion des idées. Je ne me sens pas la
force de m'en faire l'apôtre, mais pénétrée d'une confiance
religieuse, je croirais faire un crime en jetant dans cette
vaste acclamation un cri de reproche contre le ciel,
contre la nation, contre l'homme que Dieu suscite et que
le peuple accepte. Eh bien, prince, ce que je disais dans
mon cœur, ce que je disais et écrivais à tous les miens, il
vous importe peu de le savoir sans doute, mais vous qui
ne pouvez pas avoir tant osé en vue de vous-même, vous
qui, pour accomplir de tels événements avez eu devant
les yeux une apparition idéale de justice et de vérité, il
importe bien que vous sachiez ceci : c'est que je n'ai pas
été seule dans ma religion à accepter votre avènement
avec la soumission qu'on doit à la logique de la Providence, c'est que d'autres, beaucoup d'autres adversaires
de la souveraineté du but ont cru de leur devoir de se
taire ou d'accepter, de subir ou d'espérer. Au milieu de
l'oubli où j'ai cru convenable pour vous de laisser tomber vos souvenirs, peut-être surnage-t-il un débris que je
puis invoquer encore : l'estime que vous accordiez à mon
caractère et que je me flatte d'avoir justifiée depuis par
ma réserve et mon silence.

Si vous n'acceptez pas en moi ce qu'on appelle mes
opinions (mot bien vague pour peindre le rêve des
esprits ou la méditation des consciences), du moins je
suis certaine que vous ne regrettez pas d'avoir cru à la
droiture, au désintéressement de mon cœur. Eh bien j'in-

voque cette confiance qui m'a été douce, qui vous l'a été
aussi dans vos heures de rêveries solitaires, car on est
heureux de croire, et peut-être regrettez-vous aujourd'hui
votre prison de Ham où vous n'étiez pas à même de
connaître les hommes tels qu'ils sont. J'ose donc vous
dire : Croyez-moi donc, prince, ôtez-moi votre indulgence si vous voulez, mais croyez-moi, votre main armée
après avoir brisé les résistances ouvertes frappe en ce
moment, par une foule d'arrestations préventives sur
des résistances intérieures inoffensives, qui n'attendaient
qu'un jour de calme ou de liberté pour se laisser vaincre
moralement. Et croyez, prince, que ceux qui sont assez
honnêtes, assez purs pour dire : Qu'importe que le bien
arrive par *celui* dont nous ne voulions pas, pourvu qu'il
arrive, béni soit-il — c'est la portion la plus saine et la
plus morale des partis vaincus, c'est peut-être l'appui le
plus ferme que vous puissiez vouloir pour votre œuvre
future. Combien y a-t-il d'hommes capables d'aimer le
bien pour lui-même et heureux de lui sacrifier leur personnalité si elle fait obstacle apparent ? Eh bien ce sont
ceux-là qu'on inquiète et qu'on emprisonne sous l'accusation flétrissante (ce sont les propres termes des mandats
d'arrêt) d'avoir poussé leurs concitoyens à commettre des
crimes. Les uns fuient étourdis, stupéfaits de cette accusation inouïe ; les autres vont se livrer d'eux-mêmes, demandant à être publiquement justifiés. Mais où la rigueur
s'arrêtera-t-elle ? Tous les jours, dans les temps d'agitation et de colère, il se commet de fatales méprises,
je ne veux en citer aucune, me plaindre d'aucun fait particulier, encore moins faire des catégories d'innocents
et de coupables, je m'élève plus haut, et subissant mes
douleurs personnelles, je viens mettre à vos pieds toutes
les douleurs que je sens vibrer dans mon cœur, et qui
sont celles de tous. Et je vous dis : Les prisons et l'exil
vous rendraient des forces vitales pour la France, vous
le voulez, vous le voudrez bien certainement, mais
vous ne le voulez pas tout de suite. Ici une raison, toute
de fait, une raison politique vous arrête, vous jugez que
la terreur et le désespoir doivent planer quelque temps
sur les vaincus, et vous laissez frapper en vous voilant
la face. Prince, je ne me permettrai pas de discuter avec
vous une question politique, ce serait ridicule de ma
part, mais, du fond de mon ignorance et de mon impuis-

sance, je crie vers vous le cœur saignant et les yeux en
pleurs :

Assez, assez, vainqueur, épargne les forts comme les
faibles, épargne les femmes qui pleurent comme les
hommes qui ne pleurent pas, sois doux et humain puisque
tu en as envie. Tant d'êtres innocents ou malheureux en
ont besoin. Ah, prince, le mot déportation, cette peine
mystérieuse, cet exil éternel sous un ciel inconnu, elle
n'est pas de votre invention, si vous saviez comme
elle consterne les provinces les plus calmes et les hommes
les plus indifférents. La proscription hors du territoire
n'amènera-t-elle pas peut-être une fureur contagieuse
d'émigration que vous serez forcé de réprimer. Et la prison préventive où l'on jette des malades, des moribonds,
où les prisonniers sont entassés maintenant sur la paille
dans un air méphitique et pourtant glacés de froid. Et les
inquiétudes des mères et des filles qui ne comprennent
rien à la raison d'État, et la stupeur des ouvriers paisibles,
des paysans qui disent : Est-ce qu'on met en prison des
gens qui n'ont ni tué ni volé ? Nous irons donc tous ? Et
cependant, nous étions bien contents quand nous avons
voté pour lui.

Ah, prince, mon cher prince d'autrefois, écoutez
l'homme qui est en vous, qui est vous, et qui ne pourra
jamais se réduire, pour gouverner, à l'état d'abstraction.
La politique fait de grandes choses sans doute, mais le
cœur seul fait des miracles. Écoutez le vôtre qui saigne
déjà. Cette pauvre France est mauvaise et farouche à la
surface, et pourtant la France a sous son armure un cœur
de femme, un grand cœur maternel que votre souffle
peut ranimer. Ce n'est pas par les gouvernements, par les
révolutions, par les idées seulement que nous avons som-
bré tant de fois.

Toute forme sociale, tout mouvement d'hommes et
de choses seraient bons à une nation bonne. Mais ce qui
s'est flétri en nous, ce qui fait qu'en ce moment, nous
sommes peut-être ingouvernables par la seule logique du
fait, ce qui fait que vous verrez peut-être échapper la
docilité humaine à la politique la plus vigoureuse et la plus
savante, c'est l'absence de vertu chrétienne, c'est le des-
sèchement des cœurs et des entrailles. Tous les partis
ont subi l'atteinte de ce mal funeste, œuvre de l'invasion
étrangère et du refoulement de la liberté nationale, par-

tant de sa dignité. C'est ce que, dans une de vos lettres, vous appeliez le développement du ventre, l'atrophie du cœur. Qui nous sauvera, qui nous purifiera, qui amollira nos instincts sauvages ? Vous avez voulu résumer en vous la France, vous avez assumé ses destinées et vous voilà responsable de son âme bien plus que de son corps devant Dieu. Vous l'avez pu, vous seul le pouvez. Il y a longtemps que je l'ai prévu, que j'en ai la certitude, et que je vous l'ai prédit à vous-même lorsque peu de gens y croyaient en France. Les hommes à qui je le disais alors, répondaient : Tant pis pour nous, nous ne pourrons pas l'y aider, et s'il fait le bien nous n'aurons ni le plaisir ni l'honneur d'y contribuer. N'importe ! ajoutaient-ils, que le bien se fasse, et qu'après l'homme soit glorifié. Ceux qui me disaient cela, prince, ceux qui sont encore prêts à le dire, il en est qu'en votre nom, on traite aujourd'hui en ennemis et en suspects.

Il en est d'autres moins résignés, sans doute, moins désintéressés peut-être, il en est probablement d'aigris et d'irrités, qui, s'ils me voyaient en ce moment implorer grâce pour tous, me renieraient un peu durement. Qu'importe à vous qui, par la clémence, pouvez vous élever au-dessus de tout, qu'importe à moi qui veux bien par le dévouement m'humilier à la place de tous ! Ce serait de ceux-là que vous seriez le plus vengé si vous les forciez d'accepter la vie et la liberté, au lieu de leur permettre de se proclamer martyrs de la cause. Est-ce que ceux qui vont périr à Cayenne ou dans la traversée ne laisseront pas un nom dans l'histoire à quelque point de vue qu'on les accepte ? Si, rappelés par vous, non par un acte de pitié, mais de volonté, ils devenaient inquiétants (ces 3 ou 4 000, dit-on) pour l'élu de 7 millions, qui blâmerait alors votre logique de les vouloir réduire à l'impuissance ? Au moins dans cette heure de répit que vous auriez donnée à la souffrance, vous auriez appris à connaître les hommes qui aiment assez le peuple pour s'annihiler devant l'expression de sa confiance et de sa volonté.

Amnistie, amnistie, bientôt mon prince ! Si vous ne m'écoutez pas, qu'importe pour moi que j'aie fait un suprême effort avant de mourir ? Mais il me semble que je n'aurai pas déplu à Dieu, que je n'aurai pas avili en moi la liberté humaine, et surtout que je n'aurai pas démérité de votre estime à laquelle je tiens beaucoup plus

qu'à des jours et à une fin tranquilles. Prince, j'aurais pu
fuir à l'étranger lorsqu'un mandat d'amener a été formulé
contre moi, on peut toujours fuir. J'aurais pu imprimer
cette lettre en factum pour vous faire des ennemis au cas
où elle ne serait pas même lue par vous. Mais, quoi qu'il
en arrive, je ne le ferai pas. Il y a des choses sacrées pour
moi, et en vous demandant une entrevue, en allant vers
vous avec espoir et confiance, j'ai dû, pour être loyale et
satisfaite de moi-même, brûler mes vaisseaux derrière moi
et me mettre entièrement à la merci de votre volonté.

                                             George Sand
Nohant 20 janvier 52


## 193. À PIERRE-JULES HETZEL

[Paris,] 30 janvier 50 [*sic pour* 1852]

Mon vieux, Julie[1] a tort, voilà déjà les illusions de
l'éloignement qui lui dérangent la boussole et les déclamations, les excitations de ceux qui se réunissent pour
parler de l'affaire avec passion. Savez-vous, il y a bien des
vues et des intérêts personnels chez ces actionnaires qui
ne veulent pas que la pauvre famille voie autrement que
par ses yeux. On dit aujourd'hui que nos adversaires vont
prendre à leur service tous les domestiques et ouvriers de
la maison, qu'ils vont les bien nourrir, les bien payer, et
par là s'assurer de leur témoignage. Ma foi, si notre partie adverse se conduit ainsi, tant mieux pour les pauvres
gens que nous n'avons eu ni le talent ni la ferme volonté
de nourrir, et si nous n'avons à leur offrir que des
sacrifices à faire à une religion de famille qu'ils ne comprennent pas, nous sommes de furieux sots, de croire
qu'ils vont changer de condition pour nous faire gagner
notre cause.

Dites donc à Julie qu'elle bat la campagne, et que cette

    1. La lettre est écrite dans la nuit qui a suivi l'audience présiden-
tielle. Sand utilise un langage codé : Julie (Hetzel lui-même), les actionnaires (les socialistes), les domestiques et les ouvriers (le peuple), le
juge d'instruction (Louis-Napoléon, appelé plus loin « cette dame »),
la succession et le procès (les mesures de rigueur).

décision est bien contraire aux raisonnements qu'elle me faisait depuis quinze jours, raisonnements si justes, si honnêtes, si droits, et (s'il était question ici de politique je dirais si patriotiques) que je n'en ai pas trouvé de meilleurs en thèse générale à adresser au juge d'instruction, dans l'entretien que j'ai eu avec lui ce matin.

Ce juge dont Sophie [Hetzel] craignait tant que les yeux pâles ne me fissent un mauvais effet, est un homme comme les autres, allez, et si certaines idées qu'on lui fait passer dans l'esprit à un moment donné ne sont pas de nature à y germer, il en accueille ce qu'il peut en prendre sans déroger à l'esprit de ses fonctions. Je l'ai trouvé très différent de ce qu'on m'en avait dit et bien plus ressemblant à ce que je l'ai connu moralement qu'à ce qu'il est devenu extérieurement. J'en aurais beaucoup à vous dire sur lui, mais ce n'est pas le lieu ni le moment. Bien loin d'avoir à me plaindre de lui dans cette entrevue, je l'ai trouvé bien autrement disposé que je ne m'y attendais. Pourquoi ne voulez-vous pas qu'il soit homme ?

En somme j'ai vu une larme, une vraie larme, dans cet œil froid, et il m'a tendu les deux mains tout d'un coup, en disant : Ah ! c'est vrai, mais ce n'est pas moi ! Et quand je l'ai quitté, il m'a encore pris les mains sans poser, il ne le sait ni ne le peut, ce n'est pas dans ses facultés, et il m'a dit : Demandez-moi tout ce que vous voudrez, pour qui vous voudrez. — Non, lui ai-je répondu, je ne vous demande rien pour personne, je n'ai aucun client à vous recommander, cela m'est interdit, et mon dévouement n'est pas restreint à telle ou telle personne. Il s'étend à tous ceux qui sont impliqués dans cette succession. Que justice soit rendue à ceux qui sont innocents et il y en a beaucoup, qu'indulgence soit accordée par les adversaires qui bien ou mal ont gagné leur procès. — Vous pouvez l'exiger, vous qui dirigez l'affaire.

Que le Gaulois se rassure donc, je suis un peu fâchée contre lui de cette terreur qui s'est emparée de lui. Je ne croyais pas avoir l'habitude de compromettre et de dégrader la cause et la personne de mes amis. Celui que vous m'avez envoyé est un excellent et digne homme mais il se trompe aussi en croyant que ce procès sera vite terminé. Non, non, il fera son temps, c'est fatal. Cet ami vous dira, du reste, ce que je lui ai dit, quant à moi. Il m'est absolument indifférent d'être compromise, calom-

niée, insultée, sans pouvoir me défendre. Ce ne sera ni la
première, ni la dernière fois, et je suis partie de Nohant
avec une idée bien arrêtée depuis le commencement,
de faire mon devoir sans me soucier des conséquences.
D'autres vont en prison ou en exil pour la politique, moi
je peux bien risquer mon honneur pour l'amitié, du
moment que je le risque tout seul, *ça ne regarde que moi ça,
M. Vanderke*[2]. Et puis, j'ai l'orgueil de croire que 48 ans
d'intégrité en fait d'argent et de vanité, sont quelque
chose qui ne se perd pas en un jour dans l'esprit des
honnêtes gens, et je ne tiens pas à l'estime de ceux qui
ne le sont pas.

Quant à Julie, elle a tort de s'opposer à toute démarche.
Après l'accueil que m'a fait le juge, et les relations que j'ai
nouées un peu de tous les côtés en faisant semblant
d'agir pour moi, rien n'était plus facile, plus simple, plus
logique, *sans faire aucun bruit* que de la faire revenir. Je lui
offrais dans le prétexte de mes affaires un motif bien
simple de renoncer à cet éloignement qui ne vaut rien,
qui fait voir faux, et qui conduira à des résolutions pré-
maturées, irréfléchies, désastreuses pour les intérêts de sa
cause. Le défaut et le malheur des gens qui plaident, c'est
de vivre avec leurs avocats et de partager leurs illusions,
de se resserrer dans un entourage qui se croit le monde,
et d'arriver comme mars en carême, avec le son d'une
seule cloche dans la tête. Je suis revenue de cela depuis
quatre ans et j'ai eu de bonnes raisons pour me méfier
du jugement de ceux qui étaient dans cette position.
Réfléchissez-y et comme je resterai ici quelques semaines,
j'espère encore que vous me direz d'agir sans bruit pour
notre amie. Ce n'est pas en haut qu'on s'occupe d'elle.
J'ai la certitude, j'ai la preuve que là on ignore tant de
choses! Le premier étage est fermé à bien des vérités.
C'est dans les loges de portiers, dans les écuries qu'on
agit; eh bien je mettrai les pieds dans tous les crottins s'il
le faut pour rendre service à votre parente quand elle me
dira qu'elle veut qu'on la serve, et cela ne me dégoûte pas
plus que d'autres crottins. Il y en avait bien aussi chez
nous, et du vilain, et j'y marchais tout de même, me rappelant que les hommes sont les hommes, comme les chevaux sont les chevaux.

---

2. Probablement une réplique supprimée du *Mariage de Victorine*.

Embrassez le Gaulois pour moi, dites-lui que je n'ai pas le temps de lui écrire encore cette semaine : les courses, le travail de nuit, la maladie, les frasques d'un certain ménage [Clésinger] où je vois enfin clair, et où malheureusement pour moi le mari vaut beaucoup mieux par le cœur que la femme, voilà des fatigues, des souffrances et des chagrins qui prennent 18 heures sur 24. N'importe, la force m'est revenue, je veux, je compte obtenir quelque chose dont personne ne pourra se fâcher et qui fera grand bien à tous.

J'enverrai chez M. Houssaye. Je n'ai pas encore eu le temps. Berrurier ne m'ayant pas fourni le moindre renseignement sur le détail des recettes, je renonce à prendre mes mesures personnelles avec Montigny et je prends le parti de le laisser arbitre de nos conventions pour ma nouvelle pièce. Ne croyez pas que ceci puisse se faire avec votre direction à la distance où nous sommes. Il faut être là pour juger le changement de situation que des événements comme ceux-ci apportent à un théâtre. Il m'a dit (Montigny) qu'il me ferait voir ses chiffres. Ce sera plutôt fait de s'en rapporter à lui, il a l'air très franc, et d'ailleurs, un peu plus, un peu moins d'argent, qu'importe ? Je n'ai ni le temps ni la force de me donner plus de mal que je n'en ai. Mes autres affaires ne vont pas du tout. Je ne sais même pas si le manuscrit de *Nello* n'est pas derrière le poële de Frédéric [Lemaître] ou chez sa portière, où il sert à la lecture du soir (*d'Henry Monnier*[3]). J'ai envoyé trois fois chez lui depuis qu'il est absent pour qu'on priât son fils d'avoir soin de ce manuscrit et de le mettre sous clef s'il n'y était pas, — jamais on ne l'a trouvé. Lambert lui a écrit en lui envoyant une lettre de moi, j'ignore s'il fera ce qu'on lui demande. Tâchez d'éclaircir ce 1er point d'abord avec le père. Le manuscrit est-il en sûreté ? Ensuite dites-lui ce que je vous ai écrit dix fois de lui dire. En trois mots, veut-il jouer la pièce ? Qu'il m'indique les changements qu'il désire je les ferai. — Ne veut-il pas ? qu'il le dise et me renvoie le manuscrit, c'est bien simple.

Sur le conseil de Mlle Fernand, et en désespoir de cause, j'ai offert *Julia* sans dire le titre ni le sujet à

3. Allusion au « Roman chez la portière », la première des *Scènes populaires* d'Henry Monnier (1830).

M. Altaroche. Je lui offrais de terminer ainsi nos différends. J'ai écrit cela il y a 15 jours, pas de réponse. Il
paraît que personne ne répond plus, ce n'est plus la
mode. On dit que le dit Altaroche va sauter. C'est peut-
être là la cause de son silence, je le saurai demain ; je
crois.

Ce qui va bien, c'est ma nouvelle pièce[4] jusqu'à présent. Montigny, sa femme, Bressant en sont enchantés.
Tous les rôles sont distribués comme je veux, et si je n'y
fais pas de brillantes affaires, du moins je n'y aurai pas
plus d'ennuis que pour *Victorine*. C'est décidément un
charmant théâtre pour les relations, et on me demande
encore une pièce après celle-ci, pour tenir l'été. Montigny
répond que le Gymnase est bon l'été comme l'hiver.
— Voilà. Je ne sais pas si le second tirage de *Victorine* se
fait et se vend. Pensez un peu à ne pas laisser trop dormir Blanchard.

Bonsoir cher, je vous embrasse de cœur. Tous mes
enfants, le père A[ulard], Jean [Pâtureau] etc., tout
N[ohant] est à Paris. Nous mangeons chez nous, et nos
deux petits appartements[5] où nous tenons cinq, et où
nous montons et descendons sans cesse, nous font l'illusion d'un petit N[ohant].

Bonsoir, bonsoir. Soyez sage.

## 194. À PIERRE-JULES HETZEL

[Paris, 22 février 1852]

Mon ami, J'aime autant vous savoir là-bas [Bruxelles]
qu'ici, malgré les embarras si peu faits pour mon cerveau
et ma santé, où votre absence peut me laisser. Ici rien ne
tient à rien. Les grâces ou justices qu'on obtient sont, la
plupart du temps, non avenues grâce à la résistance d'une
réaction plus forte que le président et aussi à un désordre
dont il n'est plus possible de sortir vite, si jamais on en
sort. La moitié de la France a dénoncé l'autre. Une haine

4. La comédie *Les Vacances de Pandolphe* sera créée au Gymnase le
3 mars 1852.
5. Sand a loué un appartement au 3 rue Racine, où Manceau a
déjà son appartement.

aveugle et le zèle atroce d'une police furieuse se sont
assouvis. Le silence forcé de la presse, les *on-dit,* plus
sombres et plus nuisibles aux gouvernements absolus que
la liberté de contredire, ont tellement désorienté l'opinion
qu'on croit à tout et à rien avec autant de raison pour
faire l'un que l'autre. Enfin Paris est un chaos, et la province une tombe. Quand on est en province et qu'on y
voit l'annihilation des esprits, il faut bien se dire que
toute la sève était dans quelques hommes aujourd'hui prisonniers, morts ou bannis. Ces hommes ont fait pour la
plupart un mauvais usage de leur influence, puisque les
espérances matérielles, données par eux, une fois anéanties avec leur défaite, il n'est resté dans l'âme des partisans qu'ils avaient faits, aucune foi, aucun courage,
aucune droiture. Quiconque vit en province croit donc et
doit croire ce gouvernement fort, et prenant sa base sur
une conviction, sur une volonté générales, puisque les
résistances s'y comptent par un sur mille, et encore sont-
ce des résistances timides et affaissées sous le poids de
leur impuissance morale.

En arrivant ici j'ai cru qu'il fallait subir temporairement, avec le plus de calme et de foi possible en la providence, une dictature imposée par nos fautes mêmes. J'ai
espéré que puisqu'il y avait un homme tout-puissant, on
pouvait approcher de son oreille pour lui demander la vie
et la liberté de plusieurs milliers de victimes (innocentes
à ses yeux mêmes pour la plupart). Cet homme a été
accessible et humain en m'écoutant. Il m'a offert toutes
les grâces particulières que je voudrais lui demander en
me promettant une amnistie générale pour bientôt. J'ai
refusé les grâces particulières, je me suis retirée en espérant pour tous. L'homme ne posait pas, il était sincère, et
il semblait qu'il fût de son propre intérêt de l'être. J'y suis
retournée *une seconde et dernière fois*, il y a quinze ou vingt
jours, pour sauver un ami personnel [Dufraisse] de la
déportation et du désespoir (car il était au désespoir), j'ai
dit en propres termes, et j'avais écrit en propres termes,
pour demander l'audience, que cet ami ne se *repentirait*
pas de son passé, et ne s'engageait à rien pour son avenir, que je restais en France, moi comme une sorte de
bouc émissaire qu'on pourrait frapper quand on voudrait.
Pour obtenir la commutation de peine que je réclamais,
pour l'obtenir sans compromettre et avilir celui qui en

était l'objet, j'osai compter sur un sentiment généreux
de la part du président, et je le lui dénonçai comme un
ennemi *personnel incorrigible*. Sur le champ il m'offrit sa
grâce entière. Je dus la refuser au nom de celui qui en
était l'objet, et remercier en *mon nom*. J'ai remercié avec
une grande loyauté de cœur, et de ce jour je me suis
regardée comme engagée à ne pas laisser calomnier complaisamment devant moi, *le côté du caractère* de l'homme
qui a dicté cette action. Renseignée sur ses mœurs, par
des gens qui le voient de près depuis longtemps et qui ne
l'aiment pas, je sais qu'il n'est ni débauché, ni voleur, ni
sanguinaire. Il m'a parlé assez longuement et avec assez
d'abandon pour que j'aie vu en lui certains bons instincts
et des tendances vers un but qui serait le nôtre. Je lui ai
dit : Puissiez-vous y arriver, mais je ne crois pas que vous
ayez pris le chemin possible. Vous croyez que la fin justifie les moyens : je crois, je professe la doctrine contraire,
je n'accepterais pas la dictature exercée par mon parti. Il
faut bien que je subisse la vôtre, puisque je suis venue
désarmée vous demander une grâce, mais ma conscience
ne peut changer. Je suis, je reste ce que vous me connaissez, si c'est un crime, faites de moi ce que vous voudrez.

Depuis ce jour-là *le 6 février*, je ne l'ai pas revu, je lui ai
écrit deux fois pour lui demander la grâce de quatre soldats condamnés à mort, et le rappel d'un déporté mourant[1]. Je les ai obtenus. J'avais demandé pour Greppo et
pour Luc Desages gendre de Leroux en même temps que
pour Dufraisse. C'était obtenu. Greppo et sa femme ont
été mis en liberté le lendemain. Luc Desages n'a pas été
élargi. Cela tient, je crois, à une erreur de désignation que
j'ai faite en dictant au président son nom et le lieu du
jugement. J'ai réparé cette erreur dans ma lettre, et en
même temps, j'ai *plaidé* pour la 3ᵐᵉ fois pour ces prisonniers du département de l'Indre. Je dis *plaidé*, parce que
le président et ensuite son ministre [Persigny] m'ayant
répondu sans hésiter qu'ils n'entendaient pas poursuivre
les opinions et la présomption des intentions, les gens
incarcérés comme suspects avaient droit à la liberté et
allaient l'obtenir. Deux fois on a pris la liste, deux fois,

---

1. C'est Lise Perdiguier qui avait signalé à Sand le cas de ces chas-
seurs du 3ᵉ régiment de chasseurs d'Afrique, qui seront graciés :
Duchauffour, Guillemin, Lucat et Mondange ; le déporté mourant
Émile Rogat a été libéré.

on a donné des ordres sous mes yeux, et *dix fois*, dans la conversation le président et le ministre m'ont dit chacun de son côté, qu'on avait été trop loin, qu'on s'était servi du nom du président pour couvrir des vengeances particulières, que cela était odieux et qu'ils allaient mettre bon ordre à cette fureur atroce et déplorable. Voilà *toutes mes relations avec le pouvoir*, résumées dans quelques démarches, lettres et conversations, et depuis ce moment je n'ai pas fait autre chose que de courir de Carlier à Piétri, et du secrétaire du ministre de l'intérieur [Cavet] à M. Baraguey pour obtenir l'exécution de ce qui m'avait été octroyé ou promis pour le Berry et pour Desages, puis pour Fulbert Martin acquitté et toujours détenu ici, pour Mme Roland arrêtée et détenue, enfin pour plusieurs autres que je ne connais pas et à qui je n'ai pas cru devoir refuser mon temps et ma peine, c'est-à-dire dans l'état où j'étais, ma santé et ma vie.

Pour récompense, on m'a dit et on m'écrit de tous côtés : Vous vous compromettez, vous vous perdez, vous vous déshonorez, vous êtes bonapartiste ! *Demandez et obtenez pour nous*, mais haïssez l'homme qui accorde, et, si vous ne dites pas qu'il mange des enfants tout crus nous vous mettons hors la loi. Ceci ne m'afflige nullement, je comptais si bien là-dessus ! Mais cela m'inspire un profond mépris et un profond dégoût pour l'esprit de parti, et je donne de bien grand cœur, non pas au président (qui ne me l'a pas demandée) mais à Dieu que je connais mieux que bien d'autres ma *démission politique*, comme dit ce pauvre Huber[2], et j'ai droit de la donner puisque ce n'est pas pour moi une condition d'existence.

Je sais que le président a parlé de moi avec beaucoup d'estime et que ceci a fâché des gens de son entourage. Je sais qu'on a trouvé mauvais qu'il m'accordât ce que je lui demandais, je sais que l'on me tordra le cou de ce côté-là si on lui tord le sien, ce qui est probable. Je sais aussi qu'on répand partout que je ne sors pas de l'Élysée et que les rouges accueillent l'idée de ma bassesse avec une complaisance qui n'appartient qu'à eux. Je sais enfin que, d'une main ou de l'autre, je serai égorgée à la pre-

2. Aloysius Huber, un des principaux agitateurs de la journée du 15 mai 1848, avait demandé sa grâce et donnait sa « démission politique » dans une lettre publiée par le *Moniteur*.

mière crise. Je vous assure que ça m'est bien égal tant je
suis dégoûtée de tout et de presque tous en ce monde.

Voilà l'historique qui vous servira à redresser des
erreurs si elles sont de bonne foi. Si elles sont de mauvaise foi, ne vous en occupez pas, je n'y tiens pas. Quant
à ma pensée présente sur les événements d'après ce que
je vois à Paris, la voici.

Le président n'est plus le maître, si tant est qu'il l'ait
été 24 heures. Le 1er jour que je l'ai vu, il m'a fait l'effet
d'un envoyé de la fatalité. La seconde fois, j'ai vu
l'homme débordé qui pouvait encore lutter, maintenant
je ne le vois plus, mais je vois l'opinion et j'aperçois de
temps en temps l'entourage, ou je me trompe bien, ou
l'homme est perdu, mais non le système, et à lui, va succéder une puissance de réaction d'autant plus furieuse
que la douceur du tempérament de l'homme sacrifié n'y
sera plus un obstacle. Maintenant le peuple et la bourgeoisie qui murmurent et menacent à qui mieux mieux,
sont-ils d'accord pour ressaisir la république ? ont-ils le
même but ? Le peuple veut-il ressaisir le suffrage universel[3], la bourgeoisie veut-elle le lui accorder ? qui se mettra avec ou contre l'armée si elle égorge de nouveau les
passants dans les rues ?

Que ceux qui croient à des éléments de résistance
contre ce qui existe espèrent et désirent la chute de
Louis-Napoléon ! Moi, ou je suis aveugle ou je vois que
le grand coupable, c'est la France, et que pour châtiment
de ses vices et de ses crimes elle est condamnée à s'agiter sans solution durant quelques années au milieu
d'effroyables catastrophes. Le président, j'en reste et j'en
resterai convaincue, est un infortuné, victime de l'erreur
de la souveraineté du but. Les circonstances, c'est-à-dire
les ambitions de parti, l'ont porté au sein de la tourmente. Il s'est flatté de la dominer, mais il est déjà sub-
mergé à moitié et je doute qu'à l'heure qu'il est il ait
conscience de ses actes. Adieu mon ami, voilà tout pour
aujourd'hui. Ne me parlez plus de ce qu'on dit et écrit
contre moi. Cachez-le-moi, je suis assez dégoûtée comme
cela et je n'ai pas besoin de remuer cette boue. Vous êtes

---

3. Louis-Napoléon Bonaparte avait proclamé le 2 décembre 1851
le rétablissement du suffrage universel, supprimé par la loi du 31 mai
1850.

assez renseigné par cette lettre pour me défendre s'il y a lieu, sans me consulter. Mais ceux qui m'attaquent méritent-ils que je me défende ? Si mes amis me soupçonnent c'est qu'ils n'ont jamais été dignes de l'être, qu'ils ne me connaissent pas, et alors je vais m'empresser de les oublier.

Quant à vous, cher vieux, restez où vous êtes jusqu'à ce que cette situation s'éclaircisse, ou bien si vous voulez venir pour quelque temps, dites-le-moi. Baraguey d'Hilliers ou tout autre peut je crois demander un sauf-conduit pour que vous veniez donner un coup d'œil à vos affaires, mais n'essayons rien de définitif avant que le danger d'un nouveau bouleversement ne soit écarté des imaginations.

## 195. À ALPHONSE FLEURY

Nohant, 5 avril [1852]

Mon ami, ta volonté soit faite. Je n'insiste pas, et je ne t'en veux pas puisque tu obéis à une conviction. Mais je la déplore en un sens, et je veux te dire lequel, afin que nous sachions nous comprendre à demi-mot désormais.

Le point culminant de ton raisonnement est celui-ci : Il faut de grandes expiations et de grands châtiments. « *La notion du droit ne peut renaître que par des actes terribles de justice.* » En d'autres termes c'est la dictature que tu crois légitime et possible entre nos mains, c'est la rigueur, c'est le châtiment, c'est la vengeance.

Je veux, je dois te dire que je me sépare entièrement de cette opinion et que je la crois faite pour justifier ce qui se passe aujourd'hui en France. Le gouvernement de tous a toujours été et sera toujours l'idéal et le but de ma conscience. Pour que tous soient initiés à leurs droits et à leurs propres intérêts, il faut du temps, il en faut cent fois plus que nous ne l'avions prévu en proclamant le principe souverain du suffrage universel. Il a mal fonctionné, tant pis pour nous et pour lui-même. Que nous lui rendions demain son libre exercice, il se tournera encore contre nous, cela est évident, certain. Vous en concluez, je pense, qu'il faut le restreindre ou le détruire

momentanément pour sauver la France. Je le nie, je m'y
refuse. J'ai sous les yeux le spectacle d'une dictature. J'ai
vu celle de M. Cavaignac, qui, je m'en souviens bien, ne
t'a pas choqué autant que celle-ci, et qui ne valait certes
pas mieux. J'en ai assez, je n'en veux plus. Toute révolution prochaine, quelle qu'elle soit, ne s'imposera que par
ces moyens qui sont devenus à la mode et qui tendent à
passer dans nos mœurs politiques. Ces moyens tuent les
partis qui s'en servent. Ils sont condamnés par le ciel qui
les permet, comme par les masses qui les subissent. Si
la République revient sur ce cheval-là, elle devient une
affaire de parti qui aura son jour comme les autres, mais
qui ne laissera après lui que le néant, le hasard et la
conquête par l'étranger. Vous portez donc dans vos
flancs, vous autres qui êtes irrités, la mort de la France.
Puissiez-vous attendre longtemps le jour de rémunération
que vous croyez souverain et que je crois mortel. J'espère
que les masses s'éclaireront jusque-là, en dépit de tout,
qu'elles comprendront que leurs souffrances sont le résultat de leurs fautes, de leur ignorance et de leur corruption, et que le jour où elles seront aptes à se gouverner
elles-mêmes, elles renieront les chefs qui reviendraient
vers elles avec la terreur en croupe. Jusque-là, nous souffrirons, soit ! nous serons victimes, mais nous ne serons
pas bourreaux. Il est temps que cette vieille question que
Mazzini ressuscite soit vidée, la question de savoir s'il
faut être politique ou socialiste. Il prononce qu'il faut être
désormais purement politique. Je prononce dans mon
âme qu'il faut être, quant à présent, socialiste *non politique*,
et l'expérience des années qui viennent de s'écouler me
ramène à mes premières certitudes. On ne peut être *politique* aujourd'hui sans fouler aux pieds le droit humain, le
droit de tous. Cette notion du vrai droit ne peut pas s'incarner dans la conscience d'hommes qui n'ont pas
d'autre moyen pour le faire prévaloir que de commencer
par le violer. Quelque honnêtes, quelque sincères qu'ils
soient, ils cessent de l'être dès qu'ils entrent dans l'action
contemporaine. Ils ne peuvent plus l'être à peine de
recommencer l'impuissance du gouvernement provisoire.
La logique du fait les contraint à admettre le principe des
jésuites, de l'Inquisition, de 93, du 18 brumaire et du
2 décembre. *Qui veut la fin veut les moyens.* Ce principe est
vrai en fait, faux en morale, et un parti qui rompt avec la

morale ne vivra jamais en France, malgré l'apparence
d'immoralité de cette nation troublée et fatiguée. Donc
la dictature est illégitime devant Dieu et devant les
hommes, elle n'est pas plus légitime aux mains d'un roi
que dans celles d'un parti révolutionnaire. Elle a sa légitimité fatale dans le passé, elle ne l'a plus dans le présent.
Elle l'a perdue le jour où la France a proclamé le principe du suffrage universel. Pourquoi ? Parce qu'une vérité,
n'eût-elle vécu qu'un jour, prend son rang et son droit
dans l'histoire. Il faut qu'elle s'y maintienne, au prix de
tous les tâtonnements, de toutes les erreurs dont son premier exercice est entaché et entravé inévitablement, mais
malheur à qui la supprime, même pour un jour ! Là repa-
raît le grand sens des masses, car elles abandonnent celui
qui commet cette profanation. Là est toute la cause de
l'indifférence avec laquelle le peuple a vu violer sa représentation au 2 décembre. Elle n'était pas encore le produit du suffrage restreint mais elle avait décrété la mort
du suffrage universel, et le peuple s'est plus volontiers
laissé prendre à l'appât d'un faux suffrage universel, qui,
du moins, n'avait pas été débaptisé, et dont il n'a pas
compris les restrictions mortelles.

Mais, me diras-tu, peut-être, je ne suis pas de ceux qui
voudraient revenir avec la dictature et la suppression ou
la restriction du suffrage universel. Pour ce qui te concerne,
j'en suis persuadée ; mais alors je te déclare que tu es
impuissant parce que tu es illogique. Cette nation-ci n'est
pas républicaine, et, pour qu'elle le devînt, il y faudrait la
liberté de la propagande ; plus que cette liberté, car elle
ne sait pas lire, et n'aime pas à écouter. Il faudrait l'encouragement donné d'en haut à la propagande, il faudrait,
peut-être, la propagande imposée par l'État. Fort bien !
Quel sera le gouvernement assez fort pour agir ainsi ?
Une dictature révolutionnaire, je n'en vois pas d'autre.
Qui la créera ? une révolution ? Soit. Faite par qui ? par
nous que la majorité du vote repousse et sacrifie ? Ce ne
pourra être dès lors que par une conspiration, par un
coup hardi, par un hasard heureux, par une surprise, par
les armes. Combien y resterons-nous ? Quelques mois
pendant lesquels, pour préparer le bon résultat du suffrage,
nous ferons de la terreur sur les riches, et par conséquent
de la misère sur les pauvres. Et les pauvres ignorants
voudront de nous ? Allons donc ! Un ouvrier a dit une

belle parole en mettant 3 mois de misère au service de
*l'idée*[1], mais est-ce qu'il y a eu de l'écho en France ? est-
ce que le pauvre ne sera pas toujours pressé de se débarrasser par le vote, d'un pouvoir qui l'effraye et qui ne
peut pas lui donner des satisfactions subites, quoi qu'il
ose et quoi qu'il fasse ? Non, non cent fois, on ne peut
pas faire une révolution sociale avec les moyens de la
politique actuelle, ce qui a été vrai jusqu'ici est devenu
faux, parce que le but de cette révolution est une vérité
qui n'a pas encore été expérimentée sur la terre, et qu'elle
est trop pure et trop grande pour être inaugurée par les
moyens du passé, et par nous-mêmes, qui sommes
encore à trop d'égards les hommes du passé. Nous en
avons la preuve sous les yeux. Voici un système qui au
fond, porte en lui-même un principe de socialisme matérialiste qu'il ne s'avoue pas, mais qui est sa destinée
propre, son innéité fatidique, son unique moyen d'être,
quoi qu'il fasse pour s'y soustraire et pour caresser les
besoins d'aristocratie qui le rongent lui-même. Le jour où
il laissera trop peser la balance de son instinct aristocratique, il sera perdu. Il faut qu'il caresse le peuple ou qu'il
périsse. Il le sait bien et il gémit sur sa base à peine jetée
dans le sol. Pourquoi ce pouvoir est-il impossible à
consolider sans violence et sans faiblesse ? Car il offre le
spectacle de ces deux extrêmes qui se touchent toujours
et partout ! C'est parce qu'il est l'œuvre des souvenirs du
passé, impuissants à entraver comme à fonder l'avenir, et
à obtenir un autre résultat que le désordre moral et le
chaos intellectuel. Si l'ordre matériel réussit à s'y faire, et
j'en doute, quel sera le progrès véritable ? Aucun, selon
moi, dont l'avenir puisse lui savoir gré. À présent que je
le regarde et que je le juge avec calme, je vois son œuvre
et son rôle dans l'histoire. Il est une nécessité matérielle
des temps qui l'ont produit. Il est une véritable lacune
dans le sens providentiel des événements humains.

Il y a des jours, des mois, des années dans la vie des
individus, comme dans celle des nations, où la destinée
semble endormie et la providence insensible à nos maux

1. *Le Peuple constituant* du 10 mars 1848 rapporte ces propos d'un
homme en haillons à un polytechnicien : « Tu peux dire au Gouvernement provisoire que nous avons encore trois mois de misère au
service de la République pourvu qu'on s'occupe de nous » (*Revue
d'histoire littéraire de la France*, 1977, nº 1, p. 147 n. 3).

et à nos erreurs. Dieu semble s'abstenir et nous sommes
forcés par la fatigue et l'absence de secours extérieurs
de nous abstenir nous-mêmes de travailler à notre salut,
sous peine de précipiter notre ruine et notre mort, nous
sommes dans une de ces phases. Le temps devient le seul
maître, le temps qui, au fond, n'est que le travail invisible
de cette mystérieuse providence voilée à nos regards. Je
prendrai un exemple plus saisissant et comparerai le
peuple que nous avons essayé d'éclairer, à un enfant très
difficile à manier, très aveugle, assez ingrat, fort égoïste et
innocent, en somme, de ses propres fautes, parce que
son éducation a été trop tardive et ses instincts trop peu
combattus ; un véritable enfant, en un mot, tous se ressemblent plus ou moins. Quand tous les moyens ont été
tentés, dans l'étroite limite où de sages parents peuvent
lutter contre la société corrompue qui leur dispute et leur
arrache l'âme de cet enfant, n'est-il pas des jours où nous
sentons qu'il faut le laisser à lui-même et espérer sa guérison de sa propre expérience ? Dans ces jours-là, n'est-il
pas évident que nos exhortations l'irritent, le fatiguent et
l'éloignent de nous ? Crois-tu qu'une œuvre de persévérance et de persuasion comme celle de sa conversion
peut s'accomplir par la menace et la violence ? L'enfant
s'est donné à de mauvais conseils, à de perfides amis.
Faut-il venir sous ses yeux frapper, briser, anéantir ceux
qui l'ont accaparé ? Sera-ce un moyen de reconquérir sa
confiance ? Bien loin de là, il les plaindra, il les pleurera
comme des victimes de notre fureur jalouse et il leur pardonnera tout le mal qu'il lui auront fait, par l'indignation
que lui causera celui que nous leur ferons. Le moyen le
plus sûr et le plus naïvement logique n'est-il pas, quand
nous nous sentons complètement supplantés par eux, de
laisser l'enfant égaré souffrir de leurs trahisons et s'éclairer sur leur perfidie ?

Il n'y a plus que le sentiment moral, le sentiment fraternel, le sentiment évangélique qui puisse sauver cette
nation de sa décadence. Il ne faut pas croire que nous
sommes à la veille de la décadence, nous y sommes en
plein, et c'est se faire trop d'illusions que d'en douter.
Mais l'humanité ne compte plus ses revers et ses conquêtes
par périodes de siècles. Elle marche à la vapeur aujour-
d'hui et quelques années la démoralisent, comme quelques
années la ressuscitent. Nous entrons dans le bas-empire à

pleines voiles, mais c'est à pleines voiles aussi que nous
en sortirons. Les idées vraies sont émises pour la plupart,
laissons-leur le temps de s'incarner, elles ne sont encore
que dans les livres et sur les programmes. Elles ne peuvent pas mourir, elles veulent, elles doivent vivre, mais
attendons, car si nous bougeons dans les circonstances
fatales où nous sommes, et où nous sommes par notre
faute, nous allons les engourdir encore et mettre à leur
place, des intérêts matériels et des passions violentes.
Arrière ces mots de haine et de vengeance qui nous assi-
milent à nos persécuteurs. La haine et la vengeance ne
sont jamais sanctifiées par le droit, elles sont toujours
une ivresse, l'exercice maladif de facultés brutales et inco-
hérentes. Il n'en peut sortir que du mal, le désordre,
l'aveuglement, les crimes contre l'humanité, et puis la lassitude, l'isolement, l'impuissance.

   Mon Dieu, les excès de notre première révolution ne
nous ouvriront-ils jamais les yeux ? Les passions n'y ont-
elles pas joué un rôle si violent, qu'elles y ont tué l'idée,
et que Robespierre, après avoir débuté par flétrir la peine
de mort, est arrivé à la regarder comme une nécessité
politique ? Il croyait tuer le principe de l'aristocratie en
détruisant toute une caste ! Une caste nouvelle s'est formée le lendemain, et aujourd'hui cette caste ressuscite
l'Empire, après avoir cédé la place à celle de la Restauration, que Robespierre n'avait pu empêcher de lui survivre
et de procréer !

   93 ! cette grande chose que nous ne sommes pas de
taille à recommencer, a cependant avorté, grâce aux passions, et vous parlez de garder vos passions comme un
devoir de conscience ! Cela est insensé et coupable.
Croyez-vous que le lendemain du jour où vous vous
serez bien vengés, le peuple sera meilleur et plus instruit,
et que vous pourrez lui faire goûter les douceurs de la
fraternité ? Il sera cent fois pire qu'aujourd'hui. Restez
donc dehors, vous qui n'avez que de la colère à son service.

   Il vaut mieux qu'il réfléchisse dans l'esclavage que
d'agir dans le délire, puisque son esclavage est volontaire,
et que vous ne pouvez l'en affranchir qu'en le prenant
par la surprise et la violence d'un coup de main. Mieux
vaut que les prétendants se dévorent entre eux, que des
révolutions prétoriennes s'accomplissent. Le peuple n'est

pas disposé à y intervenir. Elles passeront sur sa tête et s'affaisseront sous leurs propres ruines. Alors le peuple s'éveillera de sa méditation, et comme il sera le seul pouvoir survivant, le seul pouvoir qu'on ne peut pas détruire dès qu'il a commencé à respirer véritablement, il mettra par terre sans fureur et sans vengeance tous ces fantômes d'un jour qui ne pourront plus conspirer contre lui.

Mais cela ne fait pas les affaires des *hommes d'action* de ce temps-ci. Ils ne veulent pas s'abstenir, ils ne veulent pas attendre. Il leur faut un rôle et du bruit. S'ils ne font rien ils croient que la France est perdue. La plupart d'entre eux ne s'est-elle pas imaginé qu'elle avait sauvé la société dans les horribles journées de juin, en abandonnant la populace au sabre africain ? La populace ne l'a pas oublié, elle ne veut plus d'aucun parti, elle s'abstient, c'est son droit. Elle se méfie, elle en a sujet. Elle ne veut plus de politique, elle subit le premier joug venu et s'arrange pour ne pas se faire écraser dans la lutte, puisque c'est son destin éternel. Elle n'est pas si égoïste que l'on croit, elle voit plus loin dans son épais bon sens, que nous dans nos agitations fiévreuses. Elle attend son jour, elle sent que les hommes d'aucun parti ne veulent ou ne peuvent le lui hâter. Elle sait qu'elle se fût fait mitrailler en décembre au profit de Changarnier, que Cavaignac et consorts eussent fait jonction avec une bonne partie de la bourgeoisie, à ce pouvoir oligarchique et militaire. J'aime autant celui-ci. Je suis aussi bête et aussi sage que le peuple. Je sais attendre.

Et allons au fond du cœur humain. Pourquoi sais-je attendre ? Pourquoi la majorité du peuple français sait-elle attendre ? Ai-je le cœur plus dur qu'un autre ? Je ne crois pas. Ai-je moins de dignité qu'un homme de parti ? J'espère que non. Le peuple souffre-t-il moins que vous autres ? J'en doute fort. Sommes-nous sur des roses dans ce pays-ci ? Nous ne nous en apercevons guère. Pourquoi êtes-vous plus pressés que nous ? C'est que vous êtes pour la plupart des ambitieux, les uns des ambitieux de fortune, de pouvoir et de réputation. Les autres comme toi, des ambitieux d'honneur, d'activité, de courage et de dévouement. Noble ambition sans doute que celle-là, mais qui n'en a pas moins sa source dans un besoin personnel d'agir à tout prix et de croire à soi-même plus qu'il n'est toujours sage et légitime d'y croire. Vous avez

de l'orgueil, honnêtes gens que vous êtes, vous êtes peu
chrétiens, vous croyez que rien ne peut se faire sans vous,
vous souffrez quand on vous oublie, vous vous dégoûtez
quand on vous méconnaît. Les vanités qui vous cou-
doient vous abusent, vous chauffent et vous exploitent.
Vous avez vécu à l'aise dans cette Assemblée constituante
qui a commencé à égorger le socialisme sans s'en douter,
ou plutôt en le voulant un peu, car vous ne vous disiez
pas encore socialistes à cette époque, vous vous êtes
éclairés et retrempés plus tard dans le programme de la
Montagne qui est votre meilleure action, votre seul
ouvrage durable. Mais il était trop tard et trop tôt pour
que cela produisît un bien immédiat, vous aviez déjà fait
divorce à votre insu avec le sentiment populaire que vous
eussiez voulu féconder, et qui s'éteignait dans la méfiance
pour se jeter dans la passion ou se laisser tomber dans
l'inertie. Vous avez pourtant fait pour le mieux selon vos
lumières et vos forces, mais vous étiez poussés par les
passions autant que par les principes et vous avez commis tous plus ou moins, dans un sens ou dans l'autre, des
fautes inévitables, qu'elles vous soient mille fois pardon-
nées ! Je ne suis pas de ceux qui s'entr'égorgent dans les
bras de la mort. Mais je dis que vous ne pouvez plus rien
avec ces passions-là. Votre sagesse, et par conséquent
votre force, serait de les apaiser en vous-mêmes, pour
attendre l'issue du drame qui se déroule aujourd'hui entre
le principe de l'autorité personnelle et le principe de la
liberté commune. Cela mériterait d'être médité à un point
de vue plus élevé que l'indignation contre les hommes.
Les hommes ! faibles et aveugles instruments de la logique
des causes ! Il serait bon de comprendre et de voir afin
d'être meilleurs pour être plus forts ; au lieu de cela, vous
vous usez, vous vous affaiblissez à plaisir dans des émotions ardentes et dans des rêves de châtiment que la providence, plus maternelle et plus forte que vous, ne mettra
jamais, j'espère, entre vos mains.

   Adieu, mon ami, d'après toute cette philosophie que
j'avais besoin de me résumer et de te résumer en rentrant
dans le repos de la campagne, tu vas croire que je m'arrange fort bien de ce qui est, et que je ne souffre guère
dans les autres, hélas ! je ne m'en arrange pas, et j'ai vu
plus de larmes, plus de désespoirs, plus de misères dans
ma petite chambre de Paris, que tu n'en as pu voir en

Belgique. Là, tu as vu les hommes qui partent, moi j'ai vu les femmes qui restent! Je suis sur les dents après tant de tristesse, et de fatigues dont il a fallu prendre ma part, après tant de persévérance et de patience dont il a fallu m'armer pour aboutir à de si minces allègements. Je ne m'en croyais pas capable, aussi j'ai failli y laisser mes os. Mais le devoir porte en soi sa récompense. Le calme s'est fait dans mon âme et la foi m'est revenue. Je me retrouve aimant le peuple et croyant à son avenir comme à la veille de ces votes qui pouvaient faire douter de lui, et qui ont porté tant de cœurs froissés à le mépriser et à le maudire!

Je t'embrasse et je t'aime.

## 196. À SOLANGE CLÉSINGER

[Nohant, 25 avril 1852]

Je vois, ma grosse, que tu es dans un accès de spleen. Bah! cela passera vite, comme tout ce qui te passe par la tête. Il me semble que puisque tu as eu une première victoire, assez inespérée, quant à moi, je l'avoue[1]; puisque dans quelques jours tu vas ravoir ta fille et l'amener ici, où tu resteras si tu veux jusqu'à de nouvelles nécessités de ton procès, il n'y a pas à se désespérer pour quelques jours passés dans une chambre triste; car je vois que c'est là le grand malheur du moment. Celui-là n'est pas mortel, j'ai beaucoup vécu, beaucoup travaillé *seule*, entre quatre *murs sales*, dans les *plus belles années de ma jeunesse*, comme tu dis, et ce n'est pas ce que je regrette d'avoir connu et accepté. L'isolement dont tu te plains c'est autre chose. Il est inévitable dans le moment où tu es, il est la conséquence du parti que tu as pris. Ce mari (insupportable de caractère, c'est possible) n'était peut-être pas digne de tant d'aversion et d'une si fougueuse rupture. Je crois qu'on aurait pu se séparer autrement, avec plus de dignité, de patience et de prudence. Tu l'as voulu, c'est fait, je n'y reviens pas pour te dire qu'il ne fallait pas le

1. Solange se sépare de Clésinger, et habite dans une pension; elle a obtenu un jugement du tribunal qui lui rend la garde de sa fille.

faire, puisque la chose est accomplie. Mais je trouve que
tu n'as pas bonne grâce à te plaindre des résultats immédiats d'une résolution que tu as prise seule et malgré ces
*parents, amis* et *enfant* dont tu sens l'absence aujourd'hui.
L'*enfant* aurait dû te faire patienter, les *amis* l'auraient
voulu, les *parents,* car c'est *moi* dont tu parles, deman-
daient instamment que le moment fût mieux choisi, les
motifs mieux prouvés, la manière plus douce et plus
généreuse. Tu veux avaler des barres de fer et tu t'étonnes
qu'elles te restent en travers de l'estomac. Moi, je trouve
que tu es bien heureuse de les digérer sans en être plus
malade. Je ne vois pas que tu aies tant à te plaindre de
tout le monde, et que les amis que tu as été à même de te
faire, en vivant loin de moi *volontairement* dans le monde,
te soient restés plus fidèles que ceux qui te venaient de
moi : que Clotilde [Villetard], *la seule parente qui me reste,*
eût beaucoup à se louer de tes faveurs ; et pourtant elle
t'a ouvert un asile dans des circonstances où tout le monde
eût reculé devant des scènes fâcheuses dont le hasard
seul l'a préservée de la part de ton mari. Je ne vois pas
que Lambert, que tu voulais faire battre et tuer par
ce même mari, ne t'ait pas montré, dans sa petite sphère
d'assistance, beaucoup d'intérêt et de dévouement. Il
n'est pas un de mes vieux amis qui n'eût été prêt à te
pardonner tes aberrations envers moi, et à t'accueillir
comme par le passé, si toi-même n'eusses dédaigné et
repoussé l'idée de leur devoir quelque chose. Le nombre
n'en est pas grand, il est vrai, et ce ne sont pas gens
d'importance et de haute volée. Cela, ce n'est pas ma
faute. Je ne suis pas née princesse comme toi et j'ai établi mes relations suivant mes goûts simples et mes instincts de retraite et de tranquillité. Alors le grand malheur
de ta position, c'est d'être ma fille, mais je n'y peux rien
changer et il faut bien que tu en prennes ton parti une
fois pour toutes.

Quant aux autres amis que tu as pu faire depuis ton
mariage et notre séparation, je ne peux pas croire que
tous soient détestables et qu'il y ait de leur faute dans
votre rupture. Bourdet a été sévère pour toi, mais s'il
avait quelque raison pour l'être, je ne vois pas que j'y sois
pour quelque chose, et je ne suis pas certaine non plus
qu'il n'eût pas été facile de te le conserver pour appui. Sa
famille t'aimait tendrement, j'ai vu sa femme te pleurer,

et sa belle-mère parlait de toi avec une grande sollicitude. Le comte d'Orsay, en dépit de tout le mécontentement que lui causait le détail de ta conduite, est resté paternel pour toi au milieu de sarcasmes que je souffre de te voir mériter souvent. Sa sœur [Gramont] a été aimable et bien disposée pour toi, tu la détestes. Tu as vu beaucoup de personnes dans une position brillante, telles que tu les cherches de préférence, Mme de Girardin et d'autres encore. Pourquoi ne trouves-tu pas appui et sympathie dans le monde où tu t'es lancée et auquel moi, je suis forcément étrangère ? Le genre humain tout entier est-il détestable et n'y a-t-il que toi de parfaite ? Es-tu une victime de l'injustice générale ou de ton propre caractère qui est dédaigneux, changeant, et qui exige tout des autres sans se croire obligé à rien envers les autres ?

Penses-y et si c'est là le mal, comme il est en toi-même, personne autre que toi n'y peut porter remède dans l'avenir. Tu auras beau te plaindre à moi de ton ennui, et de ton abandon, je ne pourrai forcer personne à t'aimer si tu n'es pas aimable. Si ton frère n'est pas ton meilleur ami, ton compagnon assidu, comme il l'aurait fallu pour notre bonheur à tous trois, est-ce parce qu'il est, selon toi, un monstre d'égoïsme ? Je ne le pense pas, moi qui vis avec lui depuis bientôt trente ans sans un nuage sérieux entre nous. Pas plus que toi il n'est sans défaut, mais je l'ai vu verser bien des larmes sur tes injustices, donc il a quelque chose pour toi dans le ventre, tout en te rudoyant ; et toi, tu lui as dit bien des fois que tu le haïssais. C'était dans la colère ; mais dans le calme, tu n'as jamais dit ni à lui, ni à moi, ni à personne que tu l'aimais, et il est très facile de voir que tu ne l'as jamais aimé. C'est triste. Il faut que tout ce qui t'aime se résigne à être à peine toléré. Tu n'aimes pas ! Tu ne sens pas ton vrai malheur, mais il se traduit par l'ennui de l'âme et par l'isolement et tu te plains de ceux qui t'abandonnent, sans comprendre que tu as repoussé ou blessé tout le monde.

Il te faudrait, pour te consoler, de l'argent, beaucoup d'argent. Dans le luxe, dans la paresse, dans l'étourdisse-ment tu oublierais le vide de ton cœur. Mais pour te donner ce qu'il te faudrait, il me faudrait moi travailler le double, c'est-à-dire mourir dans six mois, car le travail que je fais excède déjà mes forces. Si je mourais dans six

mois, tu ne serais pas longtemps riche, donc cela ne servirait à rien, car mon héritage ne vous fera pas riches du
tout, ton frère et toi. D'ailleurs, si je pouvais travailler
le double et durer quelques années encore, est-il bien
prouvé que mon devoir envers toi fût de me créer cette
vie de galérien, de me faire cheval de pressoir pour te
procurer du luxe et du plaisir ? Non, cela ne m'est pas
démontré, et tu me permettras de croire que ce n'est
pas seulement la *crainte de déranger mes petites aises*, comme
tu dis si bien, qui m'empêche de consommer ce suicide
stupide et monstrueux à envisager, ne fût-ce qu'aux yeux
de Maurice, c'est un sentiment de devoir plus sérieux et
plus vrai, car ayant échoué dans celui de te rendre heureuse et raisonnable, celui de *t'amuser* devient tout à fait
contraire à mes autres devoirs en ce monde.

Donc, résume ma situation financière et la tienne.
Nous avons *pour trois* 7 000 f. de rente. Le reste sort
de mon cerveau, de mes veilles, de mon sang brûlé et de
mes nerfs tendus et malades. Je te donnerai le plus que
je pourrai. La maison sera tienne tant que tu n'y mettras
pas le trouble par des folies ou le désespoir par des
méchancetés. Je garderai, j'élèverai ta fille tant que tu
voudras, mais je ne m'affecterai pas des plaintes inutiles
sur la gêne et les privations qu'il te faudra subir à Paris.
Je ne m'en fâcherai pas, tout en les comprenant fort
bien ; mais j'ai pris mon parti sur des choses sans
remède, on ne rudoye que tant qu'on espère amender, je
sais très bien qu'à tes yeux je serai toujours la cause de
tes maux. Je ne serai pas assez riche, je ne serai pas assez
grande dame, ou bien je me permettrai trop de charités,
je ne priverai pas assez Maurice, *l'enfant chéri*, pour orner
ta vie de chevaux et de toilettes. J'aurai peut-être l'infamie d'aimer et d'estimer Augustine et de l'avoir chez moi
aux vacances. Tous ces torts-là, je les aurai, n'en doute
pas. Tu me les reprocheras directement ou indirectement,
j'y compte. Tu trouveras toujours quelques confidentes,
plus ou moins *Rozières*, pour faire circuler dans un certain
monde de cancans, où j'ai des ennemis parce que ma
droiture y écrase bien des pécores, que tu es une victime
de mon abandon, de ma préférence pour mon fils et
pour cette *coquine* d'Augustine qui a l'impudeur d'être fort
pauvre sans se plaindre jamais, de travailler comme un
nègre, à 50 sous le cachet, dans une petite ville de pro-

vince, de se trouver heureuse avec son mari et son enfant, et de me bénir comme si je l'avais faite millionnaire. Que veux-tu? La vie a ses mauvais côtés, je les connais, je les subis, je laisserai dire et tu n'en seras ni plus riche ni mieux entourée.

Ouvre donc les yeux, tu n'es pas idiote, et tu auras beau enfler ta personnalité, ta conscience te criera toujours que quiconque ne se sacrifie jamais ne forcera jamais personne à se sacrifier pour lui. L'avenir est à toi, ce n'est plus un avenir de cavalcades, de beaux appartements, de loisirs, de causeries, d'indolence et de grands airs. C'est la retraite, les soins du ménage, l'éducation et la surveillance assidue de ta fille, le travail si tu peux, sinon la plus stricte économie, la plus austère simplicité dans un intérieur presque pauvre à Paris, tout à fait pauvre et misérable en comparaison de ce que tu as rêvé. Sinon la vie de campagne chez les parents, mais un peu en tutelle, car tes parents voudront rester maîtres chez eux et ne souffriront pas de cortège auquel on les accuserait de prêter la main et de tenir la bougie.

Voilà l'avenir d'une femme qui a été malheureuse dans le mariage, autant par sa faute que par celle d'autrui; qui a voulu rompre violemment et dès les premières souffrances sans s'assurer l'appui et sans écouter le conseil de personne. Mais cet avenir peut tout réparer. Ce peut être celui d'une femme de bien qui a réfléchi après coup et qui a fait un grand effort de cœur, de conscience et de courage pour ramener à elle les affections gaspillées, l'approbation discutée. Dans cette austérité, dans cette simplicité de mœurs et d'habitudes, elle peut sentir son âme s'élargir, son esprit s'élever, elle peut être artiste, elle peut créer ou *sentir*, ce qui est aussi agréable, aussi fortifiant l'un que l'autre, aussi en dehors des jouissances matérielles, aussi indépendant du monde, de la richesse et des excitations vides qu'elle procure. L'âme purifiée peut et doit arriver aux seules vraies jouissances de la vie. Dans cette situation un enfant aimable, intelligent et beau comme Nini est un trésor dont on sent le prix et qui vous tient lieu de tout. On a de bons et solides amis qui ne vous admirent pas pour vos rubans et vos parfums, mais qui vous estiment, vous chérissent et vous protègent pour votre vraie beauté, celle de l'âme et de la conduite.

Mais il y a un autre avenir, et les réflexions de ta lettre sur *les femmes de jugement et de cœur*, qui succombent quelquefois comme *les filles sans éducation au plaisir et au vice*, me font penser que ton mari ne mentait pas toujours quand il prétendait que tu lui avais fait certaines menaces. Si ton mari est fou, tu es diablement folle aussi, ma pauvre fille, en de certains moments, et tu ne sais alors ni ce que tu penses, ni ce que tu dis. Tu étais dans un de ces moments-là en m'écrivant le paradoxe étrange qui est dans ta lettre. *Non*, des femmes de *cœur* et de *jugement* ne succombent jamais à l'attrait du vice. Car le vice n'a d'attraits et de séductions que pour celles qui sont sans jugement et sans cœur. Voilà la question jugée par elle-même, par les propres termes où tu la poses. Si tu dis souvent de pareilles stupidités, je ne m'étonne pas que tu aies fait péter la cervelle de Clésinger. Une mère les lit avec pitié, mais un mari ne doit pas les entendre sans fureur ou sans désespoir.

Vraiment tu trouves difficile d'être pauvre, isolée et de ne pas tomber *dans le vice*? Tu as bien de la peine *à te tenir debout* parce que tu es depuis 24 h. entre *quatre murs* et que tu entends *rire les femmes* et *galoper les chevaux au-dehors*? *Qué malheur!* comme dit Maurice. Le vrai malheur c'est d'avoir une cervelle où peut entrer le raisonnement que tu fais : *Il me faut du bonheur ou du vice*. Depuis quand donc le manque du bonheur est-il un prétexte au manque de dignité? Dans quel code de morale et de religion chinoise ou sauvage as-tu donc lu que l'être humain n'avait pas de choix entre la souffrance et la honte, et qu'il n'y avait aucune consolation à souffrir sans s'abaisser? Existe-t-il sur la terre une créature si précieuse, si différente des autres, si excellente à ses propres yeux, qu'elle puisse dire : Mon droit au bonheur est tel que si on ne le satisfait pas, je le satisferai par tous les moyens? — Ne dis donc plus de pareilles bêtises, je ne veux pas, moi, les prendre au sérieux, comme ton fou de mari que tu as plus souvent regardé comme un niais que redouté comme un tyran. Je ne donne pas dans ces bourdes-là. Essaies-en donc un peu du vice et de la prostitution, je t'en défie bien, moi! Tu ne passeras pas seulement le seuil de la porte pour aller chercher du luxe dans l'oubli de ta fierté naturelle. Or le suicide moral est comme le suicide physique. Quand on n'en a pas la moindre envie, il ne faut pas en faire la menace à personne, pas plus à sa mère qu'à son mari. Ce n'est pas d'ailleurs si facile que tu crois de se déshonorer. Il faut être plus extraordinairement belle et spirituelle que tu ne l'es pour être poursuivie ou seulement recherchée par les acheteurs. Ou bien il faut être plus rouée, se faire désirer, feindre la passion ou le libertinage et toutes sortes de *belles choses*, dont, Dieu merci, tu ne sais pas le premier mot! Les hommes qui ont de l'argent veulent des femmes qui sachent le gagner, et cette science te soulèverait le cœur d'un tel dégoût que les pourparlers ne seraient pas longs.

Abstiens-toi donc à jamais de ces bravades, de ces aspirations et de ces regrets. Tu en parles comme une aveugle des couleurs. Tu seras fière et honnête malgré toi, il faut en prendre ton parti et ne pas croire qu'il y ait même grand mérite à cela. Tu as de véritables accès de folie, prends-y garde. Tâche que je sois seule à le savoir. J'ai vu des jeunes femmes lutter contre des passions de cœur ou des sens et s'effrayer de leurs malheurs domestiques, dans la crainte de succomber à des entraînements involontaires. Mais je n'en ai jamais vu une seule élevée comme tu l'as été, ayant vécu dans une atmosphère de dignité et de liberté morale, qui se soit alarmée des privations du bien-être et de l'isolement, à cause des dangers que tu signales. Une femme *de cœur et de jugement* ne sait pas seulement si de tels dangers existent. Elle peut craindre, si forte qu'elle soit, d'être entraînée par l'amour, jamais par la cupidité. Sais-tu que si j'étais *juge* dans ton procès et que je lusse tes aphorismes d'aujourd'hui, je ne te donnerais certes pas ta fille? Et pourtant tu me dis de la redemander pour toi, ma foi, si tu veux que je continue, parle-moi autrement, je t'en prie, autrement je croirais qu'elle est mieux où elle est.

Bonsoir, ma fille. Lis cette lettre plutôt trois fois qu'une. Elle te fâchera à la première, mais à la troisième tu diras comme moi et tu ne recommenceras plus ce mauvais rêve.

Je t'embrasse quand même et tendrement.

Ta mère.

25 avril 52.

Je t'ai écrit une longue lettre. Lis-la dans un moment de calme et de raison. Elle résume tout ce que je t'ai dit, tout ce que j'ai à te dire. Je n'y reviendrai pas et t'engage seulement à la garder comme l'invariable réponse que j'aurai à faire à de certaines plaintes.

Et puis, prends ton courage à deux mains. Va chercher ta fille et amène-la ici. Évite-moi de te dire des choses qui font toujours mal à dire et à entendre. Évite aussi d'en dire aux autres qui me reviennent toujours et qui ne me feront pas varier.

Marche droit ; c'est ennuyeux selon toi. Selon moi, c'est agréable et sain. Efforce-toi de comprendre pourquoi j'en juge ainsi et essaye de trouver le bonheur où il est, dans la conscience. Tu auras beau chercher, tu ne le trouveras pas ailleurs.

## 197. AU PRINCE LOUIS-NAPOLÉON BONAPARTE

[Nohant, 18 mai 1852]

Prince,

Ils sont partis pour le fort de Bicêtre ces malheureux déportés de Châteauroux[1], partis enchaînés comme des galériens au milieu des larmes d'une population qui vous aime et qu'on vous peint dangereuse et féroce. On ne comprend pas ces rigueurs. On vous dit que cela fait *bon effet*, on vous ment, on vous trompe, on vous trahit !

Pourquoi, mon Dieu, vous abuse-t-on ainsi ? Tout le monde le devine et le sent, excepté vous. Ah ! si Henri V vous renvoie en exil ou en prison, souvenez-vous de quelqu'un qui vous aime toujours, bien que votre règne ait déchiré ses entrailles et qui, au lieu de désirer, comme les intérêts de son parti le voudraient peut-être, qu'on vous rende odieux par de telles mesures, s'indigne de voir le faux rôle qu'on veut vous faire dans l'histoire, à vous qui avez le cœur grand autant que la destinée.

À qui plaisent donc ces fureurs, cet oubli de la dignité humaine, cette haine politique qui détruit toutes les notions

---

1. Les treize déportés de l'Indre ont quitté Châteauroux pour Bicêtre le 2 mai ; Sand a été informée des détails de leur transfert par une lettre d'Alexandre Lambert.

du juste et du vrai, cette inauguration du régime de la terreur dans les provinces, ce proconsulat des préfets qui,
en nous frappant, déblayent le chemin pour d'autres que
pour vous ? Ne sommes-nous pas vos amis naturels
que vous avez méconnus pour châtier les emportements
de quelques-uns ? Et les gens qui font le mal en votre
nom ne sont-ils pas vos ennemis naturels ? Ce système
de barbarie politique plaît à la bourgeoisie, disent les rapports. Ce n'est pas vrai. La bourgeoisie ne se compose
pas de quelques gros bonnets de chef-lieu qui ont leurs
haines particulières à repaître, leurs futures conspirations
à servir. Elle se compose de gens obscurs qui n'osent
rien dire parce qu'ils sont opprimés par les plus appa-
rents mais qui ont des entrailles et qui baissent les yeux
avec honte et douleur en voyant passer ces hommes dont
on fait des martyrs et qui, ferrés comme des forçats sous
l'œil des préfets, tendent avec orgueil leurs mains aux
chaînes.

On a destitué à La Châtre un sous-préfet [Lebrun de
la Messardière], j'en ignore la raison, mais le peuple dit et
croit que c'est parce qu'il a ordonné qu'on ôtât les chaînes
et qu'on donnât des voitures aux prisonniers.

Les paysans étonnés venaient regarder de près ces
victimes. Le commissaire de police criait au peuple : Voilà
ceux qui ont violé et éventré les femmes.

Les soldats disaient tout bas : N'en croyez rien ! on n'a
pas violé, on n'a pas éventré une seule femme. Ce sont
là d'honnêtes gens, bien malheureux. Ils sont socialistes,
nous ne le sommes pas ; mais nous les plaignons et nous
les respectons. À Châteauroux, on a remis les chaînes.
Les gendarmes qui ont reçu ces prisonniers à Paris ont
été étonnés de ce traitement.

Le général Canrobert n'a vu personne. On le disait
envoyé par vous pour réviser les sentences rendues par
l'ire des préfets et la terreur des commissions mixtes,
pour s'entretenir avec les victimes et se méfier des fureurs
locales. Trois de vos ministres me l'avaient dit à moi, je
le disais à tout le monde, heureuse d'avoir à vous justifier. Comment ces *missi dominici*, à l'exception d'un seul,
ont-ils rempli leur mission ? Ils n'ont vu que les juges, ils
n'ont consulté que les passions, et pendant qu'une commission de recours en grâce était instituée et recevait les

demandes et les réclamations, vos envoyés de paix, vos
ministres de clémence et de justice aggravaient ou confir-
maient les sentences que cette commission eût peut-être
annulées.

Pensez à ce que je vous dis, Prince, c'est la vérité. Pensez-y cinq minutes seulement ! Un témoignage de vérité,
un cri de la conscience qui est, en même temps, le cri
d'un cœur reconnaissant et ami, valent bien cinq minutes
de l'attention d'un chef d'État.

Je vous demande la grâce de tous les déportés de
l'Indre, je vous la demande à deux genoux, cela ne m'humilie pas. Dieu vous a donné le pouvoir absolu : eh bien,
c'est Dieu que je prie, en même temps que l'ami d'autrefois. Je connais tous ces condamnés, il n'y en a pas un
qui ne soit un honnête homme, incapable d'une mauvaise
action, incapable de conspirer contre l'homme qui en
dépit des fureurs et des haines de son parti leur aura
rendu justice comme citoyen et leur aura fait grâce
comme vainqueur.

Voyons, Prince, le salut de quelques hommes obscurs,
devenus inoffensifs, le mécontentement d'un préfet de
22 ans[2] qui fait du zèle de novice et de 6 gros bourgeois
tout au plus, pauvres mauvaises gens égarés, stupides, qui
prétendent représenter la population, et que la population
ne connaît seulement pas, ne sont-ce pas là de grands
sacrifices à faire quand il s'agit pour vous d'une action
bonne, juste et puissante ?

Prince, Prince, écoutez la femme qui a des cheveux
blancs et qui vous prie à genoux, la femme cent fois
calomniée, qui est toujours sortie pure devant Dieu et
devant les témoins de sa conduite, de toutes les épreuves
de la vie, la femme qui n'abjure aucune de ses croyances
et qui ne croit pas se parjurer en croyant en vous. Son
opinion laissera peut-être une trace dans l'avenir. Et vous
aussi, vous serez calomnié ! et, que je vous survive ou
non, vous aurez une voix, une seule voix peut-être dans
le parti socialiste qui laissera sur vous le testament de sa
pensée. Eh bien, donnez-moi de quoi justifier auprès des
miens d'avoir eu espoir et confiance en votre âme. Donnez-moi des faits particuliers, en attendant ces preuves
éclatantes que vous m'avez fait pressentir pour l'avenir et

2. Le préfet de l'Indre, Léon Berger, est né en fait en 1821.

que mon cœur droit et sincère n'a pas repoussées comme
un leurre, comme une banale parole de commisération
pour ses larmes.

## 198. À GIUSEPPE MAZZINI

Nohant, 23 mai 1852

Cher ami, je ne voudrais pas vous écrire en courant, et
pourtant, ou il faut que je vous écrive *trop vite*, ou il faut
que je ne vous écrive pas, car le temps me manque toujours, et je ne puis arriver à une seule journée où je ne
sois pas talonnée, ahurie par un travail pressé, des affaires
à subir, ou quelque service à rendre. Ma santé, ma vie y
succombent. Ne me grondez pas par-dessus le marché.

On a tort de s'irriter dans les lettres contre ceux qu'on
aime. Il est évident pour moi que, dans votre dernière,
vous faites un malentendu énorme de quelque réflexion
que je ne peux me rappeler assez textuellement pour
m'expliquer votre erreur. Mais ce que vous me faites dire,
je ne vous l'ai pas dit comme vous l'entendez, j'en suis
certaine, ou bien votre colère serait trop juste. Vraiment,
cher ami, la douleur vous rend irritable et ombrageux,
même avec les cœurs qui vous aiment et vous respectent
le plus. Qui vous dit que travailler pour votre patrie est
une vaine gloire, et que je vous accuse de gloriole ? J'ai
cru rêver en voyant votre interprétation d'une phrase, où
j'ai dû vous dire, où je crois vous avoir dit qu'il ne s'agit
plus de savoir qui aura l'initiative, qu'aujourd'hui ce serait
une vaine gloire de s'attribuer, soit comme Français, soit
comme Italien, des facultés supérieures pour cette initiative, et que tout réveil doit être un acte de foi collectif.

Je ne sais ce que j'ai dit ; mais je veux être pendue si
j'ai pu vouloir dire autre chose, et s'il y a là-dedans un
reproche, un doute pour vous, je ne vous comprends pas
de vous fâcher ainsi contre moi, quand j'ai si rarement le
bonheur de pouvoir causer avec vous, quand il est si
chanceux d'y parvenir sans que les lettres soient inter-
ceptées, quand des semaines et des mois doivent se passer sans que j'aie d'autre souvenir de vous qu'une lettre
de reproches trop véhéments et nullement mérités. Je n'ai

pas reçu l'article que vous m'avez envoyé. Je crois l'avoir
lu en entier dans un extrait de journal qu'on m'avait
envoyé de Belgique quelque temps auparavant, lorsque
j'étais à Paris. J'ignore si on m'a envoyé la réponse
collective dont vous vous plaignez[1]. Je n'ai rien
reçu ; une lettre de L. B[lanc], dont il me parle aujour-
d'hui dans une autre lettre étrangère à toute politique, a
été saisie apparemment par la police. Je ne l'ai pas reçue.
J'ai cherché dans les journaux que je suis à même de
consulter ici, cette réponse tronquée ou non. Je n'ai rien
trouvé. Je ne sais donc pas le premier mot de cet écrit.
Vous me dites, et l'on me dit d'ailleurs, qu'elle est mauvaise, cette réponse, *archimauvaise*. Je n'ai pas besoin vis-à-
vis de vous de la désavouer. Elle est signée, dites-vous,
par des gens que j'aime, c'est vrai, mais plus ou moins :
quelques-uns beaucoup, d'autres pas du tout. Quelle
qu'elle soit, du moment qu'elle vous méconnaît, vous
outrage et vous calomnie, je la condamne, et suis fâchée
de ne l'avoir pas connue lorsque j'ai écrit à Louis Blanc
en même temps qu'à vous, par l'intermédiaire de *Michele*
[Accursi]. Je lui en aurais dit mon sentiment avec franchise. Cela viendra.

  Pour le moment, ce n'est pas facile, puisque je ne peux
me procurer ce malheureux écrit, et que d'ailleurs les correspondances sont si peu sûres. Il est affreux de penser
que nous ne pouvons laver notre linge en famille, et que
nos épanchements les plus intimes peuvent réjouir la
police de nos persécuteurs les plus acharnés. D'ailleurs
j'arrive trop tard dans ces débats, je suis placée trop loin
des faits par ma retraite, mon isolement, et tant d'autres
préoccupations, moins importantes certainement, mais si
personnellement obligatoires, que je ne peux m'y soustraire.

  1. Mazzini avait violemment attaqué les socialistes français dans
son article *Devoirs de la démocratie* paru à Bruxelles dans *La Nation* du
16 mars ; ceux-ci répliquèrent violemment dans un article anglais du
*Morning Advertiser* du 27 mars, qui sera repris dans une brochure inti-
tulée *Des Socialistes français à M. Mazzini* (Bruxelles, J.-B. Tarride,
1852). Sand n'a eu connaissance de cette réplique qu'après avoir écrit
à Mazzini, comme le montre la lettre inédite du 24 mai à Michele
Accursi le chargeant de faire passer cette longue lettre à « Beppo »
Mazzini : « C'est un affreux duel entre gens qui devraient s'aimer,
s'estimer et se défendre ensemble contre l'ennemi commun » (G. Sand,
*Lettres retrouvées*, n° 84, Gallimard, 2004).

Et puis, mes amis, m'écouteriez-vous, si j'arrivais à
temps pour retenir vos plumes irritées et brûlantes ? Hélas
non ! Il y a dix ans que je crie dans le désert que les divisions nous tueront. Voilà qu'elles nous ont tués ; et qu'on
s'égorge encore, tout sanglants et couchés sur le champ
de bataille, quel affreux temps ! quel affreux vertige !

Mon ami, fâchez-vous contre moi tant que vous voudrez. Pour la première fois, je vais vous faire un reproche.
Vous avez mal fait de provoquer ce crime commis envers
vous. Vous voyez, je ne mâche pas le mot, c'est un
crime, s'il est vrai qu'on vous accuse de lâcheté, de trahison, d'ambition même.

J'ai la conviction, la certitude que vous ne savez ce que
c'est que l'ambition personnelle, et que votre âme est
sainte dans ses passions et dans ses instincts comme dans
ses principes. On ne peut, sans être en proie à un accès
de folie, douter de la pureté de votre caractère. Mais n'est-
ce pas une faute, une faute grave de provoquer un accès de
folie chez son semblable quel qu'il soit ? Ne deviez-vous
pas prévoir cette réaction de l'orgueil blessé, du patriotisme saignant, de la doctrine intolérante si vous voulez,
chez des hommes qu'une défaite épouvantable, *l'abandon
du pays*, vient de frapper dans ce qui faisait tout leur être,
toute leur vie ? Était-ce le moment de retourner sans pitié
le fer dans la plaie et de leur crier : *Vous avez perdu la
France !* Vos reproches vous paraissent si justes que vous
regardez comme un devoir de les avoir exprimés, en
dépit de la solidarité qu'il eût été beau de ne pas rompre
violemment au milieu d'un désastre horrible, en dépit du
sentiment chrétien et fraternel qui devrait dominer tout
dans le parti de l'avenir, en dépit enfin des convenances
politiques qui défendent de montrer ses plaies au vainqueur avide de les regarder et d'en rire ! Eh bien, peut-
être avez-vous raison en théorie, peut-être est-il des
temps et des choses si nécessaires à saisir, qu'il y ait un
farouche égoïsme à marcher ainsi sur les blessés et sur les
cadavres pour arriver au but. Mais si ces reproches que
vous faites ne sont pas justes ? s'ils partent d'une prévention ardente, comme il en est entré plus d'une fois
dans l'âme des saints ? les saints ont beau être des saints,
ils sont toujours hommes, et ils mettent souvent, nous
le voyons à chaque instant dans l'histoire, une violence
funeste, une intolérance impitoyable dans le zèle qui les

dévore. Je ne sais plus lequel d'entre eux a nommé l'orgueil, la *maladie sacrée*[2], parce qu'elle atteint particulièrement les âmes puissantes et les esprits supérieurs. Les petits n'ont que la vanité ; les grands ont l'orgueil, c'est-à-dire une confiance aveugle dans leur certitude.

Eh bien, vous avez été atteint de cette maladie sacrée ; vous avez commis le péché d'orgueil le jour où vous avez rompu ouvertement avec le socialisme. Vous ne l'avez pas assez étudié dans ses manifestations diverses, il semble même que vous ne l'ayez pas connu. Vous l'avez jugé en aveugle, et prenant les défauts et les travers de certains hommes pour le résultat des doctrines, vous avez frappé sur les doctrines, sur toutes, quelles qu'elles fussent, avec l'orgueil d'un pape qui s'écrie : *Hors de mon Église, point de salut !*

Il y avait longtemps que je voyais se développer votre tendance vers un certain cadre d'idées pratiques exclusives. Je ne vous ai jamais tourmenté de vaines discussions à cet égard. Je ne connaissais pas assez l'Italie, je ne la connais pas encore assez pour oser dire que ce cadre fût insuffisant pour ses aspirations et ses besoins, vous regardant comme un des trois ou quatre hommes les plus avancés, les plus forts de cette nation, j'ai cru devoir vous dire, lorsque vous parliez à l'Italie : *Dites toujours ce que vous croyez être la vérité.* Oui, j'ai dû vous dire cela, et je vous le dirais encore si vous parliez à l'Italie au milieu du combat. Quand on se bat, pourvu qu'on se batte bien, tout stimulant ardent et sincère concourt à la victoire. Mais dans la défaite, ne faut-il pas devenir plus attentif et plus scrupuleux ? Songez que vous parlez maintenant non plus à une nation, mais à un parti vaincu dans des circonstances si peu comparables à celles de l'Italie livrée à l'étranger, que ce que vous pouviez crier alors comme le pape de la liberté romaine, n'a plus de sens pour des oreilles françaises étourdies, brisées par le canon de la guerre civile.

Écoutez-moi, mon ami ; ce que je vais vous dire est

2. Nous n'avons pu identifier ce saint ; mais Sand a pu faire une confusion avec le traité d'Hippocrate, *De la Maladie sacrée*, consacré en réalité à l'épilepsie. Elle a pu être aussi frappée par la phrase de Chateaubriand à l'avant-dernier chapitre des *Mémoires d'outre-tombe* : « J'ai peur d'avoir eu une âme de l'espèce de celle qu'un philosophe ancien appelait une maladie sacrée ».

très différent de ce que vous disent probablement mes amis à Londres et en Belgique. À coup sûr, c'est tout à fait l'exposé de ce que pensent la plupart de mes amis et connaissances politiques en France.

Nous sommes vaincus par le fait, mais nous triomphons par l'idée. La France est dans la boue, dites-vous, c'est possible, mais elle ne s'arrête pas dans cette boue, elle marche, elle en sortira. Il n'y a pas de chemin sans boue, comme il n'y en a pas sans rochers et sans précipices. La France a conquis la sanction, la vraie, la seule sanction légitime de tous les pouvoirs, l'élection populaire, la délégation directe.

C'est l'enfance de la liberté, dit-on. Oui, c'est vrai, la France électorale marche comme l'enfance, mais elle marche ; aucune autre nation n'a encore marché aussi longtemps dans cette voie nouvelle, l'élection populaire ! La France va probablement voter l'empire à vie, comme elle vient de voter la dictature pour dix ans, et je parie qu'elle sera enchantée de le faire, c'est si doux, si flatteur pour un ouvrier, pour un paysan, de se dire, dans son ignorance, dans sa naïveté, dans sa bêtise, si vous voulez : « C'est moi maintenant qui fais les empereurs ! »

On vous a dit que le peuple avait voté sous la pression de la peur, sous l'influence de la calomnie. Ce n'est pas vrai. Il y a eu terreur et calomnie avec excès ; mais le peuple eût voté sans cela comme il a voté. En *1852*, ce *1852* rêvé par les républicains comme le terme de leurs désirs et le signal d'une révolution terrible, la déception eût été bien autrement épouvantable qu'elle ne l'est aujourd'hui. Le peuple eût probablement résisté à la loi du suffrage restreint, il eût voté envers et contre tous ; mais pour qui ? pour Napoléon, pour Napoléon qui avait pris les devants, avec un à-propos incontestable, en demandant le retrait de cette loi à son profit, et qui certes, ne l'eût pas demandé s'il n'eût été sûr de son affaire.

Le peuple est ignorant, borné comme science, comme prévision, comme discernement politiques. Il est fin et obstiné dans le sentiment de son droit acquis. Il avait élu ce président à une grande majorité. Il était fier de son œuvre... il avait tâté sa force. Il ne l'eût pas compromise en éparpillant ses voix sur d'autres candidats. Il n'avait qu'un but, qu'une volonté sur toute la ligne, se grouper

en faisceau immense, en imposante majorité pour maintenir sa volonté. Un peuple n'abandonne pas en si peu
d'années l'objet de son engouement, il ne se donne pas
un démenti à lui-même. Depuis trois ans, la majorité du
peuple de France n'a pas bronché. Je ne parle pas de Paris,
qui forme une nation différente au sein de la nation, je
parle de cinq millions de voix, *au moins*, qui se tenaient
bien compactes sur tous les points du territoire, et toutes
prêtes à maintenir le principe de délégation en faveur
d'un seul. Voilà la seule lumière que la masse ait acquise,
mais qui lui est bien et irrévocablement acquise. C'est sa
première dent. Ce n'est qu'une dent, mais il en poussera
d'autres, et le peuple, qui apprend aujourd'hui à faire
les empereurs, apprendra fatalement par la même loi à les
défaire.

Notre erreur à nous, socialistes et politiques, tous tant
que nous sommes, a été de croire que nous pouvions en
même temps initier et mettre en pratique. Nous avons
tous fait une grande chose, et il faut qu'elle nous console
de tout : nous avons initié le peuple à cette idée d'égalité
des droits par le suffrage universel. Cette idée, fruit de
18 ans de luttes et d'efforts, sous le régime constitutionnel, idée déjà soulevée sous la première révolution, était
mûre, tellement mûre que le peuple l'a acceptée d'emblée
et qu'elle est entrée dans sa chair et dans son sang en
1848. Nous ne pouvions pas, nous n'aurions pas dû espérer davantage. De la possession d'un droit, à l'exercice
raisonnable et utile de ce droit, il y a un abîme. Il nous
eût fallu dix ans d'union, de vertus, de courage et de
patience, dix ans de pouvoir et de force, en un mot, pour
combler cet abîme. Nous n'avons pas eu le temps, parce
que nous n'avons pas eu l'union et la vertu, mais ceci est
une autre question.

Quelle que soit la cause, le peuple, depuis trois ans, n'a
fait que reculer dans la science de l'exercice de son droit,
mais aussi il a avancé dans la conscience de la possession
de son droit. Ignorant des faits et des causes, trop peu
capable de suivre et de discerner les événements et les
hommes, il a jugé tout en gros, en masse. Il a vu une
assemblée élue par lui, se suicider avec rage plutôt que de
laisser vivre le principe du suffrage universel. Un dictateur s'est présenté les mains pleines de menaces et de
promesses, criant à ce peuple incertain et troublé : Lais-

sez-moi faire, je vais châtier les assassins de votre droit, donnez-moi tous les pouvoirs, je ne veux les tenir que de vous, de vous tous, afin de consacrer que le premier de tous ces pouvoirs, c'est le vôtre, — et le peuple a tendu les mains en disant : — Soyez dictateur, soyez le maître. Usez et abusez ; nous vous récompensons ainsi de votre déférence.

Cela, voyez-vous, c'est dans le caractère de la masse, parce que c'est dans le caractère de tout individu formant la masse de ce prolétariat dans l'enfance. Il a les instincts de l'esclave révolté, mais il n'a pas les facultés de l'homme libre. Il veut se débarrasser de ses maîtres, mais c'est pour en avoir de nouveaux, fussent-ils pires, il s'en arrangera quelque temps, pourvu que ce soit lui qui les ait choisis. Il croit à leur reconnaissance, parce qu'il est bon, en somme !

Voilà la vérité sur la situation. On ne corrompt pas, on n'épouvante pas une nation en un tour de main. Ce n'est pas si facile qu'on croit ; c'est même impossible. Tout le talent des usurpateurs est de tirer parti d'une situation, ils n'en auront jamais assez pour créer du jour au lendemain cette situation.

Depuis les journées de juin 48 et la campagne de Rome, j'avais vu très clair, non par lucidité naturelle, mais par absence involontaire et invincible d'illusions, dans cette disposition des masses. Vous m'avez vue sans espoir depuis ces jours-là, prédisant de grandes expiations ; elles sont arrivées. Il m'en a coûté de passer d'immenses illusions à cette désillusion complète. J'ai été désolée, abattue ; j'ai eu mes jours de colère et d'amertume, alors que mes amis, ceux qui étaient encore au sein de la lutte parlementaire, comme ceux qui faisaient déjà les rêves de l'exil, se flattaient encore de la victoire. Quand une nation a donné sa démission devant des questions d'honneur et d'humanité, que peuvent les partis ? Les individus disparaissent. Ils sont moins que rien.

En tant que nation active et militante, la France a donc donné sa démission. Mais tout n'est pas perdu ; elle a gardé, elle a sauvé la conscience, l'appétit, si vous voulez, de son droit de législateur. Elle veut s'initier à la vie politique à sa manière, nous aurons beau fouetter l'attelage, il n'ira jamais que son pas.

À présent, écoutez, mon ami, écoutez encore, car ce

que je vous dis, ce sont des faits, et la passion les nierait
en vain. Ils sont clairs comme le soleil. Cinq à six millions de votants, représentant la volonté de la France en
vertu du principe du suffrage universel (je dis cinq à six
millions pour laisser d'un à deux millions de voix aux
éventualités de la corruption et de l'intimidation), cinq à
six millions de voix ont décidé du sort de la France. Eh
bien, sur ce nombre considérable de citoyens, cinq cent
mille, *tout au plus*, connaissent les écrits de Leroux, de
Cabet, de Louis Blanc, de Vidal, de Proudhon, de Fourier, et de vingt autres plus ou moins socialistes dans le
sens que vous signalez. Sur ces 500 000 citoyens, 100 000
tout au plus ont lu attentivement et compris quelque peu
ces divers systèmes ; aucun, j'en suis persuadée, n'a songé
à en faire l'application à sa conduite politique. Croire que
ce sont les écrits socialistes, la plupart trop obscurs, et
tous trop savants, même les meilleurs, pour le peuple, qui
ont influencé le peuple, c'est se fourrer dans l'esprit gratuitement la plus étrange vision qu'il soit possible de
donner pour un fait réel.

Vous me direz peut-être que ces écrits ont déterminé
des abstentions nombreuses ; je vous demanderai si c'est
probable, et pourquoi cela serait-il ? L'abstention là où
elle se décrète, n'est jamais qu'une mesure politique, une
protestation, ou un acte de prudence pour éviter de se
faire compter quand on se sait en petit nombre. Les partisans de la politique pure se sont abstenus peut-être plus
encore que les socialistes, dans les dernières élections. En
de certaines localités, on s'est fait un devoir de s'abstenir ; en de certaines autres, on a risqué le contraire, sans
que nulle part, on se soit divisé sur l'opportunité du fait,
au nom du socialisme ou de la politique.

C'est donc, selon moi, une complète erreur d'appréciation des faits que ce cri jeté par vous à la face du
monde : *Socialistes ! vous avez perdu la France !* Admettons, si
vous l'exigez, que les socialistes soient, par caractère, des
scélérats, des ambitieux, des imbéciles, tout ce que vous
voudrez. Leur impuissance a été tellement constatée par
leur défaite, qu'il y a injustice et cruauté à les accuser du
désastre commun.

Mais d'abord, qu'est-ce que le socialisme ? À laquelle
de ses vingt ou trente doctrines faites-vous la guerre ? Il
règne dans vos attaques contre lui une complète obscu-

rité, savez-vous ? vous n'avez presque rien désigné, vous n'avez nommé presque personne. Je comprends la délicatesse de cette réserve, mais est-elle conciliable avec la vérité, quand vous invoquez ce principe qu'il faut dire la vérité à tous, en tous temps, en tous lieux ? Ne voyez-vous pas qu'en attaquant les diverses écoles sans distinction, vous les attaquez toutes, et que vous vous réduisez à ce principe, qu'il faut agir et ne pas savoir dans quel but ?

Cette conclusion pourtant, vous la repoussez vivement dans votre propre écrit. Je viens de le relire attentivement et j'y vois un tissu de contradictions inouïes chez un esprit ordinairement net et lucide au premier chef. Vous y dites le pour et le contre, vous admettez tout ce que le socialisme prêche, vous déclarez que la pensée doit précéder l'action. Vous ne l'admettriez pas qu'il n'en serait ni plus ni moins, car il faut bien que ma volonté précède l'action de mon bras pour prendre une plume ou un livre, et il n'est pas besoin de poser en principe un fait de mécanisme si élémentaire.

Eh bien, alors de quoi vous étonnez-vous, de quoi vous fâchez-vous ? Ne faut-il pas savoir, avant de se battre, pour qui, pour quoi on se battra ? Vous ne voulez pas qu'on s'abstienne quand on craint de se battre pour des gens en qui l'on n'a pas confiance ? Mais il n'est pas besoin d'être socialiste pour s'accorder, à soi-même, ce droit-là. Eût-on mille fois tort de se méfier, la méfiance est légitime parce qu'elle est involontaire. Je vous assure que votre accusation est une énigme d'un bout à l'autre, relisez-la avec calme, et vous verrez que quand on n'a pas d'intérêt personnel dans la question, quand on ne se sent entamé par aucun de vos reproches, il est impossible de comprendre pourquoi vous nous traduisez ainsi au ban de l'Europe comme bavards, vaniteux, crétins, poltrons et matérialistes. Est-ce un anathème sur la France parce qu'elle s'est donné un dictateur ? Bon, si la France était socialiste : mais, mon ami, si vous dites cela, vous nous faites, sans vous en douter, une atroce plaisanterie, si vous le croyez, vous connaissez la France moins que la Chine. Est-ce un anathème sur la doctrine, matérialiste selon vous, qui se résume par ces mots de Louis Blanc : *à chacun selon ses besoins* ? Les besoins sont de plus d'un genre. Il y en a d'intellectuels comme de matériels, et Louis Blanc a toujours placé les premiers avant les seconds.

Louis Blanc a demandé, sur tous les tons, que toute la récompense du dévouement fût dans les moyens de prouver son dévouement, et en cela il est parfaitement d'accord avec vous, qui dites, *à chacun selon son dévouement.*

N'avez-vous pas lu d'excellents travaux de Vidal, ami de Louis Blanc, sur le développement des récompenses dues au dévouement ? C'est exactement le même thème. Que l'homme ne soit récompensé ni par l'argent ni par le privilège. Ces choses ne payent pas, ne sauraient payer le dévouement. Le plaisir de se dévouer est le seul paiement qui s'adresse directement à l'action de se dévouer. Voilà qu'au moins en flétrissant les sectaires du *pot-au-feu,* comme vous les appelez, vous eussiez dû excepter Louis Blanc, et Vidal, et Pecqueur, tout un groupe de politiques socialistes et spiritualistes d'un ordre très élevé, dont les travaux n'ont qu'un malheur, celui de ne pouvoir être répandus à profusion dans les masses.

Passons à Leroux. Leroux est-il un philosophe matérialiste ? Ne pèche-t-il pas, au contraire, un peu par excès de l'abstraction quand il pèche ? Et, à côté de quelques divagations, *selon moi,* n'y a-t-il pas un ensemble d'idées admirables, de préceptes sublimes, déduits et aussi bien prouvés par l'histoire de la philosophie et l'essence des religions, qu'il est possible de prouver ?

Vous auriez dû excepter Leroux et son école de votre condamnation sur le matérialisme.

Cabet, que je n'admire pas comme intelligence (c'est peut-être une faute, mais enfin je ne l'admire pas), n'est pas plus matérialiste que spiritualiste dans ses doctrines. Il associe de son mieux ces deux éléments. Il fait son possible pour les bien établir. Il n'a jamais prêché rien que de bon et d'honnête. Je trouve sa doctrine vulgaire et puérile dans ses applications rêvées, mais enfin elle est tellement inoffensive et si peu répandue, que, lui aussi, méritait une exception.

Restent la doctrine Fourier, la doctrine Blanqui, la doctrine Proudhon.

La doctrine de Fourier est tellement l'opposé de la doctrine Leroux, qui en a fait la critique foudroyante de main de maître[3], qu'il n'eût pas fallu les envelopper dans un vague anathème sur toutes les doctrines. Mais la

---

3. « Réponse à l'école fouriériste » (*Revue sociale,* décembre 1845).

doctrine Fourier elle-même n'a pas produit tout le mal que Leroux combat en elle avec raison, et que vous lui reprochez à tort. Leroux a raison de nous révéler que, sous cette doctrine ésotérique, il y a un matérialisme immonde ; mais si Leroux ne nous l'avait pas révélé, ce livre, écrit par énigmes, ne l'eût fait comprendre qu'à un petit nombre d'adeptes, et vous avez tort de dire qu'il a perdu la France qui ne le connaît pas et ne le comprend pas.

La doctrine de Proudhon n'existe pas. Ce n'est pas une doctrine, c'est un tissu d'éblouissantes contradictions, de brillants paradoxes qui ne fera jamais école. Proudhon peut avoir des admirateurs, il n'aura jamais d'adeptes. Il a un talent de polémique incontestable dans la politique, aussi n'a-t-il de pouvoir, d'influence que sur ce terrain-là. Il a rendu des services très actifs à la cause de l'action dans son journal *le Peuple* ; il ne faut donc pas l'accuser d'impuissance et d'indifférence. Il est très militant, très passionné, très incisif, très éloquent, très utile dans le mouvement des émotions et des sentiments politiques, hors de là, c'est un économiste savant, ingénieux, mais impuissant par l'isolement de ses conceptions, et isolé par cela même qu'il n'appuie ses systèmes économiques sur aucun système socialiste. Proudhon est le plus grand ennemi du socialisme. Pourquoi donc avez-vous compris Proudhon dans vos anathèmes ? Je n'y conçois rien du tout.

Quant à Blanqui, je ne connais pas celui-là, et je déclare que je n'ai jamais lu une seule ligne de lui. Je n'ai donc pas le droit d'en parler. Je ne le connais que par quelques partisans de ses principes qui prêchent une république forcenée, des actes de rigueur effroyables, quelque chose de cent fois plus dictatorial, arbitraire et antihumain que ce que nous subissons aujourd'hui. Est-ce là la pensée de Blanqui ? Est-ce une fausse interprétation donnée par ses adeptes ? Avant de juger Blanqui, je voudrais le lire ou l'entendre, ne le connaissant que par des *on-dit*, je ne me permettrais jamais de le traduire devant l'opinion socialiste ou non socialiste. J'ignore si vous êtes mieux renseigné que moi. Mais s'il est homme d'action, de combat et de conspiration comme on le dit, qu'il soit ou non socialiste, vous ne devez pas le renier comme combattant, vous qui voulez des combattants avant tout.

Plus j'examine ces diverses écoles, moins je vois qu'aucune d'elles en particulier mérite d'avoir été accusée par un homme aussi juste, aussi bon, aussi impartial que vous, d'avoir perdu la France par le matérialisme. Les unes ont prêché le spiritualisme le plus pur. Les autres n'ont prêché que dans le désert. Donc ce n'est pas le matérialisme socialiste qui a perdu la France. Ou je suis une imbécile, je ne sais pas lire, je n'ai jamais rien vu, rien compris, rien apprécié, dans mon pays, ou le socialisme en général a combattu de toutes ses forces le matérialisme inoculé au peuple par les tendances bourgeoises orléanistes.

Quand, par exception, le matérialisme a été prêché par de prétendus socialistes, il n'a produit que peu d'effet, et ce n'est pas la faute du socialisme s'il a servi de prétexte à des doctrines contraires, pas plus que ce n'est sa faute s'il sert de prétexte aujourd'hui à nos bourreaux pour nous déporter et nous traiter en forçats réfractaires. Il y aurait de la part des partisans du _National_, une grande lâcheté à lui reprocher les malheurs communs. Le socialisme n'aurait-il pas le droit de faire le même reproche à ceux qui ont donné aux mœurs publiques l'exemple de la mitraillade dans les rues et de la dictature ? S'il le fait, il est assez pardonnable de le faire, car il est provoqué sur tous les tons et par tous les partis depuis dix ans avec une rage qui n'a pas de nom.

Il est le bouc émissaire de tous les désastres, victime de toutes les batailles, et je ne peux pas imaginer que vous arriviez, vous, le saint de l'Italie, pour lui jeter la dernière pierre et lui crier : _C'est toi qui es le coupable, c'est toi qui es le maudit !_

Pour moi, mon ami, ce que vous faites là est mal. Je n'y comprends rien. Je crois rêver, en voyant cette dissidence de moyens que je connaissais bien, mais que j'admettais comme on doit admettre toute liberté de conscience, aboutir à une colère, à une rupture, à une accusation publique, à un anathème. On vous a répondu cruellement, brutalement, injustement, ignominieusement ? Cela prouve que cette génération est mauvaise et que les meilleurs ne valent rien ; mais vous, qui êtes parmi les meilleurs, n'êtes-vous pas coupable aussi, très coupable d'avoir soulevé ces mauvaises passions et provoqué ce débordement d'amertume et d'orgueil blessé ?

Si j'avais été à Londres ou à Bruxelles alors que votre attaque a paru, et qu'on ne m'eût pas prévenue par une réponse injurieuse qui me ferme la bouche je vous aurais répondu, moi. Sans égard pour l'exception trop flatteuse que vous faites en me nommant, j'aurais pris ouvertement contre vous le parti du socialisme. Je l'eusse fait avec douceur, avec tendresse, avec respect, car aucun tort des grands et bons serviteurs comme vous ne doit faire oublier leurs magnanimes services, mais je vous aurais humblement persuadé de rétracter cette erreur de votre esprit, cet égarement de votre âme, et vous êtes si grand que vous l'auriez fait, si j'avais réussi à vous prouver que vous vous trompiez.

Comme écrit, votre article a le mérite de l'éloquence accoutumée, mais il est faible de raisonnement, faible contre votre habitude et par une nécessité fatale de votre âme qui ne peut pas et ne sait pas se tromper *habilement.* Il faut le deviner, car au point de vue du fait, on ne peut pas le comprendre. En principe, il est tout aussi socialiste que nous. Mais il nous accuse de l'être autrement, et c'est en cela qu'il est injuste ou erroné. Il devrait se résumer ainsi : « Républicains de toutes les nuances, vous vous êtes divisés, vous avez discuté au lieu de vous entendre ; vous vous êtes séparés au lieu de vous unir ; vous vous êtes laissé surprendre au lieu de prévoir, vous n'avez pas voulu vous battre, quand il fallait combattre à outrance. » C'est vrai : on s'est divisé, on a discuté trop longtemps. Il y a eu souvent de mauvaises passions en jeu. On est devenu soupçonneux, injuste. Il y a trois ans que je le vois, que j'en souffre, que je le dis à tout ce qui m'entoure. Après cette division il était impossible de se battre et de résister.

Ce raisonnement serait bon, excellent, utile, s'il s'adressait à toutes les nuances du parti républicain. Si vous morigéniez tout le monde, oui, tout le monde indistinctement, vous feriez une bonne œuvre, si, faisant de doux et paternels reproches aux socialistes, comme vous avez le droit de les faire, vous leur disiez qu'ils ont mis parfois la personnalité en tête de la doctrine, ce qui est malheureusement vrai pour plusieurs, si vous les rappeliez à vous les bras ouverts, le cœur plein de douleur et de fraternité, je comprendrais que vous disiez : « Il faut dire en tout temps la vérité aux hommes », mais vous faites le

contraire : vous accusez, vous repoussez, vous tracez une
ligne entre deux camps que vous rendez irréconciliables
à jamais, et vous n'avez pas une parole de blâme pour
une certaine nuance que vous ne désignez pas et que je
cherche en vain. Car je ne sache pas que dans aucune, il
y ait eu absence d'injustice, de personnalité, d'ambitions
personnelles, d'appétits matérialistes, de haine, d'envie, de
travers et de vices humains en un mot. Prétendriez-vous
qu'il y en eût moins dans le parti qui s'appelle Ledru-
Rollin que dans tout autre parti rallié autour d'un autre
nom ? Ce n'est pas à moi qu'il faudrait dire cela sérieusement. Les hommes sont partout les mêmes. Un parti
s'est-il mieux battu que l'autre dans ces derniers événements ? Je ne sais au nom de qui se sont levées les
bandes du Midi et du Centre après le 2 décembre. On
les a intitulées socialistes. Si cela est, il ne faut pas dire
que les socialistes aient refusé partout le combat. Mais
que cela soit ou non, elles se sont démoralisées bien vite,
et les paysans qui les composaient n'ont pas montré
beaucoup de foi dans le malheur, ce qui prouve que les
paysans ne sont pas bons à insurger, et que socialistes ou
non, les chefs ont eu un grand tort de compter sur cette
campagne, source d'une défaite générale et sanction avi-
dement invoquée pour les fureurs de la réaction.

Direz-vous que les socialistes par leurs projets ou leurs
rêves d'égalité, par leurs systèmes excessifs, ont alarmé
non seulement la bourgeoisie, mais encore les populations ? Je vous dirai d'abord que depuis deux ou trois
ans, depuis le programme de la Montagne surtout, tous
les républicains dans les provinces, tout le peuple de
France s'intitulait socialiste, les partisans de Ledru-Rollin,
tout comme les autres, et même ceux de Cavaignac
n'osaient pas dire qu'ils ne fussent pas socialistes. C'était
le mot d'ordre universel. Faites donc, si vous persistez
dans votre distinction, deux classes de socialistes et nom-
mez-les, car autrement votre écrit est complètement inin-
telligible dans les dix-neuf vingtièmes de la France. Mais
moi j'admets votre distinction, et si vous me dites que le
parti Ledru-Rollin, qui était le seul parti nominal en province, s'est montré plus prudent, plus sage, moins vantard, moins discoureur que tout autre, je vous répondrai,
*en connaissance de cause*, que ce parti éminemment braillard,
vantard, intrigant, paresseux, vaniteux, haineux, intolé-

rant, comédien dans la plupart de ses représentants
secondaires en province, *a fait positivement tout le mal*. Je ne
m'en prends pas à son chef nominal, parce qu'il n'était
qu'un nom, nom plus connu que les autres et autour
duquel se rattachaient, de la part des sous-chefs, de misérables petites ambitions ; de la part des soldats, des intérêts purement matérialistes et des appétits affreusement
grossiers.

Je suis persuadée que Ledru est bien innocent de l'excès de ces choses, et s'il eût triomphé, j'aurais aujourd'hui
à le comparer à Louis-Napoléon qui ne se doute seulement pas de tout le mal commis en son nom. Voyez-vous,
la grande vérité, vous ne l'avez pas dite, et je ne la dirai
pas non plus, parce que je ne suis pas de votre avis qu'il
faille toujours tout dire, et flageller les morts. La grande
vérité, c'est que le parti républicain en France, composé
de tous les éléments possibles, est un parti indigne de
son principe et incapable pour toute une génération de le
faire triompher. Si vous connaissiez la France, tout ce que
vous savez de l'état des idées, des écoles, des nuances,
des partis divers à Paris, vous paraîtrait beaucoup moins
important et nullement concluant. Vous sauriez, vous *verriez* que, grâce à une centralisation exagérée, il y a là une
tête qui ne connaît plus ses bras, qui ne sent plus ses
pieds, qui ne sait pas comment son ventre digère et ce
que ses épaules supportent. Si je vous disais que, depuis
quatre mois 1/2, je fais des démarches, des lettres, j'agis
nuit et jour pour des hommes que je voudrais rendre
à leurs familles infortunées, que je plains d'avoir tant
souffert, que j'aime comme on aime des martyrs quels
qu'ils soient ; mais que je suis quelquefois épouvantée de
ce que ma pitié me commande, parce que je sais que le
retour de ces hommes mauvais ou absurdes est un mal
réel pour la cause, et que leur absence, éternelle, *leur mort*,
c'est affreux à dire, serait un bienfait pour l'avenir de nos
idées ! qu'ils en sont les fléaux ! que leur parole en éloigne,
que leur conduite répugne ou fait rire, que leur paresse
bavarde est une charge, un impôt, pour de meilleurs qui
travaillent à leur place, et qui ne disent rien ! Il y a des
exceptions, je n'ai pas besoin de vous le dire, mais combien peu qui n'aient pas mérité leur sort ! Ils sont
victimes d'une effroyable injustice légale, mais, si une
république austère faisait une loi pour éloigner du sol les

*inutiles*, les exploiteurs de popularité, vous seriez effrayé
de voir où on les recruterait forcément.

Soyons indulgents, miséricordieux pour tous. Je nourris de mon travail (je combats de tous mes efforts leur
condamnation et leur misère) les vaincus quels qu'ils
soient, ceux qui avaient Ledru-Rollin pour drapeau,
comme les autres, ni plus ni moins. Je n'aurai pas une
parole d'amertume ou de reproche pour ceux-ci ou pour
ceux-là. Tous sont également malheureux, presque tous
également coupables, mais je vous donne bien ma parole
d'honneur, et sans prévention aucune, que les plus fermes,
les meilleurs, les braves ne sont pas plus dans le camp où
vous vous êtes jeté que dans celui que vous avez maudit.
Je pourrais, si je consultais ma propre expérience, vous
affirmer même que ceux qui juraient le plus haut, ont été
les plus prudents ; que ceux qui criaient : Ayez des armes
et faites de la poudre ! n'avaient nulle intention de s'en
servir, enfin que là, comme partout, aujourd'hui comme
toujours, les braillards sont des lâches.

Et voici un homme sans tache qui vient prononcer
que par ici il y a des braves, par là des endormis ; qu'il
existe en France un parti d'union, d'amour, de courage,
d'avenir, au détriment de tous les autres ! Osez donc le
nommer, ce parti ! Un immense éclat de rire accueillera
votre assertion. Non, mon ami, vous ne connaissez pas
la France. Je sais bien que comme toutes les nations, elle
pourrait être sauvée par une poignée d'hommes vertueux,
entreprenants, convaincus ; cette poignée d'hommes existe.
Elle est même assez grosse. Mais ces hommes isolément
ne peuvent rien. Il faut qu'ils s'unissent. Ils ne le peuvent
pas. C'est la faute de celui-ci, tout comme la faute de
celui-là ; c'est la faute de tous, parce que c'est la faute
du temps et de l'idée. Voyez, vous-même, vous en êtes,
vous voulez les réunir, et en criant, *Unissez-vous*, vous les
indignez, vous les blessez. Vous êtes irrité vous-même,
vous faites des catégories, vous repoussez des adhésions,
vous semez le vent, et vous recueillez des tempêtes.

Adieu, malgré cela, je vous aime et vous respecte.

V

# LE DERNIER AMOUR

## (1852-1865)

*Ce dernier amour* (Le Dernier Amour *sera le titre d'un roman publié en 1866, un an après la mort de Manceau, et dédié à Flaubert), c'est évidemment Alexandre Manceau, « l'inséparable, le plus fidèle ami », le factotum et parfait secrétaire, et l'amant discret d'une George Sand en proie aux ennuis de la ménopause (lettre 207). Malgré les épreuves, cette période quasi maritale de quinze ans avec Manceau sera un temps de bonheur calme et fécond.*

*Sand découvre les joies d'être grand-mère avec sa petite Jeanne (Nini) qu'elle adore, mais elle s'inquiète de la conduite de Solange (lettres 200, 201); avec Nini, elle fabrique, même en plein hiver, un jardin de fantaisie baptisé Trianon (lettre 211). Mais la mort de la petite, déchirée entre ses parents et « victime des méchants et des insensés », la laisse effondrée de douleur (lettres 222, 223). Pour tenter de la consoler, Manceau et Maurice l'emmènent en Italie, d'où elle adresse de pittoresques impressions de voyage (lettres 224 à 227).*

*Elle fait tout ce qu'elle peut pour Maurice, plaçant ses illustrations chez les éditeurs, ou écrivant des textes destinés à être illustrés par lui; mais elle doit à l'occasion l'inciter au travail, et lui rappeler que la vie d'artiste est une lutte permanente (lettres 227, 228). Elle cherche toujours à le marier (lettre 242). Plus tard, elle se battra pour placer les romans de son fils dans les revues ou chez les éditeurs (lettre 328).*

*Les relations avec Solange sont de plus en plus tendues, même si la mort de Nini a un peu rapproché les deux femmes. Sand se montre sceptique, voire critique, devant les ambitions littéraires de sa fille (lettre 255). Elle lui adresse une lettre très dure, avec de violents reproches sur sa conduite (lettre 256). Plus tard, elle s'op-*

posera à ce que Solange utilise le nom de Sand pour signer ses
articles (lettre 320).

Elle pousse Hetzel à revenir en France ; elle discute longuement
de ses contrats, ou des illustrations de ses œuvres (lettres 207, 211,
261). Mais c'est Émile Aucante qui deviendra bientôt le chargé
des affaires littéraires de George Sand (lettres 258, 275), et
Charles-Edmond s'occupe souvent des négociations avec les journaux (lettres 246, 247).

Transportée à la lecture des Contemplations de Victor Hugo
(lettre 233), elle leur consacre un article qui marque le début d'une
belle correspondance entre la dame de Nohant et l'exilé de Guernesey, se témoignant leur mutuelle admiration ou se confortant dans
leurs deuils (lettres 245, 268, 269, 291, 297, 330).

Delacroix est toujours l'ami cher et l'artiste admiré, à propos
duquel elle confie d'intéressants témoignages (lettres 205, 315) ; elle
lui donne ses impressions sur les œuvres d'art qu'elle a vues en Italie, et lui redit son admiration, notamment pour ses peintures de
Saint-Sulpice (lettres 206, 229, 276, 295).

À Champfleury, elle livre une intéressante réflexion sur la musique
populaire, et sa réaction à la querelle du réalisme (lettres 212,
214), sur laquelle elle revient avec Ernest Feydeau (lettre 267) ;
l'art est avant tout interprétation : « C'est l'artiste qui crée le réel
en lui-même, son réel à lui »...

Des auteurs débutants lui écrivent, et elle leur prodigue volontiers
ses conseils, qui sont autant des leçons de vie que d'écriture, comme
elle réconforte des amis dans la peine (lettres 215, 238, 239). Elle
est parfois violemment injuriée et diffamée, ainsi par Breuillard
qu'elle doit attaquer en justice (lettre 258).

Sand lit avec un vif intérêt les récits de voyages d'Eugène Fromentin, en lui reconnaissant « un grand art de peindre », et leur
consacre des articles (lettres 244, 259). Elle admire Dominique
et veut aider Fromentin à retoucher son roman, qui lui sera dédié
(lettres 298, 300, 306).

Elle révère toujours Michelet (lettres 240, 281) et Sainte-Beuve
(lettres 277, 278), mais elle s'intéresse aussi à de nouveaux écrivains
comme les frères Goncourt (lettres 272, 308) ou Gustave Flaubert
dont la Salammbô la transporte (lettres 306, 310).

Amie d'Alexandre Dumas père (lettre 202), elle adopte Dumas
fils comme son « bon fils », dans une affectueuse et maternelle complicité, le félicite pour ses succès dramatiques (lettres 219, 231,
252), l'accueille à Nohant avec sa maîtresse la princesse Naryschkine (lettres 287, 288). Leur correspondance devient de plus en
plus affectueuse (lettres 292, 293).

*Elle va prendre sous son aile le jeune Francis Laur qu'elle a connu comme secrétaire de son vieil ami Charles Duvernet, devenu aveugle (lettre 252) ; elle lui prodigue conseils et recommandations, et grâce à la générosité d'Édouard Rodrigues, lui fera poursuivre ses études (lettres 286, 299, 333, 315). Édouard Rodrigues, le « bon riche », connu grâce à Dumas fils (lettres 293, 299, 303), sera souvent sollicité pour faire du bien et apporter des secours ou une place aux gens dans le besoin ; à son tour, il interroge Sand sur la philosophie ou la politique (lettres 305, 309, 315).*

*Elle apparaît souvent sous un jour familier, ainsi lorsqu'elle envoie d'odorants fromages à Delphine de Girardin (lettre 220), ou quand elle remercie le peintre Charles Jacque des poules qu'il offre à la basse-cour de Nohant (lettre 221) ; ou encore avec le jeune rapin Eugène Lambert, ami de Maurice, qu'elle tente d'arracher à une passion sans espoir (lettres 204, 213). Pour se délasser de son travail d'écrivain auquel elle consacre environ huit heures chaque jour (l'après-midi, et la nuit après minuit), elle aime faire de la broderie (lettre 235). On la voit aussi bien habile à acheter un cheval (lettre 241). Elle entreprend l'éducation de jeunes paysans ou domestiques, comme Joseph Corret ou Marie Caillaud (lettres 207, 252).*

*Les excursions de l'été 1857 la font tomber sous le charme du village de Gargilesse, où Manceau achète bientôt une petite maison ; les deux amants viendront y faire régulièrement de brefs séjours, en été comme en hiver, et les lettres, qu'il faut lire en contrepoint des* Promenades autour d'un village, *sont autant de jolis paysages ou de vivantes chroniques (lettres 250, 251, 255, 273, 301) ; elle se livre avec passion à la botanique (lettres 274, 285), tandis que Maurice se consacre à l'entomologie.*

*En politique, Sand est résignée, et se réfugie dans le silence (lettres 210, 216). La correspondance continue fidèlement avec Armand Barbès, libéré en 1854, et qui choisit l'exil ; elle l'exhorte à accomplir sa mission (lettres 203, 218, 344). Toujours intéressée par la philosophie et la religion, elle se plonge dans Swedenborg, dans saint Clément d'Alexandrie, relit son cher Leibniz, ou se passionne pour* Terre et Ciel *de Jean Reynaud ; mais, tout en croyant fermement en Dieu et en l'au-delà, elle manifeste une haine féroce de la superstition (lettres 204, 217, 223, 230).*

*Elle s'est liée d'amitié avec le cousin de Napoléon III, le Prince Napoléon, plutôt libéral, pour lequel elle a une grande estime (lettre 289) ; mais quand ce dernier séjourne incognito à Nohant, des mouchards viennent l'espionner (lettres 247, 248). Peu décidée à se compromettre avec l'Empire, elle intervient auprès de l'Impé-*

*ratrice Eugénie pour tenter de rapporter la mesure d'interdiction du
journal* La Presse *(lettre 248).*

Mais l'attentat d'Orsini contre Napoléon III, que Sand
condamne, provoque une terrible répression (lettres 252, 253),
qu'elle tente d'atténuer pour ses amis, dont plusieurs, comme Périgois, partent en exil, laissant seuls « les enfermés de France »,
condamnés au silence (lettre 254). Un moment transportée d'allé-
gresse lors de la guerre contre l'Autriche, elle déchante vite
(lettres 263, 266). Elle refuse un don de Napoléon III en compensation du prix biennal que l'Académie française n'avait pas
voulu lui décerner (lettres 284, 285). Elle se réjouit de savoir
Bakounine échappé des bagnes de Sibérie (lettre 290). Alors que
l'Empire et les vieilles monarchies semblent moribonds, elle accorde
sa confiance au Prince Napoléon, qui pourrait incarner le progrès
et l'avenir (lettres 319, 335).*

Plusieurs théâtres lui demandent des pièces, avec des succès
variables. À Lemoine-Montigny, directeur du Gymnase, Sand
déclare ne pas vouloir suivre le goût du public, mais lui faire partager ses idées (lettre 199). À l'Odéon, elle porte son adaptation de
Mauprat ; en écrivant pour le théâtre, elle laisse une grande liberté
à la création de l'acteur (lettres 208, 209). Elle aime les acteurs
et possède un vrai sens du théâtre : sa lettre à Regnier sur Le
Mariage de Figaro en est un bel exemple (lettre 232). Elle a
beaucoup d'affection pour René Luguet, le gendre de Marie Dorval, et pour toute sa famille (lettre 234). Si elle manifeste parfois
une certaine lassitude devant la versatilité du public et des directeurs
de théâtre (lettre 270), elle s'amuse à suivre des répétitions
(lettre 323). Elle projette également un opéra-comique d'après La
Mare au Diable dont Pauline Viardot composerait la musique
(lettre 264). Elle découvre avec passion Ruzzante (lettre 257), et
elle alimente toujours le théâtre de Nohant en pièces et scénarios
(lettres 287, 288, 303). Revenant sur la scène parisienne après
une longue interruption, elle triomphe avec Le Marquis de Villemer (lettres 323-325).*

Le roman La Daniella, inspiré par le voyage en Italie, provoque
de vives réactions et des critiques haineuses, mais est salué par
Victor Hugo (lettres 243, 245). Avec Les Beaux Messieurs
de Bois-Doré, elle n'a pas voulu écrire un roman historique,
mais « un roman d'époque et de couleur du temps de Louis XIII »
(lettre 246). Pour écrire plus vite et calmer une contracture de la
main, elle change brusquement son écriture en mai 1856 (lettre 264).*

La publication en 1859 du roman Elle et Lui, qui transpose
sa liaison avec Musset, déclenche un vive polémique, notamment*

*avec le frère du poète ; Sand lui ment lorsqu'elle prétend avoir brûlé les lettres d'Alfred ; plus tard, elle va se préoccuper du sort de cette correspondance, en consultant son ancien confesseur Sainte-Beuve (lettres 260 à 262, 279, 280).*

*Le voyage en Auvergne de 1859 va nourrir trois romans, dont* La Ville noire *sur le monde ouvrier (lettre 271). Gravement atteinte de fièvre typhoïde en 1860, elle doit aller se reposer dans le Midi, près de Toulon, à Tamaris qui donnera son nom au prochain roman (lettres 282, 289). Réconciliée avec la* Revue des Deux Mondes *(lettre 266), elle doit néanmoins défendre contre Buloz son roman* Valvèdre *sur l'adultère (lettre 283).*

*Avec* Mademoiselle La Quintinie, *elle écrit un roman résolument anticlérical, dirigé contre la confession, qui lui vaudra bien des attaques et des injures (lettres 302, 304, 307, 310, 311). Elle s'intéresse au protestantisme et réagit à la* Vie de Jésus *de Renan (lettres 314, 316, 317).*

*Enfin, elle va marier Maurice ! Elle choisit la promise, Lina, la fille de son vieil ami Calamatta, et ce choix va combler ses vœux : Lina devient bien vite comme une fille pour elle (lettres 294, 296, 299). La naissance du petit Marc la réjouit, mais il ne vivra pas longtemps (lettres 312, 313, 323, 328, 329, 330). Moins d'un an plus tard, Lina est enceinte, et l'espoir renaît (lettre 337).*

*Lorsque Maurice chasse Manceau de Nohant, George Sand part avec lui ; ils s'installent dans une maisonnette à Palaiseau, tout en gardant un appartement parisien (lettres 323, 325, 327, 328). Mais Manceau, tuberculeux, devient très malade et meurt le 21 août 1865 (lettres 336, 338, 339) ; le soir de l'enterrement, le 23 août, elle note dans son agenda : «Me voilà rentrée seule pour toujours. [...] mais toi, qui m'as tant aimée, sois tranquille, ta part reste impérissable »...*

## 199. À ADOLPHE LEMOINE-MONTIGNY

[Nohant, 30 mai 1852]

Cher Monsieur Montigny, vous être agréable serait, avant tout, et en dehors de toute considération, mon plus grand désir. Vous le savez, vous savez que toutes les chutes du monde ne me feraient pas croire que vous n'êtes pas pour moi un ami sincère et excellent.

J'aurais bien des *si* et des *mais* à vous dire quant à votre public. Il m'est difficile *à moi*, d'entrer dans ses habitudes. Et vous-même, l'homme le plus intelligent peut-être qu'il y ait au théâtre, vous ne pouvez mettre la main que par hasard sur son véritable goût. *Victorine* a été supportée par lui en douceur, *Pandolphe* l'a exaspéré, *Nello* ne lui eût pas plu, *Claudie* l'eût scandalisé à coup sûr ; vrai, je ne crois pas avoir sa veine et ses fibres, et je pense, vraiment, que vous avez tort de me demander des pièces.

Mais tous ces *si* et ces *mais* ne servent de rien ici. Nous y reviendrons en temps et lieu, car tant que vous désirerez mon concours, je désirerai vous l'apporter à nos communs risques et périls. Ce qui me rend véritablement incertaine dans ce moment-ci, c'est la crainte de ne pas trouver le temps avant l'époque que vous me fixez. J'y ferai mon possible, et même un peu de l'impossible, mais je n'oserais vous promettre à coup sûr, je suis encombrée

d'ouvrage : romans, drames, mémoires, je n'ose pas songer à ce que je me suis laissé imposer par des traités, et
vous savez si je suis esclave de ces papiers griffonnés.

Je me suis trouvée dans la nécessité absolue de m'engager pour avoir quelque chose de sûr. Je vais tâcher de
glisser entre tout cela une pièce pour vous[1]. Mais ce n'est
pas sans trembler d'avance, non pas d'être sifflée, j'ai
l'épiderme solide à cet endroit-là, mais d'avoir perdu des
jours, des nuits, de la vie par conséquent pour ne pas
trouver le joint.

Vous défendez votre public, vous ; je ne l'attaque pas,
en tant que public. Mais sans l'incriminer je me méfie
de lui. Je ne le trouve, passez-moi l'expression triviale de
mon pays rabelaisien, *ni lard, ni cochon.* Il ne veut pas trop
rire, il ne veut pleurer qu'un peu. Il est habitué à voir sa
fibre molle caressée par des auteurs à vieux succès qui
la connaissent, qui la ménagent, qui lui font sans regret le
sacrifice de leurs idées, de leur émotion, de leur caprice.
Je ne suis pas d'aussi bonne composition. J'ai toujours eu
l'envie d'imposer mon feu ou mon calme à cet être qu'on
appelle public, et qui, au fond, ne se souciant de rien par
lui-même, se laisse aller, pour peu qu'on s'obstine à ne
pas lui céder. Mais pour cette résistance de l'individu
contre la masse, il faut de la force et de l'aide ? Où en
trouverai-je ? Je ne sais pas. Je renoncerai peut-être au
théâtre, dans deux ou trois ans, car je ne m'attends pas à
trouver, par le temps qui court, un théâtre assez riche,
assez indépendant, assez pénétré de la nécessité artistique
de la lutte pour vouloir de moi telle que je suis et de mes
œuvres telles qu'elles sont.

J'essaierai encore trois ou quatre pièces de théâtre
après quoi, si je n'arrive pas à vaincre certains préjugés
artistiques, je me reposerai de cette petite guerre pour
laquelle, quoi que je fasse, je ne me sens que de la résolution et de la fermeté, sans passion pour le succès à tout
prix. Dans ce nombre je voudrais bien qu'il y en eût une
qui fût à votre convenance, car je peux bien vous dire à
vous, ce que je dis sans cesse autour de moi ; c'est que je
n'ai jamais eu de relations plus agréables qu'avec vous et
vos artistes. Et ce n'est pas *Victorine* comme vous le pen-

1. Ce sera *Le Démon du foyer*, comédie en deux actes créée au
Gymnase le 1er septembre 1852.

sez, c'est *Pandolphe* qui m'a laissé les plus agréables souvenirs, parce que là, on a eu l'occasion de me montrer de
l'amitié, et que je suis beaucoup plus flattée de celle des
artistes que de celle du public.

Vous me donnez 7 semaines, je vais essayer d'en profiter. Soyez libre pourtant, de prendre d'autres engagements, car si je n'arrivais pas à temps, il me serait
indifférent d'être jouée plus tard, tandis qu'il ne vous l'est
pas de n'avoir rien d'arrêté dans vos projets.

Adieu cher directeur, j'embrasse Madame Rose [Chéri]
de tout mon cœur, et vous prie de croire que je vous
aime aussi de tout mon cœur.

                                                George Sand

Ne m'oubliez pas auprès de tous mes artistes, ma
petite Roccaudine[2], Lafontaine, Dupuis, etc.

## 200. À PAULINE VIARDOT

Nohant [25 (?) juillet 1852]

Chère fifille, je ne savais où vous prendre. Vous savez
bien que quand vous ne me dites pas où vous êtes, vous
qui avez ordinairement une existence si animée, je ne
peux pas le deviner. Je ne vous croyais pas si lente dans
votre rétablissement et j'ai envie de vous gronder pour
cela. Mais comme cela me chagrine je n'en ai pas le courage. Allons, respirez dans votre grand Courtavenel, reposez votre voix, votre cerveau, votre cœur aussi, car on
dépense tout à la fois dans ces grands élans du théâtre,
et n'allez pas trop vite dans la *brumeuse* Angleterre, surtout si c'est pour y faire du *métier*. N'êtes-vous pas arrivée à pouvoir ne faire que *de l'art* ? Il est vrai que c'est
peut-être aussi du mouvement qu'il vous faut, et à cela,
il n'y a rien à dire. Votre chère petite[1] va bien, Louisette
aussi. Voilà deux bonheurs dans un : mais vous avez
souffert dans votre amitié, je le vois. J'ignorais absolu-

2. Probablement Augustine Figeac, qui jouait Sophie du *Mariage de
Victorine* et Colombine des *Vacances de Pandolphe*.
1. Les Viardot venaient d'avoir une petite Claudie, née le 21 mai.

ment que G[ounod] eût des torts envers vous[2]. Sa dernière lettre était pour annoncer son prochain mariage,
justement, elle était pleine de tendresses pour vous. Je
n'avais garde d'en douter, car je savais que vous aviez été
une sœur pour lui. Que s'est-il donc passé ? Chez nous,
on l'appelle *trop-diteux*, parce que tout en parlant fort
bien, il parle tant et tant qu'on en est vite fatigué. Mais
comment voulez-vous que j'explique le mystérieux phénomène d'un mauvais cœur dans une belle intelligence ?
*D'abord*, lui, je ne le connais pas assez pour cela, je ne le
connais que par vous, et j'aime ce que vous aimez, de
confiance. Mais si vous le reniez, je me retirerai de lui
tout doucement. Je ne veux pas être liée avec ceux qui
vous font de la peine.

*Ensuite*, ce triste contraste qui vous étonne, il ne
m'étonne plus, bien qu'il paraisse un *hyatus* dans la
logique divine, comme disait Cuvier, je crois (encore, ne
sais-je pas comment le mot s'écrit). Mais ça veut dire que
le bon Dieu lui-même se trompe quelquefois. Eh bien,
j'ai vu cela si souvent, si souvent, qu'il me faut bien
accepter le fait, et vous verrez, ma chère mignonne, que
ce ne sera pas la dernière fois que vous aurez de ces
étonnements-là. Il est bien rare qu'à côté du génie, il n'y
ait pas une dose de vanité qui fait de la grandeur une
petitesse. Sa vanité s'est-elle trouvée en jeu dans votre
désaccord ? alors mettez le mal sur le compte de cette
infirmité. Le cœur n'est peut-être pas mauvais pour cela,
mais il est étouffé par moments, ou rongé et vidé comme
par un ver solitaire. Grondez-le, ramenez-le, s'il en est
temps encore, ou bien assurez-vous de la vérité des
choses qui vous ont blessée, car il y a autour des gens
d'élite, des personnes célèbres, un réseau de jalousies, de
cancans, de mensonges qui leur rend la vie amère. Il
semble que la petitesse veuille chercher à rapetisser l'horizon de ce qui est grand. Quand vous aurez soumis
votre jugement à ces deux épreuves, prononcez. Moi, je
verrai par vos yeux, ou du moins, je sentirai par votre
cœur.

Ici, ma fille, nous sommes toujours le même Nohant
que vous connaissez, avec un bout de théâtre de plus, où

---

2. Gounod, qui était le protégé des Viardot, venait de rompre avec
eux de façon grossière, en leur renvoyant leur cadeau de mariage.

on essaye celles de mes pièces qui ne demandent pas une plus vaste scène et une troupe plus nombreuse. Nous venons d'y donner une représentation qui a *réussi*, car sur ce théâtre-là, il n'y a pas de chutes[3]. À présent, nous revoilà entre nous, moi travaillant toujours plus, entassant les romans sur les pièces de théâtre, et visant toujours à avoir devant moi de quoi me reposer un an, chose qui n'arrive jamais. Solange est retombée tout à fait à ma charge, et c'est une charge matérielle, en ce sens que son mari ne veut rien lui donner, et qu'elle a des habitudes de dépense que je ne peux pas satisfaire à son gré. Elle est chez moi avec sa fille et se prépare à retourner à Paris pour essayer d'une séparation amiable. Il n'y aurait rien de plus facile à arranger. Les époux ne peuvent vivre ensemble et le mari aurait une grande économie à faire à sa femme une pension réglée. Mais il est tout à fait fou, et elle l'est un peu. Alors au lieu d'arriver à se quitter sans bruit, on passe le temps à se quereller et se blesser, et on n'aboutit pas.

Solange est très aimable à présent. En somme son caractère s'est fort amélioré. Elle a mangé tant de vache enragée dans le mariage qu'elle apprécie enfin la tranquillité de notre intérieur et le savoir-vivre de nos relations. Mais elle s'ennuie à avaler sa langue quand il n'y a pas de monde autour d'elle. Elle est d'une oisiveté fabuleuse et n'aime rien au monde que le cheval et la toilette. Je ne peux lui procurer le premier point. Il lui faudrait ici pour la distraire un peu, deux beaux chevaux de selle et un domestique exclusivement occupé de son service, plus une femme de chambre pour l'habiller, et une bonne pour sa petite qu'elle aime bien, mais qu'elle est trop nonchalante pour soigner, trop distraite pour surveiller. Je n'entends pas de cette oreille. Je ne veux pas qu'elle passe sa vie sur les grands chemins, et je veux qu'elle s'occupe de sa fille. J'oppose à ses *bâillements* la force de l'inertie. J'en ris ou je fais semblant de ne pas m'en apercevoir. Elle m'en fait un grand crime au fond, mais du moins elle a pris sur elle de s'y soumettre sans orage. Voilà où nous en sommes. Elle a le cœur vide, elle n'est pas dévouée, elle ne peut pas être aimante. Elle a l'esprit vide, et pourtant elle a de l'intelligence. Elle écrirait fort bien,

3. Le 18 juillet, on a joué *Camille*, qui deviendra *Le Démon du foyer*.

si elle avait quelque chose dans les entrailles. Elle jouerait adorablement du piano, si elle voulait travailler. Mais tout l'accable et la dégoûte. Sa vie se passe à monter et à descendre les escaliers en se traînant, à entrer dans les ateliers de Lambert et de Maurice en tombant accablée sur une chaise, et en disant : Ah! qu'on s'ennuie ici! Quand nous sommes réunis le soir, elle est gaie, elle est gentille, elle s'est mis pour dîner, du blanc, du rouge, elle a peint ses sourcils et ses lèvres, elle a mis des rubans dans ses cheveux, ça la remonte et pour quelques heures elle rit et babille. Tout cela ne fait pas une existence, et je ne trouve pas moyen de lui en faire apprécier une plus utile et plus sensée.

Sa petite est une merveille de grâce, de *joliveté*, de câlinerie, de babillage, mais elle a le diable au corps avec elle. Elle ne se soumet qu'à moi. Je l'adorerais volontiers, mais je m'en défends un peu, car le caprice de Solange défera toujours tout, et avec elle il faut vivre au jour le jour.

Voilà notre bulletin, chère fille. Il n'est pas délirant de bonheur. Pourtant la position est supportable. Il y a des soucis auxquels il faut s'habituer. Mon travail et la bonne amitié de Maurice me sauvent de tout. Lambert, Manceau et *Aucante*, qui vivent et travaillent chez nous, sont d'excellents enfants, de vrais amis dévoués, qui surveillent mes affaires, mettent au net mes paperasses et m'allègent beaucoup de soins indispensables. C'est cette vie laborieuse de nous tous qui donne sur les nerfs de ma pauvre fille, mais sans cela, est-il possible d'exister ?

Bonsoir ma chérie mignonne. Nous revoilà au courant de nos nouvelles. Ne laissons donc plus passer tant de temps sans que nous nous y remettions. Ma santé était redevenue bonne, mais depuis un mois je souffre beaucoup. Je n'ai pas le droit de m'en plaindre, puisque mon travail n'en est pas interrompu ni diminué. Je vous embrasse mille fois, de cœur, et les fillettes aussi, et Loulou, et tout ce que vous aimez, et Mamita si elle est près de vous. Maurice se permet de vous embrasser aussi. Lui, c'est un bon garçon avec un jugement froid, mais droit, et qui ne fera jamais ni folies ni mauvaises choses.

Que je ne finisse pas sans vous donner des nouvelles de notre ami Müller. L'excellent homme commence à s'ennuyer chez Duvernet, non de ses hôtes qui l'adorent, mais du peu d'intelligence des 2 enfants qui par leurs progrès ne satisfont pas, dit-il, le besoin que sa conscience éprouve de faire quelque chose d'utile, tout en gagnant sa vie. Il a le désir d'aller en Angleterre, maintenant qu'il a quelques sous dans la poche. Je lui offre de revenir chez nous, jusqu'à nouvel ordre, mais il a envie de voyager, et dit qu'il perdrait son temps ici. Je pense donc que vous le verrez bientôt, car il s'arrêtera quelques jours à Paris. Il est toujours le plus honnête, le meilleur des hommes.

## 201. À JEAN-BAPTISTE CLÉSINGER

[Nohant, 21 novembre 1852]

Ta fille va très bien sauf un rhume que je soigne avec du bon lait chaud et de petites précautions de tous les instants contre les changements de température. Elle est charmante et ne me quitte pas. Elle est heureuse, tu peux avoir l'esprit en repos sur son compte. Je désire qu'on me la laisse jusqu'à ce que vos débats soient terminés dans un sens ou dans l'autre. Son caractère qui avait été fort aigri par le spectacle de vos luttes, s'est calmé et adouci extrêmement. Elle n'est plus moitié si nerveuse. Enfin elle a besoin d'être tenue en dehors de la question, jusqu'à nouvel ordre, et j'espère que c'est toujours ton désir et ton intention aussi.

Tu dis que ma fille est folle. Tu sais que j'ai fait tout mon possible pour vous mettre d'accord, et que tous mes efforts pour vous réunir n'ont abouti qu'à prouver combien la vie commune est impossible entre vous. N'es-tu pas fou aussi, toi qui pouvais couper court au scandale, et à l'irritation, en persistant dans les bonnes résolutions suggérées par notre pauvre ami [Orsay] qui n'est plus ?

Tu pourrais être encore heureux par le travail, la liberté, l'oubli des chagrins domestiques et ta charmante petite qui grandirait entre mes bras et sous tes yeux ? Pourquoi vouloir combattre en public pour avoir l'air d'être le plus fort des deux, quand tu sens bien, par expérience, que tu ne peux pas gouverner et dominer sans souffrir mortellement ? Et la belle gloire d'ailleurs, de vaincre les volontés d'une femme, quand on a, comme toi, une car-

rière d'artiste où il y a tant de vraie et bonne puissance à
dépenser ?

Décide-toi donc à prélever sur le fruit de ton travail
une pension honnête et modeste pour ta femme. Achète
à ce prix ton repos et le sien. Est-ce que tu tiens à l'argent, toi ? Je t'ai mille fois prouvé, et tu l'as reconnu toi-
même, que tu aurais une immense économie à agir ainsi.
Solange vivra chez moi ou chez son père, et le temps
calmera tout. Si tu t'obstines à manquer aux engagements
que tu avais plusieurs fois pris comme justes et raisonnables, il est probable que le manque de ressources poussera Solange à te créer des embarras et des soucis qui
détruiront ton indépendance, ta santé, ta raison, trois
choses qui périssent dans la colère, dans la plainte, dans
l'aigreur, et qui sont pourtant essentielles à l'essor du
talent.

Puisses-tu m'écouter ! Mais je ne l'espère plus guère,
car tu as toujours fait le contraire de ce que tu m'avais
promis. Tu n'as pas voulu voir que tu n'as jamais eu
qu'un conseil désintéressé, impartial et sincère, celui du
comte d'Orsay et par conséquent le mien. Au point où
en sont venues les choses, je ne sais vraiment pas comment ta femme vivra si elle ne plaide pas. Tu sais combien je l'ai combattue, je comptais sur ta parole ; mais à
présent que tu la laisses entièrement à ma charge, je ne
trouve pas cette situation possible pour elle. Je ne la
trouve pas honorable pour toi, et je ne comprends pas
que tu ne proposes pas des arrangements tels qu'elle
puisse les accepter, et même qu'elle ait intérêt à le faire.

Quant à empêcher tout procès par un rapprochement
forcé, il serait absurde d'y songer maintenant. Vous ne
seriez pas trois jours, trois heures ensemble sans qu'un
des deux quittât l'autre. Mettras-tu ta femme sous clef ?
Ce serait bête, ridicule et odieux et tu t'en lasserais avant
elle. Sauras-tu te faire si doux, si raisonnable et si bon
qu'elle se plaise avec toi ? Certes voilà ce qu'il faudrait
des deux côtés ; mais est-ce possible ? Je n'ai pas à faire
ici le procès de ma fille, je le lui fais à elle-même quand
besoin est. C'est à toi que je parle, c'est à toi que je dis
la vérité. Tu n'as jamais été, tu ne seras jamais calme
ni patient. Tu n'es pas maître de ta volonté, je t'ai vu
emporté et mauvais avec moi-même qui cependant étais
bien disposée à t'aimer comme mon fils. Pourquoi diable

es-tu comme cela ? Tu n'en sais rien toi-même ! Ce n'est peut-être pas ta faute, mais tu n'es pas fait pour le mariage, et Solange qui a beaucoup de tes défauts n'est pas capable de se soumettre à la menace. Au fait, ce n'est pas facile, conviens-en. Il est bien inutile à présent de récriminer, et de dire que si elle avait été parfaite tu aurais été parfait. Je n'ai pas vu naître vos discordes, je ne sais pas qui a eu les premiers torts. Mais qu'importe, à présent que les torts sont réciproques ! Vous voilà forcés de les articuler réciproquement devant des juges, si l'un de vous persiste à ne pas laisser partir l'autre. C'est un résultat fâcheux. Je n'ai pu l'empêcher. Mais si au lieu de consentir à cette séparation pour ainsi dire à huis-clos, tu la laisses porter devant un public malveillant, vous en sortirez meurtris tous les deux.

J'avais résolu de ne plus te parler de tout cela, j'en ai eu la tête brisée, inutilement pour vous autres, et nuisiblement pour moi. Je ne veux plus entendre vos mutuels reproches, j'en ai assez et plus qu'assez. Mais une solution, je vous la demande à tous deux et je la désire dans vos intérêts communs. Tu le sais, tu ne peux pas en douter. Quelque amer et soupçonneux que tu sois tout d'un coup au milieu de ta confiance, tu sais bien, quand tu es dans ton bon sens, que je suis incapable de te mal conseiller par intérêt personnel, ou par prévention. Allons, fais-moi donc voir que tu as encore du cœur et de la raison. Prends un bon parti. Je ne te le spécifie pas, parce que je ne suis plus au courant de vos débats. Mais consulte un avocat, un conseil quelconque qui, au lieu de flatter ta passion du moment, prenne véritablement les intérêts de ton repos et de ta dignité. Tu dois avoir ce conseil, mais je crains que tu ne fasses pas ce qu'il dit. Je suis payée pour le croire. Je suis convaincue que le premier honnête homme venu, *connaissant bien le code*, à qui tu laisserais la gouverne de ta conduite pendant quinze jours, terminerait d'une manière sage, durable et morale, ces tristes différends. Choisis cet homme toi-même. Lis-lui ma lettre et je suis sûre qu'il y verra le langage de la vérité.

George Sand

## 202. À ALEXANDRE DUMAS PÈRE

[Nohant, 23 novembre 1852]

Cher maître et ami[1], je suis en trop bonnes mains pour m'inquiéter de rien. La vie privée d'une femme qui a de grands enfants n'offre plus d'intérêt que dans le passé et seulement pour des cœurs sympathiques. La curiosité du public est une mauvaise commère à laquelle nous savons bien qu'il ne faut donner en pâture que les choses qu'il ne dépend pas d'elle de souiller. Qui mieux que vous sait faire le choix entre ce qu'on peut dire aux indifférents et ce qu'on ne veut dire qu'à ses amis ? Quand un homme comme vous effleure du bout de sa plume une existence qui a ses côtés bons et respectables, c'est pour caresser fraternellement ; et moi, qui suis un peu farouche à l'endroit de certaines réserves légitimes, je me fie à vous de tout mon cœur, de toute mon âme.

Vous résumer en quelques pages une vie qui me paraît vieille de trois ou quatre cents ans, ce serait impossible et il ne se trouve pas dans cette vie retirée et monotone en apparence, un intérêt romanesque suffisant pour vous en imposer le récit. Je ne sais pas sur quels points il vous serait agréable d'être renseigné particulièrement. J'ai à Bruxelles un ami d'enfance, qui ne m'a presque jamais perdue de vue et qui m'a dit vous avoir vu depuis qu'il est là-bas. Il paraît même que vous l'avez grandement charmé et ébloui, ce qui ne m'étonne pas. C'est Alphonse Fleury, ex-représentant qui vous donnera bien mieux que moi, si vous les lui demandez de ma part, toutes les notions désirables sur mes parents, mon éducation, mon intérieur, qu'il a vu pendant une trentaine d'années, mon caractère dont il sait le bon et le mauvais, le fort et le faible.

Mais savez-vous que je ne désire pas que vous racontiez mon histoire comme vous avez raconté celle de V. Hugo. J'écris mes mémoires aussi, moi, et si par hasard, je viens à me rappeler quelque chose de moi qui vaille la peine

1. Dumas rédige alors ses *Mémoires*, publiés dans *La Presse*, et veut consacrer un chapitre à Sand ; ce sera le chap. CCLX, paru dans *Le Mousquetaire* du 6 avril 1855.

d'être dit, je n'oserai plus m'en mêler quand vous aurez
passé par là avant moi. Personne ne lira mes mémoires
faits par moi, si vous les faites le premier. Savez-vous,
*entre nous soit dit*, que quand j'ai lu la vie de Hugo dans
vos pages, je me suis dit : « Eh bien tant mieux, je ne lirai
pas les mémoires de Hugo quand ils paraîtront ! »

Ce que je serai heureuse que vous disiez c'est que vous
avez un peu d'amitié pour moi, que vous m'avez vue
applaudir et pleurer à vos succès du meilleur de mes yeux
et de mes pattes, et que je vous ai donné carte blanche
pour me juger en tant qu'écrivain, sûre de votre justice
d'une part et comptant de l'autre sur l'indulgence de
l'affection que vous m'avez si délicatement témoignée.
Rien au monde ne m'intéresserait plus que d'entendre
de votre bouche la critique raisonnée de mon œuvre.
Puisque je suis privée de ce bonheur faites-moi profiter
de votre sentiment. Tout sera accueilli avec conscience et
gratitude.

George Sand

23 9$^{bre}$ 52.

Votre lettre n'a pas de date, je l'ai reçue *aujourd'hui*.

## 203. À ARMAND BARBÈS

Nohant, 18 décembre 1852

Cher et excellent ami, Vous demandez de mes nouvelles et si je vous aime toujours.

Pouvez-vous douter de ce dernier point ? Plus la destinée s'acharne à nous séparer, plus mon cœur s'attache
avec respect et tendresse à vos souffrances, et plus votre
souvenir me revient cher et précieux à toute heure.

Quant à ma santé, elle se débat entre la fatigue et la
tristesse. Vous connaissez mes causes de chagrin et le travail perpétuel qui m'est imposé, comme devoir de famille,
alors même que, comme devoir de conscience, je suis paralysée par des causes extérieures. Mais qu'importe notre
individualité ? Pourvu que nous ayons fait pour le mieux
en toutes choses, et selon notre intelligence et nos forces,

nous pouvons bien attendre paisiblement la fin de nos épreuves.

J'espérais que la proclamation de l'Empire[1] serait celle de l'amnistie générale et complète. Il me semblait que, même au point de vue du pouvoir, cette solution était inévitable parce qu'elle était logique. C'eût été pour moi une consolation si grande que de revoir mes amis ! J'espère encore, malgré tant d'attentes déçues, que l'Empire ne persistera pas à venger les querelles de l'ancienne monarchie, et d'une bourgeoisie dont il a renversé le pouvoir.

Écrivez-moi, mon ami ; que quelques lignes de vous me disent si vous souffrez physiquement, si vous êtes toujours soumis à ce cruel régime de la chambre, si contraire au recueillement de l'âme et au repos du corps. Je ne suis pas en peine de votre courage ; mais le mien faiblit souvent au milieu de l'amère pensée de la vie qui vous est faite. Je sais que là n'est point la question pour vous et que votre horizon s'étend plus loin que le cercle étroit de cette triste vie. Mais, si l'on peut tout accepter pour soi-même, il n'est pas aisé de se soumettre sans douleur aux maux des êtres qu'on aime.

Je suis toujours à la campagne n'allant à Paris que rarement et pour des affaires. Mon fils y passe maintenant une partie de l'année pour son travail, mais il est en ce moment près de moi et me charge de vous embrasser tendrement pour lui. J'ai une charmante petite fille (la fille de ma fille), dont je m'occupe beaucoup.

Voilà pour moi : et vous ? et vous ? Pourquoi ai-je été si longtemps sans avoir de vos nouvelles ? C'est que tous nos amis ont été dispersés ou absents. J'ignore même quand et comment ceci vous parviendra ; j'ignore si vous pouvez écrire ouvertement à vos amis, et si leurs lettres vous arrivent.

Mais, que je puisse ou non vous le dire, ne doutez jamais, cher ami, de mon amitié pleine de vénération, et inaltérable.

George

---

1. Le 2 décembre 1852.

## 204. À EUGÈNE LAMBERT

[Nohant, 29 (?) décembre 1852]

J'ai reçu Agathe[1]. — J'ai donné ordre à Berrurier de te solder tout ce que tu voudrais, je n'ai pas besoin de te donner de mandat, tu iras chez lui quand tu voudras. Seulement tiens note de ce que tu auras touché et dis-le moi dans le courant du mois pour que je tienne mes comptes.

Je lis, j'étudie *Swedenborg*. Sais-tu ce que c'est ? C'est une religion au bout de laquelle on est obligé d'être fou et d'avoir des visions, sinon on est pécheur endurci. Ça passe pour *fort*, ça n'est pas sorcier. Émile [Aucante] a dit là-dessus un joli mot : *Pourquoi ne nous ferions-nous pas swedenborgistes pour six mois ?* Malheureusement n'est pas swedenborgiste qui veut.

Manceau me lit à la veillée la fin de Bragelonne que j'avais laissée en plan, il y a longtemps[2]. C'est amusant, mais *épatant*. Je brode mon iris avec la grande feuille de mauve, c'est très joli.

Envoie-nous ta source pour mettre dans le parterre. Travaille mais ne t'habitue pas aux délices de cette aquatique habitation. S'il te faut absolument de l'eau pour barbotter on mettra la bache[3] aux bœufs à la place de ton lit, car je t'avertis qu'on va supprimer la fosse aux canards, et la faire filer dans le pré. On a abattu la grande baraque du puits. On va faire un poulailler, un tas de monuments admirables pour tâcher de désinfecter ta cour.

Je suis contente que Jacque s'occupe un peu de toi, et contente surtout qu'il te reproche de manquer de lumière parce que c'est vrai. C'est ce nuageux Palognon qui t'a persuadé que le jour et le soleil étaient de trop dans la nature. Dis-lui (à Jacque) si ça peut l'intéresser que je trouve ce qu'il fait ravissant.

À propos du *soleil dans la nature*, *Victorrrr* et Eugène [Borie] nous ont envoyé de *Tulle* une dinde truffée superbe

1. Une agate montée en bague pour Manceau.
2. *Le Vicomte de Bragelonne* d'Alexandre Dumas (1850).
3. L'auge ; dans une lettre du 27 décembre, Lambert disait qu'il avait trouvé dans son atelier « une source d'eau vive [...] et il y a gros à parier qu'elle ne tarira pas ».

que nous avons mangée à huis-clos, ne regrettant que toi
pour cette grande affaire. Nous attendons *Victorrrr* et peut-
être *Lajuque*, du moins, je l'ai engagé à venir nous voir
aussi.

C'est égal, le petit Lantubert nous manque diablement.
Je t'embrasse de cœur, j'ai dit à Leblanc de te porter mes
étrennes. Je te la souhaite accompagnée de beaucoup
d'autres, *à Nohant.*

Nini est charmante et lira dans un mois. Je me lève
donc de bonne heure. Je n'en suis pas moins une patraque.

205. À THÉOPHILE SILVESTRE

[Nohant, 5 janvier 1853]

Monsieur,
Je saisis avec plaisir l'occasion que vous m'offrez de
vous encourager dans un travail dont M. Eugène Delacroix est l'objet[1], puisque vous partagez l'admiration et
l'affection qu'il inspire à ceux qui le comprennent et à
ceux qui l'approchent.

Il y a vingt ans que je suis liée avec lui et par conséquent heureuse de pouvoir dire qu'on doit le louer sans
réserve, parce que rien dans la vie de l'homme n'est au-
dessous de la mission si largement remplie du maître.

D'après ce que vous me dites, ce n'est pas une simple
étude de critique que vous faites, c'est aussi une appréciation morale. La tâche vous sera douce et facile, et je
n'ai probablement rien à vous apprendre sur la constante
noblesse de son caractère et l'honorable fidélité de ses
amitiés.

Je ne vous apprendrai pas non plus que son esprit est
aussi brillant que sa couleur, et aussi franc que sa verve.
Pourtant cette aimable causerie et cet enjouement qui
sont dus à l'obligeance du cœur dans l'intimité, cachent
un fonds de mélancolie philosophique, inévitable résultat
de l'ardeur du génie aux prises avec la netteté du juge-

---

1. Théophile Silvestre préparait son *Histoire des artistes vivants,
français et étrangers* (1856) ; il consacrera en 1864 un ouvrage à *Eugène
Delacroix.*

ment. Personne n'a senti comme Delacroix le type douloureux de Hamlet. Personne n'a encadré dans une lumière
plus poétique, et posé dans une attitude plus réelle, ce
héros de la souffrance, de l'indignation, du doute et de
l'ironie, qui fut pourtant, avant ses extases, *le miroir de la
mode et le moule de la forme*[2], c'est-à-dire, en son temps, un
*homme du monde* accompli.

Vous tirerez de là, en y réfléchissant, des conséquences
justes sur le désaccord que certains enthousiastes désap-
pointés ont pu remarquer avec surprise entre le Delacroix
qui crée et celui qui raconte, entre le fougueux coloriste
et le critique délicat, entre l'admirateur de Rubens et
l'adorateur de Raphaël. Plus puissant et plus heureux que
ceux qui rabaissent une de ces gloires pour déifier l'autre,
Delacroix jouit également des diverses faces du beau, par
les côtés multiples de son intelligence.

Delacroix, vous pouvez l'affirmer, est un artiste complet. Il goûte et comprend la musique d'une manière si
supérieure qu'il eût été très probablement un grand musicien s'il n'eût pas choisi d'être un grand peintre. Il n'est
pas moins bon juge en littérature et peu d'esprits sont
aussi ornés et aussi nets que le sien. Si son bras et sa vue
venaient à se fatiguer, il pourrait encore dicter, dans une
très belle forme, des pages qui manquent à l'histoire de
l'art, et qui resteraient comme des archives à consulter
pour tous les artistes de l'avenir.

Ne craignez pas d'être partial en lui portant une admiration sans réserve. La vôtre comme la mienne a dû
commencer avec son talent, et grandir avec sa puissance
année par année, œuvre par œuvre. Aujourd'hui la plupart
de ceux qui lui contestaient sa gloire au début, rendent
pleine justice à ses dernières peintures monumentales, et
comme de raison, les plus compétents sont ceux qui, de
meilleur cœur et de meilleure grâce, le proclament vainqueur de tous les obstacles, comme son Apollon sur le
char fulgurant de l'allégorie[3].

Vous me demandez, Monsieur, de vous renseigner sur
les peintures de ce grand maître qui sont en ma posses-

---

2. Shakespeare, *Hamlet* (III, 1). Delacroix travailla de 1834 à 1843
à une série de seize lithographies inspirées d'*Hamlet*, et consacra plusieurs tableaux et dessins à des scènes de ce drame.

3. Plafond pour la galerie d'Apollon au Louvre.

sion. Je possède en effet plusieurs pensées de ce rare et
fécond génie.

Une sainte Anne enseignant la Vierge enfant, qui a été
faite chez moi à la campagne et exposée l'année suivante
(1845 ou 46) au musée. C'est un ouvrage important, d'une
couleur superbe, et d'une composition sévère et naïve.

Une splendide esquisse de fleurs d'un éclat et d'un
relief incomparables. Cette esquisse a été également faite
pour moi et chez moi.

La confession du Giaour mourant, un véritable petit
chef-d'œuvre.

Un Arabe gravissant la montagne pour surprendre un
lion.

Cléopâtre recevant l'aspic caché au milieu des fruits
éblouissants que lui présente l'esclave basané, riant de ce
rire insouciant que lui prête Shakespeare, ce contraste
dramatique avec le calme désespoir de la belle reine a inspiré Delacroix d'une manière saisissante.

Un intérieur de carrières.

Une composition tirée du roman de *Lélia*, d'un effet
magique.

Une composition au pastel sur le même sujet[4], enfin
plusieurs aquarelles, pochades, dessins et croquis au
crayon et à la plume, voire des caricatures. Tel est mon
petit musée où le moindre trait de cette main féconde est
conservé par mon fils et par moi avec la religion de
l'amitié.

Si vous croyez ma réponse utile pour votre travail, dis-
posez-en, Monsieur, quoique ce soit un bien mince tribut
pour une si chère gloire.

Agréez mes remerciements pour la sympathie que
vous me témoignez et l'expression de mes sentiments
distingués.

                                        George Sand
Nohant 5 janvier 1853.

4. Successivement *L'Éducation de la Vierge* (voir lettres 83 et 115),
*Fleurs* (lettre 97), *La Confession du Giaour* (Robaut 683) donnée à Sand
en 1840, *Arabe chassant le lion* (Robaut 1300), *Cléopâtre* (Robaut 692)
d'après *Antoine et Cléopâtre* de Shakespeare (Chicago Art Institute, coll.
W. Ryan), *Intérieur de carrières* (Robaut 1759), *Lélia* (voir lettre 190).

## 206. À EUGÈNE DELACROIX

[Nohant, 10 (?) janvier 1853]

Cher ami, encore bon jour, et bon an, et bonne santé
pour que vous ayez beau et grand succès en toutes
choses. Notre *Lélia*[1] est une chose admirable et si le
public de Nohant n'est pas nombreux, au moins il est
chaud. Je voudrais que vous entendissiez les joies et les
exclamations de ces belles surprises. Maurice à qui j'ai lu
votre lettre à minuit le 1er janvier, dit qu'il en est si fier
et si content, qu'il ne saurait comment vous l'écrire, et
qu'il aime mieux aller vous le dire lui-même et vous
embrasser pour moi et pour lui dans deux ou trois jours.
Car il repart pour Paris, où son petit travail d'illustrations
l'attache un peu maintenant. Cela me laisse bien seule,
mais il faut que j'en aie le courage. Car, qu'il soit petit ou
grand artiste, il faut qu'il s'habitue à gagner, sinon le pain
quotidien dont il n'a pas précisément besoin, du moins
l'honneur modeste et le légitime contentement que ne
méritent pas ceux qui se croisent les bras lâchement, ou
qui courent bêtement la *prétentaine.*

Ce n'est pas que je me tourmente ou me scandalise
des petites prétentaines que peut courir un garçon de
trente ans. Mais je dis que le plaisir n'est licite qu'à la
condition du travail, et c'est bien son opinion aussi. Je lui
ai donné, au nombre de ses étrennes, avec le tableau, la
lettre où vous l'encouragez à propos de ses illustrations.
Elle était entourée d'un ruban rose, et ce diplôme-là en
vaut bien un autre pour ses humbles archives.

Et moi aussi, je travaille toujours, cher ami, à travers
des bobos continuels comme ceux dont vous vous plaignez. Mais il faut passer à travers tout cela sans se trop
écouter, du moins tant qu'on peut se tenir sur ses pattes.
J'éprouve un grand affaiblissement. Mais, c'est une crise
qui se fait à mon âge. J'approche du demi-siècle, et si je
double ce cap, j'aurai encore bien des choses à dire.

Cramponnez-vous aussi. Il faut que nous vivions les
uns pour les autres, que nous vieillissions avec nos amis

---

1. C'est la toile envoyée pour les étrennes de Maurice (voir
lettre 190).

ou bien la lutte sera plus cruelle. Pour vous, vous êtes dans tout l'éclat, dans toute la puissance de votre œuvre. Vous avez gagné une bataille mémorable en ce siècle de bourgeoisie renforcée, et de scepticisme vaniteux. Votre *empire est fait*, et ceux qui n'ont jamais douté de vous sont plus fiers de votre gloire que vous-même.

À revoir dans un ou deux mois, cher ami. J'irai vous embrasser comme je vous aime.

G. Sand

## 207. À PIERRE-JULES HETZEL

[Nohant] 16 janvier [18]53

Cher ami, je reçois une lettre de Nap. Bonaparte[1] qui me dit que pour les demandes qui passeraient par ses mains, il croit pouvoir répondre du succès. Voici ce qu'il me dit : « Ces demandes peuvent être fort simples et sans un mot d'humiliation. *Ils désirent rentrer en France et y vivre tranquilles* ».

Au point où en sont les choses, le cœur fatigué et navré comme nous l'avons ici, tous ceux de nous qui avons du bon sens et de la tendresse pour nos amis, nous disons : Il devient indifférent de demander ou de ne pas demander, au point de vue de la conscience générale. Cela devient une affaire de conscience individuelle et toute résolution, quelle qu'elle soit, doit être respectée. Pour ceux qui croient s'humilier en faisant la moindre démarche, ils peuvent avoir beaucoup de mérite à avaler cette couleuvre pour l'amour de leur famille et de leur devoir particulier. Pour ceux qui n'y voient qu'une néces-sité à subir, il n'y a pas de blâme à émettre. Nous n'osons plus donner de conseils ni faire d'instances à nos amis, nous sommes heureux quand ils nous reviennent et prêts à les défendre avec chaleur contre d'absurdes rigoristes qui ne seraient pas tels s'ils n'étaient en sûreté

1. Apparition du Prince Napoléon, qui aidera Sand dans ses démarches en faveur des proscrits ou prisonniers ; cousin de Napo-léon III, et pendant longtemps son successeur désigné, il avait cependant des opinions républicaines marquées, et sera un ami très proche de George et Maurice Sand.

et à l'abri du besoin. Dans ce dernier cas, il en est pourtant de très purs et de très vertueux, nous le savons aussi, qui souffrent plutôt que de commettre ce qu'ils regardent comme une lâcheté. Nous respectons aussi ceux-là très profondément, mais s'il nous est prouvé qu'ils ont raison de ne pas faire ce qu'ils croient coupable, il n'en résulte pas que nous soyons d'accord avec eux sur cette prétendue lâcheté. Le fait de subir un cas de force majeure ne saurait être jugé si cruellement, surtout lorsque l'engouement volontaire d'une nation est le véritable despote qui exige. Fleury est de mon avis, il m'a écrit bien des fois, là-dessus, dans un sens très juste et très généreux, qu'il se réjouissait d'apprendre que certains de ses amis pouvaient échapper à la persécution et qu'il ne les croyait pas moins estimables pour cela.

Tout cela, c'est pour vous dire que quand vous voudrez que je fasse agir Nap. B[onaparte] je suis toute prête. Voilà bien des fois que je le relance (tout dernièrement encore) pour qu'il obtienne votre rentrée sans conditions. J'ai écrit bien des lettres pour cela. Mais malgré les apparences, il ne jouit pas d'une faveur réelle. Je suis sûre de son zèle et de sa bonne volonté, et s'il me dit qu'il ne peut rien obtenir sans un simulacre de démarche de la part de mes amis, cela est malheureusement bien certain. J'ai demandé aussi au moins vingt fois la rentrée de Fleury, mais jamais de sa part, je sais qu'il m'en aurait blâmée. Il paraît que le moment n'est pas encore venu où les individus même pourront savoir gré d'une amnistie.

Vous ne me dites pas que Fleury a enfin trouvé une occupation. Son frère est venu me le dire hier, je le savais déjà par Duvernet. Je m'en réjouis bien, je vous assure.

Maurice est reparti ce matin pour Paris me chargeant de vous embrasser et me laissant pour Jules un dessin que je vous envoie. Il a mis ceux de Jules dans son album. Je suis bien contente que vous soyez content de nos illustrations[2]. *Pottin* met très bien sur bois, mais pas *également*. Vous avez dû remarquer qu'il y en a plusieurs qui sont secs et maladroits et qu'on dirait être mis par Mau-

---

2. Les dessins de Maurice Sand pour les *Œuvres illustrées* de sa mère, dont une autre partie était l'œuvre de Tony Johannot ; les dessins étaient ensuite gravés sur bois.

rice lui-même. Nous soupçonnons donc le dit Pottin
d'avoir un aide qui est loin de savoir comme lui son
affaire. Ne pourriez-vous lui faire dire sans le fâcher, que
vous vous êtes aperçu de cela ? Regardez-y ; pour Manceau qui a la vue faite à tout ce qui est crayon, il est hors
de doute que les pages 17, 33, 65, 96 du *Meunier d'Angibault*, sont d'une autre main. Vous saurez bien quel
ménagement il faut y mettre, mais il serait bon qu'il sût
qu'on y a l'œil. — Vous voulez bien, n'est-ce pas, que
tous les dessins de Maurice qui sont chez Blanchard, me
soient rendus ? Je vous ai laissé sans partage tous ceux de
Johannot, faites-moi rendre tous ceux de mon garçon
pour que je m'amuse à m'en faire un album. Écrivez à
Blanchard un mot pour cela, Maurice les ira prendre
chez lui.

Ne vous inquiétez pas du retour de Maurice à Paris, il
ne négligera pas ses dessins, il y a pris goût et il est plus
persévérant qu'il ne paraît. Il veut apprendre à présent à
mettre sur bois, non pour rien changer à vos conventions
pour l'édition, mais pour son profit personnel. Et il a raison. D'ailleurs, ayant maintenant son petit établissement
à Paris, et son grand établissement à Nohant, il peut aller
et venir sans perdre de temps, le voyage n'étant plus une
affaire.

Parlons de moi puisque vous le demandez. Je me
porte aussi bien que le permet la crise de mon âge. Jusqu'ici tout se passe sans accident et avec des transpira-
tions que je trouve accablantes et dont on se moque
parce qu'elles sont imaginaires. J'éprouve le phénomène
15 ou 20 fois par jour et par nuit, de croire que je *sue* !
J'en ai la chaleur et la fatigue, je m'essuie la figure avec
un mouchoir blanc, et c'est risible parce que je ne sue
pas du tout. Pourtant cela me rend très faible, mais a
emporté toutes mes souffrances, et je crois que je suis en
bonne voie, bien que je n'aie pas grande vigueur au travail. Je travaille toujours cependant. J'ai fait une pièce en
trois actes pour le Gymnase[3] mais le Gymnase étant
en plein succès n'en aura je crois besoin que dans quelques
mois. M. Arsène Houssaye ne m'a pas demandé officiellement de pièce avec des offres, comme il vous avait dit

3. *Le Pressoir*, drame en trois actes, sera créé au Gymnase le
13 septembre 1853.

vouloir le faire, et je ne veux pas m'offrir. La dite pièce irait peut-être à son théâtre, elle n'est pas difficile à monter, c'est une *villageoiserie*, non pas une *paysannerie*. C'est dramatique et comique, c'est quelque chose que je n'ai pas encore fait et qui me paraît aller cependant comme une lettre à la poste. Mais je vous avoue qu'il me reste pour les Français ce reste de répugnance, qu'il faut avoir affaire à un comité. C'est l'ancien qui est rétabli, et ce n'est plus une répugnance de dignité politique que j'éprouve, mais bien une crainte des ennuis attachés aux *arrêts de partage*, au *tour* à prendre, etc. Si M. Houssaye avait été gentil avec moi, ou s'il était assez le maître chez lui, pour me répondre que tout cela serait de pure formalité, j'aurais passé par là-dessus, mais cela ne me paraît ni l'un ni l'autre, et tout le monde dit que ce théâtre est une pétaudière, et un mauvais lieu pour les *grands* du jour. Mes sympathies me reportent donc toujours vers le Gymnase où je n'ai affaire qu'à un homme très franc et très absolu [Lemoine-Montigny] : mais il est serré en diable, et on gagne peu dans cette boutique.

À propos de diable, j'ai lu et relu *le Diable aux champs*, et je ne sais pas me décider. Sera-t-on plus libre de le publier à l'étranger qu'en France[4] ? Il y a des curés, traités sans fiel, avec bienveillance même, mais discutés et enfoncés par les autres personnages. Il y a des paysans parlant politique à leur manière. Il y a enfin tout plein de choses qu'on pourrait ôter, mais que resterait-il alors ? un roman pur et simple que je pourrais aussi bien faire paraître en France. Si nous devons essayer une combinaison avec la Belgique, j'aimerais mieux commencer par un roman qui n'offrirait aucun de ces dangers. Je fais dans ce moment un nouveau conte du *chanvreur*[5], c'est-à-dire quelque chose comme le *Champi* et la *Fadette*, après quoi je me remettrai à mes mémoires, pour le cas où M. Delatouche se déciderait enfin à publier. Sachez donc à l'avance ce que me donnerait la Belgique si je commençais par elle. Voici où les choses en sont ici.

Dutacq m'a fait des propositions qui ont entraîné

---

4. *Le Diable aux champs*, roman dialogué écrit en septembre-novembre 1851, ne sera publié qu'à la fin de 1855 en revue, et en 1857 en volume.

5. Ce conte ou roman du chanvreur va se développer et devenir *Les Maîtres sonneurs*.

toute une correspondance et d'où il résulte que je n'ai
rien voulu conclure. Il voulait que je fisse pour *le Pays* et
*le Constitutionnel*, qui auraient publié à un mois de distance
l'un de l'autre, 8 volumes par an, de 200 000 lettres
chaque, pour le prix de 3 000 f. par volume, avec faculté
de ne fournir, après tout, que ce que ma santé me permettrait de faire, mais alors avec engagement de ne rien
donner à d'autres journaux. Cela paraissait fort beau à
1re vue, *mais*: Ils voulaient, avec cela, le droit de propriété
absolue de ces ouvrages pendant trois ans, et comptaient
faire des éditions illustrées, ou des éditions Lecou, enfin
tout ce qu'ils auraient pu faire. Il m'a semblé que c'était
ruiner en herbe nos éditions à nous, et j'ai voulu limiter
leur droit d'édition à une édition Cadot. Ils n'ont pas
voulu et m'ont proposé alors de ne pas faire d'édition du
tout, mais de publier dans leurs deux journaux, pour
2 500 f. par volume, c'est-à-dire le même traité que
pour *Mont-Revêche*, sauf insertion gratis au *Constitutionnel*
en plus à leur avantage. J'ai écrit à Cadot pour lui demander s'il traiterait avec moi quand même, et sur sa réponse
négative, j'ai dû refuser jusqu'à nouvel ordre des offres
qui me rabattaient 1 000 f. (en réalité par volume) sur le
traité de *Mont-Revêche*.

Vous verrez ce qu'il y aura à faire. S'il faut donner
250 000 lettres pour 2 500 f. j'aime mieux 1 500 f. à *la
Presse* qui est toujours prête à me les donner, et 1 000 f.
de Cadot, ou de tout autre éditeur, qui n'aura plus à crier
contre la trop grande émission préalable de ma prose aux
abonnés, outre la satisfaction morale de faire du bien à *la
Presse* qui est à présent un journal honnête plutôt qu'au
*Pays* et au *Constitutionnel* qui sont à plat ventre.

Pensez à cette affaire-là s'il entre dans vos plans de
combiner quelque chose avec la Belgique, je suis toute à
votre service si cela vous est agréable et utile. Sinon, je
traiterai tout bêtement comme je vous le dis, avec Girardin et Cadot. Je ne puis vous dire de quelle étendue sera
mon roman du chanvreur, cela me gênerait en ce
moment de le prévoir. Mais cela n'empêche pas de faire
des conventions pour un certain nombre de lettres, sauf
à ajouter ou à rabattre sur ce qu'il y en aura dans mon
livre.

Parlons à présent des autres. *Sol* n'est pas encore jugée.
Il a été ordonné une enquête pour qu'on pût juger si les

*faits articulés* étaient suffisants pour faire prononcer la séparation. En attendant que cette enquête se fasse elle est venue ici et elle y est fort aimable, comme toujours quand rien ne lui résiste. Au reste, je crois que ses vicissitudes lui ont beaucoup adouci le caractère et que la vie de garçon qu'elle mène est la seule qui lui convienne réellement, puisqu'elle n'a pas la fortune qui eût été son rêve et probablement sa perte. Elle est, en somme, un peu folle au fond. Ma petite Nini qui ne m'a pas quittée, est ravissante, d'une intelligence très précoce et capable de beaucoup, si elle est bien élevée, mais que sait-on de son avenir ?

Le sac de nuit de Borie arrive. Donc Borie n'est pas loin et va arriver de son pays de Tulle où il est depuis quinze jours.

Lambert est à Paris, faisant, je crains, maigre chère, mais voulant y passer une partie de l'hiver pour travailler avec des conseils et vendre un peu sa peinture en établissant quelques relations. L'intention est bonne et courageuse, mais le pauvre enfant, avec beaucoup de cœur et de talent, manque d'activité, et j'ai peur que ses efforts, n'aboutissant pas encore, ne le fassent souffrir en pure perte encore cette année. Il a voulu aussi faire son petit établissement à Paris, comptant sur une commande du gouvernement pour laquelle il travaille, mais dont l'argent ne vient pas, malgré la promesse des avances d'usage. C'est donc encore un enfant que j'ai sur les bras malgré lui, et qui se serre bien le ventre pour ne pas abuser, car celui-là est très délicat. Il me manque beaucoup ici, où il avait un bon nid et un atelier tout remis à neuf. Mais je ne pense pas qu'il revienne avant l'exposition.

Manceau est l'inséparable, le plus fidèle ami qu'il y ait au monde, piochant toujours pour lui, pour moi, pour tout. Quand il a gravé plusieurs heures par jour, tant que ses yeux y voient clair, il me tient mes comptes, il surveille mes ouvriers, il me fait des copies, il torche Nini, il subit les taquineries de Solange, il me fait la lecture, il fait des sonnets au père Aulard, il me soigne quand je suis malade, il panse les plaies dans le village, il fait des alphabets pour les enfants, des cartons pour Maurice, des plans pour les travaux du maçon, du peintre, etc. etc. Je ne peux vous dire que la centième partie de ce qu'il fait. C'est une activité et en même temps une application

incessante, complaisant et dévoué avec plaisir, rageur quelquefois, bon comme le bon Dieu, en somme.

Émile [Aucante] est toujours un être fantastique, vivant
dans son pavillon, tenant les affaires du dehors, la régie
des terres, fort exact, rangé, d'une bonne mémoire et
d'une intelligence très étendue, divertissant au possible
par ses paradoxes et très gai avec une figure de croque-
mort.

Les Duvernet ont été passer l'hiver à Paris. Ils ont
recueilli une grande succession et sont très riches.

Le bon Müller nous écrit de Londres des volumes. Il
y gagne bien sa vie et s'y plaît. C'est un être parfait.

Périgois est au pays et ne sait encore si on l'y laissera.
Pâtureau toujours où nous le savons attendant aussi son
sort dont je m'occupe tant que je peux[6].

*Corret* le champi[7] est chez nous. Nous l'élevons pour le
mettre en état de gagner sa vie. Il faut d'abord qu'il fasse
sa 1re communion, ce qui est indispensable pour se *louer*.
C'est Émile qui lui fait répéter le dit *catréchime* comme on
dit chez nous. Cela est bien beau à entendre! Quand
l'enfant dit : Monsieur, quoi que c'est que *l'attrition ?*
— Émile répondant : Mon enfant, il paraît que c'est la
*contrition imparfaite.*

Ce petit enfant est excellent, commençant à bien savoir
lire, doux comme un mouton et d'un cœur tendre et
généreux, donnant à sa mère et à ceux qu'il aime tout ce
qu'on lui donne. Je ne sais si vous vous rappelez son
histoire. Sa mère est une idiote dévergondée qui passe
son temps à faire des petits avec trente-six pères. Elle
demeurait à ma porte et comme l'enfant était témoin de
ses ordures je le lui ai acheté moyennant 50 f. et l'ai mis
en pension chez d'autres paysans un peu loin d'ici, pour
l'empêcher, elle, d'y rester. Elle a donc quitté la commune et comme elle est établie ailleurs, j'ai repris *Joseph*
(c'est son vrai nom) dans la maison. Je ne crois pas
pouvoir en faire un paysan. Il a tant souffert dans sa
1re enfance, avant que je le connusse, qu'il est très faible

6. Périgois avait été condamné au bannissement puis à la résidence surveillée. Pâtureau, condamné à la déportation en Afrique,
était alors en fuite.

7. Joseph Corret est le modèle de Joseph ou «Joset l'ébergivé»
(«littéralement l'étonné, celui qui écarquille les yeux»), le héros des
*Maîtres sonneurs.*

de corps et très petit pour son âge : il a onze ans. Je vais
le faire dresser un peu au service de l'intérieur, et si, plus
tard, vous avez des amis, des bonnes gens *paternels* qui
aient besoin d'un enfant excellent par nature, pensez à
lui. Voilà pourquoi je vous en parle longuement.

Dites à Fleury en lui donnant nos nouvelles du Berry,
que la petite [Marie] Lambert va bien et qu'on est très
content d'elle.

Le portrait au daguerréotype était tout à fait manqué.
Je l'ai arnicauté[8]. C'est une chose à recommencer. Voilà,
je crois, toutes les réponses à vos questions. Accusez-moi
réception de ce volume, et ne soyez pas si longtemps
sans écrire. — Je n'ai pas du tout de relations avec le
ministère de l'Intérieur ni avec les autres. Je n'ai absolument de rapports avec ce monde-là que pour le rappel de
mes amis, et ne le *vois* pas. Mais pourquoi ne feriez-vous
pas là-dessus un petit travail, où vous ne mettriez pas
votre nom, si vous y voyez des inconvénients et que l'on
pourrait publier dans *la Presse* je suppose ? Je m'en chargerais, ou bien vous feriez la carcasse d'un article, que
Girardin, sans savoir de qui il vient (si vous voulez)
aimerait peut-être à dévelop[per et à donner] comme de
lui. Si l'idée [est bonne] à répandre, tous les moyens sont
bons. Je me suis peu à peu assez liée avec Girardin et sa
femme qui est extrêmement spirituelle, du moins c'est
une liaison par écrit et de relations agréables qui est venue
comme celle avec Napoléon à propos des condamnations
que vous savez. Girardin a eu de très bons procédés. Le
pauvre d'Orsay que je connaissais par Solange et qui avait
été le lien de ces relations, s'était mis en quatre, jusque
sur son lit de mort, pour faire révoquer les iniques sentences de décembre. Mais tout cela n'a guère servi
comme vous voyez. Je n'ai sauvé que 5 ou six personnes,
malgré tout le bien qu'on m'attribue et que je n'ai pas pu
faire en me donnant beaucoup de mal et en avalant
beaucoup de couleuvres. Je n'ai rien changé à mes opinions et à ma manière d'être ! aussi n'ai-je pas acquis de
*droits*, on me répond toujours poliment qu'on *s'en occupera*,
et je ne crois plus aux promesses. Cependant je crois à

8. Arnicauté : refusé. Elle a reçu le 6 décembre ces photographies
faites par Richebourg le 27 octobre : « c'est si affreusement laid que
nous avons tout jeté au feu » (*Agendas*). Voir Claude Malécot, *George
Sand Félix Nadar* (Monum', Éditions du patrimoine, 2004, p. 17-31).

celles de Napoléon, j'en suis même sûre. Tâtez-vous, tout
ce que vous ferez sera bien à mes yeux, tout ce que vous
voudrez, je le voudrai.

Bonsoir, cher ami. — Je vous embrasse, les enfants
aussi, la bonne Sophie, et mes Gaulois. — Les enfants d'ici
vous embrassent *pareillement*.

[P.-S.] Vous ne me donnez pas d'adresse.


## 208. À GUSTAVE VAËZ

Nohant, 22 juillet [1853]

Cher *Vanova etc.*[1] — venez pour le 31 — c'est-à-dire
— venez pour voir notre *Pressoir* et notre petite Reine qui
y sera charmante, et arrivez par conséquent quelques
jours d'avance, le plus tôt possible, pour nous d'abord, et
puis pour n'être pas trop fatigué et endormi le jour de la
représentation. Vous m'aiderez à mettre de l'ensemble
dans nos dernières répétitions et au besoin vous me ferez
de bonnes observations sur les détails de la pièce même.

Quant à *Gabriel*, il y a du vrai dans les objections, pas
dans toutes peut-être et pourtant, il est possible que je
me sente persuadée quand nous en aurons causé. Vous
savez qu'on ne fait de bonnes modifications que celles
que l'on sent et pour cela, il faut bien comprendre les
observations. En tout cas, si je n'arrivais pas à vous satisfaire et que M. Royer eût des doutes sérieux, pour rien
au monde je ne voudrais qu'il se crût engagé par ses
bons procédés, à risquer de mal inaugurer sa première
année par ma faute. Gardons tout cela secret et nous
arriverons, ou à être tous satisfaits de la pièce, ou à ne
pas la jouer. Moi je ne *crains* jamais rien. Je risque tout
quand j'ai fait de mon mieux, sans me soucier du résultat. Mais l'indifférence que j'ai pour moi-même, je ne l'ai
pas pour mes amis, et je ne voudrais jamais vous lancer
dans une mauvaise affaire, quand même par considération

---

1. Vaëz était le pseudonyme de Gustave van Nieuwenhusen. On
joua *Le Pressoir* à Nohant le 29 juillet, et Vaëz vint assiter à la représentation, où sa maîtresse Bérengère jouait le rôle de Reine.

pour moi, vous le voudriez. Dans ce cas-là, c'est moi qui vous résisterais.

Voilà en résumé quel était mon but en faisant *Gabriel* comme ce l'a été aussi en faisant *Mauprat*.

Il y avait une école romantique naguère, créée par Hugo et Dumas, bien soutenue ensuite par d'autres, et puis *galvaudée* par le fretin des imitateurs. Ces mauvaises imitations ont tué le genre. On a été las de crimes et de malheurs. Un des premiers, je suis venue faire réaction tout doucement avec mon petit *Champi*. Mon succès a été dû à cette lassitude du *gros drame* plus qu'à la pièce.

On est revenu au *tendre*, c'est fort bien, mais on a abandonné le fort et le large, et l'école shakespearienne dont Hugo, Dumas, et Cie avaient été les restaurateurs, est oubliée et dédaignée par ce veau de public qui va trop vite où on le pousse.

C'est un mal. Déjà les imitateurs de *Sedaine* ont envahi le théâtre et les défauts du genre (qui sont ce qu'il y a de plus facile à imiter) vont, un de ces soirs, ennuyer et rebuter ce même public qui ne veut plus de choses tristes et qui va s'apercevoir pourtant que le tendre tourne au bête.

Faut-il toujours être à la queue de la mode du jour et le devoir de l'écrivain n'est-il pas de tâcher de retenir la bride quand le cheval va trop exclusivement sur une jambe ? N'y avait-il donc rien dans cette école que voilà finie faute de goût, de mesure et de sobriété, et qui pourtant nous a passionnés il y a vingt ans ? On s'y est trop poignardé, trop assassiné, trop empoisonné, est-ce une raison pour que tout doive finir à présent par des mariages et des chansonnettes ? Les grands théâtres vont-ils tous devenir *Gymnase*, et n'est-ce pas à eux de ressusciter ce passé d'hier qui avait ses grandeurs et ses forces ? Travailler pour la petite troupe poudrée et charmante de Montigny, c'est amusant, sans doute, mais ce n'est qu'une face de l'art et je ne vous cache pas que j'aimerais à tenter de faire revivre le drame sérieux qui seul permet le lyrisme. Le style s'en va si on n'y prend garde. Le vers se défend encore, mais la prose, à force de chercher le naturel (et il le faut dans les choses de réalité), arrive à ne plus exister comme langue.

Essayerons-nous de retenir et d'étayer un des portiques du temple, prêt à crouler entièrement ? Moi, je m'y

dévouerais, dussé-je casser plus d'une échelle. Mais je ne
peux rien si je ne suis pas secondée par une direction
convaincue comme moi de l'utilité de la tentative au
point de vue de l'art. Dès que l'on craint le public et que
l'on se dit : *le public n'aime pas cela*, il n'y a plus moyen
que l'auteur s'avance tout seul et triomphe de la répugnance de son public en même temps que de la défiance
de ses interprètes. Rien ne réussit que par la foi. Je sais
que les questions positives arrivent en travers de tout
cela. Je n'affecte pas un mépris pédantesque pour ces
questions d'argent qui sont de vie ou de mort dans notre
société, et jamais je ne lutterai contre elles dans la poche
du prochain. Je ne trouverai donc pas mauvais qu'on me
dise : Je ne peux pas sacrifier ma solvabilité et mon
existence à votre goût et à vos croyances d'artiste. Seulement je dis : Réfléchissez avant de vous trop livrer à la
fantaisie aveugle du public, et voyez si, en la contrariant
un peu, vous n'en triompherez pas d'une manière profitable à l'art et à vos intérêts.

Ceci demande examen. Vous examinerez *la question*
d'abord, *Gabriel* ensuite, et dans cette seconde partie de
l'examen, j'écouterai toutes les raisons qui me prouveront
que je ne suis pas d'accord avec mon but, ce qui est bien
possible.

Venez, cher. Donnez-nous encore quelques bons jours.
Ce sera utile aussi à *Reine*. Cette petite étude qu'elle fait ici
lui est bonne, elle a plus de moyens que vous ne croyez
peut-être et si on la développait, elle arriverait à être une
actrice charmante. Bonsoir et à bientôt.

G. Sand

Elle se plaint de n'avoir pas de vos nouvelles.

## 209. À LÉOPOLD BARRÉ

[Nohant, 30 septembre 1853]

Mon cher Monsieur Barré, je suis très heureuse,
d'abord de vous avoir fait plaisir, ensuite de vous voir
accepter le rôle le plus important de ma pièce après celui

de Bernard Mauprat[1]. J'ai toute confiance dans l'interprétation que vous saurez donner à ce personnage et je n'ai
à vous donner d'autre conseil que celui-ci : cherchez-le et
créez-le dans votre nature. Le personnage est extrêmement détaillé dans le livre : dans la pièce c'est autre
chose, il est indiqué par son action même, par les sentiments qu'il éprouve et qu'il inspire, par la 1$^{re}$ scène du
2$^{d}$ tableau du 1$^{er}$ acte, surtout. Mais le *type* est laissé à la
création de l'artiste. C'est une loi que je m'impose toujours en écrivant pour le théâtre, parce que je crois que
l'acteur doit apporter le concours de son originalité à
l'ensemble. S'il n'est pas intelligent il fait un type invraisemblable ou déplaisant. Mais quand il comprend comme
vous comprenez, il peut faire avec succès un personnage
différent d'aspect de la description que l'auteur en a faite
dans son livre, si livre il y a, comme dans la circonstance
où nous sommes. Cette circonstance rend le rôle plus
important qu'il ne le serait par lui-même. Le public qui a
goûté le roman s'est fait une idée du personnage et veut
que l'acteur réponde à cette idée. Étudiez donc un peu la
physionomie de Patience dans le roman, et ce n'est pas à
cause de moi que je vous le demande, c'est à cause de ce
capricieux public qui accepte si difficilement une création
inattendue.

Au reste, vous avez dans votre jeu, la bonhomie, la
rondeur, la justesse des intentions, l'honnêteté et la simplicité des moyens. Mettez çà et là, un peu de feu dans
les passages où ce *poète sans le savoir*[2] exprime son amour
pour la vie sauvage, mais du feu sans déclamation et par
là, vous resterez, je crois, dans votre véritable instinct.

Merci pour vos remerciements. Ils me prouvent votre
amitié et c'est ce que j'apprécie le plus dans le concours
que le talent nous apporte.

                                        George Sand

Manceau est furieux que vous ne lui disiez rien et vous
serre la main *quand même.*

---

1. Dans *Mauprat*, drame en 5 actes et 6 tableaux créé à l'Odéon le
28 novembre 1853, Barré fut « simple et touchant dans le rôle de
Patience », dit Sand dans la préface de la pièce.
2. Référence à la pièce de Sedaine, *Le Philosophe sans le savoir*
(1765).

## 210. À GIUSEPPE MAZZINI

[Nohant, 15 décembre 1853]

Je n'ai pas cessé de vous chérir et de vous respecter, mon ami. Voilà tout ce que je peux vous dire ; la certitude que toutes les lettres sont ouvertes et commentées doit nécessairement gêner les épanchements de l'affection et les confidences de la famille.

Vous dites que je suis *résignée*, c'est possible, j'ai de grandes raisons pour l'être, des raisons aussi profondes, à mes yeux, aussi religieuses et aussi philosophiques que vous paraissent celles qui vous défendent la résignation. Pourquoi supposez-vous que ce soit lâcheté ou épuisement ? Vous m'avez écrit à ce sujet des choses un peu dures. Je n'ai pas voulu y répondre. Les affections sérieuses sont pleines d'un grand respect, qui doit pouvoir être comparé au respect filial. On trouve parfois les parents injustes, on se tait plutôt que de les contredire, on attend qu'ils ouvrent les yeux. Quant aux allusions que vous regrettez de ne pas voir dans certains ouvrages, vous ne savez guère ce qui se passe en France, si vous pensez qu'elles seraient possibles. Et puis, vous ne vous dites peut-être pas que quand la liberté est limitée les âmes franches et courageuses préfèrent le silence à *l'insinuation*. D'ailleurs la liberté fût-elle rétablie pour nous, il n'est pas certain que je voulusse toucher maintenant à des questions que l'humanité n'est pas encore digne de résoudre et qui ont divisé jusqu'à la haine les plus grands, les meilleurs esprits de ces temps-ci.

Vous vous étonnez que je puisse faire de la littérature, moi, je remercie Dieu de m'en conserver la faculté, parce qu'une conscience honnête et pure comme est la mienne, trouve encore, en dehors de toute discussion, une œuvre de moralisation à poursuivre. Que ferais-je donc si j'abandonnais mon humble tâche ? Des conspirations ? Ce n'est pas ma vocation, je n'y entendrais rien. Des pamphlets ? Je n'ai ni fiel ni esprit pour cela. Des théories ? Nous en avons trop fait et nous sommes tombés dans la dispute, qui est le tombeau de toute vérité, de toute puissance. Je suis, j'ai toujours été artiste avant tout, je sais que les hommes purement politiques ont un grand mépris pour l'artiste, parce qu'ils le jugent sur quelques types de saltimbanques qui déshonorent l'art. Mais vous, mon ami, vous savez bien qu'un véritable artiste est aussi utile que le *prêtre* et le *guerrier*, et que, quand il respecte le vrai et le bon, il est dans une voie où Dieu le bénit toujours. L'art est de tous les pays et de tous les temps ; son bienfait particulier est précisément de vivre encore quand tout semble mourir, c'est pour cela que la Providence le préserve des passions trop personnelles ou trop générales, et qu'elle lui donne une organisation patiente et persistante, une sensibilité durable et le sens contemplatif où repose la foi invincible.

Maintenant pourquoi et comment pensez-vous que ce calme de la volonté soit la satisfaction de l'égoïsme ? À un pareil reproche, je n'aurais rien à répondre, je vous l'avoue, je ne saurais dire que ceci : je ne le mérite pas. Mon cœur est transparent comme ma vie, et je n'y vois point pousser de champignons vénéneux que je doive extirper. Si cela m'arrive, je combattrai beaucoup, je vous le promets, avant de me laisser envahir par le mal.

Je répondrai à Mr Linton dans quelques jours. C'est une affaire, en somme, et il faut que je m'occupe de cette affaire, c'est-à-dire que je consulte, que je relise des traités, le tout pour savoir si je ne suis pas empêchée par quelque clause *entendue* ou *sous-entendue*, dont je ne me souviens pas. Sous le rapport des intérêts matériels, je suis restée dans un idiotisme absolu, aussi j'ai pris un homme d'affaires [Aucante] qui se charge de tout le positif de ma vie, je désire être à même de satisfaire Mr Linton et de répondre à ses bonnes intentions. Adieu, mon ami, ne me croyez pas *changée*, pour vous, ni pour quoi que ce soit.

George

Nohant 15 X^bre 53.

## 211. À PIERRE-JULES HETZEL

[Nohant,] 12 janvier 53 [*sic pour* 1854]

Cher ami, j'étais tout à fait inquiète de vous. Enfin voilà votre lettre. Quels tours nous joue donc la poste, et

pourquoi ? — *Enfin !* comme on dit en Berry. — Vous
êtes triſte, je le comprends bien. Nous le sommes aussi,
de mille choses, et de la mort surtout, qui frappe cruellement et sans retour. Vous n'avez guère connu notre pauvre
Planet[1]. C'était pour moi un ami de presque vingt-cinq
ans, et à qui je n'ai jamais eu une ombre de reproche à
faire en amitié, ni moi ni personne au reſte. Tous ceux
qui l'ont connu doivent dire la même chose, car c'était
un type d'inépuisable serviabilité, et cette obligeance qui
venait du cœur avait toutes les sollicitudes du cœur. Il y
avait longtemps déjà que nous le pleurions, il était mort,
il ne vivait que par un dernier souffle de volonté. Il eſt
venu me dire adieu lui-même, l'éternel adieu, avec calme,
avec douceur, avec une sorte de plaisir. Il s'eſt traîné
dans le jardin, disant qu'il voulait encore une fois nous
voir marcher dans ce jardin. Il avait des heures d'illusion
et d'espérance surtout à la fin, quand le mal se complé-
tait et perdait sa propre notion. Mais au fond, il se préparait et réglait ses affaires et celles des autres. Il a écrit,
et agi de la pensée jusqu'au dernier moment.

J'attends votre volume, mais je ne l'ai pas, et les
volumes qu'on m'envoie, les revues, les journaux arrivent
quand il plaît à Dieu ; donnez des ordres très précis pour
que je n'attende pas indéfiniment. Je ferai un article[2],
n'en doutez pas, mais le plus tôt serait le mieux.

Les bois de Nanteuil sont charmants et vous devez
voir maintenant que ce n'était pas trop la faute à Maurice
si les choses étaient affreuses. Tâchez que ça dure ainsi.
C'eſt très joli, c'eſt à ne pas reconnaître l'ouvrage, qui
s'en allait en camelote et que je n'avais plus le courage de
regarder. Blanchard se plaint de la lenteur de Maurice,
Maurice se plaint de l'inertie de Blanchard. Il dit que ses
dessins sont toujours prêts longtemps d'avance, que
Blanchard lui a dit une fois pour toutes qu'il les ferait
prendre quand il en aurait besoin, et que lui, Maurice eſt
obligé de les porter, et qu'alors il apprend de Blanchard
qu'on eſt en retard et qu'on l'attendait depuis longtemps.

1. Gabriel Planet eſt mort le 30 décembre 1853 ; Sand lui consacre
un bel article dans *Le Siècle* du 5 janvier 1854, qui sera recueilli dans
*Nouvelles Lettres d'un voyageur.*
2. Elle a en effet consacré un article au livre de P.-J. Stahl (pseudonyme de Hetzel) *Bêtes et gens* (Lecou, 1854), dans *La Presse* du
15 mars 1854, recueilli dans *Autour de la table.*

Ce Blanchard est maussade. Nous le laissons le plus tranquille possible, et il n'a que des rechignades à dire quand on est forcé de le voir en face. Ce serait à lui, il me semble, d'aller chercher les dessins[3]. Maurice ne le trouve pas toujours et n'aime pas à laisser ses dessins à la boutique quand il n'y est pas. Il a un petit traitement pour faire les courses, aviser, remuer enfin, et il attend ! Personne ne le tourmente, personne ne le grogne, et il trouve moyen de tourmenter et de grogner. Maurice lui a dit qu'il était très content de la mise sur bois de Nanteuil. Il a répondu que ça ne durerait pas longtemps et qu'il allait retourner à Pottin. Maurice a failli lui dire M… Cependant il n'a rien dit, et se disant à lui-même que vous en aviez peut-être donné l'ordre, il m'en a parlé en ajoutant : Après tout c'est peut-être une tocade de Blanchard, et il est inutile de tourmenter Hetzel des lubies de cet imbécile. Je pense bien que Blanchard ne prendrait pas sous son bonnet de protéger Pottin et d'y retourner. Attendons. Il me disait cela, il y a trois jours. Il est venu avec sa sœur, passer la semaine du jour de l'an, et il est reparti, m'assurant qu'il n'était jamais en retard d'un jour. Je ne vous en aurais pas parlé, mais puisque je vois que, comme moi, vous êtes très content de Nanteuil, je vous demande de tenir bon. Ne faites pas attention aux bêtises de Blanchard, si ce n'est qu'une parole en l'air, ça ne vaut pas la peine de la relever, mais si cela allait jusqu'au fait, faites-lui sentir la main du maître.

Je crois que votre livre doit avoir *tout* au moins de très bonnes pages et même de belles pages. Je dis tout au moins parce que je n'ai jamais lu de vous que des choses courtes. Je ne sais pas pourquoi, en effet, vous n'avez pas beaucoup écrit. C'était, en somme, plus agréable, et plus sûr que l'exploitation des livres des autres. J'ai toujours pensé que vos nerfs vous empêchaient de faire ces longues pauses *sur notre pauvre derrière* qui fatiguent tant le corps en amusant ou en soulageant l'esprit. Si vous êtes plus casanier et plus mélancolique, écrivez maintenant. Ça ne console pas mais ça élève le sentiment de la souffrance.

Vous me proposez des épreuves à revoir de *Laure*[4]. Je

---

3. Il s'agit des illustrations pour les *Œuvres illustrées* (voir lettre 207).

4. Ce nouveau roman, publié en 1854 à Bruxelles chez Kiessling, Schnée et Cie dans la Collection Hetzel sous le titre *Laure*, a paru en

ne demande pas mieux pourvu qu'elles m'arrivent.
Envoyez-les-moi par une voie sûre. Si je ne les corrigeais
pas, c'est que je ne les aurais pas reçues, et, dans ce cas,
pour ne pas vous retarder, corrigez vous-même, et signa-
lez-moi pour mon propre avantage les endroits négligés.
Je n'ai pas de manuscrit puisque j'ai livré au *Siècle*, je ne
peux pas m'y reporter et je n'ai aucun souvenir de ces
endroits.

Vous me demandez ce que je deviens. Je suis revenue
de Paris le 6 X^bre. J'y avais passé une quinzaine pour
*Mauprat* qui a très bien marché malgré les journaux et
une petite intrigue de presse où j'ai vu clair avec regret.
Je vous en parlerais, si ça en valait la peine et je vous en
parlerai si vous y tenez. La pièce plaît et n'est pas mauvaise, j'en réponds *modestement*. De retour ici, j'ai traversé
le froid et la neige en véritable cosaque, car je me suis
endurcie à l'air de toute saison (excepté à celui de Paris)
d'une manière que personne ne comprend, ni moi non
plus. Je travaille à la terre, 4 ou 5 h. par jour avec une
passion d'abrutie, et j'ai fait un jardin à ma fantaisie dans
mon petit bois[5]. Un jardin de pierres, de mousse, de
lierre, de tombeaux, de coquillages, de grottes, ça n'a pas
le sens commun, mais tout ce que j'y remue de pierres,
de souches, d'arrosoirs, de brouettées de sable et de terre,
tout ce que j'y rêvasse de comédies, de romans, de riens,
de flâneries intellectuelles, est fabuleux. J'ai commencé
par une rocaille pour ma petite-fille et j'en suis à envahir
un terrain qui ne s'arrête pas. Elle m'aide, comme un vrai
petit cheval. Elle bêche, elle ratisse, elle brouette. Elle se
fait un petit corps de fer. Toute ma journée est donc un
tête à tête avec elle, et après six mois de courbature renouvelée tous les jours malgré la chaleur, le froid, la pluie, je
suis arrivée à être infatigable, et à peu près insensible à
l'atmosphère. J'ai tenu bon dans la neige quand le jardinier et les ouvriers renonçaient à leur ouvrage. C'est que
je travaille avec la tête autant qu'avec le corps. C'est une
rage et je tourne positivement à la monomanie. Qu'est-ce
qu'on peut devenir quand on veut rester raisonnable et
que l'humanité est en pleine démence ? — Jusqu'à pré-

France sous le titre *Adriani* dans *Le Siècle* du 2 au 26 mai, et en
volume chez Alexandre Cadot.

  5. Ce jardin fait pour Nini est appelé Trianon.

sent je travaille pourtant la *littérature* avec plaisir. J'ai surmonté les migraines qui étaient je crois névralgiques,
je les ai menées rudement. Je tombais quelquefois à côté
de ma brouette croyant que j'allais mourir, je me relevais
et je reprenais le dessus. Je travaille donc moins longtemps le papier, mais plus vite et avec plus de facilité
n'ayant plus ou du moins ayant rarement cette souffrance
physique à surmonter ; mais j'avoue que *les lettres* ne donnent pas moitié tant de plaisir que la bêche, et que j'as-
pirerais à avoir ou de l'argent ou pas de *charges*, ce qui
reviendrait au même pour moi. Et alors, je voudrais
oublier que j'ai été auteur, et me plonger dans la vie physique, avec une vie morale de rêverie, de contemplation,
de lectures modérées et choisies, une ou deux heures par
jour pour l'esprit, 10 ou 12 heures pour le mouvement.
Voilà mon rêve, qui ne se réalisera pas, comme bien vous
pensez.

Mes enfants sont venus bien gentiment me souhaiter
la bonne année. *Sol* n'est pas *bien bien bien* sensée, mais elle
est meilleure et aimable. Sa fille est un amour qu'elle me
laisse non pas tant que je veux, mais tant qu'elle peut. À
présent, je *resuis* avec Nini, Manceau et Émile [Aucante].
Manceau toujours bon comme un ange et me soignant
comme si j'en étais un. Émile toujours disert et raison-
neur magnifique, excellent garçon et le plus honnête des
honnêtes enfants. Le père Aulard nous fait toujours
des sonnets et des acrostiches. Je ne vois presque plus
personne. Mme Duvernet a toujours la fièvre, Périgois
marche difficilement. Lambert est à Paris et ses petites
affaires vont de mieux en mieux. Potu se tire d'affaire
aussi et nous écrit des lettres très gentilles et très raisonnables. Nous sommes inquiets de Müller, nous lui écrivons lettre sur lettre sans rien recevoir. Si les Fleury ont
de ses nouvelles, donnez-nous-en.

Voilà mon long bulletin. Vous voyez que nous faisons
tous de même, plus ou moins volontairement, nous ten-
dons à nous retirer en nous-mêmes. Les circonstances
nous y poussent, mais ne croyez-vous pas aussi que c'est
un peu l'effet de l'âge ? Je suis bien plus vieille que vous,
mais j'ai vécu si tard que ça revient peut-être au même,
et s'il m'en coûte moins, c'est peut-être aussi parce que
je suis femme, et que j'avais moins de forces à dépenser.
Croyez aussi que dans votre tristesse actuelle, il y a un

reste d'ébranlement physique qui est la suite de votre maladie. Elle se dissipera dans ce qu'elle a d'amer, quant à ce qu'elle a de profond et de bien réel... oh dame, ça, c'est la vie et je n'y vois pas de remède. Dites-vous ce que vous m'avez dit souvent de raisonnable, de vrai et de bon quand j'étais dans mes crises de spleen, et surtout pensez à vos amis qu'il faudra consoler à leur tour, chacun son tour, ou tout au moins soutenir et relever.

Émile vous écrit aussi. J'achève donc cette longue lettre qui ne vous arrivera peut-être pas !

La seule chose que je ne comprenne pas de ce que vous dites, c'est que vous regardiez la mort comme une fin. Ça ne peut pas m'entrer dans la tête. J'y vois toujours un commencement, et c'est bien réellement, bien instinctivement que sans avoir aucune certitude systématique sur ce que nous devenons, je me sens assurée que nous allons à quelque chose de beaucoup mieux.

Bonsoir, amitiés de Manceau.

Bons souvenirs à Sophie et bons baisers au petit Jules.

## 212. À CHAMPFLEURY

Nohant, La Châtre Indre,
18 janvier [18]54

Monsieur, j'ai attendu pour vous répondre, le n° de la *Revue de Paris* que vous m'annonciez[1]. Je ne l'ai reçu qu'aujourd'hui, je vous avais fait écrire qu'il n'arrivait pas. Enfin le voici.

Je ne connais pas les chansons qu'on publie. Votre article me met au courant de la question, mais je ne puis juger du fait *en général*. Je ne voudrais pas d'ailleurs critiquer l'œuvre entreprise. J'aurais l'air d'être piquée pour n'avoir pas été consultée. Je crois que c'est tant pis pour le recueil

1. Champfleury a publié dans la *Revue de Paris* du 15 novembre 1853 une « Lettre à M. Ampère touchant la poésie populaire » (reprise en 1857 dans *Le Réalisme*), au sujet du comité présidé par Jean-Jacques Ampère pour publier un « Recueil des poésies populaires de la France » ; la chanson citée en exemple par Champfleury est *La Femme du roulier* ; voir Champfleury-George Sand, *Du réalisme, correspondance*, éd. de Luce Abélès (Éditions des Cendres, 1991).

en ce qui concerne le Berry, mais c'est tant mieux pour ma paresse, car il y aurait un rude travail à faire, rien que pour retrouver la véritable version littéraire et musicale d'une seule de nos admirables chansons.

*En particulier,* vous avez mille fois raison relativement à la chanson que vous citez, elle est estropiée dans le recueil. Je ne la crois pas berrichonne, non plus. Je ne la connaissais pas et c'est une espèce de preuve. Je suis de votre avis. La fin est très belle dans sa triste moralité.

J'ai vu Chopin, un des plus grands musiciens de notre époque, et Mme Pauline Viardot, la plus grande musicienne qui existe, passer des heures à transcrire quelques phrases mélodiques de nos chanteuses et de nos sonneurs de cornemuse.

Ce n'est donc pas si aisé qu'on croit, et c'est aussi difficile que vous le dites. Donc j'ai grand-peine à croire à l'authenticité des thèmes qu'on va nous donner *officiellement.*

À bien prendre, l'œuvre est quasi impossible, et pour des chants très anciens, où les versions varient à l'infini, il eût fallu qu'un homme comme Meyerbeer ou Rossini [en] fût chargé, et eût bien voulu se charger de suppléer par la logique de son génie (le seul juge sinon infaillible, du moins compétent en pareil cas) à des lacunes et à des incertitudes graves ; très peu de chants ayant une valeur originale et une ancienneté établie, sont complets aujourd'hui, paroles et musique. Il s'agissait, au moins parmi ceux-là, de choisir des types, et en cela encore, il fallait le sens du génie.

J'ignore à quels génies on a confié ce soin difficile, et je partage vos craintes. Pourtant il faut voir avant de prononcer.

Vous avez encore raison pour l'impossibilité de certaines traductions. Ce n'est pas seulement l'harmonie qui échappe aux lois de la musique moderne, c'est le plus souvent la tonalité.

Je doute que la gamme chinoise, pas plus que la gamme indoue, et la gamme iowae procède par tons et demi-tons comme la nôtre.

Avez-vous lu les travaux de M. Fétis sur ce sujet ? Ils sont très intéressants et très bien faits.

Mais sans aller si loin, nous avons au cœur de la France, ici et en Bourbonnais, la tonalité des cornemuses qui est intraduisible. L'instrument est incomplet et pourtant le

sonneur sonne en majeur et en mineur sans s'embarrasser des impossibilités que lui présenterait *la loi*.

Il en résulte des combinaisons mélodiques d'une étrangeté qui paraît atroce et qui est peut-être magnifique. Elle
me paraît magnifique à moi ! Mais dans le cas où l'on
pourrait prouver que j'ai raison, à quoi cela servirait-il ?

Il ne s'agirait pas moins, dans le cas, encore plus
impossible, où l'on se rendrait à mon sentiment, que
d'une révolution musicale absolue, d'un renversement de
la règle, et d'une invasion de romantisme musical, bien
autrement effrayante que celle du romantisme littéraire.

Cela viendra peut-être, mais nous n'y sommes pas ! Il
faudrait l'éclosion d'un génie musical de premier ordre
qui se tournerait vers ce sauvage horizon de l'ancien art
populaire, pour ouvrir un horizon nouveau à l'art en
général. Ce génie éclora-t-il avant que la musique populaire soit tout à fait morte ? savoir !

Je crois que vous employez mal le mot *rythme* dans
votre article à propos de la musique chinoise *page 587*.
Les rythmes sont toujours traduisibles, c'est une arithmé-
tique de l'oreille si l'on peut ainsi parler. Ce sont les tona-
lités, les intervalles de son qui pour être appréciés et
rendus exactement auraient besoin d'un nouveau chiffre
musical, nos oreilles se sont épaissies et abruties en s'ha-
bituant aux intervalles absolus de la gamme moderne. Les
bayadères qui sont venues en France, il y a une quinzaine
d'années (je crois), procédaient par quarts de ton, demi-
quarts de ton, et peut-être par intervalles plus menus
encore. On a cru qu'elles chantaient faux, qu'elles mur-
muraient au hasard, que ce n'était pas du chant. Elles
chantaient pourtant et sans jamais varier leur thème qui
certainement avait sa règle absolue, plus savante ou tout
au moins plus étendue et plus riche que la nôtre. Ainsi
des Ioways[2] dont le *rythme* était bien net et bien clair,
mais dont la gamme était insaisissable pour mes oreilles
et ne laissait rien que de confus dans notre mémoire.
Ainsi des laboureurs et des porchers de chez nous qui,
lorsqu'ils ne répètent pas les chansons modernes, mais
lorsqu'ils disent leurs chants primitifs, que je crois d'origine gauloise, procèdent par intervalles de temps beaucoup plus divisés que les nôtres.

2. Sur les Indiens Ioways, voir lettre 118 note 6.

Je vous abandonne ces aperçus qui ne sont pas des idées, mais dont vous tirerez parti à l'occasion beaucoup mieux que moi, je crois que vous avez les idées. Étudiez bien les *termes* sans lesquels les idées peuvent manquer de clarté. Je ne les sais pas assez bien moi-même pour m'en servir, et la paresse de repasser quelques études classiques, ainsi que le manque de temps, me retiendraient d'écrire à fond sur ce sujet, pour le public.

Passons à la querelle du *réalisme*.

Là encore, je ne suis pas du tout au courant. Je vis si littéralement à la campagne que je ne suis plus du tout littéraire. Je n'ai pas vu poser la question, et je ne sais pas si, de part et d'autre, elle a été bien posée. Selon moi celle du romantisme ne l'avait pas été du tout dans le principe et l'on s'est beaucoup battu dans le vide, je peux me tromper, mais il me semble.

Prenez garde, avant de ramasser un gant quelconque, de bien savoir, si c'est un gant, c'est peut-être un chiffon, l'ombre d'un chiffon, comme tout ce qui sort du feuilleton critique, à quelques exceptions près. La critique en somme, n'existe pas. Il y a quelques critiques qui ont beaucoup de talent, mais une école de critique, il n'y en a plus. Ils ne s'entendent sur le *pour* et le *contre* d'aucune chose. Ils vont sabrant ou édifiant au hasard, ils vont comme va *le monde*.

Avant de les provoquer, forcez-les de bien s'expliquer. Je crois que vous les embarrasserez beaucoup. Je vois chez eux beaucoup d'esprit, de savoir, d'habileté. Ils sont ingénieux, ils ont du style, mais de tout cela il ne sort pas l'ombre d'un enseignement. Rien ne se tient dans leur dire, et ce n'est pas trop leur faute, rien ne se tient plus dans l'humanité.

Merci de vos paroles de sympathie et pardon pour cette longue réponse.

George Sand

Encore un mot pourtant si vous parlez de *musique populaire*, le terme est encore vague, je m'en suis servie en vous écrivant, je crois qu'il faudrait dire musique rustique, ou musique primitive. Ce qui rappelle mon attention sur ce mot, c'est ce que vous dites : *Pierre Dupont dont la musique est fortement nourrie des mélodies populaires*. Il est possible que Pierre Dupont ait le sens populaire moderne, en ce qu'il y a de la franchise, du nerf, de la facilité dans ses airs : mais il n'y a pas la moindre teinte, le moindre reflet de la chose dont je vous parle. Il est tout français et pas du tout gaulois. Les Gaulois s'en vont.

Leurs derniers souffles sont encore dans la poitrine de quelques paysans mais ils chantent une langue musicale qu'on ne peut plus ou qu'on ne voudrait plus comprendre.

Vous croyez à des luttes nouvelles, à des passions futures ou prochaines sur le terrain de l'art. Hélas, je n'y crois plus, mais ne m'écoutez pas. Vous avez l'avenir devant vous.

## 213. À EUGÈNE LAMBERT

[Nohant] 2 février [18]54

Mon cher enfant, tu as le spleen, tout le monde peut l'avoir. Paris est sombre, la vie difficile, les logements chers et rares, l'absence de vie de famille est écœurante. Je sais tout ça, mais tu as supporté tout ça jusqu'ici avec courage ou gaîté. Si tout ça devient insupportable et que le dégoût te conduise jusqu'à paralyser l'envie de travailler, la cause est ailleurs et plus grave. Je la devine bien. Je t'ai vu *pris* et *repris*[1]. J'ai entendu tes désillusions ; quand l'illusion revenait, tu ne disais plus rien, et je ne te disais rien non plus. Je savais que ce serait inutile et qu'il y a des expériences qu'il faut faire soi-même. As-tu épuisé celle-ci ? — Je l'ignore. À l'heure où je t'écris, tu es peut-être berné de nouveau. En somme, tu fais ton possible pour rendre sérieuse une chose qui ne peut pas l'être. Le ton des paroles d'une femme beaucoup moins intelligente que toi, agit sur toi plus que la vue du fait. Le fait te montre qu'elle est dans le mal jusqu'aux oreilles. Elle te parle et tu acceptes ce mal ou tu n'y crois plus.

Voilà ce que je crois comprendre à ta lettre, je ne veux interroger personne là-dessus, mais je crois que tu as à

---

1. Lambert était amoureux de l'actrice Amalia Fernand, créatrice du rôle d'Edmée dans *Mauprat*, et la maîtresse du pharmacien Henry Arrault.

t'interroger toi-même. La personne n'a pas de franchise. En voyant cela, dès ses premiers aveux, j'ai cessé de m'intéresser à elle d'une manière sérieuse. C'est te dire que rien d'elle ne me scandalise, ni ne m'indigne, et que je ne me charge pas de son procès. Mais je te dis, à toi, fais attention à toi-même. Ce n'est pas seulement bête de se rendre malheureux pour qui ne le mérite pas, c'est mal. Être bête, ce n'est pas un grand tort, on est toujours bête quand on est bon. Mais l'être trop peut nous conduire à être moins bon, ou du moins à être bon sans mérite et sans efficacité. On s'use, on se gaspille, on éreinte en soi-même un certain trésor d'affection que Dieu nous a donné pour le placer le mieux possible, on le galvaude, on se détruit moralement et on arrive à ne plus rien valoir, à ne plus distinguer le vrai du faux, le pur du souillé, à être indigne ou incapable d'un amour qui élève l'âme, parce qu'on a pris la très dangereuse habitude de n'avoir plus besoin d'estimer ce qu'on aime.

Le travail est une grande pierre de touche pour la santé morale. On pioche courageusement et le talent vient comme de lui-même, quand on vit dans le vrai, quand on aime dans le vrai. Mais quand on est dans le faux et qu'on est trop intelligent pour ne pas le sentir, on travaille mal ou on ne travaille pas.

Si tu m'en crois, tu reviendras ici te refaire, ne fût-ce que pour peu de temps si tu ne peux travailler complètement sans être à Paris. Mais tu retrouveras probablement ici le pouvoir de travailler et de rendre utile ensuite la vie un peu dure que tu es forcé de mener là-bas.

Une autre supposition que je fais, c'est que la pièce [*Mauprat*] étant finie, et les occasions de se voir venant à cesser, tu bisques d'être si loin de certaine rue. Moi, je pense que si le lien se desserre de lui-même, faute de prétextes et de moyens, c'est tant mieux pour toi. Mais si tu n'es pas dans tes heures de désenchantement sur le compte de la personne, tu goûteras peu cette félicitation de ma part.

Quoi que tu fasses, mon pauvre enfant, je te plains d'être faible. La pire débine c'est celle de la volonté. Mais j'aurai beau te dire, tu n'entendras rien tant que l'animalité parlera et l'animalité est la seule chose par laquelle tu puisses te rattacher à une femme dont la position est aussi menteuse que la langue. Charmante fille d'ailleurs ;

mais fille entretenue et voulant l'être, et voulant être aimée autrement que par les sens. Elle y réussit par moments, puisque tu es triste et que tu te fais un chagrin de ce qui ne peut être qu'un plaisir vulgaire.

Le papier me paraît bon. Il faudra s'en contenter, mais sans en prendre d'immenses provisions, car il peut en surgir un meilleur. Il y a encore ici de l'ancien pour quelque temps. J'ai encore des cigarettes la moitié de celles que tu m'as laissées. Base-toi là-dessus. Bonsoir cher vieux. Les petits camarades t'embrassent, et moi aussi, quoique tu ne sois pas bien sage.

### 214. À CHAMPFLEURY

[Nohant, 30 juin 1854]

Mais ce n'est pas une *école*, c'est une *manière*[1]. Les écoles abrutissent, quelque bonnes qu'elles soient. Les manières renouvellent l'art; c'est pourquoi toutes les manières sont bonnes.

Une manière, c'est une chose tout individuelle. Vous n'êtes pas d'une école, vous êtes vous-même, vous avez du talent *vrai*, c'est tout dire. Ce que vous faites est bon, charmant, excellent. Voilà ce que j'ai hâte de vous dire en fermant l'histoire de Mariette. C'est la Manon Lescaut de notre époque et c'est une œuvre tout originale cependant. Les contes de l'autre volume sont aussi parfaits dans leur genre. Enfin, prenez ceci que j'estime complètement et que je ne vois pas un mot, un détail, un trait à reprendre. Je suis sincère, et ici je suis un artiste sympathique qui trouve agréable de dire ce qu'il pense.

Je comprends maintenant pourquoi l'on attaque votre manière. Je ne vois pas si elle est en littérature le pendant de telle ou telle peinture ou de telle ou telle musique. Je

---

1. Le début de la lettre manque. C'est la suite de la discussion sur le *réalisme* commencée dans la lettre 212, après la lecture de deux livres de Champfleury que Sand va commenter : *Contes de printemps. Les Aventures de Mademoiselle Mariette* (Lecou, 1853) avec son amant malheureux l'écrivain Gérard et son petit chat, et *Contes d'été. Les Souffrances du professeur Delteil* (Lecou, 1853).

ne connais pas la peinture dont vous me parliez[2]. Je n'en
ai jamais vu. On m'a dit le pour et le contre. La discussion à laquelle il [Courbet] donnait lieu autour de moi
était posée ainsi : *Il fait laid exprès*, à quoi les uns disaient,
*il a raison*, d'autres, *il a tort*.

Ça ne me regarde pas. Mais il est question de vous et
je dis que si l'on prétend que vous cherchez le laid, parce
que vous fuyez le convenu et l'arrangé, on se trompe.
Vous ne faites pas laid. Vous rendez le laid très drôle, le
bête très amusant et le bon très attachant. C'est donc
de l'art tout aussi fin, tout aussi habile que celui qui
emploie la ficelle. Si vous vous posiez en défenseur de ce
principe : L'art n'arrange rien et n'est que la reproduction
fidèle de la réalité, je vous répondrais : Je veux bien, mais
à condition que ce sera un artiste véritable qui se chargera de voir et de décalquer. On sentira toujours l'esprit
qui a conduit la main et l'a rendue habile.

C'est égal, je comprends à présent ce que l'on veut
entendre par *école du bon sens*. Moi je l'entends autrement
que vos adversaires, autrement que vous peut-être et je
persiste à m'imaginer que la discussion est mal posée.

Ne parlons pas du Monsieur de 57 ans à qui vous avez
joué le tour de reproduire son article[3]. Ce doit être l'ancien valet de chambre de quelque prince. *La qualité l'entête*[4].
Si les autres ne sont pas plus forts, ils ne méritent pas que
vous leur répondiez jamais autrement, qu'en les reprodui-
sant tout vifs. Mais si on vous pose ainsi l'attaque :

« Vous mettez l'idéal à la porte. Vous faites trop vrai,
vous rejetez l'analyse du romanesque, vous n'analysez
que le fait, vous ne cherchez pas le beau et le rare, vous
ne croyez pas à l'exceptionnel, vous n'admettez aucune
fiction, enfin vous ne drapez ni vos modèles ni votre
style, vous appelez un chat un chat, et vous faites de l'art
un daguerréotype. »

— Alors, répondez-leur :

« Je ne me passe [pas] d'idéal, mais je ne me sers que

2. Il s'agit d'*Un enterrement à Ornans* de Gustave Courbet ; dans sa
lettre, Champfleury le présentait comme « une des plus belles œuvres
modernes ».

3. En tête des *Contes de printemps*, Champfleury avait inséré un
article « écrit par un critique de cinquante-sept ans à peine » attaquant le réalisme de son récit.

4. Molière, *Le Misanthrope* (II, 4).

du mien. Je n'analyse pas, je montre, je ne démontre pas, je prouve. C'est là le profit qu'on trouve à ne vouloir traiter que ce que l'on a éprouvé vrai. Je ne sens pas l'exceptionnel où vous le sentez, dans la fiction. Je n'ai pas besoin d'orner. Quand je parle d'un chat, je ferai aussi bien pleurer qu'avec un drame, et l'histoire d'un chat bien comprise et bien dite, vaut mieux que celle d'une étoile mal interprétée. Enfin je fais de la nature aussi belle que la nature, et il n'y a encore que le daguerréotype qui l'ait faite ainsi. »

Et que cette comparaison avec le daguerréotype ne vous fâche pas. Toutes les fois qu'un cerveau humain sera le miroir de la nature, il n'y a pas de danger qu'il s'en acquitte comme une machine.

Continuez, ayez confiance et ne vous souciez pas des jugeurs. Ne perdez pas votre temps en discussions oiseuses et ne fatiguez pas nos nerfs d'appréciations exclusives. Voilà tout le conseil que mon âge se permet de vous donner. Gérard est un bon et sage cœur. Il a bien raison d'aimer, de se fâcher, de se repentir, de se refâcher, de voir clair, de voir trouble, d'être simple, d'être méfiant, d'être homme enfin et de ne pas vouloir s'en cacher. Ce laisser-aller à la tyrannie de la vie est tout aussi intéressant que la résistance des âmes éprises d'héroïsme et enfonce bien bas celles qui n'en ont que l'affectation. Il lui est permis de dire : « Je suis comme cela et tant pis pour vous si vous n'y comprenez rien ». Son individualité est pleine et entière, et il ne cherche ni à la définir, ni à la proposer pour modèle. Il l'expose, il la peint, c'est de la bonne peinture. La poésie et l'émotion en ressortent sans qu'on sache pourquoi d'abord : et ensuite on s'en rend bien compte en reconnaissant que la parfaite simplicité du procédé est une chose qui a sa grandeur et sa puissance, comme tout ce qui est employé franchement et avec conviction.

Seulement Gérard est un peu tranchant dans son for intérieur ; ce n'est pas en critique du livre ni du type que je parle, je raisonne avec ses idées qui me frappent et qui ne me paraissent pas toujours vraies, bien que sincères et partant légitimes à émettre. Gérard croit trop savoir où est le vrai, où est le faux. C'est très long et très difficile de commencer seulement à mettre le nez dans ce mystère. Je m'en tire paresseusement, pour mon compte, en me disant que tout est vrai dans ce que l'homme ressent avec force. Hamlet voit le spectre de son père, il le voit réellement. Croyez-vous bien que le Dante n'ait pas vu l'enfer? Il l'a vu puisque je le vois avec lui. Les *parthénon* ont-ils été faits d'après des modèles réels? je n'en doute pas, puisque je les vois beaux. Paul et Virginie ont-ils existé? Certainement puisque vous et moi les avons pleurés. Tout ce qui est beau est vrai. C'est le privilège du véritable artiste de rendre vrai l'idéal quand bon lui semble, comme de rendre beau ce qui n'est que vrai. Dieu nous a mis deux yeux dans la tête: est-ce pour rien? Non pas. Avec un seul œil gros comme deux, nous n'aurions vu qu'un aspect de la vérité et la vérité a deux aspects (si elle n'en a pas cent mille), deux principaux, toujours, l'ombre et la lumière si vous voulez. Aimez-vous le grand soleil ou le crépuscule? libre à vous de chercher votre effet où il vous plaît, mais en plein soleil, vous savez bien que la nuit est tout aussi réelle que le jour, et réciproquement.

C'est pour dire que Childe Harold est un homme aussi vrai, aussi vivant que le professeur Delteil et que la Vénus de Milo est tout aussi femme que Mlle Mariette. Pourquoi ne voulez-vous pas des amants de la forme grecque? Et pourquoi, eux, ne veulent-ils pas des grâces de la grisette parisienne? que chacun suive son goût et coure après son rêve, celui qui atteindra le mieux ce qu'il poursuit, aura le plus raison des deux, non d'avoir préféré celle-là ou celle-ci, mais de l'avoir mieux embrassée.

Enfin voilà tout mon reproche au Gérard que vous faites parler. Trop peu d'égards pour le sentiment des autres, trop peu de respect pour la liberté des instincts de l'esprit. Il est vrai que s'il n'avait pas ces préventions intolérantes, il ne serait peut-être plus lui, et me voilà forcée de dire qu'il faut peut-être laisser l'intolérance à ceux qui en ont besoin pour se compléter.

Mais vous n'en aurez peut-être pas toujours besoin. La vie est là qui nous retourne comme elle veut. Prenez que je n'ai rien dit, sinon que vous avez autant de talent que qui que ce soit et que je pleure encore le petit chat, moi qui ne peux pas souffrir les chats. Voilà qui résume mieux mon idée, que tout ce que je pourrais vous dire.

Je ne m'excuse pas d'avoir été si longtemps à vous lire et à vous écrire. Je n'ai pas pu, pour mille raisons qui

seraient ennuyeuses à exposer, mais qui sont *vraies*. Merci
pour la chanson. Vous aviez raison là-dessus. Adieu,
Monsieur, ne m'oubliez pas quand vous ferez un autre
livre. Vous n'aurez pas un lecteur mieux disposé que moi.

George Sand

30 juin 54.

Vous connaissez Paul Rochery. Pouvez-vous me donner de ses nouvelles ? Je n'ose en demander chez lui, et
mes amis n'en ont pas. J'en suis inquiète.

## 215. À PROSPER VIALON

[Nohant, 9 juillet 1854]

Puisque vous me demandez ma critique[1], je veux, pendant que j'ai une heure, m'acquitter envers vous de ce
que je dois à votre sympathie et à votre talent. Je n'aurais bien agi avec vous qu'à demi, si je ne vous signalais
pas, pendant que j'en ai encore la mémoire fraîche (car
les défauts d'un ouvrage que l'on aime s'oublient aisément), des taches que vous ferez aisément disparaître de
votre manière.

1° Un peu trop d'insistance sur le côté grotesque et
grossier des gens grotesques et grossiers ; un peu de mauvais goût à faire ressortir le mauvais goût de ces types. Je
ne suis pas de ceux qui disent qu'il faut ménager et adoucir par bégueulerie. Mais comme, en mille endroits, vous
saisissez justement la grande ligne et la touche énergique,
vous n'avez pas besoin d'insister sur des détails de
charge. *La reine* et les *infantes* ainsi que le chirurgien et les
amoureux de village m'ont paru dessinés plutôt à la
manière des faiseurs de caricatures pour rire qu'à celle
des maîtres pour peindre. L'insistance sur certains traits
ne les accuse pas mieux. Au contraire, elle les élargit trop
et leur ôte la force et la netteté.

---

1. Écrivain débutant, Prosper Vialon a envoyé à Sand, en sollici-
tant son avis, ses deux premiers romans, *Marie* (1853) et *Le Médaillon*
(1854) ; c'est de ce dernier qu'il sera surtout question ici.

2° Trop d'efforts pour faire deviner ou croire que vous
racontez une histoire *arrivée*, que vous mettez en scène
des personnages réels et que vos fictions servent de prétexte à des éloges ou à des reproches contre telles ou
telles personnes : surtout quand la politique vient se fourrer au milieu d'eux, comme on ne sait pas trop pourquoi,
le roman semble avoir été fait pour autre chose que le
roman, et l'artiste disparaît derrière je ne sais quelle personnalité qui n'est pas là à sa place. Cela dérange le
lecteur, et c'est la plus grande maladresse que l'on puisse
faire que de contrarier et de gêner celui qui lit naïvement
et avec intérêt ; cela ne l'intrigue pas, cela le refroidit. Il
ne faut pas qu'il ait rien à chercher en dehors du roman,
car plus il est bon lecteur, sympathique et attentif, moins
il veut chercher ce qui n'est pas l'histoire qui l'intéressait.
La réalité et la fiction sont les deux éléments nécessaires
du travail, vous l'avez senti, mais vous ne les avez pas
toujours mêlés de manière à ce qu'ils ne fissent qu'un.
Un traité d'agriculture peut trouver sa place dans un
roman, mais il faut qu'on l'avale sans [s'en] apercevoir, et,
quand cela se détache en dehors et interrompt la marche
de l'action, on est fort tenté de le sauter comme une note
qu'on relira plus tard, mais qui gêne et glace l'intérêt.
Vous écrivez probablement avec émotion, car vous faites
naître, vous soutenez et vous ménagez celle du lecteur
pour l'amener à son explosion. Ce n'est donc pas à ce
moment décisif qu'il faut venir lui parler de choses *utiles*
et positives. Et puis, quand vous dites : Je n'ose nommer
mon héros ; vous le devinerez si vous allez dans tel pays,
etc., vous détruisez tout l'attrait et tout le mystère dont
vous l'avez environné, bien loin de l'augmenter. On
cherche, on se figure des gens que l'on connaît et l'on se
dit que ce n'était pas la peine de tant s'intéresser à ces
types poétisés pour arriver à savoir que c'est M. Un Tel
que vous avez déguisé et arrangé de la sorte.

3° Enfin puisque, malgré la volonté que j'ai de ne
jamais discuter les opinions politiques, il faut bien que je
vous parle des vôtres quelles qu'elles soient, voyez-vous,
ne les affichez pas dans des choses d'art, c'est-à-dire ne
les personnifiez pas dans des êtres réels. On vous laissera discuter une croyance avec le feu que comporte une
conviction, par la bouche d'un de vos personnages ; mais
on n'aimera jamais à voir derrière ce personnage, l'auteur,

qui montre sa figure pour vous crier : Honneur à Napoléon 3 ! Est-ce que vous aimez Virgile faisant intervenir
César à propos d'Amaryllis, de Mélibée et de ses beaux
fromages[2] ? Non, cela n'est pas d'un poète ni d'un
artiste ; c'est d'un obligé, et, à travers les siècles qui nous
séparent de Virgile, on le sent encore. N'ayez donc pas
cet air-là, faites, si votre croyance vous y porte, des publications spéciales contre le socialisme, mais ne mettez pas
la poésie d'une chose d'art au service d'un pouvoir
régnant. Vous l'avez fait naïvement, on ne le croira pas.
On ne vous absoudrait de cette partialité (tout paraît partial à ceux qui ont une partialité contraire) que si votre
héros politique était dans l'exil ou dans les fers. Dans ces
cas-là, bien que ce soit encore un hors-d'œuvre contraire
à l'art, on pardonne ; le lecteur que l'on a attendri est
généralement généreux ; mais tout ce qui ressemble à une
avance, ou à un remerciement au pouvoir, choque toutes
les opinions, quand on semble vouloir en demander la
sanction au lecteur. Le lecteur dit, en ce cas-là : Ce n'est
pas à moi que l'auteur parle, ce n'est pas pour moi qu'il
s'est donné la peine d'écrire ce livre. On me prend pour
dupe. Je croyais lire un roman, il paraît que c'est autre
chose, c'est une allégorie, c'est un plaidoyer, une pétition
ou une commande.

   Ne voyez pas de prévention en ceci. De tous ceux qui
aspirent à la république quand même, je suis celui qui
met le plus les noms propres hors de cause. Si Barbès
était à la tête des affaires, je pourrais bien encore rédiger
les Bulletins de la République, mais je ne parlerais pas
de lui dans un ouvrage d'art. Si vous avez des opinions
ardentes, jetez-les franchement dans une polémique, mais
ne les laissez paraître dans vos romans qu'à l'état d'idées
pures et encore n'en abusez pas, comme je l'ai fait, moi
qui vous parle, beaucoup trop souvent. Ayez l'adresse qui
m'a manqué, d'amener vos lecteurs à penser comme
vous, et pour cela, le premier point, c'est qu'ils ne
sachent pas précisément comment vous pensez. Quand
on ne semble pas désintéressé dans les questions, on est
faible. Quand on y semble impartial, on est fort.

   Peut-être tout ce que je vous dis là est-il inutile absolument ! Peut-être êtes-vous artiste avant tout et n'avez-

----

2. Dans les *Bucoliques*.

vous jeté ces cris de guerre qu'en passant et comme
pour vous débarrasser d'une préoccupation. S'il en est
ainsi, vous avez déjà reconnu, et défini mieux que je ne
le fais, devant votre propre tribunal, les dangers que je
vous signale dans l'intérêt d'un succès que vous exposez
(de gaîté de cœur) à d'amères contestations, un jour ou
l'autre. Plus ce succès grandira plus les préventions se
dessineront et la critique qui n'est pas du tout artiste, ne
vous jugera qu'au point de vue de ses opinions. Aujour-
d'hui, elles sont généralement conservatrices : demain
elles seront peut-être révolutionnaires, et pas plus artistes
pour cela probablement.

Je ne vous demande pas pardon de tous mes *conseils*.
Ils sont dictés à mon expérience d'un demi-siècle, par un
vrai désir de voir avancer le talent avec ou sans mes
idées. Je crois que le véritable ennemi du genre humain,
c'est la bêtise et que tout ce qui porte le sceau de l'intelligence ne peut que servir le progrès, quel que soit le drapeau. Adieu, et travaillez !

George Sand

Nohant, 9 juillet 54.

Je ne veux pas fermer ma lettre sans vous dire que j'ai
compris et apprécié vos douleurs. L'art ne remplace rien
dans les pertes qui frappent le cœur et les entrailles. Il en
avive plutôt le sentiment, mais il donne la force de les
supporter, et nous rend le courage double en doublant
notre sensibilité. Voilà pourquoi il faut le traiter en soi
avec un grand respect, comme les chrétiens font de la
grâce.

Je veux aussi vous remercier de ce que vous m'offrez
généreusement vos idées. Croyez bien que si je ne les
accepte pas, ce n'est pas que je ne les trouve précieuses
et de haute valeur. Mais je ne touche pas aux trésors que
je n'ai pas fouillés moi-même, et je sais que dans l'art, il
n'y a de bon joaillier que le mineur même.

Quant à mon point de vue sur la société, un seul mot.
Je ne vois pas le soleil plus que vous, qui avez d'excellents yeux. Donc vous le voyez aussi, ou vous le verrez
demain, car son éclat est fatal, et pour vous, il est fatal
de voir clair. Le cataclysme que vous redoutez est inévitable, et il a tellement sa raison d'être que tous les regrets
du passé sont vains et impuissants. Pour amener ce cata-

clysme, qui, certes, amènera lui-même des forfaits et des
folies, je ne me sens pas le goût de remuer un doigt.
Mais le devoir est de travailler toujours à dégager l'idée
sainte, le rayon de soleil qui sortira de ces ténèbres. Vous
croyez encore qu'on peut empêcher les ténèbres de se
répandre ! Ne les voyez-vous pas s'amonceler à tous les
points de l'horizon, hâtées par ceux-là même qui veulent
s'y soustraire ? Ne voyez-vous pas que l'autorité enlevée
de vive force par un homme, intronise dans le monde
moderne le principe de la dictature, et que c'est la porte
ouverte au chaos ? Malheur à ces jours de transition !
Cela ne m'empêche pas de faire des vœux naïvement
patriotiques pour le succès de nos armes en Russie[3], mais
les temps sont venus où les individus ne comptent plus,
et ne représentent plus rien dans la convulsion suprême
de l'humanité.

Faisons de l'art encore aujourd'hui. Demain il n'y
en aura plus. Notre seule consolation est de savoir que
notre esprit prophétique s'agite en nous, sans notion précise du temps, et que ce que nous appelons *demain* peut
se faire attendre aussi bien pendant dix ans que pendant
dix heures.

### 216. À LOUIS BLANC

Nohant, 24 7<sup>bre</sup> [18]54

Non, vous ne croyez pas, mon ami, que je vous
oublie. Mais vous comprenez le découragement qui s'empare du cœur à la suite des lettres supprimées, et le
dégoût qu'inspire la pensée d'être lu par la police et non
par l'ami à qui l'on parle. J'ai été d'une prudence que je
peux dire excessive, dans la crainte d'exposer qui que ce
soit à des persécutions, et pourtant on a dû beaucoup
s'inquiéter de moi, car on a intercepté jusqu'à des lettres
d'affaires et des billets de la dernière insignifiance. Je
crois cependant avoir reçu tout ce que vous m'avez écrit,
et je suis sûre de n'avoir laissé aucune lettre de vous sans

---

3. C'est la guerre de Crimée qui va commencer, pour contenir les
visées russes sur l'Empire ottoman.

réponse. Je n'ai pas douté un seul instant. Nous avons
bien assez de gens à accuser, sans calomnier par des
reproches intérieurs ceux que nous aimons. Je me suis dit
que vous ne pouviez pas m'écrire, ou que le cabinet noir[1]
se jetait entre nous. J'ai pensé à vous, je vous ai relu, j'ai
vécu avec vous et avec vos beaux livres. Il ne me semble
pas qu'une âme qui s'est manifestée comme la vôtre soit
jamais absente.

Et en général c'est un peu comme cela que je vis
maintenant. La moitié de mes amis est dans l'exil, dans la
tombe, ou dans le découragement qui s'empare des posi-
tions perdues, des existences brisées. Ceux qui restent
debout sont des artistes sur qui les crises sociales n'agis-
sent pas d'une manière immédiate et dont les préoccupations dominantes ne sont pas les miennes. Vous devez
bien juger qu'après les catastrophes qui se sont succédé,
tous les liens ont été brisés violemment ou relâchés dans
l'apparence. Réfugiée dans ma solitude, je me suis remise
à vivre dans le passé, en écrivant mes mémoires. Le
monde des morts et des absents me revient et m'entoure,
et je m'aperçois que les vrais absents sont parfois ceux
qui vivent à notre porte. Ainsi vous qui êtes loin par le
fait, vous êtes plus près de moi que bien des êtres que
je pourrais voir tous les jours.

Je vous dirai ce que vous me dites. Nous n'avons pas
à parler des événements accomplis. Nous savons bien ce
que nous pensons l'un et l'autre. Je ne crois pas que nous
différions sur le fait de l'avenir et, que nous rêvions ou
non, nos aspirations sont les mêmes quant aux idées.
— Quant aux hommes, ah ! je crois que là encore nous
sentons de même et que nous savons combien peu sont
dignes d'entreprendre l'œuvre du salut, mollement défendue ou follement trahie par le grand nombre. J'ai eu l'âme
bien malade, mon ami, depuis les affreuses journées de
juin, je ne me suis pas relevée intérieurement. Je le cache
à ce qui m'entoure, sachant très bien que la question de
temps·qui n'ébranle pas ma foi, ne pourrait être envisagée sans épouvante par des esprits moins habitués à souffrir, et moins sûrs d'eux-mêmes. Je subis ma tristesse et
ne désire pas m'en débarrasser. Je sens que nous valons
mieux par certaines souffrances acceptées que par cer-

1. Bureau secret de surveillance des correspondances.

taines illusions frivoles. Faites de l'histoire ! faites-en
beaucoup et toujours. La force et la patience sont, en
somme, dans ces grandes vues qui résument le destin des
hommes et la logique des événements. Les faits détachés
nous troublent et nous rendraient fous ou faibles si nous
en faisions notre unique pâture, comme ces bavards politiques dont vous devez être accablé là-bas comme ici.
Les faits enchaînés et raisonnés nous rendent calmes et
croyants.

J'ai beaucoup parlé de vous avec mon excellent ami
Müller, une nature droite et sage et bonne entre toutes.
Je l'ai accablé de questions sur la situation de votre esprit,
et tout ce qu'il m'a dit de ce qu'il sait de vous, m'a fait
vous retrouver tel que je vous supposais, debout, tranquille, planant sur les misères et les délais de la triste
condition d'exilé, et vivant toujours dans toute la plénitude de votre âme, de votre intelligence. C'est ainsi que je
vous voyais de loin, et maintenant il me semble que nous
nous sommes quittés hier.

Tout ce qu'il m'a dit de l'Angleterre m'a fait désirer d'y
être avec ma famille. Je vois bien qu'à défaut de notre
idéal qui n'y serait guère compris, on jouit au moins dans
ce pays-là, de la liberté individuelle, sous la protection de
cette tolérance pour la pensée, de ce respect pour la personne, conditions élémentaires de la vie sociale que l'on
ne connaît plus chez nous. — Mais il ne dépend pas de
moi de transporter mon existence et mon nid sur un
autre coin. Les devoirs de la famille se sont compliqués
pour moi de douleurs particulières et la vie matérielle
m'est devenue un fardeau qui m'écraserait si j'essayais de
le changer de place. Gagner le pain quotidien est devenu
un problème inouï pour ceux qui ne veulent pas sacrifier
leurs idées, leurs affections et jusqu'au respect de leur art.
Je suis donc rivée à un travail incessant, souvent ingrat
parce qu'il est comprimé jusque dans la forme, et qui me
laisse chaque soir inquiète du lendemain. Je ne me plains
pas [de] cela, au moins ! Ce serait bien lâche de ployer
sous le devoir personnel, quand on est si peu libre d'en
étendre l'accomplissement au-delà d'un certain cercle. Je
vous dis ma situation pour que vous sachiez que si je ne
vais pas vous voir, c'est que, même pour quelques jours,
je n'en ai pas le moyen. Mais j'en fais toujours le rêve, et
l'autre jour, je comptais avec Müller, ce qu'il me faudrait

de sous et deniers pour m'en aller avec Maurice vous
embrasser et embrasser aussi d'un regard cette cité, cette
nation, ce monde où vous êtes et que quelque jour vous
nous raconterez et nous montrerez, inondés de la lumière
supérieure dont vous portez le foyer en vous-même.

George Sand

## 217. À ALPHONSE ET LAURE
## FLEURY

[Nohant, 10 octobre 1854]

Chers enfants, je vous écris enfin, parce que je suis
calme et bien portante. J'ai eu des causes de spleen que
je n'aurais pu m'empêcher de vous dire, ce qui n'eût fait
que l'augmenter en me forçant à me résumer, et vous
affliger sans utilité. Ma vie qui s'est faite régulière et soutenue dans sa voie propre, est fort acceptable en elle-
même. Mais vous savez qu'il y a des causes de désolation
au-dehors. C'est donc une alternative de craintes et de
résignation. En ce moment, il y a un temps d'arrêt, et, à
chacun de ces temps d'arrêt, je m'efforce de bien raisonner la fatalité de certaines choses, afin de les accepter
quand elles reviennent m'affecter.

Quand je suis dans la crise, je suis bien tentée de
m'épancher avec ceux que j'aime, mais l'effet n'en est pas
utile pour ceux que j'aime et n'en est pas bon pour moi.
Quand la faiblesse inévitable est surmontée je sens que la
souffrance acceptée n'est pas une mauvaise médecine
pour l'âme, et que si l'on pouvait souffrir sans faire souffrir personne avec soi, on deviendrait meilleur et plus
sage.

Me voilà donc dans une de mes veines *philosophiques* et
*religieuses*. Je ne veux pas en profiter pour vous ennuyer
car je suis très ennuyeuse dans ces veines-là ; seulement
je peux m'empêcher de l'être, en philosophaillant toute
seule ; et je ne sors pas maussade de mes rêvasseries, ras-
surez-vous donc sur mon compte. J'ai encore doublé un
cap, je travaille avec rage, je me porte très bien, je n'ai
presque plus de migraines, et je m'apprête à aller à Paris

danser sur la corde roide du théâtre, la tête farcie, je
l'avoue, de tout autre chose que le théâtre. Je vais pourtant m'y enfoncer, une quinzaine durant, comme dans du
beurre, et Dieu sait quel beurre ce sera ! Mais j'aime les
comédiens. Leur société me distrait toujours. Ils sont si
en dehors du monde réel, si bohémiens au milieu de ce
monde qui se préoccupe d'avenir et de passé, ils font de
si grosses affaires des émotions du jour présent, qu'il me
semble vivre avec des enfants, et j'ai l'amour des enfants.

Mais où en sommes-nous, où en êtes-vous, dans le
monde des faits ? Vous voyez beaucoup Quinet, m'a dit
votre bonne mère [Decerfz]. Vous êtes bien heureux. Je
voudrais bien causer avec lui une heure par jour ! Le reste
du temps, je suis trop bête. Que dit-il de nos victoires et
conquêtes ? Moi je ne me défends pas du chauvinisme, je
me bats en imagination contre les Russes. J'ai une trop
vieille dent contre eux pour ne pas me réjouir à l'idée
qu'on va rabattre leur caquet. *Si* j'étais *Cavaignac, Changarnier* et *La Moricière, je voudrais m'enrôler soldat.* Est-ce qu'ils
n'en ont pas eu la pensée ? — Peut-être l'ont-ils eue,
peut-être leur a-t-on refusé la liberté de se battre contre
l'ennemi commun ? Nous ne savons rien de cela, nous
autres. — Enfin, que dit Quinet de cette campagne
d'Orient[1], et vous autres, qu'en pensez-vous ? Cette per-
turbation européenne n'a pas dû avoir de grands effets
sur vos intérêts particuliers avec l'Amérique. D'ailleurs,
vous ne jugez pas au point de vue de vos intérêts particuliers et, en outre, il est à croire que si l'on enlève la
Crimée, il y aura un traité de paix et les choses en resteront là pour quelque temps.

Dites à Quinet que ses vers et sa prose sont admirables[2]. Je n'ai fait que commencer *Marnix.* J'ai de trop
pauvres yeux pour lire et ce n'est que l'hiver que Manceau me fait la lecture. Quand Solange est ici il n'y a
guère moyen. J'attends que j'aie le loisir d'entendre tout
ce dernier ouvrage, et je compte lui écrire pour lui parler
*des deux.* En attendant, remerciez-le pour moi car je pense
que c'est à sa recommandation à l'éditeur que je dois
ces livres. C'est un grand cœur et un grand esprit que

1. Guerre de Crimée : la France et l'Angleterre s'allient à la Turquie pour contrer l'expansionnisme de la Russie (1854-1855).
2. *Les Esclaves* (1853), poème dramatique sur Spartacus, et *Marnix
de Sainte-Aldegonde* (1854).

Quinet. Il sait bien que je l'apprécie et que je le comprends.

Je n'ai pas trop à vous faire de questions sur vos autres amis, et sur vous-mêmes. Quand je vois la mère Aimée [Decerfz], je me fais tout dire dans le plus grand détail et vous pensez bien qu'elle ne demande pas mieux. Je n'ai donc à vous interroger que sur l'état de vos esprits. Je sais que vous aimez Bruxelles, que vous y avez les plus aimables relations et que vous y jouissez d'une liberté dont on s'habitue ici à se passer. On s'y habitue même trop, et le drame des esclaves de Quinet est bien vrai et bien profond ! Aussi l'on est forcé de donner une complète démission de cette sorte de prosélytisme qui s'adresse aux contemporains et qui a pour but les choses présentes. Quand on est savant comme *lui*, on trouve dans l'histoire des allusions utiles, mais il faut être lui pour savoir s'en servir.

J'attends avec impatience des nouvelles de Barbès. Je ne sais pas encore comment il aura pris cette délivrance inattendue[3]. Pauvre saint homme, je le vois étourdi, stupéfait, et désolé peut-être de revoir le soleil tout seul. Mais j'espère qu'il sera tyrannisé en règle pour être mis dehors. Lui aussi est entaché de chauvinisme et de misérables sots lui en feront un crime. Ah ! qu'il s'en ficherait bien, si j'étais dans sa peau ! Mais que va-t-il faire ? J'en suis bien inquiète et j'ai soif de le voir sans l'espérer. Cette belle âme n'aura peut-être pas tout haut et à la face de son parti le courage de son opinion. J'espère que si ! Je crains que non ! J'attends ! Aucun journal ne le laissera s'expliquer, et les frères blanquistes diront qu'il a trahi pour n'avoir pas voulu abjurer dans les douleurs du martyre l'amour de la patrie !

Mais en vérité, mes enfants, bien que vous ne soyez pas de ceux-là, je ne sais pas si vous ne regrettez pas un peu que nous n'ayons pas le dessous pour le moment. J'en sais d'excellents autour de moi qui ont ce regret et qui le motivent par des raisons assez spécieuses. Les opinions sont si confuses, les points de vue si embrouillés à cette heure, qu'on ne sait trop de quoi parler pour ne pas

3. Le 3 octobre, Napoléon III avait ordonné de libérer Barbès, emprisonné à Belle-Île ; après avoir refusé sa grâce, Barbès choisit l'exil.

se quereller, même au coin du feu. Triste temps qui ressemble à un rêve, et où, pour voir clair, il faudrait s'élever au-dessus de tout ce qui grouille ici-bas, et aller interroger Dieu même. Pourquoi pas ? J'y songe diablement pour mon compte et je tâche de devenir un peu Dieu pour m'habituer à regarder dans l'éternité, où la notion du temps disparaît.

Mais je crains de remonter sur mon dada *Leibnitzien*[4], et je me hâte de vous embrasser tous quatre de cœur, de tout mon cœur.

Nohant 10 8^bre 54

## 218. À ARMAND BARBÈS

Paris, 28 octobre 1854

Mon ami, Vous vous calomniez quand vous dites : « J'ai agi dans un moment de surprise, en songeant plutôt à mes intérêts propres qu'à ceux de la cause »[1].

Non, ce n'est pas comme cela, vous avez cru sacrifier encore une fois votre vie et votre repos à l'intérêt moral de la cause. Moi j'aurais eu, *j'avais*, une autre appréciation de cet intérêt. Votre action n'en est pas moins pure et moins belle. Mais laissez-moi vous dire mon sentiment. Il y a les belles actions, et les bonnes actions. La charité peut faire taire l'honneur même. Je ne dis pas le véritable honneur, celui qu'on garde intact et serein au fond de la conscience, mais l'honneur visible et brillant, l'honneur à l'état d'œuvre d'art et de gloire historique. Cet honneur-là, de même que celui du cœur s'est emparé de votre existence. Vous êtes déjà passé à l'état de figure historique et vous représentez de nos jours le type du *héros* perdu, dans notre triste société.

Laissez-moi pourtant défendre la charité, cette vertu toute religieuse, toute intérieure, toute secrète peut-être, dont l'histoire ne parlera pas et qu'elle pourra même méconnaître absolument. Eh bien, selon moi, la charité

4. G. Sand est reprise d'un vif intérêt pour Leibniz, qu'elle se met à relire.

1. Sand répond à une lettre de Barbès du 22 octobre ; outre la phrase citée, Barbès disait : « Je n'aurais pas dû quitter la France ».

vous criait : « Restez, taisez-vous ! acceptez cette grâce, votre fierté chevaleresque rive les fers et les verrous des cachots. Elle condamne à l'exil éternel les proscrits de Décembre, à la mendicité ou à la misère dont on meurt, sans se plaindre, des familles entières, des familles nombreuses ». Ah ! vous avez vécu dans votre force et dans votre sainteté ! vous n'avez pas vu pleurer les femmes et les enfants !

Dans ce cruel parti dont nous sommes, on blâme, on flétrit les pères de famille qui demandent à revenir gagner le pain de leurs enfants. Cela est odieux. J'en ai vu rentrer de ces malheureux qui ont mieux aimé jurer de ne jamais s'occuper de politique sous l'Empire, que d'abandonner leurs fils à la honte de tendre la main et leurs filles à la prostitution ; car vous savez bien que le résultat de l'extrême détresse, c'est la mort ou l'infamie.

Ces farouches politiques ! Ils exigeaient que tous leurs frères fussent des saints ! En avaient-ils le droit ? Est-ce l'ex-pair de France relégué à Jersey [Hugo] qui a ce droit-là ? Est-ce... qui ne nommerais-je pas ? Vous seul peut-être aviez ce droit-là ! mais l'a-t-on jamais ? je ne me suis pas senti l'avoir, moi, j'ai fait *rentrer* ou *sortir* tant que j'ai pu ! rentrer ceux que l'exil eût tués, sortir ceux qui, en restant, eussent été immolés. J'ai pu bien peu ; je ne sais pas si on me le reproche, si quelques rigoristes le trouvent mauvais ; ah ! cela m'est bien égal ! Je ne méprise pas les hommes qui ne sont pas des héros et des saints. Il me faudrait mépriser trop de gens, et moi-même dont les entrailles ne peuvent pas s'endurcir au spectacle de la souffrance.

Et puis, je ne suis pas bien sûre que ceux qui ont sacrifié leur activité, leur carrière, leur avenir politique, leur réputation même, n'aient pas été, en certaines circonstances, les vrais saints et les vrais martyrs. L'intolérance et le soupçon, l'orgueil et le mépris, voilà de tristes chemins pour marcher vers le temple de la fraternité !

Et puis encore, je vous disais, je crois, que toute bonne pensée vient de Dieu. S'il en envoie à nos adversaires, devons-nous y répondre par le dédain ? Si nous le faisons, quand reviendront-elles, ces pensées de justice et de réparation ? Nous ne voulons pas que le joug devienne moins lourd. Nous sommes fiers, de la force de nos fronts, nous ne songeons pas aux faibles qui succombent !

Vous allez me trouver trop *femme*, je le sens bien. Mais je suis femme, et je ne peux pas en rougir, devant vous surtout, qui avez tant de tendresse et de pitié dans le cœur.

Maintenant vais-je trop loin dans l'amour de l'abnégation, et, vous, avez-vous été trop loin dans l'amour de votre propre dignité ? Que Dieu, qui sait nos intentions pures, pardonne à celui de nous qui se trompe. Dans un monde plus brillant et plus *libre*, comme ceux que nous promet Jean Reynaud[2], nous verrons plus clair et nous agirons avec plus de certitude. Le but pour nous dans ce purgatoire qu'il nous attribue, c'est d'agir selon nos forces et nos croyances de manière à pouvoir monter toujours. J'ai à cet égard une sérénité d'espérance qui m'a toujours soutenue ou consolée, et je vous donne rendez-vous avec confiance dans un astre mieux éclairé, où nous reparlerons de ces petits événements d'aujourd'hui qui nous paraissent si grands.

Nous reverrons-nous dans celui-ci ? Je l'ignore. Mille choses disent oui, mille autres choses disent non. Si nous avions pu causer à Nohant, je vous aurais dit le livre que vous avez à faire et que vous ferez quand même, lorsqu'un peu de calme et de repos vous aura fait apparaître dans son ensemble et dans sa signification le résumé de votre propre mission. Ce livre, j'y pensais le jour où j'ai appris votre délivrance. Je vous entendais me dire : « Je ne suis pas un écrivain de métier, je ne suis pas un assembleur de paroles », et je vous répondais, dans mon rêve : « Vous le ferez à Nohant ; je l'écrirai sous votre dictée, et il remplira le monde d'une grande pensée et d'une utile leçon ». Il y a un point de vue plus vaste et plus humain que l'étroite piété de Silvio Pellico. Et le nôtre, nous eussions pu le dire sans être condamnés ni poursuivis par aucun gouvernement, tant nous eussions été dans des vérités supérieures à toutes sociétés et à nous-mêmes.

Vous ferez ce livre, je le répète. Vous le ferez autrement ; je regrette seulement de ne vous pas apporter la part d'inspiration qui nous fût venue en commun.

Adieu, mon ami ; je n'ai pas le temps de vous en dire davantage aujourd'hui. Je vis dans le mouvement du

2. Dans son livre *Terre et Ciel* (Furne, 1854), qui vient de paraître.

théâtre en ce moment-ci. Il me tarde de retourner à mon silence de Nohant. J'y serai dans peu de jours ; c'est là que vous pourrez toujours m'écrire. Ne me laissez pas ignorer ce que vous devenez.

À vous.

G. Sand

## 219. À ALEXANDRE DUMAS FILS

[Paris, 3 novembre 1854]

Je viens de lire votre excellent et charmant article[1], c'est d'un *bon fils*, et je vous en remercie du fond du cœur. Il n'y a que les artistes pour faire de la critique élevée et généreuse. Je suis bien heureuse je vous jure, que vous ayez de la sympathie pour mes *bonshommes*, et vous me les faites aimer. Et puis un éloge de vous qui m'avez remuée, au théâtre, jusqu'au fond de l'âme, me soutient mieux vis-à-vis de moi-même que tout ce qui viendrait d'un critique de profession. Il est si bon d'aimer les gens dont on aime les œuvres ! c'est si naturel et si facile que je m'afflige véritablement quand je suis forcée, par ces choses incompréhensibles dont la vie est pleine, de séparer ces deux amitiés.

Je suis contente aussi de ce que vous dites de notre brave Montigny et de nos excellents artistes. Travaillez pour eux ! jamais vous ne ferez de l'art dans de plus saines conditions.

Dites mes tendresses à votre père que j'irai applaudir demain[2], et souvenez-vous que *je adopté vous pour le fils de moâ !*[3]

G. Sand

Vendredi soir.

1. Dans *Le Mousquetaire* daté 4 novembre, Dumas fils a consacré un article à *Flaminio* de Sand, comédie en trois actes et un prologue créée au Gymnase le 31 octobre.
2. Le 4, création à l'Odéon du drame de Dumas père et Lockroy, *La Conscience*.
3. Sand imite Miss Barbara Melvil, une Anglaise qui, dans *Flaminio*, parle un mauvais français.

220. À DELPHINE DE GIRARDIN ‡

[Nohant, 26 décembre 1854]

Chère Madame,

J'envoie à votre valet de chambre, avec prière de les servir sur votre table… quoi ? six fromages ! mais quels fromages ! Des fromages qui sentent aussi mauvais que vous sentez bon, mais qui sont aussi bons, en tant que fromages, que vous êtes bonne en tant que femme, — et qui ont autant de renommée en Berry, en tant que fromages, que vous avez de gloire en tant que génie dans le monde entier.

Après un compliment de jour de l'an si heureusement tourné, permettez-moi de vous embrasser, et de vous féliciter du beau succès que vous venez d'avoir à notre Gymnase[1] et qui vous y attirera tout à fait j'espère.

Et puis, dites à Monsieur de Girardin que je pense beaucoup à lui en général et en particulier, et dites-vous l'un à l'autre que je vous suis attachée et dévouée, en esprit et en vérité.

George Sand

Est-ce que vous serez assez aimable pour rappeler à M. de Girardin mon ami Victor Borie et sa *Revue agricole* ?

Je vous renvoie M. Limayrac qui vous dira que nous avons dit grand mal de vous.

*Nohant 26 X^{bre} 54.*

Encore un *Post-scriptum*. Vous avez pris part à ma joie pour la recouvrance de ma petite Jeanne[2]. Je vous en remercie, vous avez bien raison ! Mais je ne la tiens pas encore ! N'importe. J'espère en ce bon *précédent*, comme je bénis ce bon *président* que Monsieur de Girardin a si adroitement amené vers nous un certain soir.

---

1. Avec la comédie *Le Chapeau d'un horloger*, créée le 16 décembre.
2. Le 16 décembre, Sand note dans son Agenda que le courrier lui « apporte une bonne, bonne nouvelle : *Nini* m'est rendue par les tribunaux » ; on lira plus loin sa fin déplorable. Le président est Louis-Marie de Belleyme, président du Tribunal de première instance de Paris.

## 221. À CHARLES JACQUE ‡

[Nohant, 7 janvier 1855]

*Ils* et *elles* sont arrivés ce soir bien vivants, et je ne peux pas vous dépeindre la scène d'étonnement et d'admiration de toute la famille, bêtes et autres, à la vue de ces superbes animaux[1].

Quand tout cela ne donnerait ni œufs ni poulets, c'est tellement beau à voir qu'on se le payerait encore avec plaisir. On a tout de suite installé la compagnie dans son domicile et mis à l'engrais toute la valetaille, indigne de frayer avec pareille seigneurie. Vos instructions vont être affichées à toutes les portes de l'établissement, et j'aurai le plaisir d'y veiller, car ce monde-là en vaut la peine.

Que de remerciements je vous dois, Monsieur, pour tant de soins et d'obligeance. C'est si aimable à vous et si fort sans gêne de ma part, que je ne sais comment vous dire combien je vous sais gré d'avoir pris cet embarras ! Je ne croyais pas que vous seriez forcé de veiller vous-même à tout ce détail, et je vois que vous avez choisi de main de maître et surveillé cet envoi avec une complaisance tout amicale. Merci donc mille fois, mais je ne vous tiens pas quitte.

J'aime bien les poules que vous expédiez ; j'aime encore mieux celles que vous faites, mais j'aimerais mieux encore vous voir à Nohant mettre le nez dans notre famille, parce que je suis sûre que vous vous y trouveriez bien, et qu'une fois venu vous y reviendriez. Vous me l'aviez promis, et je ne compte pas vous laisser tranquille que vous ne teniez parole.

Maurice et Manceau vous envoient toutes leurs poignées de main et leurs remerciements pour leur compte, car ils étaient comme des enfants devant l'ouverture de ce panier plein de merveilles, et tous ces grands airs de prisonniers orgueilleux qui relevaient leurs aigrettes en nous regardant de travers.

---

1. Le 3 août 1854, Sand avait demandé au peintre animalier Charles Jacque, célèbre notamment pour ses tableaux de basse-cour, des conseils pour le peuplement et l'entretien de son poulailler.

Veuillez croire à toute mes sympathies et sentiments vrais pour vous.

George Sand

## 222. À EUGÈNE BETHMONT

[Nohant, 17 janvier 1855]

Monsieur,

Vous avez gagné votre cause. Ma petite fille est morte[1].

J'attends qu'on vienne profaner la tombe où elle repose après six mois de détresse morale et physique, auprès de mon père et de mon aïeule.

George Sand

## 223. À ÉDOUARD CHARTON

Nohant, 14 février 1855

Cher ami, je vous ai laissé souffrant. Êtes-vous mieux ? Parlez-moi de vous. Il y a bien longtemps que je veux vous écrire. J'allais vous écrire une longue lettre sur le beau livre dont nous parlions ensemble[1]. Je l'avais lu. Mais que de chagrins m'ont frappée tout à coup ! D'abord j'ai perdu deux de mes amis[2], et faut-il être assez malheureux pour avoir à le dire, cela n'était rien ! J'ai perdu subitement cette petite-fille que j'adorais, ma Jeanne dont je vous avais parlé et dont l'absence, vous le savez, m'était si cruelle. J'allais la ravoir, le tribunal me l'avait confiée. Le père résistait par amour-propre : sans M. B[ethmont], qu'une haine sournoise, instinctive, non motivée sur des

---

1. Jeanne Clésinger est morte dans la nuit du 13 au 14 janvier ; Solange arrive à Nohant le 16 avec le corps de *Nini* qui est enterrée le jour même. Bethmont, avocat de Clésinger, s'était opposé à la remise de la fillette à sa grand-mère.

1. *Terre et Ciel* de Jean Reynaud, dont il sera encore question plus loin.

2. Le menuisier Pierre Caillaud (23 décembre) et l'actrice Amalia Fernand (19 janvier).

faits que je sache, mais ancienne et tenace, excitait contre moi, ce père insensé, mais faible comme tous les esprits violents, m'eût de lui-même ramené l'enfant. Il le voulait, il l'avait voulu. L'avocat — le conseil — ne voulait pas. Ils appelaient donc du jugement, et ce jugement n'était pas exécutoire sur le champ. J'écrivais en vain à ce dur et froid avocat que ma pauvre petite était mal soignée, triste et comme consternée dans cette pension[3] où il l'avait mise, lui ! Pour toute réponse, il me menaçait de faire du scandale contre ma fille et, pendant ces pourparlers, le fou faisait sortir sa fille, en plein janvier, sans s'apercevoir qu'elle était en robe d'été. Le soir, il la ramène malade à la pension et s'en va chasser loin de Paris, on ne sait où. L'enfant avait la scarlatine. Elle en guérit très vite, mais le médecin de la pension juge qu'elle peut sortir de l'infirmerie. Il faut au moins 40 jours de soins extrêmes et d'atmosphère égale. On n'en a tenu compte. On a appelé sa mère et on a consenti à lui laisser soigner l'enfant quand on l'a vue perdue. Elle est morte dans ses bras en souriant et en parlant, étouffée par une enflure générale, sans se douter qu'elle fût malade, mais frappée de je ne sais quelle divination et disant d'un air tranquille : « Non, va, ma petite maman, je n'irai pas à Nohant, je ne sortirai pas d'ici, moi ! » — Ma pauvre fille me l'a apportée, et elle est à Nohant ! — Elle a de la force et de la santé, Dieu merci ; moi, j'ai eu du courage, je devais en avoir ; mais maintenant que tout est calmé, *arrangé*, et que la vie recommence avec cet enfant supprimé de ma vie... je ne peux pas vous dire ce qui se passe en moi, et je crois qu'il vaut mieux ne pas le dire. — Ce que je veux vous dire, c'est que le livre m'a fait du bien. Lui et Leibniz. Je savais tout cela, je n'aurais pas pu le dire, je ne saurais pas l'établir, mais j'en étais sûre et j'en suis sûre. Je vois la vie future et éternelle devant moi comme une certitude, comme une lumière dans l'éclat de laquelle les objets sont insaisissables, mais la lumière y est, c'est tout ce qu'il me faut. Je sais bien que ma Jeanne n'est pas morte, je sais bien qu'elle est mieux que dans ce triste monde où elle a été la victime des méchants et des insensés. Je sais bien que je la retrouverai et qu'elle me

---

3. Pension de Mme Saint-Aubin-Deslignières, dans le quartier Beaujon, 10 rue Chateaubriand à Paris.

reconnaîtra, quand même elle ne se souviendrait pas, ni moi non plus. Elle était une partie de moi-même et cela ne peut être changé. Mais ces beaux livres qui excitent notre soif de partir ont leur côté dangereux. On se sent partir avec eux, on s'en va sur leurs ailes, et il faudrait savoir rester tout le temps qu'on doit rester ici. J'en ai bien la volonté, le devoir est si clairement tracé qu'il n'y a pas de révolte possible, mais je sens mon âme qui s'en va malgré moi. Elle ne se détache pas de mes autres enfants ni de mes amis. Elle voudrait suffire à sa tâche et donner encore du bonheur aux autres. Mais plus elle voit ce qu'il y a au-delà de la vie de ce monde, plus elle se sépare de la volonté, qui se trouve insuffisante. Je dis l'âme, faute de savoir dire ce que c'est qui me quitte, car la volonté ne devrait pas être quelque chose en dehors de l'âme mais la volonté ne retient pourtant pas l'âme quand l'heure est venue.

Ne répondez pas à tout ceci, cher ami, si mes enfants, qui lisent quelquefois mes lettres au hasard, me savaient si ébranlée, ils s'affecteraient trop. Je veux, pour vivre avec eux le plus longtemps possible, faire tout ce qui me sera possible. J'irai avec mon fils passer le mois prochain dans le Midi pour me guérir d'un état d'étouffement qui a augmenté et qui n'a rien de sérieux cependant.

Je passerai quatre ou cinq jours à Paris au commencement de mars, pour prendre mon passeport. Je ne veux voir personne, mais vous cependant, je voudrais bien vous voir et vous charger de dire à l'auteur de *Ciel et Terre* tout ce que je ne vous dis pas ici, troublée que je suis trop personnellement, et justement à cause de cette question de vie et de mort qui est là. C'est un des plus beaux livres qui soient sortis de l'esprit humain. Il m'avait jetée dans une joie extraordinaire. Je voulais faire un volume pour le louer comme je le sens.

— Je le ferai plus tard, si je peux me remettre à écrire. Mais entre nous soit dit je ne suis pas sûre que ce côté de la vie me revienne jamais. Je ne vis plus du tout de moi ni en moi, ma vie avait passé dans cette petite fille depuis deux ans. Elle m'a emporté tant de choses, que je ne sais pas ce qui me reste et je n'ai pas encore le courage d'y regarder. Je ne regarde que ses poupées, ses joujoux, ses livres, son petit jardin que nous faisions ensemble, sa brouette, son petit arrosoir, son bonnet, ses petits ouvrages, ses gants, tout ce qui était resté autour de moi, l'attendant.

Je regarde et je touche tout cela, hébétée, et me demandant si j'aurai mon bon sens, le jour où je comprendrai enfin qu'elle ne reviendra pas et que c'est elle qu'on vient d'enterrer sous mes yeux.

Vous voyez, je retombe toujours dans mon déchirement. Voilà pourquoi je ne peux écrire presque à personne. Il y a peu de cœurs que je ne fatiguerais pas ; ou que je ne ferais pas trop souffrir. Je vous parle à vous parce que vous êtes comme moi à moitié dans l'autre vie, et pour le moment, j'espère avec la bienfaisante placidité que j'avais naguère, quand je n'étais pas si fatiguée d'attendre. — Mais vous aviez le corps malade. Dites-moi donc que vous êtes mieux, avant que je quitte Nohant. Vous avez une grande ressource : c'est de pouvoir vivre à l'habitude dans le monde des idées où je vais trop en poète, c'est-à-dire avec ma sensibilité plus qu'avec mon raisonnement. Vous avez une lucidité soutenue dans ce monde-là, il me semble. C'est là qu'il faudrait pouvoir toujours regarder, sans préoccupation des soucis inévitables de la vie matérielle, des devoirs qui excèdent quelquefois nos forces, et sans ces déchirements d'entrailles que rien ne peut apaiser. C'est une loi providentielle à coup sûr que la tendresse folle des mères, mais la Providence est bien dure à l'homme, à la femme surtout. Cher ami, adieu, je suis à vous de cœur et d'esprit.

G. Sand

## 224. À SOLANGE CLÉSINGER

Frascati 1er avril [18]55

J'ai reçu hier ta lettre à Rome[1] en montant en voiture. Je te croyais en route de ton côté, et au lieu de cela, ma

---

1. Manceau et Maurice ont emmené George Sand en Italie pour l'arracher à sa douleur ; Rome servira de décor au roman *La Daniella* (1857), dont certains épisodes se situent à Frascati, dans la villa Piccolomini. Sur ce voyage en Italie, voir Annarosa Poli, *L'Italie dans la vie et dans l'œuvre de George Sand* (Armand Colin, 1960, chap. X, « En Italie avec George Sand au printemps 1855 », p. 263-297).

pauvre fille, te voilà condamnée au repos. Si, au moins,
tu te résignais à te bien soigner et à te guérir une fois
pour toutes, je dirais qu'à quelque chose malheur est bon.
Mais te soigneras-tu? Je ne crois jamais à tes grandes
maladies, mais bien à une suite d'indispositions dont la
fréquence équivaut, à la fin, à une santé perdue. Il est
bien temps encore avec ta force et ta jeunesse, de sortir
de là; malheureusement pour l'essayer, tu attends toujours que tu souffres beaucoup. Mais je t'ennuie quand je
te parle de soins et de prudence et tu veux que je te parle
de nous. Notre bulletin n'est guère meilleur que le tien.
Ton frère s'est avisé de prendre à Rome une grosse
fièvre, mal de gorge, mal de tête et puis... autres déran-
gements. En somme il a été assez malade et il n'est
encore qu'à moitié sur ses jambes. Nous avons eu un
excellent médecin français [Mayer] qui nous a conseillé
de ne pas aller à Naples, ni de retourner vers Florence et
Gênes, avant de lui avoir fait prendre une quinzaine de
jours de repos. Or, comme Rome est la chose la plus
immense et la plus fatigante du monde à parcourir et à
regarder, et que la vie, dans une chambre d'auberge, est
odieuse, nous avons quitté les splendeurs de la semaine
sainte au moment où l'univers s'y précipitait. Nous
sommes venus nous installer à Frascati, ce qui n'est pas
la chose la plus facile du monde quand on n'est pas muni
de beaucoup de piastres. Cependant nous avons trouvé
pour un prix modeste, le rez-de-chaussée de la villa Piccolomini. Un palais, rien que ça, mais quel palais! des
fresques partout et des meubles nulle part, pas mal de
puces, enfin l'Italie de cette région et Majorque, ça se ressemble sous beaucoup de rapports. Ceci est plus beau
pourtant comme nature, et, comme *aspect*, les habitations
sont autrement seigneuriales. Mais elles ne sont guère
plus closes, guère plus propres et guère plus habitables
par conséquent. Pourtant nous arrangeons notre campe-
ment le mieux possible, et, au milieu des armoiries et des
chapeaux de cardinal représentés sur tous les murs, nous
commençons à goûter les délices du *chêne vert*. Je me
porte bien et Manceau aussi, ce qui nous rend très tolé-
rants sur l'absence de bien-être. Maurice seul pourrait
s'en plaindre, mais il s'en amuse tant que j'espère voir
nos petites misères tourner bientôt à sa parfaite guérison.
Le pays est d'une beauté dont aucun récit ne pourra

jamais donner l'idée. Frascati est une toute petite ville sur
un des mamelons qui forment les premières assises des
Apennins. L'endroit est assez élevé pour que de plain-
pied dans le jardin nous voyons toute la campagne de
Rome, et toute la chaîne des Apennins, de la Toscane
aux Abruzzes, et, au delà de cette zone, nous voyons
encore les têtes couvertes de neige de ces dernières. De
l'autre côté, au delà des plaines sans fin et tout unies de
la campagne romaine, désertes, incultes, semées de troupeaux, et criblées de ruines de tous les temps, nous
voyons le Tibre se jeter dans la mer. Autour de nous les
collines sont couvertes de villas abandonnées ou peu s'en
faut, ouvertes à tout le monde, car il n'y a rien à voler,
et les arbres monstrueux, les fontaines jaillissantes, les
rochers, les cascades ne peuvent être emportés. Nous
cueillons des anémones de toutes couleurs, des cycla-
mens, des hépatiques ravissantes en plein bois et en plein
champ. Tous les arbres sont en fleurs et il fait déjà très
chaud dehors, quoique très froid dans nos grandes salles
voûtées disposées pour l'été, et peu garnies de cheminées
(outre qu'on ne peut pas avoir de bois). Mais avec ce
temps doux, il tombe des torrents de pluie tous les soirs
et presque tous les jours depuis que nous avons mis le
pied sur les états du pape. Nous nous promenons ici
depuis hier avec une pluie continue, mais on peut voir la
fin de ses jambes pour marcher, avant de trouver celle
des grandes allées de chênes verts, trapus, énormes, tor-
tillés et voûtés en impénétrables berceaux. Partout sau-
tillent et coulent follement des eaux qu'on peut bien
appeler cristallines sans métaphore aucune. En un mot,
c'est ici le paradis terrestre, et s'il y avait moins d'Italiens,
il faudrait y passer sa vie. Mais trois inconvénients sont
graves, presque tous les Italiens sont ou voleurs, ou mendiants, ou habitués à faire leurs besoins n'importe où et
n'importe devant qui ils se trouvent. De cette dernière
habitude, il résulte que les fleurs sont partout mêlées à
autre chose et qu'il faut s'éloigner de tout lieu habité
pour ne voir pas les émotions poétiques singulièrement
refroidies par ce côté hideux et grotesque d'une barbarie
connue tout au plus à La Châtre.

   Je t'ai écrit de Rome il y a une dizaine de jours, tu as
dû recevoir ma lettre. Je n'ai pu t'écrire plus tôt ne m'étant
pas reposée une heure ailleurs, et, depuis, je n'aurais pas

voulu t'écrire que ton frère était malade, car donner de
ses nouvelles de si loin pour n'en pas donner d'agréables,
c'est inutile en pareil cas, sa maladie n'avait rien de grave,
étant prise à temps comme elle l'a été, mais nous avons
passé quelques jours très ennuyés comme tu peux croire.

Sur ce, bonsoir, ma mignonne, voilà une longue lettre
pour quelqu'un qui se lève de bonne heure et qui ne s'arrête de courir que pour dîner. Aussi les lits plus ou moins
granitiques des auberges d'Italie me semblent-ils délicieux. Je t'embrasse mille fois et ton frère aussi. Dis à
Mad. de Girardin ou au prince [Napoléon] si tu le vois,
que j'ai reçu les lettres et que je les remercie d'avoir
pensé à moi. J'avais déjà fait connaissance avec Mme de
Rayneval avant d'avoir ma lettre de créance car le paquet
qui contenait ces lettres et les tiennes a été très longtemps en route de Gênes à Rome. La dite ambassadrice
est fort aimable. J'ai vu aussi le pape [Pie X]… dire sa
messe et je le verrai dimanche prochain donner sa grande
bénédiction de Pâques à Saint-Pierre s'il ne pleut pas des
hallebardes. J'ai vu les cascades de Tivoli, paysage qui
passe pour gracieux et qui est sublime, mais effroyable.
J'ai vu des ruines fantastiques à Rome, mais il y en a
trop. Enfin j'ai mille belles choses à te raconter. Et pourtant je ne te conseillerai pas ce voyage dans les conditions où je le fais, car il faut des jambes, de la volonté,
de la patience, ou des sommes fabuleuses. Donne-moi de
tes nouvelles *de suite*, car les lettres ne vont pas vite par
ici, sous le couvert de M. Gustave Boulanger à l'Académie de France à Rome. Mille belles révérences du graveur.
— Embrasse pour moi Mme d'Auribeau et remercie-la
de son bon souvenir. — Je ne sais pas du tout s'il faut
affranchir. Je t'envoie mes lettres par le préfet de police
[Mangin].

## 225. À IDA DUMAS

[Florence, 28 avril 1855]

Je ne demande certes pas mieux[1], et c'est la première chose que je vais faire après avoir secoué pendant une heure les flots de poussière du voyage et avalé enfin le premier dîner possible depuis les excellents *morceaux* de la chère femme à laquelle nous pensons sans cesse.

Oui, chère Madame, nous sommes arrivés, je ne dirai pas seulement sains et saufs, mais triomphants de santé, d'appétit et de bonne humeur dans la belle Florence. Nous sommes contents de notre jeune voiturin [Logli], et il est content de nous. Nous devons le retrouver à Pise pour nous transporter à La Spezia dans deux ou trois jours. Nous avons toujours eu un très beau temps, tantôt chaud, tantôt frais, selon les hauts et les bas de la route infiniment accidentée que nous avons suivie : mais pas une goutte de pluie et presque toujours du soleil. En a-t-il été ainsi à Rome ? J'en doute, nous avons toujours vu les nuages courir de ce côté. Nous les avons chargés de vous dire toutes nos tendresses et tous nos regrets. — Comme ce pays est magnifique, chère Madame. La cascade de Terni, le lac de Trasimène ont été pour nous deux stations délicieuses. L'absence de civilisation est d'ailleurs effrayante, et on est partagé à chaque pas entre le désir de rester dans ces beaux endroits et l'impatience de les quitter. La puce est surtout l'ennemi mortel des douces rêveries. Elle vous suit partout et assassine vos plus pures jouissances. Décidément, il faudrait pour être poète à son aise, devenir un peu malpropre en voyage. Maurice a trouvé la cascade et le lac fort à son gré. Lui et Manceau ont fait beaucoup de croquis. Ils m'ont fait beaucoup rire de leurs bêtises et mon gros chagrin que vous savez n'est pas revenu à la surface. Je ne peux pas être un instant seule sans le retrouver. À Frascati je le portais dans tous les coins de la promenade quand je me reposais pendant les chasses aux insectes. Durant ce

1. La lettre commence par quelques lignes de Manceau dont nous citons le début : «Madame, Vous savez que vous avez promis à Madame Dumas de lui écrire aussitôt arrivée à Florence»…

voyage-ci il s'est tenu un peu plus loin de mes pensées habituelles. Pourtant chaque fois que je vois et que je sens vivement une belle chose, je me dis que si ma pauvre petite n'était pas morte, je n'aurais pas cette jouissance, et alors la jouissance devient bien amère. Car j'avais arrangé ma vie pour *elle* et il m'en coûte d'en reprendre l'usage pour mon propre compte. Ah ma chère bonne, je vous ai bien comprise quand vous m'avez raconté l'histoire de cette jeune fille sauvée, choyée, élevée, *aimée* par vous, et qui vous a été ravie par l'oubli et l'ingratitude, un autre genre de mort !

Pardonnez-moi de vous dire des choses tristes, ou plutôt non : voyez-y plutôt une sympathie profonde et une reconnaissance vraie pour l'affection que vous m'avez témoignée.

Je reprends mon bulletin.

Nous n'avons trouvé de logement possible dans aucun des hôtels que vous nous aviez indiqués. L'hôtel d'Italie n'existe plus. On achète et on démolit sur *l'Arno* pour faire je ne sais quoi, des quais peut-être. Les autres hôtels étaient pleins de voyageurs. Nous nous sommes casés à la Pension Suisse où nous sommes très bien. Nous n'avons pas de vue mais le palais Strozzi nous fait un vis-à-vis très caractérisé, et qui résume assez Florence. Je suis toute étonnée de trouver si peu de changements depuis vingt ans dans cette ville de palais et de masures. Demain nous allons la parcourir dans tous les sens et saluer notre cher Michel-Ange dans toute sa splendeur.

À présent que vous voilà renseignée, et rassurée sur le compte de vos voyageurs, laissez-moi répéter tous nos remerciements à vous et au prince [de Villafranca], non pas des remerciements de politesse et de savoir-vivre. Mais des vrais élans de cœur vers vous deux, si bons, si aimables et si tendrement *gâteurs d'enfants*. Car je suis un vieux enfant aussi, moi, sous bien des rapports, et je me laisse choyer avec une facilité dont je n'ai pas trop de honte, parce que je me sais capable d'aimer et de me souvenir. Continuez donc de penser un peu à Nini et à me le dire de temps en temps, ce ne sera pas du cœur mal placé, je vous en réponds. Embrassez pour moi le *principino*, et chargez-le de vous le rendre de ma part. Embrassez encore aussi pour moi le cher et excellent baron [Gariod], et serrez les mains du *docte Grec* [Matranga].

Adieu chère Madame, à vous, à vous de cœur, et de la part de Maurice comme de la mienne.

George Sand

Florence 28 avril 55

Le jambon et le gâteau se sont très bien comportés et ont été fort utiles.

## 226. À SOLANGE CLÉSINGER

[La Spezia, 4 mai 1855]

Ma chère mignonne, je t'écris perchée sur une montagne au fond du golfe de La Spezia[1]. C'est un endroit tranquille et délicieux, un climat très doux et un terrain très praticable pour la promenade car nous sommes venus ici hier par une journée de pluie battante. Nous avons passé en bateau, un torrent dont le lit a une demi-lieue de largeur, et qu'avant-hier on passait en voiture sur les cailloux. Aujourd'hui nous voilà à travers champs, passant les ravins et grimpant partout à pied sec. Je suis assise par terre sur un sable chaud tout rempli de fleurs ; encore des bruyères blanches, des orchÿs superbes, des romarins et une foule de plantes superbes aussi, dont je ne sais pas les noms. La vie est à très bon marché, sauf le vin, qui est gâté dans presque toute l'Italie depuis quelques années. Ainsi je pense que tout le monde avait raison de me dire que c'est ici qu'il fallait s'arrêter pour trouver du repos, pas de froid, de la propreté et de la promenade. J'ajoute que les gens du pays paraissent charmants, qu'ils vous disent tous un bonjour amical et pas servile, en passant et qu'ils ne vous demandent pas l'aumône, chose dont [on] est stupéfié en sortant des autres provinces de l'Italie, où sur cent personnes que l'on rencontre, 98 vous poursuivent avec une obstination inouïe. Cette mendicité hideuse est un fléau qui vous gâte les plus beaux endroits.

Donc si je reviens faire une saison l'année prochaine,

1. La région de La Spezia servira de décor à une partie du roman *Elle et Lui* (1859).

c'est ici probablement que je me fixerai, et si on te conseille un voyage de santé, ne te lance jamais dans les états du pape, où l'on manque de tout et où le climat est dur comme le reste. Nous avons passé trois jours à Florence. C'est aussi un agréable séjour pour qui aime les villes. C'est même aussi peu ville que possible pour qui aime la campagne. Il y a tant de belles choses à voir que nous [nous] y sommes éreintés. Mais pour ceux qui y restent et qui prennent leur temps, ce doit être délicieux. La ville est belle en certains endroits, propre partout, et civilisée complètement. À Rome on ne trouve pas une paire de pantoufles, c'est à la lettre.

Lambert a dû te donner de nos nouvelles, il y a quelques jours, je l'en avais chargé. Ceci est notre bulletin pour une huitaine, alors nous serons à Gênes et en retour pour Paris, soit que nous prenions le Mont-Cenis, soit que nous reprenions la mer, ce qui est plus économique parce que c'est le plus prompt.

J'espère avoir demain de tes nouvelles par M. Parodi à qui je viens d'écrire de m'expédier mon courrier. Je t'embrasse de cœur ainsi que ton frère. Manceau t'envoie tous ses hommages. Je te quitte, le temps se couvre un peu, et il faut que je retrouve mes chasseurs de papillons, disparus à travers les myrtes et les éricas. Les dites bruyères blanches embaument et ont 15 et 20 pieds de haut. Je voudrais t'en porter une.

Adieu, tâche d'avoir de bonnes nouvelles à me donner de toi. Moi, je vas sensiblement mieux. J'ai tant forcé mon poumon à grimper que je crois qu'il s'est beaucoup amélioré. Il faudrait pouvoir rester encore 2 ou 3 mois à ne rien faire que courir et dormir. Mais c'est impossible et je crains fort que mon bourreau M. Plon ne crie déjà après moi. Encore bonsoir car en rentrant je t'achève cette page.

## 227. À MAURICE DUDEVANT-SAND

23 mai, Paris [1855]

Cher enfant, j'étais bien inquiète de toi, enfin ta lettre m'arrive aujourd'hui[1]. Voilà donc que tu as vu de grandes belles montagnes et que tu apportes une grande notion des choses naturelles. C'est, je crois, le résumé qu'on est content de se faire en revenant d'un voyage. On peut n'avoir rien étudié, rien copié, rien écrit ; si on a eu, avec le spectacle de cette grandeur, l'émotion et le sentiment de la grandeur, on n'a pas vu en vain et on ne regrette pas le chapitre des petites déceptions de détail.

Tu n'es pas reçu au Musée[2], et tu es en bonne compagnie, non que le jury ait été plus ou moins *sévère* en fait d'art que de coutume, ni plus ou moins *éclairé*, mais parce que c'est aujourd'hui comme toujours une grande loterie où personne ne peut découvrir le secret du hasard. On a dit qu'on avait exigé des conditions de *fini* et de *léché*, plus que de coutume, et, pourtant, il y a beaucoup d'exceptions bonnes et mauvaises à cette prétendue condition d'admission. Les gros bonnets ont pris beaucoup de place, c'était leur droit vis-à-vis du public. Gudin, Ingres, Vernet ont des salles entières. Delacroix, Decamps et Meissonier ont des coins ou des panneaux. Le pauvre Lambert fourré au milieu de cette compagnie n'y brille pas, bien que son tableau soit très joli, mais qui peut songer à le regarder ? Les Allemands ont une galerie, les Anglais une galerie etc., beaucoup de jolies choses, énormément de mauvaises, et un local si grand pour contenir tout cela qu'on ne sait ce qu'on voit et que le public ne regarde que les noms célèbres. Bref, être là ou n'y être pas ne signifie rien, ne prouve rien et ne sert à rien. C'est le chaos. L'industrie n'est qu'un tas de caisses non déballées dans un local non terminé. Il faudra un an pour s'y

1. Sand et Manceau sont arrivés à Paris le 17 au matin ; ils avaient laissé à Gênes Maurice qui remontait seul vers Milan et Turin, puis se rendait chez son père.
2. C'est-à-dire le Salon que Sand est allée visiter la veille, et qui, à l'occasion de l'Exposition universelle, était plus important que d'habitude et se tenait dans des galeries annexes du Palais de l'Industrie, où avait lieu l'exposition des produits de l'industrie.

reconnaître. Les artistes sont entrés les uns par faveur, les autres par hasard. C'était le coup de vent qui les fourrait là, selon qu'ils se trouvaient sur son passage, et ce qui ressort de cette exposition, quant à la peinture surtout, c'est qu'on a eu la chance d'en être, ou qu'on ne l'a pas eue. La chose étendue à ces proportions de local et à ces conditions de publicité n'est pas, quant à présent du moins, dans des conditions bonnes pour l'art. On n'y va plus pour chercher quelque chose à voir et à juger.

On y passe pour se dire : que de tableaux ! et chacun prie un autre de le mener devant les maîtres, afin de *ne pas perdre le temps* à regarder le reste. C'est à la lettre. On ne voit que des gens qui courent regarder les douze tableaux de Delacroix, ou les 20 tableaux de Decamps qui sont dans tel endroit. Si on leur disait : il y a un Rubens dans l'édifice, mais il faut le chercher, personne ne voudrait en prendre la peine. Ainsi c'est la foule sur quelques points, et la solitude dans des salles immenses ou bien des promeneurs qui parlent de leurs affaires sans lever la tête, parce qu'il y a trop à voir. Je t'avoue que j'ai fait comme les autres, car on n'a ni le temps ni la force de chercher une goutte d'eau dans la mer.

En résumé, l'art ne peut pas loger comme cela sur la place publique. C'est bon pour les maîtres, cela les complète et les met en vue. Mais tout ce qui commence est perdu dans la foule, sans espoir d'y rencontrer un œil tourné vers lui. — J'ai vu enfin des tableaux du fameux Courbet. Ce n'est ni si drôle, ni si excentrique qu'on le disait. C'est nul et c'est bête, rien de plus. Cela ne frappe personne et rentre dans l'immensité des choses qu'on ne regarde pas, avec beaucoup d'autres choses meilleures qu'on ne regarde pas davantage. Enfin il n'y a qu'une voix là-dessus. Quand je demande pourquoi tel ou tel n'a pas été reçu, on répond : qu'est-ce que ça peut faire, cette année-ci, d'être reçu ? Ce mode d'exposition ne durera donc pas, on enterrera absolument l'utilité, l'émulation et l'ambition d'en être.

Du reste, Paris magnifique de constructions nouvelles, d'élargissements, d'assainissements et d'embellissements splendides. — Un temps affreux, pluie, boue et froid. Je ne peux pas me figurer que j'étais en nage il y a quinze jours, et on me demande où diable j'ai pu aller pour être brûlée par le soleil.

Nous avons eu en effet, une mer très *sérieuse* pour aller de Gênes à Marseille. Pas moyen de dormir, on était retourné dans son lit comme une omelette, la vaisselle volait en éclats, on recevait son verre sur la tête et son assiette dans les jambes. Les dormeurs étendus sur le parquet du salon cherchaient leurs casquettes au plafond. Les femmes pleuraient, les enfants jetaient les hauts cris ; les matelots juraient, la mer entrait par les fenêtres et les cages à poules se jetaient sur les poissons. Manceau riait un peu jaune parce qu'il n'avait pas d'appétit et sentait des haut-le-cœur. Enfin nous sommes entrés dans le port de Marseille après avoir été deux ou trois fois presque sur le flanc. Je n'ai pas été malade du tout et j'ai même mangé d'une manière scandaleuse. Le bâtiment était magnifique et la table excellente. Pauvre Manceau ! du si bon vin ! Entre autres du *Capri*, vin napolitain exquis. — À Marseille, hôtel des Colonies, aussi joli et aussi propre que les *empéreurs* sont sales, un salon tout *anor*[3], une très bonne table.

La nuit nous avait un peu fatigués, la mer m'avait donné littéralement par ses secousses une espèce de courbature, et au lieu d'arriver le matin nous n'étions arrivés qu'à 2 h. Puis 2 h. de douane très sévère. Nous avons donc résolu de nous reposer 24 h. Nous avons été dîner à la Réserve, t'appelant à chaque bouchée, puis voir le bon docteur [Cauvière] toujours charmant et excellent. Le lendemain, nous avons pris une voiture et nous avons vu Roquefavour. C'est le plus bel ouvrage des Romains que les Romains n'aient pas fait. Ça enfonce tous les aqueducs de Rome et tous les ponts du Gard. De plus, 9 lieues de montagnes et de plateaux arides, étranges et bien plus abondants en fleurs et probablement en papillons que tout ce que nous avons parcouru ensemble. J'ai trouvé là toute une flore nouvelle, et pour une demi-heure de soleil que nous avons eu, Manceau a vu voler le lépidoptère et attrapé un satyre ravissant. Comme il n'avait aucun engin, il l'a saisi par les cornes, mais le reste est intact et tout frais. Donc, si tu reviens par là, va à Roquefavour, ou seulement jusqu'au tiers du chemin ; on quitte la route, on grimpe une montagne en zigzag, et

---

3. Sand imite l'accent marseillais ; elle avait renoncé à aller à l'Hôtel des Empereurs, trop sale.

on entre dans un désert de roches, de sables, de pierres et d'herbes sauvages aromatiques, qui s'étend jusqu'à Aix. On est libre de ne pas aller si loin. Je suis sûre que c'est là le nid aux papillons parce qu'il y a une variété immense de terrains et de plantes, le tout vierge de culture sur une étendue immense.

De Marseille en 20 h. nous sommes arrivés ici. J'ai trouvé *Sol* très pâle, Titine très fraîche, la Polonaise [Ordyniec] très peinte. — Mme Rose enceinte (ça ne se dit qu'en secret) jouant très bien la pièce de Dumas, très jolie — Mme Bignon guérie jouant admirablement *la Carconte*[4], Mme Bixio malade ne partant pas encore, Bérengère relevant d'une fièvre typhoïde. Nous l'emmenons à Nohant dans 3 ou 4 jours. Tous les petits camarades bien portants. Lambert a l'air de couper en plein dans S[olange] — Borie se porte tout à fait bien et se tire bien d'affaire maintenant, Mme de Girardin va mieux, Limayrac travaille pour moi. Mirès a déjà acheté le futur grand ouvrage[5]. — Jean [Pâtureau] m'apprend qu'il y a à Nohant une grande caisse de poteries arabes, je crois et 7 tortues vivantes, grosses comme des huîtres et très vives. Bonsoir mon cher enfant, je t'embrasse de toute mon âme. Reviens le plus tôt que tu pourras. C'est mon refrain. Je n'ai dit à *personne au monde*, où tu devais aller en quittant l'Italie, et je crois que j'ai bien fait. — Tout le monde me demande de tes nouvelles, je dis que tu reviens par la Suisse peut-être. Sol est installée avec beaucoup de luxe. Elle dit qu'elle achète bon marché et qu'elle trouve des choses superbes pour rien. Dieu veuille qu'elle ne fasse pas de dettes.

---

4. Au Gymnase, Sand a vu le 19 Rose Chéri jouer *Le Demi-Monde* de Dumas fils ; le lendemain, elle est allée à la Gaîté, où l'on donnait *La Carconte* et *Le Retour de Pharaon* de Dumas père.

5. Il s'agissait d'une grande série historique sur *Les Amants illustres*, dont seul (heureusement !) le premier récit *Évenor et Leucippe* a vu le jour (*La Presse*, 9-31 janvier 1856).

## 228. À MAURICE DUDEVANT-SAND

[Nohant] 10 juin [18]55

Mon cher enfant, Manceau avec qui je cause de toi depuis ce matin, me console par toutes sortes de bonnes raisons qu'il t'écrit et qui vraiment me paraissent plus fondées que ton découragement[1]. Te voilà donc comme moi quand j'ai un échec dans mon travail ! Songe donc combien j'en ai eus, et tout ce que tu sais me dire, dans l'occasion, pour me remonter ! La vie des artistes n'est qu'une suite de ces aspects riants et tristes, et vraiment nous avons tort de nous laisser abattre, quand, d'un moment à l'autre, la chance tourne et nous revient. Notre vie se passe à lutter et à prendre des revanches. Ton échec de cette année doit t'en faire chercher une, puisque tu prends cela pour un échec. Tu as le moyen de poursuivre une carrière que la misère interdit souvent à de plus laborieux que toi, il ne te faut donc que de la volonté. Aie de la volonté, mon enfant, puisque tu es le pivot et bien souvent le soutien de la mienne. Je n'aimerais plus le travail le jour où tu ne l'aimerais plus toi-même, ce ne serait plus pour moi qu'une fatigue et un devoir bien dur. Tu tiens l'âme de ton art, tu n'en tiens peut-être pas tous les procédés. Eh bien, ce n'est pas si difficile que tu crois, de les saisir et de s'en créer un, après s'être un peu assimilé ceux des autres. Quand on me faisait apprendre par cœur des milliers de vers de Racine et de Corneille, cela ne m'amusait guère et pourtant j'en ai tiré une forme qui est mienne. Il n'est pas question de te remettre à l'*a, b, c.* Tu es justement assez fort pour découvrir en six mois ce qui te manque, tu as fait cette année des progrès très grands quoi que tu en dises, et s'ils ne sont pas dans la voie qui frappe les yeux troublés d'un jury condamné à voir des milliers de tableaux hétérogènes et hétéroclites, s'ils ne sont pas même dans une voie définitivement bonne, qu'est-ce que cela prouve ? qu'il faut encore travailler et chercher. C'est aride ou c'est excitant, je suppose que ce soit même très dur et très ennuyeux, à de certaines heures, n'y a-t-il pas

1. Après son échec au Salon.

toujours, même dans la vie des sots, certains assujettisse-
ments et certains déboires ? Autour de ton petit martyre
d'artiste, il y a pour toi, dans la vie, tant de bonnes
choses, tant d'adoration maternelle, d'amitiés, de satisfactions et de gâteries ? Et puis, un autre bonheur vrai
que tu tires de toi-même à toute heure, le soin de me
consoler aussi dans mes tristesses et de me soutenir dans
mes fatigues. Sois donc courageux comme la jeunesse le
comporte, pour que je me conserve jeune aussi auprès de
toi le plus longtemps possible. La santé m'est revenue et
je pioche jour et nuit comme un nègre. Viens piocher
durement, quelques heures par jour seulement, nous en
serons plus gais le soir, et tu verras qu'un beau jour, tu
auras du talent dont tu seras sûr toi-même, et dont personne ne pourra plus douter. Il y aura encore des contrariétés, même dans ce temps-là, de mauvais hasards ou
des injustices, il y en a toujours. Mais qu'est-ce que cela
fait quand on a quelque chose en soi-même, et, autour de
soi, des joies douces et des tendresses infinies ?

Tu ne me dis pas quand tu reviendras. Est-ce que je
ne pourrai pas te souhaiter ta fête, le 30 juin de cette
année ?

Allons, ris donc de ta mésaventure, lâche une maxime
philosophique, à la Pelletier, traite le jury comme ce bon
Pelletier traitait le duc de Modène en travers[ant] son
*royaume*[2]. Quand j'ai dit à nos amis de Paris que tu
t'affecterais de n'être pas reçu, ils n'y comprenaient rien,
tant les refusés de cette année sont en nombre, et tant les
refus prouvent peu. Ce qui, de loin, te paraît gros, ne te
paraîtra rien à Paris, et le courage te reviendra quand tu
verras les splendides croûtes admises par ce jury *sévère*
selon Borie. Il est bien vrai qu'il y aura de quoi rager
contre les juges, ça, c'est le mal chronique de ce mode
d'exposition : mais il y aura à te consoler vis-à-vis de toi-
même, et à ne pas te croire sans avenir sur de pareilles
preuves. Bonjour, mon cher vieux chat, console-moi par
une lettre plus sage, car tes chagrins, quand même ils ne
sont pas fondés, s'impriment en creux dans mon pauvre
esprit et dans mon cœur tout rempli de ta vie. — Je t'envoie 500 f. pour acheter du vin. Fais faire l'envoi dans les
meilleures conditions possibles, double fût, n'est-ce pas,

2. Allusion non éclaircie.

pour qu'on n'y mette pas d'eau en route, et un bulletin de départ, si cela se peut.

Je ne me suis pas occupée de tes papillons, parce que l'ouvrage n'est pas prêt[3], m'as-tu dit. Nous avions, je crois, laissé le manuscrit ici, en nous disant que tu le complèterais. Dis-moi s'il est à Paris, ou si je l'ai dans mes cartons, ou dans les tiens. Au reste j'y regarderai demain. On ne peut le proposer à un éditeur sans en savoir l'étendue. Quand il sera en mesure d'être livré, trouver un éditeur ne sera, je crois, pas difficile. Je suis en rapport avec Hachette maintenant et la Bibliothèque des chemins de fer devient un très bon mode de publication. Ne t'inquiète donc pas de cette affaire-là. Elle se fera aisément. Pendant que tu es chez ton père, tu devrais recueillir pour *l'Illustration* des sujets de mœurs ou des superstitions locales, faire des dessins, et me rapporter les histoires et détails nécessaires écrits comme tu voudras. J'en tirerai toujours de quoi faire les articles, et cela varierait un peu notre série dans *l'Illustration*[4].

Bonsoir encore, je te bige mille fois. J'achève mes mémoires dans 2 jours au plus. J'aurai le temps nécessaire pour l'autre travail[5] en ne perdant pas de temps. Les bains de l'Indre vont commencer et me redonner du nerf. — Bérengère me charge de t'envoyer ses amitiés de *petite camarade*. Elle t'attend pour lui apprendre à pêcher à la ligne. Mme Bignon, te l'ai-je dit, va très bien, elle est admirable dans la *Carconte*. Nous pensons à lui faire jouer *Marianne* dans *Favilla*, Sarah [Félix] partant pour l'Amérique avec Rachel. Quand tu passeras à Paris, va donc voir jouer la *Ristori*, cette tragédienne italienne que l'on veut mettre au-dessus de Rachel, dans *le Mousquetaire* et consorts. Tu me diras si c'est quelque chose. On met *Claudie* en répétitions avec Fechter et Mlle Page.

J'ai écrit à ta sœur comme quoi tu t'étais décidé tout d'un coup à Toulon, à aller à Nérac.

3. *Le Monde des Papillons* (1866), pour lequel elle écrira une lettre-préface.

4. Entre décembre 1851 et février 1855, Sand a publié dans *L'Illustration* quatre articles sur les *Visions de la nuit dans les campagnes*, illustrés par Maurice.

5. Elle termine la rédaction d'*Histoire de ma vie* le 14 juin; l'autre travail est le projet des *Amants illustres*.

## 229. À EUGÈNE DELACROIX

[Nohant, 27 juillet 1855]

Cher ami, que je suis donc heureuse de vous avoir fait
un peu de plaisir. Il faudra que vous relisiez ce chapitre
dans l'exemplaire en volume, car je crois que, comme
tout le reste, on l'a un peu tronqué, ou pour mieux dire
*contraĉté* dans le feuilleton de *la Presse* qui ne publie qu'un
grand extrait de l'ouvrage[1]. Je vous enverrai donc tout
l'ouvrage quand il sera complet. Je trouve qu'on ne peut
pas lire autrement et que ne pouvoir pas se dire devant
un livre, je le lirai à mon jour et à mon heure, est une
manière inventée par ceux qui n'aiment pas la lecture.
Mon ouvrage n'est pas du genre de ceux qui peuvent
plaire en feuilletons, si tant est que quelque chose puisse
être lisible dépecé ainsi. Je vous remercie donc beaucoup
de ne pas l'avoir lu de cette manière. Plus tard, vous me
direz votre avis sur l'ensemble, rien ne presse. Travaillez,
c'est vous qui avez un monument à continuer pour
l'écrasement de tous ces pygmées. J'ai été en Italie, vous
savez, ce printemps dernier. J'ai revu à Gênes, et à Florence les vieux maîtres, j'ai vu Rome que je ne connaissais pas et tous les Raphaël que je n'avais jamais vus. En
fait de Raphaël il y en a de beaux parmi une foule d'apocryphes. J'entends par apocryphes les fresques dont il n'a
fourni que les cartons et que ses élèves ont peinturlurées
en rouge brique, en jaune serin et en bleu de prusse. Ce
sont justement ceux-là devant lesquels les Ingristes se
pâment, des Galatées que je ne voudrais pas avoir en
dessus de portes, et des saints de tout calibre qui ont l'air
d'être faits par des enfants de dix ans, bêtes. Les Loges
se voient avec les yeux de la foi, tout tombe en loques,
les *Stanze* sont tellement noires qu'on y voit tout ce qu'on
veut. C'est dans quelques galeries que l'on distingue enfin
quelques personnages de Raphaël qui vraiment ne laissent
rien à désirer. Mais hors de là son œuvre est une grande
blague, et lui-même est pas mal poseur. Voilà mon

---

1. Il s'agit du chapitre d'*Histoire de ma vie* consacré à Delacroix (V,
5) ; l'ouvrage était publié en feuilleton dans *La Presse*, avec des coupures, avant la parution des volumes.

impression, je vous la donne pour ce qu'elle vaut. En fait
de Michel-Ange c'est une autre paire de manches. Toute
abîmée, trouée, cachée, enfumée qu'elle est, la Chapelle
Sixtine, les plafonds surtout, vous laissent une stupeur,
une terreur, un enthousiasme qui vous font en pitié regarder tout le reste, les Ghirlandaio, les Albane, les Salvator
[Rosa] et tutti quanti, — mais non pas M. Titien et autres
Vénitiens que l'on retrouve à Florence, ni les Rubens et
les Van Dyck que l'on retrouve à Gênes. Mais s'il faut
vous le dire, Michel-Ange comme statuaire écrase tous
les antiques, et comme peintre égale tous les modernes.
Sa couleur est superbe à Rome. Ah! comme j'ai pensé à
vous, à vos belles pages[2], les seules dignes de lui! Et
quand j'ai vu le Moïse, la Pieta, les tombeaux des Médicis, le Christ aux bras de la Vierge, l'Adonis et deux ou
trois autres groupes de sa jeunesse que l'on vante moins
et qui malgré quelques défauts peut-être, sont aussi
empreints de son génie que le reste, comme je me suis
rappelé notre longue station au palais des Beaux-Arts
devant tous ces modelages en plâtre[3], que vous m'appreniez à voir et que notre pauvre bon Chopin ne voulait
pas voir. Vous en souvenez-vous? Vous souvenez-vous
aussi d'un bas-relief de Luca Della Robbia représentant
des petits chanteurs? J'ai retrouvé cela à Florence dans
un coin et je me suis vue avec vous remuant ce plâtre à
peine déballé et découvrant avec vous que c'était un
chef-d'œuvre de naïveté. Tout cela est plus beau en
marbre, c'est plus fin, plus évidé, plus transparent, surtout ces vieux marbres polis et jaunis. Le Moïse a l'air
d'être vivant, on le voit respirer, comme il n'a rien
d'un simple mortel, on est prêt à se sauver devant une
pareille apparition. Eh! bien, je suis revenue de tous ces
chefs-d'œuvre, un peu dérouillée de mon long somme à
Nohant, et en arrivant à Paris vers le 15 mai, j'ai couru
à l'exposition, comptant un peu plus qu'auparavant sur
ma raison et sur mon sentiment. J'ai revu toute votre
œuvre, je n'ai guère regardé autre chose, et je suis sortie de là vous mettant toujours, sans hésitation et sans

2. Delacroix avait publié dans la *Revue des Deux Mondes* du 1er août
1837 un article «Sur Michel-Ange et le *Jugement dernier*».

3. En septembre 1840, Sand était allée avec Delacroix voir les
moulages de l'École des Beaux-Arts, dont la *Cantoria* de Della
Robbia.

crainte d'aucune partialité, à côté des plus grands dans l'histoire de la peinture et au-dessus, mais à deux cent mille pieds au-dessus de tous les vivants. En rentrant chez moi, j'ai trouvé l'épreuve du chapitre de mes mémoires que j'avais écrit à Nohant avant mon départ. Je l'ai relu bien tranquillement et loin d'avoir à en retrancher un mot, j'en aurais mis le double si je n'avais craint de vous faire assassiner. J'ai dû me faire pas mal d'enne-mis dans la peinture, mais je m'en fiche pas mal aussi. J'aurais voulu aller vous embrasser, mais on m'a dit que vous n'y étiez pas, et j'avais si peu de jours à moi que je n'ai pas osé me risquer à cette grande course. J'avais à revenir vite ici, faire en quinze jours tout un gros volume, c'est-à-dire 2 volumes in-8° de mes mémoires. Je m'étais laissée un peu aller à l'Italie, où je m'étais traînée demi-morte, et où, courant à tous les vents et à tous les soleils, j'ai repris assez de vie pour achever ma tâche. À présent, j'en finis une autre [*Évenor et Leucippe*] de même dimension arriérée aussi, et le mois prochain jus-qu'à l'automne, je suis libre ici, vous attendant, vous dési-rant plus que je vous espère, car je n'ose pas vous *exiger*. Je sais quel athlète vous êtes devant le travail et quelles lassitudes il faut ensuite respecter. Enfin, cher ami, si vous pouvez venir chercher votre repos ici, vous nous rendrez bien heureux. Vous savez si je vous aime.

G. Sand

27 juillet

## 230. À DAVID RICHARD

[Nohant, 21 août 1855]

Mon ami, ce que tu as lu dans *la Presse* n'est qu'une partie de ce que j'ai écrit sur toi et sur Gaubert[1], car *la Presse* ne publie qu'un extrait de mes souvenirs. C'est dans l'édition en volumes que tu trouveras tout ce qui te concerne et tu y verras précisément de quoi te tranquilli-

---

1. C'est dans le même chapitre d'*Histoire de ma vie* consacré à Delacroix (V, 5) que Sand évoque ses amis médecins David Richard et Marcel Gaubert : « Oui, à mes yeux, Gaubert était un saint et Richard un ange »…

ser sur le jugement que je puis porter maintenant sur tes opinions religieuses. Car sans même savoir de ce qui s'est passé en toi depuis plusieurs années, il s'est trouvé qu'en écrivant sur ton compte, j'ai prédit et jugé d'avance.

Mon ami, ne me fais pas de prédication. Je ne serai jamais catholique que dans le passé. J'accepte avec gratitude les enseignements du passé, qui, souvent détestables et atroces dans l'histoire, ont été souvent assez grands et assez beaux pour que l'on dise : *Vive Jésus ! quand même.*

Dans les grandes âmes toute doctrine d'idéal s'élève et s'épure ; tu m'en es une preuve de plus. Ma passion du moment est St Clément d'Alexandrie. Celui-là ne voulait pas damner les grands païens et ne répudiait ni Orphée ni Pythagore. Toi, tu ne répudies pas Lamennais, et dans ta soumission trop aveugle selon moi, mais conséquente avec ta modestie naturelle, tu montres le courage du cœur. Rien de tout cela ne m'étonne. Quant à moi, je ne sens pas le besoin d'intermédiaires vivants entre le ciel et moi. J'ai ceux du passé dans tout ce qu'ils ont produit de grand, de beau et de vrai. Je les chéris et je les bénis de m'avoir mise à même, sans prêtres et sans docteurs nouveaux, de concevoir Dieu et de m'élever à lui autant que ma nature le comporte. Mais le culte me dérangerait fort.

J'arrive de Rome, mon ami, et il ne faut pas me parler de culte, bien que j'aie reçu très poliment et en observant l'étiquette de m'agenouiller, la bénédiction du Saint-Père [Pie IX] en pleine figure. Je ne lui en veux pas d'être pape, ce n'est pas sa faute. Non plus que celle de Maître Satanas Antonelli d'aimer le sexe et la dentelle. Le premier est un bon homme, le second un Italien de la Renaissance. Tout cela, me diras-tu, ne fait rien à l'affaire. C'est juste, mais cela prouve que l'église officielle est morte, et quand une forme meurt, c'est qu'elle a fait son temps. Il y a du courage à aller s'enamourer de son agonie, tu n'es pas médecin des aliénés pour rien ; ceci n'est pas une mauvaise plaisanterie. Non, je t'estime et respecte sérieusement ton caractère et ton noble cœur, et ta douce et noble intelligence ; mais moi, je suis faible et tout ce qui fait tache entre mon divin soleil et ma pauvre vue, m'est odieux. Dans une église je ne vois qu'une comédie mal jouée, un mystère où mes plus chères idées sont travesties, en images grossières ou en symboles, qui ne sont

plus de mon temps et dont je n'ai plus besoin, ayant saisi
l'esprit. Je l'ai saisi en partie par le catholicisme et en partie par la philosophie. J'ai fait mon choix, je le fais encore
tous les jours, car je le lis et j'étudie toujours l'idée et je ne
veux pas qu'une discipline qui m'abrutirait, m'empêche
de chercher celui qui m'ordonne de chercher toujours,
pour mieux croire. Oh ! le temps n'est plus où j'écrivais
*Lélia*. Je ne doute plus, Dieu merci, et je le bénis de ce
que j'ai tant douté, puisque j'ai usé en moi les pauvres
arguments du doute, jusqu'à la corde. Tu vois que je ne
cours pas sus à la doctrine qui t'absorbe, tant s'en faut,
mais je ne veux pas de la règle qui prétend s'imposer et
qui n'est qu'un ouvrage fait de main d'homme, ouvrage
que j'ai bien le droit de juger, et quant aux abominables
hérésies qui se sont fait admettre par le catholicisme :
l'enfer et le diable, tant que j'aurai un souffle de vie, je
les mépriserai comme des atrocités que Dieu me défend
de tolérer. Sur ce point seulement, je suis féroce. Guerre
et mort au diable, c'est-à-dire à la folie sauvage, au mensonge grossier, impie, immoral. Enfin je n'ai pas assez de
mots pour flétrir un symbole que l'on a eu l'impudence
de donner comme une réalité et un article de foi. Que de
grands saints aient cru à ce fantôme, je le leur pardonne
à cause de la barbarie de leur temps ; malgré soi, on est
de son temps en quelque chose, mais aujourd'hui !

Si tu te crois obligé d'admettre un tentateur, autorisé
par la bonté divine, autre que l'ignorance, et des peines
éternelles, des châtiments que Dieu ne révoque jamais
pour nous permettre de recommencer l'épreuve, ne me le
dis pas, mon ami. Cela me dépoétiserait la situation de
ton esprit que je vois simple et grande à travers ta lettre
imprimée[2].

Je suis très bien dans ce récit le fil de ta destinée, et la
marche de l'espèce de fatalité providentielle de tes instincts. Tu as été logique envers toi-même, et tu n'as pas
voulu faire les choses à demi, n'étant pas de ceux qui
s'arrêtent en chemin avant d'avoir trouvé leur idéal. Le
tien a besoin d'une autorité visible et palpable, d'un maître,
d'un ami, d'un prêtre. Celui qui s'est ainsi imposé à toi
doit être un homme de grand mérite, soit. Tu es heureux

---

2. *Motifs d'une conversion* (Colmar, 1855) ; D. Richard y fait le récit
de sa conversion du protestantisme au catholicisme.

ainsi ? tu te crois faible, et tu cherches de la force dans
une communion d'esprits ? À la bonne heure. Je ne passerais pas cette abnégation à laquelle l'homme, en général, n'a pas le droit de s'abandonner, à beaucoup d'autres,
mais de toi je l'accepte parce que je te sais disciple par
nature, ce qui est un défaut causé par une vertu, vertu
rare chez ceux qui sont portés à devenir maîtres !

Merci pour ta lettre, mon cher Richard, j'accepte tes
prières à mon intention. Je n'accepte pas celles de tout le
monde. Il y en a qui me font faire celle-ci : Mon Dieu
n'écoutez pas ce que ces imbéciles-là vous disent de moi.
Ils ne savent pas ce qu'il me faut et vous, vous le savez
très bien. Mais toi, tu n'es point un idolâtre, et tu sais ce
qu'il faut demander pour soi et pour ceux qu'on aime.
C'est du courage et de la foi, n'est-ce pas ? Dieu a bien
voulu m'en donner quand j'ai perdu ma petite-fille. J'ai
été bien malade, mais je ne lui avais pas demandé la santé
et la vie. Je ne lui demandais que de ne pas me laisser
douter et il m'a exaucée. La santé physique n'est qu'une
conséquence de la santé morale ; et à présent je me porte
bien quoique je pleure tous les jours. Mais ce ne sont pas
de mauvaises larmes. J'ai la certitude que mon enfant est
dans le plus beau et le meilleur endroit du ciel, car je lui
avais appris à croire et elle croyait, et, par un merveilleux
pressentiment de sa destinée, au milieu de sa force et de
sa gaîté luxuriantes, elle arrêtait ses jeux et ses rires pour
me questionner avec une insistance extraordinaire à son
âge sur l'immortalité de son âme et son avenir divin, et
cela dans ces termes naïfs de l'enfance qui sont si charmants et si profonds. Elle est morte en souriant et sans
souffrir, étouffée par une enflure à la suite d'une fièvre
scarlatine mal soignée. Contre sa volonté, elle n'était pas
auprès de moi. Dirai-je que Dieu le voulait ainsi ? Non,
ce serait un blasphème. Dieu voudrait que les hommes
eussent la prévoyance, la science et le zèle. C'est à eux
qu'il faut pardonner de manquer souvent de tout cela et
c'est plus difficile que de pardonner à Dieu de ne pas
transgresser les lois générales de la vie et de la mort pour
épargner nos larmes.

Tu me demandes des nouvelles de mes enfants. Solange
est souffrante, surtout depuis la mort de sa fille, cette
belle et charmante Jeanne qui nous a été ravie, il y a six
mois. Elle est aux eaux de Bade en ce moment. Maurice

est près de moi. C'est un homme de 30 ans, très bon, et qui ne se décide pas à se marier parce qu'il craint de n'être pas aussi heureux qu'avec moi. Je lui demande pourtant sans cesse des petits-enfants, et j'espère que je redeviendrai grand-mère. J'en ai bien besoin.

Embrasse pour moi tes chers enfants, et Mme Richard, puisqu'elle veut bien m'aimer comme je l'aime, à cause du bonheur qu'elle te donne ; et je suis sûre que tu le lui rends bien. Je ne sais pas si tu as lu ce que j'ai écrit sur Didier. Il l'a lu, sans doute, car il m'a envoyé sa brochure[3]. Eh bien, je ne l'aime pas autant que la tienne, quoique la démarche dont il se justifie ne soit pas si grave que le parti que tu as pris. Es-tu toujours en relations avec lui ?

Adieu, mon ami. Parle-moi quelquefois de ton amitié, de Dieu tant que tu voudras, du Diable le moins possible, et de *ma gloire*, jamais. Je ne me soucie pas, je ne m'occupe pas de cela. Tu sais bien que mon idéal n'est pas moi. J'ai été pénétrée en naissant d'un rayon qui ne venait pas de moi, et, dans ce rayon, je ne vois que celui qui me l'a donné.

À toi de cœur toujours.

George

Nohant 21 août 55

## 231. À ALEXANDRE DUMAS FILS

[Nohant, 26 octobre 1855]

Mon cher enfant, je suis bien contente de recevoir de vos nouvelles. Je ne demande qu'à vous être agréable, et j'ai déjà destiné un de mes rôles à Mlle Dubois, que vous m'avez recommandée l'année dernière. Je ne connais pas M. Bache, je ne l'ai jamais vu[1]. Si vous ne l'avez pas

---

3. Sand fait allusion, dans les quelques pages d'*Histoire de ma vie* (V, 6) sur Charles Didier, à sa « brochure légitimiste » qui fit grand bruit et qu'elle avoue ne pas avoir lue, *Une visite à M. le duc de Bordeaux* (1849).

1. Sand songe à la distribution de *Comme il vous plaira* qui sera créé au Théâtre Français le 12 avril 1856 : Émilie Dubois y jouera Audrey, une jeune paysanne ; Bache fera un chanteur.

apostillé par complaisance et si vous vous intéressez véritablement à lui, vous voilà forcé de me répondre, car je
vous demande : est-il grand, petit, gros, jeune, vieux, gai,
sérieux ? Ferait-il par exemple un grand seigneur louche
de regard et de caractère, ou un valet fripon ? aurait-il la
prétention d'un grand rôle ou en accepterait-il un petit ?
Enfin a-t-il vraiment de la composition et de l'originalité ?

Vous me faites compliment de *Favilla*, moi, je ne vous
ai pas vu depuis *le Demi-Monde*, vous n'étiez pas à Paris,
je crois, quand j'ai vu la pièce. C'est un chef-d'œuvre
d'habileté, d'esprit, et d'observation. C'est bien un progrès comme science du théâtre et de la vie, et pourtant
j'aimais mieux Diane et Marguerite, parce que j'aime les
pièces où je pleure[2]. J'aime le drame plus que la comédie,
et comme une bonne femme, je veux me passionner
pour un des personnages. Je regrettais que la jeune fille
du *Demi-Monde* fût si peu développée après avoir été si
bien posée, et que cette scélérate, si vraie d'ailleurs et
si bien jouée, fût le personnage absorbant de la pièce. Je
sais bien qu'après avoir fait *la Dame aux camélias* intéressante, vous deviez faire le revers de la médaille. L'art veut
ces études impartiales et ces contrastes qui sont dans la
vie. Aussi ce n'est pas une critique que je fais. Je vous
tiens toujours pour le premier des auteurs dramatiques
dans le genre nouveau, dans la manière d'aujourd'hui,
comme votre père est le premier dans le genre d'hier.
Moi, je suis du genre d'avant-hier ou d'après-demain, je
ne sais pas, et peu importe. Je m'amuse à ce que je fais,
mais je m'amuse encore mieux à ce que vous faites, et
vos pièces sont pour moi des événements de cœur
et d'esprit : me ferez-vous pleurer, la prochaine fois ? Si
vous êtes dans cette veine-là, je vous promets de ne pas
m'en priver. — Pourquoi est-ce que je ne vous vois
pas quand je vas à Paris ? C'est que vous n'avez pas le
temps de me savoir là, et que moi je n'ai pas le temps
de savoir si vous y êtes. C'est ici que vous devriez venir
me voir. Vous auriez le temps d'y travailler et nous
aurions les heures de récréation pour causer. Prenez donc

2. Sand a vu *Le Demi-Monde* le 19 mai (lettre 227) ; elle le compare
aux autres pièces de Dumas fils : *Diane de Lys* (1853) et *La Dame aux
camélias* (1852) dont l'héroïne est Marguerite Gautier.

ce parti-là un de ces jours, si vous m'aimez un peu, moi
qui vous aime tant. Je vous envoie aussi les amitiés de
Maurice, et je vous prie de dire mes tendresses à votre
père. Pourquoi ne voit-on rien de lui ? on aurait besoin
de cela. Le drame héroïque n'a fini que parce que les
maîtres l'ont quitté.

George Sand

Nohant 26 8bre 55

Si vous me répondez et que vous ayez des nouvelles
*fraîches* de Mme Montigny, donnez-m'en. Et ce pauvre
Villars ! nous l'avons tué en ne lui donnant pas les premiers rôles[3]. Mais est-ce notre faute ?

## 232. À REGNIER DE LA BRIÈRE

[Paris, 26 mars 1856]

Eh bien ! cher ami, vous disiez un blasphème. C'est
beau et très beau[1]. Croyez-en une cervelle de cinquante
hivers, qui n'est pas blasée et qui voit représenter ce
chef-d'œuvre pour la première fois. Un théâtre sale, un
public d'épiciers, de bien mauvais acteurs autour de vous,
des décors fanés, une mise en scène élémentaire, n'importe, j'ai passé une très bonne soirée et j'ai compris
Figaro, que je craignais d'avoir trop idéalisé en moi-
même à la lecture.

C'est un grand type, allez, et ce n'est pas parce qu'il est
partout maintenant dans les imitations et dans la société,
qu'il peut être amoindri. Il faut le voir dans son temps,
et il a cent coudées. Et comme c'est un homme bien étudié et bien peint, il sera toujours aimable et intéressant.

Vous l'avez médité et compris. Vous ne le jouez pas
en cabotin, mais en homme, en artiste savant, et qui a du
cœur avant d'avoir de l'esprit. On peut y être plus
brillant, plus farceur, ce ne serait pas meilleur pour cela,

3. Villars s'était jeté dans la Seine le 12 octobre.
1. Sand, qui est en train de monter *Comme il vous plaira* avec Regnier
au Théâtre Français, y a vu ce 26 mars *Le Mariage de Figaro* de Beaumarchais, avec Regnier dans le rôle de Figaro ; si elle connaissait *Le
Nozze di Figaro* de Mozart, elle n'avait jamais vu la pièce.

au contraire, du moins c'est mon avis. Je ne peux pas ne pas prendre au sérieux cet aventurier honnête homme, ce valet fait pour commander. Je me rappelle peu *la Mère coupable*. Si vous l'avez, prêtez-moi ce volume. Dans mon souvenir vague, la figure y est agrandie et conforme à ce que je crois.

Ne vous dégoûtez donc pas de cette étude, quelque négligée qu'elle soit par le théâtre. Incomprise par les autres artistes, quelque dédaignée qu'elle puisse être par un public d'*élite*, elle fera toujours vibrer de bonnes cordes dans les bons esprits, et vous pouvez toujours, dans le sanctuaire de votre conscience, prendre l'habit de Figaro avec une secrète satisfaction.

Et puis toute la pièce est charmante. Elle est bien posée, bien à son aise, dans son cadre. Elle est romanesque et naturelle. Tous les détails sont gracieux. C'est poétique, c'est gai, c'est triste, et on vous verrait bien pendant dix actes poursuivre cette action naïve et attachante. Mozart a fait un chef-d'œuvre de cela. Et bien des musiciens prétendent que cela est vieux aussi ; non, non, c'est beau et toujours frais.

Le long monologue du cinquième acte m'avait saisi à la lecture, mais je ne le croyais pas scénique. Il l'est beaucoup, au contraire. Il est en situation, on ne peut plus. Il est naturel qu'au moment d'attente où le cœur se brise, le passé se résume dans un esprit clair et fort. Vous y êtes *excellent*, selon moi. Vous y tenez l'auditeur attentif et touché profondément. Les faiseurs d'aujourd'hui auraient abrégé ce monologue et rendu la situation palpitante en laissant planer le doute sur la vertu de Suzanne. Pauvre habileté qui ne s'occupe que de l'agacement des nerfs et qui dédaigne les entrailles humaines comme chose vulgaire ! Les vieux en savaient plus long que cela. Ils disaient d'avance le secret de la comédie et trouvaient, eux, le secret, le grand secret, d'intéresser à un dénouement connu et prévu. On est content d'écouter toute la vie douloureuse et agitée de cet homme qui boit son dernier calice en songeant que sa fiancée l'aime, le comprend, le mérite et va le dédommager. Si on ne le savait pas d'avance, on ne l'écouterait pas se plaindre, il ne serait qu'un malheureux ordinaire. La belle affaire de savoir si un Figaro quelconque sera cocufié ou non ! Mais le véritable intérêt c'est de savoir si la fidélité et la loyauté de

Suzanne rendent très heureux un homme qui le mérite infiniment.

Bonsoir, cher ami, je ne vous verrai pas demain; je voulais vous dire cela tout chaud, car notre vie à nous autres, c'est de n'avoir jamais le temps de nous dire ce que nous sentons dans le moment où nous voudrions nous le dire.

À vous de cœur.

George Sand

## 233. À PIERRE-JULES HETZEL

[Nohant, 24 mai 1856]

Cher ami, puisqu'Émile [Aucante] vous écrit, je suis enchantée de ne pas avoir à vous parler d'affaires. Il me paraît facile de nous entendre par son intermédiaire, puisque ce que je craignais et ce que vous craignez n'existe pas. Vous craignez que je ne veuille vendre les choses en litige à un autre que L[évy] et cela n'est pas. Je n'y ai pas seulement songé. Je craignais que vous ne fussiez abusé par ce personnage et il se trouve que vous le connaissez capable de jouer *de vilains tours.* C'est pour me préserver d'un de ces tours-là que je désire fixer nettement ma position vis-à-vis de lui, la mienne vis-à-vis de vous ne fait pas un pli que je sache. Je ne veux lui jouer aucun tour, à lui, mais je ne veux pas qu'il prolonge indéfiniment ses privilèges. Vous m'aiderez à régler cela pour le mieux.

Vous me demandez *entre nous* ce que je pense des *Contemplations*[1]. J'ai acheté l'ouvrage et je n'ai pas encore tout lu, mais *entre nous ou non,* ce que j'ai lu est magnifique et je ne crois pas qu'on ait jamais fait en France rien de plus beau dans cette gamme. Je ne suis pas l'ennemi ni l'adorateur des classiques parce qu'ils sont classiques, ni des romantiques parce qu'ils sont romantiques. Je ne *juge* pas souvent, ce n'est pas mon état, Dieu merci, et j'ai le droit de me laisser aller à tout ce qui m'emmène. Eh bien, ce que je lis, depuis deux soirs, du volume *Aujour-*

1. *Les Contemplations* de Victor Hugo venaient de paraître.

*d'hui,* m'emmène si loin et si haut que je suis heureuse comme le poisson dans l'eau et l'oiseau dans le ciel. Ce qui ne m'allait pas dans les choses anciennes n'existe plus là du tout, et l'individualité si tranchée n'y a rien perdu ; tout au contraire elle se dégage comme le soleil des nuages. Et quand il y aurait encore des nuages dans ce qui me reste à lire, qu'est-ce que ça fait ? On en a besoin quelquefois pour se reposer la vue quand on a regardé un grand soleil. — Et puis les *si* et les *mais,* ça occupe la conversation et sert à passer le temps. C'est très bon de faire dire beaucoup de *si* et de *mais,* et ça sert à ceux qui les disent à se rendre compte d'eux-mêmes. Le livre a-t-il un grand succès ? Soulève-t-il des discussions ? Je n'en sais rien. Une fois ici, je me donne le plaisir de ne plus ouvrir un journal. Mais je peux bien vous dire que tous les jugements et rien, et mon propre jugement sur un homme à un moment donné, c'est la même chose pour moi, quand l'émotion me gagne, pas si bête que d'y résister ! C'est la plus grande joie qu'il y ait au monde, de trouver quelque chose de beau et de grand. Eh bien, ceci est grand, et me fait l'effet qu'en Italie, après un tas de Carraches et de Bernins, me faisait l'œuvre de Michel-Ange. Ça repose d'autant plus que c'est plus fort. Enfin notre siècle est un tas de bavards et nous sommes un tas de flâneurs, comme on est tant qu'on est dans la vie. Ce qui reste ce n'est pas ce qui a été le plus loué ou le plus discuté. C'est ce qui est grand et original, ou ce qui est tendre et beau. Eh bien, il y a tout cela dans ce que j'ai lu, et cela enfonce tout ce qui a été fait de *très bien* dans ce temps-ci. Le très bien me sort par les yeux et je ne demande qu'à voir *il fulmine sul cameriere* comme dit si sincèrement Lablache dans *la Cenerentola*[2]. Le *très bien* n'est qu'un faux prince et un gringalet. Je n'ai lu tout cet hiver que du Shakespeare, et, après cela je peux lire Hugo, je ne peux guère lire que lui en fait de poète moderne. Ça ne me paraît donc pas peu de chose, et me ragaillardit le cœur pour quelque temps, j'espère. Tâchez qu'il publie d'autres choses.

Sur ce bonsoir, cher ami. Vous allez à Spa. Moi, je vas

2. Dans *La Cenerentola* de Rossini, Lablache chante l'air de Don Magnifico (II, 7) : « *Un fulmine vorrei che incenerisse il cameriere* » (je voudrais que la foudre réduise en cendres ce valet).

tous les jours dans le petit jardin où les fleurs qu'elle avait plantées fleurissent comme si de rien n'était. Pauvre homme, il a passé par là, comme nous[3], et ça lui fait dire des choses sublimes. Est-ce un soulagement pour lui ? La pièce de Villequier est un chef d'œuvre, oui, voilà ce qu'il y a à dire, et rien autre chose. *C'est comme cela.* Quant à être sûre de la retrouver et avec elle tant de chers morts partis avant elle, j'en suis bien sûre. Je m'arrange pour ne pas me rendre indigne de ce meilleur endroit d'où ils nous appellent. C'est aisé, ce qui est difficile, c'est de ne pas le désirer trop par moments, ce meilleur coin de l'univers. Il faut alors penser à ceux qui nous restent et ne pas être ingrats envers quelques-uns qui sont si bons pour nous.

Vous ne m'avez pas dit que mon pauvre Calamatta avait été si malade, trois mois au lit ! Dans *l'autre endroit*, on pourra, j'espère, s'il y a encore des maladies, donner de sa santé, comme on donne de son argent, à ceux qui vous intéressent.

Bonsoir encore. Ah ! j'allais oublier l'autographe. Diable, ça m'embarrasse bien, est-ce pour un album ? je ne sais rien écrire pour les albums et quand je pense à ne pas faire de griffonnages, je ne sais plus ce que je dis. Si je fais ma belle écriture de copiste ce ne sera plus un autographe. Je vas y penser. Ce doit être un si bel album, c'est effrayant.

G. S.

Où trouve-t-on les événements accomplis en Italie depuis dix ans environ[4], le mieux résumés et dans le meilleur esprit ? Mais un historique avec dates, un vrai récit ? Penserez-vous à me dire cela ? Demandez à Quinet.

Nohant 24 mai 56

Voilà ce que je vous envoie en fait d'autographe[5]. On serait bien moins bête si on n'était pas forcé d'être poli et si on pouvait se parler comme je vous parle.

3. Sand unit le souvenir de Nini et du jardin de Trianon, et celui de Marie Hetzel, à la mort de Léopoldine Hugo, qui marque profondément *Les Contemplations*, notamment dans le poème *À Villequier*.
4. Elle commence à travailler à son roman *La Daniella*.
5. L'autographe est destiné à un album que constituait Madame Hugo (*Corr.* XIII, p. 629).

## 234. À RENÉ LUGUET

[Nohant, 12 septembre 1856]

Mon cher enfant, vous n'êtes qu'un affreux calomniateur. Caroline se tire très bien d'affaire ; et vous ne comprenez pas du tout ce que nous faisons. Nous improvisons sur des canevas comme si c'était une charade un peu étendue, et nous n'avons pas besoin, sur un théâtre de poche, d'avoir les qualités du vrai théâtre. Caroline a de la gaîté et de l'esprit, nous ne lui en demandons pas davantage. Elle a déjà joué *trois pièces*[1], elle n'a endormi personne, elle s'est amusée en bonne enfant, comme nous nous amusons, car nous n'avons d'autre public que nous-même et les gens de la maison. Mais ce qui est étonnant, ravissant, étourdissant, c'est Mademoiselle Mystère de Saint Ombrage, avec son air tranquille, jouant d'un bout à l'autre dans des actes qui durent bien une heure chaque, et qui n'ont jamais qu'une répétition ; sachant le scénario sur le bout du doigt mieux que nous qui l'avons écrit, ayant une mémoire, une aisance, un aplomb, des répliques, une mise en scène naturelle, toute d'instinct et de bon sens ; et avec cela un joli son de voix qu'on entend bien, une tenue, une gentillesse enfin à la croquer. Elle a fait le gamin terrible et la petite fille pauvre intéressante, et ce soir, la petite demoiselle riche et gracieuse. Elle était jolie comme un ange en crêpé et en grande robe Louis XIII. Elle a joué toute une scène de *fond* avec Maurice, c'était si nature que ça avait l'air *d'être arrivé*. C'est, en somme, un bijou de petite fille aussi intelligente qu'elle est calme, et ne sachant pas ce que c'est que *des manières*. Nous l'adorons tous, aussi nous lui faisons des succès d'enthousiasme qu'elle prend avec une modestie et une simplicité bien rares chez les grands artistes ! Il est question de faire ici des pièces où elle aura le 1er rôle.

1. Caroline Luguet est à Nohant avec sa fille Marie (Mlle Mystère de Saint Ombrage), et toutes deux jouent sur le théâtre : le 8, *Ôte donc ta barbe* de Sand d'après Nadar ; le 10, *Le Catalpa* de Maurice (« le grand succès est pour Marie qui fait un gamin terrible et qui est ravissante et naturelle au possible ») ; le 11, *Charlotte et la poupée* de Sand.

Vous voyez que *vous n'y êtes pas*, et tant pis, vraiment, que vous n'y soyez pas, *à Nohant* ! Vous vous amuseriez avec nous et vous verriez votre mignonne si adorable qu'à chaque instant je pense à celle à qui elle ressemble[2], en me disant qu'elle serait consolée si elle voyait celle-là pousser au soleil et sourire dans son auréole de candeur et de bonté.

La mère et la fille prennent des couleurs roses. La campagne leur fait du bien déjà, on le voit. Elles sont bien aimables et bien aimées. Ainsi dormez sur les deux oreilles et ne craignez pas que j'expose Caroline dans des *travaux* de théâtre où elle recueillerait de la fatigue ou de l'ennui. Il s'agit de jeux innocents en famille.

Tâchez, une autre fois, d'être de la partie. On vous embrasse, en attendant.

G. Sand

12 7^bre 56

### 235. À MADAME PROST MÈRE

[Nohant, 27 septembre 1856]

Chère Madame, Je suis bien contente de vous être un peu agréable, et *l'histoire* de mon meuble de tapisserie va vous prouver que vous ne me devez aucun remerciement.

Je passe ma vie à la campagne de la façon la plus régulière et la plus tranquille. Je ne dîne pas dehors deux fois par an. Je travaille à mon état de *romancier* de 1 h. à 5 — dans le jour, et de minuit à 4. Le reste est pour la famille et pour un peu de sommeil. Mais en famille, nous sommes tous occupés de nos pattes, soit qu'on lise ou qu'on cause, rie ou babille de 9 h. à minuit, chacun dessine, brode ou coud. J'ai les yeux trop fatigués pour faire des petits ouvrages comme autrefois. Je fais donc de grandes fleurs et de grands feuillages sur du très gros canevas. Mes enfants, c'est-à-dire mon fils et un ou deux de ses amis qui sont presque toujours avec nous, m'ont dessiné et colorié largement sur du papier, de jolies compositions de feuilles et de fleurs d'après nature, que je

---

2. Sa grand-mère Marie Dorval.

copie avec mon aiguille, en les interprétant un peu à ma
guise. Donc, depuis trois ans, dont je n'ai pas passé le
tiers hors d'ici, j'ai bien fait de la tapisserie pendant au
moins *deux mille heures*. On est tout étonné d'arriver à ce
chiffre en si peu de temps, et de se dire que si l'on avait
consacré toutes ces heures à des choses plus sérieuses, on
serait arrivé à un résultat plus utile. Mais la littérature, et
je crois, tout ce qui est dépense de cerveau, ne permet
guère l'absorption de toutes les heures de la journée, et
d'ailleurs je ne saurais vivre sans voir une bonne partie
du jour ou du soir ceux que j'aime. Ce serait peut-être un
tort et un mal de faire autrement. Donc, je n'ai pas à me
reprocher d'avoir fait tant de points dans du canevas.
Dans le principe, ce meuble était destiné à notre salon de
campagne, mais il eût été sali en quinze jours par les
crayons, les cigarettes, les aquarelles, les enfants, les tou-
tous, mangé surtout par le soleil. J'ai songé à le vendre,
me disant que si j'en trouvais quelques milliers de francs
(de la part d'un amateur *d'autographes*, car certes il ne vaut
pas cela), je me reposerais de ma littérature pendant
quelques mois, ce qui me ferait grand plaisir et grand
bien. Mais, pour trouver à vendre, il eût fallu chercher
l'amateur, et je n'ai pas cherché. Quand j'étais à Paris, je
n'y pensais plus.

Mais il est arrivé que Monsieur votre fils a bien voulu
s'occuper de me procurer par ce qu'on appelle les affaires
(chose que je n'entends pas et à quoi je répugnerais
de recourir s'il me fallait accepter l'aide de gens que je
n'estime pas), un petit bénéfice représentant pour moi un
peu de loisir et de promenade dont j'ai tant besoin. Je
sais qu'il pense à moi, dans toutes les occasions où il
peut faire de ce désir un fait, et il se trouve avec cela une
chose excellente, c'est que j'ai pour lui une grande sympathie et une haute appréciation. Vous ne me direz pas,
vous, Madame, que je me trompe. Vous savez que vous
avez lieu d'être fière de lui. Ce n'est donc pas une dette
que je paie à lui et à vous pour ce bon souvenir qu'il me
consacre, c'est un vrai plaisir que je me procure en vous
destinant l'humble résultat de deux mille heures de
récréation. Quand l'idée m'en est venue, ce travail m'est
devenu tout à fait agréable, il avait un but non plus
machinal, mais sympathique, et il me semble que j'ai fait
des progrès comme brodeuse depuis ce moment-là.

Et vous-même, chère Madame, vous me témoignez de la sympathie et une bienveillance dont je sais tout le prix. Je le sais par la manière dont votre fils parle de vous, et par les quelques instants que j'ai passés avec vous. Vous me dites que vous attachez du prix à ce qui est de moi, j'ai donc du plaisir à vous l'offrir, et à vous dire que c'est tellement de moi, qu'il n'y a pas *un seul point* qui ne soit de moi.

J'arrive à la fin et vous l'aurez bientôt. Les formes sont tellement simples qu'elles se prêteront, je crois, à tout ce que l'on voudra faire comme monture, et quant à ce que vous voudrez que j'y ajoute, je vous assure que je m'en acquitterai avec le même plaisir.

Certainement j'irai vous voir à Paris. Je ne sais pas quand je pourrai quitter ma chaîne. C'est toujours l'histoire des quelques petites économies que je ne peux pas faire et que, vis-à-vis de certains devoirs particuliers, je ne dois pas regretter de ne pas faire. Je me plais d'ailleurs beaucoup à la campagne, mais quand mon fils passe l'hiver à Paris, je trouve le temps plus long ici, comme de juste. Si je peux aller le rejoindre quand il y sera, ne doutez pas, chère Madame, du plaisir avec lequel j'irai vous serrer les mains.

                                                    George Sand

27 7$^{bre}$ 56


## 236. À ALBERT LACROIX

                              Nohant, par La Châtre Indre
                              25 X$^{bre}$ [18]56

Monsieur, je recevrai votre livre[1] ici avec gratitude. Vous faites bien de l'honneur à mon pauvre théâtre, médiocrement encouragé par le public qui ne trouve pas assez de piquant, de mode et de scandale dans mes idées, ou bien, qui, tout à coup, en trouve trop et crie au socialisme, à l'utopie, à la fantaisie, que sais-je ? Je vois bien

---

1. *Histoire de l'influence de Shakespeare sur le théâtre français jusqu'à nos jours* (Bruxelles, 1856), où le jeune écrivain et futur éditeur fait l'éloge du théâtre de G. Sand.

que, lui et moi, nous ne pouvons guère nous entendre. Est-ce parce que, entre lui et moi, il y a des journalistes honorables comme M. Jules Lecomte[2] et autres ? ou bien, est-ce que plutôt, je serais plus morale que tous les gens de mon temps n'ont envie de l'être ? C'est possible. Je crois à toutes sortes de choses dont on rit chaque jour davantage, et je ne sais pas flatter les instincts dominants.

J'arrive donc *entre nous soit dit* (j'ose vous parler en confidence, puisque vous me témoignez tant de sympathie et d'intérêt) à ne plus pouvoir faire de théâtre, non pas que mon courage se soit lassé de résister aux mauvais conseils du journalisme et de lutter contre la mauvaise grâce d'un certain public, mais parce que je ne fais pas gagner assez d'argent aux directeurs de spectacle. L'un dans l'autre, je leur en ai fait pourtant gagner, et je ne leur en ai jamais fait perdre, puisqu'en cas de chute j'ai toujours renoncé aux avantages qu'ils m'avaient faits d'avance (sauf pour le *Comme il vous plaira*[3], qu'on a voulu jouer malgré moi, et dont la mise en scène a été fort coûteuse). Mais, de ce que mes pièces ne sont pas généralement lucratives, il résulte qu'on craint de les jouer telles qu'elles sont, que l'on me demande des changements que je ne sens pas *bons* comme art et comme pensée, et que l'on attribue le peu d'empressement du public à mes rares obstinations. Il est arrivé aussi que des directeurs amis m'ont laissée libre absolument, et que les choses ont été mieux ainsi. Mais en ce moment, je ne vois pas où j'aurais cette liberté nécessaire, et devant des gens qui me disent que j'expose et compromets leurs bénéfices je n'ai qu'à me taire et à renoncer. Je ne puis leur en vouloir. Pour faire de l'art sans *profits*, il faudrait qu'ils fussent bien riches, ou qu'ils consentissent à être pauvres comme moi. Tout cela est la faute des temps, si ce n'est la mienne. C'est peut-être la mienne, après tout, car le suprême talent serait de réussir à ramener le goût du public à l'idéal que l'on porte en soi. L'avoir dans l'âme, cet idéal, et ne pouvoir

2. Sand se montre ironique : Jules Lecomte avait été condamné pour une affaire de faux.

3. Le drame *Comme il vous plaira*, d'après Shakespeare, avait été créé le 12 avril au Théâtre-Français ; voir l'article de Jacqueline Razgonnikoff, « *Comme il vous plaira*, de Shakespeare, adapté par George Sand à la Comédie-Française », in *Les Amis de George Sand*, n° 23, 2001, p. 27-40.

le manifester avec le *savoir-faire* de ceux qui n'en ont pas, c'est une infirmité bien répandue, et dont je ne suis probablement pas plus exempte que tant d'autres.

Donc, j'attends le livre pour me consoler ou m'absoudre, et je vous remercie d'avance, et de cœur, de l'affection d'artiste qui vous a dicté ces bons encouragements pour moi.

George Sand

## 237. À RENÉ VALLET DE VILLENEUVE

[Nohant, 30 décembre 1856]

Vous me devancez, cher, bon et aimable cousin. Au moment où l'on prend la plume pour vous écrire, on reçoit cette belle et bonne écriture qu'on prendrait pour celle d'un jeune homme de vingt ans, avec ces douces marques de souvenir constant dont on est heureux et fier. Oui, je reçois vos bonnes embrassades et vos bons souhaits, au moment où les miens couraient vers vous. Recevez-les aussi comme venant d'un cœur qui vous chérit et qui demande à Dieu votre bonheur, votre santé et vos joies de famille.

Mes projets pour cet hiver, je n'en ai pas. Maurice va m'arriver pour le jour de l'an et m'engager à le suivre à Paris, mais je suis dans un travail que je ne peux guère laisser en train, et je ne sais pas encore si je me laisserai enlever par Monsieur mon fils. Or, comme je ne présume pas qu'aucun autre jeune homme soit disposé à tenter un pareil enlèvement, je crois bien que je passerai ici les mois *rigoureux.* On est si bien au coin de son feu de campagne, et vous savez que j'aime l'hiver, aux champs. C'est une saison calomniée. La neige est belle, les arbres couverts de cristaux sont ravissants. Tous ces petits blés verts qui poussent gaiment sous les frimas, ces rouges-gorges qui chantent si joliment sur les branches dépouillées, je ne vois rien de triste dans tout cela. Vous étiez de mon avis, *jadis* ; mais à présent que vous êtes un homme d'État[1],

---

1. Il était sénateur.

vous courez la prétentaine et j'ai peine à vous suivre. J'espère bien pourtant vous retrouver à Paris et vous embrasser tendrement avant la fin de l'hiver. Ne m'oubliez pas auprès de notre chère Emma [de La Roche-Aymon] quand vous lui écrirez.

À vous toujours et du fond du cœur.

Aurore

Nohant 30 X^bre 56.

## 238. À HENRI CLERBOUT

[Nohant, 31 décembre 1856]

Je crois vous avoir déjà dit qu'avant tout, il faut songer à *vivre*, c'est-à-dire à s'assurer le pain quotidien avec l'indépendance de la conscience et la dignité personnelle. N'ayez jamais, par la faute de votre imprévoyance ou de votre langueur, besoin de recourir aux autres. On se perd sur cette pente-là. On s'habitue à se faire porter, et comme les riches ne portent personne, c'est presque toujours sur les épaules de pauvres amis travailleurs, que l'on monte. On n'y est pas très bien, ils vous secouent de temps en temps. Mais on s'habitue à abuser et on ne sait plus marcher seul, dès qu'on a tâté des jambes des autres.

Donc, devant un moyen quelconque d'être vous-même le porteur de votre propre existence, il ne faut pas dire, « ceci ou cela m'ennuie ». Toute carrière est pleine d'ennuis mortels et de déboires affreux, n'en doutez pas. Ne croyez pas qu'il en existe une seule où il n'y ait pas à souffrir cruellement, quand on ne fait qu'y bâiller, on est encore des mieux traités.

Le bonheur n'est dans aucune chose extérieure arrangée, choisie et projetée par nous, tout va à la diable en ce triste monde. Et pourtant il y a, à la disposition de chacun de nous, une grande somme de bonheur. Le beau et le bien sont dans l'air que nous respirons. La terre est belle et il y a des hommes bons. Nous avons la notion de Dieu, le beau idéal ; le rêve (nullement fou) des mondes meilleurs, le sentiment du vrai et les joies de la conscience pure. Nous pouvons donc être heureux partout autant qu'il est donné à l'homme de l'être, quand nous avons l'intelligence assez développée pour comprendre que ces joies pures ne sont pas dans une région où l'on puisse mettre le pied et la main, mais dans un monde tout moral et intellectuel où l'âme peut entrer toute entière.

Qu'importe donc que l'on ait fait des chiffres, ou des écritures vides et sans intérêt pendant tout le jour, si, en regardant et en respirant pendant un instant la beauté de la nature, on se sent digne de la sentir ? Qu'importe qu'on ait eu, en face, douze heures de suite, des sots, des importuns, des lâches, si, en rencontrant un honnête homme on se sent digne qu'il vous presse la main avec affection ? Le bonheur de l'homme est ainsi fait et mesuré par le ciel, qu'un instant de plaisir vrai compense une année de fatigue et de patience.

Maintenant marchez, et vous verrez bien que je ne vous trompe pas, que je vous dis ce qui est vrai.

Quelle carrière ? Je n'en sais rien. Cela n'est pas de ma compétence. Je ne conseille pas la littérature parce que ce n'est pas une profession en soi-même. Rien d'assuré, un hasard continuel. C'est *un par-dessus le marché* d'autres occupations réglées et stables. Pour être un état honorable, il faut que ce soit le fruit d'une maturité quelconque, ou d'une précocité phénoménale. Mais cela devient de moins en moins une profession. Tout le monde a la forme aujourd'hui. Elle court les rues. Les libraires regorgent de productions sans valeur de fond, qui se ressemblent toutes, qui ne s'écoulent pas. Aussi les libraires se ruinent et ne voient pas plus clair dans leurs jugements que dans leurs affaires.

La magistrature est effrayante pour la conscience, aujourd'hui comme toujours et plus que jamais.

Partout ailleurs, partout du moins où l'on peut conserver le droit d'être un honnête homme, il y a à accepter l'ennui, le peu, le déplaisir. Et qui donc a le droit d'être heureux *en fait* ? Personne, puisque le bonheur est dans le sentiment et dans la pensée.

Courage et amitié.

George Sand

31 X^bre 56.

## 239. À ÉDOUARD PLOUVIER

Nohant, 21 janvier [1857]

J'apprends cet effroyable malheur[1]. Je suis navrée et je ne sais pas vous dire combien je vous plains. Mon pauvre enfant, ayez du courage, elle vous voit, elle vous entend. Cette horrible séparation qui nous paraît si longue, à nous autres, elle la voit maintenant d'un autre œil. Elle est entrée dans un meilleur monde où l'on voit plus clair et plus loin, non pas le paradis catholique où l'on n'aime plus rien de la terre, mais une des innombrables régions qui gravitent vers Dieu et où l'on monte plus parfait, plus lucide, plus aimant, à mesure qu'on a perfectionné son être dans les milieux précédents. Vous avez été pour elle l'ange de l'amour et du dévouement. Dans notre société perdue, où tout ce qui est beau et grand est livré aux pires épreuves, sans vous, sans votre amour, elle eût pu descendre ou s'écarter de la route. Vous l'y avez maintenue. Vous lui avez fait du beau et du bien, une seconde nature qui l'a rendue non seulement digne, mais *capable* de monter dans la sphère des êtres ; car il n'y a pas là le jugement de Dieu petitement parcimonieux pour chaque destinée. Il y a le grand jugement universel, *la loi*, son sublime ouvrage, qui agit sur tous êtres et toutes choses, qui fait du brin d'herbe une fleur, et de la femme un ange. N'en doutez donc pas un instant, elle vit et vous aime toujours, elle vous regarde ou vous attend. Elle sait que le devoir de toute créature intelligente est de traverser avec courage et patience la phase du temps en chaque station de la vie. Il faut donc que vous viviez et que vous restiez au niveau de vous-même pour avoir dans l'âme les actes de l'immortalité et pour la rejoindre quand l'heure viendra dans cette meilleure patrie, et dans les autres toujours meilleures. C'est l'amour qui tient cet invisible escalier où l'on se tend la main les uns aux autres. Aimez et pleurez, mais vivez et ne doutez pas. Vous la feriez peut-être douter et chanceler là où elle est

---

1. L'actrice Lucie Mabire, femme de Plouvier, est morte le 18 janvier, âgée de 35 ans, des suites d'une chute sur scène et d'une fausse couche.

maintenant. Le lien n'est pas rompu par la tombe. Elle
vous aime toujours, vous ne pouvez pas souffrir sans
qu'elle s'en ressente. Votre désespoir a donc à lutter
encore pour n'être pas trop partagé par elle. Il faut
qu'elle soit heureuse et pour cela il faut qu'elle compte
sur vos forces. Il ne faut pas lui apporter un cœur épuisé
par la douleur, rien n'est fini. Elle a encore, elle aura toujours, éternellement besoin de vous. Son beau corps ne
souffre plus maintenant, et sa belle âme souffre moins,
parce qu'elle a monté d'un degré, mais elle peut souffrir
encore beaucoup relativement si vous ne conservez pas la
vôtre saine et forte. — Et puis, avec ce cœur généreux et
tendre que vous avez, pensez le plus possible à ceux qui
vous aiment en ce monde, eux aussi ont besoin de croire
et d'espérer, eux aussi veulent aller un jour avec vous
plus haut dans le vrai, que ce monde.

Si vous êtes trop seul, trop faible dans cet appartement, dans ce Paris, venez chez nous, vous y serez libre
de pleurer. Nous sommes seuls, Manceau et moi. Aucune
vie bruyante ne vous blessera. Vous pourrez passer tout
l'hiver dans ce repos, reprendre peu à peu la force de travailler, de faire face à vos affaires.

Je suis sûre que vous êtes bien gêné, peut-être aux derniers expédients après tant de jours où le travail était
impossible. Je me charge de votre voyage et de vous soigner ici où rien ne vous manquera des choses matérielles.
Vous ne serez pas seul un instant si vous voulez, et vous
serez toujours seul, si vous voulez. Enfin vous aurez de
l'air vif et vous dormirez malgré vous. Venez.

G. Sand

Manceau vous aime et comprend bien ! il me charge
de vous embrasser.

## 240. À JULES MICHELET

[Nohant, 28 janvier 1857]

Je n'ai pas voulu, cette fois, vous remercier de l'envoi de votre livre[1] avant de l'avoir lu, car, en remettant toujours l'occasion de vous parler de ces beaux volumes que vous voulez bien penser à m'envoyer, je manque ou retarde le plaisir de vous en dire mon sentiment. Ce qui peut le résumer, c'est surtout de vous crier Courage ! Non pas que l'on craigne de vous en voir manquer, mais parce que l'on se sent soi-même rajeuni et fortifié par vous, par tous ces grands pas que l'on vous voit faire si vaillamment, dans le monde de la foi ; par cette fraîcheur de volonté, cette jeunesse de sentiment, cette émotion toujours ardente qui se communiquent à ceux qui vous lisent, et qui leur rendent l'espoir et la charité.

Je suis bien heureuse de me trouver d'accord avec vous, *non seulement sur tout*, mais encore sur des sympathies particulières. J'ai dit cent fois : mais pourquoi donc si peu de gloire chez nous à d'Aubigné, une des plus grandes figures de l'histoire ? Il m'a pris souvent envie d'en faire le personnage d'un roman historique, mais il est si beau, tel qu'il est, que le roman le gâterait.

Il me semblait comme à vous que le vilain drame de la Ligue n'était ni français ni populaire. Vous m'avez fait du bien en me le prouvant d'une manière absolue.

J'ai osé dire que votre style me semblait quelquefois un peu obscur. Cette fois je le trouve à l'abri de ce reproche. Il restera original, je dirai même singulier ; et puis, quand on y pense bien, on se reproche d'avoir hésité à dire que cette singularité n'était pas une beauté. Elle serait défaut chez un autre. Chez vous, elle est l'expression d'une individualité si belle qu'elle ne peut pas n'être pas belle.

Voyez, je me confesse pour que vous sachiez bien que je ne suis pas une *flatteuse*, que je vous dis strictement ce que je pense, à savoir que je vous admire, vous estime et vous aime infiniment.

George Sand

28 janvier 56 [*sic*]

1. Un nouveau volume de l'*Histoire de France* : *La Ligue et Henri IV* (1856).

## 241. À ANTOINE D'AURE

[Nohant, 13 février 1857]

Cher Monsieur d'Aure, il y a une lettre de moi avec un dessin questionnaire[1] pour vous à l'hôtel de l'Univers à Tours. Si on ne vous l'envoyait pas fidèlement comme la première, ayez l'obligeance de la faire réclamer. J'ai craint, en vous écrivant dans un hôtel de Paris (dont l'adresse était déjà ancienne dans vos lettres), qu'on ne vous l'envoyât pas, ma lettre, en cas de changement de domicile, et je m'étais dit que Tours étant moins brutalement *pétaudière*, on saurait, à coup sûr, où vous envoyer ma missive.

En attendant votre réponse à mes questions de détail, je suis bien aise d'avoir à vous parler de quelque chose qui m'intéresse beaucoup plus, c'est-à-dire de la bonne intention où vous avez été, où vous êtes j'espère encore, de venir me voir. Vous trouverez, dans la susdite lettre envoyée à Tours, que nos désirs se sont croisés sur ce point et que je vous appelais avec le printemps. Puisque vous êtes devenu *bon bourgeois*, ne vous souciant plus beaucoup d'équitation, nous pourrons nous promener par les mêmes véhicules, car il y a bien cinq ou six ans que je n'ai monté à cheval. L'habillement et le déshabillement du costume pour les femmes, c'est le côté difficile de la question d'équitation, pour celles qui n'ont que deux ou trois heures de récréation dans le jour, une voiture est plus vite prête, en ce sens que l'on y monte costumé comme on l'est, et que les heures de soleil ne se passent pas en endossage de vestes et en relevage de cheveux. D'ailleurs les routes seront ouvertes et multipliées autour de nous et on *peut* aller, sinon partout, du moins en beaucoup de jolis endroits en voiture légère, et j'ai réussi à avoir de très bons chevaux. Il se trouve que, sans m'y connaître, *j'y ai un peu l'œil*, c'est-à-dire que, chance ou instinct, quand je choisis moi-même, je choisis avec assez de bonheur. Les maquignons du pays me croient de première force, et je me donne l'air de tenir de vous les plus hautes connaissances. La seule chose vraie, c'est que vous m'avez appris à regarder, ce qui est pour l'en-

---

1. Sand le questionnait sur des stalles d'écurie.

semble, quelque chose, sauf à faire examiner le détail par un homme spécial, un bon vétérinaire. Mais j'ai remarqué que le vétérinaire instruit n'est pas intelligent pour augurer de la physionomie générale d'une bête, son moral et sa santé. Il en est de lui comme du médecin qui connaît bien les maux du corps, mais qui n'est pas toujours capable de comprendre l'être humain en tant qu'individualité. Un artiste définit et comprend souvent mieux que lui la nature particulière qu'il observe, ses tendances, ses passions, par conséquent le mode de sa vie.

Voilà de la philosophie à propos de cheval, mais est-ce qu'il n'y en a pas dans tout ?

Donc vous viendrez nous voir et je m'en réjouis.

Je comprends l'amour du capitaine [d'Arpentigny] pour ce qu'il appelle son *chenil*. Il se fait vieux (il ne faut pas lui dire ça !) et il a besoin de petits soins qu'il trouve probablement à Paris plus qu'ailleurs. À la campagne il faut se bien porter, et les attaques de goutte y paraissent bien longues. C'est dommage qu'un si aimable homme et si remarquablement intelligent ne soit pas riche. Il le mériterait mieux que tant d'autres !

Maurice est à Paris, et votre voisin, je crois, rue Boursault 12. Je vais lui écrire d'aller vous voir et il s'en fera un grand plaisir. Il voudrait se marier, ce cher enfant, et je voudrais le voir *papa*, car le manque de petits-enfants est un vrai chagrin pour moi. Il a hésité jusqu'à ce jour à engager sa liberté, parce qu'il est heureux et gâté à la maison. Enfin, il promet de s'y décider, mais je ne sais pas s'il cherche *son objet* avec activité. Si vous pouvez l'y pousser, donnez-lui un bon conseil.

Bonsoir, cher Monsieur d'Aure, et à revoir, n'est-ce pas ? Votre itinéraire sera Orléans, Vierzon, Issoudun, Châteauroux. Chemin de fer du matin ou du soir, 7 ou 8 h. (jamais *midi* ni *minuit* qui s'arrêtent en route).

Bien à vous de cœur.

G. Sand

## 242. À JULES BOUCOIRAN

Nohant, 29 février
[*sic pour* 1er mars 18]57

Cher enfant, j'ai été très souffrante de douleurs rhu-
matismales, je crois, depuis la réception de votre lettre. Je
vais enfin mieux, et j'en profite pour vous écrire.

C'est une espèce *d'enquête* que je fais en ce moment,
auprès des trois ou quatre amis sur lesquels je compte le
plus, comme dévouement, sagesse et prudence. Voici
dont il retourne.

Maurice est décidé à se marier et il cherche femme. Il
n'a pas encore rencontré ce qui lui convient, et je vous
demande, à vous qui connaissez à fond toute votre province, et qui avez été l'instituteur de la meilleure jeunesse
du pays, si vous savez un parti qui serait à sa convenance
morale et positive.

Voilà sa situation pécuniaire. En l'établissant je peux
faire fléchir le régime dotal, légalement, sans embarras, ni
retard et lui donner en dot 200 000 f. en bonnes terres.
Son père lui promet 50 000 f. en dot. Nous n'avons pas,
Maurice et moi, *un sou de dettes*. Après moi, Nohant offrira
encore au moins 200 000 f. à partager entre sa sœur et
lui. Plus ma propriété littéraire qui peut représenter un
très bon capital. Après M. Dudevant, il y aura aussi plus
de 100 000 f. (dit-il) à partager. Je sais qu'il y aura bien
plus, mais il cherche à constituer, sous main, un capital à
une bâtarde [Rose Dalias], *dont il croit être père*.

Quoi qu'il en soit, Maurice est dans une position sûre
et très aisée, comme vous voyez. Il a en outre, dans la
peinture, une industrie qui lui rapporte quelque chose et
qui lui est un gagne-pain assuré, en supposant je ne sais
quels désastres. Il est gentil, comme vous savez, raisonnable, n'ayant jamais fait de sottise, bon fils, et destiné à
être bon père, car il adore les enfants. C'est l'homme de
la famille toujours gai, jamais oisif, très franc. Il a trente-
trois ans maintenant, mais personne ne veut le croire tant
il a l'air jeune.

Voyons ! si vous connaissiez une jeune personne dans
des conditions approximatives, comme figure agréable,
caractère bon et sûr, goût de l'intérieur, c'est-à-dire l'ha-

bitude et l'amour du vrai, et enfin aussi comme fortune, car Maurice a l'habitude du bien-être, et je ne sais pas si cet heureux garçon serait l'homme des grandes luttes et des grandes privations, dites-le-moi, et Maurice irait vous trouver. Moi ensuite, s'il y avait consistance dans le projet. Peu nous importe le rang et l'occupation de la famille, pourvu que la source du bien-être soit honorable, et que les parents n'exigent pas le séjour prolongé et établi loin de Paris (où Maurice a ses relations et ses occupations, une partie de l'année), et loin de moi qui donne, pour tout l'été, le logement, la table, toutes les aises et gâteries qu'il est si doux de donner à ses enfants. Maurice tiendrait essentiellement à chérir sa femme, il faudrait donc qu'elle fût, sinon un astre de beauté, du moins une nature distinguée, intéressante et sympathique. Il ne pourrait s'amouracher d'une balourde, eût-elle des millions.

Il est d'une bonne santé et d'un sang très pur. Il faudrait bien aussi que le sang féminin fût de bonne qualité et que nous eussions l'espoir de bons marmots à adorer.

Voilà bien des exigences et une petite commission qui n'est pas mince. Mais vous savez comment, après une heure d'attention ou d'examen avec soi-même, on résout ce gros problème, par *je n'ai pas* — *j'ai* — ou *j'aurai peut-être* en vue ce que vous rêvez. Le *j'aurai peut-être* signifie que l'on a quelques informations à prendre. Je crois qu'en province où il n'y a pas comme à Paris des existences mystérieuses et problématiques, ces informations se prennent aisément, en causant avec quelques amis. Donc vous avez à me répondre par *oui* ou par *non*, ou par un *peut-être* qui vous engagera à m'écrire à nouveau. Après renseignements, un second *oui*, ou un second *non*. — Voilà tout. Vous le voulez bien n'est-ce pas, mon cher enfant ? Je vous sais propre à donner un bon conseil, et je compte sur vous comme sur moi-même.

Ayez courage en vos ennuis ! Je vois bien que vous êtes toujours l'homme du devoir de cœur avant tout. Il n'y a que ceux-là qui ne changent pas. C'est une vie de travail et d'abnégation. Dieu nous donne des forces en raison de nos fatigues volontaires. Moi, je suis bien lasse aussi, quelquefois. Ce régime dotal, inféodation à la terre qui rapporte si peu, m'a forcée à tout tirer de moi-même. Si, quant à une partie de mon fonds, je pouvais en affranchir Maurice, je me reposerais un peu. Mais ce n'est là qu'une considération accessoire. Mon rêve, c'est de ne pas le laisser seul après moi. Il a tant concentré sur moi ses affections que l'idée de lui manquer m'effraie. Si je le voyais mari et père, je regarderais ma tâche comme accomplie. Jusqu'ici elle ne l'est pas.

Bonsoir, cher enfant, je suis à vous de cœur et d'âme, toujours.

G. Sand

Maurice est à Paris, voilà pourquoi je ne vous dis rien de sa part, mais quand je lui ai dit ici que je vous écrirais, pour lui, il a été enchanté de *l'idée*. Il vous aime toujours bien tendrement.

Manceau me charge aussi de toutes ses vives sympathies pour vous. Il faut revenir nous voir cette année !

### 243. À LUIGI CALAMATTA

Nohant, 29 février [*sic pour* 1er mars] 1857

Tu ne sais pas ce que tu dis avec ton Colisée, ton forum, ton grand peuple et ton cri de vengeance que l'on doit crier sur les toits[1]. Je te passe ton goût d'artiste, c'est ton droit, et je ne dispute pas avec ceux qui ont leur puissance (une véritable puissance) dans leur point de vue. Je serais bien fâchée de les ébranler, si je le pouvais, et comme je ne le peux pas, mes notions et mes instincts à moi sont le droit de ma thèse, sans aucun danger ni dommage pour ceux qui sont forts avec la thèse contraire.

Des coups de bâton, je veux bien t'en donner ; mais tu es un affreux blagueur qui ne viens jamais les chercher.

Quant à ce que je devais dire sur les martyrs de la cause, je l'ai dit, mais cela doit rester dans le tiroir jusqu'à nouvel ordre. Tu crois donc que l'on est libre de dire quelque chose ? Je te trouve beau, toi, avec tes mains dans tes poches, sur le pavé de Bruxelles ! J'ai essayé, au dernier chapitre du roman, de faire pressentir quelque

---

1. Calamatta a protesté à la lecture de *La Daniella*, publié en feuilleton dans *La Presse* (6 janvier-25 mars), n'ayant guère apprécié la peinture que Sand y fait de Rome.

chose de ma pensée, mais il n'est pas dit encore que cela passe[2].

Trois lignes sur Lamennais ont été coupées à propos des capucins de Frascati chez lesquels il avait demeuré, et pourtant *la Presse* fait son possible pour laisser vivre le rédacteur, *ma* ! nous sommes dans le royaume de la mort !

Donc, puisque l'on ne peut parler de ce qui, à Rome, est muet, paralysé, invisible, il faut éreinter Rome, ce que l'on en voit, ce que l'on y cultive, la saleté, la paresse, l'infamie. Il ne faut faire grâce à rien, pas même aux monuments qui consolent les stupides touristes, faux artistes sans entrailles, sans réflexion, sans cœur, qui vous disent : « Qu'est-ce que ça fait, les prêtres, et les mendiants ? Ça a du caractère, c'est en harmonie avec les ruines, on est très heureux ici, on admire la pierre, on oublie les hommes. »

Eh bien non, je ne veux rien admirer, rien aimer, rien tolérer dans le royaume de Satan, dans cette vieille caverne de brigands et de ruffians. Je veux cracher sur le peuple qui s'agenouille devant les cardinaux. Puisque c'est le seul peuple dont il soit permis de parler, parlons-en, celui dont on ne parle pas est hors de cause. Si quelqu'un prend, grâce à moi, Rome, telle qu'elle est aujourd'hui, en horreur et en dégoût, j'aurai fait quelque chose. J'en dirais bien autant de nous, si on me laissait faire ; mais on a les mains liées, et je n'insiste jamais pour que d'autres s'exposent à ma place.

Et puis, d'ailleurs, nous autres Français, nous ne sommes jamais si laids qu'un peuple dévot et paresseux. Nous nous trompons, nous nous grisons, nous devenons fous. Mais pourrait-on faire de nous ce que l'on a fait de Rome ? *Chi lo sa ?*[3] peut-être ! Mais nous n'y sommes pas.

Il est donc bon de dire ce qu'on devient quand on retombe sous la soutane, et j'ai très bien fait de le dire à tout prix. Cela doit fâcher des cœurs italiens ; s'ils réfléchissent, ils doivent m'approuver.

2. Le texte du roman a été souvent censuré par *La Presse* ; mais le dernier chapitre, violemment anticlérical, fit tellement scandale et attira de tels ennuis à *La Presse*, que l'éditeur le supprima du volume (voir l'édition critique de *La Daniella* par Annarosa Poli, Rome, Bulzoni, 1977, p. 679-689 ; et Éditions de l'Aurore, 1992, t. II, p. 237-241).

3. Qui le sait ?

## 244. À EUGÈNE FROMENTIN

[Nohant, 27 mars 1857]

Monsieur,

Votre lettre me fait bien plaisir, parce que je suis contente de vous avoir fait plaisir, mais je n'ai pas fini. Je vous dois mon sentiment sur la seconde moitié du volume[1] qui est encore plus belle que la première. La rencontre de la tribu est un chef-d'œuvre. C'est de la peinture de maître, et bien qu'il n'y ait aucun événement dans ce voyage, on le fait avec vous, avec la passion d'artiste que vous y mettez ; — et une passion sage, toujours dans le vrai, dans le goût, dans le simple et sincère. — Je crois que vous ne vous doutez pas du talent que vous avez, mais tant mieux. Restez modeste, c'est-à-dire artiste vrai, et vous ferez encore mieux si c'est possible. Vous avez dix fois plus en vous que Jacquemont, et peut-être, entre nous soit dit, que tous ceux qui écrivent en ce moment sur n'importe quoi. Je ne sais pas si votre peinture est à la hauteur de votre littérature. Dans ce cas, vous seriez une organisation bien privilégiée et bien extraordinaire.

Restez bon : voilà le plus difficile, mais comme je vous crois vraiment fort, j'espère que vous en viendrez à bout.

A-t-on parlé de votre livre ? Je n'ai rien lu.

Je serais bien curieuse de voir votre peinture. Mais ça ne fait rien. Vous tenez un grand art de peindre, soit avec les couleurs et les formes, soit avec les mots et les idées. La grandeur dans la sobriété. Et pas une longueur, pas une tache, pas de personnalité ridicule ou folle, l'écueil de tous ceux qui ont du talent, ou qui n'en ont pas.

Moi, je vous remercie pour ces quelques délicieuses soirées que j'ai passées à vous lire avec un ami [Manceau] aussi surpris, aussi enchanté que moi. Nous étions comme de pauvres poissons nourris de paille, saturés de déceptions, ou de satisfactions presque toujours mélangées de gros déplaisirs ; et nous nous sommes retrouvés nageant en pleine eau limpide, toute pleine de soleil.

---

1. Sand avait déjà écrit le 18 mars une lettre élogieuse à Fromentin après avoir lu la moitié d'*Un été dans le Sahara* (1857).

Ce n'est pas que le pays me tente. Je vous réponds bien de n'y aller jamais. À quoi bon ? Je l'ai vu, je le connais, je le sais, depuis que je vous ai lu. C'est un tableau de Delacroix, et j'y sens plus de certitude encore. Il n'y a pas l'ombre de fantaisie. J'en ai savouré tout le grand et tout le beau. Pour la souffrance dont vous l'avez payé, je suis trop vieille. D'ailleurs j'ai la passion des arbres, et je n'aime pas les plaines. Et la malpropreté, j'en ai horreur. Elle m'empêche de voir, et, comme vous dites si admirablement dans un moment terrible : *c'est tant pis pour moi.*

Il faut que vous appreniez un peu de géologie et de minéralogie élémentaire seulement, si vous voulez, — ou si vous les savez, car vous êtes capable de tout savoir sans le montrer, — il faut avoir pour votre lecteur, la complaisance de dire si vous êtes dans un terrain volcanique, calcaire, granitique, etc. Il n'y a pas de risque que vous fassiez le pédant, et il est nécessaire quand on se promène avec vous dans ces espaces et dans ces rochers, que l'on voie sur quel terrain on marche. Tout ce sol dont vous dites si bien la couleur et la forme, on a besoin de savoir sa nature. Je crois aussi que les peintres doivent savoir cela. Tous font des contre-sens quand ils composent. Un rocher de granit ne ressemble pas plus à un bloc de grès pour le ton et l'attitude, pour le caractère, et pour l'impression qu'on en reçoit qu'un More ne ressemble à un Anglais. Ah ! les montagnes granitiques ! que peu de gens savent pourquoi elles les impressionnent ! Moi, je ne le sais pas encore. Je ne sais rien : mais je sais qu'il y a toujours du nouveau à regarder, à sentir, et à tâcher de comprendre.

Voilà une longue lettre, moi qui n'écris que des mots ! Ne vous en plaignez pas. J'ai un bien-être à trouver beau ce qui est beau.

Mon adresse à Paris, *rue Racine 3*. Je n'y suis presque jamais, ni vous non plus, ce me semble. Quand vous irez, informez-vous si j'y suis, et si vous avez affaire ou occasion par ici, venez, vous serez bien reçu. Je ne vous invite pas autrement, je ne suis ni aimable, ni spirituelle, pas amusante du tout. Mon fils est plus gentil que moi, et mes amis plus intéressants. Mais je suis à peu près seule l'hiver dans mon coin. Je vous dis seulement que je serai très contente de vous connaître, et que si je peux

vous être utile en quelque chose, vous pouvez compter
sur moi.

George Sand

Nohant 27 mars 57.

## 245. À VICTOR HUGO

[Nohant, 24 mai 1857]

Après un mois passé à Paris, je trouve votre lettre du
12 avril, à Nohant. Elle n'y était arrivée que le 23. Voilà
pourquoi, je ne vous ai pas remercié plus vite, Monsieur,
de ce que vous me dites de beau et de bon à propos de
*Daniella*. C'est de l'amitié pure de votre part : le livre ne
vaut rien de ce que je voudrais qu'il fût, de ce que je sens
qu'il devrait être. Quand des critiques haineux et furieux
disent que je n'ai pas le moindre talent, je sens qu'ils ont
tort, parce qu'ils en ont encore moins que moi et ne peuvent pas me juger. Mais quand un génie et un esprit
comme vous me donne des louanges, je sens le peu que
j'ai réussi à rendre et par conséquent le peu de valeur de
mon travail. Ce n'est pas une fausse modestie, ce n'est
pas non plus de l'humilité. Je sais que *moi*, je vaux quelque
chose, que mon âme a de la vie et qu'elle est bien
capable de progrès. Mais l'action d'écrire, la pensée du
lecteur banal, et la géhenne de l'éditeur, cent fois plus
dure encore que celle du gouvernement (car la terreur du
marchand va au-devant des *sévérités* de la loi), voilà des
choses qui oppressent, qui refroidissent, qui empêchent
qu'on ne prenne assez au sérieux ce que l'on fait. Vous
ne connaissez pas ces défaillances : vous êtes libre, et par
l'exil, et par la force d'une âme à laquelle rien ne ressemble, vous ne vieillirez pas, vous ne connaîtrez pas
cette douce paresse, cet apaisement délicieux qui se font
pour moi et qui ne servent à rien en dehors de l'horizon
de la famille et de l'amitié.

Vous souffrirez toujours pour votre gloire, et pour la
vie générale. Je n'ai pas toujours compris cette existence
exceptionnelle qui vous est imposée et la lumière qui en
sort. Si, à vieillir et à me *désindividualiser*, j'ai gagné de le
comprendre ; si, à voir pâlir tant d'étoiles, j'ai gagné de

voir l'éclat toujours plus ardent de la vôtre et de reconnaître que c'était bien là un soleil et non pas seulement
un volcan, je ne suis pas trop à plaindre, car je suis ainsi
faite que je peux vivre de la vie d'un autre, à la place de
la mienne propre quand celle-ci m'ennuie. Je parle là
de la vie intellectuelle, car je ne m'ennuie pas de la vie de
relations : ceux qui veulent bien m'aimer me l'ont faite si
bonne que je n'ai pas le droit de m'en plaindre. Et surtout en vous écrivant, à vous qui m'accordez maintenant
de la sympathie et qui couronnez par là mon bien-être
moral.

George Sand

Je ne sais pas si mes lettres vous parviennent. Écrivez-
moi seulement *oui*, sur une page jetée à la poste.

Nohant, 24 mai 57.

## 246. À CHARLES-EDMOND

[Nohant, 13 juin 1857]

Cher ami, ce n'est pas un *roman historique*[1], c'est un
roman d'époque et de couleur du temps de Louis XIII.
Le roman historique promet des faits sérieux, des personnages importants, des récits de grandes choses. Ce
n'est pas là ce que je fais et ce titre annoncé dans *la
Presse*, promettrait des aventures plus graves que celles
que je mets en scène. Comme il serait difficile de faire
saisir au lecteur la distinction que je vous explique, sans
périphrase trop longue, faites, je vous prie, retrancher de
l'annonce le mot *historique*. Il vaut mieux tenir plus qu'on
ne promet que de promettre plus qu'on ne tiendra. J'ai
fait la chose à mon point de vue, et j'ai beaucoup cherché pour rester dans l'exactitude historique des moindres
coutumes, idées et manières d'agir du temps qui me
sert de cadre. Je n'ai pas rattaché ma fable à un point

---

1. Charles-Edmond veut annoncer dans *La Presse* le prochain
roman de Sand, *Les Beaux Messieurs de Bois-Doré*, qui y paraîtra en
feuilleton du 1ᵉʳ octobre 1857 au 16 février 1858.

historique qui ne soit rigoureusement exact. Mais tout
cela ne fait pas un roman de Walter Scott. On n'en fait
plus !

Que devenez-vous ? Et la petite fillette ? Venez-vous
bientôt nous voir ? mon amie de la rue des Saints-Pères
[Arnould-Plessy] est-elle triste ou malade ? Je n'ai pas de
ses nouvelles depuis pas mal de jours, et quand elle se
tait, je n'ose pas trop l'interroger.

Bonsoir, cher, à vous de cœur.

G. Sand

57-13 juin. Tiens ! c'était la fin du monde aujourd'hui[2].
En voilà un dénouement raté !


## 247. À CHARLES-EDMOND

[Nohant, 16 octobre 1857]

Vous me dites, cher ami, qu'il serait possible de me
délivrer de la *moucharderie* qui m'environne. Ce serait un
service à me rendre. J'en avais écrit ces jours-ci, à M. Pietri que je sais homme d'honneur et de cœur, et je lui
racontais les stupides dépositions policières dont je suis
l'objet. Et puis, je n'ai pas voulu envoyer ma lettre.
M. Pietri a eu, ces jours-ci, la bonté de s'occuper d'une
personne malheureuse [Desmousseaux] qui m'intéresse et
je n'ai pas voulu user sa bienveillance pour une chose qui
ne concerne que moi. Mais si, par occasion, et sans lui
causer un moment de dérangement, vous pouvez lui faire
savoir comment on exerce la surveillance de détail dans
nos petites localités, vous me ferez plaisir et vous l'édi-
fierez sur des choses qu'il ignore. L'insolence des commissaires et de leurs bas agents et sous-agents est inouïe.
Ils viennent jusque dans vos maisons, ils interrogent les
domestiques, les fermiers, mettant les uns dans la situation d'être chassés le lendemain, les autres dans celle de
se moquer d'eux, de recevoir leurs petits cadeaux et de les
bafouer. Jamais les choses ne se sont traînées si bas et si
bêtement. On serait content d'avoir autour de soi des

2. L'annonce d'une comète avait fait prédire la fin du monde.

délateurs véridiques et tant soit peu intelligents. Dans la position d'indépendance et d'intégrité où je suis, on serait bien sûr de vivre tranquille. Mais être, je ne dirai pas *calomniée*, ça ne vaut pas la peine de dire un si grand mot, mais barbouillée par de tels ânes, cela fait rire d'abord et finit par impatienter. Je viens de mettre à la porte ce grand idiot de valet de chambre [Blin] que vous avez vu chez moi, parce qu'il s'était fait le mouchard du Prince pendant son séjour ici[1]. Le Commissaire de police de Châteauroux a dit que Mgr était venu à Nohant pour assister aux couches d'une dame enceinte de ses œuvres. Voilà les rapports de cette valetaille. S'il y a comme il faut le croire, des fonds alloués pour *corrompre* les laquais stupides et les paysans madrés, c'est de l'argent bien mal employé. Espérons que la France entière n'est pas prise dans ce réseau de crapules qu'on trouve ici partout sous ses pieds. Il vaudrait mieux laisser bavarder quelques mécontents que d'en faire par centaines parmi les gens les moins disposés à se plaindre.

Vous voilà renseigné, et bien peu, je vous jure. Je ne saurais répéter les ordures que la police officieuse et la petite police officielle inventent pour occuper leurs loisirs autour des gens inoffensifs et montrer leur zèle. Si j'étais préfet de police j'enverrais des hommes intelligents pour surveiller cette police-là, qui s'engraisse dans les douceurs *de la politique*, et ne sait pas dépister un voleur.

Parlons du *roman*. Si je faisais la suite de *Bois-Doré* ce ne serait pas pour paraître avant un an, et peut-être serait-ce trop éloigné pour avoir de l'intérêt comme *suite*. Et puis, s'engager vis-à-vis du public avant d'avoir mis le nez dans son propre cerveau, c'est risquer de ne pas lui donner du *bon coin*. D'ici à deux mois, le diable ne m'arracherait pas une réflexion, ou une idée. Je suis en vacances. Annoncez un roman, je vous le promets, mais ne m'enchaînez pas à un titre. Si une idée me vient malgré moi, je vous la dirai bien vite. Laissez-moi me réjouir tranquillement de ce que le roman actuel réussit à votre satisfaction. S'il était vrai qu'il eût contribué à vous donner une position agréable, ce serait à mes yeux son plus grand mérite.

1. Le Prince Napoléon a séjourné à Nohant *incognito*, avec son aide de camp Ferri-Pisani et Charles-Edmond du 6 au 8 septembre, en même temps que Sylvanie Arnould-Plessy ; intrigués, les gendarmes surveillent la maison toute la nuit.

Il paraît que vous aussi, vous voulez bien vous intéresser à un pauvre diable de sous-chef de gare nommé
*Gablin*, qui, par suite d'une machination mystérieuse (je
crois qu'il y a une histoire d'amour sous jeu), a été non
seulement destitué, mais calomnié d'une façon cruelle et
désespérante. C'est un honnête homme et il en perd l'esprit. Permettez-moi donc de vous envoyer une lettre qui
m'est adressée et qui explique comment on pourrait le
sauver, vous l'expliqueriez à votre tour à M. Hubaine,
puisqu'il veut bien s'en occuper avec l'agrément du Prince.

Bonsoir cher ami et à vous de cœur. Amitiés de mes
enfants pour vous. Ne nous oubliez pas auprès de
M. Ferri.

                                        G. Sand

16 8ᵇʳᵉ 57.


## 248. À L'IMPÉRATRICE EUGÉNIE

[Nohant, 9 décembre 1857]

Madame,

Votre Majesté accueillera toujours avec bonté, je le
sais, tous le savent, l'idée de mettre le baume sur les blessures humaines et sociales. Une mesure de rigueur légale
vient de frapper le journal *la Presse*, en décrétant sa suspension pour deux mois[1]. Les financiers qui exploitent
ces vastes entreprises ont peut-être le moyen d'en subir
les accidents ; mais les gens de lettres, qui ne sont pas
solidaires dans la rédaction, et surtout les *mille ouvriers*
employés à la partie matérielle et que la suspension de
leur travail quotidien jette en plein hiver sur le pavé,
sont-ils coupables et doivent-ils être punis ?

Ils sont punis, cependant, pour un article où une
grande partie des lecteurs n'avait vu que le conseil donné
aux députés de prêter serment au gouvernement de
l'Empereur. Mais quelle que soit la fatalité de l'éternel

---

1. *La Presse*, où paraissent *Les Beaux Messieurs de Bois-Doré*, est suspendue le 4 décembre pour deux mois, à la suite d'un article d'Alphonse Peyrat jugé révolutionnaire ; le journal avait déjà reçu trois
avertissements, dont un le 26 mars 1857 pour le dernier chapitre de
*La Daniella*. La démarche de Sand n'aboutira pas.

malentendu qui préside aux choses de ce monde, ce n'est pas un plaidoyer pour la presse politique que je viens mettre aux pieds de Votre Majesté.

Ce n'est pas une requête au nom de l'écrivain, cause du fait ; c'est encore moins une réclamation en tant que collaboration littéraire à ce journal : je ne me permettrais jamais d'entretenir Votre Majesté d'intérêts aussi minimes que les miens.

Mais le châtiment tombe sur des travailleurs étrangers au fait incriminé, et peut-être très dévoués, pour la plupart, à la main qui les frappe. J'ose donc dire à Votre Majesté que, la loi ayant été appliquée et l'autorité satisfaite, là pourraient commencer le rôle de la douceur et le bienfait de la clémence.

En faisant grâce, Leurs Majestés n'annuleraient pas l'effet politique et légal produit par la décision du pouvoir exécutif. Elles en effaceraient généreusement les conséquences funestes pour ceux-là seuls qui les subissent réellement, les employés et les ouvriers du journal, tous innocents à coup sûr.

Que Votre Majesté daigne agréer encore, avec l'expression de ma vive reconnaissance pour sa touchante bonté, celle des sentiments respectueux avec lesquels, j'ai l'honneur d'être, Madame,

de Votre Majesté,

la très humble et très obéissante servante.

George Sand

Nohant, le 9 décembre 1857.

## 249. AU PRINCE NAPOLÉON

[Nohant, 17 décembre 1857]

Oui, Monseigneur, vous avez raison, et, comme toujours, vous voyez les choses de haut. Il ne s'agit pas tant de réussir que de faire ce que l'on doit, et on n'est jamais mortifié d'échouer, quand on n'a songé qu'à se risquer pour les autres[1]. Comme toujours aussi vous avez été bon : que Dieu se charge du reste !

---

1. Il s'agit de la suspension de *La Presse*, que le Prince n'a pu faire rapporter.

Ce qui vous rend triste, cher prince, c'est le mal d'un génie comprimé. Sans chercher à qui la faute, ni quelle sera l'issue, je me demande ce qui peut occuper le présent d'un être, jeune et dans toute sa force, à qui le véritable emploi de cette force n'a pas été donné par les circonstances. Je m'imagine que les études scientifiques et surtout de philosophie scientifique, auxquelles vous vous intéressez, et que *vous savez*, sans en faire montre, pourraient vous devoir une somme de progrès. Les membres de votre famille qui se sont adonnés à la science[2] n'ont pas été les moins utiles, et ne seront pas les moins illustres dans le jugement de l'avenir. Peut-être, aussi, n'ont-ils pas été les plus malheureux.

Je vous vois et je vous envie la possession de trois grandes richesses, les facultés, le loisir, la jeunesse, sans parler de l'argent nécessaire pour les recherches et les explorations, moyen matériel qui manque à tant de généreuses intelligences. Je sais que vous travaillez beaucoup et que vous apprenez toujours : mais pourquoi n'attacheriez-vous pas votre nom à des travaux que vous feriez exécuter sous vos yeux et dont vous seriez l'âme, parce que vous auriez l'initiative de la recherche, et la pensée mère de la philosophie de *la chose* ? Je ne parle pas de systèmes particuliers, c'est trop se livrer à la critique ; dans votre situation, vous ne le pouvez pas. Mais il y a, dans toutes les sciences, des points de vue bien établis et bien constatés que tout regard intelligent et toute main puissante peuvent élargir, au grand profit des connaissances humaines. Ce que l'on appelle vulgairement *les travaux* est, je crois, d'un si puissant intérêt que l'on y oublie tous les soucis de la vie réelle.

Car, en somme, la question pour vous, qui n'avez pas le bonheur d'être frivole et vain, c'est de respirer dans l'air qui convient à de larges poumons et de vous mettre, en dépit du sort et des hommes, dans une sphère qui développe l'intelligence au lieu de l'étouffer. Il y a, je crois, trois points nécessaires à l'extension complète de la vie : c'est d'aimer au moins également quelqu'un, quelque chose, et soi-même en vue de cette chose et de cette personne. J'ai remarqué et j'ai éprouvé, que quand cet équi-

---

2. En particulier Charles-Lucien Bonaparte, prince de Canino, et son frère Louis-Lucien.

libre est rompu, on arrive à trop s'aimer soi-même ou à ne pas s'aimer assez. Ce qui doit vous manquer, en raison du milieu où le sort vous a placé, c'est le *quelque chose*, la passion satisfaite d'un but intellectuel, et ce quelque chose, en somme, c'est l'humanité, puisque c'est pour elle qu'on travaille.

J'ai tant de respect et d'enthousiasme pour les sciences naturelles, dont je ne sais pas le moindre mot, mais qui me donnent des battements de cœur et des éblouissements de joie quand, par hasard, j'en saisis quelques notions à ma portée, que je ne saurais vous parler de cela comme d'un *pis-aller* dans l'emploi de votre activité intérieure.

Peut-être, un jour, des événements que nul ne peut prévoir, vous traceront-ils une autre route, et peut-être aussi, en vous surprenant dans celle-là, ne vous causeront-ils que regret et contrariété.

Car notre appréciation de la vie change avec les situations qu'elle nous présente, et bien des choses arrivent, que nous avions cru devoir souhaiter, et que nous voudrions pouvoir repousser, parce que nous les jugeons mieux et les connaissons davantage.

Si je me permets de vous écrire tout cela, c'est parce qu'en lisant votre voyage dans le Nord[3], je me suis mise à penser à vous, encore plus qu'au Nord, dont mon imagination était cependant très *allumée*.

Je vous voyais, intrépide et entêté, dans les dangers et les souffrances de cette exploration, et je me demandais : « À qui diable en avait-il, avec cette île de Jan Mayen[4], qu'il voulait conquérir sur la stupide et impassible banquise ? » L'aventure est racontée par [Charles-]Edmond d'une manière charmante. On y est avec vous, et, à travers la gaieté de sa narration et le bon goût de sa réserve, on vous sent là et on vous voit lutter contre la matière avec beaucoup de nerf et de *furia francese*.

Mais encore une fois, à qui en aviez-vous ? Vous saviez bien que Monseigneur l'éternel hiver des régions polaires ne connaît pas les princes, et ne veut pas ranger ses bataillons flottants pour leur ouvrir le passage.

---

3. Le livre de Charles-Edmond, *Voyage dans les mers du Nord à bord de la corvette La Reine Hortense* (1857).
4. L'île volcanique de Jan Mayen dans l'océan Arctique.

Dans ce moment-là vous aimiez donc passionnément le but, non pas l'île Jan Mayen, qui ne me paraît pas devoir être un paradis terrestre, mais le fait scientifique dont vous cherchiez à vous emparer.

Or, si vous avez de telles aptitudes de volonté, pourquoi faut-il qu'elles ne reçoivent leur développement que dans des situations exceptionnelles, comme les grands voyages et les grands périls ? Je ne dis pas de mal des voyages et des dangers, c'est la poésie de la chose, mais pourquoi tant d'explorations dans le monde de la science, que l'on peut faire au coin du feu, ne sont-elles pas réglées par vous de manière à vous donner *à toute heure* les émotions vives de la découverte, et les joies sérieuses de la conquête, en même temps que vous en feriez profiter tout le monde ?

Voilà, chère Altesse Impériale, ce que vous soumet votre humble amie du désert, occupée du désir de vous voir apprécié de tous comme d'elle-même, et, avant tout désireuse de vous voir trouver en vous-même la force et les satisfactions que d'autres ont cherchées dans le hasard, en jouant leur âme et leur vie à pile ou face.

Merci de vos bonnes lettres et croyez-moi bien à vous de cœur sérieusement et sincèrement.

George Sand

Nohant 17 X^bre 57.

Avez-vous besoin d'un jeune domestique ? Je vous propose un garçon [Arthur Camus] excellent, doux, honnête, actif, sachant *très bien* lire et écrire, et d'une grande bonne volonté. Il apprendrait très vite le service quelconque d'*intérieur* auquel vous le destineriez. Il a déjà des notions, il est de la taille de Maurice, et sa figure est agréable. Seulement, vous auriez à le faire exempter du service militaire qui s'empare de lui au mois de février prochain ; mais je pense que vous n'auriez qu'un mot à dire, d'autant qu'il est *soutien de famille* bien en règle.

Je suis bien heureuse du succès de notre amie [Arnould-Plessy], et heureuse de l'avoir appris par vous. Mon fils vous envoie tous ses respects accompagnés d'une grande affection. Il n'aime pas tout le monde et il prétend que *vous lui allez.* Style d'atelier qui dit les choses comme elles sont. Le graveur est dans son *manoir* aux bords de la

Creuse[5], préparant mon logement. Je veux aller là passer les froids *quand ils viendront*. C'est notre île de Jan Mayen.

## 250. À MAURICE DUDEVANT-SAND

[Nohant] 13 jeudi soir
[*sic pour* mercredi] janvier [18]58

Cher Bouli, nous arrivons de Gargilesse. Partis ce matin à 11 h. de l'hôtel Malesset nous étions ici à 6 pour dîner, après avoir passé 3 h. chez Vergne à Beauséjour [*sic pour* Beauregard]. J'ai trouvé ta lettre en arrivant ici et c'est le complément de notre charmant voyage sauf ton diable de rhume qui m'ennuie! Certainement, change ton poêle, envoie-le promener et laisse guérir ton rhume avant de te remettre dans les habits minces et les souliers idem. Et quand tu seras guéri, ne vis pas trop renfermé, c'est la cause de tous ces rhumes qui se renouvellent chaque fois que tu prends l'air. Ne te fais pas une vie et une santé à la Delacroix. Prends-lui autre chose *si tu peux*. Et à propos, l'as-tu vu, et comment va-t-il? Non, tu ne l'as pas vu, puisque tu es claquemuré forcément, mais vas-y quand tu sortiras. Qu'il te reçoive ou non, donne-lui signe de vie et d'intérêt.

Je t'ai répondu pour le vin. Mieux vaut attendre puisque je n'ai pas le sou et que je tire le diable par la queue encore pendant un ou deux mois.

Donc, que je te parle de Gargilesse. *La barounette*[1] nous a menti *comme de coutume*. Nous sommes partis par un brouillard *noir* et un verglas superbe, Manceau jurant que le soleil allait se montrer; mais plus nous allions, plus le brouillard s'épaississait; si bien que nous sommes arrivés à la descente du Pin, voyant tout juste à nous conduire. Mais tout d'un coup, la Creuse glacée et non glacée par endroits, cascadant et cabriolant à travers ses barrages de glace, et coulant au milieu, tandis que ses bords blancs étaient soudés aux rives, s'est montrée devant nous tout

---

5. C'est le 15 juillet 1857 que Manceau a acheté une maisonnette à Gargilesse.
1. Le baromètre. Ces paysages de neige et de glace vont inspirer Sand pour le roman qu'elle est en train d'écrire, *Christian Waldo*, qui deviendra *L'Homme de neige*.

isolée du paysage, si bien que si nous n'avions pas su ce
que c'était, nous aurions cru voir un mur tout droit, de
je ne sais quel marbre gris et blanc avec un mouvement
fantastique. Et puis un peu plus loin, sur le brouillard gris
noir de la rivière, on voyait des bouffées de brouillard
blanc, comme si le ciel, un ciel d'orage, était descendu
sous l'horizon. C'était superbe en somme, ça donnait
l'idée de l'Écosse, vu qu'au milieu de tout cela apparais-
saient des vallées, des petits coins de verdure et des maisons, avec leurs feux allumés. Henri [Brunet] conduisait
le cheval par la bride sur le chemin tout rayé de glace, et
je m'endormais en rêvant que j'arrivais dans les Highlands. — Arrivée à Gargilesse, la maison de Manceau
chaude, propre, commode au possible, toute petite
qu'elle est ; des lits excellents, des armoires, des toilettes,
enfin toutes les aises possibles. La petite salle à manger
du Magny de Gargilesse[2], charmante, aussi propre qu'un
cabinet de restaurant propre, bonne cuisine, des petites
lanternes pour rentrer chez soi et le village beaucoup
moins sale qu'une rue de Paris, pour les pieds.

— Le lendemain, demi-brouillard et pas de soleil. Mais
la terre assez sèche et l'air assez doux, promenade de deux
heures, travail à la maison et bésigue le soir. Le surlendemain, c'est-à-dire hier, même temps, promenade de cinq
heures. Nous avons passé sur l'autre rive et suivi toutes
les hauteurs, montant et descendant sans cesse. Nous
avons passé sur les crêtes des rochers vis-à-vis l'endroit où
nous avions fait la friture au bord de l'eau. Là, il a fallu
s'arrêter : la Creuse a mangé le chemin. Enfin ce matin
nous sommes partis par un soleil magnifique et un temps
assez froid. Somme toute, comme dit M. Letacq, soleil ou
non, hiver ou été, le pays est toujours ravissant. Il est
même plus beau en hiver, plus vaste et mieux dessiné. Les
silhouettes d'arbres et de rochers ont plus de sérieux, le village est plus pittoresque, les petites cascades glacées sont
très amusantes. — Nous avons vu la maison de Vergne
très amusante aussi, boîte à compartiments Manceau n° 2[3],

2. Le Magny, tenu par Modeste Magny, était un restaurant parisien où Sand avait depuis quelque temps ses habitudes ; celui de
Gargilesse était tenu par Malesset.
3. Sand compare la maison du docteur Vergne, à Beauregard près
de Cluis, à la petite maison de Manceau à Gargilesse, ou aux boîtes
dans lesquelles Manceau range ses outils de graveur.

l'endroit est très joli. Je n'ai pas eu froid, je me porte
bien, voilà. Le pays est abrité et doux. Les sommets sont
*sibériens*, mais on n'y reste pas.

Bonsoir, mon enfant, dis-moi aussi ce que tu fais et ce
que tu vois. Sol n'est pas venue. Je te bige mille fois.

## 251. À MAURICE DUDEVANT-SAND

[Nohant, 15 janvier 1858]

J'ai oublié hier de te raconter le plus bel incident de
notre voyage. Où étais-tu pour consigner cette scène
dans nos archives de la charge ? Ce n'est pas drôle à
raconter, et c'était si drôle à voir que j'en ris encore.
Figure-toi qu'en sortant de Cluis, Sylvain [Brunet] veut
allonger un coup de fouet à un gros cochon qui se trouvait sur le chemin ; la mèche du fouet se roule et se noue
à la queue du cochon qui veut se sauver en faisant *coui
coui*. Sylvain tire, le cochon tire, pendant un instant le
cochon suspendu, le cul en l'air, semble devoir suivre
la voiture ; mais il est le plus fort, Sylvain est obligé de
lâcher prise, le cochon effaré s'enfuit, emportant le fouet.
Manceau est obligé de courir après. Le cochon se sauve
jusqu'au fond de la porcherie. La femme à qui il appartient court après, faisant des excuses et des remerciements à Manceau on ne sait pas pourquoi. Le fouet était
si bien noué, que la femme, ne voulant pas le casser,
tirait et dévissait la queue de son cochon, en disant d'un
air pénétré : *Vlà une chose émagénante !* Sylvain sur son siège,
tout penaud et humilié, je crois, de mon fou rire, jurait
tous les nom de Dieu de son vocabulaire. Au bord du
chemin, un grand paysan sec, pâle, grave, malade je pense,
disait dans une attitude de philosophe en méditation :
*Vlà une chouse qu'on voit pas souvent.* Et les femmes sur leur
porte répétaient en chœur, d'un air ébahi : *C'est-il émagé-
nant, c'te chouse-là ! ça s'est jamais vu ! j'compte qu'on zou verra
pus jamais !* C'est pour te dire aussi qu'avec la grande voiture et les deux chevaux jusqu'à Cluis, où Henri [Brunet],
envoyé de la veille, nous attend avec la petite voiture et
la jument *camuse*, on peut faire la route assez vite et sans
avoir très froid. Nous avions donné rendez-vous à Syl-

vain pour venir nous attendre à Cluis, au retour. Ne crois
donc pas que je ne me dorelotte [*sic*] pas, malgré mes
escapades. C'est tout de même gentil d'avoir été sur la
pointe du Capucin le 12 janvier. Il nous reste à voir ça
dans les grandes eaux, ce doit être très beau aussi. Je t'ai
bien regretté. Il y avait dans le brouillard, des choses
superbes, qu'on ne peut pas expliquer et qu'il faut voir
soi-même. C'était drôle aussi de voir les enfants, les
chèvres et les chiens traverser la Creuse gelée dans les
endroits les plus profonds qui résistent au dégel, pendant
qu'à deux pas de là, elle bouillonne sur les écluses pour
passer ensuite sous ces glaces. Comme elle passe aussi un
peu dessus les figures ont leur reflet très net dans cette
petite couche d'eau étendue sur la glace, et on croirait
que tout cela marche sur l'eau. Ces traversées d'enfants
et de troupeaux au milieu du dégel n'en sont pas moins
dangereuses et assez effrayantes à voir. Les chiens n'y
font pas attention. Les petits moutards frappent la glace
à coups de sabot par bravade quand on les regarde. Les
chèvres arrivées au milieu du courant sont prises de
frayeur et ne veulent ni avancer ni reculer. Les moindres
bruits dans le brouillard du ravin et sur la Creuse prise,
ont une sonorité incroyable ; d'une demi-lieue, on entend
distinctement une parole, ou un claquement de fouet.
Manceau ayant glissé sur son derrière des éclats de rire et
des huées ont salué sa chute.

## 252. À CHARLES DUVERNET

Nohant, 16 janvier [*sic pour* février 18]58

Cher ami, J'allais t'écrire quand j'ai reçu ta lettre. Moi
aussi, je m'inquiétais d'être si longtemps sans nouvelles
de toi et de vous tous. Je vois que Dieu merci, tu prends
patience avec une infirmité[1] que je crois toujours passagère, et qui cédera au prolongement d'un bon régime et
d'une bonne santé. Tu reconnais que depuis longtemps
tu négligeais l'état général, et il faut bien qu'il se consolide un certain temps, avant que l'effet partiel se produise.

1. Duvernet, qui est alors à Nevers, devenait aveugle.

Tu auras gagné à cette cruelle épreuve de connaître le
dévouement des tiens et ton propre courage, plus que tu
n'avais encore eu l'occasion de le faire. Ce n'est pas une
banalité creuse que le proverbe « à quelque chose malheur
est bon ». Il est fait pour les cœurs d'élite qui le comprennent, et le tien est de ceux-là. J'ai vu comme Eugénie et tes enfants s'efforçaient délicatement d'en faire une
vérité pour toi. Si un temps d'ennui et de privation,
vaillamment supporté par toi, et tendrement adouci par
ta famille, doit servir à resserrer encore des liens si doux,
je suis sûre que tu en sortiras plus heureux encore que tu
ne l'étais auparavant.

Sois sûr aussi que tous tes amis se préoccupent de toi
vivement et que si tu les entendais parler de toi entre
eux, tu verrais combien ils te sont attachés. Au reste
nous sommes tous d'accord avec ton médecin pour
croire fermement qu'une fatigue ne peut pas produire un
mal qui résiste au repos.

Je vois qu'on s'amuse autour de toi et que tu diriges
toujours, en vrai *Boccaferri* (du *Château des Désertes*) les
amusements et les progrès de la famille[2]. Combien je
regrette d'être clouée au travail et de ne pouvoir aller
vous applaudir ! Mais chacun a ses liens bien serrés par
moment ! Je griffonne toujours pour arriver à des jours
de liberté qui s'envolent trop vite quand je les tiens. C'est
l'histoire de tous ceux qui tirent leur revenu de leur
industrie. — Dans mes soirées d'hiver, j'ai entrepris
l'éducation de la petite Marie [Caillaud], celle qui jouait la
comédie avec nous. De laveuse de vaisselle qu'elle était,
je l'ai élevée d'emblée à la dignité de femme de charge
que sa bonne cervelle la rend très propre à remplir. Mais
un grand obstacle, c'était de ne pas savoir lire. Ce grand
obstacle n'existe plus. En trente leçons d'une demi-heure
chacune, total quinze heures en un mois, elle a su lentement, mais parfaitement toutes les difficultés de la
langue. Ce miracle est dû à l'admirable méthode *Laffore*[3],

2. Les Duvernet pratiquaient le théâtre et avaient formé une petite
troupe. Dans *Le Château des Désertes*, Boccaferri se livre avec les siens
à la passion du théâtre.

3. G. Sand a consacré, sous le titre « Les Idées d'un maître
d'école », trois feuilletons des *Impressions et souvenirs* (*Le Temps*, 16 janvier, 6 et 7 février 1872) à la *Statilégie*, méthode d'apprentissage
rapide de la lecture, de J.-B. de Bourrousse de Laffore (*Impresssions et*

appliquée par moi avec une douceur absolue sur une intelligence parfaitement nette. Elle commence à essayer d'écrire et je prétends lui enseigner en même temps le français. Elle sait déjà très bien ce que c'est qu'un verbe, et comment il faut lire la fin des mots en *ent*. *Ils aiment ordinairement*, etc. Quand tu auras des petits-enfants, je te communiquerai cette méthode, que j'ai encore simplifiée et qu'on comprend en un quart d'heure.

Je ne te donne pas de nouvelles de La Châtre. Tu dois en recevoir souvent. Tu sais que la maudite épidémie accompagnée ou suivie de grippe n'a pas encore cédé. Georges Périgois a eu un peu d'angine ces jours-ci, mais il va bien. J'ai vu Angèle [Périgois] avec *Monmon* qui est aussi beau et peut-être plus beau encore que Georges. Angèle était très fraîche et très jolie. Mais elle a encore eu du chagrin depuis cette visite qu'elle m'a faite. Elle a perdu Éliza [Daux] qui est morte, non pas de la maladie de Mme Bernard, mais de la poitrine. Pauvre Angèle, elle ne finit pas d'enterrer ses vieux amis.

Ici la maladie n'a pas pénétré. Il a fait un temps inouï de chaleur et de soleil. Nous avons de la pluie aujourd'hui après une sécheresse qui commençait à inquiéter nos jardiniers. Je pense que ces bords de la Loire sont plus brumeux que Nohant et le Coudray, qui ne peuvent attraper les nuages que par le bout de la queue.

Maurice est à Paris, lancé aussi dans les comédies de salon. Il paraît que c'est la fureur à présent. Mais il n'a pas une petite besogne, car il est investi aussi du rôle d'auteur de ces bluettes. Je lui permets de piller un peu le répertoire de Nohant. En outre, il a chez lui un théâtre de marionnettes et donne des soirées d'artistes[4]. Paris est comme galvanisé aux approches d'on ne sait quelles crises politiques ou financières que les pessimistes voient en noir. Ce stupide et féroce *attentat* a produit son inévitable effet[5]. On a serré la mécanique, et ce n'est pas le moyen de faire tourner les roues. Je crois qu'il eût été



*Souvenirs*, chap. XI-XIII), qu'elle avait connue par Jules Boucoiran, le précepteur de Maurice.

4. Maurice Sand a inauguré le 7 février, dans son logement-atelier du 12 rue Boursault, un théâtre de marionnettes.

5. L'attentat d'Orsini contre Napoléon III, le 14 janvier, provoque une vague sévère de répression contre tous ceux qui peuvent paraître suspects.

beaucoup plus habile de montrer beaucoup de confiance à une nation dont la majorité (et même l'opposition) éprouvait un extrême dégoût pour l'assassinat. Enfin le monde suit toujours les mêmes chemins, et les mêmes fautes se recommencent dans tous les partis. Espérons que les mœurs s'adouciront, je ne fais point de vœu pour la nuance Orsini et Compagnie. Quand on pense que l'on pouvait avoir là un de ses enfants écharpé par la mitraille, on ne plaint pas ceux dont le procès va s'instruire. Je voudrais bien savoir ce que diraient certaines mères de famille *trop spartiates* de notre connaissance[6] si elles recevaient une aussi cruelle leçon.

D'ailleurs toute conscience humaine se révolte contre le meurtre qui sort de dessous terre, batailles dans les rues, guerres civiles, émeutes et coups d'État, c'est de la lutte de part et d'autre, et comme dit la chanson berrichonne

> *Y va voir qui veut*
> *En revient qui peut.*

Mais ces foudres qui rampent et qui sont de véritables guets-apens au coin d'un bois, Dieu merci la France ne les aime pas. C'est trop italien.

Bonsoir, mon cher vieux. Embrasse pour moi toute la chère famille, et dis-leur à tous combien je les aime. Je n'ai pas encore lu *le Fils naturel* de mon fils[7], car c'est ainsi que j'appelle et que s'intitule avec moi l'auteur. C'est une belle, riche et généreuse nature, un excellent enfant et un vrai talent. Sa pièce a-t-elle les défauts que tu as trouvés à une première lecture ? Toute chose a ses taches. — Les tableaux de Raphaël en ont, leur plus grand défaut à mes yeux est même de n'en avoir pas toujours assez, parce que je crois que, dans les arts, le premier rang n'est pas à ce qui a le moins de défauts, mais à ce qui a (nonobstant les défauts) le plus de qualités. On pourrait encore dire ainsi, peu de qualités et peu de défauts, œuvre sans valeur, beaucoup de défauts avec beaucoup de qualités, œuvre de mérite.

6. Comme Laure Fleury.
7. *Le Fils naturel*, comédie d'Alexandre Dumas fils, créée le 16 janvier au Gymnase.

Oui, j'ai été à Gargilesse par les jours les plus froids de janvier. À midi, o à Nohant, 2 degrés et demi au-dessus de o à Gargilesse. Nous avons marché sur la Creuse gelée, c'était superbe.

Respects et amitiés de Manceau à la famille, *selon le sexe.*

### 253. AU PRINCE NAPOLÉON

[Nohant, 12 mars 1858]

Chère Altesse impériale, Merci de votre bonne lettre dont toutes les tristesses et les inquiétudes pénètrent dans mon cœur, aussi inquiet, aussi triste que le vôtre.

Espérons pourtant que Dieu vous conserve votre excellent père [Jérôme Bonaparte]. Si le dévouement et l'affection peuvent le guérir vite, combien de vœux s'uniraient aux vôtres !

J'ai appris que vous vous proposiez d'organiser une exposition permanente des produits à bon marché. C'est là une excellente pensée, et pour la réalisation de laquelle je vous offre un *trésor* d'activité, de zèle et de connaissance des affaires à mettre au nombre de vos employés. Je parle de mon homme d'affaires à Paris, Émile Aucante, dont Charles-Edmond avait promis de vous parler de son côté. C'est un rare sujet que ce garçon, et en vous demandant pour lui, je suis sûre de mettre au nombre de vos protégés un être toujours utile et jamais importun.

Mais j'ignore si votre projet pourra aboutir et comme le dit Émile Aucante n'est guère en situation d'attendre, il cherche un emploi provisoire dans la maison Péreire. On lui a dit qu'un mot de recommandation de vous, lui serait un passeport efficace. Voulez-vous écrire, ou dire, ou faire écrire deux lignes en sa faveur ? Ch. Edmond vous dira combien il les mérite, et moi je vous en serai reconnaissante comme d'un service personnel.

Oh oui, je suis bien sûre que vous faites votre possible pour le pauvre prisonnier [Pâtureau] que je vous ai recommandé. Il se passe des choses désolantes dans ce pays[1], que l'empereur ne peut pas savoir, car il ne les per-

1. Pâtureau-Francœur et Ernest Périgois, considérés comme sus-

mettrait pas. Elles sont de nature à désaffectionner absolument la population. Il n'y a plus de gouvernement. Chaque localité a un dictateur, c'est le commissaire de police ; pas même lui ; ce sont les deux ou trois mouchards officiels ou *volontaires* qui disposent du sort des individus et de l'existence des familles. Avec une calomnie si stupide et si grossière qu'elle soit, on mène en prison, *même les morts* (vous savez l'histoire de Charost), on met au secret dans des chambres inhabitables, des gens de cœur et d'intelligence qui réprouvent l'assassinat et qui, graciés en 1852, avaient religieusement tenu leur parole de ne plus faire aucune espèce d'opposition au Gouvernement consacré par le vote universel. Combien il eût été politique de les laisser tranquilles ! Les exaltés du parti s'étaient détachés d'eux, et l'influence de ce désaccord ne pouvait qu'être favorable au Gouvernement. Le lendemain de l'attentat, tous ces gens que l'on traite en ennemis se réjouissaient qu'il eût échoué, détestant la théorie de l'assassinat et regardant son succès comme un malheur de plus pour le progrès des idées de confiance et de civilisation. Mais les gens qui *informent* le gouvernement disent le contraire. Quels sont donc ces gens qui ne croient ni à l'honneur, ni à la raison, ni à l'humanité ? Et comment peut-on les croire ? Comment leur donne-t-on, à l'insu de toute magistrature, plein pouvoir pour appréhender, maltraiter et même *assassiner*, car l'affaire de Charost est un véritable assassinat ! Et vous qui êtes un grand cœur et un grand esprit, vous ne pouvez rien dire, rien éclairer, rien réparer !

Adieu, je vous aime.

---

pects, ont été arrêtés le 24 février, à la suite de l'attentat d'Orsini. Ce même 24 février, les gendarmes vinrent perquisitionner sans ménagements chez un notaire de Charost, qui fut frappé d'une attaque de paralysie ; ils l'emmenèrent en prison à Bourges, où le pauvre homme mourut quelques jours plus tard.

## 254. À ERNEST PÉRIGOIS

Gargilesse, Villa Manceau 30 mai [18]58
[et Nohant, 7 juin 1858]

Mon cher enfant, vous êtes bien aimable de m'écrire
de bonnes longues lettres, et moi je n'osais pas vous
écrire, vous voyant écrasé de correspondances[1]. Mais
sachez bien, une fois pour toutes, que vous n'avez à me
répondre que quand vous avez le temps, quand c'est un
plaisir et non une fatigue. Tout ce que vous me dites de
Sol est vrai, juste et bon. De son côté elle m'écrit aussi
des volumes sur vous. Elle vous aime beaucoup et il faudrait que, de cette amitié, il sortît un bien pour tous
deux. Mais je vois qu'elle veut vous rattacher à un monde
qui n'est pas le vôtre, tandis que vous, vous rêvez, dans
un autre pays, un monde qui n'est pas le vôtre non plus,
ou qui du moins ne l'est pas absolument. Vous résumez
sa situation, à elle, d'un mot qui est strictement le fond
de la chose, et que je lui rabâche depuis dix ans : elle veut
mener une vie sérieuse au milieu de gens qui ne sont pas
sérieux, d'hommes de plaisir, comme vous dites très bien.
Dès lors, elle sera toujours blâmée et vilipendée, quelqu'innocente qu'elle puisse être ou qu'elle veuille paraître.
L'indépendance absolue, je ne la blâme pas de l'aimer, et
dans la situation où elle est, après un mariage si malheureux et tant d'autres malheurs, on l'excuserait volontiers,
du moins les gens d'esprit, si elle avait elle-même l'esprit
de se bien entourer. Je ne dis rien de *ceux* de Turin, je ne
les connais pas, mais j'ai su, par elle particulièrement, ce
que valaient *ceux* de Paris, et je n'ai jamais compris qu'elle
pût s'amuser dans un pareil milieu. Cependant elle y tient
depuis si longtemps, que je désespère un peu de la voir
revenir à de meilleurs choix. *La qualité l'entête*[2], et il y a,
de ce côté-là, en elle, un tel enfantillage, que l'on ne comprend pas les contrastes de son esprit avec son caractère.
Si on obtenait d'elle qu'elle mît de la suite dans quelque
étude, et qu'elle voulût rassembler les éléments épars en

---

1. Ernest Périgois est parti en exil pour Turin, où se trouve
Solange Clésinger.
2. Molière, *Le Misanthrope* (II, 4).

elle d'un talent quelconque, son point de vue changerait peut-être. Dites-lui donc d'ailleurs qu'elle est assez aimable et assez séduisante pour charmer des gens d'esprit et de mérite, et qu'elle se rabaisse elle-même en s'occupant d'éblouir des imbéciles.

Mais en ce moment, elle pose la question sur un autre terrain, elle dit qu'elle se querelle avec vous pour vous amener à des relations avantageuses pour ce que vous savez, et que vous la contrecarrez dans ses bonnes intentions par une espèce de spleen… Je lui ai répondu qu'en somme, il fallait respecter votre libre arbitre et ne pas vouloir servir ses amis jusqu'à l'oppression morale ; que vous vous consulteriez avec Angèle et qu'à vous deux, mettant au-dessus de toute considération, la santé et l'éducation des chers petits, vous arriveriez certainement à prendre le meilleur parti.

Quant à moi, c'était de très bonne foi, et nullement pour vous dorer la pilule que je vous enviais votre lieu d'exil. Dans mes souvenirs, ce pays est resté un beau rêve, et puis, je vois que je suis l'opposé de vous, en fait de goûts pour la nature. J'ai la passion des grandes montagnes, et je subis, depuis que je suis au monde, les plaines calcaires, et la petite végétation de chez nous avec une amitié réelle, mais très mélancolique. Mon foie gémit dans cet air mou que nous respirons, et j'y deviens le bœuf apathique qui travaille sans savoir pour qui et pourquoi. Quand je peux sortir de là, ce qui est maintenant bien rare, quand je peux voir des sommets neigeux et des précipices, je change de nature, mon foie disparaît, mon travail s'éclaire en moi-même et je comprends pourquoi je suis au monde. Je ne prétends pas expliquer le phénomène mais je l'éprouve si subit et si complet que je ne peux pas le nier. Et puis j'ai la haine de la propriété territoriale, je m'attache tout au plus à la maison et au jardin. Le champ, la plaine, la bruyère tout ce qui est plat m'assomme, surtout quand ce *plat* m'appartient, quand je me dis que c'est à moi, que je suis forcée de l'avoir, de le garder, de le faire entourer d'épines, et d'en faire sortir le troupeau du pauvre, sous peine d'être pauvre à mon tour, ce qui, dans de certaines situations, entraîne inévitablement la déroute de l'honneur et du devoir. — Donc, je ne tiens pas à ma terre, et à mon endroit, et quand je suis sur la terre et dans l'endroit des autres je me sens

plus légère et plus dans ma nature qui est d'appartenir à
la nature et non au lieu. Comme je vous sais très poète,
je m'imaginais donc que le grand pays, le nouveau, la
montagne, le parler que l'on ne comprend pas (musique
mystérieuse qui vous jette dans un monde de rêveries et
vous fait croire parfois qu'on entend des dialogues et des
chants superbes à la place des plates réalités que l'on
entendrait si on comprenait), je me figurais enfin que cela
vous étourdirait sur le chagrin des séparations momenta-
nées et sur la vive contrariété de laisser en place les
affaires personnelles, c'est-à-dire les devoirs domestiques.
Mais tout cela ne vous a pas distrait et vous vous laissez
aller à la nostalgie, sans songer que c'est nous, les *enfermés*
de France, qui sommes les plus attrapés, puisqu'on fait la
solitude autour de nous, en nous disant : « Restez là !
vous n'avez pas mérité de partir »…

Voilà pourquoi je vous enviais, mais vous êtes triste et
ennuyé, et dès lors je vous plains et je m'afflige, et je dis
qu'il faut pourtant prendre un parti. Voyons, le pays vers
lequel se tournent vos désirs, avez-vous quelque chance
de pouvoir y aller ? Moi, je n'en vois pas quant à présent
et je suis presque sûre que de mon côté je ne réussirais
pas dans ce moment, ayant échoué à propos de vous de
la manière que vous savez. Le chef de l'État a pris la
peine de m'écrire de sa propre main sur du très joli petit
papier et avec beaucoup de politesse que c'était comme
cela et qu'il fallait que ce fût [*lacune*]

[…] des rochers aussi chauds que la campagne de
Rome. Moi je travaille dans ma maisonnette et je m'éreinte
pas mal aussi à la promenade. Ce pays qui n'a l'air de
rien, est par l'absence de chemins et la rareté des sentiers,
un des plus rudes que j'aie habités. Mais il me plaît
justement par cette raison que je n'y suis pas chez moi,
que je n'ai à m'y occuper de rien que de mon travail.
Comment, vous buvez ce terrible vin d'Asti qui brûle
comme du vitriol ? Moi je bois l'eau des petites sources
qui perlent goutte à goutte dans les diamants du mica-
schiste.

Je retourne à Nohant dans deux jours et je verrai
votre nid.

Je reprends à Nohant (7 juin) cette lettre commencée
et même finie à Gargilesse, mais dont toute la fin est non
avenue. Je voulais l'*emposter* (ceci est italien) à La Châtre ;

mais mon séjour là-bas s'étant un peu prolongé, j'ai voulu ne pas vous envoyer mon griffonnage avant d'avoir vu Angèle et les petits, afin de vous parler d'eux, et de faire que ma lettre vous soit agréable. Je les ai donc vus ce soir ou hier soir (car il est une heure du matin) et je les ai trouvés tous quatre beaux, frais, roses, gentils à croquer. Georges très drôle et faisant la conversation d'une façon très comique. Il est trop mignon entre les deux petits qu'il mène chacun d'une main, dans les allées pleines de roses de votre petit jardin. La jolie nièce (fille de Valérie [Néraud]) était avec eux, gracieuse et élégante comme toujours. Tout ce petit monde si beau et si paré (c'était la Fête-Dieu, je crois) me faisait penser qu'il y a des gens plus navrés que vous, mon pauvre enfant ! Vous reverrez tout cela et moi, je n'élèverai plus rien sur mes genoux, que les enfants des autres. Sol a fini sa vie de ce côté et Maurice semble ne vouloir jamais la commencer. Et puis, d'ailleurs, aimerais-je les nouveaux comme j'aimais celle [Nini] qui est allée si loin, si loin que je ne la rejoindrai pas dans ce monde ? Mais parlons de vous et de cette diable de Belgique où vous voilà, je le vois, décidé tout à fait à aller. Angèle m'apprend que c'est arrangé. Donc adieu mes projets d'Italie, car je ne crois pas qu'on me permette d'aller vous voir là-bas. Et puis, ce milieu qui est enragé de *pouvoir* et qui n'est pas socialiste du tout, ne me va guère. Enfin, vous le voulez ! Vous avez sans doute de fortes raisons tout à fait en dehors de la politique, et je m'imagine les deviner, et si je devine bien, hélas ! vous n'avez peut-être pas tort. Ce qui me console c'est que si l'hiver endommage les enfants, vous retournerez vite à Aix, où je m'imaginais que vous seriez bien tout à fait. Ne vous fermez pas cette porte, au moins, je vous en supplie. Ne quittez pas M. de Cavour sans remerciements et sans lui dire que des affaires personnelles vous appellent ailleurs, mais que vous reviendrez probablement réclamer son bon vouloir. Cela ne coûte rien et n'engage à rien.

Bonsoir, mon cher enfant, j'espère avoir de vos nouvelles avant que vous quittiez Turin, et je me hâte de fermer ma lettre pour qu'elle ne tourne pas à l'*in-octavo*, et qu'elle vous parvienne avant votre départ.

Ne vous inquiétez pas de chercher le commencement des lignes en marge de la 1re partie de cette lettre. J'étais

à Gargilesse et je vous parlais de Gargilesse. Vous vous
intéressez davantage à La Châtre comme de juſte, et j'ai
mieux fait de vous en parler. Monmond dit que le temps
lui dure… dure… de ne pas voir son papa. À vous bien
tendrement, mon cher enfant.

## 255. À SOLANGE CLÉSINGER

[Nohant, 16 juin 1858]

Je t'avais écrit de Gargilesse, ma chère fille, mais je n'ai
pas envoyé la lettre parce que je voulais partir tous les
jours et que je suis reſtée plus que je ne pensais. Alors la
lettre était *trop vieille* et ne répondait plus à rien, Angèle
[Périgois] m'ayant remis au courant de ce qui concernait
son mari et ta santé dont je vois que grâce à Dieu et au
bon air de là-bas, il n'y a plus à se tourmenter. Ma foi,
vous êtes bien heureux de n'avoir pas trop chaud. À Gargilesse nous avons eu 36 degrés, et ici, en moyenne 34.
Pas une goutte de pluie, malgré de gros orages qui gro-
gnent autour des horizons, et un accablement tel que moi
qui aime la chaleur, je ne sors pas de la bibliothèque
avant la nuit. En revanche quand je suis à Gargilesse, je
fais plusieurs lieues à pied chaque jour en plein midi, me
rappelant comme une oasis de fraîcheur les collines de
Tusculum, et les sables de La Spezia. Je me suis bien
trouvée de ce régime, car je me porte comme le pont
Neuf depuis ce métier de brique dans un four, où ma
figure et mes mains ont pris un ton de vase étrusque
divertissant. Ce n'eſt pas tous les ans qu'on peut se procurer cette teinte-là en France. Mais je me chagrine parce
que ton frère, retenu à Paris pour la publication de deux
albums[1], dont il eſt obligé de surveiller le tirage, doit
cuire et souffrir dans sa mansarde sous les toits. Je l'attends maintenant d'un jour à l'autre, mais j'en suis impatiente. Travailler dans un atelier de Paris en ce moment,
c'eſt être condamné *aux plombs*[2].

1. Ces deux albums, faits en collaboration avec sa mère, sont
*Légendes ruſtiques* (1858) et *Masques et Bouffons* (1859).
2. Prison du palais ducal de Venise située sous les toits de plomb.

Ma vie, d'ailleurs, tourne au Gargilesse avec un attrait invincible. Cette vie de village, pêle-mêle avec la véritable *rusticité* me paraît beaucoup plus normale que la vie de château qui est bien compliquée pour moi. N'avoir à s'occuper de rien au monde en fait de choses matérielles, m'a toujours paru un idéal et je trouve cet idéal dans ma chambrette où il y a tout juste la place de dormir, de se laver et d'écrire. D'une fenêtre grande comme un des carreaux des croisées de Nohant, je contemple de mon lit et de ma petite table de travail, une vue qui n'est pas une vue. C'est un fouillis d'arbres, de buissons et de toits de tuiles noires au-dessus duquel monte un horizon de rochers couronné d'un bois très ancien. C'est là que se couche la lune au-dessus de la Creuse, trop encaissée pour que je la voie, mais qui chante toute la nuit comme un vrai torrent guilleret.

La maisonnette composée de deux chambres excessivement propres, lits de fer, chaises de paille, tables de bois blanc, est soudée à d'autres maisons pareilles mais moins propres, habitées par les paysans de l'endroit, très aimables, obligeants, pas du tout flatteurs ni mendiants. D'ailleurs je ne suis pas pour eux une châtelaine mais une *auvergnate*, ni homme ni femme, c'est-à-dire une *étrangère qui n'est pas du bourg*, mais qui s'y plaît tout de même. Ça les étonne un peu, et puis l'amour-propre de clocher aidant, après s'être figuré d'abord que j'étais folle d'aimer leurs rochers, les voilà qui s'imaginent sans effort qu'il n'y a rien de plus beau sous le ciel que leur paroisse, leurs chemins (note qu'il n'y en a pas, et qu'il faut y arriver à pied par tous les temps), leurs cochons, leurs arbres et leurs maisons qui sont toutes très pittoresques, il faut en convenir. Mais comme ils ne comprennent pas sous quel rapport je les trouve jolies, ils commencent à croire que Paris n'est qu'un ramassis de *toits à porcs* et que le seul endroit du monde où l'homme soit bien logé, c'est Gargilesse. Il y a à rabattre de cette dernière prétention, sauf la cambuse à Manceau, le reste est criblé de puces grosses comme des bœufs, et les rues pavées de... ces maris où on marche dedans[3]. Aussi pour aller déjeuner et dîner à un petit cabaret, qui est très propre, au lieu de traverser la *grand rue*, je monte à quatre pattes un rocher auquel

---

3. Voir à la fin de la lettre le paragraphe sur la Castiglione.

s'appuie la maisonnette et je m'en vas dîner *à pic* pour revenir d'une autre façon encore plus fantastique. J'ai pour vis-à-vis du côté de la chambre de Manceau, l'école avec une centaine de moutards et un magister bossu [Guérin]. Tout ça est très bruyant, mais nous n'avons qu'à les regarder tout se tait, et cette population de moutards nous adore. Le maître d'école de sa fenêtre, fait des phrases avec Manceau. La voisine, assise sur son escalier tricote en admirant ces grands esprits. Les rouges-gorges font leur nid dans les orties et les saxifrages de la muraille, le cochon du voisin se vautre à côté de l'âne, le pauvre fait sa tournée dès le matin. C'est un personnage très fantastique que ce pauvre. C'est le seul mendiant de la paroisse. Il est grand comme un géant, vieux comme un chemin, sourd comme un sabot. Il a des habits de *monsieur*, dans un état de délabrement effroyable. Il passe, regarde, et ne demande rien. On lui donne, il prend sans rien dire, pas plus content de 20 sous que d'un centime et s'en va plus loin. Il a sa maison à lui. Les filles du village lui font son pain et son ménage. C'est M. Valentin, ou encore mieux, Monsieur le pauvre, parce que une particularité de ce village, c'est le titre de Mr, Mme et Mlle appliqué à tout le monde quelque déguenillé que l'on soit. Tout le monde salue donc Mr le pauvre en passant devant lui, et quand on demande qui il est, on vous répond : je ne sais pas, c'est un *Monsieur* qui n'est ici que depuis 20 ans. C'est un *étranger*.

Parlons de George[4]. Je devine un peu le fond de vos désaccords, mais il faut l'écrire *peu*. J'espère qu'il aimera la Savoie et qu'il trouvera par là un joli coin pour caser sa famille. Je ne suis pas trop d'avis qu'il faille discuter contre une répugnance comme celle de voir telle ou telle personne. Le caractère humain n'est pas si tendre qu'on se l'imagine soi-même. La vie se passe à accepter des choses et des gens que l'on croyait impossibles à avaler, et que l'on se met quelquefois à aimer quand même. Mais il ne faut pas ériger en système que nos amis doivent voir comme nous d'emblée et abjurer leurs idées dans une conversation. Cela ne se passe pas ainsi dans la vie, et je ne crois pas notre ami têtu comme tu le vois. Peut-être que si j'entendais vos causeries, je lui donnerais plus rai-

4. C'est-à-dire Ernest Périgois.

son que tu ne penses, sauf à m'apercevoir plus tard qu'il y a à modifier certaines opinions, et qu'en somme il n'y a d'erroné absolument en ce monde que les partis pris sans examen. C'est, en somme, un homme d'une très grande valeur, qui s'est trop laissé éteindre par l'apathie méditative, et je l'avoue très séduisante de notre atmosphère berrichonne ; mais tel qu'il est, c'est un des caractères les plus élevés et une des intelligences les plus étendues que je connaisse. Il a en lui-même, et sans en faire montre, la suprême distinction des sentiments et des idées. Je n'ai jamais eu pour lui qu'une crainte, c'est qu'il ne subît l'ascendant d'amis très excellents à coup sûr, mais qui lui sont très inférieurs, et qui pourraient l'entraîner en attaquant la fibre de sa délicatesse et de sa générosité. Il est trop modeste, voilà son défaut, et c'est une vertu. Je le regretterai donc beaucoup pour toi, à Turin. Mais s'il souffre de ce malaise qui ne s'explique pas, que Maurice et moi nous éprouvions à Rome, il ne faut pas le retenir. Il y tomberait malade.

Quant à toi, mauvaise tête, je crois sans peine que tu as des succès de chic et d'originalité, et qu'en ne faisant pas trop de gambades au bord des précipices, tu pourrais, à Turin, et encore mieux à *Florence*, où la tolérance est l'âme de la société, nonobstant les cancans, te faire une petite cour comme tu les aimes. Mais je crains pour toi ces brusques fantaisies qui, je crois, renversent de temps en temps tes édifices quelque bien construits qu'ils soient, selon toi. Je ne sais rien de ta véritable vie et ne veux pas savoir, puisque tes explications aboutissent toujours pour moi à une désapprobation dont tu te fâches et que tu as l'air de ne pas comprendre. Je croyais m'être dix fois bien expliquée sur ce que je crois permis dans ta situation et non permis dans quelque situation que ce soit. Mais comme je ne veux pas savoir ce qu'on peut dire, et que tu me dis ce que tu veux (quelquefois avec trop d'esprit pour que je comprenne), je suis forcée de m'abstenir de juger. Le jour où tu serais réellement explicite, je te donnerais peut-être une bonne clé pour sortir d'un labyrinthe où tu te fatigues à chercher. Mais cette clé voudrais-tu la prendre ? Ce n'est pas sûr. Ce que je vois, c'est que le milieu que tu t'étais choisi à Paris, et dont tu parlais avec beaucoup de satisfaction et de fierté, t'a ennuyée ou manqué tout à coup un beau matin, puisque tu as transporté

ailleurs tes projets et tes chiffons. Pour ta santé, j'en suis
contente. Pour l'avenir, je ne sais qu'en dire. Un milieu
nouveau est très bon quand on sait profiter de l'expérience acquise dans celui que l'on quitte. Mais nous avons
deux points de vue si différents que tu m'as donné auprès
de toi, dès le commencement de ta vie, le rôle de l'impuissance, la responsabilité sans l'autorité, situation impossible ! Tu ne veux pas de ce qui fait tout accepter, et tout
supporter, les satisfactions du cœur, ou les déceptions du
cœur, *n'importe*, mais enfin le rôle du cœur à tout prix,
sans l'accompagnement des fanfreluches, des fusées et
des fumées. — Toi, tu t'es fait je ne sais quel idéal de
toutes sortes de sauces de haut goût au milieu desquelles
je vois des truffes, des piments, des dragées, de la glace,
du feu, et rien à manger pour se nourrir et digérer
comme tout le monde. Et pourtant tu as du cœur, du
dévouement et de la charité, et même beaucoup plus que
la plupart des femmes. Mais le beau Pâris de Troie aux
cheveux frisés passe et te voilà partie pour le pays des
flûtes, des rubans et des grelots, affichant des airs de
Don Juan femelle et disant avec de grands éclats de rire :
mon Dieu, que j'étais bête hier, d'être bonne et raisonnable ! Pourquoi tout cela ? Je l'ai dit souvent : je l'ai mise
au monde, je l'ai nourrie, fouettée, adorée, gâtée, grondée, punie, pardonnée et avec tout cela, je ne la connais
pas du tout, ne pouvant jamais deviner ni comprendre
pourquoi elle fait ou veut faire telle ou telle chose qui
pour moi n'a pas sa raison d'être.

　　Je ne suis pas si rigide que George en fait de littérature. J'adore Voiture, c'est une vieille passion, un fadasse
si on le juge comme un contemporain, mais le plus curieux
et le plus charmant *diseux de rin que j'asse pas connaissu*[5].
Mérimée est un maître, Ronsard un divin poète, et About,
un talent charmant que l'avenir augmentera ou détruira
selon la vie qu'il mènera.

　　Voilà comme je pense, et si tu avais, de ces quatre
esprits le moindre à ton service pour la *forme* et le *savoir*
faire, ce qu'on appelle le *métier*, je te dirais écris vite et
publie. Je crois George trop difficile et trop exclusif. Mais
je doute que d'emblée, tu fasses un roman comme *Tolla*[6],

---

5. En berrichon : « diseur de riens que je connaisse ».
6. Roman d'Edmond About (1855).

qui certes est une bonne chose. Ce n'est pas une raison pour ne pas essayer n'importe quoi. Envoie-moi ton élucubration[7], et comme je suis assez au courant *pour le moment,* de ce qui plaît, je te dirai franchement s'il faut la publier. Quant aux vers, je ne serais pas bien compétente et George qui en fait de très beaux pourrait te mieux conseiller. Mais si tu te rebutes quand on te dit qu'une chose n'est pas réussie, tu ne feras jamais rien. Il faut au contraire, que le blâme te stimule et te donne envie de mieux faire. Je crois qu'en voulant faire parler un *voyageur amoureux,* tu débutes par une très grande difficulté ; l'amour d'un homme, dit par une femme, surtout à brûle-pourpoint dans une lettre, c'est un tour de force et ne peut passer qu'avec une habileté consommée. Envoie-moi ça quand même, et si tu me parais avoir échoué, en effet, tu prendras ton sujet plus terre à terre. Il est impossible qu'il n'y ait pas quelque chose à sauver dans tout cela.

Ta dame qui réclame son amant[8] me paraît bonne à mettre aux petites maisons et le mari qui a laissé, avec ou sans cornes, compromettre sa femme en France au point où elle l'a été, est un idiot ou un misérable dans lequel tu feras bien de ne pas marcher du tout. — J'ai dû la voir, elle, chez Mme Dumas à Paris. J'ai fait faux bond à l'*exprès,* à cause de ce qu'on disait, bien que je fusse curieuse de voir ce miracle de la nature. Est-elle aussi belle que l'on dit ? Mais si tu ne brodes pas l'histoire que tu me racontes, elle n'est pas à moitié extravagante. Ta réponse est salée, mais t'en fera une ennemie ainsi que des deux *signori* : n'aurais-tu pas mieux fait de hausser les épaules ? Ça en dit tout autant.

Je te bige et vas me coucher. Je n'ai pas besoin de consulter Manceau et le père Aulard qui dorment probablement à l'heure qu'il est, du sommeil des anges, pour te dire leurs plus belles amitiés.

3 h. du matin 16 juin.

---

7. Dans sa lettre du 8-10 juin, Solange dit à sa mère qu'elle a écrit des « lettres d'un voyageur amoureux » sur Turin.

8. Il s'agit de la comtesse de Castiglione, à qui Solange a fait répondre que cet amant « n'est bon que pour elle : il est trop bête pour moi qui ne trouve même pas digne de décrotter mes souliers, les jours où j'ai marché dans son mari ».

Émile [Aucante] t'a-t-il écrit que tu aurais à faire toucher ta pension chez lui, probablement le mois prochain et les suivants ? Il prend mes affaires de chez Balmont. Je ne sais si c'est terminé. Envoie toujours chez Balmont comme si de rien n'était, et si Balmont dit *non*, envoie ton reçu chez Émile, rue *N.D. de Lorette 7 Agence générale*.

## 256. À SOLANGE CLÉSINGER

[Nohant, 18 août 1858]

Je ne sais plus guère où te prendre puisque te voilà à Baden quand je te croyais à Paris. Mais je pense que l'on te renvoie exactement tes lettres. J'ai relu attentivement celle où tu expliques à ta façon le problème de ta vie, rejetant tout sur le caprice de la destinée et l'injustice des êtres qui ont agi directement sur la tienne.

Non, non, ma fille, tout cela n'explique rien et n'excuse rien. Ce parti-pris de mal penser et de mal faire envers toi-même est plus ancien que ton mariage, et enfant, tu t'en prenais à tout le monde : à moi, à toi, à ta propre santé que tu essayais déjà de détruire, à ton bonheur de famille que tu n'as jamais compris ni goûté et que tu regardais comme un joug et un ennui. Toi, nous regretter ! mais non, ma pauvre enfant, tu l'as rendue impossible, cette vie de famille ; tu l'as déchirée à beaux ongles, tu l'as sans cesse raillée et dédaignée, et tu n'as pas craint, à la dernière tentative que j'ai faite pour te guérir l'âme et le corps, de souiller ton nid par une fantaisie des plus mal placées. Je ne peux prendre la responsabilité de pareilles escapades, et je te l'ai dit alors, tant que tu ne seras pas transformée et rendue à la raison, je ne te souffrirai pas sous mes yeux, sous mon toit, faire scandale et désespoir dans ma vie. C'est bien assez que je sache, par tes demi-aveux et par de tristes certitudes, maintenant acquises, que tu veux marcher dans ce chemin-là encore un temps. Combien de temps, hélas ? j'espère toujours que tu t'en lasseras. Mais tes lettres si échevelées et presque *cyniques* sous leur grâce railleuse, me montrent bien que nous ne nous entendrions pas encore. Ou le scepticisme que tu affiches me tuerait, ou je m'indignerais à chaque instant contre toi. De loin, du moins, je te plains, et j'espère. Tu dis que je ne veux te souffrir ni chez moi ni près de moi, non certes, avec *des amants*! Si tu t'établis dans mon voisinage avec ce train de vie que tu essayais d'établir à la maison il y a 2 ans[1], je quitterai la partie, je m'en irai vivre ailleurs. Je ne veux pas sanctionner par une tolérance honteuse, une manière d'exister qui est comme une protestation cruelle et audacieuse contre l'amour vrai, la chasteté, la probité de l'âme, toutes choses auxquelles je crois encore sous mes cheveux gris, et que tu traites d'illusions et de billevesées. Je comprends et j'ai connu le doute en matière de morale et de religion. Qui n'a connu cette maladie? Mais le doute que l'on combat en soi-même est une épreuve; celui que l'on cherche, que l'on caresse, et que l'on proclame en se jetant gaiement et résolument dans le mal, est un vice de l'esprit et du cœur. Depuis quand donc le malheur est-il une excuse à la perversité des idées, à l'égarement, à l'oubli de soi-même? Eh quoi, toutes les femmes mal mariées, toutes les mères qui ont perdu leur enfant ont le droit de dire — *Je fais avec le premier sot ou l'indifférent que je rencontre une grosse sottise, cela me donne une heure de rire nerveux, le regret et le remords viennent après mais cela occupe et le temps passe?*

Ce sont là tes propres expressions. Eh bien mon enfant, elles sont affreuses, et la pitié tendre à laquelle les douleurs de ta jeunesse semblaient te donner droit, s'effacera chez les âmes honnêtes pour faire place au dégoût. Tu te consoles de ta mauvaise réputation en te disant *enviée des autres femmes*. Quelles sont donc ces femmes qui envient ce laisser-aller déplorable des instincts et cet oubli de la dignité humaine? Ce ne peuvent être que des drôlesses, qui ne méritent pas le nom de femmes.

— Tu le sens bien toi-même, car tu les déchires de toutes les griffes de ton sarcasme mais tu éprouves, dis-tu, un désespoir qui va jusqu'à la pensée du suicide. Eh bien, cela je n'en crois rien. Tu poses ce désespoir avec beaucoup d'art devant les gens naïfs à imagination vive, et tu en fais tes admirateurs et tes dupes, mais cela ne réussit qu'un moment. En te voyant rire le lendemain de

1. Solange était venue à Nohant en septembre 1856 avec son amant du moment, Alfred Seymour.

tes pleurs de la veille, personne ne s'attachera véritablement à ta deſtinée, personne, si simple ou si engoué, ou
si ébloui qu'il soit (car je crois que tu joues ce drame
intime avec tous ceux que tu peux empoigner, et que tu
le joues fort bien), personne ne pourra se persuader longtemps que la honte du mal et le regret du bien habitent
réellement une âme qui retourne au diable avec des
allures si cavalièrement réjouies. Quand on a le désespoir
au cœur, on quitte le désordre, on cherche une affection
vraie, on s'efforce de la mériter et on s'y tient. Rien ne
sert de maugréer contre *messieurs les hommes*, comme tu
dis. Ils ne valent ni plus ni moins que nous et pour les
maudire de leurs trahisons, il faut être irréprochable soi-
même.

Il eſt temps encore, ma fille, il eſt toujours temps.
Dieu ne repousse personne, et c'eſt une lâcheté de dire :
Il n'a pas voulu de moi. Le vrai, le bien, le juſte ont beau
paraître étouffés en nous, il y a toujours une étincelle que
nous pouvons ranimer et Dieu nous aide toujours. Tu
parles de dévotion catholique, de couvent ? Soit, si tu t'y
jettes sincèrement. Mais tu l'as essayé et tu en as fait un
calcul et puis un jeu. N'importe : si la foi te vient, *get thee
to a nunnery* comme dit Hamlet à Ophélia[2]. Cela vaudra
mieux que de jouer avec ton âme comme un chat avec
une souris.

Je suis malade de t'écrire tout cela. Mon foie devient
gros comme une tête quand je creuse cet abîme. Tu dis
que tu ne sais rien de ce que tu veux faire, que tu iras ou
ici, ou là ; arrête-toi, arrête-toi, n'importe où ! que ce soit
dans un palais, dans une église, ou dans une petite
chambre d'auberge, tu y trouveras le repos et la force, le
jour où ta conscience te parlera.

Voilà ce que je t'écris ! Quand j'essaie de te le dire, tu
ris ou tu te fâches, et tout finit par des reproches amers
que tu m'adresses, comme si ce beau catéchisme de folie
que tu t'es arrangé était mon œuvre. L'œuvre inutile et
désolée de ma vie a été de le combattre chez toi, et chez
tous ceux qui en affichaient un semblable, je ne me lasse
pas de poursuivre et de chanter *l'idéal* sur tous les tons,
je mourrai en y croyant, car je lui aurai dû les meilleurs
mouvements et les plus saines heures de ma vie ; et pour-

2. « Va-t'en dans un couvent » (Shakespeare, *Hamlet*, III, 1).

tant, ma fille, j'ai été aussi malheureuse que toi, ne fût-ce que par toi, hélas! Ton enfant tenait à mes entrailles autant qu'aux tiennes, et j'avais, en outre, une prédilection de cœur pour elle. Moi aussi, j'ai vu dix fois ma vie brisée et le suicide m'a poursuivie comme un vertige, des années entières. Mais j'ai raisonné *dur* avec moi-même et Dieu m'a toujours assistée. Malheureusement je n'ai pas d'influence sur toi, je n'en ai jamais eu. Tu ne m'as jamais réellement aimée, et bien souvent tu m'as ouvertement et violemment haïe. Cela je l'ai pardonné, mais mes entrailles n'ont pu en oublier la blessure et je sens bien que l'effusion ne renaîtra entre nous que lorsque tu auras changé ta vie. Alors tes yeux s'ouvriront, tu comprendras mes indignations maternelles et tu ne les traiteras plus de caprices maladifs, tu déchiffreras cette énigme de ton existence que je comprends, moi, depuis ton affreuse lettre.

Quand tu croiras en toi-même j'y croirai aussi, mais, en attendant, parlons d'autre chose que de ta soif de vivre auprès de moi, où tu t'ennuies si profondément. Ton amabilité me fait du mal quand je me rappelle l'amertume et le dénigrement qu'elle couve. Ah! si tu m'aimais, tu t'aimerais toi-même, tandis que tu nous assassines tranquillement toutes les deux!

Nohant 18 août 58.

## 257. À IDA DUMAS

[Nohant, 5 janvier 1859]

Il faut donc que ce soit à l'occasion de la nouvelle année que vous me donnez signe de vie, chère paresseuse? Je ne fais que de recommencer toute l'année, à être inquiète de vous. Pourtant vous n'êtes pas forcée de traîner un boulet de travail qui vous compte vos heures de sommeil et de récréation, et qui très souvent vous les supprime. Mais vous voilà revenue, je ne veux pas vous gronder. Au contraire, chaque lettre de vous est une joie, et si cela rend exigeant ne vous en prenez qu'à vous. Je suis heureuse de vous savoir bien logée et assez bien por-

tante dans un beau climat. Et puis, cette ville de Gênes
est si jolie *par morceaux*, et le pays environnant adorable
aussi, *par endroits*! L'ensemble de la ville et celui du cadre
m'ont toujours semblé manquer de grandeur et de quelque
chose que j'appellerai le *sérieux*, ne sachant comment dire
ce qui y manque, ce n'est pas la physionomie expressive
et profonde de Florence, ni même de Pise, de Pérouse,
et de villes moins importantes encore, mais quand on
ne regarde qu'un coin du tableau, il y a tant et de si
coquettes choses, et une si belle lumière, et une si riante
végétation que l'on peut bien être content d'y avoir un
nid provisoire. Et il paraît que le vôtre est très beau? Je
m'en réjouis, sachant que cela est un point très important
dans votre vie recluse. La mienne s'arrangerait bien d'un
peu de poésie par les fenêtres. Notre sombre climat a la
sienne (sa poésie), mais quelquefois bien austère, et il faut
toujours avoir la volonté tendue au travail, à la réflexion
et aussi *à la foi* pour combattre les influences spleenétiques d'un ciel gris et de pluies torrentielles, avec des
vents sinistres pendant des semaines et des mois entiers.
Vous rirez, j'en suis sûre, de voir *la foi* en cette affaire.
Elle y est pourtant, j'ai besoin qu'elle intervienne dans
toutes les impressions du monde extérieur qui disposent
de notre pauvre entendement, souvent plus qu'il ne faudrait. On a des rêves, des soifs de soleil et de beauté qui
font battre le cœur au milieu de ces brouillards étouf-
fants. Mais l'imagination vient à mon aide. Je peuple de
toutes les splendeurs des climats heureux, le monde que
mon âme espère et croit habiter un jour, et qu'elle habite
par anticipation, du moment qu'elle se le représente.

  J'ai lu votre réponse dans *les Guêpes*. Eh bien, c'est très
charmant, très bien dit, et très vrai, à beaucoup d'égards.
Mais c'est douloureux, ma belle amie, parce que cela
manque justement de la foi que je vous dis. Peut-être me
trouvez-vous folle de vivre moitié en ce monde, moitié
ailleurs, mais pourtant! une si belle intelligence comme
est la vôtre, a-t-elle jamais pu embrasser une négation?
Cela ne me paraît pas possible? Eh bien, si vous ne niez
pas, vous croyez, il n'y a guère de milieu où un esprit
logique puisse s'arrêter longtemps. Si vous *croyez*, vous
*savez*. Si vous savez qu'au-delà de cette petite vie de deux
sous où nous passons le temps à ne pas jouir de la jeunesse et à ne pas profiter de l'âge mûr, il y a une suc-

cession sans fin d'existences toujours meilleures, à mesure
que nous savons trouver et monter le bon escalier, vous
ne pouvez jamais dire avec raison qu'il y ait des maux
sans remède et des chagrins sans compensation. La foi,
c'est l'optimisme, direz-vous, c'est un résultat de la santé
ou du milieu où l'on vit. Non, non, ce n'est pas cela. On
la trouve surtout dans la maladie, dans l'isolement, dans
la misère, quand on s'est habitué à la vouloir et à la
contempler. La seule cause de nos chagrins profonds,
c'est l'oubli où nous la laissons retomber, et le nuage
épais qui l'enveloppe quand nous avons trop laissé amas-
ser ce voile devant nos yeux, et autour de nos étroits
horizons. Qu'est-ce que ça fait de vieillir si on sent l'âme
jeune pour une éternité de force, d'amour et de bonheur ? Le corps s'use comme un habit, soit. Mais l'éternel principe de la vie n'est guère embarrassé pour nous
en donner un autre, et demain, ce soir, peut-être avant
que j'aie fini cette lettre, ma défroque peut être renouvelée.

On m'a interrompue et on a bien fait car il me semble
que je devenais par trop ennuyeuse. Il faut que je vous
parle du monde réel, de nos occupations auxquelles
vous avez bien voulu vous intéresser et apporter votre
concours. Maurice a fini son énorme ouvrage ce qui ne
l'a pas empêché de tirer vite parti de votre petit livre *Bri-
ghellesque* pour ajouter à la physionomie du personnage,
avant d'emballer[1] ; car ce cher enfant part demain pour
Paris. Il est dans les paquets, ainsi que sa sœur qui est
venue passer le jour de l'an avec nous. Il me charge de
le mettre à vos pieds et de vous remercier cent mille fois.

— L'ouvrage ne paraîtra qu'après le mois de mars, car le
pauvre Manceau n'aura fini qu'à cette époque. J'ai relu
le texte qui est très bien et très nourri. Vous ai-je dit
qu'au milieu de ces recherches arides, Maurice avait
découvert un beau génie inconnu en France et dont il a
traduit des fragments ? C'est le Ruzzante (Angelo Beolco)
qui faisait et jouait des comédies vers 1530. J'ai pris ce
vieux mort en passion, et, pour l'amour de lui, je me suis
cassé la tête à traduire pour mon compte des dialectes

---

1. L'ouvrage de Maurice, avec la collaboration de sa mère, est
*Masques et Bouffons* (1859), sur la comédie italienne, où Brighella avait
bien sûr sa place.

effroyables, ravissants au bout du compte, le vénitien, le
padouan, le bergamasque, le bolonais etc., etc., car chaque
personnage de cet auteur parle un dialecte différent, et
comme on le parlait, il y a trois cents ans. Si bien que je
suis très tentée, à présent que je le comprends, de faire
et de publier une traduction complète. Mais il me faudrait être en relation avec quelque érudit padouan, le
directeur de la bibliothèque de Padoue, par exemple.
Connaissez-vous quelqu'un dans ce pays-là ? et pourriez-
vous, au moins, me mettre en rapport avec une personne
capable de me renseigner sur divers points essentiels
dont je vous enverrais le détail dans une lettre ? — Si
oui, vous serez bonne comme tout de me répondre de
suite un mot.

Vous pouvez m'écrire toujours ici, car si je m'absente
ce ne sera que pour aller passer les grandes gelées à Gargilesse, et ensuite à Paris au mois de mars ; mais toujours
pour bien peu car je suis dans une gêne d'argent *insensée*.

Qu'est-ce donc que cette Mme de Solms à qui Karr
fait une si grosse guerre[2] ? Je la connais et je ne la connais
pas. Sous un aspect, elle est charmante, sous l'autre elle
est folle. Qu'est-ce que vous pensez d'elle au fond ? Dans
l'affaire Karr, elle a certainement tout le tort. — Comme
il est charmant et spirituel, lui ! et d'un esprit qui va au
fond de tout avec droiture et raison ! Écrivez-lui souvent,
puisqu'il nous donne vos lettres, mais ne me délaissez
pas pour cela. Quant à l'affreux Trecastagne [Villafranca],
je ne lui dis rien du tout, j'attends qu'il nous écrive pour
lui dire que nous l'aimons. Mais il faut qu'il secoue sa
paresse, autrement nous le haïssons, qu'il se le tienne
pour dit.

À vous chère amie, les deux artistes de Nohant envoient
des respects et des adorations. Moi je vous embrasse tendrement et je vous veux forte et tranquille.

                                        G. Sand

5 janvier 59 Nohant

2. Dans son journal *Les Guêpes*, Alphonse Karr avait attaqué la
femme de lettres Marie de Solms à plusieurs reprises fin 1858.

## 258. À ÉMILE AUCANTE

[Nohant, 16 janvier 1859]

Mon cher vieux, je serais bien mal à l'aise pour écrire au Prince en ce moment. Vous savez, il y a des moments où l'on vient de demander tant de choses que l'on craint de faire déborder le vase. J'ai eu à lui demander pour Pâtureau[1], le passage gratuit, la dispense pour les chemins de fer, et de plus quelque chose pour pouvoir bâtir là-bas et s'installer. Le Prince a été excellent, il a donné 2 000 f. de sa poche. Il a fait droit à beaucoup d'autres demandes du même genre, mais en fait de places, il m'a dit « ne me demandez plus rien, je n'ai plus rien qui ne soit promis ». Je n'ose donc pas y revenir au lendemain d'une telle réponse. Pour Girardin, c'est différent, je vous envoie une lettre pour lui. Vous verrez demain Mauricot qui vous dira de ma part d'être sans inquiétude, d'agir toujours mais de ne pas vous croire perdu pour quelques semaines de plus ou de moins. Est-ce que je ne suis pas là ? Vous seriez trop bête de croire que je veux que vous restiez sans le sou, quand il y a toujours dans mes recettes courantes 200 ou 300 f. qui peuvent vous faire attendre et que je vous autorise, une fois pour toutes, à m'emprunter. Prenez donc le temps nécessaire pour trouver un bon emploi, et ne vous mettez pas une mauvaise corde au cou pour m'épargner une misère qui en somme peut vous assurer à propos quelques semaines sans me gêner. N'y mettez pas de scrupule exagéré, cela me ferait de la peine.

J'ai écrit à Guéroult pour l'article de la Joconde. Quant à la manière de publier si lentement *Narcisse*, c'est détestable[2], mais ça ne le regarde pas. Une autre fois, il faudra prévoir cela dans les traités.

---

1. Pâtureau-Francœur, qui avait été déporté en Algérie et a été libéré, va retourner s'y installer, ne pouvant supporter la surveillance policière dont il est l'objet. Il a rédigé un ouvrage dont il sera question plus bas, *Culture de la vigne. Simples conseils d'un vigneron à ses confrères d'Algérie* (Philippeville, 1861).

2. Le roman *Narcisse* paraît en feuilleton dans *La Presse* de façon très discontinue, du 14 décembre 1858 au 27 janvier 1859. L'article « Sur la Joconde », publié dans *La Presse* du 8 décembre 1858, recueilli dans *Souvenirs et impressions littéraires*, est consacré à la gravure par Calamatta d'après le tableau de Léonard de Vinci.

Je viens de voir Montigny. Il a lu ma pièce[3], il l'aime,
bien qu'il demande des changements sur lesquels nous
sommes d'accord. La preuve qu'il y tient, c'est qu'il voulait me remettre de suite 3 000 f. de prime pour mes
3 actes. J'ai refusé de les recevoir avant que le travail fût
fait et lui parût satisfaisant. Je vais m'en occuper de suite.
Il me jouera du 1er au 10 avril, si la pièce qu'on joue
maintenant et celle d'Augier qui doit suivre ne se pro-
longent pas au-delà. Auquel cas, ne voulant pas que la
nouveauté de ma pièce tombe dans les premières cha-
leurs, je serais jouée à la mi-7bre. Prenez note de cette
situation qui me sera confirmée par lettre de lui, et nous
verrons si ces lettres équivalent à un traité. Vous me
disiez que vous aviez pensé à *une clause importante. Dites-la-
moi de suite.* Par lettres et conversations, j'arriverai très
bien à me faire promettre, et alors s'il y a lieu, nous
ferons un traité, mais pour le moment, il m'a paru ne pas
se soucier de discussions soulevées par un tiers. Il faut
donc que les objections aient l'air de venir de moi. Je lui
ai reproché de n'avoir pas joué mes pièces. Il s'en est
excusé, et *accusé*, disant que cela avait été impossible à son
grand regret, et qu'il remontait *Le Démon du Foyer* et
*Victorine.* Quant à cette dernière pièce, je lui ai dit ce que
je sais vrai, c'est que le Théâtre-Français la prendrait avec
plaisir et que s'il n'y tenait pas, je pourrais m'en occuper
en ce sens. Il m'a répondu que si l'on me faisait l'offre
d'une reprise sérieuse, il ne chercherait pas à m'en
détourner, et que pourtant, il verrait avec beaucoup
de regret, cette pièce sortir de son répertoire. Parlez-en
donc à Mme Arnould. Si le Théâtre-Français m'assurait
quelques représentations avec la pièce bien montée, je
serais au moins en position de dire à Montigny : *vous voyez*
et cela le déciderait à ne plus me négliger comme il l'a
fait.

Je vas donc m'occuper pendant une quinzaine de refaire
ma pièce actuelle, après quoi je reviendrai au roman[4] et
vous placerez comme vous voudrez, mais si c'est à la

---

3. *Marguerite de Sainte-Gemme* sera créée au Gymnase le 23 avril 1859,
après la *Cendrillon* de Théodore Barrière et *Un beau mariage* d'Émile
Augier et Édouard Foussier.
4. Le prochain roman, *Jean de la Roche*, commencé en juillet, sera
en effet publié dans la *Revue des Deux Mondes* du 15 octobre au
1er décembre 1859.

revue, ne subissez plus cette clause d'*exclusion* qui est inexécutable.

Maurice vous dira que son père assure vous avoir envoyé les deux autorisations. Si vous n'avez pas reçu, écrivez de nouveau et faites mettre un mot de Maurice dans votre lettre.

J'ai envoyé à Pâtureau le texte de votre réponse sur son livre, il décidera.

Il ne s'agirait plus d'une note à faire remettre à l'empereur mais d'une lettre toute personnelle que je lui écrirais pour lui dire la situation et que je lui dirais de garder pour lui, tout en avisant. Voyez si en présentant les faits avec beaucoup de brièveté et de netteté on ne l'éclairerait pas mieux qu'en le laissant aux élucubrations de Sandeau et Cie. Je ne suis pas du tout gênée avec l'empereur, n'ayant jamais eu rien de personnel à démêler avec lui. Il sait bien qui je suis.

Ce Janin me paraît superbe. J'ai lu le passage à Montigny qui en a ri aux éclats.

Bonsoir mon bonhomme, ne vous découragez pas, ni pour vous, ni pour moi. Il faut vivre d'espérance quand le présent est mauvais, et le découragement paralyse.

J'ai parlé de vous aussi à Montigny. Il m'a dit que s'il y avait un contentieux assez important à son théâtre, il vous le confierait avec plaisir, mais qu'il ne voyait pas ce qu'il pouvait vous faire faire, qu'il y penserait, et qu'il comprenait très bien qu'un garçon comme vous serait un trésor pour quiconque le prendrait. Bonsoir, amitiés de Manceau.

À vous de cœur.

G. S.

Gardez la feuille qui suit pour en parler avec Arrault et l'avocat, si vous jugez que nous devons donner suite au procès — elle résume je crois toute l'affaire.

Arrault m'écrit toujours comme si nous devions recommencer la guerre contre Breuillard[5]. De votre côté,

---

5. Breuillard, chef d'institution à Auxerre, avait attaqué Sand de façon injurieuse dans son discours de distribution des prix (publié ensuite) le 7 août 1858 ; Sand l'attaqua en justice, Breuillard fut condamné par le Tribunal criminel d'Auxerre le 24 décembre, mais elle ne fit pas appel.

vous trouvez que la réparation est suffisante du moment
qu'on a publié le texte du jugement. C'était mon avis.
Pourtant je viens de lire ce *texte* et il faut que nous en
reparlions. Je ne suis pas contente des termes de ce jugement. Il y est dit que *les révélations que j'ai faites dans
l'histoire de ma vie n'ont aucun rapport avec les faits indiqués dans
le passage précité.* Mais il n'y est pas dit que, dans aucun de
mes ouvrages, je n'ai mis en scène *l'amour charnel d'une
prostituée pour son fils naturel.* Quand on peut publier de
pareilles ordures contre un auteur et en être quitte pour
100 f. d'amende, on aurait tort de s'en priver, quand on
est de l'école Veuillot. Je n'éprouve aucun besoin de me
venger d'un pareil être, mais je ne me trouve pas discul-
pée par les termes d'un jugement qui dit que je n'ai pas
fait ces révélations dans mon histoire personnelle, laissant à penser que j'ai mis en scène ailleurs les visions
lubriques et incestueuses de M. Breuillard. Il dépendrait
donc du premier venu de publier que certains ouvrages
infâmes existent et qu'il ne faut pas les lire… afin, apparemment, de ne pas se convaincre qu'ils n'existent pas ?
On a beau répondre qu'ils n'existent pas, en effet, beaucoup de gens aiment mieux le croire que d'y aller voir.

Comme je ne peux pas imaginer auquel de mes
ouvrages ce drôle fait allusion je voudrais que l'on contrai-
gnît son avocat à le dire, et je voudrais que le plaidoyer
du mien portât principalement sur ce fait qu'il y a calomnie, injure, attentat à l'honneur et même à l'industrie d'un
écrivain, lorsqu'on rend de ses ouvrages un compte infidèle et odieux, à plus forte raison quand on lui attribue
gratuitement des ouvrages infâmes. À propos du *Champi*
(c'est peut-être au Champi que Breuillard faisait allusion),
un feuilleton de théâtre a dit que Madeleine était la mère
du Champi et qu'elle faisait un inceste en l'épousant. Je
ne sais pas trop si ce n'est pas le Veuillot en personne
qui a dit cela, et Breuillard qui n'a jamais rien lu de moi,
l'aurait répété de confiance. Concluez.

Pour vous seul.

Je crois donc que décidément, si vous êtes de mon
avis, nous ferons bien de poursuivre — reste à savoir
quel avocat. Arrault tient à Jules Favre. Je pense avec lui
et avec vous que ce serait le plus fort. Mais — sachez
donc bien de M. Arrault s'il me défendrait sincèrement.

Je crois, je suis presque sûre qu'il m'en veut, qu'il est très fourbe, très vindicatif, et qu'il serait charmé de me démolir en me défendant. C'est plus facile qu'il ne semble. On fait comme pour Orsini : « Je hais la théorie, j'estime l'homme ». Vous comprenez ? On dit, je vous abandonne l'écrivain qui a attaqué les abus du mariage, qui a préconisé le socialisme etc. — mais je défends son talent, la chasteté de ses expressions, la forme de ses plaidoyers etc. — On ne dit pas c'est une femme de bien, pourquoi le dirait-on ? on ne la connaît pas. Avertissez Mme Arrault de mes craintes et demandez-lui ce qu'elle en pense. Je ne me sens pas à l'aise derrière ce chevalier d'un dévouement douteux. Enfin, occupez-vous de ça, mon bonhomme, c'est sérieux.

16. Je n'ai pas fait partir cette lettre hier, comptant que j'en recevrais une de vous aujourd'hui. Je n'en reçois pas. Manceau a reçu ses aciers ! Mais j'ai reçu moi, un huissier et la pièce ci-jointe, d'où il résulte que vous n'avez rien conclu pour l'affaire Breuillard. Vous m'avez dit ne pas vouloir donner suite à l'appel, et pourtant vous n'avez pas avisé à faire donner le désistement, et le temps presse, l'affaire est appelée le 25 courant. Il faut que j'envoie une procuration à M. Cabasson, me dit-on. Il m'en faudrait le modèle et toute cette correspondance nous mènera au jour du jugement, à la condition de s'en occuper de suite. Je crois, mon bonhomme, que vous vous êtes endormi sur le rôti, ou que vous êtes resté indécis. Si nous donnons suite à l'appel, nous avons peu de temps pour constituer un avoué, éclairer la religion d'un avocat etc. *Réveillez-vous, bel endormi*[6], et décidons-nous vite.

Mon avis est que nous renoncions à l'appel, en faisant connaître dans les journaux, par une note bien faite, digne et *forte*, que nous y renonçons par mépris de l'insulte et par générosité pour le coupable honteux. Quelques mots *sur le Champi*, dix lignes en tout. Je ne saurais pas les faire, demandez-les à Charton. Il n'hésitera pas et les fera bonnes. S'il faut les faire moi-même, je les ferai pourtant. — Sans cela j'aurais l'air de craindre un éclat et ça fera

6. *Réveillez-vous belle endormie*, chanson du XVIIe siècle dont il existe deux versions, populaire et « savante » (*Mémoire de la chanson, 1 200 chansons du Moyen Âge à 1919*, réunies par Martin Pénet, Omnibus, 2001, p. 290).

très mauvais effet. — Je compte sur votre réveil, mon vieux, et sur un peu moins d'indifférence de Maurice dans cette décision. Ne lui dites pas ça, c'est entre nous. Mais faites-lui comprendre que c'est plus pressé que ses propres affaires.

## 259. À EUGÈNE FROMENTIN

[Nohant, 24 février 1859]

Je crois, Monsieur, qu'il n'y a pas à s'inquiéter de *l'article*[1]. Il est toujours très difficile de trouver place à l'improviste dans un grand journal, et le retard que nous éprouvons, je l'ai éprouvé presque toujours, même du temps de M. de Girardin qui était très obligeant pour moi. Quant à M. Guéroult, mon ancien ami et camarade, il a beaucoup de talent et de succès et il est passé grand homme au point de me répondre aussi à moi, quand il y pense. Il ne sait pas encore que l'exactitude est la politesse des rois. Ça viendra, et il n'y a pas à désespérer de notre article. Je lui écrirai de nouveau et je pense que *nous passerons*, comme ils disent dans l'argot du journalisme, en temps utile.

Vous avez donc aussi des heures et des jours, et des semaines de *low spirits*[2]. Tous les vrais artistes en ont, ne vous en effrayez pas. Je connais cela... trop ! Mais ça passe ce sont des réactions nécessaires. Ceux qui ne doutent jamais d'eux-mêmes ne font jamais de progrès, que cette certitude-là vous console. Vous avez fait un pas immense du *Sahara* au *Sahel*. En peinture ce doit être la même chose. Et, en désespoir de cause, si cela n'était pas, si vous ne trouviez pas sur la toile, la manifestation de votre sentiment et de votre individualité, vous resteriez un des grands écrivains de l'époque, et il n'y a pas

---

1. L'article consacré par Sand à *Une année dans le Sahel* (1859) de Fromentin paraîtra dans *La Presse* du 10 mars et sera recueilli dans *Autour de la table*.
2. Dans sa lettre du 20 février, Fromentin disait être dans « des dispositions d'esprit détestables » et des « humeurs noires » (Fromentin, *Correspondance*, éd. Barbara Wright, CNRS Éditions et Universitas, 1995, t. II, p. 1126).

de quoi s'arracher les cheveux. Et puis, voyez-vous, que l'on soit apprécié ou non, on peut toujours se sentir artiste vrai, quand on a précisément ces joies et ces angoisses de la production ; et, que l'on soit triomphant ou désespéré, c'est comme cela qu'il faut vivre puisqu'on est né pour cela. Il y a quelque chose de grandiose, de divin, de sublime après cette vie ? quoi ? n'importe, un monde où la plénitude de la sensation est en harmonie avec la sublimité des choses extérieures. Les catholiques croient qu'il faut y marcher par l'abstinence de l'esprit. Les artistes sentent au contraire qu'ils s'en rapprochent et qu'ils s'y destinent par le développement de l'âme, et qui dit développement dit souffrance. Mais vous ne voulez peut-être pas de cette métaphysique. Pardon, c'est ma folie, à moi, la source de mes petits moments de patience et de sagesse. Si vous n'en voulez pas, il y a autre chose.

Il y a l'éternelle beauté des choses de ce monde, dont nous sommes les amants fidèles et passionnés, tantôt éloquents pour parler à cette splendeur infatigable des cieux et de la terre, tantôt impuissants et muets, fatigués, pensifs et rêveurs. C'est la contemplation pour la contemplation, cette chose accablante et délicieuse dont vous parlez si bien et que vous avez si bien savourée. Eh bien, si l'on faisait de vous un homme libre, c'est-à-dire très riche et très oisif, il n'y a que ceux-là aujourd'hui, vous n'auriez pas vos accablements et vos inquiétudes, mais vous les regretteriez, car la nature se fait laide et bête aux yeux de ceux qui n'ont plus besoin d'elle, et qui ne l'interrogent plus avec amour. Ayez foi, il n'y a pas d'autre courage possible.

Tout à vous.

G. Sand

24 février 59.

## 260. À PAUL DE MUSSET

[Nohant, 17 mars 1859]

Mon cher Paul[1], vous m'aviez dit, il y a deux ans bientôt, que vous viendriez ici, au bout d'un mois, pour brû-

1. La publication du roman *Elle et Lui* (*Revue des Deux Mondes*, 15 janvier-1er mars 1859), inspiré par les amours avec Musset, a pro-

ler les lettres. Vous n'êtes pas venu. J'avais dès lors prévenu M. Papet pour qu'il les rapportât en votre présence.
Mais il me répondit : « *Non.* L'auteur de ces lettres m'a
formellement défendu de jamais les remettre à son frère.
Puisqu'il n'est plus, je ne connais aujourd'hui qu'un propriétaire légitime de *toutes les lettres*, c'est vous ».

Il me les a donc rendues, et c'était juste. Et si je les ai
brûlées sans vous[2], c'est votre faute ; d'ailleurs, c'était
mon droit.

Tout à vous

George Sand

## 261. À PIERRE-JULES HETZEL

23 mars [1859] Nohant.

Avez-vous bien raison, cher ami, dans la première partie de votre lettre ? Comme cœur, comme caractère,
comme droiture, certainement. Mais il y a là un fait matériel à examiner, et il faut voir si vos principes, excellents
et vrais par eux-mêmes, y trouvent leur application. Les
gens qui vous ont exilé ne sont plus là, le chef de l'État
l'a souffert, direz-vous, mais il est peut-être, à l'exception
de quelques noms propres, aussi ignorant des personnes
et des cas particuliers, aujourd'hui, qu'il l'était hier. La
*pensée de son règne* a été l'exil des opposants, n'était-ce pas
aussi la pensée du gouvernement Cavaignac ? Les proscriptions étaient même plus nombreuses à cette époque.
Pensée affreuse, qu'elle vienne d'une république ou d'une
dictature, ou d'une légitimité, ou d'une usurpation. Mais
l'humanité en est là et n'a rien trouvé de mieux encore
que la loi du plus fort. Est-ce la fin qui justifie ou

voqué une polémique, et une menace de procès de la part de Paul
de Musset, qui réclame les lettres de son frère. Sur le roman et ses
suites, voir *Elle et Lui*, éd. de Thierry Bodin (Éditions de l'Aurore,
1986), et Thierry Bodin, « *Elle et Lui* devant la critique », *Présence de
George Sand*, n° 29, juillet 1987.

2. C'est faux : elle ne les a pas brûlées, elle les a conservées, portant des coups de ciseaux dans certaines lettres ; certaines lettres originales d'elle, toutefois, ont été détruites après avoir été récrites. Voir
les lettres 279 et 280.

condamne les moyens ? Non, vous n'en êtes pas là, le mal est toujours le mal et aucun but ne le répare. — Mais de ce que la société subit ces douloureuses fatalités, faut-il haïr toute société ou tout homme qui n'est pas plus avancé qu'elle ? Combien sommes-nous en Europe qui protestons contre le *vae victis* [1] ? une petite poignée. Tous les partis la chantent en chœur quand ils sont au pouvoir. L'erreur est bien détestable, mais les hommes qui tous vivent d'une ou plusieurs erreurs, la majorité immense de la France qui a souffert ou permis les proscriptions, faut-il rompre avec elle, avec eux ? On ne se réconcilie pas avec le mal parce qu'on cède à la force majeure et vous êtes dans ce cas, comme moi, comme tous ceux qui habitent le monde et qui, à toutes les heures du jour, voient faire ou entendent dire quelque chose de mal.

La question, si elle pouvait se poser entre le pouvoir et vous, serait donc une question de politique, car la question philosophique est insoluble dès qu'elle cherche son application dans les lois et dans les mœurs actuelles. Eh bien, la question *politique* serait celle-ci. Vous protestez ? — Oui. — Tout haut, c'est-à-dire, dans la rue, au café, au spectacle ? — Oui. — Vous tâcherez de conspirer ? — Oui. — Alors, restez là-bas. — Oui. — Ce serait très logique.

Mais, si vous ne sentez pas qu'il y ait à ourdir la moindre conspiration en France, si votre goût ne vous porte pas à crier votre opinion sur la place publique, pourquoi ne diriez-vous pas aussi bien *non* que *oui* ? — Où serait le cas de conscience ? Quand on rend ses prisonniers en leur faisant jurer que, pendant un temps donné, ils ne porteront pas les armes contre la puissance qui s'était emparée d'eux, sont-ils en quoi que ce soit dégradés dans l'armée et dans la société pour promettre et tenir ?

Parmi ceux qui exécutent ce que j'appelais la pensée du gouvernement, il y en a qui l'outrepassent et l'appliquent même aux gens inoffensifs pour eux. Il en est d'autres qui l'adoucissent le plus qu'ils peuvent. Nous ne sommes pas dans un de ces moments de crise où l'on a une mortelle répugnance à s'adresser à ces *ultra*, au contraire, il y a aujourd'hui au pouvoir quelques hommes

1. Malheur aux vaincus !

qui sont aussi peu obéissants que possible aux mesures
de rigueur, et qui les ont blâmées ouvertement. Sont-ce
des ennemis personnels de tout exilé ? Je ne le pense pas.
Est-ce à eux que vous auriez raison de dire : Je ne vous
pardonne pas ? ils ne vous ont point offensé.

Et puis enfin, quand votre mère, votre fils, votre sœur
ont absolument besoin de vous et vous appellent de
l'autre côté d'une frontière ennemie vous la franchissez à
tout prix, et pour cela vous donneriez toutes les paroles
qu'on voudrait. Si ce n'est pas s'humilier dans un cas
quelconque ce ne l'est dans aucun cas.

Pesez mes raisons. Je suis toujours toute à vous pour
faire et ne pas faire, me réjouir si vous acceptez, dire en
somme que vous avez raison si vous ne pouvez pas
vaincre une répugnance même mal fondée et que votre
instinct vous le défende absolument.

Parlons de *lui*[2]. Vous êtes bien cruel pour lui, moi j'ai
été très clémente, c'est vrai. Il avait été *bien, bien impossible*,
mais la raison était-elle saine ? — Voilà ce que je n'ai pas
mis en question dans le livre, on ne devrait pas toucher
au talent. Pourtant relisez la plupart de ses ouvrages
lyriques. Est-ce que, sauf les pièces de courte haleine,
vous trouvez que ça se tient et que ce n'est pas frappé
de délire ? Est-ce qu'un homme qui avait traversé deux et
trois fièvres cérébrales et qui vivait d'absinthe et de
rhum, pouvait avoir sa raison ? Non, allez ! il était fou, et
méchant dans la folie, c'est vrai. Menteur, surtout ! Mais
j'ai vu mon pauvre frère[3], le meilleur des êtres, devenir
peu à peu et rester ainsi finalement, et je pardonne bien
à sa mémoire, malgré des choses inouïes, des torts, des
ingratitudes, des calomnies qui n'ont pas de nom. Mais
quoi ? il était fou, vraiment fou ! Qui le voyait dans ses
moments lucides le trouvait excellent et plein d'esprit. S'il
eût eu le don des vers, il en eût fait d'adorables quand
même ! et une heure après les beaux vers, on redevient
une bête brute ou furieuse. Comprenez-vous que la société
n'ait pas encore imaginé de punir l'homme qui s'enivre ?
de corriger par la prison ces millions d'ouvriers qui battent leurs femmes et laissent leurs enfants sans pain ?

2. Dans sa lettre du 14 mars, Hetzel, après avoir lu *Elle et Lui*,
jugeait « ce portrait sublime de clémence » et se montrait fort sévère
à l'égard de Musset.
3. Voir la lettre 151 sur la mort d'Hippolyte Chatiron.

Tout au contraire, en face d'un crime, la loi se voit forcée de dire comme moi : Il était ivre, il était fou. — Mais
elle pourrait prévenir, en combattant le vice dès son
début, et lors même qu'il est inoffensif. Si tout homme
vu par la police en état d'ivresse passait huit jours en prison, il s'en dégoûterait vite. Et l'opinion elle-même, est-
elle assez sévère pour les ivrognes ? Les progrès que ce
vice fait en France sont effrayants. Sur dix ouvriers, il n'y
en a plus deux en province qui ne fassent pas le lundi et
le mardi, souvent le samedi.

Faites donc vous-même cette préface, elle sera bien
meilleure que tout, et d'ailleurs je ne connais rien, de ce
que l'on a écrit sur les romans champêtres[4].

Je me porte bien, je grisonne tout doucement et je ne
grossis plus. C'est un temps d'arrêt, la vieillesse se fait,
je crois, par secousses plus que par continuité. Mais je
travaille trop, c'est certain. Qu'y faire ?


## 262. À PAUL DE MUSSET

[Nohant, 2 avril 1859]

Paul, plusieurs personnes m'écrivent que, sous votre
nom, et sous un titre de parodie[1], un roman va être
publié dont *l'héroïne* serait accusée de lâchetés, même en
dehors des faits qui en font le sujet. Pourquoi cela ? En
quelle page du roman, dont vous faites, dit-on, la contrepartie, l'auteur a-t-il rabaissé, avili ou calomnié le *héros* ?
Dans ce roman, tous les caractères sont poétisés et surtout celui-là, qui reste sur son piédestal, dans le trouble
et dans la tempête, il est vrai, mais toujours dans les
rayons du génie et jamais dans la boue ni même dans la
poussière de son chemin.

On vous accusera de faire une spéculation de scandale
indigne du nom que vous portez et que vous vous étiez

---

4. Hetzel écrira en effet cette préface (signée P.-J. Stahl) en tête
de l'édition des *Romans champêtres* (1859), publiée également sous
forme d'article dans *La Presse* du 22 novembre.

1. Le roman de Paul de Musset *Lui et Elle*, en réplique à *Elle et
Lui*, est publié dans *Le Magasin de librairie* (10, 25 avril et 10 mai), et
en volume chez Charpentier.

fait aussi par vous-même : et cela contre moi qui, connaissant par *lui*, toute votre vie, en ai si fidèlement gardé les secrets. Voudriez-vous que mon héros eût divulgué tout ce qui n'était pas le poème de son existence et que les réalités de ses mauvais jours eussent trouvé place sous ma plume ?

Dans tous les cas, ce roman ne trahissait l'incognito des personnages que pour un très petit nombre d'initiés. En parodiant (contre les lois du goût et de l'euphonie) un titre qui ne révélait rien, vous livrez cet incognito à tout le monde et vous m'attaquez directement et personnellement. Pensez-y.

Votre nom est pur. Ne l'avilissez pas par une œuvre de haine et de mensonge. Vous avez quelque chose de mieux à écrire pour la mémoire de votre frère que de ramasser le mauvais levain de sa vie et de vous en faire l'éditeur responsable.

George Sand

Nohant 2 avril 1859

## 263. À THÉOPHILE GAUTIER

[Nohant, 12 mai 1859]

Cher Théo, on me dit que vous avez parlé avec amitié de l'auteur d'une petite pièce donnée au Gymnase[1], mais ce *Moniteur* est inabordable pour les gens de campagne, et on ne me l'a pas fait lire à Paris où j'ai été prendre la grippe, la fièvre, et garder le lit, les trois quarts du temps. Un beau matin, au moment où j'espérais être assez vivante pour vous demander de venir me voir, il m'a fallu repartir pour signer un bail de *fermage champêtre*, que rien ne pouvait plus différer. On m'a emballée pour le Berry où je suis arrivée pour reprendre la fièvre et le surcroît d'imbécillité qu'elle procure. Enfin me voilà à peu près lucide et le premier remerciement que je dois c'est à vous qui, malgré mon éternelle absence, voulez bien ne pas

---

1. L'article de Gautier sur *Marguerite de Sainte-Gemme* (Gymnase, 23 avril) est paru dans le *Moniteur* du 2 mai ; celui de Paul de Saint-Victor dans *La Presse* du 1er mai.

m'oublier et me compter encore parmi les vivants. Mais ne me laissez donc pas mourir de vieillesse sans venir me voir dans mon désert. Vous me l'aviez promis et je l'espère toujours.

Il faudra bien vous y décider, malgré votre aversion pour les arbres. On les fera couper si vous l'exigez. Que faites-vous, qu'écrivez-vous ? Je ne suis au courant de rien. Si vous ne m'envoyez pas ce que vous publiez, vous êtes un sans cœur à mon endroit, car vous savez bien que je suis un de vos lecteurs les plus *bons*, c'est-à-dire les plus heureux de vous lire. J'ai vu dans *la Presse* que votre ami M. de Saint-Victor m'avait encouragée aussi avec sympathie. Remerciez-le pour moi bien affectueusement et dites-lui que si je ne lui ai pas écrit de Paris, c'est que j'étais sur le flanc de la façon la plus maussade. Rêvez-vous de Marengo [2] ? Moi, j'ai passé mes nuits de fièvre à faire le coup de fusil, et des marches et des bivouacs à en être éreintée au réveil. Mon vieux sang de hussard ne pouvait pas se calmer. Ah ! cher ami, si je savais faire des vers comme vous, comme j'en aurais fait de beaux ! mais peut-être que vous êtes sceptique sur ce chapitre-là, vous ? non, pas possible. Délivrer votre *Italia* que vous avez si bien vue et si bien sentie ! Quel beau rêve !

À vous de cœur.

George Sand

Nohant 12 mai 1859.

## 264. À PAULINE VIARDOT

[Nohant, 21 mai 1859]

Chère mignonne, habituez-vous à mon écriture changée [1]. C'est une *découverte* que j'ai faite, ayant la main brisée et contractée de fatigue pour écrire beaucoup plus vite

2. Allusion à la célèbre victoire de Bonaparte sur les Autrichiens (14 juin 1800) ; la France vient de déclarer la guerre à l'Autriche, le 3 mai, pour sauvegarder l'indépendance de l'Italie. Le récit de voyage de Gautier en Italie, *Italia*, date de 1852.

1. C'est le 11 mai 1856 (en plein milieu d'une lettre à Émile Aucante) que G. Sand a radicalement changé son écriture : de penchée et anguleuse, elle devient droite et ronde.

sans trop barbouiller. Si vous pensez sérieusement à faire
un petit opéra (comique, n'est-ce pas ?) je veux de tout
mon cœur. Mais je ne vois pas *la Petite Fadette* en un acte.
Je verrais plutôt *la Mare au Diable*[2] dont l'unité de lieu
peut s'arranger. Si ça vous va, vous placeriez là aisément
des souvenirs dans la couleur des mélodies berrichonnes
et je crois aussi cet adorable chef-d'œuvre du *houx vert*
qu'on a si affreusement arrangé aux *Français*[3]. On ferait
d'autres paroles ou même pas de paroles. Ce serait la
musique des arbres parlant tout seuls, le chant de la forêt,
car c'était cela avant tout. Mon Dieu, que c'était beau et
que ce sera beau étant bien rendu et bien placé ! Si vous
voulez que ce soit un chant, un air, décidez, et faites-moi
un *monstre*. Vous savez ce que c'est, n'est-ce pas ? d'après
le monstre on écrit beaucoup mieux dans le sens du
compositeur. Faites de même pour tous les airs et morceaux dont vous aurez l'idée, ça m'aidera beaucoup et vos
morceaux prévus m'aideront aussi à conduire la scène
vers ce *bouquet*. Je ne sais pas du tout faire d'opéras, mais
je me ferai aider pour la forme, par quelqu'un de compétent et je pourrais vous envoyer cela dans le courant de
juillet. Je pars dans 8 ou 10 jours pour une promenade
d'un mois, je m'occuperais de cela en route.

Répondez donc tout de suite si l'idée vous va, et si
vous ne pensez pas qu'un enfant de 8 ou 10 ans ne ferait
pas bien pour jeter une note, de temps en temps dans le
duo sous les arbres au bord de la mare. Rappelez-vous la
scène, l'enfant qui s'endort et qui rêve pendant que les
deux amoureux s'enflamment. Si ça ne vous va pas, dites-
moi comment vous voyez la chose. Je vous envoie toujours une ébauche du canevas que vous pourriez modifier
au gré de votre appétit musical. L'enfant peut être un
embarras, mais aussi une ressource. Voyez cela. Le cheval ne gênerait pas pour chanter. On n'est pas forcé de
monter dessus en scène. Il suffit qu'on y mette l'enfant
et les paquets. Enfin je crois que tout peut s'arranger si
les situations et les motifs à musique vous conviennent.
Répondez vite et dites si vous aimez mieux faire la
musique sur les paroles, ou indiquer la coupe des vers sur

2. Aucun de ces deux projets n'aboutira. La personne compétente
par qui Sand veut se faire aider est Gustave Vaëz.

3. Cette chanson, inspirée de Shakespeare, se trouve dans *Comme
il vous plaira* (II, 7).

vos projets de musique. Dans ce cas-là je tiens à mon
idée, faites-moi des *monstres*. Dites si vous trouvez trop
ou trop peu de musique. Ôtez-en tout ce que vous voudrez, ou indiquez ce que vous voudriez en plus. On peut
toujours faire arriver des paysans ou en faire passer. Tout
cela réglé d'avance, le dialogue serait bien vite écrit, et on
en retrancherait tout ce qui prendrait trop de place.
Voilà, ma fifille chérie. J'embrasse tous vos chers enfants
et Louis, et vous encore plus. — Réfléchissez un jour et
répondez avant le 25, car je courrai ensuite sans trop
avoir d'itinéraire tracé. La grippe va mieux.

G. Sand

21 mai.

## 265. À EUGÈNE FROMENTIN

[Nohant, 22 juillet 1859]

Je suis une âme errante depuis deux mois. J'ai vu tous
les volcans du monde (volcans éteints) de l'Auvergne et
du Velay[1], les beaux pays, mon Dieu ! J'ai bien pensé à
vous. Je trouve votre lettre. Je m'étais déjà réjouie en
lisant dans les journaux les distinctions qui vous sont
accordées et que vous méritez si bien[2].

J'ai eu trois grandes joies à Paris à cause de vous.
D'abord celle de vous voir et de trouver votre *vous* si bien
d'accord avec votre talent et tout ce qu'il révèle. Et puis
celle de voir votre peinture, dont votre modestie m'avait
presque fait peur et qui est aussi belle que vos livres, ce
n'est pas peu dire. Enfin celle de voir comme Delacroix
vous apprécie et vous aime. Tout cela fait que je vous
aime aussi et que je suis heureuse de vous voir prendre
votre place dans l'opinion. Ce n'est pas nécessaire pour
être artiste et pour être heureux mais c'est bien utile, sur-

---

1. De ce voyage en Auvergne, du 28 mai au 29 juin 1859, naîtront
trois romans : *Jean de la Roche* (1859), *Le Marquis de Villemer* et *La Ville
noire* (1860). Le « Journal de voyage en Auvergne et en Velay » a été
publié par Georges Lubin (*Présence de George Sand*, nᵒ 36, février
1990).
2. Son envoi au Salon avait reçu une première médaille, et il avait
été décoré de la Légion d'honneur.

tout aux âmes timorées comme la vôtre, et j'espère qu'à
présent vous ne douterez plus de vous, vous n'en avez
pas le droit. — Ne me dites pas que vous me devez
quelque chose. Je n'ai peut-être servi qu'à avancer d'un
jour ou deux le succès que vous ne pouviez pas manquer,
j'ai eu tant de joie à le faire qu'il ne faut pas m'en remercier. Quant à mon influence du côté de la peinture elle
est absolument nulle et je n'ai même pas essayé de vous
recommander à l'attention. Dieu merci, c'était bien inutile.
Votre œuvre était là, plaidant toute seule et bien haut.
Dès le premier regard, j'ai été bien tranquille, votre place
était faite. C'est de la peinture vraie et sincère comme votre
style, il y a la grandeur et la délicatesse, ne se nuisant pas,
se servant au contraire l'une l'autre, enfin le savoir joint
à l'inspiration. Vous avez si bien défini tout ce qu'il faut
pour être vraiment un grand artiste, que ce serait une
ingratitude de Celui qui dispense le feu sacré, si vous ne
l'aviez pas.

Je vous remercie de votre bonne lettre et du sentiment
affectueux qui vous a fait me l'écrire. Il est bien partagé,
je vous assure, et personne ne vous désire plus que moi
longue carrière bien remplie des joies sérieuses du travail
et de la famille.

George Sand

22 juillet, Nohant, 59

## 266. À FRANÇOIS BULOZ

[Nohant, 4 août 1859]

Mon cher Buloz, J'ai voyagé et revoyagé, je devrais
donc pouvoir vous écrire des *lettres d'un voyageur*. Mais ce
n'est pas prêt, et l'envie de faire un roman m'étant venue,
j'ai cru devoir m'y laisser aller[1]. À la rigueur ce roman
pourrait commencer à paraître le 15 courant, mais j'aime

1. La publication de *L'Homme de neige* (1er juin-15 septembre 1858)
avait marqué les retrouvailles de Sand avec la *Revue des Deux Mondes* et
Buloz. Le 2 août, Buloz écrivait à Sand et lui demandait, en attendant
le prochain roman, « une *lettre d'un voyageur* ou un autre morceau ». *Jean
de la Roche*, commencé le 27 juillet et achevé le 28 août, sera publié
dans la *Revue des Deux Mondes* du 15 octobre au 1er décembre.

bien mieux vous le donner complet au 1ᵉʳ 7ᵇʳᵉ, afin que
vous le lisiez d'ensemble et que vous puissiez faire vos
observations. Je pense qu'à cette époque vous serez
revenu. Si vous ne l'êtes pas et si vous préférez que ce
soit pour le 15 7ᵇʳᵉ cela m'est égal. Pas plus tard pourtant. Voilà ce que mon *budget* me commande.

Oui, elle est propre, la paix[2]! J'avais le cœur tout chaud
et tout vivant pendant mon voyage. En apprenant de ville
en ville, une victoire, je reprenais foi à l'avenir. Mais... si
j'écrivais maintenant ce que je pense et ce que je sens, je
me ferais envoyer à Cayenne. Comment donc garder son
âme dans le travail, quand un pouvoir absolu et fantasque
condamne au silence ou à l'hébétement toutes gens et
toutes choses!

Faites bon voyage, guérissez-vous, mes amitiés à votre
famille et mes souhaits pour la santé de tous.

G. Sand

Nohant 4 août 59

## 267. À ERNEST FEYDEAU

[Nohant, 16 août 1859]

Je ne suis pas contre les phrases qui détonnent, là où il
faut qu'elles détonnent, mais je ne suis pas pour que l'harmonie soit sacrifiée au rythme[1]. Je ne suis pas non plus
pour le contraire. Comprenez-moi bien, je ne blâme que
ce qui s'aperçoit trop, que ce qui *révèle* le procédé. Ne touchez pas aux passages dont vous me parlez, ils sont excellents. Et, en somme, je n'insisterai pas furieusement sur la
question de forme dans le style, vu que si les qualités du
vôtre devaient s'en aller avec ce qui me semble parfois
un défaut, je serais au désespoir d'avoir signalé le défaut.

Ce n'est pas un malheur pour vous, pas plus que pour
Flaubert, d'appartenir à la race des *voyants*. On s'est mêlé

2. La paix conclue à Villafranca (11 juillet) entre la France et l'Autriche mettait fin, de façon prématurée, à une série de victoires françaises en Italie.

1. À la demande de Feydeau, Sand lui envoie critiques et
remarques sur son roman *Daniel* (1859).

de baptiser votre manière et la sienne de *réalisme*, je ne
sais pas pourquoi ; à moins que le réalisme ne soit tout
autre chose que ce que les premiers adeptes ont tenté
de nous expliquer. Je soupçonne, en effet, qu'il y a une
manière d'envisager la réalité des choses et des êtres, qui
est un grand progrès, et vous en apportez la preuve
triomphante. Mais le nom de réalisme ne convient pas,
parce que l'art est une interprétation multiple, infinie.
C'est l'artiste qui crée le réel en lui-même, son réel à lui,
et pas celui d'un autre. Deux peintres font le portrait de
la même personne. Tous deux font une œuvre qui représente la personne, si ce sont deux maîtres ; et pourtant
les deux peintures ne se ressemblent pas. Qu'est devenue
la réalité ?

Mais c'est bien assez philosophailler sur ce chapitre.
Tout cela se sent mieux qu'on ne peut le dire, et c'est
pour cela que la critique déraisonne les trois quarts du
temps. Je n'insiste que sur la *mimique* trop répétée, trop
précisée et qui fatigue un peu. Sur ce point-là, je crois qu'il
faut *me croire*, parce que je suis un lecteur charmé, un *lecteur
ami* s'il en fut, et que je n'ai pas de système qui m'aveugle
et me donne le besoin de discuter.

Je suis bien d'âge à être votre mère, car j'ai 55 ans ; et
j'ai de bonnes mains bien adroites, mais pas belles du
tout. J'ai acquis le droit de n'être plus coquette, on m'a
fait un assez grand reproche de ne l'avoir jamais été. Je
vous dirai de moi tout ce que vous voudrez. Je n'ai pas
de secrets, et j'en aurais, que j'aimerais à vous les dire.
*Elle et Lui* est un roman bien vraisemblable. Je pourrai
vous en montrer les preuves qui ne manquent pas d'intérêt. Mais j'aimerai encore mieux vous faire parler de
vous. Je crois que ce sera encore plus intéressant. Je n'irai
pas à Paris pour les répétitions de ma pièce. J'ai un ami
qui s'en charge[2]. J'ai horreur de m'entendre rabâcher. Je
ne crois même pas que j'aille entendre la représentation.
Je n'ai pas le temps ; mais j'aurai celui de vous recevoir
quand vous serez libre. Il faudra venir avec Flaubert qui
a aussi en moi un lecteur enchanté et un ami littéraire de
tout cœur. Je ne le savais pas votre ami, et je suis contente
qu'il le soit.

2. *Tout pour elle*, écrite pour le Vaudeville, ne sera pas représentée ;
c'est Gustave Vaëz qui devait se charger de surveiller les répétitions.

Pourquoi vous chagrinez-vous de ne pas écrire dans les journaux ? Si je pouvais m'en dispenser, moi, j'aimerais bien mieux faire comme vous, et publier des livres entiers, des travaux compacts. Je crois que ceux-là frappent bien plus sûrement et de plus haut. Vous le voyez bien par le chiffre de la vente qui est une preuve *réelle* de l'intérêt du public. Mais je bavarde et le temps nous manque à tous deux. Merci de votre amitié, et à vous de cœur.

George Sand

## 268. À VICTOR HUGO

[Nohant, 28 août 1859]

Vous protestez, Monsieur, c'est un malheur pour nous que nos lumières nous aient quittés et nous refusent de revenir[1]. La France se ressent effroyablement de ce ciel noir et vide d'étoiles. Si vous nous aimiez mieux que votre ressentiment, vous reviendriez. Mais qui peut dire que vous avez tort ? Certes, nous ne vous valons pas, et vous vous devez la préférence ; mais nous nous plaignons, ne nous en voulez pas !

Je suis bien heureuse de votre souvenir, et très fière aussi : mais je ne mérite tout ce que vous me dites de bon que par ma reconnaissance. Je vous jure qu'on devient imbécile ici, moi tout comme les autres, et que, si je pouvais transporter mon nid ailleurs, il y a longtemps que ce serait fait. Mais toutes les fatalités de la vie me tiennent, et je me suis endormie dans l'habitude d'y céder. Je vis dans l'idéal, cela c'est vrai, mais j'y vis seule, et voyant les autres heureux sans cela autour de moi, je suis forcée de ne pas les troubler de rêves importuns. Donc je ne jette point de flammes et je vis à l'état de lanterne sourde ; je m'en console par l'idée que j'étais trop peu de chose pour que cela soit une grande perte ; mais vous ne pourriez pas faire comme moi ; c'est-à-dire vous passer de

1. Dans une déclaration du 18 août, Hugo rejetait la loi du 15 août, amnistiant les condamnés politiques : « Quand la liberté rentrera, je rentrerai » (*Actes et paroles* II, 1859, 1).

liberté ; je le comprends bien ! vous êtes monté trop haut pour redescendre, et ce qui serait ridicule de ma part est, de la vôtre, un besoin naturel et légitime. Votre exil volontaire est un fait qui a les proportions des faits historiques ; ma résignation a le droit de passer inaperçue.

Croyez pourtant que j'ai encore le cœur vivant pour vous admirer et pour vous garder tout mon dévouement.

George Sand

## 269. À VICTOR HUGO

[Nohant, 10 décembre 1859]

On n'a pas le droit de vous juger, vous êtes la puissance qui s'impose et personne n'est autorisé à tenter ce qui vous réussit souverainement. Je suis souvent effrayée en vous lisant, et il m'arrive de dire : Est-ce que cela se peut ? Mais vous êtes là pour répondre : Quelqu'un le peut, *il y a ici quelqu'un,* c'est moi.

Que de force en vous, que d'imagination, de splendeur et de richesses qui débordent ! Ce livre[1] est l'océan rempli de perles et d'écueils, de trésors et de monstres. Il y a bien des choses qui font peur et qui vous suivent jusque dans le sommeil, mais que de rayons splendides à travers cette tempête, et comme vous imprimez à ce qui passe dans le ciel, comme à ce que le pied heurte, la grandeur qui est en vous !

J'ai gardé votre livre un mois sans vouloir le lire. Je n'étais pas en situation de le lire bien, il y avait du bruit autour de moi et pas de recueillement. Rien de vous ne peut passer sans soulever d'orageuses discussions, c'est votre privilège, et je ne peux pas souffrir les paroles autour d'un monument qui est là comme le Moïse de Michel-Ange, silencieux et triomphant.

Hier, je parcourais *la Presse* en déjeunant, et dès les premières lignes, je disais sans voir la signature : Ah ça, qu'est-ce qui arrive donc à M. Peyrat aujourd'hui ? Est-ce qu'il a mangé une étoile à son souper ? Mais deux lignes

1. *La Légende des Siècles,* première série (1859).

plus loin j'étais fixée. C'est sublime, cette page de vous à l'Amérique[2], et si j'étais l'Amérique, je courrais vous enlever pour vous forcer à accepter la présidence.

Je n'ai pas voulu vous remercier de l'envoi du livre et du mot qui illustre l'exemplaire avant d'avoir lu ; ma reconnaissance pour le bon souvenir, vous ne pouviez pas en douter ; je ne suis pas morte.

Veuillez, Monsieur, présenter tous mes dévouements à Madame Hugo et me croire aussi glorieuse que charmée de n'être pas oubliée de vous.

George Sand

Nohant 10 X^{bre} 59.

## 270. À ÉDOUARD PLOUVIER

Nohant, 4 janvier [18]60

Cher ami, cher fils, votre souvenir m'est bien bon. Ah ! il ne faut pas oublier qu'on a des amis et que les méchants ne sauraient enlever cela. M'a-t-on assez calomniée, assez insultée, l'année qui vient de finir. Je ne m'en suis pas affectée pour moi-même : loin de là, puisque j'ai trouvé mes amis plus affectueux et plus fidèles autour de moi ; mais on souffre quand même de la méchanceté, on a beau la plaindre, on ne se console pas de voir l'humanité empoisonnée par ce quelque chose de monstrueux et d'amer que l'on ne comprend pas et qui ne semble pas avoir sa raison d'être. Croyez bien que ce n'est pas vous seul que l'on cherche à étrangler. Plus vous sortirez de ces entraves que l'on vous crée, plus vous rencontrerez des obstacles naturels, des forêts impénétrables, des abîmes, des lacs vaseux, tout le mauvais, tout le faux, tout l'injuste qui est sur la terre. Les méchancetés d'aujourd'hui à peine terrassées, vous vous retrouverez en face de celles de demain, et ce sera toujours ainsi. Le mal est sur la terre, il n'y a pas à dire, et pour tout ce qui est du monde matériel, il est le plus fort. Le bien n'a sa revanche que

---

2. Son éloquent appel « Aux États-Unis d'Amérique » du 2 décembre (dans *La Presse* du 8) pour sauver John Brown de la pendaison (*Actes et paroles* II, 1859, 2).

dans un autre ordre de choses, dans l'avenir céleste
d'abord, et puis, dès cette vie, dans la conscience et dans
l'amitié, dans l'amour familial. Vous avez un enfant ! Cher
ami, c'est un bonheur immense, et je vous aime bien,
moi, c'est un bonheur aussi, parce que j'aime pour plusieurs. Je suis pourtant impuissante à vous sortir des
peines positives, je suis aussi traquée, aussi empêchée,
aussi égorgée que vous au coin de tous les bois. On me
demande des pièces, on les reçoit, en disant qu'on en est
enchanté, qu'elles sont superbes et puis on s'informe des
chiffres (les chiffres passent avant tout) et quand on voit
que je ne suis pas une gagneuse d'argent, on me repousse
brutalement, ou avec mille mensonges grossiers en dépit
de tous les engagements, paroles et signatures. Que puis-
je faire ? plaider, lutter, récriminer ? non, le dégoût et le
mépris me paralysent, je ne sais pas disputer l'arène à
ceux qui me poussent dehors. — Donc nous sommes
logés à la même enseigne et nous ne gagnerons pas d'argent, parce que nous n'en avons pas gagné : voilà la sentence et le raisonnement. Soit, mais cet étouffement de la
pensée, ce mur brutal placé entre nous et notre époque,
cette interdiction d'essayer de mieux faire que les autres,
ou de faire mieux que nous n'avions fait, n'est-ce pas un
arrêt de mort prononcé sur nous ? — Oui, qu'importe ?
nous dit-on. Le public est roi, il ne veut pas qu'on le
modifie, qu'on le persuade, qu'on l'améliore. Faites ce qui
lui plaît, et la lice vous sera ouverte. — Or ceci est un
mensonge. Comme tous les tyrans, le public s'ennuie vite
de ses courtisans, il ne cède qu'à ceux qui ne le craignent
pas. Il faudrait pouvoir lui livrer souvent bataille, on arriverait à le vaincre, sauf à être battu quelquefois, chance
inévitable de toutes les guerres. Mais, en fait de théâtre,
il faut une armée, et cette armée de directeurs, d'artistes,
d'amis, elle est en déroute au premier froid de l'auditoire, au premier feuilleton hostile. Elle vous abandonne
et vous prie de ne pas recommencer, voilà, n'est-ce pas,
ce qui vous arrive, et c'est ce qui m'arrive aussi, un jour
plus, un jour moins, à ce point que forcée de vivre loin
de Paris, j'aime mieux renoncer à une lutte où je ne
connais même pas mes ennemis et ne sais à qui j'ai
affaire.

   J'en prends bien mon parti, puisqu'il le faut et je me
tourne vers autre chose pour faire encore mon devoir,

qui est de travailler pour le pain quotidien devenu si cher
que c'est une question de vie et de mort, c'est-à-dire une
question d'honneur et de dignité. Et puis, quand même
un oncle d'Amérique (que je n'ai pas !) me rendrait indépendante de la question du pot au feu, je crois que j'aurais le devoir d'écrire, tant que j'aurai dans le cœur
quelque vérité à dire et à redire. Mais je n'attends de cet
éternel travail que mécompte, jalousie, insulte, discussion
bête, haine mortelle, persécution ou ingratitude du grand
nombre. Demain sera comme aujourd'hui et comme hier.
Je ne suis plus d'âge à me faire illusion. La vie de l'artiste
convaincu est le supplice de St Laurent. C'est un gril où
on le retourne d'un flanc sur l'autre. — Or, je vous dis
tout cela, cher fils, pour finir par ceci, que rien de tout
cela n'a pu m'ôter, à 56 ans, un fonds de certitude, de
tendresse et de contentement intérieur qui est quelque
chose et que je vous offre à défaut d'une protection et
d'un appui *profitable*, que M. Scribe, riche, et toujours
maître au théâtre en dépit du public même, pourrait
offrir à ses confrères *s'il le voulait* : mais il ne le veut pas !
— Donc, nous serons dans les écrasés, ne vous y trompez pas : mais serons-nous dans les plus malheureux ? je
ne crois pas, j'aime mieux mon sort que celui des sots et
des méchants. Aimez aussi le vôtre, vous qui avez du
cœur. On a rarement le cœur et *la chance*, la chance, reine
du monde moderne, ne se tourne vers les gens de cœur
que quand elle se trompe, et elle ne les accompagne pas
longtemps. La question c'est de gagner sa vie tout juste,
et d'avoir du talent quand même. Vous avez prouvé que
vous en aviez. Cette pièce de *L'Outrage*[1] a laissé à ceux
qui l'ont vue le souvenir d'une chose hors ligne. Maurice
qui n'aime rien de ce qu'on joue, me disait encore hier
qu'il ne s'était intéressé qu'à cette pièce-là. Eh bien,
comme vous êtes jeune et que vous vivez sur la brèche,
vous aurez certainement votre tour pour un succès
mérité. Acharnez-vous à ne pas faiblir et à ne pas vous
étonner d'être vingt fois battu ou torturé. C'est la vie
extérieure. Que celle de l'âme n'y succombe pas et vous
conserverez le talent et le courage.

1. Drame par Théodore Barrière et Plouvier, créé à la Porte Saint-
Martin le 25 février 1859.

Bonsoir, cher enfant, Maurice et Manceau vous embrassent. Nous vous aimons de cœur, comptez là-dessus.

G. Sand

Vous m'aviez parlé de faire un drame avec *L'Homme de neige*. Si c'est toujours votre idée, je crois que maintenant vous le pourriez. Voyez pour cela Émile Aucante *avenue des tilleuls 12, Montmartre*, mon ami et factotum. Il avait traité avec quelqu'un pour moi[2], et ce quelqu'un qui avait demandé le sujet, ne s'en est pas servi, que je sache, et je crois que le délai est expiré.

## 271. À AGRICOL PERDIGUIER

[Nohant, 11 février 1860]

Mon cher ami, j'ai reçu tous vos envois et je vous approuve fort de continuer toujours votre œuvre de civilisation et de fraternité dans le Compagnonnage. J'ai lu aussi vos airs avec beaucoup d'intérêt. Ils me paraissent très bien adaptés au sens des paroles. L'expérience seule vous prouvera s'ils s'attachent bien, comme mélodie et comme sentiment, à la mémoire des ouvriers, car cela tient à des instincts qui ne peuvent pas toujours se définir ni être prévus. L'important, c'est qu'on rende justice à tous vos utiles travaux, à votre persévérance et à votre dévouement. La question a fait, grâce au temps (et vos efforts y ont grandement contribué), des progrès qui doivent vous consoler de vos peines et de vos fatigues. D'ailleurs celui qui se dévoue est consolé par cela même qu'il se dévoue, et quand même personne ne lui rendrait justice, Dieu la lui rendrait en lui envoyant la joie de la conscience.

Nous avons tous bien souffert, surtout depuis dix ans, mais la providence agit quand même, à travers tous les genres d'événements, et, à l'heure qu'il est, de grandes questions qui dormaient depuis des siècles sont rudement secouées ; c'est un bien.

2. L'autorisation avait été donnée à Louis Judicis ; Sand reprit ses droits en 1864.

Je viens de terminer un ouvrage qui pourrait faire suite au *Compagnon du tour de France* que vous avez si bravement soutenu contre la critique. Ce n'est pourtant ni une suite, ni une étude du même genre. Je ne me suis pas occupée, cette fois, des détails réels et positifs de la vie ouvrière. Je les ai même évités, voulant plutôt faire un résumé poétique et moral des émotions, des sentiments, des passions, et des aspirations qui peuvent fleurir au sein du travail. Cet ouvrage s'appelle *La Ville noire*[1]. Je vous l'enverrai quand il paraîtra. Bien que j'en aie vu la scène en voyageant, n'y cherchez aucune exactitude absolue de localité. J'ai pris seulement un aspect de pays et d'ouvriers dont j'ai été vivement frappée. Je me rappellerai toujours, mon cher Perdiguier, que c'est en causant avec vous, que j'ai compris bien des choses relatives au passé et à l'avenir du peuple.

J'embrasse Lise et vos chers enfants.

Tout à vous de cœur et d'amitié.

                                              George Sand

Nohant, 11 février 60.

Mes enfants sont à Paris, toutes les santés sont bonnes. Maurice a fait un livre qui a du succès, il est très laborieux toujours. Je suis bien en retard pour vous répondre, j'ai tant travaillé tous ces temps-ci.

## 272. À EDMOND ET JULES
## DE GONCOURT

[Nohant, 28 février 1860]

Messieurs, je ne vous connais pas, je suis une sauvage, j'ai tourné au paysan du Danube, moins la mauvaise humeur, sur les bords de l'Indre. Je ne fais pas de compliments. Je ne suis même plus polie. Croyez donc ce que je vous dis : Votre livre est très beau[1] et vous avez un

1. Elle a achevé d'en revoir et corriger le manuscrit la veille ; le roman paraîtra dans la *Revue des Deux Mondes* du 1er avril au 1er mai 1860, puis en librairie chez Michel Lévy en 1861.

1. *Hommes de lettres* (Dentu, 1860) ; Marthe et Chavannes sont des personnages du roman.

grand, un énorme talent. Je vous dis cela, ce n'est peut-
être pas une preuve, je ne sais pas si je m'y connais.
Beaucoup de gens m'ont dit que je n'y connaissais rien.
Je ne le crois pas, on ne croit jamais cela, mais enfin, je
n'oserais jamais me poser en *juge*. Je vous dis mon impression, ma conviction, prenez-la pour ce qu'elle vaut selon
vous. Quel affreux monde vous m'avez mis sous les yeux !
Est-il réellement comme cela ? Je ne le connais pas. Celui
de mon temps ne me paraissait pas si laid. Mais c'est si
bien peint, si bien montré, si saisissant que ça doit être
vrai. Ce n'est pas gai, par exemple, cette petite églogue.
Ah ! mon Dieu, les lâches, les imbéciles, les misérables !
Quelle satire nerveuse et ferme ! Vous avez la main forte
et l'indignation éloquente sans emphase. La Marthe...
celle-là, il y en a, je le sais, elle est fièrement vraie,
effrayante. Et la fin de ce malheureux est un cauchemar.
Et que de réflexions justes, que de choses senties et bien
dites ! Enfin je suis très contente, quoique très attristée.
C'est vous dire que je n'ai pas lu froidement, et que si j'ai
le cœur gros, je n'ai pas l'admiration récalcitrante.

Vous avez fait d'immenses progrès depuis le premier
ouvrage que j'ai lu de vous, et qui ne me surprennent pas.
Je les avais pressentis, ces progrès, et mon petit amour-
propre de public est content d'avoir entrevu votre avenir.
Vous en aurez encore, de cet avenir. Vous simplifierez
les moyens et vous mettrez de l'ordre dans cette abondance. C'est la jeune école, je le sais. On veut tout dire,
tout décrire, ne pas laisser un brin d'herbe dans l'ombre,
compter les festons et les astragales. C'est éblouissant,
mais parfois ça l'est trop. Vous verrez que vous arriverez
à *sacrifier* comme dans les bons tableaux. Mais rien ne
presse. Soyez jeune, c'est un bon défaut.

Je voudrais bien vous serrer la main, ne fût-ce qu'un
instant, quand je *passerai* à Paris, car je ne fais qu'y passer. J'y étouffe comme un vrai *Chavannes*, mais envoyez-
moi votre adresse pour que je vous écrive un mot, si
vous voulez bien de mon remerciement verbal, pas bien
tourné, je vous en avertis, mais sincère et cordialement
vrai.

George Sand

Nohant par La Châtre. Indre. 28 F[évrie]r 60.

## 273. À MAURICE DUDEVANT-SAND

3 mai [1860] Gargilesse.

Nous voilà en Afrique, et en plein été. Un temps magnifique et une petite chaleur à cuire des œufs. J'imagine qu'enfin il fait beau à Guillery, autrement ce serait le monde renversé. Au reste, nous n'avons pas encore eu de vraie chaleur à Nohant, et il fait si frais sur les hauteurs de Cluis que je suis arrivée hier à midi, *gelée* chez les Vergne. Il faisait encore assez frais à la grande montée du Chatelier. Mais dès qu'on descend ici, on entre dans un bain chaud. La campagne est tout en fleurs, les cerisiers sauvages sont des bouquets tout le long de la Creuse, qui a monté d'une vingtaine de pieds cet hiver, mais qui est belle et calme à présent.

J'ai commencé à me dérouiller les jambes en allant aujourd'hui avec Moreau aux rochers Saint-Martin qui sont très intéressants quand on a commencé à comprendre la géologie. Manceau, qui avait commencé la journée par le rangement d'une copieuse chasse dont il te parlera, est venu me rejoindre avec Jean [Brunet] et nous sommes revenus par le bord de la Creuse, ce qui fait une bonne trotte par la chaleur. Nous étions cuits, à la lettre. Mais on ne s'en plaint pas. La maison, le village, l'auberge, le maître d'école, rien n'est changé que le chemin par lequel on arrive en voiture jusque chez Malesset. Ceci est une très bonne chose. Ce n'est pas précisément une route royale ; ce n'est pas fini et l'entrepreneur qui depuis trois ans refusait de la livrer, je ne sais pourquoi, a eu la main forcée par le préfet. On y passe donc très bien et sans cahots, ce qui vraiment est agréable pour les éventualités de mauvais temps, ou d'intolérable chaleur. Malesset est plus vivant, il a eu des artistes l'année dernière entre autre M. Blin le paysagiste, et il paraît être moins *pané* et moins abruti.

Voilà notre bulletin. Manceau t'en dira plus long sur les chenilles. Ce serait bien le diable s'il n'y en avait pas, car tous les enfants du village ne font pas autre chose que d'en chercher. C'est une procession sur le perron de la villa Manceau, et il paraît qu'ils trouvent le meilleur. Je te regrette bien par ce beau temps, et je veux me per-

suader que le soleil est enfin sur ta tête. Ici on voit positivement d'heure en heure les feuilles grandir, les noyers
sont rouges comme du cuivre au soleil, et il y a des fleurs
partout, des violettes pâles charmantes, des myosotis, les
buis passé fleur, mais sentant encore bon, les pulmo-
naires bleues et roses, les petites sauges etc. etc. Enfin
c'est charmant et je me fais bien l'effet de ne pas ouvrir
les livres que j'ai apportés, même un nouveau de M. Feydeau[1] qui m'écrit sur la première page *lisez-le lentement et
avec attention.* Je te bige.

Nous serons à Nohant *mardi prochain* au plus tard.


## 274. À FRANÇOIS BULOZ

[Nohant, 11 août 1860]

Mon cher Buloz, vous serez bien aimable de me faire
envoyer la *Flore* [*élémentaire*] *des jardins et des champs,* par
MM. Decaisne et Le Maout. Je ne sais pas si c'est considérable, si c'est cher, mais je pense que vous me ferez
avoir cela dans les meilleures conditions possibles. Je
veux bien aussi le petit volume par M. Maury, *la Terre et
l'Homme,* sauf à voir si la *Géographie botanique* de Candolle
fils, dont il paraît que ce petit volume est le résumé,
m'est indispensable. Remerciez pour moi votre savant
naturaliste [Quatrefages de Bréau] et présentez-lui tous
les respects d'un ignorant mais ardent écolier.

J'écris à Émile [Aucante] de ne rien faire sans vous
consulter. Merci dix fois si vous pouvez faire que je travaille moins, littérairement parlant. Songez donc ! je cours
vers la soixantaine, et j'ai mon éducation à faire ! Il n'y a
vraiment pas de temps à perdre, si je veux connaître pendant quelques années le bonheur de n'être plus un cré-
tin ! Il y a un monde à découvrir dans les études de la
nature, un monde fermé aux savants, entre nous soit dit.
Ils ne voient pas, ils ne savent pas décrire, ils se refroidissent dans les classifications, ils font des manuels à
coups de ciseaux en se copiant les uns les autres, et à leur
manière de désigner une plante, on voit qu'ils ne l'ont

1. *Les Quatre Saisons, études d'après nature* (Amyot, 1860).

jamais regardée. Disséquer n'est pas comprendre ; analyser n'est pas voir. La nature n'a pas pour caractère
unique les organes nécessaires à la reproduction. Elle en
a mille autres que personne n'a su ou n'a daigné dire.
Quand ces Messieurs ont inventé une technologie, ils
n'ont fait qu'un catéchisme qui définit la plante à peu
près comme le catéchisme catholique définit Dieu : un
être qui n'a ni forme, ni couleur et *qui ne peut tomber sous
les sens.* Les malheureux, ils diraient volontiers qu'il n'y a
pas de différence entre Vénus et leur cuisinière, parce que
l'une et l'autre est *genus homo* ! Ils ne se doutent pas de
l'âme individuelle, résultat de l'âme universelle. Par malheur les artistes croient, de leur côté, que l'on peut *voir*
sans *savoir.* Erreur aussi ! il faudrait l'un et l'autre.

Nous voilà bien loin de nos affaires. J'ai oublié de vous
dire que si vous me faites faire un bon article comme
vous me l'annoncez ces jours derniers, je voudrais bien
qu'on ne décriât pas les romans que je n'ai pas publiés
dans la revue [*Revue des Deux Mondes*]. Ce serait me faire
beaucoup de tort, et j'aimerais mieux qu'on ne parlât pas
du tout de moi. — J'ai à vous dire aussi que M. Victor
Cherbuliez m'a écrit pour me parler d'un travail qu'il
pourrait offrir à la revue, et dont l'exposé et les titres de
chapitres me paraissent d'un grand intérêt. Il doit m'envoyer cela quand ce sera fait et je vous dirai ce que j'en
pense. Je ne connais pas M. Cherbuliez, mais je regarde
son livre [*À propos d'un cheval*] comme un heureux symptôme de la restauration littéraire que je rêve, et à laquelle
je suis trop vieille pour coopérer, mais que vous pouvez encourager et amener. Je vous expliquerais bien cela,
comme je l'entends du moins, et vous y penseriez, mais
cette lettre est déjà trop bavarde et la nuit s'avance.

— Vous recevrez à temps vos épreuves[1]. J'ai été empêchée de les revoir, mais n'en soyez pas inquiet.

Tout à vous

G. Sand

11 août 60.

1. *Le Marquis de Villemer* (*Revue des Deux Mondes*, 15 juillet-15 septembre 1860).

## 275. À ÉMILE AUCANTE

[Nohant, 8 septembre 1860]

Mon bonhomme, je viens de répondre à Buloz selon vos avis et en vous donnant raison sur tous les points que vous me signalez. J'ai même dit que mon désir était d'accord là-dessus, depuis longtemps avec votre décision. J'ai ajouté que vous désiriez certainement *me contenter* littérairement parlant, en me faisant traiter avec la revue [*Revue des Deux Mondes*] ; mais que vous ne céderiez guère sur mes intérêts vu que vous étiez très absolu même avec moi et j'ai ajouté un éloge de votre raison et de votre délicatesse qui ne vous nuira pas dans son esprit et qui ne nuira pas non plus à notre affaire, *un Buloz étant donné*.

À ce propos, je dois vous dire que Buloz peut en effet vous être utile et qu'il ne faut pas vous fermer cette porte-là. Tout en étant très *chien*, il a des réactions de caractère qui le rendent possible, et des bizarreries qu'il faut connaître. C'est un homme qui paraît aimer beaucoup l'argent et qui l'aime en effet : mais il a une passion à laquelle il sacrifierait même son argent, c'est une maîtresse, un idéal, un enfant adoré, c'est la *Revue des Deux Mondes* en un mot. C'est son œuvre et sa vie, elle passe avant tout dans son cœur de Buloz. Pour elle il fera mille coquineries et mille sacrifices, pour elle il peut tuer père et mère et pour elle aussi il peut faire ce qui est le plus contraire à sa nature, être honnête et brave à un moment donné. Vous n'avez pas idée des attendrissements et des *tendretés* qu'il m'écrit. Si je le laissais faire, il m'écrirait des déclarations d'amour, et tout cela c'est beaucoup plus pour l'honneur de sa revue que pour un profit d'argent. Né jaloux, il est jaloux de sa revue comme Otello de Desdemona. C'est absolument le même Buloz d'il y a vingt ans et encore plus Buloz s'il est possible. Ses lettres sont à crever de rire. Il a, toujours pour cette revue, un amour-propre dont on n'a pas d'idée, il arrive que sans faire autre chose que de ne m'en plus moquer (autrefois je le taquinais là-dessus à l'exaspérer) je le mets au comble de ses vœux. Enfin c'est un drôle d'homme, je vous assure, et malgré tous ses travers, tous ses vilains défauts et son imbécillité à beaucoup d'égards, il est fort possible qu'il rende des services et soit content de les rendre. Je suis persuadée qu'il sera reconnaissant envers vous et que si vous avez l'air de prendre la revue très au sérieux, il vous y trouve des ressources à un moment donné.

Insistez quand même sur tous les points que vous me signalez, il ne se rebutera pas pour cela. Il a une ténacité extraordinaire et ne vous en aimera pourtant que mieux de lui tenir tête. Dites-lui toujours quand vous êtes forcé de céder que vous me conseillez ce sacrifice en vue de l'avantage *artistique* de ne pas quitter la revue, et vous le verrez devenir raisonnable puisqu'en somme, nous ne demandons pas autre chose.

Je ne pense pas qu'Hetzel ait sujet de m'en vouloir[1], s'il traite avec Buloz, car il ne m'a fait, à moi, aucune proposition directe et ne m'a pas écrit depuis un temps infini. Ne touchez pas cette corde avec lui. J'aime autant n'avoir pas à lui répondre. Certes je l'estime et je l'aime mieux que Buloz, mais je ne me remettrais pas sans frayeur dans ses mains, il est trop mobile et avec lui il faut toujours changer ce qui est convenu, en vue d'améliorations qui sont souvent des désastres. Buloz est beaucoup plus sûr et quand on n'a pas le désagrément de vivre près de lui, on a des relations tranquilles. Il importe qu'avec lui *tout soit écrit* sans équivoque. C'est donc à vous de peser chaque mot du traité, mais quand c'est écrit, il ne change plus d'idée. Je suis de votre avis :

1° — pour conclure avant que la situation politique ne s'embrouille,

2° — pour tâcher d'avoir 7.000 f. par volume pour 5 ans,

3° — pour que le prix de la collection actuelle soit porté s'il se peut à 70.000 f. — payés mensuellement, sans réclamer d'avances,

4° — pour que les plus grandes précautions soient prises pour les dernières années de l'exploitation.

Quant au reste, vous en serez meilleur juge que moi, mais moi j'ajoute ceci et je l'ai écrit à Buloz, après vous l'avoir déjà dit dans ma dernière lettre :

Je ne voudrais pas m'engager à faire 3 romans par an, de dimension égale, — mais trois volumes de la dimen-

---

1. Une brouille de plusieurs mois interviendra à ce sujet avec Hetzel (voir lettre 285).

sion de *Jean de la Roche*, sauf à m'entendre avec Buloz sur ce qu'il m'autoriserait à faire hors du cadre roman.

— Mais qu'on me laisse libre de faire des romans un peu plus un peu moins longs les uns que les autres et même à faire quelquefois un roman de 2 volumes si mon projet m'y entraîne absolument.

Je m'engage bien entendu à ne pas écrire dans une autre revue et quant à écrire dans les journaux, je n'aurai certainement pas de temps de reste pour le faire, mais je veux être libre de donner un article de temps en temps. Il faut pourtant se rappeler que nous avons promis une nouvelle aux *Débats* et que si on me sommait de ma parole, il ne faudrait pas me mettre dans l'impossibilité de la tenir.

J'ai écrit à Buloz que je consentais pour lui rendre service, à laisser publier *La Ville noire* dans les Bons Romans. Je suis bien aise aussi de faciliter cette petite affaire à Hetzel. C'est à vous de voir si c'est utile à votre publication. Dans tous les cas, faites qu'on ne m'illustre pas si honteusement ou qu'on ne m'illustre pas du tout. Réservez-moi aussi la liberté de travailler pour le théâtre si je veux, d'autant plus que j'ai, de moitié avec Vaëz, une *Mare au Diable* dont Mme Viardot fait la musique.

## 276. À EUGÈNE DELACROIX

[Nohant, 25 (?) novembre 1860]

Cher ami, j'ai empêché Maurice de vous écrire de nouveau, je voulais le faire moi-même et on m'empêchait d'essayer[1]. Enfin aujourd'hui, on se fie à mes forces et je peux venir en personne vous remercier de votre bonne amitié pour moi. Oui, j'ai été près des *sombres bords*, comme disaient nos pères, mais je n'y ai rien vu de sombre. J'étais trop bête pour ça. Je m'en allais sans penser à rien et sans souffrir de quoi que ce soit. Je suis contente d'en être revenue, à présent que je sais le chagrin qu'il y avait autour de moi. On ne me laisse pas

---

1. Le 27 octobre, Sand est tombée gravement malade d'une fièvre typhoïde.

encore travailler, aussi je m'ennuie et c'est tout mon
mal, car j'ai faim et sommeil, et je suis tout à fait hors
d'affaire. Je vous embrasse de cœur, cher ami, et puisque
Dieu me passe un nouveau bail, je serai bien contente de
vous voir encore et de vous embrasser. Mon Maurice et
Manceau, et mon vieux ami le médecin [Vergne], et tout
mon monde m'a soignée admirablement sans se lasser
une seconde. Il paraît que j'étais bien embêtante car je
n'avais qu'une idée qui était de sortir du lit pour me promener Dieu sait dans quelle lubie. Enfin un beau soir, j'ai
vu le soleil se coucher dans un coin du ciel gris et rose,
et j'ai reconnu les branches, la fenêtre, le lointain. Je me
suis reconnue moi-même et j'ai eu des idées comiques,
sur mon pauvre individu anéanti. Je me suis mise à rire et
il paraît que j'étais guérie. Mourir n'est rien si on meurt
comme cela, mais être rendu à ceux qu'on aime c'est
quelque chose, et j'en remercie Dieu en voyant qu'ils
m'aimaient bien aussi. Prenez votre bonne part de ma
reconnaissance et de ma joie, cher ami de mon cœur.

Maurice vous embrasse tendrement et aussi moi.

G. Sand

## 277. À CHARLES SAINTE-BEUVE

Nohant, 15 Xbre [1860]

Mon ami, je vous remercie de m'avoir fait lire votre
excellent livre[1]. C'est une mine de pierres très fines et
très précieuses, mine très abondante où, tout en cherchant le charbon et le diamant, ces deux extrêmes qui
sont pourtant frères jumeaux, on trouve une foule de
choses vivantes et qui communiquent la vie à qui les
recueille avec soin. Chateaubriand a été, je crois, ici pour
vous un but et un prétexte, autant l'un que l'autre, n'est-
ce pas ? Il était au suprême degré, on le voit, charbon et
diamant lui-même — et tout le monde est cela. Seulement, plus on est diamant plus aussi on est charbon.
C'est ce que prouvent toutes vos excellentes critiques et

1. *Chateaubriand et son groupe littéraire sous l'Empire* (Garnier, 1860).

c'est la clé de voûte ingénieuse et philosophique de la plupart de vos travaux en ce genre. Vous aimez à relever les personnages secondaires, effacés ou méconnus. C'est généreux et délicat, mais prenez garde que c'est effrayant, car la morale de ceci est que généralement l'intelligence poétique, ce qu'on appelle le génie ne se développe tout à fait qu'aux dépens du cœur. Moi je voudrais croire que tous deux peuvent vivre dans leur plénitude et que quelques *mortels* privilégiés ont eu cette grâce. N'en est-il point dans l'histoire ? N'y aurait-il eu que Jésus-Christ tout seul ? Alors mettons-nous tant que nous pourrons au second rang, car ce premier rang d'infortunés condamnés à n'aimer qu'eux-mêmes et à vivre sans Dieux comme sans vrais amis n'est point du tout enviable. Et pourtant je vous dirai bien, dussé-je vous fâcher, que l'homme qui a écrit *Volupté* n'est pas un écrivain de second rang. Il a tous les écarts, tous les mystères, toutes les souffrances et toutes les puissances du génie. Je n'avais pas été frappée de cela à la première lecture comme je l'ai été à la seconde vingt-cinq ans plus tard, et je suis fâchée de n'avoir pas fait cette 2^{de} lecture[2] plus tôt. Je vous aurais *abîmé* dans mes Mémoires. J'aurais dit : « Il est de cette grande famille de passionnés et d'enthousiastes dont il a dit tant de mal et tant de bien comme s'il n'était pas juge et partie, en dépit de lui-même. Il a classé les écrivains en deux séries : ceux qui ont plus d'éloquence et ceux qui ont plus de jugement, ceux qui agitent le monde et ceux qui le civilisent ; et il n'avait peut-être pas le droit de donner la préférence aux derniers, car il était des premiers tout autant que des seconds ». — Attrape.

Quoi qu'il en soit, vous êtes certainement le seul critique de ce temps-ci et le premier eu égard à tous les autres. En vous lisant on apprend tout et on s'imagine être *très fort* parce que vous avez une manière fine et moqueusement modeste qui semble consulter en enseignant.

Vous me dites les choses les plus aimables du monde sur mes succès *dans le monde*. Moi je ne sais rien du pourquoi ni du comment de tout cela. Je suis une pente qui monte ou descend, sans que j'y sois pour rien. La vie me mène où elle veut, et depuis beaucoup d'années, je suis si désintéressée dans la question que je n'ai à me défendre

---

2. Du 29 février au 4 mars 1860.

de rien. Je traverse des régions sereines et je rends grâce à Dieu de m'y avoir laissée entrer : mais comment cela s'est fait, je ne sais pas. Peut-être avais-je bonne intention : *pax hominibus bonae voluntatis*[3].

Bonsoir, cher ami, et merci encore du beau livre, mais j'en veux encore. Je veux les *Causeries du lundi* dont je n'ai lu que des parties. Je pense bien que vous ne les avez pas *à vous*. Mais je vous prie de dire à votre éditeur de me les envoyer en faisant suivre le remboursement. Seulement il me fera la remise, si vous le lui dites.

À vous de cœur

G. Sand

## 278. À CHARLES SAINTE-BEUVE

Nohant 23 décembre [18]60

Cher ami, j'ai reçu tout ce gracieux et précieux envoi[1]. C'est un véritable cadeau que vous me faites et qui va me donner des heures heureuses.

Je n'ai jamais rien su lire en feuilletons et d'ailleurs je n'ai jamais été abonnée là où vous écriviez. Je ne sais plus où j'étais en 1850. Je ne sais pas si j'ai lu alors ce que vous avez dit de moi dans ce premier volume. Je ne crois pas, je ne l'aurais pas oublié. Quoi qu'il en soit, je vous en remercie aujourd'hui ; car naturellement, en voyant là mon nom, j'ai couru, en égoïste, à ce qui me concerne.

J'ai été touchée surtout de voir la bienveillance de l'amitié persistante au milieu d'une tempête qui nous emportait en sens divers. Vous me reprochez amicalement certaines choses de croyance que vous avez peut-être prises pour des caprices d'imagination, et qui, vraies ou fausses, ont toujours eu devant Dieu, l'humble mérite d'être parfaitement sincères et désintéressées, et il me semble qu'en raison des mêmes instincts de franchise et d'*ingénuité* qui sont en vous, il vous est arrivé souvent,

3. Paix aux hommes de bonne volonté.
1. Les *Causeries du lundi* (Garnier, 1857-1858, 13 volumes). Dans le tome I, Sand a lu l'article du *Constitutionnel* du 18 février 1850 consacré aux romans rustiques (*La Mare au Diable*, *La Petite Fadette* et *François le Champi*).

dans la critique, de vous préoccuper de votre opinion autant que moi de la mienne dans mes romans. Si c'est un tort, ce que je ne crois pas, il serait même plus marqué chez vous, car c'est, dit-on, à la critique littéraire encore plus qu'à la littérature de fantaisie, d'être impartiale et d'oublier la politique.

Vous êtes si généreux envers moi que j'aurais bien mauvaise grâce à me plaindre ; mais, dans cet excellent article et dans d'autres, et dans le cours sur Chateaubriand, vous êtes délicatement dur pour ceux que de certains courants ont emportés et on voit bien que la croyance personnelle vous tient au cœur autant que l'art. Eh bien, moi, au lieu de vous en faire un crime ou un travers, j'aime que l'individualité se soutienne active, grondeuse et batailleuse au besoin. C'est par là que les écrivains sont des hommes et non pas *des lyres*. Il n'y a rien de piètre comme ces instruments qui résonnent au vent qui passe, sans conscience de leur personnalité morale ou philosophique. C'est par de certains emportements d'opinion que l'on vaut, dût-on se tromper. Vous savez cela mieux que moi, car en des endroits vous le dites ou vous le faites deviner.

Quant à ce que vous me dites, à moi, dans votre lettre, des *grands rôles* de notre temps, je sais bien que la plupart ne sont que des rôles. C'est un talent que de savoir les soutenir en dépit de tout, mais ce doit être bien ennuyeux ! La vie vraie a de si beaux côtés et de si douces phases quand on consent à sortir de soi ! Un des supplices de l'enfer doit être d'être condamné à se contempler éternellement.

Vous avez senti cela et vous avez pris le chemin du vrai souvent ombragé de beaux arbres qui n'empêchent pas le soleil de percer et de vous réchauffer. Je vous ai trouvé devenu un peu sceptique, mais vous êtes encore *très jeune*, et cela passera.

Je me rappelle le temps où je ne croyais plus à rien et où vous me grondiez, et tout ce que vous me disiez me restait, sinon avec les paroles, du moins en tant qu'impression certaine et salutaire. J'étais triste. Aujourd'hui je suis calme et vous y avez contribué plus que vous ne pensez. Vous, vous êtes calme aussi aujourd'hui et comme un peu rassasié dans votre sagesse. Mais il semble qu'il entre là-dedans un peu de désenchantement des choses humaines. Il y a bien de quoi, j'en conviens, mais ne nous calmons pas trop et cherchons encore *les choses divines.*

Si je ne craignais pas de vous paraître folle, je vous dirais que j'ai encore des battements de cœur quand je crois voir la face de Dieu dans les secrets replis de la nature, et que je me sens emportée dans le rêve de l'infini comme un heureux atome qui a conscience de soi, qui sent une loi magnifique et un ordre ineffable le conduire à un inconnu plein de promesses par un chemin délicieux qui s'appelle *confiance.*

Et ne me reprochez pas d'être crédule, impressionnable, docile. J'ai trouvé à admirer et à chérir les autres de bien plus grandes jouissances qu'à m'admirer et à m'aimer moi-même. N'êtes-vous pas un de ceux à qui je dois le plus et vous sied-il, maître ingrat, de me reprocher de *savoir croire*?

Oui, j'ai gardé un pied à terre rue Racine 3, dans la même maison où j'étais. Je monte deux étages, mais j'ai de plus grandes chambres pour respirer. Je dîne toujours dans le petit salon d'en bas, chez Magny, je vous accroche au passage et je vous retiens le plus que je peux. Tout cela au printemps, car l'hiver de Paris m'est défendu cette année. Mesure de précaution, car je me porte à merveille, et j'ai repris mes romans sans aucune fatigue. Je n'ai aucun besoin d'aller dans le Midi ; mais quand, au lendemain de la crise, le médecin [Vergne] a prononcé *l'arrêt*, je me suis empressée de juger la chose très nécessaire. Mes garçons sont un peu paresseux pour se déplacer, et moi j'aime beaucoup à courir. J'ai donc pris la balle au bond et je m'en irai avec eux à la fin de janvier. Si vous pouviez être tenté de venir par là, nous philosopherions sous des orangers, qui vaudraient bien les anciennes petites allées du bois de Boulogne.

Bonsoir cher ami, merci encore, je vas, ne vous en déplaise, vous lire et *profiter.*

G. Sand

## 279. À CHARLES SAINTE-BEUVE

[Nohant, 20 janvier 1861]

Mon ami, c'est un grand service que je vous demande. Il s'agit d'un grand conseil à me donner[1]. Il y a long-temps que j'ai à vous parler d'une chose importante et délicate pour moi, mais il aurait fallu que nous fussions seuls et comme je n'avais pas sous la main et en ordre certains écrits dont, avant tout, il faudra que vous preniez connaissance, j'ai remis de vous en entretenir.

J'ai fait un roman intitulé *Elle et Lui* que vous n'avez peut-être pas lu et qu'il faudrait que vous prissiez la peine de parcourir. C'est une histoire vraie au fond, une histoire que vous savez, et qui avait été si *arrangée* par certaines gens, que j'ai cru devoir lui restituer ce que la réalité des sentiments avait d'essentiel, tout en déguisant assez bien les faits et les personnages pour que nul n'eût le droit de s'en plaindre. Vous verrez bien vite que ce livre n'a pas été écrit avec amertume et qu'il est plein du respect du passé, respect du génie, respect de la mort. Du moins telle a été mon intention et je ne crois pas que l'exé-cution l'ait sensiblement trahie.

Ceci a donné lieu à deux *répliques* pleines de fiel, de grossièreté et d'imposture : un prétendu roman intitulé *Lui et Elle*, et un prétendu récit intitulé *Lui*, où une femme de talent et de mérite a oublié ce qu'elle se devait à elle-même, pour satisfaire je ne sais quelle haine dont il m'est impossible de deviner la cause. Je ne lui ai jamais été hostile, je ne lui ai jamais dit d'impertinences comme elle le prétend, je n'ai même jamais songé à lui être désa-gréable. Tout mon tort est de n'avoir pas voulu me lier avec elle parce que je la trouvais trop *littéraire* d'une cer-taine façon pour mes goûts et mes habitudes d'esprit.

Or, j'ai les lettres d'*elle* et *lui*, et il faut que je vous dise l'histoire de ces lettres. — *Elle* les avait eues (celles de *lui*) dans les mains pendant quelque temps après la rupture : rupture qui n'avait rien eu d'amer ni de violent. Elle

---

1. C'est le sort de la correspondance Musset-Sand qui se joue ici, après la publication de *Lui et Elle* de Paul de Musset, et *Lui* de Louise Colet. Mais Sand omet de dire à Sainte-Beuve qu'elle a affirmé à Paul de Musset avoir brûlé ces lettres (voir lettre 260).

s'était enfuie, vous lui aviez donné une partie du courage qu'il lui fallait pour cela. Un jour, quand il se fut bien assuré qu'il n'y avait plus de retour possible, il réclama ses lettres. Elle les lui rendit sans demander à reprendre les siennes, mais il sentit aussitôt qu'il devait les lui offrir. On se revit pour en parler, on ne décida rien. On s'offrait mutuellement de tout brûler, mais on ne pouvait s'y résoudre ; on sentait qu'on avait là une grosse part de son âme. Et puis *lui*, parlait d'autre chose et ne se résignait pas. Elle tint bon, et il ne le lui a jamais pardonné.

Il était d'un caractère si fantasque, si malheureux, et avec cela il était si grand poète qu'à partir du jour où il eut perdu l'affection qu'il avait tant foulée aux pieds, il se crut et se sentit par conséquent désespéré, — aux heures de la poésie. Le reste du temps, il menait joyeuse et mauvaise vie. Pauvre enfant, il se tuait, mais il était déjà mort quand elle l'avait connu. Il avait retrouvé avec elle un souffle, une convulsion dernière ! Il se ranima par moments, *en l'absence toujours*. Elle se croit, elle se sent innocente du lent suicide qui a été la vie *entière* de ce malheureux !

Un ami, Gustave Papet, son ami d'enfance à *elle*, et qui était devenu un ami commun, pensa aux lettres. Il *la* blâmait de ne pas les reprendre. Pas plus qu'elle il ne croyait qu'on voulût en faire un mauvais usage, mais il disait qu'un homme qui s'enivre ne peut être dépositaire fidèle de quoi que ce soit.

À la dernière entrevue, *elle* et *lui* s'étaient contentés de cacheter leurs lettres en deux paquets distincts, et il les avait gardées sans conclure. L'ami commun alla le trouver et l'engagea à rendre ou à brûler. On fut au moment de brûler. *Il* ne put s'y résoudre. Il remit les deux paquets scellés à P. en lui disant : — « *Gardez-les nous*, et plus tard on s'entendra sur ce qu'il y a à en faire. Vous rendrez à chacun ce qui est à lui, mais d'après un consentement commun. Il n'y aura jamais de discussion entre elle et moi à ce sujet-là ». P. fit l'objection que l'un des deux pouvait mourir. — « Alors vous brûlerez ce qui est à moi », répondit-il. Il fut impossible de l'amener à une solution plus nette et à s'entendre sur ce qu'il regardait comme *à lui*. Il rappela seulement P. pour lui dire : — « *Il n'y a qu'une chose que j'exige de vous. Donnez-moi votre parole d'honneur que jamais vous ne remettrez rien à mon frère* ».

Un an, peut-être deux ans plus tard, P. le rencontra, lui parla et lui demanda ce qu'il entendait faire des lettres. — « Brûlez-les, brûlez tout, répondit-il, que je n'en entende plus parler ».

P. ne se crut pas en droit de brûler, il fallait savoir si les lettres d'*elle* à *lui*, étaient à *lui*, ou si c'était le contraire. La loi ne s'expliquait pas à cet égard. Aujourd'hui divers arrêts ont résolu la question dans le premier sens si je ne me trompe.

*Elle* ne se souciait guère de ces questions-là, elle répugnait à s'en occuper. Elle pria P. d'attendre. On attendit, on oublia. Quinze ans s'écoulaient.

*Lui*, le pauvre *lui*, dans les dernières années de sa vie, se tourmenta de ces lettres tout d'un coup, et il redemanda les siennes propres à P. avec une amertume extrême, je n'ai jamais su pourquoi. On s'était encore rencontré (elle et lui) pour la dernière fois en 48. Il avait été très attendri, il pleurait ; il était ivre, hélas !

P. refusa de renvoyer les lettres disant qu'il voulait en référer à *elle*. Elle sentit bien qu'il y avait danger à rendre ces choses sacrées à un homme qui n'avait plus que des éclairs de lucidité. Mais on faisait écrire officiellement par un avocat, elle donne permission à P. de renvoyer à *lui* ce qui était à *lui*.

Mais il fallait savoir lequel de ces deux paquets cachetés, à peu près égaux, liés tous deux d'un même ruban noir et scellés du même cachet était à *lui*. Papet demanda s'il y avait un signe quelconque qui pût lui faire reconnaître les lettres de *lui*, et on fit écrire par mon ami Rollinat à M. Grévy avocat de *lui*. Ni *lui*, ni *elle* ne pouvant rien éclaircir, on convint que lorsque M. P. irait à Paris, il ouvrirait les deux paquets avec M. Grévy, et pour que ceci ne fût pas une fin de non-recevoir, *elle* écrivit aussi à M. Grévy pour lui dire que si son client le désirait, elle était prête à recevoir son mandataire à la campagne et à procéder avec lui et P. à l'ouverture et à la reconnaissance des paquets. M. G[révy] répondit que ce n'était pas si pressé et que tout cela se ferait quand tout le monde pourrait se réunir à Paris.

Il n'en fut plus question. Elle était à Paris depuis quelques semaines et il ne l'ignorait sans doute pas quand il mourut. Quinze jours après, le frère, avec qui elle avait toujours eu, de loin en loin, de bons rapports, vint de la part du mourant, disait-il, lui demander ce qu'elle comptait faire des lettres ; qu'à son heure dernière, il s'en était vivement préoccupé et avait désiré que tout fût brûlé. Elle y consentit, mais les lettres n'étaient pas là. Elles étaient toujours en Berry sous clé chez M. G. P. Elle invita donc le frère à venir en Berry le mois suivant afin qu'à eux trois ils fissent le sacrifice. C'est alors que le frère observa que c'était dommage et que probablement il y en avait de bien belles de lui, bien précieuses à garder, que si elle voulait, on relirait tout ensemble et qu'on ferait un choix. Elle lui demanda s'il était autorisé à cela. Il prétendit l'être, ce qui n'était pas conforme à sa première affirmation qu'il fallait tout brûler. *Elle* n'en prit pourtant pas d'ombrage et l'ayant toujours connu très sympathique pour elle, *devant elle*, elle lui renouvela son invitation, et alla l'attendre en Berry. Il ne vint pas, il n'écrivit pas. Plus d'un an, quinze mois je crois, après, lorsque parut *Elle et Lui*, il prétendit qu'elle avait publié des lettres de son frère ce qui n'était pas vrai, il vous sera facile de vous en convaincre.

Il n'entrait pas dans sa manière de voir, au point de vue de l'art, pas plus qu'à celui des convenances, de *citer* et de *copier*. Elle devrait écrire elle-même son livre, ne pas imiter le style d'un autre, même pour le faire parler, elle devait rendre les idées et les sentiments de l'un et de l'autre comme elle se les rappelait et comme elle les appréciait à distance. Ce n'était pas des mémoires qu'elle rédigeait, c'était un roman, c'était de l'émotion rétrospective et sa propre émotion.

Le frère prétendit que ce livre outrageait la mémoire du poète et de l'homme, il fit des menaces et réclama à P. non plus les lettres de son frère, parce que, disait-il, la loi en attribuait la propriété à la personne à qui elles étaient adressées mais les lettres *d'elle*. Devant cette réclamation, G. P. vint la trouver, lui remit à *elle*, les deux paquets de lettres en lui disant : « Je ne veux pas répondre à ce monsieur, je ne le connais pas. Je me rappelle et je vous rappelle la parole qu'A[lfred] m'a fait donner de ne jamais les lui remettre. Je ne crois pas qu'il ait jamais été chargé, même au lit de mort, de les réclamer pour son compte ou pour celui de sa famille. Au reste, on ne nous montre aucune preuve, et je me rappelle assez bien les intentions, *vagues toujours*, mais *jamais hostiles* de A[lfred], pour me croire dégagé de mon rôle de dépositaire. Dans ma conscience, vous seule désormais avez des droits sur le dépôt. Je vous le livre et je me moque de toutes les réclamations et de toutes les criailleries ». *Elle* remit alors le paquet, les deux paquets, à un autre ami, en le chargeant de tout brûler. Elle avait je ne sais quelle répugnance à faire cela elle-même. Vous comprenez bien cela.

Mais cet autre ami [Aucante] (que vous connaissez), et qui savait de quoi il s'agissait, fit ses réflexions et ne brûla pas. On avait annoncé *Lui et Elle*, il le savait, il s'attendait à quelque infamie ; il ne voulait pas que la vérité fût anéantie. Quand le livre eût paru, il montra les 2 paquets intacts à *elle* et elle l'approuva de lui avoir désobéi.

À présent que fera-t-elle de ces lettres ? *Elle* ne tient pas à réveiller les scandales des deux publications qui l'ont outragée et calomniée, elle ne s'en est pas sentie atteinte. Mais elle doit peut-être à l'avenir de ne pas anéantir les preuves d'une affection qui fut très malheureuse, mais qui, de part et d'autre, eut sa force, sa dignité et sa sincérité. Elle le doit pour lui autant que pour *elle*.

Or, c'est le moyen d'assurer dans l'avenir la liberté de cette publication qu'il faut trouver. Là est le difficile à cause de mille choses sur lesquelles mon envoyé [Aucante] s'expliquera avec vous, relativement aux droits que l'on pourrait avoir d'*empêcher*. Certes, le frère après les ignobles inventions de son pamphlet, s'opposera autant que possible, si lui ou quelqu'un des siens est encore de ce monde. Si la publication doit se faire dans un temps éloigné où elle sera sans obstacle, quel est le moyen d'assurer le dépôt des autographes ? et l'exactitude des diverses copies que l'on peut en faire, en cas de destruction des originaux par incendie, révolution, vol, etc. ? Ne serait-il pas plus sûr de la lancer dès à présent sous des noms supposés, ou sans noms, et sans annonces, sans rien qui éveillât des prévisions et des obstacles ? L'ouvrage imprimé *existerait*, par la suite on pourrait aller aux preuves.

Enfin, je n'ai pas de conclusion par devers moi. J'ai reçu divers avis contraires. Il y a une question de droit qui n'est pas bien nettement tranchée. Si ce n'était qu'une question d'argent, je serais bien charmée d'avoir à donner le produit à la famille, et à l'estimable frère surtout. Ce serait toute ma vengeance.

Si l'on se décidait au dernier parti, sans doute il y

aurait un choix à faire dans les dernières lettres surtout. J'en voudrais retrancher tout ce qui est reproche d'*elle* à *lui*, bien que je désire que vous lisiez tout. J'ai fait, dans la partie que j'ai recopiée moi-même, les suppressions nécessaires et j'ai même coupé aux ciseaux, dans les autographes, tout ce qui pouvait blesser et compromettre des tiers. Voulant assurer l'existence des lettres, je n'ai pas voulu qu'elles fissent du mal. J'ai même eu du plaisir à détruire tout moyen de vengeance de ma part contre quelques-uns de ceux qui m'ont si mal traitée — mais, dans la partie qu'il m'a été impossible de copier moi-même, faute de temps (et puis tout cela me faisait mal), le choix doit être fait par quelqu'un comme vous, si vous voulez vous en charger. — Nous reverrions d'ailleurs le reste ensemble quand je pourrai aller à Paris. Mon envoyé s'est chargé de copier tout littéralement.

Ainsi cher ami, c'est deux heures de votre précieux temps que je vous demande pour lire toutes les pièces, et puis une heure de conversation avec l'envoyé pour qu'il supplée à tout ce qui manque de *si* et de *mais* à cette lettre-ci. — Et puis, une heure de réflexion quand vous pourrez, et une solution dernière à laquelle je me conformerai.

Pardon et merci, car je ferais de si grand cœur pour vous tout ce qui est en mon pouvoir, que je me persuade que vous le ferez pour moi sans vous impatienter et sans me gronder.

À vous de cœur.

G. Sand

Nohant 20 janvier 1861.

## 280. À CHARLES SAINTE-BEUVE

Nohant 6 février [18]61

Mon ami, Émile [Aucante] me rend compte de votre dernier entretien et de votre dernier avis. Il est bon et je le suivrai. Les lettres ne paraîtront qu'après moi. Je crois qu'elles prouvent de reste que trois horribles choses ne pèsent pas sur la conscience de votre amie : le spectacle d'un nouvel amour sous les yeux d'un mourant, — la

menace, la pensée de le faire enfermer dans une maison
de fous, — la volonté de le reprendre et de l'attirer malgré lui après sa guérison morale. — Que sais-je encore ?
Une tentative d'assassinat ? Des infidélités, des caprices,
des trahisons après le raccommodement ? De la dureté,
de la moquerie, de la cruauté, des tortures froidement
imposées par l'orgueil au génie malheureux et brisé ? De
la jalousie littéraire ? Le dépit des critiques qu'il n'avait
jamais songé à faire et dont toute cette liaison eût été,
chez la femme, une vengeance préméditée ? — Voilà les
saletés de l'accusation et les lettres ne prouvent qu'une
chose : c'est qu'au fond de ces deux romans, la *Confession
d'un enfant du siècle*, *Elle et Lui*, il y a une histoire vraie qui
marque peut-être la folie de l'un et l'affection de l'autre,
la folie de tous deux, si l'on veut, mais rien d'odieux ni
de lâche dans les cœurs, rien qui doive faire tache sur des
âmes sincères.

Plus tard, avec la débauche, les mauvais conseils et les
mauvaises compagnies, avec la folie croissante, le poète
est devenu amer, il a continué d'être jaloux, il a voulu
nuire. Mais je crois qu'on l'a fait beaucoup mentir et qu'il
est moins coupable que ses amis ne l'ont fait paraître.
Paix et pardon, voilà toute la conclusion, mais dans
l'avenir un rayon de vérité sur cette histoire.

Merci, cher excellent ami, de la peine que vous avez
prise et de l'affection que vous me prouvez. Je pars dans
huit jours et je vous donnerai de mes nouvelles pour
avoir des vôtres.

À vous de cœur.

G. Sand

### 281. À JULES MICHELET

Nohant, 14 février 1861

Quel beau livre[1], Monsieur ! C'est un des plus beaux
que vous ayez faits, assurément, et qu'on ait faits de
notre temps ! Vous êtes un rare et vaste esprit et chaque

---

1. *La Mer* (Hachette, 1861). Elle avait lu auparavant *L'Amour*
(Hachette, 1858) et *La Femme* (Hachette, 1860).

tentative nouvelle dans l'histoire de la vie planétaire marque en vous une recrudescence de travail, d'émotion et de puissance. Avec une franchise qui est un hommage de plus rendu à votre génie, je dois vous dire que mon impression a fait beaucoup de réserves quand j'ai lu *La Femme* et *L'Amour*. Mon sentiment est autre sur ce grand point de départ. — Mais je n'ai pas voulu en écrire la critique et je ne veux pas vous la faire. Vous êtes de ces forces à tant d'égards bienfaisantes et civilisatrices, qu'à moins d'être critique par état et forcé par conséquent de tout dire, on aime mieux laisser le témoignage public et privé de l'admiration sans restriction pénible et inutile. Si j'indique à vous seul cette restriction intérieure, c'est pour rester vraie et pour m'abandonner mieux à l'admiration sans bornes qu'à tant d'autres égards vous me semblez mériter.

Il vous reste deux beaux livres à faire et que vous êtes, je le parierais, en train de préparer : la *minéralogie*, la vie chimique et physique du globe, source des plus beaux aperçus, monde mystérieux et admirable où l'électricité fait la fonction de révélateur par excellence, — et la *botanique* où l'électricité joue le même rôle et où votre sentiment de poète et de grand artiste trouvera, *sans métaphore*, le bouquet de ses jouissances. Vous savez toutes choses, dites tout ce que vous savez, afin que les aveugles de ce monde apprennent à voir, à comprendre et à aimer ce paradis terrestre, cette adorable *Cybèle* dont leur malice et leur bêtise ont fait un enfer.

Je vais à Hyères ou dans les environs, revoir la mer, votre grande amie. Je pars demain, l'esprit tout rempli de ces grands tableaux par lesquels vous avez fait le tour de force de ne pas rapetisser la nature. Tout est là, je crois. Le peintre peut poétiser un petit sujet, mais quand on s'attaque à l'immensité, il faut être vous.

Agréez mille dévoués hommages de cœur.

George Sand

## 282. À CHARLES DUVERNET

24 f[évrier 18]61 Tamaris[1]

Golfe du Lazaret, à une demi-lieue de mer de Toulon. Au pied du fort Napoléon.

C'est une colline couverte de pins-parasols d'une beauté et d'une verdeur incomparables. Le golfe du Lazaret séparé d'un côté de la grande mer, par une plage sablonneuse, vient mourir tout doucement au bas de notre escalier rustique. Au-delà de la plage, la vraie mer brise avec plus d'embarras et nous en avons, de nos lits, le spectacle. La tête sur l'oreiller, quand, au matin, on ouvre un œil, on voit au loin le temps qu'il fait par la grosseur des lignes blanches que marquent les lames. À droite le golfe s'ouvre sur la rade de Toulon, encadrée de ses hautes montagnes pelées, d'un gris rosé par le soleil couchant.

À droite, s'élève le cap Sicier, autre montagne très haute et d'une belle découpure, toute couverte de pins. Entre la grande mer et une partie de notre vue de face, s'étend une petite plaine bien cultivée, une sorte de jardin habité. Derrière nous le fort Napoléon sur une colline boisée plus élevée que la nôtre et qui nous fait un premier paravent contre le nord. Au bas de ce fort, la grande rade de Toulon et d'autres immenses montagnes derrière, second paravent, que dépasse en troisième ligne la chaîne des Alpines du Dauphiné.

Tout cela est d'un pittoresque, d'un déchiré, d'un doux, d'un brusque, d'un suave, d'un vaste et d'un contrasté que ton imagination peut se représenter avec ses plus heureuses couleurs. On dit que c'est plus beau que le fameux Bosphore et je le crois de confiance car je n'avais rien rêvé de pareil, et notre pauvre France que l'on quitte toujours pour chercher mieux est peut-être ce qu'il y a de mieux. Nous sommes dans les amandiers en fleurs, la bourrache est dans son plus beau bleu, le thlaspi des champs blanchit toutes les haies. Ce sont à peu près les

1. Ce séjour à Tamaris, du 19 février au 29 mai, inspirera à Sand l'année suivante son roman *Tamaris* (voir l'édition par G. Lubin aux Éditions de l'Aurore, 1984). Voir aussi George Sand, *Voyage dit du Midi 1861 (19 février-29 mai)*, introduction et notes de Maurice Jean (Les Ateliers du patrimoine, Ville de La Vallette-du-Var, 1991).

seules plantes de nos climats que j'aie encore aperçues, le reste est africain ou méridional extrême : cistes, lièges, yeuses, arbousiers, lentisques, cytises épineux, tamarins, oliviers, pins d'Alep, myrtes, bois de lauriers, romarins, lavandes, etc., etc. Il ne faut pourtant pas oublier la vigne et le blé parmi nos compatriotes ; on boit ici à bon marché du vin excellent. Le pain est bon, il y a peu de poisson, mais le mouton et le bœuf sont passables. C'est le fond de la nourriture, avec les coquillages très variés, mais généralement détestables pour ceux qui n'aiment pas le goût de varech.

La maison que nous habitons est petite, mais très propre, et nous y sommes seuls dans un désert *apparent*. Personne n'y vient et personne n'y passe, mais, tout près de nous il y a un petit port de mer appelé *La Seyne* qui est grand comme La Châtre et où notre factotum [Baréti] va s'approvisionner tous les matins. De plus il va à Toulon tous les jours par un petit vapeur, moyennant 3 sous.

En outre du factotum mâle, nous avons une cuisinière *naine* [Rosine] qui est une excellente fille, et un âne nain, baudet d'Afrique appelé *Bou-Maza*, qui ne mange jamais que des fagots d'olivier sec et qui est devenu fou aujourd'hui pour avoir avalé une poignée de foin.

La maison coûte 500 f. pour trois mois, la cuisinière 25 par mois, le baudet rien, il est au propriétaire [Trucy], un charmant avoué qui met tout par écuelles[2] pour nous recevoir. Nous avons chacun une petite chambre et, en commun, un salon, une salle à manger, un cabinet pour mettre nos herbiers, nos cailloux et nos bêtes. Le rez-de-chaussée, tu peux te le figurer. C'est la distribution du Coudray tellement ressemblante pour les dimensions que ç'a été le premier cri de Manceau en y entrant. Devant la maison, il y a un berceau de plantes exotiques et une étroite terrasse avec des fleurs. Tout le reste est une colline inculte, rocailleuse, ombragée d'arbres superbes à travers les tiges desquels on voit le bleu de la mer, ou le bleu des montagnes lointaines. Le sol est calcaire siliceux et on y trouve une partie de nos coquilles fossiles de Nohant et du Coudray. À deux pas nous avons des granits et des laves, toute la côte est très variée par conséquent de formes et de couleurs.

2. Qui se met en quatre.

Le pays environnant est à la fois riant et sauvage. Quant au climat, il est rude et superbe, varié et heurté comme le pays, des jours de pluie diluvienne, des vents d'est très rudes, des coups de soleil (j'en ai un sur le nez d'une belle couleur), des humidités suaves et chaudes, tout cela se succédant avec rapidité, et ne rendant guère malade, car avant-hier j'ai fait deux lieues à pied pour ma première promenade, hier j'étais dans mon lit avec la fièvre, rhume, courbature et coup de soleil. Ce matin j'ai fait une lieue, ce soir je me porte on ne peut mieux, je n'ai plus que ma tomate sur le nez, mais je n'en souffre plus. Maurice a passé par les mêmes crises, Manceau et Marie [Caillaud] qui n'ont encore fait que ranger et déballer auront leur affaire à la première sortie.

Je reprends ma lettre pour t'expliquer comme quoi nous avons renoncé à Hyères et à *ses palais*. Maurice y a été et a découvert que c'était une jolie ville plantée au beau milieu d'une plaine, loin de la mer, loin des montagnes, loin des bois, une ville d'Anglais où il faut toujours être sur son 36, toutes choses qui ne pouvaient pas nous aller. C'était le cas d'aller voir à Saint-Pierre-des-Horts, mais il a calculé que lors même qu'on nous rabattrait énormément sur le prix annoncé au prospectus, nous serions encore loin de compte. Il s'est informé néanmoins. Il a su qu'il était à peu près impossible de s'y nourrir sans avoir à son service des gens du pays, comme nous les avons pris ici. Or ici de la main de nos amis intimes les Poncy, nous pouvions nous assurer de bonnes gens aux habitudes en rapport avec nos moyens. Où trouver cela à Hyères, pays de haute exploitation, et à qui demander de se charger pour nous de ces détails ?

Le Midi n'est pas si facile à habiter qu'il s'en vante. Ici même, à deux pas de tout, ça n'a pas été tout seul, et ça ne va pas encore à souhait. Depuis deux jours il pleut, et quand il pleut, personne ne bouge, Bou-Maza lui-même ne veut pas sortir de son écurie. On peut donc mourir de faim chez soi, si on n'a pas pris ses précautions. Cela se conçoit quand on a vu ce que c'est que les pluies des pays chauds. Comme ils sont souvent à sec pendant 6, 3 ou 10 mois de suite, et que pourtant il tombe dans *le Var*, calcul fait, autant d'eau que dans tout autre département français, tout crève à la fois, et en une minute, que l'on soit âne ou chrétien, on est trempé comme une éponge. Et puis ça ne s'arrête pas. Il n'est pas question, comme chez nous, de *laisser passer le nuage*. Le nuage ne passe pas, ou plutôt il passe toujours, et douze heures d'affilée ne l'épuisent pas. Donc, nous nous sommes rabattus sur le plus proche voisinage de nos amis, d'autant plus que le pays est beaucoup plus beau que tout ce qu'on va chercher ailleurs. Ça ne nous empêchera pas d'aller visiter toute la côte, Hyères par conséquent, quand il fera beau et qu'on pourra tenir la mer. Nous nous réclamerons alors de ta protection pour voir Saint-Pierre et ses beautés. Pour le moment les navires que nous voyons passer en pleine mer font si triste figure que nous n'avons guère envie de nous y fourrer, car, avec ce déluge, il y a un vent d'est à décorner les bœufs. Aujourd'hui le vent couvrait si bien le bruit du tonnerre qu'on ne pouvait pas les distinguer l'un de l'autre. — Ce soir, clair de lune et tempête. La mer est en argent mais pas riante comme de l'argent en poche d'un pauvre diable.

Voilà notre bulletin aussi complet que possible. Il nous faut le tien et celui de la famille. Êtes-vous de retour au Coudray? Quel temps y fait-il? Es-tu sorti de tes ennuis de procédure à Nevers? Le moutard est-il toujours beau et *brave homme*? Et Berthe? et tout le monde? Embrasse-les tous pour moi et présente à tous les amitiés et les respects de mes deux compagnons.

À toi de cœur mon cher vieux.

G. Sand

## 283. À FRANÇOIS BULOZ

8 avril [18]61 — Tamaris

Mon cher Buloz, j'ai pris en considération vos craintes et j'ai relu attentivement les épreuves qu'on m'a renvoyées. Vraiment, je ne crois pas qu'on puisse, *de bonne foi*, car la mauvaise foi peut toujours dire tout ce qu'elle veut dire, trouver une caresse à l'adultère dans le roman de *Valvèdre*[1]. Comment aurais-je fait fausse route quand

1. Le roman *Valvèdre* paraît dans la *Revue des Deux Mondes* du 15 mars au 1er juin. Dans une lettre du 31 mars, Buloz craignait qu'on

je suis partie de cette idée, non de combattre ni d'excuser l'adultère, mais de peindre la situation d'un homme d'imagination qui trompe un homme supérieur à lui et qui en est horriblement puni, et par ses remords et par son propre cœur qui n'est pas mauvais, et par les circonstances, et par l'amitié, et par la fatalité même. J'ai accumulé tous les genres de chagrin et de malheur sur le coupable et je l'ai pourtant fait aussi peu coupable que possible pour rendre la leçon plus saisissante, et on pourrait conclure bourgeoisement : que tout n'est pas couleur de rose dans les bons tours qu'on croit jouer aux maris, — et plus sérieusement — qu'on se donne quelquefois beaucoup de mal pour tromper un homme dont l'amitié serait un bienfait et pour avoir l'amour d'une femme qui est un fléau. C'est banal mais ça n'a pas encore été fait. Surtout dans *Jacques* qui est une victime égorgée par des égoïstes. Dans *Valvèdre* c'est le vrai coupable qui est puni c'est donc la contrepartie de *Jacques*. Maintenant, s'il résulte de la lecture que je vous supplie de faire de l'ensemble, que j'ai mal rendu mon idée, il sera temps de la faire ressortir dans la conclusion par ces quelques mots qui portent, et que l'auteur ne donne pas toujours assez nettement dans la crainte de se répéter. Mais s'il y a danger de mauvaise interprétation je n'hésiterai pas et j'ai toute confiance en votre coup d'œil. Ne craignez donc pas de revenir sur ce que vous m'avez dit, s'il y a lieu. Dans les 4ᵉ et 5ᵉ chap., je n'ai pas osé *enlaidir* mes deux amants pour les besoins de ma thèse. S'ils déplaisaient, on fermerait le livre. Il faut, ce me semble, qu'on les plaigne. Ils sont bien assez condamnés d'avance.

Bonsoir, mon cher Buloz. À vous de cœur.

G. Sand

---

ne fit des rapprochements entre ce nouveau roman et *Jacques* (1834) ; le 1ᵉʳ avril, il suggérait des corrections ou atténuations à faire « pour ne laisser aucun doute sur l'adultère, qu'on vous accuse toujours à tort ou à raison, de défendre et d'excuser ».

## 284. À PAULINE VILLOT

Tamaris, 11 mai 1861

Chère cousine,

Vous êtes bonne comme un ange de vous occuper de moi si gracieusement et de vous tourmenter de cette affaire qui me tourmente si peu. Lucien a dû vous dire pour combien de raisons très vraies et très logiques j'aurais désiré qu'il ne fût pas question de moi[1]. Je n'ai pas voulu désavouer les amis qui m'avaient portée, d'autant plus que j'avais, j'ai encore la certitude qu'ils doivent échouer.

J'ai trop fait la guerre aux hypocrites pour que le monde *officiellement* religieux me le pardonne. Et je ne souhaite pas être pardonnée. J'aime bien mieux qu'on me repousse vers *l'enfer* où ils mettent tous les honnêtes gens et à présent que la chose est lancée, ça m'amusera beaucoup de voir triompher M. J. Simon qui... demandez à Lucien.

Mais, à propos de cette affaire de l'Académie, il en est une autre dont je veux vous parler. Buloz, qui n'a pas toujours un style très clair, m'écrit que quelqu'un est venu le trouver pour lui dire *de me sonder* pour savoir si j'accepterais de l'empereur un dédommagement offert d'une façon fort honorable et équivalant au prix de l'Académie dans le cas où elle ne me le donnerait pas[2].

J'ai répondu que je ne désirais absolument rien, mais j'ai bien chargé Buloz de présenter mon refus sous forme de remerciement *très sincère et très reconnaissant* ; or, comme

---

1. Lucien Villot, qui a séjourné à Tamaris du 23 mars au 19 avril, a tenu sa mère au courant des réactions de Sand à propos du prix biennal de 20 000 F, institué par Napoléon III en 1859 et décerné par l'Académie française pour récompenser l'œuvre « la plus propre à honorer ou à servir le pays, parue dans les dix dernières années » ; la commission chargée du choix avait d'abord désigné Jules Simon, Henri Martin et George Sand, mais le nom de la romancière avait déclenché une vague de protestation morale. Dans une lettre du 8 avril, Sand confiait à Aucante : « J. Simon doit l'emporter au nom de la morale, il est pédéraste ! [...] Il a donc toutes les chances. Il représente la vertu du siècle, le vice hypocrite et triomphant. Non, non, je n'ai pas envie de l'emporter ! » Thiers remportera le prix.
2. C'est Sainte-Beuve qui s'est chargé de cette démarche, de la part de la princesse Mathilde.

une commission de cette nature, quelque explicite et franche qu'elle soit, peut, en passant par plusieurs bouches être dénaturée, je vous demande de voir le Prince, qui est net et vrai, lui, et de lui dire ceci : « Je ne mets aucune sotte fierté, aucun esprit de parti, aucune nuance d'ingratitude à refuser un bienfait de l'empereur. Si j'étais malade, infirme et dans la misère, je lui demanderais peut-être pour moi ce que j'ai plusieurs fois demandé à l'impératrice et aux ministres pour des malheureux. Mais je me porte bien, je travaille et je n'ai pas de besoins. Il ne me paraîtrait pas *honnête* d'accepter une générosité à laquelle de plus à plaindre ont des droits réels : si l'Académie me décerne le prix, je l'accepterai, *non sans chagrin*, mais pour ne pas me *poser* en fier-à-bras littéraire et pour laisser donner une consécration extérieure à la moralité de mes ouvrages prétendus immoraux. De cette façon, les généreuses intentions de l'empereur à mon égard seront remplies. Si, comme j'en suis bien sûre, je suis éliminée, je ne me regarderai pas comme frustrée d'une somme d'argent que je n'ai pas désirée et dont je suis toute dédommagée par l'intérêt que l'empereur veut bien me porter ». Voilà !

À présent, je dis tout cela *au cas que...* ; car j'ignore si Buloz a bien compris ce qu'on lui a dit et s'il est vrai que l'empereur se soit *ému* de cette petite affaire. Buloz m'a dit que la princesse Mathilde *se chargeait de tout*, sans plus d'explication. Si la princesse Mathilde est seule en cause, le Prince le saura et lui dira *tout ce que dessus*, comme disent éloquemment les notaires. S'il me le conseille, j'écrirai à cette excellente princesse pour la remercier, et à l'empereur, s'il y a lieu. Ajoutez pour le Prince que je l'aime de toute mon âme, que j'irai voir demain son *bateau*, dans la rade de Toulon ; car je vois bien qu'il ne viendra pas ici de sitôt, et il fait bien de ne pas songer à la mer qui est horrible et furieuse presque continuellement. J'ai été hier, par une grosse houle, voir *l'Aigle* « galère capitane de S. M. ». C'est ravissant. Lucien a dû vous en faire la description, car il l'a vue avant moi.

Moi, je suis tourmentée parce que Maurice veut aller faire un tour en Afrique. Il a bien raison et je serai contente qu'il voie ce pays, mais j'ai peur qu'il ne veuille pas attendre la fin de ces tempêtes et ça va m'inquiéter atrocement. Mais je ne le lui dis pas beaucoup, car il ne faut pas rendre les enfants pusillanimes par contrecoup, ni gâter leurs plaisirs par l'aveu de nos anxiétés.

Voilà donc Lucien dans la botanique ? L'heureux coquin, qui n'a pas autre chose à faire, et qui a *un père comme il en a un*, pour le guider et résoudre les abominables difficultés de la *spécification* ! Ce n'est pourtant pas là le fond, la philosophie de la science, mais c'est par là qu'il faut passer, et c'est long, surtout avec la complication qu'y ont fourrée et qu'y fourrent de plus en plus les *auteurs*.

Dites à ce cher enfant qu'il est né coiffé d'avoir toutes les facilités sous la main, et que s'il ne travaille pas, je ne lui donnerai pas les échantillons des belles plantes que je mets en double pour lui dans mon fagot. Dites-lui aussi que je suis retournée au *Revest* et que j'y ai trouvé des amours de fleurs. Dites-lui que Marie [Caillaud] perd toujours son chapeau, que Matheron dit toujours : *Une-t-auberge*, que Maurice et Manceau disent toute la journée : Si Lucien était là ! enfin que je l'embrasse de tout mon cœur.

Remerciez Augier et Ponsard, si vous les voyez ; remerciez surtout le Prince, qui s'occupe aussi de moi avec le cœur que nous lui savons.

Bonsoir, chère et bonne cousine, toutes mes tendresses au cousin et aux chers enfants. Maurice et Manceau vous adorent, c'est tout dire, et moi donc !

G. Sand

Vous savez donc aussi la botanique, vous ? vous savez donc tout ? Exigez que Lucien soit très ferré sur la *technologie* ; ça l'ennuie, mais c'est indispensable, et pas difficile quand on sait le latin.

## 285. À PIERRE-JULES HETZEL

Nohant, 18 juin [18]61

Puisque Victor Hugo n'est plus malade, puisqu'il est en retraite pour travailler et que vous me rassurez sur son compte, je ne veux pas le déranger. Si j'avais à lui écrire, je vous enverrais ma lettre : mais je n'avais qu'à lui exprimer mon inquiétude que vous dissipez.

Dites-moi donc si vous avez toujours des relations avec M. Brun, s'il vous fournit toujours du vin et si vous en êtes toujours content. Je l'ai quitté parce que, en raison de l'oïdium, il arrivait à doubler ses prix. Mais j'aimerais à savoir qu'il se porte bien d'abord, et puis si ses prix sont redevenus abordables.

Je sais que vous avez usé de tous vos moyens d'influence pour me faire avoir le prix d'Académie. Je vous en remercie. Mais je remercie aussi l'Académie de n'avoir pas cédé. Du moment qu'elle voulait faire d'un concours littéraire un concours de morale bourgeoise et de coterie catholique, il ne m'eût pas convenu d'accepter ses faveurs ; parce que : ou je ne les méritais pas et elle avait la main forcée ; ou je les méritais selon elle par quelque platitude qu'heureusement je n'ai pas commise. Admettons en troisième hypothèse qu'elle m'eût jugée *convertie* et que je le fusse, comprenez-vous que je dusse accepter de l'argent pour récompenser ma religion et ma vertu ? Je craignais beaucoup un succès qui se fût appuyé sur certains *considérants*. J'aurais été obligée de les repousser, et quelle risible polémique cela eût entraîné ! Voyez-vous l'Académie forcée de me *découronner* ? — Au reste je ne me suis guère occupée de tout cela. J'ai refusé d'écrire aucune lettre, j'ai fait la morte et j'ai pourtant mené bonne vie. J'ai couru les montagnes et les précipices sous un soleil endiablé, j'ai retrempé mes forces physiques et j'ai repris goût à la botanique, mes anciennes amours. J'ai grimpé par-dessus les nuages et je ne me suis pourtant pas mise *au-dessus de mon cœur* comme vous me disiez dans une de vos lettres. Mon cœur n'a jamais été pour rien contre vous dans un malentendu d'affaires[1] où j'ai été saisie par une décision que je n'avais pas prise ni cherchée. Vous m'en avez voulu, ne voyant pas et ne sachant pas qu'il ne *dépendait pas de moi* de faire autrement. Je m'en suis fâchée comme d'une injustice, mais je me suis éveillée un matin en me demandant s'il vous était possible de me haïr et s'il dépendait de moi de ne plus vous aimer. Vous parlez de l'amitié comme d'une vieille habitude du cœur qui ne peut se reprendre quand il a contracté un pli. Il y a de cela mais il y a mieux encore dans les amitiés qui ne sont pas faites par hasard et où le mérite des personnes est

1. Voir la lettre 275.

entré pour la meilleure part. Je ne sais pas si je vaux quelque chose, mais je sais que je ne peux pas effacer en moi le sentiment que j'ai de votre valeur personnelle. Eh quoi, j'aurais rencontré une intelligence d'élite, un cœur vraiment généreux et un charmant esprit, un homme brave, pensant comme moi sur la plupart des choses de ce monde et meurtri par des peines qui ont été les miennes, par des douleurs qui ont été mes douleurs[2] — et je pourrais, même quand il me chagrine et me méconnaît, me persuader que je ne l'aime plus ? Cela ne se peut. Les amitiés qui tournent à l'aigre sont celles où l'on découvre une tache, et que l'on rougit d'avoir crues sincères et honorables. Mais ici, quoi ? Pensez et dites comme vous voudrez, je reste comme j'étais, vivant du même air qui vous fait vivre, l'amour du vrai et l'aspiration au bien, — l'art toujours poursuivi avec foi, la famille toujours chère dans la joie comme dans les larmes, — et avec tout cela une sympathie qui fait qu'on ne se sent pas séparés, même en se boudant.

Maurice est toujours en Afrique[3] savourant la beauté des choses et m'écrivant souvent. Manceau vous dit toutes ses amitiés. J'embrasse Sophie et le beau collégien [Louis-Jules]. Comment, déjà !

## 286. À FRANCIS LAUR

Nohant, 24 août [18]61

Mon enfant, ta lettre est d'un bon cœur d'enfant. Tu dis et tu sens que tu commences ta vie par une bonne action, voilà ce qu'il y a de meilleur dans tes pensées. Continue encore cette bonne action, elle te portera bonheur. Je comprends très bien que ce soit une impasse et que tu aies soif de liberté ; mais il n'y a pas de temps de perdu, tu es trop jeune pour entrer avec succès dans une carrière intelligente, trop jeune pour être acteur, dans le cas où tu découvrirais en toi des dispositions (c'est ce

2. Allusion à la mort de Marie Hetzel (1853) et à celle de Jeanne Clésinger.
3. Maurice s'est embarqué à Marseille le 15 mai pour l'Algérie.

que personne ne sait), — trop jeune pour écrire, trop jeune pour entrer secrétaire chez un personnage savant, artiste ou littérateur célèbre.

Si tu me demandes ce que je pense de toi, je te dirai que je te crois capable de très bien écrire un jour, car malgré la confusion de tes aspirations, on sent que tu as en toi de la vie et on voit que tu peux l'exprimer. L'absence d'études classiques te gênera beaucoup dans les diverses professions auxquelles aspirent les fils de bourgeois. D'ailleurs, étant doué pour les choses de sentiment, je ne vois pas pourquoi tu ne chercherais pas à vivre d'un art qui est l'expansion du sentiment. C'est une carrière matériellement difficile, au commencement surtout. Mais toutes les carrières que l'on se fait soi-même sont difficiles, et il ne faut pas commencer celle-là sans t'assurer en même temps un gagne-pain pour une dizaine d'années. Celui que tu as[1] te permet d'attendre un peu. Quand tu seras plus instruit, on peut t'en trouver un analogue, plus lucratif et moins assujettissant, qui te permettra de travailler davantage pour ton compte. Ce ne sera pas encore la liberté, mais l'absolue liberté est un rêve, et une demi-liberté est déjà une grande conquête. Si on peut te trouver cet emploi à Paris, tu seras à même de tâter tes ressources intellectuelles et de sentir mieux ta vocation se développer. Tu pourras aller trouver des acteurs de talent et de cœur, j'en connais ; ils te donneront un rôle à apprendre, tu le leur réciteras et, au bout d'un mois, ils sauront te dire franchement si tu es doué pour le théâtre ou si tu ne l'es pas. Ce n'est pas plus difficile que ça à savoir. Mais ne te fais pas d'illusions, le théâtre est une spécialité. On peut être plus intelligent que tous les acteurs du monde et ne pas faire plus d'effet que le plus mauvais d'entre eux. Cela tient à une nature particulière qui se développe ou se refuse sans qu'on sache pourquoi, et pour être un mauvais cabotin, il vaut mieux tout de suite se faire laquais, ou chiffonnier. C'est le dernier des métiers quand on n'a pas de véritable talent, puisqu'on a pour juge toute une foule qui vous rit au nez et vous outrage à bout portant. Le talent et la dignité sont donc là absolument liés l'un à l'autre.

---

1. Francis Laur, qui va avoir dix-sept ans, est alors secrétaire de Charles Duvernet.

La littérature est plus honorable pour un commençant sans expérience. Il peut se hasarder et faire ses premières armes sous un nom qu'il peut changer ensuite. Rien ne t'empêchera, quand tu auras le gagne-pain nécessaire, de t'essayer à écrire pour ton compte et tu ne manqueras pas de bons conseils pour t'arrêter si tu ne fais rien de bon et pour te lancer si tu vas bien.

Si tu échoues après un certain nombre d'essais, le gagne-pain te restera, et tu pourras encore être très heureux en occupant tes loisirs avec les sciences naturelles pour lesquelles tu as également de l'aptitude, celles-là ne trompent pas. Ce sont de saintes amies qui n'ont pas besoin du public, qui nous parlent de Dieu sans intermédiaire, et qui, sans enfler notre vanité, peuvent toujours nous donner une attitude digne et indépendante devant les hommes.

Voilà, je crois, l'espèce de plan que tu peux te tracer, car il faut un plan, et ce qu'il y a de plus mauvais, de plus *épuisant* pour l'esprit, c'est l'indécision et l'incertitude. Si tu adoptes cette idée, il faut songer dès à présent à la réaliser, c'est-à-dire qu'il faut en parler à cœur ouvert avec M. D[uvernet] qui me paraît très bien comprendre que ton avenir doit bientôt commencer. Il est trop bon et trop intelligent pour ne pas t'aider à devenir un homme. Il t'aime et il t'estime, et il ne faut jamais songer à le quitter sans emporter de lui une bénédiction paternelle qui sera ton passeport et ton entrée dans une existence honorable et digne. Il ne faut jamais songer non plus à t'en aller seul et sans appuis, courir les aventures de la vie parisienne. Là, tu serais perdu sans ressources — esprit, cœur, santé, et honneur, peut-être, au bout de trois mois, quelque pur, quelque fort que tu puisses être, on ne tombe pas en pleine boue sans se salir. Pour ce qui est de ce genre de réalité, Dumas [fils] a mille fois raison. Il sait et il te dit ce qui est, ce que tes illusions ne peuvent changer, ce que ta volonté ne saurait vaincre.

Maintenant, je suppose que tu ouvres ton cœur à l'ami auquel ta vie présente est liée [Duvernet], tu dois prolonger le plus possible ton séjour auprès de lui, et apprendre de lui, avec lui, sans lui et de toutes façons, tout ce qu'il te sera possible d'apprendre. La botanique, l'anglais, du latin tant que tu pourras, du dessin, un peu de musique si tu peux, enfin travailler comme un nègre afin de mettre en toi le plus de notions possibles.

Il te fait beaucoup lire, c'est un grand bien. Ne rechigne à aucune lecture, tout est dans tout, c'est-à-dire qu'il n'y a rien qui ne renferme quelque chose. Perfectionne surtout ta langue, ta ponctuation. Dis-toi que c'est l'instrument universel ; c'est ce qui sert le plus à tout et avant tout. Apprends à écrire correctement du premier jet, de manière qu'il te devienne impossible de mal écrire même en écrivant à la hâte et sans relire. Tu ne peux pas encore avoir le fond, aie la forme. Le reste viendra avec le temps et la vie.

Mais qu'écriras-tu un jour ? Tu n'en sais rien, et il est très bon que tu ne le saches pas. Si tu le savais, l'inspiration ne se ferait pas, ne cherche pas même à le savoir. Apprends beaucoup de choses et sache bien que toutes ces choses te serviront, quelque chose que tu écrives un jour.

La plupart des littérateurs sont ignorants et se meuvent dans un cadre vite épuisé ; fais le tien très vaste, peut-être qu'un jour le dessin s'y placera d'une façon heureuse. S'il ne se fait pas, tu n'en auras pas moins une provision de ressources qui trouveront un emploi quelconque.

Tu as l'esprit poétique ? Tant mieux ! Poétise tout ce que tu vois, c'est-à-dire *regarde le bien*, car la poésie est dans tout. Ce n'est pas nous qui la faisons. Nous la sur-prenons où elle est et nous sommes bien heureux quand nous la sentons assez vivement pour arriver à l'exprimer. Ne t'use pas le cerveau à penser trop à ton avenir, à chercher le mot de ta destinée, c'est du temps perdu, tu ne le trouveras pas et personne ne peut te le dire. On ne peut te prédire *à coup sûr* que ceci : fais-toi de plus en plus *intelligent*, *logique*, *bon*, *religieux* et *pur*. Cela, tu le peux, et si tu le veux fortement, personne ne peut t'en empêcher dans le milieu où tu es et à l'âge que tu as. Quand tu seras ainsi, sois bien tranquille, tu auras des amis, des soutiens et du bonheur. Si, à tous ces dons, tu joins une véritable modestie, ta carrière se fera toute seule et tout ce qui paraît aujourd'hui impossible sera facile.

Si tu es le contraire de tout cela, les amis n'y feront rien, tu n'auras qu'une sotte et déplorable existence.

Si tu te presses trop et que tu veuilles prendre ta volée avant d'avoir du mérite, tu arriveras peut-être quand même, mais beaucoup plus tard et les années que tu peux consa-crer maintenant à avancer seront des pas en arrière très dangereux et très pénibles.

Tu dis que tu as de la force, je n'en veux rien savoir. Je le saurai dans un an ou deux, si tu continues à t'enrichir au lieu de te dépenser.

Si tu veux que je parle de toi et de tout cela avec M. Duvernet, je le veux bien. Sinon, je te garde ton secret. Bonsoir, mon cher petit.

G. Sand

## 287. À ALEXANDRE DUMAS FILS

[Nohant,] 9 7<sup>bre</sup> [18]61

Je me savais bien bête, mais je me consolais par la vanité d'avoir mis au monde des enfants remplis d'esprit, et voilà que mon Alexandre, le plus fameux, le plus pourri d'intelligence bat la berloque de la façon la plus déplorable! Si j'y comprends rien, je veux être la garde à M. Hacquin. Et pourquoi donc que je n'irais pas un beau jour, si j'étais *jeune* et ingambe, ce jour-là, chez une personne qui vous aime et dont vous m'avez dit tant de bien[1]? Pourquoi faudrait-il que Nohant fût réduit en cendres pour m'y décider? Et pourquoi ne lui dirais-je pas à elle «Vous êtes jeune tous les jours et si un jour vous avez le temps, passez par chez nous»? est-ce que je ne vous l'avais pas déjà dit? — Il y a eu un croisement dans nos lettres? J'ai eu l'air de répondre à quelque chose à quoi je ne répondais pas, probablement? ou un malentendu dans la trompette de mon fils? je ne me souviens pas, je ne me rends pas compte. Je sais que je vous aime, je sais que j'aime qui vous aimez. Je sais que les cancans qu'on a pu me faire ont passé par une oreille et sorti par l'autre, surtout ceux qui viennent de certaines personnes habituées à en faire sans savoir pourquoi.

À présent, j'ai encore bien le droit de me dire, même parlant à Manceau: «Ce pauvre cher enfant, j'ai l'air de le tourmenter pour qu'il travaille *pour moi*. Il sait bien que ça n'est pas ça. Mais si un papillon noir lui disait en pas-

---

1. Lors de son séjour au château de Villeroy chez sa maîtresse la princesse Naryschkine, Dumas a été verbalisé par le garde-chasse de M. Hacquin.

sant : « Prends garde ! le bout de l'oreille du *gendelettres* est peut-être là ! », il n'y croirait pas une heure, mais il pourrait y croire une minute — ou bien encore il pourrait se dire : « Je veux faire plaisir à *M'man* mais ça m'embête, parce que j'ai mal au ventre, et ça m'amuserait mieux pour le quart d'heure de fourrer mes doigts dans mon nez ». Dame ! il faut bien passer quelque chose aux enfants, et je vas lui dire que je n'ai qu'une idée, c'est qu'il fasse ce qui lui plaît. C'est ma rengaine avec Maurice. « Tu veux aller chez les sauvages, va, chez les Bédouins, va, pourvu que tu sois content et que tu reviennes, après ? » Ça n'empêche pas que je n'aie des instincts de poule et que quand je n'y songe pas, je ne me mette à crier *cot cot cot*, c'est-à-dire, venez, revenez, marmaille, prenez garde à l'oiseau de proie, je ne sais que faire et que penser quand je vous entends pépier dans les broussailles hors de ma vue. — Mais je me ravise en poule raisonnable que je veux être. Maurice m'a souvent fait la leçon, il m'a souvent dit que s'il ne pouvait pas faire un pas sans m'inquiéter, il se passerait de courir, et là-dessus bien vite, je reconnais que c'est juste et je dis *cours* et je fais *cot, cot*, toute seule bien bas, dans un coin, par habitude. Et après ? Voilà tout.

Bonsoir, mon imbécile de fils. Si vous aviez été là hier soir, vous auriez fondu comme un pain de beurre dans le théâtre de Nohant tant le berrichon avait donné. On a joué *Le Pavé*, je ne sais pas si vous avez lu ça dans la revue à Buloz. Marie [Caillaud] a été bien étonnante. C'était un de ses bons jours, elle n'était pas intimidée, elle a fait pleurer tout le monde et moi aussi : Manceau très excellent, pas intimidé non plus par le besoin d'être *joli*, et Auguste [Gallas] aussi gentil que vous l'avez vu.

Nous allons jouer une chose fantastique en 3 actes, une fantaisie incompréhensible dont je vous ai parlé, *Un homme double*, si notre public n'y comprend goutte, ça nous est bien égal. Il ne faut pas l'habituer à croire qu'il est là pour s'amuser. Vous devriez venir voir ça, dans 15 jours, et amener votre amie[2].

2. *Le Pavé*, joué le 7 septembre, avait été publié dans la *Revue des Deux Mondes* le 15 août (recueilli dans le *Théâtre de Nohant*). Dumas fils viendra à Nohant, accompagné de Mme Naryschkine et de sa fille Olga, assister à la représentation du 26 septembre : le titre définitif de la pièce est devenu *Le Drac* (publié dans la *Revue des Deux Mondes*

Ça va donc mieux ? il faut que ça dure. Si le fer fait bien par son absence, c'est très bon signe. On m'en donne, et je vois avec plaisir que ça me fatigue, preuve que je ne suis pas débilitée — et que si il continue à me fatiguer, je vas joliment le planter là.

Bonsoir mon enfant, je vous embrasse de tout mon cœur et je vous aime malgré votre imbécillité. — Voilà un dernier mot de Francis [Laur] qui vous aurait bien encore écrit un volume. Mais j'ai serré la mécanique. Je lui ai dit de se tenir pour bien gâté par vous et de ne pas vous embêter.

## 288. À ALEXANDRE DUMAS FILS

[Nohant, 7 novembre 1861]

Mon cher fils, si ma dédicace[1] vous fait plaisir, je suis assez remerciée par ce fait-là, sans que vous me disiez un mot. Vous m'avez donné à Nohant un gros baiser, ça disait tout. On veut que je sois un personnage, moi je ne veux être que votre maman. Vous avez du cœur puisque vous m'aimez et je ne vous demande que ça. Je ne me suis jamais aperçue de ma *supériorité* en quoi que ce soit, puisque je n'ai jamais pu faire ce que j'ai conçu et rêvé, que d'une manière très inférieure à mon idée. On ne me fera donc jamais croire, à moi, que j'en sais plus long que les autres. Restée enfant à tant d'égards, ce que j'aime le mieux dans les individualités de votre force c'est leur bonhomie et leur doute d'elles-mêmes. C'est à mon sens, le principe de leur vitalité, car celui qui se couronne de ses propres mains a donné son dernier mot. S'il n'est pas fini, on peut, du moins, dire qu'il est achevé et qu'il se maintiendra peut-être, mais qu'il n'ira pas au-delà. Tâchons donc de rester tout jeunes et tout tremblants jusqu'à la vieillesse, et de nous imaginer jusqu'à la veille de la mort, que nous ne faisons que commencer la vie. C'est je crois, le moyen d'acquérir toujours un peu, non

---

du 1er novembre, avec une longue dédicace à Dumas fils, et recueilli dans le *Théâtre de Nohant*).

1. La dédicace du *Drac*.

pas seulement en talent, mais aussi en affection et en bonheur intérieur.

Ce sentiment que *le tout* est plus grand, plus beau, plus fort et meilleur que nous, nous conserve dans ce beau rêve que vous appelez les illusions de la jeunesse, et que j'appelle, moi, l'idéal, c'est-à-dire la vue et le sens du vrai élevé par-dessus la vision du réel rampant. Je suis optimiste en dépit de tout ce qui m'a déchirée, c'est ma seule qualité peut-être. Vous verrez qu'elle vous viendra. À votre âge, j'étais aussi tourmentée et plus malade que vous, au moral et au physique. Lasse de creuser les autres et moi-même, j'ai dit un beau matin : « Tout ça m'est égal. L'univers est grand et beau. Tout ce que nous croyons plein d'importance est si fugitif que ce n'est pas la peine d'y penser. Il n'y a dans la vie que deux ou trois choses vraies et sérieuses, et ces choses-là, si claires et si faciles, sont précisément celles que j'ai ignorées et dédaignées, *mea culpa* — mais j'ai été punie de ma bêtise, j'ai souffert autant qu'on peut souffrir, je dois être pardonnée. Faisons la paix avec le bon Dieu ». Si j'avais eu de l'orgueil incurable, c'était fait de moi, mais j'avais ce que vous avez, j'avais la notion du bien et du mal, chose devenue très rare en ce temps-ci, et puis je ne m'adorais pas, et je me suis oubliée. Rien ne s'oppose en vous à la guérison, vous n'êtes pas vain, vous n'êtes pas sot, vous n'êtes pas lâche, et comme le succès qui malheureusement engendre très souvent ces trois vices, ne vous a pas changé, *l'avenir est encore à vous*! Soyez-en sûr. Dans dix ans, vous me direz que j'ai eu raison de croire en vous.

Les Villot achèvent de partir lundi matin. Dimanche soir nous jouons la pièce de Ruzzante[2]. Demain, Marchal s'essaie aux marionnettes avec Maurice. Nous tâcherons de le garder encore un peu pour que vous le trouviez encore ici, car nous vous espérons bientôt et même tout de suite. Hein? Vous l'avez promis, on y compte, on vous attend.

Miss Drac [Marie Lambert] regrette bien de s'en aller, mais son théâtre la rappelle et elle serait déjà partie, si elle n'eût été un peu malade. Le Prince et Marchal sont une paire d'amis. C'est drôle, mais c'est comme ça. Ils ont été très gentils l'un pour l'autre. Au reste nous avons

---

2. Le 10 novembre, on joue *L'Amour et la Faim* de Ruzzante.

tous été gentils. Nous étions gais. Le retour de Maurice me faisait revoir tout en rose, malgré le gros point noir qui est sur l'objectif de ma lunette, à l'horizon. — *Elle* [Solange] a été malade me disent les uns, pas malade me disent les autres. Enfin à présent, elle est bien, mais elle ne daigne pas m'écrire. Laissons passer le nuage. Le mieux est de faire croire qu'on est impassible. — Ma santé se défend de son mieux. Je suis toujours dans le ratania, car à la moindre émotion — va te promener ! Mais ça ne m'occupe ni ne m'affecte, et c'est la meilleure médecine du monde que la confiance de guérir. J'ai un si bon médecin [Vergne], et je suis si jeune ! 17 ans tout au plus. Il y a des gens qui prétendent que j'en passe 40. Ils ont rêvé ça, à preuve que je ne fais que commencer les graminées et que je ne sais pas un mot des mousses. Le cryptogame ne se révélera peut-être que dans 10 ans, jugez ! Je n'ai plus entendu parler de *Vron* [Veron], mais je suis bien sûre qu'il travaille comme un nègre pour contenter toutes ses pratiques, car il est très consciencieux.

Bonsoir cher enfant. Si vous voulez voir les marionnettes venez lundi. On vous embrasse. Maurice et Manceau crient après vous. — Moi je vous aime tout plein, et puis encore. Ne nous oubliez pas auprès des châtelaines[3]. Je recommande à Mlle Olga un petit herbier allemand très gentil, qui se vend à Paris chez Bohné et Schultz, rue de Rivoli 170. — *Phanerogamen herbarium*, von Hermann Wagner et *Gras herbarium*, id. — C'est pour commencer, un choix de types bien classés et bien préparés, qui peut servir de modèle pour faire soi-même un herbier complet.

7 9bre 61.

---

3. La princesse Naryschkine et sa fille Olga, qui habitent le château de Villeroy (Seine-et-Marne).

## 289. À FRANÇOIS BULOZ

[Nohant, 10 janvier 1862]

Mon cher Buloz, je vous renvoie la première épreuve[1], bien gribouillée et pour commencer, je vous supplie de ne pas faire tirer les épreuves sur ce papier fin et transparent qui m'arrive tout plissé et où les placards n'ont pas assez de marge. Ce que nous économisons sur le port est dépensé, j'en suis sûre, en frais de remaniement. D'ailleurs, depuis le 1er janvier le poids des envois est augmenté sans augmentation de frais. Renseignez-vous là-dessus.

Comme je me charge de revoir les épreuves de Maurice, j'ai eu égard à vos recommandations, en ce sens que j'ai abrégé ou supprimé des *journées* inutiles, — supprimé les répétitions des noms propres, — allégé partout le plus possible. — Je crois devoir laisser la formule du journal, sauf à faire des lacunes.

Vous ne me dites pas si vous avez envoyé ma préface au Prince. C'est très nécessaire, n'oubliez pas. On ne l'appellera pas du tout *Altesse*, si vous y tenez, vu que *lui* n'y tient pas du tout.

Je ne comprends pas vos *libéraux* avec leurs craintes et leur blâme. C'est donc pour eux la question de personnes et de noms propres, car Nap[oléon] est tout aussi, *sinon plus* avancé qu'eux tous. Il y a longtemps que j'ai mis les noms propres de côté, moi. J'ai reconnu qu'il n'y avait plus qu'à se brûler la cervelle si on cherchait noise aux hommes qui ont de bonnes idées et de bons sentiments, sous quelque bannière qu'ils soient ou paraissent placés. La revue ne s'est pas gênée pour exprimer de vives sympathies à l'égard des fils de Louis-Philippe ! Pourquoi non ? Mais aussi pourquoi pas des égards et de l'équité envers le neveu de Napoléon, surtout s'il est beaucoup plus ami de la liberté que tous les autres ?

Moi, je vous dis que c'est un homme d'élite, et que sa

---

1. G. Sand revoit les épreuves du livre de Maurice Sand, *Six mille lieues à toute vapeur*, pour lequel elle a écrit une préface, et qui va paraître dans la *Revue des Deux Mondes* (15 janvier-1er mars). C'est le récit de son voyage de l'année précédente en Amérique sur le yacht du Prince Napoléon, dont elle prend ici la défense.

place sera belle un jour si nous cherchons la logique du progrès. Il est vrai que l'histoire peut avoir ses jours rétrogrades. Mais la revue doit-elle se mettre à la queue de cette déroute ? je ne le crois pas, même en ne consultant que ses intérêts littéraires et *autres*. La place, *quelle qu'elle soit*, sera d'autant plus belle pour *lui* qu'il a été et qu'il est encore plus méconnu. On sait bien quelles gens ont cherché à le ridiculiser et à l'avilir ; ces gens-là sont ceux qui ont conseillé les proscriptions et les illégalités monstrueuses de nos derniers troubles politiques. Les libéraux et les républicains, bien loin de colporter ces ordures, auraient dû *s'informer*, et voir qu'en répétant des calomnies, ils aidaient le despotisme de tout leur pouvoir. Certes, vous avez raison de dire, *où est la justice ?* Mais l'avenir se charge ordinairement de dédommager les hommes méconnus. En France, on se lasse de médire comme on se lasse d'admirer. Le temps n'est peut-être pas loin où une réaction se fera pour lui sur toute la ligne. Attendons, et sans vouloir le servir par un zèle imprudent, soyons prêts à ne pas entraver son action personnelle, si elle répond à ce que je crois pouvoir augurer de lui à coup sûr.

J'ai conservé le mot *superbe* pour *très beau*, et je vous demande pour ce seul mot, la permission de ne pas me rendre au sens latin. Nous sommes français, et nous avons pris le droit de changer le sens et l'application d'une foule d'autres mots latins. Il est temps de le faire franchement, d'écrire comme on parle, et de ne plus se figurer qu'on a un auditoire en toge. Ils sont morts, les Romains !

Parlons de *Tamaris* ! C'est fini, c'est lu, on me jure ici que c'est amusant. L'auditoire, il est vrai, se compose de Maurice, de Manceau et de Marie [Caillaud] ma petite gouvernante. — Je corrige ce soir le commencement, et je vous l'envoie. — Bonsoir, mon cher Buloz, Maurice vous remercie de vos bons avis et vous déclare qu'il n'est pas amoureux de Mlle Wertheimber dont il a, sans parti-pris, supprimé *le talent*. Il est vrai que sur le manuscrit il y avait : *elle a du talent pour la province*. J'ai trouvé cela inutilement dur. Ne parlons donc pas du tout de ce talent-là. Il verra à parler plus et mieux de M. de Cavour.

Tout à vous

G. Sand

Nohant le 10 janvier 62.

## 290. À MICHEL BAKOUNINE

[Nohant, 9 février 1862]

Mon cher Bakounine, votre lettre[1] m'eût fait l'effet d'un rêve si je n'avais lu la veille dans un journal, que vous étiez retrouvé et sauvé. Vous avez voulu que ma joie fût complète en me disant vous-même que vous vous souveniez de moi. Mon Dieu ! quelle *odyssée* ! Je n'en suis pas encore revenue. Combien de fois j'ai dit à ma famille : « ce pauvre Bakounine, c'est un généreux cœur de moins sur la terre, c'est une victime de plus sur les registres de l'infamie ». Je vous croyais mort, on l'avait dit partout et vous étiez un des deuils que porte mon âme. Vous avez échappé par miracle Dieu sait au prix de quelles souffrances ! Ne les écrirez-vous pas ? n'en saurons-nous pas le détail ? Je crois que vous nous le devez. J'ai reçu votre lettre par la poste, et je n'ai pas eu le plaisir de voir votre frère. Je n'habite plus Paris, et il y a deux ans que je n'y ai mis le pied. Je m'y déplais et j'y suis malade. Je vis à la campagne et je fais toujours des romans où il ne faut *parler de rien*, je fais un petit voyage de promenade tous les ans. J'ai été presque morte l'année dernière, pour avoir rêvé dans mon jardin aux montagnes de la lune, par une soirée humide. Et vous ! vous avez subi des années de cachot et de Sibérie, vous avez presque fait le tour du monde et vous voilà ! Dieu en soit béni ! vous êtes encore jeune et la vie est devant vous. Mais ne vous exposez plus sans prudence, il en faut pour être utile.

À vous de cœur et mille fois merci de votre lettre.

G. Sand

Nohant par La Châtre (Indre) 9 février 62

Mon fils est bien content aussi et se rappelle à votre bon souvenir.

---

1. Sand répond à une lettre de Bakounine (elle écrit *Bacounine*, comme il a signé sa lettre) datée de Londres, 31 janvier 1862 (W. Karénine, *George Sand, sa vie et ses œuvres*, t. IV, p. 137-138), racontant comment il a été arrêté en 1849, emprisonné deux ans et demi, condamné à mort en Saxe, transporté en Russie où il a passé six ans en prison puis quatre en Sibérie, et comment, après un long voyage autour du monde, il a pu gagner Londres.

## 291. À VICTOR HUGO

[Nohant, 22 février 1862]

Un souvenir de vous, Monsieur, est une bonne fortune, et mieux que cela, c'est une consolation qui arrive au milieu d'un deuil. Nous venons de perdre un enfant qui, par le cœur, était de ma famille[1], et votre voix m'est encore plus chère dans la douleur. J'ai été inquiète de vous, on m'a dit d'abord que vous étiez très malade, ensuite très occupé, et vous ne me parlez pas du tout de votre santé : ou elle est rétablie, ou vous ne daignez pas vous en occuper. Permettez-moi de vous prier de ne pas agir ainsi vis-à-vis de vous-même et de ne pas trop vous oublier pour les autres, puisque ce que les autres doivent vouloir avant tout, c'est de vous conserver longtemps. Vous me demandez où je suis : toujours à la campagne, faisant de l'histoire naturelle et mille *riens* intimes avec mon fils, qui a fait l'été dernier un grand voyage. Je cultive pour mon compte mon *petit jardin littéraire*, comme dit Dumas, et l'expression me plaît beaucoup à moi qui suis éprise de botanique. Mes romans sont des pages d'herbier, et, s'ils vous plaisent, j'en suis heureuse et fière, mais non enivrée, jusqu'à me faire illusion sur l'utilité de ce qu'on est *libre* de publier en ce temps-ci, en France. Ma tendance à la flânerie intellectuelle est une grâce d'état peut-être, puisqu'elle m'endort sur le peu que je suis. Mais, pour que je me sente vivre un peu mieux, il faut que les autres fassent de grandes choses, et j'attends avec impatience un nouveau rayon de vous. À ce petit jardin il faut de grands éclats de soleil et ce n'est pas moi qui peux lui en donner. Travaillez donc, publiez donc, et surtout vivez longtemps en vivant beaucoup à la fois, comme ces grandes forces de la nature qui se renouvellent toujours par l'émission de leur puissance.

Merci pour votre bonne lettre. Rappelez-moi à Mme Hugo. Dites à votre fils que son *Shakespeare* me satisfait et me charme[2], — et vous, Monsieur, croyez

---

1. Lucien Villot est mort le 18 février, âgé de vingt ans.
2. La traduction des œuvres de Shakespeare par François-Victor Hugo.

bien à mon dévouement aussi grand que mon admiration.

George Sand

22 février 62.

### 292. À ALEXANDRE DUMAS FILS

[Nohant 1er mars 1862]

Cher fils, vous ne me parlez que des autres. J'espère
donc que vous allez bien. Les autres ! Quel grand sujet de
réflexion ! Y en a-t-il, réellement, *des autres* ? Concevons-
nous notre existence isolée, et le véritable égoïsme peut-
il exister ? — Non, ne croyons pas cela. Quand nous
paraissons égoïstes et que nous agissons en égoïstes, ce
qui arrive hélas, trop souvent, c'est que nous suivons une
fausse notion d'indépendance et de satisfaction personnelle qui nous trompe et nous égare, et nous suivons cette
notion, comme vous le remarquez très bien, par l'habitude d'une *mauvaise éducation,* j'ajouterai, moi, par une
absence de raisonnement qui provient d'un certain coin
vide dans l'intelligence. Les intelligences très complètes,
si elles ont des mouvements d'égoïsme — qui n'en a
pas ? —, les cachent d'abord par savoir-vivre, puis elles
les refoulent, les répriment et les détruisent chaque jour
en elles avec un grand soin. C'est parce qu'elles raisonnent, et font servir leur raison à développer leur cœur.
Mais les gens très gais, très vivants, très amusants, très
spirituels, et qui n'ont pas dans le cerveau la *Minerve toute
armée* dont parle Diderot[1], sont généralement égoïstes
sans le savoir, sans le vouloir, on pourrait dire. Je suis très
indulgente à cet égard ; je sais le mal qu'il faut se donner
pour ne pas être personnel, surtout tant qu'on est jeune
et par conséquent âpre à la vie. Et il y a si peu d'existences qui aient eu le loisir de s'interroger, de se juger et
de se refaire !

L'égoïsme porte avec lui sa terrible punition. Dès que
notre cœur se refroidit pour les autres, le cœur des autres
se refroidit pour nous dans la même proportion, et le

1. Voir lettre 78, note 8.

bien que nous n'avons point songé à leur faire devient un mal que nous nous sommes fait. Car, de se passer des autres, c'est un rêve, et le régime cellulaire au moral est pire encore qu'au physique.

— Il y a deux belles inventions là-dessus, d'abord la *charité chrétienne* qui a fait une vertu d'enthousiasme de ce que j'appellerai l'amour de soi bien entendu ; ensuite la politesse française, chose charmante, un peu hypocrite dans la pratique, mais qui réalise si bien le sentiment de charité dans les âmes vraies ! — C'était donc bien difficile à combattre dans l'humanité, ce diable d'égoïsme bête et fou, qu'il a fallu ériger en loi morale et en convention pratique le moyen de supporter ses semblables ?

Soit ! puisque nous sommes si portés à l'erreur, faisons la guerre à notre erreur et tâchons de voir plus clair. — Je me dis tous les jours qu'il faut pardonner l'égoïsme parce que ne pas le pardonner, c'est le partager, et je ne dirai jamais à personne : « Vous avez tort de ne pas vous occuper de moi ». Je lui dirais plus volontiers : « Occupez-vous donc de vous avec plus de lumière et de chaleur en aimant les autres plus, ou tout au moins autant que vous ».

Je babille avec vous, mon fils, mais si c'est à propos de notre gros ami [Marchal] que nous disons tout ça, ce n'est pas, pour ma part, à cause de lui. Il m'a écrit, il était dans les montagnes, une tournée de 19 jours, et puis après il est revenu en hâte à Paris, il a eu mille choses à faire, et puis *écrire* est pour lui, il faut bien le dire, une plus grosse affaire que pour nous. Il y a beaucoup de temps et la charmante facilité de son dire lui couvre le front de gouttes de sueur, je l'ai vu à l'œuvre. Il ne me doit d'ailleurs pas tant que vous croyez. Si c'est beaucoup à ma considération que sa commande est venue, c'est par les soins d'autres amis qu'elle est venue vite. Je l'ai bien gâté ici, c'est vrai, mais je n'y ai pas eu grand mérite, vous savez comme son commerce est agréable et comme sa forte vitalité est communicative. Il nous a fait tous nos portraits, de lui-même, et avec un entrain d'obligeance qui était presque du dévouement. — Maintenant, qu'il n'y ait pas en lui, un peu de ce que vous dites, légèreté et facilité à l'oubli, je n'en jurerais pas.

Il est justement de ces natures qui ne réfléchissent pas énormément et que leur tempérament éloigne de la réflexion. Mais en ce qui me concerne, jusqu'ici je n'ai pas eu lieu de m'en apercevoir, et quand je vous écrivais *que devient-il ?* j'étais réellement un peu inquiète de lui, ne sachant où le prendre. Quand on eſt sous le coup de ces atroces surprises comme la mort de Lucien [Villot], on se prend à voir en noir et à se tourmenter des absents jusqu'à la puérilité.

Pauvre Lucien ! Je sais gré à vos compagnes [Naryschkine] d'avoir eu deux grosses larmes pour lui. Quant à la mère, n'en parlons pas par écrit, parce que pour nous mettre d'accord, il faudrait trop de paroles autour des faits. Nous en causerons, mais ici je dois vous dire ce que je crois vous avoir dit déjà : elle parle de vous et devant tous, extrêmement bien et sans reſtriction. Le Prince aussi, sagement, et avec dignité, pas assez artiſte peut-être pour aimer tout ce que vous avez écrit, mais ceci ne rentre pas dans les choses dont on *puisse* se plaindre. Son intelligence à lui eſt dans d'autres régions, et la manière dont il se déclare devant cette vieille guenille de Sénat[2] me fait le plus grand bien au cœur et à l'esprit.

Maurice va me quitter pour quelque temps, il faut qu'il aille chez son père à Nérac, et ensuite à Paris. Il me faut toujours un gros courage pour me retrouver veuve de ce bon compagnon de travail, de cet ami paisible et sûr. Manceau va se faire double de bonté et de dévouement, je le sais, et je lui en tiens compte d'avance. Si avec ça vous venez nous voir, je ne me plaindrai pas, je n'en aurai pas le droit, et sur ce, cher fils, je vous embrasse pour nous trois et vous bénis pour ma part, de tout mon cœur.

G. Sand

29 F[évrie]r 62 [*sic*]

Où aviez-vous donc pris que j'étais fâchée contre vous ? Comment, pourquoi ? eſt-ce que cela serait possible ? non, jamais. Vous aviez tout fait pour le mieux, ne vous l'ai-je pas dit ? — On [Solange] eſt toujours malade, et assez sérieusement non que la maladie ne soit très

2. Sur ce discours du Prince Napoléon le 22 février au Sénat, Sand écrit à Duvernet le 24 : « Tu dois avoir lu le discours de Napoléon à ces ganaches du Sénat. C'eſt bon et bien à lui de tenir tête à cette réaction furieuse, et de vouloir pousser l'Empire dans la voie du vrai ».

curable. Mais la persistance des causes d'affaiblissement qui dérangent en un jour le mieux amassé pendant un mois, amènent une atonie lente qui m'inquiète. J'ai des nouvelles par le médecin [Guérin]. J'ai veillé à ce qu'elle ne manquât de rien, et elle est en situation supportable, matériellement parlant. Mais elle s'ennuie bien et elle boude, je ne sais plus pourquoi.

## 293. À ALEXANDRE DUMAS FILS

[Nohant 10 mars 1862]

Vous êtes un bon fils d'aimer votre Maman, et d'aimer ceux qui l'aiment. Certainement ça me fait plaisir qu'on vous dise du bien de moi, et qu'on en pense quand *c'est des gens* de cœur et de mérite comme ceux dont vous me parlez. Est-ce que ce M. Rodrigues n'est pas le frère d'Olinde Rodrigues que j'ai beaucoup connu, et qui était dans les bons israélites avancés et d'assez belle force en philosophie progressiste ? Je ne sais pas si vous avez remarqué qu'avec les juifs, il n'y a pas de milieu. Quand ils se mêlent d'être généreux et bons, ils le sont plus que les croyants du Nouveau Testament. Je suis très touchée de ce mariage d'Emma Fleury. Voilà ce qui s'appelle faire du bien utile[1]. Quand vous reverrez ces bienveillants lecteurs de G. Sand, vous leur direz que vous me l'avez dit et que des lecteurs comme eux me consolent de tant d'autres.

Moi, j'ai essayé ces jours-ci de devenir aussi un lecteur de ce pauvre romancier. Ça m'arrive tous les 10 ou 15 ans de m'y remettre comme étude sincère, et aussi désintéressée que s'il s'agissait d'un autre, puisque j'ai oublié jusqu'aux noms des personnages et que je n'ai que la mémoire du sujet, sans rien retenir des moyens d'exécution. Je n'ai pas été satisfaite de tout ; il s'en faut. J'ai

---

1. Sur Édouard Rodrigues, riche financier que G. Sand va beaucoup solliciter mais avec lequel elle va nouer une riche relation épistolaire, voir l'étude d'Hervé Le Bret, « Édouard Rodrigues, "le bon riche" », *Les Amis de George Sand*, nouvelle série, n° 21, 1999, p. 19-36. Cousin issu de germain d'Olinde Rodrigues, il dota l'actrice Emma Fleury pour son mariage avec le sculpteur Jules Franceschi.

relu *L'Homme de neige* et *Le Château des Désertes*. Ce que j'en pense n'a pas grand intérêt à rapporter, mais le phénomène que j'y cherchais et que j'y ai trouvé est assez curieux et peut vous servir. Depuis un mois environ, je ne m'étais occupée que d'histoire naturelle avec Maurice et je n'avais plus dans la cervelle que des noms plus ou moins barbares ; dans mes rêves, je ne voyais que prismes rhomboïdes, reflets chatoyants, cassure terne, cassure résineuse, et nous passions des heures à nous demander «Tiens-tu l'orthose ? tiens-tu l'albite ?» et autres distinctions qui ne sont jamais distinctes pour les sens en mille et un cas minéralogiques.

Si bien que Maurice parti, cette étude qui, à deux, me passionnait est retombée pour moi dans l'étude des choses mortes, et puis j'avais perdu bien du temps et il fallait se remettre à *son état*, mais alors, votre serviteur, il n'y avait plus personne : G. Sand était aussi absent de lui-même que s'il fût passé à l'état fossile. Pas une idée d'abord, et puis les idées revenues, pas moyen d'écrire un mot. Je me suis rappelé vos désespoirs de l'été dernier. Ah ! c'était bien autre chose. Vous n'êtes jamais tombé au point de ne pas pouvoir écrire trois lignes dans une langue quelconque. Vous ne vous êtes jamais promené dans un jardin avec la monomanie insurmontable de ramasser tous les cailloux blancs pour les comparer l'un à l'autre. Alors j'ai pris un ou deux romans de moi pour me rappeler que jadis — il y a six semaines encore, — j'écrivais des romans. D'abord je ne comprenais rien du tout. Peu à peu, ça s'est éclairci. Je me suis reconnue dans mes qualités et dans mes défauts, et j'ai repris possession de mon *moi* littéraire. À présent c'est fini, en voilà pour longtemps à ne pas me relire et à fonctionner comme une eau qui court sans trop savoir ce qu'elle pourrait refléter en s'arrêtant. — Quand vous retomberez dans ces crises-là, relisez *Le Régent Mustel*, et *La Dame aux perles*, ou la première venue de vos pièces, et vous vous repêcherez. Car nous passons notre vie à nous noyer dans le prisme changeant de la vie, et le petit rayon que nous pouvons avoir en propre disparaît bien facilement. Mais ceci n'est pas mauvais, croyez-le. Se relire souvent, s'examiner sans cesse, se connaître toujours serait un supplice et une cause de stérilité.

Croyez bien que le père Dumas n'a dû l'abondance de

ses facultés qu'à la dépense qu'il en a faite. Moi j'ai des
goûts innocents, aussi je ne fais que des choses simples
comme bonjour. Mais pour lui qui porte un monde
d'événements, de héros, de traîtres, de magiciens, d'aventures, lui qui est le drame en personne, croyez-vous que
les goûts innocents ne l'auraient pas éteint ? Il lui a fallu
des excès de vie pour renouveler sans cesse un énorme
foyer de vie. Vous ne le changerez pas, en effet, et vous
porterez le poids de cette double gloire, la vôtre et la
sienne. La vôtre avec tous ses fruits, la sienne avec toutes
ses épines. Que voulez-vous ? Il a engendré vos grandes
facultés et il se croit quitte envers vous. Vous avez voulu
en faire un emploi plus logique, votre *moi* s'est prononcé
là, et vous a emmené sur un autre chemin où il ne peut
pas vous suivre. C'est un peu dur et difficile d'être forcé
parfois de devenir le son père. Il y faut le courage, la raison et le grand cœur que vous avez. Ne le niez
pas, ce grand cœur, il perce dans tout ce que vous dites
et dans tout ce que vous faites. Il vous gouverne à votre
insu peut-être, mais il vous gouverne et s'il vous crée des
devoirs dont beaucoup de gens ne s'embarrassent guère,
il vous paiera bien en puissance vraie et en repos intérieur.

Allez-y gaiement, allez-y toujours, et vous verrez plus
tard ! Tout passe, jeunesse, passions, illusions et besoins
de vivre. Une seule chose reste, la droiture du cœur, ceci
ne vieillit pas et tout au contraire le cœur est plus frais et
plus fort à 60 ans qu'à trente, quand on le laisse faire.

Je ne vous ai pas remercié, c'est vrai, pour l'offre de
votre bijou d'appartement, je ne vous remercie pas, j'accepte pour le cas où je n'aurais plus de gîte à Paris. Où
serais-je mieux que chez mon enfant ? — Mais pour un
bon bout de temps encore, j'ai mon petit grenier rue
Racine et mes habitudes du quartier Latin. Je ne vous dis
rien pour Manceau, il va vous écrire, on sonne le dîner.
Je vous embrasse de tout mon cœur et je vous charge de
tous mes bons souvenirs pour les châtelaines [Narysch-
kine].

G. Sand

10 mars 62.

## 294. À LINA CALAMATTA

Paris, 31 mars [18]62

Ma Lina chérie, fiez-vous à nous, *fie-toi à lui*, et crois au bonheur[1]. Il n'y en a qu'un dans la vie, c'est d'aimer et d'être aimée. Nous sommes deux qui n'aurons pas d'autre but et pas d'autre pensée que de te chérir et de te gâter. Nous aimons ton père si tendrement aussi, que tous nos soins et tous nos désirs seront pour le voir et le chercher, ou l'attirer et le retenir le plus possible. Il en a toujours été ainsi, tu le sais. Il y a trente ans qu'il est un de nos meilleurs amis et à présent qu'il nous confie ce qu'il a de plus cher au monde, il est, avec toi, ce que nous chérissons le plus et le mieux. Maurice enfant l'a aimé d'instinct, homme il l'a apprécié, et quand il t'a vue[2], toi qui tiens tant de lui, il a senti pour toi une sympathie qui ne ressemblait à aucune autre.

Et moi donc! — Je sens bien que je te serai une mère véritable car j'ai besoin d'une fille et je ne peux pas trouver mieux que celle du meilleur des amis.

Aime ta chère Italie, mon enfant, c'est la marque d'un généreux cœur. Nous l'aimons aussi, nous, surtout depuis qu'elle s'est réveillée dans ces crises d'héroïsme, et puisque tu l'aimes passionnément, nous l'aimerons ardemment. Ce n'est pas difficile ni méritoire, et quand elle n'en serait pas digne comme elle l'est, nous l'aimerions encore parce que tu l'aimes. Enfin ma Lina chérie, ouvre-nous ton cœur et tu verras que le nôtre t'appartient, et que *celui* dont j'ai plaidé la cause auprès de ton père et de toi est digne de se charger de ton bonheur. Nous avons traversé, Maurice et moi, bien des épreuves en nous tenant toujours la main plus fort et en nous consolant de tout l'un par l'autre, mais toujours nous nous disions: Où est celle qui nous rendrait complètement forts et heureux? Viens donc à nous, chère fille, et sois bénie. Je t'embrasse de toute mon âme, et je pense jour et nuit au moment

1. L'affaire du mariage de Maurice a été rondement menée. G. Sand adresse le 20 mars une demande en mariage à Luigi Calamatta; ce 31, elle reçoit la lettre d'acceptation de Lina, écrite de Milan le 29 (publiée par A. Poli, *L'Italie dans la vie et l'œuvre de George Sand*, p. 346).
2. À Gênes, le 16 mars 1855; Lina avait alors treize ans.

qui nous réunira. À bientôt, j'espère, j'espère et je désire, et je veux.

Embrasse pour moi ton bien-aimé père. Remercie-le pour moi comme je te remercie, d'avoir confiance en nous.

G. Sand

## 295. À EUGÈNE DELACROIX

[Paris, 4 avril 1862]

J'ai été voir votre chapelle à Saint-Sulpice[1]. C'est *splendide*. Je vous admire plus que jamais et je vous aime comme toujours. Je ne partirai pas sans aller vous voler encore un quart d'heure et vous embrasser avec Maurice que j'attends.

G. Sand

Vendredi

Manceau veut que je vous dise qu'il est *transporté*. Voilà de grands mots et qui pourtant n'ont rien de trop. Les amateurs peuvent dire *ceci* et *cela*, moi je n'ai rien à dire et ceux qui sentent l'art se sentent avec vous dans une région de vie, de grandeur, de puissance et de magnificence où la critique n'a pas le droit de pénétrer.

## 296. À LINA CALAMATTA

[Paris, 10 avril 1862]

Ma fille bien-aimée, tu dois avoir reçu hier une lettre de Maurice, aujourd'hui je viens t'embrasser de toute mon âme, au milieu de mes préparatifs de départ pour Nohant, où Maurice me rejoindra pour attendre votre arrivée[1].

1. La chapelle des Saints-Anges, décorée de trois peintures de Delacroix.
1. Lina et son père arrivent à Nohant le 19 avril. Le mariage de Lina et Maurice aura lieu le 17 mai à Nohant, mariage civil, sans passage à l'église (voir lettre 314).

Quelle charmante lettre tu m'écris, ma diavolina! Oui, j'en suis sûre, tu veux nous rendre heureux. Cela t'est bien facile, ma chérie. Il ne s'agit que d'être heureuse toi-même puisque nous n'avons pas d'autre pensée et d'autre besoin que celui-là. Si tu es l'enfant terrible, tu sais aimer. J'aime mieux l'énergie du cœur et de la tête que la *moutonnerie* de l'habitude et l'absence de volonté. Si tu crois en nous et si tu nous confies ta vie, c'est que tu nous aimes de ton propre mouvement et sans être influencée par des convenances vulgaires.

Dieu nous tiendra compte à tous trois de notre foi, car le mariage est un acte de foi en *lui* et en nous-mêmes. Les paroles du prêtre n'y ajoutent rien. Elles sont là pour la forme, car bien souvent il ne croit pas lui-même à ce qu'il dit. Nous nous entendrons sur ce point, nous autres, et à l'église, pendant que le prêtre marmottera, nous prierons le vrai Dieu, celui qui bénit les cœurs sincères et les aide à tenir leurs promesses. Qu'il me tarde de t'embrasser, ma chère fille! Et ton bon père aussi que j'aime tant! Embrasse-le pour moi en attendant et reçois toutes les bénédictions de mon cœur.

G. Sand

9 [*sic pour* 10] avril Paris — jeudi

Après-demain soir je serai à Nohant.

## 297. À VICTOR HUGO

[Nohant, 17 avril 1862]

Vous décerner des éloges, cela ne convient pas[1], n'est-ce pas, Monsieur? Vous êtes à une hauteur où l'on n'est plus discutable, où les défauts, si on en a, sont et doivent être acceptés comme la couleur des qualités. Que la griffe caresse ou déchire, c'est celle du lion, et ceux qui font la grimace n'en sont pas moins vaincus.

Cette grimace de douleur et d'effroi, je la fais souvent en vous lisant; les désespérances de votre pensée sur la

1. Le 3 avril, Paul Meurice avait remis à Sand un exemplaire des *Misérables*.

pauvre race humaine me font souvent saigner le cœur. Et j'ai besoin de me rappeler que vous faites une guerre héroïque et acharnée à nos abominables institutions, répressions à nos impitoyables préjugés, pour m'abstenir de plaintes et même de reproches.

Mais vous nous consolez ; vous nous montrez dans la suite de ces terribles réveils que vous n'êtes pas le méchant Dante qui invente l'enfer mais aussi le bon Virgile qui montre le chemin du ciel. Vous nous direz qu'on peut se réhabiliter et s'apaiser avant l'autre vie, non pas seulement avec une croix sur la poitrine et la parole d'un bon prêtre, mais par la force des croyances et l'ascendant de la vertu. Vous ne maudirez pas cette pauvre terre où l'on pourrait être heureux et bon si l'on savait. Vous ne nous laisserez pas aux prises avec cette idée qu'il n'y a de paix qu'à l'heure où l'on tombe sous la main des bourreaux pour ne plus se relever.

Je plaide la cause de mon utopie : le *bien* possible dès cette vie sans souffrances insupportables ; le *beau* certain dans l'autre vie pour qui a su se l'assurer. Vous me laisserez crier dans le désert si votre génie a porté la sentence implacable. Je ne vous en lirai pas moins avec un religieux respect pour cette plénitude de force et cette hauteur de volonté qui vous font si grand.

J'ai eu le grand plaisir de voir Mme Hugo et un de vos fils [Charles] à Paris. Me voilà revenue à mon hermitage, où j'ai lu votre second volume. Je suis bien touchée d'avoir reçu l'exemplaire signé de vous, et mon cœur vous remercie vivement de ce bon souvenir si précieux pour moi.

George Sand

17 avril 62.

## 298. À EUGÈNE FROMENTIN

[Nohant, 18 avril 1862]

Oui, c'est très beau[1], c'est admirablement dit, et c'est d'un fond excellent. Ça s'engage un peu lentement, mais

---

1. Sand vient de lire dans la *Revue des Deux Mondes* du 15 avril le début du roman *Dominique*, roman qui lui sera dédié.

c'est si bien peint et si bien posé! Du moment que
Dominique raconte, on est tout à lui. Le coup de pistolet
surprend un peu, mais nous saurons bien ce qui l'amène.
Ce *qu'il amène*, est très bien amené ainsi. Ce récit ne ressemble à rien et fait beaucoup chercher, beaucoup penser,
beaucoup attendre. Donc *l'intérêt* au point de vue romanesque, y est tout aussi *fait* que si d'*habiles* combinaisons
d'événements l'avaient engagé. Tout ce qui est peinture
de lieux, de personnes, de situations et d'impressions est
exquis. Tout ce qui est analyse est très fouillé, très profond, encore mystérieux à beaucoup d'égards et bien
ménagé. Enfin j'attends la suite avec impatience. C'est
bien long, quinze jours!

Je ne peux pas vous dire le bien que me fait cette
lecture. Je ne sais pas si l'on peut dire que la raison est
génie, ou si c'est le génie qui est la raison même. Mais
génies ou talents, ils me font tous péter la cervelle avec
leur *pose*, et je les trouve tous fous. Leur manière de dire
et de penser, c'est de la *manière*, du premier au dernier. Je
ne sais pas analyser comme vous les causes de cette lassitude étonnée qu'ils me causent, je ne sais pas comme
vous me dire où commence le sublime et où il finit. Je
ne juge que par l'impression qui m'est laissée, et comme
votre Dominique — avec qui d'ailleurs je me suis trouvée en contact étonnant dans mes souvenirs d'enfance, je
sens beaucoup plus que je ne sais. Avec vous, je vis et
j'existe, et le goût d'écrire me revient; je ne dirai pas que
c'est un bain qui me repose, ce n'est pas si froid que cela,
c'est une eau qui me porte et où je navigue en voyant
bien clair ce qui fuit au rivage; en allant avec confiance
vers ce qui se dessinera demain sur les rives nouvelles.
Car en somme, Dominique n'est pas moi. Il est très original. Il s'écoute vivre, il se juge, il veut se connaître, il
se craint, il s'interroge, et il a le bonheur triste, ou grave,
j'ai donc pour lui un respect instinctif et je me sens très
enfant auprès d'un homme qui a tant réfléchi. Mais ce
pilote qui s'est emparé de ma pensée, ne me cause aucune
inquiétude. Je suis sûre qu'il va au vrai et qu'il regarde
mieux que moi la route que nous suivons. Il vit dans une
sphère plus élevée, mieux choisie, et s'il fait de l'orage
autour de nous, il n'y perdra pas la tête, tel je vois Dominique jusqu'à présent, mais il va aimer et probablement
souffrir. Là est pour moi une grande curiosité. Il vaincra,

mais par quel moyen ? — Grand problème, d'arriver à la sagesse ! J'ai souvent essayé en moi de le résoudre pour le peindre, mais cela se résout dans ma tête en enthousiasme et dans mon cœur en bonheur. — C'est qu'il me faut si peu de chose pour me sentir très heureuse quand le mal des choses extérieures me laisse tranquille un instant ! — C'est peut-être l'appréciation de ce bonheur pris et goûté dans les choses les plus simples qui viendra, ou naturellement ou laborieusement, à Dominique. Nous verrons bien, mais il me tarde de savoir, et en dehors de l'exécution du livre qui est et sera parfaite, cela est déjà assuré, je vous dirai si la pensée me persuade et me contente absolument.

— Me voilà bien fière de la dédicace promise, et touchée particulièrement de cette marque d'amitié, car nous vous aimons tout bonnement tous les trois, ici, et nous nous persuadons que vous vous laisserez aller tout bonnement à nous le rendre, quand vous viendrez chez nous et que vous nous connaîtrez comme nous nous imaginons vous connaître déjà par le meilleur et le moins trompeur des instincts.

Donc à revoir, et le plus tôt que vous pourrez !

G. Sand

18 avril 62.

## 299. À ALEXANDRE DUMAS FILS

[Nohant, 30 avril 1862]

Cher fils, voilà bien des jours sans vous dire où nous en sommes. Nous vivons sur la branche, tous *décidés et contents* mais ne sachant où aller et où ne pas aller pour arriver au mariage sans trop tarder. L'un a affaire à Paris, l'autre à Londres, moi à Nohant, et le moyen quand on ne voudrait pas se quitter ! Enfin ce soir le père, la fille et le *fiancé* sont partis pour Paris avec notre ami Ludre [Gabillaud], l'homme de bon conseil et de cœur dévoué. On va régler avec la grand'mère [Raoul-Rochette] de notre *Lina* les formalités pour les publications de bans, et nous espérons être tous réunis pour le 15 mai. Il faudra

qu'aussitôt le mariage le papa aille à Rome pour un travail qui presse, mais nous pouvons compter qu'il passera
presque la moitié de chaque année à Nohant. C'est un de
mes plus vieux et meilleurs amis comme vous savez, une
âme élevée, avec un caractère charmant. L'enfant est une
petite romaine pur sang, *nera, nera*[1], comme dit la chanson,
crépue, mignonne, fine, une voix charmante, une physionomie type. Elle est aimable et vraie, et j'en raffole. C'était
ma préférée dans toutes les *jeunesses* qui nous entouraient.
Maurice est content avec son air calme des *gens de durée*.
Enfin, l'avenir sourit. Rien à nous reprocher, pas de calcul puisqu'il n'y a pas de fortune et pas de coup de tête,
puisque toutes les convenances de situation, d'opinion, de
goûts, de milieu et d'habitudes se trouvent réunies. Trente
ans d'amitié sans une ombre, sans une *parcelle* de nuage
entre le père et nous. Vingt ans de sympathie et d'amitié
pour l'enfant que nous avons vue naître. Si, avec tout cela,
nous ne sommes pas heureux, au moins aurons-nous la
consolation de nous dire qu'il n'y a pas de notre faute.

Manceau me dit qu'il vous a écrit l'histoire de Francis
[Laur]. J'espère que M. Rodrigues ne m'aura pas trouvée
indiscrète, car en apprenant qu'il fallait beaucoup de temps
et d'argent pour faire un *savant* de notre gamin, j'ai écrit
à l'*excellent riche* de bien se dire ce que je lui avais dit déjà,
à savoir que l'enfant ne *m'était rien*, que je ne lui devais rien,
non plus qu'à sa famille, et que devant le gros chiffre
annoncé, je le suppliais de ne pas prendre de mitaines
pour me dire non. Je savais bien qu'il dirait non, mais je
voulais qu'il pût le dire sans crainte de me chagriner, et
ceci, en raison de la bonne amitié qu'il m'a témoignée. Il
m'a répondu une charmante lettre. Il a un autre enfant
comme cela sur les bras, et il est convenu que nous chercherons chacun de notre côté une bonne voie pour les
deux, non pas une place de prince pour chacun, mais un
état approprié à leur condition. J'attends des renseignements pour lui écrire. Francis est un brave petit piocheur,
il est à l'œuvre du matin au soir, et n'importe où on le
mettra, je suis sûre qu'il se passionnera pour le travail.

Au milieu de toutes ces préoccupations de famille votre
*Méman* n'a guère le temps de travailler, pourtant je vas
me hâter de griffonner quelque chose pour me consoler

1. Noire, noire.

de l'absence de mes fiancés. On n'a encore confié la chose qu'à trois personnes *dont vous*, mais sitôt les bans prêts à afficher, nous le dirons.

Et vous quand vous verra-t-on ? Il est convenu, vous savez, que je ne vous tourmenterai pas pour ne pas tourmenter *ceusse* qui ont le droit de vivre pour vous. Mais quand il faudra qu'on [Mme Naryschkine] s'absente, nous comptons tout de suite sur vous. Dites-leur z'y toutes mes révérences et celles de Mancel. — Mais il vous a écrit *qu'il dit*, et je vous dis moi, qu'il fait la roue depuis qu'il espère une certaine dédicace. L'empereur n'est plus son cousin, le pape n'est pas digne de décrotter ses bottes. Je ne suis pas contente de sa santé, à ce pauvre Mancel. Il tousse trop et il a une petite fièvre nerveuse qui m'ennuie. On me jure que ce n'est rien, mais ça dure trop longtemps. On ne peut pas être content sur toutes les coutures, et j'aimerais bien mieux, si quelqu'un de nous doit être malade, que *ça soye* moi, qui ai bientôt fait mon temps raisonnable.

Et vous, au moins ? Ça va de mieux en mieux, n'est-ce pas ? vous aviez si bonne mine à Paris ! Mais est-ce que cette chaleur sèche, intempestive, ne vous tend pas un peu les nerfs ? C'est ennuyeux comme la pluie, la pluie, mais il en faut quelquefois.

Bonsoir, mon enfant bien cher. Écrivez-moi, ne m'en voulez pas d'avoir été si longtemps sans pouvoir vous dire un mot.

On vous embrasse tendrement

G. Sand

30 avril 62.

## 300. À EUGÈNE FROMENTIN

Nohant, 24 mai [18]62

C'est un beau, beau livre[1], une de ces choses rares qu'on savoure et qu'on relit en soi-même après, et qu'on

1. Lettre écrite après la lecture de la fin de *Dominique* dans la *Revue des Deux Mondes* du 15 mai. Fromentin viendra à Nohant du 11 au 17 juin, et aura avec Sand de longues causeries littéraires et des séances de travail sur son roman.

relira plusieurs fois avec des découvertes toujours. C'est tout près d'être un chef-d'œuvre, mais il y a une lacune. Quelque chose manque, ou n'est pas assez clairement dit. Quelques pages de plus entre le dernier adieu de Madeleine et le mariage de Dominique et le chef-d'œuvre y est. Ou bien peut-être quelques pages du commencement reportées à la fin. — Je n'aime pas beaucoup le suicide d'Olivier là où il est placé, je ne sais pas encore pourquoi il m'a choquée, j'attendais une explication que je n'ai pas trouvée suffisante. Peut-être ai-je mal lu, je recommencerai. Ceci d'ailleurs n'est qu'une appréciation d'instinct, et toute personnelle dont il ne faut pas tenir grand compte, car ceux qui font des romans sont parfois de très mauvais juges du détail. La critique *amie* et pleine de sollicitude à laquelle vous donnerez attention parce que je la crois juste, est celle que je vous ai dite : il manque quelque chose entre le désespoir, et le bonheur retrouvé, et ce quelque chose est justement ce que vous saurez le mieux dire, et que vous avez peut-être négligé de dire, croyant que c'était trop vrai et sous-entendu. Or les chefs-d'œuvre doivent être compris de tout le monde. Vite, à l'ouvrage et en avant le chef-d'œuvre !

Et si mon observation n'est pas assez claire, dites-le moi, ou venez me voir. Donnez-nous les quelques jours promis, non pas cette semaine où nous entrons, mais la semaine d'après, c'est-à-dire dans les premiers jours de juin. Il fait beau, la campagne verte n'est qu'un pré d'un bout à l'autre. La maison est tranquille, on se repose dans un bonheur qui n'a pas encore de nuages. Nous causerons à fond des heures entières, et si j'ai tort, ce qui est possible, vous aurez au moins acquis dans la discussion une complète certitude pour votre œuvre. Avec le défaut que j'y crois voir, elle est encore admirable et je n'ai pas de mots pour vous dire les qualités exquises et la plénitude de talent extraordinaire que j'y vois.

À vous.

G. Sand

## 301. À MAURICE ET LINA
## DUDEVANT-SAND

Gargilesse 21 juillet [18]62.

Chers enfants, me voilà avec Manceau et Dumas dans la *Villa Manceau*. Ayant fini mon roman[1] et espérant la durée du beau temps, j'ai profité d'une éclaircie pour reprendre le bain dans la Creuse, pour deux jours. En passant à La Châtre ce matin, j'ai reçu vos chères lettres plus tôt que je ne l'espérais. Je suis bien contente de voir les inquiétudes finies et votre voyage heureux de toutes manières. J'ai parlé de vous tantôt pendant 2 h. avec les bons Vergne qui vous aiment, qui trouvent ma Lina charmante et qui me chargent de bien vous embrasser. Hersilie [Vergne] aussi ; tu expliqueras à Lina que c'est une vieille fille charmante avec qui elle pourra parler anglais.

Nous avons assez bien dîné chez Malesset qui a une barbe de sapeur toute blanche et un bonnet turc à dessins bizarres, il a l'air d'un Turc de la Courtille[2]. Nous avons ri de Dumas qui trouve que la nature c'est tout au plus une table verte sur une pelouse dans une guinguette des environs de Paris. Il est très drôle avec ses théories. Je ne le contredis pas du tout. Ça m'est égal, ça n'empêche pas la nature d'être ce qu'elle est. — À propos de Dumas, tout en causant de choses et d'autres, je lui ai demandé s'il avait jamais dit sur Mauricot un certain mot malveillant et désobligeant rapporté il y a deux ans, *tout chaud* par Solange. Il a sauté au plafond, disant que s'il avait eu un mauvais sentiment pour Maurice, *ce qui n'est pas et n'a jamais été*, à cause de moi, il ne l'aurait jamais manifesté, que *Sol.* est une menteuse inouïe, et qu'à l'époque où elle lui a prêté ce mot-là, il ne la voyait pas ni personne de sa connaissance. Enfin il n'est pas content de cette petite histoire, et il veut que je dise à Maurice que c'est faux, faux. Je lui ai répondu que ce qui venait

1. Elle a fini *Antonia* le 18 juillet.
2. Chaque année, à la clôture du Mardi gras, avait lieu à Paris le joyeux spectacle de la « descente de la Courtille », avec des voitures ramenant les masques qui étaient allés s'encanailler dans les guinguettes et cabarets de Belleville.

d'une certaine personne n'avait pas d'importance à nos yeux et que tu n'avais jamais cru à cela.

Nous avons été hier soir à la comédie où il n'y avait pas de *Gressin*. On a chanté pas mal *Les Noces de Jeannette*, étonnamment même[3]. Dumas a trouvé Mme Mentor aussi bonne que les trois quarts des actrices de vaudeville. — De ces *splendeurs* nous tombons ce soir dans la chaumière et dans les rochers toujours charmants de la Creuse, et malgré la laideur berrichonne, il y a ici des petites romaines et des petits napolitains beaux comme des amours, avec des peaux bronzées et des yeux noirs. Le beau est partout, ma fifille. Il éclôt sur un fumier comme au sommet du Capitole. Seulement il est rare, et quand on le rencontre n'importe où, on le salue toujours parce qu'il est rare. Je suis heureuse que ce voyage ait été un plaisir et un amusement pour toi, ma chérie, et que tu voies tout en beau. Moi ce que je trouve de plus beau dans le monde, c'est toi et Moricot. Birrichino a bien des charmes, mais je vous prie de ne pas vous en tenir à cet enfant-là, et d'en avoir qui vous ressemblent un peu plus. Je l'ai laissé sur une grosse branche qui lui plaisait beaucoup, vis à vis de son miroir où il continue à s'adorer. J'ai coupé les ailes, il n'y avait pas moyen autrement. Ça l'a rendu tout de suite mignon, et sage, et ne l'empêche pas de devenir très beau. Marie [Caillaud] qui l'adore, l'a pris dans sa chambre et ne le laissera pas devenir sauvage.

Sur ce, bonsoir mes enfants adorés. Je vas me coucher bien contente de vous savoir contents. Embrassez vous bien fort pour moi et *rendez-vous* le pour moi aussi. Dites mes compliments au papa[4]. Manceau vous envoie ses respects et amitiés.

---

3. Au théâtre de La Châtre. Sur Gressin de Boisgirard, voir lettre 164. *Les Noces de Jeannette*, opéra-comique de Victor Massé (1853).

4. Maurice et Lina sont à Guillery, chez Casimir Dudevant.

## 302. À FRANÇOIS BULOZ

[Nohant, 3 septembre 1862]

Mon cher Buloz, d'abord, comment va Marie? Y a-t-il du mieux? Je pense souvent à elle et au souci que prend sa pauvre mère.

Je lis *Sibylle*[1], il y a là toujours un grand talent, mais ce catholicisme me tape sur les nerfs et je trouve qu'il serait bien temps de dire son mot contre le mensonge du siècle. Je fais donc un roman qui est tout le contraire de canonique, et cela très franchement. Le voudrez-vous? Aurez-vous toujours la porte ouverte aux orthodoxes, et par hasard la fermerez-vous aux libres esprits dans le roman? Non, n'est-ce pas? Je ne le pense pas. — Pourtant si vous ne le voulez pas, dites-le moi. Je n'en ferai pas moins mon roman, je veux le faire, mais je m'arrangerai pour n'être pas retardée dans mes engagements avec vous.

Un mot de réponse et parlez-moi de votre famille. Vous direz quelque chose de bien, n'est-ce pas, dans la revue, sur notre pauvre ami Bocage[2]? C'est un chagrin pour moi que ce départ-là. C'est un artiste, le dernier peut-être de cette famille qui s'en va.

À vous de cœur

G. Sand

Nohant 3 7bre

Avez-vous lu *Antonia*, puis-je compter sur des épreuves pas trop à la veille de la publication[3]?

1. Le roman d'Octave Feuillet, *Histoire de Sibylle*, a paru dans la *Revue des Deux Mondes* du 15 août au 1er octobre; dès le 4 septembre, Sand se met à écrire son «roman *terrible*» (Agendas), *Mademoiselle La Quintinie*.
2. Bocage est mort le 30 août.
3. *Antonia* paraît dans la *Revue des Deux Mondes* du 15 octobre au 1er décembre.

## 303. À ALEXANDRE DUMAS FILS

[Nohant, 23 octobre 1862]

Oublier mon fils, c'est impossible. J'espérais toujours que mon fils m'écrirait : « Je vas achever mes vacances près de vous, voir les *belles comédies* de Nohant etc. » C'était ti pas convenu ? Vous m'avez bien écrit une bonne grande lettre qui ne m'ôtait pas l'espérance, et je me disais tous les jours : « Il viendra et nous causerons *à mort* » ! Voilà donc que vous ne venez pas ? Peut-être est-on [Mme Naryschkine] revenu de Russie, et dès lors je comprends que vous ne vous ennuyez plus, vous êtes casés dans vos jolies maisons, vous travaillez ou Paris vous *réamuse*. Enfin faites ce qui vous va, et si par hasard vous êtes encore seul, et embêté momentanément, revenez au bercail. C'est chez vous et quand vous y êtes c'est toujours fête.

Tout ce que vous m'écriviez dans la grande lettre ne demandait pas réponse. C'était la conclusion qui nous mettait d'accord sur les incidents soulevés, et je n'avais pas à vous redire ce que je vous disais d'avance : « J'épouserai tout ce que vous épouserez dans la vie ».

Mais j'aurais dû vous écrire au moins : « Je me porte bien ». J'ai été dans le terrible coup de feu des comédies, marchant simultanément avec un opéra, *le Drac*, fait en 8 jours, et le roman qui commence à prendre du ventre[1], et une correspondance de services à rendre, ah grands Dieux ! que de gens qui ne savent pas se tirer d'affaire eux-mêmes ! Il faut que je vive pour moi et pour cent autres. C'est lourd aux approches de la soixantaine. Je vas bien quand même et je me sens même vaillante. Je crois que plus on a à faire plus on trouve moyen de faire. Le travail, le mien, m'amuse toujours. C'est la récréation que je dérobe aux affaires des autres. — Mais je ne me plains

---

1. On a donné cet été sur le théâtre de Nohant : *La Nuit de Noël* (31 août) et *Soriani* (28 et 29 septembre) de G. Sand, *La Farce du petit bossu* de Maurice (12 octobre) dans laquelle Lina fait ses débuts, et *Le Pied sanglant* de G. Sand (26 et 29 octobre). Sand a travaillé, en collaboration avec Paul Meurice, à un livret d'opéra-comique d'après *Le Drac* pour Victor Massé (ce projet n'aboutira pas), et à son roman *Mademoiselle La Quintinie*.

pas de tous les autres. Votre excellent Rodrigues est un trésor pour me tranquilliser l'esprit sur les désastres qui peuvent survenir à mes pauvres gens. Il m'écrit des lettres si bonnes que je l'aime véritablement, il me dit : « Donnez-moi du bien à faire, vite, vite et beaucoup ». Je n'ai garde d'abuser, j'y veux mettre une discrétion excessive, car il fait, j'en suis sûre, tout le bien que je lui conseillerais. Avez-vous vu que je lui ai dédié un roman [*Antonia*] d'après votre conseil ? Il en a été très content et moi donc !

À présent, je fais une pièce grecque pour Nohant[2]. Je tripote et arrange le *Plutus* d'Aristophane combiné avec le *Timon* de Lucien, même sujet. Je ne sais pas ce que ça donnera, mais ils ont envie de s'habiller en grecs, pas en grecs *tout nus* de bas-reliefs, mais en grecs à pantalons à souliers. Marie [Caillaud] fait un *jeune barbare*, elle a passé garçon. Vous ne croiriez jamais qu'elle a fait un Léandre ravissant, et qu'elle a, en homme, une grâce et une aisance étonnantes ? Quelle drôle de fille ! Lina a débuté, timide, gentille, un petit rôle.

Marie Lambert est ici, j'attends quelques personnes amies. Notre bon petit Veron est parti ce matin. En voilà un qui vous aime bien aussi, et Marie Lambert me charge de vous rappeler le petit *ramouna*. Le gros Marchal m'a écrit qu'il était aux travaux forcés.

Et vous, en fait de travail, où en êtes-vous de toutes ces belles choses en train ? Je me mets à faire comme vous, j'ai un roman et deux pièces en train en même temps. Ce n'est pourtant pas la même chose, mes pièces ne sont pas pour le théâtre et ne me servent là que de récréation. Ça a son charme de travailler pour soi sans avoir de public à contenter et sans argent au bout, car c'est bien un hasard quand je reprends les sujets essayés ici. C'est un sur dix. Il y a à écrire ainsi pour soi de temps en temps quelques heures par semaine quelquefois, un amusement que je ne m'étais pas donné depuis mes commencements littéraires. C'est drôle de pouvoir dire tout ce qu'on veut. L'autre nuit j'ai fait causer Madeleine avec J[ésus] C[hrist], il lui a dit d'assez bonnes choses, mais

2. *Plutus*, « étude d'après le théâtre antique » en un prologue et cinq actes, publié dans la *Revue des Deux Mondes* du 1er janvier 1863, ne sera pas joué à Nohant, mais a été recueilli dans le *Théâtre de Nohant*.

elle l'a complètement enfoncé, et il lui a été impossible
de se dire Dieu, après ce qu'elle lui a démontré. Ça m'a
fait rire toute seule. Si je m'en souviens quand nous nous
reverrons, je vous conterai ça.

Ne m'en voulez pas, et au lieu de me gronder, contez
moi de vous, dites-moi ce que vous faites de joli et de bon
et de beau. Tout mon cher monde vous envoie des amitiés ou des tendresses. Si la Russie est de retour, présen-
tez tous nos compliments et hommages.

G. Sand

Nohant 23 8ᵇʳᵉ 62

Francis [Laur] a-t-il été vous voir ? Il en grillait d'envie, mais Maillard le tient très serré et ne le laisse pas
courir seul si loin.

## 304. À FRANÇOIS BULOZ

[Nohant,] 2 9ᵇʳᵉ [18]62

Mon cher Buloz, je ne sais pas, moi, ce qui rentre sous
la répression de la loi sur la presse, dans un temps où
tout est de bon plaisir. Vous lirez le roman [*Mademoiselle
La Quintinie*] et quelque prudence que nous y apportions,
il y aura toujours un risque à courir, n'en doutez pas si le
sujet lui-même est de ceux qu'on ne doit pas laisser traiter ! Le voici, ce sujet. Un jeune homme et une jeune fille
qui vont se marier, et un confesseur qui veut bien laisser
le corps au mari mais qui veut garder l'âme, parce que lui
aussi, il aime, avec platonisme, avec mysticisme, avec toute
la pureté qu'on voudra, mais avec la passion de domination qui caractérise le prêtre. Pour conclure, la jeune fille
voit clair et reconnaît qu'entre un mari et une femme, il
ne peut y avoir un autre homme. On dira donc que je
démolis la confession. Oui, je la démolis tant que je peux
et avec elle la dangereuse ambition d'influence du clergé,
l'hypocrisie du siècle etc. etc. — Je ne touche pas à l'évangile, mais je nie que les canons de l'église soient articles
de foi. Cela se peut-il aujourd'hui ? Si ça ne peut passer
dans une revue, vous le saurez bien. Pensez-y, et répondez-moi.

Je vous demande comme un service de recevoir un manuscrit *court* d'une *Mme Noémie Thurel*, qui a du talent à ce qu'on m'a dit, et qui me prie de lui donner *des juges*, moi, ne voulant pas lui en servir. Elle paraît persuadée du mérite de son œuvre, et si elle a du mérite, elle n'a pas de modestie. N'importe si le mérite y est, n'est-ce pas ? Je lui ai répondu : « faites de votre mieux quelque chose de très bon, et soyez sûre qu'on le prendra, on ne refuse nulle part ce qui est bon, — ou si cela est, à la *Revue des Deux Mondes* on ne le refusera pas, mais envoyez une courte nouvelle afin qu'on ait le temps de la lire et de la juger ».

Ayez donc l'obligeance de faire lire ce manuscrit signé *Noémie Thurel* par la personne chargée de ce soin à la revue. Ou lisez-le vous-même si cela vous est possible. Si c'est bon, gardez-le, si c'est mauvais renvoyez-le.

Vous ne me parlez pas de Marie, va-t-elle mieux ?

T[out] à v[ous]

G. Sand

## 305. À ÉDOUARD RODRIGUES

[Nohant, 3 novembre 1862.]

Mon ami, tout ce que vous faites est bien et c'est moi qui ai tort d'en avoir peur. Le bon Maillard m'a expliqué ce que je ne comprenais pas du tout. Je croyais que vous vouliez me faire prendre la gouverne d'un capital dont j'aurais été tenue de faire un emploi sage, ingénieux, solidement utile, et j'ai été effrayée de ma complète incapacité à découvrir et à distinguer les vrais pauvres. Du moment qu'on aurait pu savoir que je disposais d'un petit fonds quelconque, j'aurais été tiraillée, obsédée encore plus que je ne le suis déjà, et Dieu sait si je le suis ! J'ai été trop trompée pour ne pas savoir qu'il faut se méfier beaucoup des demandes, et le bien que je crois pouvoir faire *à coup sûr* est celui que vous me mettez à même de faire. C'est que vous me fassiez une tirelire que l'on ne me forcera pas de casser à tout instant, et à laquelle je n'aurai pas recours sous le coup de telle ou telle harangue attendrissante, mais en présence de malheurs bien consta-

tés. J'en ai autour de moi dont je ne peux pas douter.
J'en sais d'autres dont la cause est bien respectable. Je
vous en rendrai compte, *à vous*, avec grand plaisir ; et
pourtant s'il fallait que les noms eussent à figurer sur des
*comptes*, je sais des gens fiers, — outre mesure peut-être,
car le malheur honorable n'est pas une tache ; bien au
contraire, — qui ne me le pardonneraient pas. C'est une
chose si difficile et si délicate quelquefois ! Je sais des
gens réduits à la dernière extrémité à qui j'envoie de
temps en temps par la poste un billet de banque anonyme. Ils le reçoivent, ils s'en servent, cela les sauve du
dernier désespoir. Eh bien s'ils savaient que cela vient
de moi qui ne suis pas riche, ils me le renverraient. À
vous dire vrai, je n'approuve pas cet excès de susceptibilité ; si, après avoir travaillé 30 ans comme un nègre et
avoir fait preuve de beaucoup de dévouement pour les
autres, je me trouvais sans soupe et sans feu, j'aimerais à
le dire à un ami comme vous, et je n'en rougirais pas du
tout. Cela ne peut pas m'arriver, parce que j'ai le *nécessaire*
assuré, mais je ne me suppose dans le dénuement : je ne
sens pas que cela dégrade quand on n'y a été poussé ni
par le vice, ni par les mauvaises passions, ni par l'ostentation et la sottise. Nous entendons-nous maintenant et
trouvez-vous que j'apprécie l'argent trop haut ou trop
bas ? Je ne crois pas avoir de fausse fierté, je ne voudrais
pas en avoir à mon insu ; celle des autres m'a fait quelquefois bien souffrir. Et pourtant il y a tant de cynisme
dans ceux qui manquent de fierté que je sens devoir du
respect à ceux qui en ont trop.

Chacun fait comme il peut et comme il sait. Je ne suis
pas *bienfaitrice*. Je l'ai été quand je n'avais pas du tout d'argent à moi. Je provoquais la charité des autres, je donnais
tout mon temps, je ne pouvais mieux faire. Je n'avais pas
de succès, j'étais trop sensible et trop crédule et on me
disait que j'entretenais des sangsues aux dépens d'autrui.
Ce n'était pas ma faute, mais il y avait du vrai, voilà ce
que je ne voudrais pas recommencer, — voilà ce qui
m'effrayait devant l'idée d'une *fondation*, mot sur lequel je
me suis absolument méprise, Maillard me l'a démontré de
votre part.

À présent je donne en cachette, cela réussit mieux, les
secours anonymes n'ont pas l'inconvénient d'entretenir le
découragement, le grand ennemi, l'artisan du malheur !

On ne s'habitue pas à y compter comme sur la sollicitude d'une personne connue. J'ai un bon médecin de campagne [Darchy], un véritable ami qui, en soignant les pauvres, connaît bien les maladies qui viennent de la faim. Il me les signale, et sans qu'on sache d'où cela vient, le boulanger est averti de fournir et fournit. Autrefois je donnais du blé : on le vendait pour payer le loyer arriéré et on n'avait plus le pain. Mieux vaut avertir le propriétaire de patienter, et lui faire tenir un à compte. Le malheureux voit qu'il est aidé, mais il ne sait pas si c'est pour un an ou pour deux. Il se ranime, il s'efforce, il travaille et il arrive. Si l'on se fût donné le plaisir de le remettre tout d'un coup sur ses pieds, il se serait recouché, car si la puissance de l'argent *corrompt* ou *dévoile*, comme nous disions l'autre jour, les privations et la souffrance diminuent et usent l'âme, à coup sûr, du moins chez le grand nombre.

Je voulais vous dire *ma manière*, non pour vous prouver qu'elle est la meilleure, mais pour me justifier de ne pas mieux faire. Les fondations, les salles d'asile, les infirmeries etc., exigent de véritables capitaux, ou des rentes assurées. C'est bien, quand on est administrateur et je ne le suis pas. Je sue sang et eau pour faire une addition et la mémoire des détails me manque absolument. Je veille trop. Si j'administrais quoi que ce soit, il me faudrait cesser d'écrire.

Faites donc la tirelire ! Si j'y ai recours *pour moi*, ce ne sera que pour payer de petites dettes que j'ai contractées pour le même objet et qui viendraient à me paralyser pour d'autres assistances. Jusqu'ici en me privant de ma *tocade* de voyager, je suffis à tout. Avec la tirelire, je ferais certainement plus et mieux. Si, malgré tous mes scrupules, je suis encore quelquefois trompée, vous ne m'en voudrez pas. Vous saurez que j'ai fait de mon mieux. Vous me faites là un beau cadeau, mon ami, et cela ne s'appelle plus de l'argent, mais l'or du bon Dieu. Il m'en a été souvent offert, mais on ne peut pas accepter de qui on ne connaît pas. Une seule fois j'ai accepté l'avance d'une petite somme que je n'avais pas, et qu'on a doublée en peu de temps, ce qui m'a permis d'aller en Italie, mais il était convenu que si cette petite somme était perdue je la rendrais. Vous voyez qu'avec vous je ne fais pas de réserve, d'abord parce que c'est vous, ensuite parce que

que je n'ai pas en vue la fantaisie d'artiste, mais un but tout à fait sérieux.

Le brave Matheron était de bonne foi. Il y a eu certes un malentendu entre quelque sous-administrateur et lui, à un moment donné. Il s'est arrangé pour n'avoir plus qu'un cheval qui suffit au petit nombre des voyageurs, mais il est certain qu'il a perdu beaucoup d'argent (relativement à ses moyens) avant de savoir qu'il pouvait réduire sa dépense. Il avait donc raison de se plaindre, en même temps qu'il avait tort, mais il ne se plaint plus et il est très reconnaissant de la sollicitude que vous avez bien voulu lui accorder, car je ne veux pas laisser ignorer d'où vient le bien que je peux faire.

Nous avons été bien contents de voir notre bon Maillard et notre Francis [Laur] qui est ici l'enfant de la maison. Ils nous ont bien parlé et bien raconté de vous. Ils nous ont dit que vous seriez peut-être venu voir notre comédie si vous n'étiez tenu tous les jours par un devoir sans trêve. Comment ! vous aussi, pas de liberté ? — Et ce vendredi[1], est-il au moins un jour de repos ?

En finissant comme en commençant, merci toujours. Je suis enchantée que ma Nancy [Fleury] ait pris le bon parti. Je suis sûre que Madame de Beaulieu l'aimera et toujours plus, et que la charmante petite fille s'attachera à elle. Remerciez pour moi votre chère malade des bontés qu'elle aura pour ma filleule et croyez que je fais pour vous deux grandes provisions de dévouement et de gratitude dans mon cœur.

G. Sand

3 9bre 62.

## 306. À EUGÈNE FROMENTIN

[Nohant, 14 janvier 1863]

Vous avez été malade, cher ami : c'est un tort de plus que vous nous faites, puisqu'au regret de ne pas vous voir, il faut ajouter celui de vous savoir occupé le plus tristement du monde. La santé, la santé ! On a bien rai-

1. Le sabbat commence le vendredi soir.

son de se la souhaiter entre amis au nouvel an, car elle
est presque tout. Elle est le courage, le travail et l'élément
de force qui lutte contre tous les déboires gros et petits de
la vie. Aussi est-ce un véritable devoir de la ménager et
de la soigner. Le faites-vous ? Puisque votre chère famille
a été éprouvée aussi, vous devez d'autant plus veiller sur
vous, sur qui tout repose.

Malgré vos mauvaises nouvelles votre lettre m'a fait
grand plaisir et grand bien, je suis contente de moi quand
des esprits comme le vôtre en sont contents. Autrement, où est le *criterium* de nos efforts pour bien faire ?
Ce n'est pas dans le public qui a tant d'autres chiens à
fouetter. J'attends *Dominique* pour me pavaner de ma
dédicace et pour relire l'ouvrage qui, avec ou sans les
petites modifications que je croyais utiles, n'en est pas
moins un beau et bon livre[1]. J'ai lu *Salammbô* et je m'en
suis fort monté la tête. Je le dirai incessamment[2]. Je
regarde comme un devoir de *vieux* comme dit notre ami
F[laubert] de protester contre les brutalités et les aveuglements de la critique, et je n'ai vu sur *Salammbô* que des
*éreintages* plus ou moins polis. Ce que j'en dirai ne servira
probablement de rien, mais je l'aurai dit, et si chacun faisait son devoir, la république des lettres aurait un peu
plus de cette fraternité dont aucune république ne peut se
passer.

Nous sommes toujours ici contents les uns des autres.
Ma chère Lina va bien dans sa situation *intéressante*[3], que
je couve de mon mieux. Maurice a fini un roman *étrange*
[*Callirhoé*] où il y a du bon, l'originalité d'abord, et de l'invention avec des idées. Sa lecture nous a amusés sérieusement. Moi j'achève ma grande machine [*Mademoiselle La
Quintinie*]. Manceau fait des vers qui me paraissent bons.
Je suis peut-être dans l'illusion sur nous trois, mais nous
nous occupons, et la vie coule comme une eau rapide et
claire. Je suis bien fâchée que vous n'ayez pas vu nos

1. L'édition originale de *Dominique*, avec la dédicace à G. Sand,
paraît en janvier chez Hachette.

2. Sand a reçu le 29 novembre 1862 le «roman carthaginois»
de Flaubert, dont elle termine la lecture le 26 décembre : «elle est
contente de ce livre» (*Agendas*) ; le lendemain 27, elle écrit sa «Lettre
sur *Salammbô*» qui paraîtra dans *La Presse* du 27 janvier 1863 (recueillie
dans *Questions d'art et de littérature*).

3. Lina est enceinte : Marc naîtra le 14 juillet.

comédies, il y a eu des choses jouées d'une façon *nature* qui vous auraient intéressé.

Enfin, vous nous reviendrez, n'est-ce pas, et quand vous le pourrez, il faudra le vouloir en vous rappelant qu'on vous aime ici d'une façon toute particulière et je veux m'en flatter, digne de vous.

Amitiés de tous et à vous de cœur.

G. Sand

## 307. À MARIE-SOPHIE LEROYER
## DE CHANTEPIE

Nohant, 16 janvier 1863

Je suis bien touchée, Mademoiselle et amie, de votre bon souvenir du Jour de l'an, et je vous rends de tout cœur les souhaits que vous m'adressez. Je continue à ne pas comprendre l'antithèse d'idées qui vous fait souffrir moralement. Vous me semblez armée de tant de rectitude et de vraie foi, que je ne me rends pas compte des scrupules qui vous tourmentent.

Allez à Dieu sans intermédiaire et sans prêtre ; ou si la confession vous paraît un devoir, remplissez-le naïvement et sans examen. Confessez-vous de votre mieux et même des fautes involontaires, de cette façon, rien ne manquera à votre sincérité de cœur, et le confesseur vous grondât-il plus que de raison, soyez sûre que Dieu appréciera avec plus de clarté et d'indulgence.

Je vous avoue que pour mon compte, j'en suis venue à regarder le prêtre comme l'agent du mal en ce monde, mais je ne discute pas les convictions de doctrine chez les personnes de votre mérite. Ce que je blâme avec tout le respect qui vous est dû, c'est que vous restiez dans l'impasse du doute, sans faire d'effort suprême pour en sortir. Acceptez complètement l'église si vous vous y croyez obligée, ne discutez rien, et vous retrouverez la paix.

Croyez à ma constante sollicitude et aux vœux que je fais pour vous.

G. Sand

## 308. À EDMOND ET JULES
## DE GONCOURT

[Nohant, 26 janvier 1863]

J'ai lu enfin, Messieurs, *Sœur Philomène* tout de suite après *La Femme au 18ᵉ siècle*, j'étais bien en retard[1]! Mais je ne sais pas lire vite et mal disposée à lire. C'est faire une mauvaise action envers un livre, que ne pas le lire bien, et je savais que vos livres avaient droit aux égards de la conscience et de l'esprit.

Vous avez un talent réel, sérieux, étendu et varié. Vous en aurez bien plus encore, car vous êtes laborieux et chaque ouvrage marque chez vous un grand progrès. Voilà, bien en gros, mon opinion sans compliment car je ne sais pas louer par politesse. J'aime mieux me taire, c'est si facile!

L'histoire de la religieuse et de l'interne est d'une vérité saisissante. C'est triste comme tout ce qui est bien fait, et profondément fouillé. C'est du vrai travail, et vous viendrez à être grands artistes quand un rayon d'idéal ou de passion, quelque chose d'un peu fou, passera sur cette grande science du réel. Ce quelque chose de fou est le défaut nécessaire peut-être à l'essor entier des facultés. La jeunesse d'aujourd'hui ne l'a pas, celle de mon temps l'avait trop : mais je crois pour vous autres, et pour vous deux surtout, à une maturité qui sera une puissance.

*La Femme du dix-neuvième siècle* [*sic*] est un livre admirablement fait, un livre d'histoire qui résume toute l'histoire que l'on sait et qui vous la montre d'un coup d'œil, comme dans une glace. On arrive à voir réellement l'âme et la figure de cette femme qui résume toutes les autres. Excellente et belle étude qui promet une suite encore meilleure s'il est possible.

Recevez mes sincères encouragements, le mot paraît orgueilleux et ne l'est pas venant de moi, qui sais qu'on en a toujours besoin et qu'ils sont rarement de bon aloi.

1. En effet: *Sœur Philomène* date de 1861.

Les miens partent d'un sentiment très vrai que vous saurez bien juger.

Mille compliments à vous deux.

George Sand

Nohant 26 janvier 63

## 309. À ÉDOUARD RODRIGUES

[Nohant] 8 février [18]63

Mon brave et bon ami, j'ai fini ma grosse tâche[1] et, avant que j'en commence une autre, je viens causer avec vous. Qu'est-ce que nous disions ? Si la liberté de droit et la liberté de fait pouvaient exister simultanément ? Hélas ! tout ce qu'il y a de beau et de bon pourra exister quand on le voudra, mais il faut d'abord que tous le comprennent, et le meilleur des gouvernements, de quelque nom qu'il s'appelle, sera celui qui enseignera aux hommes à s'affranchir eux-mêmes en voulant affranchir les autres au même degré.

Vous voulez me faire des questions ; faites-m'en, afin que je vous demande de m'aider à vous répondre, car je ne crois pas savoir rien de plus que vous, et tout ce que j'ai essayé de savoir, c'est de mettre de l'ordre dans mes idées, par conséquent de l'ensemble dans mes croyances. Si vous me parlez philosophie et religion, ce qui, pour moi est une seule et même chose, je saurai vous dire ce que je crois ; *politique*, c'est autre chose. C'est là une science au jour le jour qui n'a d'ensemble et d'unité qu'autant qu'elle est dirigée par des principes plus élevés que le courant des choses et les mœurs du moment. Cette science dans son application consiste donc à tâter chaque jour le pouls à la société et à savoir quelle dose d'amélioration sa maladie est capable de supporter sans crise trop violente et trop périlleuse. Pour être ce bon médecin, il faut plus que la science des principes, il faut une science pratique qui se trouve dans de fortes têtes, ou dans des assemblées libres, inspirées par une grande

---

1. Le roman *Mademoiselle La Quintinie*, qu'elle a terminé le 19 janvier et qu'elle a corrigé jusqu'au 3 février.

bonne foi. Je ne peux pas avoir cette science-là, vivant
avec les idées plus qu'avec les hommes, et si je vous dis
mon idéal, vous ne tiendrez pas pour cela les moyens
pratiques, vous ne les jugerez réellement, ces moyens,
que par les tentatives qui passeront devant vos yeux et
qui vous feront peser la force ou la faiblesse de l'humanité à un moment donné. Pour être un sage politique, il
faudrait, je crois, être imbu avant tout, et par-dessus tout
de la foi au progrès et ne pas s'embarrasser des pas en
arrière, qui n'empêchent point le pas en avant du lendemain. Mais cette foi n'éclaire presque jamais les monarchies, et c'est pour cela que je leur préfère les républiques
où les plus grandes fautes ont en elles un principe répa-
rateur, le besoin, la nécessité d'avancer ou de tomber.
Elles tombent lourdement, me direz-vous, oui, elles tombent plus vite que les monarchies, et toujours pour la
même cause, c'est qu'elles veulent s'arrêter, et que l'esprit
humain qui s'arrête, se brise. Regardez en vous-même,
voyez ce qui vous soutient, ce qui vous fait vivre fortement, ce qui vous fera vivre très longtemps. C'est votre
incessante activité. Les sociétés ne diffèrent pas des individus.

Pourtant, vous êtes prudent et vous savez que si votre
activité dépasse la mesure de vos forces, elle vous tuera.
Même danger pour le travail des rénovations sociales ; et
impossible, je crois, de préserver la marche de l'humanité de ces *trop* et de ces *trop peu* alternatifs qui la menacent et l'éprouvent sans cesse. — Que faire, direz-vous ?
— Croire qu'il y a toujours quand même, une bonne
route à chercher et que l'humanité la trouvera, et ne jamais
dire : *il n'y en a pas, il n'y en aura pas*. Rien au monde n'est
si difficile que de manier de l'argent, d'en faire, d'en créer
par la science des affaires et de rester honnête homme et
généreux. Et, encore une fois, regardez en vous-même,
vous vous êtes dit pour vous-même : *cela peut être, et cela
sera*. Vous pouvez vous dire : *cela est*, et vous me le disiez
dernièrement de certains de vos amis et proches, grandes
capacités, grandes habiletés et grandes probités, — et
grand besoin d'associer la société aux bienfaits de la réussite. Et même, je vous entends ajouter : « Cela est bien
facile, l'instinct aide les principes ».

Je crois que l'humanité est aussi capable de grandir en
science, en raison et en vertu, que quelques individus qui

prennent l'avance. Je la vois, je la sais très corrompue, affreusement malade, je ne doute pas d'elle pourtant. Elle m'impatiente tous les matins, mais je me réconcilie avec elle tous les soirs. Aussi n'ai-je pas de rancune contre ses fautes, et mes colères ne m'empêchent jamais d'être jour et nuit à son service.

Passons donc l'éponge sur les misères, les erreurs, les fautes de tels ou tels, de quelque opinion qu'ils soient ou qu'ils aient été, s'ils ont dans le cœur des principes de progrès ardents et sincères. — Quant aux hypocrites et aux exploiteurs, qu'en peut-on dire ? Rien ? C'est le fléau dont il faut se préserver, mais ce qu'ils font sous une bannière ou sous une autre ne peut pas être attribué à la cause qu'ils proclament et qu'ils feignent de servir.

Quand nous mettrons de l'ordre dans notre *catéchisme* par causeries, il faudra bien que nous commencions par le commencement, et qu'avant de nous demander quels sont les droits de l'homme en société, nous nous demandions quels sont les devoirs de l'homme sur la terre, et cela nous fera remonter plus haut que république et monarchie, vous verrez ! Il nous faudra aller jusqu'à Dieu, sans la notion duquel rien ne s'explique et ne se résout. Nous voilà embarqués sur un rude chemin, prenez-y garde, mais je ne recule pas si le cœur vous en dit.

Bonsoir pour ce soir, cher ami, et à vous de tout cœur et de tout bon vouloir.

G. Sand

On est content de Francis, Ursule est contente et heureuse, ma Nancy espère bien de sa belle petite élève. — Et vous, avez-vous le loisir de penser à Fleury et de me guider dans le fameux projet[2] ?

---

2. Il s'agit de Francis Laur ; d'Ursule Jos, à qui Rodrigues vient de faire un don qui lui permet de rembourser une forte dette et de vivre en paix ; de Nancy Fleury et Mlle de Beaulieu ; de Fleury le « Gaulois », qui traîne une dette grossie d'intérêts, et pour lequel Sand voudrait trouver un emploi.

## 310. À FRANÇOIS BULOZ

[Nohant, 17 février 1863]

Faites, mon cher Buloz, intitulez *Mlle La Quintinie* (pas *de* la Quintinie), ne mettez pas la préface et marchons[1]. La 1ère partie est pour ainsi dire sans inconvénient. Si la 2de est dangereuse à cause de la lettre du père d'Émile, on peut voir à reporter vers la fin une partie de ce qu'il dit là. *Pour cela*, envoyez-moi les épreuves de la 2de, le plus tôt possible. On pourrait ainsi avancer beaucoup dans le roman en laissant croire que l'on recommence *Sibylle*, et ce serait drôle.

Allez donc de l'avant, puisque vous avez bon courage.

Pour rien au monde je n'aurais voulu vous faire avaler une pilule dangereuse pour vous, et vous me rendrez cette justice que je vous ai laissé juge en dernier ressort.

Pour moi je ne me dissimule pas les injures et les insultes qui retomberont sur moi. J'y suis fort habituée Dieu merci et le plus ou moins ne m'ôte pas l'appétit. J'ai un grand bonheur, c'est d'être arrivée avec l'âge à des convictions aussi fortes que mes doutes d'autrefois étaient profonds et douloureux. J'ai donc acheté mes croyances au prix de souffrances intérieures qui me donnent le droit de *tenir* à ce que je *tiens*. Vous êtes arrivé aussi avec l'âge à sentir qu'une revue est une mission bien plus qu'une affaire, et bien qu'en politique et en critique d'art, je ne sois pas toujours de l'avis de vos écrivains, je sais à présent qu'il y a un terrain commun où peuvent marcher tous ceux qui croient au progrès. L'empire, en nous faisant reculer sous beaucoup de rapports, nous a fait avancer de beaucoup sur ce terrain-là. Il a grandement simplifié les questions pendantes, sachons en profiter. J'ai lu hier soir avec Manceau l'article de M. Laveleye[2]. Il est très vrai et très habilement fait. Mal-

---

1. G. Sand aurait voulu intituler le roman *Moreali* (le nom du prêtre), mais se rangera à l'avis de Buloz qui préfère *Mademoiselle La Quintinie* (*Revue des Deux Mondes*, 1er mars-15 mai 1863) ; Buloz renoncera à publier la préface, envoyée le 21 janvier, elle paraîtra en tête du volume (Michel Lévy, 1863). Rappelons que le roman a été écrit en réaction à l'*Histoire de Sibylle* d'Octave Feuillet.

2. La *Revue des Deux Mondes* du 15 février a publié l'article d'Émile

heureusement quand on fait du roman on ne peut pas
être si prudent et si fort de discussion calme. Le roman
veut de la chaleur et de la passion, il en veut d'autant
plus qu'il touche à des questions qui ne semblent pas de
son ressort et qui ennuieraient si elles étaient sagement
discutées. Il faudra bien aussi, qu'en révisant nos passages dangereux, nous ne tombions pas dans l'inconvénient que je vous signale.

 Quant au critique de *Salammbô*, il est savant et ingénieux, mais il se trompe. Nul ne peut imposer arbitraire-
ment son goût, et rien ne me persuadera que le *silence
énorme qui emplit Mégara* ne soit pas une chose belle et
grande. Il y a des appréciations personnelles qui ne se
démontrent pas, ou qui tournent contre le démonstra-
teur. Généralement votre critique de la revue est une
*éreinteuse*. Elle a hérité cela de Planche, sans hériter de ses
côtés enthousiastes. Elle a pris son défaut sans prendre
sa qualité. Elle se sauve parce qu'elle est honnête et
sérieuse, et aussi parce qu'elle a de la science et du talent.
C'est beaucoup à coup sûr, ce n'est pas assez, il lui faudrait de la vie. Rien n'en demande plus que la critique,
puisque sa véritable mission est de donner la vie et non
de l'ôter. Quoi que dise votre critique, tout le monde
sent que Flaubert est un homme *original et fort*. Il me
semble qu'au lieu de briser avec lui, on devait lui tendre
la perche, même en le supposant embourbé, ce que je
nie, mais ce que d'autres ont le droit de croire. Je vous
parle de ceci avec un grand désintéressement d'artiste.
Flaubert n'est pas mon ami, je le connais à peine. Rien
n'est plus différent de sa manière que la mienne, et je ne
sais rien des questions d'*école* si école il y a. Ce qu'il y a
de certain, depuis qu'il existe une littérature au monde,
c'est qu'il [y] a un aspect réaliste, et un aspect idéaliste
dans toutes choses. L'un vaut *absolument* autant que
l'autre dans les mains de qui sait s'en servir, et tout le
monde est libre de choisir. Il est vrai que pour relier cette
*antinomie*, il y a un troisième terme dont aucun critique ne
se préoccupe et ne paraît se douter. C'est pour cela que
la *critique* n'existe pas encore et fait généralement plus de
bruit que de besogne. Si vous pouviez mettre la main sur

de Laveleye, « La Crise religieuse au xix<sup>e</sup> siècle », et un éreintement
de *Salammbô* par Saint-René Taillandier.

*la vraie*, vous feriez une fière trouvaille et une révolution en littérature. Mais où la pêcher ? Je ne saurais vous dire.

Avec la réflexion pourtant, vous verriez bien pourquoi avec tant de talent et de savoir, les critiques ne font que donner des coups d'épée dans l'eau.

Mais quel long bavardage ! Bonsoir, mon cher vieux, mes amitiés chez vous. Vous ne me dites rien de Marie, j'espère qu'elle va tout à fait mieux.

G. Sand

17 février 63

## 311. À EUGÈNE FROMENTIN

[Nohant, 14 mars 1863]

M. Baignères m'a écrit une si excellente lettre que je veux et dois l'en remercier. Il a la modestie de ne pas me donner son adresse, soyez donc encore mon intermédiaire, cher ami.

Je vous dirai comme à lui : mes amis me suivront-ils tous, jusqu'à *La Quintinie* ? Vous me disiez que c'était une œuvre de courage. Quand vous aurez lu, vous verrez qu'en effet, il m'en a fallu, je ne dis pas pour braver l'inimitié des dévots, un peu plus, un peu moins, je suis habituée à ne pas compter. Mais le courage a été de rompre avec de chers souvenirs et des tendances au mysticisme qui ont eu un grand ascendant sur les trois-quarts de ma vie. Je les ai reconnus énervants et la passion de la vérité a tué en moi tout un monde de morts. Il faut vivre, vivre toujours, vivre toujours plus, afin de vivre encore au-delà de ce que nous appelons la mort.

Cher ami, que faites-vous ? peinture ou littérature ? heureux artiste qui vivez double, et mettez si bien en pratique ce que je viens de dire !

À vous de cœur,

G. Sand

### 312. À ALEXANDRE DUMAS FILS

[Nohant, 14 juillet 1863]

Marc, Antoine Sand eſt né ce matin, anniversaire de la prise de la Baſtille. Il eſt grand et fort, et il m'a regardée dans les yeux d'un air attentif et délibéré quand je l'ai reçu tout chaud dans mon tablier. Je crois que nous nous connaissions déjà et il m'a eu l'air de vouloir dire : Tiens ? c'eſt donc toi ? On l'a fourré dans un bain de vin de Bordeaux, où il a gigoté avec une satisfaction marquée. Ce soir, il tette avec voracité, et sa nourrice qui n'eſt autre que sa petite mère, eſt gaie comme un pinson. Nous avons tiré le petit canon et un *pifferaro* d'Auvergne[1] eſt venu lui faire entendre le plus primitif des chants gaulois. Le père Maurice a pleuré comme un veau et le père Calamatta comme une huître à la vue de ce solide moutard. Tout le monde eſt dans la joie : voilà ! Merci pour votre bonne lettre du 5 juillet ; réjouissez-vous avec nous, mon grand fils, et venez bientôt nous voir.

G. Sand

14 juillet au soir 63.

---

### 313. À PAULINE VIARDOT

[Nohant, 19 juillet 1863]

Ma bonne fille, nous nous réjouissons bien tous de vous savoir contente et heureuse de votre nouvel établissement[1], et vous me faites vivement désirer d'aller vous y voir. Mais d'ici à longtemps peut-être, je ne pourrai quitter la maison, nous y voilà liés par une joie immense et par mille petits soins de tous les inſtants. Nous n'avons ni foules, ni montagnes, ni palais, ni chalets, ni concerts, ni fêtes, mais nous avons un beau petit garçon qui nous eſt né le 14 juillet et qui nous rend tous fous de joie. Maurice le porte et le tripote toute la journée, aussi

1. C'eſt-à-dire un sonneur de cornemuse.
1. Les Viardot s'inſtallent à Baden.

adroitement que s'il préparait un papillon. Sa petite mère
le nourrit et le contemple, le père Calamatta le promène
dans le jardin. Manceau aussi, car tous ici sont *éleveurs* et
chérisseurs d'enfants, et on s'arrache le bébé. Vous avez
passé plusieurs fois par ce bonheur-là, mais pour mon
jeune ménage c'est le premier ; pour moi c'est la seconde
fois que je suis grand'mère et j'étais restée sur une profonde et longue douleur. Maurice s'étant décidé tard au
mariage, je voyais ma vieillesse attristée par l'isolement
où je le laissais. Enfin à présent j'accepte mes 59 ans avec
plaisir. Je ne le laisserai pas seul, il a une adorable petite
femme, intelligente, vivante, gaie, artiste, ni dévote, ni
mondaine, et d'un cœur ardent et généreux. Il a donc
bien fait d'être *trop* difficile, comme on le lui reprochait,
et d'attendre que la sympathie complète levât toutes ses
irrésolutions. Nous sommes aussi heureux que possible,
et je suis certaine que vous êtes contente que je vous le
dise, vous qui savez si bien aimer vos vieux amis.

Ce que vous me dites de Louise[2] ne m'étonne pas. Il
y avait de tout cela dans son air et sa figure qui était
devenue belle, mais toujours un peu dure et comme hau-
taine. La voilà dans un milieu où elle prime nécessairement et où elle mérite de primer, car si elle n'est pas
vous, elle est votre fille et cela grandit le prestige de ses
talents personnels. Sur un plus vaste théâtre, c'eût été
une défaveur ; dans la vie du monde, ce sera une gloire.

Je vois, par ce que vous me dites de votre milieu, que
les grandes villes tendent à ne plus devenir les grands
foyers, et c'est tant mieux, car avec le sens matériel et
commercial, qui a sa raison d'être, mais qui n'est pas
artiste le moins du monde, les grosses capitales vont être
de grands bazars où chaque jour l'art sérieux sera plus
difficile et moins apprécié. Les grands artistes vont y faire
de temps en temps leurs affaires, mais ils mettront leur
vie ailleurs, et se regrouperont dans des oasis. Ils feront
bien et vous donnez l'exemple. Paris ne mérite pas qu'on
s'absorbe en lui, car il veut trop et trop peu, il veut les
grands artistes, et il ne sait pas les mettre à leur rang. Et
puis, il ne les comprend qu'à demi, le tour de force le
charmera toujours. L'art se perdrait certainement, s'il ne
se créait des sanctuaires pour se retremper.

---

2. Louise Viardot vient de se marier, le 17 mars.

Donnez-moi de vos nouvelles le plus souvent que vous pourrez, chère fille bien-aimée. Pensez un peu à nous. Embrassez pour nous le père Loulou et toute la chère nichée, et comptez qu'aujourd'hui comme jadis, on vous aime ici bien tendrement.

Votre ninoune

Nohant 19 juillet 63

### 314. À LOUIS LEBLOIS

[Nohant, 3 août 1863]

Monsieur,

Vos excellents discours nous ont beaucoup frappés, mon fils, ma belle-fille et moi, et je vais tout de suite et sans préambule répondre à votre bonne lettre en vous parlant à cœur ouvert.

Mon fils s'est marié civilement l'année dernière. D'accord avec sa femme, son beau-père et moi, il n'a pas fait consacrer religieusement son mariage. L'Église catholique dans laquelle nous sommes nés professe des dogmes et les corrobore de doctrines antisociales et antihumaines qu'il nous est impossible d'admettre. Un cher petit garçon est né de cette union, il y a quinze jours. Depuis que sa mère l'a conçu et porté dans son sein, nous nous sommes demandé tous les trois s'il serait élevé dans les vagues aspirations religieuses qui peuvent suffire à l'âge de raison (à la condition de chercher la vérité dans des conceptions mieux définies), ou si nous essayerons, dans le but de le préparer à devenir un homme complet, de le rattacher à une foi idéaliste, sentimentale et rationnelle. Mais où trouver cette foi assez formulée de nos jours pour être mise à la portée d'un enfant?

Nous songions au protestantisme, uniquement parce qu'il est une protestation contre le joug romain; mais cela était loin de nous satisfaire. Deux dogmes, l'un odieux, l'autre inadmissible, la divinité de J[ésus]-C[hrist] et la croyance au diable et à l'enfer, nous faisaient reculer devant un progrès religieux qui n'avait pas encore eu la franchise ou le courage de rejeter ces croyances.

Vos sermons nous délivrent de ce scrupule, et mon fils

voulant absolument que son mariage et la naissance de
son fils soient religieusement consacrés, je n'ai plus
d'objections à lui faire contre deux sacrements qui atta-
cheraient son union et sa paternité à votre communion[1].

Mais avant de me rendre entièrement, j'ai recours à
votre loyauté avec une absolue confiance, et je vous
adresse une question. Faites-vous encore partie de la
communion intellectuelle de la Réforme ? Persécuté et
renié probablement par l'anglicanisme, par le méthodisme,
par une très grande partie des diverses Églises, pouvez-
vous dire que vous apparteniez à une notable partie des
esprits éclairés du protestantisme ? Si, à peu près seul,
vous avez levé un étendard de révolte, l'enfant que nous
mettrions sous l'égide de vos idées ne serait-il pas renié
et réprouvé chez les protestants, en dépit de son baptême comme il le serait des catholiques en se présentant
sans baptême parmi eux ? On peut s'aventurer pour soi-
même dans les luttes du monde philosophique et religieux ; mais quand on s'occupe de l'avenir d'un enfant,
d'un être né avec le droit sacré de la liberté, mais à qui
l'on doit, dès que sa raison s'entrouvre, des conseils et
une direction, non seulement on doit chercher la meilleure méthode à lui offrir, mais encore on doit chercher
à sa vie un milieu moral, une solidarité, un foyer de fraternité, et quelque chose encore, une nationalité religieuse
si je puis ainsi dire, un drapeau ayant quelque autorité
dans le monde. Il ne faut pas, ce me semble, que l'adolescent puisse dire à son père catholique : « Vous m'avez
lié à un joug de mort ! » ni à son père protestant : « Vous
m'avez isolé au sein de la liberté d'examen, vous m'avez
enfermé dans une petite Église, sans appui et me voilà
déjà dans la lutte quand j'ai à peine compris pourquoi j'y
suis ! »

Dans les deux cas, cet enfant pourrait ajouter : « Mieux
valait ne me lier à rien et m'élever selon votre aspiration
dans l'absolue liberté où vous viviez vous-même ».

Mon fils et sa femme feront en tout cas ce qu'ils voudront, sans qu'aucun nuage entre nous résulte jamais d'une
dissidence qui n'est même pas formulée encore, mais

---

1. Le 18 mai 1864, le pasteur Alexis Muston viendra à Nohant
procéder au mariage religieux de Lina et Maurice et au baptême de
Marc dans la religion protestante.

ayant à donner ou à réserver mon opinion un jour ou l'autre, je vous demande à vous, Monsieur, la réponse à mon incertitude, qui vous sera dictée par votre conscience.

Je ne connais pas le monde protestant. On me parle d'une Église tout à fait nouvelle, ayant de l'avenir et faisant de nombreux prosélytes en Italie particulièrement. Je vois d'après ce que l'on me dit, que cette Église part de vos principes et qu'il y a par le monde un souffle de liberté religieuse qui unit un certain nombre d'esprits sérieux. Je voudrais savoir si notre enfant aura dans la vie une véritable famille à laquelle il n'aura peut-être jamais ni le désir ni l'occasion de s'identifier, — car il faut prévoir l'âge où il ne voudrait suivre aucun culte, et là s'arrêtera aussi l'autorité de la famille naturelle, — mais de laquelle il pourrait dire avec fierté qu'il a été l'élève et le citoyen. Nos petites églises détachées du catholicisme, comme celle de l'abbé Chatel par exemple, ont toujours eu un caractère mesquin ou impuissant. Celle que vous proclamez se rattache à une conception large du christianisme et ne présente pas ces pauvretés. Mais où est-elle cette église ? Est-elle maudite par l'intolérance protestante ? Lui refuse-t-on son titre religieux ? Se rattache-t-elle à des nuances qui l'aident à se constituer comme une communauté importante offrant un ensemble de vues, d'aspirations et d'efforts ?

Pardonnez-moi mon griffonnage, je ne sais pas recopier et j'aime mieux vous envoyer ma première impression illisible et informe. Vous me comprendrez par le cœur, qui sait tout déchiffrer.

Je vous demande le secret jusqu'à ce que nous ayons vidé la question, et vous prie de croire, Monsieur, quelle qu'en soit l'issue, à mes sentiments de fraternité véritable et profonde.

G. Sand

Nohant 3 août 63

## 315. À ÉDOUARD RODRIGUES

[Nohant] 18 août [18]63.

Oui, j'ai le cœur navré. J'ai reçu de lui[1] le mois dernier une lettre où il me disait qu'il prenait part à notre joie d'avoir un enfant, et où il me parlait *d'un mieux sensible* dans son état. J'étais si habituée à le voir malade que je ne m'en alarmais pas plus que de coutume. Pourtant sa belle écriture ferme était bien altérée. Mais je l'avais déjà vu ainsi plusieurs fois. Mon brave ami Dessauer était près de nous quelques jours plus tard. Il l'avait vu. Il l'avait trouvé livide, mais pas tellement faible qu'il ne lui eût parlé longtemps de moi et de nos vieux souvenirs, avec effusion. J'ai appris sa mort par le journal ! C'est un pèlerinage que je faisais avec ma famille et avant tout, chaque fois que j'allais à Paris. Je ne voulais pas qu'il fût obligé de courir après moi qui ai toujours beaucoup de courses à faire. Je le surprenais dans son atelier. « *Monsieur n'y est pas !* » — Mais il entendait ma voix et accourait en disant : « Si fait, si fait, j'y suis ». Je le trouvais, quelque temps qu'il fît, dans une atmosphère de chaleur tropicale et enveloppé de laine rouge jusqu'au nez, mais toujours la palette à la main, en face de quelque toile gigantesque ; et après m'avoir raconté sa dernière maladie d'une voix mourante, il s'animait, causait, jetait son cache-nez, redevenait jeune et pétillant de gaîté, et ne voulait plus nous laisser partir. Il fouillait toutes ses toiles et me forçait d'emporter quelque pochade admirable d'inspiration. La dernière fois l'année dernière (quand je vous ai vu) j'ai été chez lui avec mon fils et Alexandre D[umas] fils, de là, nous avons été à Saint-Sulpice, et puis nous sommes retournés lui dire que c'était sublime, et cela lui a fait plaisir. C'est que c'est sublime en effet, les défauts n'y font rien, et puisque vous comprenez cela, vous comprenez le beau et le grand plus que les trois quarts des gens qui se disent artistes ou qui le sont *de profession.*

Vous êtes aimable de me parler de lui, et vous partagez mes regrets comme vous partagez mon admiration.

---

1. Eugène Delacroix, mort le 13 août.

Pauvre cher pèlerinage, nous ne le ferons plus. Mon fils, qui a été son élève et un peu son enfant gâté, est bien affecté.

Je travaille beaucoup, je lis des livres, je m'instruis. Notre enfant a été vacciné ce matin. Il pousse à vue d'œil. J'ai su que Francis [Laur] avait été vous dire adieu, et que vous aviez été bien bon pour lui. Lui, c'est un bon sujet et un ferme piocheur. Nous en serons contents. — J'ai reçu des nouvelles de Fleury ce matin et une charmante lettre de Nancy [Fleury]. Nous les attendons après qu'elle aura pris des bains de mer. Ce sera bien court et bien pressé, mais enfin nous les verrons et nous parlerons de vous. Il faudra écouter, vos oreilles vous diront comme nous vous aimons tous.

G. Sand

## 316. À ADOLPHE SCHAEFFER

[Nohant, 21 août 1863]

Monsieur, J'ai beaucoup tardé à vous répondre. Un heureux événement de famille m'a ôté tout loisir pour la lecture et la correspondance.

J'ai enfin lu votre livre[1] et allant droit au fait avec la franchise que commande l'estime fraternelle, je vous dirai pourquoi je n'ai pas parlé du protestantisme avec une entière sympathie. C'est parce que, dans le présent, le protestantisme n'a pas fait *sur toute la ligne* — comme on dit d'une armée — le pas décisif et nécessaire qu'il devait, qu'il doit faire, sous peine de tomber dans le même discrédit que le catholicisme. Le protestantisme à qui je pardonnerais jusqu'à un certain point de conserver la divinité de Jésus, parce que ce dogme ne choque que la raison et trouve son excuse dans le sentiment — le protestantisme dis-je, n'a point abjuré le dogme de l'enfer qui révolte la raison, la conscience et le sentiment.

Depuis que j'ai publié *Mlle La Quintinie* j'ai reçu beaucoup de lettres et d'écrits protestants. J'ai été renseignée sur la situation des esprits et des cœurs dans l'église

---

1. *Essai sur l'avenir de la tolérance* (J. Cherbuliez, 1859).

réformée, et j'ai vu avec une grande satisfaction qu'un assez grand nombre de ses membres avait accompli le double progrès que réclamait ma conscience. Je le dirai à l'occasion.

Vous dites d'excellentes choses dans votre essai sur la tolérance. Vous les dites bien, avec noblesse et simplicité. Toutes vos critiques du catholicisme portent juste et, sur la question historique, tout ce qui est digne du nom d'homme, vous donne aujourd'hui raison.

Mais vous arrivez à la doctrine de tolérance proclamée par J[ésus]-C[hrist] et je vois là, dans le texte sacré des monstruosités qui m'arrêtent. Jésus croit à l'enfer et il aime à y croire. Son régime de douceur et de miséricorde, il en croit l'homme capable puisqu'il le lui enseigne, mais il le refuse à Dieu, il compte que son père le vengera, il espère que la vertu de ses disciples amassera des charbons ardents sur la tête de leurs persécuteurs, il condamne ceux-ci à la géhenne du feu. Enfin s'il a dit les paroles qu'on lui prête, sa mansuétude ne serait qu'une politique habile, et son cœur, transportant le châtiment de ses adversaires dans l'éternité, eût révélé des trésors d'intolérance et de colère. Ou Jésus-Christ n'a jamais dit ces paroles, ou Jésus-Christ n'est pas Dieu. Il faut choisir, et vous deviez ici nous enseigner et vous prononcer. Ôtez l'enfer et vous qui comprenez si bien le pardon des injures sur la terre, ne faites pas Dieu au-dessous de votre image. Si Jésus est le fils de Dieu, affirmez qu'il n'est pas au-dessous de son père et que ce qu'il a délié sur la terre est délié dans le ciel. Affirmez qu'on l'a outragé en remplissant sa bouche de menaces et de malédictions. S'il n'est pas Dieu, pardonnons-lui d'avoir eu les superstitions et les imperfections de son temps et de son milieu, mais ne passons point à côté d'une question si grave. Il n'y a pas de tolérance qui tienne et vos propres arguments contre l'impossibilité de tolérer l'intolérance sont ici dans toute leur force. Détruisons ce faux Dieu, ou déchirons les pages sacrées qui le calomnient. Vous ouvrez la porte à la liberté d'interprétation, je le sais, mais pour que les esprits éclairés et les âmes vraiment aimantes se rallient à votre église, il faudra bien l'ouvrir toute grande, cette porte au-delà de laquelle on veut voir le vrai Dieu. Ministres de la foi, vous la tenez entrebâillée, cette porte du ciel, elle n'est ni ouverte ni fermée. Prenez-y garde, les nouvelles générations n'y passeront pas si l'enfer est au seuil.

Pardonnez-moi de vous dire tout cela, mais soyez sûr que ce n'est pas ma croyance personnelle qui veut entrer en lutte avec la vôtre. Je porte en moi la conscience du genre humain. Elle est en vous également, consultez-la, écoutez-la, elle vous dira qu'il faut qu'une des deux églises qui se partagent les croyances actuelles fasse un pas décisif dans la vérité et la justice. Il y a mille à parier contre un que l'église romaine périra sans transiger, tandis qu'il semble aujourd'hui que le protestantisme commence à s'ébranler devant le monde affamé, enfiévré de progrès. Si vous êtes du côté de ce mouvement qui peut nous sauver du matérialisme, je suis avec vous, Monsieur, et rien d'irrémédiable ne nous sépare. Sinon ne vous étonnez pas qu'avec tous les libres-penseurs de mon temps, je ne veuille être ni avec les protestants, ni avec les catholiques.

Et croyez, quand même, à mes sentiments affectueux et distingués.

George Sand

Nohant 21 août 63

### 317. AU PRINCE NAPOLÉON

[Nohant, 19 novembre 1863]

Mon cher prince, Vous devez me croire morte, mais vous avez tant couru, vous, que vous n'auriez pas eu le temps de me lire. Vous avez bien travaillé pour les arts et pour l'industrie, et pour le progrès. Moi j'ai fait une comédie [*Le Marquis de Villemer*], c'est moins utile et moins intéressant. Que vous aurais-je appris, d'instructif à vous qui savez tout ? On me dit que vous voudriez savoir ce que je pense de *Jésus*[1] ?

M. Renan l'a fait un peu descendre dans mon esprit, d'un certain côté, en le relevant pourtant de l'autre. J'aimais à me persuader que Jésus ne s'était jamais cru Dieu, jamais proclamé fils de Dieu en particulier, et que sa

1. Sand a lu *Vie de Jésus* d'Ernest Renan du 29 juin au 10 juillet.

croyance à un Dieu vengeur et punisseur était une sur-
charge apocryphe faite aux Évangiles. Voilà du moins les
interprétations que j'avais toujours acceptées et même
cherchées ; mais M. Renan arrive avec des études et un
examen plus approfondis, plus compétents, plus forts.
On n'a pas besoin d'être aussi savant que lui pour sentir
une vérité, un ensemble de réalités et d'appréciations
indiscutables dans son œuvre. Ne fût-ce que par la couleur et la vie, on est pénétré en le lisant, d'une lumière
plus nette sur le temps, sur le milieu, sur l'homme.

Je crois donc qu'il a mieux vu Jésus que nous ne
l'avions entrevu avant lui, et je l'accepte comme il nous le
donne. Ce n'est plus un philosophe, un savant, un sage,
un génie, résumant en lui le meilleur des philosophies et
des sciences de son temps, c'est un rêveur, un enthousiaste, un poète, un inspiré, un fanatique, un simple. Soit.
Je l'aime encore, mais comme il tient peu de place maintenant pour moi, dans l'histoire des idées ! comme l'importance de son œuvre personnelle est diminuée, comme
sa religion est désormais bien plus suscitée par la chance
des événements humains que par une de ces grandes
nécessités historiques que l'on est convenu, et un peu
obligé, d'appeler *providentielles* !

Acceptons le vrai, quand bien même il nous surprend
et change notre point de vue. Voilà Jésus bien démoli !
Tant pis pour lui ! tant mieux pour nous peut-être. Sa religion est arrivée à faire autant de mal pour le moins qu'elle
avait fait de bien ; et comme — que ce soit ou non l'avis
de M. Renan — je suis persuadée aujourd'hui qu'elle ne
peut plus faire que du mal, — je crois que M. Renan a fait
le livre le plus utile qui pût être fait en ce moment-ci.

J'aurais beaucoup à dire sur les artifices du langage de
M. Renan. Il faut être courageux pour se plaindre d'une
forme si admirablement belle. Mais elle est trop séduisante et pas assez nette, quand elle s'efforce de laisser un
voile sur le degré, le *mode* de divinité qu'il faut attribuer à
Jésus. Il y a des traits de lumière vive dans l'ouvrage, qui
empêchent un esprit attentif de s'égarer. Mais il y a aussi
trop d'efforts charmants et puérils pour endormir la clairvoyance des esprits prévenus, et pour sauver d'une main
ce qu'il détruit de l'autre. Cela tient, non pas comme on
l'a beaucoup dit, à un reflet de l'éducation du séminaire,
dont ce mâle talent n'aurait pas su se débarrasser — je

ne crois pas cela —, mais à un engouement d'artiste pour son sujet. Il y a du danger, peut-être de l'inconvénient, à être philosophe, érudit, et poète. Certainement cela fait un joli ensemble et rare, dans une tête humaine. Mais, en de telles matières, l'enthousiasme met la logique en péril, ou tout au moins la netteté des assertions.

Avez-vous lu cinq ou six pages que M. Renan a écrites le mois dernier, dans la *Revue des Deux Mondes*? J'aime mieux cela que tout ce qu'il a écrit jusqu'ici. C'est grand, grand[2]. Je trouve bien quelque chose à redire encore comme détail, mais c'est si grand que je résiste peu et admire beaucoup.

C'est moi qui voudrais bien avoir votre pensée là-dessus comme vous avez la mienne. Vous savez résumer, vous. Dites-la-moi dans votre concision merveilleuse.

J'irai à Paris cet hiver. Je ne sais pas bien quand. Ma famille va bien. Mon petit-fils est tout à fait gentil et bon garçon. On dit que votre fils est superbe, il me tarde de le voir. Mon nid vous envoie tous ses hommages, ainsi qu'à la Princesse. Est-ce vrai que vous attendez un second enfant? Est-ce vrai qu'on fera la guerre?

Ce qui est certain, cher prince, c'est que je vous aime toujours de tout mon cœur.

George Sand

Le père Aulard, votre dévoué et reconnaissant obligé, vous demande d'envoyer et d'apostiller l'humble demande ci-jointe. Je vous le demande aussi pour lui.
Nohant 19.9.63

### 318. À ALPHONSE KARR

[Nohant, 10 décembre 1863]

Cher frère, je n'ai reçu votre lettre[1] qu'hier. On m'envoie ici les lettres qui me sont envoyées à Paris, une fois

2. L'article «Les Sciences de la nature et les sciences historiques» (*Revue des Deux Mondes*, 15 octobre) sera recueilli dans les *Dialogues et fragments philosophiques* (1876), ouvrage sur lequel Sand écrira ses toutes dernières pages, publiées après sa mort dans *Le Temps* du 16 juin 1876.

1. Karr lui écrivait: «Je fais en ce moment *l'histoire de la rose*

par mois. Pardonnez-moi donc de n'avoir pas encore répondu : ce n'est pas ma faute.

Depuis hier, je pense à la rose et je ne me rappelle pas lui avoir rendu l'hommage qu'elle mérite et qui sera meilleur que tous les autres, venant de vous. J'adore les roses, ce sont les filles de Dieu et de l'homme, des beautés champêtres délicieuses dont nous avons su faire des princesses incomparables ; et, pour nous en remercier, elles sont ardentes à la floraison. En plein décembre, dans mon jardin qui est loin d'être sous un beau ciel, tous les matins j'en trouve de superbes qui s'ouvrent sans souci de la gelée blanche et qui se font d'autant plus aimer qu'elles ont survécu à presque toutes les fleurs en pleine terre. Ma favorite, à moi, est une rose modeste, d'un blanc rosé, à feuilles de pimprenelle. Je la vois rarement dans les jardins et jamais sur les catalogues. Elle n'est plus de mode, et puis elle est si épineuse qu'on a de la peine à la cueillir. C'est celle qui a le ton le plus fin et le parfum le plus délicat. Après elle, vient pour moi la rose-thé blanche à cœur verdâtre. Celle-ci ne sent que le thé, mais elle brave la gelée à glace, et j'ai une grande reconnaissance pour ces courageuses beautés qui charment généreusement nos tristes hivers de France.

Faites notre instruction horticole en poète et en savant que vous êtes. Moi je ne sais pas retenir un nom en dehors de la botanique de nos champs, et je trouve que les jardiniers et les amateurs baptisent mal leurs produits. Vous avez le droit, vous, de refaire tout cela.

Vous avez du chagrin et vous avez pensé à moi : vous avez donc deviné que sans le connaître, je le partagerais ? Soyez sûr que ceux qui nous ont empêchés de nous voir, ne m'ont pas empêchée de vous lire et de vous aimer.

George Sand

Nohant par la Châtre. Indre. 10 Xbre 63

---

— pouvez-vous vous souvenir d'un endroit de vos livres où vous auriez parlé d'elle ? »

## 319. AU PRINCE NAPOLÉON

[Nohant, 25 décembre 1863]

Mon cher prince, ci-joint une pétition ! Ah ! pardon-nez-moi, celle-là est bien fondée, et vient de la veuve d'un général, officier du 1ᵉʳ empire, une personne tout à fait respectable, ayant des droits réels. Voyez si vous vou-lez ajouter deux mots de recommandation. Si vous ne voulez pas, priez pour moi M. Hubaine d'y mettre une enveloppe, une adresse, et de l'envoyer au Ministre des Finances [Fould], à garde de Dieu.

Voici bientôt le nouvel an, je ne veux pas être un importun de plus dans la foule, je veux vous embrasser, toute seule et en cachette, et avant tous les autres. Je par-cours d'un pied léger mon soixantième hiver, je ne crains donc pas que ceci nous compromette. Donc, recevez tous mes souhaits les meilleurs et les plus affectueux, et les plus vrais.

J'irai vous les dire dans un mois ou six semaines au plus, et dans ce temps si rapproché, la question poli-tique et sociale n'aura pas changé. Certainement l'idée du Congrès[1] est honnête, intelligente et prudente. Mais l'em-pereur peut-il croire à sa réalisation, ou, en supposant la réalisation, à son efficacité ? c'est impossible. Il en sait trop long pour ça. Il veut faire bien les choses avant de tirer, ou de ne pas tirer l'épée. Il voit bien (ou s'il ne le voit pas, c'est que son intelligence s'obscurcit) que les souverains ne peuvent plus représenter les peuples dans des décisions de raisonnement et de sang-froid. Par la guerre, on peut encore grouper des volontés et soule-ver des passions plus ou moins généreuses. C'est la vie d'action qui survit, pour un temps encore, à la vie de réflexion. Par des surprises, par du prestige, par des appels aux nationalités, je me persuade que l'on peut encore faire quelque chose de grand. Mais si nous voulons conci-lier ces aspirations du sentiment pur avec la haute et calme raison de Girardin, nous sommes dans le rêve. Que l'em-

1. Napoléon III venait de lancer l'idée d'un Congrès européen pour régler la question de la Pologne, qui sera refusé par l'Angle-terre.

pereur décide tranquillement dans un Congrès que Venise
par exemple restera autrichienne et que la Pologne doit
rester russe, la France industrielle et *philosophique* dira :
tant mieux, et les mêmes dangers de conflagration conti-
nueront à flamber autour d'elle, sans que la décision des
souverains ait rien amélioré. Mais que l'empereur jette le
cri de délivrance, la France du sentiment laissera crier la
France des affaires, et courra aux armes. En résumé, les
monarchies sont des lampes mourantes, il n'y a plus
d'huile. Qu'on jette un peu de poudre sur la mèche et ce
dernier pétillement éclairera encore de grandes actions.
Sans cela, l'idée Girardin, qui a mille fois raison, *sauf l'opportunité* dont il ne tient jamais compte, ne conjurera pas
de grands désastres pour tous, peuples et souverains.

Je crois que tout se tient, mon cher prince, et que
nous en sommes en politique au même point qu'en religion et en philosophie. L'édifice du passé s'évanouit,
l'édifice de l'avenir n'est pas prêt. Les monarchies de
droit divin vont tomber, et ce ne sera pas encore l'aurore
des républiques. La raison parle par mille bouches dont
plusieurs sont éloquentes et sobres. Girardin en est une,
l'empereur en est une aussi. Mais le torrent grossit et
couvre toutes les voix. Ceux qui veulent tout détruire sont
tout aussi aveugles que ceux qui croient tout conserver.
Tous sont forcés d'aller en avant. Mais que font ceux qui
veulent sauver du passé ce qu'il a de bon, sans lui permettre d'entraver l'avenir ? Ils font comme vous, ils
demandent à leur cœur, à leur instinct généreux de
résoudre les questions qui ne peuvent se résoudre autrement parce qu'elles ne sont pas mûres. Vivons donc
encore d'idées et de volontés chevaleresques puisqu'il en
faut encore et que nous sommes loin du jour où la raison nous suffira.

Bonsoir, et bon an, mon cher prince. Tous les miens
vous envoient l'expression de leur dévouement, et vous
savez si le mien vous est acquis.

Un mot encore. Je crois que la plus vivace dynastie est
encore la vôtre. C'est la plus jeune et son origine révolutionnaire l'engage dans une voie qui la forcera d'abattre
quand même ce que l'empereur veut en vain préserver.
Gardez vos forces et votre espoir, il y a un rôle pour
vous dans l'histoire, si vous voulez, et cela sans conspirations ni coups d'État, un rôle que nous ne pouvons

préciser et qui se fera par la force des choses, et aussi par votre force à vous, si vous ne laissez pas éteindre en vous le feu sacré des grands instincts, et la puissance magique des grands désintéressements. Tout le monde étant dévoré d'ambition, le premier homme du siècle sera celui qui n'en aura que pour *l'idée*.

### 320. À ÉMILE DE GIRARDIN

[Nohant, 25 décembre 1863]

Mon grand ami, ma fille me fait dire qu'elle vous a offert des articles pour *la Presse* et que vous les avez acceptés à la condition qu'elle les signerait Solange Sand, ou Clésinger-Sand. Elle me demande donc la permission de prendre mon pseudonyme. Mais je ne veux pas, pour bien des raisons trop longues à vous dire. Seulement je viens vous demander de ne pas lui faire cette condition et d'accepter ses articles s'ils sont bons, de quelque autre nom qu'elle les signe. Ils peuvent être bons, elle a de l'esprit et de l'intelligence avec. Son esprit est même très original et si elle en trouve l'expression, elle est bien capable de vous donner de jolis articles. Alors elle *vaudra* par elle-même, comme a fait son frère à force de travail et de volonté[1].

Vous êtes un grand magicien, mon grand ami. Quand on vous lit, on pense comme vous sur toutes choses. Vous parlez au nom de la raison, reine future de l'humanité. Mais quand on reporte ses regards sur le monde en combustion, on est forcé de voir qu'il faut faire plus large la part du sentiment, de la passion même dans le conflit qui menace. Cela n'empêche pas que vous avez *raison* d'enseigner et de professer la *raison*. Mais la raison doit passer à l'état de justice pour devenir souveraine et la justice de fait sera forcée de précéder la justice de droit. — Tout ce que je dis ne m'empêche pas d'aimer et d'admirer votre œuvre de progrès et de civilisation qui est plus grande encore qu'on ne le reconnaît et plus

1. Mais Maurice signait ses livres et ses dessins « Maurice Sand » !

efficace, à beaucoup d'égards, que vous le croyez vous-même.

*Et donc*! comme disent les Gascons, à vous d'esprit et de cœur.

G. Sand

25 X^bre 63

## 321. À GUSTAVE DORÉ

[Nohant, 31 décembre 1863]

Monsieur,

J'ai passé deux nuits à regarder l'illustration du *Don Quichotte* et je veux vous dire le plaisir extrême que j'y ai goûté[1]. Déjà j'étais ravie de la plupart des sujets des *Contes de Fées*. Le *Dante*, que je n'ai pu que feuilleter en passant, m'a paru superbe, mais le *Don Quichotte*, que je possède maintenant et que j'ai suivi de manière à le savoir par cœur et à en tenir toutes les pages dans ma mémoire, me paraît un chef-d'œuvre. Quelle forte et charmante imagination vous avez! Quelle vie, quels sentiments des hommes et de leurs pensées, des choses et de leur expression! J'admire de tout mon cœur et je vous dois non pas seulement de doux instants, mais une impression profonde et durable qui se lie en moi à l'aspect et au sens du chef-d'œuvre de Cervantès. Voilà une traduction élevée, charmante et bien fidèle, car elle est à la fois comique et douloureuse, navrante et bouffonne, et les paysages, et l'architecture, et les costumes et les détails de tout genre, jusqu'aux chardons, jusqu'aux guenilles, jusqu'aux poulets, tout a de l'esprit, de l'humour et du drame.

Vivez longtemps, Monsieur, et travaillez beaucoup, et que le ciel, l'enfer et le monde passent par vos mains. Vous aurez élevé d'un degré votre génération, vous l'aurez rendue artiste.

G. Sand

Nohant, 31 décembre 1863.

1. *Don Quichotte de la Manche* de Cervantès, traduction de Louis Viardot, illustrations de Gustave Doré (Hachette, 1863). Sand évoque deux autres livres illustrés par Gustave Doré: les *Contes* de Perrault (Hetzel, 1862) et *L'Enfer* de Dante (Hachette, 1861).

## 322. À THÉOPHILE GAUTIER

[Paris, 20 janvier 1864]

Merci, cher ami, pour votre visite dont je ne me contenterai pas, je vous en avertis, car me voilà sur pied, si nerveuse encore d'un gros accès de fièvre, que j'ai de la peine à écrire, mais désolée quand même, de n'avoir pu vous serrer la main, à vous qui êtes à une lieue de la rue Racine, et qui êtes venu par ce temps noir et malsain. Pendant ce temps-là, je battais la campagne, ce qui m'arrive toujours quand j'ai la fièvre, et ce n'est qu'aujourd'hui que je sais où je suis. Vous reviendrez, n'est-ce pas, dans quelques jours, si vous avez affaire dans ce bout du monde où je suis, et je vous remercierai de *Fracasse* dont l'exemplaire avec votre nom m'est bien précieux. Ne croyez pourtant pas que j'aie attendu pour l'acheter et pour le lire. Il a rempli les dernières veillées de famille à Nohant avant mon départ[1]. J'en avais donc bien long à vous dire de la part de tous les miens et pour mon compte ; c'est ravissant et il y a des chapitres qu'on relirait ou qu'on apprendrait par cœur comme des vers — c'est-à-dire comme des vers de maître.

Et puis, au delà du talent immense que personne ne peut ni ne veut vous contester, il y a l'immense bonté de votre nature qui perce jusqu'au bout des ongles de vos personnages, et c'est si rare d'être bon, sans être un peu bête, que je vous aime pour cette bonté qui vous laisse artiste fin, et rempli de richesse toujours. Pardonnez-moi de vous dire cela très mal, ce soir, comme quelqu'un qui est à demi éveillé, mais vous ne tenez pas aux choses bien dites vous qui les dites toujours mieux.

Vous voyez que mon griffonnage vous dit la sincérité de mon impression. C'est tout. Merci pour le bon accueil que vous avez fait aux vers de Manceau. Il vous en est bien reconnaissant.

Au revoir, n'est-ce pas ? et à vous de cœur.

G. Sand

Mercredi soir

1. Sand avait lu *Le Capitaine Fracasse* du 27 novembre au 7 dé-

323. À MAURICE ET LINA
DUDEVANT-SAND

[Paris] *mardi soir* [9 février 1864]

Mes enfants, j'ai causé aujourd'hui avec un médecin *d'enfants*, un bon médecin [Leclère ?], et je lui ai raconté l'excès de vitalité *gaie*, mais *insomnolente* de Cocoton. Il dit que c'est notre faute à tous, et le malheur des babys dont on s'occupe trop et qu'on amuse trop, que nous devrions *tous, peu à peu*, mais résolument, le moins amuser, moins le faire rire, le promener par exemple sans chanter et sans le bercer dans les bras, enfin le priver de *jeu* et d'attention apparente jusqu'à l'âge où la force musculaire ayant son développement par l'exercice qu'il fera lui-même réagira contre le système nerveux. Il ne voudrait pas du tout de vin, et il conseille des bains de son et des bains de tilleul le soir avant le coucher (*un quart d'heure de bain*). Il dit que l'infusion de tilleul est très calmante à l'extérieur.

Le dit médecin ne soigne pas que les enfants, car il m'a trouvé un remède pour mes maux d'estomac, le seul remède qui les ait jamais *arrêtés net*. C'est une petite dose de bismuth qui depuis quatre jours est d'un effet certain. Si ça pouvait durer !

Vous avez dû lire dans *la Presse* d'hier, un très joli article sur *Callirhoé*, par M. Ch. de Mouy. Émile [Aucante] m'a dit vous en avoir envoyé d'autres. Gardez-les moi à lire, je ne les connais pas.

Depuis 4 jours M. Ribes n'a pas daigné paraître à la répétition[1]. Sur mon instance on a daigné envoyer savoir s'il était mort. Monsieur était à la promenade et *voilà l'Odéon*. On dit que nous passerons quand même du 25 au 30 de ce mois. J'ai peine à le croire au train dont nous allons. Mais je vois bien que si j'abandonne la partie, il y en aura encore pour un mois et plus. Donc je reste, quoique fort embêtée, mais il le faut et je m'arme de

cembre 1863 ; elle notait dans l'Agenda (5 décembre) : « C'est long, c'est lourd, c'est prétentieux et vulgaire » !

1. *Le Marquis de Villemer*, comédie en 4 actes, sera créé à l'Odéon le 29 février 1864, avec Ribes dans le rôle-titre.

patience. Ma grippe m'a rendu le service de rester
15 jours sans voir personne et à présent je jouis encore
du bénéfice de ce prétexte. On me laisse assez tranquille,
ruminer un roman au coin du feu, et par bonheur mon
grand atelier-salon est très chaud, mais il faut être au
théâtre de 11 h. à 4, par conséquent ne pas trop veiller.
Je n'ai donc le temps de rien écrire que des raccords à
ma pièce quand je le trouve utiles.

Pierron met très bien en scène. On dit que c'est un
coquin et un jésuite ; mais il est actif et intelligent, et ça
vaut encore mieux que ces deux endormis de La Rounat
et Tisserant qui attendent que le public *force les portes de
l'Odéon* sans qu'ils s'en mêlent. J'ai vu aujourd'hui le
Prince qui est charmant pour moi et qui me demande
toujours de vos nouvelles. Il m'a dit que *son gros imbécile*
commençait à parler. C'est comme ça qu'il appelle son
fils [Victor], mais il en parle.

Manceau a loué à Palaiseau une maisonnette[2] toute
petite avec un jardin *tout jeune*, mais c'est joli et propre et
dans un pays délicieux, le chemin de fer à 2 pas, la solitude et le silence tout d'un coup. Il s'arrange avec un
tapissier ami de Maillard qui lui vend des meubles (il n'en
faut guère) pour une petite somme à verser annuellement,
il s'arrangera probablement de même pour la maison s'il
voit qu'il me plaît de l'habiter. On trouve aujourd'hui des
facilités étonnantes pour éteindre son loyer par une acqui-
sition lente, et tous les artistes se casent ainsi. Ça vaudra
mieux pour lui, à coup sûr, que d'engloutir le produit
annuel de son travail dans la dépense de Nohant. Je
prends avec lui des arrangements pour ne pas lui être à
charge et il y a à tout cela pour moi une si grande économie que j'espère bien me remettre au courant de mes

2. Le 23 novembre 1863, Maurice avait prévenu Manceau qu'il
était de trop à Nohant et libre de s'en aller. À la suite d'une note
amère de son compagnon, Sand inscrit dans l'Agenda en date du 24 :
« Moi, je ne suis pas triste, pourquoi ? Nous savions tout ça et ça
allait mal. Et moi aussi, je reprends ma liberté — et puisque nous ne
nous quittons pas ? — Et qu'on est content que ça change ? et que
j'aspirais à un changement quelconque dans cette vie d'amertume et
d'injustice ? Partons, mon vieux, partons sans rancune, sans fâcherie
et ne nous quittons jamais. Tout à eux, tout pour eux, mais pas
notre dignité et pas le sacrifice de notre amitié, JAMAIS. » Le 8 janvier
1864, Sand et Manceau quittent Nohant pour Paris, et arrêtent le
7 février la villa de Palaiseau dans laquelle ils s'installeront en juin.

affaires en peu d'années et avoir encore de quoi aller à Nohant si vous vous y fixez. Il n'y a guère plus loin de Paris à Nohant par le chemin de fer *comme temps*, que de Gargilesse à Nohant, et comme la maisonnette de Palaiseau est servie par le chemin de fer je n'aurai pas besoin de voiture, de cheval et de cocher. Si je veux faire une course dans les bois environnants, il y a une espèce de *Matron* [Matheron] dans le village avec des carrioles. Je me suis informée s'il y avait des appartements meublés dans le cas où vous viendriez me voir, il y en a. Il y a un très bon médecin à notre porte, boucher, boulanger, etc., la vie moins chère qu'à Paris et un pays de braves gens, pas dévots et par conséquent pas voleurs. On vit les portes ouvertes, enfin de tout ce que j'ai vu, c'est le mieux et c'est même très bien.

Quant à vous, mes enfants chéris, vous saurez ce que vous voulez faire. De toutes façons je vous laisserai le revenu de Nohant tout entier, à la charge par vous de le faire *garder* et surveiller si vous ne l'habitez pas. Dans ce cas-là il n'y faudra qu'une personne sûre, et si nous nous y donnons rendez-vous, je m'arrangerai pour ne vous rien coûter. Mais je n'y invite plus personne, que la maman à Lina le mois prochain.

Rembrassez mon beau Cocoton pour moi. Faut-il vous envoyer le bourrelet[3] tout de suite ? Si ça presse, c'est bien facile. Je vous bige tendrement tous les deux, et je vous demande de prendre un parti pour le mois de juin, quitter ou rester, ou rester et quitter alternativement, en ayant le nombre de domestiques indispensable pour vous accompagner. Un seul resterait toujours à Nohant pour garder la maison et le cheval ou la vache et quelques poules, et le jardin en état de rapport. Si le jardinier vous demandait trop cher, je crois que je vous trouverais à Palaiseau, pays de maraîchers par excellence, un homme qui serait en même temps un peu domestique, comme il y a dans ce pays-là. Je crois aussi que Sylvain ou Jean [Brunet] ferait votre affaire, leur gage est de 300 f., c'est beaucoup moins cher que le jardinier et son ménage.

Mais je ne vous donne pas de conseils, je vous ouvre seulement des points de vue. Il faut consulter vos goûts

---

3. On coiffait les bébés qui commençaient à marcher d'un chapeau à bourrelet pour amortir les chutes.

et vous faire absolument libres. Je crois que le séjour de
Nohant s'il est réalisable avec économie ne doit pas
dépasser le revenu, et que la dot de Lina avec le travail
de Mauricot doivent payer les petits déplacements et
voyages à volonté, très réalisables quand Cocoton sera
sevré, c'est-à-dire l'automne prochain.

Si tu fais du théâtre, Mauricot, il faudra bien que tu
surveilles l'exécution. Moi je ne pourrai pas me charger
de tout, et je compte en faire aussi pour moi seule sur
des sujets nouveaux (étant à 1 heure de Paris je pourrai
venir souvent, et je vais louer un pied à terre de 400 f au
plus, pour cela. Celui où je suis est trop cher). — Mais
je ne pourrai pas venir tous les jours. Donc il faudra que
tu avises. Au reste, mes chiffres, quand j'aurai trouvé, te
serviront de renseignement et de base.

Je vous bige encore. J'ai vu aujourd'hui Nancy [Fleury]
qui va bien et qui est d'une causerie charmante. Manceau
vous envoie toutes ses amitiés, il tousse toujours, mais le
grand médecin [Leclère] a déclaré qu'il avait les organes
intacts et qu'il le soulagerait de son catarrhe.


### 324. À MAURICE ET LINA
### DUDEVANT-SAND

[Paris] Mardi [1ᵉʳ mars 1864]
2 h. du matin.

Mes enfants, je reviens escortée par les étudiants aux
cris de Vive George Sand, Vive *Mlle La Quintinie*, à bas
les cléricaux. C'est une manifestation enragée en même
temps qu'un succès comme on n'en a jamais vu, dit-on,
au théâtre[1]. Depuis dix heures du matin, les étudiants
étaient sur la place de l'Odéon et tout le temps de la
pièce, une masse compacte qui n'avait pu entrer occupait
la place, les rues environnantes et la rue Racine jusqu'à
ma porte. Marie [Caillaud] a eu une ovation et Mme Fromentin aussi, parce qu'on l'a prise pour moi dans la rue.

---

1. La première du *Marquis de Villemer* à l'Odéon le 29 février a
servi de prétexte à une manifestation politique de sympathie à l'égard
des idées défendues par G. Sand.

Je crois que tout Paris était là ce soir. Les ouvriers et les jeunes gens, furieux d'avoir été pris pour des cléricaux à l'affaire de *Gaétana* d'About[2], étaient tout prêts à faire le coup de poing. Dans la salle, c'était des trépignements et des hurlements à chaque scène et à chaque instant, en dépit de la présence de toute la famille impériale. Au reste tous applaudissaient, l'empereur comme les autres et même il a pleuré ouvertement. La princesse Mathilde est venue au foyer me donner la main. J'étais dans la loge de l'administration avec le Prince, la Princesse, Ferri, Mme d'Abrantès. Le Prince claquait comme trente claqueurs, se jetait hors de la loge et criait à tue-tête. Flaubert était avec nous et pleurait comme une femme. Les acteurs ont très bien joué, on les a rappelés à tous les actes. Dans le foyer plus de deux cents personnes que je connais et que je ne connais pas sont venues me biger, tant et tant que je n'en pouvais plus. Pas l'ombre d'une cabale, bien qu'il y eût grand nombre de gens mal disposés. Mais on faisait taire même ceux qui se mouchaient innocemment. Enfin c'est un événement qui met le Quartier latin en rumeur depuis ce matin, toute la journée, j'ai reçu des étudiants qui venaient 4 par 4 avec leurs cartes au chapeau me demander des places et protester contre le parti clérical en me donnant leurs noms. — Je ne sais pas si ce sera aussi chaud demain. On dit que oui, et comme on a refusé trois ou quatre mille personnes faute de place, il est à croire que le public sera encore nombreux et ardent. Nous verrons si la cabale se montrera. Ce matin le Prince a reçu plusieurs lettres anonymes où on lui disait de prendre garde à ce qui se passerait à l'Odéon. Rien ne s'est passé, sinon qu'on a chuté les claqueurs de l'empereur à son entrée, en criant *À bas la claque !* L'empereur a très bien entendu, sa figure est restée impassible. — Voilà tout ce que je peux vous dire ce soir. Le silence se fait, la circulation est rétablie et je vais dormir.

Je vous bige mille fois.

2. Ce drame d'Edmond About, créé le 3 janvier 1862, avait donné lieu à de violentes manifestations et avait été retiré après quatre représentations.

### 325. À AUGUSTINE DE BERTHOLDI

[Nohant, 31 mars 1864]

Ma chère enfant, puisque Duvernet t'a dit que je quittais Nohant, il aurait pu te dire aussi, puisque je le lui ai écrit, que je ne le quittais pas d'une manière absolue, mais que je prenais seulement des arrangements pour passer, ainsi que Maurice et Lina, une partie de l'année à Paris. Le succès de *Villemer* me permet de recouvrer un peu de liberté dont j'étais privée tout à fait à Nohant dans ces dernières années, grâce aux bons Berrichons qui, depuis les gardes-champêtres de tout le pays jusqu'aux amis de mes amis, et Dieu sait s'ils en ont ! voulaient être *placés* par mon *grand crédit*. Je passais ma vie en correspondances inutiles et en complaisances oiseuses. Avec cela les visiteurs qui n'ont jamais voulu comprendre que le soir était mon moment de liberté et le jour mon heure de travail ! J'en étais arrivée à n'avoir plus que la nuit pour travailler et je n'en pouvais plus. Et puis trop de dépense à Nohant, à moins de continuer ce travail écrasant. Je change ce genre de vie. Je m'en réjouis, et je trouve drôle qu'on me plaigne. Mes enfants s'en trouveront bien aussi puisqu'ils étaient claquemurés aussi par les visites de Paris et que nous nous arrangerons pour être tout près les uns des autres à Paris, et pour revenir ensemble à Nohant quand il nous plaira d'y passer quelque temps. On a fait sur tout cela je ne sais quels cancans, et on me fait rire quand on me dit : Vous allez donc nous quitter ? Comment ferez-vous pour vivre sans nous ? Ces bons Berrichons ! Il y a assez longtemps qu'ils vivent *de moi*. Duvernet sait bien tout cela, et je m'étonne qu'il s'étonne.

J'ai donc vu ton garçon. Mais le sous-chef qui me l'a amené, ne m'a pas vanté son courage au travail, et quand j'ai voulu causer avec Georges, je n'en ai pas tiré deux mots. On m'a dit qu'il était capable et doux, mais très paresseux, c'est l'âge, au reste, et il ne faut pas le tarabuster. Il va bien en mathématiques, il faut le pousser de ce côté-là, qui est important.

Bonjour chère enfant. Je t'embrasse ainsi que Jeannette

et Bertholdi. Je t'envoie toutes les amitiés de Maurice, Lina et Manceau.

G. Sand

31 mars 64.

### 326. À FRANÇOIS BULOZ

[Nohant, 8 mai 1864]

Mon cher Buloz, je vous renvoie mon épreuve très corrigée et augmentée[1]. J'y ai mis un peu de critique, j'ai atténué des expressions, j'ai été sensible à ce que vous me dites que trop de naïveté dans l'éloge peut sembler à quelques-uns de l'ironie. J'espère que mon article a gagné à écouter la voix de votre bon sens, car votre lettre a du bon sens, certes, et de l'esprit aussi. Mais je ne vous trouve pas [juste] au point de vue de *l'équité* critique. Je ne connais pas le personnage, vous le connaissez, vous êtes influencé, je ne le suis pas. Songez donc : c'est un procès *de tendance* que vous lui faites. Vous dites : il n'a fait ce livre qu'en vue de lui-même. On y sent son orgueil, sa personnalité. Dès lors je n'aime pas son œuvre. — Ce n'est pas là de la justice littéraire, mon cher ami, c'est de l'antipathie ; bien ou mal fondée, il n'importe. Moi, devant un livre magnifique, je ne veux pas savoir les intentions plus ou moins personnelles de l'auteur. Le dessous des cartes n'est pas de mon ressort. Est-ce que j'accepte les excès des *Châtiments* ? Non, mais si l'on me demande si cela vaut Juvénal, je crois que oui. On m'a raconté que l'empereur avait lu cela et dit tranquillement : *C'est très beau*. Si l'empereur a dit cela c'est un grand critique, demandez-lui des articles pour la revue.

Suis-je donc dans le faux ? Non. Je me tâte, moi qui n'ai peur, envie ou souci de personne. Je ne me grise pas non plus. Je ne comprends pas que vous me disiez que ce livre est un pathos. Je le trouve sublime. Je ne suis pas

---

1. G. Sand a consacré un article au *William Shakespeare* de Victor Hugo, mais Buloz lui demande avec insistance de modérer son enthousiasme ; elle passe les journées des 6 et 7 mai à corriger et modifier son texte sur épreuve ; « Lecture et impressions de printemps » paraît dans la *Revue des Deux Mondes* du 15 mai.

toujours et en tout du goût et de l'avis de l'auteur, mais je fais comme lui, car ceci répond à ma croyance et à ma nature : je fais bon marché de ce qui ne me va pas tout à fait devant ce qui me charme et m'éblouit. Vous m'écrivez trois mots, ce matin, comme si vous vous jugiez obligé de publier mon article, qu'il vous plaise ou non. Je vous assure bien que je ne l'entends pas ainsi et que je n'aurais aucun déplaisir contre vous si vous me le rendiez. Le seul regret que j'aie, c'est d'avoir perdu 8 jours pour mon roman[2], mais j'étais forcée d'aller à Gargilesse et j'ai cru réparer le temps perdu.

Bonsoir et mille amitiés.

G. Sand

Mettez une note si vous voulez pour dégager la responsabilité de votre critique officielle.
8 mai 64.

### 327. À MAURICE ET LINA DUDEVANT-SAND

[Palaiseau, 12 juin 1864]

Mes chers enfants, me voilà installée à Palaiseau[1] après avoir bien dîné et contemplé la maisonnette qui est ravissante de propreté et de confortable. Je ne suis pas fatiguée. J'ai une bonne *chic* [Carbon], le jardinet est charmant quoi qu'en dise Manceau, c'est une assiette de verdure avec un petit diamant d'eau au milieu, le tout placé dans un paysage admirable, un vrai Ruysdael. C'est très joli et la maison est commode au possible. Je vous dirai les avantages et les inconvénients de la vie ici quand je les saurai, mais l'habitation est parfaite. J'ai passé une heure dans mon logement de Paris, figurez-vous un wagon divisé en

2. *La Confession d'une jeune fille* (le titre provisoire est encore *L'Enfant perdu*) paraîtra dans la *Revue des Deux Mondes* du 1er août au 1er novembre 1864.
1. G. Sand et Manceau ont passé leur dernière soirée à Nohant le 11 juin ; partis le 12 juin au matin, et après une visite au nouvel appartement parisien (97 rue des Feuillantines), ils arrivent le soir à Palaiseau.

3 pièces, mais c'est charmant tout de même, une maison flambant neuve, *propre, reluisante* comme *une assiette qu'on vient de laver.*

J'ai vu Maillard qui m'attendait à une gare et qui m'a conduite à l'autre (peu distantes l'une de l'autre) ; avec une grande heure passée dans le logement de Paris où j'aurais eu le temps de dîner si j'avais eu faim, nous étions rendus en 8 h. dans la cambuse de Palaiseau. Vous voyez que tout ça n'est pas loin.

Maillard a reçu ce soir l'argent de Maurice et lui a écrit ce matin.

Dites-moi si la lettre de ce matin (de Guillery) vous appelle tout de suite ou vous retarde de quelques jours, tenez-moi au courant. Portez-vous bien, bigez-vous pour moi l'un l'autre et bigez tous deux bien fort mon Cocoton. V'là que j'ai envie de dormir, tout d'un coup, c'est vous dire que je me porte bien. Manceau envoie ses hommages à Mlle Carabiac et bige Bouli et Cocoton. Amitiés à Marie [Caillaud].

Palaiseau (Seine-et-Oise) 12 juin soir 64.


### 328. À LINA DUDEVANT-SAND

[Palaiseau,] 29 juin [1864]

Bige Maurice pour sa fête.

Chère fille cocote, je reçois ta lettre du 26, qui renverse toutes mes notions. Ce n'est donc pas le 27, c'est donc le 26 ton anniversaire ? au moins ma lettre et mon petit cadeau seront-ils arrivés le 27 ? Je croyais avoir si bien pris mes mesures et le magasin du Louvre m'avait si bien promis de faire l'envoi exactement ! — Tout ça c'est égal à présent, car tout a dû arriver et tu sais que je n'ai pas oublié les 22 ans de ma Cocote non plus que le 30 juin de Mauricot. Manceau en apprenant que vous aviez du mauvais temps s'est écrié qu'il ne *remporterait pas* sa veste, puisqu'elle allait t'être utile.

Comment, ce pauvre amour de Cocoton a été malade à ce point au moment du départ ? J'ai peur qu'à Guillery vous ne vous enrhumiez parce que vous êtes mal clos dans vos chambres. Je me souviens du vent qui passe sous la porte et qui, de mon temps déjà, soulevait les jupons. Ici nous bravons les intempéries dans une maison excellente, épaisse, fermée et saine au possible. Mais ce mauvais temps est général. Nous avons vu le soleil deux ou trois fois depuis que je suis à Palaiseau, toujours des giboulées, des nuages, ou un joli ciel gris comme en automne, des soirées si froides que j'ai remis tous les habits d'hiver. C'est très bon pour marcher ; tous les soirs après dîner nous faisons au moins deux lieues à pied. Le pays est admirable, varié au possible, des prairies nivelées comme des tapis, des potagers splendides à perte de vue avec des arbres fruitiers énormes, puis des collines, même assez escarpées, car hier soir, nous avons dû renoncer à grimper, des bois charmants, des plantes que je ne reconnais pas, tant elles sont différentes de grandeur de celles de Nohant, de la géologie toute fracassée et tordue de mouvements, des cailloux, de la craie schisteuse, des grès, des sables fins, de la meulière ; dans les fonds deux mètres de terre végétale fine comme de la cendre, fertile comme l'eldorado, et arrosée de sources à chaque pas. Aussi les paysans d'ici sont plus riches que les bourgeois de chez nous. Ils sont très bons et obligeants, et respectent trop la propriété pour qu'on sache ce que c'est que le vol. Le pays, passé 6 h. du soir, est désert comme le Sahara. Une fois sortis du village, nous marchons trois heures sur les collines sans rencontrer une âme ou un animal. Pas de Parisiens ni de flâneurs, même le dimanche, fort peu de bourgeois, des paysans qui se couchent avec le soleil, le silence de Gargilesse. En somme l'endroit me plaît beaucoup et c'est un isolement complet qui est très favorable au travail, aussi j'y pioche beaucoup et je m'y porte très bien. L'habitation est loin de réaliser ton rêve de grottes, de parc et d'orangers. C'est tout petit, tout petit, mais si commode et si propre que je ne demande rien de plus. Quant à vous, je vous vois ici promenant Cocoton dans son carrosse à travers les myrtes et les lauriers-roses et il me tarde de vous savoir là, car vous y aurez vos aises, un beau climat j'espère, et un bon médecin [Leclère] au besoin.

Dis à Bouli que Mme Buloz est venue avant-hier et

qu'elle m'a dit ceci : Buloz a lu le roman de Maurice[1], il le trouve très amusant, très bien fait, *rempli de talent*. Mais il en a très grand peur. Il dit que, sans de grandes suppressions, il risque d'être arrêté dans la *Revue* comme l'a été *Madame Bovary* dans la *Revue de Paris*.

J'ai répondu : Dites à Buloz qu'il relise encore et fasse des réflexions mûres. Si avec quelques suppressions de temps en temps, on peut rendre l'ouvrage possible dans la revue, Maurice m'a donné carte blanche et je m'en charge, sauf à les rétablir dans l'édition. Mais si les corrections et suppressions sont considérables au point de dénaturer l'ouvrage et de lui enlever sa physionomie, il vaut mieux le publier tout de suite en volume.

Mme Buloz a repris : C'est bien l'intention de Buloz d'y renoncer plutôt que de l'abîmer. Aussi je ne suis pas chargée de vous dire qu'il le refuse. Il veut, avant de se prononcer, le lire une seconde fois et y bien réfléchir. Il le regretterait fort, car il en fait le plus grand éloge et dit que c'est prodigieusement amusant et bien fait. Il ajoute qu'en volume cela peut avoir un succès comme *Madame Bovary*, parce que le lecteur de volumes n'est pas le lecteur de revue.

Si Buloz décide qu'il ne peut publier sans abîmer le livre, je le chargerai de faire un bon traité pour Maurice, avec Lévy : une édition in-8° qui remplacerait le produit de la revue (l'ouvrage inédit a toujours plus de valeur) et de petits formats ensuite. Que Maurice me laisse faire, je ne crois pas qu'Émile [Aucante] puisse rien imposer aux Lévy, bien qu'il prétende avoir *sa tête* avec eux. Ce n'est pas possible. Il le croit certainement et il défend nos intérêts de son mieux, mais il est le pot de terre contre *deux* pots de fer. — Je n'ai plus entendu parler de l'entrevue qui devait avoir lieu lundi dernier avec Bouju. Nous voici à mercredi. Émile ne m'en a rien écrit. Je pense que Maillard viendra demain et dans tous les cas je vais à Paris après-demain, et je saurai.

Que Bouli ne se tourmente pas pour son roman. Il a chance de succès et j'en tirerai le meilleur parti possible. Quand Buloz aura décidé, je dirai à Maurice ce qu'il faut lui écrire pour qu'il prenne bien ses intérêts : au reste il y

---

1. *Raoul de La Chastre*, que Buloz refusera finalement, et qui sera publié chez Michel Lévy en 1865.

est tout disposé, il est charmant pour Maurice et déclare qu'il a beaucoup de talent. Peut-être a-t-il raison quant à la pruderie de ses abonnés. Peut-être aussi en y réfléchissant, reconnaîtra-t-il ce que je lui ai déjà dit : un roman de mœurs modernes est choquant quand il blesse les idées modernes, mais l'éloignement historique permet de choquer, car il n'impose pas une morale nouvelle, et le lecteur fait bon marché de personnages si différents de lui-même.

Sur ce, bonsoir, ma chérie, bige bien Mauricot et Cocoton, écris-moi de longues lettres, tu seras bien gentille. J'ai reçu une lettre de ton père qui viendra à Paris cet été. Je n'ai pas encore vu ta maman.

## 329. À LUDRE GABILLAUD

Palaiseau, 24 juillet 1864

Mon ami,

Nous sommes brisés ; nous avons perdu notre enfant[1] ! Je suis partie avec un médecin [Leclère] mercredi soir pour Agen, d'où j'ai couru sans respirer à Guillery. Le pauvre petit était mort la veille au soir. Nous l'avons enseveli le lendemain et porté dans la tombe de son arrière grand-père, le brave père de mon mari, à côté du premier enfant de Solange, mort aussi à Guillery. Un pasteur protestant [Molines] de Nérac est venu faire la cérémonie, au milieu de la population catholique, qui est habituée à vivre côte à côte avec le protestantisme.

Nous sommes repartis tous le soir même pour Agen, où mes pauvres enfants se sont trouvés un peu plus calmes et ont pris du repos. Hier, à Agen, je les ai mis au chemin de fer pour Nîmes. Ils éprouvent le besoin de voyager et je les y ai poussés. Il fallait combattre l'idée d'emporter le pauvre petit corps à Nohant pour l'y ensevelir ; et, vraiment, épuisés comme ils le sont tous deux, c'était de quoi les tuer. J'ai pu surmonter cette exaltation, obtenir le résultat que je viens de vous dire et les voir

1. Marc est mort le jeudi 21 juillet à Guillery d'une grave dysenterie.

partir résignés et courageux. Dans quelques semaines ils viendront me rejoindre ici, et j'espère que leurs pensées se seront tournées vers l'avenir.

Moi, je suis partie, laissant des épreuves à corriger et je suis revenue par l'express ce matin à cinq heures. Vous pensez qu'à mon âge, c'est rude. Mais cette fatigue et cette dépense d'énergie m'ont soutenue au moral, et j'ai pu remonter l'esprit de ces pauvres malheureux. Le plus frappé est Maurice. Il s'était acharné à sauver son enfant. Il le soignait jour et nuit sans fermer l'œil. Il le croyait sauvé ; il m'écrivait victoire. Une rechute terrible a fait échouer tous les soins. Enfin, il faut supporter cela aussi !

Ne vous inquiétez pas de nous. Le plus rude est passé. À présent, la réflexion sera amère pendant bien longtemps. M. Dudevant a été aussi affecté qu'il peut l'être et m'a témoigné beaucoup d'amitié.

Embrassez pour moi votre chère femme. Je sais qu'elle pleurera avec nous, elle qui était si bonne pour ce pauvre petit. — Antoine [Gabillaud] dînait chez moi à Palaiseau le jour où j'ai reçu le télégramme d'alarme. Il a couru pour nous. Mais, malgré son aide et celle de M. Maillard, je n'ai pu partir le soir même ; l'express ne correspond pas avec Palaiseau.

Adieu, mon bon ami, à vous de cœur.

G. S.

## 330. À VICTOR HUGO

[Palaiseau, 12 août 1864]

Merci, merci. Votre lettre est bonne et grande[1]. Comme vous je crois, comme vous j'estime que la mort est un bien puisque c'est le renouvellement, par conséquent l'amélioration d'une existence. Mais les entrailles ne peuvent guère raisonner et ces déchirements sont atroces. Ici

1. Belle lettre de condoléances du 4 août, dont nous citons ces quelques lignes : « Grande âme, je souffre en vous. Je crois aux anges, j'en ai dans le ciel, j'en ai sur la terre. Votre cher petit est maintenant au-dessus de votre tête illustre, une douce âme ailée. Il n'y a pas de mort. Tout est vie, tout est amour, tout est lumière, en attente de la lumière »...

j'ai double et triple douleur, celle de mon fils, celle de sa femme et la mienne. Quand on ne souffre qu'en soi, c'est moins cruel. Mais ne craignez pas pour moi l'abattement. Le courage est plus facile à mesure qu'on sent la vie se raccourcir.

Je vous bénis et vous aime pour ce tendre intérêt que vous m'accordez. Je parle souvent de vous avec l'excellent cœur et l'excellent esprit, Paul Meurice, et nous vous aimons.

George Sand

Palaiseau 12 août 64.

## 331. À LUDRE GABILLAUD

Palaiseau, 20 octobre 1864

Cher ami, je vous réponds tout de suite pour le conseil que Maurice vous demande. Du moment qu'ils ont franchi courageusement cette grande tristesse de revenir seuls à Nohant, ce qu'ils feront de mieux, ces chers enfants, c'est d'y vivre, tout en se réservant un pied-à-terre à Paris, où ils pourront aller de temps en temps se distraire. S'ils organisent bien leur petit système d'économie domestique, ils pourront aussi faire de petites excursions en Savoie, en Auvergne, et même en Italie. Tout cela peut et doit faire une vie agréable ; car j'irai les voir à Nohant, et il faut espérer qu'il y aura bientôt une chère compagnie : celle d'un nouvel enfant. Il n'en est pas question ; mais quand leurs esprits seront bien rassis, j'espère qu'on nous fera cette bonne surprise. Alors il y aura nécessairement deux ans à rester sédentaire pour la jeune femme ; où sera-t-elle mieux qu'à Nohant pour élever son petit monde ?

Je vois bien maintenant, d'après leur incertitude, leurs besoins de bien-être, leurs projets toujours inconciliables avec les nécessités et les dépenses de la vie actuelle, qu'ils ne sauront s'installer, comme il faut, nulle part. Ils peuvent être si bien chez nous, en réduisant la vie de Nohant à des proportions modérées et avec le surcroît de revenu que je leur laisse ! Si mes arrangements avec les domestiques ne leur conviennent pas, ils seront libres, l'année prochaine, de m'en proposer d'autres et je voudrai ce qu'ils voudront. Qu'ils tâtent le terrain, et, à la prochaine Saint-Jean, ils sauront à quoi s'en tenir sur leur situation intérieure. Après moi, ils auront, non pas les ressources journalières que peut me créer mon travail quand je me porte bien, mais le produit de tous mes travaux ; ce qui augmentera beaucoup leur aisance, et, comme ils n'ont pas à se préoccuper de l'avenir, ils pourront dépenser leurs revenus sans inquiétude.

Je sais qu'il y a pour Maurice un grand chagrin de cœur et un grand mécompte d'habitudes à ne m'avoir pas toujours sous la main pour songer à tout, à sa place. Mais il est temps pour lui de se charger de sa propre existence, et le devoir de sa femme est *d'avoir de la tête* et de me remplacer. N'est-ce pas avec elle qu'il doit vieillir, et comptait-il, le pauvre enfant, que je durerais autant que lui ?

Attirez leur attention et provoquez leur conviction sur cette idée, que, pour que je meure en paix, il faut que je les voie prendre les rênes et mener leur attelage. Ce qui était n'était pas bien, puisqu'ils n'en étaient pas contents et qu'ils m'en faisaient souvent l'observation. J'ai changé les choses autant que j'ai pu dans leur intérêt, et je suis toujours là, prête à modifier selon leur désir, mais à la condition que je n'aurai plus la responsabilité de ce qui ne réalisera pas un idéal qui n'est point de ce monde.

Je m'en remets à votre sagesse et aussi à votre adresse de cœur délicat pour calmer ces chers êtres, que vous aimez aussi paternellement, et pour les rassurer sur mes sentiments qui sont toujours aussi tendres pour eux.

À vous de cœur, cher ami. Quand venez-vous à Paris ? Prévenez-moi dès à présent, si vous pouvez ; car, toutes affaires cessantes, je veux vous voir à Palaiseau et ne pas me croiser avec vous.

Tendresses à votre femme. Parlez-moi d'Antoine, que j'embrasse de tout mon cœur.

G. Sand

## 332. À ÉDOUARD DE POMPÉRY

Paris, 23 décembre 1864.

Cher Monsieur,

Je n'ai encore pu lire votre livre[1]. Je ne fais pas de mon temps ce qui me plaît; mais j'ai lu l'article de la *Revue de Paris* et je ne serai pas parmi vos contradicteurs. Je pense comme vous sur le rôle que la logique et le cœur imposent à la femme. Celles qui prétendent qu'elles auraient le temps d'être députés et d'élever leurs enfants ne les ont pas élevés elles-mêmes; sans cela elles sauraient que c'est impossible. Beaucoup de femmes de mérite, excellentes mères, sont forcées, par le travail, de confier leurs petits à des étrangères; mais c'est le vice d'un état social qui, à chaque instant, méconnaît et contrarie la nature.

La femme peut bien, à un moment donné, remplir d'inspiration un rôle social et politique, mais non une fonction qui la prive de sa mission naturelle : l'amour de la famille. On m'a dit souvent que j'étais arriérée dans mon idéal de progrès, et il est certain qu'en fait de progrès, l'imagination peut tout admettre. Mais le cœur est-il destiné à changer? Je ne le crois pas, et je vois la femme à jamais esclave de son propre cœur et de ses entrailles. J'ai écrit cela maintes fois et je le pense toujours.

Je vous fais compliment des remarquables progrès de votre talent, la forme est excellente et rend le sujet vivant et neuf, en dépit de tout ce qui a été dit et écrit sur l'éternelle question.

Bien à vous

George Sand

---

1. *La Femme dans l'humanité, sa nature, son rôle et sa valeur sociale* (Hachette, 1864).

## 333. À FRANCIS LAUR

[Palaiseau, 4 janvier 1865]

J'ai reçu ta lettre du 20 X^bre, mon cher enfant, et je suis très contente de te voir bien noté et toujours plein d'espoir et de volonté. Ce que tu m'expliques et me décris m'intéresse et je compte que tu vas devenir un savant net et solide, ce qui, bien loin d'éteindre ton imagination, la rendra riche et la conservera fraîche. Rien n'est plus neuf et plus vivant aujourd'hui que le chemin de la science. On sent que c'est la route vers l'infini et tout le monde, toutes les classes, tous les âges veulent comprendre un peu ceux qui y marchent les mains pleines de promesses. On fait des livres de science élémentaire pour les gens du monde aussi bien que pour les enfants et le populaire, et on donne cela en étrennes, en guise de bonbons ; c'est drôle, mais c'est un bon symptôme. On commence à comprendre que c'est beaucoup plus facile à comprendre que le catéchisme et que si on a pu, pendant tant de siècles, appliquer son esprit à admettre l'inadmissible, il est temps de percer le mystère du vrai, ce qui est une plus logique et plus saine application des facultés mentales de l'humanité. Te voilà donc dans la carrière qui primera incessamment toutes les autres. Ne t'y trompe pas, et ne crois pas que le domaine de la poésie et de la fantaisie puisse avoir la prétention désormais de se dire le paradis des intelligences. Ne marche pas à regret dans les premières difficultés et crois bien que c'est le plus beau des voyages que tu entreprends. Les abords de l'art sont plus séduisants, mais les abîmes du vide sont à mi-chemin, et pour ceux qui n'ont pas une provision de philosophie éclairée, que de faux pas et de déceptions !

Donne-moi souvent de tes nouvelles. J'ai passé dernièrement 6 semaines à Nohant avec mes enfants et nous avons beaucoup parlé et bien auguré de toi.

Me voilà de retour à Palaiseau où il fait bien froid. Je t'embrasse, mon cher enfant, et Manceau me charge de t'embrasser aussi.

G. Sand

4 janvier 65.

334. À ARMAND BARBÈS

Palaiseau, 15 janvier 1865

Cher ami,

Combien je suis touchée de tout ce que vous m'écrivez ! Vos souffrances, votre courage invincible, votre affection pour moi, voilà bien des sujets de douleur et de joie. Vous vous êtes cramponné à l'exil, et il a bien fallu vous admirer, malgré les prières et les regrets.

Mais, si vous avez eu un moment de santé suffisante, comme Nadar me le disait, pourquoi n'en avoir pas profité pour chercher, ne fût-ce que momentanément, un climat meilleur pour vous ? Vous parlez si peu de vous-même, vous faites si bon marché de votre mal, qu'on ne sait pas ce qui peut l'alléger.

Pour ma part, j'ai une foi, c'est qu'il n'y a pas de maladies incurables. La médecine avancée commence à le croire ; moi, je l'ai toujours cru, et je me dis que c'est un devoir envers l'avenir, envers l'humanité, de vouloir guérir. J'ai eu, il y a quatre ans, une fièvre typhoïde : il m'est resté une maladie de l'estomac qui a duré trois ans et qui était qualifiée de *chronique*. M'en voilà guérie, mais aussi je l'ai voulu.

Et pourtant, croyez bien que je pourrais dire avec vous : *Ma vie a été triste* ! Elle a été, elle sera toujours pleine d'atroces déchirements, et mon fonds de gaieté intérieure ne me préserve pas des accablements complets. J'ai perdu, l'été dernier, mon petit Marc, l'enfant de Maurice et de sa gentille compagne, la fille de Calamatta. Le pauvre petit avait un an, il était né le 14 juillet ; le jour de son premier anniversaire, son agonie a commencé. Il était joli et intelligent déjà. Quelle douleur ! nous n'en sommes pas encore revenus ; et, pourtant, je demande, je *commande* un autre enfant ; car il faut aimer, il faut souffrir, il faut pleurer, espérer, créer, *être* ; il faut vouloir enfin, dans tous les sens, divin et naturel. Mes pauvres enfants ne me répondent encore que par des larmes, ils ont trop aimé ce premier enfant, ils craignent de ne pas aimer le second ; ce qui prouve, hélas ! qu'ils l'aimeront trop encore ! mais peut-on se dire qu'on limitera les élans du cœur et des entrailles ?

Vous me dites, ami, que vous me comparez quelquefois à la France ; je sens du moins que je suis Française, à cette conviction souveraine, qu'il ne faut pas compter les chutes, les blessures, les vains espoirs, les cruels écrasements de la pensée, mais qu'il faut toujours se relever, ramasser, rassembler les lambeaux de son cœur accrochés à toutes les ronces du chemin, et aller toujours à Dieu avec ce sanglant trophée.

Me voilà loin de mon sermon sur la santé ; pourtant, j'y reviens naturellement. Votre vie est précieuse, quelque brisée et déchirée qu'elle soit. Faites donc tout au monde pour *nous* la garder.

Adieu, ami ; je vous aime. Maurice aussi, lui !

G. Sand

## 335. AU PRINCE NAPOLÉON

[Palaiseau, 7 février 1865]

Voilà votre victoire annoncée dans les journaux[1], mon grand ami ! C'est un beau soleil d'Austerlitz que ce jour brumeux de février. Il ne fera pas brailler tant de trompettes, mais on en célébrera plus longtemps l'anniversaire. C'est votre œuvre, on le saura et on s'en souviendra. Moi je n'oublierai pas que vous avez passé avec nous dans un petit coin, la soirée après ce beau combat, et en vous écoutant, j'aurais oublié les heures, je crains que nous n'ayons abusé de votre bonté, nous qui n'avons rien de mieux à faire que de vous entendre, tandis que vous, vous avez tant de grandes et bonnes choses à accomplir.

Le bonheur est une abstraction en même temps qu'une réalité, quoi qu'en disent les philosophes. Durable et certain à l'état d'*idéal* pour qui en connaît la vraie et haute nature, il est *momentané* et puissant à l'état de *réalité*, quand les faits servent l'idéal. Donc, portant en vous la vraie notion du bonheur, qui est de le répandre et de le don-

1. Le 4 février, le Prince Napoléon a passé la soirée avec Sand et Manceau, qui l'a reconduit jusqu'au Panthéon ; il avait plaidé devant le Conseil privé la cause de la gratuité de l'enseignement primaire.

ner, vous en savourez quelquefois la sensation, quand les faits obéissent à votre ardente et généreuse volonté. Soyez donc heureux, puisque le bonheur est une conquête et que vous venez de gagner une belle bataille. Les jours de dégoût et de fatigue reviendront. Le bonheur à l'état de réalité complète n'est pas une chose permanente pour l'homme ; mais il vous restera à l'état d'idéal, augmenté du souvenir des victoires ; et la morale de ceci est qu'il faut combattre toujours pour augmenter votre trésor de force et de foi. La reconnaissance des hommes, ce qu'on appelle la gloire n'est qu'une conséquence, un accessoire peut-être ! vous l'aurez. Mais votre but est plus élevé. Vous n'êtes pas pour rien de la race ambitieuse du bien, qui lutte en ce siècle contre la race ambitieuse d'argent. Vous avez des forces à dépenser, c'est déjà un bonheur que d'être riche en ce sens-là.

J'ai reçu vos invitations en règle, merci de votre bon souvenir. Mais me voilà au coin du feu avec la grippe et pour quelques jours je lutterai sans grand effort contre la fièvre. Ce ne sera rien, je penserai à vous et je parlerai de vous, ayant auprès de moi quelqu'un [Manceau] qui ne demande que cela.

Avez-vous pensé, en vous en allant tout seul, à pied, depuis le Panthéon, les mains dans vos poches, au clair de la lune, que, dans cent ans d'ici, la France, le monde par conséquent vivrait grâce à vous d'une autre vie ? Du haut du Panthéon quelque chose a dû vous parler et vous crier : « Marche ! »

À vous de cœur toujours, et toujours plus.

G. Sand

Palaiseau 7 février 1865

## 336. AU DOCTEUR PIERRE-PAUL DARCHY

[Palaiseau, 26 avril 1865]

Mon cher ami, je vous envoie une lettre de Michel Chevalier qui vous prouve, hélas, que ma *protection*, comme on dit, est bien mauvaise, puisque la sienne ne vaut rien.

Les blancs dominent partout! Pourtant je n'ai pas perdu
tout espoir. Le Prince a de nouveau écrit personnellement au ministre [Béhic]. S'il échoue, je ne peux plus rien
pour cette affaire[1].

Quand nous serons fixés sur une autre, il faudra que le
Prince agisse seul, et que mon nom ne paraisse en rien. Les
chefs de personnel sont plus puissants que les ministres.

Que tout cela est triste! et moi, je suis navrée, l'état de
Manceau a empiré gravement cet hiver et le printemps
ne l'améliore pas. Les médecins ne trouvent pas d'autre
mal que celui des bronches. Mais cette toux continuelle
l'épuise et l'état général est très compromis. Il y a des
sueurs abondantes la nuit, peu de sommeil, pas d'appétit,
pas de forces, de l'essoufflement, de l'oppression, une
peau toujours brûlante, et, je crois, une fièvre continuelle,
des quintes et des crachats à toute heure et parfois à tout
instant. On le traite par les remèdes indiqués, mais rien
n'opère, et il est si dégoûté et si découragé qu'il n'y a pas
moyen de lui faire essayer du nouveau, il faut attendre
qu'il le veuille, et puis moi, je vous avoue que j'en suis
venue à craindre pour lui tous les médicaments et à
n'avoir plus confiance ni espoir en rien.

J'aurai du courage, mais mon cœur se meurt.

Ne me répondez pas. S'il se décide à vous parler de lui,
lui-même, conseillez-le, ou écrivez-lui un conseil comme
venant d'une expérience que vous auriez faite récemment. Mais n'ayez pas l'air de le savoir si malade. Et
vous? pauvre garçon, vous avez bien de la souffrance et
du chagrin aussi!

### 337. À LINA DUDEVANT-SAND

[Palaiseau, 28 mai 1865]

C'est donc presque certain[1], ma chère mignonne? Que
Dieu nous aide! et que l'espérance revienne dans nos
cœurs! Il ne faut pas tant te tourmenter de l'absence de

1. Darchy voulait être nommé médecin-inspecteur des eaux pour
la station thermale d'Évaux-les-Bains dans la Creuse.
1. Lina est enceinte; Aurore naîtra le 10 janvier 1866.

médecin, mais espérer qu'il ne se représentera pour toi et pour *l'avenir* que des cas bien simples où tout médecin sait son affaire. L'important serait de donner une bonne santé à ce cher être, et pour cela te bien porter toi-même, te soigner en conscience, te fortifier, et surtout ne pas te tourmenter outre mesure des mille ennuis et contrariétés, même des chagrins inévitables de la vie. Tu t'y es beaucoup trop laissée aller dans ta première grossesse et le pauvre enfant est venu au monde nerveux et irritable.

Tu me diras que le conseil est plus facile à donner qu'à suivre. Mais, chère fille, songe que par raison, par effort d'intelligence ou d'amour-propre, les hommes distingués se font une philosophie et un courage dans les événements. Nous autres femmes, nous avons bien d'autres motifs et d'autres instincts d'héroïsme ! Il s'agit d'être mères et d'amener à bien quelque chose qui nous est plus cher que nous-mêmes. L'instinct maternel est plus fort et plus beau que toutes les philosophies antiques ou modernes de ces messieurs. Ce qu'ils engendrent dans leurs cerveaux sera-t-il plus sacré que ce que nous portons dans nos entrailles ? Ils boivent la ciguë pour être de grands hommes, la belle affaire ! c'est bien plus cruel d'accoucher et c'est bien plus difficile d'élever un enfant. Sois donc forte, ma cocote, au moral d'abord, pour le devenir au physique. Quelque chose qui arrive autour de toi, ne t'en soucie qu'au *minimum* possible, et dis-toi que rien n'a le droit de *déranger* l'existence que tu portes en toi.

Dans la vieillesse on a encore cette force-là pour les enfants qui sont grands. Me voilà sous le coup d'une profonde douleur. Je veux savoir la supporter à cause de Maurice et de toi. Je n'ai pas d'autres motifs de courage. Seule, j'aurais le droit de me dire que la vie n'est qu'une épreuve continuelle et ne vaut pas la peine qu'on se donne pour la conserver. Mais pour vous et pour cet enfant que nous espérons, je me dis qu'il faut vivre sans regarder derrière soi et sans compter ses douleurs.

Je ne te donne pas de détails sur la santé de notre pauvre ami [Manceau]. J'en ai donné hier à Maurice qui a dû te les communiquer. C'est toujours le même état d'épuisement, les mêmes craintes et les mêmes espérances d'heure en heure. Il n'aurait pas la force de voyager maintenant.

Bonsoir, ma chérie, bige Maurice pour moi, sois bien

sage et parle-moi beaucoup de toi. Avez-vous un cheval ?
La Blanche va-t-elle encore ? est-elle sûre des jambes ? Si
tu es grosse, est-ce bien prudent d'aller au Chassin ? les
chemins étaient bien mauvais autrefois, est-ce qu'ils sont
bons maintenant ? Je ne crois pas qu'il faille te priver de
voiture, mais il faudrait éviter les cahots et ne pas faire
de grandes courses.

Bige encore.

28 mai 65

## 338. À MAURICE DUDEVANT-SAND

[Palaiseau, 21 août 1865]

Notre pauvre ami a cessé de souffrir. Il s'est endormi
à minuit avec toute sa lucidité. Toute la nuit il a dormi
et quand nous avons voulu l'éveiller à 5 h. pour lui faire
prendre quelque chose il a essayé de parler sans suite
comme dans un rêve. Il a tenu sa tasse, il a voulu être
soulevé et est mort sans en avoir aucune conscience et
sans paraître souffrir. Je remercie Dieu, au milieu de ma
douleur, de lui avoir épargné les horreurs de l'agonie. Il
en a eu une de quatre à cinq mois, c'est bien assez. Il s'est
bien senti mourir heure par heure, constatant chaque
progrès de son mal, mais se faisant encore de temps en
temps des illusions et se soignant comme un homme qui
ne s'abandonne pas un instant. Je suis brisée de toutes
façons, mais après l'avoir habillé et arrangé moi-même sur
son lit de mort, je suis encore dans l'énergie de volonté
qui ne pleure pas. Je ne serai pas malade, soyez tranquilles, je ne veux pas l'être, je veux aller vous rejoindre
aussitôt que j'aurai pris tous les soins nécessaires pour ses
pauvres restes, et mis en ordre ses affaires et les miennes
qui sont les vôtres.

Apprends avec ménagement cette triste nouvelle à ma
chérie. Au reste, elle devait bien s'y attendre. Je ne me
faisais plus d'illusions et je vous le disais.

Je vous embrasse mille fois, aimez-moi bien.

Palaiseau 21 août 1865

### 339. À MAURICE DUDEVANT-SAND

[Palaiseau, 22 août 1865]

Quels tristes jours, quels détails navrants! Dumas,
Marchal, La Rounat et Borie sont venus me voir aujourd'hui. Marchal a dîné avec moi et m'a distrait un peu.
Francis [Laur] est ici, il vient d'enterrer sa mère à Nevers.
Il est arrivé comme notre pauvre ami venait d'expirer.
Les Boutet sont excellents pour moi et m'aident dans les
tristes soins à remplir. Nous le conduisons demain au
cimetière. Me voilà seule depuis deux nuits auprès de ce
pauvre endormi qui ne se réveillera plus. Quel silence
dans cette petite chambre où j'entrais sur la pointe du
pied à toutes les heures du jour et de la nuit! Je crois
toujours entendre cette toux déchirante, il dort bien à
présent, sa figure est restée calme, il est couvert de fleurs,
il a l'air d'être en marbre, lui si vivant, si impétueux!
Aucune mauvaise odeur, il est pétrifié. Son imbécile de
sœur est venue ce matin et n'a pas voulu le voir, disant
que cela lui ferait *trop d'impression*. Elle m'avait écrit pour
le supplier de lui amener un prêtre. Tu penses bien que
je l'ai reçue de la belle manière, dès lors il est damné, et
on ne veut pas lui donner un dernier baiser. La mère n'a
pas paru, c'est elle surtout qui voulait qu'il se confessât,
sans craindre de lui porter le coup mortel : une mère!
Voilà les dévots. — Nous ne le portons pas à l'église
comme tu penses, dès lors le bedeau nous refuse le brancard et le drap mortuaire. Mais les ouvriers du village qui
l'adoraient veulent le porter, avec un drap blanc et des
fleurs. Nos amis de Paris viendront. Si le Prince est de
retour, comme on me l'a dit ce soir, il viendra certainement. Il l'aimait beaucoup et lui a témoigné dans sa maladie le plus grand intérêt.

Moi je ne peux pas encore me reposer, j'ai trop perdu
le sommeil pour le retrouver tout de suite, mais je ne suis
pas du tout malade, j'ai bien de la force. Je pense toujours vous aller voir dans 8 jours. — Il faudra après-demain que je voie aux affaires avec Boutet. Tout est en
ordre, mais il faut prendre connaissance de tout, et que
je sois mise en possession du petit avoir qu'il nous laisse.
J'y ai mis du mien aussi, mais sous son nom, afin que ce

soit bien à toi, sans partage avec personne. Je ne sais pas quelles formalités il y a à remplir, si tu dois signer une acceptation. Je saurai cela.

Dis à Marie Caillaud que j'ai à elle des papiers qui constituent les titres de propriété de ses petites économies. Elle avait chargé Maillard de les faire valoir et tout cela a dû être très bien fait. À sa mort, Manceau a repris les titres. Il faut qu'elle me dise ce qu'il faut en faire. Je ne peux pas me charger de cela, n'entendant absolument rien aux affaires, et Boutet qui est écrasé d'occupations n'a pas de raisons pour prendre ce nouveau soin. Qu'elle me dise donc si elle a quelqu'un à Paris à qui elle veut que je remette ses titres ou s'il faut les lui envoyer. Il faut qu'au plus tôt ils soient dans les mains de la personne qui surveille ses intérêts.

Bonsoir, mes enfants chéris, ne soyez pas inquiets de moi, je suis bien entourée, et j'ai des domestiques [Robot] d'un dévouement parfait. Je vous aime et j'irai revivre en vous embrassant.

# VI

# L'ART D'ÊTRE GRAND-MÈRE
## ET TROUBADOUR

### (1865-1876)

*George Sand, définitivement brouillée avec sa fille Solange qu'elle considère comme une prostituée (lettre 340), éprouve une joie profonde à la naissance des filles de Maurice et Lina, Aurore en 1866 puis Gabrielle en 1868 (lettres 343, 366); elle consacrera désormais une grande partie de son temps à ses petites-filles.*

*L'année 1866 marque aussi l'éclosion de l'amitié avec Gustave Flaubert, rencontré aux « dîners Magny ». La correspondance entre le solitaire de Croisset et la dame de Nohant, entre ces deux « troubadours » comme ils se nomment, est probablement un des plus beaux échanges épistolaires (dont on n'a ici qu'un versant), marqué par une profonde amitié et une estime mutuelle (lettres 347, 354), avec une liberté de ton qui ne dédaigne pas la plaisanterie (lettre 346). La lettre du 22 novembre 1866 (comme celle du 21 septembre, 354) mérite d'être signalée avec son passage au tutoiement (Flaubert gardera le voussoiement): « Et vous, mon ami? que fais-tu à cette heure? » (lettre 356). Et pourtant ils n'ont pas la même conception de la littérature: Sand veut écrire pour tout le monde, et mettre de l'émotion et son cœur dans ce qu'elle écrit (lettres 355, 357, 358). Elle confie à son ami ses ennuis de santé et ses découragements, ses indignations et ses joies (lettres 361, 363, 365). Elle l'encourage dans son dur labeur de* L'Éducation sentimentale, *le secouant un peu brutalement parfois, mais saluant avec enthousiasme ce beau roman (lettres 370, 371, 373, 379); elle intervient auprès de son éditeur Michel Lévy pour obtenir de meilleures conditions financières pour Flaubert (lettre 380). Elle se lamente avec lui sur les malheurs de la guerre de 1870 et de la Commune (lettres 384, 389, 392). Rien ne résume mieux cet échange sincère et spontané que le début de la* lettre du 25 octobre 1871 (lettre 394) : « Tes lettres tombent sur moi comme une pluie qui mouille, et fait pousser tout de suite ce qui est en germe dans le terrain, elles me donnent l'envie de répondre à tes raisons, parce que tes raisons sont fortes et poussent à la réplique. » Ainsi, Sand évoque ses racines, sa « passion du bien » et son « idéal de douceur et de poésie » (lettres 394, 397, 399), tout en multipliant les signes d'affection pour le misanthrope qu'elle tente d'arracher à sa solitude (lettres 398, 400, 405) ; elle relit La Tentation de saint Antoine, « un chef-d'œuvre », mais se montre critique sur Le Candidat et inquiète du projet de Bouvard et Pécuchet (lettres 407, 408, 410). Elle lui conseille de se moquer des critiques et de suivre sa nature (lettres 410, 412). Elle le console avec une affectueuse tendresse et l'incite à surmonter ses découragements (lettres 417, 418). Lors de la ruine de Flaubert, elle le réconforte chaleureusement, et propose d'acheter Croisset pour que son ami puisse y finir ses jours en paix (lettres 421, 423, 425). Au seuil de sa dernière année, elle reprend avec lui de longues et passionnées discussions littéraires (lettres 426, 427, 429).

Sand, vexée du refus par Buloz des romans de son fils, souhaite reprendre sa liberté à la Revue des Deux Mondes (lettres 341, 344). Elle vend au profit de Maurice ses tableaux de Delacroix (lettre 345). Pour préparer son roman Cadio (d'abord envisagé comme une pièce écrite en collaboration avec son fils) sur les guerres de Vendée et la chouannerie, elle fait un voyage en Bretagne (lettres 352 à 354). Elle part dans les Ardennes pour reconnaître les lieux de son roman Malgrétout en compagnie de ses amis Adam (lettre 377).

Elle félicite Dumas fils de son roman L'Affaire Clémenceau (lettre 249), et aborde avec lui la question de la mort (lettre 376). Elle salue, avec quelques réserves, Madame Gervaisais des frères Goncourt, et se montre très affectée de la mort de Jules (lettres 375, 381).

Dès qu'elle est séparée de Maurice et Lina, elle leur écrit ; ainsi, pour leur raconter son voyage en Normandie chez Dumas fils et Flaubert (lettres 351, 352), ou un séjour à Paris, avec ses visites, les soirées chez les Viardot et un dîner avec Flaubert (lettre 402). Elle s'amuse au spectacle des marionnettes de Maurice (lettre 365).

Elle affirme à Desplanches sa foi en Dieu (lettre 348), mais elle rejette vigoureusement le catholicisme et s'emporte (non sans intolérance) contre Sylvanie Arnould-Plessy qui s'est convertie (lettre 369). Elle s'explique sur son double intérêt pour Montaigne et Rousseau (lettre 368). Après le baptême protestant de ses petites-filles *(lettre 372), elle n'ose leur parler de Dieu sans l'accord de leur père (lettre 374).*

Avec Barbès, le dialogue continue, toujours confiant dans l'avenir et dans l'idéal commun, même si Barbès, prophétique, redoute l'invasion des Barbares (lettres 359, 364, 372).

Parmi les familiers, le peintre Charles Marchal qui fut un temps son amant (lettre 342) ; le truculent Edmond Plauchut (lettres 388, 406) ; Charles-Edmond, toujours serviable (lettres 413, 424) ; ou encore ses vieux amis Duvernet (lettre 411). Nouveau venu, l'Américain Henry Harrisse recueille d'intéressantes confidences sur le Berry, la vieillesse ou les gens de lettres (lettres 360, 362). Elle accepte son âge d'un cœur léger (lettre 367). Elle fait pour Louis Ulbach un bilan de sa vie et lui expose son existence calme et heureuse en famille (lettre 378).

La guerre de 1870 est vécue avec colère d'abord, puis angoisse et douleur face à cette « boucherie humaine » (lettres 382 à 384), comme on le lit aussi dans son Journal d'un voyageur pendant la guerre ; Sand fait avec lucidité pour le Prince Napoléon une analyse politique de la chute de l'Empire et de l'avènement de la République (lettre 385) ; elle est scandalisée par l'incurie de l'état-major, elle s'inquiète du sort de Paris et critique très sévèrement l'attitude de Gambetta (lettres 386, 387) ; elle réprouve « l'ignoble expérience » de la Commune et ses « ordures » (lettres 388 à 392). Après cette terrible épreuve, elle s'interroge longuement sur l'avenir de la France (lettre 393).

La guerre passée, les lettres sont souvent plus courtes. Sand peut enfin conquérir son indépendance totale à l'égard des journaux et revues (lettre 395). Elle discute avec Taine du problème de la conscience dans l'art (lettre 396). Elle conseille et encourage le jeune poète Maurice Rollinat (lettres 401, 409). Grâce à Flaubert et à Pauline Viardot, elle se lie d'amitié avec Ivan Tourguéniev, dont elle admire le talent de conteur (lettres 404, 419, 422). Sand se met à aquareller avec la technique des dendrites, à partir de couleurs écrasées sur le papier (lettres 406, 413, 414, 416), et s'occupe de l'éducation d'Aurore (lettres 407, 412). Elle reçoit des témoignages ou des visites d'admirateurs, l'un d'entre eux venant du Brésil jusqu'à Nohant (lettre 414). En 1873, elle revoit sa fille qui s'est installée près de Nohant (lettre 415). Elle prépare, avec l'aide du bibliographe Spoelberch de Lovenjoul, l'édition de ses Œuvres complètes (lettre 420). Elle compose les Contes d'une grand-mère pour amuser ses petites-filles (lettre 422). Elle met en garde le jeune Henri Amic contre le découragement et la paresse, et lui prête son appartement parisien (lettres 428, 431).

Au seuil de la mort, elle découvre avec passion de nouveaux talents : Émile Zola, Alphonse Daudet ou Anatole France (lettres 429, 430, 432). Alors que l'on a vu au fil des lettres son état se dégrader (rhumatismes dans le bras, douleurs), elle dresse son bilan de santé pour le docteur Favre, dix jours avant sa mort, avec le plus grand calme (lettre 433). Deux jours plus tard, entre deux douleurs abdominales, elle envoie à son neveu quelques lignes, les toutes dernières qu'elle ait écrites, qui résument admirablement cette vie : « Je crois que tout est bien, vivre et mourir, c'est mourir et vivre de mieux en mieux » (lettre 434).

## 340. À CHARLES PONCY

[Palaiseau, 14 octobre 1865]

Mon cher enfant, la personne dont vous me parlez[1] a mis entre elle et moi une barrière infranchissable. Si elle n'était qu'une femme galante, volage, coquette ou fantasque, je la gronderais et je subirais le mal qu'elle se fait à elle-même. Mais c'est bien autre chose qu'une tête folle, c'est une âme perverse. C'est une femme payée et entretenue. J'ai voulu longtemps en douter et croire à mille explications invraisemblables qu'elle me donnait de sa manière de vivre. Le fait est devenu trop évident. Elle a 3 000 francs de pension et elle ne travaille pas. Elle voyage, elle est richement habillée, elle a un appartement qui absorbe sa pension, elle a une existence aisée, sinon brillante ; avec quoi ? Il faut au moins 20 000 francs par an pour la vie qu'elle mène ; où les prend-elle ? Je ne le sais que trop à présent que tout le monde le sait. En la voyant, j'accepterais le fait, j'en aurais la responsabilité. Voilà ce que je n'accepterai jamais. Elle a toutes les séductions nécessaires à sa profession. Vous avez permis à votre fille de la voir et de l'aimer. C'est une grande légèreté de votre part et que j'eusse sévèrement blâmée si vous m'eussiez consultée. Vous ne l'avez pas fait. Vous

1. Solange Clésinger, qui avait prié Poncy (dont la fille s'appelait aussi Solange) d'intervenir en sa faveur auprès de sa mère.

avez mieux aimé me croire injuste que de vous renseigner et d'ouvrir les yeux.

Moi, je n'accepte pas la prostitution et rien n'existe
plus entre moi et une personne qui a pris ce chemin-là,
en riant, la tête haute, avec une intelligence cultivée, un
milieu des plus élevés, un nom qu'il eût fallu respecter et
des ressources suffisantes pour vivre noblement dans la
retraite, l'étude et la médiocrité. L'amour eût cherché une
femme digne, l'amour vrai l'eût honorée. — Elle a préféré le libertinage et ses profits. Je vous répète que je ne
la connais plus, d'autant qu'il n'y a chez elle ni affection,
ni respect pour moi, ni repentir de sa déplorable vie.

Vous m'avez mise au pied du mur, je vous réponds. Je
compte que vous me renverrez cette lettre sans la faire
copier et que vous ne me parlerez plus de cette chose
pénible.

Adieu mon cher enfant, j'embrasse Solange.

Palaiseau 14 octobre 1865
    La personne qui se plaint de Manceau n'est pas digne
de prononcer son nom. Pauvre Leroux ! L'aumône ne
sauve pas ceux qui ne travaillent pas. Il reçoit beaucoup
et rien ne sert. C'est aussi une sorte de prostitution que
sa vie morale.

## 341. À FRANÇOIS BULOZ

[Paris, 23 octobre 1865]

Vous me faites beaucoup de peine[1], mon cher Buloz,
et plus de mal que vous ne pensez. Vous me tuez. Mon
âme est à bout de chagrins surmontés et d'efforts
héroïques. Voici la haine de mon art qui me vient, c'est
la fin intellectuelle. Je suis indignée de voir les étranges
influences qui pèsent sur vous, altérer votre jugement,

1. Buloz vient de refuser, après *Raoul de La Chastre*, le nouveau
roman de Maurice Sand, *Le Coq aux cheveux d'or* (qui sera publié dans
la *Revue moderne* en 1866 et en volume chez Lacroix en 1867).
Emportée par la colère, elle veut rompre avec la *Revue des Deux
Mondes* ; mais l'amour maternel l'aveugle sur les talents littéraires de
son fils.

détruire votre initiative, vous ôter tout courage et faire de
votre œuvre une sorte de tombeau où la forme imposée
par l'habitude doit tomber en pâte molle dans son moule.
La revue est perdue si elle continue ainsi. Elle repousse
tous les talents originaux. Elle tue la personnalité. Elle a
repoussé Flaubert, elle a paralysé Fromentin qui n'écrit
plus. Elle n'a jamais admis About. Elle a nié Balzac,
Alexandre Dumas. Elle a injurié le premier de tous
V[ictor] Hugo — elle m'a insultée quand j'ai écrit *la Mare
au diable* et toute la série de mes meilleurs romans.
Qu'est-ce qui la gouverne ? ce n'est plus vous. Vous ne
lisez plus rien, je le sais. Vous n'avez lu ni *Raoul*, ni *le Coq
aux cheveux d'or*. Quelqu'un a décrété que vous deviez n'y
rien comprendre et dès lors vous déclarez que vous ne
comprenez pas. Eh bien, je vous dis que *Raoul de la
Chastre* est un chef-d'œuvre et que cela vaut dix mille fois
mieux que le meilleur roman de Cherbuliez. Je vous dis
que *le Coq* est un bijou et je proteste contre vos critiques,
vous tuez Maurice qui vous aime, que vous aimez pourtant et qui vous aime, vous m'éteignez complètement, je
n'ai plus le cœur à rien. Je vais jeter mon roman au feu[2].
Je ne travaillerai plus que pour le théâtre et je vais faire
travailler Maurice avec moi[3], adieu à la revue : pas à vous,
mon ami, qui avez été très bon pour moi, je vous en saurai toujours gré. Mais vous ne menez plus la barque, vous
ne voyez plus clair, vous voulez ramener Maurice à
*Callirhoé*, son *tâtonnement* dépassé de cent piques. Il a un
talent immense, il a plus, il a du génie. Je ne veux pas
qu'on le décourage, ne lui écrivez pas. Je lui dirai où nous
en sommes quand nous aurons réparé le mal que votre
second refus va lui faire. Il en appellera au public de
votre anathème comme il a fait pour *Raoul*, malgré la
défaveur causée par votre refus, il a pris sa revanche, il
la prendra encore. Mais moi je n'écrirai plus de roman
avant qu'il n'ait eu un nouveau succès. — Que les gens
qui ne veulent pas de nous à la revue nous remplacent.

Paris 23 8^bre 65

2. Elle a commencé à écrire *Le Dernier Amour*, qui paraîtra… dans
la *Revue des Deux Mondes* du 1^er juillet au 15 août 1866.
3. Maurice collaborera en effet avec sa mère pour la comédie *Les
Don Juan de village* (Vaudeville, 9 août 1866).

## 342. À CHARLES MARCHAL

[Nohant, 31 décembre 1865]

Bonjour, mon gros. Tous les jours je compte pouvoir t'écrire que c'est un garçon ou une fille. Mais comme il n'y a encore rien dans le berceau, nous en sommes toujours aux commentaires. Ce sera peut-être pour ce soir on ne sait pas. En attendant je veux t'embrasser en finissant l'année et te dire que sitôt l'enfant pondu, je vole à l'Odéon où j'ai bien à faire. J'ai envoyé ma pièce acte par acte[1]. C'est fini. J'ai bien pioché, je me porte bien, il fait très beau ici et Calamatta est arrivé.

Voilà mon bulletin. Et toi ?

Pioches-tu aussi ? puisque tu fais l'hiver[2], es-tu inspiré par l'hiver ? c'est pas vilain, l'hiver ; cette clarté blanche qui tombe de partout, ces terrains qui ont l'air d'être tout frais retournés, des mousses d'un vert cru sur les troncs d'arbre, des flaques d'eau glacée qui brillent comme des diamants, c'est un peu brutal, mais ça n'est pas triste, et, vers le soir quand tout ça s'estompe dans la brume, ça devient très joli, et on s'en va, non pas tout à fait dans le bleu, comme dit Alexandre [Dumas fils], mais dans le lilas qui rend l'esprit doux. Ce qu'il y a de vraiment triste ici, c'est de revoir ces chambres, ces ateliers, ces coins, ce théâtre, tous ces vestiges d'une vie un peu folle qui emplissait la vitalité si diverse et si intense de notre pauvre ami. Mais tout cela n'est pas si navrant à mon âge que si j'avais 20 ans de moins. J'ai dans tout, à présent, la notion d'une étape de voyage et d'un but que j'atteindrai peut-être demain. J'ai fait les trois-quarts de la route. Il ne faut pas faire d'embarras et de plaintes pour un bout de chemin qui sera peut-être plus facile qu'on ne croit.

Voilà le facteur qui m'attend.

Je t'embrasse et je t'aime de tout mon cœur.

G. Sand

Mille amitiés d'ici.

1. *La Dernière Aldini*, d'après son roman de 1838, qui sera refusée par La Rounat et ne sera pas montée.
2. Marchal, qui avait peint *Le Printemps* en 1865, voulait probablement consacrer un tableau à chacune des saisons.

## 343. À VICTOR HUGO

[Nohant, 12 janvier 1866]

Mon cher maître, j'attendais pour vous remercier de votre admirable lettre[1], la naissance de ma petite-fille Aurore[2], afin de vous l'annoncer en même temps. Nous l'attendions réellement, nous désirions une fille. La charmante petite mère répondait de nous la donner. Elle est arrivée hier, avec des cheveux noirs frisés et des yeux pareils à ceux du cher petit que nous avons perdu. C'est lui, n'est-ce pas ? Et elle vivra : on ne doute pas quand on est heureux. Vous bénirez notre joie et cela nous portera bonheur.

G. Sand

Nohant 12 janvier 66

## 344. À FRANÇOIS BULOZ

[Paris] Mercredi soir [21 février 1866]

Mon cher ami, ce n'est pas le besoin d'argent qui me fera revenir à la revue. À présent que je suis seule, je n'ai plus de besoins réels, tant que je ne serai pas infirme. D'ailleurs le théâtre peut suffire pour un certain temps. Ce que je vous demande pour finir mon roman [*Le Dernier Amour*] et pour vous en faire d'autres, c'est que vous effaciez de nos conventions une clause qui me blesse et m'humilie. Il est dit dans la première lettre qui nous sert de traité et que les autres lettres confirment, que je n'écrirai en dehors de la revue que rarement et des choses très

1. Lettre du 28 novembre 1865, remerciant Sand de son article sur les *Chansons des rues et des bois* (dans *L'Avenir national* du 24 novembre).
2. Aurore est née le 10 janvier. En tête de la lettre, Hugo a inscrit ce quatrain dédié « À George Sand » et daté 17 janvier :

> *Cette douce Aurore qui luit*
> *Vient à point dans notre ciel sombre,*
> *À nous deux nous sommes la nuit ;*
> *Vous êtes l'astre et je suis l'ombre.*

courtes, et qui ne paraîtront pas dans d'autres recueils périodiques. C'est me condamner à n'avoir pas d'autre opinion en politique, en art ou en philosophie que l'opinion de la *Revue des Deux Mondes*, et à me tenir dans sa couleur, dans ses méthodes, dans sa doctrine, c'est ce qui ne se peut plus, du moment que la revue se fait de plus en plus prude et sucrée. Que serait-il arrivé si j'avais voulu faire la suite de *Mlle La Quintinie* et l'*histoire du prêtre*? J'en avais l'intention, je vous l'ai dit, et vous avez repoussé cette idée comme dangereuse pour vos abonnements. Si maintenant je vous apportais un roman qui choquât les idées de vos abonnés je ne pourrais donc pas le faire paraître ailleurs? C'est là une situation douteuse et impossible. Je me sens lasse de cet éteignoir. La vie intellectuelle et morale me sollicite et me commande et je me vois forcée d'établir entre vous et la revue une distinction que vous repoussez en vain. Vous dites *la revue c'est moi*. Mais Louis XIV avait beau dire : *l'état c'est moi*, il ne pouvait pas enchaîner le mouvement humain et ce qu'il appelait l'état n'était que la cour de Louis XIV, c'est-à-dire une coterie. Avec moi vous avez des velléités, des souvenirs de courage. Dès que vous pensez à l'abonné, tout s'envole et vous faites la chasse aux mots.

Faisons un échange, détruisez les avantages pécuniaires par lesquels vous avez amélioré en ma faveur notre traité d'il y a cinq ans, reprenez l'argent que vous m'avez concédé par amitié et goût. Je serai quand même reconnaissante. Ne me dites pas de toucher à la revue un arriéré que je n'ai pas gagné, et pour la dette qui s'était amassée sur elle que vous avez rayée, reportons-la sur mon prochain roman[1]. Vous effacerez la clause qui me blesse et je travaillerai librement à la revue, j'y ferai des romans doux et modérés quand je serai dans cette humeur-là qui est le fond et l'habitude de ma vie. Mais quand j'aurai ce que vous appelez des accès de colère, et ce que j'appelle, moi, des retours de vitalité, je serai libre de les porter ailleurs, vous me connaissez assez pour savoir que je ne veux pas vous tromper ni vous tendre des pièges. Je suis

---

1. Le 7 janvier 1864, Sand avait appris que, d'après le traité du 1er octobre 1860 qui prévoyait qu'elle livrât 30 feuilles par an, elle avait un important arriéré à la *Revue des Deux Mondes*, équivalant pratiquement à la copie d'une année, et pour laquelle elle avait été cependant payée ; Buloz avait proposé de réduire cette dette de moitié.

trop spontanée, trop menée par le vent qui passe pour choisir exprès des sujets que vous croirez impossibles. Mais ils peuvent me venir et je veux me sentir libre. À ce prix je travaillerai pour vous avec plaisir. Réfléchissez et choisissez mon silence ou ma liberté. J'entre dans une nouvelle phase de ma vie, la dernière. Je sens que la solitude et le chagrin peuvent se porter dignement et sans lâcheté. La pauvreté doit être moins difficile à surmonter que la douleur, et jusqu'ici je ne m'aperçois pas qu'elle me prive d'aucune jouissance intellectuelle ni qu'elle attriste aucune rêverie. J'aimerais mieux finir bien avec vous qui avez été la dispute et l'amitié quand même d'une si longue phase de ma vie. Aidez-moi, arrangez cela, reprenez de l'argent. Je vas vendre Palaiseau, mon dernier sybaritisme. Je ne serai pas dans la misère. N'ayez pas de scrupule.

À vous de cœur.

G. Sand

## 345. À ÉDOUARD RODRIGUES

[Paris, 24 février 1866]

Cher ami, pensez à mon tableau[1]. Si vous ne le voulez pas, faites-le moi vendre. Je l'ai repris à mon fils pour une somme qu'il me devait. Je n'ai pas voulu compter avec lui, les estimateurs et marchands de tableaux à qui je l'ai montré, m'ont dit que, dans quelques années, cela vaudrait 30 ou 40 000 f. — Je suis trop vieille et trop pauvre pour attendre et pourtant je n'ai pu me décider à le donner pour un prix très raisonnable qui m'était offert. Il m'en coûte de m'en séparer pour des inconnus, j'en ai presque des remords, car ce tableau a été fait chez moi et pour moi. La toile a été prise dans ma toilette, c'était un coutil de fil destiné à me faire des corsets. Pendant

1. Sur ce tableau de Delacroix, *L'Éducation de la Vierge*, peint à Nohant en 1842, voir les lettres 83, 115 et 205. G. Sand avait déjà mis en vente le 23 avril 1864, par les soins de l'expert Francis Petit, plusieurs tableaux de Delacroix au profit de Maurice, dont celui-ci, invendu à 2 200 F, que Rodrigues achètera le 27 février à un prix bien inférieur aux chiffres lancés dans cette lettre : 5 000 F. Le tableau vient d'entrer au Musée national Eugène Delacroix.

qu'il faisait cette peinture je lui lisais des romans. Ma
bonne et ma filleule posaient[2]. Maurice copiait à mesure
pour étudier le procédé du maître. Si ce cher souvenir va
chez vous, j'en serai consolée, il ne me semblera plus
qu'il est profané, puisque vous aussi vous avez connu,
compris, aimé ce cher génie. C'est pourquoi je vous ai dit
payez-le ce que vous voudrez, et si vous ne le voulez pas
et que quelqu'autre en voulût, il faudrait que ce fût quelqu'un qui eût comme vous une religion pour Delacroix.

Quand on pense que des toiles de maîtres ont été
retrouvées sous d'ignobles barbouillages qui les recou-
vraient depuis des siècles! il ne faut pas que de pareilles
choses arrivent par la faute des amis.

Celui [Piron] à qui Delacroix a légué les trésors de son
atelier, aimait beaucoup l'homme, mais tenait le peintre
pour un fou. Si les amateurs ne fussent venus lui
apprendre par leur argent que c'était un grand maître, il
eût vendu ces reliques pour en faire des enseignes. Et
voilà le sort des artistes d'autrefois, peut-être de ceux de
demain. À vendredi! J'ai de bonnes nouvelles de mon
Aurore, je respire encore une fois, et je vous aime, triste
ou gaie.

G. Sand

Est-ce que vous me jouerez du piano? oui, n'est-ce
pas?
Samedi soir

### 346. À GUSTAVE FLAUBERT

[Palaiseau, 9 mai 1866]

Monsieur Flobaire[1], Faut que vous soïet un vraie
arsouille Pour avoir prit mon nom et en avoir écrit une
lettre à une dame qu'avai des bontées Pour moi que vous

2. Françoise Caillaud et Augustine Brault.
1. En tête de la lettre, Sand a dessiné un cœur surmonté d'une
croix et percé d'une épée. C'est là une des rares plaisanteries ayant
survécu de la farce imaginée par Sand, Flaubert et quelques amis,
dont Sylvanie Arnould-Plessy, ici mise en cause puisqu'elle aurait des
bontés pour Goulard.

y avez sandoutte étée reçue à ma plasse et héritée de ma
quasquete dont gai ressue la votre en plasse que vous y
avé Laisser s'eſt des Salletées de Conduitte de sette dame
et de la Vôtre. faut penser quele manque bien déducas-
sion Et de Tous Les Sentiment quele doit dantendre les
poliçonerie infeĉt que Vous y écrivez et Se trompée sur
nos ſtilles. Ci vous ête Contant d'avoir écris Fanie et Sal-
leenpeau², moi je suit Contant de les avoire pas lus. Fau
pas vous monté le bourichon pour sa. Geai vue sur des
Journos que s'était des Vilenit contre la Religion où je cui
rentrer dans son sin depuis le pènes que gai ut de cette
dame quele mont fai Rentrer en moimême et Repentire
de mes esqsès avec elle et pour lot ci je vous Rancontre
avec ele que je ni tient plus, Vous orrez mon point sur
la gueule.

Sa serat la Reparassion de mes pécher et La Punission
de vos infamie ansanble. Voilla ce que je vous dit et vous
salut.

                                            Goulard

À Palaisot Ché les Fraires

Il mon bien dits que Gétai punit de frécantée des fil
de Téâtre et des hauteur.

[*Adresse :*] Monsieur Flobert Juſtave / h. de lettres / Boulevard du tample 42 / Paris

## 347. À GUSTAVE FLAUBERT

Palaiseau, mercredi 16 [mai 1866]

Eh bien, mon grand ami, puisque vous vous en allez,
et que dans quinze jours, je vas m'en aller aussi en Berry,
pour deux ou trois mois, faites donc un effort pour trouver le temps de venir demain jeudi. Vous dînerez avec
cette chère et intéressante Marguerite Thuillier qui s'en va
aussi. Venez donc voir mon ermitage et celui de *Sylveſtre*¹.

---

2. *Fanny* (1858), roman d'Erneſt Feydeau, contemporain de *Madame
Bovary* et *Salammbô*.
1. La maison et le village de Palaiseau servent de cadre au roman
*Monsieur Sylveſtre* (Michel Lévy, 1866). Flaubert ne vint pas dîner ;
Marguerite Thuillier était accompagnée des aĉteurs La Roche et Porel.

En partant de Paris, gare de Sceaux, à 1 heure, vous serez chez moi à 2 heures, ou, en partant à 5, vous serez à 6, et le soir vous pourrez repartir avec mes *cabots*, à 9 ou à 10.

Apportez l'exemplaire. Mettez-y toutes les critiques qui vous viennent[2]. Ça me sera très bon. On devrait faire cela les uns pour les autres, comme nous faisions Balzac et moi. Ça ne fait pas qu'on se change l'un l'autre, au contraire, car en général on s'obstine davantage dans son *moi*. Mais, en s'obstinant dans son moi, on le complète, on l'explique mieux, on le développe tout à fait, et c'est pour cela que l'amitié est bonne, même en littérature, où la première condition d'une valeur quelconque est d'être soi.

Si vous ne pouvez pas venir, j'en aurai mille regrets, mais alors je compte bien sur vous lundi avant le dîner.

Sylvanie [Arnould-Plessy] demande la mort de tous les Goulard, elle est féroce. Rien n'a pu attendrir ce cœur de bronze. Étaient-ils séduisants, pourtant, ces gaillards-là ! — Ah mais non, je n'ai pas eu l'esprit de comprendre pourquoi cette création me fait honneur. Elle est *gracieuse*, c'est vrai, mais un peu *légère*, ne trouvez-vous pas ? Le dénouement est risqué. Je vous défie de vous en servir.

Au revoir et merci pour la permission fraternelle de dédicace[3].

G. Sand

## 348. À MARIE-THÉODORE DESPLANCHES ‡

Palaiseau, 25 mai 1866

Mon cher ami,

Vous dites très bien ce que vous voulez dire ; mais votre manière de raisonner peut être mille fois contredite.

---

2. Le 15 mai, Flaubert écrivait : « J'ai lu *Monsieur Sylvestre* d'un seul coup et l'ai orné de notes marginales (selon ma coutume). Si j'ai le temps lundi, j'apporterai mon exemplaire chez vous et nous en causerons avant d'aller chez Magny. »

3. Le 14 mai, Sand avait demandé à Flaubert s'il acceptait la dédicace de son prochain roman *Le Dernier Amour* (*Revue des Deux Mondes*, 1er juillet-15 août 1866), suite de *Monsieur Sylvestre*, dédié en effet : « À mon ami Gustave Flaubert ».

Ne soyons fiers d'aucune définition ; sur ce sujet-là, il n'y en a pas de bonne. Vous faites de Dieu une pure abstraction ; de là votre certitude. Si Dieu n'était qu'abstraction, il *ne serait pas*. Il faudra donc, pour que l'homme ait la certitude de l'existence de Dieu, qu'il puisse arriver à le définir sous l'aspect abstrait et concret. — Pour cela, il nous faut trouver le troisième terme que vous appelez *l'union*. Oui, le trait d'union ! Mais quel est-il ? Nous ne le tenons pas, malgré tous les noms qu'on lui a donnés en métaphysique et en philosophie. L'homme ne se connaît pas encore lui-même, il ne peut pas s'affirmer.

« Je pense, *donc je suis !* »[1] est très joli, mais ça n'est pas vrai. Quand je dors, je ne pense pas, je rêve ; donc je ne suis pas ? L'arbre ne pense pas, il n'est donc pas. Tout ça, c'est des mots. — Et vous ne savez pas comment Dieu pense. Peut-être n'y a-t-il dans son esprit aucune opération analogue à ce que vous appelez *penser*. On le ferait probablement rire si on lui disait : « Tu ne penses pas à la manière de l'homme, donc tu n'es pas ».

Soyons simples si nous voulons être croyants, mon cher ami. Ni vous ni moi ne sommes assez forts — et de plus forts que nous y échouent — pour définir Dieu, vous en convenez, et, par conséquent, pour l'affirmer, vous n'en convenez pas. Mais l'homme ne pourra jamais affirmer ce qu'il ne pourrait pas définir et formuler.

Ce siècle ne peut pas affirmer, mais l'avenir le pourra, j'espère ! Croyons au progrès ; croyons en Dieu dès à présent. Le sentiment nous y porte. La foi est une surexcitation, un enthousiasme, un état de grandeur intellectuelle qu'il faut garder en soi comme un trésor et ne pas le répandre sur les chemins en petite monnaie de cuivre, en vaines paroles, en raisonnements inexacts et pédantesques. Voilà votre erreur ! vous voulez prêcher comme une doctrine nouvelle ce qui n'est que le ressassement de toutes nos vieilles notions insuffisantes et tombées en désuétude. Vous gâtez la cause en cherchant des preuves que vous n'avez pas et que personne encore ne peut avoir en poche.

Laissez donc faire le temps et la science. C'est l'œuvre des siècles de saisir l'action de Dieu dans l'univers. L'homme ne tient rien encore : il ne peut pas prouver

---

1. C'est la célèbre formule du *Discours de la Méthode* de Descartes.

que Dieu n'est pas ; il ne peut pas davantage prouver que
Dieu est. C'est déjà très beau de ne pouvoir le nier sans
réplique. Contentons-nous de ça, mon bonhomme, nous
qui sommes des artistes, c'est-à-dire des êtres de sentiment.
Si vous vous donniez la peine de sortir de vous-même,
de douter de votre infaillibilité, ou de celle de certains
hommes *que je respecte* ; de lire et d'étudier beaucoup tout
ce qui se produit d'étonnant, de beau, de fou, de sage, de
bête et de grand dans le monde, à l'heure qu'il est, vous
seriez plus calme et vous reconnaîtriez que, pas plus que
les autres, vous n'avez trouvé la clef du mystère divin.

Croyons quand même et disons : « *Je crois !* » ce n'est
pas dire : « J'affirme » ; disons : « *J'espère !* » ce n'est pas
dire : « Je sais ». Unissons-nous dans cette notion, dans ce
vœu, dans ce rêve, qui est celui des bonnes âmes. Nous
sentons qu'il est nécessaire ; que, pour avoir la charité, il
faut avoir l'espérance et la foi ; de même que pour avoir
la liberté et l'égalité, il faut avoir la fraternité.

Voilà des vérités terre à terre qui sont plus élevées que
tous les arguments des docteurs. Ayons la *modestie* de
nous en contenter, et ne prêchons pas l'abstrait et le
concret à tort et à travers ; car c'est encore ça des *mots*,
mon petit, des mots dont on rira dans cinq cents ans au
plus tôt ou au plus tard !

Il n'y a pas plus d'abstrait que de concret et pas plus de
concret que d'abstrait, c'est moi qui vous le dis. Ce sont
des termes de convention qui ne portent sur rien et qu'on
mettra au panier avec tout le vocabulaire de la métaphysique, excellent dans le passé, inconciliable aujourd'hui
avec la vraie notion des choses humaines et divines.

Vous êtes un noble cœur et une heureuse intelligence ;
mais changez-moi le procédé de démonstration. Il ne
vaut rien. Dites à vos petits-enfants : *Je crois, parce que
j'aime.* — C'est bien assez. Tout le reste leur gâtera la cervelle. Laissez-les chercher eux-mêmes, et songez que
déjà, appartenant à l'avenir, ils sont virtuellement plus
forts et plus éclairés que nous.

Et là-dessus, je vous embrasse et vous aime de tout
mon cœur.

Sylvestre[2]

2. Le roman *Monsieur Sylvestre* oppose un spiritualiste, Sylvestre, et
un athée, Pierre Sorède.

## 349. À ALEXANDRE DUMAS FILS

Nohant, 5 juillet [18]66
*62 ans* aujourd'hui.

Mon fils, c'est très beau, *très bien aussi*, émouvant, *vrai*, dramatique et simple[1]. Eh bien, le style est très relevé et très net, excellent par conséquent, une ou deux fois, dans de très courts passages, un peu trop recherché peut-être, en parlant de la nature. Mais c'est un homme exalté, c'est Clémenceau qui parle, et alors ce qui ne serait pas assez *nature* dans la bouche de l'auteur, est à sa place et complète le personnage. Son type est bien soutenu et vous entrez dans la chair. Je voudrais bien qu'il fût acquitté, moi, car s'il a eu une crise de folie furieuse il y avait de quoi. La femme est complète et la mère effrayante de vérité. Enfin je trouve tout réussi et digne de vous.

Qu'est-ce que vous pouvez faire à la campagne par ce temps affreux ? peut-être ne l'avez-vous pas. Ici c'est comme la fin du monde, quinze jours d'orage et de tempête ! J'en suis malade. Heureusement mon roman est fini, car sous le coup de l'électricité dont l'air est saturé, j'aurais copié votre dénouement et M. Sylvestre eût tué sa carogne de femme. Mais il n'avait pas ce droit-là, n'étant pas artiste, c'est-à-dire homme de premier mouvement, et se piquant d'être philosophe, c'est-à-dire homme de réflexion. Il faut croire que votre dénouement est le vrai, au reste, puisque mon bonhomme a senti que s'il redevenait épris de sa femme il la tuerait.

À présent, mon fils, il *nous* faudrait faire, non pas la contrepartie, mais le pendant, en changeant de sexe. Voilà une femme pure, charmante, naïve, avec toutes les qualités et le prestige d'un Clémenceau femelle. Son mari l'aime physiquement, mais il lui faut des courtisanes ; c'est son habitude et il l'avilit par sa conduite. Que peut-elle faire ! Elle ne peut pas le tuer. Elle est prise de dégoût pour lui, ses *retours* à elle lui font lever le cœur. Elle se refuse, mais elle n'en a pas le droit. — Ah ? qu'est-ce qu'elle fera ? elle ne peut pas se venger, elle ne peut même pas se préser-

---

1. Le roman de Dumas fils, *L'Affaire Clémenceau* (Michel Lévy, 1866), qui est, comme *Monsieur Sylvestre*, un roman sur l'adultère.

ver, car il peut la violer et nul ne s'y opposera. Elle ne peut pas fuir ; si elle a des enfants elle ne peut pas les abandonner. Plaider ? elle ne gagnera pas si l'adultère du mari n'a pas été commis à domicile, elle ne peut pas se tuer, si elle a un cœur de mère ? Cherchez une solution, moi je cherche. Direz-vous qu'elle doit pardonner ? Oui, jusqu'au pardon *physique* qui est l'abjection et qu'une âme fière ne peut accepter qu'avec un atroce désespoir et une invincible révolte des sens.

Vous avez beau être un homme, vous comprenez ça aussi bien que moi qui suis une femme ; le vrai artiste est un *auvergnat*[2]. Un mot sur mon sujet quand vous aurez le temps. Il n'est pas neuf, mais personne ne l'a jamais traité franchement. On a fait la femme jalouse, amoureuse, furieuse ou gémissante, jamais fière et osant se dire : « Si ma liberté appartient à ce monsieur dont les libertinages m'insultent et *m'infectent*, si la morale me défend de lui rendre la pareille, si ma douceur, ma charité, mon amour de la famille me défendent de lui faire des querelles, et de lui montrer mon indignation, au moins *mon corps*, c'est-à-dire ma pudeur m'appartient, et je ne peux pas me laisser violer par celui qui me répugne ».

Allons, courage. Moi je ne pourrai peut-être pas montrer cette page de la vie humaine. J'essaierai peut-être sans succès mais vous, vous pouvez bien des choses que je ne peux pas.

Sur ce, bonsoir, mon fils. Excepté moi qui suis souffrante, tout va bien chez nous. Aurore est toujours charmante au moral et au physique. Les enfants vous envoient des amitiés. Maurice lit *Clémenceau*, il en est *au collège*, et il dit que c'est vrai, très vrai.

Votre maman

350. À SYLVANIE ARNOULD-PLESSY ‡

Paris, 21 août [1866]

Bonne chère fille, vous êtes une des cinq ou six âmes à qui je pense en écrivant ; *donc* quand vous êtes contente

2. C'est-à-dire « ni homme ni femme » (voir lettre 255).

je me dis que la partie saine et aimante de l'humanité doit approuver aussi. Toutes ces tentatives de ma vie pour reculer l'heure de la décadence des idées, ou pour hâter celle du renouvellement, sont, je le sais, autant de coups d'épée dans l'eau, la plupart du temps, je ne me décourage pas pour ça. Au contraire je suis plus tranquille et plus gaie que dans mon jeune temps, et je crois de plus en plus que le sentiment du devoir donne des forces et n'est pas un vain rêve. Notre pièce [*Les Don Juan de village*] n'a pas fait d'argent et n'a pas trouvé d'indulgence, chez les critiques. Vous la lirez et vous verrez qu'elle est pourtant gentille. N'importe nous en ferons une autre Maurice et moi ; nous y pensons déjà. Il est à Paris avec sa petite femme, je les promène de mon mieux. Ils partent ce soir pour Nohant où j'irai bientôt les rejoindre pour courir un peu si le temps le permet avant l'hiver. Je vous trouverai ici, pas vrai ? Pour le moment je vas soigner un rhume qui m'étouffe, je vous aime et je vous bige mille fois. Mes enfants vous envoient tendresses et hommages.

À bientôt, j'espère.

G. Sand

## 351. À LINA DUDEVANT-SAND

[Saint-Valery-en-Caux, 26 août 1866]

*Mer grise*
*où brise*
*la bise.*

C'est gris de perle, cette mer du Nord[1]. C'est doux, c'est suave par les beaux jours, les falaises blanches, murailles à assises calcaires, et crayeuses, surmontées de prairies d'un vert rouillé, la plage de galets blancs, rognons et silex qui me font bien l'effet de polypiers comme ceux de Presles — la lame blanche sur la mer lai-

1. Sand séjourne trois jours chez Dumas fils, à Saint-Valery-en-Caux, au bord de la Manche (et non de la mer du Nord). En tête de la lettre, elle cite trois vers du poème *Les Djinns* des *Orientales* de V. Hugo.

teuse, l'horizon brumeux qu'on prendrait pour une côte, et qui dit-on est toujours brumeux, le ciel pâle même sous le coup de la grande chaleur, la mer immense, mais sans vie, tout cela n'est pas — *ton azur, ô Méditerranée*[2]. Décidément la lame courte et dure du Midi avec ses reflets d'opale, ses transparences irisées et ses lignes d'horizon nettes et pures, c'est beau, vraiment *beau*, et ce que je vois ici dans le beau temps n'est que *joli*. Par compensation la campagne est adorable, elle a toutes les fraîcheurs, toutes les douceurs d'aspect de la nature tempérée, mais la grève et la falaise des *baous* rouges et des *baous* bleus[3], c'est la pourpre franche à côté du rosé mignon, on vivrait mieux ici, plus calme, mieux portant, plus heureux, plus libre d'aller et venir. Mais la grande poésie et les moments d'enthousiasme n'y sont pas.

Je suis aussi bien que possible — on mange bien, on est gentil et aimable, mais la propreté est difficile à obtenir, et j'étonne beaucoup la maison en demandant une cruche d'eau pour ma toilette.

Je reverrai la mer demain par le haut de la falaise. Je pars toujours pour Rouen après-demain matin. Je me porte bien. Je vous bige et je vous aime.


## 352. À MAURICE DUDEVANT-SAND

> Paris, vendredi [31 août 1866],
> 1 h. de l'après-midi

Il fait tellement sombre que pour un peu j'allumerais la lampe. Quel temps ! quelle année ! c'est fichu, nous n'aurons pas d'été.

Je suis arrivée hier à 4 h. chez moi, j'ai trouvé une seule lettre de ma Cocote, c'est bien peu, j'espérais plus. Enfin tout va bien chez vous. Aurichette est belle, tu es guéri de tes rhumes, Lina promet de s'en tenir à un rhume de cerveau.

Je n'ai pas pu vous écrire hier en arrivant, j'ai trouvé

---

2. Don César : « Puis je retournerais, aimable destinée, / Contempler ton azur, ô Méditerranée ! » (Hugo, *Ruy Blas*, IV, 7).

3. Ce mot provençal désignant des rochers est employé dans *Tamaris* (chap. II), où Sand décrit le *baou bleu* et le *baou rouge*.

Couture qui m'attendait chez mon portier avec un manuscrit sous le bras, un volume de sa façon qu'il venait me
lire à moi qui ne l'avais pas vu depuis 52 ! Mais il a tant
d'esprit, tant d'entrain, il a une grosse tête intelligente sur
un gros petit corps si drôle que je me suis exécutée
séance tenante. Nous avons été dîner chez Magny, et en
rentrant j'ai avalé le volume, qui est un ouvrage sur la
peinture, très amusant et très intéressant[1]. J'étais bien fatiguée tout de même, et, après ça, j'ai dormi, ah ! il faut
vous dire que, dès le matin à Rouen, j'avais encore couru
la ville avec Flaubert. Mais c'est superbe, cette grande ville
étalée sur ces belles grandes collines, et ce grand fleuve
qui a flux et reflux comme la mer et qui est plus coloré
que la Manche à Saint-Valéry. Et tous ces monuments,
curieux, étranges, ces maisons, ces rues entières, ces quar-
tiers encore debout du moyen âge ! Je ne comprends pas
que je n'aie jamais vu ça, quand il fallait trois heures pour
y aller. J'ai trouvé hier Paris vu des ponts, si petit, si joli,
si mignon, si gai que je me figurais le voir pour la première fois. Croisset est un endroit délicieux, et notre ami
Flaubert mène là une vie de chanoine, au sein d'une charmante famille. On ne sait pas pourquoi c'est un esprit
agité et impétueux ; tout respire le calme et le bien-être
autour de lui, mais il y a cette grande Seine qui passe et
repasse toujours devant sa fenêtre et qui est sinistre par
elle-même malgré ses frais rivages. Elle ne fait qu'aller et
venir sous le coup de la marée et du raz de marée (la
barre ou mascaret). Les saules des îles sont toujours baignés ou *débaignés* : c'est triste et froid d'aspect, mais c'est
beau et très beau. Ils ont été (chez lui) charmants pour
moi, et on vous invite à y aller pour voir les grandes
forêts où on se promène en voiture des journées entières.
Je suis contente d'avoir vu ça.

Mon rhume va très bien. Il avait empiré à Saint-Valéry
la dernière journée et surtout la dernière nuit, où l'orage
ouvrait des fenêtres impossibles à refermer. Quel taudis !
Je n'irai pas y finir mes jours. Mais le pays est adorable,
bien plus beau encore que les environs de Rouen. J'ai vu

---

1. Thomas Couture, qui a laissé un beau portrait dessiné de Sand
(lithographié par Manceau en 1850), voulait publier son livre *Méthode
et Entretiens d'atelier* (1867) avec une préface de G. Sand, qu'elle refusa
de faire (lettre du 13 décembre 1866). Elle revenait de passer trois
jours chez Flaubert à Croisset (28-30 août).

par là des *vestes dieppoises* jolies, oh mais jolies comme des bijoux, et je n'ai pas pu me tenir d'en commander une pour Cocote. Je l'attends et je crois que ça lui fera plaisir.

Parlons de nous, car de Paris je ne sais rien encore. Je ne sais pas si on joue toujours *les Don Juan [de village]*. Je vous envoie des articles qui ne sont pas mauvais et on m'a écrit là-bas qu'il se faisait une réaction et qu'on s'apercevait que la pièce était charmante. Mais si elle ne fait pas d'argent, on ne la soutiendra pas, on ne la soutient peut-être plus. Il fait un temps à ne pas mettre un chien dehors pour voir les affiches, et je ne songe même pas à aller à Palaiseau par ce déluge. Parlons donc de ce que nous allons faire. Il faut faire ce *Pied sanglant*, il faut le faire ensemble[2], d'entrain et vite. Mais il faut voir la Bretagne.

Dites-moi tout de suite si vous voulez y venir, car si c'est non, inutile que j'aille à Nohant pour repartir de là, et doubler la fatigue et les frais du voyage. Si vous y venez avec moi, c'est différent, j'irai vous prendre.

Si vous ne *voulez pas*, j'irai y passer 8 jours seule et j'irai ensuite à Nohant d'où nous pourrons aller ailleurs. Quel que soit le temps, quand on veut voir, on voit, on s'enveloppe, on se chausse et on n'en meurt pas, puisque me voilà mieux qu'au départ et contente d'avoir vu. Vite une réponse pendant que je m'occuperai ici de régler nos affaires avec Harmant et l'Odéon.

As-tu répondu à Lacroix, es-tu décidé ? Je n'ai pas d'opinion là-dessus. Sauf que je crois que Lévy ne donnerait pas autant du *Coq*. Mais comment savoir sans le lui offrir, et le lui offrir n'est pas sans inconvénient car Lacroix le saura. Lévy qui est en rivalité avec lui s'arrangera toujours pour faire croire qu'il dispose de toutes les primeurs[3].

2. *Le Pied sanglant*, drame en 3 actes, avait été joué sur le théâtre de Nohant les 26 et 29 octobre 1862 ; Sand songe probablement d'abord à en tirer une pièce en collaboration avec son fils, mais ce sujet sur les guerres de Vendée et la chouannerie l'obsède et, après un voyage en Bretagne, elle écrit le « roman dialogué » *Cadio* (*Revue des Deux Mondes*, 1er septembre-15 novembre 1867), qui, avec l'aide de Paul Meurice, est adapté au théâtre (Porte Saint-Martin, 3 octobre 1868).

3. C'est Lacroix qui va publier en 1867 le roman de Maurice, *Le Coq aux cheveux d'or.*

Je vous *bige* mille fois, ayez soin de vous; couvrez-vous comme en hiver, chaussez-vous comme en Laponie. Ce soir, je vous dirai ce que j'aurai pu faire par cet affreux temps.

## 353. À MAURICE DUDEVANT-SAND

[Paris,] samedi [1er septembre 1866]

Je ne me décourage pas comme ça, moi. Les difficultés d'un sujet doivent être des stimulants et non des empêchements. Je ne suis pas obligée de faire la peinture de la Révolution. Il me suffit d'en tirer la moralité, et ça n'est pas malin puisque tout le monde est d'accord sur 89. En mettant les passions dans la bouche d'un fou que nous rendrons intéressant quand même, nous ne choquerons personne.

Pourquoi *Cadiou* ne serait-il pas une espèce de Marat et de Bonaparte en même temps? pourquoi n'aurait-il pas des instincts sublimes et misérables? Il faut voir ici les choses de plus haut que l'histoire écrite. Il y avait en France alors des milliers de Bonaparte, des milliers de Marat, des milliers de Hoche, des milliers de Robespierre et de Saint-Just, lequel par parenthèse était un fou aussi. Seulement ces types plus ou moins réussis par la nature, et plus ou moins effacés par les événements, s'appelaient Cadiou, Motus ou Riallo ou Garguille. Ils n'en existaient pas moins. Les idées et les passions qui remirent un peuple en émoi, une société en dissolution et en reconstruction, ne sont pas propres à un homme, elles sont résumées par quelques hommes plus tranchés que les autres. Tu m'as donné l'idée de faire de Cadiou le héros de la pièce, c'est une idée excellente. Laisse-moi l'envisager comme elle me vient et en tirer parti. Il sera l'image et le reflet du passé et de l'avenir, il traversera le présent sans le comprendre, comme un homme ivre. Ce sera très original et très beau. Je me fiche bien de ce que l'auteur aura à expliquer de sa pensée au public! Il faut que l'auteur disparaisse derrière son personnage et que le public fasse la conclusion. Tout le difficile est de la lui rendre facile à faire. Il faut essayer et ne jamais reculer devant ce qui vous a ému et saisi.

Aide-moi pour le cadre, les événements nécessaires à mon sujet. Un coin de la Vendée et de la chouannerie ensuite, un tout petit coin ; il faut que le drame soit grand et la scène petite. Pioche, sois fort sur les dates, les événements. Je prendrai où j'aurai besoin de prendre, et tu m'aideras pour arranger le scénario, mais laisse-moi rêver et créer Cadiou. Pour ça il faut que j'aille voir un petit coin de la Bretagne, réponds vite, si tu veux y aller[1]. Sinon je pars et je vas ensuite à Nohant du 10 au 15. Voilà !

Je vous aime et vous bige.

## 354. À GUSTAVE FLAUBERT

Nohant, 21 7ᵇʳᵉ [1866]

Je viens de courir pendant 12 jours avec mes enfants, et en arrivant chez nous je trouve vos deux lettres, ce qui, ajouté à la joie de retrouver Mlle Aurore fraîche et belle, me rend tout à fait heureuse. Et toi, mon bénédictin, tu es tout seul, dans ta ravissante chartreuse, travaillant et ne sortant jamais ? Ce que c'est d'*avoir* trop sorti ! Il faut à monsieur des Syrtes, des déserts, des lac Asphaltite, des dangers et des fatigues[1] ! Et cependant on fait des *Bovary* où tous les petits recoins de la vie sont étudiés et peints en grand maître. Quel drôle de corps qui fait aussi le combat du Sphinx et de la Chimère[2] ! Vous êtes un être très à part, très mystérieux, doux comme un mouton avec tout ça. J'ai eu de grandes envies de vous questionner, mais un trop grand respect de vous m'en a empêchée, car je ne sais jouer qu'avec mes propres désastres, et ceux qu'un grand esprit a dû subir pour être en état de produire, me paraissent choses sacrées qui ne se touchent pas brutalement ou légèrement.

Sainte-Beuve, qui vous aime pourtant, prétend que vous êtes affreusement vicieux. Mais peut-être qu'il voit avec

1. Sand effectuera ce voyage en Bretagne du 10 au 18 septembre, avec Maurice et Lina.
1. Dans *Salammbô*.
2. Dans *La Tentation de saint Antoine* (chap. VII).

des yeux un peu salis, comme ce savant botaniste[3] qui prétend que la germandrée est d'un jaune *sale*. L'observation
était si fausse que je n'ai pu m'empêcher d'écrire en marge
de son livre : *C'est vous qui avez les yeux sales*. Moi je présume que l'homme d'intelligence peut avoir de grandes
curiosités. Je ne les ai pas eues, faute de courage, j'ai
mieux aimé laisser mon esprit incomplet, ça me regarde
et chacun est libre de s'embarquer sur un grand navire à
toutes voiles ou sur une barque de pêcheur. L'artiste est
un explorateur que rien ne doit arrêter et qui ne fait ni
bien ni mal de marcher à droite ou à gauche, son but
sanctifie tout. C'est à lui de savoir, après un peu d'expérience, quelles sont les conditions de santé de son âme.
Moi je crois que la vôtre est en bon état de grâce, puisque
vous avez plaisir à travailler et à être seul malgré la pluie.

Savez-vous que pendant que le déluge est partout,
nous avons eu, sauf quelques averses, du beau soleil en
Bretagne ? Du vent à décorner les bœufs sur les plages
de l'Océan, mais que c'était beau, la grande houle, et
comme la botanique des sables m'emportait, et que Maurice et sa femme ont la passion des coquillages, nous
avons tout supporté gaiement. Pour le reste, c'est une
fameuse balançoire que la Bretagne. Nous nous sommes
pourtant indigérés de dolmens et de menhirs, et nous
sommes tombés dans des fêtes où nous avons vu tous
les costumes qu'on dit supprimés et que les vieux portent
toujours. Eh bien, c'est laid, ces hommes du passé, avec
leurs culottes de toile, leurs longs cheveux, leurs vestes
à poches sous les bras, leur air abruti, moitié pochard,
moitié dévot. Et les débris celtiques, incontestablement
curieux pour l'archéologue, ça n'a rien pour l'artiste,
c'est mal encadré, mal composé, Carnac et Erdeven n'ont
aucune physionomie. Bref la Bretagne n'aura pas mes
os, j'aimerais mille fois mieux votre Normandie cossue,
ou, dans les jours où l'on a du drame dans la *trompette*, les
vrais pays d'horreur et de désespoir. Il n'y a rien là où
règne le prêtre et où le vandalisme catholique a passé,
rasant les monuments du vieux monde et semant les
poux de l'avenir.

3. J.-A. Bois-Duval ; l'anecdote est contée à Duvernet le soir
même de la lecture de l'observation, le 6 août 1860 ; elle est reprise
dans « Le Pays des anémones » (*Revue des Deux Mondes*, 1er juin 1868 ;
*Nouvelles Lettres d'un voyageur*, p. 33).

Vous dites *nous*, à propos de la *féerie* : je ne sais pas avec qui vous l'avez faite[4], mais je me figure toujours que cela devrait aller à *l'Odéon actuel*. Si je la connaissais, je saurais bien faire pour vous ce qu'on ne sait jamais faire pour soi-même, monter la tête aux directeurs. Une chose de vous doit être trop originale pour être comprise par ce gros Dumaine. Ayez donc une copie chez vous et, le mois prochain, j'irai, de Paris, passer une journée avec vous pour que vous me la lisiez. C'est si près de Palaiseau, le Croisset ! — et je suis dans une phase d'activité tranquille où j'aimerais bien à voir couler votre grand fleuve et à rêvasser dans votre verger, tranquille lui-même, tout en haut de la falaise. Mais je bavarde, et tu es en train de travailler. Il faut pardonner cette intempérance anormale à quelqu'un qui vient de voir des pierres, et qui n'a pas seulement aperçu une plume depuis 12 jours.

Vous êtes ma première visite aux vivants, au sortir d'un ensevelissement complet de mon pauvre *moi*. Vivez ! voilà mon *oremus* et ma bénédiction. Et je t'embrasse de tout mon cœur.

G. Sand

### 355. À GUSTAVE FLAUBERT

[Nohant] Lundi soir [1er octobre 1866]

Cher ami,

Votre lettre m'est revenue de Paris. Il ne m'en manque pas. J'y tiens trop pour en laisser perdre. Vous ne me parlez pas inondations. Je pense donc que la Seine n'a pas fait de bêtises chez vous et que le tulipier n'y a pas trempé ses racines. Je craignais pour vous quelque ennui et je me demandais si votre levée était assez haute pour vous protéger. Ici, nous n'avons rien à redouter en ce genre, nos ruisseaux sont très méchants, mais nous en sommes loin.

Vous êtes heureux d'avoir des souvenirs si nets des

---

4. Flaubert ne réussira pas à faire jouer *Le Château des cœurs*, féerie en 10 tableaux, écrite en collaboration avec Louis Bouilhet et Charles d'Osmoy. Dumaine était directeur du théâtre de la Gaîté.

autres existences. Beaucoup d'imagination et d'érudition, voilà votre mémoire, mais si on ne se rappelle rien de distinct, on a un sentiment très vif de son propre renouvellement dans l'éternité. J'avais un frère [Chatiron] très drôle, qui souvent disait : du temps que j'étais chien… Il croyait être homme très récemment. Moi je crois que j'étais végétal ou pierre. Je ne suis pas toujours bien sûre d'exister complètement, et, d'autres fois, je crois sentir une grande fatigue accumulée pour avoir trop existé. Enfin je ne sais pas, et je ne pourrais pas, comme vous, dire : Je possède le passé. — Mais alors, vous croyez qu'on ne meurt pas, puisqu'on *redevient* ? Si vous osez le dire *aux chiqueurs*, vous avez du courage, et c'est bien. Moi j'ai ce courage-là, ce qui me fait passer pour imbécile, mais je n'y risque rien ; je suis imbécile sous tant d'autres rapports !

Je serai enchantée d'avoir votre impression écrite sur la Bretagne, moi, je n'ai rien vu assez pour en parler. Mais je cherchais une impression générale et ça m'a servi pour reconstruire un ou deux tableaux dont j'avais besoin. Je vous lirai ça aussi, mais c'est encore un gâchis informe.

Pourquoi votre voyage est-il resté inédit[1] ? Vous êtes *coquet* ; vous ne trouvez pas tout ce que vous faites digne d'être montré. C'est un tort. Tout ce qui est d'un maître est enseignement, et il ne faut pas craindre de montrer ses croquis et ses ébauches. C'est encore très au-dessus du lecteur, et on lui donne tant de choses à son niveau que le pauvre diable reste vulgaire. Il faut aimer les bêtes plus que soi, ne sont-elles pas les vraies infortunes de ce monde ? Ne sont-ce pas les gens sans goût et sans idéal qui s'ennuient, ne jouissent de rien et ne servent à rien ? Il faut se laisser abîmer, railler et méconnaître par eux, c'est inévitable : mais il ne faut pas les abandonner, et toujours il faut leur jeter du bon pain, qu'ils préfèrent ou non la m. Quand ils seront saouls d'ordures ils mangeront le pain, mais s'il n'y en a pas, ils mangeront la m. *in secula seculorum*.

Je vous ai entendu dire : Je n'écris que pour 10 ou 12 personnes. On dit en causant, bien des choses qui sont le résultat de l'impression du moment, mais vous

---

1. Le récit du voyage de Flaubert et Maxime Du Camp en Bretagne en 1847, *Par les champs et par les grèves*, était resté inédit.

n'étiez pas seul à le dire, c'était l'opinion du *lundi*[2], ou la
thèse de ce jour-là, j'ai protesté intérieurement. Les douze
personnes pour lesquelles on écrit et qui vous apprécient,
vous valent ou vous surpassent, vous n'avez jamais eu,
vous, aucun besoin de lire les onze autres pour être vous.
Donc on écrit pour tout le monde, pour tout ce qui a
besoin d'être initié, quand on n'est pas compris, on se
résigne et on recommence. Quand on l'est, on se réjouit
et on continue. Là est tout le secret de nos travaux per-
sévérants et de notre amour de l'art. Qu'est-ce que c'est
que l'art sans les cœurs et les esprits où on le verse ? Un
soleil qui ne projetterait pas de rayons et ne donnerait la
vie à rien. En y réfléchissant, n'est-ce pas votre avis ? Si
vous êtes convaincu de cela, vous ne connaîtrez jamais le
dégoût et la lassitude. Et si le présent est stérile et ingrat,
si on perd toute action, tout crédit sur le public, en le
servant de son mieux, reste le recours à l'avenir, qui soutient le courage et efface toute blessure d'amour-propre.
Cent fois dans la vie, le bien que l'on fait ne paraît servir à rien, et ne sert à rien d'immédiat, mais cela entretient quand même la tradition du bien vouloir et du bien
faire sans laquelle tout périrait.

Est-ce depuis 89 qu'on pataugE[3] ? Ne fallait-il pas
patauger pour arriver à 48, où l'on a pataugé plus encore,
mais pour arriver à ce qui doit être ? Vous me direz comment vous l'entendez et je relirai Turgot pour vous
plaire. Je ne promets pas d'aller jusqu'à d'Holbach, *bien
qu'il ait du bon, la rosse*[4] !

Vous m'appellerez à l'époque de la pièce de Bouilhet[5].
Je serai ici, piochant beaucoup, mais prête à courir et
vous aimant de tout mon cœur. À présent que je ne suis
plus une femme, si le bon Dieu était juste, je deviendrais

2. Probablement le 21 mai, lors d'un de ces « dîners Magny » qui
réunissaient un lundi par mois des écrivains.
3. Dans sa lettre du 29 septembre, Flaubert écrivait : « Ne trouvez-vous pas, *au fond*, que depuis 89 on bat la breloque ? Au lieu de
continuer par la grande route qui était large et belle comme une voie
triomphale, on s'est enfui par les petits chemins, et on pataugE dans
les fondrières. Il serait peut-être sage de revenir momentanément à
d'Holbach ? Avant d'admirer Proudhon, si on connaissait Turgot ? »
4. Mot attribué à l'acteur Grassot.
5. *La Conjuration d'Amboise*, créée à l'Odéon le 29 octobre ; Sand y
assistera : « Grand succès, jolie pièce, vers exquis, bien jouée » (*Agendas*).

un homme. J'aurais la force physique et je vous dirais : Allons donc faire un tour à Carthage ou ailleurs. Mais voilà, on marche à l'enfance, qui n'a ni sexe ni énergie, et c'est ailleurs, bien ailleurs, qu'on se renouvelle ; *où* ? Je saurai ça avant vous, et, si je peux, je reviendrai vous le dire en songe.

## 356. À GUSTAVE FLAUBERT

[Palaiseau, 22 novembre 1866]

Il me semble que ça me portera bonheur de dire bonsoir à mon cher camarade avant de me mettre à l'ouvrage[1].

Me voilà *toute seule* dans ma maisonnette. Le jardinier [Robot] et son ménage logent dans le pavillon du jardin, et nous sommes la dernière maison au bas du village, tout isolés dans la campagne qui est une oasis ravissante, des prés, des bois, des pommiers comme en Normandie, pas de grand fleuve avec ses cris de vapeur et sa chaîne infernale ; un ruisselet qui passe muet sous les saules ; un silence ah ! mais il me semble qu'on est au fond de la forêt vierge, rien ne parle que le petit jet de la source qui empile sans relâche des diamants au clair de la lune. Les mouches endormies dans les coins de la chambre se réveillent à la chaleur de mon feu. Elles s'étaient mises là pour mourir, elles arrivent auprès de la lampe, sont prises d'une gaîté folle, elles bourdonnent, elles sautent, elles rient, elles ont même des velléités d'amour, mais c'est l'heure de mourir, et, paf ! au milieu de la danse, elles tombent roide, c'est fini, adieu le bal !

Je suis triste ici tout de même. Cette solitude absolue qui a toujours été pour moi vacance et récréation, est partagée maintenant par un mort qui a fini là, comme une lampe qui s'éteint, et qui est toujours là. Je ne le tiens pas pour malheureux dans la région qu'il habite ; mais cette image qu'il a laissée autour de moi, qui n'est

1. Elle travaille alors à une pièce tirée de son roman de 1852 *Mont-Revêche* ; ce projet, commencé en 1864, auquel collaborèrent successivement Manceau, Maurice et Dumas fils, sera finalement abandonné en 1867.

plus qu'un reflet, semble se plaindre de ne pouvoir plus me parler.

N'importe; la tristesse n'est pas malsaine, elle nous empêche de nous dessécher.

Et vous, mon ami? que fais-tu à cette heure? La pioche aussi, seul aussi; car la maman doit être à Rouen. Ça doit être beau aussi, la nuit, là-bas. Y penses-tu quelquefois au vieux troubadour de pendule d'auberge, qui toujours chante et chantera le parfait amour? Eh bien oui, quand même! Vous n'êtes pas pour la chasteté, monseigneur, ça vous regarde. Moi, je dis *qu'elle a du bon, la rosse*[2]!

Et, sur ce, je vous embrasse de tout mon cœur et je vas faire parler si je peux, des gens qui s'aiment à la vieille mode.

G. Sand

Palaiseau, 22 9<sup>bre</sup> 66

Tu n'es pas forcé de m'écrire quand tu n'es pas en train. Pas de vraie amitié sans liberté *absolue*.

À Paris, la semaine prochaine, et puis à Palaiseau encore, et puis à Nohant.

J'ai vu Bouilhet au *lundi*. J'en suis *éprise*. Mais quelqu'un de nous claquera chez Magny. J'y ai eu une sueur froide, moi si solide, et j'y ai vu tout bleu.

### 357. À GUSTAVE FLAUBERT

Palaiseau, 29 9<sup>bre</sup> [1866]<br>à Paris la semaine prochaine

Il ne faut être ni spiritualiste, ni matérialiste, dites-vous, mais naturaliste. C'est une grosse question.

— Mon *Cascaret* (c'est comme ça que j'appelle le petit ingénieur[1]) la résoudra comme il l'entendra. Ce n'est pas

---

2. Voir la note 4 de la lettre précédente.

1. Sand avait parlé à Flaubert (16 novembre) de Francis Laur (Cascaret) que les dames lorgnent dans la rue, mais qui est amoureux et fiancé et a fait « un vœu »; le 17, Flaubert traite ce vœu de « pure niaiserie » et ajoute: « Il ne faut plus être ni spiritualiste, ni matérialiste, mais *naturaliste* »; la discussion sur la chasteté et l'abstinence continue dans une lettre du 27 novembre, à laquelle répond ici Sand,

une bête, et il passera par bien des idées et des déductions, et des *émotions* avant de réaliser la prédiction que vous faites. Je ne le catéchise qu'avec réserve, car il est plus fort que moi sur bien des points et ce n'est pas le spiritualisme catholique qui l'étouffe.

— Mais la question par elle-même est très sérieuse et plane sur notre art, à nous troubadours plus ou moins pendulifères, ou penduloïdes. Traitons-la d'une manière toute impersonnelle, car ce qui est bien pour l'un peut avoir son contraire très bien pour l'autre. Demandons-nous, en faisant abstraction de nos tendances ou de nos expériences, si l'être humain peut recevoir et chercher son entier développement physique sans que l'intellect en souffre. Oui, dans une société idéale et rationnelle, cela serait ainsi. Mais dans celle où nous vivons et dont il faut bien nous contenter, la jouissance et l'abus ne vont-ils pas de compagnie, et peut-on les séparer, les limiter, à moins d'être un sage de première volée ? et si l'on est un sage, adieu l'entraînement qui est le père des joies réelles.

La question pour nous, artistes, est de savoir si l'abstinence nous fortifie, ou si elle nous exalte trop, ce qui dégénère en faiblesse. — Vous me direz : Il y a temps pour tout et puissance suffisante pour toute dépense de forces. Donc, vous faites une distinction et vous posez des limites, il n'y a pas moyen de faire autrement. La nature, croyez-vous, en pose d'elle-même et nous empêche d'abuser. Ah ! mais non, elle n'est pas plus sage que nous qui sommes aussi la nature. Nos excès de travail comme nos excès de plaisir nous tuent parfaitement, et plus nous sommes de grandes natures, plus nous dépassons les bornes et reculons la limite de nos puissances.

Moi je n'ai pas de théories. Je passe ma vie à poser des questions et à les entendre résoudre dans un sens ou dans l'autre, sans qu'une conclusion victorieuse et sans réplique m'ait été jamais donnée. J'attends la lumière d'un nouvel état de mon intellect et de mes organes dans une autre vie, car, dans celle-ci, quiconque réfléchit embrasse jusqu'à leurs dernières conséquences les limites du *pour* et du *contre*. C'est M. Platon, je crois, qui demandait et

qui semble n'avoir pas envoyé cette lettre en tête de laquelle elle a noté plus tard : « À G. Flaubert. Je ne sais pas pourquoi elle est restée dans mon buvard ».

croyait tenir le lien. Il ne l'avait pas plus que nous. Pourtant ce lien existe, puisque l'univers subsiste sans que le *pour* et le *contre* qui le constituent se détruisent réciproquement. Comment s'appellera-t-il pour la nature matérielle ? *équilibre*, il n'y a pas à dire — et pour la nature pensante ? modération, chasteté relative, abstinence des abus, tout ce que vous voudrez, mais ça se traduira toujours par *équilibre*. Ai-je tort, mon maître ?

Pensez-y, car dans nos romans, ce que font ou ne font pas nos personnages ne repose pas sur une autre question que celle-là. Posséderont-ils, ne posséderont-ils pas l'objet de leurs ardentes convoitises ? que ce soit amour ou gloire, fortune ou plaisir, dès qu'ils existent, ils aspirent à un but. Si nous avons en nous une philosophie, ils marchent droit selon nous, si nous n'en avons pas, ils marchent au hasard et sont trop dominés par les événements que nous leur mettons dans les jambes. Imbus de nos propres idées, ils choquent souvent celles des autres. Dépourvus de nos idées et soumis à la fatalité, ils ne paraissent pas toujours logiques. Faut-il mettre un peu ou beaucoup de nous en eux, ne faut-il rien mettre que ce que la société met dans chacun de nous ?

Moi je suis ma vieille pente, je me mets dans la peau de mes bonshommes. On me le reproche, ça ne fait rien. Vous, je ne sais pas bien si, par procédé ou par instinct, vous suivez une autre route. Ce que vous faites vous réussit, voilà pourquoi je vous demande si nous différons sur la question des luttes intérieures, si *l'homme-roman* doit en avoir, ou s'il ne doit pas les connaître.

Vous m'étonnez toujours avec votre travail pénible, est-ce une coquetterie ? Ça paraît si peu ! Ce que je trouve difficile, moi, c'est de choisir entre les mille combinaisons de l'action scénique qui peuvent varier à l'infini, la situation nette et saisissante qui ne soit pas brutale ou forcée. Quant au style, j'en fais meilleur marché que vous.

Le vent joue de ma vieille harpe comme il lui plaît d'en jouer. Il a ses *hauts* et ses *bas*, ses grosses notes et ses défaillances, au fond ça m'est égal pourvu que l'émotion vienne mais je ne peux rien trouver en moi. C'est *l'autre* qui chante à son gré, mal ou bien, et quand j'essaie de penser à ça, je m'en effraie et me dis que je ne suis rien, rien du tout.

Mais une grande sagesse nous sauve ; nous savons

nous dire : Eh bien, quand nous ne serions absolument que des instruments c'est encore un joli état et une sensation à nulle autre pareille que de se sentir vibrer.
— Laissez donc le vent courir un peu dans vos cordes. Moi je crois que vous prenez plus de peine qu'il ne faut, et que vous devriez laisser faire *l'autre* plus souvent. Ça irait tout de même et sans fatigue. L'instrument pourrait résonner faible à de certains moments ; mais le souffle, en se prolongeant, trouverait sa force. Vous feriez après coup, ce que je ne fais pas, ce que je devrais faire, vous remonteriez le ton du tableau tout entier et vous sacrifieriez ce qui est trop également dans la lumière.

*Vale et me ama.*

G. Sand

## 358. À GUSTAVE FLAUBERT

[Paris, 7 (?) décembre 1866]

Ne rien mettre de son cœur dans ce qu'on écrit[1] ? je ne comprends pas du tout, oh mais, du tout. Moi il me semble qu'on ne peut pas y mettre autre chose. Est-ce qu'on peut séparer son esprit de son cœur, est-ce que c'est quelque chose de différent ? est-ce que la sensation même peut se limiter, est-ce que l'être peut se scinder ? Enfin ne pas se donner tout entier dans son œuvre, me paraît aussi impossible que de pleurer avec autre chose que ses yeux et de penser avec autre chose que son cerveau. Qu'est-ce que vous avez voulu dire ? vous répondrez quand vous aurez le temps.

---

1. Brève réplique à la lettre de Flaubert des 5-6 décembre : « j'éprouve une répulsion invincible à mettre sur le papier quelque chose de mon cœur. Je trouve même qu'un romancier *n'a pas le droit d'exprimer son opinion* sur quoi que ce soit »...

## 359. À ARMAND BARBÈS

Nohant, 15 janvier 1867

Cher ami de mon cœur,

Cette bonne longue lettre que je reçois de vous me comble de reconnaissance et de joie. Je ne l'ai lue qu'il y a deux jours. Elle m'attendait ici, à Nohant, et j'étais à Paris, malade, tous les jours faisant ma malle, et tous les jours forcée de me mettre au lit. Je vais mieux ; mais j'ai à combattre, depuis quelques années, une forte tendance à l'anémie ; j'ai eu trop de fatigue et de chagrin à l'âge où l'on a le plus besoin de calme et de repos. Enfin, chaque été me remet sur mes pieds, et, si chaque hiver me démolit, je n'ai guère à me plaindre.

Comme vous, je ne tiens pas à mourir. Certaine que la vie ne finit pas, qu'elle n'est pas même suspendue, que tout est passage et fonction, je vas devant moi avec la plus entière confiance dans l'inconnu. Je m'abstiens désormais de chercher à le deviner et à le définir ; je vois un grand danger à ces efforts d'imagination qui nous rendent systématiques, intolérants et *fermés* au progrès, qui souffle toujours et quand même des quatre coins de l'horizon. Mais j'ai la notion du *devenir* incessant et éternel, et, quel qu'il soit, il m'est démontré intérieurement, par un sentiment invincible, qu'il est logique, et par conséquent beau et bon. C'est assez pour vivre dans l'amour du bien et dans le calme relatif, dans la dose de sérénité fatalement restreinte et passagère que nous permet la solidarité avec l'univers et avec nos semblables. Ma petite philosophie pratique est devenue d'une excessive modestie.

Je voudrais vous faire lire l'avant-dernier et le dernier romans que j'ai publiés, *Monsieur Sylvestre* et *Le Dernier Amour*, qui en est le complément. C'est naïf, pour ne pas dire niais ; mais il y a, au fond, des choses vraies qui ont été bien senties, et qui ne vous déplairaient pas. Une page de cela de temps en temps pourrait vous faire l'effet d'une potion innocente, qui amuse l'ennui et la douleur. Si vous n'avez pas ces petits volumes sous la main, je dirai qu'on vous les envoie. Ils vous mettront en communication pour ne pas dire en communion avec votre vieille amie.

Je vous parle de moi, c'est en vue de notre idéal commun, du rêve intérieur qui nous soutient et qui vous remplissait de force et de sérénité, la veille d'une condamnation à mort. Vous voilà condamné à la vie maintenant, cher ami ! à une vie de langueur, d'empêchement et de souffrance, où votre âme stoïque s'épanouit quand même et vibre au souffle de toutes les émotions patriotiques.

Je remarque avec attendrissement que vous êtes resté *chauvin*, comme disent nos jeunes beaux esprits de Paris, c'est-à-dire guerrier et chevalier[1] — comme je suis restée *troubadour*, c'est-à-dire croyant à l'amour, à l'art, à l'idéal, et chantant quand même, quand le monde siffle et baragouine. Nous sommes les jeunes fous de cette génération. Ce qui va nous remplacer s'est chargé d'être vieux, blasé, sceptique à notre place. Ceci donne hélas ! bien raison à vos craintes sur l'avenir. Voici justement ce que m'écrit, en même temps que vous, un excellent ami à moi, Gustave Flaubert, un de ceux qui sont restés jeunes à quarante-six ans :

« Ah ! oui, je veux bien vous suivre dans une autre planète : *l'argent* rendra la nôtre inhabitable dans un avenir rapproché. Il sera impossible, même au plus riche, d'y vivre sans s'occuper *de son bien*. Il faudra que tout le monde passe plusieurs heures par jour à tripoter ses capitaux : ce sera charmant ![2] »

C'est qu'à côté d'une politique qui est grosse de catastrophes, il y a une économie sociale qui est grosse d'apoplexie foudroyante. Tout ce que vous prévoyez de la contagion anglo-saxonne arrivera. C'est là le nuage qui mange déjà tout l'horizon ; la Prusse n'est qu'un grain qui ne crèvera peut-être pas. La stérilité des esprits et des cœurs est bien autrement à redouter que le manque de fusils, de soldats et d'émulation à un moment donné. Il faudra traverser une ère de ténèbres où notre souvenir — celui de notre glorieuse Révolution et de ces grands jours qui nous ont laissé une flamme dans l'esprit — disparaîtra comme le reste.

1. Dans sa lettre du 26 décembre 1866, Barbès, face au danger de la Prusse, estimait que la France devait moderniser son armement et renforcer son armée.
2. Sand cite approximativement une lettre de Flaubert des 12-13 janvier.

Mais qu'importe, s'il le faut, mon ami ? De par notre être éternel, nous ne pouvons pas douter du réveil de l'idéal dans l'humanité. Cette réaction d'athéisme moral est inévitable ; elle est la conséquence du développement exagéré du mysticisme. L'homme, trompé et leurré durant tant de siècles, croit se sauver par la prétendue méthode expérimentale. Il ne voit qu'un côté de la vérité et il l'essaye. C'est son droit. Il a le droit de se mutiler. Quand il aura bien *expérimenté* ce régime, il verra que ce n'est pas cela encore, et la France éclipsée redeviendra la terre des prodiges ; question de temps ! « Nous n'y serons pas, disent les faibles ; la vie est courte et la nôtre s'écoule dans la peur et les larmes ».

Disons-leur que la vie est continue et que les forts seront toujours où il faudra qu'ils soient.

Dites-moi, à moi, quels sont les ouvrages sur Jeanne d'Arc qui vous ont donné une certitude sur ses notions personnelles[3]. Je n'ai lu de sérieux sur son compte que ce qu'en dit Henri Martin dans son *Histoire de France*. Tout le reste de ce que j'ai eu dans les mains est trop légendaire et je n'y trouve pas une figure réelle, c'est à faire douter qu'elle ait existé. Ses réapparitions après la mort font ressembler son histoire à celle de Jésus, — qui n'a pas existé non plus, du moins *personnalisé* comme on nous le représente.

Ces grands hallucinés sont déjà bien loin de nous et j'ai un certain éloignement pour les extatiques, je vous le confesse. J'aime tant l'histoire naturelle, j'y trouve le miracle permanent de la vie si beau, si complet dans la nature, que les miracles d'invention ou d'hallucination individuelle me paraissent petits et un peu *impies*.

Cher ami, merci pour votre sollicitude. Tout va bien autour de moi. Maurice vous aime toujours ; il est bien marié, sa petite femme est charmante. Ils sont tous deux actifs et laborieux. La petite Aurore est un amour que l'on adore. Elle a eu un an le jour de mon arrivée ici, la semaine dernière. Je suis *chez eux* maintenant ; car je leur

3. Dans sa lettre du 26 décembre, Barbès demandait à Sand d'écrire un livre sur Jeanne d'Arc : « Le style de *Lélia* et de *Jacques* célébrant la sublimité de la vierge de Vaucouleurs qui, dans son cœur de prolétaire, retrouva le mot de patrie, et mourut pour nous plus sûrement que Régulus n'est mort pour Rome, et Jésus pour son idéal ».

ai laissé toute la gouverne du petit avoir, et j'ai le plaisir
de ne plus m'en occuper ; j'ai plus de temps et de liberté.
J'espère guérir bientôt, et sinon, je suis bien soignée et
bien choyée. Tout est donc pour le mieux.

Ayez toujours espoir aussi. Pourquoi ne guéririez-vous
pas ? Si vous le voulez bien, qui sait ? Et puis on vous
aime tant ! cela peut amener un de ces miracles *naturels*
que Dieu connaît !

À vous de toute mon âme.

G. Sand

## 360. À HENRY HARRISSE

[Nohant, 19 janvier 1867]

Merci pour votre bonne lettre, mon cher Américain.
Tous les détails que vous me donnez sont bons, Sainte-
Beuve mieux surtout, c'est une joie pour moi. Moi je lutte
contre l'anémie qui me menace, et je ne songe même pas
à travailler du cerveau. Je plante des clous toute la journée, ou je couds des rideaux ou des courtepointes, le tout
à l'effet de m'installer ici dans une chambre plus petite
et plus chaude que celle où je suis. Je me suis tapissée en
bleu tendre parsemé de médaillons blancs où dansent de
petits personnages mythologiques. Il me semble que ces
tons fades et ces sujets rococos sont bien appropriés à
l'état d'anémie et que je n'aurai là que des idées douces
et bêtes. C'est ce qu'il me faut maintenant.

Le beau berrichon de ma jeunesse est aujourd'hui une
langue morte. La bourrée, cette danse si jolie, est remplacée par de stupides contredanses, nos chants du ter-
roir, admirables autrefois et qui faisaient l'adoration de
Chopin et de Pauline Garcia [Viardot], cèdent le pas à la
*femme à barbe*[1]. De belles routes remplacent nos sentiers
où l'on se perdait, de vieux ombrages presque vierges,
que l'on savait où trouver et que nous seuls connaissions

---

1. Chanson-parade (1865), paroles d'Élie Frébault et musique de
Paul Blaquière, grand succès de la chanteuse Thérésa à l'Alcazar,
dont nous citerons la fin du refrain : « C'est moi qu'je suis la femm'à
barbe ». Sand est allée à l'Alcazar le 31 mars 1866 : « Thérésa n'est
pas grand chose » (Agenda).

ont disparu et la botanique sylvestre est au diable. Refaire un roman berrichon ! non, je ne vous l'ai pas promis. Ce serait repasser par le chemin des regrets, et vraiment, à mon âge, il faut combattre une tendance si naturelle et si fondée. Il faut vivre en avant ; c'est la devise de votre pays, et quoi qu'il m'en coûte de secouer mes souvenirs, je ne veux pas méconnaître ce que l'avenir peut nous apporter. Je ne veux pas être ingrate non plus envers la vieillesse qui est aussi un bon âge, plein d'indulgence, de patience et de clartés. Si l'on me rendait mes énergies, je ne saurais plus qu'en faire, n'étant plus dupe de moi-même. Je voudrais revoir l'Italie, parce que ce sera une Italie nouvelle. Retrouverai-je la force d'y aller ? Ce n'est pas sûr, mais je ne veux pas m'en tourmenter. Si j'en suis à mes dernières lueurs, je me dirai que j'ai bien assez fait le métier de chien tourne-broche et que la vie éternelle est un voyage qui promet assez d'émotions et d'étonnements.

Priez donc Saint-Victor de me faire envoyer son livre[2], c'est un talent, ah oui, et un vrai. En lisant tant de chefs-d'œuvre jetés le matin dans un feuilleton comme des perles à la consommation brutale des pourceaux, je me demandais toujours pourquoi cela n'était pas rassemblé et publié. Je suis curieuse de savoir si je retrouverai l'émotion que cela m'a donnée en détail.

Non, Théo ne sera pas de l'Académie. Il ne voudra pas faire ce qu'il faut pour cela et s'il s'y résigne, il le fera mal[3]. Il ne se tiendra pas de dire ce qu'il pense des vieux fétiches. Si je me trompe, je serai bien étonnée, par exemple ! — Mais vous, qui ne parlez pas de vous, êtes-vous toujours décidé à quitter la France dans un temps donné ? Non, cela me paraît impossible. Il me semble que la France a besoin de ses amants, ceux qui lui appartiennent légitimement la méconnaissent et la brutalisent. Restez avec nous, aidez-nous à rester Français ou à le redevenir.

N'oubliez pas que vous m'avez promis de venir me voir ici. Notre vieille maison est un coin assez curieux, où l'on a réussi, pendant trente ans, à vivre en dehors de

2. Paul de Saint-Victor, *Hommes et Dieux, études d'histoire et de littérature* (Michel Lévy, 1867).

3. Théophile Gautier sera candidat à l'Académie au fauteuil de Barante, sans succès.

toute convention et à être artiste pour soi, sans se donner en spectacle au monde. Vous y serez reçu par mes enfants comme un ami.

Et bonsoir ! me voilà très fatiguée d'avoir écrit mais je suis à vous de tout cœur.

G. Sand

Nohant La Châtre, Indre
19 janvier 67

### 361. À GUSTAVE FLAUBERT

[Nohant, 27 janvier 1867]

Bah ! zut, troulala, aïe donc, aïe donc, je ne suis plus malade ou du moins je ne le suis plus qu'à moitié. L'air du pays me remet, ou la patience, ou *l'autre*, celui qui veut encore travailler et produire. Quelle est ma maladie ? rien. Tout en bon état, mais quelque chose qu'on appelle anémie, effet sans cause saisissable, dégringolade qui depuis quelques années menace, et qui s'est fait sentir à Palaiseau, après mon retour de Croisset. Un amaigrissement trop rapide pour être logique, le pouls trop lent, trop faible, l'estomac paresseux ou capricieux, avec un sentiment d'étouffement et des velléités d'inertie. Il y a eu impossibilité de garder un verre d'eau dans ce pauvre estomac durant plusieurs jours, et cela m'a mis si bas, que je me croyais peu guérissable. Mais tout se remet et même depuis hier je travaille.

Toi, cher, tu te promènes dans la neige, la nuit. Voilà qui pour une sortie exceptionnelle est assez fou et pourrait bien te rendre malade aussi. Ce n'est pas la lune, c'est le soleil que je te conseillais, nous ne sommes pas des chouettes que diable. Nous venons d'avoir trois jours de printemps. Je parie que tu n'as pas monté à mon cher verger qui est si joli et que j'aime tant. Ne fût-ce qu'en souvenir de moi tu devrais le grimper tous les jours de beau temps à midi. Le travail serait plus coulant après et regagnerait le temps perdu et au-delà.

Tu es donc dans des ennuis d'argent ? Je ne sais plus ce que c'est depuis que je n'ai plus rien au monde. Je vis de ma journée comme le prolétaire ; quand je ne pourrai plus faire ma journée, je serai emballée pour l'autre monde, et alors je n'aurai plus besoin de rien. Mais il faut que tu vives, toi. Comment vivre de ta plume si tu te laisses toujours duper et tondre ? Ce n'est pas moi qui t'enseignerai le moyen de te défendre. Mais n'as-tu pas un ami qui sache agir pour toi ? Hélas ! oui, le monde va à la diable de ce côté-là, et je parlais de toi l'autre jour à un bien cher ami[1], en lui montrant l'artiste, celui qui est devenu si rare, maudissant la nécessité de penser au côté matériel de la vie. Je t'envoie la dernière page de sa lettre tu verras que tu as là un ami dont tu ne te doutes guère, et dont la signature te surprendra.

Non, je n'irai pas à Cannes malgré une forte tentation hier. Figure-toi que je reçois une petite caisse remplie de fleurs coupées en pleine terre, il y a déjà 5 ou six jours, car l'envoi m'a cherchée à Paris et à Palaiseau. Ces fleurs sont adorablement fraîches, elles embaument, elles sont jolies comme tout. — Ah ! partir, partir tout de suite pour les pays du soleil. Mais je n'ai pas d'argent et d'ailleurs je n'ai pas le temps. Mon mal m'a retardée et ajournée. Restons. Ne suis-je pas bien ? Si je ne peux pas aller à Paris le mois prochain, ne viendras-tu pas me voir ici ? Mais oui, c'est 8 h. de route. Tu ne peux pas ne pas voir ce vieux nid. Tu m'y dois huit jours, ou je croirai que j'aime un gros ingrat qui ne me le rend pas.

Pauvre Sainte-B[euve] ! Plus malheureux que nous, lui qui n'a pas eu de gros chagrins et qui n'a plus de soucis matériels. Le voilà qui pleure ce qu'il y a de moins regrettable et de moins sérieux dans la vie[2], entendu comme il l'entendait ! Et puis, très altier, lui qui a été janséniste son cœur s'est refroidi de ce côté-là. L'intelligence s'est peut-être développée, mais elle ne suffit pas à nous faire vivre et elle ne nous apprend pas à mourir. Barbès qui depuis si longtemps attend à chaque minute qu'une syncope l'emporte, est doux et souriant. Il ne lui semble pas, et il ne semble pas non plus à ses amis que la mort le séparera de nous. Celui qui s'en va tout à fait, c'est celui qui croit finir et ne tend la main à personne pour qu'on le suive ou le rejoigne.

---

1. Barbès (voir lettre 359).
2. Les ennuis de santé de Sainte-Beuve l'obligeaient à renoncer à la galanterie.

Et bonsoir, cher ami de mon cœur. On sonne la représentation. Maurice nous régale ce soir des marionnettes.
C'est très amusant et le théâtre est si joli ! un vrai bijou
d'artistes. Que n'es-tu là ! C'est bête de ne pas vivre porte
à porte avec ceux qu'on aime.

## 362. À HENRY HARRISSE

[Nohant, 9 avril 1867]

Cher ami,
    J'ai été encore un peu malade en arrivant ici, fatiguée
surtout, bien que le voyage ne soit rien, et que je dorme
en chemin de fer mieux que dans un lit. Mais je suis
affaiblie cette année, et il faut que je patiente, ou que je
m'habitue à n'avoir plus d'énergie vitale. Je ne souffre
pas, c'est toujours ça. J'ai retrouvé ma charmante belle-
fille toujours charmante, et ma petite-fille sachant donner
de gros baisers et marchant presque seule. Chère enfant !
Je n'ose pas l'adorer. Il m'a été si cruel de perdre les
autres ! Elle est forte et bien portante, mais je ne peux
croire à aucun bonheur, bien que je paraisse toujours
avec mes enfants l'espérance en personne. Nohant est
tout en feuilles et en fleurs, bien plus que Paris et Palaiseau. Il n'y fait pas froid, mais nous avons des bour-
rasques comme en pleine mer. Maurice a fini toutes les
corrections que vous lui aviez indiquées[1]. Il me charge de
vous renouveler tous ses remerciements et de vous exprimer sa cordiale gratitude. Moi, j'ai à vous remercier toujours pour vos bonnes lettres et les détails si intéressants
sur tous nos amis *de lettres*. Vous vivez avec délices dans
cette atmosphère capiteuse. C'est de votre âge, moi je
m'y plais complètement quand j'y suis, mais je ne sais si
je pourrais y vivre toujours sans dépérir. Je suis paysan
au physique et au moral. Élevée aux champs, je n'ai pas
pu changer, et quand j'étais plus jeune, le monde littéraire
m'était impossible. Je m'y voyais comme dans une mer,
j'y perdais toute personnalité, et j'avais aussitôt un
immense besoin de me retrouver seule ou avec des êtres

1. Pour son nouveau roman, *Miss Mary* (Michel Lévy, 1868).

primitifs. Nos paysans d'alors ressemblaient encore pas
mal à des Indiens. À présent ils sont plus civilisés et je
suis moins sauvage. N'importe, j'ai encore du plaisir à
revoir des gens sans esprit, que l'on comprend sans effort
et que l'on écoute sans étonnement. Mais je ne veux pas
vous désenchanter de ce qui vous enchante, d'autant plus
que je m'y laisse enchanter aussi, et de très bon cœur
quand je rentre dans le courant. Vous subissez le charme
de la rue de Courcelles, à ce que je vois. Ce charme est
très grand, plus soutenu mais moins intense que celui du
*frère*[2]. Ces deux personnes seront infiniment regrettables,
si la tempête qui s'annonce les emporte loin de nous.
Mais que faire ? Les révolutions sont brutales, méfiantes
et irréfléchies ! Je ne sais où en sont les idées républicaines. J'ai perdu le fil de ce labyrinthe de rêves, depuis
quelques années. Mon idéal s'appellera toujours *liberté,
égalité, fraternité*. Mais par qui et comment, et *quand* se réa-
lisera-t-il tant soit peu ? Je l'ignore. Ce que je sais, c'est
que partout on entend sortir de la terre et des arbres, et
des maisons et des nuages, ce cri — *En voilà assez !*

Je suis tentée de demander pourquoi, bien que je voie
l'impuissance de l'idée napoléonienne vis-à-vis d'une situation plus forte que cette idée ; mais quand on l'a acclamée et caressée quinze ans, comment fait-on pour en
revenir et s'en dégoûter en un jour ? Notez que ceux qui
se plaignent et se fâchent le plus aujourd'hui sont ceux
qui depuis 15 ans la défendaient avec le plus d'âpreté.
Que s'est-il passé dans ces esprits bouleversés ? N'y avait-
il dans leur enthousiasme qu'une question d'intérêt, et la
peur est-elle la suprême fantaisie ?

Vous ne voyez pas cela à Paris, là où vous êtes *situé*. Ce
vieux Sénat vous impose, il vous indigne, et vous applau-
dissez les libres penseurs qu'on persécute[3]. En province,
on sent que cela ne tient à rien, et généralement on est
abattu, parce que l'on méprise le parti du passé et parce
qu'on redoute celui de l'avenir. Quelle étincelle allumera
l'incendie ? un hasard ? et quel sera l'incendie ? un mystère.
Je suis naturellement optimiste ; pourtant, j'avoue que cette
fois, je n'ai pas grand espoir pour une génération qui

2. La rue de Courcelles désigne la Princesse Mathilde, et *le frère* le
Prince Napoléon.
3. Allusion à la séance mouvementée du Sénat le 29 mars, où
Renan avait été attaqué par les cléricaux.

depuis 15 ans, supporte les Veuillot. — J'en reviendrai peut-être. J'attends.

Songez à votre promesse de venir nous voir.

George Sand

Nohant 9 avril

Encore amitiés de Maurice. Il est dans sa collection entomologique ; nettoyage mensuel. Il infecte la *benzine* et je lui défends de toucher à ma lettre pour vous dire un mot.

### 363. À GUSTAVE FLAUBERT

[Nohant, 9 mai 1867]

Cher ami de mon cœur, je vas bien, je travaille, j'achève *Cadio*, il fait chaud, je vis, je suis calme — et triste, je ne sais guère pourquoi. Dans cette existence si unie, si tranquille et si douce que j'ai ici, je suis dans un élément qui me débilite moralement en me fortifiant au physique, et je tombe dans des spleens de miel et de roses qui n'en sont pas moins des spleens. Il me semble que tous ceux que j'ai aimés m'oublient et que c'est justice, puisque je vis en égoïste, sans avoir rien à faire pour eux. J'ai vécu de dévouements formidables, qui m'écrasaient, qui dépassaient mes forces et que je maudissais souvent. Et il se trouve que n'en ayant plus à exercer, je m'ennuie d'être bien. Si la race humaine allait très bien ou très mal, on se rattacherait à un intérêt général, on vivrait d'une idée, illusion ou sagesse. Mais tu vois où en sont les esprits, toi qui tempêtes avec énergie contre les trembleurs. Cela se dissipe, dis-tu ? mais c'est pour recommencer ! Qu'est-ce que c'est qu'une société qui se paralyse au beau milieu de son expansion parce que demain peut amener un orage ? Jamais la pensée du danger n'a produit de pareilles démoralisations. Est-ce que nous sommes déchus à ce point qu'il faille nous prier de manger, en nous jurant que rien ne viendra troubler notre digestion ? Oui, c'est bête, c'est honteux. Est-ce le résultat du bien-être, et la civilisation va-t-elle nous pousser à cet égoïsme maladif et lâche ? Mon optimisme a reçu une rude atteinte dans ces derniers temps.

Je me faisais une joie, un courage à l'idée de te voir ici. C'était comme une guérison que je mijotais, mais te voilà inquiet de ta chère vieille mère, et certes, je n'ai pas à réclamer. Enfin si je peux finir le *Cadio* auquel je suis attelée sous peine de n'avoir plus de quoi payer mon tabac et mes souliers, avant ton départ de Paris, j'irai t'embrasser avec Maurice. Sinon je t'espérerai pour le milieu de l'été. Mes enfants, tout déconfits de ce retard, veulent espérer aussi, et nous le désirons d'autant plus que ce sera signe de bonne santé pour la chère maman. On s'est replongé dans l'histoire naturelle, Maurice veut se perfectionner dans les *micros*[1]; j'apprends par contre-coup. Quand j'aurai fourré dans ma trompette le nom et la figure de deux ou trois mille espèces imperceptibles, je serai bien avancée, n'est-ce pas? Eh bien, ces études-là sont de véritables *pieuvres* qui vous enlacent et qui vous ouvrent je ne sais quel infini. Tu demandes si c'est la destinée de l'homme de *boire l'infini*; ma foi oui, n'en doute pas, c'est sa destinée puisque c'est son rêve et sa passion. *Inventer*, c'est passionnant aussi, mais quelle fatigue après! Comme on se sent vidé et épuisé intellectuellement quand on a écrivaillé des semaines et des mois, sur cet animal à deux pieds qui a seul le droit d'être représenté dans les romans! Je vois Maurice tout rafraîchi et tout rajeuni quand il retourne à ses bêtes et à ses cailloux, et si j'aspire à sortir de ma misère, c'est pour m'enterrer aussi dans les études qui, au dire des épiciers, ne *servent à rien*. Ça vaut toujours mieux que de dire la messe et de *sonner* l'adoration du Créateur. Est-ce vrai, ce que tu me racontes de G[irardin][2]? est-ce possible? je ne peux pas croire ça. Est-ce qu'il y aurait dans l'atmosphère que la terre engendre en ce moment, un gaz, *hilarant* ou autre, qui empoigne tout à coup la cervelle et porte à faire des extravagances, comme il y a eu sous la première révolution un fluide exaspérateur qui portait à commettre des cruautés? Nous sommes tombés de l'enfer de Dante dans celui de Scarron.

1. La passion de Maurice pour les lépidoptères s'étend aux petits insectes; il publiera en 1879 un *Catalogue raisonné des Lépidoptères du Berry et de l'Auvergne.*
2. Le 6 mai, Flaubert écrivait : « On m'a affirmé que Girardin *servait la messe* dans la chapelle de sa femme. C'est lui qui secoue la sonnette, est-ce beau! »

Que penses-tu, toi, bonne tête et bon cœur, au milieu de cette bacchanale ? Tu es en colère, c'est bien, j'aime mieux ça que si tu en riais, mais quand tu t'apaises et quand tu réfléchis ?

Il faut pourtant trouver un joint pour accepter l'honneur, le devoir et la fatigue de vivre ? Moi, je me rejette dans l'idée d'un éternel voyage dans des mondes plus amusants, mais il faudrait y passer vite et changer sans cesse. La vie que l'on craint tant de perdre est toujours trop longue pour ceux qui comprennent vite ce qu'ils voient. Tout s'y répète et s'y rabâche.

Je t'assure qu'il n'y a qu'un plaisir : apprendre ce qu'on ne sait pas, et un bonheur : aimer les exceptions. Donc je t'aime et je t'embrasse tendrement.

Ton vieux troubadour

G. Sand

Je suis inquiète de Sainte-Beuve. Quelle perte ce serait ! Je suis contente si Bouilhet est content. Est-ce une position et une bonne[3] ?

Nohant 9 mai 67

## 364. À ARMAND BARBÈS

Nohant, 12 mai 1867

Ami,

Je ne crois pas à l'invasion, ce n'est pas là ce qui me préoccupe. Je crains une révolution orléaniste, je me trompe peut-être. Chacun voit de l'observatoire où le hasard le place. Si les Cosaques voulaient nous ramener les Bourbons ou les d'Orléans, ils n'auraient pas beau jeu, ce me semble, et ces princes auraient peu de succès. Mais si la bourgeoisie, plus habile que le peuple, ourdit une vaste conspiration et réussit à apaiser, avec les promesses dont tous les prétendants sont prodigues, les besoins de liberté qui se manifestent, quelle reculade et quel nouveau leurre !

On est las du présent, cela est certain. On est blessé

---

3. Louis Bouilhet vient d'être nommé bibliothécaire à Rouen.

d'être joué par un manque de confiance trop évident, on a soif de respirer. On rêve toute sorte de soulagements et d'inconséquences. On se démoralise, on se fatigue, et la victoire sera au plus habile. Quel remède ? On a encouragé l'esprit prêtre, on a laissé les couvents envahir la France et les sales ignorantins s'emparer de l'éducation ; on a compté qu'ils serviraient le principe d'autorité en abrutissant les enfants, sans tenir compte de cette vérité que qui n'apprend pas à résister ne sait jamais obéir.

Y aura-t-il un peuple dans vingt ans d'ici ? Dans les provinces, non, je le crains bien.

Vous craignez les *Huns* ! moi je vois chez nous des barbares bien plus redoutables, et, pour résister à ces sauvages enfroqués, je vois le monde de l'intelligence tourmenté de fantaisies qui n'aboutissent à rien, qu'à subir le hasard des révolutions sans y apporter ni conviction ni doctrine. Aucun idéal ! Les révolutions tendent à devenir des énigmes dont il sera impossible d'écrire l'histoire et de saisir le vrai sens, tant elles seront compliquées d'intrigues et traversées d'intérêts divers, spéculant sur la paresse d'esprit du grand nombre. Il faut en prendre son parti, c'est une époque de dissolution où l'on veut essayer de tout et tout user avant de s'unir dans l'amour du vrai. Le vrai est trop simple, il faut y arriver toujours par le compliqué. Laissons passer ces tourbillons. Ils retardent les courants, ils ne les retiennent pas.

L'avenir est beau quand même, allez ! un avenir plus éloigné que nous ne l'avions pressenti dans notre jeunesse. La jeunesse devance toujours le possible ; mais nous pouvons nous endormir tranquilles. Ce siècle a beaucoup fait et fera beaucoup encore ; et nous, nous avons fait ce que nous avons pu. D'un monde meilleur, nous verrons peut-être que le blé lève dans celui-ci.

Adieu, cher ami de mon cœur. Je vas bien à présent et je travaille. Ce beau temps va sûrement vous soulager. Maurice vous embrasse.

G. Sand

## 365. À GUSTAVE FLAUBERT

Nohant, 21 décembre [1867]

Enfin ! voilà donc quelqu'un qui pense comme moi sur le compte de ce goujat politique[1]. Ce ne pouvait être que toi, ami de mon cœur. *Étroniformes* est le mot sublime qui classe cette espèce de végétaux *merdoïdes*. J'ai des camarades et bons garçons qui se prosternent devant tout symptôme d'opposition quel qu'il soit et d'où qu'il vienne, et pour qui ce saltimbanque sans idées est un Dieu. Ils ont pourtant la queue basse depuis ce discours à grand orchestre. Ils commencent à trouver que c'est aller un peu loin, et peut-être est-ce un bien que, pour conquérir la royauté parlementaire, le drôle ait vidé son sac de chiffonnier, ses chats morts et ses trognons de chou devant tout le monde. Cela instruira quelques-uns. Oui, tu feras bien de disséquer cette âme en baudruche et ce talent en toile d'araignée ! Malheureusement quand ton livre arrivera, il sera peut-être claqué et peu dangereux, car de tels hommes ne laissent rien après eux ; mais peut-être aussi sera-t-il au pouvoir, on peut s'attendre à tout : alors, la leçon sera bonne.

Je ne suis pas dans ton idée qu'il faille supprimer le sein pour tirer l'arc[2], j'ai une croyance tout à fait contraire pour mon usage et que je crois bonne pour beaucoup d'autres, probablement pour le grand nombre. Je viens de développer mon idée là-dessus dans un roman qui est à la Revue et qui paraîtra après celui d'About[3]. Je crois que l'artiste doit vivre dans sa nature le plus possible. À celui qui aime la lutte, la guerre, à celui qui aime les femmes, l'amour, au vieux qui, comme moi, aime la nature, le

1. Dans sa lettre du 18-19 décembre, Flaubert rugissait contre Thiers, à la suite de son discours du 4 décembre au Corps législatif contre l'unité italienne : « Peut-on voir un plus triomphant imbécile, un croûtard plus abject, un plus étroniforme bourgeois ! »

2. Dans la même lettre, expliquant pourquoi il devait renoncer à venir à Nohant : « C'est toujours l'histoire des Amazones. Pour mieux tirer de l'arc, elles s'écrasaient le téton. Est-ce un si bon moyen, après tout ? »

3. *Mademoiselle Merquem* paraîtra dans la *Revue des Deux Mondes* du 15 janvier au 15 mars 1868, après *Les Mariages de province* d'About.

voyage et les fleurs, les roches, les grands paysages, les enfants aussi, la famille, tout ce qui émeut, tout ce qui combat l'anémie morale. Je crois que l'art a besoin d'une palette toujours débordante de tons doux ou violents suivant le sujet du tableau ; que l'artiste est un instrument dont tout doit jouer avant qu'il ne joue des autres : mais tout cela n'est peut-être pas applicable à un esprit de ta sorte qui a beaucoup acquis et qui n'a plus qu'à digérer. Je n'insisterais que sur un point, c'est que l'être physique est nécessaire à l'être moral et que je crains pour toi un jour ou l'autre une détérioration de la santé qui te forcerait à suspendre ton travail et à le laisser refroidir.

Enfin tu viens à Paris au commencement de janvier et nous nous verrons, car je n'y vais qu'après le premier de l'an, mes enfants m'ont fait jurer de passer avec eux ce jour-là, et je n'ai pas su résister, malgré un grand besoin de locomotion. Ils sont si gentils ! Maurice est d'une gaîté et d'une invention intarissables. Il a fait de son théâtre de marionnettes une merveille de décors, d'effets, de trucs, et les pièces qu'on joue dans cette ravissante boîte sont inouïes de fantastique. La dernière s'appelle *1870*[4]. On y voit *Isidore* avec Antonelli commandant les brigands de la Calabre pour reconquérir son trône et rétablir la papauté. Tout est à l'avenant ; à la fin, la veuve *Ugénie* épouse le grand Turc seul souverain resté debout. Il est vrai que c'est un ancien *démoc*, et on reconnaît qu'il n'est autre que le grand tombeur masqué. Ces pièces-là durent jusqu'à 2 h. du matin et on est fou en sortant. On soupe jusqu'à 5 h. Il y a représentation deux fois par semaine, et le reste du temps, on fait des *trucs*, et la pièce, qui continue avec les mêmes personnages traversant les aventures les plus inouïes. Le public se compose de 8 ou 10 jeunes gens, mes trois petits-neveux [Simonnet] et les fils de mes vieux amis. Ils se passionnent jusqu'à hurler. Aurore n'est pas admise ; ces jeux ne sont pas de son âge. Moi,

4. Aucune pièce ne porte ce titre dans le « répertoire des marionnettes » établi par Bertrand Tillier ; il s'agit vraisemblablement du drame *Les Brigands des Abruzzes*, écrit par G. Sand le 17 et donné le 25 décembre : « Représentation splendide : incendie et mer admirablement réussis, navire, fuites d'Ida, personnages de lointain, Balandard au lit, Isidore chef des brigands, palanquin, etc. ; succès d'enthousiasme » (Agenda). Isidore (Napoléon III) côtoie le cardinal Antonelli et la veuve Ugénie (Eugénie).

je m'amuse à en être éreintée. Je suis sûre que tu t'amuserais follement aussi, car il y a, dans ces improvisations, une verve et un laisser-aller splendides, et les personnages sculptés par Maurice ont l'air d'être vivants, d'une vie burlesque, à la fois réelle et impossible, cela ressemble à un rêve. Voilà comme je vis depuis 15 jours que je ne travaille plus. Maurice me donne cette récréation dans mes intervalles de repos qui coïncident avec les siens. Il y porte autant d'ardeur et de passion que quand il s'occupe de science. C'est vraiment une heureuse nature et on ne s'ennuie jamais avec lui. Sa femme est charmante, toute ronde en ce moment [5], mais portant fièrement son petit ventre, agissant toujours, s'occupant de tout, se couchant sur le sofa vingt fois par jour, se relevant pour courir à sa fille, à sa cuisinière, à son mari qui demande un tas de choses pour son théâtre, revenant se coucher, criant qu'elle a mal, et riant aux éclats d'une mouche qui vole, cousant des layettes, lisant des journaux avec rage, des romans qui la font pleurer, pleurant aussi aux marionnettes quand il y a un bout de sentiment, car il y en a aussi. Enfin, c'est une nature et un type, ça chante à ravir, c'est colère et tendre, ça fait des friandises succulentes pour *nous surprendre*, et chaque journée de notre phase de récréation est une petite fête qu'elle organise. La petite Aurore s'annonce toute douce et réfléchie, comprenant d'une manière merveilleuse ce qu'on lui dit, et *cédant à la raison*, à deux ans. C'est très extraordinaire et je n'ai jamais vu cela. Ce serait même inquiétant si on ne sentait un grand calme dans les opérations de ce petit cerveau. Mais comme je bavarde avec toi! est-ce que tout ça t'amuse? Je le voudrais, pour qu'une lettre de causerie te remplaçât un de nos soupers que je regrette aussi, moi, et qui seraient si bons ici avec toi, si tu n'étais un cul de plomb qui ne te laisses pas entraîner *à la vie pour la vie*. Ah! quand on est en vacances, comme le travail, la logique, la raison semblent d'étranges balançoires! on se demande s'il est possible de retourner jamais à ce boulet.

Je t'embrasse tendrement, mon cher vieux, et Maurice trouve ta lettre si belle qu'il va en fourrer tout de suite des phrases et des mots dans la bouche de son premier

---

5. Lina est enceinte de sa seconde fille, Gabrielle, qui naîtra le 11 mars 1868.

philosophe. Il n'oubliera pas étroniforme, qui le charme, étronoïde, étronifère. Il me charge de t'embrasser pour le mot.

Ton vieux troubadour qui t'aime.

Mme J. Lamber est vraiment charmante, tu l'aimerais beaucoup, et puis il y a là-bas 18 degrés sur zéro[6] et ici, nous sortons dans la neige. C'est dur, aussi nous ne sortons guère, et mon chien [Fadet] lui-même ne veut pas aller pisser. Ce n'est pas le personnage le moins épatant de la société. Quand on l'appelle Badinguet[7], il se couche par terre honteux et désespéré, et boude toute la soirée.


### 366. À ÉDOUARD RODRIGUES

Nohant, 16 mars 1868

Arrivée à Paris avant-hier de Cannes et repartie sans déballer pour Nohant. Ma belle-fille s'était trompée d'un mois dans sa grossesse, je l'ai trouvée mère d'une seconde fille[1] aussi brune et aussi belle que la première, la mère et l'enfant se portent admirablement bien, nous sommes heureux !

Cher ami, j'étais il y a quatre jours, bien tranquille, au fond des montagnes de la Provence, déjeunant sur l'herbe au bord d'une belle source, avec une douzaine d'amis excellents dans un désert enchanté. Il y avait là le capitaine Paul Talma dont vous connaissez la famille, Mme Juliette Lamber, une charmante femme qui écrit et pense bien, Poncy le poète toulonnais, Boucoiran, rédacteur du *Courrier du Gard*, autrefois précepteur de mon fils et resté son meilleur ami, enfin Edmond Plauchut, le naufragé des îles du Cap Vert qui a été recueilli et choyé dans ce pays sauvage par un Portugais qui avait lu mes ouvrages et qui les aimait. Le dit Plauchut, à la fin du déjeuner sur

6. Voir la note 1 de la lettre suivante.
7. Surnom de Napoléon III.
1. Sand séjournait au Golfe Juan, villa Bruyères, chez Juliette Lamber-Lamessine. Gabrielle Dudevant est née le 11 mars ; le jour même, avait lieu le pique-nique ici relaté, à Montrieux. Sur Plauchut, voir lettre 181.

l'herbe, raconta son histoire au capitaine Talma ; comme
quoi le navire touchant un écueil, avait coulé si vite qu'il
n'avait pu prendre ni vêtements ni papiers ni argent dans
sa cabine. Il s'était donc trouvé dans une complète misère
dans un pays perdu, affamé, dévoré par les fièvres, avec
17 compagnons, seuls restes d'un équipage de 70, ne
pouvant se faire comprendre et repoussés brutalement
par les autorités portugaises, faute de papiers. On les prenait pour des pirates et ils allaient mourir de faim quand
Plauchut se rappela qu'il avait trois lettres de moi restées
intactes sur lui par miracle au milieu de son immersion et
de ses vicissitudes. Il lui passa par la tête de les montrer
à ce Portugais qui lui sauta au cou, l'appela son frère,
l'emmena dans sa maison, lui donna ses habits et traita
de même ses 17 compagnons. Il les réintégra sur un
navire après les avoir *refaits* et leur donna même une
bonne somme. Le récit de Plauchut intéressa beaucoup
notre auditoire, et Talma s'écria que je devais être bien
heureuse de trouver de telles sympathies dans le monde.
Je lui répondis que j'étais heureuse en effet et que je pouvais lui raconter d'autres histoires aussi intéressantes.
Alors je racontai celle de Francis Laur, et quand elle fut
finie, je nommai l'ami qui avait fait de ce pauvre enfant
un homme de savoir et un homme de bien. Talma fit une
grande exclamation. Il vous connaissait ! on parla de vous
une heure. Je racontai *Ursule* [Jos] et tous les autres et
on but à votre santé avec un *hurra*, qui mit en fuite les
bûcherons de la forêt. Voilà l'aventure, je me suis promis
de vous la dire et je vous la dis.

Sur ce, je vous embrasse comme je vous aime.

G. Sand

### 367. À JOSEPH DESSAUER

Nohant, 5 juillet [18]68

Comme c'est aimable à toi, mon Chrishni, de ne pas
oublier ce 5 juillet qui a beau m'ajouter des années, il
me réjouit toujours comme s'il m'en ôtait, puisqu'il me
renouvelle le doux souvenir de mes amis éloignés. Si fait,

va, nous nous reverrons. On n'est pas plus vieux à 70 ans qu'à 30, quand on a conservé l'intelligence, le cœur et la volonté. Tu n'as rien perdu de tout cela ; la seule infirmité dont tu te plaignes, c'est l'affaiblissement de la vue. Cela ne t'empêche pas de voir la nature et de me ramasser de très petites fleurettes, la *linaria pelissierana* ; et d'apprécier le magnifique spectacle de ton lac et de tes montagnes. Oui, c'est beau ton pays[1], et je te l'envie, d'autant plus qu'il soutient contre l'intolérance et l'ambition cléricales, une lutte qui humilie la France.

Quant au déclin de l'art, chez toi et chez nous, oui, c'est vrai ; mais c'est une éclipse. Les étoiles ont des défaillances de lumière, les hommes peuvent bien en avoir ! Ne désespérons jamais, mon ami ! tout ce qui s'éteint en apparence est un travail occulte de renouvellement et nous-mêmes, aujourd'hui et toujours vie et mort, sommeil et réveil. Notre état normal résume si bien notre avenir infini !

J'ai aujourd'hui *64 printemps*. Je n'ai pas encore senti le poids des ans. Je marche autant, je travaille autant, je dors aussi bien. Ma vue est fatiguée aussi ; je mets depuis si longtemps des lunettes, que c'est une question de n°, voilà tout. Quand je ne pourrai plus agir, j'espère que j'aurai perdu la volonté d'agir. Et puis, on s'effraie de l'âge avancé, comme si on était sûr d'y arriver. On ne pense pas à la tuile qui peut tomber du toit. Le mieux est de se tenir toujours prêt et de jouir des vieilles années mieux qu'on n'a su jouir des jeunes. On perd tant de temps et on gaspille tant la vie à 20 ans ! Nos jours d'hiver comptent double ; voilà notre compensation.

Ce qui ne passe ni ne change, c'est l'amitié. Elle augmente au contraire, puisqu'elle s'alimente de sa durée. Nous parlons bien souvent de toi, ici. Mes enfants t'aiment avec religion. Nos deux petites filles sont charmantes. Aurore parle comme une personne. Elle est extraordinairement intelligente et bonne. Tu la verras, tu reviendras, tu nous charmeras encore avec ton piano. Nous t'aimons, cher maestro, nous t'aimons bien. Tu voudras nous embrasser encore, et jamais pour la dernière fois. Ce mot-là n'a pas de sens.

G. Sand

1. Dessauer habitait Ischl en Autriche.

### 368. À GUILLAUME GUIZOT

Nohant, 12 juillet 1868

On peut, on doit aimer les contraires quand les contraires sont grands[1]. On peut être l'élève pieux de Jean-Jacques, on doit être l'ami respectueux de Montaigne, Rousseau est un réhabilité, Montaigne est pur, il est le grand homme dans toute l'acception du mot. Sa conscience est si nette, sa raison si droite, son examen si sincère qu'il peut se passer des grands élans de Jean-Jacques. Celui-ci avait les ardeurs d'une âme agitée, aucun trouble n'autorisait Montaigne à la plainte. S'il n'a pas songé au mal des autres, c'est que l'image du bien était trop forte en lui pour qu'il entrevît clairement l'image contraire. Il pensait que l'homme porte en lui tous ses éléments de sagesse et de bonheur. Il ne se trompait pas, et en parlant de lui-même, en s'observant, en se peignant, en livrant son secret, il enseignait tout aussi utilement que les philosophes enthousiastes et les moralistes émus.

Je ne vois pas d'antithèse réelle entre ces deux grands esprits. Je vois au contraire, un heureux rapprochement à tenter, et des points de contact bien remarquables, non dans leur méthode, mais dans leurs résultantes. Il est bon d'avoir ces deux maîtres. L'un corrige l'autre. Pour mon compte, je ne suis pas le disciple de J. J. [Jean-Jacques] jusqu'au *contrat social*, c'est peut-être grâce à Montaigne, et je ne suis pas le disciple de Montaigne jusqu'à l'indifférence. C'est à coup sûr grâce à Jean-Jacques.

Voilà ce que je vous réponds, Monsieur, sans vouloir redire ce que j'ai dit de Montaigne il y a vingt ans. Je ne m'en rappelle un mot, et je ne voudrais pas me croire obligée de ne pas modifier ma pensée en avançant dans la vie. Il y a plus de vingt ans que je n'ai relu Montaigne en entier ; mais ou j'ai la main heureuse ou l'affection que je lui porte est solide, car chaque fois que je l'ouvre, je puise en lui un élément de patience et un détachement

1. G. Guizot préparait un livre sur Montaigne et, frappé par deux passages d'*Histoire de ma vie* (IV, 9 et 13) où Sand disait combien elle aimait Montaigne, lui a écrit le 9 juillet pour lui dire son étonnement, la jugeant plus proche de Rousseau. L'ouvrage de G. Guizot paraîtra après sa mort : *Montaigne. Études et fragments* (Hachette, 1899).

nouveau de ce que l'on appelle classiquement les *faux biens* de la vie.

J'ose me persuader que le couronnement d'un beau et sérieux travail sur Montaigne, serait précisément, Monsieur, toute critique faite librement, sévèrement même, si telle est votre impression, un parallèle entre ces deux points extrêmes, le socialisme de Jean-Jacques Rousseau, et l'individualisme de Montaigne. Soyez le trait d'union, car il y a là deux grandes causes à concilier. La vérité est au milieu, à coup sûr, mais vous savez mieux que moi qu'elle ne peut supprimer ni l'une ni l'autre.

Pardon de mon griffonnage. Le temps me manque. Recevez l'expression de mes sentiments.

G. Sand

### 369. À SYLVANIE ARNOULD-PLESSY

Nohant, 13 septembre 1868

Merci pour votre billet, chère grande dinde de fille. Vous n'êtes pas malade. *Va bene.* Je vous verrai jouer[1], quand je retournerai à Paris, dans une quinzaine. Je viens d'écrire à M. Legouvé pour le remercier de son intention et de sa lettre qui est très aimable.

Vous ne voulez pas qu'on vous raisonne, vous vous emportez. Vous ne voulez pas qu'on rie de vos mystiques amours avec ce monsieur qui ne porte pas de bas et qui se fait appeler mon Père parce qu'il lui est défendu de l'être[2]. Engagez-vous alors à ne jamais dire un mot contre les gens de votre ancienne opinion, contre vos *ex-frères*, contre les libres penseurs, contre les athées même, qui ont le droit d'être ce qu'ils veulent ; gardez un profond silence, quand on parlera de la liberté que vous avez reniée, de l'avenir des hommes et de leurs progrès, que votre Église vous défend de vouloir et d'espérer, des

1. Sylvanie crée le 14 septembre à la Comédie-Française une comédie en un acte de Legouvé, *À deux de jeu*.
2. Sylvanie a séjourné à Nohant du 18 au 26 août ; le 20, Sand note dans l'Agenda : « Sylvanie est *morte*, elle est catholique. » Elle a en effet été convertie par le père Hyacinthe Loyson, qui lui a fait faire sa première communion le 2 janvier.

héros et des martyrs qui sont morts pour leur patrie ;
ayez enfin, pour les croyances que j'ai, le même respect
que vous exigez pour les vôtres, et vous aurez quelque
droit à ce qu'on vous laisse tranquille. Pour cela, il faut
être tranquille de cœur et d'esprit et ne pas se passionner
comme les catholiques contre ce qui n'est pas catholique.
Je vous ai surexcitée à Nohant ; je vous jure sur l'honneur
que je ne vous savais pas éprise du prêtre, et croyante au
Diable. J'aurais été en colère contre quelqu'un qui m'eût
dit que vous en étiez venue là ! Vous avez proclamé
votre folie avec beaucoup de rage contre ceux qui ne la
partageaient pas, vous haïssez les républicains, vous désirez le triomphe de l'Empire ; vous voulez que la soutane
nous salisse tous et que l'Église règne, l'idolâtrie, l'insulte
à Dieu, les bons ignorantins qui violent les petits garçons
par centaines, tout cela vous paraît charmant ; l'enfer
aussi, le Dieu qui se venge, qui se complaît dans le mal,
qui prescrit l'abrutissement, l'avilissement. Je vous ai dit
que vous aviez un ramollissement du cerveau, c'est dit, et
je ne m'en dédis pas ; vous ne voulez pas qu'on s'en
fâche, vous ne voulez pas qu'on en pleure, et vous ne
voulez pas qu'on en rie. Cela se peut. Mais vous voulez
qu'on vous aime et qu'on vous estime autant. — Cela est
impossible. Non, ma pauvre fille, je ne mentirai pas.
Si ce n'est pas une fantaisie passagère, un engouement
hystérique, venu à la suite d'une maladie de femme ; si
vous devez rester comme cela, ne vous étonnez pas d'être
très déchue à mes yeux, et infiniment moins estimable.
Mon amitié ne sera plus qu'un souvenir compatissant,
comme celui qu'on garde à un noble esprit frappé de
démence. Voyez à ma franchise combien mon affection
était sincère et vivement sentie. Mais que vous importe ?
Vous trouverez le *bonheur* dans cet état d'esprit, vous
vous vantez de chercher, de vouloir le bonheur comme
si on avait le droit de le conquérir à tout prix et sans
aucun souci du scandale qu'on donne, du mal qu'on fait,
de la honte qu'on accepte. C'est le raisonnement du plus
parfait égoïsme. Je ne vous envie pas plus ce bonheur
que l'absinthe des ivrognes et la sodomie des moines.
Allez ! quand ce sera fini, vous nous reviendrez, et vous
me retrouverez.

G. Sand

Je résume là en courant tout ce que je vous ai dit et redit. Je veux vous redire encore ceci : Pressée par mon horreur pour le dogme de la damnation et de l'ignoble invention de Satan plus fort que Dieu dans l'univers intellectuel, vous avez répondu que M. Hyacinthe n'admettait peut-être pas tout cela et qu'il était *tout amour et tout pardon*. Si cela est, qu'il le dise non dans le secret des épanchements mystiques, mais comme tout homme d'honneur doit dire sa pensée. Qu'il vous écrive une lettre que vous pourrez me montrer, comme vous pouvez lui montrer la mienne, et que dans cette lettre qu'il signera et datera comme je date et signe la mienne il dise : « Non, Dieu qui est la bonté infinie, ne damne personne, non, il n'y a pas d'esprit du mal dans l'univers, Dieu ne le permettrait pas. Il n'y a que de l'ignorance, et Dieu ordonne à l'homme de combattre l'ignorance et les superstitions du passé ». Qu'il dise et écrive cela, je dirai qu'il n'est pas catholique, mais qu'il est honnête homme. Mais s'il le pense et ne l'avoue pas, c'est un hypocrite, un lâche et un intrigant sceptique. Je méprise tout homme qui ne peut pas dire ce qu'il pense et qui ne jette pas aux orties la livrée qui le condamne au silence et à la peur ; je regarderai comme amoindrie et salie la femme qui lui donne son âme à conduire et à façonner. J'ai dit. Je ne dirai plus rien. Cela me dégoûte. Je tâcherai d'oublier combien je vous ai appréciée.

## 370. À GUSTAVE FLAUBERT

Nohant, 15 8bre [1868]

Me voilà *cheux nous*, où, après avoir embrassé mes enfants et petits-enfants, j'ai dormi 36 heures d'affilée. Il faut croire que j'étais lasse, et ne m'en apercevais pas. Je m'éveille de cet *hibernage* tout animal, et tu es la première personne à qui je veuille écrire. Je ne t'ai pas assez remercié d'être venu pour moi à Paris, toi qui te déplaces peu ; je ne t'ai pas assez vu non plus ; quand j'ai su que tu avais soupé avec Plauchut, je m'en suis voulu d'être restée à soigner ma patraque de Thuillier, à qui je ne pouvais faire aucun bien, et qui ne m'en a pas su grand gré. Les artistes sont des enfants gâtés, et les meilleurs sont de grands égoïstes. Tu dis que je les aime trop ; je les aime comme j'aime les bois et les champs, toutes les choses, tous les êtres que je connais un peu et que j'étudie toujours. Je fais mon état au milieu de tout cela, et comme je l'aime, mon état, j'aime tout ce qui l'alimente et le renouvelle. On me fait bien des misères que je vois, mais que je ne sens plus. Je sais qu'il y a des épines dans les buissons, ça ne m'empêche pas d'y fourrer toujours les mains et d'y trouver des fleurs. Si toutes ne sont pas belles, toutes sont curieuses. Le jour où tu m'as conduite à l'abbaye de Saint-Georges, j'ai trouvé la *scrofularia borealis*, plante très rare en France. J'étais enchantée ; il y avait beaucoup de merde à l'endroit où je l'ai cueillie. *Such is life !*[1]

Et si on ne la prend pas comme ça, la vie, on ne peut la prendre par aucun bout, et alors, comment fait-on pour la supporter ? Moi je la trouve amusante et intéressante, et, de ce que j'accepte *tout* je suis d'autant plus heureuse et enthousiaste quand je rencontre le beau et le bon. Si je n'avais pas une grande connaissance de l'espèce, je ne t'aurais pas vite compris, vite connu, vite aimé. Je peux avoir l'indulgence énorme, banale peut-être, tant elle a eu à agir. Mais l'appréciation est autre chose et je ne crois pas qu'elle soit usée encore dans l'esprit de ton vieux troubadour.

J'ai trouvé mes enfants toujours bien bons et bien tendres, mes deux fillettes jolies et douces toujours. Ce matin, je rêvais, et je me suis éveillée en disant cette sentence bizarre : Il y a toujours un jeune grand premier rôle dans le drame de la vie. 1er rôle dans la mienne : Aurore. Le fait est qu'il est impossible de ne pas idolâtrer cette petite. Elle est si réussie comme intelligence et comme bonté, qu'elle me fait l'effet d'un rêve.

Toi aussi, sans le savoir, *t'es* un rêve comme ça. Plauchut t'a vu un jour et il t'adore. Ça prouve qu'il n'est pas bête. En me quittant à Paris, il m'a chargée de le rappeler à ton souvenir.

J'ai laissé *Cadio* dans des alternatives de recettes bonnes ou médiocres. La cabale contre la nouvelle direction s'est lassée dès le second jour. La presse a été moitié favorable

1. Telle est la vie !

moitié hoſtile. Le beau temps eſt contraire. Le jeu déteſtable de Roger eſt contraire aussi[2]. Si bien, que nous ne savons pas encore si nous ferons de l'argent. Quant à moi, quand l'argent vient, je dis tant mieux sans transport et quand il ne vient pas, je dis tant pis, sans chagrin aucun. L'argent n'étant pas le but, ne doit pas être la préoccupation. Il n'eſt pas non plus la vraie preuve du succès puisque tant de choses nulles ou mauvaises font de l'argent.

Me voilà déjà en train de faire une autre pièce pour n'en pas perdre l'habitude. J'ai aussi un roman en train[3] sur les *cabots*. Je les ai beaucoup étudiés cette fois-ci, mais sans rien apprendre de neuf. Je tenais le mécanisme. Il n'eſt pas compliqué et il eſt très logique.

Je t'embrasse tendrement, ainsi que ta petite maman. Donne-moi signe de vie. Le roman [*L'Éducation sentimentale*] avance-t-il ?

G. Sand


## 371. À GUSTAVE FLAUBERT

[Nohant, 21 décembre 1868]

Certainement que je te boude et que je t'en veux, non pas par exigence ni par égoïsme, mais au contraire, parce que nous avons été joyeux et *hilares* et que tu n'as pas voulu te diſtraire et t'amuser avec nous. Si c'était pour t'amuser mieux ailleurs, tu serais pardonné d'avance ; mais c'eſt pour t'enfermer, pour te brûler le sang, et encore pour un travail que tu maudis, et que — voulant et devant le faire quand même — tu devrais pouvoir faire à ton aise et sans t'y absorber. Tu me dis que tu es comme ça, il n'y a rien à dire, mais on peut bien se désoler

---

2. *Cadio* a été créé le 3 oĉtobre au théâtre de la Porte Saint-Martin, avec l'ex-ténor Guſtave Roger (qui avait perdu un bras dans un accident de chasse) dans le rôle important de Saint-Gildas, l'officier royaliſte.

3. La pièce, ce sera *L'Autre*, comédie en 4 aĉtes et un prologue (Odéon, 25 février 1870) ; le roman, *Pierre qui roule*, commencé le 8 août 1868 et achevé le 19 avril 1869 (*Revue des Deux Mondes*, 15 juin-1er septembre 1869).

d'avoir pour ami qu'on adore, un captif enchaîné loin de soi, et que l'on ne peut pas délivrer. C'est peut-être un peu coquet de ta part, pour te faire plaindre et aimer davantage. Moi qui ne suis pas enterrée dans la littérature, j'ai beaucoup ri et vécu dans ces jours de fête, mais en pensant toujours à toi et en parlant de toi avec l'ami du Palais-Royal[1], qui eût été heureux de te voir et qui t'aime et t'apprécie beaucoup.

Tourguéniev a été plus heureux que nous, puisqu'il a pu t'arracher à ton encrier. Je le connais très peu, lui, mais je le sais par cœur. Quel talent, et comme c'est original et trempé ! Je trouve que les étrangers font mieux que nous. Ils ne posent pas, et nous, ou nous nous drapons, ou nous nous vautrons, le Français n'a plus de milieu social, il n'a plus de milieu intellectuel.

Je t'en excepte, toi qui te fais une vie d'exception, et je m'en excepte aussi à cause du fonds de bohème insouciante qui m'a été départi. Mais moi, je ne sais pas soigner et polir, et j'aime trop la vie, je m'amuse trop à la moutarde et à tout ce qui n'est pas le dîner, pour être jamais un littérateur. J'ai eu des accès, ça n'a pas duré. L'existence où on ne connaît plus son *moi* est si bonne, et la vie où on ne joue pas de rôle est une si jolie pièce à regarder et à écouter ! Quand il faut donner de ma personne je vis de courage et de résolution, mais je ne m'amuse plus.

Toi, troubadour enragé, je te soupçonne de t'amuser du métier plus que de tout au monde. Malgré ce que tu en dis, il se pourrait bien que *l'art* fût ta seule passion, et que ta claustration sur laquelle je m'attendris comme une bête que je suis, fût ton état de délices. Si c'est comme ça, tant mieux, alors, mais avoue-le, pour me consoler.

Je te quitte pour habiller les marionnettes, car on a repris les jeux et les ris avec le mauvais temps, et en voilà pour une partie de l'hiver, je suppose. Voilà l'imbécile que tu aimes et que tu appelle *maître*. Un joli maître, qui aime mieux s'amuser que travailler !

Méprise-moi profondément, mais aime-moi toujours. Lina me charge de te dire que tu n'es qu'un pas grand

---

1. C'est-à-dire le Prince Napoléon, qui est venu à Nohant du 14 au 16 décembre pour le baptême protestant d'Aurore (dont il est le parrain, G. Sand étant la marraine) et Gabrielle.

chose, et Maurice est furieux aussi, mais on t'aime malgré soi et on t'embrasse tout de même. L'ami Plauchut
veut qu'on le rappelle à ton souvenir; il t'adore aussi.

À toi, gros ingrat.

G. Sand

Nohant 21 X^bre 68


## 372. À ARMAND BARBÈS

Nohant, 2 janvier 1869

Cher grand ami,

Comme c'est bon à vous de ne pas m'oublier au nouvel an! nos pensées se sont croisées; car j'allais vous
écrire aussi. Non, Aurore n'a pas de petit frère, il n'y a
que deux fillettes : l'une de trois ans, l'autre de neuf à dix
mois. Toutes deux ont été baptisées protestantes dernièrement[1]; c'est ce baptême qui a fait croire à l'arrivée d'un
nouvel enfant. Ce frère viendra peut-être, mais il n'est
pas sur le tapis. Quant au baptême protestant, ce n'est
pas un engagement pris d'appartenir à une orthodoxie
quelconque d'institution humaine. C'est, dans les idées de
mon fils, une *protestation* contre le catholicisme, un divorce
de famille avec l'Église, une rupture déterminée et déclarée contre le prêtre romain. Sa femme et lui se sont dit
que nous pouvions mourir avant d'avoir fixé le sort de
nos enfants, et qu'il fallait qu'ils fussent munis d'un sceau
protecteur, autant que possible, contre la lâcheté humaine.

Moi, je ne voudrais dans l'avenir aucun culte protégé
ni prohibé, la liberté de conscience absolue; et, pour le
philosophe, dès à présent, je ne conçois aucune pratique
extérieure. Mais je ne suis pratique en rien, je l'avoue, et
mes enfants ayant de bonnes raisons dans l'esprit, je me
suis associée de bon cœur à leur volonté. Nous sommes
très heureux en famille et toujours d'accord en fait. Maurice est un excellent être, d'un esprit très cultivé et d'un
cœur à la fois indépendant et fidèle. Il se rappellera toujours avec émotion la tendre bonté de votre accueil à

---

1. Le baptême protestant d'Aurore et Gabrielle a été célébré par
le pasteur Félix Guy, de Bourges, le 15 décembre 1868 à Nohant.

Paris. Qu'il y a déjà longtemps de cela ! et quels progrès avons-nous fait dans l'histoire ? Aucun ; il semble même, historiquement parlant, que nous ayons reculé de cinquante ans. Mais l'histoire n'enregistre que ce qui se voit et se touche. C'est une étude trop réaliste pour consoler les âmes. Moi, je crois toujours que nous avançons quand même, et que nos souffrances servent, là où notre action ne peut rien.

Je ne suis pas aussi politique que vous, je ne sais pas si vraiment nous sommes menacés par l'étranger. Il me semble qu'une heure de vérité acquise à la race humaine ferait fondre toutes les armées comme neige au soleil. Mais vous vous dites belliqueux encore. Tant mieux, c'est signe que l'âme est toujours forte et fera vivre le corps souffrant en dépit de tout. Nous vous aimons et vous embrassons tendrement.

G. Sand

## 373. À GUSTAVE FLAUBERT

[Nohant, 17 janvier 1869]

L'individu nommé G. Sand se porte bien, savoure le merveilleux hiver qui *règne* en Berry, cueille des fleurs, signale des anomalies botaniques intéressantes, coud des robes et des manteaux pour sa belle-fille, des costumes de marionnettes, découpe des décors, habille des poupées, lit de la musique, mais surtout passe des heures avec la petite Aurore qui est une fillette étonnante. Il n'y a pas d'être plus calme et plus heureux dans son intérieur que ce vieux troubadour retiré des affaires, qui chante de temps en temps sa petite romance à la lune, sans grand souci de bien ou mal chanter pourvu qu'il dise le motif qui lui trotte par la tête, et qui, le reste du temps, flâne délicieusement. Ça n'a pas été toujours si bien que ça. Il a eu la bêtise d'être jeune, mais comme il n'a point fait de mal, ni connu les *mauvaises passions*, ni vécu pour la vanité, il a le bonheur d'être paisible et de s'amuser de tout. Ce pâle personnage a le grand plaisir de t'aimer de tout son cœur, de ne point passer de jour sans penser à l'autre vieux troubadour, confiné dans sa solitude en artiste enragé, dédaigneux de tous les plaisirs de ce monde, ennemi de la loupe et de ses douceurs. Nous sommes, je crois, les deux travailleurs les plus différents qui existent, mais puisqu'on s'aime comme ça, tout va bien. Puisqu'on pense l'un à l'autre à la même heure c'est qu'on a besoin de son contraire, on se complète en s'identifiant par moments à ce qui n'est pas soi.

Je t'ai dit, je crois, que j'avais fait une pièce [*L'Autre*] en revenant de Paris. Ils [l'Odéon] l'ont trouvée bien, mais je ne veux pas qu'on la joue au printemps, et leur fin d'hiver est remplie, à moins que la pièce qu'ils répètent ne tombe. Comme je ne sais pas faire de *vœux* pour le mal de mes confrères, je ne suis pas pressée et mon manuscrit est sur la planche. J'ai le temps. Je fais mon petit roman de tous les ans [*Pierre qui roule*], quand j'ai une ou deux heures par jour pour m'y remettre, il ne me déplaît pas d'être empêchée d'y penser. Ça le mûrit. J'ai toujours, avant de m'endormir, un petit quart d'heure agréable pour le continuer dans ma tête, voilà.

Je ne sais rien, mais rien de l'incident Sainte-Beuve[1] ; je reçois une douzaine de journaux dont je respecte tellement la bande que, sans Lina, qui me dit de temps en temps les nouvelles *principales*, je ne saurais pas si *Isidore* [Napoléon III] est encore de ce monde.

Sainte-Beuve est extrêmement colère, et, en fait d'opinions, si parfaitement sceptique que je ne serai jamais étonnée, quelque chose qu'il fasse dans un sens ou dans l'autre. Il n'a pas toujours été comme ça, du moins tant que ça ; je l'ai connu plus croyant et plus républicain que je ne l'étais alors. Il était maigre, pâle et doux, comme on change ! Son talent, son savoir, son esprit ont grandi immensément, mais j'aimais mieux son caractère. C'est égal, il y a encore bien du bon. Il y a l'amour et le respect des lettres, et il sera le dernier des critiques. Les autres sont des artistes ou des crétins. Le critique proprement dit disparaîtra. Peut-être n'a-t-il plus sa raison d'être. Que t'en semble ?

Il paraît que tu étudies le pignouf[2] ? moi je le fuis, je

---

1. Sainte-Beuve, sénateur de l'Empire, avait quitté *Le Moniteur* pour passer au journal de l'opposition libérale, *Le Temps*.

2. Le 14 janvier, Flaubert écrivait à Sand : «il y a tant de Pignoufs !... C'est un produit du XIXᵉ siècle que Pignouf ! Nous arrivons même à Pignouflard qui est son fils, et à Pignouflarde qui est sa bru».

le connais trop. J'aime le paysan berrichon qui ne l'est
pas, qui ne l'est jamais, même quand il ne vaut pas grand-
chose ; le mot pignouf a sa profondeur, il a été créé pour
le bourgeois exclusivement, n'est-ce pas ? Sur cent bourgeoises de province, quatre-vingt-dix sont pignouflardes
renforcées, même avec de jolies petites mines, qui annon-
ceraient des instincts délicats. On est tout surpris de
trouver un fond de suffisance grossière dans ces fausses
dames. Où est la femme maintenant ? Ça devient une
excentricité dans le monde.

Bonsoir mon troubadour. Je t'aime et je t'embrasse
bien fort, Maurice aussi.

G. Sand

Nohant 17 janvier 69


## 374. À MAURICE DUDEVANT-SAND

[Nohant] Mardi 2 mars [1869]
*6 h. du soir*

*Bouli*

Mes lettres ne répondent guère aux vôtres, parce que
Lina veut les lire à son père et que je dois ne montrer
que de l'espérance[1]. Au fond, d'après ce que tu me dis,
j'ai beaucoup de crainte et je m'effraie d'une absence
dont vous ne voyez pas le terme prochain. Jusqu'ici cela
n'a pas d'inconvénient pour la petite famille et il faut se
résigner à vivre au jour le jour. Tâche de trouver ta
pâture d'observateur naturaliste et chroniqueur dans ce
qui passe sous tes yeux, quelque ennuyeux que ça puisse
être. Lina a besoin de toi pour ne pas manquer de courage, et en tout cas, il me paraît impossible de la laisser
seule dans un hôtel garni et sans autre protection qu'un
malade. Attendons ! Les enfants vont bien, en dépit d'un
temps insensé, giboulées continuelles et vent à décorner
les bœufs. Elles sortent cinq minutes de temps à autre, et
ne sont pas moins gaies. Aurore est charmante quand les

---

1. Maurice et Lina sont partis le 18 février pour Milan au chevet
de Calamatta, qui va mourir le 8 mars.

jeunes gens sont là, elle aime la société et j'ai beau faire, elle s'aperçoit que nous sommes bien seules à l'habitude, enfermées par le mauvais temps. Elle a été très gentille aujourd'hui, après avoir repris une balle à sa sœur et refusé de la rendre, elle s'est laissé persuader. Elle barbouille beaucoup de papier, et de temps à autre, fait une figure élégante et dans d'assez bonnes proportions.

Il faudrait pendant que tu as le temps de rêvasser prendre un parti sur la notion que tu veux lui donner du principe *créateur*, ou *conservateur* de toutes choses[2]. Le moment arrive où son esprit s'en inquiétera et déjà elle questionne avec obstination. L'autre jour elle m'a demandé où était le *bon Dieu*. Je lui ai dit que je n'en savais rien, que tu le lui dirais si tu le savais. Je lui ai demandé ce que c'était que le bon Dieu selon elle — elle m'a répondu : « C'est pas vrai, c'est des bêtises ».

J'ai été très étonnée. Si elle croit au bon Dieu, c'est que les nourrices lui en parlent. Si elle n'y croit pas, c'est qu'elle a entendu sa mère dire qu'il n'y fallait pas croire. Cela nous mettra bientôt dans l'embarras. On ne veut pas qu'elle croie sans comprendre, mais il y a autant et peut-être plus d'inconvénient à *nier* sans comprendre. L'une et l'autre affirmation est impossible à un esprit vraiment éclairé. Que mettrons-nous entre les deux, ou en dehors des deux, dans la tête des enfants ? La croyance au Dieu bon est la poésie de l'enfance et un peu aussi sa moralité. L'enfant la cherche et la demande instinctivement. Je ne vois pas autant de mal à la lui donner avec ménagement et prudence, qu'à la détruire froidement en lui, ce serait le préparer à cet athéisme épais et trop facile qui n'a pas réussi à la jeunesse actuelle, ou à le jeter dans la réaction de poésie et de sentiment exalté qui s'empare des femmes sans réflexion à un moment donné. — Si vous me donnez carte blanche, je mettrai dans mes réponses ce que je croirai devoir y mettre, à sa portée, de mes convictions. — Sinon je dirai toujours que je ne sais pas. J'avais cru que cette réponse suffirait jusqu'à 7 ou 8 ans. Il n'en est rien. Elle a une avance extraordinaire, elle entend tout, retient tout et veut qu'on lui explique tout.

2. Lina, comme son père, est athée ; Maurice, comme sa mère, se refuse à nier totalement Dieu.

Sur ce, je te bige mille fois ainsi que Linette. Lolo a reçu ce matin tes bonshommes. Sont-ils assez marchands d'eau de Cologne, les hussards italiens ? — Je me porte bien, malgré la claustration forcée. On dirait ce soir, que le ciel s'éclaircit.

## 375. À JULES ET EDMOND DE GONCOURT

6 mars [18]69. Nohant

*Madame Gervaisais*[1] : c'est un sujet bien douloureux et bien actuel, étudié profondément, au lieu même où ces fatales réactions peuvent le mieux se produire dans les âmes d'artiste, c'est peut-être l'histoire de Liszt, c'est aussi celle de Mme Plessy, c'est à coup sûr, en grand — car vous êtes très idéalistes —, le résumé complété et poussé jusqu'à sa plus décisive expression, des *conversions* de ce temps-ci. Rome associée à cette étude, est fouillée jusqu'au troisième dessous, et tout cela est plein de force, plein d'acharnement et de conquêtes sur la matière et l'esprit de cette immense pourriture du monde, de la ville éternelle… d'horreur.

J'apprécie donc beaucoup ce travail et j'en sens toute la difficulté, toute la ténacité, tout le métier — mais ! — je vous aime trop comme talents pour ne pas vous dire mon *mais* tout entier : je crois qu'il [y] a à travailler encore l'expression, à la simplifier, à la rendre plus simple en la rendant plus concise et plus saisissante en laissant moins voir l'effort. C'est de la peinture où rien ne consent à se sacrifier et où l'œil ébloui perd le dessin et se fatigue aux détails. C'est surtout en peignant le luxe religieux de la décadence que le style, trop asservi à son objet, prend selon moi, les défauts, la prodigalité confuse et les éclats de mauvais goût de la décadence. Je hais les néologismes,

1. Sur *Madame Gervaisais* (Librairie internationale, 1869), roman des Goncourt, voir l'édition de Marc Fumaroli (Folio, Gallimard). L'Agenda, à la date du 4 mars, est plus concis : «nous lisons *Mme Gervaisais* des Goncourt. — Oh là là !» Cette exclamation reflète peut-être l'agacement devant le style « artiste » des Goncourt, dont elle fait ici la critique.

les adjectifs convertis en adverbes, des choses forcées qui semblent prétentieuses et que je n'avais pas trouvées dans vos précédents ouvrages. Vous l'avez fait exprès certainement, car vous êtes trop trempés, pour faillir par négligence. C'est donc un système que vous abordez, vous pensez que le sujet doit faire plier l'expression et l'identifier à lui. — Moi je ne le crois pas. L'homme sera toujours l'homme et l'art sera toujours une manifestation humaine, vous ne rugirez jamais comme le lion, vous ne sifflerez jamais comme le vent dans une porte. La vie a mille et mille voix, celle de l'homme les résume, mais c'est toujours par une interprétation où il les domine et reste lui, c'est-à-dire le maître, l'artiste, le créateur dans la création. La musique imitative cesse d'être de la musique. Le style qui veut se matérialiser n'est plus un style. Il perd sa justesse en se permettant les fausses notes et quand il se relève pour entrer dans le domaine de l'émotion ou de la psychologie, il garde une certaine ambiguïté qui mêle le positif et l'idéal dans des proportions illogiques. Les lois de la chimie littéraire ne sont plus observées, et ce qui devrait être contenu éclate, tandis que ce qui doit s'embraser s'éteint.

J'ai peut-être mille fois tort et je vous donne ma conviction pour ce qu'elle vaut, mais je vous la donne, je vous la dois, à vous qui m'avez jugée si affectueusement. Je ne suis pas de ceux qui écrivent leur jugement. Je ne suis même pas de ceux qui le disent et le colportent. Je le dirais mal, et je croirais mal faire en démolissant les choses édifiées avec soin, avec conscience, avec les très grandes qualités du talent qui fermente, cherche et monte vers un idéal, c'est à vous seul que je dirai : il me semble que vous avez employé un ciment qui ne soutient pas les précieux matériaux de votre édifice. Si je me trompe, il n'y a pas grand mal, il n'y en a même aucun, on ne blesse et ne retarde que les faibles.

À vous de cœur

G. Sand

## 376. À ALEXANDRE DUMAS FILS

Nohant, 12 mars [1869]

Mourir sans souffrance, en dormant, c'est la plus belle mort, et c'est celle de Calamatta. Apoplexie séreuse, après une maladie dont il n'a pas su la gravité et qui ne le faisait pas souffrir. Mes enfants reviennent, Maurice a raison de ramener tout de suite ma pauvre Lina auprès de ses filles. La nature veut qu'elle soit heureuse de les revoir.

Mourir ainsi, ce n'est pas mourir, c'est changer de place au gré de la locomotive. Moi qui ne crois pas à la mort, je dis : Qu'importe tôt ou tard ? — Mais le départ, indifférent pour les partants, change souvent cruellement la vie de ceux qui restent et je ne veux pas que ceux que j'aime meurent avant moi qui suis toujours prête et qui ne regimberai que si je n'ai pas ma tête. Je ne crains que les infirmités qui font durer une vie inutile et à charge aux plus dévoués. Calamatta qui s'était gardé extraordinairement jeune et actif, à 69 ans, craignait aussi cela plus que la mort. Il a été, dans les dernier jours, menacé de paralysie. Si on lui eût donné à choisir, il eût choisi ce que la destinée lui a envoyé. Il a eu sa grandeur aussi, celui-là, par le respect et l'amour de l'art sérieux. Il avait à cet égard des convictions étroites, mais respectables par leur inflexibilité. Il ne comprenait qu'un aspect de la vie, qui n'est peut-être pas la vie et il la cherchait avec maladresse, anxiété, égoïsme, entêtement, tout cela ennobli par la sincérité et le talent réel et la volonté, intéressant et irritant, sec et tendre, personnel et dévoué, des contrastes qui s'expliquaient par un idéalisme incomplet et douloureux. Manque d'éducation première dans l'art comme dans la société ; un vrai produit de Rome, un descendant de ceux qui ne voyaient qu'eux dans l'univers et qui avaient raison à leur point de vue.

Moi je voudrais mourir après quelques années, où j'aurais eu le loisir d'écrire pour moi seule et quelques amis. Il me faudrait un éditeur qui me fît 20 000 livres de rente pour subvenir à toutes mes charges. Mais je ne saurai pas le trouver et je mourrai en tournant ma roue de pressoir. Je m'en console en me disant que ce que j'écrirais ne vaudrait peut-être pas la peine d'être écrit. C'est égal, si

vous me trouvez cet éditeur, pour l'année prochaine, pre-
nez-le aux cheveux.

Vous tracez pour vous un idéal de bonheur que vous
pouvez, ce me semble, réaliser demain si bon vous semble,
mais vous ne le voulez pas, et vous avez bien raison.

Il n'y a de bon dans la vie que ce qui eſt contraire à
la vie. Le jour où nous ne songerons plus qu'à la conserver, nous ne la mériterons plus.

N'eſt-ce pas une fatigue d'aimer ses amis ? Il serait bien
plus commode de ne se déranger pour personne, de ne
soigner ni enterrer les autres, de n'avoir ni à les consoler
ni à les secourir et de ne point souffrir de leurs peines.
Mais essayez ! cela ne se peut. Bonsoir, cher fils, je vous
aime, c'eſt la moralité de la chose.

G. Sand

## 377. À MAURICE DUDEVANT-SAND

[Paris,] mercredi soir 22 [septembre 1869]

J'arrive à Paris 9 h. du soir en belle santé et nullement
fatiguée et j'y trouve de vos nouvelles. Tout va bien chez
nous, je suis heureuse et contente. Je viens de voir un pays
admirable, les vraies Ardennes[1], sans beaux arbres, mais
avec des hauteurs et des rochers comme à Gargilesse. La
Meuse au milieu, moins large et moins agitée que la
Creuse, mais charmante, unie et navigable. Nous l'avons
suivie de Mézières à Givet en chemin de fer, en bateau,
à pied, et de nouveau en chemin de fer. On fait ce délicieux trajet sans se presser dans la journée, et même on
a le temps de déjeuner très copieusement et proprement
dans une maison en micaschiſte, comme celles des paysans de Gargilesse, mais d'une propreté belge très réelle,
au pied des beaux rochers appelés les *Dames de Meuse*. Si
les défilés de l'Argonne sont dignes d'*André Beauvray*[2], les
*Dames de Meuse* sont dignes du *Comme il vous plaira* de

1. Sand a voyagé du 17 septembre au 1ᵉʳ octobre avec Edmond
et Juliette Adam, et la fille de cette dernière, Alice dite Toto, dans
les Ardennes où elle va situer son roman *Malgrétout* (1870).

2. *André Beauvray* eſt le dernier roman de Maurice Sand, publié en
1868 dans *L'Opinion nationale*.

Shakespeare. Il n'y manque que de vieux chênes. Le système très lucratif du déboisement et du reboisement de
ces montagnes eſt très singulier. Je vous le *narrerai* à la
maison.

De Givet où nous avons passé deux nuits et où Toto
a été souffrante, j'ai été avec Adam et Plauchut à 8 lieues
en Belgique voir les grottes de *Han* ; c'eſt une rude
course de 3 heures dans le cœur de la montagne, le long
des précipices de la Lesse souterraine, un petit torrent qui
dort ou bouillonne au milieu des ténèbres pendant près
d'une lieue, dans des galeries et des salles immenses
décorées des plus étranges ſtalactites. Cela finit par un lac
souterrain où l'on s'embarque pour revoir la lumière
d'une manière féerique. C'eſt une course très pénible et
assez dangereuse que la promenade avec escalade ou descente perpétuelle dans ces grottes. Voyant les autres tomber comme des capucins de cartes, j'ai pris le bras du
maître-guide en lui glissant à l'oreille l'amoureuse promesse d'une pièce de 5 f. J'ai pris la tête de la caravane
et je n'ai pas fait un faux pas. Il y avait là une vingtaine
de Belges qui n'étaient pas contents de la préférence,
*n'eſt-ce pas, savez-vous ?* fallait qu'ils s'en avisent, ainsi que
de la pièce de 2 f. à un des porteurs de lampe. Mais quand
on veut *des préférences*, faut pas rechigner à la détente.
— C'eſt un bonheur que Toto ait été malade. Ni elle ni
sa mère ne seraient sorties de cette promenade, ou bien
elles seraient encore à Givet bien malades, ce sont deux
chiffes. Enfin nous les avons ramenées à Paris guéries
et bien gaies. Ils sont charmants tous trois, ces Adam,
mais bien patraques. On prescrit le vin à Adam pour sa
diabette [*sic*], il en abuse et nous avons découvert, Plauchut et moi, qu'il était ivre à la fin de chaque repas. Ça
ne se révèle que par le sommeil, ou par les jambes qui ne
le portent pas, je crains que ce régime ne le guérisse
guère. Il s'eſt étalé sur le cul dans les grottes. Enfin, nous
les ramenons en bon état. Plauchut qui eſt mollasse d'allures, eſt solide au bout du compte, et tient bon. Nous
avons été gais et tous d'accord, Adam étant un excellent
*mar-chef*[3]. Nous avons dépensé chacun 163 f. en 5 jours,
en ne nous refusant rien, voitures, auberges, bateaux et
même l'Opéra à Charleville.

3. Maréchal des logis-chef.

Je ne sais si vous ne recevrez pas cette lettre-ci avant toutes les autres. Je vous ai écrit de toutes nos *couchées*.

Je vous bige mille fois et vais dormir dans mon lit. Nous avons parlé mille fois de vous en route. J'ai acheté à Verdun des dragées pour Lolo et, à Reims, Plauchut lui a acheté des nonnettes. Ça n'est pas fameux selon moi et bon seulement pour conjurer la foire.

Je vous *bige* et *rebige*. Gabrielle est-elle bien guérie de ses dents ? Merci à ma Lolo de penser à moi.

J'ai vu des vaches, des vaches, des moutons, des moutons — pas un bœuf — des montagnes d'ardoises, pas une coquille, pas une empreinte. Il est vrai que je n'ai pu visiter une seule ardoisière, le temps manquait. Presque toujours le terrain de Gargilesse plus schisteux encore, c'est-à-dire plus feuilleté, et plus friable, de Mézières à Givet.

Je vous ai écrit de Sainte-Menehould, de Verdun, de Charleville — qui est la même ville que Mézières (ça se tient) — et de Givet.

La cathédrale de Reims est une belle chose, mais c'est pourri d'obscénités, et parfaitement catholique. La luxure est représentée sur le porche dans la posture d'un monsieur qui s'amuse tout seul ; charmant spectacle pour les jeunes communiantes.

Nous avons eu aussi tempête la nuit à Verdun, et grande pluie le soir à Charleville, pluie et vent le soir à Givet, mais je dormais trop bien pour entendre l'orage, pas plus que les *dianes* de toutes ces villes de guerre. Juliette et Toto ne fermaient pas l'œil. Elles sont trop nerveuses.

Tout le temps que nous avons été *à découvert*, il a fait un temps frais, doux, ravissant et par moments un beau soleil chaud. Le soleil tapait rude sur la montagne de Han, mais, dans la grotte, c'était un bain de boue, j'ai été crottée jusque sur mon chapeau, tant les stalactites pleurent !

Minuit 1/2

Martine rentre et me dit que vous lui demandez le buffet. Je vais acheter des joujoux et vous l'expédier.

## 378. À LOUIS ULBACH

[Nohant, 26 novembre 1869]

Cher et illustre ami, je suis à Nohant, à 8 h. de Paris, chemin de fer. Est-ce une trop longue enjambée pour le temps dont vous pouvez disposer ? On part vers 9 h. de Paris, on dîne à Nohant à 7. — On peut repartir le lendemain matin ; mais, en restant un jour chez nous, il n'y a pas de fatigue et on aurait le temps de causer. — Si cela ne se peut, ce sera à notre grand regret, car nous nous ferions une joie, mes enfants et moi, de vous embrasser vous et votre *Cloche*[1], qui sonne si fort sans cesser d'être un bel instrument, et sans détonner dans les charivaris.

J'irai à Paris dans le courant de l'hiver, janvier ou février. Si vous ne pouvez m'attendre, consultez, sur les quarante premières années de ma vie, l'*Histoire de ma vie*. Lévy vous portera les volumes à votre première réquisition. Cette histoire est *vraie*. Beaucoup de détails à passer mais, en feuilletant, vous aurez exacts tous les faits de ma vie.

Pour les vingt-cinq dernières années, il n'y a plus rien d'intéressant. C'est la vieillesse très calme et très heureuse en famille, traversée par des chagrins tout personnels, les morts, les défections, et puis l'état général où nous avons souffert vous et moi des mêmes choses. Je répondrais à toutes les questions qu'il vous conviendrait de me faire, si nous causions et ce serait mieux. J'ai perdu deux petits-enfants bien-aimés, la fille de ma fille et le fils de Maurice. J'ai encore deux petites charmantes de son heureux mariage. Ma belle-fille m'est presque aussi chère que lui. Je leur ai donné la gouverne du ménage et de toutes choses. Mon temps se passe à amuser les enfants, à faire un peu de botanique en été, de grandes promenades — je suis encore un piéton distingué — et des romans quand je peux trouver deux heures dans la journée et deux heures le soir. J'écris facilement et avec plaisir, c'est

---

1. Louis Ulbach publiait chaque semaine sous son pseudonyme Ferragus un pamphlet intitulé *La Cloche*. Il rédigeait aussi une série de biographies-portraits, *Nos contemporains*, dont un fut consacré à G. Sand (A. Le Chevalier, 1870).

ma récréation, car la correspondance est énorme, et c'est
là le travail. Vous savez cela. Si on n'avait à écrire qu'à
ses amis ! Mais que de demandes touchantes ou sau-
grenues ! Toutes les fois que je peux quelque chose,
je réponds. À ceux pour lesquels je ne peux rien, je ne
réponds rien. Quelques-uns méritent qu'on essaie, même
avec peu d'espoir de réussir. Il faut alors répondre qu'on
essaiera. Tout cela, avec les affaires personnelles dont il
faut bien s'occuper quelquefois, fait une dizaine de lettres
par jour. C'est le fléau, mais qui n'a le sien ? J'espère,
après ma mort, aller dans une planète où on ne saura ni
lire ni écrire. Il faudra être assez parfait pour n'en avoir
pas besoin. — En attendant, il faudrait bien que dans
celle-ci, il en fût autrement.

Si vous voulez savoir ma position matérielle, elle est
facile à établir. Mes comptes ne sont pas embrouillés. J'ai
bien gagné un million avec mon travail, je n'ai pas mis un
sou de côté : j'ai tout donné, sauf 20.000 f., que j'ai placés, il y a deux ans, pour ne pas coûter trop de tisane à
mes enfants si je tombe malade ; et encore ne suis-je pas
sûre de garder ce *capital*, car il se trouvera des gens qui
en auront besoin, et si je me porte encore assez bien
pour le renouveler, il faudra bien lâcher mes économies.
Gardez m'en le secret, pour que je le garde le plus possible.

Si vous parlez de mes ressources, vous pouvez dire, en
toute conscience, que j'ai toujours vécu au jour le jour du
fruit de mon travail, et que je regarde cette manière d'arranger la vie comme la plus heureuse. On n'a pas de soucis matériels et on ne craint pas les voleurs. Tous les ans,
à présent que mes enfants tiennent le ménage, j'ai le
temps de faire quelques petites excursions en France ; car
les recoins de la France sont peu connus, et ils sont aussi
beaux que ce qu'on va chercher bien loin. J'y trouve des
*cadres* pour mes romans. J'aime à avoir vu ce que je décris.
Cela simplifie les recherches et les études. N'eussé-je que
trois mots à dire d'une localité, j'aime à la regarder dans
mon souvenir et à me tromper le moins que je peux. Tout
cela est bien banal, cher ami, et quand on est convié par
un biographe comme vous, on voudrait être grand comme
une pyramide pour mériter l'honneur de l'occuper. Mais
je ne puis me hausser. Je ne suis qu'une bonne femme
à qui on a prêté des férocités de caractère tout à fait

fantastiques. On m'a aussi accusée de n'avoir pas su aimer passionnément. Il me semble que j'ai vécu de tendresse et qu'on pouvait bien s'en contenter. À présent, Dieu merci, on ne m'en demande pas davantage, et ceux qui veulent bien m'aimer, malgré le manque d'éclat de ma vie et de mon esprit, ne se plaignent pas de moi.

Je suis restée très gaie, sans initiative pour amuser les autres, mais sachant les aider à s'amuser. Je dois avoir de gros défauts, je suis comme tout le monde, je ne les vois pas. Je ne sais pas non plus si j'ai des qualités et des vertus. J'ai beaucoup songé à ce qui est *vrai*, et, dans cette recherche, le sentiment du *moi* s'efface chaque jour davantage. Vous devez bien le savoir par vous-même. Si on fait le bien, on ne s'en loue pas soi-même, on trouve qu'on a été logique, voilà tout. Si on fait le mal, c'est qu'on n'a pas su qu'on le faisait. Mieux éclairé, on ne le ferait plus jamais. C'est à quoi tous devraient tendre. Je ne crois pas au mal, mais à l'ignorance.

Sonnez *la Cloche*, cher ami ; étouffez les voix du mensonge, forcez les oreilles à écouter.

Vous avez fait de Napoléon 3 une biographie ravissante. On voudrait être déjà à cette sage et douce époque, où les fonctions seront des devoirs et où l'ambition fera rire les honnêtes gens d'un bout du monde à l'autre.

À vous de cœur bien tendrement et fraternellement.

G. Sand

Nohant 26 9<sup>bre</sup> 69
Par La Châtre *Indre*

Oui, oui, envoyez tout ce qui a paru des biographies. Cela nous intéresse vivement.


## 379. À GUSTAVE FLAUBERT

[Nohant] mardi 30 9<sup>bre</sup> [1869]

Cher ami de mon cœur, j'ai voulu relire ton livre[1] et ma belle-fille l'a lu aussi, et quelques-uns de mes jeunes

1. *L'Éducation sentimentale* (Michel Lévy, 1868), parue le 17 no-

gens, tous lecteurs de bonne foi et de premier jet — et pas bêtes du tout. Nous sommes tous du même avis que c'est un beau livre, de la force des meilleurs de Balzac et plus réel, c'est-à-dire plus fidèle à la vérité d'un bout à l'autre. Il faut le grand art, la forme exquise et la sévérité de ton travail pour se passer des fleurs de la fantaisie. Tu jettes pourtant la poésie à pleines mains sur ta peinture, que tes personnages la comprennent ou non. Rosanette à Fontainebleau ne sait sur quelles herbes elle marche, et elle est poétique quand même.

Tout cela est d'un maître et ta place est bien conquise pour toujours. Vis donc tranquille autant que possible pour durer longtemps et produire beaucoup.

J'ai vu deux bouts d'article qui ne m'ont pas eu l'air en révolte contre ton succès, mais je ne sais guère ce qui se passe, la politique me paraît absorber tout. Tiens-moi au courant. Si on ne te rendait pas justice je me fâcherais et je dirais ce que je pense, c'est mon droit².

Je ne sais au juste quand, mais dans le courant du mois, j'irai sans doute t'embrasser et te chercher, si je peux te démarrer de Paris. Mes enfants comptent toujours, et, tous, nous t'envoyons nos louanges et nos tendresses.

À toi, ton vieux troubadour

G. Sand

## 380. À GUSTAVE FLAUBERT

[Nohant, 1ᵉʳ mai 1870]

Que veux-tu ? Le juif¹ sera toujours juif. Il eût pu être pire. Il t'avait acheté un volume, le traité n'était pas clair ;

---

vembre, que Flaubert avait lue à Sand les 10 et 24 mai 1869 ; le 10, elle avait noté dans l'agenda : « C'est de la belle peinture n° 1 ».

2. Elle écrira en effet un article sur *L'Éducation sentimentale* qui paraîtra dans *La Liberté* du 22 décembre (recueilli dans *Questions d'art et de littérature*).

1. L'éditeur Michel Lévy, par le contrat de *Salammbô* signé le 11 septembre 1862, obligeait Flaubert à lui vendre pour 10 000 F son futur roman moderne ; or *L'Éducation sentimentale* comptant deux volumes, Flaubert souhaitait toucher cette somme pour chaque volume. Sand lui avait promis d'intervenir en sa faveur.

à la rigueur, il pouvait ne te donner que 10.000 f. et dire
que le reste du manuscrit lui était acquis. Il ne s'attendait
réellement pas à deux volumes, car il a été surpris quand
je lui en ai parlé, et dans le premier moment, il s'est laissé
aller à me dire « Mais alors, c'est 20.000 f. ! » Et puis
après il a dû réfléchir, examiner, voir que tu étais un
peu à sa discrétion. Il a peut-être même pu consulter ;
le fait est qu'en causant avec lui à diverses reprises, je
n'ai jamais pu lui faire répéter que ce serait 20.000 f. Il
éludait et répondait toujours : Qu'il soit donc tranquille,
nous nous arrangerons, — et j'avoue que je comptais
sur un bon mouvement en même temps que j'avais
aussi par moments quelques craintes. Enfin, il t'a compté
16.000 f. et pour le reste il voudrait bien ne pas le donner. Moi j'espère encore l'y amener, *de mon chef*. Mais
pour cela, il faut le voir et s'obstiner, et aller doucement.
Ne t'engage à rien. Tu es censé réfléchir — et ce qu'il
faut faire si tu es ennuyé par des dettes, c'est d'accepter
mon argent dont je n'ai pas besoin. Les premiers temps
de *l'Autre* m'ont donné une dizaine de 1.000 f. que j'ai
donné ordre de placer et qui ne le sont peut-être pas
encore. Le fussent-ils, on peut, du jour au lendemain,
revendre les obligations. Accepte donc comme j'accepterais de toi et tu me rendras quand tu pourras. Je n'ai
besoin de mes quatre sous d'économies qu'en cas de
maladies ou d'infirmités, tant que je travaille, je joins
maintenant sans efforts les deux bouts. Il n'y a pas plus
de trois ans qu'il en est ainsi, ce qui prouve que notre
état n'est pas lucratif, à moins d'être… mille choses que
nous ne pouvons pas être, toi et moi. — Prenons-en
notre parti, mais pourtant, ne m'empêche pas de poursuivre la négociation avec Lévy. J'ai avec lui une patience
qui le désarme peu à peu, et tu peux compter que je
ne te compromettrai pas. S'il ne veut pas abouler les
4.000 f., il faut au moins qu'il s'engage pour le prochain
à 10.000 f. par volume — et s'il ne veut pas cela, tu seras
à temps de le quitter. Mais dans le temps de plébiscite et
confusion où nous sommes[2] et où nous serons de plus
en plus, n'oublie pas que Lévy est le plus solide éditeur,

---

2. Le 8 mai aura lieu le plébiscite adoptant une nouvelle Constitution plus libérale.

peut-être le seul. — J'ai trouvé ailleurs un traité plus avantageux et j'ai eu peur. J'ai transigé pour ne pas le quitter[3].

Je comptais aller à Paris dans quelques jours. Mais voilà Maurice avec une inflammation à l'œil. Son mal sort de tous les côtés, car il est à peine guéri d'un petit abcès à la bouche, résultante inévitable de l'angine. Je ne veux pas le quitter encore, il va très bien d'ailleurs, mais il faut quelques soins. Donc j'irai te voir à Croisset quand il fera beau. Tu me laisseras un peu courir les bois dans le jour, et le soir, tu me raconteras tous tes plans.

Je n'ai pas lu Taine, ni rien au monde depuis la maladie de mon monde ; j'ai besoin de savourer une imbécillité délicieuse et complète[4]. Lolo t'embrasse. Polichinelle rit toujours agréablement au chevet de Gabrielle[5]. Elles sont bien guéries et bien gentilles. Je passe toutes mes journées en tête à tête avec la grande et je ne m'en lasse pas, elle me fait improviser des contes qui durent éternellement car elle ne veut pas qu'ils soient *finis*, et il faut toujours trouver une suite le lendemain. Drôle de travail, je t'assure, et qui sort de toutes les règles littéraires connues.

Je t'embrasse, tout le monde ici en fait autant.

Favre a écrit à Lina, avec qui il est en correspondance pour ses convalescents, de très jolies choses sur ton compte. Il est ingénieux et spirituel au possible et par écrit, il se résume mieux. En paroles, il se grise ; moi je le ramène, et, sauf des visées fantastiques, je le force à s'expliquer. Je n'ai pas honte de lui dire que je ne comprends pas. Il y a un point certain, c'est qu'en médecine, il est merveilleux en restant dans le vrai. Il a retourné la maladie de Maurice comme un gant, avec une sûreté de vouloir et de lucidité admirables. Sans lui... ça allait bien mal et j'ai eu des heures désespérées, aussi je suis lasse, lasse ! mais ça passera.

3. Lors du renouvellement de son contrat avec Michel Lévy à l'automne 1869, Sand avait en effet signé sur des bases moins avantageuses que les offres d'Édouard Dentu.

4. L'ouvrage de Taine s'intitule *De l'Intelligence* (Hachette, 1870) !

5. Ce Polichinelle est le cadeau de Flaubert pour les étrennes de Gabrielle, lors de son séjour à Nohant du 23 au 28 décembre 1869 ; Aurore a reçu un « bébé ».

Tout passe, mon gros enfant, sauf l'amitié quand elle
est une tendresse et un dévouement.

G. Sand

Nohant 1ᵉʳ mai au soir


381. À GUSTAVE FLAUBERT

[Nohant, 29 juin 1870]

Nos lettres se croisent toujours et j'ai maintenant la
superstition qu'en t'écrivant le soir, je recevrai une lettre
de toi le lendemain matin. Nous pourrions nous dire :

Vous m'êtes, en dormant, un peu triste apparu[1].

Ce qui me préoccupe dans la mort de ce pauvre Jules,
c'est le survivant[2]. Je suis sûre que les morts sont bien,
qu'ils se reposent peut-être avant de revivre, et que dans
tous les cas, ils retombent dans le creuset pour en ressortir avec ce qu'ils ont eu de bon, et du progrès en plus.
Barbès n'a fait que souffrir toute sa vie. Le voilà qui dort
profondément. Bientôt il se réveillera. Mais nous, pauvres
bêtes de survivants, nous ne les voyons plus. Peu de
temps avant sa mort Duveyrier[3] qui paraissait guéri me
disait : «Lequel de nous partira le premier ?» Nous
étions juste du même âge. Il se plaignait de ce que les
premiers envolés ne pouvaient pas faire savoir à ceux qui
restaient s'ils étaient heureux et s'ils se souvenaient de
leurs amis. Je disais *Qui sait ?* Alors nous nous étions juré
de nous apparaître l'un à l'autre, de tâcher du moins de
nous parler, le premier mort au survivant. Il n'est pas
venu, je l'attendais, il ne m'a rien dit. C'était un cœur des
plus tendres et une sincère volonté. Il n'a pas pu ; cela
n'est pas permis, ou bien moi je n'ai ni entendu ni compris.

1. La Fontaine, *Les Deux Amis* (*Fables*, VIII, 9).
2. Jules de Goncourt est mort le 20 juin, laissant seul son frère
Edmond. Armand Barbès est mort à La Haye le 26 juin.
3. Charles Duveyrier était mort le 9 novembre 1866 ; le lendemain, Sand écrivait à Flaubert une belle lettre sur son ami, «le plus
tendre cœur et l'esprit le plus naïf».

C'est, dis-je, ce pauvre Edmond qui m'inquiète. Cette vie à deux, finie, je ne comprends pas le lien rompu, à moins qu'il ne croie aussi qu'on ne meurt pas.

Je voudrais bien aller te voir. Apparemment tu as *du frais* à Croisset, puisque tu voudrais dormir sur *une plage chaude*. Viens ici, tu n'auras pas de plage, mais 36 degrés à l'ombre et une rivière froide comme glace, ce qui n'est pas à dédaigner. J'y vais tous les jours barboter après mes heures de travail, car il faut travailler, Buloz m'avance trop d'argent. Me voilà *faisant mon état* comme dit Aurore, et ne pouvant pas bouger avant l'automne. J'ai trop flâné après mes fatigues de garde-malade. Le petit Buloz est venu ces jours-ci me relancer. Me voilà dans la pioche. — Puisque tu vas à Paris en août, il faut venir passer quelques jours avec nous. Tu y as ri quand même, nous tâcherons de te distraire et de te secouer un peu. Tu verras les fillettes grandies et embellies, la petiote commence à parler. Aurore bavarde et argumente. Elle appelle Plauchut *vieux célibataire*. Et, à propos, avec toutes les tendresses de la famille, reçois les meilleures amitiés de ce bon et brave garçon.

Moi je t'embrasse tendrement et te supplie de te bien porter.

                                                    G. Sand

Nohant 29 juin

### 382. À JULIETTE ADAM

                                    Nohant, 16 juillet 1870

Merci au bon Adam de son télégramme. Les bureaux de dépêches sont tellement encombrés de cette triste nouvelle[1], que la sienne ne nous est arrivée qu'avec la poste, n'étant pas arrivée plus vite à La Châtre.

1. La triste nouvelle, c'est la rupture des négociations avec la Prusse exposée au Corps législatif par Émile Ollivier en même temps que la demande d'un crédit de 50 millions, préludant à la déclaration de guerre (19 juillet); ce 16 juillet, recevant le télégramme d'Adam et la lettre de Plauchut, Sand écrit dans l'Agenda: «la guerre est déclarée et le mauvais Paris voyou, payé, se réjouit à grand bruit». Pour toute cette période, il faut se reporter au livre d'Annarosa Poli, *George*

Plauchut m'écrit que Paris est *rugissant* d'enthousiasme. Ce n'est pas la même chose en province. On est consterné; on ne prend pas le change, on voit là, non point une question d'honneur national, mais un sot et odieux besoin d'essayer les fusils, un jeu de princes! Les familles tremblent pour leurs enfants, et les jeunes gens ne sont pas soutenus par l'enthousiasme de *la patrie en danger*.

Chanter *la Marseillaise* sur l'air de l'Empire nous paraît un sacrilège. Enfin nous verrons bien; mais j'augure très mal du drame qui se prépare et j'y vois tout le contraire d'un pas vers le progrès. Si les paysans, qui ne peuvent plus nourrir leurs bestiaux, les vendent avec profit pour l'armée, ils trouveront que c'est pour le mieux, sans songer à ce qu'ils restitueront à l'État en impôts d'argent et de sang.

Je suis très triste, et cette fois, mon vieux patriotisme, ma passion pour le tambour ne se réveillent pas. Les républicains qui font faute sur faute, ont poussé le gouvernement à un excès de susceptibilité qui fait bien son affaire et nullement la leur. Tout le monde devient fou. Il faut en prendre son parti et avaler la décadence jusqu'à la lie. Quand la coupe sera desséchée, elle se remplira d'un vin nouveau, je n'en doute pas; je ne doute pas de l'avenir, mais le présent est fort laid, et il faut du courage pour le subir sans blasphémer.

Comme vous êtes peu restés, chers amis! on s'est à peine vus[2], et nous restons avec plus de regrets que de souvenirs. Vous ne nous dites pas comment vous avez fait le voyage et si le cher Séchan n'a pas été trop fatigué. Et Toto, la fleur délicate, a-t-elle pu dormir en route? Nous vous embrassons tous bien tendrement. Clerh est reconnaissant de votre bon souvenir.

Écrivez-nous et revenez bientôt.

G. Sand

---

*Sand et les années terribles* (Bologne, Pàtron; Paris, Nizet, 1975). G. Sand a rédigé, du 15 septembre 1870 au 10 février 1871, son *Journal d'un voyageur pendant la guerre*, qu'elle publiera dans la *Revue des Deux Mondes* (1er mars-1er avril 1871; en volume, Michel Lévy, 1871).

2. Les Adam avaient séjourné à Nohant avec le peintre Séchan du 7 au 12 juillet.

## 383. À HENRY HARRISSE

[Nohant, 13 août 1870]

Cher ami, Vous devinez bien ce que je pense. Je suis
désolée et non abattue. Inutile d'échanger nos réflexions
sur ces terribles événements. Elles sont les mêmes : mais
il faut que je vous dise ce que vous ne savez pas à Paris,
ce qui se passe dans nos campagnes, les plus paisibles, les
plus patientes, les moins révolutionnaires de la France, à
cause de leur position centrale et du manque relatif de
communications rapides. Eh bien, c'est une consternation, une fureur, une haine contre ce gouvernement, qui
me frappe de stupeur. Ce n'est pas une classe, un parti*,
c'est tout le monde, c'est le paysan surtout. C'est une
douleur, une pitié exaltées pour ces pauvres soldats qui
sont leurs enfants ou leurs frères. Je crois l'Empire perdu,
fini. Les mêmes hommes qui ont voté le plébiscite avec
confiance voteraient aujourd'hui la déchéance avec unanimité. Ceux qui partent ont la rage dans l'âme. Recommencer à servir quand on a fait son temps, c'est pour
l'homme qui a repris sa charrue une iniquité effroyable.
Ils se disent trahis, livrés d'avance à l'ennemi, abandonnés de tout secours. Il n'en est pas un qui ne dise : Nous
lui f— notre première balle dans la tête. — Ils ne le
feront pas, ils seront très bons soldats, ils se battront
comme des diables, mais par point d'honneur et non par
haine des Prussiens, qui ne les menaçaient pas, disent-ils,
et qu'on a provoqués follement. Hélas, non ! ce n'est plus
l'enthousiasme des guerres de la République. C'est la
méfiance, la désaffection, la résolution de punir par le
vote futur. Si toute la France est ainsi, c'est une révolution, et si elle n'est pas terrible, ce que Dieu veuille, elle
sera absolue, radicale. — On se réjouit à Paris du changement de ministère, ici on s'en soucie fort peu, on n'a
pas plus foi en ceux qui viennent qu'en ceux qui s'en
vont.

Voilà où nous en sommes, nous tâchons, nous, d'apaiser ; mais nous ne pouvons nous empêcher de plaindre

---

* Il est même remarquable que le petit nombre de républicains
que nous avons soit le groupe le plus calme et le plus muet.

cette douce et bonne population qu'on décime et qu'on exaspère après qu'elle a fait gaîment tant de sacrifices pour être forte dans la paix. Et tout cela au beau milieu d'une année désastreuse pour les récoltes !

Donnez-moi des nouvelles, amitiés de nous tous.

G. Sand

Je ne vous parle pas de mes chagrins personnels. Deux de mes petits-neveux [Simonnet], mes petits-fils par le cœur, vont partir aussi.

### 384. À GUSTAVE FLAUBERT

[Nohant,] 15 août soir [1870]

Je t'ai écrit à Paris, selon ton indication, le 8. Tu n'y es donc pas ? C'est probable : au milieu d'un tel désarroi, publier Bouilhet, un poète ! ce n'est pas le moment[1].

J'ai le cœur faible, moi ; il y a toujours une femme dans la peau du vieux troubadour. Cette boucherie humaine met mon pauvre cœur en loques. Je tremble aussi pour tous mes enfants et amis qui vont peut-être se faire hacher. Et au milieu de tout cela *pourtant*, mon âme se relève et a des élans de foi ; ces leçons féroces qu'il nous faut pour comprendre notre imbécillité doivent nous servir. Nous faisons peut-être notre dernier retour vers les errements du vieux monde. Il y a des principes nets et clairs pour tous aujourd'hui, qui doivent se dégager de cette tourmente. Rien n'est inutile dans l'ordre matériel de l'univers. L'ordre moral ne peut échapper à la loi. Le mal engendre le bien. Je te dis que nous sommes dans le *deux fois moins* de Pascal pour arriver *au plus que jamais*[2] ! C'est toute la mathématique que je comprends.

J'ai fini un roman au milieu de cette tempête[3], me

1. Flaubert s'occupait de la publication des *Dernières Chansons* de Louis Bouilhet, pour lesquelles il a écrit une préface.
2. Voir lettre 396, note 4.
3. *Césarine Dietrich*, commencé au début de juillet et terminé le 11 août (publié dans la *Revue des Deux Mondes* du 15 août au 1er octobre 1870).

hâtant pour n'être pas brisée avant la fin. Je suis lasse comme si je m'étais battue avec nos pauvres soldats.

Je t'embrasse. Dis-moi où tu es, ce que tu penses. Nous t'aimons tous.

G. Sand

La belle Saint-Napoléon[4] que voilà !

### 385. AU PRINCE NAPOLÉON

Nohant 25 9^bre [18]70

Mon grand ami,

Je ne sais pas si les lettres vous parviennent, je vous écris encore à l'adresse que vous m'avez indiquée[1], car les journaux vous font beaucoup voyager et je ne sais ce qu'il y a de vrai, nous vivons tellement bloqués par les opérations de la guerre dans notre France centrale, que nous savons à peine les événements. Après avoir été chassés littéralement de Nohant par une épidémie effroyable, nous avons passé trois semaines dans la Creuse, un mois à La Châtre, et nous voici rentrés chez nous[2], plus ou moins exposés à l'invasion, on ne sait ! Nous avons bien pensé à nous réfugier dans le Midi, mais Maurice ne voulait pas quitter son département et avoir l'air de fuir. Nous n'avons pas voulu, nous, quitter Maurice, si bien que nous attendons l'inconnu sans bravade inutile et sans frayeur inutile aussi. La seule chose que nous sachions bien, c'est qu'on s'arme et se défend à présent avec autant d'énergie que possible après de tels désastres. Chacun se tient prêt à marcher à son tour et à faire les sacrifices nécessaires. Ne croyez pas ce qu'on peut dire du trouble et du désarroi de la France. Les premiers mouvements ont été mauvais, aigres, découragés, désor-

4. On avait institué la fête de ce saint improbable le jour anniversaire de la naissance de Napoléon I^er.

1. À Prangins, en Suisse.

2. Pour fuir une épidémie de variole qui sévissait à Nohant, la famille a trouvé refuge le 18 septembre à Saint-Loup dans la Creuse chez Sigismond Maulmond, puis à Boussac (2-9 octobre) où Maulmond a été nommé sous-préfet, puis à La Châtre du 10 octobre au 13 novembre chez Duvernet.

donnés. Mais partout l'union devant l'ennemi s'est faite avec une promptitude que nous n'espérions pas, et à présent si nous ne sauvons pas la vie nous sauverons l'honneur, nous forcerons l'Europe à nous estimer.

Pourquoi me disiez-vous que vous ne saviez comprendre la lettre que j'ai publiée au lendemain de Sedan ? Je disais alors que nous devions attendre. La République a été proclamée en même temps que ma lettre paraissait[3] et le lendemain, surprise, mais vaincue par ce grand événement, je disais : « Ayons espoir et confiance ! » Ne suis-je pas républicaine en principe depuis que j'existe ? La république n'est-elle pas un idéal qu'il faut réaliser un jour ou l'autre dans le monde entier ? La question de temps et de possibilité rentre dans la politique et je ne me fais pas juge des questions de fait, je ne saurais pas ; seulement la République proclamée sans effusion de sang est un grand pas dans l'histoire des idées. Elle prouve la force de l'idée, et quand l'idée prévaut dans une grande résolution des masses, on doit suivre ce mouvement et ne plus dire : « C'est trop tôt ! » Les luttes qui nous attendent après la guerre, je ne me les dissimule pas, mais que pouvons-nous voir de plus tragique et de plus affreux que la situation où nous a jetés l'Empire ?

On s'est assoupi, vingt ans, sur une idée d'empire socialiste qui a été un rêve, suivi d'atroces et honteuses déceptions. Je ne sais si vous avez été dupe de ce rêve, je ne le crois pas ; malgré vos moments d'action, d'espoir, de volonté généreuse, malgré vos éloquentes paroles pour la liberté morale, pour les guerres de protection aux opprimés, pour tout ce qui était noble et vrai, toujours déjoué dans vos mâles espérances, toujours désavoué quand on vous jugeait trop sincère et trop intelligent, vous avez souffert vingt ans et je vous considère aujourd'hui comme *délivré*. Il me semble que je vous retrouve tel que je vous ai connu, il y a vingt ans, indigné contre les proscriptions, et prévoyant des malheurs qui ne se sont que trop réalisés. Un temps de calme reviendra où votre parole sera encore recueillie, d'où qu'elle vienne, devant le tribunal de l'Histoire, vous n'aurez plus d'entraves,

3. Le 4 septembre, le jour même de la proclamation de la Troisième République, dans *Le Temps* daté du 5 septembre, paraissait la « Lettre à un ami » (recueillie dans *Questions politiques et sociales*) ; Napoléon III avait capitulé à Sedan le 2 septembre.

vous parlerez de plus haut ; ne fussiez-vous qu'un simple citoyen, votre rôle sera plus net et plus grand.

Voilà pourquoi je ne considère pas comme un malheur pour vous, les changements de situation qu'entraîne *la chute des empires*, je vous sais au-dessus de cela, et simple de mœurs comme un sage. Si votre dynastie eût dû s'établir, j'aurais voulu vous voir à la place de celui qui nous a menés à travers tant de contradictions et de *volontés intermittentes*, comme dit Renan, à un *patatras* effroyable. La République que je n'espérais plus, se croit la force de tout réparer, Dieu la protège ! elle est mon principe et ma foi, sera-t-elle le *moyen* que la France voudra adopter ? Oui, si avec elle nous chassons l'étranger. Non, si elle échoue. Le succès justifie ou condamne dans l'esprit très court et très étroit des majorités. Mais la dynastie napoléonienne n'a plus de chances aujourd'hui. Les intérêts froissés ne pardonnent pas. Tant mieux pour vous, allez, mon grand ami ! faire encore le bien et servir le vrai *quoique*, est encore plus beau que de régner *parce que*. — Il y a de la haine, de l'injustice, de la calomnie probablement contre vous, aujourd'hui, qu'est-ce que cela fait ? Longtemps encore peut-être on se méfiera de vous comme d'un prétendant, si vous ne l'êtes pas, que vous importe ? La vérité triomphe toujours et votre attitude désintéressée dans cette mêlée des intérêts matériels vous replacera au rang que vous devez occuper dans les annales de cette dure époque.

Je ne vous parle pas de nous en ce moment. Nohant est triste, désert et muet. Nos jeunes gens, parents et amis, partent ou sont partis. Maurice attend l'organisation du département pour se mettre à la disposition de tout ce qui sera défense nationale. D'emploi politique, il n'en a jamais voulu et n'en veut pas ; pas plus que je ne veux être écrivain politique dans un moment où les questions de personnes sont tout. Je me devais à moi-même d'acclamer la République, quelle qu'elle fût, sauf à discuter ses actes s'il est utile et nécessaire de le faire. Je me devais aussi de mettre ma petite bourse, denier de la veuve, dans le tronc de la défense patriotique. Après cela attendre les fléaux de la guerre sans vaine frayeur et sans inutile bravade, c'est tout ce que je pouvais et devais faire.

Ce que je n'oublierai jamais, c'est la bonne et tendre amitié que vous m'avez accordée et dont rien ne m'empêchera de sentir le prix, et de chérir le souvenir. Maurice se préoccupe de vous constamment et vous reste fidèle de cœur. Nos petites vont bien. Aurore parle toujours de son parrain. Nous reverrons-nous, cher *compère*? Nous ferons des projets quand l'invasion aura passé sur nous ou à côté de nous, jusque-là, on vit au jour le jour.

Si vous avez un moment, donnez-nous de vos nouvelles, vous nous rendrez tous heureux.

G. Sand

## 386. À ÉDOUARD CHARTON

Nohant 2 janvier 70 [*sic pour* 1871]

Je suis heureuse d'avoir de vos nouvelles, mon excellent ami, vous étiez une de nos inquiétudes. Pour nous, nous sommes encore matériellement tranquilles, mais l'ennemi est bien près de nous et nous n'avons aucun moyen de défense, puisqu'on nous a pris jusqu'aux fusils de chasse, sans parler de tous les hommes jeunes. Nous ne pourrions même pas fuir, on va nous prendre nos chevaux, je ne sais si vous admirez le système de défense. Nous n'en voyons ici que les mauvais effets, puisqu'on nous a mis dans *la part du feu*.

Armés et réunis, dans nos provinces, nous nous serions tous défendus; au lieu qu'on mène au combat des enfants mal armés, peu exercés, point vêtus et commandés Dieu sait comment.

Mettez le vôtre dans la poche de Gambetta[1], car autant de partis, autant de sacrifiés avec une inhumanité sans exemple. On daigne s'aviser maintenant de les cantonner chez les habitants, après leur avoir fait passer le plus dur des nuits glaciales dans des campements où ils gelaient littéralement. Enfin si les Allemands nous font une guerre inhumaine, nous nous en faisons une tout aussi atroce,

1. Charton écrivait à Sand (Bordeaux, 20 décembre 1870) que son fils s'était « attaché à Gambetta de tout son cœur et de toute son énergie »; Sand détestait Gambetta, mais elle sait quelles souffrances subissent les soldats dans le froid, par l'incurie de leurs chefs et de l'administration, comme en témoignent plusieurs pages du *Journal d'un voyageur pendant la guerre.*

par manque d'ordre, de soins, de prévoyance et de surveillance. On habille les mobiles avec des étoffes sur lesquelles les fournisseurs gagnent 200/100. De même pour
la chaussure et tout le reste. Évidemment le gouvernement ne peut suffire à tout et périra par l'impuissance. Il
écrase le paysan d'impôts que la suppression des rentrées
le met dans l'impossibilité de payer. On ne l'engage
même pas à essayer, en lui présentant les sacrifices qu'il
pourrait faire sous forme d'emprunt ; aussi est-il plus bonapartiste que jamais et si nous nous délivrons des Prussiens, vous verrez comme il votera pour la république !

Non, elle ne vivra pas. Vous savez que je l'ai acclamée.
Je l'appelle toujours du fond du cœur, mais elle a manqué d'hommes en province et n'est généralement représentée que par des incapables ou des gens tarés. Ne nous
faisons pas d'illusions sur la forme future du gouvernement, ce serait puéril. Espérons seulement que grâce à
l'héroïsme de Paris[2] et à sa propre vitalité, la France chassera l'étranger et traitera avec honneur. Mais que de fautes
irréparables auront été commises et que de désaffections
la légèreté républicaine aura exaspérées !

Je ne puis vous écrire que ce que je vois et entends ;
pour moi, je m'attends à tout et j'ai le calme des morts.
Jusqu'à la dernière heure, nos cœurs sont à vous.

G. Sand

387. À HENRY HARRISSE

[Nohant] 29 X^bre [*sic pour* janvier 1871]
Dimanche

Cher ami, quelle joie nous apporte votre lettre si bien
détaillée, si intéressante et qui nous rassure autant que
possible sur tous ceux que nous aimons ! Nous restons
pourtant inquiets de *Marchal*, qui m'a écrit le 17, à la
veille de la sortie dont il devait être. Je suis étonnée aussi
que ni vous ni Plauchut ne m'ayez parlé de ma pauvre

---

2. Paris est assiégé depuis le 18 septembre, et se défend vaillamment.

Martine (*ma bonne*), qui demeure rue Gay-Lussac dans le
haut de ma maison[1] et qui eût pu être blessée. Et depuis
votre lettre, il a pu se passer tant de choses ! On se rassure à peine sur ses amis, car on se demande ce qui a pu
leur arriver le lendemain du jour où ils ont écrit. On est
heureux de tenir et de relire cent fois un mot de leur
main, et puis l'inquiétude et la douleur recommencent.
On ne dort pas, on mange à regret, on souffre moralement par l'imagination, tout ce qu'ils souffrent matériellement. Que Paris nous est cher, à présent, et comme nous
aimons ceux qui donnent ce grand exemple à la France !
Pauvre France ! quelle fatalité pèse sur ses armées ! Il y a
pourtant du cœur et du dévouement en masse, mais le
soldat souffre trop, et nous ne sommes pas bien conduits,
il faut le croire. Je ne sais pas ! Qui peut être juge des
faits qu'on ne voit pas et qui ne nous sont transmis
qu'avec excessive réserve ? Mais je crois plus juste et plus
vrai de mettre la faute sur le compte de quelques hommes
*insuffisants*, et *trop suffisants*[2], que sur celui d'une nation
généreuse et brave dont la tête s'appelle Paris et se
défend avec tant d'héroïsme. Quelle sera la fin ! Impossible de le prévoir, et nos âmes sont dans une sorte d'angoisse...

Ah ! mon Dieu, cher ami, le sous-préfet de La Châtre
[Massabiau] m'apporte la nouvelle de l'armistice[3] ! Je ne
sais pas si c'est la paix, je ne sais quel avenir, quelles
luttes intestines, quels nouveaux désastres nous menacent
encore, mais on ne vous bombarde plus, mais on ne tue
plus les enfants dans vos rues, mais le ravage et la désolation sont interrompus, on pourra ramasser les blessés,
soigner les malades... C'est un répit dans la souffrance
intolérable. Je respire, mes enfants et moi, nous nous
embrassons en pleurant. Arrière la politique ! Arrière cet

1. Depuis mai 1868, Sand louait un appartement 5 rue Gay-Lussac, à l'entresol.

2. C'est Gambetta qui est ici particulièrement visé.

3. Le 27 janvier, un armistice de 21 jours est conclu : « Le Gambetta est furieux, sa dictature va lui rentrer dans le ventre. C'est Jules
Favre qui a traité à Versailles [...] Y aurait-il ravitaillement de Paris
au moins pour 21 jours ? La paix sortira-t-elle de cette suspension
d'armes ? [...] Le sous-préfet qui nous apporte la dépêche à 2 h.
croit que Gambetta va résister, alors ce sera la guerre civile ? Il est
capable de la vouloir plutôt que de se décoller de son autorité »
(Agenda, 29 janvier 1871).

héroïsme féroce du parti de Bordeaux qui veut nous
réduire au désespoir et qui cache son incapacité sous un
lyrisme fanatique et creux, vide d'entrailles. Comme on
sent dans Jules Favre une autre nature, un autre cœur ! Je
suis en révolte depuis trois mois contre cette théorie
odieuse qu'il faut martyriser la France pour la réveiller.
Ne croyez pas cela ! La France est bonne, vaillante,
dévouée, généreuse. Mais vous ne vous doutez pas à
Paris de la manière dont elle est administrée. — Que de
choses j'aurais à vous dire ! — Ah ! venez, venez vite, si
vous pouvez sortir de Paris. Amenez-moi mon cher Plauchut, s'il peut s'absenter et mes Lambert ; au moins la
femme et l'enfant. J'imagine qu'on ne retiendra pas les
femmes et les enfants. Nous sommes comme ivres
d'émotion et de surprise. Nous redoutions pour Paris les
derniers malheurs.

Vous enverrai-je cette lettre par Londres ? c'est bien
long. J'attends demain pour savoir s'ils laisseront passer
les lettres pendant l'armistice. Je ne l'espère pas.

*Lundi* [30 janvier], pas de nouvelles. Le nº du *Moniteur*
organe de Gambetta, ne publie pas encore la dépêche
d'hier. Peut-être ne l'avait-on pas reçue au moment où le
journal a paru. Mais il nous prépare depuis quelques
jours à blâmer tout effort de conciliation[4]. Il a un ton
dépité et je crains une division marquée entre le Gouvernement de Paris et la Délégation, c'est-à-dire entre Jules
Favre et Gambetta. Les créatures de ce dernier ont dit sur
tous les tons que la reddition de Paris n'engagerait pas la
France. Ce serait beau, si on avait l'intelligence d'organiser la France. Mais on a l'impudeur de nous dire que la
guerre ne fait que commencer sérieusement. C'est donc
pour s'amuser qu'on a fait périr depuis trois mois tant de
pauvres enfants par le froid, la misère, la faim, le manque
d'habits, les campements impossibles, les maladies, le
manque de tout, le recrutement des infirmes opéré cruellement et stupidement, l'incurie des chefs, l'incapacité des
généraux, oui, c'était un essai, la part du feu. En trois mois
on n'a rien su faire que de la dépense inutile, dépense
d'hommes et de ressources. L'on est indigné en lisant
depuis deux jours les décrets que l'on *daigne* prendre à la

---

4. « M. Gambetta ne veut pas se dessaisir de la dictature. Il veut
faire la guerre *jusqu'à épuisement complet* » (Agenda, 31 janvier).

dernière heure, pour réprimer des abus que toute la France signalait avec indignation ; sans que le *dictateur* fît autre chose que de promener en tous lieux sa parole bouffie et glacée ! Ah ! ce malheureux fanfaron a tué la République ! Il l'a fait haïr et mépriser en France, et vous pouvez m'en croire, moi qui, en maudissant les hommes ambitieux et nuls de mon parti, persiste à croire que la forme républicaine, *même la plus égalitaire*, est l'unique voie où l'humanité puisse entrer avec honneur et profit.

Je ne sais pas si nos appréhensions se réaliseront. Nous craignons la lutte Favre et Gambetta. Nous craignons que Favre ne vienne pas lui-même à Bordeaux. Lui seul a assez de poids en France pour empêcher une scission funeste qui, en définitive, tournerait au profit des légitimistes ou autres ennemis de la république, car vous allez voir le parti Gambetta insulter Paris comme il a insulté tout ce qui faisait obstacle à son ambition. Ce parti n'est pas la majorité, tant s'en faut. Mais il est au pouvoir, il a passé tout le temps du siège à s'installer, ne montrant d'autre préoccupation sérieuse que d'avoir des hommes à lui, honnêtes ou non, peu lui importe. Il brise ceux qui osent avoir un avis, il procède à la manière de l'empire, et plus brutalement, avec scandale. Et la France a subi cette dictature avec une patience héroïque, et elle sera calomniée aussi par ce parti incapable et outrecuidant, elle qui a tout donné, hommes et argent, *quelle que fût l'opinion personnelle*, pour défendre l'honneur national. Jusqu'à cette heure, rien n'a servi, tout a été désastre. Où donc est la raison d'être de cette dictature ? À l'heure qu'il est, tout vaut mieux que sa durée.

Voilà mon sentiment. Je ne demande pas mieux que d'être injuste et de me tromper. Je ne puis juger que par les faits accomplis, mais par quoi donc juger si ce n'est par le résultat, quand on a été témoins de tout ce qui devait l'amener ? J'ai applaudi des deux mains au commencement, tous les sacrifices me paraissaient doux, j'avais l'espoir en Gambetta et la foi en la France. Chère France ! plus que jamais elle est grande, *bonne* surtout, patiente, facile à gouverner et rendons justice à nos adversaires politiques, ils ont presque tous fait leur devoir. Qu'on ne vienne pas dire, pour sauver la *gloire* de la délégation, qu'on ne pouvait pas mieux faire et que l'esprit public a été mauvais. Ce sera un infâme mensonge contre lequel je protesterai de tout mon pouvoir et de toute mon âme quand viendra l'heure de juger sans faire appel aux passions.

Adieu, mon ami. J'envoie ma lettre par Londres. Puissiez-vous recevoir bientôt ces remerciements que mon cœur vous envoie. Je crains d'abuser de la délicatesse de nos communications en vous envoyant des lettres pour nos amis de Paris, et peut-être aurons-nous la facilité de nous écrire par une voie plus prompte. Mais dites quand même à Plauchut et faites dire à Mme Adam, à Marchal, aux Berton, à tous ceux que vous me nommez — à mes Lambert, que je les aime et les attends.

Tâchez de faire savoir à *Cadol, 16, rue Laval* que sa femme et son enfant sont en bonne santé à Bruxelles, et que nous leur avons cautionné un crédit chez un banquier.

À vous de cœur, pour moi et tous les miens.

G. Sand

Nohant 30 janvier 71

## 388. À EDMOND PLAUCHUT

[Nohant] 24 au soir [mars 1871]

Quelle tristesse et quelle anxiété ! Si vous pouviez opposer une ferme et froide résistance sans effusion de sang ! Ce parti d'exaltés, s'il est sincère, est insensé et se précipite de gaîté de cœur dans un abîme[1].

La République y sombrera avec lui. Le Paris *légal* n'a pas vu clair. Par dépit contre une réaction qui n'était pas bien unie et par conséquent pas bien redoutable, il s'est jeté dans l'extrême. Il a fait comme un locataire qui laisse brûler la maison et lui avec, pour jouer un mauvais tour à son propriétaire. J'avais prévu tout cela ! Mais c'est une triste chose que d'avoir raison quand c'est le désastre qui vous la donne. Quelle réaction maintenant ! Paris est

---

1. Le 18 mars a commencé l'insurrection de Paris, avec l'assassinat des généraux Lecomte et Clément Thomas, suivie quelques jours plus tard de l'établissement de la Commune.

grand, héroïque, mais il est fou. Il compte sans la province qui le domine par le nombre et qui est réactionnaire en masse *compacte*. Tu m'écris : *Dites bien à la province*
*que nous haïssons le gouvernement*. Comme vous êtes ignorants de la province ! elle fait un immense effort pour
accepter Thiers, Favre, Picard, Jules Simon, etc., tous
trop avancés pour elle. Elle ne peut tolérer la République
qu'avec eux, M. Thiers l'a bien compris, lui qui veut une
république bourgeoise et qui ne se trompe pas, hélas ! en
croyant que c'est la seule possible. Sachez donc, vous
autres, que les républicains avancés sont dans la proportion de 1 pour cent, sur la surface du pays entier, et que
vous ne sauverez la République qu'en montrant beaucoup de patience et en tâchant de ramener les excessifs.
Vous voilà dépassés par un parti qui voit encore moins
clair et qui croit dominer au moins Paris. Pauvre peuple !
il commettra des excès, des crimes, mais quelles vengeances vont l'écraser ! Mon Dieu, mon Dieu, soyez
fermes et patients, tâchez de le ramener. En province on
croit qu'il est vendu à la Prusse, c'est tout ce qu'il reti-
rera de ses triomphes dans la rue. Il donne tous les prétextes possibles à la réaction ! Et les Prussiens ! ils vont
peut-être terminer la lutte. Quelle honte après tant de
gloire !

Cher enfant, nous sommes mortellement inquiets de
toi et de tous nos amis. Écris-nous une ligne tous les
jours. Nous savons les événements par les journaux, ne
te fatigue pas à nous les raconter. Parle-nous de toi seulement. Que je suis contente de savoir ton frère revenu
et reparti ! J'espère qu'après cette crise, tu viendras enfin
chez nous !

Nous t'embrassons tous bien tendrement.

### 389. À GUSTAVE FLAUBERT

Nohant, 28 avril [1871]

Non, certes, je ne t'oublie pas, je suis triste, triste,
c'est-à-dire que je m'étourdis, que je regarde le printemps, que je m'occupe et que je cause comme si de rien
n'était : mais je n'ai pu être seule un instant depuis cette

laide aventure, sans tomber dans une désespérance amère.
Je fais de grands efforts pour me défendre, je ne veux pas
être découragée, je ne veux pas renier le passé et redouter l'avenir : mais c'est ma volonté, c'est mon raisonnement qui luttent contre une impression profonde,
insurmontable quant à présent. Voilà pourquoi je ne voulais pas t'écrire avant de me sentir mieux, non pas que
j'aie honte d'avoir des crises d'abattement, mais parce
que je ne voudrais pas augmenter ta tristesse déjà si profonde en y ajoutant le poids de la mienne. Pour moi
l'ignoble expérience que Paris essaye ou subit[1] ne prouve
rien contre les lois de l'éternelle progression des hommes
et des choses, et si j'ai quelques principes acquis dans
l'esprit, bons ou mauvais, ils n'en sont ni ébranlés, ni
modifiés. Il y a longtemps que j'ai accepté la patience
comme on accepte le temps qu'il fait, la durée de l'hiver,
la vieillesse, l'insuccès sous toutes ses formes. Mais je
crois que les gens de parti (sincères) doivent changer
leurs formules ou s'apercevoir peut-être du vide de toute
formule *a priori*.

    Ce n'est pas là ce qui me rend triste. Quand un arbre
est mort, il faut en planter deux autres, mon chagrin
vient d'une pure faiblesse de cœur que je ne sais pas
vaincre. Je ne peux pas m'endormir sur la souffrance et
même sur l'ignominie des autres, je plains ceux qui font
le mal, tout en reconnaissant qu'ils ne sont pas intéressants du tout, leur état moral me navre. On plaint un
oisillon tombé du nid, comment ne pas plaindre une
masse de consciences tombées dans la boue ? On souffrait
moins pendant le siège par les Prussiens. On aimait Paris
malheureux malgré lui, on le plaint d'autant plus aujour-
d'hui qu'on ne peut plus l'aimer. Ceux qui n'aiment
jamais se paient de le haïr mortellement. Que répondre ?
Il ne faut peut-être rien répondre ! Le mépris de la France
est peut-être le châtiment nécessaire de l'insigne lâcheté
avec laquelle les Parisiens ont subi l'émeute et ses aventuriers. C'est une suite de l'acceptation des aventuriers de
l'Empire, autres félons, même couardise.

    Mais je ne voulais pas te parler de cela, tu en *rugis* bien
assez ! Il faudrait s'en distraire, car en y pensant trop, on

---

1. C'est-à-dire la Commune, que Sand rejette : « c'est une émeute
de fous et d'imbéciles mêlés de bandits » (Agenda, 23 avril).

se détache de ses propres membres, et on se laisse ampu-
ter avec trop de stoïcisme. — Tu ne me dis pas comment tu as retrouvé ton charmant nid de Croisset. Les
Prussiens l'ont occupé ; l'ont-ils brisé, sali, volé ? Tes
livres, tes bibelots, as-tu retrouvé tout cela ? Ont-ils
respecté ton nom, ton atelier de travail ? Si tu *repeux* y
travailler, la paix se fera dans ton esprit. Moi, j'attends
que le mien guérisse et je sais qu'il faudra aider à ma
propre guérison par une certaine foi souvent ébranlée,
mais dont je me fais un devoir. Dis-moi si le tulipier n'a
pas gelé cet hiver, et si les pivoines sont belles. Je fais
souvent en esprit le voyage, je revois ton jardin et ses
alentours. Comme cela est loin, que de choses depuis !
On ne sait plus si on n'a pas cent ans ! — Mes petites
seules me ramènent à la notion du temps, elles gran-
dissent, elles sont drôles et tendres, c'est par elles et les
deux êtres qui me les ont données que je me sens encore
de ce monde, c'est par toi aussi, cher ami, dont je sens le
cœur toujours, bon et vivant. Que je voudrais te voir !
Mais on n'a plus le moyen d'aller et venir.

Nous t'embrassons tous et nous t'aimons.

G. Sand

## 390. À ALEXANDRE DUMAS FILS

[Nohant, 15 mai 1871]

Cher fils,

Je suis contente que vous soyez content de l'état de
mon esprit durant ces épreuves tragiques[1]. À présent, les
épreuves sont burlesques, par-dessus le marché ! Mais
n'êtes-vous pas frappé de la lâcheté générale ? Qu'après un
désastre, les oiseaux de proie s'abattent sur les cadavres,
c'est tout simple, cela s'est toujours vu. Un moment
d'anarchie et les idiots soutenus par messieurs les voleurs
viennent se repaître[2]. Mais cette population parisienne

1. Dumas a écrit à Sand après la lecture du *Journal d'un voyageur
pendant la guerre* : « C'est la symphonie de la guerre, de l'Idéal, du bon
sens, de l'espérance et de la justice ».
2. La Commune vit ses derniers jours ; le 21 mai, les versaillais
entrent dans Paris.

qui est à raison de *cent* contre *un* et qui se laisse opprimer, insulter, voler, avilir? Ceux qui élèvent encore la
voix sont si c… qu'ils font semblant de redouter une
Restauration pour se dispenser de résister à quelques
voyous pochards qu'ils devraient et pourraient jeter dans
leurs caves. Le citadin est-il assez démoralisé, assez abruti
par la peur! Et il y a un parti, un gros parti de toutes
nuances, qui veut nous prouver la supériorité de l'homme
des villes sur celui des campagnes, au moins ce dernier a
l'amour *féroce* de la propriété et dès qu'il voit un passant
de mauvaise mine, il est prêt à tomber dessus. Mieux
vaut être avare ou méchant que de n'être rien du tout.
Cela démontre surabondamment ce que vous me disiez
dans votre avant-dernière lettre sur le *non-droit* des *non-
valeurs* humaines dans l'influence sociale.

Il n'y a pas à pleurer sur les déplacements de richesse
qui vont s'opérer à la suite de la ruine de Paris. Ceux qui
se laissent plumer comme des oies ne sont pas intéressants. J'espère que le dénouement est proche. À présent
que tout ce qui a une valeur intellectuelle et morale a
quitté ce foyer d'insanités, j'avoue que je suis bien endurcie sur le sort de ceux qui restent.

Quelques-uns pourtant qui sont restés à des postes
d'honneur pour préserver autant que possible les dépôts
confiés, comme Villot et quelques autres, m'inquiètent
beaucoup. Avez-vous des nouvelles des Villot et de
Lavoix?

J'essaie quand même de travailler pour soutenir cette
pauvre *Revue* qui lutte contre les préoccupations du public
avec un courage dont il faut lui savoir gré. Mme Buloz
est très intéressante au milieu de tout cela. Elle va et
vient dans Paris, hors Paris, bravant plus d'une fatigue
et plus d'un risque pour apporter à son vieux mari de la
littérature. À présent où peut-elle en trouver? Car personne ne travaille plus, ou bien on ne veut pas publier
devant les banquettes. Je me suis fait un devoir de lui
envoyer un roman quand même[3].

Cher fils, est-ce que vous comptez rentrer dans Paris
après le branle-bas? Si oui, dites-moi votre impression du
moment et ne me laissez pas sans nouvelles de vous.

---

3. *Francia* paraît dans la *Revue des Deux Mondes* du 1ᵉʳ mai au
1ᵉʳ juin 1871.

Je vous embrasse tendrement. Amitiés des miens qui dévorent vos lettres. Maurice dit qu'il n'y a que vous qui ne soit [*sic*] pas devenu fou. Parlez donc au public le plus vite possible, sous une forme ou sous une autre. Il a besoin qu'on lui verse de l'eau pure et saine, sur la tête.

G. Sand

Nohant 15 mai


## 391. À HENRY HARRISSE

[Nohant, 29 juin 1871]

. Nous étions inquiets de vous, mon cher ami. Je n'ai reçu de vous qu'une lettre d'Espagne et je ne sais si vous avez reçu la mienne. Enfin, vous voilà sain et sauf à Paris, et vous ne devez pas y être précisément gai. Ce pauvre Paris représente-t-il encore la France ? L'Empire en avait fait un bazar et un égout. La Commune en a fait un égout et une ruine. Les cléricaux voudraient bien en faire un couvent et un cimetière. Le parlementarisme en fera-t-il quelque chose d'humain et de possible ? Quant au bonapartisme, je n'y crois pas. Mais on voit arriver tant de choses impossibles qu'il ne faut plus jurer de rien. Je crois pourtant que nous sentons le besoin de nous transformer et qu'une république, *bourgeoise* pour commencer, est le seul moyen de salut qui s'offre à nous. En attendant, l'emprunt est couvert en un clin d'œil[1] et toutes les espérances renaissent dans tous les partis, sans être anéanties dans aucun. C'est une si grande preuve de vitalité qu'il n'est pas possible de désespérer.

Nous allons tous bien. La pluie, après un an de sécheresse nous sauvera de la famine. C'est toujours ça. Tout mon monde vous envoie des amitiés et des félicitations de bon retour.

À vous de cœur.

G. Sand

---

1. L'Assemblée a voté un emprunt de deux milliards et demi ; en deux jours (27-28 juin), la souscription publique en atteint presque le double.

### 392. À GUSTAVE FLAUBERT

Nohant, 23 juillet [1871]

Non, je ne suis pas malade, mon chéri vieux troubadour, en dépit du chagrin qui est le pain quotidien de la France. J'ai une santé de fer et une vieillesse exceptionnelle, bizarre même, puisque mes forces augmentent à l'âge où elles devraient diminuer. Le jour où j'ai résolument enterré la jeunesse, j'ai rajeuni de vingt ans. Tu me diras que l'écorce n'en subit pas moins l'outrage du temps. Ça ne me fait rien, le cœur de l'arbre est fort bon et la sève fonctionne comme dans les vieux pommiers de mon jardin qui fructifient d'autant mieux qu'ils sont plus racornis. Je te remercie d'avoir été ému de la maladie dont les journaux m'ont gratifiée[1]. Maurice t'en remercie aussi et t'embrasse. Il entremêle toujours ses études scientifiques, littéraires et agricoles de belles apparitions de marionnettes. Il pense à toi chaque fois qu'il voudrait t'avoir pour constater ses progrès, car il en fait toujours.

Où en sommes-nous, selon toi ? À Rouen, vous n'avez plus de Prussiens sur le dos, c'est quelque chose[2], et on dirait que la République bourgeoise veut s'asseoir. Elle sera bête, tu l'as prédit, et je n'en doute pas. Mais après le règne inévitable des épiciers, il faudra bien que la vie s'étende et reparte de tous côtés. Les ordures de la Commune nous montrent des dangers qui n'étaient pas assez prévus et qui commandent une vie politique nouvelle à tout le monde : faire ses affaires soi-même et forcer le joli prolétaire créé par l'Empire, à savoir ce qui est possible et ce qui ne l'est pas. L'éducation n'apprend pas l'honnêteté et le désintéressement, du jour au lendemain. Le vote est l'éducation immédiate. Ils ont nommé des Raoul Rigault et compagnie. Ils savent maintenant ce qu'en vaut l'aune, qu'ils continuent et ils mourront de faim. Il n'y a pas autre chose à leur faire comprendre à bref délai.

Travailles-tu ? *Saint Antoine* marche-t-il[3] ? Dis-moi ce

---

1. *Paris-Journal* du 21 juillet avait annoncé, ainsi que d'autres journaux, que G. Sand était gravement malade d'une bronchite aiguë et que ses jours étaient en danger.
2. Les Prussiens ont quitté Rouen le 22 juillet.
3. *La Tentation de saint Antoine* paraîtra en mars 1874.

que tu fais à Paris, ce que tu vois, ce que tu penses. Moi
je n'ai pas le courage d'y aller. Viens donc me voir avant
de retourner à Croisset. Je m'ennuie de ne pas te voir,
c'est une espèce de mort.

G. Sand

### 393. AU PRINCE NAPOLÉON

[Nohant, 29 juillet 1871]

Cher ami, vous vous inquiétez de moi. Merci mille
fois. Je veux vous dire moi-même que je ne suis pas, que
je n'ai pas été malade du tout, malgré la maladie de la
France qui nous rend tous assez malades de cœur et d'esprit. Que vous dirai-je de mes impressions ? elles ne peuvent se fixer sur rien, nous assistons à un travail qui
probablement est assez vulgaire de près, mais qui sera
peut-être grand dans l'histoire, s'il aboutit ! Une nation
perdue et brisée par tous ceux qui ont voulu y établir
l'autorité personnelle, même par *celui* à qui son génie avait
semblé créer un droit [Napoléon Ier]. Il n'a eu que l'éclat
d'une légende, il a laissé en fin de compte la France plus
bas qu'il ne l'avait prise. Vous n'avez pas vu ces temps-là.
Moi j'ai vu le règne tout entier et j'ai très bien vu la fin
du règne, l'invasion, le retour des Bourbons. Depuis, tous
les essais de royauté dictatoriale ou constitutionnelle nous
ont conduits à des abîmes. Vrai, nous n'en voulons plus,
et cela, je suis sûre que c'est le sentiment qui domine : une
effroyable lassitude des dynasties, une méfiance invincible
contre tous ceux qui ont voulu faire nos affaires à notre
place : et voilà que nous voulons essayer de les faire
nous-mêmes. Nous ne pouvons les faire brillantes dans la
situation où on nous a mis, c'est une liquidation de gens
ruinés, c'est une existence à recommencer, c'est une série
d'expériences, de sacrifices, de tâtonnements. Si on nous
persuade de prendre, comme panacée, une royauté quelconque, nous sommes perdus, nous reculons pour mieux
sauter dans le vide. Alors *l'Internationale*[1] reprend son œuvre

1. L'Association internationale des Travailleurs, fondée à Londres
en 1864.

et nous jette dans l'anarchie. Je crois à l'avenir de *l'Internationale*, si, reniant les crimes et les fautes que viennent de commettre ses stupides adeptes, elle se transforme, et poursuit son principe sans vouloir l'appliquer violemment. Elle n'a produit qu'un ramassis de fous ou de scélérats, mais elle peut s'épurer et devenir la loi de l'avenir. Pour cela, il lui faut du temps. Si des coups d'État nous la ramènent, elle est morte aussi, elle n'est pas encore viable. Sa formule est bonne au fond, son programme est détestable, impossible.

Donc tout est mort chez nous si nous ne devenons pas des hommes. Les partis nous mangeront et il s'agirait de créer une république sans partis, *sans républicains à l'état de parti*; une société laborieuse, commerçante, bourgeoise et démocratique dans la bonne acception des mots. La France est assez artiste et assez idéaliste pour résister à cette épreuve sans s'abrutir, mais il faut qu'elle apprenne à procéder avec ordre, à se préoccuper de la vie pratique avant tout et à faire, je le répète, ses affaires elle-même. C'est moi qui vous dis cela, moi l'être le moins pratique qui existe, le plus incapable de gérer quoi que ce soit, le plus condamné, le plus habitué à être exploité et mené. C'est pour cela que j'ai raison de pousser les autres à la vie pratique, je sais personnellement ce qu'il en coûte d'être trop *race latine* et une transformation de notre esprit aventureux et insouciant me paraît absolument nécessaire.

Si M. Thiers[2], malgré tout ce qui lui manque, malgré notre antipathie, malgré les erreurs de son esprit sur de graves questions, sait nous persuader d'essayer la vie pratique, je désire qu'on l'écoute, sauf à le juger s'il s'égare. Il n'est qu'un homme, il n'est pas un souverain, nous ne sommes pas forcés de nous égarer avec lui. Il n'a pas de prestige, pas de cœur, pas de créatures puissantes, on peut le combattre, on peut l'abandonner. Désirons qu'il dure assez pour nous apprendre à discuter sans faire de révolutions. C'est le talent qu'il montre, c'est le système qu'il nous indique et semble vouloir suivre. Veut-il, comme on le dit, comme vous le croyez, nous conduire sans

2. Thiers avait été désigné le 17 février par l'Assemblée chef du pouvoir exécutif de la République française; il deviendra président de la République le 31 août.

secousse à une restauration orléaniste ? Supposons-le !
chaque pas qu'il fait en ce sens doit lui apprendre et lui
faire sentir que la terre manquerait sous ses pieds s'il manquait à sa parole, et qu'il aurait malgré lui, une secousse
violente, un véritable *terremoto*[3], qui l'emporterait, lui et
ses princes.

— Hélas ! les princes ! ces aspirants aveugles, qui ont
la simplicité de se croire de nature divine, bons à tout,
capables de tout, ni plus ni moins que M. Gambetta, et
qui sont là, de tous côtés, en France, attendant qu'on les
appelle à faire notre bonheur, assez fats, assez niais pour
s'en croire et s'en proclamer capables ! Ils me font l'effet
de ces pauvres aspirants comédiens que j'ai vus cent fois
se présenter dans les théâtres ou chez les auteurs dramatiques en s'offrant pour jouer les premiers rôles ! On les
essayait dans les derniers emplois, ils ne savaient pas dire
trois mots. Voilà le métier ridicule des prétendants, n'en
soyez jamais, vous, mon prince philosophe et intelligent.

Mais je n'ai pas besoin de vous en prier. Vous ne
donnerez jamais dans les *godants*[4] du manifeste hypocrite
ou naïf. Henri V est le plus honnête d'entre eux, il casse
les vitres : mais aussi il est le plus bête.

République, société française, organisation nationale,
peu importe le nom, mais point de maître, pas de droit
divin, pas d'hérédité dynastique, voilà ce que veulent tous
ceux qui ne sont ni ambitieux, ni fous. Et il y en a encore
pas mal, soyez-en certain. Ceux qui s'emparent du pouvoir par surprise sont toujours en minorité. Ils peuvent
l'emporter à un moment donné, ils ne peuvent pas durer,
on ne leur pardonne jamais l'usurpation du pouvoir, on
ne la pardonnerait pas plus à M. Thiers qu'à un autre,
malgré sa grande influence du moment.

Voilà, mon cher et grand ami, ce que je réponds à votre
question en toute liberté et santé de conscience. Maintenant, devez-vous venir en France ? Oui, certainement si
la République s'y consolide et si vous jugez qu'elle mérite
votre adhésion comme autrefois. Pour le moment je ne
sais s'il vous plairait d'y voir faire la cuisine et si les mar-
mitons ne vous enverraient pas des éclaboussures. On

3. Tremblement de terre, en italien.
4. Contes destinés à tromper, terme populaire ; donner dans le
godant : se laisser abuser.

vous accusera de conspirer, cela est inévitable, et pour répondre, vous serez forcé de soutenir des polémiques désagréables. Le journalisme n'est pas toujours bien élevé et loyal. Je n'aimerais pas à vous voir dans cette bagarre. Ce n'est guère le moment de revoir la France, moi, je ne veux pas voir Paris. Je n'ai pas quitté Nohant, je ne le quitterai pas cette année. On y remue pêle-mêle de l'or et de la vidange. J'aime mieux l'ombrage de mes tilleuls et la possession de moi-même, de mon jugement, de ma liberté et de ma dignité. Ceux qui vont à Paris et qui ont du cœur ne décolèrent pas. Que voulez-vous ? on liquide tout, de la cave au grenier.

Bonsoir, mon grand ami, ma famille vous envoie ses vœux et son affection. Je vous embrasse de tout cœur.

George Sand

Nohant 29 juillet 71

## 394. À GUSTAVE FLAUBERT

[Nohant, 25 octobre 1871]

Tes lettres tombent sur moi comme une pluie qui mouille, et fait pousser tout de suite ce qui est en germe dans le terrain, elles me donnent l'envie de répondre à tes raisons, parce que tes raisons sont fortes et poussent à la réplique. Je ne prétends pas que mes répliques soient fortes aussi, elles sont sincères, elles sortent de mes racines à moi, comme les plantes susdites. C'est pourquoi je viens d'écrire un feuilleton sur le sujet que tu soulèves, en m'adressant cette fois *à une amie*[1], laquelle m'écrit aussi dans ton sens, mais moins bien que toi, ça va sans dire, et un peu à un point de vue d'aristocratie intellectuelle, auquel elle n'a pas *tous les droits voulus*.

*Mes racines* — on n'extirpe pas cela en soi et je m'étonne que tu m'invites à en faire sortir des tulipes, quand elles ne peuvent te répondre que par des pommes

---

1. Dans la série d'*Impressions et Souvenirs* publiée par *Le Temps*, Sand a donné le 1er novembre « Réponse à une amie », sur le suffrage universel (*Impressions et Souvenirs*, VII) ; l'amie est Juliette Adam.

de terre. Dès les premiers jours de mon éclosion intellectuelle, quand, m'instruisant toute seule auprès du lit
de ma grand'mère paralytique, ou à travers champs aux
heures où je la confiais à Deschartres, je me posais sur la
société les questions les plus élémentaires, je n'étais pas
plus avancée à 17 ans qu'un enfant de 6 ans, pas même,
grâce à Deschartres (le précepteur de mon père), qui était
contradiction des pieds à la tête, grande instruction et
absence de bon sens ; grâce au couvent où l'on m'avait
fourrée Dieu sait pourquoi, puisqu'on ne croyait à rien ;
grâce à un entourage de pure Restauration où ma grand'-
mère, philosophe, mais mourante, s'éteignait sans plus
résister au courant monarchique.

Alors je lisais Chateaubriand et Rousseau, je passais de
l'Évangile au *Contrat social.* Je lisais l'histoire de la Révolution faite par des dévots, l'histoire de France faite par
des philosophes, et un beau jour j'accordai tout cela
comme une lumière faite de deux lampes, et j'ai eu des
*principes* ; ne ris pas, des principes d'enfant très candide
qui me sont restés à travers tout, à travers *Lélia* et
l'époque romantique, à travers l'amour et le doute, les
enthousiasmes et les désenchantements. Aimer, se sacrifier, ne se reprendre que quand le sacrifice est nuisible à
ceux qui en sont l'objet et se sacrifier encore dans l'espoir de servir une cause vraie, l'amour.

Je ne parle pas ici de la passion personnelle, mais de
l'amour de la race, du sentiment étendu de l'amour
de soi, de l'horreur du *moi tout seul.* Et cet idéal de *justice*
dont tu parles, je ne l'ai jamais vu séparé de l'amour,
puisque la première loi pour qu'une société naturelle
subsiste, c'est que l'on se serve mutuellement comme chez
les fourmis et les abeilles. Ce concours de tous au même
but, on est convenu de l'appeler instinct chez les bêtes et
peu importe, mais chez l'homme l'instinct est amour, qui
se soustrait à l'amour se soustrait à la vérité, à la justice.

J'ai traversé des révolutions et j'ai vu de près les principaux acteurs, j'ai vu le fond de leur âme, je devrais
dire tout bonnement le fond de leur sac : *Pas de principes !* aussi
pas de véritable intelligence, pas de force, pas de durée.
Rien que des *moyens* et un but personnel. Un seul avait
des principes, pas tous bons, mais devant la sincérité desquels il comptait pour rien sa personnalité : Barbès.

Chez les artistes et les lettrés, je n'ai trouvé aucun

fond. Tu es le seul avec qui j'aie pu échanger des idées
autres que celles du métier. Je ne sais si tu étais chez
Magny un jour où je leur ai dit qu'ils étaient tous des *mes-*
*sieurs*. Ils disaient qu'il ne fallait pas écrire pour les ignorants, ils me conspuaient parce que je ne voulais écrire
que pour ceux-là, vu qu'eux seuls ont besoin de quelque
chose. Les maîtres sont pourvus, riches et satisfaits. Les
imbéciles manquent de tout, je les plains. Aimer et
plaindre ne se séparent pas. Et voilà le mécanisme peu
compliqué de ma pensée.

J'ai la passion du bien et point du tout de sentimentalisme de parti pris. Je crache de tout mon cœur sur celui
qui prétend avoir mes principes et qui fait le contraire de
ce qu'il dit. Je ne plains pas l'incendiaire et l'assassin qui
tombent sous le coup de la loi, je plains profondément la
classe qu'une vie brutale, déchue, sans essor et sans aide,
réduit à produire de pareils monstres. Je plains l'humanité, je la voudrais bonne, parce que je ne peux pas
m'abstraire d'elle, parce qu'elle est moi, parce que le mal
qu'elle se fait me frappe au cœur, parce que sa honte me
fait rougir, parce que ses crimes me tordent le ventre,
parce que je ne peux comprendre le paradis au ciel ni sur
la terre pour moi toute seule. Tu dois me comprendre,
toi qui es bonté de la tête aux pieds.

Es-tu toujours à Paris ? Il a fait des jours si beaux que
j'ai été tentée d'aller t'y embrasser, mais je n'ose pas
dépenser de l'argent, si peu que ce soit quand il y a tant
de misère. Je suis avare parce que je me sais prodigue
quand j'oublie, et j'oublie toujours. Et puis, j'ai tant à
faire !… Je ne sais rien, et je n'apprends pas, parce que je
suis toujours forcée de rapprendre. J'ai pourtant bien
besoin de te retrouver un peu, c'est une partie de moi qui
me manque. Mon Aurore m'occupe beaucoup. Elle comprend trop vite et il faudrait la mener au triple galop.
Comprendre la passionne, savoir la rebute. Elle est paresseuse comme était Mr son père. Il en a si bien rappelé
que je ne m'impatiente pas. Elle se promet de t'écrire
bientôt une lettre. Tu vois qu'elle ne t'oublie pas. Le polichinelle de la Titite a perdu la tête, à force littéralement
d'être embrassé et caressé. On l'aime encore autant sans
tête, quel exemple de fidélité au malheur ! Son ventre
est devenu un coffre où on met des joujoux. Maurice est
plongé dans des études archéologiques, Lina toujours

adorable, et tout va bien, sauf que les bonnes ne sont pas propres. Que de chemin ont encore à faire les êtres qui ne se peignent pas !

Je t'embrasse, dis-moi où tu en es avec *Aïssé*[2], l'Odéon et tout ce tracas dont tu es chargé. Je t'aime : c'est la conclusion à tous mes discours.

G. Sand

Nohant 25 8[bre]

## 395. À PAUL MEURICE

[Nohant, 29 mars 1872]

Cher ami, si vous voulez faire *Mont-Revêche* tout seul il est à vous. Sinon, quant à moi, je n'y suis plus du tout ! Il s'est écoulé trop de temps, trop de choses. Je ne peux plus remâcher ce thème qui ne me dit plus rien[1]. Je ne sais pas interrompre et reprendre une donnée, je ne vois même plus ce sujet au théâtre. Si vous l'y voyez toujours, pourquoi ne le feriez-vous pas ?

J'ai fait depuis *Mlle La Quintinie*[2] que je crois plus à propos, à l'heure qu'il est. L'Odéon aura à me le demander et à me donner Berton père pour le rôle principal. Sinon, comme il est bien libre (l'Odéon) de ne pas se soucier de ma pièce, et que je ne suis pas bien pressée de me remettre au théâtre, tout sera pour le mieux.

Je suis complètement libre vis-à-vis du *Temps*, et je crois que vis-à-vis de Lévy, je me suis, d'après votre conseil, réservé le droit de publier en *première publication*, où bon me semblerait. Mais aurai-je l'esprit libre pour un travail historique ? je ne sais pas. Il me faudrait avoir les documents sous les yeux, et un peu de temps devant moi *pour mûrir*. Quand vous me les enverrez, je vous répondrai, et si c'est non, je vous renverrai exactement les pièces.

Oui, je désire pour vous que vous vous arrachiez à la politique, et je ne désire pas que vous vous replongiez

---

2. La pièce de Louis Bouilhet, *Mademoiselle Aïssé*.
1. Voir lettre 356 n. 1 ; Meurice ne mènera pas ce projet à bien.
2. Sand a achevé son drame le 19 décembre 1870 ; la pièce sera interdite par la censure.

dans un autre journal de parti. Il me semble qu'il y a d'autres grands coups à frapper pour ceux qui ont le talent et l'énergie, que les coups d'épingle de tous les jours. Nous sommes tous si coupables que nous n'avons guère le droit maintenant d'exciter les passions personnelles. Certes, ni vous, ni moi n'avons fait le moindre mal, mais à quel groupe parfaitement pur pourrions-nous nous rattacher aujourd'hui ? La collectivité crée une responsabilité dont il n'est plus possible de faire bon marché, avec ces Prussiens qui nous regardent laver notre linge sale en public ! J'ai trouvé à me réfugier dans un coin très propre, ce pacifique journal protestant qui est libéral de très bonne foi et qui me laisse absolument libre d'être moins calme que lui si j'ai besoin de m'échauffer. Je lui sais tant de gré de m'avoir acceptée en me laissant la responsabilité absolue de mon opinion *quelle qu'elle puisse être à un moment donné*, que je ne veux ni ne dois le quitter[3]. Je n'aurais certes pas la même indépendance ailleurs, et vous ne pourriez me l'assurer nulle part, à moins que vous ne fussiez l'unique rédacteur en chef, n'est-ce pas vrai ?

Cher ami, j'éprouve un impérieux besoin de n'appartenir à personne, de n'être d'aucune église ou confrérie si petite et si choisie qu'elle soit. Nous sommes en pleine dissolution. Personne ne voit plus le chemin à prendre pour sortir de l'enfer. C'est le moment de se recueillir, de n'obéir qu'à son sentiment individuel, d'échapper à l'ivresse collective et d'exprimer ce qu'on a en soi en s'isolant de toute influence extérieure du moment. *Seul*, on est avec *tous*, ce qui vaut mieux que d'être avec quelques-uns. Et ce que je veux pour moi, naturellement je le voudrais pour vous. Pourquoi vous effacez-vous dans un nombre déterminé ? Vous qui n'êtes pas poussé par l'ambition et la vanité, que faites-vous de ce que Dieu vous a donné à vous, à vous seul et bien à vous, votre génie individuel ? Pourquoi ne faites-vous pas une pièce, un livre ou de la critique d'art en dehors de l'esprit de parti ? Vous n'avez pas le droit de vous dépenser en menue monnaie à l'empreinte fugitive du moment. Ne pas produire quand on est vous, est un péché sérieux.

3. Depuis le 22 août 1871, G. Sand donne régulièrement des articles au journal *Le Temps*, qui publie également son roman *Nanon* (7 mars-20 avril 1872).

Je ne sais pas l'adresse de Victor Hugo qui m'a envoyé son livre [*L'Année terrible*]. Je vous charge donc de mon mot pour lui. Je n'ai pu l'écrire, non plus qu'à vous, l'écrire [*sic*] tout de suite. J'ai été malade, je le suis encore, mais ce n'est rien de sérieux, Tout se passe chez moi en sommeil, recouvrement d'arriéré.

À vous de cœur aujourd'hui et toujours.

George Sand

Nohant 29 mars 72

Si vous voulez faire *Mont-Revêche*, je vous renverrai tous vos plans.

## 396. À HIPPOLYTE TAINE

[Nohant, 5 avril 1872]

Merci, mon ami, merci. J'aime bien mieux votre lettre *intime*, et pouvant me dire toute votre pensée sans blesser personne[1]. J'y vois bien plus clair et je vous assure que vous me faites un très grand bien. J'ai toujours beaucoup douté de moi-même, ne me sentant pas le pouvoir d'exprimer mon idéal comme je le sens, et si je [ne] me suis pas arrêtée, rassasiée de lutte contre le courant que vous me signalez, c'est que je me suis dit que la vieillesse ne devait pas dispenser du devoir. Pourtant j'avais besoin de paroles amies pour me soutenir. La parole de Sainte-Beuve m'a beaucoup manqué, comme vous pouvez croire, dans ces jours de désastre qu'il est bien heureux, le pauvre ami, de n'avoir pas vus ! La vôtre me la remplace autant que possible, car Flaubert qui m'aime de tout son cœur personnellement, ne m'aime pas *tant que ça*, littérairement. Il ne croit pas que je sois dans le bon chemin et il n'est pas le seul de mes amis qui me croie plus bienveillante qu'artiste. Moi je ne sais rien de moi, sinon que j'ai toujours cru que l'art et la conscience c'était la même chose et quand on me dit le contraire, je ne suis

1. « Taine m'a écrit une longue lettre très intéressante et encourageante, Flaubert une lettre très découragée » (Agenda, 3 avril) ; mais Taine a publié également une version de sa lettre dans la *Revue des Deux Mondes*.

point du tout persuadée. Mais alors, je m'en prends à moi. Je me dis que si j'avais eu plus de talent, j'aurais mieux fait accepter mon idéalisme. De là des accès de découragement qui ne sont point une modestie cherchée, mais un véritable remords de n'avoir pas mieux employé ma vie, d'avoir trop flâné, trop rêvé, trop joui de mes contemplations et pas assez travaillé à m'élever et à m'instruire. J'ai trop admiré la mer et contemplé le flot, j'ai mal tenu le gouvernail.

Et puis l'étrange révolution, je devrais dire réaction littéraire qui a succédé au romantisme m'a fait douter aussi parfois de la bonté de mes moyens pour en combattre le déchaînement excessif. Je trouvais que cette recherche du vrai positif avait du bon, du très bon ; qu'elle nous débarrassait de l'abus de l'*à peu près* en philosophie et en littérature. Je préférais une phase d'athéisme en toutes choses à l'invasion du catholicisme hypocrite et bigot. Je l'ai dit, je le pensais, je le pense toujours. Seulement on a été si vite et si loin, que les grands esprits autour de nous ont fait des réserves, tandis que les faux esprits dépassaient le but. Et voilà tous ces bons esprits dont vous me parlez et qui vous ont parlé dans votre voyage, qui ne savent où se prendre entre le merveilleux et le réel. Ils voudraient le vrai. Le vrai est-il beau ou laid ? *That is the question*[2]. Moi, je crois que le laid est transitoire, le beau éternel. Comme Quinet l'a démontré[3], les races et les espèces, qu'elles se succèdent ou qu'elles sortent les unes des autres, tendent toujours, sauf les lacunes, les déviations et les effondrements, à constituer un type plus parfait qui est comme le rêve éternel, l'idéal inassouvi de la nature. Il en est de même de l'esprit humain, il veut s'élever, se compléter, s'épurer. Ç'a toujours été là ma conviction, mon fil conducteur, moi qui ai voulu voir l'homme à travers le prisme de la nature. Aussi le livre de Quinet ne m'a-t-il point paru nouveau, au premier abord. Il m'a semblé que je relisais un livre deux cents fois lu, ce qui n'ôte rien à l'excellence de la forme. (Je trouve le plan trop haché, la démonstration partant comme un souffle puissant, déviant à droite ou à gauche, et puis tombant

2. Shakespeare, *Hamlet* (III, 1).

3. Dans *La Création* (Librairie internationale, 1870), que Sand a lue au début de janvier 1872.

comme une brise harmonieuse qui expire en route.) Mais
je reviens à sa démonstration générale qui est vraie et qui
avait été admirablement résumée dans les trois lignes
fameuses de Pascal[4] : « La nature agit par progrès, *itus et
reditus* ; elle passe et revient, puis va plus loin, puis deux
fois moins, puis plus que jamais ». J'ai ces paroles écrites
sur mon bureau à côté du calendrier ; elles me consolent
depuis vingt ans des mauvais temps, des événements
funestes, des déviations politiques, morales, sociales, littéraires, et de mes propres défaillances dans tous les sens.
Elles sont vraies, positivement vraies en histoire naturelle, et dans l'histoire des faits humains, dans le travail
de la nature et dans celui de la civilisation. Nous venons
de passer dans le *deux fois moins*. Il est impossible que
nous n'entrions pas tôt ou tard dans *le plus que jamais*.
Mais il n'y a pas de brusques révolutions dans la nature,
il faut de la patience et du temps. Si nous pouvions ne
pas perdre la foi en nous-mêmes ! Vous voulez que je
conserve la mienne. Oui, vous faites une bonne action, et
moi, pauvre oiseau des champs, j'ai écrit à l'aigle Hugo
pour qu'il se reprenne lui-même et complète son antithèse : il doit des *Châtiments* aux incendiaires, aux assassins d'otages, aux anabaptistes de 1872. Je ne sais si ma
lettre, bien humble pourtant, ne l'a point fâché[5].

Moi, je dois, dites-vous, une pièce *d'honnêtes gens*. Eh
bien ! je la tenterai, car, si vous, qui avez enfoncé le scal-
pel dans le vif *de l'examen* avec tant de réflexion et de fermeté, vous croyez que cela est bon et que cela m'est
possible, il doit y avoir dans votre conseil plus que de la
bienveillance et de l'amitié. Il me faut faire un effort. La
vie est si douce à sentir sans qu'on s'en mêle ! Mais je sais
bien qu'il faut s'en mêler de gré ou de force, et je veux
regarder votre conseil comme un ordre. Vous avez ce
droit, et mon affection pour vous est heureuse de ne pas
avoir à le contester.

                                        George Sand

Nohant 5 avril 72

---

4. Pascal, *Pensées* (Le Guern 646, Sellier 636, Lafuma 771, Brun-
schvicg 355).
5. Cette lettre, qui remerciait de *L'Année terrible*, n'a pas été retrouvée.

### 397. À GUSTAVE FLAUBERT

[Nohant, 5 juillet 1872]

C'est aujourd'hui que je veux t'écrire. *68 ans*. Santé parfaite, malgré la coqueluche qui me laisse dormir depuis que je la plonge tous les jours dans un petit torrent furibond, froid comme glace. Cela bouillonne dans les pierres, les fleurs, les grandes herbes sous un ombrage délicieux, c'est une baignoire *idéale*.

Nous avons eu des orages terribles, le tonnerre est tombé dans notre jardin, et notre ruisseau d'*Indre* est devenu un gave des Pyrénées, ce n'est pas désagréable. Quel été splendide! Les graminées ont sept pieds de haut, les blés sont des nappes de fleurs. Le paysan trouve qu'il y en a trop, mais je le laisse dire, c'est si beau! Je vais à la rivière à pied, je me mets toute bouillante dans l'eau glacée. Le médecin [Pissavy] trouve que c'est fou, je le laisse dire aussi, je me guéris pendant que ses malades se soignent et crèvent. Je suis de la nature de l'herbe des champs, de l'eau et du soleil, voilà tout ce qu'il me faut.

Es-tu en route pour les Pyrénées? Ah! je t'envie, je les aime tant! J'y ai fait des courses insensées, mais je ne connais pas Luchon. Est-ce beau aussi? Tu n'iras pas là sans aller voir le cirque de Gavarnie, et le chemin qui y conduit? Et Cauterets, et le lac de Gaube? Et la route de Saint-Sauveur? Mon Dieu qu'on est heureux de voyager, de voir des montagnes, des fleurs, des précipices! Est-ce que tout cela t'ennuie? est-ce que tu te rappelles qu'il y a des éditeurs, des directeurs de théâtre, des lecteurs et des *publics*, quand tu cours le pays? Moi j'oublie tout, comme quand Pauline Viardot chante. L'autre jour, nous avons découvert à trois lieues de chez nous *un désert*, désert absolu, des bois sur une grande étendue de pays où on n'aperçoit pas une chaumière, pas un être humain, pas un mouton, pas une poule, rien que des fleurs, des papillons et des oiseaux pendant tout un jour. Mais où ma lettre te trouvera-t-elle? J'attendrai pour te l'envoyer que tu m'aies donné une adresse.

## 398. À GUSTAVE FLAUBERT

Nohant, 26 8<sup>bre</sup> [18]72

Cher ami, Voilà encore un chagrin pour toi, un chagrin prévu mais toujours douloureux. Pauvre Théo[1], je le plains profondément non d'être mort, mais de n'avoir pas vécu depuis vingt ans, et s'il eût consenti à vivre, à exister, à agir, à oublier un peu sa personnalité intellectuelle pour conserver sa personne matérielle, il eût pu vivre long-temps encore et renouveler son fonds, dont il a trop fait un trésor stérile. On dit qu'il a beaucoup souffert de la misère pendant le siège, je le comprends. Mais après ? pourquoi et comment ?

Je suis inquiète de n'avoir pas de tes nouvelles depuis longtemps. Es-tu à Croisset ? Tu as dû venir à Paris pour l'enterrement de ce pauvre ami. Que de séparations cruelles et répétées ! Je t'en veux de devenir sauvage et mécontent de la vie. Il me semble que tu regardes trop le bonheur comme une chose possible, et que l'absence du bonheur, qui est notre état chronique, te fâche et t'étonne trop. Tu fuis tes amis, tu te plonges dans le tra-vail et prends pour du temps perdu celui que tu emploie-rais à aimer ou à te laisser aimer. Pourquoi n'es-tu pas venu chez nous avec Mme Viardot et Tourguéniev ? Tu les aimes, tu les admires, tu te sais adoré chez nous, et tu te sauves pour être seul. Eh bien, pourquoi ne te marie-rais-tu pas ? Être seul, c'est odieux, c'est mortel, et c'est cruel aussi pour ceux qui vous aiment. Toutes tes lettres sont désolées et me serrent le cœur. N'as-tu pas une femme que tu aimes ou par qui tu serais aimé avec plai-sir ? Prends-la avec toi, n'y a-t-il pas quelque part un moutard dont tu peux te croire le père ? Élève-le, fais-toi son esclave, oublie-toi pour lui. — Que sais-je, vivre en soi est mauvais. Il n'y a de plaisir intellectuel que la possibilité d'y rentrer quand on en est longtemps sorti, mais habiter toujours ce *moi* qui est le plus tyrannique, le plus exigeant, le plus fantasque des compagnons, non, il ne faut pas. — Je t'en supplie, écoute-moi, tu enfermes une nature exubérante dans une geôle, tu fais, d'un cœur

1. Théophile Gautier est mort le 23 octobre.

tendre et indulgent, un misanthrope de parti-pris. — Et tu n'en viendras pas à bout. Enfin, je m'inquiète de toi et te dis peut-être des bêtises, mais nous vivons dans des temps cruels et il ne faut pas les subir en les maudissant. Il faut les surmonter en les plaignant. Voilà. Je t'aime, écris-moi.

Je n'irai à Paris que dans un mois pour *Mlle La Quintinie*. Où seras-tu ?

## 399. À GUSTAVE FLAUBERT

Nohant, 8 X^bre [18]72

Eh bien, alors, si tu es dans l'idéal de la chose, si tu as un livre d'avenir dans la pensée, si tu accomplis une tâche de confiance et de conviction, plus de colère et de tristesse, soyons logiques. Je suis arrivée, moi, à un état philosophique d'une sérénité très satisfaisante et je n'ai rien *surfait* en te disant que toutes les misères qu'on peut me faire, ou toute l'indifférence qu'on peut me témoigner ne me touchent réellement plus et ne m'empêchent pas, non seulement d'être heureuse en dehors de la littérature, mais encore d'être littéraire avec plaisir et de travailler avec joie.

Tu as été content de mes deux romans[1] ? Je suis payée. Je crois qu'ils sont *bien*, et le silence qui a envahi ma vie (il faut dire que je l'ai cherché) est plein d'une bonne voix qui me parle et me suffit. Je n'ai pas monté aussi haut que toi dans mon ambition. Tu veux écrire pour les temps. Moi je crois que dans cinquante ans je serai parfaitement oubliée et peut-être durement méconnue. C'est la loi des choses qui ne sont pas de premier ordre et je ne me suis jamais crue de 1^er ordre. Mon idée a été plutôt d'agir sur mes contemporains, ne fût-ce que sur quelques-uns, et de leur faire partager mon idéal de douceur et de poésie. J'ai atteint ce but jusqu'à un certain point, j'ai fait du moins pour cela tout mon possible, je

---

1. *Francia* et *Nanon*, tous deux publiés en 1872 chez Michel Lévy, contre lequel Flaubert se déchaîne dans ses lettres.

le fais encore et ma récompense est d'en approcher toujours un peu plus.

Voilà pour moi ; mais, pour toi, le but est plus vaste,
je le vois bien, et le succès plus lointain. Alors, tu devrais
te mettre plus d'accord avec toi en étant encore plus
calme et plus content que moi. Tes colères d'un moment
sont *bonnes*. Elles sont le résultat d'un tempérament généreux, et, comme elles ne sont ni méchantes, ni haineuses,
je les aime ; mais ta tristesse, tes semaines de spleen, je ne
les comprends pas et je te les reproche. J'ai cru, je crois
encore à trop d'isolement, à trop de détachement des
liens de la vie. Tu as de puissantes raisons pour me
répondre, si puissantes qu'elles devraient te donner la
victoire. Fouille-toi et réponds-moi, ne fût-ce que pour
dissiper les craintes que j'ai souvent sur ton compte, je ne
veux pas que tu te consumes. Tu as cinquante ans, mon
fils aussi, ou à peu près. Il est dans la force de l'âge, dans
son meilleur développement, toi de même, si tu ne
chauffes pas trop le four aux idées. Pourquoi dis-tu souvent que tu voudrais être mort ? Tu ne crois donc pas à
ton œuvre ? tu te laisses donc influencer par ceci ou cela
des choses présentes ? C'est possible, nous ne sommes
pas des dieux et quelque chose en nous, quelque chose
de faible et d'inconséquent trouble parfois notre théodi-
cée. Mais la victoire devient chaque jour plus facile quand
on est sûr d'aimer la logique et la vérité. Elle arrive
même à prévenir, à vaincre d'avance les sujets d'humeur,
de dépit ou de découragement.

Tout cela me paraît facile quand il s'agit de la gouverne de nous-mêmes : les sujets de grande tristesse
sont ailleurs, dans le spectacle de l'histoire qui se déroule
autour de nous. Cette lutte éternelle de la barbarie contre
la civilisation est d'une grande amertume pour ceux qui
ont dépouillé l'élément barbare et qui se trouvent en
avant de leur époque. Mais dans cette grande douleur,
dans ces secrètes colères, il y a un grand stimulant qui
justement nous relève en nous inspirant le besoin de
réagir. Sans cela, je confesse que, pour mon compte,
j'abandonnerais tout. J'ai eu assez de compliments dans
ma vie, du temps où l'on s'occupait de littérature. Je les
ai toujours redoutés quand ils me venaient des inconnus,
ils me faisaient trop douter de moi ; de l'argent, j'en ai
gagné de quoi me faire riche. Si je ne le suis pas, c'est

que je n'ai pas tenu à l'être, j'ai assez de ce que Lévy fait pour moi (Lévy qui vaut mieux que tu ne dis). Ce que j'aimerais, ce serait de me livrer absolument à la botanique, ce serait pour moi le paradis sur la terre. Mais il ne faut pas, cela ne servirait qu'à moi, et, si le chagrin est bon à quelque chose, c'est à vous défendre de l'égoïsme ; donc, il ne faut pas maudire ni mépriser la vie. Il ne faut pas l'user volontairement, tu es épris de la *justice*, commence par être juste envers toi-même, tu te dois de te conserver et de te développer.

Écoute-moi : je t'aime tendrement, je pense à toi tous les jours et à tout propos, en travaillant je pense à toi. J'ai conquis certains biens intellectuels que tu mérites mieux que moi et dont tu dois faire un plus long usage. Pense aussi que mon esprit est souvent près du tien et qu'il te veut une longue vie et une inspiration féconde en jouissances vraies.

Tu promets de venir ; c'est joie et fête pour mon cœur et dans la famille.

Ton vieux troubadour

Il faut me raconter toute *l'inconduite* de Michel [Lévy]. S'il a eu des torts, je tâcherai qu'il les répare.

## 400. À GUSTAVE FLAUBERT

Nohant, 18 janvier [1873]

Faut pas être malade, faut pas être grognon, mon vieux chéri troubadour. Il faut tousser, moucher, guérir, dire que la France est folle, l'humanité bête, et que nous sommes des animaux mal finis ; il faut s'aimer quand même, soi, son espèce, ses amis surtout. J'ai des heures bien tristes. Je regarde *mes fleurs*, ces deux petites qui sourient toujours, leur mère charmante et mon sage piocheur de fils que la fin du monde trouverait chassant, cataloguant, faisant chaque jour sa tâche, et gai quand même comme *Polichinelle* aux heures *rares* où il se repose.

Il me disait ce matin : « Dis à Flaubert de venir, je me mettrai en récréation tout de suite, je lui jouerai les marionnettes, je le forcerai à rire ».

La vie à plusieurs chasse la réflexion. Tu es trop seul.
Dépêche-toi de venir te faire aimer chez nous.

G. Sand

## 401. À MAURICE ROLLINAT

[Nohant, 21 janvier 1873]

Tu as du talent, cela est certain, mon cher enfant, à
présent il faut ouvrir les yeux tout grands et voir le beau,
le joli, le médiocre, comme tu vois le laid, le triste et le
bizarre. Il faut tout voir et tout sentir et ne pas se retrancher dans la névrose qui rend incomplet et monotone[1],
tu veux être imprimé, c'est pour être lu, alors il ne faut
pas rebuter et déplaire. Il faut retrancher le cynique, éviter les mots qui répugnent et ne pas se parquer dans le
son de cloche funèbre. Tu n'as pas compris Chopin si tu
n'y as vu que le côté déchirant[2]. Il avait aussi le côté naïf,
sincère, enthousiaste, et tendre. Ce n'était pas un génie
incomplet.

Si tu as une théorie arrêtée sur le genre que tu traites,
fais des vers pour tes amis, ne t'adresse pas au public qui
les rejettera avec dégoût sans te tenir compte du talent,
mais si tu veux véritablement être lu, rabote un peu le
*cru*, raie l'obscène, varie les modes, mets au service du
*vrai*, c'est à dire de la *vision de tout ce qui est*, le savoir et
l'habileté de forme que tu possèdes incontestablement.

Voilà mon avis sans parti-pris aucun, et avec le vif
désir de te conseiller utilement.

Te voilà casé[3], Dieu merci il faut persévérer et assurer
le *gagne-pain*.

Amitiés de tout Nohant.

G. Sand

1. Rollinat avait dû montrer à Sand plusieurs poèmes qui prendront place dans son premier recueil, *Les Névroses* (1883).
2. Le poème *Chopin* paraîtra dans *La Renaissance littéraire et artistique*
le 30 novembre 1873 avant d'être recueilli dans *Les Névroses*.
3. Rollinat était depuis septembre commis à la mairie du 7ᵉ arron-
dissement.

## 402. À MAURICE ET LINA
### DUDEVANT-SAND

[Paris] *Samedi soir* [3 mai 1873]

Je pense, mes enfants, que vous êtes rentrés dans le nid. Ne soyez pas inquiets de moi. Je me porte bien. J'ai bel et bien jugulé la grippe et je n'ai pas été arrêtée un instant. Je m'ennuie beaucoup par exemple. Royer n'en finit pas de me faire mordre tous les jours dans la cire[1] et il ne me promet pas encore pour un jour fixe de la semaine prochaine. Il me jure pourtant qu'il aura fini dans la dite semaine. Je n'ai pas une heure de repos, mais tout ce monde à la fois, c'est trop. J'espère que c'est fini car j'ai dit adieu à tout le monde et demain soir, dimanche, je ferai mes adieux et paierai mes dettes à Pauline [Viardot], ma cocotte [Lina] aura un excellent piano. Vous devez avoir reçu une caisse du Louvre contenant une robe grise pour Linette et deux robes grises pour les petites. Elles ne sont pas jolies, mais en robe de ce genre pas trop lourde et pas chère on ne trouve que cela au Louvre. Je me suis consolée, avec les trois chapeaux qui sont ravissants. Deux jolis mantelets pour ces demoiselles pour les soirs d'été. Je porterai beaucoup d'autres choses. J'ai acheté de la toile cirée blanche et fine pour garnir ma toilette et pour faire une nappe, c'est la mode, et c'est joli et économique. J'ai acheté une belle cage pour les serins que j'achèterai seulement la veille de mon départ. On commence à se remettre de l'élection Barodet qui avait consterné la moitié de Paris sans égayer l'autre[2]. J'ai dîné tantôt avec Flaubert plus fantastique que jamais. Il m'invite avec Tourguéniev et de Goncourt. On se donne rendez-vous chez Magny à 6 1/2. J'y suis à l'heure dite. Arrive aussitôt Tourguéniev. Nous attendons un quart d'heure. Arrive de Goncourt tout effaré. « Nous ne dînons pas ici. Flaubert nous attend aux Frères provençaux. — Pourquoi ! — Il dit qu'il étouffe ici, que les cabinets sont trop petits, qu'il a passé la nuit, qu'il est fatigué.

---

1. Elle se faisait faire un nouveau dentier.
2. Désiré Barodet, ancien maire de Lyon, a été élu dans la Seine le 27 avril contre Charles de Rémusat, ami de Thiers ; cette élection hâta la chute de Thiers (24 mai).

— Mais moi aussi, je suis fatiguée. — Grondez-le, c'est
un gros malappris, mais venez. — Non, je meurs de faim,
je reste, dînons ensemble ici ». On rit et puis de Goncourt me dit que Flaubert en deviendra fou. Nous voilà
remballés en sapin. Nous montons trois cents marches
de Véfour pour trouver Flaubert endormi sur un canapé.
Je le traite de cochon, il demande pardon, se met à
genoux, les autres se tiennent les côtes de rire. Enfin, on
dîne fort mal, d'une cuisine que je déteste, dans un cabinet beaucoup plus petit que ceux de Magny. Flaubert dit
qu'il n'en peut plus, qu'il est mort, qu'il a lu une pièce à
Carvalho de 2 à 5 h. du matin[3], qu'elle est acceptée avec
transport, qu'il va retourner à Croisset pour la récrire
pendant *6 mois* et qu'il reviendra passer *tout l'hiver* à Paris
pour la faire jouer, que ça l'ennuie à la mort, mais que
c'est pour la mémoire de Bouilhet, ça devient pour lui
comme la décoration pour la mère de Marchal. Au
demeurant il beugle de joie, il est enchanté, il n'y a plus
que cela dans l'univers. Il n'a pas déparlé et n'a pas laissé
placer un mot à Tourguéniev, à Goncourt encore moins.
Je me suis sauvée à dix h. Je le reverrai demain, mais je
lui dirai que je pars lundi. J'en ai assez de mon petit
camarade. Je l'aime, mais il me fend la tête en quatre. Il
n'aime pas le bruit, mais celui qu'il fait ne le gêne pas. J'ai
vu le père Rodrigues, mon filleul [Maurice Albert],
Mme d'Auribeau, Mme Dumas avec ses filles bien laides,
Mme de Tinan avec son fils marié à une gentille personne qu'on a comparée à ma Lina. J'ai revu le gros
Bignat qui a été très tendre et qui est devenu très sage. Il
est de la république modérée et voit M. Thiers tous les
jours. J'ai vu Nancy [Fleury] deux fois. Demain je verrai
son père et Valentine. J'irai chez la princesse Mathilde. Je
ne veux pas n'y avoir été que pendant qu'elle était *souveraine*. Je reviendrai dîner tranquillement avec Plauchemar
[Plauchut] qui est enrhumé et se plaint comme un pot
cassé. Et voilà ce que c'est que de danser jusqu'à 2 h. du
matin avec Mlles Viardot. Le sage Tourguéniev fait des
dîners fins chez la Destourbet [Tourbey] avec Flaubert,
on ferait mieux de le laisser venir à Nohant ! Quelle drôle
de vie on mène à Paris ! et sans que le vice y soit pour
rien. Ces dames tiennent à voir bonne compagnie. Le

---

3. *Le Sexe faible* de Louis Bouilhet.

même monde va chez elles et chez les dames *de la haute*.
Je voudrais être chez nous. Rien de tout cela ne m'intéresse ni ne m'amuse. Paris n'est qu'un paradoxe. Je vois
du monde pour oublier que j'ai soif de n'en plus voir.

Je sors tous les jours pour chercher ce dont mes filles
pourraient bien avoir envie. J'ai trouvé des choses bien
drôles — et pour vos fêtes, j'ai rencontré *deux idéals* qui
font l'admiration des gens qui viennent me voir.

Ont-elles dû s'amuser avec leurs ânes dans les sentiers
de la Creuse, ces demoiselles! Pas d'accidents, j'espère?
Les huîtres ne sont pas parties, on a vérifié la chose ce
matin. — Voilà minuit, je vous bige mille fois et vais me
coucher. J'ai vu les Boutet. J'ai donné à dîner aux quatre
Adam[4]. Ils viendront au mois d'août. Je les ai remis
jusque là. Ils voulaient venir à ma fête, mais si nous voulons voyager, il ne faut pas que les visites nous prennent
notre été.

Bige encore, vous et mes cocottes. Pensent-elles à
moi? Bignat se souvient de Nohant dans les plus petits
détails et veut venir nous voir quand la politique sera
calme. Ce ne sera pas de sitôt.

## 403. À EUGÈNE ET ESTHER
## LAMBERT

[Nohant, 1ᵉʳ septembre 1873]

Mais non, mais non, mes petits Lambert. Je n'ai jamais
songé un instant à vous aimer seulement un peu moins.
Je n'ai pas eu d'ennuis à propos de vous. J'ai eu le
chagrin de ne pas réussir, mais j'ai dû pardonner à
M. Thiers, il ne pouvait plus rien, c'est bien évident
puisque le lendemain il était accablé par ses petits et
nombreux ennemis[1]. Je ne pouvais pas m'adresser à
ceux-ci. Je ne veux leur rien devoir. Mais n'allez pas
croire que le cher Toulmouche, si bon et si aimable, m'ait

4. Edmond et Juliette Adam, et le jeune ménage Paul et Alice
Segond.
1. En mai, Sand avait écrit à Thiers pour lui demander la décoration de la Légion d'honneur pour Lambert. Le 24 mai, Thiers donnait sa démission après une interpellation de défiance.

ennuyée, ni que personne puisse m'ennuyer en me parlant de vous.

Dans tout mon été, je n'ai pas écrit dix lignes, je crois.
J'ai eu une *languition*, comme on dit en berrichon. En
médecine on appelle cela *anémie*. Les bains froids m'ayant
fait du bien, j'ai espéré recouvrer mes forces en courant
les montagnes. Mes forces ont été très inconstantes, un
jour j'aurais été aux nuages, un autre jour je ne pouvais
marcher qu'en chaise à porteurs, au Mont-Dore, j'ai pris
froid sur le puy de Sancy, je suis revenue avec la fièvre.
J'ai été malade quatre jours, puis guérie de nouveau.

J'ai encore vu de belles choses, enfin nous sommes
rentrés chez nous il y a cinq jours[2], tous bien portants,
ou peu s'en faut quant à moi. Bouli et Lina ont été très
surpris et enchantés de la beauté de l'Auvergne, cette
petite Suisse à une journée de chez nous. Nos fillettes
ont eu des ivresses à leur portée, promenades à âne et en
chaise. Elles étaient fières de monter si haut et d'être si à
l'aise. Nous avons ramassé de belles fleurs et Maurice a
rapporté une centaine de boîtes intéressantes. Plauchut
a mangé et dormi comme trente, mais il a escaladé quand
même, tout en ayant le vertige et criant au secours
chaque fois qu'il se trouvait seul. Voilà notre bulletin ; à
présent le Plauchut chasse et ne tue rien, moi, je me
rebaigne dans mon Indre glacée, Mlle Aurore prend ses
leçons on ne peut mieux, Titite a bonne mine et bon
appétit bien qu'elle ait beaucoup foiré en voyage. Elle
n'est pas forte, et pourtant elle se guérit de tout avec une
facilité merveilleuse. Elle est toujours drôle avec sa
grande bouche, ses grands yeux et ses cheveux en buisson. Toujours menées avec une douceur et une indulgence sans limites, elles sont toujours douces et faciles à
vivre. Solange a fait acheter Montgivray à Mme Brétillot
et s'y installe avec elle, et Marie Caillaud[3]. On met la maison sens dessus dessous. S'y plaira-t-on longtemps ? et si
on s'y plaît, sera-t-on longtemps aimable ? Jusqu'à présent, nous sommes en bons termes, mais je ne vois pas
cette installation sans craindre pour l'avenir de nouveaux

2. Elle a fait un voyage en Auvergne du 4 au 25 août avec sa
famille et Plauchut.
3. Solange s'installe au château de Montgivray, qui appartenait à
Hippolyte Chatiron, mais elle ne l'achètera à Léontine Simonnet
qu'en septembre 1875.

ennuis. Montgivray pourra bien devenir le *Château de la Potinière*.

Nous sommes contents d'apprendre que M. George devient un « bandit des Abruzzes », toujours rose et joli quand même. Embrassez-le bien pour nous tous et recevez avec de bons *biges*, toutes les tendresses de la famille.

G. Sand

1.7ᵇʳᵉ 73 Nohant

## 404. À IVAN TOURGUÉNIEV

[Nohant, 1ᵉʳ septembre 1873]

Cher grand ami, je pense que vous êtes à Paris ou à Bougival ; puisque votre dernier envoi est daté de Paris, vous êtes revenu de vos grands voyages. Moi j'arrive d'Auvergne avec ma famille et je trouve à Nohant ce dernier volume que je viens de lire d'une haleine, *les Eaux printanières*, un adorable roman, et ce chef-d'œuvre que j'avais déjà lu *le Gentilhomme de la steppe*. Comme Gemma est charmante, mais comme Mme Polozoff est irrésistible, et comme on lui pardonne, malgré qu'on la maudisse ! Vous avez tellement le grand art qui voit tout et qui sent tout, qu'on ne peut haïr aucun de vos types, on est là comme dans un jardin inondé de soleil, forcé de tout apprécier et de reconnaître que tout est beau quand la lumière y est.

Nous comptons sur vous bientôt, car nous voici en 7ᵇʳᵉ et il est bien convenu que vous viendrez tous s'il est possible. Nous comptons si bien sur notre grande Pauline [Viardot] et sur ses chères filles que nous n'avons plus d'autre projet, d'autre souci, d'autre rêve que de la voir arriver avec vous le plus tôt possible, nous avons deux bons pianos pour la recevoir, et un orgue de barbarie qui joue trente contredanses et valses pour ces demoiselles. Je compte sur vous pour hâter ces bons jours attendus impatiemment et pour nous dire un peu d'avance, *quand* et *combien* vous viendrez, pour que nous éliminions tout ce qui nous gênerait. Je voudrais tant que le petit Paul [Viardot] fût de la partie !

Vous promettez, n'est-ce pas ? et pour vous, et pour les autres ? N'oubliez pas qu'ici nous vous aimons d'esprit et de cœur, tous.

G. Sand

Nohant 1er 7bre 73.

## 405. À GUSTAVE FLAUBERT

3 8bre [18]73 Nohant

L'existence de Cruchard[1] est un beau poème, tellement dans la couleur, que je ne sais si c'est une biographie de ta façon ou la copie d'un article fait de bonne foi. J'avais besoin de rire un peu après le départ de tous les Viardot (sauf Viardot) et du grand *Moscove*[2], qui a été charmant, bien que fortement indisposé de temps à autre. Il est parti très bien et très gai, mais regrettant de n'avoir pas été chez toi. La vérité est qu'il a été malade à ce moment-là. Il a l'estomac détraqué, comme moi, depuis quelque temps. Je me guéris par la sobriété et lui non ! Je l'excuse, après ces crises on est affamé, et si on l'est en raison du coffre qu'on a à remplir, il doit l'être terriblement. Quel aimable, excellent et digne homme ! Et quel talent modeste ! On l'adore ici et je donne l'exemple. On t'adore aussi, Cruchard de mon cœur. Mais tu aimes mieux ton travail que tes camarades, et, en cela, tu es un être inférieur au vrai Cruchard, qui, du moins, adorait notre sainte religion.

À propos, je crois que nous aurons Henri V[3]. On me dit que je vois en noir ; je ne vois rien, mais je sens une odeur de sacristie qui gagne. Si cela ne devait pas durer longtemps, je voudrais voir nos bons bourgeois cléricaux

---

1. Flaubert a envoyé à Sand un drolatique manuscrit intitulé *Vie et travaux du R.P. Cruchard par le R.P. Cerpet*.

2. Du 16 au 29 septembre, Pauline Viardot, avec Claudie, Marianne et Paul, a séjourné à Nohant, rejointe le 23 par Tourguéniev.

3. Après la visite du comte de Paris au comte de Chambord (5 août), et l'alliance des légitimistes et des orléanistes, la restauration monarchiste semblait proche, mais échoua après le refus d'Henri V d'abandonner le drapeau blanc.

subir le mépris de ceux dont ils ont acheté les terres et pris les titres. Ce serait bien fait.

— Quel temps admirable dans nos campagnes ! Je vais encore tous les jours me plonger dans le bouillon froid de ma petite rivière et je me rétablis. J'espère reprendre demain le travail absolument abandonné depuis six mois. Ordinairement je prends des vacances plus courtes ; mais toujours la floraison des colchiques dans les prés m'avertit qu'il faut se remettre à la pioche. Nous y voici, piochons.

Aime-moi comme je t'aime. Mon Aurore, que je n'ai pas négligée et qui travaille bien, t'envoie un gros baiser. Lina, Maurice, des tendresses.

G. Sand

## 406. À EDMOND PLAUCHUT

[Nohant, 7 février 1874]

Ah ça, ne vas-tu pas revenir bientôt ? on s'ennuie sans toi, je t'en avertis, quelque chose d'essentiel manque à la vie de tous et même à celle de Fadet qui ne veut plus mettre le nez dehors et se cuit à petit feu sur le calorifère. Moi je sors tous les jours et je me porte bien. Maurice est toujours enrhumé à nouveau tous les deux ou trois jours, mais il se remet quand même et se fait un cabinet de travail superbe et je cherche des combinaisons pour remplacer cette chambre à deux lits. Je m'amuse beaucoup à dessiner et je fais de notables progrès dans l'art des *dendrites* (voyez Littré[1]) aussi je te *prie* mon bon homme d'aller chez Susse ou tout autre *grand* marchand de couleurs avec la note ci-jointe, ne la perds pas ! et de nous faire composer exactement l'assortiment demandé qu'on nous renverra contre remboursement ou que tu nous expédieras toi-même. Ça presse, Lolo, qui est la préparatrice de *taches* par excellence, nous fait une

---

1. Littré donne la définition de *dendrite*: «Pierre arborisée. On appelle ces pierres figurées dendrites, quand elles représentent des arbres.» Ces «dendrites», dont Sand exécuta un grand nombre à la fin de sa vie, étaient faites en écrasant des couleurs qui produisaient des taches qu'elle interprétait ensuite à l'aquarelle en paysages.

telle consommation que nous sommes à bout de couleurs.

Tout pousse, les narcisses montrent leur nez, la terre se couvre de violettes. On se croirait déjà au printemps. Viens donc bientôt, vrai ; est-ce que tu vas faire le carnaval à Paris ? Si tu n'as pas de bal et d'engagement, nous comptons sur toi. C'est dans huit jours, penses-y.

Sur ce, nous te bigeons et nous t'aimons.

G. Sand

Nohant, 7 février 74.

La lettre du frère de Garnier n'a rien de blessant, ni de contrariant pour toi au contraire, ça te fait une réclame et *le Temps* n'avait point à te consulter pour la publier[2]. Tu n'as à répondre, au courant de ton prochain courrier, que trois mots très polis, auxquels tu ajouteras que tu respectes le sentiment, mais que tu persistes dans ton opinion pour toutes les raisons que tu as données et *que tu donneras encore par le détail à l'occasion.* Cela coupe court à une polémique qui serait très oiseuse.


## 407. À GUSTAVE FLAUBERT

[Nohant, 13 février 1874]

Tout va bien et tu es content, mon troubadour. Alors nous sommes heureux ici de ton contentement et nous faisons des *vœux* pour le succès et nous attendons avec impatience *Saint Antoine* pour le relire[1]. Maurice a une grippe qui le reprend tous les deux jours. Lina et moi nous allons bien. Les petites supérieurement. Aurore apprend tout avec une facilité et une docilité admirables. C'est ma vie et mon idéal que cette enfant. Je ne jouis plus que de son progrès. Tout mon passé, tout ce que j'ai

2. Plauchut publiait régulièrement dans *Le Temps* un « Courrier de l'Indo-Chine » ; dans le numéro du 27 janvier, il avait annoncé la mort de Francis Garnier devant Hanoi, avec des commentaires qui provoquèrent une lettre de Léon Garnier, frère du marin.

1. Le succès de la pièce de Flaubert, *Le Candidat*, qui sera créée au Vaudeville le 11 mars (et retirée après la quatrième représentation). *La Tentation de saint Antoine* paraît le 31 mars.

pu acquérir ou produire, n'a plus de valeur à mes yeux
que celle qui peut lui profiter. Si j'ai eu en partage une
certaine dose d'intelligence et de bonté c'est pour qu'elle
puisse en avoir une plus grande.

Tu n'as pas d'enfant, sois donc un littérateur, un artiste,
un maître, c'est logique, c'est ta compensation, ton bonheur et ta force. Aussi dis-nous bien que tu marches en
avant, cela nous semble capital dans ta vie. — Et porte-
toi bien, je crois que ces répétitions qui te font aller et
venir te sont bonnes. Nous t'embrassons tous bien tendrement.

G. Sand

Nohant 13 février 74.

## 408. À GUSTAVE FLAUBERT

[Nohant,] 3 avril [18]74

Nous avons lu *Le Candidat* et nous allons relire
*Antoine*[1]. Pour celui-ci je n'en suis pas en peine, c'est un
chef-d'œuvre. Je suis moins contente du *Candidat*; ce
n'est pas vu par *toi*, spectateur, assistant à une action et
voulant y prendre intérêt. Le sujet est écœurant, trop réel
pour la scène et traité avec trop d'amour de la réalité. Le
théâtre est un optique où un rosier réel ne fait point
d'effet; il y faut un rosier *peint* et encore, un beau rosier
de maître n'y ferait pas plus d'effet, il faut la peinture à
la colle, une espèce de tricherie. Et de même pour la
pièce. À la lecture ta pièce n'est pas gaie. Elle est triste
au contraire, c'est si vrai que ça ne fait pas rire, et
comme on ne s'intéresse à aucun des personnages, on ne
s'intéresse pas à l'action. Ce n'est pas à dire que tu ne
puisses pas et ne doives pas faire du théâtre. Je crois au
contraire que tu en feras et très bien. C'est difficile, bien
plus difficile, cent fois plus difficile que la littérature *à lire*.
Sur vingt essais, à moins d'être Molière et d'avoir un
milieu bien net à peindre, on en rate dix-huit. Ça ne fait
rien. On est philosophe, tu en as fait l'épreuve, on s'ha-

---

1. *Le Candidat* est paru en librairie le 28 mars, *La Tentation de saint
Antoine* le 31.

bitue vite à ce combat à bout portant, et on continue jusqu'à ce qu'on ait touché l'adversaire, le public, la bête. Si c'était aisé, si on réussissait à tout coup, il n'y aurait pas de mérite à accepter cette lutte diabolique d'un seul contre tous.

Tu vois, mon chéri, je te dis ce que je pense. Tu peux être sûr de ma candeur quand je t'approuve sans restriction. Je n'ai pas lu les journaux qui parlent de toi. Ce qu'ils pensent m'est égal pour toi comme pour moi-même. Les jugements individuels ne prouvent rien. L'épreuve du théâtre est faite sur l'être collectif, et pour lire ta pièce je me suis mise dans la peau de *tous*. Tu aurais eu un succès, j'aurais été contente du succès, mais pas de la pièce. Certes, elle a au point de vue *de la façon*, le talent *qui ne peut pas ne pas y être* ; mais c'est de la belle bâtisse employée à faire une maison qui ne pose pas sur le terrain où tu le mets, l'architecte s'est trompé de place. Le sujet est possible en charge : *M. Prudhomme*, ou en tragique *Richard Darlington*[2]. Tu le fais *exact*, l'art du théâtre disparaît. C'est cela qui est de la photographie, n'en fait pas qui veut dans la perfection ; mais ce n'est plus de l'art. — Et toi, si artiste ! Recommençons et *fons mieux !* comme dit le paysan.

Je fais une pièce en ce moment[3], et je la trouve excellente, elle ne sera pas plus tôt devant le quinquet de la répétition qu'elle me paraîtra détestable, et il y a autant de chances pour sa valeur que pour sa nullité. On ne sait jamais soi-même ce qu'on fait et ce qu'on vaut. Nos meilleurs amis ne le savent pas non plus, empoignés à la lecture, ils sont désempoignés à la représentation. Ils ne trahissent pas pour cela, ils sont surpris par un effet nouveau, ils veulent applaudir et leurs mains retombent. L'électricité n'y est plus. L'auteur s'est trompé, eux aussi. Qu'est-ce que ça fait ? Quand l'auteur est un artiste, un

---

2. Monsieur Prudhomme, personnage créé par Henry Monnier, a connu plusieurs incarnations, dont la comédie de Monnier et Gustave Vaëz, *Grandeur et décadence de M. Joseph Prudhomme* (Odéon, 23 novembre 1852) ; *Richard Darlington* est un drame romantique de Dumas père, Goubaux et Beudin (Porte Saint-Martin, 10 décembre 1831) ; tous deux traitent d'élections et de candidature.

3. Sand a écrit sa pièce *Salcède* du 6 mars au 24 mai ; elle en tirera le roman *Flamarande* ; lue à l'Odéon le 31 mai, la pièce ne sera pas représentée.

artiste comme toi, il éprouve le désir de recommencer et il s'éclaire de son expérience. J'aimerais mieux te voir recommencer tout de suite que te voir fourré dans *tes deux bonhommes*[4]. Je crains d'après ce que tu m'as dit du sujet, que ce soit encore du trop vrai, du trop bien observé et du trop bien rendu. Tu as ces qualités-là au premier chef ; et tu en as d'autres, des facultés d'intuition, de grande vision, de vraie puissance qui sont bien autrement supérieures. Tu as, je le remarque, travaillé tantôt avec les unes, tantôt avec les autres, étonnant le public par ce contraste extraordinaire. Il s'agirait de mêler le réel et le poétique, le vrai et le fictif. Est-ce que l'art complet n'est pas ce mélange de ces deux ordres de manifestation ? Tu as deux publics, un pour *M[ada]me Bovary*, un pour *Salammbô*. Mets-les donc ensemble dans une salle et force-les à être contents l'un et l'autre.

Bonsoir, mon troubadour, je t'aime et je t'embrasse. Nous t'embrassons tous.

G. Sand

## 409. À MAURICE ROLLINAT

[Nohant, 18 avril 1874]

Eh bien, mon enfant, voici ce que je ferais si j'étais poète[1]. Excepté les fables de La Fontaine, il n'y a pas de pièces de vers pour les enfants. Il est très bon, dès qu'ils savent parler, d'exercer leur mémoire, d'assurer leur prononciation, de les habituer aux idées et aux paroles qui ne sont pas de leur vocabulaire familier, de leur apprendre que la poésie existe et que c'est une expression au-dessus de l'expression habituelle. Tout le monde le sent plus ou moins, mais tout le monde le fait, tout le monde, ne fût-ce que pour l'amusement d'entendre ces petites voix parler la langue des Dieux, fait apprendre des vers aux enfants. Mais en dehors des fables de La Fontaine, quels vers leur donne-t-on ? *La Henriade*, Florian, le récit de

---

4. *Bouvard et Pécuchet.*
1. Maurice Rollinat a publié cette lettre en tête de son recueil *Le Livre de la nature* (Delagrave, 1893), qui répond au vœu de G. Sand.

Théramène, quelques pièces de Mme Desbordes-Valmore, ce sont les meilleures, mais incorrectes toujours et souvent maniérées. La fausse naïveté est aussi dans le *grand Maître* d'aujourd'hui[2]. Bien peu de ses strophes sont d'une bonne école pour le premier âge. Il n'y a vraiment rien. Tout le siècle dernier est licencieux, ou plat. Le nôtre est faux et forcé. Je cherche partout des vers à faire apprendre à mes petites-filles. Il n'y en a pas. Je suis forcée de leur en faire, et ils sont très mauvais. Toutefois ils leur sont utiles parce que les enfants sont frappés de ce qu'on leur apprend en rythme et en rime, beaucoup plus que de ce qu'on leur dit en prose.

Un recueil de vers pour les enfants de six à douze ans, en ayant soin d'entremêler sans confondre les degrés. — Je m'explique. Tous les enfants de six ans ne liraient pas les pièces destinées aux enfants de douze ans, et *vice-versa*, mais le poète ne mêlerait pas dans la même pièce ce qui convient aux plus jeunes et ce qui convient aux plus grands. De cette façon chaque degré de l'intelligence trouverait son compte, et le livre serait une nourriture pour les années de développement.

Je dis qu'un tel livre aurait un succès populaire s'il était réussi. C'est très difficile, plus difficile que tout ce qu'on peut se proposer en littérature. Je l'ai demandé à tous ceux qui font des vers, tous ont reculé ne sentant pas vibrer en eux cette corde du grand et du simple à la portée de l'enfance. Et pourtant l'enfant aime le grand et le beau pourvu qu'on les lui donne sous la forme nette et sans ficelle aucune. Il s'intéresse à tout, et ne demande qu'à voir sous la forme poétique les objets de son incessant amusement. On se préoccupe de lui donner des idées religieuses. Je n'en voudrais pas voir un mot dans un recueil destiné à tous. S'il est catholique, il blesse les protestants et les libres penseurs, et réciproquement. La poésie n'a rien à voir dans les mythologies. Les reliques, les *Marie*, les anges gardiens sont du domaine de la religion privée. Le poète doit révéler aux enfants ce qu'on oublie toujours de leur révéler : *la nature* et la nature n'a pas de religion. Elle est religion et divinité par elle-même.

---

2. *La Henriade* de Voltaire, le récit de Théramène dans la *Phèdre* (V, 6) de Racine ; quant au grand Maître, il s'agit bien sûr de Victor Hugo.

Elle ne parle pas du créateur, elle est création. Il ne s'agit
pas de philosopher, de dogmatiser sur son compte ;
encore moins de démontrer, c'est l'affaire du professeur.
Le poète n'a qu'à montrer. Il est l'Orphée qui remue les
pierres, il lui suffit de chanter, et tout chante dans l'âme
de l'enfant. Tu n'es pas si loin de l'enfance. Souviens-toi !
rappelle-toi ce que tu remarquais, ce que tu devinais, ce
que ton père te faisait voir, et comme une expression
bien choisie par lui te faisait entrer dans un monde nouveau. Tu as une tante qui a fait de très jolis vers pour les
enfants[3]. Mais son horizon catholique trop étroit a
étouffé le germe qui était en elle, et a fait de son livre une
espèce de catéchisme. Ce n'est pas là le but. Le poète n'a
pas à empiéter sur le domaine du curé. Il ne le contredit,
ni ne l'aide. Il ne s'occupe pas de lui, il ne le connaît pas.
Il ne raconte rien, il décrit. Depuis l'insecte jusqu'à l'éléphant, depuis le myosotis jusqu'au cèdre, il a le domaine
de l'infini et chaque jour il initie. Aussi je crois qu'il serait
nécessaire de ne pas mettre la vérité des faits au service
de la rime, de ne pas mêler les fleurs de toutes les saisons et de tous les pays comme fait Lamartine, et de ne
pas croire comme J. J. [Janin] que les homards sont
rouges avant d'être cuits. Les poètes, tous très descriptifs
aujourd'hui, devraient savoir assez d'histoire naturelle
pour ne pas commettre les bourdes dont ils sont criblés.
Dans un recueil destiné à l'enfance ce serait un tort grave
que de n'être pas consciencieux.

Essaie et si tu réussis, tu auras fait une grande chose ;
cela ne doit pas être bâclé vite, mais mûri et *gesté* sérieusement. Et avant tout, comme on vit de pain et que les
vers n'en donnent pas, il faut toujours avoir un emploi
quelconque et ne pas le négliger. C'est très bon d'ailleurs
pour la poésie. *Cela vous force à l'aimer passionnément car la*
*passion cesse avec la privation, et la puissance cesse avec la passion.*
Médite ceci.

Sur ce, fais ce que tu voudras de mon conseil, je le
crois bon, voilà pourquoi je te l'offre, en t'embrassant.

                                        G. Sand

Samedi. Nohant.

3. La tante de Rollinat, Gabrielle Danais-Rollinat, a publié *La Poé-*
*sie des enfants* (Châteauroux, impr. Vve Migné, 1869).

## 410. À GUSTAVE FLAUBERT

[Nohant, 4 mai 1874]

Ils diront tout ce qu'ils voudront, *St Antoine* est un chef-d'œuvre, un livre magnifique[1]. Moque-toi des critiques. Ils sont bouchés. Le siècle actuel n'aime pas le lyrisme, attendons la réaction, elle viendra pour toi, et splendide. Réjouis-toi des injures, ce sont de grandes promesses d'avenir.

Je travaille toujours ma pièce [*Salcède*]. Je ne sais pas du tout si elle vaut quelque chose et ne m'en tourmente point. On me le dira quand elle sera finie, et si elle ne paraît pas intéressante, je la remettrai au clou. Elle m'aura amusée six semaines, c'est le plus clair de notre affaire à nous autres.

Plauchut fait les délices des salons ? heureux vieillard ! toujours content de lui et des autres, ça le rend bon comme un ange, je lui pardonne toutes ses grâces.

Tu as été heureux en écoutant la *Diva Paulita*, nous l'avons eue, avec *Iphigénie*, pendant 15 jours à Nohant, l'automne dernier. Ah oui, voilà du beau et du grand[2].

Tâche de venir nous voir avant d'aller à *Croisset*, tu nous rendrais tous heureux. Nous t'aimons et tout mon cher monde t'embrasse d'un *grand bon cœur*.

Ton vieux toujours troubadour.

                                          G. Sand

4 mai

---

1. Sand répond à une lettre du 1er mai, où Flaubert se plaint amèrement des attaques de la critique contre *La Tentation de saint Antoine*.
2. Flaubert avait été invité une quinzaine de jours auparavant chez Pauline Viardot, qui avait chanté des airs d'*Iphigénie en Aulide* de Gluck : « Je ne saurais vous dire combien c'était beau, transportant, enfin sublime. Quel artiste que cette femme-là ! quelle artiste ! De pareilles émotions consolent de l'existence » (lettre du 1er mai).

### 411. À CHARLES ET EUGÉNIE
DUVERNET

Nohant, 24 mai [18]74

Chers amis, j'ai été bien contente de recevoir de vos nouvelles. Je vois que tout est pour le mieux, qu'Eugène se marie dans les meilleures conditions qu'il pût souhaiter, que sa fiancée est charmante et que voilà une paire de gens heureux. Il méritait bien cela, le brave garçon. Dites-lui combien je m'en réjouis avec lui et avec vous.

Je ne sais pas si j'irai à Paris le mois prochain, je retarde le plus possible, car c'est à présent une grosse fatigue pour moi. Moins j'y vais et plus j'y ai d'occupations quand j'y suis. Et puis quitter la campagne au mois de mai! Il faut pour cela avoir un fils à marier. Nous avons un si beau printemps! Pas assez de pluie pour nos herbes, mais des averses excellentes pour nos fleurs. Pas encore de mouches, le griffonnage avec les fenêtres ouvertes et le concert des rossignols et des fauvettes est souverainement agréable. Le métier est agréable en lui-même et quel que soit le résultat. Il y a plaisir à inventer des faits et des personnes logiques tandis que dans la vie réelle le contraire est continuel et insupportable. Jamais la France n'a présenté un tel spectacle de désaccord avec elle-même. C'est si navrant que je ne me sens pas le courage d'écrire une ligne sur une pareille situation, et qu'en dehors de l'intimité, j'évite d'en parler, pour ne pas avoir à le constater une fois de plus. C'est une souffrance pour nous autres vieux, qui avons cru à quelque chose. Les jeunes qui sont nés dans le brouillard du scepticisme croient qu'il n'y a jamais eu de soleil et ils s'en moquent. J'élève quand même mon Aurore dans la lumière autant que je peux. Elle aura des déceptions mais comme il y en aurait tout autant si je la nourrissais de réalisme, je m'occupe de lui faire aimer le beau et le bon quand même. Sa puissance de perception est extraordinaire. Il faut donc lui montrer aussi loin que le regard peut aller sans se troubler.

Et toi, mon Charlot, qui ne vois plus que par les yeux de l'esprit, tu es moins à plaindre que ceux qui ne voient que par les yeux du corps. Voilà ce que je pense quand je regarde tes yeux éteints, et je me rappelle que quand tu décris une chose que tu n'as pas vue, tu la fais mieux voir que les autres. Voilà aussi ce que tu dois te dire pour te consoler de cette grande nuit qui s'est faite autour de toi, mais que ton esprit toujours éveillé et riche des observations et des impressions passées, remplit d'étoiles et de soleils à ton usage.

Je ne te dis rien de la part de mes enfants, ils courent les champs à cette heure, mais je sais que, comme moi, ils se réjouissent de vous voir revenir bientôt.

Je vous embrasse tous de leur part et de la mienne.

G. Sand

## 412. À GUSTAVE FLAUBERT

[Nohant] 6 juillet [18]74
Hier 70 ans

J'ai été à Paris du 30 mai au 10 juin, tu n'y étais pas. Depuis mon retour ici, je suis malade, grippée, rhumatisée et souvent privée absolument de l'usage du bras droit. Je n'ai pas le courage de garder le lit. Je passe la soirée avec mes enfants et j'oublie mes petites misères, qui passeront, tout passe. Voilà pourquoi je n'ai pu t'écrire même pour te remercier de la bonne lettre que tu m'as écrite à propos de mon roman[1]. À Paris, j'ai été surmenée de fatigue. Voilà que je vieillis et que je commence à le sentir. Je ne suis pas plus souvent malade, mais la maladie me met plus *à bas*. Ça ne fait rien. Je n'ai pas le droit de me plaindre, étant bien aimée et bien soignée dans mon nid. Je pousse Maurice à courir sans moi puisque la force me manque pour l'accompagner. Il part demain pour le Cantal, avec un domestique, une tente, une lampe et quantité d'ustensiles pour examiner les *micros* de sa *circonscription* entomologique. Je

1. Longue et belle lettre du 3 juin sur *Ma sœur Jeanne* (Michel Lévy, 1874), dont nous citons la fin : « Tout le problème est là. Être troubadour sans être bête. Faire beau tout en restant vrai. Et vous l'avez résolu encore une fois ».

lui dis que tu t'ennuies sur le Righi[2]. Il n'y comprend
rien.

Du 7

Je reprends ma lettre, commencée hier. J'ai encore
beaucoup de peine à remuer ma plume, et encore aujour-
d'hui, j'ai une douleur au côté, et je ne peux pas.

À demain.

8 juillet

Enfin je pourrai peut-être aujourd'hui. Car j'enrage de
penser que tu m'accuses peut-être d'oubli tandis que je
suis empêchée par une faiblesse toute physique, où mon
cœur n'est pour rien. Tu me dis qu'on te *trépigne* trop. Je
ne lis que *le Temps* et c'est déjà beaucoup pour moi d'ouvrir un journal et de voir de quoi il parle. Tu devrais faire
comme moi et *ignorer* la critique quand elle n'est pas
sérieuse et même quand elle l'est. Je n'ai jamais bien vu à
quoi elle sert à l'auteur critiqué. La critique part toujours
d'un point de vue personnel dont l'artiste ne reconnaît
pas l'autorité. C'est à cause de cette usurpation de pouvoirs dans l'ordre intellectuel que l'on arrive à discuter le
soleil et la lune, ce qui ne les empêche nullement de nous
montrer leur bonne face tranquille. Tu ne veux pas être
l'homme de la nature ? — Tant pis pour toi, tu attaches
dès lors trop d'importance au détail des choses humaines
et tu ne te dis pas qu'il y a en toi-même une force
*naturelle* qui défie les *si* et les *mais* du bavardage humain.
Nous sommes de la nature, dans la nature, par la nature,
et pour la nature. Le talent, la volonté, le génie, sont des
phénomènes naturels comme le lac, le volcan, la montagne, le vent, l'astre, le nuage. Ce que l'homme tripote
est gentil ou laid, ingénieux ou bête, ce qu'il reçoit de la
nature est bon ou mauvais, mais cela *est*. Cela existe et
subsiste. Ce n'est pas au tripotage d'appréciation appelé
la *critique*, qu'il doit demander ce qu'il a fait et ce qu'il
veut faire. La critique n'en sait rien. Son affaire est de
jaser. La nature seule sait parler à l'intelligence une langue
impérissable, toujours la même, parce qu'elle ne sort pas
du vrai éternel, du beau absolu. Le difficile, quand on

2. Flaubert séjourne du 30 juin au 19 juillet à Kaltbad-Righi en
Suisse.

voyage c'est de trouver la nature, parce que partout l'homme l'a arrangée et presque partout gâtée ; c'est pour cela que tu t'ennuies d'elle probablement. C'est que partout elle t'apparaît déguisée ou travestie. Pourtant les glaciers sont encore intacts, je présume.

Mais je ne peux plus écrire. Il faut que je te dise vite que je t'aime, que je t'embrasse tendrement. Donne-moi de tes nouvelles. J'espère que dans quelques jours, je serai sur pied. Maurice attend pour partir que je sois vaillante. Je me dépêche tant que je peux. Mes petites t'embrassent. Elles sont superbes. Aurore se passionne pour la mythologie (George Cox, trad. de Baudry[3]). Tu connais cela ? Travail adorable pour les enfants et les parents.

Assez. Je ne peux plus. Je t'aime. N'aie pas d'idées noires et résigne-toi à t'ennuyer si l'air est bon là-bas.

## 413. À CHARLES-EDMOND

Nohant, 11 août [18]74

Cher ami, merci de la bonne nouvelle que vous m'avez donnée. Je venais de l'apprendre par une lettre de Lambert. Il est fièrement content ; nous le sommes moins de vous avoir emballé si vite et de vous avoir si peu vu. Je n'ai pas encore relu la pièce[1]. Je ne veux pas faire cela comme une tâche dont on se débarrasse. Il me faut un jour de lucidité complète, et j'en ai peu. Je suis bien plus entamée de la cervelle que vous ne pouvez l'être. Mais j'ai le grand art de savoir me reposer et c'est là ce qui me sauve. Les aquarelles m'ont été, cette année, d'un grand secours et à ce propos, je ne crois pas que l'eau-forte ni aucune espèce de procédé pût rendre le *dendritage* de Maurice. Ce procédé est la seule particularité de mes petits barbouillages, et ce qui leur donne un petit air *à*

---

3. George William Cox, *Les Dieux et les Héros*, traduction de Frédéric Baudry et Émile Delérot (Hachette, 1867).

1. Lambert va être décoré. Charles-Edmond a séjourné à Nohant du 4 au 7 août ; le 5, il « nous lit sa pièce qui nous intéresse beaucoup et qui est très bien faite » (Agenda) ; il en laisse à Sand le manuscrit pour relecture et corrections ; *La Bûcheronne*, comédie en 4 actes, sera créée le 13 novembre 1889 au Théâtre-Français.

*part.* Toulmouche en a été si frappé qu'il m'a suggéré l'idée dont j'étais à mille lieues, il y a un an, d'utiliser ces loisirs. Quand vous me demandiez un dessin pour une publication, j'ai sauté au plafond. Maurice me poussait cependant à envoyer un de mes souvenirs de voyage, faits il y a quelque trente ans. Il disait que cela en valait la peine. Je ne trouvais pas. C'est à propos de cet incident, que tout en causant avec lui du paysage et de la couleur, je me suis mise à essayer ces dendrites qui m'ont amusée et qui commencent à venir moins barbares qu'aux premiers essais. Je n'ai pas parlé à Toulmouche de me les faire vendre. Je le chargeais de placer des aquarelles de Maurice et ne voulais pas *l'encombrer* de nous deux. Si vous me trouviez un joint pour moi, vous me rendriez grand service car je ne voudrais pas vivre de mes rentes. Je n'ai pas ce droit-là, et je ne peux plus faire de littérature toute l'année, c'est devenu impossible.

Pensez à ce qu'on vous a conseillé et sachez si c'est réalisable. Je ne crois pas ; je crois que traduit, ça n'existera plus. J'aimerais mieux que ce fût comme une vente d'autographes, ce serait moins *impertinent* que de me faire graver.

Je surveille mes fleurs pour vous envoyer des graines bien rustiques, à Paris vous trouvez tout ce qu'il [y] a de rare et de beau. Mais pour le remplissage des *coins*, il faut voir le côté botanique français qui donne des plantes solides et jolies, sans jardiniers et sans serres chaudes. Je vous ferai un choix à mon idée.

Nous sommes restés sous le charme de *la Bûcheronne* et nous vous remercions de cette bonne soirée et de cette bonne impression.

Donnez de vos nouvelles, cher ami, et revenez-nous bientôt. Tendresses de nous tous et bons baisers de ces demoiselles.

G. Sand

## 414. À JOAQUIM NABUCO
## DE ARAUJO

Nohant, 21 août [1874]

Cher voyageur, je regrette vivement ainsi que ma famille, de ne pas vous revoir avant votre départ[1]. Vous nous envoyez votre livre, c'est une consolation car il dit tout ce que la causerie ne dirait pas et fait pénétrer dans une belle et bonne âme. Je l'ai reçu ce matin et je l'ai lu tout de suite. Il est d'une rare distinction et les nobles pensées y parlent une noble langue. Mon fils ne recevra son exemplaire qu'à son retour, car il est, pour la seconde fois cet été, en excursion entomologique sur les montagnes d'Auvergne. Le plateau central de la France (les parties volcaniques surtout) est aussi intéressant et aussi beau que n'importe quel pays. Il s'y trouve des merveilles autant pour l'art que pour la science. Vous avez été voir l'Italie, à tout seigneur tout honneur, mais quand vous reviendrez il faudra voir l'intérieur de la France que les Français eux-mêmes connaissent fort peu.

En remerciement de votre livre, je vous envoie une de mes petites aquarelles autographes et vous prie de l'accepter en souvenir de moi. Si vous me trouviez chez vous des amateurs, faites-m'en acheter beaucoup, car j'en fais une ou deux chaque soir à la veillée, et leur produit est pour la tirelire de mes petites-filles. Je place ces deux personnages microscopiques dans mes dessins, avec le chien inséparable, M. Fadet. Mon prix est élevé, 100 fr. pour le format que je vous envoie, 200 pour le double. Cela ne vaut pas certainement 100 sous, mais la mode est aux autographes et c'est ainsi qu'il faut les prendre.

Vous me direz dans l'occasion si vous avez rencontré des amateurs et comment il faut faire pour vous envoyer ces dessins, car pour un si long voyage il faudrait pouvoir

1. Ce jeune Brésilien, qui fera plus tard une brillante carrière diplomatique, est venu rendre visite à G. Sand à Nohant le 3 janvier 1874 : « excellent garçon, très bien élevé, parlant le français quoique ce soit son premier voyage, très civilisé, enfin une personne comme nous et pas un kakatoès. Je le reçois bien et je l'engage à revenir » (Agenda). Il a composé en français un recueil de poésies, *Amour et Dieu* (Paris, Claye, 1874), dont Sand le remercie ici.

en envoyer une cinquantaine à la fois. Vous songerez à moi dans vos moments perdus, pas autrement.

Est-ce bien vrai que vous nous reviendrez ? Dépêchez-vous, car me voilà bien vieille et vous pourriez bien ne pas me retrouver. J'espère que la volonté d'établir mes petites filles me soutiendra mais je suis quelquefois bien lasse de vivre. La vieillesse est une douce apathie qu'il faut secouer.

Je peux pourtant vous dire au revoir, et ce ne sera pas pour une heure alors, ce sera pour plusieurs jours, n'est-ce pas ? Je ne sais pas comment vous avez fait, mais il s'est trouvé quand vous êtes parti, que nous vous aimions tous. Nous avions cru que, venant de si loin, vous nous amuseriez, et voilà que vous nous avez charmés. Mes petites conservent précieusement les jolis cadeaux que vous leur avez envoyés et me chargent de vous en remercier.

Amitiés de nous tous, bon voyage et prompt retour.

George Sand

Accusez-moi réception de ma lettre, s.v.p.

### 415. À GUSTAVE FLAUBERT

28 7<sup>bre</sup> [18]74. Nohant

Non certes, on n'oublie pas son Cruchard adoré, mais je deviens si ennuyeuse que je n'ose plus t'écrire. Je suis insignifiante comme les gens heureux dans leur intérieur et habitués à leur besogne. Tous les jours se ressemblent, les relations bien soudées ne changent pas. J'ai eu pourtant durant près d'une année, le voisinage de ma fille qui a acheté l'ancienne propriété de mon frère et qui s'y installe bizarrement[1]. C'était un peu contre mon gré, je savais bien qu'elle s'ennuierait vite de nous et cela est arrivé. Elle nous boude depuis deux mois et c'est autant de gagné, car avec de l'esprit et du charme, elle a le caractère le plus fantasque et le plus tracassier qu'il soit

1. Voir lettre 403.

possible d'imaginer. J'ai beaucoup de patience, mais les autres en ont moins et respirent quand elle s'en va. Avec cela des phrases sur son amour du pays et de la famille, une pose perpétuelle que toutes les actions démentent et un débinage de tout et de tous, qui est très comique avec la prétention de tout chérir et de tout admirer. C'est une nature essentiellement *littéraire*, dans le mauvais sens du mot, c'est-à-dire que tous ses sentiments se rédigent en paroles et ne pénètrent pas sous l'épiderme. Elle est heureuse quand même puisqu'elle s'approuve. Je ne m'en tourmente plus.

Je n'ai pas été d'une brillante santé cette année, je n'ai pas quitté le *home*. Je voulais qu'on me laissât seule et qu'on fît courir les enfants. Ma bonne Lina n'a pas voulu, et mes petites ont continué à être florissantes. Aurore est grande et musclée comme si elle avait douze ans, c'est un ange de droiture et de sincérité. Je continue à être son professeur et son intelligence *m'épate*.

Moi je me suis remise à ma tâche annuelle, je fais mon roman[2]. La facilité augmente avec l'âge, aussi je ne me permets pas de travailler à cela plus de deux ou trois mois chaque année, je deviendrais fabrique et je crois que mes produits manqueraient de la conscience nécessaire. Je n'écris même que deux ou trois heures chaque jour, et le travail intérieur se fait pendant que je barbouille des aquarelles.

Voilà pour moi. Quant à Maurice, il a fait deux excursions l'une au Sancy, l'autre au *Plomb* du Cantal qui s'appelle *pélon* dans le pays, c'est-à-dire pelouse ; pays désolé, mais intéressant d'où il a rapporté des choses précieuses pour son travail de bénédictin. — À présent nous allons être bien seuls. Mes trois petits-neveux [Simonnet] sont l'un à Montpellier, l'autre à Lyon, dans la finance, et l'aîné, notre *gros René*, est nommé substitut à Châteauroux où sa mère le suit. Ce n'est pas loin, mais la vie de tous les jours est détraquée. Antoine Ludre [Gabillaud] travaille le droit à Paris pour succéder à l'étude de son père. Tous sont avec nous pour les vacances, mais

2. *Flamarande*, tiré de la pièce *Salcède*, commencé le 25 mai 1874 et terminé le 8 mars 1875, publié dans la *Revue des Deux Mondes* du 1er février au 1er mai 1875, sera publié en deux volumes portant chacun un titre différent : *Flamarande* et *Les Deux Frères* (Michel Lévy, 1875).

dans quelques jours tous nos petits pigeons seront
envolés.

Te voilà donc condamné à aller bientôt avaler les répétitions. Un jour tu t'y habitueras, mais il y a tant de fourmis à avaler qu'au commencement on s'imagine avaler
des vipères. Tu ne m'as jamais raconté, et je n'ai jamais
su pourquoi, après son enthousiasme pour *le Sexe faible*,
Carvalho t'avait faussé parole. C'est probablement par
l'unique raison qu'il te l'avait donnée. Les directeurs sont
ainsi faits, *tous*. On ne saura jamais pourquoi. Duquesnel
est de même, mais comme je ne crois pas un mot de ce
qu'il m'annonce, je ne suis pas autrement attrapée que les
oiseaux d'Arnal. Je ne te blâme pas moi, d'aller à Cluny[3],
c'est un théâtre comme un autre et j'ai prêché d'exemple.
Tu me diras quand tu iras à Paris. Je tâcherai d'y être en
même temps, bien que je ne prévoie pas y avoir affaire
sérieuse. Je ne te fais pas de sermons cette fois sur ta
misanthropie. Je te dirais toujours la même chose parce
que c'est toujours la même chose — et si ça n'était pas
toujours la même chose le monde finirait. Dans tous les
temps il a été stupide pour le petit nombre de gens qui
ne le sont pas. C'est pour éviter le chagrin que je me suis
faite stupide avec empressement, affaire d'égoïsme peut-
être.

Je t'aime et je t'embrasse. Les miens t'embrassent et
t'aiment. Écris-nous plus souvent, ne travaille pas trop
et aime tes vieux Berrichons du bon Dieu qui parlent de
toi sans cesse.

Ton troubadour

### 416. À AUGUSTE TOULMOUCHE

[Nohant, 5 décembre 1874]

Merci, cher ami, Maurice est bien reconnaissant du
soin que vous avez pris pour lui et de la bonne amitié

---

3. C'est le successeur de Carvalho au Vaudeville, Cormon, qui
n'avait pas tenu parole ; Flaubert avait donc porté *Le Sexe faible* de
Bouilhet au théâtre de Cluny, pour l'en retirer après quelques répétitions. Duquesnel dirigea l'Odéon de 1872 à 1880. Arnal était un
acteur comique.

que vous nous témoignez. Il vous enverra des spécimens
quand il aura eu le temps de se retrouver, car le voilà
avec un surcroît d'occupations dont il se serait bien passé,
on l'a nommé maire de Nohant-Vic, et les habitants ne
veulent pas lui permettre de dire non. Cela lui arrive au
milieu d'une *féerie* qu'il dresse à *lui tout seul* dans son théâtre
de marionnettes. N'ayant que deux mains comme tout le
monde et voulant mettre en scène, outre les changements
à vue, assez de personnages pour que le sultan puisse
dire *Que la foule se disperse!* il a inventé des marionnettes
qui toutes marchent et gesticulent grâce à un mécanisme
qu'il fait aller avec ses pieds[1]. Je vous laisse à penser les
transports de nos petites filles, et les miens, car je m'amuse
au moins autant qu'elles. Ne viendrez-vous pas quelque
jour voir ces merveilles avec Lambert?

Il faudrait venir l'hiver, car pendant l'été, Maurice
court la province ou s'enferme dans son cabinet pour
l'entomologie. Il a entrepris un si grand travail! Mais le
mois prochain, par exemple, à la fête d'Aurore, le 10 janvier, la maison serait toute libre et tous les amis de la
villa des peintres pourraient s'y ébattre. Lambert m'a fait
espérer qu'il viendrait cet hiver. Si vous pouviez vous
décider l'un l'autre, nous serions bien heureux et il y
aurait place pour les femmes, si on pouvait les décider à
braver l'hiver.

Cher ami, je vous remercie encore et je vous remercie
bien cordialement.

Dites tous mes compliments affectueux à Madame
Toulmouche et embrassez pour moi mes chers Lambert
et mon cher Mouchot.

À vous de cœur

Mes aquarelles *à l'écrasage* vous ont amusé, je vous en
envoie une. Ce n'est pas le portrait de Nohant, il n'y a
pas de coupoles et de marbres blancs chez nous, mais il
y a des coquelicots dans la saison et mes deux petites
filles avec leur chien [Fadet].
Nohant, 5 décembre 74

1. La féerie *Le Vase de bronze* est donnée le 14 décembre: «c'est
ravissant, amusant au possible, dialogue en maître, comique et le
côté féerique plein de poésie. C'est une réussite splendide, incroyable
pour un homme tout seul dans sa baraque aux prises avec une foule
de personnages et d'accessoires» (Agenda).

### 417. À GUSTAVE FLAUBERT

[Nohant, 8 décembre 1874]

Pauvre cher ami, je t'aime d'autant plus que tu deviens plus malheureux. Comme tu te tourmentes et comme tu t'affectes de la vie! car tout ce dont tu te plains, c'est la vie, elle n'a jamais été meilleure pour personne et dans aucun temps. On la sent plus ou moins, on la comprend plus ou moins, on en souffre donc plus ou moins, et plus on est en avant de l'époque où l'on vit, plus on souffre. Nous passons comme des ombres sur un fond de nuages que le soleil perce à peine et rarement, et nous crions sans cesse après ce soleil qui n'en peut mais. C'est à nous de déblayer nos nuages.

Tu aimes trop la littérature, elle te tuera et tu ne tueras pas la bêtise humaine. Pauvre chère bêtise, que je ne hais pas, moi, et que je regarde avec des yeux maternels, car c'est une enfance, et toute enfance est sacrée. Quelle haine tu lui as vouée, quelle guerre tu lui fais! Tu as trop de savoir et d'intelligence, mon Cruchard, tu oublies qu'il y a quelque chose au-dessus de l'art, à savoir la sagesse, dont l'art, à son apogée n'est jamais que l'expression. La sagesse comprend tout, le beau, le vrai, le bien, l'enthousiasme par conséquent. Elle nous apprend à voir hors de nous quelque chose de plus élevé que ce qui est en nous, et à nous l'assimiler peu à peu par la contemplation et l'admiration.

Mais je ne réussirai pas à te changer, je ne réussirai même pas à te faire comprendre comment j'envisage et saisis le *bonheur*, c'est-à-dire l'acceptation de la vie, quelle qu'elle soit! Il y a une personne qui pourrait te modifier et te sauver, c'est le père Hugo, car il a un côté par lequel il est grand philosophe, tout en étant le grand artiste qu'il te faut et que je ne suis pas. Il faut le voir souvent. Je crois qu'il te calmera: moi, je n'ai plus assez d'orage en moi pour que tu me comprennes. Lui je crois qu'il a gardé son foudre et qu'il a tout de même acquis la douceur et la mansuétude de la vieillesse.

Vois-le, vois-le souvent et conte-lui tes peines, qui sont grosses, je le vois bien, et qui tournent trop au *spleen*. Tu penses trop aux morts, tu les crois trop arrivés au repos.

Ils n'en ont point. Ils sont comme nous, ils cherchent. Ils travaillent à chercher.

Tout mon monde va bien et t'embrasse. Moi, je ne guéris pas, mais j'espère, guerre ou non, marcher encore pour élever mes petites-filles, et pour t'aimer, tant qu'il me restera un souffle.

G. Sand

Nohant 8 D<sup>re</sup> 74

418. À GUSTAVE FLAUBERT

Nohant, 16 [janvier 18]75

Moi aussi, cher Cruchard, je t'embrasse au commencement de l'année et te la souhaite tolérable, puisque tu ne veux plus entendre parler du mythe bonheur. Tu admires ma sérénité, elle ne vient pas de mon fonds, mais de la nécessité où je suis de ne plus penser qu'aux autres. Il n'est que temps, la vieillesse marche et la mort me pousse par les épaules. Je suis encore, sinon nécessaire, du moins extrêmement utile aux miens, et j'irai tant que j'aurai un souffle, pensant, parlant, travaillant pour eux. Le devoir est le maître des maîtres, c'est le vrai *Zeus* des temps modernes, fils du Temps et devenu son maître. Il est celui qui vit et agit en dehors de toutes les agitations du monde. Il ne raisonne pas, il ne discute pas. Il examine sans effroi, il marche sans regarder derrière lui, *Cronos* le stupide avalait des pierres[1], *Zeus* les brise avec la foudre, et la foudre, c'est la volonté. Je ne suis donc pas un philosophe mais un serviteur de *Zeus*, qui ôte la moitié de leur âme aux esclaves, mais qui la laisse entière aux braves. Je n'ai plus le loisir de penser à moi, de rêver aux choses décourageantes, de désespérer de l'espèce humaine, de regarder mes douleurs et mes joies passées et d'appeler la mort.

Parbleu! si on était égoïste, on la verrait venir avec joie. C'est si commode de dormir dans le néant, ou de

---

1. Zeus (Jupiter) était fils de Cronos (Saturne), qui dévorait tous les enfants mâles que lui donnait Rhéa ; ayant mis au monde Héra (Junon) et Zeus, Rhéa présenta à Cronos sa fille et une pierre emmaillotée que Cronos dévora aussitôt.

s'éveiller à une vie meilleure! car elle ouvre ces deux hypothèses ou pour mieux dire cette antithèse. — Mais pour qui doit travailler encore, elle ne doit pas être appelée avant l'heure où l'épuisement ouvrira les portes de la liberté. Il t'a manqué d'avoir des enfants. C'est la punition de ceux qui veulent être indépendants; mais cette souffrance est encore une gloire pour ceux qui se vouent à Apollon. Ne te plains donc pas d'avoir à piocher et peins-nous ton martyre, il y a un beau livre à faire là-dessus.

Renan désespère, dis-tu. Moi je ne crois pas cela, je crois qu'il souffre, comme tous ceux qui voient haut et loin, mais il doit avoir des forces en proportion de sa vue. Napoléon partage ses idées. Il fait bien s'il les partage toutes. Il m'a écrit une très sage et bonne lettre. Il voit maintenant le salut relatif dans une république sage[2], et moi je la crois encore possible. Elle sera très bourgeoise et peu idéale mais il faut bien commencer par le commencement. Nous autres artistes nous n'avons point de patience. Nous voulons tout de suite l'abbaye de Thélème. Mais avant de dire: fais ce que veux[3] — il faudra passer par — fais ce que peux.

Je t'aime et je t'embrasse de tout mon cœur, mon cher Polycarpe[4]. Mes enfants grands et petits se joignent à moi. Pas de faiblesse, allons. Nous devons tous exemple à nos amis, à nos proches, à nos concitoyens. Et moi, crois-tu que je n'aie pas besoin d'aide et de soutien dans ma longue tâche, qui n'est pas finie? N'aimes-tu plus personne, pas même ton vieux troubadour, qui toujours chante et pleure souvent, mais qui s'en cache comme font les chats pour mourir?

2. Le Prince Napoléon écrivait à Sand le 3 janvier: «ce que j'ai poursuivi sous l'Empire, je le poursuis encore avec la République, que je crois seule possible au relèvement de la France aujourd'hui. Si les vrais démocrates et les patriotes voulaient s'entendre, notre pauvre France pourrait encore se remettre»...
3. La devise de l'abbaye de Thélème est «Fay ce que vouldras» (Rabelais, *Gargantua*, chap. LVII).
4. Flaubert avait pris cet évêque de Smyrne pour saint patron (voir Flaubert, *Correspondance*, éd. B. Masson, Folio, p. 815).

## 419. À IVAN TOURGUÉNIEV

[Nohant, 1er avril 1875]

Cher grand ami, depuis plusieurs jours, je veux vous écrire mais une grosse douleur au bras me rendait illisible. Je vas mieux et je veux vous remercier pour mes fillettes que vous comblez toujours, et pour nous, que vous gâtez aussi. Mais le plus vif plaisir pour moi c'est le charmant conte de *Pounine* etc. C'est encore un chef-d'œuvre[1]. Comme on aime vos personnages, comme ils sont vrais et touchants ! On dit que vous êtes un réaliste, ce qui n'est pas vrai, car vous êtes, avant tout, grand poète : mais si vos portraits appartiennent au réalisme, je veux bien de cette école-là, comme vous l'entendez, et je n'y vois que des modèles à se proposer.

Merci donc encore. Plauchut m'a dit que vous et toute la chère famille [Viardot] étiez vaillants quand il a quitté Paris. J'espère que tout va bien encore malgré le mauvais printemps qui nous éprouve tous plus ou moins.

Toutes nos tendresses à vous et à la chère maison.

G. Sand

Nohant 1er avril 75

---

1. *Pounine et Babourine*, paru dans *Le Temps* (10-20 mars).

### 420. AU VICOMTE
### CHARLES DE SPOELBERCH
### DE LOVENJOUL

[Nohant, 14 mai 1875]

Dédicace d'*Indiana*
Au bibliophile Isaac[1]
Vicomte de Spoelberck [*sic*] de
(je n'ai jamais pu lire le nom)

    Monsieur,

D'après votre conseil, j'ai suivi l'exemple toujours bon
à suivre, de mon regretté ami Balzac. Je vais dédier ceux
de mes romans qui ne portent encore aucune dédicace,
aux personnes qui m'inspirent de l'affection ou qui ont
droit à ma gratitude. C'est à ce dernier titre, Monsieur,
que je vous prie de me laisser placer votre nom en tête
de mon premier ouvrage de quelque étendue comme un
remerciement cordial des bons soins que vous avez bien
voulu donner au classement et aux recherches de la présente édition générale et complète.

                        George Sand

Nohant, mai 75.

    Voulez-vous me permettre, Monsieur, de vous adres-
ser la dédicace ci-jointe ? Je vous prierai de retrancher ou
ajouter ce qui vous paraîtra incomplet dans mon appréciation. Je suis en train de dédier tous mes autres ouvrages
d'après votre liste, mais seulement ceux qui ont quelque

---

1. Sous le pseudonyme du Bibliophile Isaac, Lovenjoul avait
publié à compte d'auteur une *Étude bibliographique sur les œuvres de
George Sand* (Bruxelles, 1868). Il fut naturellement sollicité par Michel
Lévy pour le projet d'édition des œuvres complètes de G. Sand,
dressant et ordonnant des listes d'œuvres souvent perdues dans des
périodiques, et bombardant Sand de questions. Hélas, la mort brutale de Michel Lévy le 5 mai tuera dans l'œuf cette publication à
laquelle son frère et successeur renoncera, et qui fait toujours encore
cruellement défaut. Voir l'article de Catherine Gaviglio-Faivre d'Arcier, « De la collecte à la mise en valeur du patrimoine littéraire du
xixᵉ siècle. Le vicomte de Spoelberch de Lovenjoul et les héritiers
de George Sand », in *Bibliothèque de l'École des chartes*, 2002, t. 160,
p. 271-297.

étendue. Aussi pour les nouvelles réunies en volumes, je voudrais dédier le tout à une seule personne quand cette réunion existe comme pour *la Marquise, le Toast, Cora, Lavinia, Metella, Garnier*. Est-ce votre avis ? Ou faut-il les dédier séparément ? Quelques-unes ont si peu d'importance que nécessairement je ne les dédierai séparément à personne.

Si je refuse de publier deux versions trop semblables[2], c'est la crainte que m'a communiquée Michel Lévy de faire une édition ennuyeuse et qui paraîtrait grosse de redites. Cependant vous insistez en me blâmant, eh bien, cher Monsieur, il faut faire trancher la question par Calmann Lévy qui est l'éditeur et le principal intéressé. Je ferai ce qu'il décidera.

## 421. À GUSTAVE FLAUBERT

[Nohant, 15 août 1875]

Mon pauvre cher vieux, j'apprends, aujourd'hui seulement par une lettre de ce cher paresseux de Tourguéniev, le malheur qui frappe ta nièce[1]. Est-ce donc irréparable ? Son mari est tout jeune et intelligent, ne pourra-t-il recommencer, ou prendre un emploi qui lui rendra l'aisance ? Ils n'ont pas d'enfants, il ne leur faut pas des millions pour vivre, jeunes et bien portants qu'ils sont tous deux. Tourguéniev me dit que ton avoir est entamé par cette débâcle. Si ce n'est qu'*entamé* seulement, tu supporteras cette grave contrariété en philosophe. Tu n'as ni

2. Lovenjoul, véritable « pionnier des études génétiques » selon la juste expression de Roger Pierrot (*Genesis*, n° 5, 1994, p. 167-173), voulait voir figurer dans l'édition les diverses versions d'une œuvre, notamment pour le théâtre.

1. Le 30 juillet, Flaubert écrivait à Tourguéniev : « mon neveu Commanville est *absolument* ruiné ! Et moi-même je vais me trouver très entamé. Ce qui me désespère là-dedans, c'est la position de ma pauvre nièce. [...] Des jours bien tristes commencent : gêne d'argent, humiliation, existence bouleversée. [...] ma cervelle est anéantie. [...] je n'ai en perspective qu'une vieillesse lamentable. Ce qui me rendrait le plus grand service, ce serait de crever »... Le 13 août, Tourguéniev envoie cette lettre à G. Sand. La faillite de Commanville entraînera en effet la ruine de Flaubert.

vices à satisfaire, ni ambitions à assouvir. Je suis sûre que
tu arrangeras ta vie pour la mettre au niveau de tes ressources. Le plus rude pour toi à supporter, c'est le chagrin de cette jeune femme qui est une fille pour toi. Mais
tu lui donneras le courage, et la consolation. C'est le
moment d'être au-dessus de tes propres ennuis, pour
adoucir ceux des autres. Je suis sûre qu'à l'heure où je
t'écris, tu as déjà calmé son esprit et attendri son cœur.
Peut-être aussi le désastre n'est-il pas ce qu'il paraît au
premier moment. Il se fera une embellie, on trouvera un
nouveau chemin car c'est toujours ainsi et la valeur des
hommes se mesure à leur énergie, à leurs espérances qui
sont toujours un signe de force et d'intelligence. Plus d'un
s'est vaillamment relevé. Sois sûr que de meilleurs jours
reviendront et dis-le leur sans cesse, parce que c'est vrai.

Il ne faut pas que ta santé morale et physique soit
ébranlée par cet échec. Pense à guérir ceux que tu aimes
et oublie-toi, toi-même. Nous y penserons pour toi et
nous souffrirons à ta place ; car je suis vivement affectée
de te voir un nouveau sujet de tristesse au milieu de ton
spleen. Allons, cher excellent vieux, ranime-toi, fais-nous
un beau roman à succès, et pense à ceux qui t'aiment dont
ton découragement contriste et déchire le cœur. Aime-les,
aime-nous et tu retrouveras ta force et ton entrain.

Nous t'embrassons tous bien tendrement. N'écris pas
si cela t'ennuie, dis-nous seulement, je vas mieux et je
vous aime.

G. Sand

Nohant 15 août


## 422. À IVAN TOURGUÉNIEV

[Nohant, 17 août 1875]

Illustre et cher paresseux, il faut bien qu'on vous aime
comme vous êtes. On vous aimerait trop si vous n'aviez
pas ce défaut-là. Je vous renvoie la lettre de notre ami[1]
et je lui ai écrit dès hier. J'ai grand peur que nous ne
puissions rien à son mal qui prend une tournure d'hypo-

---

1. La lettre de Flaubert du 30 juillet (voir lettre 421, note 1).

condrie effrayante. Je m'en affecte et m'en inquiète profondément. Étant foncièrement bon et affectueux, il doit
amèrement souffrir d'une maladie qui le porte à désespérer de tous et de tout. J'ai reçu tout dernièrement une
bonne lettre de ma chère Pauline [Viardot]. Je vois qu'elle
est toujours vaillante au travail et à la peine. Je me soutiens aussi malgré mon grand âge, je vis entre la rivière
où je barbotte avec mes petites filles, et mon encrier d'où
je tire des petits contes pour les amuser en les instruisant
un peu². Maurice court les côtes de l'Océan en compagnie de Plauchut, celui-ci pour se baigner et manger des
huîtres, celui-là pour en ramasser des fossiles et faire le
relevé géologique des rivages. Ils doivent avoir une rude
chaleur! Tous les jours nous recevons d'eux un télégramme. Moi je pense aller à Paris en 7ᵇʳᵉ pour mes
affaires. C'est moins doux et moins gai que de vous
attendre et de vous espérer à Nohant!

Je n'ose plus croire que vous y reviendrez, mais si,
par un miracle de la providence, vous pouviez vous y
décider, je crois que nous ferions bien le pèlerinage de
Lourdes pour hâter votre détermination. Embrassez tous
les chers amis et enfants autour de vous pour moi, pour
Lina et pour mes fillettes qui vous demandent d'écrire
un conte *pour elles* et qui se joignent à moi pour vous
embrasser.

G. Sand

Nohant 17 7ᵇʳᵉ [*sic*] 75.

## 423. À GUSTAVE FLAUBERT

Nohant, 7-7[bre 18]75.

Tu te désoles, tu te décourages, tu me désoles aussi.
C'est égal, j'aime mieux que tu te plaignes que de te taire,
cher ami, et je veux que tu ne cesses pas de m'écrire.

---

2. Depuis le 1ᵉʳ juin 1872, Sand publie dans la *Revue des Deux
Mondes* ou *Le Temps* des contes qui seront recueillis sous le titre
*Contes d'une grand-mère*, dont le premier volume est paru en 1873 ; le
second paraîtra après sa mort en 1876. En juillet 1875, elle a écrit
quatre contes : *Miette Orlande*, *Le Marteau rouge*, *La Fée poussière*, *Le
Gnôme des huîtres*, et en août : *La Fée aux gros yeux*, *Le Chêne parlant*.

J'ai de gros chagrins aussi et souvent. Mes vieux amis meurent avant moi. Un des plus chers, celui qui avait élevé Maurice et que j'attendais pour m'aider à élever mes petites-filles, vient de mourir presque subitement[1]. C'est une douleur profonde. La vie est une suite de coups dans le cœur. Mais le devoir est là : il faut marcher et faire sa tâche sans contrister ceux qui souffrent avec nous.

Je te demande absolument de *vouloir* et de ne pas être indifférent aux peines que nous partageons avec toi. Dis-nous que le calme s'est fait et que l'horizon s'est éclairci.

Nous t'aimons, triste ou gai.

Donne de tes nouvelles.

G. Sand

## 424. À CHARLES-EDMOND

[Nohant, 26 septembre 1875]

Cher ami, je suis contente d'avoir enfin de vos nouvelles, vous m'écrivez une lettre charmante, comme vous seul savez les écrire. Vous savez donner des encouragements qui ne s'adressent pas à l'amour-propre, mais qui vont droit au cœur et qui consolent de beaucoup d'injustices, ceux que le cœur seul a inspirés. Je rends donc grâce à votre Turc[1] de vous avoir *induit* à relire ces livres dont je ne me souviens pas et sur lesquels je n'ai plus aucune opinion. Ils vous ont ému, donc ils valent quelque chose. Il y a une idée de roman dans votre lettre. Ce serait la vie d'un homme racontée comme vous le faites à grands traits ; et un homme subissant l'influence ou la réaction dans les grandes crises de sa vie, de certaines lectures. Voulant se suicider avec *Werther* parce qu'il se trouve être Werther dans ce moment-là, se reprenant d'un amour d'enfance depuis longtemps oublié, en relisant *Paul et Virginie*, et ainsi de suite. Ce serait une étude curieuse des nuances qui différencient profondément les situations analogues en raison de la dissem-

---

1. Jules Boucoiran est mort à Nîmes le 18 août.

1. Charles-Edmond faisait office de précepteur près de quelques élèves turcs.

blance des caractères. Je me souviens aussi, moi, de l'émotion que m'ont causée les œuvres de Byron, de Goethe
et de Walter Scott. C'étaient là mes lectures de jeunesse,
avant d'avoir songé à écrire. J'aurais voulu être, en ce
temps romantique, un être dévoré de douleur et accablé
d'un immense remords, j'étais embêtée de n'avoir pas
commis un crime qui me permît de connaître l'ivresse du
désespoir. Puis, je me calmais avec ces bons romans
écossais où il y avait tant de droiture et de courage. J'aurais voulu être le jeune montagnard entrant tout naïf et
tout brave dans la vie d'aventures, je passais ainsi d'un
type à un type opposé, sans pourtant cesser d'être moi,
c'est-à-dire un esprit curieux et toujours vivant hors de
lui. Vous feriez très bien ce roman-là, en prenant votre
propre vie pour type.

Je suis en arrière d'un feuilleton avec *le Temps*. Les
derniers contes que j'ai faits étaient trop longs et je les ai
donnés à la revue. J'ai clos pour cette fois la série des
contes. Mais j'ai retrouvé des pages de jeunesse que je ne
crois pas ennuyeuses et qui demanderont, je crois, peu de
corrections. Je laisse une petite lacune et je reprendrai
mes feuilletons le mois prochain si on les désire toujours[2].

Est-ce que vous ne viendrez pas nous donner quelques
jours du reste de vos vacances ? Il fait si beau chez nous
et nous aurions tant de joie à vous voir ? Tâchez donc,
c'est promis depuis si longtemps déjà !

Tout Nohant vous embrasse et vous désire.

G. Sand

2. Sur les *Contes d'une grand-mère*, voir la lettre 422 ; Sand donne à
la *Revue des Deux Mondes* les contes *Le Chêne parlant* (15 octobre) et *Le
Chien et la Fleur sacrée* (1er novembre). Pour *Le Temps*, elle reprend en
effet des manuscrits de jeunesse de 1829 qu'elle récrit : 12 octobre,
*Voyage chez M. Blaise* (1829) ; 27 octobre, *Nuit d'hiver* ; 24 novembre,
*La Blonde Phœbé* ; ces trois textes ont été recueillis dans les *Œuvres
autobiographiques* (Pléiade, t. II, p. 531-569).

425. À GUSTAVE FLAUBERT

[Nohant, 8 octobre 1875]

Allons, allons! la santé revient malgré toi puisque tu
dors de longues nuits, l'air de la mer te force à vivre et
tu as fait un progrès, tu as renoncé à un sujet de travail
qui n'aurait pas eu de succès[1]. Fais quelque chose de plus
terre à terre, et qui aille à tout le monde. Dis-moi donc
ce que l'on vendrait Croisset si l'on était obligé de le
vendre. Est-ce une maison et jardin, ou y a-t-il une ferme,
des terres? Si ce n'était pas au-dessus de mes moyens,
je l'achèterais et tu y passerais ta vie durant. Je n'ai pas
d'argent mais je tâcherais de déplacer un petit capital.
Réponds-moi sérieusement, je t'en prie, si je puis le faire,
ce sera fait[2].

J'ai été malade tout l'été c'est-à-dire que j'ai toujours
souffert, mais j'ai travaillé d'autant plus pour n'y pas songer. On doit reprendre en effet *Villemer* et *Victorine* au
Théâtre-Français[3]. Mais il n'y a encore rien à l'étude,
j'ignore à quel moment de l'automne ou de l'hiver je
devrai aller à Paris. Je t'y trouverai dispos et courageux,
n'est-ce pas? Si tu as fait par bonté et dévouement
comme je le crois, un grand sacrifice à ta nièce qui, en
somme, est ta véritable fille, tu n'en sauras plus rien et tu
recommenceras ta vie comme un jeune homme. Est-ce
qu'on est jamais vieux quand on ne veut pas l'être? Reste
à la mer le plus longtemps possible. L'important c'est
de récrépir la machine corporelle. Il fait chez nous chaud
comme en plein été. J'espère que tu auras encore du
soleil là-bas. Apprends la vie du mollusque! ce sont des
êtres mieux doués qu'on ne pense et j'aimerais bien à me

1. Réponse à une lettre de Flaubert écrite de Concarneau le
3 octobre, disant qu'il a abandonné *Bouvard et Pécuchet*: «Je cherche
un sujet de roman, sans rien découvrir qui me plaise. Car j'ai abandonné mes deux bonshommes»…
2. Flaubert craint que sa nièce Caroline Commanville ne soit obligée de vendre Croisset (lettre du 3 octobre). Dans sa réponse du
11 octobre, «attendri jusqu'aux larmes», il explique pourquoi il ne
peut accepter la proposition de G. Sand.
3. *Le Mariage de Victorine* sera repris aux Français le 7 mars 1876;
*Le Marquis de Villemer* attendra jusqu'au 4 juin 1877.

promener avec Georges Pouchet, moi! L'histoire naturelle est la source inépuisable des occupations agréables pour ceux même qui n'y cherchent que l'agrément, et si tu y mordais, tu serais sauvé. Mais de toutes façons, tu te sauveras, car tu es quelqu'un et tu ne peux pas te détraquer comme un simple épicier ruiné.

Nous t'embrassons tous du meilleur de nos cœurs.

G. Sand

Nohant 8-8-75

### 426. À GUSTAVE FLAUBERT

[Nohant] 18-19 X^{bre} [18]75

Enfin, je retrouve mon vieux troubadour qui m'était un sujet de chagrin et d'inquiétude sérieuse. Te voilà sur pied, espérant dans les chances toutes naturelles des événements extérieurs et retrouvant en toi-même la force de les conjurer quels qu'ils soient par le travail. — Qu'est-ce que tu appelles quelqu'un dans la *haute finance*? Je n'en sais rien, moi, je suis liée avec Victor Borie[1]. Il me rendra service s'il y voit son intérêt. Faut-il lui écrire?

Tu vas donc te remettre à la pioche? Moi aussi, car depuis *Flamarande*, je n'ai fait que peloter en attendant partie. J'ai été si malade tout l'été. Mais mon bizarre et excellent ami Favre m'a guérie merveilleusement et je renouvelle mon bail. Que ferons-nous? Toi à coup sûr, tu vas faire de la *désolation* et moi de la *consolation*. Je ne sais à quoi tiennent nos destinées. Tu les regardes passer, tu les critiques, tu t'abstiens littérairement de les apprécier, tu te bornes à les peindre en cachant ton sentiment personnel avec grand soin, par système. Pourtant on le voit bien à travers ton récit et tu rends plus tristes les gens qui te lisent. Moi, je voudrais les rendre moins malheureux. Je ne puis oublier que ma victoire personnelle sur le désespoir a été l'ouvrage de ma volonté et d'une nouvelle manière de comprendre qui est tout l'opposé de celle que j'avais autrefois.

1. Borie est devenu directeur du Comptoir d'Escompte.

Je sais que tu blâmes l'intervention de la doctrine personnelle dans la littérature. As-tu raison ? n'est-ce pas plutôt manque de conviction que principe d'esthétique ? On ne peut pas avoir une philosophie dans l'âme sans qu'elle se fasse jour. Je n'ai pas de conseils littéraires à te donner, je n'ai pas de jugement à formuler sur les écrivains tes amis dont tu me parles. J'ai dit moi-même aux Goncourt toute ma pensée, quant aux autres, je crois fermement qu'ils ont plus d'étude et de talent que moi. Seulement je crois qu'il leur manque et à toi surtout, une vue bien arrêtée et bien étendue sur la vie. L'art n'est pas seulement de la peinture. La vraie peinture est, d'ailleurs, pleine de l'âme qui pousse la brosse. L'art n'est pas seulement de la critique et de la satire, critique et satire ne peignent qu'une face du vrai.

Je veux voir l'homme tel qu'il est. Il n'est pas bon ou mauvais, il est bon et mauvais. Mais il est quelque chose encore, la nuance ! la nuance qui est pour moi le but de l'art, — étant bon et mauvais, il a une force intérieure qui le conduit à être très mauvais et peu bon, — ou très bon et peu mauvais. Il me semble que ton école ne se préoccupe pas du fond des choses et qu'elle s'arrête trop à la surface. À force de chercher la forme, elle fait trop bon marché du fond, elle s'adresse aux lettrés. Mais il n'y a pas de lettrés proprement dits. On est homme avant tout. On veut trouver l'homme au fond de toute histoire et de tout fait. Ç'a été le défaut de *l'Éducation sentimentale*, à laquelle j'ai tant réfléchi depuis, me demandant pourquoi tant d'humeur contre un ouvrage si bien fait et si solide. Ce défaut c'était l'absence d'*action* des personnages sur eux-mêmes. Ils subissaient le fait et ne s'en emparaient jamais. Eh bien, je crois que le principal intérêt d'une histoire, c'est ce que tu n'as pas voulu faire. À ta place j'essaierais le contraire, tu te *renourris* pour le moment de Shakespeare et bien tu fais ! C'est celui-là qui met des hommes aux prises avec les faits, remarque que par eux, soit en bien, soit en mal, le fait est toujours vaincu. Ils l'écrasent, ou ils s'écrasent avec lui.

La politique est une comédie en ce moment. Nous avions eu la tragédie, finirons-nous par l'opéra ou par l'opérette ? Je lis consciencieusement mon journal tous les matins, mais hors ce moment-là, il m'est impossible d'y penser et de m'y intéresser. C'est que tout cela est absolument vide d'un idéal quelconque, et que je ne puis m'intéresser à aucun des personnages qui font cette cuisine. Tous sont esclaves du fait, parce qu'ils sont nés esclaves d'eux-mêmes.

Mes chères petites vont bien. Aurore est un brin de fille superbe, une belle âme droite dans un corps solide. L'autre est la grâce et la gentillesse. Je suis toujours un précepteur assidu et patient et il me reste peu de temps pour écrire *de mon état*, vu que je ne peux plus veiller après minuit et que je veux passer toute ma soirée en famille, mais ce manque de temps me stimule et me fait trouver un vrai plaisir à piocher, c'est comme un fruit défendu que je savoure en cachette. Tout mon cher monde t'embrasse et se réjouit d'apprendre que tu vas mieux. T'ai-je envoyé *Flamarande* et les photographies de mes fillettes ? Sinon un mot, et je t'envoie le tout.

Ton vieux troubadour qui t'aime

G. Sand

Embrasse pour moi ta charmante nièce [Commanville]. Quelle bonne et jolie lettre elle m'a écrite ! Dis-lui que je la supplie de se soigner et de vouloir vite guérir.

Comment, Littré est sénateur[2], c'est à n'y pas croire quand on sait ce que c'est que la Chambre. Il faut tout de même la féliciter pour cet essai de respect d'elle-même.

### 427. À GUSTAVE FLAUBERT

[Nohant, 12-15 janvier 1876]

Mon chéri Cruchard,

Je veux tous les jours t'écrire ; le temps manque absolument. Enfin, voici une éclaircie ; nous sommes ensevelis sous la neige ; c'est un temps que j'adore : cette blancheur est comme une purification générale, et les amusements de l'intérieur sont plus intimes et plus doux. Peut-on haïr l'hiver à la campagne ! La neige est un des plus beaux spectacles de l'année !

Il paraît que je ne suis pas claire dans mes sermons ;

2. Littré a été élu sénateur inamovible le 16 décembre.

j'ai cela de commun avec les orthodoxes, mais je n'en
suis pas ; ni dans la notion de l'égalité, ni dans celle de
l'autorité, je n'ai pas de plan fixe. Tu as l'air de croire que
je te veux convertir à une doctrine. Mais non, je n'y songe
pas. Chacun part d'un point de vue dont je respecte le
libre choix. En peu de mots, je peux résumer le mien : 
ne pas se placer derrière la vitre opaque par laquelle on ne
voit rien que le reflet de son propre nez. Voir aussi loin
que possible, le bien, le mal, auprès, autour, là-bas, partout ; s'apercevoir de la gravitation incessante de toute
choses tangibles et intangibles vers la nécessité du bien,
du bon, du vrai, du beau.

Je ne dis pas que l'humanité soit en route pour les
sommets. Je le crois malgré tout ; mais je ne discute pas
là-dessus, c'est inutile, parce que chacun juge d'après sa
vision personnelle et que l'aspect général est momentanément pauvre et laid. D'ailleurs, je n'ai pas besoin d'être
certaine du salut de la planète et de ses habitants pour
croire à la nécessité du bien et du beau ; si la planète sort
de cette loi, elle périra ; si les habitants s'y refusent, il
seront détruits. D'autres astres, d'autres âmes leur passeront sur le corps, tant pis ! Mais, quant à moi, je veux
graviter jusqu'à mon dernier souffle, non avec la certitude
ni l'exigence de trouver ailleurs une *bonne place*, mais parce
que ma seule jouissance est de me maintenir avec les
miens dans le chemin qui monte.

En d'autres termes, je fuis le cloaque et je cherche le
sec et le propre, certaine que c'est la loi de mon existence. C'est peu d'être homme ; nous sommes encore
bien près du singe, dont on dit que nous procédons. Soit ;
raison de plus pour nous éloigner de lui et pour être au
moins à la hauteur du vrai relatif que notre race a été
admise à comprendre ; vrai très pauvre, très borné, très
humble ! Eh bien, possédons-le au moins autant que possible et ne souffrons pas qu'on nous l'ôte.

Nous sommes, je crois, bien d'accord ; mais je pratique
cette simple religion et tu ne la pratiques pas, puisque tu
te laisses abattre ; ton cœur n'en est pas pénétré, puisque
tu maudis la vie et désires la mort comme un catholique
qui aspire au dédommagement, ne fût-ce que le repos
éternel. Tu n'es pas plus sûr qu'un autre de ce dédommag-
gement-là. La vie est peut-être éternelle, et par conséquent
le travail éternel. S'il en est ainsi, faisons bravement notre

étape. S'il en est autrement, si le MOI périt tout entier,
ayons l'honneur d'avoir fait notre corvée, c'est le devoir;
car nous n'avons de devoirs évidents qu'envers nous-
mêmes et nos semblables. Ce que nous détruisons en
nous, nous le détruisons en eux. Notre abaissement les
rabaisse, nos chutes les entraînent; nous leur devons de
rester debout pour qu'ils ne tombent pas. Le désir de la
mort prochaine, comme celui d'une longue vie, est donc
une faiblesse, et je ne veux pas que tu l'admettes plus
longtemps comme un droit. J'ai cru l'avoir autrefois;
je croyais pourtant ce que je crois aujourd'hui; mais je
manquais de force, et, comme toi, je disais : « Je n'y peux
rien ». Je me mentais à moi-même. On y peut tout. On
a la force qu'on croyait ne pas avoir, quand on désire
ardemment gravir, monter un échelon tous les jours, se
dire : « Il faut que le Flaubert de demain soit supérieur à
celui d'hier, et celui d'après-demain plus solide et plus
lucide encore ». Quand tu te sentiras sur l'escalier, tu
monteras très vite. Tu vas entrer peu à peu dans l'âge le
plus heureux et le plus favorable de la vie : la vieillesse.
C'est là que l'art se révèle dans sa douceur; tant qu'on
est jeune, il se manifeste avec angoisse. Tu préfères une
phrase bien faite à toute la métaphysique. Moi aussi, j'aime
à voir résumer en quelques mots ce qui remplit ailleurs
des volumes; mais, ces volumes, il faut les avoir compris
à fond (soit pour les admettre, soit pour les rejeter) pour
trouver le résumé sublime qui devient l'art littéraire à sa
plus haute expression; c'est pourquoi il ne faut rien
mépriser des efforts de l'esprit humain pour arriver au
vrai.

Je te dis cela, parce que tu as des partis pris excessifs
*en paroles*. Au fond, tu lis, tu creuses, tu travailles plus que
moi et qu'une foule d'autres. Tu as acquis une instruction
à laquelle je n'arriverai jamais. Tu es donc plus riche cent
fois que nous tous; tu es un riche et tu cries comme un
pauvre. Faites la charité à un gueux qui a de l'or plein sa
paillasse, mais qui ne veut se nourrir que de phrases bien
faites et de mots choisis. Mais, bêta, fouille dans ta paillasse et mange ton or. Nourris-toi des idées et des sentiments amassés dans ta tête et dans ton cœur; les mots et
les phrases, *la forme* dont tu fais tant de cas, sortira toute
seule de ta digestion. Tu la considères comme un but, elle
n'est qu'un effet. Les manifestations heureuses ne sortent

que d'une émotion, et une émotion ne sort que d'une
conviction. On n'est point ému par la chose à laquelle on
ne croit pas avec ardeur.

Je ne dis pas que tu ne crois pas, au contraire : toute
ta vie d'affection, de protection et de bonté charmante et
simple, prouve que tu es le particulier le plus convaincu
qui existe. Mais, dès que tu manies la littérature, tu veux,
je ne sais pourquoi, être un autre homme, celui qui doit
disparaître, celui qui s'annihile, celui qui n'est pas. Quelle
drôle de manie ! quelle fausse règle de *bon goût* ! Notre
œuvre ne vaut jamais que par ce que nous valons nous-
mêmes.

Qui te parle de mettre ta personne en scène ? Cela,
en effet, ne vaut rien, si ce n'est pas fait franchement
comme un récit. Mais retirer son âme de ce que l'on fait,
quelle est cette fantaisie maladive ? Cacher sa propre opinion sur les personnages que l'on met en scène, laisser
par conséquent le lecteur incertain sur l'opinion qu'il en
doit avoir, c'est vouloir n'être pas compris, et, dès lors, le
lecteur vous quitte ; car, s'il veut entendre l'histoire que
vous lui racontez, c'est à la condition que vous lui mon-
triez clairement que celui-ci est un fort et celui-là un
faible.

*L'Éducation sentimentale* a été un livre incompris, je te
l'ai dit avec insistance, tu ne m'as pas écoutée. Il y fallait
ou une courte préface ou, dans l'occasion, une expression
de blâme, ne fût-ce qu'une épithète heureusement trouvée pour condamner le mal, caractériser la défaillance,
signaler l'effort. Tous les personnages de ce livre sont
faibles et avortent, sauf ceux qui ont de mauvais instincts ; voilà le reproche qu'on te fait, parce qu'on n'a pas
compris que tu voulais précisément peindre une société
déplorable qui encourage ces mauvais instincts et ruine
les nobles efforts ; quand on ne nous comprend pas, c'est
toujours notre faute. Ce que le lecteur veut, avant tout,
c'est de pénétrer notre pensée, et c'est là ce que tu lui
refuses avec hauteur. Il croit que tu le méprises et que tu
veux te moquer de lui. Je t'ai compris, moi, parce que
je te connaissais. Si on m'eût apporté ton livre sans signature, je l'aurais trouvé beau mais étrange, et je me serais
demandé si tu étais un immoral, un sceptique, un indifférent ou un navré. Tu dis qu'il en doit être ainsi et que
M. Flaubert manquera aux règles du bon goût s'il montre

sa pensée et le but de son entreprise littéraire. C'est faux, archifaux. Du moment que M. Flaubert écrit bien et sérieusement, on s'attache à sa personnalité, on veut se perdre ou se sauver avec lui. S'il vous laisse dans le doute, on ne s'intéresse plus à son œuvre, on la méconnaît ou on la délaisse.

J'ai déjà combattu ton hérésie favorite, qui est que l'on écrit pour vingt personnes intelligentes et qu'on se fiche du reste. Ce n'est pas vrai, puisque l'absence du succès t'irrite et t'affecte. D'ailleurs, il n'y a pas eu vingt critiques favorables à ce livre si bien fait et si considérable. Donc, il ne faut pas plus écrire pour vingt personnes que pour trois ou pour cent mille.

Il faut écrire pour tous ceux qui ont soif de lire et qui peuvent profiter d'une bonne lecture. Donc, il faut aller tout droit à la moralité la plus élevée qu'on ait en soi-même et ne pas faire mystère du sens moral et profitable de son œuvre. On a trouvé celui de *Madame Bovary*. Si une partie du public criait au scandale, la partie la plus saine et la plus étendue y voyait une rude et frappante leçon donnée à la femme sans conscience et sans foi, à la vanité, à l'ambition, à la déraison. On la plaignait, l'art le voulait; mais la leçon restait claire, et elle l'eût été davantage, elle l'eût été pour *tous*, si tu l'avais bien voulu, en montrant davantage l'opinion que tu avais, et qu'on devait avoir de l'héroïne, de son mari et de ses amants.

Cette volonté de peindre les choses comme elles sont, les aventures de la vie comme elles se présentent à la vue, n'est pas bien raisonnée, selon moi. Peignez en réaliste ou en poète les choses inertes, cela m'est égal; mais, quand on aborde les mouvements du cœur humain, c'est autre chose. Vous ne pouvez pas vous abstraire de cette contemplation; car l'homme, c'est vous, et les hommes, c'est le lecteur. Vous aurez beau faire, votre récit est une causerie entre vous et lui. Si vous lui montrez froidement le mal sans lui montrer jamais le bien, il se fâche. Il se demande si c'est lui qui est mauvais ou si c'est vous. Vous travaillez pourtant à l'émouvoir et à l'attacher; vous n'y parviendrez jamais si vous n'êtes pas ému vous-même, ou si vous le cachez si bien, qu'il vous juge indifférent. Il a raison: la suprême impartialité est une chose antihumaine et un roman doit être humain avant tout. S'il ne l'est pas, on ne lui sait point de gré d'être bien écrit, bien composé et bien observé dans le détail. La qualité essentielle lui manque : l'intérêt.

Le lecteur se détache aussi du livre où tous les personnages sont bons sans nuance et sans faiblesse ; il voit bien que ce n'est pas humain non plus. Je crois que l'art, cet art spécial du récit, ne vaut que par l'opposition des caractères ; mais, dans leur lutte, je veux voir triompher le bien ; que les faits écrasent l'honnête homme, j'y consens, mais qu'il n'en soit pas souillé ni amoindri, et qu'il aille au bûcher en sentant qu'il est plus heureux que ses bourreaux.

15 janvier 1876

Il y a trois jours que je t'écris cette lettre, et, tous les jours, je suis au moment de la jeter au feu ; car elle est longue et diffuse, et probablement inutile. Les natures opposées sur certains points se pénètrent difficilement et je crains que tu ne me comprennes pas mieux aujourd'hui que l'autre fois. Je t'envoie quand même ce griffonnage pour que tu voies que je me préoccupe de toi presque autant que de moi-même.

Il te faut un succès après une mauvaise chance qui t'a troublé profondément ; je te dis où sont les conditions certaines de ce succès. Garde ton culte pour la forme ; mais occupe-toi davantage du fond. Ne prends pas la vertu vraie pour un lieu commun en littérature. Donne-lui son représentant, fais passer l'honnête et le fort à travers ces fous et ces idiots dont tu aimes à te moquer. Montre ce qui est solide au fond de ces avortements intellectuels ; enfin, quitte le convenu des réalistes et reviens à la vraie réalité, qui est mêlée de beau et de laid, de terne et de brillant, mais où la volonté du bien trouve quand même sa place et son emploi.

Je t'embrasse pour nous tous

G. Sand

428. À HENRI AMIC

[Nohant, 23 mars 1876]

Mon enfant, j'ai réfléchi à votre découragement ; vrai, je ne l'approuve pas. J'ai beau retourner dans mon esprit

les raisons que vous me donnez, je ne leur trouve aucune
valeur sérieuse. Est-ce que vous êtes paresseux ? Non,
c'est impossible, puisque vous avez du cœur et de l'intelligence. La paresse est une impuissance, une infirmité
d'âme pauvre, et vous avez justement l'âme grande. Non,
vous ne reculez pas devant l'aridité inévitable des commencements. Vous faites de la critique, et vous vous for-
gez un autre idéal. Votre critique ne tombe pas juste.
Vous dites que la théorie et la pratique du droit se
contredisent. Supposons que ce soit vrai ! Raison de plus
pour savoir la théorie du droit et connaître l'histoire
de cette théorie dans l'esprit humain. C'est l'histoire de
l'homme civilisé sur la terre, que vous dédaignez d'apprendre, et vous croyez que vous pouvez devenir un bon
écrivain en décidant d'avance que vous voulez l'ignorer,
mais c'est vouloir supprimer en vous votre raison d'être.
Ne vous ai-je pas dit plusieurs fois que cette ignorance
était une des misères de ma vie, non pas seulement
comme être civilisé et agissant, mais comme écrivain
et artiste. Il y a là pour moi une porte fermée ; on
vous l'ouvre toute grande et vous refusez d'entrer, quand
vous avez la jeunesse, c'est-à-dire la facilité, la mémoire
et le *temps* ! Oui, le temps, enfant gâté que vous êtes, vous
vous plaignez d'une vie trop mondaine, à qui la faute ?
On vous distrait parce qu'il vous plaît de vous laisser
distraire. Quand on veut s'enfermer, on s'enferme, quand
on veut travailler on travaille au milieu du bruit, il faut
même s'y habituer comme on s'habitue à dormir à Paris
au milieu du roulement des voitures. Vous voulez être littérateur, je le sais bien. Je vous l'ai dit : vous pouvez
l'être si vous apprenez *tout*. L'art n'est pas un don qui
puisse se passer d'un savoir immense étendu dans tous
les sens. Mon exemple vous est pernicieux peut-être.
Vous vous dites : voilà là une femme qui ne sait rien et
qui s'est fait un nom et une position. Eh bien, cher
enfant, je ne sais rien, c'est vrai, parce que je n'ai plus de
mémoire, mais j'ai beaucoup appris et à 17 ans je passais
mes nuits à apprendre. Si les choses ne sont pas restées
en moi à l'état distinct, elles ont fait tout de même leur
miel dans mon esprit. Vous êtes frappé du manque de
solidité de la plupart des écrits et des productions
actuelles. Tout vient du manque d'étude. Jamais un bon
esprit ne se formera s'il n'a pas vaincu les difficultés de

toute espèce de travail, ou au moins de certains travaux
qui exigent la tension soutenue de la volonté.

— On sonne le dîner. Je veux que ma lettre parte ce
soir. Je la reprendrai demain et je vous embrasse aujour-
d'hui, en vous suppliant de faire un grand appel à vous-
même avant de dire ce mot honteux : Je ne peux pas !

G. Sand

Nohant, jeudi

### 429. À GUSTAVE FLAUBERT

Nohant, 25 mars [18]76

J'aurais beaucoup à dire sur les romans de M. Zola et
il vaudra mieux que je le dise dans un feuilleton que dans
une lettre, parce qu'il y a là une question générale qu'il
faut rédiger à tête reposée[1]. Je voudrais d'abord lire le
livre de M. Daudet [*Jack*], dont tu m'as parlé aussi, et
dont je ne me rappelle pas le titre. Fais-le moi donc
envoyer par l'éditeur, contre remboursement, s'il ne veut
pas me le donner, c'est bien simple. En somme, la chose
dont je ne me dédirai pas, tout en faisant la critique *philosophique* du procédé, c'est que *Rougon* est un livre de
grande valeur, un livre *fort*, comme tu dis, et digne d'être
placé aux premiers rangs[2]. Cela ne change rien à ma
manière de voir : l'art doit être la recherche de la
vérité, et que la vérité n'est pas la peinture du mal. Elle
doit être la peinture du mal et du bien. Un peintre qui ne
voit que l'un est aussi faux que celui qui ne voit que
l'autre. La vie n'est pas bourrée que de monstres. La
société n'est pas formée que de scélérats et de misérables.
Les honnêtes gens ne sont pas le petit nombre, puisque
la société subsiste dans un certain ordre et sans trop de
crimes impunis. Les imbéciles dominent, c'est vrai, mais
il y a une conscience publique qui pèse sur eux et qui
les oblige à respecter le droit. Que l'on montre et flagelle

1. La maladie ne lui donnera pas le temps de le faire.
2. Elle a lu *Son Excellence Eugène Rougon* (Charpentier, 1876) du 22
au 24 mars : « C'est très bien et d'un grand savoir-faire » (Agenda,
24 mars).

les coquins, c'est bien, c'est moral même, mais que l'on nous dise et nous montre la contrepartie : autrement le lecteur naïf, qui est le lecteur en général, se rebute, s'attriste, s'épouvante, et vous nie pour ne pas se désespérer.

Comment vas-tu, toi ? Tourguéniev m'a écrit que ton dernier travail était très remarquable[3], tu n'es donc pas *fichu* comme tu le prétends ? Ta nièce [Commanville] va toujours mieux, n'est-ce pas ? Moi, je vas mieux aussi, après des crampes d'estomac à en devenir bleue, et cela avec une persistance atroce. C'est une bonne leçon que la souffrance physique quand elle vous laisse la liberté d'esprit. On apprend à la supporter et à la vaincre. On a bien quelques moments de découragement où l'on se jette sur son lit ; mais moi je pense toujours à ce que me disait mon vieux curé[4] quand il avait la goutte : *Ça passera ou je passerai.* Et, là-dessus, il riait, content de son mot. Mon Aurore commence l'histoire et n'est pas très contente de ces tueurs d'hommes qu'on appelle des héros et des demi-dieux. Elle les traite de vilains cocos. Nous avons un sacré printemps, la terre est jonchée de fleurs et de neige, on prend l'onglée à cueillir les violettes et les anémones.

J'ai lu le manuscrit de *l'Étrangère*[5] ; ce n'est pas si *décadence* que tu dis. Il y a des diamants qui brillent fort dans ce polychrome. D'ailleurs, les décadences sont des transformations. Les montagnes en travail rugissent et glapissent, mais elles chantent aussi de beaux airs. Je t'embrasse et je t'aime. Fais donc vite paraître ta légende, que nous la lisions.

Ton vieux troubadour

G. Sand

3. Il s'agit de *La Légende de saint Julien l'Hospitalier*, que Sand ne pourra lire ; elle paraîtra dans *Le Bien public* du 17 au 19 avril 1877, puis dans les *Trois Contes* (Charpentier, 1877).

4. L'ancien curé de Saint-Chartier, l'abbé Pineau de Montpeyroux.

5. Comédie en 5 actes de Dumas fils, créée le 14 février 1876 au Théâtre-Français ; Sand l'a lue en manuscrit le 23 mars : « Ça me plaît et m'intéresse beaucoup » (Agenda).

### 430. À ALPHONSE DAUDET

[Nohant, 1er avril 1876]

Cher Monsieur, j'ai dévoré *Jack*[1], et j'ai été si navrée après, que j'ai passé deux jours aussi triste que si *c'était arrivé*. C'est un livre excellent et comme je les aime, s'il y a des gredins il y a aussi de braves gens qu'on plaint et qui vous encouragent à rester bons, malgré le mal qu'on coudoie. Et comme ils sont vrais, burlesques, abominables, ces ratés touchés de main de maître ! Je suis heureuse de n'avoir encore presque rien lu de vous car je me promets des joies et des émotions que vous ne me refuserez pas. Envoyez-moi donc le nouveau dont Flaubert est *toqué* et soyez sûr que je serai toquée aussi[2]. Je suis un bon lecteur qui lit tout et se laisse faire jusqu'au bout, après quoi il est content d'avoir lu ou il ne l'est pas. Cette fois je n'ai pas perdu mes deux journées de lecture et mes deux jours de chagrin. J'ai été secouée, indignée, attendrie, j'ai vécu enfin, et ma tristesse n'était pas morne. Je *sentais* plus ardemment le besoin d'aimer et de servir les autres. Merci donc mille fois. Vous avez un grandissime talent et avec cela une âme généreuse et féconde.

George Sand

Nohant 1er avril 76

### 431. À HENRI AMIC

Nohant, 8 avril 1876

Oui, cher enfant, écrivez-moi toutes les semaines, que je sache bien que vous êtes bien et que vous travaillez. Je ne peux pas vous dire comme je suis contente de vous savoir dans mon petit nid[1], où vous n'aurez pas tous les

---

1. Le roman de Daudet, *Jack* (Dentu, 1876), dont elle achève la lecture le 30 mars : « C'est très bien mais navrant » (Agenda).

2. *Fromont jeune et Risler aîné* (Charpentier, 1876), dont elle achèvera la lecture le 5 avril : « c'est très bien » (Agenda).

1. G. Sand avait mis son appartement parisien du 5 rue Gay-Lussac à la disposition d'Amic.

ennuis d'un entourage incommode et le mauvais service de quelque valet fripon ou pochard. Je crois que
vous gagnerez beaucoup de temps à ne pas aller chercher
votre déjeuner dehors et souvent un déjeuner peu sain,
car ce quartier n'est pas outillé comme le vôtre pour les
aises de la vie.

Il a, en revanche, une tranquillité d'habitudes qui me l'a
toujours fait préférer aux autres et vous verrez que vous
vous y plairez. Ce vieux Luxembourg avec son palais flo-
rentin a sa poésie et des coins de solitude où l'on ne se
sent pas dans le plat du Paris-Sardanapale. Au printemps,
le matin, quand il fait beau et que j'ouvre ma fenêtre, les
parfums du jardin m'arrivent comme à Nohant. Et, quand
je vais à pied chez Magny, j'ai tout le long du chemin, le
salut amical des boutiquiers, comme si j'étais à La Châtre.

Nous nous faisons une joie de vous voir au mois de
juillet et vos petites amies, à qui nous avions dit que peut-
être vous n'auriez pas le temps de venir avant les vacances,
ont dansé dans la chambre en apprenant qu'elles n'auraient pas à attendre jusque là. Moi j'espère vous voir
auparavant, si la santé veut revenir avec un peu plus de
suite. Hier, n'ayant pas souffert depuis plusieurs jours et
me sentant des jambes pour arpenter le jardin, je me
croyais guérie, mais le soir j'ai encore souffert des douleurs atroces que je ne sais plus à quoi attribuer puisque
je n'ai plus aucun signe appréciable d'une maladie quelconque. Enfin, il faut patienter, et il n'est pas mauvais de
savoir souffrir sans découragement.

Il fait un temps qui ne permet pas la tristesse. Les
gazons sont jonchés de fleurs et les arbres se couvrent de
leur neige printanière. La petite île si laide est devenue un
paradis. L'eau déborde dans le pré et la pervenche, mêlée
aux jacinthes et aux primevères, forme un véritable tapis.
Les rossignols sont arrivés. J'en ai vu un hier qui me
regardait de tout près d'un air hardi et curieux, mais ils
ne disent rien encore. Ils font leur installation avant de
chanter.

Ma Lolo est dans une série de maux de tête qui retardent les études. C'est moins accusé que l'année dernière,
elle n'a pas perdu ses fraîches couleurs et elle dort bien.

Tout mon cher monde vous embrasse tendrement et
vous crie d'avoir bon courage.

G. Sand

## 432. À ANATOLE FRANCE

[Nohant, 26 avril 1876]

Je vous remercie, Monsieur, du beau livre que vous m'envoyez[1]. C'est beau et frais comme l'antique et me fait pleurer, une fois de plus, l'œuvre malsaine du christianisme, cette fausse interprétation de la parole de Jésus, plus que jamais torturée et calomniée de nos jours. Vos vers frappent ce mensonge en plein cœur et ils sont beaux parce qu'ils ont une grande portée. Faites-en encore, vengez la vie de cette doctrine de mort. — Merci encore pour le bel article du *Temps*[2]. J'en suis encore plus reconnaissante et plus honorée depuis que je vous ai lu.

George Sand

Nohant 26 avril 76

## 433. AU DOCTEUR HENRI FAVRE

[Nohant, 28 mai 1876]

Merci de votre bonne lettre, cher ami, je suivrai toutes vos prescriptions.

Je veux ajouter à mon compte rendu d'hier, la réponse à vos questions d'aujourd'hui. L'état général n'est pas détérioré et malgré l'âge (72 ans bientôt), je ne sens pas les atteintes de la sénilité. Les jambes sont bonnes, la vue est meilleure qu'elle n'a été depuis 20 ans. Le sommeil est calme, les mains sont aussi sûres et aussi adroites que dans la jeunesse. Quand je ne souffre pas de ces cruelles douleurs, il se produit un phénomène particulier sans doute à ce mal localisé, je me sens plus forte et plus libre dans mon être que je ne l'ai peut-être jamais été. J'étais légèrement asthmatique, je ne le suis plus. Je monte les escaliers aussi lestement que mon chien [Fadet], mais les

1. *Les Noces corinthiennes* (A. Lemerre, 1876).
2. Anatole France a consacré un bel article à Sand dans *Le Temps* du 18 avril, recueilli dans *La Vie littéraire* (Calmann-Lévy, 1892, t. I, p. 339-348).

évacuations naturelles étant presque absolument supprimées depuis plus de deux semaines, je me demande où je vais et s'il ne faut pas s'attendre à un départ subit un de ces matins. J'aimerais mieux le savoir que d'être prise par surprise. Je ne suis pas de ceux qui s'affectent de subir une grande loi et qui se révoltent contre les fins de la vie universelle. Mais je ferai pour guérir tout ce qui me sera prescrit, et si j'avais un jour ou deux d'intervalles dans mes crises, j'irais à Paris pour que vous m'aidiez à allonger ma tâche, car je sens que je suis encore utile aux miens.

Maurice va mieux. Nous faisons tous des vœux pour votre malade, et nous croyons que vous la sauverez, — et nous vous aimons.

G. Sand

Nohant, 28 mai 1876.

### 434. À OSCAR CAZAMAJOU

[Nohant, 30 mai 1876]

Cher enfant, je suis toujours très patraque, des maux d'estomac qui m'affaiblissent beaucoup. Mais ce n'est rien de grave et il faut patienter. J'espère que chez toi on va bien. Embrasse ma sœur et ma bonne Herminie. Ici on va bien, Aurore est charmante. Les père et mère en excellente santé toujours et Nohant calme et gai. Je t'embrasse tendrement. Ne t'inquiète pas. J'en ai vu bien d'autres et puis j'ai fait mon temps, et ne m'attriste d'aucune éventualité. Je crois que tout est bien, vivre et mourir, c'est mourir et vivre de mieux en mieux[1]. Ta tante qui vous aime.

G. Sand

1. Ce sont les toutes dernières lignes écrites par G. Sand ; elle a arrêté de tenir l'Agenda la veille. Son état s'aggrave brusquement, et elle meurt le 8 juin.

DOSSIER

# NOTICE SUR LA PRÉSENTE ÉDITION

## HISTOIRE D'UNE CORRESPONDANCE

Lorsqu'il découvre en 1851 en Pologne le paquet de la correspondance de Sand à Chopin, Alexandre Dumas fils se passionne à la lecture de « ces lettres, bien autrement charmantes que les lettres proverbiales de Mme de Sévigné[1] ». Et quand, deux ans après la mort de la romancière, le vicomte Charles de Spoelberch de Lovenjoul, bibliophile et véritable pionnier des études romantiques, encourage Lina Sand à publier la *Correspondance* de sa belle-mère, il en résume admirablement la valeur et l'intérêt :

> *Je considère la publication de cette* Correspondance *non seulement comme opportune mais même comme absolument nécessaire [...]. Le point sur lequel nous différons est celui qui touche aux côtés intimes de sa vie et la limite où la publicité devrait s'arrêter sur eux. Lorsqu'on a été la personnalité la plus remarquable peut-être de son temps, qu'on a tenu l'importante place que George Sand a occupée pendant près d'un demi-siècle, on appartient à l'histoire, et c'est un devoir pour ceux qui le peuvent de faire connaître le plus et le mieux possible la personne vraie. Or, Mme Sand précisément, par sa sincérité, son élévation de pensée et ses rares qualités de loyauté, s'est plus qu'une autre dépeinte elle-même dans ses lettres. Il serait coupable, à mon sens, d'enlever toute cette partie de sa correspondance pour n'y laisser autre chose que le côté exclusivement littéraire, très remarquable sans doute, mais qui n'apprendra rien de nouveau sur son génie ni sur son incomparable style ; sa correspondance intime, au contraire, ferait connaître à tous son grand cœur, sa nature élevée et cette bonté exceptionnelle et absolue que le grand public soupçonne à peine, et qui est peut-être le trait le plus*

---

1. Lettre citée par G. Lubin, in George Sand, *Correspondance*, t. X, p. 273 n. 1. Désormais, cette *Correspondance* sera désignée par *Corr.* suivie du tome en chiffres romains ; pour les lettres dont nous donnons la date, nous ne renverrons pas à la *Correspondance* ; pour les lettres retenues dans le présent volume, nous indiquons le numéro entre crochets droits.

*marquant de son individualité. [...] cette* Correspondance *qui sera certaine-ment la plus remarquable du xixᵉ siècle, [...] dans le passé n'aura d'égales comme intérêt que celles de Mme de Sévigné et de Voltaire [...]*[1].

George Sand elle-même avait envisagé la publication posthume de sa correspondance avec Musset [280]. Elle avait fait le tri dans ses papiers (« des lettres intimes et autres, [...] des copies de lettres écrites par moi, et des lettres qui m'ont été rendues par les per-sonnes auxquelles je les avais adressées ») et en avait confié le dépôt à son fils Maurice[2]. Hélas, Maurice ne suivit pas les conseils de Lovenjoul ; Solange et lui cédèrent pour 25 000 francs à Calmann Lévy les droits sur la *Correspondance* de leur mère, mais les six volumes parus de 1882 à 1884 en offrirent, en 967 lettres, une vision très incomplète, largement censurée, caviardée et remaniée[3]. De nou-velles lettres parurent ensuite en revues ou en volumes. Mais il fal-lut attendre l'extraordinaire travail d'érudition de Georges Lubin pour lire enfin dans son intégralité et son authenticité la *Correspon-dance* de George Sand, dont l'édition chez Garnier, commencée en 1964, s'acheva en 1990 par la parution du tome xxiv (l'ultime lettre portant le numéro 17 884), suivi un an plus tard par un Supplément (tome xxv, 1 032 lettres)[4]. Cette publication provoqua un renouveau d'intérêt pour l'œuvre de George Sand, qui avait quelque peu som-bré sous le poids des idées reçues et des préjugés : « Comme pour les tableaux que les années ont recouvert d'un vernis sombre, une *restauration* était devenue nécessaire. C'est à Georges Lubin que nous devons ce petit miracle — la résurrection d'un écrivain dont on était en train de laisser perdre la trace », écrit fort justement Nicole Mozet[5], qui date d'alors la renaissance des études sandiennes. La *Correspondance* est elle-même devenue l'objet d'études, comme celles rassemblées par Nicole Mozet dans *George Sand, une correspondance*, ou le riche ouvrage d'Anne E. McCall Saint-Saëns, *De l'être en lettres, l'autobiographie épistolaire de George Sand* (Amsterdam, Atlanta, Rodopi, 1996).

1. Lettre du 29 janvier 1878 publiée par Catherine Gaviglio-Faivre d'Arcier, « De la collecte à la mise en valeur du patrimoine littéraire du xixᵉ siècle. Le vicomte de Spoelberch de Lovenjoul et les héritiers de George Sand », in *Biblio-thèque de l'École des chartes*, t. 160, 2002, p. 287-288.
2. Codicille du testament, 28 août 1867, *Corr.* XX, p. 504-505.
3. Brigitte Diaz, « La correspondance de George Sand éditée par ses enfants », *Romantisme*, 1995, nᵒ 4, p. 61-75.
4. Un second Supplément, tome XXVI, comptant une centaine de lettres, parut en 1995 chez Du Lérot. Un troisième Supplément de 458 lettres, intitulé *Lettres retrouvées*, éd. de Thierry Bodin, paraît en 2004 chez Gallimard.
5. *George Sand, une correspondance*, textes réunis par Nicole Mozet, Christian Pirot, 1994, p. 9 ; il s'agit des actes du colloque international de Nohant en sep-tembre 1991, « Lire la Correspondance de George Sand ».

## LE CHOIX DES LETTRES

En tête de la notice de sa belle anthologie de la *Correspondance* de Flaubert en Folio qui m'a en quelque sorte servi de patron pour la confection de cette sélection de lettres de Sand, Bernard Masson évoquait le risque de choisir dans un ample corpus de plus de 3 700 lettres (dont il retint 297). Combien plus ardue fut la tâche dans un corpus qui en compte plus de 18 000 ! Lors d'une première relecture des 26 volumes publiés par Georges Lubin, je sélectionnai environ 1 200 lettres ; non sans déchirements, je réussis à réduire ce choix de moitié ; mais il fallut encore restreindre pour arriver au résultat final de 434 lettres. Chaque lettre écartée me fut (et m'est encore) un crève-cœur, mais je me console en pensant que cette anthologie ouvrira pour beaucoup la porte de ce merveilleux trésor qu'est la *Correspondance* de George Sand, dont l'ampleur pourrait rebuter le lecteur.

Deux principes de base m'ont guidé dès le début de ce travail : publier les lettres dans leur intégralité ; ne donner que des lettres ressortissant à la correspondance privée, et donc rejeter toute lettre destinée à la publication (lettre ouverte dans un journal, lettre-préface, etc.).

Un souci d'authenticité m'a amené à écarter, dans le cas des lettres à Musset, les lettres refaites tardivement par Sand. J'ai dû éliminer certaines très longues lettres (je pense surtout à celle des 18-26 juillet 1847 à Emmanuel Arago) qui risquaient de déséquilibrer l'économie du volume ; mais il en reste encore quelques-unes. Je n'ai retenu quasiment aucun de ces billets utilitaires, d'affaires, de nouvelles ou de politesse, remplacés aujourd'hui par des coups de téléphone, et qui sont comme le tissu conjonctif dans lequel existe toute correspondance des siècles passés. J'ai également écarté des lettres trop techniques, soit sur des questions financières ou des discussions de contrats, soit dans le cas d'une collaboration dramatique (ainsi avec Paul Meurice).

Échappant au piège du choix des « plus belles lettres », il fallait au moins autant conter une « histoire de la vie » de Sand à travers ses lettres, que montrer une personnalité dans son intimité et dans sa vie quotidienne, suivre les travaux et les jours de l'écrivain et de la femme, sous les facettes diverses qu'elle présentait à ses multiples correspondants (j'ai ainsi gardé quelques lettres datées du même jour).

## L'ÉTABLISSEMENT DU TEXTE

Il n'y avait quasiment rien à faire après l'excellent et scrupuleux travail d'établissement des textes par Georges Lubin[1]. Nous avons

1. Les Éditions Garnier conservent le *copyright* pour les lettres dont le numéro suit : 11 (Lubin n° 325), 23 (496), 30 (745), 46 (1018), 47 (1 052), 72 (2146), 76 (2301), 83 (2483), 91 (3161, redatée), 92 (2669), 93 (2672), 94 (2687),

cependant adopté quelques principes de modernisation qui apportent de légers changements dans la présentation des lettres. À titre de comparaison, on pourra se reporter au volume des *Lettres retrouvées* (Gallimard, 2004), où nous avons transcrit les lettres inédites de Sand en respectant au plus près le texte de l'autographe.

Nous n'avons pas jugé utile ici de reproduire la transcription du libellé des adresses ou enveloppes et des cachets postaux ; nous n'avons pas non plus inséré la mention [n.s.] quand la lettre n'est pas signée. Les titres de civilité abrégés ont été uniformisés : M., Mme, Mlle. Nous avons développé entre crochets les noms propres désignés par une initiale : C. devient C[asimir], Mme de V. Mme de V[illeneuve], etc. Les noms propres parfois mal orthographiés sont rétablis généralement sans indication particulière : Covières est transcrit Cauvière, Falempin corrigé en Falampin, mais nous avons laissé Delatouche pour Latouche ; nous avons également partout transcrit *la* Châtre en *La* Châtre. Nous avons développé les abréviations courantes, sans hérisser le texte de crochets droits : st, g^de, pr, gouvt, repons, etc. (s[ain]t, g[ran]de, p[ou]r, gouv[ernemen]t, rep[résentati]ons chez Lubin) sont transcrits ici : saint, grande, pour, gouvernement, représentations… Nous avons parfois rapproché la ponctuation de l'usage moderne, pour ne pas dérouter le lecteur, mais nous avons tenu à respecter le plus possible les particularités de la ponctuation sandienne, à laquelle elle était attachée car elle traduisait « l'intonation de la parole[1] ». Nous avons corrigé sans [*sic*] les fautes manifestes d'accord de pluriel ou de participe faites par distraction. Nous avons également corrigé certaines graphies de l'époque : bled pour blé, apperçu, pillule, etc. ; et encore plutôt pour plus tôt, quelques fois pour quelquefois, etc.

Nous avons cependant gardé telles quelles les abréviations des mois : 7bre, 8bre, 9bre, Xbre. pour septembre, octobre, novembre, décembre. Nous avons tenu à respecter, sans la corriger, l'ambiguïté masculin-féminin dont use parfois George Sand (voir la lettre 78). Et

---

96 (2732), 99 (2778), 100 (2815), 102 (S300), 105 (3182), 107 (3193), 108 (3215), 109 (3238), 110 (3281), 111 (3286), 116 (3539), 117 (3547), 118 (3558), 119 (3628), 124 (3688), 125 (3696), 131 (3797), 134 (3853), 142 (3989), 145 (4055), 146 (4057), 148 (4083), 150 (4126), 151 (4137), 152 (S475), 154 (4182), 164 (4401), 168 (4518), 172 (4617), 173 (4688), 174 (4692), 175 (4697), 176 (4711), 177 (4741), 179 (4806), 182 (4923), 184 (4962), 189 (5159), 190 (5163), 191 (5197), 193 (5216), 199 (5482), 200 (5536), 201 (5708), 202 (5717), 204 (S719), 206 (5775), 209 (6042), 214 (6329), 217 (6416), 219 (6431), 224 (6622), 228 (6681), 233 (7144), 237 (7321), 238 (7323), 239 (7353), 241 (7380), 242 (7394), 247 (7622), 255 (7869), 256 (7927), 257 (8139), 258 (8151), 261 (8233), 262 (8243), 264 (8293), 266 (8331), 270 (8523), 274 (8786), 275 (8812), 276 (8875), 287 (9200), 289 (9346), 295 (9483), 297 (9502), 299 (9519), 303 (9743), 308 (9916), 313 (10300), 320 (10573), 322 (10644), 323 (10668), 327 (10924), 337 (11662), 340 (12050), 341 (12072), 342 (12245), 344 (12450), 350 (12792), 366 (13507), 374 (14168), 375 (14183), 386 (15292), 395 (16013), 402 (16640), 403 (16723), 406 (16897), 413 (17065), 414 (17074), 416 (17155), 430 (17815).

1. Voir l'article qu'elle a consacré à la ponctuation (*Le Temps*, 31 octobre 1871, recueilli dans *Impressions et Souvenirs*, VI, p. 91-106).

nous avons évité le [*sic*] ou la restitution entre crochets lorsque Sand, peut-être intentionnellement, supprime la particule de Victor de Laprade (lettre 99) ou celle de Lamartine.

Nous avons pu dans quelques cas, indiqués par le signe ‡, améliorer sensiblement la leçon donnée par Georges Lubin grâce au recours à l'autographe retrouvé ou, dans le cas des lettres à Michel de Bourges, à une copie fiable qui transforme considérablement le texte connu ; deux lettres (73, 91) ont été redatées.

## L'ANNOTATION ET L'INDEX

Nous avons réduit l'annotation au strict nécessaire à la compréhension des lettres. Nous avons cependant cru bon de signaler la publication des lettres auxquelles répond George Sand, lorsqu'elle est intervenue depuis l'édition Lubin ; et nous sommes heureux d'avoir pu éclaircir certaines allusions ou citations. Lors des renvois à *Histoire de ma vie*, nous indiquons la partie en chiffre romain, et le numéro de chapitre en chiffres arabes. *Corr.* désigne l'édition Lubin de la *Correspondance* de George Sand ; le sigle *BF* la *Bibliographie de la France*. Pour les *Agendas* de George Sand, nous nous contentons d'indiquer la date, la citation étant alors facile à retrouver dans l'édition d'Anne Chevereau.

Un large index (qui est conçu comme un petit dictionnaire sandien) permettra au lecteur d'identifier rapidement les personnes citées dans les lettres ; pour faciliter cette recherche, nous avons nommé entre crochets dans le texte les personnes désignées par leur prénom ou par allusion. L'index des noms est complété par un index géographique et un index des œuvres de George Sand.

## REMERCIEMENTS

Cette anthologie doit tout à l'œuvre monumentale de Georges Lubin, établie avec l'aide de son épouse Madeleine ; c'est à eux deux que va d'abord toute ma reconnaissance, et, dans le souvenir ému d'une amitié de plus de trente ans, il est juste que je leur en fasse hommage. J'y associe leur fille Mme Françoise Héluin, qui m'a généreusement permis d'utiliser leur travail.

Mme Anne Chevereau, présidente honoraire des Amis de George Sand, a bien voulu me donner son avis dans le choix des lettres et me prodiguer ses encouragements. Le nouveau président, M. Bernard Hamon, m'a permis d'utiliser la « copie Lubin » des lettres à Michel de Bourges, dont il va bientôt donner lui-même une édition.

À la Bibliothèque de l'Institut, Mme Mireille Pastoureau, ses collaboratrices Mmes Annie Chassagne et Fabienne Queyrou, et tout le personnel de la bibliothèque, m'ont facilité l'accès aux richesses de la collection Lovenjoul et au fonds Lubin.

Je dois enfin remercier tous ceux qui m'ont apporté leur aide dans la préparation de ce volume, depuis les « petites mains » d'Amandine Dhuique-Mayer, Églantine Lhermitte et Charlotte Walbecq, jusqu'à ceux qui ont répondu à mes interrogations pour l'annotation ou l'index : Madeleine Ambrière, Patrice Charbonnier, Jean-Marc Chatelain, Charles F. Dupêchez, Pierre Gintzburger, Jean-Paul Goujon, Hervé Le Bret, David Lowenherz, Jean-Pierre Mabille, Giuseppe Marcenaro, Vera Miltchina, Arlette et Roger Pierrot, Michel Sauvage, Claude Schopp, Éric Walbecq, et d'autres encore que je crains d'oublier ; ils voudront bien me pardonner. Mais je ne saurais omettre ni Mmes Sophie Behr et Catherine Fotiadi qui ont apporté leurs soins à la mise au point de ce livre, ni M. Jean-Yves Tadié qui a veillé sur les destinées de ce volume et de celui des *Lettres retrouvées* ; ni surtout mon épouse qui a accepté de voir s'installer à demeure une maîtresse exigeante.

# CARNET D'ADRESSES

Plus de deux mille correspondants composent le carnet d'adresses de George Sand, couvrant un large éventail social, des inconnus[1] aux célébrités, de l'obscur écrivain amateur à Victor Hugo, de l'humble ouvrière à Napoléon III. Nous en avons retenu 146 pour cette anthologie, en cherchant à montrer un échantillon représentatif de la diversité de ces destinataires, mais aussi la relation privilégiée que Sand a entretenue avec certains de ses interlocuteurs.

Des correspondances précieuses ont certes disparu. L'absence des lettres à Stéphane Ajasson de Grandsagne (sauf un billet[2]) laisse dans le mystère cette liaison de jeunesse. S'il ne reste pas de lettres à Jules Sandeau[3], les lettres à Émile Regnault abondent heureusement en confidences. Sand a porté les ciseaux dans sa correspondance avec Musset [279], allant jusqu'à récrire certaines lettres ; mais l'essentiel demeure, et nous n'avons choisi ici que des lettres authentiques[4]. Elle a brûlé ses lettres à Frédéric Chopin, qu'Alexandre Dumas fils avait miraculeusement retrouvées. Aucune lettre à Alexandre Manceau ne subsiste, mais il est vrai que Sand a peu quitté son compagnon en quinze ans de vie quasi maritale. Cependant, sauf pour Ajasson de Grandsagne, bien des confidences ou des confessions nous permettent de feuilleter ce qu'elle a appelé, à propos de ses lettres à Chopin, « ce livre mystérieux de ma vie intime » [187]. On ne lira bien sûr ici que le versant sandien de l'échange, de l'interaction. Mais après l'imposant travail de publication des lettres de

---

1. Voir Brigitte Diaz, « À l'écrivain George Sand, à Nohant, par La Châtre... », in *Écrire à l'écrivain*, textes réunis par José-Luis Diaz, *Textuel*, n° 27, 1994, p. 91-108.

2. *Corr.* I, p. 399.

3. Seul un fragment est connu (*Corr.* II, p. 168), ainsi qu'une lettre adressée à trois amis, dont le « petit Sandeau » [13].

4. Voir la mise au point de Georges Lubin en tête du tome II de la *Correspondance* (et aux pages 538 et suivantes) sur le texte des lettres de Sand à Musset.

Sand par Georges Lubin (qui cite dans ses notes de nombreuses lettres de correspondants), il faut espérer que l'édition des correspondances croisées va se développer. On dispose déjà des dialogues avec Alfred de Musset, avec Marie Dorval et les siens, avec Marie d'Agoult, avec Pauline Viardot (jusqu'en 1849), avec Pierre Leroux, avec Agricol Perdiguier, avec Armand Barbès, avec Champfleury, et surtout avec Gustave Flaubert, probablement un des plus beaux échanges épistolaires de toute la littérature. On rêve de lire un jour les correspondances croisées de George Sand avec Sainte-Beuve, avec Eugène Delacroix, avec Hetzel, avec Dumas fils, avec Victor Hugo[1], avec le Prince Napoléon, et tant d'autres.

Les amies de pension sont ici représentées par la seule Émilie de Wismes [1, 3], et pourtant c'est un peu à elles que nous devons cet engouement pour la correspondance : « Je trouvais aussi une distraction douce à écrire beaucoup de lettres, à mon frère, [...] et à plusieurs de mes compagnes restées au couvent, ou sorties comme moi définitivement. Dans les commencements, je ne pouvais suffire aux nombreuses correspondances qui me provoquaient et me réclamaient[2] » ; on voit ici la jeune Aurore griffonnant « dans une espèce de calepin vert », et plus tard, c'est pour ses amies Zoé Leroy ou Jane Bazouin qu'elle rédige ses premières compositions littéraires, la correspondance devenant peu à peu un « laboratoire de l'écriture[3] ».

George Sand a été viscéralement attachée à sa famille. Si les rapports avec sa mère Sophie Dupin ont été parfois un peu tendus [2], elle lui raconte ses excursions dans les Pyrénées [5] et lui envoie des « bavardages de mère » en donnant des nouvelles des enfants [9] ; lorsqu'elle meurt, en 1837, elle l'évoque avec émotion : « Pauvre petite femme : fine, intelligente, artiste, colère, généreuse, un peu folle, méchante dans les petites choses et redevenant bonne dans les grandes » [59] ; plus tard, elle en trace une esquisse qui annonce *Histoire de ma vie* [99]. C'est en jeune mère amoureuse qu'Aurore écrit à son mari Casimir Dudevant [4], mais la longue lettre-confession lors de l'aventure avec Aurélien de Sèze [8] montre que le ménage ne se comprend plus ; on sait la suite de l'histoire...

Maurice fut le fils chéri et gâté, aimé, trop aimé, « le plus grand amour de George Sand » selon Maurice Toesca ; on le découvre nouveau-né [4], et on ne le quittera plus jusqu'à la fin de ce livre, où il est sans cesse nommé. Nous avons retenu 25 lettres où sa mère

---

1. George Sand et Victor Hugo, *Correspondance croisée*, éd. de Danielle Bahiaoui (HB éditions, 2004). Françoise Alexandre prépare l'édition de la correspondance Sand-Delacroix.

2. *Histoire de ma vie*, in *Œuvres autobiographiques* (désormais *OA*), éd. de G. Lubin, Gallimard, « Bibl. de la Pléiade », 1978, t. I, p. 1100 ; et Sand y transcrit plusieurs lettres d'Émilie de Wismes.

3. Voir Françoise van Rossum-Guyon, « La correspondance de George Sand comme laboratoire de l'écriture », in *Revue des sciences humaines*, 1991-1, p. 97-104 ; et José-Luis Diaz, « Comment Aurore devint George ? La *Correspondance* de George Sand comme préface à la vie d'écrivain (1820-1832) », in *George Sand, une correspondance*, p. 18-49.

raconte au petit garçon une séance au cirque [21], puis éveille l'adolescent aux sentiments républicains et le met en garde contre les vices du collège [45, 51] ; plus tard, elle le dissuade de prendre femme sans amour [175], mais elle cherchera longtemps à le marier [242] ; elle le réprimande parfois quand il se décourage [227, 228], mais elle fait tout ce qu'elle peut pour favoriser sa carrière d'illustrateur et d'écrivain¹ [328], ne craignant pas d'affirmer (l'amour aveugle !) : « Il a un talent immense, il a plus, il a du génie » [341] ! Même lorsque Maurice chasse Manceau de Nohant, Sand ne lui en tient pas rigueur [323 et note], mais suit dignement son compagnon. Sand va trouver en Lina Calamatta non seulement la bru idéale, mais aussi une fille selon ses vœux [294, 296, 299]. Dès qu'elle sera séparée de Maurice et Lina, elle leur écrira presque quotidiennement, leur racontant tout ce qu'elle fait à Paris ou en voyage, et inversement donnant des nouvelles de Nohant et de ses chères petites-filles dès que les parents s'éloignent.

« J'ai observé l'enfance et le développement de mon fils et de ma fille. Mon fils était moi, par conséquent femme bien plus que ma fille qui était un homme pas réussi », dira Sand à Flaubert (15 janvier 1867). Les rapports avec Solange seront très conflictuels². Pourtant Sand aime bien sa « chère grosse » [74] ; mais elle pressent le caractère difficile de la jeune fille et n'hésite pas à la réprimander [92]. Le mariage catastrophique avec Clésinger [124, 201] et la rupture avec Chopin, dans laquelle Solange a joué un rôle fort trouble, brouillent la mère et la fille. La petite Jeanne (*Nini*) facilite la réconciliation [200], et Sand donne même à Solange des conseils littéraires, non sans sévérité [186, 196]. Après la mort de Nini, elle lui envoie d'affectueuses impressions de voyage [224, 226]. Mais la conduite de Solange provoque de violents reproches et l'irréparable rupture [255 et 256] : « Tu dis que je ne veux te souffrir ni chez moi ni près de moi, non certes, avec *des amants* ! [...] Je ne veux pas sanctionner par une tolérance honteuse, une manière d'exister qui est comme une protestation cruelle et audacieuse contre l'amour vrai, la chasteté, la probité de l'âme, toutes choses auxquelles je crois encore sous mes cheveux gris, et que tu traites d'illusions et de billevesées. [...] Malheureusement je n'ai pas d'influence sur toi, je n'en ai jamais eu. Tu ne m'as jamais réellement aimée, et bien souvent tu m'as ouvertement et violemment haïe. Cela je te l'ai pardonné, mais mes entrailles n'ont pu en oublier la blessure et je sens bien que l'effusion ne renaîtra entre nous que lorsque tu auras changé ta vie ». Lorsque, quelques années plus tard, Charles Poncy tente d'intervenir en faveur de Solange, il s'attirera une terrible fin de non-recevoir [340].

Au cercle familial, il faut ajouter Hippolyte Chatiron, le demi-frère d'Aurore [33, 46, 72], dont elle pleurera la mort, « véritable suicide, lentement et obstinément accompli » [151] ; la petite-cousine Augustine

---

1. Voir Bertrand Tillier, « Maurice Sand à "sa" conquête de l'édition », in *Le Lérot rêveur*, n° 55, septembre 1992 (p. 1-30).

2. Voir Bernadette Chovelon, *George Sand et Solange mère et fille*, Christian Pirot, 1994.

Brault, que Sand a adoptée et considère comme une fille adoptive [111], qu'elle tente de marier au peintre Théodore Rousseau [121, 122] et qui deviendra Mme de Bertholdi [152, 178 et 325]; le neveu Oscar Cazamajou [434]. Les retrouvailles avec le cousin René Vallet de Villeneuve, châtelain de Chenonceaux, joueront un rôle dans la genèse du projet autobiographique d'*Histoire de ma vie* [107, 111, 131]; il ne partage pas les vues politiques de sa cousine qui lui explique l'évolution de la situation en 1848 [132, 137], et qui, en 1852, le prie de l'introduire auprès du Prince-Président pour prêcher l'amnistie en faveur des victimes du coup d'État [191]. Le truculent Edmond Plauchut, sauvé d'un naufrage grâce à des lettres de Sand, deviendra un familier de Nohant [181, 388, 406].

Les longues lettres du « roman[1] » platonique avec Aurélien de Sèze [6, 7] sont confiées à un journal intime; si l'exemple de *La Nouvelle Héloïse* de son cher Rousseau n'est pas loin, Aurore livre ici sa première longue confession, racontant sa jeunesse jusqu'à son mariage, avant l'aveu final : « ma destinée est remplie, ma carrière de malheur est fournie. J'ai touché le but. J'ai trouvé un ami selon mon cœur. Que m'importe l'univers ? Sa patrie sera la mienne et toute ma vie, tant qu'il dépendra de moi, lui sera consacrée ». Les lettres à Alfred de Musset [26, 37, 38, 42] comptent parmi les plus belles pages de la passion romantique; mais il faut lire aussi celles moins connues et très ardentes au beau docteur Pietro Pagello [32, 34]. Les lettres à Michel de Bourges [54, 55, 57, 58], qu'on lira pour la première fois ici dans leur texte authentique, sont de vrais cris d'amour sensuel, impudique et jaloux[2].

Les amis berrichons, « des amis tels que personne peut-être n'a eu le bonheur d'en avoir » [59], font presque partie de la famille : Charles Meure [11], Alexis Duteil dit *Boutarin* [60, 66], et son cher et fidèle Gustave Papet, le châtelain d'Ars [59]. Amis de jeunesse aussi [13, 23], Laure et Alphonse Fleury (dit le *Gaulois*) seront exilés en 1851 [195, 217]. À François Rollinat, son *Pylade*, elle dédiera *Un hiver à Majorque*, et c'est justement la lettre [67] où elle fait le bilan de ce voyage que nous avons retenue. Émile Regnault est un Berrichon que Sand a connu à Paris, et l'ami de Sandeau; c'est donc naturellement à lui qu'elle va confier ses amours avec le « petit Jules » [16, 17, 18, 20]. C'est avec Charles Duvernet que Sand entretiendra la correspondance la plus fournie, dès ses débuts littéraires à Paris [14, 22], lui disant volontiers sa nostalgie du Berry [85]; avec lui, elle fondera le journal républicain *L'Éclaireur* [98]; ils se voient régulièrement (le Coudray n'est pas loin de Nohant) ou échangent des nouvelles

1. L'expression est d'Aurore Sand, la petite-fille de George Sand, lorsqu'elle a publié ces lettres en 1928 sous le titre *Le Roman d'Aurore Dudevant et d'Aurélien de Sèze*.

2. Voir Anne E. McCall, « Une nouvelle héroïde : les lettres de George Sand à Michel de Bourges », in *George Sand, une correspondance*, p. 118-134; et Bernard Hamon (qui prépare l'édition de cette correspondance), « George Sand et Michel de Bourges », in *Les Amis de George Sand*, n° 22, 2000, p. 40-51.

[252, 282], jusque dans la vieillesse, quand George évoque avec délicatesse la cécité de son cher «Charlot» [411].

Jules Boucoiran, le précepteur de Maurice, recueillit à Nohant bien des secrets, et fut aussi un messager fidèle, lors de la séparation avec Casimir et du voyage à Venise [10, 12, 15, 30, 36]. Emmanuel Arago, dit *Bignat*, fut lui aussi un ami fidèle et sûr [114, 164]; c'est à lui que Sand adresse la longue (trop longue pour être reprise ici, 71 pages!) et douloureuse lettre-confession des 18-26 juillet 1847 racontant les dramatiques événements familiaux de la dispute avec Solange et Clésinger, et l'attitude de Chopin qui la pousse à mettre fin à cette liaison de neuf ans.

«J'ai trouvé à admirer et à chérir les autres de bien plus grandes jouissances qu'à m'admirer et à m'aimer moi-même» [278], confiera Sand à Sainte-Beuve. Les trois maîtres de sa «vie intellectuelle» furent en effet Sainte-Beuve, Lamennais et Pierre Leroux, des hommes qui sont devenus aussi pour elle «des idées» [79]. Exaltée par la lecture de *Paroles d'un croyant*, elle voit en Lamennais un prophète et un flambeau pour la guider dans ses ténèbres [47]; elle se heurte bientôt à son incompréhension au sujet du divorce [56], et réplique fermement à sa misogynie [73]; mais elle le salue en 1848 comme un apôtre avec «un respect profond, religieux et filial» [142]. En Pierre Leroux[1], Sand a trouvé «le calme, la force, la foi, l'espérance et l'amour patient et persévérant de l'humanité» [89], et elle soutiendra ses folles entreprises avec une fidélité aveugle et à fonds perdus [93], tout en subissant son influence, que l'on retrouve notamment dans l'aspect occultiste de son roman *La Comtesse de Rudolstadt*.

Une douzaine de lettres à Eugène Delacroix retracent leur belle et longue fraternité artistique, qui sera ponctuée par plusieurs tableaux[2]; le dernier billet [295] est écrit après avoir visité la chapelle des Saints-Anges à Saint-Sulpice, qui a transporté Sand «dans une région de vie, de grandeur, de puissance et de magnificence». Quelques jours après la mort du peintre, elle livre d'émouvants souvenirs [315] qui complètent le témoignage admiratif qu'elle avait adressé à Théophile Silvestre [205]. D'autres artistes figurent parmi les correspondants de Sand: son vieil ami le graveur Luigi Calamatta [243], père de Lina, ou Gustave Doré[3] [321]; les peintres Théodore Rousseau, à qui elle voudra marier Augustine Brault [121, 122], Eugène Lambert[4], ami de Maurice, qu'elle considère comme un fils [204, 213, 403], Charles Jacque, fournisseur de la basse-cour de

1. Voir Pierre Leroux et George Sand, *Histoire d'une amitié*, éd. de Jean-Pierre Lacassagne, Klincksieck, 1973.
2. Voir notamment Michelle Tourneur, *George Sand et Delacroix*, Université de Lille, 1972, et in *Présence de George Sand*, n° 27, octobre 1986, les articles de Jean Pueyo, «Les portraits de George Sand par Delacroix», p. 21-29, et Christine Chambaz-Bertrand, «George Sand et Delacroix», p. 29-34.
3. Voir Christian Abbadie, «Gustave Doré et George Sand ou l'occasion manquée», *ibid.*, p. 46-52.
4. Voir Bernadette Chovelon, «Un ami de George Sand, le peintre Eugène Lambert», *ibid.*, p. 35-38.

Nohant [221], le bon gros Charles Marchal [342], ou Auguste Toulmouche [416].

Fraternité en musique, aussi, avec Franz Liszt [43, 50] : « vous
avez conservé les mélodies des anges, moi je n'en ai qu'un vague
souvenir qui me saisit et me frappe au cœur quand je vous entends.
Cela me fait espérer de retourner un jour au pays d'où vient la
musique »… Avant même de la connaître, Sand s'entiche de Marie
d'Agoult, « Ma belle comtesse aux beaux cheveux blonds », qui, telle
une héroïne de ses romans, a tout quitté pour suivre Liszt ; aux
lettres exaltées, parfois assaisonnées d'un grain de facétie [44, 48, 52,
53], succédera une piquante querelle de dames [69], qui s'achèvera
par une brouille[1]. Dans le sillage de Liszt, son élève Josef Dessauer
(dit *Crishni*) enverra toujours fidèlement du fond de l'Autriche un
bouquet d'immortelles pour l'anniversaire de Sand [367].

De la correspondance à Frédéric Chopin, ne subsistent que la
lettre de rupture [127] et quelques billets. Mais deux lettres à son ami
Albert Grzymala [62, 120] marquent le début et l'agonie de cette liaison de neuf ans ; la première, que Sand elle-même qualifie d'*effrayante*,
est une confession sincère et hésitante avant de se lancer dans ce
nouvel amour. Amie commune, Charlotte Marliani, membre du
« phalanstère » de la cour d'Orléans [85], prend souvent soin de Chopin lorsqu'il est seul à Paris [65, 96] ; elle aussi sera une mécène de
Pierre Leroux. Mais, dans l'entourage de Chopin, Sand ne trouvera
guère en Marie de Rozières l'amie qu'elle croyait [125, 126, 128] ; il
faut dire que Marie n'avait pas dû apprécier la lettre peu amène,
disons même assez vache [91], lui reprochant son attitude allumeuse
à l'égard des hommes.

Pauline Viardot a fait en deux mots un portrait de Sand, « plus
ressemblant et plus charmant que ceux de Charpentier et de Calamatta. "C'est, dit-elle, une *bonne femme de génie*"[2] ». George Sand eût
pu dire de même de la cantatrice, pour laquelle elle conçut très tôt et
garda jusqu'à sa mort une admiration passionnée et une indéfectible
amitié : « vous êtes l'être le plus parfait que je connaisse et que j'aie
jamais connu. Quand je vous vois seulement une heure, tout le poids
de ma vie s'en va comme si j'étais née d'hier avec vous et comme si
je vivais de toute la plénitude et de toute la douceur qui sont en
vous », lui écrit-elle le 22 juin 1841. Nous avons retenu neuf lettres
qui jalonnent cette chaleureuse affection avec celle qui inspira le personnage de Consuelo[3].

« Je voyais à mes côtés une femme sans frein, et elle était sublime »
[28], dit Sand de Marie Dorval. C'est l'époque de l'amitié passionnée

---

1. Voir Marie d'Agoult-George Sand, *Correspondance*, éd. de Charles F. Dupêchez, Bartillat, 2001.
2. Lettre de Louis Viardot à G. Sand, Grenade 29 juillet 1942, citée par
W. Karénine, *George Sand, sa vie et ses œuvres*, Plon, 1899-1926, t. III, p. 363.
3. Voir *Lettres inédites de George Sand et Pauline Viardot (1839-1849)*, éd.
de Thérèse Marix-Spire, Nouvelles Éditions latines, 1959 ; on lira dans les
*Lettres retrouvées* (Gallimard, 2004) une vingtaine de lettres inédites de Sand à
Pauline Viardot.

et agitée avec la comédienne qui revit dans trois lettres [24, 25, 27] ; plus tard, dans une lettre touchante [141], Sand tentera de la consoler de la perte de son petit-fils Georges ; et en apprenant la mort de son amie, elle aura ce cri : « Ah ! les misérables, ils nous l'ont tuée ! » [156]. Elle reportera sur le comédien René Luguet et sa famille l'amitié qui la liait à sa belle-mère [156, 234][1].

Le comédien Pierre Bocage fut un temps l'amant de Sand, ce qui pique la jalousie de Chopin [94] ; Sand a la plus grande confiance en lui pour monter ses pièces et les jouer [168, 172, 174, 179]. Elle a aussi une grande tendresse pour l'actrice Sylvanie Arnould-Plessy, mais n'admettra pas sa conversion au catholicisme [350, 369].

Les saint-simoniens ont été fascinés par la personnalité et l'œuvre de Sand[2], celle-ci gardant une certaine réserve, comme en témoignent les lettres à Marie Talon [40] et à Louis-Edme Vinçard [49]. Agricol Perdiguier, rénovateur du compagnonnage, inspire le roman *Le Compagnon du Tour de France* [71, 271]. L'intérêt très vif de Sand pour les poètes-ouvriers lui fait découvrir en 1842 le maçon toulonnais Charles Poncy, qu'elle conseille pour ses premiers recueils et encourage dans la voie d'une poésie pour le peuple ; il sera jusqu'à la fin un confident fidèle, et un interlocuteur sur les questions politiques et sociales (8 lettres).

Sand se passionne pour l'activité de Giuseppe Mazzini[3] et son mouvement de la Jeune Italie ; elle suit avec émotion ses tentatives de soulèvement, mais n'apprécie guère ses attaques contre les socialistes français (7 lettres). Les deux lettres [130, 290] à Michel Bakounine donnent encore une idée de l'*aura* de Sand auprès des révolutionnaires européens ; Bakounine avait fait de George Sand son auteur favori : « Chaque fois que je lis ses ouvrages, je deviens meilleur[4] ».

D'Armand Barbès, Sand a tracé ce portrait pour Flaubert (8 février 1867) : « Barbès est une intelligence, certes, mais en *pain de sucre*. Cerveau tout en hauteur, un crâne indien aux instincts *doux*, presque introuvables ; tout pour la pensée métaphysique devenant instinct et passion qui dominent tout. [...] Un être incomparable à force d'être

1. Voir George Sand-Marie Dorval, *Correspondance inédite*, éd. de Simone André-Maurois, Gallimard, 1953 ; et le chapitre consacré à Marie Dorval dans *Histoire de ma vie*, OA, t. II, p. 222-249. On lira dans les *Lettres retrouvées* une vingtaine de lettres inédites aux Luguet (et une à Marie Dorval).

2. Voir Philippe Régnier, « Les Saint-simoniens et George Sand », in *Mélanges offerts à Georges Lubin. Autour de George Sand*, Centre d'étude des correspondances des XIXᵉ et XXᵉ siècles, U.P.R. 422 du C.N.R.S., Faculté des lettres et sciences sociales, Université de Brest, 1992, p. 55-73 ; et Jeanne Goldin, « Le saint-simonisme », in *George Sand, une correspondance*, p. 163-191.

3. Voir Annarosa Poli, « George Sand et Giuseppe Mazzini », in *Revue des sciences humaines*, « George Sand et son temps », fasc. 96, octobre-décembre 1959, p. 503-524 ; repris dans A. Poli, *L'Italie dans la vie et dans l'œuvre de George Sand*, Armand Colin, 1960, p. 230-249.

4. Lettre à son frère Paul (12 février 1843), citée par G. Lubin, *Corr.* IX, p. 60-61.

saint et parfait. Valeur immense, sans application immédiate en France. Le milieu a manqué à ce héros d'un autre âge ou d'un autre pays ». En politique, c'est incontestablement le héros de Sand, « le symbole de l'esprit chevaleresque de la France républicaine » [153], le noble cœur avec lequel elle communie dans l'amour de la République et de la Démocratie. Dix lettres, soit à peu près le tiers de leur correspondance[1], évoquent sa vénération pour ce grand martyr de la liberté, emprisonné après la journée du 15 mai 1848 puis exilé, et qu'elle ne revit jamais jusqu'à sa mort en 1870. Lettres politiques encore, avec Henri Martin [134] ou Théophile Thoré [138], et surtout avec Louis Blanc, qu'elle le réconforte dans son exil et fasse le bilan de l'échec de la révolution [154], ou qu'elle lui explique sa résignation silencieuse sous l'Empire [216].

Lorsqu'elle écrit en 1844 au prince Louis-Napoléon Bonaparte, emprisonné à Ham [104], elle ne peut imaginer qu'il deviendra un jour empereur ; elle l'encourage alors dans ses vues sur l'extinction du paupérisme, et lui prêche « la doctrine de l'égalité » et de la démocratie. Plus tard, elle mettra toute son éloquence pour plaider auprès du Prince-Président l'amnistie et la grâce pour les déportés [192, 197]. Elle interviendra parfois aussi, mais sans compromission, auprès de l'impératrice Eugénie [248].

L'intelligence et l'indépendance d'esprit du Prince Napoléon, cousin de Napoléon III, ont séduit George Sand qui va se lier d'une franche amitié (7 lettres) avec celui qui l'aide à adoucir le sort des proscrits, et qu'elle encourage dans ses vues progressistes ; elle lui livrera aussi de lucides analyses politiques sur la chute de l'Empire et la situation de la France après la guerre de 1870 [385, 393].

L'agent de change Édouard Rodrigues[2], le « bon riche », va aider Sand dans des entreprises charitables ; en contrepartie, elle lui adresse de longues lettres sur la philosophie, la religion ou les réformes sociales, un « *catéchisme* par causeries » [305, 309, 315, 345, 366]. Il faut aussi mentionner le curieux cas de Marie-Sophie Leroyer de Chantepie[3], vieille fille catholique d'Angers, qui a entretenu pendant près de trente ans une correspondance avec Sand puis avec Flaubert, les faisant en quelque sorte ses directeurs de conscience [84, 307]. Sand aimera souvent prendre sous sa coupe des jeunes gens qu'elle guide dans l'existence et à qui elle prodigue des conseils, comme Henri Clerbout [238], Francis Laur [286, 333] ou plus tard Henri Amic [428, 431]. Elle accueille à Nohant des admirateurs venus du Brésil comme Joaquim Nabuco de Araujo [lettre 414], ou des États-Unis comme Henry Harrisse, avec qui elle entretiendra une abon-

---

1. Sand-Barbès, *Correspondance d'une amitié républicaine*, éd. de Michelle Perrot, Le Capucin, Lectoure, 1999.
2. Voir Hervé Le Bret, « Édouard Rodrigues, "le bon riche" », in *Les Amis de George Sand*, n° 21, 1999, p. 19-36.
3. Voir Martine Reid, « Mademoiselle Leroyer de Chantepie, Tertre-Saint-Laurent, 20, Angers », in *Écrire à l'écrivain*, textes réunis par José-Luis Diaz, *Textuel*, n° 27, 1994, p. 109-121.

dante correspondance sur des sujets littéraires [360, 362, 383, 387, 391].

Sand n'a jamais été très *gendelettres* [287], et ses relations avec la Société du même nom furent assez orageuses. Ses voyages puis son ancrage à Nohant ne lui ont guère donné le loisir de fréquenter les salons littéraires, auxquels elle préférait les camaraderies de la bohème artistique et musicale. Elle n'a pas cependant négligé ses confrères en littérature, dont elle a parfois peu goûté les romans : « J'ai lu du Gautier, du Dumas, du Méry, du Sue, du Soulié, etc. Ah ! mon ami, quelles savates ! J'en suis consternée, et plus que cela affligée, peinée, attristée à un point que je ne pouvais prévoir et que je ne saurais dire. Quel style, quelle grossièreté, quelle emphase ridicule, quelle langue, quels caractère faux, quelle boursouflure de froide passion, de sensiblerie guindée, quelle littérature de fanfarons et de casseurs d'assiettes ! » [109]. On trouvera là des lettres au premier maître Hyacinthe de Latouche [19], au « cousin » Henri Heine [63], à Jules Janin [70], à Eugène Sue dont elle aime *Les Mystères de Paris* [90], à Hortense Allart [123], à Alexandre Dumas [202], qui la nommait « Chère Notre-Dame de Nohant[1] », à Ernest Feydeau [267], à Alphonse Karr [318], notamment. Plus riche et féconde sera la camaraderie avec Honoré de Balzac[2], dont au moins deux romans, *Béatrix* et *Mémoires de deux jeunes mariées*, doivent beaucoup à Sand [68, 80]. En Alphonse de Lamartine, auquel elle consacre quelques lignes malicieuses dans une lettre à Liszt [50], elle salue surtout l'homme politique, dans lequel elle met un temps toute sa confiance[3] [77, 87]. Elle rend hommage au talent d'historien de Jules Michelet et à son « rare et vaste esprit » [167, 180, 240, 281]. Avec le critique d'art Champfleury, elle échange d'intéressantes réflexions sur la musique populaire et le réalisme[4] [212, 214].

L'éditeur Pierre-Jules Hetzel (18 lettres) va vite devenir pour Sand un agent littéraire très efficace, mais aussi un confident à qui elle révèle ses secrets les plus intimes, comme son amour naissant pour Manceau ; lors de son exil, Sand tente de le persuader de revenir en France et lui conte ses démarches en faveur d'une amnistie. Pour ses relations avec les journaux et les éditeurs, Sand peut compter également sur Émile Aucante [148, 258, 275] et sur son ami Charles-Edmond [246, 247, 413, 424]. Elle entretiendra aussi des liens amicaux avec des directeurs de journaux comme Édouard Charton [223, 386] ou Émile de Girardin [320].

1. Lettre du 24 décembre 1853, publ. *Corr.* XII, p. 217 n. 1.
2. Voir Thierry Bodin, « Balzac et George Sand. Histoire d'une amitié », in *Présence de George Sand*, n° 13, février 1982, p. 4-21.
3. Voir Georges Lubin, « Lamartine et George Sand », in *Lamartine, le livre du Centenaire*, études recueillies et présentées par Paul Viallaneix, Flammarion, 1971, p. 205-220 ; et Christian Croisille, « George Sand juge de Lamartine (1848-1859) », in *Mélanges offerts à Georges Lubin. Autour de George Sand*, p. 87-101.
4. Voir Champfleury-George Sand, *Du réalisme, Correspondance*, éd. de Luce Abélès, Éditions des Cendres, 1991.

Les lettres à Hetzel ou Aucante disent assez combien George Sand discutait âprement ses contrats, que ce soit en termes financiers ou pour son indépendance. Aussi, sauf la vigoureuse lettre [102] à Véron sur *Le Meunier d'Angibault* et celle à Anténor Joly [108] sur *Le Péché de Monsieur Antoine*, nous n'avons pas retenu de lettres aux éditeurs et directeurs de journaux, et en avons choisi douze pour montrer les rapports amicaux mais souvent orageux que Sand a entretenus avec François Buloz, le directeur de la toute-puissante *Revue des Deux Mondes* à laquelle elle a collaboré depuis le début de sa carrière jusqu'à la fin de sa vie, malgré une longue brouille de dix-sept ans, et où elle a publié pas moins de trente-cinq romans et d'innombrables articles et textes divers.

« La confession est une douce expansion de l'âme, quand on aime le confesseur[1] ». Rien ne peut mieux définir la relation privilégiée de Sand avec Sainte-Beuve, son « cher confesseur », dont l'esprit a « je ne sais quoi de *prêtre* », et à qui elle ouvre son âme et son cœur, lui confiant les secrets de sa liaison avec Mérimée et de ses amours avec Musset [28, 29, 41], s'expliquant sur son admiration pour Pierre Leroux [79], lui avouant son bonheur calme avec Chopin [106] ; plus tard, c'est à lui qu'elle s'en remettra pour juger du sort de sa correspondance avec Musset [279, 280]. On lira aussi l'admirable jugement qu'elle lui adresse sur *Volupté*[2] [39] et la belle appréciation de son art de critique : « vous êtes certainement le seul critique de ce temps-ci et le premier en égard à tous les autres. En vous lisant on apprend tout et on s'imagine être *très fort* parce que vous avez une manière fine et moqueusement modeste qui semble consulter en enseignant » [277, 278].

Sand n'appréciait guère Victor Hugo, et elle raille les poses d'Olympio [82] ; mais la lecture des *Contemplations* la transporte [233], et elle salue avec émotion, d'« un cœur droit qui aime le beau, et qui trouve sa plus grande jouissance à se réchauffer au soleil », la découverte de ce grand génie (21 juin 1856). L'article qu'elle leur consacre[3], dans lequel elle insère une longue lettre fictive au poète, marque le début d'une correspondance chaleureuse entre la dame de Nohant et l'exilé de Guernesey, qui se témoignent leur admiration mutuelle, se réconfortent dans leurs deuils ou partagent leurs joies (7 lettres). Proche de Victor Hugo, Paul Meurice sera le collaborateur de Sand pour trois pièces de théâtre [395].

Alexandre Dumas fils, qui a retrouvé les lettres de Sand à Chopin, est rapidement adopté comme un « bon fils », et les treize lettres que nous avons retenues montrent l'affection chaleureuse que lui porte sa « maman » Sand, qui apprécie aussi son talent dramatique et lui prodigue de tendres conseils : « Tâchons donc de rester tout jeunes et

1. *Corr.* VII, p. 59.
2. Voir André Guyaux, « Sainte-Beuve et George Sand à l'ombre du "rocher absurde" », in *Mélanges offerts à Georges Lubin. Autour de George Sand*, p. 75-86.
3. Ce sont les deux premiers articles d'*Autour de la table*, parus dans *La Presse* des 24 et 25 juin 1856.

tout tremblants jusqu'à la vieillesse, et de nous imaginer jusqu'à la veille de la mort, que nous ne faisons que commencer la vie. C'est je crois, le moyen d'acquérir toujours un peu, non pas seulement en talent, mais aussi en affection et en bonheur intérieur » [288].

L'échange avec Eugène Fromentin est des plus fructueux. Sand salue les récits de voyages de ce débutant [244, 259], auxquels elle consacre des articles enthousiastes[1], et reconnaît son talent de peintre [265, 311], en amante de la beauté : « Il y a l'éternelle beauté des choses de ce monde, dont nous sommes les amants fidèles et passionnés, tantôt éloquents pour parler à cette splendeur infatigable des cieux et de la terre, tantôt impuissants et muets, fatigués, pensifs et rêveurs. C'est la contemplation pour la contemplation, cette chose accablante et délicieuse dont vous parlez si bien et que vous avez si bien savourée ». Elle admire *Dominique* dès la première lecture, suggère quelques corrections et fait venir Fromentin à Nohant pour des séances de travail sur ce roman qui lui sera dédié [298, 300, 306, 311]. Fromentin exprimera plus tard sa reconnaissance en disant combien Sand « avait de bonté pour les jeunes et de douceur encourageante pour les faibles[2] ». On voit par exemple avec quel soin elle s'attache à donner des conseils littéraires à un débutant comme Prosper Vialon [215], ou au poète Maurice Rollinat, fils de son cher *Pylade* [401, 409]. Elle soutiendra également dans ses malheurs un auteur dramatique comme Édouard Plouvier [239, 270].

Gustave Flaubert se taille la part du lion avec 37 lettres (sur 201, auxquelles en répondent 218), mais quelles lettres ! On l'a dit et redit, le dialogue de ces deux « troubadours plus ou moins pendulifères, ou penduloïdes » [357], de ces « deux travailleurs les plus différents qui existent » [373], tantôt facétieux, tantôt grave, tantôt bouleversant d'émotion contenue, tantôt emporté et coléreux, tantôt débattant des grandes questions de la création littéraire et de l'existence, toujours sensible, est un des plus beaux de la littérature[3]. Commencé en 1866, il se poursuivra jusqu'à la mort de la romancière, qui laissera Flaubert abattu : « Il fallait la connaître comme je l'ai connue pour savoir tout ce qu'il y avait de féminin dans ce grand homme, l'immensité de tendresse qui se trouvait dans ce génie. Elle restera une des illustrations de la France et une gloire unique[4] ». Sand encourage Flaubert dans son douloureux et lent travail, le lit avec enthousiasme mais non sans esprit critique [408], s'indigne avec lui, le console et le secoue dans les moments de découragement, mais l'affronte sur le terrain de l'art sans rien renier de ses propres conceptions et de sa sensibilité. Ce terme de *troubadour*, Sand l'avait commenté pour Bar-

1. Recueillis dans *Autour de la table.*
2. Eugène Fromentin, *Œuvres complètes*, éd. de Guy Sagnes, Gallimard, « Bibliothèque de la Pléiade », p. 10.
3. Voir Gustave Flaubert-George Sand, *Correspondance*, éd. d'Alphonse Jacobs, Flammarion, 1981 ; voir aussi Claude Tricotel, *Comme deux troubadours. Histoire de l'amitié Flaubert-Sand*, CDU, SEDES, 1978.
4. Flaubert à Mlle Leroyer de Chantepie, 17 juin 1876, *Correspondance*, Gallimard, « Folio », p. 674.

bès : « je suis restée *troubadour*, c'est-à-dire croyant à l'amour, à l'art, à l'idéal, et chantant quand même, quand le monde siffle et baragouine. Nous sommes les jeunes fous de cette génération. Ce qui va nous remplacer s'est chargé d'être vieux, blasé, sceptique à notre place » [359]. Ces deux bonshommes-là sont tout sauf vieux, blasés et sceptiques.

Lors de ses séjours à Paris, Sand aime retrouver quelques écrivains amis aux « dîners Magny » ; on lira l'amusant récit d'une soirée mouvementée avec Flaubert et les Goncourt [402]. Elle envoie aux deux frères Jules et Edmond de Goncourt de chaleureuses lettres [272, 308, 375] sur leurs livres, « chaude comme une poignée de main d'ami » diront-ils de la première[1] ; et elle s'inquiétera du sort d'Edmond après la mort de son frère [381]. Lettres amicales aussi à Théophile Gautier [263, 322], dont elle déplore la triste fin de vie [398]. Ivan Tourguéniev, le « grand *Moscove* » [405], qu'elle a connu grâce à Flaubert et Pauline Viardot, la séduit par son talent de conteur [404, 419, 422]. À la fin de sa vie, elle salue l'éclosion de nouveaux talents, comme Alphonse Daudet ou Anatole France [430, 432].

C'est donc aussi, en dehors de ses qualités propres, un des grands intérêts de la *Correspondance* de George Sand que la richesse de cette immense polyphonie mêlant tous les échos de son siècle. Dans *Le Temps* du 15 juin 1876, Renan, au lendemain des obsèques de George Sand, saluait « cette âme sonore, qui fut comme la harpe éolienne de notre temps » ; ses lettres comme ses livres « seront à jamais le témoin de ce que nous avons désiré, pensé, senti, souffert[2] ».

1. Goncourt, *Journal*, 10 mars 1860, Robert Laffont, « Bouquins », t. I, p. 540.
2. Renan, *Feuilles détachées*, Calmann-Lévy, 1892, p. 288-294.

# APPENDICE

*(transcription du fac-similé des p. 45-48)*

## LETTRE À ÉDOUARD VANDAL,
## DIRECTEUR GÉNÉRAL DES POSTES

[Nohant, 17 juillet 1869]

À Monsieur le Directeur général des Postes, à Paris.

George Sand

Monsieur,

Je viens vous signaler un grave inconvénient résultant pour ma commune et pour les communes voisines, de l'établissement d'un bureau de distribution à St Chartier.

J'habite à six kilomètres de la Châtre et ma commune avait toujours été desservie par le bureau de cette ville. Mes journaux et ma très volumineuse correspondance m'arrivaient une heure après l'ouverture des paquets. Nohant-Vic est aujourd'hui annexé au bureau de distribution qui vient d'être créé à St Chartier, et voici ce qui arrive : toutes mes adresses portant ces mots : *Par la Châtre*, les lettres vont, comme de coutume, à la Châtre, où elles restent depuis 5 h. du matin jusqu'à 7 du soir, pour être, à cette heure-là, remises au courrier qui les a apportées le matin, lequel, les remet, vers huit heures, au piéton qui les transporte au bureau de St Chartier. Là elles passent la nuit et me sont rapportées le lendemain matin. Ainsi les nouvelles que je puis être très pressée de recevoir, passent deux fois inutilement devant ma porte, et, placée entre deux bureaux de poste très rapprochés de chez moi, je ne reçois mon courrier que *48 h.* après son arrivée. J'ai pensé, Monsieur, qu'en vous signalant un fait si anormal et si préjudiciable aux habitants de ma commune et à moi, vous nous donneriez immédiatement satisfaction.

Je crois devoir profiter de la circonstance pour vous signaler d'autres inconvénients très graves, qui vont infailliblement résulter de l'établissement du bureau à St Chartier. Le courrier qui dessert ce bureau est le courrier de la Châtre à Châteauroux. Il suit la route postale qui passe à environ deux kilomètres de St Chartier. Partant de Châteauroux à 1 h. du matin, il se trouve vers trois heures au point de la route, en cet endroit inhabitée, où le facteur doit prendre les dépêches pour les porter à St Chartier. Ce même courrier repartant le soir de la Châtre, vers 7 h., rencontre encore, vers 7 h 1/2, le même facteur sur la route pour lui remettre les correspondances venant de la direction de la Châtre. Cette rencontre a donc lieu deux fois en pleine nuit en hiver, et l'échange se fait dans l'obscurité, en plein vent et par tous les temps. Quelle sécurité pour les envois d'argent et contre les avaries de tout genre ! Le courrier ne peut séjourner ; si le facteur n'est pas exactement à son poste, il passe, nouveau retard de 48 h. pour nous !

Tous ces risques et inconvénients disparaîtraient si le bureau était établi à Nohant que traverse le courrier et qui fournirait un abri. Je pourrais mettre une petite maison au bord de la route à la disposition de l'administration. Cette position du bureau à Nohant aurait en outre l'avantage de procurer à l'administration l'économie du traitement du facteur qui vient deux fois par jour de St Chartier sur la route pour prendre les dépêches.

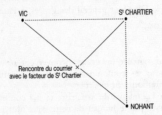

VIC

Sᵗ CHARTIER

Rencontre du courrier ×
avec le facteur de Sᵗ Chartier

● NOHANT

Dans tous les cas, les distances étant presque égales, il serait rassurant pour tous les intérêts, d'établir la rencontre du facteur avec le courrier, soit à Vic, soit à Nohant. Il y a un chemin de communication direct entre Vic et St Chartier, et un de St Chartier à Nohant pour le piéton, mais notre pays est très peu fréquenté la nuit, et ce piéton nocturne portant des valeurs sera toujours très exposé. Si j'avais connu d'avance la demande des habitants de St Chartier, j'aurais eu l'honneur de vous éclairer sur les dangers de cette station.

Agréez, Monsieur le directeur général, l'expression de mes sentiments très distingués

George Sand

Nohant Vic 17 juillet.

# BIBLIOGRAPHIE SOMMAIRE

## CORRESPONDANCES

*Correspondance 1812-1876*, Calmann-Lévy, 1882-1884, 6 vol.

*Correspondance*, éd. de Georges Lubin, Garnier, 1964-1991, 25 vol. ; *Index des correspondants*, Garnier, 1991 ; tome XXVI, Du Lérot, 1995.

*Lettres de George Sand. Histoire d'une vie*, textes choisis et présentés par Adeline Wrona, Scala, 1997.

*Lettres retrouvées*, éd. de Thierry Bodin, Gallimard, 2004.

SAND, George, *Le Roman d'Aurore Dudevant et d'Aurélien de Sèze*, Montaigne, 1928.

SAND, George-DORVAL, Marie, *Correspondance inédite*, éd. de Simone André-Maurois, Gallimard, 1953.

SAND, George, et MUSSET, Alfred de, *Correspondance*, éd. de Louis Évrard, Éd. du Rocher, Monaco, 1956.

SAND, George, et VIARDOT, Pauline, *Lettres inédites*, éd. de Thérèse Marix-Spire, Nouvelles Éditions latines, 1959.

*Les Lettres de George Sand à Sainte-Beuve*, éd. d'Östen Södergärd, Droz, Minard, 1964.

PERDIGUIER, Agricol, *Correspondance inédite avec George Sand et ses amis*, éd. de Jean Briquet, Klincksieck, 1966.

LEROUX, Pierre, et SAND, George, *Histoire d'une amitié*, éd. de Jean-Pierre Lacassagne, Klincksieck, 1973.

FLAUBERT, Gustave-SAND, George, *Correspondance*, éd. d'Alphonse Jacobs, Flammarion, 1981.

CHAMPFLEURY-SAND, George, *Du Réalisme, Correspondance*, éd. de Luce Abélès, Éd. des Cendres, 1991.

AGOULT, Marie d'-SAND, George, *Correspondance*, éd. de Charles F. Dupêchez, Bartillat, 1995 (nouvelle éd. corrigée, 2001).

SAND-BARBÈS, *Correspondance d'une amitié républicaine*, éd. de Michelle Perrot, Le Capucin, Lectoure, 1999.

Sand et Musset, *Le Roman de Venise*, éd. de José-Luis Diaz, Actes Sud, coll. « Babel », 1999.
Sand-Hugo, *Correspondance croisée*, éd. de Danielle Bahiaoui, HB éditions, 2004.

## QUELQUES ŒUVRES AUTOBIOGRAPHIQUES ET INTIMES, ET RECUEILS D'ARTICLES

*Autour de la table*, Dentu, 1862.
*Souvenirs et impressions littéraires*, Dentu, 1862.
*Impressions et souvenirs*, Michel Lévy, 1873.
*Dernières pages*, Calmann Lévy, 1877.
*Questions d'art et de littérature*, Calmann Lévy, 1878.
*Souvenirs de 1848* [et *Mélanges*], Calmann Lévy, 1879.
*Souvenirs et Idées*, Calmann Lévy, [1904].
*Œuvres autobiographiques* (*Histoire de ma vie, Lettres d'un voyageur, Un hiver à Majorque, Journal intime*, etc.), éd. de Georges Lubin, Gallimard, « Bibliothèque de la Pléiade », 1970-1971, 2 vol.
*Promenades autour d'un village*, éd. Georges Lubin, Christian Pirot, 1987.
*Agendas* [1852-1876], éd. d'Anne Chevereau, Jean Touzot, 1990-1993, 5 vol. et index.
*Questions d'art et de littérature*, éd. d'Henriette Bessis et Janis Glasgow, Des Femmes, 1991.
*Voyage dit du Midi 1861*, éd. de Maurice Jean, La Valette-du-Var, Les Ateliers du patrimoine, 1991.
*Politique et Polémiques (1843-1850)*, éd. de Michelle Perrot, Imprimerie nationale, 1997 ; rééd. Belin, 2004.
*Préfaces*, éd. d'Anna Szabó, Debrecen, Studia Romanica, 1997.
*Histoire de ma vie*, éd. Martine Reid, Gallimard, « Quarto », 2004.

## QUELQUES OUVRAGES ET REVUES SUR GEORGE SAND

*Amis de George Sand (Les)*, 1976-1979, 12 numéros ; nouvelle série, 1980 →, 26 numéros parus (sommaires consultables sur internet : www.amisdegeorgesand.info)
Barry, Joseph, *George Sand ou le scandale de la liberté*, Seuil, 1982.
Bernadac, Christian, *George Sand, dessins et aquarelles*, Belfond, 1992.
Brem, Anne-Marie de, *George Sand. Un diable de femme*, Découvertes Gallimard, 1997.
*Cahiers Ivan Tourguéniev, Pauline Viardot et Maria Malibran*, « Hommage à George Sand », n° 3, octobre 1979.
Caors, Marielle, *George Sand, de voyages en romans*, Royer, 1993.
Caors, Marielle, *George Sand et le Berry, paysages champêtres et romanesques*, Royer, 1999.
Carrère, Casimir, *George Sand amoureuse*, La Palatine, 1967.

CHALON, Jean, *Chère George Sand*, Flammarion, 1991.

CHEVEREAU, Anne, *George Sand, du catholicisme au paraprotestantisme ?*, 1988.

CHEVEREAU, Anne, *Alexandre Manceau. Le Dernier Amour de George Sand*, Christian Pirot, 2002.

CHOVELON, Bernadette, *George Sand et Solange mère et fille*, Christian Pirot, 1994.

CHRISTOPHE, Paul, *George Sand et Jésus*, Cerf, 2003.

COLIN, Georges, *Bibliographie des premières publications des romans de George Sand*, Bruxelles, Société des bibliophiles et iconophiles de Belgique, 1965.

CUPPONE, Roberto, *Le Théâtre de Nohant*, Moncalieri, C.I.R.V.I., 1997, 2 vol.

*Écritures du romantisme II. George Sand*, sous la direction de Béatrice Didier et Jacques Neefs, Presses Universitaires de Vincennes, 1989.

*L'Éducation des filles au temps de George Sand*, textes réunis par Michèle Hecquet, Presses universitaires d'Artois, 1998.

FAHMY, Dorrya, *George Sand auteur dramatique*, Droz, 1934.

*George Sand. Une correspondance*, textes réunis par Nicole Mozet, Christian Pirot, 1994.

*George Sand. Visages du Romantisme*, [catalogue d'exposition rédigé par Roger Pierrot et Jacques Lethève], Bibliothèque Nationale, 1977.

*George Sand. Une nature d'artiste*. Exposition du bicentenaire de sa naissance, Musée de la Vie romantique, Paris, 2004.

*George Sand. L'Œuvre-vie*. Exposition du bicentenaire de sa naissance, Bibliothèque historique de la Ville de Paris, 2004.

GUÉNO, Jean-Pierre, AYALA, Roselyne de, *Les plus beaux manuscrits de George Sand*, Perrin, 2004.

HAMON, Bernard, *George Sand et la Politique, « Cette vilaine chose… »*, L'Harmattan, 2001.

HAMON, Bernard, *George Sand face aux religions*, à paraître.

HECQUET, Michèle, *Poétique de la parabole. Les Romans socialistes de George Sand*, Klincksieck, 1992.

*Hommage à George Sand*, Faculté des Lettres de Strasbourg, 1954.

HOOG NAJINSKI, Isabelle, *George Sand. L'Écriture ou la Vie*, Honoré Champion, 1999.

JAMES, Henry, *George Sand*, trad. par Jean Pavans, préface de Diane de Margerie, Mercure de France, 2004.

KARÉNINE, Wladimir, *George Sand, sa vie et ses œuvres*, Plon-Nourrit, 1899-1926, 4 vol.

LAFORGUE, Pierre, *Corambé. Identité et fiction de soi chez George Sand*, Klincksieck, 2003.

LUBIN, Georges, *Album Sand*, Gallimard, « Bibliothèque de la Pléiade », 1973.

LUBIN, Georges, *George Sand en Berry*, Complexe, 1992.

McCALL SAINT-SAËNS, Anne E., *De l'être en lettres, l'autobiographie épistolaire de George Sand*, Amsterdam, Atlanta, Rodopi, 1996.

MALÉCOT, Claude, *George Sand Félix Nadar*, Monum', Éditions du patrimoine, 2004.

MALLET, Francine, *George Sand*, Grasset, 1976.

MARIX-SPIRE, Thérèse, *Les Romantiques et la Musique. Le Cas George Sand*, Nouvelles Éditions latines, 1954.

MAUROIS, André, *Lélia ou la vie de George Sand*, Hachette, 1952.

*Mélanges offerts à Georges Lubin. Autour de George Sand*, Centre d'Étude des Correspondances des XIX^e et XX^e siècles, U.P.R. 422 du C.N.R.S., Faculté des Lettres et Sciences sociales, Université de Brest, 1992.

MOZET, Nicole, *George Sand écrivain de romans*, Christian Pirot, 1997.

PAILLERON, Marie-Louise, *George Sand et les hommes de 48*, Grasset, 1953.

POLI, Annarosa, *L'Italie dans la vie et dans l'œuvre de George Sand*, Armand Colin, 1960.

POLI, Annarosa, *George Sand et les Années terribles*, Bologne, Pàtron, Paris, Nizet, 1975.

*Présence de George Sand*, 1978-1990, 36 numéros (sommaires consultables sur internet : www.amisdegeorgesand.info/presence.html).

RAMBEAU, Marie-Paule, *Chopin dans la vie et l'œuvre de George Sand*, Les Belles Lettres, 1985.

REID, Martine, *Signer Sand*, Belin, 2003.

*Revue de l'Académie du Centre*, « Hommage à George Sand, 1876-1976 », 1975.

*Revue des Sciences humaines*, « George Sand et son temps », fasc. 96, octobre-décembre 1959.

ROCHEBLAVE, Samuel, *George Sand et sa fille d'après leur correspondance inédite*, Calmann-Lévy, 1905.

SALOMON, Pierre, *George Sand*, Éd. de l'Aurore, 1984 ; rééd. sous le titre *Née romancière, biographie de George Sand*, Glénat, 1993.

SPOELBERCH DE LOVENJOUL, Charles de, *George Sand. Étude bibliographique sur ses œuvres*, Leclerc, 1914.

TILLIER, Bertrand, *Maurice Sand marionnettiste ou les « menus plaisirs » d'une mère célèbre*, Tusson, Du Lérot, 1992.

TRICOTEL, Claude, *Comme deux troubadours. Histoire de l'amitié Flaubert-Sand*, CDU, SEDES, 1978.

VINCENT, Louise, *George Sand et le Berry*. I, *Nohant* ; II, *Le Berry dans l'œuvre de George Sand*, Champion, 1919, 2 vol.

# INDEX DES NOMS CITÉS

*L'index renvoie au numéro des lettres, en gras pour les destinataires.*

ABOUT (Edmond), 1828-1885, journaliste et romancier : 255, 324, 341, 365.
*Gaétana* : 324.
*Mariages de province (Les)* : 365.
*Tolla* : 255.

ABNER, personnage de Racine (*Athalie*) : 114.

ABRANTÈS (Marie Lepic, duchesse d'), 1829-1868, seconde femme (1853) d'Alfred Junot, duc d'Abrantès (1810-1859), dame d'honneur de la princesse Clotilde Napoléon : 324.

Académie française : 284, 285, 360.

ACCURSI (Michelangelo, dit Michele), 1802-1872 ?, carbonaro italien exilé en France (et agent double au service du pape), il servit d'intermédiaire entre Mazzini et G. S. : 198.

ACOLLAS (Pierre), 1795-1847, avoué à La Châtre, défenseur de G. S. lors de son procès en séparation : 60.

ADAM (Edmond), 1816-1877, fondateur et secrétaire général du Comptoir d'Escompte, homme politique : 377, 382, 402.

ADAM (Juliette LAMBER, en 1853 Mme Alexis LAMESSINE, puis en 1868 Mme Edmond), 1836-1936, épouse du précédent, femme de lettres, directrice de la *Nouvelle Revue* : 365, 366, 377, **382**, 387, 394, 402.

AFFRE (Denis-Auguste), 1793-1848, archevêque de Paris : 132.

AGATHE, personne de La Châtre : 66.

AGOULT (Marie de Flavigny, comtesse d'), 1805-1876, femme de lettres, maîtresse de Liszt : **44**, **48**, 50, **52**, **53**, 54, 68, **69**, 73n., 123, 172.

AIMABLE (Mme), domestique des Dudevant à Paris : 4.

Aimée la fleur des champs, surnom d'une personne de La Châtre : 66.

AJASSON DE GRANDSAGNE (Stéphane), 1802-1845, amant de la jeune G. S. (et père probable de Solange) : 2, 29n.

AJASSON DE GRANDSAGNE (Jules), 1799-1866, frère du précédent, G. S. l'employa au début des années 1840 comme factotum avant de le renvoyer : 72.

ALAPHILIPPE (Jean), domestique de G. S. venu de Nohant à Paris en 1841 : 78.

ALBANE (Francesco Albani, dit l'), 1578-1660, peintre italien : 229.

ALBERT (*Albert*-Alexandre Martin, dit l'Ouvrier), 1815-1895, ouvrier mécanicien, républicain, vice-président de la commission pour les travailleurs en 1848 : 136, 153.

ALBERT (Maurice), 1854-1907, professeur, filleul de G. S. : 402.

ALKAN aîné (Charles-Valentin Morhange dit), 1813-1888, pianiste et compositeur : 154n.

**ALLART** (Hortense), 1801-1879, femme de lettres : 50, 52, **123**.

ALLART (Henri), fils de la précédente et de Jacopo Mazzei : 123.

ALLART (Marcus), fils de la précédente et du comte de Sampayo : 123.

ALTAROCHE (Michel), 1811-1884, journaliste, directeur de l'Odéon (1850-1853) puis des Folies-Nouvelles : 184, 193.

Amaryllis, personnage de Virgile : 215.

AMÉLIE, femme de chambre de G. S. lors du voyage à Majorque : 65, 67.

**AMIC** (Henri), 1853-1929, écrivain, il demanda conseil à G. S. à ses débuts et devint un familier de Nohant : **428**, **431**.

AMPÈRE (Jean-Jacques), 1800-1864, littérateur et érudit : 212n.

ANCILLO, pharmacien de Venise : 38.

ANNE (Sainte), mère de la Vierge Marie : 83, 115, 205.

ANNE D'AUTRICHE, 1601-1666, reine de France, épouse de Louis XIII, régente pendant la minorité de son fils Louis XIV : 165.

ANTONELLI (Giacomo), 1806-1876, cardinal, conseiller de Pie IX : 230, 365.

ANTONIO, coiffeur vénitien qui servit de domestique à Musset : 36, 37.

APOLLON, dieu de la Lumière et des Arts : 28, 136, 190, 205, 418.

*Apostolato popolare* (L'), journal publié par Mazzini à Londres : 88.

ARAGO (François), 1786-1853, physicien et astronome, membre du Gouvernement provisoire de 1848 : 136.

**ARAGO** (Emmanuel), 1812-1896, fils du précédent, écrivain et homme politique, ami intime de G. S. (surnommé *Bignat*) : 45, 64, **114**, 115, 125n., **164**, 174, 175, 402.

ARAGO (Étienne), 1802-1892, frère de François, littérateur et homme politique républicain, rédacteur de *La Réforme*, directeur des Postes en 1848 et député à la Constituante : 136, 146.

ARCHIMÈDE, v. 287-212 av. J.-C., mathématicien et physicien grec : 93.

ARDENT (M.) : 3.

ARIOSTE (Ludovico Ariosto, dit l'), 1474-1533, poète italien : 3, 64.
*Roland furieux* : 3.

ARISTOPHANE, v. 445-v. 386 av. J.-C., poète comique grec : 303.
*Plutus* : 303.

ARISTOTE, 384-322 av. J.-C., philosophe grec : 78.

Arlequin, personnage de la comédie italienne : 118, 164, 165.

Armide, magicienne, héroïne de la *Jérusalem délivrée* du Tasse : 62.

ARNAL (Étienne), 1794-1872, acteur comique : 164, 415.

ARNOULD-PLESSY (Jeanne Plessy, Mme Auguste Arnould, dite *Sylvanie*), 1819-1897, actrice, sociétaire de la Comédie-Française, elle fut la maîtresse d'Emmanuel Arago (avant son mariage) puis du Prince Napoléon : 114, 246, 247n., 249, 258, 346, 347, **350**, **369**, 375.

ARPENTIGNY (Stanislas d'), 1791-1861, capitaine et chiromancien : 119, 175, 177, 182, 241.

ARRAULT (Henry), 1799-1887, pharmacien, auteur d'ouvrages de vulgarisation médicale, promoteur de la convention internationale de Genève de 1865 sur la neutralité des services de santé : 213n., 158.

ARRAULT (Hortense), sœur du précédent : 258.

ARTAUD (Nicolas-Louis), 1794-1861, helléniste : 60.

*Artiste (L')*, journal : 15.

ASHURST (Eliza), 1813-1850, Anglaise, amie de Mazzini, elle traduisit G. S. en anglais ; plus tard Mme Jean Bardonneau : 144.

Assemblée nationale : 134, 136, 137, 138, 139, 153, 155, 159n., 162, 195, 391n., 393n. (voir aussi Chambre des députés).

Association internationale des Travailleurs : 393.

AUBIGNÉ (Théodore Agrippa d'), 1552-1630, guerrier calviniste et écrivain : 240.

AUCANTE (Émile), 1822-1909,

secrétaire et homme d'affaires de G. S., dévoué et fidèle : **148**, 153, 170, 200, 204, 207, 210, 211, 233, 253, 255, **258**, 264n., 270, 274, **275**, 279, 280, 284n., 323, 328.

AUCANTE (Thomas), 1815-?, vacher de Nohant : 21.

AUDOUX DE VILJOVET (Anne Sallé, dite Olympe, Mme Germain), 1799-1874, dame de La Châtre, amie de G. S. : 13.

AUGIER (Émile), 1820-1889, écrivain et auteur dramatique : 258, 284.

*Un beau mariage* : 258.

AUGUSTE II, roi de Pologne : voir SAXE (Frédéric-Auguste de).

AUGUSTIN (Saint), 354-430, évêque d'Hippone, Docteur de l'Église : 39.

AULARD (Félix), 1797-1878, maire de Nohant-Vicq (1848-1856), familier des soirées de Nohant : 164, 173, 191, 193, 207, 211, 255, 317.

AUMALE (Henri d'Orléans, duc d'), 1822-1897, fils de Louis-Philippe, général : 78n.

AURE (Antoine, comte d'), 1799-1863, écuyer, inspecteur des haras, auteur d'ouvrages sur l'équitation : **241**.

AURIBEAU (Olympe Coubré, Mme d'Hesmivy d'), 1804-1884, amie de G. S. : 92, 224, 402.

Aurichette, surnom d'Aurore DUDEVANT-SAND.

Aurore (l') : 13.

Aurore, voir Aurore DUDEVANT-SAND.

AUTICHAMP (Charles de Beaumont, comte d'), 1770-1852, un des chefs des guerres de Vendée, pair de France : 114.

AUTICHAMP (Achille de Beaumont, comte d'), 1800-1847, fils du précédent, propriétaire à Orléans : 114.

*Avenir national (L'),* journal : 343n.

AYMOND, épicier : 175.

*Babel* : 68.

BACCHUS, dieu de la Vigne et du Vin : 13.

BACHE (Debruille, dit), acteur : 231.

Badinguet, surnom de NAPO-LÉON III.

BAIGNÈRES (Arthur), 1834-1913, journaliste et écrivain : 311.

BAKOUNINE (Mikhaïl Alexandro-vitch), 1814-1876, révolution-naire russe et théoricien de l'anarchisme : **130,** 157, **290.**

BAKOUNINE (Alexandre Alexan-drovitch), 1821-1908, frère du précédent : 290.

BALLANCHE (Pierre-Simon), 1776-1847, philosophe : 54.

BALMONT (Léon), 1823-?, huis-sier, homme d'affaires de G. S. de 1854 à 1858 : 255.

BALZAC (Honoré de), 1799-1850, romancier : 14n., 22, **68, 80,** 341, 347, 379, 430.
*Béatrix* : 68.
*Mémoires de deux jeunes mariées* : 80.

BARAGUEY D'HILLIERS (Achille, comte), 1795-1878, général, puis maréchal (1854) : 194.

BARANTE (Prosper de), 1782-1866, historien et diplomate : 360n.

BARBÈS (Armand), 1809-1870, révolutionnaire, il passa la plus grande partie de sa vie en prison ou en exil, G. S. eut pour lui une fervente ami-tié : 121n., 135, 136, 137n., 138, 139, **140, 147, 153,** 154, 155, **170,** 192, **203,** 215, 217, **218, 334, 359,** 361, **364, 372,** 381, 394.

BARBIER (André), 1793-?, impri-meur : 19.

BARÉTI (André), frère de Dési-rée Poncy, il servit de facto-tum lors du séjour à Tamaris : 282.

BARODET (Désiré), 1823-1906, homme politique : 402.

BARON (Michel Boyron, dit), 1653-1729, acteur de la troupe de Molière : 179.

BARRÉ (Léopold), 1819-1899, acteur, il joua dans plusieurs pièces de G. S. : **209.**

BARRIÈRE (Théodore), 1823-1877, auteur dramatique : 258n., 270n.

BARWINSKI (Paul), Polonais émi-gré résidant à La Châtre, ancien lieutenant dans la cava-lerie volhynienne : 117.

BASCANS (Ferdinand), 1801-1861, journaliste politique, puis pro-fesseur de littérature et d'his-toire au pensionnat de sa femme : 92.

BASCANS (Sophie Lagut, Mme Ferdinand), 1801-1878, direc-trice d'un pensionnat de jeunes filles à Chaillot où fut élevée Solange : 74n., 92, 128.

BASTIDE (Jules), 1800-1879, répu-blicain, ministre des Affaires étrangères en 1848 : 145n.

BAUDRY (Frédéric), 1818-1885, philologue : 412.

BAZOUIN (Adélaïde, dite Chérie), 1801-1822, amie de pension de G. S. : 1.

BAZOUIN (Cécile-Charlotte, dite Aimée), 1802-1849, amie de pension de G. S., plus tard comtesse d'Héliand : 1n., 5n., 8.

BAZOUIN (Jenny, dite Jane), 1805-1872, amie de pension

de G. S., plus tard comtesse de Fenoyl : 1, 5n., 8.

BEAUFILS, directeur des Postes à La Châtre : 169.

BEAULIEU (Marie Rodrigues, Mme Henry Genuyt de), 1826-1875, fille d'Édouard Rodrigues, elle prit Nancy Fleury à son service : 305.

BEAULIEU (Marguerite Genuyt de), 1851-1931, fille de la précédente, élève de Nancy Fleury, plus tard Mme Édouard Borniche : 305, 309.

BEAUMARCHAIS (Pierre-Augustin Caron de), 1732-1799, écrivain et auteur dramatique : 232.

*Mariage de Figaro (Le)* : 232.
*Mère coupable (La)* : 232.

BEAUMONT (Amblard, comte de), officier : 7.

BEAUREGARD (famille Baucheron de) : 3.

BEAUREPAIRE (famille de) : 3.

BEAUVALLON (Rosemond de), rédacteur du *Globe*, il tua en duel de façon douteuse le gérant de *La Presse* Dujarier (1845) : 114.

BEAUVAU (M. de) : 3.

BÉHIC (Armand), 1809-1891, homme politique, ministre de l'Agriculture : 336.

BÉJART (Madeleine), 1618-1672, actrice, maîtresse de Molière : 165, 179.

BÉJART (Armande), v. 1642-1700, actrice, sœur (ou fille ?) de la précédente, femme de Molière : 165, 179.

BEL-AIR (famille Thabaud de) : 3.

BELLEYME (Louis-Marie de), 1787-1862, magistrat : 220.

BELVÈZE (Paul-Henri), 1801-1875, capitaine de vaisseau, commandant le *Méléagre* à Barcelone en 1838-1839 : 67.

Benson (conseillère), personnage de théâtre : 118.

BÉRANGER (Pierre-Jean de), 1780-1857, poète et chansonnier : 89, 99.

BÉRENGÈRE (Adèle Bunau, dite), 1833-1910, actrice, maîtresse de Gustave Vaëz puis du roi de Hollande Guillaume III : 208, 227, 228.

BERGER (Léon), 1821- ?, préfet de l'Indre (décembre 1851-octobre 1852) : 197.

BERNARD (Marguerite-Justine Pataud du Mas, Mme Philippe), tante d'Angèle Périgois : 252.

BERNIN (Gian Lorenzo Bernini, dit le), 1598-1680, architecte et sculpteur italien : 233.

BERRURIER (Louis-Barthélemy), huissier parisien, il s'occupa des affaires de G. S. après Falampin : 193, 204.

BERRYER (Pierre-*Antoine*), 1790-1868, avocat et député légitimiste : 50.

BERTHOLDI (Charles de), 1811 ?-1894, Polonais émigré, il épousa Augustine Brault le 12 avril 1848, et fut nommé grâce à G. S. percepteur : 143, 149, 150, 152, 178, 196, 325.

**BERTHOLDI** (Augustine BRAULT, Mme Charles de), 1824-1905, petite-cousine de G. S. qui, pour la soustraire à la mauvaise influence de ses parents, la recueillit et la considéra comme sa fille adoptive ; elle la maria (après un échec auprès de Th. Rousseau) en 1848 : 105, 111, 113, 114, 115, 118, 119, 121, 122, 125, 129, 135, 136, 143, 149, 150, **152**, 172, 175, 176, **178**, 196, 227, **325**, 345.

BERTHOLDI (Eugène-*George* de),

1849-1877, fils des précédents : 152n., 178, 196, 325.

BERTHOLDI (Jeanne de), 1856-1932, fille des précédents, elle épousera le général Ferri-Pisani : 325.

BERTIN (Armand), 1801-1854, directeur du *Journal des Débats* : 116.

BERTON (Charles-Francisque Montan, dit Francis), 1820-1874, acteur : 387, 395.

BERTON (Caroline Samson, Mme Francis), 1820 ?-1908, femme du précédent, femme de lettres : 387.

BERTON (Pierre Montan, dit), 1842-1912, fils des précédents, acteur : 387.

BERTRAND (Henri-Gatien, comte), 1773-1844, général, compagnon de Napoléon à Sainte-Hélène : 12.

BERTRAND (Fanny Dillon, comtesse), 1785-1836, femme du précédent : 12, 15.

BETHMONT (Eugène), 1804-1860, avocat (de Casimir Dudevant et de Clésinger) et homme politique, député républicain, ministre du Commerce en 1848 : 136, **222**, 223.

BEUDIN (Jacques-Félix), 1796-1850, auteur dramatique : 408n.

BIAUD (Sylvain), 1801- ?, cabaretier à Nohant et cantonnier ambulant : 117.

BIAUD (Solange), 1827- ?, fille du précédent, domestique à Nohant, épouse en 1845 le sabotier François Joyeux : 110.

Bibliophile Isaac, pseudonyme de Charles de SPOELBERCH DE LOVENJOUL.

*Bibliothèque des chemins de fer*, collection populaire lancée par Louis Hachette : 228.

*Bien public (Le)*, journal de Lamartine à Mâcon : 98, 429n.

BIGEOT, fermier de G. S. : 72.

Bignat, surnom d'Emmanuel ARAGO.

BIGNON (Marie-Charlotte Vernet, Mme Eugène), dite *Madame Albert*, 1805-1860, actrice : 227, 228.

BIRRICHINO, épervier : 301.

BIXIO (Mélanie Gaume, Mme Alexandre), 1806-1856 : 227.

BLANC (Louis), 1811-1882, socialiste, homme politique et historien, membre du Gouvernement provisoire de 1848, il dut s'exiler après les journées de juin : 136, 138, **154**, 170, 198, **216**.
*Histoire de la Révolution française* : 154.

BLANC (Charles), 1813-1882, frère du précédent, critique d'art, directeur des Beaux-Arts (1848-1850) : 154.

BLANCHARD, adjoint au maire de Nohant-Vicq : 117.

BLANCHARD (Edmond), 1810- ?, éditeur, associé de Hetzel : 193, 207, 211.

BLANCHE (la), jument : 337.

BLANQUI (Auguste), 1805-1881, théoricien socialiste et révolutionnaire : 136, 138, 198, 217.

BLAQUIÈRE (Paul), 1833-1868, compositeur : 360n.

BLIN (François), 1819-1866, peintre paysagiste : 273.

BLIN (Gabriel), domestique de Nohant, utilisé comme mouchard par la police et renvoyé par G. S. : 247.

BOCAGE (Pierre Touzé, dit), 1799-1862, acteur et directeur de théâtre, amant de G. S. en 1837 : 60, 83, **94**, 99, 164, **168**, 170, 171, **172**, **174**, 175,

177, 178, **179**, 182n., **184**, 186, 189, 302.

BOCAGE (Henriette-Rosalie Vatinelle, Mme Pierre), femme du précédent : 179.

BOCAGE (Marie Touzé, dite), 1838-1894, fille des précédents, plus tard Mme Henry Basset : 172, 179, 189.

BOCAGE (Henry Touzé, dit), fils des précédents, chef de gare puis auteur dramatique : 179.

BOCAGE (Paul Touzé, dit), 1822-1887, neveu de Pierre, auteur dramatique et journaliste : 94, 172.

BOHNÉ ET SCHULTZ, éditeurs, 170 rue de Rivoli : 288.

BOILEAU-DESPRÉAUX (Nicolas Boileau, dit), 1636-1711, poète : 89, 99, 110.
*Art poétique* : 99, 110.
*Épîtres* : 89.

BOIS-DUVAL (Jean-Alphonse), 1799-1879, botaniste : 354.

BONAPARTE (famille) : 151, 171n.

BONAPARTE (Prince Louis-Napoléon), voir NAPOLÉON III.

BONAPARTE (Napoléon) : voir NAPOLÉON Ier ou Prince NAPOLÉON.

BONAPARTE (Jérôme), 1784-1860, frère de Napoléon Ier, il fut roi de Westphalie, père du Prince Napoléon : 253.

BONAPARTE (Charles-Lucien), prince de Canino, 1803-1857, fils de Lucien Bonaparte, ornithologue et naturaliste : 249n.

BONAPARTE (Louis-Lucien), 1813-1891, frère du précédent, linguiste et philologue : 249n.

BONJEAN, vigneron de La Châtre : 66.

Bonnin (Gustave), pseudonyme utilisé par G. S. : 78n.

BONNIN (Pierre), menuisier de Nohant : 108, 164.

Bons romans » (« Les), collection populaire illustrée : 275.

BORIE (Victor), 1818-1880, journaliste républicain, il dirigea *L'Éclaireur*, puis fit une carrière de financier ; il fut l'amant de G. S. après Chopin (1847-1849) : 124, 125, 135, 136, 140, 143, 144, 147, 148, 150, 151, 152, 153, 160, 162, 163, 164, 169, 170, 172, 186, 204, 207, 211, 220, 227, 228, 339, 426.

BORIE (Eugène), 1821-?, cousin du précédent, médecin : 204.

BOSSUET (Jacques-Bénigne), 1627-1704, prélat, prédicateur et écrivain : 78, 186.

BOUCOIRAN (Marie-Émilie Long, Mme Grégoire), mère de Jules : 36.

**BOUCOIRAN** (Jules), 1808-1875, précepteur de Maurice Dudevant, confident et ami fidèle de G. S. : **10**, **12**, **15**, 21, **30**, **36**, 37, 38, **242**, 252n., 366, 423.

BOUDIN, avoué à Paris, il envisagea de se présenter à la députation dans l'Indre en 1848 : 135.

BOUFFÉ (Hugues-Marie), 1800-1888, acteur : 186.

BOUILHET (Louis), 1821-1869, ami de Flaubert, poète et auteur dramatique : 354n., 355, 356, 363, 384, 394, 402, 415.
*Conjuration d'Amboise* (La) : 355.
*Dernières Chansons* : 384.
*Mademoiselle Aïssé* : 394.
*Le Sexe faible* : 402, 415.

BOUJU (Ernest), éditeur, il publia *Masques et Bouffons* de Maurice Sand : 328.

BOULANGER (Gustave), 1824-1888, peintre : 224.

Bouli, surnom de Maurice DUDEVANT-SAND.

BOULLE (André-Charles), 1642-1732, ébéniste : 36, 38.

BOU-MAZA, baudet de Tamaris : 282.

BOURBONS (les) : 171n., 364, 393.

BOURDET (Édouard), 1819-1861, clerc puis avocat : 114, 196.

BOURDET (Pauline Michel, Mme Édouard), femme du précédent : 196.

BOURGOING (Joseph), 1780 ?-1848, directeur des Contributions indirectes à La Châtre de 1833 à 1838 : 52.

BOURGOING (Jeanne-Rose-Marie dite *Rozane* Petit, Mme Joseph), 1802-1893, amie de G. S. : 52.

Boutarin : surnom d'Alexis POU-RADIER-DUTEIL.

BOUTET (André), 1825-1884, receveur de rentes, homme d'affaires de G. S. et son voisin à Palaiseau : 339, 402.

BOUTET (Élisabeth dite Éliza Desplanches, Mme André), 1830- ?, femme du précédent : 339, 402.

BOUZEMONT (Jules-Auguste), 1805- ?, avocat, homme d'affaires de Clésinger : 149.

BRAULT (Joseph), 1796- ?, ouvrier tailleur, père d'Augustine (voir BERTHOLDI), il *tapa* G. S. avant de la calomnier : 105, 111.

BRAULT (Adélaïde Philbert, Mme Joseph), 1784-1849, femme du précédent, cousine germaine de la mère de G. S. : 105, 111.

BRAVE, chien de G. S. : 13, 18.

BRAZIER (Benoist), 1770-1845, aubergiste et maître de poste de La Châtre : 2, 3, 12.

BRÉA (Jean-Baptiste), 1790-1848, général, assassiné en juin 1848 par les insurgés : 182.

BRÉCOURT (Guillaume Marcoureau de), † 1763, acteur de la troupe de Molière et auteur dramatique : 179.

BRESSANT (Prosper), 1815-1886, acteur, il joua dans plusieurs pièces de G. S. : 193.

BRÉTILLOT DE COURCELLES (Antoinette), amie de Solange Clésinger : 403.

BREUILLARD (François-Lazare), chef d'institution à Auxerre, il attaqua violemment G. S. dans son discours de distribution des prix (7 août 1858) : 258.

Brighella, personnage de la comédie italienne : 257.

BRIQUET, caniche de G. S. : 113, 114, 115.

BROCARD (Suzanne), 1798-1855, sociétaire de la Comédie-Française : 19.

**BROHAN** (Augustine), 1824-1893, actrice, sociétaire de la Comédie-Française : **146**.

BROWN (John), 1800-1859, abolitionniste américain, il fut pendu : 269n.

BRUN (Joseph), 1790-1878, marchand de vins à Mâcon : 285.

BRUNET (Sylvain), 1816-1907 ?, domestique et cocher de G. S. à Nohant, et en 1866 régisseur d'un de ses domaines : 251, 323.

BRUNET (Jean, dit aussi Henri), frère du précédent, lui aussi domestique de G. S à Nohant : 250, 251, 273, 323.

*Bulletin de la République* : 135, 215.

**BULOZ** (François), 1803-1877, fondateur et directeur de la *Revue des Deux Mondes*, commissaire du Théâtre-Français (1838-1848) : 25, 30, **31**, 36, 37, 38, 50, 52, 65, 70, **76**, 79, **266**, **274**, 275, **283**, 284, 287,

**289, 302, 304, 310, 326,** 328, **341, 344,** 381, 390.

BULOZ (Christine Blaze, Mme François), 1815-1889, femme du précédent : 76, 189, 302, 328, 390.

BULOZ (Marie), 1840-1913, fille des précédents, plus tard (1865) Mme Édouard Pailleron : 302, 304, 310.

BULOZ (Charles), 1843-1903, fils des précédents, il succédera à son père à la *Revue des Deux Mondes* : 381.

BYRON (George Noel Gordon, lord), 1788-1824, poète anglais : 61, 66, 214, 424.
*Childe Harold* : 214.

CABASSON (Ernest), avoué à Auxerre, chargé par G. S. de suivre l'affaire Breuillard : 258.

CABET (Étienne), 1788-1856, théoricien communiste : 106, 136, 138, 198.
*Voyage en Icarie* : 106.

CADOL (Édouard), 1831-1898, journaliste, écrivain et auteur dramatique : 387.

CADOL (Berthe Dastre, Mme Édouard), femme du précédent : 387.

CADOT (Alexandre), 1806-1870, éditeur, il publia six romans de G. S. de 1850 à 1858 : 207, 211n.

CAILLAUD (André), 1799-1837, domestique des Dudevant : 4, 9, 12.

CAILLAUD (Françoise Meillant, Mme André), 1802-1871, femme du précédent, bonne de G. S. : 9, 12, 74, 92, 345.

CAILLAUD (Lucie dite *Luce*), 1828-1855, fille des précédents et amie de Solange, bonne de G. S. de 1845 à 1847 : 74, 92, 152.

CAILLAUD (Marie), 1840-1914, jeune paysanne affectée d'abord à la basse-cour de Nohant (« Marie des poules »), elle joua souvent sur le théâtre de Nohant, G. S. lui apprit à lire et écrire, et en fit sa gouvernante : 252, 282, 284, 287, 289, 301, 303, 324, 327, 339, 403.

CAILLAUD (Pierre), 1815-1854, menuisier au service de G. S. : 177, 223.

CAILLAUD (Marguerite Péru, veuve), servante de G. S. de 1847 à 1851 : 152.

CALAMATTA (Luigi), 1801-1869, peintre et graveur italien, sa fille Lina épousera Maurice Sand : 171, 233, **243**, 258n., 294, 296, 299, 312, 313, 314, 328, 334, 342, 374, 376.

CALAMATTA (Joséphine RAOUL-ROCHETTE, Mme Luigi), 1817-1893, peintre, épouse séparée du précédent, mère de Lina Dudevant-Sand : 323, 328.

CALAMATTA (Lina) : voir Lina DUDEVANT-SAND.

CAMPANELLA (Tommaso), 1568-1639, philosophe italien, persécuté par l'Inquisition : 153n.

CAMUS (Arthur), fils aîné du fermier de G. S. à La Porte, domestique : 249.

CANDOLLE (Alphonse de), 1806-1893, botaniste suisse : 274.
*Géographie botanique* : 274.

CANICHE, chien : 13.

CANROBERT (François-Certain), 1809-1895, général puis maréchal de France : 197.

*Cantique des cantiques* : 58.

CANUT Y MUGNEROT, banquiers à Majorque : 65.

CAPELLE (Guillaume-Antoine-Benoît, baron), 1775-1843, ministre de Charles X : 11.

CAPITAINE, chien : 13.

CAPO DE FEUILLIDE (Jean-Gabriel), 1800-1863, journaliste et écrivain : 29, 36.

Carabiac, surnom de CALAMATTA (Mlle Carabiac, surnom de sa fille Lina).

CARBON (Lucy), cuisinière et bonne de G. S. au début de l'installation à Palaiseau : 327.

CARDOZZO DE MELLO (Francisco), Portugais généreux des îles du Cap-Vert : 181, 366.

CARLES (Augusta Barbès, Mme Jean-François), 1812-1891, sœur de Barbès : 140, 153.

CARLIER (Pierre), 1794-1858, chef de la police municipale de Paris, puis préfet de police (1849-1851) : 194.

CARLOS (Maria José Isodoro de Bourbon, Don), 1788-1855, Infant d'Espagne, prétendant au trône d'Espagne : 67.

CARNÉ (Louis de Marcein, comte de), 1804-1876, publiciste et homme politique : 76.

CARNOT (Hippolyte), 1801-1888, journaliste et homme politique républicain, ministre de l'Instruction publique en 1848 : 135, 136.

CAROLINE (Caroline Loyo, dite Mademoiselle), célèbre écuyère du Cirque olympique : 110.

CARRACHE (Annibale Carracci, dit), 1560-1609, peintre italien : 233.

CARREL (Armand), 1800-1836, journaliste politique : 76, 78.

CARTERET (Nicolas-Henri), 1807-1862, directeur de la police de sûreté générale et sous-secrétaire d'État à l'Intérieur en 1848 : 136.

CARVALHO (Léon Carvaille, dit), 1825-1897, directeur du Vaudeville puis de l'Opéra-Comique : 402, 415.

Cascaret : surnom de Francis LAUR.

Casimir : voir DUDEVANT.

Cassandre, type de la comédie italienne : 118, 164.

CASTIGLIONE (Virginia Oldoini, comtesse Verasis de), 1837-1899, aventurière et espionne, ses grâces firent beaucoup auprès de Napoléon III pour la cause italienne : 255.

Castorine, surnom d'Augustine BRAULT.

CATHERINE II, 1729-1796, impératrice de Russie : 54.

CATHERINE, servante de l'hôtel de Florence à Paris : 4.

CATLIN (George), 1796-1872, peintre et voyageur américain : 118n.

CAUSSIDIÈRE (Marc), 1808-1861, républicain, préfet de police et représentant du peuple en 1848, il s'exila après les journées de juin : 136.

CAUVIÈRE (François), 1780-1858, chirurgien de Marseille, il soigna Chopin : 67, 227.

CAVAIGNAC (Godefroy), 1801-1845, homme politique, ardent républicain : 154.

CAVAIGNAC (Louis-Eugène), 1802-1857, frère du précédent, général, ministre de la Guerre en 1848, il écrasa l'insurrection de juin, et fut battu aux élections présidentielles par Louis-Napoléon Bonaparte : 142n., 143, 145, 148, 149, 153, 154, 189, 195, 198, 217, 261.

CAVET, chef du cabinet du ministre de l'Intérieur Persigny : 194.

CAVOUR (Camillo Benso, comte), 1810-1861, homme d'État italien : 254, 289.

CAZAMAJOU (Caroline Delaborde, Mme Pierre), 1799-1878, fille naturelle de Sophie Delaborde et demi-sœur de G. S. : 2, 5, 7, 15, 17, 59, 99, 434.

CAZAMAJOU (Oscar), 1822-1891, neveu de G. S., fils de la précédente : 59, 136, **434**.

CAZAMAJOU (Herminie Lécuyer, Mme Oscar), 1833-?, femme du précédent : 434.

CERVANTÈS (Miguel de Cervantes Saavedra, dit), 1547-1616, écrivain espagnol : 13, 78, 118n.

*Don Quichotte* : 78, 118n., 321.

CÉSAR (Jules), 101-44 av. J.-C., général, consul et empereur romain : 66, 215.

Chacrot, surnom d'un habitant de La Châtre : 66.

Chambre des députés : 11, 15, 19n., 73, 77, 95, 144, 426 (voir aussi Assemblée nationale).

Chambre des pairs : 43n., 78.

Champagnette Delille, surnom d'un habitant de La Châtre : 13.

CHAMPFLEURY (Jules Husson-Fleury, dit), 1821-1889, romancier et critique d'art : **212**, **214**.

*Contes d'été. Les Souffrances du professeur Delteil* : 214.

*Contes de printemps. Les Aventures de Mademoiselle Mariette* : 214.

*Lettre à M. Ampère touchant la poésie populaire* : 212.

*Réalisme (Le)* : 212n.

CHANGARNIER (Nicolas), 1793-1877, général et homme politique : 195, 217.

CHANTELAUZE (Jean Claude Victor de), 1787-1859, ministre de Charles X : 11.

CHAPELAIN (Jean), 1595-1674, écrivain : 165.

CHARLEMAGNE, 742-814, empereur : 52.

CHARLES-ALBERT I^er (1798-1849), roi de Savoie : 144.

CHARLES X, 1757-1836, roi de France : 11, 13, 23.

CHARLES V, dit CHARLES QUINT, 1500-1558, roi d'Espagne et empereur : 17.

CHARLES-EDMOND, voir CHOJECKI.

CHARMETTE, chien : 13.

CHARRASSIN (Frédéric), 1804-1876, avocat, linguiste et homme politique : 93n.

CHARTON (Édouard), 1807-1890, avocat et homme politique, directeur de journaux (*Le Magasin pittoresque*, *L'Illustration*, *Le Tour du Monde*…) : **223**, 258, **386**.

CHARTON fils, fils du précédent : 386.

CHATAUVILLARD (Louis-Alfred Le Blanc, comte de), 1799-1869, dandy, membre du Jockey-Club, auteur d'un *Essai sur le duel* : **61**.

CHATEAUBRIAND (François-René de), 1768-1848, écrivain : 150, 198n., 277, 278, 394.

*Mémoires d'outre-tombe* : 150, 198n.

CHATEL (Ferdinand), 1795-1857, prêtre dissident, fondateur de l'Église catholique française : 314.

CHATIRON (Pierre Laverdure, dit Hippolyte), 1799-1848, fils bâtard de Maurice Dupin et demi-frère de G. S. : 1, 3, 4, 5, 8, 9, 11, 14n., 15, 17, 18, **33**, **46**, 60, 66, **72**, 74, 75, 83, 92, 95, 108, 109, 151, 261, 355, 403n., 415.

CHATIRON (Émilie Devilleneuve, Mme Hippolyte), 1793-1870, femme (1823) du précédent : 3, 15, 33, 46, 60, 72.

CHATIRON (Léontine), voir
    Léontine SIMONNET.
CHÉRAMI ou CHÉRAMY (Jacques),
    journalier de Nohant un peu
    bête : 3, 74, 78.
CHERBULIEZ (Victor), 1829-1899,
    écrivain : 274, 341.
    *À propos d'un cheval* : 274.
CHÉRI (Rose Cizos, Mme
    Adolphe LEMOINE-MONTIGNY,
    dite Rose), 1824-1861, actrice,
    épouse du directeur du Gym-
    nase : 189, 193, 199, 227, 231.
CHEVALIER (Michel), 1806-1879,
    économiste : 336.
CHICOT (Jean-Baptiste), com-
    missaire de police de La
    Châtre : 3, 13.
CHIEN BLEU, chien de G. S. : 13.
Chip, Chip Chip, surnoms de
    CHOPIN.
**CHOJECKI**, dit **CHARLES-EDMOND**
    (Charles-Edmond), 1822-1899,
    écrivain et journaliste, direc-
    teur littéraire de *La Presse* puis
    du *Temps*, bibliothécaire du
    Sénat : **246**, **247**, 249, 253,
    **413**, **424**.
    *Bûcheronne (La)* : 413.
    *Voyage dans les mers du Nord à
    bord de la corvette La Reine
    Hortense* : 249.
CHOJECKI (Loulou), fille de
    Charles-Edmond : 246.
Chop, surnom de CHOPIN.
CHOPIN (Nicolas), 1771-1844,
    professeur, père de Frédéric :
    101.
**CHOPIN** (Técla-*Justine* Krzyza-
    nowska, Mme Nicolas), 1782-
    1861, mère de Frédéric : **101**.
**CHOPIN** (Frédéric), 1810-1849,
    pianiste et compositeur polo-
    nais, compagnon de G. S. de
    1838 à 1847 : 62, 64, 65, 67,
    68n., 71, 72, 74, 75, 83, 85,
    91, 92, 94, 95, 96, 97, 100,
    101, 106, 109, 112, 113, 114,

115, 119, 120, 123, 125, 126,
    **127**, 128, 129, 132n., 139,
    149, 159, 161, 187, 212, 229,
    360, 401.
CHOPIN (Ludwika), 1807-1855,
    sœur de Frédéric, épouse
    (1832) Jozef-Kalasanty JEDR-
    ZEJEWICZ : 101.
CHOPIN (Isabelle), 1811-1881,
    sœur de Frédéric, épouse
    (1834) Antoni-Felix BAR-
    CINSKI : 101.
CHRIST : voir JÉSUS-CHRIST.
CLARENCE (Jean-Charles Cap-
    pua, dit), 1817-1866, acteur, il
    créa *François le Champi* : 168.
CLÉMENT D'ALEXANDRIE (Titus
    Flavius Clemens, dit), v. 150-
    v. 215, Docteur de l'Église :
    230.
CLÉOPÂTRE, 69-30 av. J.-C., reine
    d'Égypte : 205.
**CLERBOUT** (Henri), v. 1836-?,
    jeune écrivain débutant qui
    demanda conseil à G. S. :
    **238**.
CLERH (Eugène), 1838-1900,
    acteur, il fit ses débuts sur le
    théâtre de Nohant, puis passa
    à l'Odéon et à la Comédie-
    Française : 382.
CLÉSINGER (Georges-Philippe),
    1788-1852, sculpteur, père
    d'Auguste : 124.
**CLÉSINGER** (Jean-Baptiste dit
    Auguste), 1814-1883, sculp-
    teur, mari de Solange Dude-
    vant : 119, 120, 121n., 122,
    123, **124**, 125, 126, 128, 129,
    135, 137, 177, 178, 193, 196,
    200, **201**, 223, 256.
CLÉSINGER (Solange) : voir DUDE-
    VANT (Solange).
CLÉSINGER (Jeanne-Gabrielle),
    28 février-6 mars 1848, fille
    des précédents : 132n., 137,
    329.
CLÉSINGER (*Jeanne*-Gabrielle, dite

*Nini* ou *Cocotte*), 1849-1855, fille des précédents : 178, 183, 186, 188, 196, 200, 201, 203, 204, 207, 211, 220, 222, 223, 225, 230, 233, 254, 256, 285n., 378.

*Cloche (La)*, pamphlet hebdomadaire de L. Ulbach : 378.

Cocote ou Cocotte, surnom de Lina DUDEVANT-SAND.

COCOTON, un chien de Nohant : 136.

Cocoton, surnom de Marc DUDEVANT.

COHEN (Hermann), 1820-1871, pianiste allemand, élève de Liszt : 48, 50, 52, 53.

COLBERT (Alphonse de), 1776-1843, général : 1.

COLET (Louise Revoil, Mme Hippolyte), 1810-1876, femme de lettres, maîtresse (entre autres) de Flaubert : 279.
*Lui* : 279.

COLETTE, jument de G. S. : 7, 111.

Colombine, type de la comédie italienne : 118.

COMMANVILLE (Ernest), 1834-1890, marchand de bois, mari de la nièce de Flaubert : 421.

COMMANVILLE (Caroline Hamard, Mme Ernest), 1846-1931, nièce de Flaubert, épouse du précédent, remariée en 1900 avec le Dr Franklin-Grout : 421, 425, 426, 429.

Compagnonnage : 71, 271.

CONDÉ (Louis II de Bourbon, prince de), 1621-1686, dit le Grand Condé : 179.

CONSTANT (Alphonse-Louis), 1816-1875, prêtre défroqué et marié, auteur mystique puis occultiste sous le pseudonyme d'Éliphas Lévi : 136.

*Constitutionnel (Le)*, journal : 102, 142, 207, 278n.

CORMON (Eugène), 1811-1903, auteur dramatique, directeur du Vaudeville : 415n.

CORNEILLE (Pierre), 1666-1684, poète dramatique : 165, 228.
*Illusion comique (L')* : 165.

CORRET (Joseph RIVIÈRE dit), fils d'une prostituée de campagne, recueilli par G. S., modèle de Joseph ou « Joset l'ébervigé » des *Maîtres sonneurs* : 207.

CORRET (Mme), mère du précédent : 207.

COSTE (Jacques-Hubert), chirurgien de la Marine, il soigna Chopin à bord du *Méléagre* : 67.

COTTIER (André), banquier parisien : 30.

COURBET (Gustave), 1819-1877, peintre : 214, 227.
*Un enterrement à Ornans* : 214n.

*Courrier français (Le)*, journal : 113n., 116.

*Courrier du Gard (Le)*, journal : 366.

COURTAIS (Amable-Gaspard-Henri, vicomte de), 1790-1877, officier et député républicain, commandant de la Garde nationale en 1848 : 136.

COUTURE (Thomas), 1815-1879, peintre, il a fait le portrait (dessin) de G. S. : 177n., 352.

COX (George William), 1827-1902, écrivain anglais, auteur d'ouvrages sur la mythologie : 412.
*Dieux et les Héros (Les)* : 412.

*Crédit (Le)*, journal : 145n., 150n., 169n.

CRÉMIEUX (Adolphe), 1796-1880, avocat et homme politique, membre du Gouvernement provisoire et ministre de la Justice en 1848 : 136.

Crisni ou Chrishni, surnom de Joseph DESSAUER.

CRONOS, dieu grec (Saturne), père de Zeus : 418.

CRUCHARD, personnage mythique créé par Flaubert (souvent ensuite ainsi surnommé) : 405.

CUINAT-BADOU (Louis-Guillaume), 1772 ?-1850, maire de La Châtre : 11.

CULON (de), famille de La Châtre : 3.

CUPIDON, dieu romain de l'Amour : 28.

CURNIEU (Charles-Louis de Mathevon, baron de), 1812-1871, officier de cavalerie : 114.

CUVIER (Georges), 1769-1832, zoologiste et paléontologiste : 200.

CYBÈLE, déesse de la Nature : 281.

CZARTORYSKA (Anna Sapieha, princesse Adam), 1799-1864, aristocrate polonaise en exil, bienfaitrice de ses compatriotes émigrés : 120.

DALIAS (Jeanne dite *Rose*), 1848-?, fille de Jeanne Dalias, la servante-maîtresse de Casimir Dudevant : 242.

DANAIS (Gabrielle ROLLINAT, Mme François Étienne), 1812-1870, sœur de François Rollinat, poétesse : 409.
*Poésie des enfants (La)* : 409.

DANTE ALIGHIERI, 1265-1321, poète italien : 39, 44, 214, 297, 321, 363.

DARCHY (Pierre-Paul), 1825-1894, médecin à La Châtre puis (1864) à Chambon (Creuse) : 305, **336**.

DARNAUT, coiffeur à La Châtre : 13.

DASH, chien des Viardot : 75.

DAUDET (Alphonse), 1840-1897, écrivain : 429, **430**.
*Fromont jeune et Risler aîné* : 430.
*Jack* : 429, 430.

DAUX (Élisabeth dite Éliza), † 1858, servante des Périgois : 252.

DAVENAT (Édouard), voiturier à Châteauroux : 190.

DAVID, v. 1010-970 av. J.-C., deuxième roi hébreu : 129.

*Débats* : voir *Journal des Débats*.

DECAISNE (Joseph), 1807-1882, botaniste et agronome : 274.
*Flore élémentaire des jardins et des champs* : 274.

DECAMPS (Alexandre-Gabriel), 1803-1860, peintre : 227.

DECERFZ (Emmanuel), 1780 ?-1860, médecin de La Châtre : 2.

DECERFZ (Aimée Lemut, Mme Emmanuel), 1787-1862, femme du précédent : 23, 217.

DECERFZ (Laure) : voir FLEURY.

DECOURTEIX (Alexandre), adjoint au maire de La Châtre : 11.

DÉDOLLINS : 136.

DEFOE (Daniel), 1660-1731, romancier anglais : 64.
*Robinson Crusoé* : 64.

DEFOS (Fortuné), 1797-1869, cousin de la mère de G. S. : 5.

DEGEORGE (Frédéric), 1797-1854, journaliste et homme politique républicain : 82.

DELABORDE (Antoine-Claude), 1734-1781, marchand d'oiseaux, grand-père maternel de G. S. : 99, 111.

DELACROIX (Eugène), 1798-1863, peintre : **64**, 72, **83**, 94, **95**, **97**, **109**, **115**, 117, **119**, 176, **190**, 205, **206**, 227, **229**, 230n., 244, 250, 265, **276**, **295**, 315, 345.
Apollon (plafond de la galerie d') : 190, 205.
*Arabe chassant le lion* : 205.

Chapelle des Saints-Anges (Saint-Sulpice) : 295, 315.

*Cléopâtre* : 205.

*Confession du Giaour (La)* : 205.

*Éducation de la Vierge (L')* : 83, 115, 205, 345.

*Fleurs* : 97, 205.

*Hamlet* : 205.

*Intérieur de carrières* : 205.

*Lélia* : 190, 205, 206.

Peintures murales au Palais-Bourbon : 95.

Portrait de Chopin et Sand : 64n.

DELARAC (Édouard), régisseur du square d'Orléans : 125.

DELATOUCHE (Charles-Alexandre BESSIRARD-), 1790-1862, papetier et éditeur, il traita avec G. S. pour *Histoire de ma vie* : 135, 149, 207.

Delatouche : voir aussi H. de LATOUCHE.

DELAVAU (Charles), 1799-1876, médecin, maire de La Châtre et député de l'Indre : 11, 12, 83, 135, 136.

DELAVIGNE (Paul), éditeur et agent littéraire : 118.

DELÉROT (Émile), 1834-1912, écrivain et bibliothécaire : 412n.

DELLA ROBBIA (Luca), 1400-1482, sculpteur et céramiste italien : 229.

*Cantoria* : 229.

DENNERY (Adolphe), 1811-1899, auteur dramatique : 179.

DENTU (Édouard), 1830-1864, éditeur : 380n.

DESAGES (Luc), 1820-1903, gendre de Pierre Leroux, socialiste : 194.

DESBORDES-VALMORE (Marceline), 1786-1859, poétesse : 409.

DESCARTES (René), 1596-1650, philosophe et mathématicien : 348.

*Discours de la Méthode* : 348n.

DESCHARTRES (Jean-François), 1761-1828, précepteur de Maurice Dupin puis de sa fille G. S. : 1, 2, 4, 93, 111, 394.

Desdemona, personnage de Shakespeare (*Othello*) : 275.

DESÉGLISE (Jean Espérance), 1794-1870, ami de Michel de Bourges, propriétaire de la « maison déserte » où G. S. retrouvait son amant : 55n., 57.

DESÉGLISE (Marie FOURNEUX, Mme Jean Espérance), 1799-?, compagne du précédent qui l'épousa en 1845 : 57.

DESHAYES (Jean-Baptiste), 1818-1870, acteur : 168.

DESMARETS DE SAINT-SORLIN (Jean), 1595-1676, poète dramatique : 165.

DESMOUSSEAUX (Jean-Emmanuel), greffier de justice de paix à Châteauroux, puis agent d'affaires à Vierzon, inquiété pour ses opinions républicaines : 247.

**DESPLANCHES** (Marie-Théodore), 1797-1868, tailleur, saint-simonien, père d'Éliza Boutet, il fut le voisin de G. S. à Palaiseau : **348**.

**DESSAUER** (Josef), 1798-1876, musicien allemand, ami fidèle de G. S. qui le surnomme Crisni ou Chrishni : 72, 315, **367**.

DESSOLLE (Jean-Gabriel), 1777-1848, préfet : 12n.

DESSOLLE (Henri), fils du précédent : 12.

DIABLE (le) : 230, 314, 369.

*Diable à Paris (Le)*, ouvrage collectif publié par Hetzel (1845-1846) : 110n., 118n.

DIDAY (François), 1802-1877,

peintre suisse spécialiste des vues de montagnes : 109.

DIDEROT (Denis), 1713-1784, écrivain, philosophe et encyclopédiste : 78, 292.

DIDIER (Charles), 1805-1864, critique et écrivain d'origine suisse, il fut quelque temps l'amant de G. S. en 1836 : 50, 54, 88, 230.

*Rome souterraine* : 88.

*Une visite à M. le duc de Bordeaux* : 230.

DIEU : 3, 4, 6, 7, 8, 12, 14, 22, 23, 28, 29, 35, 37, 38, 39, 41, 43, 44, 45, 47, 49, 50, 52, 53, 54, 55, 57, 61, 62, 67, 69, 72, 73, 74, 77, 82, 83, 86, 87, 99, 100, 102, 106, 109, 111, 112, 118, 121, 123, 126, 127, 129, 138, 140, 141, 144, 145, 149, 151, 156, 157, 160, 163, 165, 166, 169, 171, 172, 180, 181, 191, 192, 194, 195, 197, 200, 207, 210, 213, 217, 218, 230, 237, 238, 239, 242, 249, 253, 256, 271, 274, 276, 277, 278, 286, 288, 296, 303, 305, 307, 309, 316, 317, 318, 334, 338, 348, 355, 359, 363, 369, 374, 409, 415.

DI NEGRO (Gian Carlo, marquis), 1779-1857, aristocrate et écrivain de Gênes : 68.

DJECK, éléphant : 21.

Dom Mar, surnom de BALZAC.

Don Juan : 26, 118, 255.

Don Quichotte, héros du roman de Cervantès : 78.

Doña Sol, personnage de Victor Hugo (*Hernani*) : 17.

DONZELLI (Domenico), 1790-1873, ténor italien : 33.

DORADOUX, habitant de La Châtre : 3.

DORÉ, habitant de La Châtre : 3.

DORÉ (Gustave), 1832-1883, peintre et illustrateur : **321**.

DORVAL (Marie Delaunay, Mme Allan-Dorval, puis Mme Jean-Toussaint Merle, dite Marie), 1798-1849, actrice : **24, 25, 27,** 28, 52n., 62, **141**, 156, 234.

DORVILLE (Julie), bonne de G. S. : 36.

*Droit (Le)*, « journal des tribunaux, de la jurisprudence, des débats judiciaires et de la législation » fondé en 1835 : 50, 52.

DROUET (Julienne Gauvain, dite Juliette), 1806-1883, actrice, maîtresse de Victor Hugo : 24n.

DU BARRY (Jeanne Bécu, par adoption Gomard de Vaubernier, puis comtesse), 1743-1793, maîtresse de Louis XV : 24n.

DUBOIS (Émilie), 1837-1871, actrice, sociétaire de la Comédie-Française : 231.

DUBOISDOUIN, † 1825, ami de Mme Dupin de Francueil : 2.

DU CAMP (Maxime), 1822-1894, écrivain, ami de Flaubert : 355n.

DUCARTERON (François), beau-frère de Charles Duvernet : 66.

DUCHAUFFOUR, soldat condamné à mort et gracié : 194.

DUCLERC (Eugène), 1812-1888, économiste et homme politique, ministre des Finances en 1848, il s'opposa aux représailles après les journées de juin : 143.

DUDEVANT (Jean-François, baron), 1754-1826, colonel, beau-père de G. S. : 5, 6, 7, 329.

DUDEVANT (Gabrielle-Louise de La Porte de Sainte-Gemme, baronne Jean-François), 1772-1837, belle-mère de G. S. : 7.

DUDEVANT (François dit *Casi-*

*mir*), 1795-1871, fils des précédents, mari de G. S.: 3, **4**, 5, 6, **8**, 9, 12, 17, 18, 21, 29n., 33, 36, 41, 45, 46, 48, 50, 51, 52, 59, 60, 66, 92, 107, 119, 120, 124, 128, 131, 135, 150, 152, 175, 201, 227n., 228, 242, 258, 292, 301, 329.

DUDEVANT (Maurice, dit Maurice SAND), 1823-1889, fils du précédent et de G. S., peintre, écrivain et marionnettiste: 3, 4, 5, 6, 8, 9, 10, 12, 15, 16, 18, 19, **21**, 28, 30, 33, 36, 38, 39, **45**, 46, 49, 50, **51**, 52, 54, 57, 58, 59, 60, 62, 64, 65, 66, 67, 72, 74, 82, 83, 85, 91, 92, 94, 95, 96, 97, 99, 100, 105, 107, 108, 109, 111, 113, 114, 115, 118, 119, 120, 121, 123, 124, 125, 126, 128, 129, 131, **135**, **136**, 137, 139, 140, 143, 144, 145, 147, 149, 150, 151, 152, 153, 154, **155**, 157, 159, 160, 161, 164, 165, 168, 169, 170, 172, 173, 174, **175**, **176**, **177**, 178, 179, 183, 185, 186, 187, 189, 190, 191, 193, 196, 200, 202, 203, 205, 206, 207, 211, 216, 221, 223, 224, 225, 226, **227**, **228**, 230, 231, 234, 235, 237, 241, 242, 244, 247, 249, **250**, **251**, 252, 254, 255, 257, 258, 270, 271, **273**, 276, 278, 282, 284, 285, 287, 288, 289, 290, 291, 292, 293, 294, 295, 296, 298, 299, **301**, 306, 312, 313, 314, 315, 320, **323**, **324**, 325, **327**, 328, 329, 330, 331, 333, 334, 337, **338**, **339**, 341, 345, 349, 350, **352**, **353**, 354, 356n., 359, 360, 361, 362, 363, 364, 365, 366, 367, 370, 371, 372, 373, **374**, 376, **377**, 378, 379, 380, 385, 387, 389, 390, 392, 393, 394, 399, 400, **402**, 403, 405, 406, 407, 411, 412, 413, 414, 415, 416, 418, 422, 423, 433, 434.

*André Beauvray*: 377.

*Callirhoé*: 306, 323, 341.

*Catalpa (Le)*: 234n.

*Catalogue raisonné des Lépidoptères du Berry et de l'Auvergne*: 363n.

*Coq aux cheveux d'or (Le)*: 341, 352.

*Farce du petit bossu (La)*: 303n.

*Légendes rustiques*: 255n.

*Marionnettes*: 150, 152, 164, 173, 185, 252, 288, 361, 365, 371, 373, 392, 400, 416.

*Masques et Bouffons*: 165n., 255n., 257, 259.

*Monde des papillons (Le)*: 181n., 228.

*Miss Mary*: 362.

*Raoul de La Chastre*: 328, 341.

*Six mille lieues à toute vapeur*: 289.

*Vase de bronze (Le)*: 416.

DUDEVANT-SAND (Marceline dite *Lina* CALAMATTA, Mme Maurice), 1842-1901, fille de Luigi Calamatta, épouse du précédent (1862), elle sera pour G. S. comme une fille (surnommée *Cocote*): **294**, **296**, 299, **301**, 306, 312, 313, 314, **323**, **324**, 325, **327**, **328**, 329, 330, 331, 333, 334, **337**, 338, 339, 343, 349, 350, **351**, 352, 353n., 354, 359, 360, 362, 363, 365, 366, 367, 370, 371, 372, 373, 374, 376, 378, 379, 380, 387, 389, 390, 393, 394, 400, **402**, 403, 405, 407, 411, 415, 418, 422, 434.

DUDEVANT-SAND (*Marc*-Antoine, dit *Cocoton*), 1863-1864, fils des précédents: 306n., 312, 313, 314, 315, 317, 323, 327, 328, 329, 330, 334, 337, 343, 378.

DUDEVANT-SAND (Aurore, dite
  *Lolo*), 1866-1961, fille des précédents : 337n., 342, 343, 345,
  349, 352, 354, 359, 362, 365,
  366, 367, 370, 371n., 372, 373,
  374, 376, 377, 378, 380, 381,
  385, 389, 394, 400, 402, 403,
  405, 406, 407, 409, 411, 412,
  413, 414, 415, 416, 417, 418,
  419, 422, 423, 426, 429, 431,
  434.

DUDEVANT-SAND (Gabrielle, dite
  *Titite*), 1868-1909, fille des
  précédents : 365n., 366, 367,
  370, 371n., 372, 374, 376, 377,
  378, 380, 381, 385, 389, 394,
  400, 402, 403, 407, 409, 412,
  413, 414, 415, 416, 417, 418,
  419, 422, 423, 426, 431.

DUDEVANT (Solange, Mme Jean-
  Baptiste CLÉSINGER), 1828-
  1899, fille de G. S., elle épousa
  en 1847 le sculpteur Clésinger, dont elle se sépara en
  1854 : 9, 12, 15, 16, 18, 20,
  21, 22, 23, 28, 33, 36, 38, 39,
  46, 49, 50, 51, 52, 54, 57, 58,
  60, 62, 65, 66, 67, 72, **74**, 75,
  82, 83, 85, 91, **92**, 94, 95, 97,
  99, 100, 105, 107, 109, 110,
  111, 113, 114, 115, 118, 119,
  120, 121n., 122, 123, 124, 125,
  126, 127, 128, 129, 131, 132n.,
  135, 137, 139, 149, 150, 151,
  152, 159, 161, 175, 177, 178,
  **183**, **186**, 187, 188, 190, 191,
  193, **196**, 200, 201, 202, 203,
  207, 211, 217, 223, **224**, **226**,
  227, 228, 230, 242, 250, 254,
  **255**, **256**, 257, 271, 288, 292,
  301, 320, 329, 340, 378, 403,
  415.

DUFRAISSE (Marc), 1811-1876,
  avocat et homme politique
  républicain, préfet de l'Indre
  en 1848 et député de Dordogne, banni sous le Second
  Empire : 153, **162**, 191, 194.

DULAURE　　　(Jacques-Antoine),
  1755-1835, historien de Paris
  (*Histoire civile, physique et morale
  de Paris*) : 17.

DUMAINE (Louis-François), 1831-
  1893, directeur du théâtre de
  la Gaîté : 354.

DUMAS père (Alexandre), 1802-
  1870, écrivain : 25, 28, 79,
  109, 114, 187, 189, **202**, 204,
  208, 219, 227, 231, 291, 293,
  341, 408.
  *Carconte (La)* : 227, 228.
  *Conscience (La)* : 219n.
  *Mémoires* : 202.
  *Retour de Pharaon (Le)* : 227n.
  *Richard Darlington* : 408.
  *Vicomte de Bragelonne (Le)* : 204.

DUMAS　　　(Marguerite-Joséphine
  Ferrand, dite *Ida* FERRIER,
  Mme Alexandre), 1811-1859,
  actrice, épouse séparée de
  Dumas père, elle vécut en
  Italie avec le prince de Villa-
  franca : **225**, 255, **257**.

DUMAS fils (Alexandre), 1824-
  1895, écrivain, il retrouva et
  remit à G.S. sa correspondance avec Chopin, et eut
  pour elle une affection filiale :
  **187**, **219**, 227, **231**, 252, 286,
  **287**, **288**, **292**, **293**, **299**, 301,
  **303**, **312**, 315, 339, 342, **349**,
  356n., **376**, **390**, 429.
  *Affaire Clémenceau (L')* : 349.
  *Dame aux camélias (La)* : 231.
  *Dame aux perles (La)* : 293.
  *Demi-Monde (Le)* : 227, 231.
  *Diane de Lys* : 231.
  *Étrangère (L')* : 429.
  *Fils naturel (Le)* : 252.
  *Régent Mustel (Le)* : 187, 293.

DUMAS　　　(Nadejda　Knorring,
  Mme Alexandre), voir Nadejda NARYSCHKINE.

DUMAS (Marie Alexandrine Henriette dite *Colette*), 1860-1907,
  fille naturelle des précédents,

reconnue à leur mariage, plus tard Mme Maurice Lippmann puis Mme Achille Matza : 402.

DUMAS (Marie Olga Jeanne dite *Jeannine*), 1867-1943, fille des précédents, plus tard Mme Ernest d'Hauterive : 402.

DU PARC, dit *Gros-René* (René Berthelot, sieur), † 1664, acteur de la troupe de Molière : 179.

DUPIN DE FRANCUEIL (Louis-Claude), 1715-1786, fermier général, grand-père de G. S. : 7, 111.

DUPIN DE FRANCUEIL (Marie-Aurore de Saxe, Mme Louis-Claude), 1748-1821, fille naturelle du maréchal de Saxe et grand-mère de G. S. : 2, 7, 8, 33, 99, 111, 131, 222, 394.

DUPIN (Maurice), 1778-1808, officier, fils des précédents, père de G. S. : 1, 3, 7, 99, 111, 131, 137, 202, 222, 394.

**DUPIN** (Antoinette-*Sophie*-Victoire Delaborde, Mme Maurice), 1773-1837, mère de G. S. et de Caroline Cazamajou : **2, 5**, 7, **9**, 17, 19, 33, 59, 60, 99, 111, 202.

DUPLOMB (Adolphe), 1805-1879, courtier en vins et en assurances, ami d'enfance de G. S. et beau-frère de Duteil : 66.

DUPONT (Pierre), 1821-1870, poète et chansonnier : 212.

DUPOTY (Michel-Auguste), 1797-1864, journaliste politique : 78.

DUPRÉ (Jules), 1811-1889, peintre paysagiste : 119.

DUPUIS (Adolphe), 1824-1891, acteur du Gymnase, il joua dans de nombreuses pièces de G. S. : 199.

DUPUY (Jacques-Henry), 1798-1840, imprimeur et éditeur : 20, 22, 30.

DUQUESNEL (Félix), 1832-1915, directeur de l'Odéon (1872-1880) : 315.

DURAN (Ignacio), et sa femme Maria (née Gisbert), réfugiés politiques à Majorque : 67.

DURIS-DUFRESNE (François), 1769-1837, député de l'Indre : 15.

DURMONT (François-Marie-Nicolas Bouché-Durmont, dit), 1803-1851, avoué, agréé au Tribunal de Commerce de Paris : 114.

DUTACQ (Armand), 1810-1856, directeur de journaux : 207.

DUTEIL : voir POURADIER-DUTEIL.

DUVERGIER DE HAURANNE (Prosper), 1798-1881, publiciste et homme politique : 76.

DUVERNET (Charles-Nicolas ROBIN-), 1771-1835, receveur particulier à La Châtre : 22.

DUVERNET (Ursule Fauvre, Mme Charles-Nicolas), 1779-1858 : 14, 15, 19, 22.

**DUVERNET** (Charles), 1807-1874, fils des précédents, ami fidèle de G. S., châtelain du Coudray : 10, **13, 14**, 16, 17, 18, 19, **22**, 66, **78, 85, 98**, 100, 128, 164, 175, 176, 178, 183, 200, 207, **252, 282**, 286, 292n., 325, 354n., 385n., **411**.

DUVERNET (Eugénie Ducarteron, Mme Charles), 1816-1882, femme du précédent : 66, 78, 85, 164, 175, 183, 207, 211, 252, 282, **411**.

DUVERNET (Eugène), 1833-1911, fils des précédents : 78, 85, 164, 200, 252, 282, 411.

DUVERNET (Élisabeth Martin-Saint-Ange, Mme Eugène), femme (1874) du précédent : 411.

DUVERNET (Frédéric), 1835-?, fils de Charles : 78, 85, 164, 200, 252, 282.

DUVERNET (Berthe), 1838-1916, fille de Charles, plus tard Mme Cyprien GIRERD : 78, 85, 164, 252, 282.

DUVEYRIER (Charles), 1803-1866, littérateur et journaliste : 169, 381.

*Éclaireur* (L'), journal républicain pour le Berry fondé par G. S. et ses amis en 1844 : 98, 100, 103, 118n.

Église (l') : 7, 39, 60, 73, 86, 198, 230, 304, 307, 314, 316, 369, 372, 395.

Église réformée : 316.

Elvire, personnage de *Don Juan* : 118.

ELZÉVIR, famille d'imprimeurs hollandais du XVIᵉ au XVIIIᵉ siècle : 153.

ENRICO (Giambattista), 1795-1847, Italien exilé, ami des Marliani (et non le frère d'Emmanuel Marliani comme on l'a longtemps cru) : 96, 100.

ÉPICTÈTE, v. 50-v. 135, philosophe stoïcien : 57.

ÉPINAY (Louise Tardieu d'Esclavelles, Mme La Live d'), 1726-1783, femme de lettres : 7.

*Époque* (L'), journal : 108, 118.

ESPARBÈS DE LUSSAN (Anna Vié, Mme d') 1802-?, amie de pension de G. S. : 3.

ESPARTERO (Baldomero), 1793-1879, général carliste espagnol : 94n.

Espérance : voir DESÉGLISE.

Esséniens, secte juive menant une vie ascétique : 53.

ESTANG (Jean-François-Auguste, comte de Bastard d'), 1792-1883, officier de cavalerie : 114.

ESTÈVE (Hugues-*Léonard*), 1779-?, maire de Nohant-Vicq (1837-1848) : 117.

EUGÉNIE (Eugénie de Montijo de Guzmán), 1826-1920, femme de Napoléon III, impératrice des Français : **248**, 284, 365.

*Europe littéraire* (L'), journal : 29.

Évangile (l') ou les Évangiles : 86, 89, 304, 317, 394.

Ève : 164.

*Événement* (L'), journal fondé le 31 juillet 1848, inspiré par Victor Hugo, dirigé par ses fils, Vacquerie et Meurice : 162.

Éverard, surnom de MICHEL DE BOURGES.

FADET, chien de G. S. : 365, 406, 414, 416, 433.

FALAMPIN (Gabriel), 1803-1860, homme d'affaires de G. S. (qui écrit *Falempin*) de 1841 à 1852, un des rédacteurs de *L'Illustration* : 102, 128, 145, 179, 187.

FALLOUX (Alfred, comte de), 1811-1886, homme politique, légitimiste et catholique libéral, ministre de l'Instruction publique (1848-1849) : 160.

Falstaff (Sir John), personnage de Shakespeare : 164.

FANCHETTE, fillette abandonnée et simple d'esprit dont G. S. prit la défense : 96, 103.

Fancy (dame) : 52.

FANNA (Arpalice Manin, Mme Antonio), belle Vénitienne, maîtresse de Pagello : 37.

FARINELLI (Carlo Broschi, dit), 1705-1782, castrat italien : 129.

FAUCHER (Léon), 1803-1854, homme politique, ministre de l'Intérieur : 184.

FAUCHIER (Félix), 1801-1831, pharmacien à La Châtre : 13.

**FAVRE** (Henri), 1827-1916, médecin et philosophe fumeux, il soigna G. S. à la fin de sa vie : 380, 426, **433**.

FAVRE (Jules), 1809-1880, avocat et homme politique : 258, 387, 388.

FECHTER (Charles), 1824-1879, acteur, créateur du rôle d'Armand Duval dans *La Dame aux camélias* : 174n., 179, 228.

FÉLIX (Sarah), dite Mlle Sarah, 1819-1877, actrice, sœur de Rachel : 228.

FÉLIX (Lia), 1830-1908, actrice, sœur de Rachel, elle créa *Claudie* en 1851 : 174.

Fellows (les), surnom de Liszt et Marie d'Agoult : 54n.

*Femme à barbe (La)*, chanson : 360.

FERDINAND VII, 1784-1833, roi d'Espagne : 67n.

FERNAND (Amalia), 1824 ?-1855, actrice de l'Odéon, elle créa le rôle d'Edmée dans *Mauprat* : 189, 193, 213, 223.

FERRI-PISANI (Camille, vicomte), 1819-1893, aide de camp du Prince Napoléon, puis général : 247, 324.

FÉTIS (François-Joseph), 1784-1871, musicologue belge et historien de la musique : 212.

FEUILLET (Octave), 1821-1890, écrivain : 302, 310.

*Histoire de Sibylle* : 302, 310.

**FEYDEAU** (Ernest), 1821-1873, romancier : **267**, 273, 346.

*Daniel* : 267.

*Fanny* : 346.

*Quatre Saisons (Les)* : 273.

Figaro, personnage de Beaumarchais : 232.

*Figaro*, journal : 15, 17.

FIGEAC (Augustine), 1823-1883,

actrice du Gymnase puis de la Comédie-Française, plus tard Mme Jaluzot : 199.

FILIOSA, personne de La Châtre : 3.

FLAUBERT (Caroline Fleuriot, Mme Achille-Cléophas), 1793-1872, mère de Gustave : 356, 363, 370.

**FLAUBERT** (Gustave), 1821-1880, romancier : 267, 306, 310, 324, 328, 341, **346**, **347**, 352, **354**, **355**, **356**, **357**, **358**, 359, 361, 363, 365, 370, 371, 373, 379, 380, 381, 384, 389, **392**, **394**, 396, **397**, **398**, **399**, **400**, 402, **405**, 407, **408**, 410, **412**, **415**, **417**, **421**, 422, **423**, **425**, 426, 427, **429**, 430.

*Bouvard et Pécuchet* : 408, 425.

*Candidat (Le)* : 407, 408.

*Château des cœurs (Le)* : 354.

*Éducation sentimentale (L')* : 370, 379, 380, 426, 427.

*Légende de saint Julien l'Hospitalier (La)* : 429.

*Madame Bovary* : 328, 354, 408, 427.

*Par les champs et par les grèves* : 355.

*Salammbô* : 306, 310, 346, 354, 380n., 408.

*Tentation de saint Antoine (La)* : 354, 392, 407, 408, 410.

*Trois Contes* : 429n.

*Vie et travaux du R.P. Cruchard* : 405.

**FLEURY** (Alphonse), dit *le Gaulois*, 1809-1877, ami de G. S., il fut avocat, banquier et homme politique républicain : 2n., 10, **13**, 14, 16, 17, 18, 60, 66, 78, 85, 100, 164, 172, 193, **195**, 202, 207, 211, **217**, 309, 315, 402.

FLEURY (Laure Decerfz, Mme Alphonse), 1809-1870, amie de G. S., femme du précédent :

2, **23**, 41, 60, 66, 85, 164, 207, 211, **217**, 252n.

FLEURY (Nancy), 1834-1889, fille des précédents, filleule de G. S.: 41, 164, 207, 217, 305, 309, 315, 323, 402.

FLEURY (Valentine), 1838-1931, fille des précédents, plus tard Mme Maurice Engelhard: 164, 207, 217, 402.

FLEURY (Eugène), 1811-1887, frère cadet d'Alphonse: 207.

FLEURY (Emma), Mme Jules Franceschi, 1837-?, actrice, pensionnaire de la Comédie-Française: 293.

FLOCON (Ferdinand), 1800-1866, publiciste et un des directeurs de *La Réforme*, membre du Gouvernement provisoire en 1848, député à la Constituante: 136.

FLORIAN (Jean-Pierre Claris de), 1755-1794, fabuliste: 409.

FORGET (Joséphine Chamans de Lavalette, baronne Auguste de), 1802-1886, maîtresse de Delacroix: 83.

FOULD (Achille), 1800-1867, financier, représentant du peuple en 1848, ministre des Finances sous le Second Empire: 144, 319.

FOURIER (Charles), 1772-1837, philosophe et utopiste: 85, 89, 198.

Fouriéristes: 85.

FOURNEUX (Marie): voir DESÉGLISE.

FOURNIER, amant de Mme Gondoüin Saint-Agnan: 12.

FOUSSIER (Édouard), 1824-1882, auteur dramatique: 258n.

Fracasse (capitaine), type de la comédie italienne: 118, 164.

*Français peints par eux-mêmes (Les)*, livre collectif (8 vol., 1839-1842): 76.

FRANCE (Anatole Thibault, dit Anatole), 1844-1924, écrivain: **432**.

*Noces corinthiennes (Les)*: 432.

FRANCESCHI (Louis Julien dit *Jules*), 1825-1893, sculpteur: 293n.

FRANCESCO, gondolier de l'hôtel Danieli: 32.

FRANÇOIS (Ferdinand), 1806-1868, médecin, il reprit avec Pernet la direction de *La Revue indépendante*: 85n., 88, 93, 99, 100, **105**.

FRANÇOIS (Mme), mère du précédent: 100, 105.

FRANCONI (Henri et Laurent), directeurs du Cirque Olympique: 21, 23.

Frantz ou Franz: voir LISZT.

FRÉBAULT (Élie), 1827-1911, parolier et librettiste: 360n.

FRICOT, hôtelier parisien: 17.

FROMENTIN (Eugène), 1820-1876, écrivain et peintre: **244**, **259**, **265**, **298**, **300**, **306**, **311**, **341**.

*Dominique*: 298, 300, 306.

*Un été dans le Sahara*: 244, 259.

*Une année dans le Sahel*: 259.

FROMENTIN (Marie Cavellet de Beaumont, Mme Eugène), 1830-1900, femme (1852) du précédent: 306, 324.

FROMENTIN (Marguerite), 1854-1938, fille des précédents, plus tard (1873) Mme Alexandre Billotte: 306.

FRONTERA Y LA SERRA, famille noble de Majorque, parents de Valldemosa: 65.

FUSINATO (Antonietta), cousine de Pagello: 35.

GABB (Miss), institutrice et gouvernante anglaise: 1, 3.

GABILLAUD (Ludre), 1812-1903, avoué à La Châtre, ami de

G. S. et chargé de ses affaires :
299, **329**, **331**, 415.

GABILLAUD (Cécile Perdix, Mme
Ludre), 1814-1905, femme du
précédent : 329, 331.

GABILLAUD (Antoine), 1845-
1885, fils des précédents,
licencié en droit : 329, 331,
415.

GABLIN (François), 1823-1892,
sous-chef de gare à Châteauroux, destitué, il entra grâce à
G. S. au ministère de l'Algérie
et des Colonies : 247.

GAIMARD (Paul), 1796-1858,
explorateur et naturaliste : 82.

GALATÉE, divinité marine : 229.

GALITZIN (Augustin Petrovitch),
1823-1875, prince russe : 107.

GALITZIN (Louise de La Roche-
Aymon, princesse), 1825-?,
femme (1844) du précédent :
107, 131.

GALLAS (Auguste), 1836-1900,
arrivé comme jardinier à
Nohant en 1860, il joua aussi
sur le théâtre : 287.

GALLYOT (Henri), 1769 ?-1828,
hôtelier parisien : 4.

GAMBETTA (Léon), 1838-1882,
homme politique, ministre
dans le gouvernement de
Défense nationale en 1870 :
386, 387, 393.

GARCIA (Joaquina Sitches, Mme
Manuel), 1778 ?-1864, dite
*Mamita*, femme du chanteur
Manuel Garcia, mère de Pau-
line Viardot et de la Mali-
bran : 113, 200.

GARCIA fils (Manuel), 1805-
1906, chanteur et pédagogue,
fils de la précédente : 149.

GARINET (Jean-Baptiste-Joseph),
1789-18 ?, officier en demi-
solde, prétendant à la main de
G. S. : 8.

GARIOD (Gerolamo, baron),

noble piémontais, ami d'Ida
Dumas, il servit de guide à
G. S. à Rome en 1855 : 225.

GARNIER (Francis), 1839-1873,
officier de marine et explorateur, tué devant Hanoi : 406.

GARNIER (Léon), frère du précédent et éditeur de ses écrits :
406.

GARNIER-PAGÈS (Louis-Antoine),
1803-1878, homme politique
républicain, membre du Gouvernement provisoire et maire
de Paris en 1848 : 136.

Gaston, surnom d'Agasta POU-
RADIER-DUTEIL.

GAUBERT (Marcel), 1796-1839,
médecin : 230.

GAUBERT (Paul), 1805-1866,
médecin, frère du précédent :
72, 73.

Gaulois (le) : voir FLEURY.

GAULTIER-GARGUILLE (Hugues
Guéru, dit), v. 1573-1634,
acteur de farces : 164.

**GAUTIER** (Théophile), 1811-
1872, écrivain : 109, **263**, **322**,
360, 398.
*Capitaine Fracasse* (Le) : 322.
*Italia* : 263.

GAUTTIER D'ARC (Louis-
Édouard), 1799-1843, diplo-
mate et historien, consul de
France à Barcelone : 67.

GAVARNI (Sulpice-Guillaume
Chevalier, dit Paul), 1804-
1866, dessinateur et litho-
graphe : 109.

GENESTAL (Eugène), 1808-?,
avoué de G. S. dans son procès contre son mari en 1837 :
60, 65, 66.

GÉVAUDAN (Gustave Collin de),
1814-1873, jeune aristocrate
nivernais, compagnon de
voyage de G. S. en Suisse en
1836 : 54, 58.

GHIRLANDAIO (Domenico di

Tommaso Bigordi, dit), 1449-1494, peintre italien : 229.

Gil Blas, héros de l'*Histoire de Gil Blas de Santillane* de Lesage : 109.

GIRARDIN (Émile de), 1806-1881, directeur de journaux (*La Presse*), publiciste et homme politique : 15, 83, 148, 162, 207, 220, 258, 259, 319, **320**, 363.

GIRARDIN (Delphine Gay, Mme Émile de), 1804-1855, femme de lettres, épouse du précédent : 196, 207, **220**, 224, 227, 259.
*Chapeau d'un horloger (Le)* : 220n.

GIRARDIN (Guillemette-Joséphine dite Mina Brunold de Tieffenbach, Mme Émile de), veuve du prince Frédéric de Nassau, seconde femme (1856) de Girardin : 363n.

GIRAUD (Eugène), 1806-1881, peintre et dessinateur : 114.

GIRERD (Frédéric), 1801-1859, avocat et magistrat républicain à Nevers, ami de Michel de Bourges et G. S. : 54, **133**.

GLUCK (Christoph Willibald von), 1714-1787, compositeur allemand : 410.
*Iphigénie en Aulide* : 410.

GOETHE (Johann Wolfgang von), 1749-1832, écrivain allemand : 108, 121.
*Faust* : 121, 140.
*Werther* : 424.

GOMEZ, propriétaire de Majorque : 67.

GONCOURT (Edmond Huot de), 1822-1896 ; (Jules Huot de), 1830-1870, écrivains : **272**, **308**, **375**, 381, 402, 426.
*Femme au XVIIIe siècle (La)* : 308.
*Hommes de lettres* : 272.
*Madame Gervaisais* : 375.

*Sœur Philomène* : 308.

GONDOÜIN SAINT-AGNAN (Julie-Justine Roëttiers de Montaleau, Mme) : 12.

GONDOÜIN SAINT-AGNAN (Félicie), 1810 ?-1843, fille de la précédente, amie de jeunesse de G. S. : 8, 12.

GONDOÜIN SAINT-AGNAN (Mélina et Elvire), sœurs de la précédente, amies de jeunesse de G. S. : 8.

GORET (Timothée), brigadier de gendarmerie à Mézières-en-Brenne : 114.

GOSSELIN (Charles), 1795-1859, éditeur : 90n.

GOUBAUX (Prosper), 1793-1859, écrivain : 408n.

GOULARD, personnage farcesque imaginé par G. S. et Flaubert : 346, 347.

GOUNOD (Charles), 1818-1893, compositeur : 200.

GRAMONT (François-Hector de), châtelain de l'Hérisson près Nérac, ami de Dudevant : 7.

GRAMONT (Ida Grimod d'Orsay, duchesse Antoine de), 1802-1882, sœur du comte d'Orsay, épouse (1818) du duc de Gramont, condisciple de G. S. chez les Augustines anglaises : 196.

Grandsagne : voir AJASSON DE GRANDSAGNE.

GRASSOT (Auguste), 1804-1860, acteur comique du Palais-Royal : 355n., 356n.

GREPPO (Jean-*Louis*), 1810-1888, ancien canut lyonnais, député, condamné à la déportation et exilé : 194.

GREPPO (Anne Glattard, Mme Louis), 1813-?, femme du précédent : 194.

GRESSIN DE BOISGIRARD, parent des Duvernet : 164, 301.

GRÉVY (Jules), 1807-1891, avocat et homme politique : 279.

**GRILLE DE BEUZELIN** (Amélie Béghein, dite Mme), 1781-1873, amie de Solange Clésinger : **159**.

GRIMAREST (Jean-Léonor Le Gallois de), 1659-1713, écrivain, biographe de Molière : 165.

GRISI (Giulia), 1811-1869, soprano italienne : 129.

**GRZYMALA** (Albert), 1793-1870, Polonais exilé en France, grand ami de Chopin : **62**, 64, 91, **120**, 129.

GUDIN (Théodore), 1802-1880, peintre : 227.

*Guêpes (Les)*, revue d'Alphonse Karr : 257.

GUÉRIN (Alphonse), 1817-1895, médecin et chirurgien, il soigna Solange Clésinger : 292.

GUÉRIN (Étienne), instituteur bossu de Gargilesse : 255, 273.

GUERNON-RANVILLE (Martial Cosme Annibal Perpétue Magloire, comte), 1787-1866, ministre de Charles X : 11.

GUÉROULT (Adolphe), 1810-1872, journaliste, il fut rédacteur en chef de *La Presse* : 258, 259.

GUILLEMIN, soldat condamné à mort et gracié : 194.

GUIZOT (François), 1787-1874, ministre et historien : 76, 79.

**GUIZOT** (Guillaume), 1833-1892, fils du précédent, littérateur et professeur au Collège de France : **368**.

GUTMANN (Adolphe), 1819-1882, pianiste et compositeur allemand, ami de Chopin : 120.

GUY (Félix), pasteur protestant de Bourges, il baptisa Aurore et Gabrielle Dudevant : 372n.

GUYOT (Jean-Noël), agent de la Société des auteurs et compositeurs dramatiques : 179.

HACHETTE (Louis), 1800-1864, éditeur : 228, 281n., 306n., 321n., 332n., 368n., 380n., 412n.

HACQUIN, propriétaire terrien en Seine-et-Marne : 287.

HAENDEL (Georg Friedrich), 1685-1759, compositeur allemand : 129.
*Rinaldo* : 129.

Hamlet, personnage de Shakespeare : 205, 214, 256.

HARDY (Alexandre), v. 1560-v. 1631, auteur dramatique : 165.

HARMANT (Alfred), 1814 ?-1899, acteur puis directeur de théâtres : 352.

**HARRISSE** (Henry), 1829-1910, avocat américain (d'origine française) installé à Paris, fréquentant les milieux littéraires, il devint un familier de G. S. : **360**, **362**, **383**, **387**, **391**.

HAUSSEZ (Charles Lemercier de Longpré, baron d'), 1778-1854, ministre de Charles X : 11.

HAUSSMANN (Georges, baron), 1809-1891, administrateur, sous-préfet de Nérac en 1837, puis préfet de la Seine : 60.

Hedwige, personnage de théâtre : 118.

**HEINE** (Heinrich), 1797-1856, poète allemand : 43, 50, **63**.

HENRI V, duc de BORDEAUX puis comte de CHAMBORD, 1820-1883, prétendant légitimiste au trône de France : 13, 171n., 197, 230n., 393, 405.

HÉRA, déesse grecque (Junon) : 418n.

HERMINIE, probablement une maîtresse de Michel de Bourges : 57.

HÉRODE Ier, 73 av. J.-C.-4 apr. J.-C., roi des Juifs : 13.

HETZEL (Pierre-Jules), 1814-1886, éditeur, et écrivain sous le pseudonyme de P.-J. Stahl, il s'occupa longtemps des affaires d'édition de G. S. : **110, 116, 118, 145, 150, 161, 163, 166, 169,** 179, 184, **185, 189, 193, 194, 207, 211, 233, 261,** 275, **285.**
_Bêtes et gens_ : 211.
_Diable à Paris (Le)_ : 110.
_Théorie de l'amour et de la jalousie_ : 169.

HETZEL (Sophie Quirin, veuve Fischer puis Mme Pierre-Jules), 1816-1891, compagne puis épouse (1852) du précédent : 163, 166, 189, 193, 207, 211, 285.

HETZEL (Marie), 1840-1853, fille des précédents : 163, 185, 207, 233n., 285n.

HETZEL (Louis-_Jules_), 1847-1930, fils des précédents, collaborateur et successeur de son père : 163, 166, 207, 211, 285.

HIPPOCRATE, v. 460-380 av. J.-C : 66, 198n.

Hippolyte : voir CHATIRON.

HOCHE (Lazare), 1768-1797, général de la Révolution : 353.

HOFFMANN (Ernst Theodor Amadeus), 1776-1822, écrivain allemand : 37n., 118.
_Fantaisies dans la manière de Callot_ : 37n.

HOLBACH (Paul-Henri, baron d'), 1723-1789, philosophe antireligieux et matérialiste : 355.

HOMÈRE, VIIIe s. av. J.-C. ? : 13, 82.

HORTENSE (Hortense de Beau-harnais, la Reine), 1783-1837, femme de Louis Bonaparte, reine de Hollande, mère de Napoléon III : 191n.

HOUSSAYE (Arsène), 1815-1896, journaliste et écrivain, rédacteur en chef de _L'Artiste_, administrateur de la Comédie-Française (1849-1856) : 161, 193, 207.

HUBAINE (Émile), secrétaire particulier du Prince Napoléon : 247, 319.

HUBER (Louis dit Aloysius), 1815-1865, républicain, meneur et agitateur des clubs en 1848 : 194.

HUGO (Victor), 1802-1885, poète : 17, 35, 66, 82, 99, 108n., 162, 202, 208, 218, 233, **245, 268, 269,** 285, **291, 297,** 326, **330,** 341, **343,** 351, 395, 396, 409, 417.
_Année terrible (L')_ : 395, 396n.
_Chansons des rues et des bois_ : 343n.
_Châtiments (Les)_ : 326, 396.
_Contemplations (Les)_ : 233.
_Han d'Islande_ : 35.
_Hernani_ : 17.
_Légende des siècles (La)_ : 269.
_Misérables (Les)_ : 297.
_Orientales (Les)_ : 351.
_Quiquengrogne (La,_ projet) : 108.
_Rayons et les Ombres (Les)_ : 82n.
_Ruy Blas_ : 351.
_Voix intérieures (Les)_ : 82n.
_William Shakespeare_ : 326.

HUGO (Adèle Foucher, Mme Victor), 1803-1868, femme du précédent : 233, 269, 291, 297.

HUGO (Léopoldine), 1824-1843, fille des précédents, morte noyée avec son mari Charles Vacquerie : 233.

HUGO (Charles), 1826-1871, fils des précédents, journaliste et écrivain : 297.

HUGO (Victor dit François-Victor), 1828-1873, fils cadet des précédents, journaliste et traducteur de Shakespeare : 291.

*Illustration* (L'), journal illustré : 228.

INGRES (Jean-Dominique), 1780-1867, peintre : 109, 227, 229.

Internationale (l') : voir Association internationale des Travailleurs.

Irénéus (duc), personnage de théâtre : 118.

ISABELLE II (Marie-Louise de Bourbon, dite), 1830-1904, reine d'Espagne : 67.

Isabelle, type de la comédie italienne : 118, 165.

ISAÏE, VIIIe s. av. J.-C., prophète hébreu : 157n.

Isidore, surnom de Napoléon III : 365.

*Italia del Popolo* (L'), revue de Mazzini : 160.

JACOB, patriarche biblique : 53.

JACQUE (Charles), 1813-1894, peintre animalier : 204, **221**.

JACQUEMINOT (Jean-François), 1787-1865, général, commandant de la Garde nationale : 48.

JACQUEMONT (Victor), 1801-1832, voyageur, botaniste et écrivain : 244.

JACQUES DE FALAISE, avaleur de souris sur le boulevard du Temple : 13.

JAL (Élise Flacheron, Mme Claudius), 1802 ?-1878, femme de lettres : 50.

JANIN (Jules), 1804-1874, critique : 22, 30, 50, 70, 258, 409.

JANVIER, vigneron de La Châtre : 66.

JAUBERT (Hippolyte-François, comte), 1798-1874, homme politique, industriel, linguiste et botaniste : **81**.
*Vocabulaire du Berry* : 81.

Jean-Jacques : voir ROUSSEAU.

JEANNE D'ARC, 1412-1431, guerrière et sainte : 153, 359.

JÉHOVAH : 28.

JESSY, chienne des Viardot : 75.

JÉSUS-CHRIST : 47, 49, 57, 77, 78, 82, 86, 132, 136, 138, 230, 277, 303, 314, 316, 317, 359, 432.

JOHANNOT (Tony), 1803-1852, peintre et illustrateur : 187, 207.

JOLY (Anténor), 1801-1852, directeur du théâtre de la Renaissance (1838-1844), puis du feuilleton du journal *L'Époque* : **108**.

JOS (Geneviève dite *Ursule* Godignon, Mme Jean), 1803-1881, amie d'enfance et couturière de G. S. : 152, 164, 309, 366.

JOUFFROY (Théodore), 1796-1842, philosophe : 79.

JOURDAN (Louis), 1810-1881, saint-simonien et journaliste : 99, 150.

*Journal de l'Indre* : 103.

*Journal des Débats* : 70n., 90n., 116, 118, 142, 275.

JOUSLIN (Louis-Philibert), créancier de G. S. à la suite d'acquisitions de terres par Casimir : 66.

Jouya, surnom d'un habitant de La Châtre : 66.

JOYEUX (François), 1815- ?, sabotier à Nohant : 110n.

JUDICIS (Louis), 1816-1893, romancier et auteur dramatique : 270.

Jules : voir SANDEAU.

JUPITER : 49n., 78n., 418n.

JUVÉNAL (Decimus Junius Juve-

nalis, dit), v. 60-v. 130, poète
satirique latin : 326.

**KARR** (Alphonse), 1808-1890,
écrivain et pamphlétaire : 257,
**318**.

KÉRATRY (Auguste-Hilarion de),
1769-1859, écrivain et homme
politique : 15.

KOCK (Paul de), 1793-1871,
fécond romancier populaire :
90.

Kreisler (Johannes), personnage
de E.T.A. Hoffmann (*Fantaisies
dans la manière de Callot*) : 37.

LA BÉDOLLIÈRE (Émile Gigault
de), 1812-1883, journaliste et
écrivain : 76.

**LA BIGOTTIÈRE** (Henriette
Hureau de Sénarmont, Mme
Jacques-Rose Chevallier de),
1800-1874, châtelaine nor-
mande, amie de Mme Mar-
liani, elle tenta de convertir
G. S. au catholicisme : **86**.

LABLACHE (Luigi), 1794-1858,
chanteur (basse) italien :
233.

LABRIE, chien : 13.

LABROUSSE (Fabrice), auteur dramatique : 160n.

LA BRUYÈRE (Jean de), 1645-
1696, écrivain : 69.
*Caractères (Les)* : 69n.

**LACROIX** (Albert), 1834-1903,
éditeur belge (il publia *Les
Misérables* de V. Hugo) : **236**,
352.
*Histoire de l'influence de Shakes-
peare sur le théâtre français
jusqu'à nos jours* : 236.

LADOUX (Mme), dame borde-
laise : 8.

LA FAYETTE (Marie-Joseph Gilbert Motier, marquis de),
1757-1834, général et homme
politique : 48n., 136.

LAFFORE (Joseph-Bonaventure
de Bourrousse de), 1778-
1863, avocat et pédagogue,
inventeur d'une méthode de
lecture : 252.

LAFITTE (Jean-Baptiste), v. 1795-
1879, auteur dramatique : 24.
*Jeanne Vaubernier* : 24.

LA FONTAINE (Jean de), 1621-
1695, poète : 110, 381, 409.
*Fables* : 110, 381, 409.

LAFONTAINE (Henri Thomas,
dit), 1826-1898, acteur : 199.

LAFORÊT (Pierrette), servante de
Molière : 179.

LAHAUTIÈRE (Auguste Richard
de), 1813-1882, journaliste
républicain : 100.

LAISNEL DE LA SALLE (Alfred),
1801-1870, auteur d'ouvrages
sur le Berry : 11.

LAJUQUE, médecin de Tulle :
204.

LALOUE, auteur dramatique :
160n.

LAMARQUE (Maximilien), 1770-
1832, général et député républicain : 23n.

**LAMARTINE** (Alphonse de),
1790-1869, poète et homme
politique : 50, 66, **77**, 78, **87**,
98, 131, 136, 138, 148n., 160,
409.
Discours sur l'adresse : 87.
*Histoire des Girondins* : 131.
*Jocelyn* : 50.
*Recueillements poétiques* : 77.
Lamartine à la *grand gueule*, sur-
nom d'un habitant de La
Châtre : 66.

LAMBER (Juliette), voir Juliette
ADAM.

LAMBERT (Alexandre), 1815-1871,
rédacteur du *Travailleur de
l'Indre*, condamné et déporté
en Algérie : 171, 197n.

LAMBERT (Mme Alexandre),
femme du précédent : 171.

LAMBERT (Marie), 1838 ?-après
1872, fille des précédents,
instruite à La Châtre aux frais
de G. S. après la déportation
de ses parents : 207.

**LAMBERT** (Louis-*Eugène*), 1825-
1900, peintre animalier, ami
de Maurice Sand : 115, 118,
125, 135, 144, 145, 150, 152,
155, 164, 174, 175, 176, 177,
178, 183, 185, 186, 190, 193,
196, 200, **204**, 207, 211, **213**,
226, 227, 387, **403**, 413, 416.

**LAMBERT** (Esther Gaitet, Mme
Eugène), 1831- ?, femme
(1862) du précédent : 387,
**403**, 416.

LAMBERT (Georges), 1868- ?, fils
des précédents, filleul de
G. S. : 387, 403.

LAMBERT (Mme Jean-Louis),
femme du notaire des Dudevant : 8.

LAMBERT (Marie), 1840 ?-1867,
actrice, elle vint jouer à
Nohant de 1857 à 1862 : 288,
303.

Lambrouche, surnom d'Eugène
LAMBERT.

**LAMENNAIS** (Félicité de), 1782-
1854, prêtre et philosophe :
28, 43, **47**, 50, 52, 53, **56**, 68,
**73**, 79, **142**, 230, 243.
*Discussions critiques et pensées
diverses sur la religion et la philosophie* : 73.
*Paroles d'un croyant* : 47.
*Pays et le Gouvernement (Le)* :
73n.

LAMESSINE (Alice), 1854-1946,
dite *Toto*, fille du premier lit
de Juliette Adam, plus tard
(1873) Mme Paul Segond :
377, 382, 402.

LA MORANDAYE (Charles Cha-
ton de), 1799- ?, officier : 1.

LA MORICIÈRE (Louis Juchault
de), 1806-1865, général : 217.

LAMOUREUX DE LA GENNETIÈRE,
directeur des Contributions
indirectes à La Châtre : 13.

LANCOSME (Esprit-Louis-Charles-
Alexandre Savary, comte de),
1784- ?, gentilhomme campagnard : 114.

LANCOSME-BRÈVES (Stanislas Savary, comte de), 1809-1873,
fils du précédent, riche propriétaire de la Brenne, éleveur
de chevaux et célèbre écuyer :
114.

LAPOINTE (Savinien), 1812-1893,
cordonnier et poète : 99, 112.

LAPRADE (Victor de), 1812-1883,
poète : 99.
*Odes et Poèmes* : 99.

LARIVEY (Pierre de), v. 1540-v.
1619, auteur dramatique,
adaptateur de comédies italiennes : 165.

LA ROCHE (Jules), 1841-1925,
acteur, il devint sociétaire de
la Comédie-Française : 347n.

LA ROCHE-AYMON (Casimir,
comte puis marquis de),
1779-1862 : 7.

LA ROCHE-AYMON (Emma VAL-
LET DE VILLENEUVE, comtesse
puis marquise de), 1796-1866,
cousine de G. S. : 7, 107, 111,
131, 137, 173, 237.

LA ROCHE-AYMON (Louise de),
fille des précédents, voir
GALITZIN.

LA ROCHEFOUCAULD-DOUDEAU-
VILLE (Sosthènes, vicomte de),
1785-1864, directeur des
Beaux-Arts sous Charles X,
ami de Latouche et de G. S.
qu'il tenta de convertir : 30,
31, 38.

LA ROCHEJAQUELEIN (Louise
de), 1804-1832, amie de pension de G. S. : 7.

LA ROUNAT (Charles Rouvenat,
dit de), 1818-1884, auteur

dramatique, directeur de l'Odéon (1856-1867) : 323, 339, 342n.

LA TAILLE (Jean de), v. 1540-v. 1608, auteur dramatique : 165.

LATOUCHE (Hyacinthe Thabaud de), 1785-1851, écrivain (G. S. écrit *Delatouche*) : 14, 15, **19**, 20, 22, 23, 64, 102, 173, 186. *Reine d'Espagne (La)* : 19.

LAUR (Adèle Feningre, Mme Victor), 1816-1865, mère de Francis Laur : 339.

LAUR (Francis), 1844-1934, secrétaire de Duvernet, protégé de G. S. qui lui fit poursuivre ses études grâce à Édouard Rodrigues, il devint ingénieur, journaliste et homme politique : **286**, 287, 299, 303, 305, 309, 315, **333**, 339, 357, 366.

LAURENT (Saint), v. 210-258, martyr, mort torturé et brûlé sur un gril : 270.

LAURENT, coiffeur à La Châtre : 13.

LAURENT (Marie Allioux-Luguet, veuve Pierre Laurent, dite Marie), 1825-1904, actrice : 168, 186.

LAVALLÉE (Théophile), 1804-1866, historien : 74. *Histoire des Français* : 74.

LAVELEYE (Émile de), 1822-1892, publiciste et historien : 310.

LAVOIX (Henri), 1820-1892, bibliothécaire à la Bibliothèque nationale : 390.

Léandre, type de la comédie italienne : 118, 164, 165, 303.

LEBARBIER DE TINAN (Alfred), 1808-1876, receveur des finances, puis papetier et commerçant : 170.

LEBARBIER DE TINAN (Mercédès Merlin, Mme Alfred), 1814-

1891, femme du précédent, amie de Barbès : 170, 402.

LEBARBIER DE TINAN (Maurice), 1842-1918, fils des précédents, père de l'écrivain Jean de Tinan : 402.

LEBARBIER DE TINAN (Marie-Valentine Derval, Mme Maurice), 1851-1923, femme (1873) du précédent : 402.

LE BAS (Léon), architecte, ami d'Émile Regnault : 16.

LEBLANC, parfumeur parisien : 38.

LEBLANC, concierge du 3 rue Racine : 190, 204.

LEBLANC DE BEAULIEU (Jean-Claude), 1753-1825, fils naturel de Dupin de Francueil et de Mme d'Épinay, évêque de Soissons puis archevêque d'Arles : 7.

LEBLOIS (Louis), 1825- ?, pasteur protestant à Strasbourg : **314**.

LEBRUN DE LA MESSARDIÈRE (Adolphe), 1808- ?, sous-préfet de La Châtre (1er décembre 1851-1er mai 1852) : 197.

LECLÈRE (Camille), 1833-1887, médecin, il soigna Manceau : 323, 328, 329.

LECOMTE (Jules), 1810-1864, journaliste, rédacteur de *L'Indépendance belge* : 236, 388n.

LECOU (Victor), 1801- ?, éditeur, il s'associa avec Hetzel pour l'édition des œuvres de G. S. en format in-18 et pour *Histoire de ma vie* : 207, 214n.

LÉDA, chienne des Viardot : 75.

LEDIEU (Philippe), peintre animalier (a exposé au Salon de 1831 à 1850) : 114.

LEDRU-ROLLIN (Alexandre-Auguste), 1807-1874, avocat, député républicain, membre du Gouvernement provisoire de 1848 : 133, 135, 136, 138, 148, 170, 171, 198.

LEGOUVÉ (Ernest), 1807-1903, auteur dramatique et écrivain : 369.

*À deux de jeu* : 369.

LE GUILLOU (Jeanne-Marie dite Jenny), 1801-1869, fidèle servante de Delacroix : 190.

LE HOULT (Laure), jeune fille courtisée par Aurélien de Sèze : 8.

LEIBNIZ (Gottfried Wilhelm), 1646-1716, philosophe allemand : 217, 223.

LEMAÎTRE (Antoine-Louis-Prosper dit Frédérick), 1800-1876, acteur : 189, 193.

LEMAÎTRE (Charles-Frédéric), 1835-1870, fils du précédent, acteur lui aussi : 193.

LE MAOUT (Emmanuel), 1800-1877, médecin, botaniste et agronome : 274.

LEMOINE-MONTIGNY (Adolphe Lemoine dit), 1805-1880, directeur du théâtre du Gymnase, mari de Rose Chéri : 189, 193, **199**, 207, 208, 219, 258.

LÉONARD DE VINCI, 1452-1519 : 258n.

*Joconde (La)* : 258.

LE PÈRE, ingénieur en chef des Ponts et Chaussées dans l'Indre : 117.

LERMINIER (Eugène), 1803-1857, publiciste, professeur de droit et philosophe : 76.

LEROUX (Pierre), 1797-1871, philosophe et écrivain, imprimeur, socialiste : 60, 65, 72, 75, 78, 79, 80, 84, 85, 88, 89, **93**, 100, 102, 105, 112, 136, 138, 145, 153, 194, 198, 340.

LEROUX (Jules Achille), 1826-1863, fils du précédent : 72.

LEROY (Ferdinand), 1808-1866,

préfet de l'Indre de 1842 à 1847, ami de Delacroix : **103**, **117**.

LEROY (Zoé), 1797-?, jeune Bordelaise, elle servit d'intermédiaire entre Aurélien de Sèze et G. S. : 6, 8.

LEROY (Doraly, Élisa et Joséphine), sœurs de Zoé : 8.

LEROYER DE CHANTEPIE (Marie-Sophie), 1800-1888, femme de lettres provinciale (Angers), demoiselle, correspondante assidue de Flaubert : **84**, **307**.

LESAGE (Alain-René), 1668-1747, écrivain : 109.

*Histoire de Gil Blas de Santillane* : 109.

LESPINASSE (M. de), gentilhomme de Nérac : 7.

LETACQ, peintre de décors venu à Nohant en août 1856 : 250.

LÉVY (Michel), 1821-1875, éditeur, il sera l'éditeur quasi exclusif de G. S. à partir de 1856 sous le nom de Michel Lévy frères : 233, 271n., 310n., 328, 352, 378, 380, 395, 399, 420.

LÉVY (Calmann), 1819-1891, frère du précédent, son associé et son successeur : 328, 420.

*Liberté (La)*, journal : 379.

Ligue (la), mouvement catholique opposé aux protestants au XVIe siècle : 240.

LIMAYRAC (Paulin), 1817-1868, journaliste : 220, 227.

Lina : voir Lina DUDEVANT-SAND.

LINTON (William James), 1812-1898, peintre, écrivain et journaliste anglais : 210.

LISZT (Anna Laager, Mme Adam), 1788-1866, mère de Franz Liszt : 50.

LISZT (Franz), 1811-1886, pianiste et compositeur : **43**, 44, 47, 48, **50**, 52, 53, 54, 68, 69, 375.

LITTRÉ (Émile), 1801-1881, lexicographe : 406, 426.

*Livre des actes* (*Le*), journal éphémère de saint-simoniennes (1834) : 40.

LOCKROY (Joseph-Philippe Simon, dit), 1803-1891, acteur et auteur dramatique, commissaire du Théâtre-Français en 1848 : 135, 146, 219n.

LOGLI (Alesso), jeune voiturin qui mène G. S. de Rome à Florence en 1855 : 225.

Lolo, surnom d'Aurore DUDEVANT-SAND.

Lord Byron, surnom d'un habitant de La Châtre : 66.

LORME (M. de), gentilhomme berrichon : 1.

LOUIS XIII, 1601-1643, roi de France : 114, 165, 173, 234, 246.

LOUIS XIV, 1638-1715, roi de France : 74, 92, 165, 168, 179n., 344.

LOUIS XV, 1710-1774, roi de France : 61, 74.

LOUIS XVIII, 1755-1824, roi de France : 7.

LOUIS ou LOUIS-NAPOLÉON (le prince) : voir NAPOLÉON III.

LOUIS-PHILIPPE Ier, 1773-1850, roi des Français : 23, 48, 76, 107, 116, 136, 144, 171n., 289.

LOUISE, personne de La Châtre : 66.

Lovelace, personnage de séducteur cynique dans *Clarisse Harlowe* de Richardson : 17.

LOYSON (Charles, dit le Père Hyacinthe), 1827-1912, prêtre et religieux, prédicateur célèbre, il se maria (1872) et fonda l'Église catholique gallicane : 369.

LUCAT (Jean), soldat condamné à mort et gracié : 194.

LUCIEN de Samosate, v. 125-v. 192, rhéteur et philosophe grec : 303.
*Timon* : 303.

LUGUET (Dominique Alexandre Esprit Bénéfand, dit René), 1813-1904, comédien, il fut l'amant de Marie Dorval avant d'épouser sa fille, et fut plus tard régisseur du théâtre du Palais-Royal : 141, **156**, 186, **234**.

LUGUET (Caroline Allan-Dorval, Mme René), 1821-1871, fille de Marie Dorval et femme (1842) du précédent : 141, 156, 234.

LUGUET (Georges), 1843-1848, fils des précédents : 141.

LUGUET (Marie), 1844-1931, fille des précédents, elle vint plusieurs fois à Nohant et joua sur le petit théâtre ; plus tard Mme Charles Laurent : 141, 156, 234.

LUGUET (Jacques), 1848-?, fils des précédents, il vint souvent en vacances à Nohant : 156.

LUTHER (Martin), 1483-1546, théologien et réformateur allemand : 78.

LYSKA, jument de G. S. : 11, 13.


Macaire (Robert), voir *Robert Macaire*.

MADELEINE ou MARIE-MADELEINE ou MAGDELEINE, sainte : 48, 303.

MAGNANI (abbé), professeur d'italien de G. S. : 3.

MAGNY (Modeste), 1812-1877, restaurateur parisien (3 rue Contrescarpe-Dauphine, actuelle rue Mazet) : 150, 250, 278, 347n., 352, 355n., 356, 394, 402, 431.

MAHOMET, v. 570-632 : 138.

MAILLARD (Louis), 1814-1865, ingénieur, cousin de Manceau, G. S. lui confia la tutelle de Francis Laur : 303, 305, 323, 327, 328, 329, 339.

MAINTENON (Françoise d'Aubigné, marquise de), 1635-1719, veuve de Scarron, épouse morganatique de Louis XIV, fondatrice de la maison d'éducation de Saint-Cyr : 168.

MAIRET (Jean), 1604-1686, poète dramatique : 165.

MAÎTRE ADAM (Adam Billaut, dit), 1602-1662, menuisier de Nevers, poète et chansonnier : 165.

MALESSET (Sylvain), hôtelier à Gargilesse, il y a vendu une maison à Manceau : 250, 273, 301.

Malgache, surnom de Jules NÉRAUD.

MALLEFILLE (Félicien), 1813-1868, écrivain, précepteur des enfants de G. S., dont il fut l'amant en 1837-1838 : 60, 62.

MALUS (Gustave de), officier : 33.

Mamita, surnom de Mme GARCIA.

MAMMON, dieu syrien de la richesse : 76.

MANCEAU (Marguerite-Marie Blancan, Mme Jean-Louis), 1798-1874, mère d'Alexandre Manceau : 339.

MANCEAU (Alexandre), 1817-1865, graveur, le dernier compagnon de G. S. : 164, 166, 169, 172, 175, 176, 177, 178, 183, 185, 188, 190, 200, 204, 207, 209, 211, 217, 221, 224, 225, 226, 227, 228, 239, 242, 244, 247, 249, 250, 251, 252, 254, 255, 257, 258, 270, 273, 276, 278, 282, 284, 285, 287, 288, 289, 292, 293, 295, 298, 299, 301, 306, 310, 313, 322, 323, 325, 327, 328, 333, 335, 336, 337, 338, 339, 340, 342, 356.

MANCEAU (Laure), 1837-1906, sœur d'Alexandre : 339.

Mancel, surnom de MANCEAU.

MANGIN (Antoine), 1812-1865, préfet de police à Rome (1849-1865) : 224.

Manoël ou Manuel : voir MARLIANI (Emmanuel).

MARAT (Jean-Paul), 1743-1793, révolutionnaire : 136, 353.

MARC-FOURNIER (Marc Fournier, dit), 1815-1879, auteur dramatique et directeur du théâtre de la Porte-Saint-Martin : 179. *Paillasse* : 179.

MARCHAL (Françoise Denaux, Mme Jean-Baptiste), ?-1873, mère de Charles : 402.

**MARCHAL** (Charles), 1825-1877, peintre, ami de Dumas fils, amant de G. S. et familier de Nohant : 288, 292, 303, 339, **342**, 387, 402 : *Printemps (Le)* : 342n.

MARCHANT, chien : 13.

MARÉCHAL (Amand), 1774-1859 ?, oncle par alliance de G. S. et son parrain : 178.

MARÉCHAL (Lucie Delaborde, Mme Amand), 1776-1851, tante maternelle et marraine de G. S. : 5, 17, 152, 178.

MARÉCHAL (Clotilde), 1805-1859, fille de la précédente et cousine germaine de G. S., plus tard Mme Auguste DACHER (1826) puis Mme Camille VILLETARD (1846) : 5, 178, 196.

MARESCQ (Yacinthe-Auguste et Magloire-Aimable), éditeurs des *Œuvres illustrées* de G. S. : 179.

MARIE (la Vierge) : 53, 83, 115, 205, 409.

MARIE, bonne de Mme Marliani : 65.

MARIE-AGNÈS (Elizabeth Mary Agnes Jones, dite sœur), ?-1872, religieuse chez les Augustines anglaises : 3.

MARIE-AMÉLIE (Maria Amalia de Bourbon, duchesse d'Orléans puis reine), 1782-1866, fille du roi Ferdinand Ier des Deux-Siciles, femme de Louis-Philippe, roi des Français : 116.

MARLIANI (Emmanuel), 1799-1873, homme politique espagnol, consul d'Espagne en France : 64, 65, 85, 96, 100.

**MARLIANI** (Charlotte de Folleville, Mme Emmanuel), 1790-1850, amie intime de G. S. : 64, **65**, 66, 69, 71, 78, 85, 92, **96**, 100, 132n.

MARMIER (Xavier), 1809-1892, voyageur et écrivain : 76.

MARQUIS, parfumeur parisien : 38.

MARQUIS, chien de G. S., originaire de La Havane : 115, 118, 135, 183.

MARRAST (Armand), 1801-1852, journaliste et homme politique, membre du Gouvernement provisoire de 1848, maire de Paris et président de l'Assemblée constituante : 136.

*Marseillaise (La)*, chant national : 135, 170, 382.

MARTIN (Fulbert), 1809-1864, avocat de La Châtre, emprisonné et gracié en 1852 : 194.

**MARTIN** (Henri), 1810-1883, historien, auteur d'une importante *Histoire de France* : **134**, **165**, 284n., 359.

MARTINE (Martine ? Guénot, veuve), dite *Martine*, servante

de G. S. à Paris et Palaiseau de 1866 à 1876 : 377, 387.

MARTINET (Chartier), fermier de G. S. : 72.

MARTY (Jean), 1813-1877, curé de Saint-Chartier (1843-1851) puis de Saint-Florent-sur-Cher : 117, 125.

MASCARILLE, chien de Casimir Dudevant : 4.

MASSABIAU (Alexandre), 1829-?, sous-préfet de La Châtre (1869-1871) : 387.

MASSÉ (Victor), 1822-1884, compositeur : 301, 303n.

*Noces de Jeannette (Les)* : 301.

Matamore, personnage de comédie : 109, 165.

MATHERON (Joachim), voiturier à La Seyne : 284, 305, 323.

MATHILDE (Mathilde Bonaparte, princesse), 1820-1904, fille de Jérôme Bonaparte, sœur du Prince Napoléon et cousine de Napoléon III, son salon littéraire rassemblait les meilleurs écrivains : 284, 324, 362, 402.

MATRANGA (Pietro), 1790-1855, conservateur des manuscrits grecs à la Bibliothèque vaticane : 225.

MAULMOND (Sigismond), 1825-1895, ami de G. S., sous-préfet de Boussac en 1870, puis préfet et administrateur : 385n.

Maurice, Mauricot : voir Maurice DUDEVANT-SAND.

MAURIVET (M. de), gentilhomme campagnard et cavalier : 114.

MAURY (Alfred), 1817-1892, archéologue : 274.

*Terre et l'Homme (La)* : 274.

MAYER (docteur), médecin français exerçant à Rome : 224.

MAZZINI (Maria Drago, Mme Giacomo), 1774-1852, mère de Giuseppe Mazzini : 144.

**MAZZINI** (Giuseppe), 1805-1872, patriote et révolutionnaire italien, un des principaux artisans du *Risorgimento*, il passa une grande partie de sa vie en exil : **88**, 93, **144**, 155, **158**, **160**, **171**, 195, **198**, **210**.

MAZZINI (Antonietta), 1800-1883, sœur du précédent : 144.

MEILLANT (Jean), fermier de G. S. : 72.

MEILLANT (Solange), 1833-?, fille du fermier Sylvain Meillant : 92.

MEISSONIER (Ernest), 1815-1891, peintre : 227.

Mélibée, personnage de Virgile : 215.

MÉNIER (René Leconte, dit Paulin), 1822-1898, acteur de l'Ambigu puis de la Gaîté : 186.

MENTOR (Mme), actrice du théâtre de La Châtre : 301.

Méphisto, personnage du *Faust* de Goethe : 124.

MERCADANTE (Saverio), 1795-1870, compositeur italien : 35.

MÉRIMÉE (Prosper), 1803-1870, écrivain ; sa brève liaison avec G. S. tourna au fiasco : 25, 28, 29, 255.
*Double Méprise* (*La*) : 36n.

MERLE (Jean-Toussaint), 1783-1852, écrivain, mari de Marie Dorval : 27, 62.

MÉRY (Joseph), 1798-1865, écrivain : 109.

Messageries nationales : 190.

**MEURE** (Charles), 1797-1848, magistrat, ami de G. S. : **11**, 54.

**MEURICE** (Paul), 1820-1905, écrivain et auteur dramatique, ami et disciple de V. Hugo, il collabora avec G. S. pour trois pièces : 297n., 303n., 330, 352n., **395**.

MEYERBEER (Jakob Liebmann Meyer Beer, dit Giacomo), 1791-1864, compositeur allemand : 50, 62, 149, 157, 212.
*Huguenots* (*Les*) : 50.
*Prophète* (*Le*) : 149n., 157.
*Robert le Diable* : 62.

MEZZETIN (Angelo Costantini, dit), 1654-1729, acteur de la Comédie-Italienne : 165.

MICHEL (Mme), belle-mère d'Édouard Bourdet : 196.

**MICHEL DE BOURGES** (Louis-Chrysostome MICHEL, dit), 1797-1853, avocat et homme politique républicain, amant de G. S. : 50, 52, **54**, **55**, **57**, **58**, 60, 78, 83, 133.

MICHEL (Magdeleine-Sophie Raillard, veuve Lebrun, Mme Louis), femme du précédent : 54, 57.

MICHEL-ANGE (Michelangelo Buonarroti, dit), 1475-1564, sculpteur, peintre, architecte et poète : 225, 229, 233, 269.
*Adonis* : 229.
Fresques de la chapelle Sixtine : 229.
*Moïse* : 229, 269.
*Pietà* : 229.
Tombeaux des Médicis : 229.

**MICHELET** (Jules), 1798-1874, historien et écrivain : 72, **167**, **180**, **240**, **281**.
*Amour* (*L'*) : 281.
*Femme* (*La*) : 281.
*Histoire de France* : 240.
*Histoire de la Révolution française* : 167.
*Mer* (*La*) : 281.

MICHIELS, bottier parisien : 38.

MILTIADE, 540-489 av. J.-C., général athénien, vainqueur des Perses à Marathon : 44.

MINERVE, déesse de la Sagesse et des Arts : 49, 78, 292.

MINOT : 8.

MIRÈS (Jules), 1809-1871, financier et brasseur d'affaires, directeur de journaux (*Le Constitutionnel*, *Le Pays*...) : 227.

*Mode* (*La*), revue : 15.

MODÈNE (duc de) : 228.

MOÏSE, XIIIᵉ s. av. J.-C., législateur d'Israël : 78, 86.

MOISI (M.), habitant de La Châtre : 3.

MOLIÈRE (Jean-Baptiste Poquelin, dit), 1622-1673, comédien et auteur dramatique : 3, 61, 66, 68, 118, 165, 173, 254, 408.
 *Dom Juan* : 118, 173.
 *École des femmes* (*L'*) : 3.
 *Femmes savantes* (*Les*) : 61.
 *Fourberies de Scapin* (*Les*) : 68.
 *Médecin malgré lui* (*Le*) : 146.
 *Misanthrope* (*Le*) : 214, 254.

MOLINES (Jules), pasteur protestant de Nérac : 329.

MOLLIET (Joseph), 1780-?, père d'Agasta Pouradier-Duteil : 60.

MOLLIET (Rose-Félicité Fontaine, Mme Joseph), femme du précédent, elle avait été la maîtresse de Maurice Dupin : 60.

MONDANGE (César), soldat condamné à mort et gracié : 194.

*Monde* (*Le*), journal de Lamennais : 56.

*Moniteur* (*Le*), journal : 194n., 263, 373n., 387.

MONNIER (Henry), 1799-1877, écrivain et dessinateur : 193, 408.
 *Grandeur et Décadence de M. Joseph Prud'homme* : 408.
 *Scènes populaires* : 193n.

Montagne (la), pour désigner l'extrême gauche : 145, 153, 171, 195, 198.

MONTAIGNE (Michel Eyquem de), 1533-1592, écrivain : 46, 81, 108, 368.
 *Essais* : 46, 81, 108.

MONTBEL (Guillaume-Isidore Baron, comte de), 1787-1861, ministre de Charles X : 11.

MONTELLIER, installateur de calorifères : 175.

MONTESQUIEU (Charles de Secondat de La Brède, baron de), 1689-1755, écrivain et philosophe : 78.

MONTGOLFIER (Jeanne dite *Jenny* Armand, Mme Pierre), 1794-1879, pianiste lyonnaise : 50.

MONTIGNY : voir LEMOINE-MONTIGNY.

MOREAU (Pierre), 1787-1847, jardinier à Nohant : 12, 45, 48, 72.

MOREAU (Marie Cailleau, Mme Pierre), domestique à Nohant, femme du précédent : 48.

MOREAU (Vincent), 1801-?, frère de Pierre, domestique et cocher des Dudevant à Nohant : 12.

MOREAU (Eugénie Grouteau, Mme Vincent), femme du précédent, domestique à Nohant : 12.

MOREAU (Sylvain), 1809-1891, pêcheur et muletier, il servit de guide à G. S. à Gargilesse : 273.

*Morning Advertiser*, journal anglais : 198n.

MOUCHE, chien : 13.

MOUCHOT (Louis), 1830-1891, peintre orientaliste : 416.

*Mousquetaire* (*Le*), journal de A. Dumas : 202n., 219n., 228.

MOUY (Charles de), 1834-1922, publiciste puis diplomate : 323.

MOZART (Wolfgang Amadeus), 1756-1791 : 24, 118, 157, 173, 232.

*Don Giovanni*: 24, 118, 157, 173.

*Nozze di Figaro (Le)*: 232.

MÜLLER-STRÜBING (Hermann), 1812-1893, révolutionnaire allemand exilé en France, helléniste et musicien, ami des Viardot, amant éphémère de G. S. (1849-1850), puis précepteur des enfants Duvernet, exilé en Angleterre en 1852: 157, 163, 164, 165, 166n., 169, 200, 207, 211, 216.

MURET DE BORT (Léonard-Pierre), 1791-1857, fabricant de draps de Châteauroux et député de l'Indre: 83.

MUSSET-PATHAY (Edmée Guyot-Desherbiers, Mme Victor-Donatien de), 1780-1864, mère d'Alfred: 31, 37, 42.

MUSSET (Alfred de), 1810-1857, poète: **26**, 29, 30, 31, 32, 34, 35, 36, **37**, **38**, 41, **42**, 49n., 50, 52, 53, 76, 79, 260, 261, 262, 279, 280.

*Andrea del Sarto*: 37, 38.

*Caprices de Marianne (Les)*: 37, 38.

*Confession d'un enfant du siècle (La)*: 52, 280.

*Contes d'Espagne et d'Italie*: 37.

*Coupe et les Lèvres (La)*: 26.

*Fantasio*: 37, 38.

*Namouna*: 26.

*On ne badine pas avec l'amour*: 37, 38n.

*Rolla*: 37.

*Un spectacle dans un fauteuil*: 26, 37.

MUSSET (Paul de), 1804-1880, écrivain, frère d'Alfred: **260**, **262**, 279.

*Lui et Elle*: 262, 279.

MUSTON (Alexis), 1810-1880, pasteur protestant de Bourdeaux (Drôme), il procéda au mariage religieux de Maurice et Lina et au baptême de Marc Dudevant: 314n.

MYLORD, chien: 13.

NABUCO DE ARAUJO (Joaquim), 1849-1910, écrivain et diplomate brésilien: **414**.

*Amour et Dieu*: 414.

NADAR (Félix Tournachon, dit), 1820-1910, photographe, dessinateur et écrivain: 234n., 334.

Nana, surnom d'un habitant de La Châtre: 66.

NANNETTE (la Mère), paysanne de Nohant: 85.

NANTEUIL (Célestin), 1813-1873, peintre et illustrateur: 211.

NAPOLÉON I$^{er}$, 1769-1821, empereur: 23, 45, 68, 78, 104, 138, 149, 263n., 289, 353, 384n., 393.

NAPOLÉON III, 1808-1873, prince Louis-Napoléon BONAPARTE, président de la République, puis empereur: **104**, 144, 145, 148, 149, 150, 151, 162, 171n., 191, **192**, 193, 194, **197**, 198, 215, 217n., 248, 252n., 253, 254, 258, 261, 284, 289, 299, 319, 324, 326, 365, 373, 378, 383, 385.

*Extinction du paupérisme*: 104.

NAPOLÉON (Napoléon Bonaparte, dit le Prince), 1822-1891, fils de Jérôme Bonaparte, cousin de Napoléon III, il resta, malgré ses titres et fonctions, républicain; ami de G. S., il fut le parrain de sa petite-fille Aurore: 207, 224, 247, **249**, **253**, 258, 284, 288, 289, 292, **317**, **319**, 323, 324, **335**, 336, 339, 362, 371, **385**, **393**, 418.

NAPOLÉON (Clotilde de Savoie, princesse), 1843-1911, fille de Victor-Emmanuel II, femme du précédent: 317, 324.

NAPOLÉON (Napoléon-Victor Bonaparte, dit le prince Victor), 1862-1926, fils des précédents : 317, 323.

NARVAEZ (Manuel Ramón), 1800-1868, général espagnol : 94n.

NARYSCHKINE (Nadejda Knorring, princesse Alexandre), 1826-1895, princesse russe, maîtresse puis épouse (1864) de DUMAS fils : 287, 288, 292, 293, 299, 303, 402.

NARYSCHKINE (Olga), 1847-1927, fille de la précédente, plus tard marquise de Thierry de Faletans : 287n., 288, 292, 293.

*Nation (La),* journal : 198n.

*National (Le),* journal républicain : 29, 76, 78, 138, 198.

Negro (di), voir DI NEGRO.

NEMROD, fondateur de l'Empire babylonien et fameux chasseur : 75, 149.

NÉRAUD (Jules), dit le Malgache, 1795-1855, botaniste, ami de G. S. : 66, 78.

NÉRAUD (Valérie Grangier de la Marnière, Mme Olivier), 1828-1907, belle-fille du précédent : 254.

NÉRAUD (Marie), 1854- ?, fille de la précédente, plus tard Mme Charles Tournier : 254.

Nini, surnom de Jeanne CLÉSINGER.

NODIER (Charles), 1780-1844, écrivain : 13.

NOIR-CARME (Eugénie Lefebvre, Mme de), amie de pension de G. S. : 3.

*Nouveau Testament* : 293.

NUNEZ (et sa femme Doña), intendant à Majorque : 65.

Oberman, personnage de Senancour : 53.

OLIVEIRA (Enrique José d'), résidant au Cap-Vert : 181.

OLLIVIER (Émile), 1825-1913, homme politique et historien : 382n.

Olympio, personnification de Victor Hugo : 82.

Ophélie, personnage de Shakespeare (*Hamlet*) : 256.

*Opinion nationale (L'),* journal : 377n.

ORDYNIEC (Marie de Bertholdi, Mme), sœur de Charles de Bertholdi : 227.

ORESTE, personnage de la mythologie grecque : 22.

ORLÉANS (les) : 364.

ORLÉANS (duc d'), titre de Louis-Philippe avant son accession au trône : 116.

ORLÉANS (Ferdinand-Philippe, duc d'), 1810-1842, fils aîné de Louis-Philippe : 48.

ORPHÉE, personnage de la mythologie grecque : 230, 409.

ORSAY (Alfred Grimod, comte d'), 1801-1852, dandy, peintre et sculpteur : 196, 201, 207.

ORSINI (Felice), 1819-1858, auteur d'un attentat contre Napoléon III (14 janvier 1858) : 252, 253n., 258.

OSMOY (Charles, comte d'), 1827-1894, homme politique, ami (et collaborateur) de Bouilhet et Flaubert : 354n.

Othello, personnage de Shakespeare : 275.

OUDINOT, duc de Reggio (Nicolas-Charles-Victor), 1791-1863, général, il commanda le corps expéditionnaire à Rome en 1849 : 157.

OVIDE (Publius Ovidius Naso, dit), 43 av. J.-C.-18 apr. J.-C. : 186.

PAGE (Adèle Châteaufort, dite Mlle), actrice : 228.

PAGELLO (Pietro), 1807-1898, médecin de Venise, il soigna Musset et G. S., dont il devint l'amant : 30, 31, **32**, **34**, 35, 36, 37, 38.

PAGELLO (Roberto), frère du précédent : 38.

PAGNERRE (Laurent-Antoine), 1805-1854, éditeur, secrétaire général du Gouvernement provisoire en 1848 : 136.

Palognon ou Paloignon, surnom de Léon VILLEVIEILLE.

PAPADOPOLI, banquier de Venise : 36.

PAPET (Charles), 1781-1861, châtelain d'Ars : 59, 60.

**PAPET** (Gustave), 1812-1892, fils du précédent, médecin, ami intime de G. S. : 3, 17, 18, 20, 57, **59**, 60, 66, 74, 83, 95, 97, 109, 159, 260, 279.

PÂQUETTE (Mme Paquet, dite) : 3.

PARFAICT (François), 1698-1753, et (Claude), 1701-1777, historiens du théâtre : 165.
*Dictionnaire des théâtres de Paris* : 165.

PÂRIS, héros troyen, il enleva Hélène et provoqua la guerre de Troie : 255.

PARIS (Philippe d'Orléans, comte de), 1838-1894, prétendant au trône de la branche d'Orléans : 171n., 405n.

PARIS (Émile), ami bordelais d'Aurélien de Sèze : 5, 8.

*Paris-Journal* : 392n.

PARODI (Adolfo), agent de change à Gênes : 226.

PARPLUCHE, chien : 13.

PASCAL (Blaise), 1623-1662, mathématicien, philosophe et écrivain : 78, 165, 384, 396.
*Pensées* : 396.

PASTA (Giuditta Negri, dite la), 1797-1865, cantatrice italienne : 33.

Patachier (le), surnom du conducteur de La Châtre : 3.

PÂTUREAU (Jean, dit PÂTUREAU-FRANCŒUR), 1809-1868, vigneron, maire de Châteauroux en 1848, ami de G. S., déporté en Algérie en 1858 : 134n., 185, 193, 207, 227, 253, 258.

PAULTRE (Émile), 1809-1872, notaire et homme d'affaires, ami de G. S. au début des années 1830 : 38.

*Pays* (Le), journal : 207.

PECQUEUR (Constantin), 1801-1887, économiste et théoricien socialiste : 198.

PELLETIER, personnage non identifié : 228.

PELLICO (Silvio), 1789-1854, écrivain italien, soupçonné de carbonarisme, il fut incarcéré huit ans et écrivit *Mes prisons* : 218.

PEPITA, bonne espagnole de la petite Solange, maîtresse de Casimir Dudevant : 9.

**PERDIGUIER** (Agricol), 1805-1875, dit *Avignonnais la Vertu*, menuisier, figure marquante du compagnonnage : **71**, **271**.
*Livre du compagnonnage* (Le) : 71.

PERDIGUIER (Lise Marcel, Mme Agricol), 1810-18 ?, couturière, femme du précédent : 71, 100n., 194n., 271.

PERDIGUIER (Estelle, Solange et Marie), filles des précédents : 271.

PEREIRE (Émile), 1800-1875, financier et entrepreneur : 253.

**PÉRIGOIS** (Ernest), 1819-1906, secrétaire général de la préfecture de l'Indre en 1848, emprisonné et assigné à résidence en 1852-1853, exilé en 1858 : 207, 211, 253n., **254**, 255.

PÉRIGOIS (Angèle Néraud, Mme Ernest Périgois), 1830-1917, fille de Jules Néraud (le Malgache) et épouse du précédent : 252, 254, 255.

PÉRIGOIS (Georges), fils des précédents : 252, 254.

PÉRIGOIS (Edmond), dit *Monmon*, fils des précédents : 252, 254.

PÉRIGOIS (Alfred), fils des précédents : 254.

PERNET (Louis), 1814-1846, avocat, il reprit avec F. François la direction de *La Revue indépendante* : 85n., 88, 99, 100.

PERRAULT (Charles), 1628-1703, écrivain : 118, 321.
*Contes* : 118, 321.

PERROT-CHABIN, pharmacien à La Châtre : 66.

PERROTIN (Charles-Aristide), 1796-1866, éditeur : 71n., 82, 89, 99.

PERSIANI (Fanny), 1812-1867, soprano italienne : 75.

PERSIGNY (Victor Fialin, duc de), 1808-1872, ministre de l'Intérieur de Napoléon III : 194.

PÉTÉTIN (Anselme), 1806-1873, journaliste et homme politique : 85n., 91, 93, 100, 164.

PETIT (Francis), expert en tableaux : 345n.

PETIT-LOUP, Indien Ioway : 118.

*Peuple* (Le), journal de Proudhon : 198.

*Peuple constituant* (Le), journal (février-juillet 1848) : 142.

PEYRAT (Alphonse), 1812-1891, journaliste et homme politique : 248n., 269.

PEYRONNET (Charles-Ignace, comte de), 1778-1854, ministre de Charles X : 11, 13.

*Phalange* (La), journal : 82.

PHÉBUS, un des noms d'Apollon : 13.

PHILAMINTE, personnage des *Femmes savantes* de Molière : 61.

PHILIPPE V (1683-1746), roi d'Espagne : 129.

PICARD (Ernest), 1821-1877, avocat, député, ministre de l'Intérieur en 1871 : 388.

PICHON (Jean), 1821-?, né à Nohant, agent d'assurances à Paris, ami de Barbès, il servit souvent d'intermédiaire pour la correspondance de G. S. et Barbès : 170, 176.

PIE IX (Giovanni Maria Mastai Ferretti), 1792-1878, pape (1846-1878) : 224, 230.

PIERRET (Louis-Mammès), 1783 ?-1844, employé du Trésor, ami de Mme Maurice Dupin : 9.

PIERRON (Eugène), 1819-1865, acteur et auteur de comédies, régisseur général de l'Odéon : 323.

Pierrot, type de la comédie italienne : 118, 164, 165.

PIÉTRI (Pierre-Marie), 1809-1864, préfet de police (1853-1858) : 194, 247.

Piffoëls (les), surnom donné à G. S et ses enfants : 54n., 60.

Pigne-de-Bouis, surnom d'un commerçant (coiffeur ?) de La Châtre : 66.

PIGON, chien de Guillery, père de Brave : 13.

PINEAU DE MONTPEYROUX (abbé Augustin), 1747 ?-1836, curé de Saint-Chartier : 7, 429.

PINSON (B.), restaurateur parisien (18 rue de l'Ancienne-Comédie) : 136.

PIRON (Achille), † 1865, ami de Delacroix et son exécuteur testamentaire : 345.

PISSAVY (Édouard), 1839-1930, médecin de la famille Sand, il fut un temps l'amant de Solange : 397.

PISTOLET, chien : 13, 74, 75, 92.

PITON, jeune typographe employé comme secrétaire par G. S. : 100.

PLANCHE (Gustave), 1808-1857, critique : 24n., 25n., 27, 28, 29, 36, 38, 48, 310.

PLANET (Gabriel Rigodin-Planet, dit), 1808-1853, du groupe des Berrichons de Paris lorsqu'il était étudiant, ami de Michel de Bourges qu'il présenta à G. S., fidèle ami de G. S., avoué à La Châtre, préfet du Cher en 1848 : 211.

PLAT (Arthème [dit Isis ?]), ?-1861, médecin à Martizay (Indre) : 114.

PLATON, 429-347 av. J.-C. : 49, 78, 357.

**PLAUCHUT** (Edmond), 1824-1909, littérateur et voyageur, sauvé du naufrage grâce à des lettres de G. S., il devint un familier de Nohant : **181**, 366, 370, 371, 377, 381, 382, 387, **388**, 402, 403, **406**, 410, 419, 422.

PLAUCHUT (Louis), 1813-1900, officier, frère aîné du précédent : 388.

Plessy : voir ARNOULD-PLESSY.

PLEYEL (Camille), 1788-1855, facteur de pianos : 128.

PLINE l'Ancien, 23-79, naturaliste et auteur latin : 53.
*Histoire naturelle* : 53.

PLINE le Jeune, v. 61-v. 114, auteur latin : 53.

PLON (Henri), 1806-1872, imprimeur et éditeur : 226.

**PLOUVIER** (Édouard), 1820-1876, ouvrier corroyeur devenu poète et auteur dramatique, mari de l'actrice Lucie Mabire : **239**, **270**.

*Outrage* (L') : 270.

PLOUVIER (Lucie MABIRE, Mme Édouard), 1821-1857, actrice, dite « la Fille aux cheveux bleus », femme du précédent : 239.

PLUTARQUE, v. 50-v. 125, historien grec : 53.

POINÇON ou POINTU, lévrier de Solange : 113, 115.

Polichinelle : 33, 380, 394, 400.

POLIGNAC (Jules-Armand, prince de), 1780-1847, ministre de Charles X : 11.

Polite ou Polyte, surnom d'Hippolyte CHATIRON.

POLYCARPE (Saint), v. 69-v. 167, évêque de Smyrne, martyr, que Flaubert a pris pour saint patron : 418.

Polycarpe, surnom de FLAUBERT.

**POMPÉRY** (Édouard de), 1812-1895, publiciste et écrivain : **332**.
*La Femme dans l'humanité, sa nature, son rôle et sa valeur sociale* : 332.

PONCY (Mme Nicolas-Joseph), † 1843, mère de Charles Poncy : 99n.

**PONCY** (Charles), 1821-1891, maçon à Toulon et poète : **82**, **89**, **99**, **112**, **143**, **151**, **188**, 282, **340**, 366.
*Chantier* (Le) : 82, 89, 99.
*Marines* : 82.

PONCY (Désirée Bareti, Mme Charles), 1823-1863, femme du précédent : 89, 99, 112, 143, 151, 188, 282.

PONCY (Solange), 8-17 juillet 1843, le premier enfant des Poncy, morte peu après sa naissance : 89, 99n.

PONCY (Solange), 1844-1878, fille des Poncy, plus tard (1871) Mme Charles Mihière : 112, 143, 151, 340.

PONSARD (François), 1814-1867, poète et auteur dramatique : 284.

POREL (Paul Parfouru, dit), 1842-1917, acteur puis directeur de théâtre : 347n.

POTTER (Louis de), 1813-?, éditeur : 90n.

POTTIN (Henri), 1820-1864, graveur sur bois : 207, 211.

Pôtu (le), surnom de Victor BORIE.

POUCHET (Georges), 1833-1894, directeur du laboratoire de zoologie marine à Concarneau : 425.

POURADIER-DUTEIL (Silvain-Alexis), dit DUTEIL, 1796-1852, magistrat, ami de G. S. : 11, 41, 45, 46, 52n., 59, **60**, **66**, 75, 83, 85, 92.

POURADIER-DUTEIL (Marguerite-Agasta Molliet, Mme Alexis), 1805-1876, femme du précédent : 11, 52n., 66, 85.

POURADIER-DUTEIL (Julia), 1830-?, fille des précédents, filleule de Casimir Dudevant : 11, 83.

POURADIER-DUTEIL (Édouard), 1826-1894, magistrat, frère de la précédente : 66.

PREAULX (Fernand, vicomte de), 1822-1891, hobereau berrichon, fiancé de Solange Dudevant : 114, 115, 118, 119n.

PRÉFACE, jument de G. S. : 74.

PRÉMORD (Charles-Léonard, abbé de), 1760-1837, jésuite, confesseur de G. S. au couvent des Augustines anglaises : 8.

*Presse (La)*, journal : 116, 118, 150n., 202n., 207, 211, 227n., 229, 230, 243, 246, 248, 249n., 258, 259, 261n., 263, 269, 306n., 320, 323.

PRÉVOST (Antoine-François Prévost d'Exiles, dit l'abbé), 1697-1763, écrivain : 108, 109.

*Manon Lescaut* : 108, 214.

Prince (le) : voir NAPOLÉON (Prince).

PROCOPE le Grand, † 1434, chef des hussites : 105.

*Progrès du Pas-de-Calais (Le)*, journal de F. Degeorge : 82.

Prophètes (les) : 86.

*Proscrit (Le)*, journal éphémère rédigé par des proscrits en 1850 : 171.

**PROST** (Mme), veuve d'un médecin lyonnais, mère d'Alfred Prost : **235**.

PROST (Alfred), banquier et brasseur d'affaires, créateur de la Compagnie générale des Caisses d'escompte, il fit faillite et fut condamné pour escroquerie en 1858 : 235.

Protestantisme : 314, 316, 329, 372, 395, 409.

PROUDHON (Pierre-Joseph), 1809-1865, théoricien socialiste : 99, 145, 148, 149, 162, 198, 355.

*Qu'est-ce que la propriété ?* : 149n.

Prudhomme (Monsieur), personnage d'Henry Monnier : 408.

PUPPATI (Giulia), 1807-1889, cantatrice, demi-sœur de Pagello : 38.

PUTTINATI (Alessandro), 1800-1872, sculpteur italien : 68n.

Puzzi, surnom d'Hermann COHEN.

PYAT (Félix), 1810-1889, journaliste, écrivain et homme politique : 14, 17.

PYLADE, ami d'Oreste : 22, 118.

Pylade, surnom de François ROLLINAT.

PYTHAGORE, VIe s. av. J.-C. : 78, 80, 230.

QUATREFAGES DE BRÉAU (Jean-Louis-Armand), 1810-1892,

zoologiste et anthropologue :
274.

QUÉLEN (Hyacinthe-Louis de),
1778-1839, archevêque de
Paris : 15.

QUENISSET, auteur d'un attentat
contre le duc d'Aumale : 78n.

QUINET (Edgar), 1803-1875,
écrivain, historien et philosophe : 217, 233, 396.
*Création (La)* : 396.
*Esclaves (Les)* : 217.
*Marnix de Sainte-Aldegonde* :
217.
*Quotidienne (La)*, journal légitimiste : 13.

RABELAIS (François), v. 1494-
1553, écrivain : 13, 78n., 81,
100, 150, 199, 418n.
*Gargantua* : 78, 418n.
*Pantagruel* : 81.

RACHEL (Élisabeth Félix, dite),
1821-1858, actrice, sociétaire
de la Comédie-Française :
135, 169n., 228.

RACINE (Jean), 1639-1699, poète
dramatique : 48, 65n., 76n.,
114n., 228, 409.
*Athalie* : 114.
*Phèdre* : 409.
*Plaideurs (Les)* : 48, 65, 76.

RAHOUX, secrétaire de la sous-
préfecture de La Châtre,
et secrétaire de mairie de
Nohant-Vicq : 117.

RAOUL-ROCHETTE (Antoinette
Houdon, Mme Désiré), 1790-
1878, fille du sculpteur Houdon, grand-mère maternelle
de Lina Calamatta : 299.

RAPHAËL (Raffaello Sanzio, dit),
1483-1520, peintre italien :
205, 229, 252.
Loges (les) : 229.
Stanze (les) : 229.

RASPAIL (François-Vincent), 1794-
1878, chimiste et républicain,

un des organisateurs des manifestations du 15 mai 1848 :
136, 138, 144, 148.

Ratissimo, Ratto : surnoms
d'Hermann COHEN.

RAVAILLAC (François), 1578-
1610, assassin d'Henri IV :
13.

RAYET, jeune magistrat bordelais, ami de Zoé Leroy et
Aurélien de Sèze : 8.

RAYNEVAL (Louise-Marie Bertin
de Vaux, comtesse Alphonse
de), femme de l'ambassadeur
de France à Rome en 1855 :
224.

REBIZZO (Lazzaro), 1794- ?, carbonaro et poète génois, ami
de Pagello : 37.

*Réforme (La)*, journal de Louis
Blanc : 10 1n., 135, 138.

REGNAULT (Émile), 1811-1863,
étudiant en médecine, confident de G. S. et Sandeau : **16,
17, 18, 20**.

RÉGNIER (Mathurin), 1573-1613,
poète : 165.

REGNIER DE LA BRIÈRE (François
*Philoclès* Tousez, dit), 1807-
1885, acteur, sociétaire de la
Comédie-Française ; G. S. lui
a consacré une longue dédicace en tête de *Comme il vous
plaira* : 146, **232**.

REGULUS (Marcus Atilius),
† v. 250 av. J.-C. : 359n.

REMISA (Gaspar), banquier à
Paris : 65.

RÉMUSAT (Charles de), 1797-
1875, historien et homme
politique : 402n.

*Renaissance littéraire et artistique
(La)*, revue : 401n.

RENAN (Ernest), 1823-1892, écrivain : 317, 362n., 385, 418.
*Dialogues et Fragments philoso-
phiques* : 317.
*Vie de Jésus* : 317.

RETZ (Jean-François Paul de Gondi, cardinal de), 1613-1679, prélat et mémorialiste : 165.

*Réveillez-vous belle endormie*, chanson : 258.

*Révolution* (La), journal (octobre-2 décembre 1851) : 186.

Revue (la) : généralement la *Revue des Deux Mondes*.

*Revue agricole* : 220.

*Revue de Paris* : 14, 15, 50n., 76, 164n., 212, 328, 332.

*Revue des Deux Mondes* : 26n., 29, 31, 36, 37, 43n., 48, 50, 65n., 76, 79, 116, 229n., 258, 260n., 266, 271n., 274, 275, 283n., 287, 289, 298n., 300n., 302, 303n., 304, 310, 317, 326, 328, 341, 344, 347n., 352, 354n., 365, 370, 382, 390, 396n., 424.

*Revue et Gazette des théâtres* : 186.

*Revue indépendante* (La) : 77n., 78, 79, 81, 82, 84, 85, 88, 89, 90n., 93n., 96n., 99, 100.

*Revue moderne* : 341n.

REYNAUD (Jean), 1806-1863, encyclopédiste et philosophe, il fut sous-secrétaire d'État à l'Instruction publique en 1848 : 135, 218, 223.

*Terre et Ciel* : 218, 223.

RHÉA, déesse grecque : 418n.

RIBES (Charles-Emmanuel), † 1864, acteur de l'Odéon, il créa le rôle-titre du *Marquis de Villemer* : 323.

**RICHARD** (David), 1806-1859, médecin et journaliste d'origine suisse : 50, **230**.

*Motifs d'une conversion* : 230.

RICHARD (Jeanne Rivoire, Mme David), 1803-?, femme du précédent : 230.

RICHEBOURG (Ambroise), 1810-1875, daguerréotypiste et photographe : 207.

**RICHEPANCE** (Adolphe-Antoine,

baron), 1800-1862, général : **182**, 184.

RICOURT (Achille), 1797-1879, rédacteur de *L'Artiste* : 15.

RIGAULT (Raoul), 1846-1871, délégué à la police de la Commune, responsable d'exécutions sommaires et d'incendies : 392.

RISTORI (Adélaïde), 1822-1906, actrice tragique italienne : 228.

Robert Macaire, personnage principal des mélodrames *L'Auberge des Adrets* (1823) d'Antier, Lacoste et Chaponnier, puis *Robert Macaire* d'Antier, Saint-Amand et Frédérick Lemaître (1834) : 68.

ROBESPIERRE (Maximilien de), 1758-1794, conventionnel, il dirigea le Comité de salut public sous la Terreur : 78, 153, 195, 353.

ROBIN, surnommé Robin-Magnifique, commerçant de La Châtre : 66.

Robinson Crusoé, héros éponyme du roman de Daniel Defoe : 64, 153.

ROBOT (Jacques), jardinier et domestique de G. S. à Palaiseau : 339, 356.

ROBOT (Caroline), femme du précédent, domestique de G. S. à Palaiseau : 339, 356.

ROCHEMUR (Moïna Le Lièvre de La Grange, comtesse de), 1800-1844, voisine de G. S. au 19 quai Malaquais : 50n.

ROCHERY (Paul), 1820-?, journaliste républicain et critique littéraire : 136, 214.

ROCHETTE, habitant de la Thuilerie : 13.

ROCHOUX-DAUBERT (Antoine), substitut puis procureur du roi à La Châtre : 13.

ROCHOUX-DAUBERT (Mme), femme du précédent : 66.

RODRIGUES (Olinde), 1794-1851, saint-simonien, économiste et mathématicien : 293.

**RODRIGUES** (Édouard Rodrigues Henriques, dit), 1796-1878, riche financier et homme d'affaires, mais aussi généreux philanthrope : 83n., 293, 299, 303, **305, 309, 315, 345, 366,** 402.

ROËTTIERS DU PLESSIS (Jacques), 1780-1844, officier retraité, châtelain du Plessis-Picard : 8.

ROËTTIERS DU PLESSIS (Angèle Melin, Mme Jacques), 1794-1875, femme du précédent : 8.

ROGAT (Émile), condamné à la déportation, remis en liberté grâce à G. S. : 194.

ROGER (Gustave), 1815-1879, ténor, il fut plus tard acteur et joua dans *Cadio* : 370.

ROLAND (Pauline), 1805-1852, institutrice et militante socialiste, déportée : 194.

ROLLINAT (Jean-Baptiste), 1775-1839, avocat, père de François : 67.

**ROLLINAT** (François), dit *Pylade*, 1806-1867, fils du précédent, avocat et homme politique, ami intime de G. S. : 39, 60, **67,** 75, 83, 103, 279, 409.

**ROLLINAT** (Maurice), 1846-1903, fils du précédent, poète : **401, 409.**

*Livre de la nature (Le)* : 409n.

*Névroses (Les)* : 401n.

ROLLINAT (Gabrielle), voir Gabrielle DANAIS.

ROLLINAT (Marie-Louise), dite *Tempête*, 1818-1890, sœur de François, elle fut un temps institutrice de Solange Dudevant ; elle épousera André-François Bridoux : 59, 60, 67.

ROLLINAT (Juliette), 1820-?, sœur de François : 60.

RONSARD (Pierre de), 1524-1585 : 255.

RORET (J.-P.), éditeur : 20, 22.

ROSA (Salvator), 1615-1673, peintre italien : 229.

ROSINE, cuisinière à Tamaris : 282.

ROSSINI (Gioacchino), 1792-1868, compositeur italien : 52, 85, 212, 233.

*Barbier de Séville (Le)* : 52.

*Cenerentola (La)* : 85, 233.

*Tancrède* : 85.

ROTHSCHILD (James, baron de), 1792-1868, banquier : 135.

ROUET (Jean-Claude), 1809-1888, conducteur des Ponts et Chaussées dans l'Indre : 117.

ROUGEMONT (Michel-Nicolas Balisson, baron de), 1781-1840, auteur dramatique : 24.

*Jeanne Vaubernier* : 24.

ROUSSEAU, habitant de La Châtre : 3.

ROUSSEAU (Jean-Jacques), 1712-1778, écrivain : 20, 78, 93, 107, 109, 131, 368, 394.

*Confessions (Les)* : 131.

*Contrat social (Du)* : 78, 368, 394.

*Nouvelle Héloïse (La)* : 109.

**ROUSSEAU** (Théodore), 1812-1867, peintre paysagiste, que G. S. voulut marier à Augustine Brault : 119, **121, 122,** 175n.

ROYER (Alphonse), 1803-1875, écrivain et directeur de théâtres, notamment de l'Odéon (1853-1856) : 35n., 208.

*Venezia la Bella* : 35.

ROYER, dentiste de G. S. à Paris (191 rue Saint-Honoré) : 402.

**ROZIÈRES** (Marie de), 1805 ?-1865, élève de Chopin, professeur de piano de Solange : 72, **91**, 92, **125**, **126**, **128**, 129, 178, 196.

RUBENS (Petrus Paulus), 1577-1640, peintre flamand : 205, 227, 229.

*Ruche populaire* (*La*), journal d'ouvriers créé par Vinçard : 82.

RUYSDAEL (Jacob Van), 1628-1682, peintre paysagiste hollandais : 327.

RUZZANTE (Angelo Beolco, dit), v. 1500-1542, auteur comique et acteur italien : 257, 288.

*Amour et la Faim* (*L'*) : 288.

SAINT-AUBIN-DESLIGNIÈRES (Marie-Émilie Roverolis de Rigaud de), 1811- ?, directrice de la pension où meurt Jeanne Clésinger : 223n.

SAINT-ERNEST (Louis-Nicolas Brette, dit), 1806-1860, acteur et auteur dramatique, il a fait partie de la troupe de l'Ambigu : 172.

SAINT-JUST (Louis-Antoine), 1767-1794, conventionnel, membre du Comité de salut public : 136, 353.

SAINT-PIERRE (Jacques-Henri Bernardin de), 1737-1814, écrivain : 20, 109, 214.

*Paul et Virginie* : 214, 424.

Saint-Preux, héros de *La Nouvelle Héloïse* de Rousseau : 109.

SAINT-RENÉ TAILLANDIER (René Taillandier, dit), 1817-1879, critique et écrivain : 310.

Saint-simoniens, saint-simonisme : 40, 49, 61.

SAINT-VICTOR (Paul de), 1825-1881, écrivain et critique : 263, 360.

*Hommes et Dieux* : 360.

SAINTE-BEUVE (Charles-Augustin), 1804-1869, écrivain et critique : 13, **28**, **29**, 35, **39**, **41**, 50, 52, 62, 76, 77n., **79**, **106**, **277**, **278**, **279**, **280**, 284n., 354, 360, 361, 363, 373, 396.

*Causeries du lundi* : 277, 278.

*Chateaubriand et son groupe littéraire sous l'Empire* : 277.

*Volupté* : 39, 277.

SAINTHORENT (Mme), dame de La Châtre : 13.

SALLÉ (Mme), dame de La Châtre, objet de plaisanteries... salées de la part de G. S. et ses amis : 66.

SALLES (Frédéric), dit Jocko, négociant bordelais, ami d'Aurélien de Sèze : 8.

SALMON (Achille), homme d'affaires des Dudevant : 38.

SANDEAU (Jules), 1811-1883, amant de G. S., écrivain : 10, **13**, 14, 16, 17, 18, 20, 22, 24n., 29, 258.

SANSON (Henri-Clément), 1799-1889, bourreau : 11.

SAPHO, v. VIᵉ siècle av. J.-C., poétesse grecque : 24n., 27n.

SARRASIN (Jean-François), 1603-1654, poète : 165.

SATAN : 160, 164, 243, 369.

SAÜL, v. 1035-1010 av. J.-C., premier roi des Hébreux : 129.

SAXE (Frédéric-Auguste de), 1670-1733, roi de Pologne sous le nom d'Auguste II, trisaïeul de G. S. : 99.

SAXE (Maurice de), 1696-1750, maréchal de France, fils du précédent et arrière-grand-père de G. S. : 99.

Scaramouche, type de la comédie italienne : 118, 165.

SCARRON (Paul), 1610-1660, écrivain, premier mari de la future Mme de Maintenon : 165, 168, 363.

SCHAEFFER (Adolphe), 1826-1896, pasteur protestant et écrivain : **316**.
*Essai sur l'avenir de la tolérance* : 316.

SCHILLER (Friedrich von), 1759-1805, écrivain allemand : 149.

SCOTT (Walter), 1771-1832, romancier écossais : 102, 108, 109, 246, 424.

SCRIBE (Eugène), 1791-1861, auteur dramatique : 22, 270.
*Ours et le Pacha* (L') : 22.

SÉCHAN (Charles), 1803-1876, peintre-décorateur de théâtre : 382.

SEDAINE (Michel Jean), 1719-1797, auteur dramatique : 208, 209n.
*Philosophe sans le savoir* (Le) : 209n.

SEGOND (Paul), 1851-1912, chirurgien : 402.

SENANCOUR (Étienne Pivert de), 1770-1846, écrivain : 53.
*Oberman* : 53.

SÉRAPHIN (Joseph-François), directeur du théâtre d'ombres et de marionnettes du Palais-Royal, fondé par son oncle en 1784 : 21.

SÉVIGNÉ (Marie de Rabutin-Chantal, marquise de), 1626-1696, épistolière : 12.

SEYMOUR (Alfred), viveur, un temps l'amant de Solange Clésinger : 256n.

SÈZE (Suzanne-Caroline de Raymond de Sallegourde, Mme Victor de), mère d'Aurélien : 8.

SÈZE (Aurélien de), 1799-1870, magistrat et avocat, amoureux de G. S. : 5, **6**, **7**, 8, 29n.

SÈZE (Indiana de), sœur d'Aurélien, Mme Jules Doazan : 8.

SHAKESPEARE (William), 1564-1616, auteur dramatique anglais : 164, 173, 205, 208, 214, 233, 236n., 256, 264n., 275, 291, 377, 396n., 426.
*Antoine et Cléopâtre* : 205.
*Beaucoup de bruit pour rien* : 173n.
*Comme il vous plaira* : 377.
*Hamlet* : 205, 214, 256, 396n.
*Henry IV* : 164, 173n.
*Joyeuses Commères de Windsor* (Les) : 164.
*Othello* : 275.

*Siècle* (Le), journal : 68, 211.

SILVESTRE (Théophile), 1823-1876, historien d'art : **205**.

SIMON (Jules), 1814-1896, philosophe et écrivain, député et ministre : 284, 388.

SIMONNET (Léontine Chatiron, Mme Théophile), 1823-1900, fille d'Hippolyte Chatiron et nièce de G. S., épouse en 1843 Théophile Simonnet, veuve en 1852 : 21, 33, 46, 60, 72, 74, 403n., 415.

SIMONNET (René), 1844-1897, fils de la précédente, petit-neveu de G. S. : 365, 415.

SIMONNET (Edme), 1848-1935, fils de la précédente, petit-neveu de G. S. : 365, 383, 415.

SIMONNET (Albert), 1851-1926, fils de la précédente, petit-neveu de G. S. : 365, 383, 415.

SIXTE QUINT (Felice Peretti, Sixte V, dit), 1520-1590, pape : 48.

Société des auteurs et compositeurs dramatiques : 179.

Société des gens de lettres : 68.

Sol, diminutif pour Solange DUDEVANT.

SOLANGE (Sainte), IXe s., patronne du Berry : 85.

Solange : voir DUDEVANT.

SOLMS (Marie-Laetitia Bonaparte-

Wyse, Mme Frédéric-Joseph de), 1833-1902, cousine de Napoléon III, femme de lettres : 257.

SOUCHOIS (Marie-Léonide Gressin-Boisgirard, Mme Jean-Baptiste-Mathieu), 1809-1895, cousine par alliance de Duvernet : 183.

SOUCHOIS (Ernestine), 1832-1902, fille de la précédente, elle joua sur le théâtre de Nohant, plus tard Mme Saint-James : 183.

SOULAT (Jacques), paysan de Nohant, ex-grenadier de la Garde impériale, à qui G. S. a appris à lire en 1830 : 136.

SOULIÉ (Frédéric), 1800-1847, romancier : 109.

SOULT (Jean Nicolas, maréchal), 1769-1851 : 76n.

SOUVERAIN (Hippolyte), 1803-1880, éditeur : 80.

SPARTACUS, † 71 av. J.-C., chef des esclaves révoltés contre Rome : 217n.

SPINOZA (Baruch), 1632-1677, philosophe hollandais : 49.

SPIRING (Mary Alicia), dite Mère Alicia, 1783 ?-1855, religieuse du couvent des Augustines anglaises : 7.

**SPOELBERCH DE LOVENJOUL** (Charles, vicomte de), 1836-1907, collectionneur et bibliographe belge : **420**.
*Étude bibliographique sur les œuvres de George Sand* : 420.

STAËL (Germaine Necker, Mme de), 1766-1817, écrivain : 7, 192.

STRADIVARIUS (Antonio), 1644-1737, luthier italien : 68.

SUE (Eugène), 1804-1857, romancier : **90**, 100, 102, 109.
*Juif errant (Le)* : 102.
*Mystères de Paris (Les)* : 90, 102.

SUSSE, papetier et marchand de couleurs : 406.

SUZANNE, cuisinière et servante de G. S. : 105.

SWEDENBORG (Emanuel), 1688-1772, philosophe et mystique suédois : 204.

**TAINE** (Hippolyte), 1828-1893, écrivain, philosophe et historien : 380, **396**.
*De l'Intelligence* : 380.

TALLEYRAND (Charles-Maurice de), 1754-1838, ministre et diplomate : 77.

TALMA (Paul Bazile, dit), 1816-1875, fils naturel du grand acteur, capitaine de vaisseau : 366.

**TALON** (Marie), saint-simonienne, fondatrice du journal des femmes saint-simoniennes *Le Livre des actes* (1834) : **40**.

TANBELLA, chienne, mère de Brave : 13.

TASSE (Torquato Tasso, dit le), 1544-1595, poète italien : 118.
*Jérusalem délivrée* : 118.

**TATTET** (Alfred), 1809-1856, ami intime de Musset : **35**.

Tempête : surnom de Marie-Louise ROLLINAT.

*Temps (Le)*, journal : 150n., 252n., 317n., 373n., 385, 394, 395, 406, 412, 419n., 424, 432.

TESSIER (Prosper), 1792-1879, officier, prétendant à la main de G. S. : 8.

THALBERG (Sigismund), 1812-1871, pianiste et compositeur autrichien : 53.

THAYER (Édouard), 1802-1859, directeur des Postes puis sénateur : 169.

THÉMIS, déesse de la Justice : 50.

THÉMISTOCLE, v. 528-v. 462 av. J.-C., général et homme d'État athénien : 44n.

THÉRÉSA (Eugénie Emma Valadon, dite), 1837-1913, chanteuse : 360n.

THIERS (Adolphe), 1797-1877, homme d'État et historien : 124, 148, 284n., 365, 388, 393, 402, 403.

THOMAS (Clément), 1809-1871, journaliste et homme politique, rédacteur du *National* : 78, 388.

THORÉ (Théophile), 1807-1869, critique d'art et journaliste républicain, il fonda en 1848 *La Vraie République* et réussit à quitter la France après la journée du 15 mai : **138**, 153.

THUILLIER (Marguerite), 1825-1885, actrice, elle joua dans plusieurs pièces de G. S. : 347, 370.

THUREL (Noémie), femme de lettres : 304.

Tiberge, personnage de *Manon Lescaut* de l'abbé Prévost : 108.

TINAN, voir LEBARBIER DE TINAN.

TISSERANT (Hippolyte), 1809-1877, acteur : 323.

TITIEN (Tiziano Vecelli, dit), v. 1490-1576, peintre italien : 229.

Titine, diminutif d'Augustine de BERTHOLDI.

Titite, surnom de Gabrielle DUDEVANT-SAND.

TIXIER (Gilbert), 1773-1835, mari de Catherine Chatiron, la mère d'Hippolyte : 46.

TOCQUEVILLE (Alexis, comte de), 1805-1859, homme politique et écrivain : 160.

Toto, surnom d'Alice LAMESSINE.

TOULMOUCHE (Auguste), 1829-1890, peintre : 403, 413, **416**.

TOULMOUCHE (Mme Auguste), femme du précédent : 416.

TOURANGIN (Eliza), 1809-1889, vieille fille de Bourges, parente de Duteil, G. S. lui fut une amie fidèle et dévouée : 106.

TOURBEY (Marie-Anne Detourbay, dite Jeanne de), 1837-1908, courtisane, elle tint un salon littéraire et devint comtesse de Loynes : 402.

TOURGUÉNIEV (Ivan Sergeievitch), 1818-1883, romancier russe, ami de Pauline Viardot : 371, 398, 402, **404**, 405, **419**, 421, **422**, 429.

*Eaux printanières* (*Les*) : 404.

*Gentilhomme de la steppe* (*Le*) : 404.

*Pounine et Babourine* : 419.

Tranche-Montagne, personnage de légende : 109.

*Travailleur* (*Le*), journal démocratique de l'Indre fondé par G. S. et ses amis (1849-1850) : 162, 171.

TRUCY (Antoine), avoué à Toulon, propriétaire de la maison de Tamaris : 282.

TURGOT (Anne-Robert-Jacques), 1727-1781, économiste et ministre : 355.

Turlupin, type de la comédie italienne : 164.

ULBACH (Louis), 1822-1889, journaliste et écrivain : **378**.

*Cloche* (*La*) : 378.

*Nos contemporains* : 378.

Ursule : voir JOS.

VAËZ (Gustave van Nieuwenhuysen, dit), 1812-1862, auteur dramatique, collaborateur d'Alphonse Royer et son adjoint à la direction de l'Odéon (1853-1856) puis de l'Opéra : **208**, 264, 267n., 275.

VAILLARD (Adolphe), chef d'orchestre du théâtre de la Porte Saint-Martin : 174.

VALENTIN, pauvre de Gargilesse : 255.

VALLDEMOSA (Francisco FRONTERA Y LA SERRA, dit), 1807-1893, musicien espagnol : 65.

**VALLET DE VILLENEUVE** (René, comte), 1777-1863, cousin de G. S. (petit-fils du premier lit de Dupin de Francueil) : 7, **107**, **111**, **131**, **132**, **137**, **173**, **191**, **237**.

VALLET DE VILLENEUVE (Apolline de Guibert, comtesse René), 1776-1852, femme du précédent : 7, 107, 111, 131, 132, 137, 173, 191.

VALLET DE VILLENEUVE (Septime), 1799-1875, fils des précédents : 7, 107.

VALLET DE VILLENEUVE (Auguste), 1779-1837, cousin de G. S., frère de René : 7, 107, 111, 131.

VALLET DE VILLENEUVE (Léonce), 1801-1866, fils du précédent, préfet du Loiret de 1843 à 1848 : 7, 103, 107, 131.

VAN DYCK (Antoon), 1599-1641, peintre flamand : 229.

VÉNUS : 274.

*Vénus de Milo*, statue : 214.

VERGNE (Hippolyte), 1801-1882, médecin, ami de Mme Arnould-Plessy, il a souvent soigné G. S. : 250, 273, 276, 278, 288, 301.

VERGNE (Henriette dite Claire Boulanger, Mme Hippolyte), 1810-1874, femme du précédent : 273, 301.

VERGNE (Hersilie), sœur d'Hippolyte : 301.

VERMEIL (Jean-Baptiste), libraire à Bourges et cousin de Regnault : 16.

VERNET (Horace), 1789-1863, peintre d'histoire : 227.

VERON (Jules), 1839-1890, peintre paysagiste que G. S. a connu à Gargilesse : 288, 303.

**VÉRON** (Louis), 1798-1867, médecin, directeur de revues et journaux : 14, **102**, 108, 124.

*Vert-Vert*, journal théâtral : 27.

VEUILLOT (Louis), 1813-1883, journaliste et pamphlétaire catholique : 258, 362.

VEYRET (Charles), 1807-1850, riche industriel, ami de Chopin : 105.

VEYRET (Anne Kreisler, Mme Charles), femme du précédent : 105.

**VIALON** (Prosper), 1811-1873, écrivain : **215**.
*Marie* : 215.
*Médaillon* (Le) : 215.

VIARDOT (Louis), 1800-1883, écrivain et traducteur, fondateur avec Leroux et G. S de *La Revue indépendante* : 75, 78, 85, 88, 113, 129, 135, 149, 157, 200, 264, 313, 419.

**VIARDOT** (Pauline Garcia, Mme Louis), 1821-1910, femme du précédent, cantatrice, amie fidèle de G. S. : 72, **75**, 85, 94, 97n., 107, **113**, **129**, 135, **139**, **149**, 155, **157**, 175, 176, **200**, 212, **264**, 275, **313**, 360, 397, 398, 402, 404, 405, 410, 419, 422.

VIARDOT (Louise), 1841-1918, fille aînée des précédents, plus tard (1863) Mme Ernest Héritte de la Tour : 94, 113, 129, 139, 149, 200, 264, 313.

VIARDOT (Claudie), 1852-1914, fille des précédents, plus tard (1874) Mme Georges Chamerot : 200, 264, 313, 402, 404, 405, 419.

VIARDOT (Marianne), 1854-1919, fille des précédents, plus tard (1881) Mme Alphonse Duvernoy: 264, 313, 402, 404, 405, 419.

VIARDOT (Paul), 1857-1941, fils des précédents: 264, 313, 404, 405, 419.

Victor Hugo, surnom d'un habitant de La Châtre: 66.

VIDAL (François), 1812-1872, théoricien fouriériste et socialiste, membre de la commission pour les travailleurs en 1848: 136, 198.

VIÉ (Anna): voir ESPARBÈS DE LUSSAN.

Vierge Marie: voir MARIE.

VIGNY (Alfred de), 1797-1863, poète: 27.

VILLAFRANCA (Edoardo Alliata, prince de), 1818-1898, aristocrate italien, amant d'Ida Dumas: 225, 257.

VILLAINES (famille de): 3.

VILLARS (Charles), ?-1855, acteur, il se suicida en se jetant dans la Seine: 231.

VILLÈLE (Jean-Baptiste, comte de), 1773-1854, président du Conseil sous la Restauration: 13.

Villeneuve: voir VALLET DE VILLENEUVE.

VILLETARD (Clotilde), née MARÉCHAL: voir à ce nom.

VILLEVIEILLE, † 1851, père de Léon: 186.

VILLEVIEILLE (Mme), mère de Léon: 186.

VILLEVIEILLE (Léon), 1826-1863, peintre paysagiste, un des acteurs du théâtre de Nohant, dit *Palognon* ou *Paloignon*: 164, 169, 174, 175, 177, 183, 185, 186, 204.

VILLOT (Frédéric), 1809-1875, peintre et critique d'art, conservateur au Louvre: 284, 390.

**VILLOT** (Pauline Barbier, Mme Frédéric), 1812-1875, épouse du précédent, G. S. et elle se disaient « cousines » (Villot prétendait descendre des amours de Maurice de Saxe avec Adrienne Lecouvreur): **284**, 288, 292.

VILLOT (Lucien), 1842-1862, fils des précédents, il joua sur le théâtre de Nohant et séjourna avec G. S. à Tamaris; mort à vingt ans de la variole: 284, 288, 291, 292.

**VINÇARD aîné** (Louis-Edme), 1796-1879 ?, ouvrier, chansonnier et saint-simonien: **49**, 82.

VINCENT (Louis-Joseph), 1809-?, premier clerc de maître Genestal en 1837, plus tard avoué: 60.

VIRGILE (Publius Virgilius Maro), v. 70-19 av. J.-C., poète latin: 150, 215, 297.

*Bucoliques*: 150, 215.

VOITURE (Vincent), 1597-1648, poète et épistolier: 165, 255.

*Voix du peuple* (La), journal de Proudhon: 162n.

VOLTAIRE (François-Marie Arouet, dit), 1694-1778, écrivain: 78, 109, 111, 409.

*Henriade* (La): 409.

*Tancrède*: 111.

*Vraie République* (La), journal fondé par Thoré en 1848: 138, 140.

WAGNER (Hermann), botaniste allemand: 288.

WARNIER (Mme), logeuse de G. S. au début de 1831 (hôtel meublé, 21 quai des Grands-Augustins): 17.

WARNOD (Jean-Victor), associé de Hetzel: 118.

WEISHAUPT (Adam), 1748-1822, illuministe allemand, fondateur de l'ordre des Illuminés: 93.

WERTHEIMBER (Palmyre), 1832-

1917, cantatrice, contralto : 289.

**WISMES** (Émilie de Blocquel de), plus tard vicomtesse de Cornulier, 1804-1862, amie de pension de G. S. : **1, 3**.

**WISMES** (Anna de), sœur de la précédente : 1, 3.

**WODZINSKI** (Antoni), 1812-1847, Polonais exilé en France, ami de jeunesse de Chopin, amant de Marie de Rozières : 72, 91.

**WODZINSKI** (Maria), 1819-1896, jeune Polonaise que Chopin avait espéré épouser, sœur du précédent : 62.

Zerline, personnage de *Don Juan* : 118.

ZEUS : 418.

ZISKA (Jan), 1375-1424, chef des Hussites : 105n.

ZOLA (Émile), 1840-1902, romancier : 429.

     *Son Excellence Eugène Rougon* : 429.

ZOROASTRE, VII^e-VI^e s. av. J.-C., prophète et réformateur religieux iranien : 78.

ZUANON (Dr), médecin de Venise : 30, 31.

# INDEX GÉOGRAPHIQUE

Abruzzes : 224, 403.

Afrique : 194n., 207n., 273, 282, 284, 285.

Agen : 329.

Aix-en-Provence : 227.

Aix-les-Bains : 254.

Algérie : 258n., 285n.

Allemagne : 93, 131, 157n., 160.

Alpes : 33, 36, 37, 38, 53, 64, 136.

Alpines (chaîne des) : 282.

Amérique : 53, 217, 228, 269, 270, 289n., 360.

Andorre : 13.

Angers : 3.

Angleterre : 11n., 75n., 93, 144, 149, 164, 170, 200, 216, 217n., 319n.

Angoulême : 170.

Antarès : 53.

Apennins : 224.

Arbret (L') (Pas-de-Calais) : 185.

Arcadie : 53.

Arctique (océan) : 249n.

Arcturus : 53.

Ardennes : 377.

Ardentes : 3.

Argelès : 109.

Argonne : 377.

Arles : 7.

Arno : 225.

Ars, château de G. Papet : 3, 18, 60.

Asti : 254.

Athènes : 11.

Aubusson : 96n.

Aulnay : 22.

Austerlitz : 335.

Auteuil : 179.

Autriche : 144n., 263n., 266n., 367.

Autun : 54n.

Auvergne : 265, 312, 331, 403, 404, 414.

Auxerre : 258n.

Babylone : 53.

Bade, Baden : 230, 256, 313.

Bagnères : 5, 8.

Barcelone : 65, 67.

Barèges : 5.

Beauregard (près de Cluis) : 250.

Belgique: 170, 195, 198, 207, 254, 377.
Belle-Île: 217n.
Belleville: 301n.
Berlin: 129.
Berry: 29, 31, 53, 60, 71, 81, 85, 98, 102, 107, 114, 117, 119n., 131, 134, 149, 170, 185, 194, 207, 211, 212, 220, 263, 279, 347, 360, 373.
Bicêtre: 197.
Bléré: 107.
Bohême: 116.
Boisguilbault (lieu fictif): 108.
Bordeaux: 5, 7, 8, 71, 312, 387.
Bosphore: 282.
Bouchet (le): 114.
Bougival: 404.
Boulogne (bois de): 5, 278.
Bourbonnais: 212.
Bourganeuf: 83.
Bourges: 11, 16, 46, 50, 53, 54, 57, 60, 106, 153, 154, 253, 372n.
Boussac: 385n.
Brède (La): 6, 8.
Brenne: 114.
Brenta: 36.
Bretagne: 47, 98, 352, 353, 354, 355.
Brèves: 114.
Briantes: 13n.
Bruxelles: 189, 194, 198, 202, 211n., 217, 243, 387.

Calabre: 365.
Calcutta: 35.
Cannes: 361, 366.
Cantal: 412.
Cantal (plomb du): 415.
Cap-Vert: 181, 366.
Capucin (pointe ou rocher du): 251.
Carnac: 354.
Carthage: 355.
Cauterets: 5, 8, 109, 397.
Cayenne: 191, 192, 266.
Centre: 89, 131, 198.

Chaillot: 74n., 95.
Chamonix: 54n.
Charleville: 377.
Charost: 253.
Chassin (le): 337.
Châteaubrun: 13, 108.
Châteauroux: 3, 83, 114, 115, 151, 190, 197, 241, 247, 415.
Châtelier (le): 273.
Châtre (La): 2, 3, 10, 11, 12, 13, 14, 16, 17, 22, 23, 33, 41, 45, 46, 47, 50, 51, 52, 53, 56, 60, 66, 74, 81, 83, 96n., 114n., 117, 135, 136, 139, 149, 151, 169, 197, 224, 252, 254, 272, 282, 301, 318, 360, 378, 382, 385, 387, 431.
Chênaie (la): 47.
Chenonceaux: 107, 111, 131, 173.
Cher (le): 131.
Chèvre (la): 53.
Chine: 35, 198, 212.
Chypre: 33.
Clamecy: 11.
Clichy: 157.
Cluis: 250n., 251, 273.
Concarneau: 425n.
Congo: 186.
Constantinople: 28, 35, 36, 37, 52.
Corrèze: 135n.
Cosne: 11.
Côte-Noire, domaine de G. S.: 3, 66.
Coudray (le), château des Duvernet: 10, 17, 22, 164, 252, 282.
Couperies (les): 13, 14.
Courtavenel, château des Viardot: 129, 157, 200.
Creuse (département): 97n., 98n., 108, 336n., 385, 402.
Creuse (rivière): 97, 249, 250, 251, 252, 255, 273, 301, 377.
Crimée: 215n., 217.
Croisset: 352, 354, 361, 380, 381, 389, 392, 398, 402, 410, 425.
Crozant: 97n., 109.

Dames de la Meuse : 377.
Danube : 272.
Dauphiné : 282.
Dinan : 47n.
Dordogne : 150.
Doullens : 170.
Dresde : 129n., 157n.

Écosse : 108, 110, 250.
Éden : 48.
Éguzon : 117.
Égypte : 13.
Elbe (île d') : 138.
Eldorado : 50.
Erdeven : 354.
Espagne : 13, 50, 60, 66, 67, 68, 94, 108, 118, 129, 131, 147, 391.
Establiments : 67.
Étampes : 14.
États du Pape : 226.
États-Unis : 11.
Europe : 66, 138, 145, 160, 198, 261, 385.
Évaux-les-Bains : 336n.

Florence : 224, 225, 226, 229, 255, 257.
Fontainebleau : 59, 60, 379.
France : 11, 13, 33, 39, 60, 65, 66, 68, 71, 78, 98, 104, 130, 136, 137, 139, 145, 148, 149, 153, 154, 155, 156, 158, 160, 164, 165, 171, 179, 189, 192, 194, 195, 198, 207, 210, 212, 217n., 233, 247, 252, 254, 255, 261, 263n., 266n., 268, 282, 289, 291, 318, 319, 334, 335, 353, 359, 360, 364, 367, 370, 378, 383, 385, 386, 387, 389, 391, 392, 393, 400, 411, 414.
Frascati : 224, 225, 243.

Gard (pont du) : 227.
Gargilesse : 108, 249, 250, 252, 254, 255, 257, 273, 301, 323, 326, 328, 377.

Gargilesse (la) : 108.
Gascogne : 93.
Gaube (lac de) : 8, 397.
Gavarnie : 5, 8, 109, 397.
Gave (le) : 8.
Gênes : 68, 224, 226, 227, 229, 257, 294n.
Genève : 33, 37, 48, 52, 53, 54, 57, 62.
Givet : 377.
Golfe-Juan : 366n.
Grange à l'âne (la) : 117.
Grèce : 53.
Guillery : 5, 6, 7, 8, 60, 137n., 175, 273, 301n., 327, 328, 329.

Ham : 104n., 189n., 191, 192.
Hambourg : 129.
Han (montagne et grottes de) : 377.
Hanoi : 406n.
Havane (La) : 115.
Havre (Le) : 60.
Haye (La) : 381n.
Herblay : 123.
Highlands : 250.
Hollande : 115.
Hongrie : 160.
Hyères : 281, 282.

Icarie : 106, 136.
Indre (département) : 103, 117, 134, 162, 171n., 188n., 190, 191, 194, 197, 318, 360, 378.
Indre (rivière) : 13, 14, 53, 228, 272, 397, 403.
Indre-et-Loire : 191.
Ioways : 212.
Irlande : 116.
Ischl : 367.
Iseo (lac d') : 123.
Issoudun : 10, 117, 151, 241.
Italie : 30, 33, 39, 50, 52, 53, 62, 88, 131, 139, 140, 160, 198, 224, 226, 227, 229, 233, 252, 254, 263, 266n., 294, 305, 314, 331, 360, 414.

Jan Mayen (île) : 249.
Jersey : 218.
Jérusalem : 49.
Josaphat (vallée de) : 54.

Kaltbad-Righi : 412n.

Lalœuf : 81.
Lancosme : 114.
Laon : 27.
Laponie : 352.
Lazaret (golfe du) : 282.
Lesse (la) : 377.
Linières : 58.
Loches : 107, 111.
Loire (la) : 252.
Lombardie : 144n.
Londres : 88n., 139n., 144, 170, 198, 207, 216, 290n., 299, 387, 393n.
Lourdes : 5, 8, 422.
Luchon : 397.
Lulworth : 11, 13.
Lyon : 50, 54, 57, 98, 137, 415.

Mâcon : 98.
Majeur (lac) : 64.
Majorque, ou Mallorca, ou Mayorque : 65, 66, 67, 68, 224.
*Mallorquin* (*El*), bateau : 65, 67.
Manche : 351n., 352.
Manille : 181.
Marboré : 60, 109.
Marche (la) : 13, 102.
Marengo : 263.
Marseille : 65, 67, 68n., 227, 285n.
Maryland : 35.
Méditerranée : 67, 68, 351.
*Méléagre*, bateau : 67.
Melun : 8.
Meftre : 36n.
Meuse (la) : 377.
Mézières : 377.
Mézières-en-Brenne : 114.
Midi : 94, 111, 190, 198, 223, 278, 282, 351, 385.
Milan : 144, 227n., 294n., 374.

Montanvers : 54n.
Mont-Cenis : 226.
Mont-Dore : 403.
Montesinos (caverne de) : 118.
Montgivray : 3, 13, 403, 415.
Montmartre : 270.
Montpellier : 415.
Montrieux : 366.
Morte (mer) : 53.

Nancy : 1, 72.
Naples : 52, 116, 140n., 224.
Napoléon (fort) : 282.
Nérac : 5, 7, 60, 113, 119, 228, 292, 329.
Nevers : 11, 57, 58, 252n., 282, 339.
Nièvre : 133n.
Nîmes : 329, 423n.
Niort : 60, 83.
Nohant, *passim*.
Nohant-Vicq : voir Vicq.
Nord : 89, 249.
Nord (mer du) : 351.
Normandie : 98, 354, 356.

Océan : 354, 422.
Olympe : 13.
Orient : 217.
Orléans : 57, 103, 241.

Padoue : 37, 257.
Palaiseau : 323, 327, 328, 329, 330, 331, 333, 334, 335, 336, 337, 338, 339, 340, 344, 346, 347, 348, 352, 354, 356, 357, 361, 362.
Palma de Mallorca : 65, 66, 67.

PARIS, *passim*.
  Alcazar : 360n.
  Ambigu (théâtre de l') : 172.
  Archevêché : 15.
  Arts (pont des) : 136.
  Assemblée nationale (ou Chambre des députés), voir l'index des noms.
  Bastille : 312.

Beaumarchais (théâtre) : 172.

Beaux-Arts (École des) : 229.

Boursault (rue) : 241, 252n.

Brise-Miche (rue) : 102.

Champ-de-Mars : 136.

Cirque Olympique (Franconi), 66 boulevard du Temple : 21, 23.

Cluny (théâtre de) : 415.

Collège de France : 180n.

Collège Henri-IV : 33, 45, 46, 51.

Comédie-Française : voir Théâtre-Français.

Condé (rue de) : 135n., 153.

Courcelles (rue de) : 362.

Courtille (la) : 301.

Couvent des Augustines anglaises : 394.

Douai (rue de) : 149.

École polytechnique : 12.

Élysée : 154, 192n., 194.

Faubourg Saint-Germain : 13.

Favart (rue) : 75.

Feuillantines (97 rue des) : 327.

Frères provençaux : 402.

Furstenberg (rue de) : 176n.

Gaîté (théâtre de la) : 179, 186, 227n., 354n.

Gare de Sceaux : 347.

Gay-Lussac (rue) : 387, 431.

Grève (place de) : 17.

Gymnase-Dramatique (théâtre du) : 183, 188n., 189, 193, 199n., 207, 208, 219, 220, 227n., 252n., 263.

Harpe (rue de la) : 65n.

Helder (rue du) : 38.

Hôtel de Florence : 4.

Hôtel de Narbonne : 65, 66, 124, 128, 149, 150.

Hôtel de Ville : 136, 153.

Hôtel Parmentier : 64n.

Île Saint-Louis : 17.

Intérieur (ministère de l') : 207.

Invalides : 136.

Italiens (théâtre des) : 85, 118.

Jardin des Plantes : 21.

Laffitte (rue) : 64.

Laval (rue) : 387.

Louvre (Grands Magasins du) : 328, 402.

Louvre (quai du) : 136.

Luxembourg : 136, 153, 431.

Magny (restaurant) : voir Modeste MAGNY.

Malaquais (quai) : 35, 39, 50.

Mansarde bleue, domicile de G. S. au 19 quai Malaquais (1835-1836) : 50.

Mégisserie (quai de la) : 111.

Morgue : 23.

Musée (le Salon) : 177, 227.

Neuve-des-Mathurins (rue) : 4n., 175.

Neuve-des-Petits-Champs (rue) : 174.

Notre-Dame : 17.

Notre-Dame-de-Lorette : 92n.

Notre-Dame-de-Lorette (rue) : 255.

Odéon (théâtre) : 24, 146n., 169, 170n., 174, 179, 184, 185n., 209n., 219n., 323, 324, 342, 354, 355n., 370n., 373, 394, 395.

Orléans (cour ou square d') : 85, 125.

Palais-Bourbon : 95n., 138.

Palais de l'Industrie : 227n.

Palais-Royal : 11n., 371.

Panthéon : 335.

Poitiers (rue de) : 148.

Pont-Neuf : 14, 66.

Porte Saint-Martin (théâtre de la) : 24, 160n., 172n., 174n., 179, 183, 185n., 186, 270n., 352n., 370.

Prison de Sainte-Pélagie : 73, 189.

Quartier Latin : 293, 324.

Racine (rue) : 176n., 193, 195, 244, 278, 293, 322, 324.

Regard (rue du) : 50, 54.

Richelieu (rue) : 172.
Rivoli (rue de) : 288.
Saint-Jacques-la-Boucherie
    (tour) : 17.
Saint-Lazare (rue) : 85, 97.
Saint-Merry (cloître) : 76.
Saint-Michel (25, quai) : 22.
Saint-Sulpice : 295, 315.
Sainte-Anne (rue) : 38.
Saints-Pères (rue des) : 246.
Sénat : 292, 362.
Temple (boulevard du) : 346.
Temple (marché du) : 175.
Théâtre-Français : 19, 70, 76,
    135, 146, 171, 172, 184,
    207, 231n., 232, 258, 264,
    369, 425.
Théâtre-Italien : 24.
Théâtre Séraphin, au Palais-
    Royal : 21.
Tuileries : 13, 14.
Variétés (théâtre des) : 22.
Vaudeville (théâtre du) : 186,
    267n.
Véfour : 402.

Paros : 13.
Parthénon : 214.
Périgueux : 8, 12.
Pérouse : 257.
*Phénicien* (*Le*), bateau : 67.
Piave (la) : 36.
Pierrefitte (gorge de) : 109.
Pin (le) : 250.
Pise : 225, 257.
Pléiades (les) : 53.
Plessis-Picard (Le) : 8.
Pologne : 19, 60n., 62, 74, 99,
    116, 117, 137n., 140, 160,
    187n., 319.
Pompiey : 60, 178n.
Port-Royal : 165.
Prangins : 385n.
Presles : 351.
Provence : 98, 366.
Prusse : 359, 382n., 388.
Pyrénées : 5, 8, 13, 60, 109,
    397.

Reims : 377.
Revest (Le) : 284.
Rhin : 185.
Ribérac : 150, 162, 178.
Righi : 412.
Riom : 96n.
Rochefolle : 3.
Rochelle (La) : 60.
Rome : 11, 53, 111, 157, 158,
    160, 162, 198, 224, 225, 226,
    229, 230, 243, 254, 255, 299,
    359n., 375, 376.
Roquefavour : 227.
Rouen : 137, 351, 352, 356,
    363n., 392.
Rouge (mer) : 49.
Russie : 62, 140, 215, 217, 290n.,
    303.

Sahara : 328.
Saint-Chartier : 7, 117, 183.
Saint-Cloud : 111.
Saint-Georges (abbaye de) : 370.
Saint-Loup : 385n.
Saint-Martin (rochers) : 273.
Saint-Pierre-des-Horts : 282.
Saint-Point, château de Lamar-
    tine : 77.
Saint-Quentin : 134.
Saint-Savin (Htes-Pyrénées) : 8.
Saint-Sauveur : 5, 8, 109, 397.
Saint-Valery-en-Caux : 351, 352.
Sainte-Menehould : 377.
Salasco : 144n.
Sancy (puy de) : 403, 415.
Saumur : 1.
Savoie : 255, 331.
Saxe : 290n.
Scorpion (le) : 53.
Sedan : 385.
Seine (la) : 14, 23, 352, 355.
Seyne (La) : 282.
Sibérie : 290.
Sicier (cap) : 282.
Sicile : 116.
Simplon (le) : 53.
Sinaï : 77.

*So'n Vent* : 67.
Spa : 233.
Sparte : 11.
Spezia (La) : 225, 226, 255.
Strasbourg : 189.
Styx : 78.
Suisse : 50, 53, 54, 109, 131, 144n., 227, 385n., 403, 412n.

Tamaris : 282, 283, 284.
Tartare : 13.
Tartarie : 60.
Terni : 225.
Thébaïde (la) : 60.
Thélème (abbaye de) : 418.
Thuilerie (la) : 13.
Tibre : 224.
Tivoli : 224.
Toscane : 33, 224.
Toulon : 82n., 228, 282, 284.
Touraine : 47, 110.
Tours : 241.
Trasimène (lac) : 225.
Trianon (le petit jardin de, Nohant) : 211, 223, 233.
Troie : 255.
Tulle : 204, 207.
Turin : 227n., 254, 255.
Turquie : 217n.

Tusculum : 68, 255.
Tyrol : 36, 37.

Valldemosa : 65, 66, 67.
Vallée Noire : 39, 146, 149, 157, 190.
Valmont (abbaye de) : 64.
Var : 282.
Varsovie : 19, 101n.
Vaucouleurs : 359n.
Véga : 53.
Vélan (mont) : 53.
Velay : 265.
Vendée : 352n., 353.
Veneto : 36n.
Venise : 30, 31, 32, 33, 34, 35, 36, 37, 38, 39, 255n., 319.
Verdun : 377.
Versailles : 162n., 179, 387n.
Vicence : 36, 37.
Vic ou Vicq (ou Nohant-Vicq) : 92, 117, 135, 191, 416.
Vienne (Autriche) : 60.
Vierzon : 126, 241.
Vijon : 85.
Villafranca : 266n.
Villequier : 233.
Villeroy : 287n., 288n.
Vincennes : 11, 139, 140n.

# INDEX DES ŒUVRES
## DE GEORGE SAND

avec renvoi aux œuvres pour les personnages
(les personnages éponymes d'une œuvre sont indexés au titre)

*Adriani* : 211.
*Aimée* : 14, 15.
*Aldo le Rimeur* : 38, 64.
*Amants illuſtres (Les)* : 227, 228.
*André* : 37, 38, 76, 102.
*Antonia* : 301, 302, 303.
Aquarelles, voir Dessins.

Articles :
    sur Barbès : 121n.
    sur *Bêtes et gens* (Hetzel) : 211.
    sur Louis Blanc : 136n.
    sur *Chansons des rues et des bois* (Hugo) : 343n.
    sur *Dialogues et Fragments philosophiques* (Renan) : 317.

sur *L'Éducation sentimentale* (Flaubert) : 379.
sur Planet : 211.
sur *Une année dans le Sahel* (Fromentin) : 259.
sur *William Shakespeare* (Hugo) : 326.
*Au jour d'aujourd'hui*, titre primitif du *Meunier d'Angibault*.
*Autour de la table* : 211n., 259n.
*Autre (L')* : 370, 373, 380.
*Aux Modérés* : 162.
*Aux Riches* : 134n.

*Beaux Messieurs de Bois-Doré (Les)* : 246, 247, 248n.
Bénédict (*Valentine*).
Bernard (*Mauprat*).
*Blonde Phœbé (La)* : 424n.
*Bulletin de la République* (collaboration au) : 135.

*Cadio* : 352, 353, 363, 370.
Cadiou : voir *Cadio*.
Cécilia (*Le Château des Désertes*).
Célio (*Le Château des Désertes*).
Césarine Dietrich : 384.
*Champi* : voir *François le Champi*.
Chanvreur (conte ou roman du) : voir *Les Maîtres sonneurs*.
*Château des Désertes (Le)* : 118n., 119, 252, 293.
Christian Waldo : voir *L'Homme de neige*.
*Claudie* : 169, 172, 174, 175, 176, 178, 179, 184, 199, 228.
*Comme il vous plaira* : 231, 236, 264.
*Compagnon du Tour de France (Le)* : 71, 112, 189, 271.
*Comtesse de Rudolstadt (La)* : 93n.
*Confession d'une jeune fille (La)* : 326.
*Consuelo* : 78n., 85, 90, 92, 93n., 99, 102.
*Contes d'une grand-mère* : 422, 424.
*Cora* : 420.
*Cosima* : 70, 146n.

*Couperies (Les)* : 13.

*Daniella (La)* : 224n., 233n., 243, 245, 248n.
*Démon du foyer (Le)* : 199, 200, 258.
Dendrites, voir Dessins.
*Dernier Amour (Le)* : 341, 344, 347n., 359.
*Dernière Aldini (La)* : 76, 342.
Dessins et peintures : 1, 8, 9, 16, 74, 406, 413, 414, 415, 416.
*Deux Frères (Les)* : voir *Flamarande*.
*Diable aux champs (Le)* : 207.
*Dialogue familier sur la poésie des prolétaires* : 78n.
*Don Juan de village (Les)* : 341n., 350, 352.
*Drac (Le)* : voir *Théâtre de Nohant*.

*Edmée de Mauprat* (*Mauprat*).
*Elle et Lui* : 226n., 260n., 261n., 262, 267, 279, 280.
*Enfant perdu (L')* : voir *La Confession d'une jeune fille*.
Engelwald (roman détruit) : 50.
*Évenor et Leucippe* : 227n., 229.
Éverard (projet abandonné) : 30.

Fanchette : 96.
*Fille d'Albano (La)* : 15.
*Flamarande* : 408n., 415, 426.
*Flaminio* : 219.
*Francia* : 390, 399.
*François le Champi* : 146, 150, 168, 175, 179, 186, 207, 208, 258, 278n.

*Gabriel* : 185, 189, 193, 208.
*Garnier* : 420.
Geneviève (*André*).
Gribouille : voir *Histoire du véritable Gribouille*.

*Histoire de la France écrite sous la dictée de Blaise Bonnin* : 134.
*Histoire de ma vie* : 13n., 14n.,

15n., 99n., 111, 129, 131, 135n., 145, 149, 150, 156n., 169n., 179, 199, 202, 207, 216, 228, 229, 230, 258, 277, 368, 378.

*Histoire du prêtre* (projet de suite à *Mademoiselle La Quintinie*) : 344.

*Histoire du véritable Gribouille* : 169.

*Homme de neige (L')* : 250n., 270, 293.

*Honoré de Balzac* : 80n.

*Horace* : 23n., 65n., 76, 78, 79, 123.

Huguenin, Pierre (*Le Compagnon du Tour de France*).

*Impressions et Souvenirs* : 108n., 252n., 394.

*Indiana* : 3n., 20, 22, 23, 26, 37, 38, 82, 420.

*Jacques* : 31, 37, 38, 39, 76, 283, 359n.

*Jean de la Roche* : 258n., 265n., 266, 275.

*Jeanne* : 102.

*Journal d'un voyageur pendant la guerre* : 382n., 386n., 390n.

*Journal du voyage aux Pyrénées* (1825, dans *Histoire de ma vie*) : 5, 8.

*Julia* : voir *Gabriel*.

Juliette (*Leone Leoni*).

Karol, prince (*Lucrezia Floriani*).

Laure : voir *Adriani*.

*Lavinia* : 31n., 420.

*Lecture et impressions de printemps* : 326.

*Légendes rustiques* : 255n.

*Lélia* : 26, 28, 29, 35, 36, 37, 38, 39, 40, 52, 53, 54, 61, 67, 78, 84, 190, 205, 230, 359n., 394.

*Leone Leoni* : 86.

*Lettre à un ami* : 385.

*Lettre sur Salammbô* : 306.

*Lettres à Marcie* : 56.

*Lettres au peuple* : 134n., 135.

*Lettres d'un oncle* (*Lettres d'un voyageur*, V) : 43.

*Lettres d'un voyageur* : 13n., 36, 37, 38, 39, 43, 50n., 55n., 77n., 266.

*Lucrezia Floriani* : 113, 114, 116, 123.

*M. de Lamartine utopiste* : 78n.

*Mademoiselle La Quintinie* : 302, 303, 304, 306, 309, 310, 311, 316, 324, 344, 395, 398.

*Mademoiselle Merquem* : 365.

*Maître Favilla* : 189, 193, 199, 228, 231.

*Maîtres mosaïstes (Les)* : 76.

*Maîtres sonneurs (Les)* : 207n.

*Malgrétout* : 377n.

*Mare au Diable (La)* : 110n., 116, 161n., 264, 275, 278n., 341.

*Marguerite de Sainte-Gemme* : 258.

*Mariage de Victorine (Le)* : 183, 184, 188, 189, 193, 199, 258, 425.

Marianne (*Maître Favilla*).

*Marielle* : 164, 165, 168, 179.

*Marquis de Villemer (Le)* : 265n., 274, 317, 323, 324, 325, 425.

*Marquise (La)* : 31n., 38, 420.

*Ma sœur Jeanne* : 412.

*Masques et Bouffons* : 165n., 177n., 255n., 257.

*Mauprat* : 76, 92, 118, 208, 209, 211, 213.

*Mémoires* : voir *Histoire de ma vie*.

*Métella* : 31, 38, 420.

*Meunier d'Angibault (Le)* : 102, 108, 207.

*Molière* : 164n., 179.

*Molinara (La)* : 15.

*Monsieur Sylvestre* : 347, 348, 349, 359.

*Mont-Revêche* : 207, 356, 395.

*Nanon* : 395n., 399.
*Narcisse* : 258.
*Nello* : voir *Maître Favilla*.
Nello (*La Dernière Aldini*).
Noun (*Indiana*).
*Nouvelles Lettres d'un voyageur* : 211n., 354.
*Nuit d'hiver* : 424n.

*Œuvres complètes* (projet abandonné) : 420.
*Œuvres illustrées* : 179, 187, 189, 207, 211.

*Paroles de Blaise Bonnin aux bons citoyens* : 134n.
Patience (*Mauprat*).
*Pays des anémones* (*Le*) : 354n.
*Péché de Monsieur Antoine* (*Le*) : 108, 109, 189.
*Père Communisme* (*Le*) : 138.
*Petite Fadette* (*La*) : 145, 150, 189, 207, 264, 278n.
*Piccinino* (*Le*) : 114n., 116, 118.
*Pied sanglant* (*Le*) : voir *Cadio*.
*Pierre qui roule* : 370, 373.
*Plutus* : 303.
Préfaces (sauf pour ses propres œuvres) :
  Poncy (Charles), *Le Chantier* : 82, 89, 99.
  Sand (Maurice), *Le Monde des papillons* : 181n., 228.
  Sand (Maurice), *Six mille lieues à toute vapeur* : 289.
*Pressoir* (*Le*) : 179n., 207, 208.
*Prima Donna* (*La*) : 14.
*Procope le Grand* : 105.
Pulchérie (*Lélia*).

*Questions d'art et de littérature* : 306n., 379.
*Questions politiques et sociales* : 162n., 385.

Raymon (*Indiana*).
Reine (*Le Pressoir*).
*Relation d'un voyage chez les sauvages de Paris* : 118n.

*Roi attend* (*Le*) : 146n.
*Romans champêtres* : 261.
*Rose et Blanche* : 18, 19, 20.

*Salcède* : 408, 410, 415n.
*Secrétaire intime* (*Le*) : 31.
*Simon* : 48, 76.
*Sketches and Hints* : 27n., 28n., 120n.
*Souvenirs de 1848* : 138n., 140n.
*Souvenirs et Impressions littéraires* : 258n.
*Spiridion* : 65, 86, 102.
Stella (*Le Château des Désertes*).
Sténio (*Lélia*).
*Sur la Joconde* : 258.
*Sur les poètes populaires* : 78n.

*Tamaris* : 282n., 289.
*Teverino* : 116n.
Théâtre de Nohant : 118, 164, 165, 168, 173, 175, 178, 200, 234, 287, 303, 352n.
  *Arlequin médecin* : 164.
  *Beaucoup de bruit pour rien* : 173.
  *Belle au bois dormant* (*La*) : 118.
  *Brigands des Abruzzes* (*Les*) : 365.
  *Camille* (*Le Démon du foyer*) : 200.
  *Cassandre persuadé* : 118.
  *Charlotte et la poupée* : 234.
  *Deux Vivandières* (*Les*) : 118.
  *Don Juan* : 118.
  *Drac* (*Le*) : 287, 288, 303.
  *Druide peu délicat* (*Le*) : 118.
  *Inconnu* (*L'*) : 164.
  *Jeunesse d'Henri IV* (*La*) : 164, 173.
  *Lélio* : 164.
  *Nuit de Noël* (*La*) : 303n., 352n.
  *Ôte donc ta barbe* : 234.
  *Pavé* (*Le*) : 287.
  *Pied sanglant* (*Le*) : 303n, 352n.
  *Pierrot berger* : 164.
  *Pierrot comédien* : 183.
  *Pierrot enlevé* : 164.
  *Pierrot maître de chapelle* : 118.

*Pierrot précepteur* : 118.
*Podestat de Ferrare (Le)* : 164.
*Scaramouche brigand* : 118.
*Scaramouche précepteur* : 118.
*Soriani* : 303n.
*Thomiris reine des Amazones* : 118.
*Un homme double* : voir *Le Drac*.
*Une nuit à Ferrare* : 164.
*Victorine* : 183.

*Toast (Le)* : 420.
*Tout pour elle* (pièce non représentée) : 267n.
Trenmor (*Lélia*).

*Vacances de Pandolphe (Les)* : 193, 199.
*Valentine* : 37, 38, 44, 76, 102.
*Valvèdre* : 283.
Vanderke (*Le Mariage de Victorine*).
Victorine : voir *Le Mariage de Victorine*.
*Ville noire (La)* : 265n., 271, 275.
*Visions de la nuit dans les campagnes* : 228n.
*Voyage chez M. Blaise* : 424n.
*Vraie République* (collaboration à *La*) : 121n., 136, 138, 140.

*Préface de Thierry Bodin*          7

*Chronologie*          27

*Fac-similé de la lettre du 17 juillet 1869 au Directeur général des Postes*          45

## LETTRES D'UNE VIE

I. D'Aurore à Lélia (1821-1833)
   lettres 1-29          51

II. De l'enfant du siècle au vieux lion (1834-1837)
   lettres 30-60          179

III. Consuelo et son musicien (1838-1847)
   lettres 61-129          293

IV. La cause du peuple (1848-1852)
   lettres 130-198          533

V. Le dernier amour (1852-1865)
   lettres 199-339          763

VI. L'art d'être grand-mère et troubadour (1865-1876)
   lettres 340-434          1059

## DOSSIER

*Notice sur la présente édition*      1225

*Carnet d'adresses*      1231

*Appendice : transcription de la lettre au Directeur général des Postes*      1243

*Bibliographie sommaire*      1245

*Index :*

Index des noms cités      1249

Index géographique      1300

Index des œuvres de George Sand      1306

# DU MÊME AUTEUR

### Dans la même collection

LA MARE AU DIABLE. *Édition présentée et établie par Léon Cellier.*

FRANÇOIS LE CHAMPI. *Édition présentée par André Fermigier.*

LES MAÎTRES SONNEURS. *Édition présentée et établie par Marie-Claire Bancquart.*

MAUPRAT. *Édition présentée et établie par Jean-Pierre Lacassagne.*

INDIANA. *Édition présentée par Béatrice Didier.*

LÉLIA. *Édition présentée et établie par Pierre Reboul.*

LA PETITE FADETTE. *Édition présentée et établie par Martine Reid.*

CONSUELO *suivi de* LA COMTESSE DE RUDOL-STADT, I et II. *Édition présentée et établie par Léon Cellier et Léon Guichard, postface de Pierre Laforgue.*

ABÉLARD ET HÉLOÏSE. *Correspondance*. Préface d'Étienne Gilson. Édition établie et annotée par Édouard Bouyé. Traduction d'Octave Gréard.

BAUDELAIRE. *Correspondance*. Préface de Jérôme Thélot. Choix et édition de Claude Pichois et Jérôme Thélot.

DIDEROT. *Lettres à Sophie Volland*. Choix et présentation de Jean Varloot.

FLAUBERT. *Correspondance*. Choix et présentation de Bernard Masson. Texte établi par Jean Bruneau.

MALLARMÉ. *Correspondance complète (1862-1871)* suivi de *Lettres sur la poésie (1872-1898)*, avec des lettres inédites. Préface d'Yves Bonnefoy. Édition de Bertrand Marchal.

MADAME DE SÉVIGNÉ. *Lettres choisies*. Édition présentée et établie par Roger Duchêne.

*Composition Iterligne*
*Impression Maury-Eurolivres*
*45300 Manchecourt*
*le 4 septembre 2004.*
*Dépôt légal : septembre 2004.*
*1ᵉʳ dépôt légal dans la collection : mai 2004.*
*Numéro d'imprimeur : 04/10/110466.*
ISBN 2-07-031471-5./Imprimé en France

**132660**